三国大博弈

刘甚甫 著

江苏凤凰文艺出版社
JIANGSU PHOENIX LITERATURE AND ART PUBLISHING, LTD

图书在版编目(CIP)数据

三国大博弈 / 刘甚甫著. --南京:江苏凤凰文艺出版社,2018.11

ISBN 978-7-5594-3013-7

Ⅰ. ① 三… Ⅱ. ① 刘… Ⅲ. ① 长篇小说—中国—当代 Ⅳ. ① I247.5

中国版本图书馆 CIP 数据核字(2018)第 232576 号

书　　名	三国大博弈
著　　者	刘甚甫
责任编辑	张恩东　孙建兵
出版发行	江苏凤凰文艺出版社
出版社地址	南京市中央路 165 号,邮编:210009
出版社网址	http://www.jswenyi.com
印　　刷	江苏扬中印刷有限公司
开　　本	718×1 000 毫米　1/16
印　　张	35.25
字　　数	650 千字
版　　次	2018 年 11 月第 1 版　2018 年 11 月第 1 次印刷
标准书号	ISBN 978-7-5594-3013-7
定　　价	69.80 元

目　录

第一章 …… 001

一 …… 001
二 …… 002
三 …… 004
四 …… 007
五 …… 010
六 …… 012
七 …… 015
八 …… 017
九 …… 021
十 …… 024
十一 …… 026
十二 …… 029
十三 …… 031
十四 …… 034
十五 …… 036
十六 …… 039
十七 …… 042
十八 …… 046
十九 …… 048
二十 …… 051
二十一 …… 054
二十二 …… 056
二十三 …… 058
二十四 …… 060
二十五 …… 063
二十六 …… 066
二十七 …… 069
二十八 …… 072
二十九 …… 074
三十 …… 077
三十一 …… 079
三十二 …… 083
三十三 …… 085
三十四 …… 088
三十五 …… 091
三十六 …… 093

第二章 …… 096

一 …… 096

二 …… 098
三 …… 101
四 …… 103
五 …… 105
六 …… 108
七 …… 111
八 …… 113
九 …… 116
十 …… 119
十一 …… 121
十二 …… 124
十三 …… 126
十四 …… 128
十五 …… 131
十六 …… 133
十七 …… 136
十八 …… 138
十九 …… 141
二十 …… 143
二十一 …… 146
二十二 …… 148
二十三 …… 152
二十四 …… 155
二十五 …… 158
二十六 …… 160
二十七 …… 162
二十八 …… 165
二十九 …… 167
三十 …… 169
三十一 …… 172
三十二 …… 175
三十三 …… 177
三十四 …… 181
三十五 …… 184
三十六 …… 186
三十七 …… 189
三十八 …… 191
三十九 …… 194
四十 …… 196
四十一 …… 199
四十二 …… 201

第三章 …… 204

一 …… 204
二 …… 208

三 …… 212
四 …… 215
五 …… 217
六 …… 219
七 …… 221
八 …… 224
九 …… 227
十 …… 230
十一 …… 233
十二 …… 236
十三 …… 241
十四 …… 244
十五 …… 246
十六 …… 250
十七 …… 252
十八 …… 255
十九 …… 257
二十 …… 260
二十一 …… 262
二十二 …… 265
二十三 …… 268
二十四 …… 270
二十五 …… 272
二十六 …… 275
二十七 …… 277
二十八 …… 279
二十九 …… 282
三十 …… 284
三十一 …… 288
三十二 …… 290
三十三 …… 293
三十四 …… 296

第四章 …… 300

一 …… 300
二 …… 303
三 …… 305
四 …… 307
五 …… 310
六 …… 313
七 …… 315
八 …… 318
九 …… 320
十 …… 324
十一 …… 326

十二 …… 328
十三 …… 331
十四 …… 333
十五 …… 336
十六 …… 339
十七 …… 341
十八 …… 344
十九 …… 347
二十 …… 349
二十一 …… 352
二十二 …… 356
二十三 …… 358
二十四 …… 360
二十五 …… 362
二十六 …… 365
二十七 …… 367
二十八 …… 370
二十九 …… 372
三十 …… 375
三十一 …… 377
三十二 …… 379
三十三 …… 381
三十四 …… 385
三十五 …… 387
三十六 …… 389
三十七 …… 392

第五章 …… 395

一 …… 395
二 …… 397
三 …… 400
四 …… 403
五 …… 405
六 …… 407
七 …… 410
八 …… 413
九 …… 416
十 …… 419
十一 …… 422
十二 …… 424
十三 …… 427
十四 …… 430
十五 …… 433
十六 …… 436
十七 …… 439

十八 …… 442
十九 …… 444
二十 …… 447
二十一 …… 450
二十二 …… 452
二十三 …… 455
二十四 …… 457
二十五 …… 460
二十六 …… 464
二十七 …… 467
二十八 …… 470
二十九 …… 472
三十 …… 475
三十一 …… 477
三十二 …… 480
三十三 …… 483
三十四 …… 486
三十五 …… 489

第六章 …… 492

一 …… 492
二 …… 494
三 …… 496
四 …… 498
五 …… 501
六 …… 503
七 …… 506
八 …… 508
九 …… 511
十 …… 513
十一 …… 517
十二 …… 519
十三 …… 522
十四 …… 525
十五 …… 528
十六 …… 531
十七 …… 534
十八 …… 537
十九 …… 540
二十 …… 542
二十一 …… 545
二十二 …… 547
二十三 …… 550
二十四 …… 553

第一章

一

陆机、陆云夜离吴郡，驾扁舟，逆江而走；因惧王戎追索，虽渐行渐远，不敢泊岸。

时已夜半，江面渐窄，野岸无人，荒寂虚空。

一轮秋月高悬天上，光华四溢，波影流散，如在梦中；扁舟如落叶，逐浪而走，动荡不息，几欲倾覆；时有大鱼翻波，溅起一片幽光，使人心神不安；又有巨鸟掠江，羽毛带动风声，令人毛骨悚然。

陆云困乏不已，又恐惧不堪，每欲暂栖江岸；陆机不准，唯恐去之不远，仍举桨击水，疾行不止。

时已三更，月近西山，风露愈浓；陆云见左岸似有灯火，以为可寄宿，说陆机道，离吴郡已远，此处罕有人迹，可暂住。

陆机以为然，于是停舟登岸，见有石级，斜斜而上，尽头处有茅舍；隐约有山溪，绕茅舍而过，铮铮淙淙，流入江里；一缕灯火自柴门逸出，虚无而暗淡。

陆机、陆云拾级而上，过溪上短桥，近茅屋，隔门而呼。片刻，柴门开，有老者立于门内，须发如雪，满面惊疑。陆云忙施礼道，我等行舟过此，不堪风露，夜又深，欲借宿，望前辈纳之。

老者稍有迟疑，见二人清俊文雅，料非歹徒，笑道，稀客、稀客，若不嫌贫寒，请随意。

陆机、陆云喜出望外，连声称谢，遂入；环顾室内，仅一几，几下唯一破席；东墙悬一灯，一侧有蓑衣、竹笠；西墙挂古木一段，似已中空，又有弦索，极其怪异，不知何用；墙下有渔网，缭乱而破败；南侧有土灶两孔，此外别无一物。

老者笑道，实在抱歉，老朽居此已数十年，虽江上舟船不绝，然从来无人造访，故不置家私，不能供二位坐卧。

陆云见再无别室，又不见卧榻，颇为讶异，问老者道，不知前辈如何就寝？

老者指几下破席道，惭愧，日也据此，夜也据此。

陆机大惊，以为所遇非人；陆云见老者飘然不俗，以为世外高人。老者见二人手足无措，又道，若不嫌肮脏，可坐地。

陆机、陆云无奈，近几席，分坐两旁。老者亦入席，说二人道，日前曾获江豚数十尾，养于屋外溪中，若饥饿，可取而烹食；老朽喜酿酒，以露为水，以花卉果实为料，合以酒母，盛入木桶，覆以芳草，置之江岸，任风吹日晒，久而成酒，勉能醉人，若不嫌，亦可取饮。

陆机愈惊，忙道，我等携有饮食，不饿，多谢美意。

老者亦不再请；陆云以为老者来历不凡，问老者道，恕晚辈冒昧，前辈仙风道骨，雅致清通，若非看尽沧桑，过尽浮华，岂能如此；不知前辈因何远离人烟，隐居于此？

老者大笑，笑毕，说二人道，所谓沧桑，世人之作为也，人多贪婪，取财掠物，破土兴造，于是风物常换，面貌常改；所谓浮华，世人之所喜也，功名利禄，声色犬马，锦衣玉食，醉生梦死，虽夺尽本性，蚀尽天良，然能顿悟者，古今几人！

陆机、陆云大为感慨，愈以为老者不凡。良久，陆云再问老者道，曾闻江东多隐士，或生性淡泊，不肯入俗流；或失意人生，转而寄情山水。敢问前辈，何故为隐士？

老者又笑，笑毕，说陆云道，卿等深夜过此，与老朽遇于荒岸，若不告以实情，必疑老朽为野鬼。既心无所惧，何必隐晦！实不相瞒，老朽姓徐名鸿，乃后将军、高唐亭侯徐晃嫡孙，曾为黄门郎，因恨司马氏挟持天子，欲除之，事泄，遂走扬州，说文钦、毋丘俭起兵讨伐，又兵败，仓皇出逃，辗转来此，渐与世人绝。

陆机、陆云惊愕万分，起身欲拜；徐鸿忙止之，又说二人道，卿等气质清雅，衣冠楚楚，然神形仓皇，惊魂未定，想必亦非商旅中人。老朽毫无隐瞒，卿等宁不告以实情？

陆云道，坦然待人，家族之训也，虽在末路，不敢违之！我等乃故丞相陆逊嫡孙，奉命阻强敌，可惜吴主无道，上下猜疑，各怀私心，勇者少，降者多；晋军势如破竹，直下建业。孙皓为降虏，我等为流寇，无奈潜回吴郡，欲耕读自乐，了此一生。然司马炎慕我等虚名，命王戎征之；我等耻作二臣，故而夜走，竟与前辈不期而遇！

彼此竟不再言；沉吟良久，陆机叹息道，自黄巾起事以来，匆匆已逾百年；虽一时英雄并起，纷争不息，扰攘不止，谁知转瞬间已烟云散尽！所谓世事难料，莫过如此也！

徐鸿道，此言有理。想当年，曹操独出群雄之上，占尽北方，大揽英才，挟天子以令诸侯；孙权承父兄之业，割江东，取荆州，辖地千里，带甲百万；刘备取西蜀，夺汉中，既有沃野之富，又有群山之险。三者各怀壮志，干戈玉帛，喜怒恩仇，明争暗斗，是是非非，终成鼎足之势。曹丕废天子以自立，然二强犹在，格局如旧，于是人心思安，每望承平。离乱苦恨，人所共恶也；既天下一统，乃四海之望，司马氏宁不用之！于是破西蜀，伐东南，终使三国归晋。此天道所在，人心所向，岂能违之！

陆机、陆云深以为然；想及昔日，恍若一场清梦，梦虽破，而人犹在，似可庆幸。陆云欲再言，见徐鸿两眼已闭，鼾声微起，遂止。

屋外清风过林，江声不绝，犹如低诉。陆机、陆云亦闭目，然意绪难平，诸多情景，奔入眼底，纷纷不息……

二

百年前，早春。

富春如在一场浅醉，万物萌动，花欲发，柳欲醒。

孙公欲往钱塘访友，命次子孙坚同行；孙坚不愿，称会稽山有剑客，能以剑气杀人，欲访之，学万人敌。

孙公斥道，武有何益！历来左右时局者，无不为士大夫，所谓运筹帷幄，决胜千里。张良病弱，然能以巧计而胜强敌；项籍勇绝，然被围垓下而自刎乌江，足见武不如文。此古今至理，汝竟不知！

孙坚不以为然，回孙公道，文武各有道，并无高低；若文武兼备，岂不更好！

孙公暗惊，说孙坚道，我每见汝习武，不见习文，何言文武兼备！

孙坚笑道，人言知子莫若父，我父竟不知我。富春孙氏，兵圣之后，若不习文，岂能知兵！我不肯为刀笔吏，更不屑雕琢字句，然亦曾夜读典籍，勉知古今人物，更知唯收天下英才而用之，方为大文章！

孙公惊讶无比，竟良久无语。孙坚颇为得意，欲走，忽听孙公斥道，既知古今，岂不知不听父命乃不孝！

孙坚见孙公怒，不敢强违，称愿随行。翌日晨，父子携足盘缠，带上仆从，于码头乘客船，离富春往钱塘。

虽已立春，然寒气未消，两岸江树冷寂，苇草仍枯，依旧一片萧索。

一路风波相随，船近钱塘已是正午，风雪早过，满江薄雾熏染一轮白日，远近一片朦胧。

孙公等刚登岸，忽有数十条壮汉如飞而来，拦住去路，各执利刃，瞬间已执数十人，夺尽行囊。孙公等大惧，进退不得，叫苦连天。匪徒又执数十人，劫尽财物。眼见无人能免，孙坚忽说孙公道，此贼可擒！

孙公欲止之，孙坚疾呼道，张都尉拦住退路，徐司马守住街口！统统拿住，不许漏走！

匪徒大惊，急走；孙坚不舍，疾追，拽住一贼，夺利刃，反逼之。

余众俱入小舟遁走，转瞬即逝。众人渐安，幸免者围住孙坚，千恩万谢。孙坚以所擒付客商，请押送县衙。有客请孙坚留名，称大恩大德，必终身铭记。

孙公忙道，此子浮华，不可助其轻狂。

客不听，仍索名不止。孙坚笑道，我乃富春孙坚，不惧匪盗寻仇！

客一揖而去。孙公责孙坚道，此人或为眼线，汝竟不防！

不料孙坚声名鹊起，仅数日已誉满钱塘。孙公大为不安，不许孙坚游玩，又疑客栈人多眼杂，于是借居故人太叔家。太叔乃钱塘世族，代代为官，因先祖曾事王莽新朝，险遭灭族，子孙再不愿入仕途，俱为商贾。孙公为钱塘令时，常与之往来，长公子太叔永常为人雅正，与孙公私交最深，或诗酒唱和，或优游山水，以为三日不见，必忧人生无益。

太叔永常知孙坚只身擒贼，大喜，欲以小女许配；孙公亦喜，于是互定婚约。

钱塘子弟知孙坚父子借住太叔家，渐有人登门拜访。孙坚与世家子弟齐岭一见如故；齐岭祖父曾为中郎将，因与权贵失和，被贬为钱塘令，后代以贩生丝为业。齐岭好击剑，未逢对手，请与孙坚比剑，孙剑一举胜之；齐岭大为叹服，视孙坚为知己。

钱塘县令亦登门，请孙坚领赏，称官府曾悬赏捉贼；又称孙坚所执已招供，贼首乃胡玉，出没江海；现已知匪穴所在，必能一举剿灭。

孙公坚辞，恐为贼人所察，辞别太叔永常，移住吴家。

吴家本居吴郡，因为太守所逼，迁来钱塘；孙公为钱塘令，与吴公结识，多有往来。吴公亦经营丝织，集财颇丰，然不失世家风范，子弟仍以读书为要。吴公大富，族人纷纷依附，俱来钱塘贩丝织，致富者亦多，于是有民谣：城外桑梓十万亩，城内女子俱浣纱；钱塘营丝三百户，至少一半是吴家。

孙公转任广陵，忽有故人自钱塘来，询及诸友，方知吴公夫妇已病逝，大为叹息。

吴公有一儿一女，其子吴景已成家，其女仍待字闺中。吴景亦善经营，家道愈旺。

吴景兄妹与孙公父子相见；孙坚见吴氏绝色，大为心动，暗说孙公道，我若不妻此女，枉为丈夫！

吴景亦知孙坚之意，大为不悦，忽转冷淡。孙公颇觉尴尬，勉强留住一夜，告辞，欲回富春。孙坚请与齐岭别，孙公不许。孙坚三请，孙公无奈，应之。

齐岭以家传古剑赠孙坚；孙坚大喜，称必以家藏兵书回赠。

孙坚与齐岭别，随孙公乘船回富春。

船借一江好风，帆饱橹轻，十分快捷，转瞬间，钱塘已在雾霭之外。

行不足半日，江雾尽散，一轮红日逐船而走。忽有数十叶轻舟如飞而来，孙坚正讶异，轻舟已绕船而过，于江面排开，拦住客船。

有人惊呼道，此乃船匪，我等休矣！

一时恐惧大生，船上大乱。

船主急令船夫转过船头，欲退走。又有人呼道，船尾亦被阻拦！

众人看时，见前后俱有轻舟，每舟各有数人，俱执利刃；船主说众人道，勿慌，我等每日往来江上，多与匪盗遭遇，知其只为钱财，并无他意；若肯舍财，必能保命！

孙坚道，乘船者不下百人，若以命相搏，区区蟊贼何足为道！

船主不听，望贼船呼道，我乃船主，愿解囊相赠，只求不伤人命！

一黑须大汉厉声喝道，我乃胡玉，不劫财，唯取孙坚狗命！若不碍手，必能自保！

众人闻此，纷纷退入船舱，唯剩孙公父子及家仆；一少年书生竟去而复回。

孙公大骇，斥孙坚道，汝不听劝告，今恶贼追杀至此，在劫难逃矣！

孙坚不言，命家仆扶孙公入船舱。胡玉等渐近客船，跃跃欲上；孙坚抽剑，顿足道，恨无弓箭，若有，射其首，贼必溃！

书生忙道，我有弓，可惜仅三箭！

孙坚大喜道，何须三箭，一箭足矣！

书生速取肩上行囊，出一弓一箭予孙坚。胡玉正欲登船，孙坚张满弓，猝然而射，正中胡玉左眼，胡玉惨叫一声，仰面倒入江里。贼众大惧，纷纷后退；有人入水，救胡玉起。贼欲走，胡玉大叫道，可急射，何惧孙坚一人！

于是纷纷乱射，箭如急雨。孙坚请书生退入船舱，书生不惧，以行囊遮身，蹲于桅杆后。孙坚左闪右避，箭矢多中船板。片刻，贼人箭尽，孙坚大笑道，贼竟助我！

于是拔下箭矢回射，竟无虚发，连中十数人，俱落水。贼势大颓，不敢动。书生亦出，为孙坚拔箭；孙坚得以连发，又中十数人，亦落水。胡玉大怯，驾舟逃走。

孙坚引书生入船舱，与孙公相见。书生自称姓周名异，世居庐江舒城，亦为世家子弟。孙公颇知庐江周氏之名，称此恩如天，终身不忘！

孙坚见周异虽文弱，然不失凛然之气，大为敬慕；周异见孙坚勇决精悍，又为兵圣之后，钦佩不已。

船到富春，周异作别孙公父子入城访友。孙坚挽留不住，欲送周异入城；周异仍婉拒。

翌日，孙坚以家藏兵书寄往钱塘，回赠齐岭。

三

时值三月，春气正浓，正宜出行。曹操离洛阳，往汝南访许子将。

曹操乃曹嵩之子，汉丞相曹参之后。曹嵩本夏侯氏所生，因曹操祖父曹腾无嗣，遂以曹嵩为养子。曹嵩时任大鸿胪，位高权重。曹操却每与人言，我不屑以家族之贵谋前程，大丈夫应自立于世。

曹操自命不凡，从不用心学业。曹嵩恨其顽劣，每每斥责。曹操却称，我非俗子，纵观天下，唯蔡邕、乔玄堪为我师！

蔡邕名满天下，门生众多，然远在陈留；乔玄时为太尉，近在洛阳，曹嵩欲送曹操入乔玄门下，遂备厚礼，命曹操登门拜师。

曹操见乔玄府第幽深，又重门紧闭，料想出入不易，竟折回。曹嵩大怒，骂其竖子不可教。曹操笑称，皓首穷经乃俗子之为，我不习雕虫小技。

曹嵩大为绝望，任其所为。曹操我行我素，每日邀子弟，以飞鹰走狗猎于山林。

某日，乔玄来访，曹嵩携诸子陪饮。乔玄不以诸子为奇，独赞曹操道，我见天下才俊多矣，无人能及此子；此子必能显贵，犹恐祖先不能及！

曹嵩大惊，问乔玄道，此子狂放不羁，不治学业，不修身自律，何能显达？

乔玄笑道，此言非也。自古真英雄皆不类寻常，高祖亦曾为斗鸡走狗之徒，莫非以高祖之贵，尚不能足卿之所望？

曹嵩大不以为然。曹操以为乔玄颇有识人之明，遂拜会乔玄。曹操道，前辈言我必有作为，然家父及子弟皆不以为然。其名不显，其行不为他人所重，我当何为？

乔玄笑道，卿可知许劭？

曹操道，莫非喜作月旦之评者？

乔玄道，正是。许子将独具慧眼，凡获佳评者，无不扬名于世。卿虽美质，却苦于无名，何不往汝南，求许子将一评？

曹操大喜，一揖谢过。于是离洛阳，只身往汝南。为示诚意，曹操不乘车马，不领随从，徒步而往。行过数日，已入汝南，几经打听，又转入平舆。

许子将亦为名士，曾为汝南功曹，却久不获重用，于是辞归平舆，再不出仕；因喜评天下人物，又极为精准，于是其名大显，凡怀才不遇者，无不争相访问。来访者优劣相杂，许子将不堪烦扰，于是仅每月初一评一人。月旦之评渐为天下士子所知。世人为之感慨，称许子将之评，贵过足金千两。此说一出，凡求评者，无不赠以重金。许子将竟凭此获巨财。

曹操经人指点，来至一所巨宅外，见其恢宏气度竟过于洛阳世家，不免大为惊叹，为人如此，亦不枉活于世！

所幸今日即初一，于是叩门。不一时，大门自内而开，一老叟倚门问道，卿何人，为何来此？

曹操深施一礼道，我乃谯郡曹操，远道而来，欲获许子将一评。

老叟道，卿来迟矣，有人捷足先登，恕不接纳。

曹操忙道，我来之不易，可否破例？若肯，我必加倍馈赠！

老叟笑道，月旦之评已成定例，恕不能破。卿若有意，请下月再来。

曹操道，下月初一需待三十日后，实难忍耐，烦请通融。

老叟不再言，闭门而回。曹操滞立良久，怏怏而退。

曹操恐下月再迟到，决意不回洛阳，遂入客舍，赁房而居，以待下月初一。

曹操人地生疏，苦无故旧，颇觉无聊，每日或沽酒独饮，或游赏山水，不足十日，城里城外俱已熟识，再无去处。

某日，曹操睡至正午方起，信步出客舍，欲往市井中寻一酒肆，聊图一醉。正行走间，忽闻有人惊呼，大王来矣！

行人闻此大惊，纷纷奔散。曹操正疑惑，忽听马蹄声骤至，一队人马已奔至眼前。一小贩乱走间摔倒地上，正欲挣起，忽有人喝问，许子将家居何处？

小贩忙道，过街口，有巨宅，此即许子将所居。

壮汉抛下小贩，疾驰而去。

曹操大骇，已知许子将必遇劫，即尾随，渐至许子将户外，见匪众已将府第围困，壮汉正击门，大喝道，许子将何在！若肯以浮财奉送，大王饶汝不死！否则，必杀尽全家！

曹操暗想，若许子将被害，何以得评？若能救许子将，必能获佳评！

曹操略一沉思，已有计算，遂出，呼匪众道，许子将已被洗劫一空，卿等何故迟来！

匪众大惊，面面相觑。俄而，壮汉问曹操道，汝是何人，何出此言？

曹操道，实不相瞒，我至此已数日，亦为谋许劭之财，虽察之甚详，却苦无援手，不敢轻举。

壮汉嘲笑道，汝竟欲独吞，岂非自不量力！

曹操道，大王斥之有理，我初出道，望指教。

壮汉喝道，勿啰嗦，速言情形！

曹操忙道，昨夜我再来此，忽见有人逾墙而入，户外尚有人守候。我不敢出声，藏于树后偷觑。片刻，忽闻墙内哀呼大起，继而斩杀声不绝。又片刻，有人于墙内轻呼，许家已被灭门，我等已尽获其财！言毕，有木箱自墙上出，颇为沉重，前后竟数十箱！

壮汉惊呼，竟如此之多！

曹操道，果然。我不肯坐失巨财，遂执剑上前，欲趁另一人尚在墙内，奋力夺之。不料贼人异常警觉，我尚未近前，已为其所察，与我恶斗。我不敌，险丧性命，只好逃走。贼人亦不追，我仍藏于暗处。另一贼自墙内出，二人商议道，未料财宝如此之巨……

壮汉嫌曹操啰嗦，斥道，盗者何人，勿需赘言！

曹操道，二人不能携巨财出城，遂移入城里某客栈，留一人看守，另一人连夜出城，欲呼同伙来此搬运！

壮汉剑逼曹操，喝道，客栈何在！

曹操道，大王需与我平分，否则，无可奉告。

壮汉冷笑道，汝竟敢要挟！

曹操道，我自恨非对手，不能夺之；今忽见大王来此，特来拜会，欲与大王共享其成。大王若不应，恕我誓死不能相告！

壮汉愕然道，汝竟爱财不惜命？

曹操笑道，话已至此，请大王自决！

壮汉沉思道，我分汝二成，多一分不与；汝若不肯，我当立断汝头！

曹操叹息道，我只身一人，大王有数十人相随，如此亦算公平；望能如大王所言，再不反悔！

曹操遂领匪众径入客舍。店主忽见曹操领匪众而来，以为乃其眼线，惊得目瞪口呆。曹操手指楼上客房道，人与财物俱在此！

壮汉大喜，领匪徒登楼。曹操忙拽店主出，立即上锁，急问店主道，可有后门？

店主不知用意，不能答。曹操疾呼道，若有后门，匪众必遁走！

店主猛醒，忙道，并无后门！

曹操忙嘱店主道，匪众被锁于此，一时难以脱身。汝速往县衙，请官府来此捕盗！

店主狂奔而去。顷刻，匪众已知中计，欲强突而出。曹操大为惶急，以剑猛刺欲破窗而出者。匪徒不肯止，欲毁门。曹操见围观者渐众，竟无人援手，疾呼道，汝等若袖手旁观，他日必受其害！

众人仍不肯上前。曹操大怒道，平舆城中，竟无男子！

有人为此言所激，持棍棒上前。曹操大喜，说众人道，官兵即来，贼必就擒！

应者愈众，围紧客舍；贼势大颓，惶然不知所措。正此时，县尉领衙役持戈矛、弓箭飞步而来，知匪众仍困于内，欲强攻。曹操道，客舍狭窄，若入内，恐反受其制；不如开门放贼，于街巷中围捕！

县尉犹疑道，匪众凶悍，又在亡命之际，若如此，恐难得手。

曹操道，所谓擒贼擒王。请借弓箭一用，待其出，先射匪首，若中，卿等可一拥而上；若能杀匪首，余众必惧，可擒矣！

县尉依其说。曹操命众人退后，仍成合围之势，仅领衙役据守大门外。

大门既开，匪众见众人严阵以待，不敢出。曹操忙道，可投火入内，贼必出！

县尉以为然，遂命衙役投火。店主忙道，家私俱在店内，岂能投火！

曹操道，我以足金千两，抵偿小店如何？

店主闻此，不再言。围观者纷纷备火把，尽与衙役。曹操说匪众道，汝等已成瓮中之鳖，岂能脱逃！若不降，必死于火海！

匪徒大惧，竟出降。

四

匪盗猝然而至，许子将大惧，以为在劫难逃，正惶然无措，忽见曹操将匪众诱走，忙收拾财物，欲领家人远走他乡。正绕道而去，忽闻匪众已就擒，顿觉释然，仍回府。

许子将问老仆道，救我之人，可是待我月旦之评者？老仆答道，正是此人。许子将叹息道，我既受救助之恩，理应破例。言罢，命老仆恭请曹操。

老仆领命而去；许子将又嘱家人备酒宴，欲款待曹操。

不一时，老仆独回，复许子将道，曹操不来，称既与先生有约，不能有违，待下月初一再来不迟。

许子将颇为惊奇，问老仆道，未必不曾言及救助之恩？

老仆道，仆首言救助之恩，并称先生特为此破例。曹操却道，救人危难乃丈夫本份，若以此图谢，非君子所为。

许子将良久无言，暗自思忖，此人之奇，实为平生仅见；我自以为识尽天下佳士，看来不然！

曹操以计擒贼，城中士民大为景仰，来客舍拜望者日众。县令及城中大户亦纷纷宴请，曹操均不辞谢，正好以此一解孤独。虽交往者众，曹操却以为无非俗子，竟不以实名相告，更不屑深交。

不觉，初一已到。曹操三更即来许子将门外等候。天亮时，大门开启，曹操朝老叟一揖道，未知今日是否迟来？

老叟忙道，先生恭候多日，且随我来。

曹操随老叟至堂前;许子将忙起身一揖道,卿救命之恩如天,请受我一拜!

曹操忙将之扶住,笑道,我之举不为先生,但为己,先生当鄙不当谢。

许子将大为讶然,问曹操道,卿此言何意?

曹操道,我虑不能获佳评,故以雕虫小技擒匪徒,若非为此,我岂敢不惧生死!

许子将大笑道,卿如此率直,足见胸怀坦荡,更令人钦佩!

遂请曹操入座。曹操道,先生月旦之评誉不绝口,天下士子趋之若鹜,但不知以何识人?

许子将笑道,唯察其言、观其行、相其面、测其骨耳,别无他法。

曹操拱手道,我乃谯郡陈留曹操,望获先生一评!

许子将微微一惊,问曹操道,莫非大鸿胪曹嵩之子?

曹操拱手道,正是,可惜家父历来视为不肖!

许子将道,卿乃功勋之后,世代贵胄,有祖德可依,何必求我一评?

曹操道,我不屑以家族余荫而受封赏,每欲自立,故需先生一评。

许子将击掌赞道,志存高远,真丈夫也!

曹操深施一礼道,望先生不吝一评!

许子将端详曹操良久,始道,卿骨格清奇,气度宏广,智慧内敛,实乃当世奇才。我虽相尽一时奇士,无一人能与卿比。卿若处清平,必为良相;若处乱世,必为枭雄。

曹操大喜,又一揖道,我能获先生此评,何愁不显名于世!

许子将道,我必以此评,书告天下,使卿不致埋没。然我尚有数言相赠。卿获此评,必将声誉鹊起,或为朝廷征召。若世道纷乱,则应回谯郡召故乡子弟,必有大成。然卿任性放荡,不喜读圣贤之书,此大不可也。所谓书能开愚,况乎古今奇谋,俱在书中,卿若不读,何以知之?

曹操道,非我不喜读书,恨无良师也。若有堪为我师者,请先生告知,我必奉若生父。

许子将道,卿可知蔡邕?

曹操忙道,蔡伯喈名满天下,堪称国之佳士,幸与我同邑,然其远在陈留,虽几欲追随,奈何关山万重,不能如愿!

许子将道,卿竟有此言,岂不闻苏章负笈千里!蔡伯喈与卿为同乡,颇有求学之便,卿竟嫌远!

曹操忙道,先生教诲,我必谨记!

许子将又道,自古凡成大业者,必笼络佳士,卿毕生应以此为要。

曹操道,然我所识,无非庸常之徒,无一人堪称佳者。先生识人众多,若能引荐,我当感激涕零!

许子将冷笑道,此不过赞誉之词。天下之大,佳士之多,犹如长天星汉,我岂能尽识!善奇谋,知兵法,纵横有度,如苏秦、孙武、张良之流;严法度,精治理,革故鼎新,如管子、商君、李斯之流;擅著述,精辞藻,文采风流,如庄周、司马、扬雄之流。上述诸子,俱为佳士,然各有所长,不可一概而论。

曹操道,我每欲结识佳士,唯恨无缘,望先生荐之!

许子将沉吟道,依我所知,唯颖川荀彧、郭嘉及东阿程昱,堪称一流。卿若与之有缘,颇宜结纳。

曹操将数人记住，并以重金酬谢。许子将坚辞不受。曹操只好拜辞，临行时又说许子将道，我亦有一言相赠，望先生恕我妄言。

许子将笑道，愿闻其详。

曹操道，今世道不宁，乱象已生，先生宜散财，以绝匪盗之望。

许子将微微一惊，拱手谢道，卿之言胜过足金千两，我必深思！

曹操别过许子将，竟不回洛阳，径往陈留拜见蔡邕。行不足一月，已至蔡邕府上。其时，许子将之评已传遍四海。蔡邕知曹操来访，命仆人延入。

曹操见蔡邕气质超脱，不禁为之倾倒，遂执弟子礼。蔡邕将之扶起，笑道，卿已闻名四海，我不敢妄称师尊。

曹操忙道，先生清通儒雅，博知今古，大名流播四海，人人趋之若鹜；我若能闻先生教诲，平生之幸也！

蔡邕见其洒脱自如，颇为喜爱，遂说曹操道，我与卿为同乡，又曾与卿父相识于宦海，既如此，我当与卿共勉。

自此，曹操就学于蔡邕，既受教于经史，又随其习音律、书法。蔡邕乃当时第一书家，世人无不追慕。

蔡邕弟子众多，唯颍川钟繇独出诸人之上，曹操与之一见如故，遂结纳，并引为知己。曹操知蔡邕有女，姓蔡名琰，字文姬，天姿国色，极善诗文，又颇能度曲，不禁渐生渴慕。某日，知蔡琰于阁中抚琴，虽相隔重楼，且为帘幕所遮，仍觉香风透骨，几乎不能自已。

钟繇颇知曹操心迹，告诫道，蔡伯喈视此女为天人，以为门下诸子无一人能妻之，唯山东卫仲道堪为其夫。

曹操大惊，问钟繇道，卫仲道何许人，我竟不知？

钟繇道，我亦不知，想必非等闲之辈。先生已受聘，不日或将出嫁。

曹操顿觉失望，叹息道，不能妻此女，必遗恨终生！

曹操自觉不忍见蔡文姬出嫁，竟拜辞而去。蔡邕赠言曹操道，卿既有壮志，宜博览群书，勿使学业荒废。

曹操拜谢道，先生教诲，终身不忘！

曹操欲结识故乡子弟，故而滞留陈留。州郡知其名，遂以孝廉举曹操。曹操即为朝廷征召，初为郎官，后为洛阳北部尉。

此际，涿郡刘备却是另一番光景。刘备世居涿郡涿县，自称中山靖王刘胜之后。邑人不信，以为谎言。刘备不服，常与人争辩，称祖宗不可欺，岂能妄认血亲！

邑人仍不信，有人斥责刘备道，中山靖王逝去年久，子孙破落散漫，实不可考；汝竟借其名，实可鄙也！

刘备无奈，暗自感叹不已。刘母闻其说，亦斥刘备道，汝若妄言，必使母子受累！

刘备不忍使母亲担忧，遂不再言。

刘备自幼丧父，母子相依为命，因家道贫寒，母子以织贩草席、草鞋为生。刘母欲使之有所作为，遂命刘备拜同郡卢植为师，随其修习学业。

卢植曾任九江太守，亦为当时名士，任满归家，遂开门课徒，慕名而来者众。刘备尤与辽西公孙瓒友善，公孙瓒年长，刘备尊其为兄。公孙瓒家道富足，每每接济刘备，因刘备两耳大过常人，常呼刘备为大耳男。

刘备不喜读书，亦不多言，常以斗鸡走狗、饮酒博弈为乐，却极善交际，虽囊中羞涩，却从不吝惜，渐为同窗悦服。

不久，卢植又被朝廷征召，弟子不免四散，刘备已不屑织席贩履，终日与城中子弟饮酒游玩。刘母不能节制，每每哀叹。

一日，刘备与子弟游走于市井，忽见众人集于马市，嘈杂不绝，似有人斗殴。刘备亦领子弟围观，见十数壮汉围住一马贩，近百匹好马已为人所夺，马贩大急，正与之争执。

刘备渐知，马贩来自西凉，常入涿县贩马；此次所贩俱为西凉好马，城中豪强为之眼红，欲低价收购，马贩不肯，遂强夺。

刘备暗自心动，遂说子弟道，若我等为马贩解此难，马贩必酬以重金，何愁酒食！

子弟俱以为可。刘备遂领子弟上前，斥众豪强道，天日昭昭，岂容强夺他人财物！

众人一惊，纷纷回头。忽有人大笑道，大耳男，无名之徒而已，竟敢出头！

刘备大怒，忽抽剑，斥此人道，若再敢逞强，我必杀汝！

此人不信，耻笑刘备道，汝若有胆，我何惜一头！

言罢，竟以头触刘备。刘备已无退路，深知若不杀此人，将无以立足涿县，遂举剑猛刺。此人大骇，忙跳跃欲躲，剑已近身，胸口为剑芒所伤。

忽听有人喝道，此壮士义举也！

众人看时，竟是城中屠户，姓张名飞，雄姿伟岸，有千钧之力；本以读书为要，未料忽遇匪祸，家财尽失，险遭灭门，自此以为读书无益，转而习武，渐有威名。

豪强俱知张飞，立即溃散。刘备得以与张飞相识，颇觉相见恨晚。马贩感激不尽，力邀刘备、张飞等人酒肆，盛情款待。

酒宴毕，刘备说马贩道，汝不必忧虑，马匹不尽，我等不散！

马贩大喜，称必酬以重金。数日后，马已贩尽，马贩以百金相谢。刘备不辞，一一笑纳。马贩姓张，遂与刘备相约，凡来此贩马，俱邀刘备等护佑，刘备欣然答应。

五

此后，张马贩每来涿县贩马，俱请刘备等庇护。刘备有此财路，更不愿操持旧业，并劝张飞勿为屠夫，每日饮酒作乐。刘备不喜积蓄，每有所得，除却酒钱，余者皆分与张飞等。张飞深感刘备仗义疏财，索性移住刘备家中，尊其为兄长，立誓终身追随。

某日，有子弟来报，称河东有壮士，姓关名羽，因怒而杀人，潜入涿县避祸；官府画影图形，悬赏捉拿，若能捕此人，可获赏钱百万！

张飞冷笑道，此不义之财，岂能取！既杀人潜逃，必深敛其迹，官府尚不能察，汝等何能知！

其人忙道，我等已知关羽藏身处，一举可获！

刘备斥道，关羽末路英雄，唯可周济，岂能擒拿！

二人依子弟所说，往关羽藏身处，欲资助。

关羽世居河东，为人慷慨，好武艺，喜读书，渐有威名。有城中富商，欲强夺邻家妇，其夫求助关羽，关羽大怒，入富商家斥骂。富商欺关羽势单力薄，指使家奴大打出手。关羽怒杀富商，欲执其头归案；街人俱称富商与太守私交颇深，若投案，必遇害！

关羽藏匿市井，欲观望。官府追索甚急，关羽遂离河东，辗转至涿县，仍不敢露面，藏身城外一破宅。

刘备、张飞至破宅前，见柴门虚掩，不敢轻入。刘备令张飞等暂止，朝屋内一揖道，我乃涿县刘玄德，闻壮士借居于此，特来探望！

良久，不见出声，刘备遂令张飞推门而入，忽见一壮汉手持利刃，立于屋内，脸色涨红，犹如赤炭！张飞忙道，壮士勿惊，我等知卿人在末路，欲以资周济！

关羽仍疑惑，冷笑道，汝等若欲领赏，必丧命于此！

张飞忽怒，指关羽喝道，汝不识善意，必为歹徒！我若不捉汝归案，枉为丈夫！

骂毕，亦拔剑。刘备忙斥张飞道，既怀好意，何必动怒！

转而又说关羽道，我等不过草民，素与官府无涉，亦恨仗势欺人者，壮士何必疑惑？

关羽已知刘备等并无恶意，遂收利刃，朝刘备、张飞一揖道，末路之人，若不嫌粗鄙，愿追随！

刘备大喜，遂命张飞入城买酒肉，携来破宅，三人痛饮，颇觉畅快。至夜，刘备邀关羽回家，再置酒款待。关羽知张飞亦精武艺，且为人豪边，大为喜爱；又见刘备仁义外露，胸怀宽阔，愈为敬慕，遂说刘备道，我虽不才，勉知武艺，一击能夺人性命；卿救我于危难，我无以回报，唯愿以此身相许！

刘备喜不自禁，分执关羽、张飞手道，我虽眼拙，亦知卿等俱为万人敌，我能与卿等相识，三生之幸也！

关羽道，既相见恨晚，宜叙齿，以别尊卑。

三人各叙年龄，刘备最长，关羽、张飞尊为兄；关羽长于张飞，张飞亦尊关羽为兄。

因官府追索，关羽每隐于室，不敢出。刘备、张飞仍为马贩庇护，若无事，则同处一室，或饮酒畅谈，或研习武艺，每每通宵达旦。

某夜酒醉，关羽拍案自叹道，我喜读春秋，颇知诸侯之战，可惜无用武之地！

张飞大受感染，亦叹道，我亦颇知兵法，更知凡为将者，必勇如项籍，智如张良；然耽于市井，恐今生无人能识！

刘备沉吟良久，说二人道，卿等俱为人杰，天生其材，必尽其用，何必叹息？

张飞道，今世道不济，权贵豪强当道！我等出身寒门，岂有出头之日！我所以弃学，实因无望！

刘备道，大丈夫应扫除时弊，荡尽阴霾；若不自弃，苍天必不负壮士之心！

张飞道，我非哀叹，实恨人世不平！

关羽道，我知陈涉曾问苍天，王侯将相，宁有种乎？陈涉虽败，其言仍震古烁今；我愿为陈涉，然天不予时，奈何！

刘备道，卿等俱有凌云壮志，可喜可贺！我虽不才，亦有微志，因每为俗子笑话，久不与人言。实不相瞒，我乃中山靖王刘胜后裔，因家道败落，困居于此。今汉室逐日衰微，权奸当朝，群雄窥伺，祸患已显；我身为皇族，自当以重振河山为己任，却每恨孤独无助；今与卿等相遇于衰弱之际，岂非天意！若愿助我，我必扫尽迷雾，使天日朗照，山河清明！

关羽、张飞大为惊愕，久不能言。刘备以为二人亦不屑，叹道，虽知我如卿等，仍觉我口吐狂言，何况他人！

关羽忙道，兄长如旭日，我等若朝露，既喷薄而出，岂能不惊！

张飞道，兄长壮志如天，我必誓死追随，虽粉身碎骨，在所不惜！

刘备携二人手道，陈涉亦曾言，苟富贵，勿相忘。我等三人，必同生共死，荣辱与共，虽天崩地毁而不弃！

此时，孙坚已名动吴越。孙公欲践婚姻之约，召孙坚入书房，说孙坚道，汝已成人，宜婚姻；况我年事已高，又多疾病，每有饴糖弄孙之望。太叔永常垂青于汝，其女娴雅，足堪为配。我欲为汝聘媒求婚，如何？

孙坚属意吴氏，忙道，我知大丈夫应先立业，后立家；今我寸功不建，若婚姻，恐受累于家小，消磨志气，难有作为！

孙公道，君子若有志，虽死不可夺，何有此言？

孙坚道，实不相瞒，我非钱塘吴氏不娶；除此女外，虽皇亲国戚不肯屈就！

孙公大怒，斥孙坚道，自古婚姻，无不为父母之命，媒妁之言，岂能由汝自择！况我与太叔有约在先，岂能失信！

孙坚道，若执意如此，太叔女必为寡妇！

孙公怒不可遏，大骂孙坚不孝。孙坚竟一揖告退。夫人闻知，劝孙公道，文台性情刚烈，必不肯屈服，若苦逼，恐适得其反。

孙公冷笑道，竖子张狂，或贻害太叔女；然既与太叔有约，若食言，何颜相见？

夫人道，不如为孙静聘，若太叔不愿，亦无愧于人。

孙公无奈，遂依夫人之说，即修书与太叔永常，称孙坚好勇逞强，祸福难料，我不忍使令媛受累，故不为其聘；三子孙静，为人稳健，颇知轻重，若不嫌愚昧，愿孙静聘。

太叔永常接此信，颇觉遗憾，又以为兵圣之后非俗子，遂应聘。

于是孙公聘媒，具厚礼为孙静求婚。诸事议定，于半年后完婚。此事亦算圆满，孙公亦无歉意。

某日，县令张春芳来访，官文示之，说孙公道，孙文台英名远播，太守爱其英勇，极力举荐，获朝廷恩准，征文台为都军从事。我今来此，请文台赴任。

孙公忙道，竖子恣意妄为，恐有负垂爱。

张春芳道，文台英勇盖世，必大有作为；况使君爱才若渴，必着力栽培。此文台之幸，望能早日赴任。

言罢，一揖而去。孙公送别张春芳，即召孙坚。孙公道，太守荐汝为都军从事，专事捕盗；今文书已下，汝愿就任否？

孙坚道，我愿往！

六

数日后，孙坚作别父母，乘船再入钱塘。其时春风初度，岸树未明，江上一派寂寥。孙坚欲邀齐岭同往，遂于钱塘登岸，径来齐岭家，叩门求见。家人告知孙坚，齐岭已于月前往余姚访友，至今未归。孙坚大为遗憾，不便耽误，遂离钱塘，乘船东去。

孙坚独立船头，放眼处风涛大涌，起伏动荡，俨然另一派江山风物。行不足数十里，忽见海天一色，碧波映日，千里精光灼人眼目，深为骇异。孙坚暗叹，不临沧海，焉知人之渺小！

继而，又觉此不过俗子眼界，不足为道；大丈夫何惧波涛，虽沧海横流，仍安若山岳，方为英雄本色！

孙坚一路感慨，不觉船又离海，再入江，行不足半日，已至会稽。

孙坚别舟登岸，举步入城，见会稽繁华，直追钱塘，亦非富春可比，顿觉酒兴大起，遂入酒肆，信步登楼，临窗而坐；抬眼望去，见此地携江海之势，吞吐有度，进则汪洋，退则江流，其出没之便，更优于钱塘。

孙坚临江自饮，待天色近晚，方离酒肆，入客舍暂住。翌日，来衙门，呈上文书。太守臧旻见孙坚英气逼人，大喜，遂设酒款待。

酒宴毕，臧旻亲领孙坚入军营，与同僚相见。自此，孙坚就任都军从事，专捕盗贼。孙坚恨部属懒惰，又疏于操习，于是大加整训，上下肃然。部属素闻孙坚英名，不敢怠慢，军威渐扬。

臧旻擒贼心切，知孙坚热衷操演，久不出击，颇为不满，遂入军营，责孙坚道，会稽匪盗猖獗，士民为此惧怕，每怨官府捕剿不力；我知卿勇敢无畏，故而极力举荐。卿一味演习，拒不出击，何故？

孙坚道，匪盗所以猖獗，俱因官兵羸弱，故不惧也；若人人为健儿，匪盗必惧，或不敢出。若能以威力逼其自散，何必以命相搏！

臧旻深异其说，遂不催逼，由其自处。孙坚仍每日率部属苦练，渐而威风大振，匪盗果然怯惧，竟绝迹。臧旻大喜，更知孙坚非寻常之辈。恰值司马病故，臧旻遂以孙坚代司马。

既匪患尽除，官民无不欢欣，孙坚声誉更隆。正此时，吴越两地饥寒骤生，或因久旱不雨，或因大涝，鱼米之乡顿为饥馑之地，一时流民大起，匪盗滋盛。

句章许昌以为乃英雄出世之际，遂携其子许韶等揭竿而起，并广为传言，刘氏将尽，许氏将兴；欲吃粮、依许昌等等。凡流言所及，应者如云，多为饥民或亡命之徒，不足数月，竟聚众十万！

州郡大为震动，纷纷上奏朝廷，请派兵征剿，朝廷却久议不决。

许昌聚众日多，野心愈炽，又见朝廷不举，于是攻掠郡县。郡县惶恐，不能敌，官吏或被杀，或逃亡。仅数月，会稽所辖鄞县、鄮县、余姚、上虞、郯县、诸暨等十余县，相继陷落。许昌以为官府如此软弱，不堪一击，遂于句章登基，自号阳明皇帝

朝廷终以许昌父子为大患，命州郡招募人马，将之剿灭。

孙坚亦受命以代理司马招募精勇，获子弟千人，昼夜操习，欲趁此建功，于是领随从数十骑，再往钱塘邀齐岭。

孙坚入钱塘，见流民当街，饿殍满地，昔日繁华恍若云散，不禁大为感慨，遂命随从步行，以免伤及饥民。至齐岭户外，见大门紧闭，青苔覆阶，亦无往日气象，唏嘘良久，命随从叩门。片刻，大门微启，一华发老者倚门而立，脸色枯黄，犹如败叶，竟是齐父！孙坚大惊，未料富贵如齐氏者，竟不能幸免！

孙坚施礼，进而言明来意。

齐父道，齐岭离钱塘已三月余，杳无音信，不知去向。

孙坚大失所望，请齐父转告，若齐岭归家，可赴会稽共讨逆贼。

孙坚欲回会稽，忽念及吴氏，心意难平，入住客栈，命随从召店主。店主见孙坚等俱带利刃，不敢辞，即拜见。孙坚道，汝勿惧，我有事相托。

店主忙道，卿若有所嘱，我必竭尽全力！

孙坚问店主道，可知钱塘吴景？

店主道，钱塘吴景富甲一方，无人不知。

孙坚出数千钱，嘱店主往吴家提亲。店主不敢怠慢，即入吴氏府第，拜见吴景，言明孙坚之意。吴景大怒，欲痛殴店主。店主惶急而走，逃回客舍，回禀孙坚。孙坚大笑道，常言君子先礼而后兵。吴景既不受礼，何妨诉诸以兵！

孙坚命随从赁花轿。随从不敢违，四处求问，竟有所获。孙坚大喜，即领随从至吴氏府第，将吴景等围困。

吴景见府第被围，大为惶遽，正不知所措，忽听孙坚呼道，有人举报，钱塘吴氏与巨匪许昌暗通，现奉命捉拿要犯吴景归案！

吴景知孙坚意在吴氏，不愿屈服，又虑其人多势众，不能与之斗狠，遂遣家仆自后门出，邀族人来此相助。

孙坚亦不紧逼，唯命随从鼓噪呐喊。

族人知孙坚欲强娶吴氏，以为大辱，纷纷来此。吴景见族人大集，恐惧尽消，欲逐走孙坚，于是仗剑而出。孙坚见此，大笑道，汝自不量力，竟敢与我斗勇！

话未毕，骤然而起，竟于瞬息间夺吴景手中剑。吴景大骇，虽知孙坚凶悍，不料竟精勇如此！族人亦大惧，纷纷退回。

正一筹莫展，吴氏忽来堂前，说吴景及族人道，吴氏鼎食之家，孙坚亦名门之后，若嫁，并无辱没；若不嫁，恐遭大祸！

吴景怒道，乾坤朗朗，岂容竖子猖狂！

吴氏道，今灾荒连绵，匪盗四起，已非清平世界，祸福俱在转瞬间。况孙坚狂放不羁，若不遂意，必不罢休。妾愿以微贱之身，解阖族之危，望勿阻。

吴景不甘，说吴氏道，孙坚薄情凶悍，若嫁，必为敝屣！

吴氏道，若不能善终，亦为天命，妾既不虑，兄长何虑。

吴景忽觉吴氏亦属意孙坚，虽不再言，仍不解愤恨。族人亦知吴氏心迹，纷纷劝解。吴氏仍暂避闺中，命仆人开门，呼孙坚道，请佳婿孙文台入府！

随从以为有诈，劝孙坚勿入。孙坚不以为然，只身入府。既至厅堂，见吴景及族人大聚于此，人人面色凝重，知为其所逼，并非情愿，正欲致歉，忽听吴景喝道，孙坚竖子，竟如此无礼！既欲结亲，何以领众威逼！既入厅堂，何以身带利刃！

孙坚笑道，既已呼我为佳婿，何必如此？

族人又劝吴景道，事已至此，何必责难。吴景却道，钱塘吴氏亦非寒门，汝既欲妻我妹，应奉礼而来，岂能草率！汝请回，可择吉日，另约佳期。

孙坚道，目下匪盗四起，气势汹汹，万事不可料。况君子不拘小节，何必计较？今夜即佳期，如不遂愿，誓不离此！

吴景正欲斥孙坚，忽见吴氏款步而出，朝吴景等施礼道，事出局促，恕妾就从与诸亲别！言毕，竟呼孙坚行礼。孙坚大喜，遂与吴氏拜别吴景及族人，连夜回会稽。

七

半月后，臧旻点集人马，总计三万余众，水陆并进，欲先收复上虞。

许昌本为乡间秀士，虽饱读经史，又自负多才，却始终不获举荐，以为汉室腐败，终无门路，大为绝望。

许昌本欲以耕读为乐，了此一生，孰料灾荒频仍，流民四起，以为天与其时，于是揭竿而起。今见官军气势汹汹，直奔上虞而来，遂遣部属飞告上虞义军，令其坚守不战，若能阻官军于此，余姚、句章诸县必能回旋；若能阻官军十日，必能使义军大集，将获大胜。

上虞义军获许昌令，坚壁深垒，欲固守。

许昌召许韶，嘱咐道，官军大举而来，会稽必然空虚，此可乘之机也。剡县、诸暨、乌伤义军最多，应不下五万之众。汝可急赴数地，尽召义军；若官军被阻上虞，汝可以所集之众，突袭会稽。如此，官军内外受敌，彼此不能顾应，则钱塘、余暨、余杭、乌程诸县当无虑；若能夺会稽，则疆域愈广，户口愈多，何虑汉室！

许韶领心腹，分驰各地，调集义军。

臧旻、孙坚等率众人上虞，围之。诸将轻敌，以为不过乌合之众，一举可下。孙坚说臧旻道，上虞城坚垒固，又布防严谨，不可强攻，应智取。

臧旻不以为然，笑道，贼势虽众，却不过乡间无赖，又临时纠合，必能一击而溃！

于是令四面强攻。诸将俱率众近城，大肆攻击。孙坚奉命取东门，刚近城池，忽听一声令下，箭矢乱飞，如疾雨骤至，瞬间即有百人带箭。孙坚大惧，急令部属后退，隔河对峙，不敢冒进。

诸将亦受箭矢所阻，死伤颇众。臧旻方知上虞不易取，令诸将围而不攻，欲另作计划，遂召诸将。诸将各持所见，久议不决。

义军首领见臧旻等围而不攻，深恐粮草不继，或人心涣散，遂遣人趁夜潜出，往句章求援。

许昌说来人道，卿且告知义士，称寡人自有破敌之策，唯需忍耐数日，即见分晓！

来人领命而回，以许昌所言告知首领；首领遂召部属，说众人道，阳明皇帝已请神兵助战我等，若无惧，官军必败！

部属深信不疑，勇气愈炽。

臧旻亦召诸将再议。诸将俱称，若围而不攻，贼必胆怯，待粮草尽，必自溃。

臧旻以为然。孙坚道，此万万不可。我等围上虞已数日，不见许昌来援，或有他图。若其趁会稽空虚，绕道突袭，将不堪设想！

臧旻大惊，愈不知进退。 将附和道，孙司马所虑有理，我等既有前后受敌之忧，应分兵，一路仍围上虞，另一路速回会稽，以防不测！

孙坚道，亦不可。若分兵，我军必势弱，既不能克上虞，亦难保会稽。上虞贼众不过五千，何必置重兵于此；若其大举袭会稽，再断归路，我等危矣！

臧旻愈为惊恐，问孙坚道，依卿所见，我当如何？

孙坚道，应弃上虞，回防会稽。我料贼众始集，虽号称十万，然多为流民，又不善战。若我等先于贼众入会稽，许昌必不敢轻举。如此，必成对峙之势，可再图。

臧旻沉吟良久，遂依孙坚之说，令诸将解围，回防会稽。

不日，官军俱回会稽，却不见义军来攻，诸将俱恨孙坚贻误战机，一时怨声四起。

臧旻知诸将怀怨，亦以为孙坚怯敌，欲夺其职，遂召孙坚，责备道，想当初，卿为都军从事，我命卿捕盗贼，卿言宜威逼，不宜以命相搏，我以为然；今许昌父子聚众反叛，我等受命剿灭，卿危言耸听，以至贻误战机。我今日方知卿非壮夫，传言不过虚妄！我所领虽三万之众，却多为各郡调集，本难节制；今诸将俱有疑，怨言大起，何以剿除巨贼！

孙坚道，诸将所言，实不可信；若许昌举剡县、诸暨、乌伤诸县义军袭会稽，应晚于我等，故而尚未到此！

臧旻冷笑道，我已派斥候，远近察之，至今未见动静，足见所言之非！

孙坚道，若许昌欲奇袭，必深敛其迹，或夜行晓住；况彼为流民，若不张旗帜，不衣甲胄，分道而走，然后猝然大集，斥候岂能知！

臧旻大惊，沉吟道，若义军不来，将如何？

孙坚道，我必解甲而去，自此永不言兵！

臧旻遂止，欲命孙坚总领防务。孙坚知诸将不服，婉拒，臧旻亦不勉强。

翌日，忽报许韶率五万之众，大集于会稽山南。臧旻大惊，跌足叹道，若非孙坚料敌如神，会稽必失！

臧旻命诸将紧闭城门，欲坚守。孙坚疾呼道，贼初来，若趁其立足未稳，猝然出击，必获大胜！

诸将俱以为不可，称敌来势汹汹，应避其锋芒，待其疲乏，再攻不迟。

孙坚无奈，说部属道，贼始来，或不敢攻，必结营，若我等骤出，必大有所获！

部属俱望立功，无不振奋。日将暮，许韶领众近会稽，令部属结营。恰此时，许昌遣人飞马而来，称官军已弃上虞，会稽已不可取，请速走。许韶大惊，急命沿来路退走。

孙坚见此，以为时机已到，遂领部属急出，大为鼓噪，纵马直追。许韶以为官军尽出，大惧，部属四处溃散。孙坚等痛下杀手，斩首数千，恐义军复勇，不敢再追，遂回。

臧旻知孙坚大胜而归，颇为欣喜，即遣人邀孙坚饮宴，并请诸将作陪。臧旻道，孙文台智勇双全，不愧兵圣之后。我将上奏朝廷，为卿请功！

孙坚道，若诸将齐出，许韶必丧命于此。

臧旻笑道，若齐出，卿岂能独居此功？

孙坚知其恐诸将忌恨，亦不再言。

翌日，臧旻再召诸将，议进剿之策。臧旻道，我等受命讨贼，竟寸土未收，朝廷催促愈急，奈何？

诸将俱无言；孙坚道，许韶大败而去，贼众必怯；可兵分三路，一路守会稽，以防许韶卷土重来；一路出会稽东，不张旗帜，夜行晓住，潜入句章城外，隐匿山林；一路亦夜出，赴上虞，大举攻城。许昌知上虞危急，或举众来援。此时，近句章者，起而急攻，必能夺句章，再奔袭上虞，追击援军，使其不能转道余姚，或回句章。若如此，留守会稽者可再分为二，一部仍留会稽，一部挥师上虞，三军会战于此，贼必大败！

一将问孙坚道，若许昌仍不顾上虞，又当如何？

孙坚道，若许昌不肯驰援，潜于句章者，可转而攻取诸暨、乌伤、剡县；若许昌出句章救诸县，攻上虞者可转夺句章；若许昌不救诸县，攻诸县者可直捣句章；攻上虞者，仍弃上虞，绕开余姚，直扑句章。两军会师，围许昌于此，料不出半月，贼必自溃！

诸将仍疑惑，不言。臧旻颇难决策，不置可否。

孙坚道，议而不决，乃用兵之忌！

臧旻沉吟道，既入山猎虎，何惧虎威！

遂依孙坚之计分嘱诸将。孙坚受命潜往句章，即领部属深夜起行，经两夜，已近句章，隐于山林。翌日，遣斥候察诸将动静；斥候回报，称官军已合围上虞。

孙坚大喜，又遣斥候察句章动静，斥候每每回报，称不见许昌驰援上虞。孙坚以为不可再等，于是转攻诸暨、剡县、乌伤。

数县相继告急，许昌大为恐惧，遣义军驰援诸县。孙坚知义军大出，即收紧部属，大肆迎击。

围攻上虞者见许昌不增援，遂走，绕过余姚，直扑句章。许昌大惧，急令援军回句章。

孙坚见义军回撤，紧追不舍，尾随至句章城下。此时，官军已破东门，将士蜂拥而入。

义军见句章已破，大惧，竟一哄而散。唯一人不肯走，横枪立马。孙坚命部属俱上，此人竟连刺数十人。部属恐惧，不敢再举。

孙坚大怒，出佩剑猛掷，剑入马腹。那马惊叫不绝，奋蹄乱走，继而倒地。官军一拥而上，举矛乱刺。孙坚忽觉此人面善，急令部属住手。

孙坚近前，大惊，此人竟是齐岭！齐岭斥孙坚道，汝竟屠杀饥民，恨我有眼无珠！

孙坚沉吟道，许昌父子聚众作乱，祸害州郡；我们奉命讨贼，死者俱为乱匪；卿为世家子弟，何故沦为贼寇？

齐岭大笑道，我赠剑与汝，实望汝仗剑锄恶，振济穷苦；汝却以此屠杀无辜，我何颜面对先祖！

孙坚道，事已至此，卿若肯降，我必与卿共图前程。

齐岭再斥孙坚道，汝不知善恶，何来前程！

言毕，忽抽剑出马腹，刎颈自尽。孙坚大为叹息，厚葬齐岭，以所赠古剑随葬。

义军溃散，许昌、许韶及元凶俱被俘。臧旻奏捷，为诸将请功。不一月，朝廷下令，许昌等灭三族，被诛者数千人。

臧旻颇忌孙坚之能，上表请功时，仅以孙坚入末等。孙坚获赏钱一万，绢三匹，转任盐渎县丞。

孙坚遂携新妇吴氏回富春。其时正值残秋，江岸黄花乱开，草木摇落，又秋树不言，西风伤物，不免感怀。

孙坚离家已三载，长兄孙羌已有一子，名孙贲。孙静竟一改纤弱，颇为雄壮。父母愈老，话愈多，见吴氏淑静知礼，亦喜。

是夜，孙坚与兄弟相聚，痛饮不止，夜深方散。

八

关羽藏身涿县已逾半年，官府不再追索，亦随刘备、张飞为马贩庇护，获财较多，日子颇为舒适。谁知马贩回西凉途中为匪盗劫杀，刘备等财路忽断，渐而窘困，关羽亦生去意。刘备大为不安，忽想及公孙瓒，欲领关羽、张飞前往投靠，以图生计。

关羽、张飞不知公孙瓒何人，颇为犹疑。

刘备道，我曾与公孙瓒于卢植门下为同窗，彼时，公孙瓒已为辽东书佐，因卢植应朝廷征用，门生四散，公孙瓒仍回辽东为郡吏；其人家道殷实，又仗义疏财，与我情如手足，若往，必获优待。

关羽、张飞疑虑顿消，与刘备同往。三人各骑快马，出涿县，径往辽东，不数日已至郡城，见日色向晚，遂寻客栈寄宿。

翌日，刘备领关羽、张飞至郡衙，正欲询问，忽听衙役喝道，此衙门重地，市井之徒当远避！

刘备一揖道，涿县刘备，特来拜见公孙瓒，烦请通报！

衙役本欲刁难，见关羽、张飞怒目相视，顿觉惧怕，于是入门通报。片刻，公孙瓒大步而出，见刘备等候于此，大笑道，我与大耳男相违已久，向来可好？

刘备忙拱手道，自涿县一别，匆匆已过数载，思慕之情，犹如流水！

公孙瓒执其手道，我昨日尚与同僚言及卿之大耳，同僚不信；今不请自来，我言可验也！

刘备以关羽、张飞引见；公孙瓒见二人雄壮，颇为惊讶，笑说刘备道，卿何德何能，竟能使壮士相随？

刘备道，我无德无能，唯知以诚相待。

公孙瓒欲再言，忽见关羽、张飞面带不悦，忙改口道，卿等既来，必痛饮三日，方不负渴想！

于是请三人入酒肆，命店主备美酒佳肴款待。

酒过数巡，刘备道，实不相瞒，我等困居涿县，又不屑为商贾，生计艰难；知卿身在官府，颇有门路，特来投靠，若不嫌我等粗鄙，愿效犬马之劳！

公孙瓒道，卿有所不知，使君因受奸人所害，已被廷尉收押，至今不知祸福。我曾受使君举荐，使君若罹祸，我必受牵连；既自身难保，岂能如卿所愿。

刘备大失所望，关羽、张飞亦觉怅然。

此后数日，刘备仍逗留于此，公孙瓒每日以好酒款待。关羽、张飞颇觉无益，催刘备回涿县。

刘备无奈，只好告辞。公孙瓒赠以五千钱，刘备坚辞不受，称虽未发达，亦无当年之窘。

公孙瓒亦不勉强，设酒送行。席间，公孙瓒说刘备道，若他日能显达，必与卿等共富贵！

刘备起身致谢道，我等叨扰日久，毕生当记此恩；今日一别，不知何日再聚！

言罢，几欲泪下。公孙瓒道，所谓人生何处不相逢，山回路转，必能再会；望卿等鹏程万里，平步青云！

刘备挥泪而去，仍领关羽、张飞回涿县，正不知以何为生计，另有马贩寻来，亦请为之庇护。刘备大喜，以为天无绝人之路。

曹操为北部尉，欲有所作为，却往往为富家子弟轻视。曹操深知，北部近都城，城中富豪多与权贵结纳，子弟骄横跋扈，或欺男霸女，或强取豪夺，既无视典律，更不以官吏为然。

曹操颇为激愤，说县令道，若不使子弟畏法惧刑，北部永无宁日！

县令道，北部与洛阳近在咫尺，权贵多于此买田置业，城中富商倾力与之结纳，翻手为云，覆手为雨者极多，实非别处可比。我不图有功，唯求无过。

曹操恨其怯懦，于是造五色大棒数十，分置四门，并告示城中士民，凡滋事生非者，无论贵贱，皆以此痛责。曹操召皂隶，令其执大棒巡街。皂隶恐惧，不敢应诺。曹操大怒，斥皂隶道，汝等若违命，我必以此严责！

皂隶不敢言，虽执棒巡街，却惮于种种势力，往往不敢下手。

某日，皂隶至一药铺外，忽闻店内有妇人啼哭，亦有人哀求，围观者议论纷纷。正诧异，忽见三五青年扭住一美少妇，责令往府上向公子赔罪。少妇哭泣不已。店内，一男子伏地不起，面上一片乌青；一老者正苦苦哀告。

据称，王员外公子身染风寒，昨日来此问诊求药，不仅未见好转，反而愈见沉重，且吐泻不止，故而令少妇赔罪。

来者俱为王员外家仆，常随王公子出入市井，几乎无人不识。

王公子人称小阎罗，虽恶行累累，却无人敢于过问。所谓饮药中毒不过借口，必是小阎罗有意美少妇，故意设下圈套，迫其就范。皂隶不敢问，转身欲走。

忽听一人大喝道，汝等身为衙役，遇豪强欺压良善，竟视而不见！

皂隶看时，见一人按剑而立，正是县尉曹操。皂隶忙拱手道，非我等不问，实不敢得罪！

曹操指皂隶手中大棒，斥道，此即王法，既遇恶徒，何不痛击？

皂隶忙说曹操道，此乃王员外家仆，县令亦须礼让，何况我等！

曹操笑问皂隶道，王员外何人？

皂隶道，王员外家道宏富，与当朝司徒为姻亲，莫非县尉不知？

曹操忽夺大棒，冷笑道，我眼中只有王法，不识司徒，更不识王员外！

言罢，径入药铺。仆人正强扭少妇欲走。曹操喝道，狗奴才，竟敢抢夺良家妇女！

有人认得曹操，挥手道，我等奉公子之命，特令主妇赔罪，汝若识趣，应知避让！

曹操强忍怒火道，柔弱女子，何罪之有？

仆人道，此妇暗怀歹意，欲毒杀公子，大罪也！

曹操道，既如此，应诉诸典律，岂能施以私刑！

仆人颇不耐烦，斥曹操道，汝竟不知高低，北部城中，我公子即王法！此妇孺皆知，汝何不知？

曹操怒不可遏，骂道，狗贼，竟如此狂妄！

遂举棒猛打。仆人大惧，舍弃少妇，抱头鼠窜。曹操不追，欲问少妇缘由，忽听仆人大骂曹操道，曹操狂徒，竟无视公子，汝必追悔莫及！

曹操喝道，小阎罗若来，我必一棒打杀！

仆人愤愤而去。少妇及其夫大为感激，请曹操入内。老者却叫苦不迭，称小阎罗必报复。

曹操道，勿怕，我不离此，若小阎罗敢来滋扰，我必绳之以法！

老者其意稍安。正此时，忽听一路吆喝，一锦衣少年领十数壮汉飞奔而来。

曹操嘱老者等勿出，独自持棒，当门而立。十数人已近门前，有人指曹操道，此即狂徒曹操！

小阎罗正欲开口，曹操先问小阎罗道，汝既饮药中毒，又吐又泻，如何能来此？

小阎罗冷笑道，汝不过县尉，竟如此狂妄！我若容忍，何以立足北部！

曹操不言，举棒猛击，小阎罗闪身躲过；来者纷纷上前，群殴曹操。曹操不顾众人，直扑小阎罗。小阎罗未能再躲，竟击中头顶，顿时倒地不起。众人大骇，纷纷围住小阎罗。片刻，有人惊呼，不好，公子头已裂！

皂隶闻此，大为骇异，悄然而走。曹操见小阎罗头骨开裂，脑浆迸射，自知下手太狠，正焦虑不安，又有人呼道，公子已殒命！

围观者大为惊恐，纷纷走散；随从亦逃走。曹操举棒说众人道，小阎罗强抢民妇，又殴打官吏，死有余辜！

曹操言罢，亦欲走，忽听妇人冷笑道，既无担待，何必逞强！

曹操顿觉面热，立止，说妇人道，我若离此，非壮夫也！

妇人遂朝曹操施礼道，搭救之恩，没世不亡！

曹操见老者及男子浑身战栗，面无人色，劝慰道，汝等不必恐惧，天倾地裂俱由我一人承担！

老者泣道，王员外痛失其子，岂能罢休！

曹操将之扶起，沉吟道，汝等可暂离北部躲避，免受报复。

老者以为然，命夫妇收拾家私，欲逃离。

少妇却道，小阎罗既死，官府必究，若脱走，谁为恩公作证？

曹操道，汝勿忧，实不相瞒，我乃大鸿胪曹嵩之子，不惧王员外；况事出有因，料官府不会加害，汝等且出城避祸！

少妇仍不肯去。老者无奈，与男子带上钱财，自后门遁走。

不一时，县令领衙役来此，不容分说，将曹操及少妇一并收监。

是日，王员外亲入县衙，贿以重金，嘱县令置曹操于死地。曹操不愿以势压人，不称为曹嵩之子，欲据理力辩。

县令不过堂，俱状上报州郡。州郡知王员外与司徒为姻亲，亦不复查，定曹操死罪，并依王员外之请，令少妇为婢。

县令获州郡批复，即令押曹操赴刑场斩首。曹操大为惊讶，疾呼道，汝等未察实情，又不容自辩，如此草菅人命，试问王法何在！

县令命衙役以破布塞曹操嘴。曹操不能呼喊，惶急不已。此时，衙役亦押少妇出，欲往刑场陪杀。曹操眼望少妇，满面急切，似有所求。少妇猛醒，急呼县令道，此人乃大鸿胪之子，汝等若杀害，必招大祸！

县令大惊，令去破布，问曹操道，此言可真？

曹操忙道，若有假，愿受剐刑！

县令顿时疑惑，不能决，沉思良久，仍将曹操收押，待证其所说，再决不迟，唯令押少妇入王员外府上为婢。

曹操大叫道，此妇乃我意中人，岂能为婢！

县令又惊，愈不知如何决断。

曹操道，小阎罗为非作歹，死有余辜；我若不死，必使恶徒之罪昭然于世！卿若不听我言，陷此妇于恶徒手，必受其累！

县令不敢轻率，仍将少妇羁押，又以此情禀报太守。太守大惊，遂入洛阳拜问曹嵩。曹嵩称，竖子不肖，若有罪，绝不袒护！

太守颇知其意，即告辞，亲临北部复审，曹操据理自辩。案情既明，太守既不敢得罪司徒，亦不敢得罪曹嵩，以事出有因，不予严究草草结案。曹操及少妇俱获释。

此后，曹操仍为北部尉。自小阎罗被棒杀后，豪强子弟无不震动，纷纷收敛，秩序一时井然。

九

曹操颇爱少妇美色，渐渐不能自禁，遂拜望。

曹操避开皂隶，只身而往，见店铺紧闭，于是叩门。

良久，闻少妇问道，门外何人？

曹操道，我乃曹操，巡街过此；既结案，何不开门营业？

片刻，大门徐徐而开，少妇素面布衣立于门内，其丰姿美颜更胜前日，几乎令人绝倒。少妇道，夫君父子至今未归，不能营业。

曹操暗喜，施礼道，前日多亏以言相救，否则，我已为冤鬼！

少妇还礼道，恩公休出此言，妾万死不能报大恩！

曹操道，我巡街至此，口渴难耐，望能赐饮。

少妇略迟疑，邀曹操入内。曹操环顾店内，四壁皆药架，架上已生微尘。少妇请曹操入后室，又施一礼道，妾无以为谢，欲治薄酒，聊表心意，望恩公不嫌。

曹操大喜道，我生性放纵，尤喜饮酒！

少妇不再言，请曹操入席。不一时，酒肉俱备，少妇于一侧侍奉。曹操不饮，说少妇道，既曾患难与共，何不同醉？

少妇颇为难，辞道，妾自知卑贱，恕不敢与君子同饮。

曹操大笑道，何为卑贱，何为君子！今世道污浊，是非颠倒，正气不扬，邪气泛滥，已无尊卑善恶之分，汝何必拘于此！

少妇仍迟疑，不肯同饮。曹操又道，我等起死回生，既不因理，亦不因法，唯因家族势力，其荒诞可笑，亘古未有！理不能伸，民必多冤；法不能正，国必多灾。我与汝生逢此时，宁不痛饮！

言罢，竟一饮而尽。少妇不言，为曹操续酒。曹操忽捉其手道，汝若不饮，我唯有醉死于此！

少妇满脸涨红，颇为羞涩。曹操以酒盏送至少妇嘴边，低声道，我曾言，汝为我意中人，此出自肺腑，汝岂忍拒绝？

少妇迟疑良久，张嘴饮下此酒，顿时，面色愈红，犹如桃花怒开，又不胜春风。

曹操心潮大起，不可遏制，又执其手。那手惊疑不堪，几欲抽走，又总是无力。曹操道，我平生无所爱，唯爱美酒佳人；今二者兼具，若不尽情，岂不遗憾！

少妇双目紧闭，仿佛气绝。曹操揽少妇入怀，望里屋乱走，遇一门，抬脚蹬开，却是灶房，笑问少妇道，睡榻安在？

少妇不答，愈为可怜。曹操笑道，汝若不嫌此处尴尬，我亦不嫌！

正欲去少妇衣，少妇忽睁眼，说曹操道，既君意如流水，妾何惜为落花。

遂引曹操入卧室。两人果如流水落花，相逐相随，直至天涯。

自此，曹操常与少妇幽会，缱绻不已。正此时，朝廷下旨，以曹操整肃北部有功，迁任顿丘令。

曹操赴任前，来药铺辞行，少妇仍置酒款待。酒至半酣，曹操揽少妇入卧室，意如奔流，再三不止，直至力竭；少妇亦如狂风吹树，落花纷纷，芳香四溢，直至遍地残红。

两人复饮酒。曹操道，我在宦途，身不由己，若离北部，汝当如何？

少妇道，妾虽愚蠢，亦知君壮志凌云，所谓池水不容蛟龙。

曹操欲言，少妇止道，君勿需言，妾已知之。

言罢，起座入内，闭门不出。曹操独坐良久，尽囊中所有，置于案上，决然而去。

少妇深陷思慕，不能自拔。数日后，夫与老者俱回，见少妇病不能起，不免施治。少妇颇为自愧，又相思日深，竟于深夜悬梁自尽。

孙坚作别父母兄弟，携妻吴氏离富春，往盐渎就任。

船到钱塘，遂入吴府暂住，赠以厚礼。吴景虽恨孙坚强娶吴氏，毕竟既成事实，不能过分。孙坚知吴景不过虚以应付，遂极尽谦恭，又处处礼让。

是夜，吴景暗问吴氏道，孙坚待汝如何？

吴氏道，孙坚为人坦诚，性情爽直，与妾相敬如宾；妾无忧，兄长亦应勿念。

吴景怨恨稍解，遂大宴族人，以示庆贺。

席间，有长辈问孙坚道，人言许昌父子俱非凡人，或呼风唤雨，或撒豆成兵，未知是否？

孙坚大笑道，若如此，许昌父子何至灭亡！

族人唏嘘不已。有人不禁叹道，许昌父子虽覆灭，然人心已乱，恐再难安守本份。

吴景道，确乎如此，大灾之后，钱塘丝织颇为冷清，所售不及往年二成。

孙坚说吴景道，今灾祸不绝，人心不古，料不出数年，天下必大乱。所谓英雄出乱世，我等既逢其时，何必图小利！卿素怀壮志，英姿飒爽，应有作为。我若能与卿携手共进，岂不畅快！

吴景大喜道，若卿不弃，必有此日！

既隔阂尽释，无不欢喜。孙坚与吴氏小住数日，遂辞别吴景及族人，仍往盐渎。

盐渎东临碧海，西接扬州，北压灌河，自古以煮海取盐为获利之道，其富庶远非它处可比，以盐致富者难以尽数。自秦汉以来，盐渎商贾云集，舟船往来不绝，其繁华仅逊洛阳。

孙坚携吴氏入盐渎，先赁房，待安顿毕，即赴县衙履任。新任县令竟是周异，二人意外重逢，喜出望外。

周异为州郡所举，初为洛阳令，颇能治理；因盐渎繁华，鱼龙混杂，朝廷以此为患，遂改周异为盐渎令。周异先孙坚一月到任，知孙坚将为同僚，期许不已。

两人细言别后诸事，感慨万千。周异引孙坚与同僚相见，并设酒，款待孙坚。周异说孙坚道，我来盐渎已过一月，知盐渎财货丰足，因盐而富者众，非法牟利者亦不乏其人。

孙坚道，我亦有所闻。今来此，方知盐渎之富，堪称天下甲等，其鱼龙混杂，在所难免。

周异道，盐渎虽富，却类于粪池，苍蝇蛆虫汇集其间，虽良玉足金难免为其所污。

孙坚讶然，问周异道，卿所言何意？

周异道，历任盐渎者，无不与盐商勾结，大获其利，又贿赂州郡，虽皆能升迁，然恶名昭著。我等宜引以为戒。

孙坚笑道，我不爱财，卿勿需为虑。

周异道，卿凛然风度，必视钱财如粪土。我不虑卿，唯虑一恶徒，此人姓王名植，本市井无赖，好武艺，每混迹妓馆酒楼，又极善偷盗，聚财颇多，遂广结亡命之徒，渐有鹰犬百人，竟大成气候，转而入盐业，既欺行霸市，又与官府暗通，渐而垄断。盐户煮海所获，必经王植出售，于是低价进，高价出，从中获巨利。无论盐户、盐商，虽久怀怨恨，终无可奈何。我来此一月，每日走访，盐户、客商俱不敢言。王植知我初来，曾三请，被我拒绝。若此人不除，盐渎岂有宁日！

孙坚道，卿若有心除恶，我不惜身家性命！

周异大喜道，壮哉孙文台！我等若能除祸患，还盐渎公平，既无愧父老，亦无愧于心！

孙坚道，卿勿需忧虑，我虽不才，却素不惧恶徒！

周异道，王植与州郡久有勾结，若惩治，我等必难出头。况臧旻因剿灭许昌父子有功，已升任刺史，尚未到任，王植已与之结交。我曾闻臧旻忌卿之才，若与王植为敌，恐愈受臧旻忌恨。

孙坚道，我不过县丞，何足为道；若能除此恶贼，不惜弃任还家！

周异颇觉畅快，又置酒，与孙坚痛饮。正此时，衙役来报，称王植又来此求见。

周异颇为厌恶，说衙役道，不见，可斥退！

孙坚忙道，卿不必如此，若不见，岂能知其所欲？

周异亦觉有理，遂与孙坚整衣而出。片刻，衙役领王植入。孙坚见其衣着锦绣，颇显富贵，又面带和善，并无蛮横，已知此人恶在内，不在表。王植深施一礼道，草民王植，拜见县令、县丞！

周异冷冷一笑，问王植道，此乃公堂，既为草民，何不跪拜？

王植微微一惊，竟缓缓跪下。周异又问，汝屡屡求见，莫非欲申冤屈？

王植忙拱手道，草民并无冤屈。唯因勉为盐户之首，知二位大人新任盐渎，特来拜会！

周异冷笑道，所谓盐户之首，不知为官府所委，或为盐户所推？

王植颇为尴尬，自辩道，虽非官府所委，盐户所推，然官不究，民不怨，我居之泰然；大人何有此言？

周异欲痛斥，孙坚示以眼色，周异遂止。孙坚说王植道，卿所言有理，既盐户众多，若无巨头，盐市必乱。卿且起，勿需多礼。

王植大喜，起身问孙坚道，恕我冒昧，卿莫非孙文台？

孙坚笑道，卿何以知之？

王植忙道，英雄之名，如雷贯耳。我前日有幸聆听新任刺史臧旻教诲，刺史极赞卿英勇无敌，称若非孙文台善用兵，许昌父子难以速灭。今日与卿相识，三生之幸耳！

孙坚大笑道，区区微绩，何足为道！

王植又说周异道，草民知县令出身名门，世代贵胄，仰慕不已！

周异颇不耐烦，斥王植道，汝有事，可明言，勿需多话！

王植道，我久慕二位大名，特备薄酒，以示敬意，又欲以盐业诸事求教，万望不辞！

周异欲坚辞，孙坚又以眼色劝止，说王植道，既如此，我等却之不恭。然今日事务未决，明日如何？

王植大喜，拜辞而去。

十

翌日一早，王植遣仆人往县衙迎候。孙坚、周异齐出，随仆人来至城南王植府第前。二人见门户威严，重楼高耸，大为惊讶，遂驻足门外。孙坚笑指墙内楼宇问仆人道，楼阁间可有盐渍？

仆人大窘，不敢答；孙坚、周异相视大笑。仆人三请，二人方随其入院门。迎面一片花木，灿若流霞，奇香暗涌，颇能醉人。片刻，已转入别院，尽头有台阶，颇高，立石狮两尊，面目狰狞，大张其口，内衔铜珠，大如拳；两个壮汉分立石狮侧，直视孙坚、周异，似有挑衅。恰此时，王植飞步而出，忙拱手道，卿等光临寒舍，未能远迎，恕罪恕罪！

孙坚、周异略还礼。王植请二人入回廊，行数十步，又是一重大院，青石铺地，光洁如玉，隐约能见人影。有人于此习武艺，两侧兵器满架；一壮汉手持石锁，望孙坚冷冷一笑，只手一抛，石锁翻转而上，几乎高过屋顶，转瞬又疾下，壮汉伸手一接，石锁已入手，虽其大如斗，却似乎轻如草屑。

周异颇觉骇然，看孙坚时，孙坚竟目不旁顾，似大为不屑。王植停步，朝孙坚拱手道，我久闻富春孙坚英武盖世，若能一睹神技，当不负仰慕之心！

孙坚笑而不语；王植又道，实不相瞒，我亦尚武，此诸子皆为我徒，若能获卿指点，实乃万幸！

孙坚深知王植用意，笑道，高足尚如此，卿之神力可想而知。我自叹不如，恕不献丑！

王植笑道，谬赞谬赞，我岂敢于英雄面前言武！

王植不再言。穿过一段回廊，又是一重大院。二人不禁暗叹，王植如此暴富，足见敛财之多！

王植延二人入客堂，早有家仆献上茶食。方入座，忽闻洞箫一曲自帘底悠然而起，恍若碧泉悄出幽谷，又如凉风暗生夏夜。

孙坚、周异俱觉惊讶，不想粗鄙如王植者，竟有如此雅兴！

王植见二人坐而不语，拱手笑道，草民有一妾，别无所长，唯吹管弄弦。既卿等光临寒舍，我无所奉承，特命其于帘后吹箫，以助雅兴。

周异、孙坚仍不语，只听箫声，渐觉其声悲凉，似暗含幽恨，虽如丝如缕，低转不绝，却如绵里藏针，锋芒逼人。

不一时，仆人来报，称筵席已备。王植遂邀二人入筵厅。二人随王植穿门过屋，渐至筵厅。虽丽日照窗，厅内仍大烧高烛，一派辉煌；此厅阔绰无比，四壁皆悬字画，俱为当世名家手迹；几案尽为紫檀，雕饰精美，漆色华丽，可谓极尽奢侈；席上金樽闪烁，夺人眼目；盘中所盛，无不为山海奇珍。

孙坚、周异虽出身贵胄，亦颇觉局促。王植邀二人入席，极尽殷勤。酒过数巡，见二人无言，王植笑道，我欲令婢女歌舞，以助酒兴，如何？

周异欲谢绝，孙坚却道，既欲畅饮，何拒歌舞！

王植遂击掌三声。片刻，觉香风渐生，如兰如桂，一班女子轻盈而出，俱着轻纱，体态婀娜，面目姣好，袅袅婷婷，仿佛弱柳扶风；为首者年约二十，手持玉箫，如桃花初绽，颜色更在诸女子之上。

孙坚笑指持箫女子，问王植道，此女莫非帘下吹箫者？

王植拱手道，正是小妾。

孙坚似已忘形，周异却端坐如常，目不旁视。

女子远远坐于窗下，俄而，箫声轻起，顿觉清音如水，透入肌骨。舞女翩跹而起，衣袖舒卷，熏风漫溢，令人迷醉。

孙坚直视小妾，似深为所动。周异不悦，悄说孙坚道，既为王植小妾，必肮脏不堪，不过金玉其外，败絮其中，卿何必失态！

孙坚笑道，如此佳人，岂不心动！

王植闻此言，笑指小妾，说孙坚道，卿若不嫌粗俗，我愿割爱！

孙坚忽正色道，我虽素爱佳人，终非好色之徒！

王植大为尴尬，遂不再言。孙坚见周异面色沉重，笑问道，卿不语，莫非不堪声色之乱？

周异道，我虽非君子，亦不作声色犬马之徒！

孙坚笑说王植道，周令长不堪声色之乱，卿何必使其为难？

王植忙赔罪，将小妾等斥退。周异稍安，王植遂说周异、孙坚道，我经营盐业已十载，略有所获，历任令、丞不嫌我粗鄙，每有往来；虽州郡长官，亦多有交际。

周异冷笑道，卿颇能附会，我等已有所闻。

王植略觉尴尬，稍停，又道，盐渎虽以煮海取盐致富，盐户却各怀私心，互为倾轧，每为盐商所乘，可谓混乱不堪。日久，煮盐者几乎无利可图，若长此以往，必有歇业之危。

王植故作停顿，以察周异、孙坚之意，见二人正襟危坐，又道，我不忍使盐业毁于自乱，遂联合盐户，缔结同盟，统一出售，所幸使盐价回升，官民俱喜。

孙坚笑道，若非卿挺身而出，盐渎盐业已入末路，足见功德之大，如山如海！

王植忙道，我岂敢独居其功，若无官府鼎力相助，我必一事无成。卿等履任于此，我将一如既往，竭力协助，力保盐业兴盛！

言罢，又朝二人施礼道，为表敬意，我略备薄礼，望卿等勿辞！

周异欲斥责，孙坚忙扯其衣袖。王植见二人不辞，又击掌三下。片刻，两女仆手擎条盘，俱覆以锦缎，款款而来，分置孙坚、周异前。孙坚故作不知，笑问王植道，此何物？

王植不答，揭去锦缎，顿觉精光射目，盘内各盛足金二十锭，又珠宝若干。

王植道，此不过见面礼，望不嫌微薄；容我略作准备，他日当厚赠！

周异再不能忍，冷笑道，我虽位卑，却耻于受贿，请自重！

王植大为窘迫，顿时不能言。孙坚虑其心生戒备，忙说周异道，以物相赠，实乃美意，卿何必如此？

周异亦觉不妥，遂不再言。孙坚又说王植道，无功受禄，乃君子所不为；待来日于卿有所助，再谢不迟，如何？

王植只好借机下台，盛赞二人，命女仆撤走。

周异、孙坚起身告辞，王植苦留不住，送二人出府。行至中院，忽听一人喝道，孙坚休走，我必与汝一决胜负！

孙坚抬眼看去，见一壮汉当院而立，即手抛石锁者，遂拱手笑道，我与卿素不相识，何必如此？

壮汉道，我乃零陵黄盖，素闻孙文台英武无敌，今日相遇，何不一分高下？

王植斥黄盖道,黄公覆大胆,此乃贵客,岂能胡为!

孙坚颇知此为王植之意,欲借黄盖威慑,于是止王植道,以武会友,亦乃孙坚所好。敢问英雄,如何比试?

黄盖手指近侧一对铜锤道,汝若能使此物移位,我必折服!

孙坚见铜锤大如面盆,每只足有五百斤,呵呵笑道,此锤硕大,若无神力,不可移动。卿既以此相邀,必能移,我愿一开眼界!

黄盖以为孙坚自怯,冷笑道,此有何难!言罢,举步近前,两手各握锤柄,轻轻一提,铜锤已高过头顶,迈步疾走,片刻,已绕庭院一周,将之放回原处,犹自面色如常。

周异不禁赞道,真壮士也!

王植笑而不语。黄盖朝孙坚拱手道,请!

孙坚满面微笑,亦近铜锤,轻轻一提,已在手中。黄盖、王植等无不惊讶。孙坚忽将铜锤互碰,碰出一声脆响,笑道,好锤,果为赤铜,可惜太轻!

言罢,忽一扬手,铜锤脱手飞出,径奔院侧一棵大树,正中树身,其声哗然,响未绝,大树已折,轰然而倒!

周异、王植、黄盖等目瞪口呆,久不能言!孙坚呵呵大笑,径自而走。黄盖如梦初醒,忙拱手道,卿盖世神力,犹恐项籍不如!

孙坚不言,直出院门。王植呆若木鸡,不能动。周异朝王植略一拱手,追孙坚而去。

二人复会于街衢,周异道,卿有何想?

孙坚切齿道,王植恶贼,岂能轻饶!然其与州郡有染,我等宜忍耐,待广采罪证后再举不迟;若使之不能回旋,虽州郡袒护,亦必徒呼奈何!

是夜,黄盖拜访孙坚。孙坚爱其雄壮,置酒款待,并请周异作陪。

席间,孙坚问黄盖道,卿在零陵,何故来盐渎?

黄盖道,前任盐渎令为我远亲,我别无所能,欲来此为衙役,以图衣食,不料远亲已转任他处。我不慎夜失行囊,身无分文,遂于街头卖武,欲以此酬盘费,恰被王植遇见,因爱我勇壮,延我至府上,待若上宾。我每欲去,王植苦留,不觉盘桓逾月,正愁无以回报,王植请我授子弟习武,我慨然应允。

孙坚沉吟道,卿可知王植恶行?

黄盖颇为讶然,问孙坚道,王植仗义疏财,乐善好施,卿何有此言?

周异、孙坚先后痛陈王植罪恶,黄盖大为惊愕,惭恨道,我无知,身陷污淖竟不自察!

孙坚道,卿既不知情,何必自责?

周异道,卿既愿为衙役,不如随我等,剪除邪恶,岂不快哉!

黄盖辞道,王植虽罪恶滔天,却于我有搭救之恩,恕不能相助。我将回零陵,另作打算。

周异寻思道,零陵长史曾与我同窗,我荐卿为郡吏,如何?

黄盖大喜,起身拜谢。周异即修书一封,付与黄盖。

十一

翌日,孙坚送别黄盖,欲往盐场察看。周异劝道,我前日去盐场,有皂衣人尾随,想必俱为王植走狗。卿宜多带随从,以防不测。

孙坚笑道,市井无赖,何足为道!

于是只身入海滩，望见一片席棚，沿岸而设，竟绵延数十里，远近水汽氤氲，缭绕不绝，恍若云蒸霞蔚。孙坚不由大惊，何曾想煮海取盐者如此之多！若俱受王植所制，足见获利之巨！

孙坚信步走来，见煮海者忙碌不堪，须发间俱带盐末，如清霜点染。每棚皆置大锅，锅里卤水翻滚。守于灶前者多为老人，其神情无不木然，似苦为盐水所渍。

孙坚更为惊讶，不想此地繁盛，竟由千万盐户辛苦支撑，愈以为王植之罪不可恕。孙坚走近一老人，老人正眼望一锅卤水，几乎不敢眨动，似恐转瞬之间即无所获。

孙坚站立良久，问老者道，每日所得几何？

老人目不转睛，竟不回答。孙坚又问，老者仍不答，唯以手中长杓，往锅中慢慢搅动。

孙坚颇为奇怪，回头看时，见十数皂衣人，正往棚内张望，腰间各带利刃，神情极其嚣张。孙坚顿时明白，欲怒，又觉失之仓促，遂出，皂衣人亦走。孙坚又入另一席棚；一中年男子正提起木桶，往锅里添卤水。孙坚拱手施礼，男子亦不答。孙坚笑道，汝等如此辛苦，必大有所获！

男子将木桶置于灶前，似颇为愤怒，仍不言。孙坚又笑道，我乃新任县丞孙坚，欲讨教煮盐事宜，望不吝赐教。

男子冷冷一笑，大为鄙视。孙坚再回首，见皂衣人又在棚外，无不冷眼相看，遂问男子，此是何人？

男子冷笑道，汝竟不识？

孙坚再不能忍，返身退出，逼近皂衣人，斥道，汝等既非官差，竟身带利刃四处招摇！我乃县丞孙坚，若不退走，休怪无礼！

皂衣人虽略显忌惮，并不回避。孙坚大怒，喝道，汝等竟不听命！

一皂衣人拱手道，我等受王公所嘱，来此巡场，若有得罪，望能海涵！

孙坚呵呵大笑道，王公是谁，竟如此排场？

皂衣人道，王公即王植，县丞曾登门造访。

孙坚道，是也，我曾受其款待，似乎王公姓王名八，未必已改名？

皂衣人不敢再言，亦不离去。早已惊动盐场，观望者渐多。皂衣人大为难堪，说孙坚道，王公视卿为知己，卿何必如此？

孙坚忽夺皂衣人佩剑，怒斥道，汝等若走，他日再不滋扰，我必饶恕；若不走，或再来，我必使汝等颜面尽失！

皂衣人不敢逞强，悻悻而去。

孙坚喝道，告知王植，若自此收手，尚可活；否则，必受严惩！

皂衣人不敢应，仓皇疾走。围观者亦散去，仍各回席棚。孙坚复来男子身边，慨然道，汝且拭目以待，不出一月，我必还盐渎公平！

男子几欲言，终未出口。孙坚忿然道，汝等既不敢言，又不敢恨，怎不受人欺压！

言罢，转身欲走。男子拱手道，卿且留步，我有所告！

孙坚大喜，说男子道，我与县令欲法办王植，需盐户指证罪恶；汝等若敢于奋起，何虑王植不除！

男子叹息道，非我等软弱，实因王植强横，人人敢怒不敢言！

孙坚道，盐户之众，何止千百，岂惧区区恶贼！我必为汝等出头，勿需再惧！

男子沉吟道，数年前，新任县令亦称欲除王植，说盐户指证罪恶。盐户以为出头有望，纷纷陈说。谁料县令转而与王植沆瀣一气，大加迫害，凡指控者既需赔偿，又不准售盐，被迫远走他乡，至今杳无音信！尔后方知，县令嫌王植分利太少，欲以盐户之说要挟王植。盐户不知县令奸诈，纷纷上当，所谓一朝被蛇咬，十年怕井绳！

言及此，男子满面悲愤，几乎吞声。孙坚忿然道，狗官，竟如此卑劣！然此一时彼一时也，我与周县令俱非势利小人，既决意除恶，虽州郡袒护，亦无所惧！

男子沉吟道，卿英名远播，我岂能不知！然王植与州郡官员素有勾结，欲除此霸，实非易事。

孙坚慨然道，汝所虑过矣，州郡官员虽与之勾结，却不过暗地往来，不敢明目张胆。我与周县令于身家性命而不顾，汝有何虑！

男子道，我别无所惧，唯恐打虎不成，反为虎伤。

孙坚怒道，虎狼入室，危及性命，能不舍死一搏！王植所以猖獗，唯因盐户逆来顺受！汝等若不愿受欺，可以王植罪行告知；若不能将王植绳之以法，我不惜为侠客，亦必手刃恶贼！

男子大喜，望孙坚一揖道，若如此，盐户出头之日有望，请受我一拜！

孙坚将之扶起，说男子道，所谓邪不压正，此人间至理，虽世道没落，我亦不疑！

男子道，我姓陈，名海兴，祖辈皆为盐户。盐渎煮盐已逾千年，虽含辛茹苦，亦有微利可图。然自王植强霸盐场以来，盐户所获日少，几乎不堪衣食。初时，盐户亦曾反抗，王植使鹰犬毒打，轻则打折脚手，重则取人性命，已有数人死于毒手！盐户诉诸官府，官府每以查无实证敷衍！王植气焰愈炽，盐户大为绝望。县令、太守，乃至刺史，尽被王植买通，十年以来，盐渎暗无天日！

孙坚沉吟道，我知官府设有盐官，专事管辖，并抽取盐税，既为王植垄断，岂不有碍抽税？

陈海兴道，卿有所不知，若无王植，盐官需逐户收取，颇费周折；有王植，税银俱由王植代缴，简单便捷，又能渔利，盐官何乐不为！

孙坚将陈海兴所说一一记取，欲起身告辞。陈海兴道，盐户早已绝望，不敢奢想；卿有此愿，我已感激不尽。

孙坚道，大丈夫不惧虎狼。汝勿疑，我既有除恶之心，当不乏惩凶之能！若我将王植捉拿归案，汝能否当堂指证？

陈海兴道，若如此，我等何惧呈堂证供！

孙坚大喜，遂告辞，又逐一走访，亦有所获。天色向晚，孙坚方离盐场回衙，将情形告诉周异。

周异怒道，王植恶贯满盈，若不速除，有负盐渎父老！

孙坚道，此事宜速不宜缓，若迟疑不举，必横生变故。

周异沉思道，我别无所虑，唯虑州郡官员从中作梗，即使铁证如山，仍不能将之法办！

孙坚道，卿勿需忧虑，我已有方略。卿唯需使今日所获成为铁案，余者由我布置，我必使王植罪责难逃！

周异仍忧虑重重，说孙坚道，我等并无生杀大权，即使王植应诛九族，亦需逐级呈报。州郡官员既为其买通，宁不开脱？

孙坚笑道，卿不必瞻前顾后，我不仅能使王植伏罪，亦能使州郡官员不敢多言！

周异遂不再问，暗命心腹夜传陈海兴等，将王植罪证一一录写在案。

十二

孙坚录完证词，已过三更，不愿惊动家人，亦不洗漱，悄上卧榻，和衣而睡。吴氏已有身孕，倦怠不已，竟不知孙坚回家。孙坚思绪万千，辗转反侧，久不成眠。正此时，忽听窗外一声轻响，暗自一惊，见有人影映上窗纸。孙坚猝然警觉，遂起，近窗户一侧，靠墙而立，目视人影。

片刻，有物自缝隙入，幽光隐现，竟是刀刃！孙坚屏息静气，敛而不发；刀刃上下其间，竟将插销挑起！随即，窗户已开，唯见人影一晃，已越窗而入，几乎无声无息！

孙坚直视来人，仍不举。来人身形魁梧，手持利刃，径往榻前！孙坚忽起，势若飞星，一举击中来人后脑。来人身子一软，向榻上倒去。孙坚一把抓住后颈，往后一扯，已将之揽入怀里，前后俱无动静。吴氏仍酣睡，鼻息均匀而舒缓。

孙坚将之挟持出屋，径往县衙疾呼。值夜衙役急开衙门，见孙坚手提一壮汉，大惊。孙坚将之掼于地上，借灯火一看，不由得目瞪口呆，此人竟是海贼胡玉！

孙坚颇觉蹊跷，遂命衙役请周异。周异闻之大惊，急起，疾步而来。孙坚指胡玉道，此即海贼胡玉，我曾与之遭遇，今夜竟入室行刺，或与王植有涉。

周异见胡玉昏迷不醒，命衙役以冷水浇头。胡玉渐渐醒来，一脸茫然，竟不知身在何处。

孙坚问胡玉道，汝何知我在盐渎？

胡玉不言，似欲顽抗。孙坚忽以所夺短剑抵其面，冷笑道，我曾一箭射汝左眼，汝虽眇一目，仍不知痛改；既如此，我即剜汝右眼，使汝双目不见，令世间多一盲人，少一恶贼！

言未毕，剑尖已入眼眶。胡玉顿觉毛骨悚然，忙道，卿勿举，我愿招！

胡玉左眼带箭，败走江上，隐匿山野，久不敢出；余众见其萎靡不振，不愿追随，各自散去。胡玉无奈，竟以偷盗度日。因左眼已失，大为受碍，不免每每失手。既知盐渎商贾云集，鱼龙混杂，遂辗转而来，常入客栈盗取行李，竟每有所获，于是淹留不去。后为王植爪牙所察，将其拿获。王植知胡玉为海贼之首，大为惊讶，以为甚可利用，遂与之结纳。因胡玉身负重案，王植为其赁房居住，以敛其迹；若有盐户反抗，即命胡玉夜出，或伤其身，或取其命。王植知孙坚于盐场逐走爪牙，料其不可收买，遂命胡玉深夜入户，杀之以绝后患。

周异、孙坚录好口供，押胡玉入大牢。

翌日晨，孙坚自拟抓捕公文，亦不告知周异，领衙役数人，手持铁链，径往王植府第，打门而入。

王植不见胡玉复命，颇为不安，虑其刺杀不成，反被孙坚捉拿，若将种种情形供出，不堪设想。正焦急不已，忽闻吵嚷骤起，大惊，急出，刚至中院，忽见孙坚率衙役凛然立于阶下，徒众各执刀枪，将之团团围住。

王植强作镇定，望孙坚拱手道，卿绝早来此，不知何事？

孙坚将铁链掷于王植脚下，出公文，厉声道，盐渎王植，欺行霸市，鱼肉盐户，又命案累累，恶贯满盈！盐户不堪欺压，各具状词，诉于官府。现依法拿王植归案，阻碍者同罪！

王植大惧，又见孙坚虽声色俱厉，却不举动，以为意在勒索，忙拱手道，卿有何事，尽管吩咐，我必竭尽全力！

孙坚手指铁链道，汝且自缚，免脏我手！

王植愈以为孙坚欲敲诈，笑道，前日款待不周，多有得罪，望卿海涵；今既来，我必倾力奉迎。

孙坚冷笑道，汝若欲拒捕，可命爪牙齐出，何必多言！

王植仍笑道，若卿执意为难，我愿随卿往州郡，若州郡亦欲拿我，我无话可说。

孙坚大笑道，狗贼，竟以州郡威胁！

言罢，忽伸手捉住王植弟子，指铁链道，汝且以此锁住恶贼，当不问协从之罪！

弟子大惧，不敢动。孙坚将弟子一推，弟子横撞出去，正撞上王植，王植踉踉跄跄，险些跌倒。

王植恼羞成怒，指孙坚喝道，孙坚勒索不成，竟上门滋事，汝等可将其打出门去！

弟子蜂拥而上，再围孙坚，却不敢动手。衙役们浑身发抖，既不敢相助，又不敢走，只好躲去一边。

孙坚飞步逼近王植，一把将铁链掠起，锁住喉咙，拖上即走。王植急得满面涨紫，却不能呼喊，唯以两手比划，示意弟子解救。

弟子仍不敢动。孙坚大笑道，汝等威风何在，何故弱如妇人！

弟子终被激怒，奋勇而起，一时戈矛齐举，望孙坚乱刺。孙坚一脚照王植背心蹬去，王植失控，竟迎面撞上戈矛，戈矛俱入前胸，王植惨叫不已。弟子大骇，不知所措。孙坚急上前，拽紧铁链，将之拖倒于地，望外疾走。

片刻，已出大门，孙坚说衙役道，汝等速报周县令，只说王植被我捉拿！

衙役飞奔而去。王植已气息奄奄，任孙坚拖入街巷。

街人早被惊动，纷纷围观。

街人越聚越多，俱随孙坚来至县衙；周异闻讯而出，见王植已死，大惊，责孙坚道，卿抓捕王植，竟不与我商议！

孙坚冷笑道，我知卿多虑，若告知，必受阻！

周异道，王植已死，奈何？

孙坚道，王植为弟子刺死，与我等无关！

周异命仵作验尸，归卷备查；拉孙坚入县衙，又说孙坚道，卿操之过急，王植罪行尚未坐实，若州郡追究，奈何？

孙坚道，卿所虑过矣，若王植不死，州郡必大加干预，我等不能除恶；王植既死，州郡必不追问，此案可了。

周异颇为不解，问孙坚道，卿此言何意？

孙坚道，王植与州郡官吏勾结，若王植不死，官员虑其招供，必极力干预；今王植已死，隐患已除，官员求之不得，必不肯替死鬼出头！

周异大悟，说孙坚道，文台所言有理，唯恨贪腐之徒逍遥法外！

孙坚笑道，若涉及州郡，既不能除王植，亦不能惩贪官，我等或反受其害。

翌日，仵作将尸检录入卷宗，回禀周异；周异召王植家人，命其领尸；又将此案具状上报，唯言王植欺行霸市，害人性命等等，只字不言其他。

州郡迅速回复，称王植罪有应得，令抄没家财，收捕帮凶；匪首胡玉十恶不赦，斩首弃市。

王植既除，盐户奔走相告，盐商欢欣鼓舞，竟歇业三日，以示庆贺。

自此，盐市平静，再无滋扰。孙坚公事之余，常与陈海兴等谈笑饮酒，颇为愉悦。城中子弟敬慕孙坚，争相与之结交，每日往来不绝。

某日，孙坚与子弟聚饮酒肆，忽闻箫声渐起，不禁心神一动，问店主道，吹箫者何人？店主道，此王植小妾，被官府遣出，无处安身，遂来此吹箫，以赏钱度日。

孙坚嘱店主请小妾来。俄而，小妾持洞箫袅娜入内，望孙坚一礼道，贱妾梁氏，愿为英雄助兴。

孙坚见其楚楚可怜，颇为不安，问梁氏道，我将王植惩治，汝无所依，宁不有恨？

梁氏道，贱妾被王植强掳入府，犹如身在水火，恨不能脱身；英雄使王植伏法，妾方能出苦海，欣喜不尽，何恨之有！

孙坚顿觉释然，说梁氏道，既如此，愿闻仙音。

梁氏忽双膝跪地，泣道，妾自幼与父母离散，无家可归；若英雄不弃，愿许身舍下为奴！

孙坚大喜过望，忙将梁氏扶起，好言安抚，即携梁氏回家。

吴氏见孙坚欲纳娶梁氏，虽有怨，亦不阻拦。孙坚嘱梁氏道，夫人出身世家，温良恭俭，汝宜敬重，不可冒昧。

梁氏道，君且勿忧，妾自知下贱，能为夫人所容，感激不尽，必奉夫人如胞姊。

自此，梁氏不惜为婢女，极尽殷勤。吴氏再无怨恨，与之相处融洽。

是年秋，吴氏生下一子，起名孙策，字伯符。

两月后，周异夫人亦诞一子，起名周瑜，字公瑾。

匆匆已过三年，孙坚奉命往盱台任县丞；周异仍复为洛阳令。两人作别，各赴所任。

十三

继张马贩之后，入涿县贩马者姓黄，刘备、关羽、张飞仍为其庇护。黄马贩出手亦颇大方，刘备等所获亦不少，足够饮酒作乐。

某日，黄马贩赶来三百匹好马，售数十日，尚有百余匹不能脱手，欲往邻县贩卖，仍请刘备等护送，并先予酬金。

刘备等久居涿县，正觉烦闷，于是欣然答应，遂与黄马贩等出涿县。一路走走停停，颇为缓慢。日暮时分，众人仍行于途，距邻县尚有数十里，几欲寻客栈暂住，却不见人烟，仍前行。渐至狭窄处，见两山拥立，陡峭如削；刘备止住众人道，此处或有匪盗，请小心！

黄马贩顿觉惶恐，欲退回，露宿宽阔处。关羽、张飞大为不屑；张飞道，我等非匹夫，何惧匪盗，若敢出，必斩之！

刘备斥张飞道，翼德不可轻率，此处险恶，岂能大意！况天色已晚，不可涉险，不如退回，待明日与人结伴而行不迟！

关羽笑道，兄长勿虑。自我来涿县，再未与人斗狠，实在无趣；若山匪出，我等正好一展身手，岂不快哉！

刘备不准，仍欲退回。张飞冷笑道，兄长欲还天下太平，其慷慨壮烈，令人肃然；然而若惧山匪，何以使英雄折服！

刘备顿觉尴尬，深恐关羽、张飞轻视，遂令关羽开路，张飞断后，以备山匪突袭。

黄马贩忙止刘备道，山匪人多，又地势险要，岂能冒失！

刘备道，卿勿忧，云长、翼德俱有项籍之勇，区区山匪不足为道。

黄马贩犹豫不决;张飞道,汝若惧,可自回,勿需啰嗦!

黄马贩无奈,遂令伙计收紧马匹,惶遽而行。

刘备等渐至谷底,天色朦胧,山影迷离,宿鸟乱飞,微风不息,颇为阴暗;又古木森森,幽泉低鸣,一勾寒月悬于谷口,虽冷光四溢,却为枝叶所蔽,几乎不见道路。

黄马贩心惊不已,说刘备道,此处凶险,恐遇不测,不如返回。刘备不言。关羽颇不耐烦,正欲斥责,忽听一声断喝骤起,汝等胆大包天,竟敢夜过此处!

刘备等大惊,忙各执兵刃;黄马贩连声叫苦,急命伙计回走。正此时,忽听一片大笑响起,无数火把相继点燃,几十条大汉堵住前后,已无退路。为首者又喝道,留下马匹财物,若有迟疑,死无葬身之地!

黄马贩等瘫软在地,不能举动。刘备说黄马贩道,汝等休怕,随我护住马匹,我弟必尽斩山匪!

关羽疾呼道,翼德往后,我往前,杀尽狗贼!

喊声未落,二人已分赴前后。瞬间,杀声大起,唯见火把明灭,不见人影。片刻,杀声俱止,火把尽灭,忽听张飞叫道,云长何在,我已尽斩匪徒!

刘备大为欣喜,却不见关羽声息,正犹疑,忽听关羽于山崖上呼道,此处有山寨,可借宿!

刘备大喜,忙命黄马贩等点燃火把,沿石径上行,约二更,将马匹赶入山寨。寨里火光通明,关羽立于火光里,笑道,贼人俱灭,尚有酒肉,正可一醉!

黄马贩大赞关羽、张飞道,若非天神,孰能如此!

关羽、张飞嫌其猥琐,不愿与之言。寨内酒肉颇多,黄马贩即命伙计温酒烤肉。刘备携关羽、张飞四处察看,见山寨为上下三重,布局严谨,互能呼应;大寨前有巨石,石上有茅亭,可尽览远近;寨后为断崖,猱猿不能攀越。

张飞笑道,山匪据险要,若不下山劫马,我等岂能破此寨!

关羽道,既上天赐险要于我等,不如聚啸此山,际会燕赵豪杰,广结天下英雄,岂不强于为马贩保安?

刘备斥道,云长竟出此言,我等虽不肖,岂能为匪盗!

关羽道,自古英雄必聚众,若不如此,何以立业!

刘备冷笑道,英雄以义而聚,以仁服众;我非草莽,卿勿再言!

关羽颇不以为然,见刘备忿怒,亦不再言。此时,肉已熟,酒已热,马贩呼刘备等饮食。关羽嫌马贩粗俗,不愿与之同饮,遂持酒肉入寨内。刘备、张飞亦来此。

张飞见关羽良久不言,遂说刘备道,云长所言有理,兄长何故斥责?

刘备道,卿等若有此心,可留此,恕我不愿同道!

张飞亦不再言,一时默然。刘备恐因此与二人失和,恰见关羽外袍已破,说关羽道,我知马贩囊中有针线,既外袍已破,可请其缝补。

关羽冷笑道,勿需如此,市井之徒不论服饰!

言罢,狂饮不止。刘备颇为尴尬,欲劝说,关羽忽起身而去,径入一室,闭门不出。刘备沉吟良久,亦入屋,欲劝关羽。未开口,关羽忽起,朝刘备一揖道,我亡命涿县,走投无路,承蒙兄长错爱,接济收纳,我感激不尽;然我离家日久,乡思不已,欲就此拜辞,望兄长勿怪!

刘备大惊,忙执其手道,我与卿休戚与共,情如骨肉;卿若去,犹如断我手足!

关羽道，我去意已决，兄长勿需多言！

刘备道，我能与卿结识，犹如花木春风，虽久无所成，然亦可称快，卿何故欲去？

关羽叹息道，我虽不才，耻为市井之徒！

刘备道，卿之意，我岂不知；然我等虽自诩为虎狼，却暂困樊笼，需静待时机，不可擅举。若壮志不死，何虑无出头之日！

关羽不言，去意已决。刘备苦劝无果，只好退出。张飞亦就寝，外室已空。刘备入张飞就寝处，拽其衣道，云长欲舍我等而去，卿竟能入睡！

张飞大惊，翻身坐起，问刘备道，此言当真？

刘备不禁泣下，说张飞道，我与卿等暂忍委屈，本欲静待时机，以图携手共进；今云长执意离去，怎不令人痛心！

张飞沉吟道，兄长勿忧，我必能使云长回心转意！

张飞披衣而往；刘备如坐针毡，举止不宁。良久，张飞萎靡而回。刘备忙问张飞，如何？

张飞道，云长心如铁石，实不可劝。

刘备顿觉茫然，一时涕泪如雨。张飞劝道，既与云长缘尽，兄长不必如此。

刘备叹息不已，脱下外袍，说张飞道，常言大丈夫当衣锦还乡，我无能，不能使云长荣归，唯能以此相赠。

张飞大受感染，亦泣道，我闻岂曰无衣，与子同袍；兄长所赠，虽黄金百万不能比！

刘备又摘下腰间钱囊，嘱张飞道，此马贩酬金，亦请转赠云长，若能以此置业，我心或能稍安。

张飞道，既倾其所有，兄长何不亲赠？

刘备大哭道，我心如刀割，何忍与之面辞！

张飞感叹道，兄长高义，可惜云长不知！

刘备道，云长非薄情寡义之徒，唯不愿身陷市井。我无能，难使卿等大展怀抱，羞愧难当！若他日能出头，我必亲往河东，邀云长共进退！

言罢，失声痛哭。张飞正不知何以劝慰，关羽忽入内，朝刘备一揖道，我一时糊涂，竟使兄长如此伤心！

关羽不能眠，恐生悔意，欲早去，遂来辞行，忽闻刘备哭泣不已，又嘱张飞转赠外袍及马贩酬金，大为感动，推门而入。

刘备愈不能自禁，嚎啕大哭。关羽道，兄长请勿悲伤，我必誓死追随，不惜粉身碎骨！

刘备大喜，执关羽、张飞手道，我有卿等，何愁不能有所成！

三人再置酒，痛饮达旦。

曹操为顿丘令，不觉又数载，因勤勉自励，政声颇佳，获迁议郎。曹操壮心愈炽，欲借应对议事之便，大获赏识。恰遇吏部上书，请封赏贵族子弟，擢升官职。灵帝遂召曹操等，议其可否。

曹操以为不可，奏道，臣以为，贵族因开国有功而获封赏，后代受其荫蔽，恩荣不已。然子弟各有贤愚，岂能一概而论。若不分优劣，大肆封赏，必阻寒士之路，此误国之说也。今圣朝已历数百年，积弊日多，隐患重重，如负重登山，不堪累赘！臣请陛下扫除旧例，唯才是举，必能使四海欣然，人心畅快也。

灵帝颇觉有理，遂召三公六卿，议曹操之说。三公六卿俱以为不妥，称若依此说，或使贵族失望，必将自取祸乱。

灵帝不敢自主，不纳曹操之言。

恰此时，巴郡板楯蛮杀太守，聚众而反，一时谣言四起。灵帝大惊，欲诏州郡起兵讨伐；大长秋赵忠奏道，板楯蛮虽凶悍，不过乌合之众，何足为虑；臣以为应禁绝流言，免使人心离散。

灵帝以为然，遂下旨，命州郡彻查造谣者，予以严惩。于是数千人因言获罪，人心愈乱，不能自安；谣言不仅未绝，反而更盛。

曹操大为义愤，又上书灵帝称，臣闻谣言止于智者，何需大动干戈；今板楯蛮日益猖獗，若不剿灭，必成大患；况国家典律应治实罪，岂能用于谣言！以严刑禁谣传，与以油浇火何异！

灵帝又欲大举讨伐板楯蛮，遂召赵忠等，议曹操所奏。赵忠道，曹操所言过矣，流言之害，远过板楯蛮；板楯虽凶焰如炽，施以微恩即可平叛；流言虽无形，却能惑乱人心，万恶之始也。

灵帝遂召汉中太守程包，问以方略。灵帝道，今板楯蛮大肆作乱，为害巴蜀，卿以为何以平叛？

程包道，板楯蛮曾以弓弩绝秦巴虎患，秦王嘉其勇壮，与其刻石为盟，并不纳租税；高祖为汉王，族人范目选勇士为前驱，助高祖复夺三秦，高祖嘉其功，命居渝水两岸，仍不纳租税；岷山羌作乱，直捣益州，太守入巴西招募勇士，勇士以一当十，岷山羌大败而走。臣知巴人忠勇，并无异心，唯因官吏贪婪，不念昔日之功，横征暴敛，大肆搜刮，巴人由此生恨，于是揭竿而起。臣以为，若能撤换官吏，予以恩抚，其乱当自平。

灵帝遂依程包之说，更换官吏，大加抚慰，祸乱立绝。于是，仍令州郡严禁流言，因此获罪者又数千人。继而灵帝又下旨，大封功臣之后。

曹操再上书，力陈不可使贵族子弟无功受禄，更不可因言治罪。灵帝不纳，下旨严责。曹操大失所望，遂绝交游，除应召议论外，几乎闭门不出，唯以读书自解。

曹嵩大惑，问曹操道，汝每称，必以诤言而匡朝政，广交游而识奇士，何故闭门不出？

曹操冷笑道，满朝肖小，我不屑与之交；皇帝昏庸，我不屑与之言。

曹嵩大惊，责曹操不可妄言，免招横祸。

十四

孙坚自盱台转任下邳，仍为县丞。

孙坚与下邳令见识相左，相处不和，不能问事，颇为空闲，于是精研先祖兵法，以为他日必有所用；或与城中子弟宴游，亦不失愉悦。

转徙三县之间，吴氏又生两子，次子起名孙权，字仲谋，三子起名孙翊，字叔弼。来下邳时，吴氏又有身孕。

想及入仕以来，虽历数县，却因受制臧旻，不获升迁，孙坚大为失望，每欲弃官还乡。

恰此时，黄巾忽起，大肆作乱，天下为之震动。

近年以来，盛传河北巨鹿有奇人，姓张名角，好黄老之术，尤精丹符，为士民诊病驱邪，每有灵验。恰遇灾荒绵延，疫病大行，士民苦不堪言。张角率弟子大施药符，凡经其手，竟能康复，于是声名鹊起，弟子、信众越聚越多。

张角见追随着日众，渐生妄想，欲称雄天下，遂名以太平道，称苍天已死，黄天当立。

此言一出，徐州、幽州、冀州、荆州、扬州、兖州、豫州等远近士民，无不争相趋附，号称三十万众。

灵帝闻知大惊，即召群臣，商议对策。

司徒杨赐道，张角妖言惑众，欺骗百姓，今已聚众三十万，若不使之速溃，必危及江山社稷。

灵帝问杨赐道，不知何以使之速灭？

杨赐道，臣以为，既贼势盛，若举兵进剿，贼必借机举事，恐引火烧身；不如诏令州郡，使趋附者俱回原籍；待张角势孤，再执而杀之，以绝后患。

侍御史桓典道，此万万不可。臣知张角虽拥众日多，却俱为良民；张角每以上善之道施以教化，又去人疾苦，解人灾厄，此旷古之德也。臣请陛下予以恩赏，以示厚德。如此，不但人心能安，亦能使士民知陛下宽恕；若令州郡遣散，必使士民怀怨，此祸乱之始也！

灵帝不知所措；附议者已为两派，各持所见，互不相让，一时争吵不休。灵帝见久议无果，不堪吵嚷，令退朝。

大长秋赵忠见灵帝忧虑不堪，命备乐舞，欲为之解忧。一时丝竹俱起，轻歌曼舞不绝。灵帝斜卧于榻，渐觉忧思稍解，命备酒。

中常侍张让近前侍饮，见灵帝愁颜渐开，奏道，臣近日获一绝色女子，欲为陛下一乐，望恩准。

灵帝笑道，既如此，请召美人。

张让大喜，命舞伎退下。俄而，乐曲已换，舒缓轻柔，如月下流水；一女子婀娜而出，仿佛桃花带露。灵帝大惊，顿觉群芳失色，不禁大赞道，天下竟有此等尤物！

自成帝宠爱赵飞燕以来，汉室风气大异于前，宫中所蓄，多瘦弱；天下男子亦以丰肥为耻。今后宫虽美女如云，却人人无肉。无奈灵帝所好与祖宗不同，以为女子无肉，无异好花无色，竟大失兴致，不愿宠幸。张让颇知灵帝所好，遂以此女奉献。

张让见灵帝大为垂涎，笑指此女道，此女名露裳，陛下若嫌其粗鄙，可斥退。

灵帝忙道，此女肌骨丰润，娇艳欲滴，实堪天下第一尤物，使后宫粉黛顿失颜色，岂能斥退！

张让命乐伎亦退，唯留露裳于此。

灵帝笑问张让道，卿颇能知朕心曲，不知此女从何而来？

张让忙道，臣素知陛下寂寞，命人广为遴选，天下佳丽无一遗漏，所幸终得此女。若陛下不嫌，臣愿足矣！

灵帝不知，此女不过洛阳娼妓，张让于风月场与之偶遇，以为风流姿态冠绝六宫，遂为其赎身，携入私室，待玩至兴尽，方进献。

灵帝大喜，命露裳近前；张让忙告退。灵帝见露裳风情毕露，已不能忍，以手扶其腰，顿觉神魂俱失，遂说露裳道，朕为襄王，汝为神女，今日偶遇，莫非梦中？

露裳不答，面若飞霞，眼似秋水。灵帝更不能禁，揽露裳入怀，笑道，朕知汝千言万语俱在腹中，朕愿日夜聆听，从此不知世上有他事！

言罢，解露裳衣。露裳两眼如醉，直视灵帝，仅一触，即瘫软如泥。灵帝大为忘形，与之狂乱不已，天下纷扰早已抛诸脑后。

翌日，司徒掾刘陶上书，请以杨赐为太尉，以备张角之乱；命州郡召募精甲，以为讨伐之需。灵帝深为露裳所迷，不以为意；刘陶上书三请，灵帝仅以杨赐为太尉，其余皆不准奏。

常侍封谞、徐奉早与张角暗通，朝中所议尽为张角所知。张角以为朝廷必兴兵讨伐，遂召胞弟张宝、张梁商议。

张宝道，灵帝无德，士庶无不怨恨，若趁此举义旗，天下必纷纷响应！

张梁道，既如此，可知会信众，待而不举；若朝廷欲进剿，再举不迟。

张角以为有理；张宝又请建体系，明法度，以免举事之际不能呼应。

于是张角通告信众，立大小三十六方，每大方领众数万，小方所辖数千；各方皆设方主，与将军同。

刘陶知张角立三十六方，大为焦急，欲面见灵帝，说以利害，虽数请，俱为赵忠、张让等所阻。刘陶无奈，遂联络百官，欲强行入宫，拜见灵帝。

张让闻讯大惊，急出，怒责群臣道，陛下龙体不安，不能临朝，汝等竟聚众逼宫！

刘陶道，张角已立三十六方，大祸将起，汝等仍阻塞圣听，竟不虑覆巢之危！

张让斥道，此危言耸听耳！群臣若有奏，可以奏表交由我等转呈，岂能私集禁宫！

群臣素知灵帝宠信宦官，颇疑外臣，于是纷纷退走。刘陶力阻不住，疾呼道，大厦将倾，社稷将灭！我死不足惜，唯不忍见天下苍生横遭祸乱！

赵忠等亦出，欲逐走刘陶。刘陶须发俱张，呼喊愈切，直奔后宫；赵忠、张让等虽竭全力，竟不能挡。赵忠急呼侍卫阻刘陶。

后宫顿时大乱，灵帝亦受惊扰，遂出，见侍卫已执刘陶，欲将之强送出宫；刘陶近乎疯狂，见灵帝出，厉声道，臣有大事面奏陛下，若能容臣尽言，虽万死不惜！

灵帝忽觉不忍，命侍从释刘陶。刘陶叩拜道，妖人张角，聚众三十六万，置三十六方，遍及三十六县，气势汹汹，如燎原之火！州郡官员或隐而不奏，或各怀心思，或与贼暗相往来，实不可恕也！臣冒死启奏陛下，是剿是抚，宜当机立断；若犹豫不决，恐危及江山社稷！

灵帝大为惊恐，沉吟良久，问刘陶道，依卿之见，朕当如何？

刘陶道，陛下可召张角进京，赐爵封官，张角必喜，待其来，捕而杀之；若张角不来，可令太尉杨赐举兵讨伐，或能一举剿灭。无论剿抚，均需早决，再不可迟疑！

灵帝沉吟道，卿且退下，朕必有所决。

刘陶遂告退。又过数日，仍不见灵帝有所举，刘陶不禁自叹，我已尽职，虽天翻地覆，我无愧矣！

是夜，刘陶携妻儿离洛阳，自此不知去向。

十五

杨赐知刘陶愤恨而去，大惊，遂上表，极言张角之患。灵帝有所惊悟，遂召太尉杨赐、尚书卢植、侍御史桓典及内臣赵忠、张让、封谞、徐奉、夏辉、郭胜、段珪、宋典等议事。

灵帝道，今张角立三十六方，辖三十六万，其虎狼之心，已昭然若揭。然群臣或以为可剿，或以为可抚，议论纷纷，莫衷一是。朕召卿等再议，望知无不言。

卢植奏道，近岁以来，交趾、乌浒蛮每每生乱，鲜卑屡寇幽、并二州，板楯蛮危害巴蜀，俱剿而不灭；今妖人张角又生祸端，极其嚣张。何也？皆因陛下怀柔天下，而愚昧之徒不识天恩也！臣以为，应举大军速灭张角，借此大扬天威，使群贼丧胆。臣知天子既应广布恩泽，亦应大树威严，否则，宵小之徒难识轻重，野心之辈不知收敛。若使张角速灭，群贼必大受摧折，无不能破！

杨赐道，卢尚书所言极是。张角既立三十六方，足见并无归顺之心，虽极尽恩抚，恐不能平息。然妖贼虽气焰如炽，终不过乌合之众，若举大军讨伐，必能一举剿灭！

灵帝说杨赐道，刘陶等荐卿为太尉，以备张角之乱；朕欲以卿兼领大将军，率诸将讨伐张角，卿以为如何？

杨赐道，臣虽为太尉，却疏于征伐，恐有负陛下重托。臣知河南尹何进颇知军事，又勇壮果敢，若以其为大将军，总领讨贼事宜，必能一扫妖雾，荡尽尘埃！

卢植道，何进颇有韬略，熟知兵法，确堪此任。臣以为，贼势汹汹，分布极广，宜令州郡招募兵马，安民保境，使贼无回旋辗转之地。如此，不出三月，张角必灭！

灵帝依二人之说，遂下旨，拜何进为大将军，主进剿事宜；又令各州郡招募兵马，合力讨伐。

是夜，卢植访杨赐，杨赐以酒款待。席间，卢植说杨赐道，陛下以卿兼大将军，率诸将讨贼，卿正好以此立功树威，何辞而不就？

杨赐道，陛下宠信内臣，素疑外官，若我领兵出征，赵忠、张让等必大进谗言，待我还朝，恐再无立足之地。

卢植道，既如此，何故荐何进？

杨赐道，何皇后与何进为兄妹，赵忠、张让等必有忌惮，不敢妄言，故而，非何进不能领此任。我所以留朝中，意在阻十常侍之说，使诸将不受其害。卿若有心立功，亦可请缨。

卢植一揖道，卿用心良苦，我竟不知！

灵帝决意讨伐张角，常侍封谞、徐奉遂将此信告知张角弟子马元义。马元义潜于洛阳，笼络信众，暗与封谞、徐奉往来。

马元义即命心腹往巨鹿，禀报张角。张角急召张宝、张梁等商议。

张角道，今事已急促，不可迟疑，请卿等速告各方，约举事之期。

张梁道，我知马元义于洛阳大集信众，已有两万余，若使之骤举，必使天下震动，大事可图矣！

张角然其说，遂令马元义同时举事。张宝道，既欲大举，宜推统帅，以便号令各方。

于是，张角自号天公将军，以张宝为地公将军，张梁为人公将军，意在天地人三才并举；又命各方信众，皆以黄巾缠头，以别于非教者。

大将军何进率精兵二万屯于都亭，蓄势欲发；正此时，忽闻马元义欲作乱洛阳，大惊，遂领部属还京，欲捕斩马元义及信众。马元义知何进还洛阳，大为惊恐，以为不可坐以待毙，竟仓促而举。何进率诸将奋力屠杀，马元义等大败，俱被斩首。

张角知马元义大败，即命各方齐举，一时纷扰大起，波及三十六县。

何进遂上表，请仍屯兵都亭，以防京都之患。灵帝准奏。恰此时，卢植自请出征，灵帝大喜，遂以卢植为北中郎将，领精兵一万，与车骑将军皇甫嵩、中郎将朱儁等分赴东南。

各州郡亦纷纷起兵，一时同仇敌忾。曹操以为机不可失，亦上表，请讨贼。灵帝拜曹操为骑都尉,随卢植入颍川。

刘备亦欲趁机而起,却苦于势单力孤,难有作为,嗟叹不已。

张飞道,兄长勿忧,既我等势弱,不如投靠,虽暂居人下,或能徐图。

关羽以为然,亦说刘备道,翼德所言有理,既州郡招募兵马,我等何不应征?

刘备闻卢植举兵入东南,欲投靠。恰此时,步兵校尉邹靖入涿郡讨贼,刘备以为远走不如就近,即领关羽、张飞及子弟数十人拜见邹靖。邹靖见刘备所领虽寡,却颇为精悍,又知关羽、张飞勇壮不凡,遂以刘备为前锋,随军讨伐。

此时,孙坚仍在下邳,正不知去留,忽闻黄巾大起,皇甫嵩、朱儁率兵数万已近下邳,不禁大喜,遂往军营拜会。

朱儁乃会稽人,曾任会稽功曹,剿灭许昌时,曾与孙坚交往,深知孙坚多谋善战,遂说皇甫嵩道,孙坚乃兵圣之后,颇有谋略,又勇壮无敌,若得此人相助,我等必建奇功。

皇甫嵩亦知孙坚之名,遂以孙坚为别部司马,命其招募部属。孙坚大喜,即往盐渎、盱台等地大肆招募。凡数县子弟,无不争相趋附,仅数日即获壮士一千有余。黄盖、程普知孙坚为司马,亦率子弟数百归附。孙坚即以二人为爪牙,相随左右。

皇甫嵩、朱儁欲首克徐州,遂以孙坚为前部先锋;皇甫嵩、朱儁领大军随其后。

孙坚等衔枚疾进,夜至徐州。皇甫嵩、朱儁等行进迟缓,方离下邳。孙坚欲猝然而举,急攻东门。程普劝道,我知徐州贼众极多,州郡曾举兵讨伐,无不败北,宜待大军来此,不可轻举。

孙坚道,我知兵贵神速,迟则必失良机。我等夜来徐州,黄巾毫无觉察,若举全力攻一门,必能破。

遂命程普领兵一千伏于东门外,以待军令;命黄盖领精骑数百,广集柴薪为火把,待程普猛攻东门,即执火奔来,至城下,将火把插于地,又自暗处转回,再执火而来。如此,黄巾必为所疑,或丧胆,东门可破。

二人领命而去。徐州大方主姓王名彪,道号栖云子,人言能呼风唤雨,撒豆成兵。月前,栖云子受张角之命,率信众忽起,围攻徐州。官吏猝不及防,大惧,竟纷纷逃走。栖云子遂据徐州。州郡曾三度讨伐,终因各怀心思,一无所获。

此时,栖云子正于衙门升坛说法,忽闻东门外火把齐举,人马奔赴不息,或有数万之众。信众大惊,欲走。

栖云子笑道,汝等勿慌,我已请来数万天兵,官军能奈我何!

信众稍安,复入座,仍听其说法。

程普急攻东门,黄盖领精骑不断往还,黄巾果然大为生疑,竟不敢还击,纷纷弃东门而走。城门遂破,孙坚领黄盖、程普等蜂拥而入。

孙坚令部属四处放火,城中一片大乱。黄巾以为官军大举而来,四处逃散,唯剩栖云子及听其说法者。片刻,忽闻喊声将近衙门,徒众俱惊,栖云子不以为意,手持长剑,足踏魁罡,口中念念有词。

一徒大为疑惑,问栖云子道,果有天兵?

栖云子忽剑指此徒,大笑道,汝即天兵!

徒众愈惑,不知此说何意。忽有人惊恐而来,带入一股冷风,险使烛火熄灭。栖云子大怒，不待来人开口，忽一剑刺去。来人顿觉浑身一凉，剑已穿胸而过。来人忽一笑，手指门外道，官兵……

栖云子颇为茫然。徒众面面相觑，俱不能动。

栖云子似有所悟，问来人道，汝来此何意？

来人本欲回话，忽觉身心俱轻，飞腾而起，嘴微张，扑地而倒。

栖云子回过神来，厉声喝问，官兵何在？

一徒忙道，方才有人禀报，官兵正急攻东门！

栖云子大笑道，汝等勿慌，可令各小方聚集东门抗敌，数万天兵已横空而降，官军必败！

徒众惶惶而走，方出衙门，见四面大火，一队官兵正汹涌而来，急往小巷中奔走。

孙坚、黄盖一路杀至州衙，竟不遇阻拦，见衙门大开，内外火烛齐明，仍无动静。孙坚颇觉怪异，持剑而入，见一人披发跣足，端坐于公案上，两眼微闭，口里念念有词，料此人即栖云子，正欲取笑，黄盖忽上前，伸手欲捉。孙坚忙将之喝住。

栖云子双眼忽睁，手一扬，一把碎物望空撒出，另一手作剑指，嘴里喝道，变！

喊声落处，一捧碎物纷纷坠地，雨点般乱溅，大多溅到孙坚脚下。

孙坚微微一惊，仔细看时，竟俱为赤豆！忍不住大笑道，汝可再来！

栖云子颇为困惑，眼望满地赤豆，竟镇定如常，双手合掌，朗声念道，苍天已死，黄天当立，岁在甲子，天下大吉！

孙坚耻笑道，此等诓骗之徒，焉能有成！

忽听栖云子笑问，汝是何人？

孙坚道，我乃富春孙坚。

栖云子微微一愣，说孙坚道，我观汝精悍外露，奸诈内藏，又意气自负，实非善终之相。汝猖狂不过数载，必亡于鼠辈之手！

孙坚暗惊，竟一时无语。栖云子笑道，汝若愿归附太平道，我即为汝解灾厄！

孙坚大怒，一剑挥去，栖云子顿时身首异处，仍大笑不止，断头处竟无血迹。

黄盖、程普等无不骇异。孙坚不言，转身即走。

翌日，皇甫嵩、朱儁领大军入徐州，见匪众已平，遂张贴告示，以安人心；又具状表功，以孙坚为第一。

十六

涿郡黄巾仅一小方，信众六千余，知邹靖领官兵而来，不敢战，纷纷逃入山野。邹靖不知地形，不敢深入，恐为其所败，遂屯兵城内，命刘备领三千精甲追剿。

刘备携关羽、张飞等一路追踪，竟不知去向，士气不免低落。渐至山深林密处，刘备见士卒疲困，令稍息。

刘备颇为郁闷，说关羽、张飞道，我等欲借剿灭黄巾之机建功立业，不料追寻数日竟无踪迹，苍天如此不怜我等，奈何！

关羽、张飞亦大失所望，不知进退。关羽道，既不知黄巾去向，久追无益，不如回涿郡复命。

张飞忽指两山欲合处，惊道，此即我等与马贩遇匪处，莫非贼人已入山寨？

关羽张望良久，说刘备道，翼德所言有理，我等一路追踪，竟不获踪迹，必有隐匿处，此寨或为上选！

刘备以为然，欲令部属速往，围而攻之。

关羽道，山寨高悬绝壁，寨后断崖千尺，前后俱不可近，不能强攻。可敛兵于此，命斥候察看，若其藏于此寨，再举不迟。

刘备依其说，命斥候扮为客商，前去探察。

时近傍晚，斥候回报，称贼众尽据山寨；谷口有关卡，设防颇严。

张飞道，此寨险峻，不可强攻，唯可巧取。

关羽道，此正值深秋，草木俱枯，若放火，贼必大溃。

刘备、张飞以为然。刘备遂命部属趁夜潜行，止于谷口，藏匿深林；关羽、张飞扮为客商，往山下放火，待火势大起，再奋勇而出。

翌日晨，关羽、张飞各负行囊入谷口，忽遇数人阻于前，俱头缠黄巾；一道木栅拦住去路。关羽、张飞正迟疑，忽有壮汉喝道，汝等何人，欲何往？

关羽止步，拱手答道，我等为行商，望能借道！

言罢，欲携张飞上前。数人大为警惕，各执戈矛，怒目而视。壮汉又喝道，且住，需验明身份，若有诈，必不轻饶！

关羽、张飞又止。壮汉领二人上前，二人以矛分逼关羽、张飞；壮汉解开行囊，竟俱为炒面，并一壶浊酒，几块炙肉。

壮汉大喜，惊呼道，竟有酒肉！

数人再无戒备，纷纷抢夺。张飞假意求告壮汉道，我等尚需远行，望能手下留情！

壮汉斥道，尚有炒面，何碍远行；若不速去，必取狗命！

关羽、张飞故作惶遽，匆匆而走。转过此处，已入山湾，林木愈密，枯枝败叶堆积甚厚，遂止，四处放火。片刻，火势大旺，呼啸狂卷，四处漫延，又沿山直上。

二人沿来路回走。壮汉等忽见火起，大为骇异，正不知所措，见关羽、张飞复回，猛醒，纷纷举戈矛，望二人急刺。二人不以为意，仅片刻，尽杀之。那火已上山崖，黄巾大惧，于林莽间狂奔，一时惨叫四起。

刘备望见火起，知关羽、张飞已得手，领众齐出，见黄巾于密林间四散乱走，遂命部属奋起追杀。关羽恐刘备亦遭火焚，疾呼道，黄巾必死于火海，何必涉险！

刘备大悟，命部属急退，敛于谷中。有人自火中逃出，关羽、张飞等举矛乱刺，瞬间毙命。出逃者渐绝，俱丧命火中。

火势为断崖所阻，往左右漫延。刘备恐不能禁，命关羽、张飞各领部属，分往左右，远远伐尽草木，以绝火路。

曹操随卢植往颍川，每与黄巾相遇。曹操无不献以妙计，俱能一举而克。卢植激赏曹操，大为倚重。大军一路扫荡，直赴颍川，正疾进，忽遇黄巾设壁垒阻于途。卢植、曹操不能行，亦结营于此，欲先破此敌，再入颍川。不料贼首颇知用兵，虽数次强攻，竟不能有尺寸之进。

卢植颇为焦虑，召曹操等商议。曹操道，我知贼屯于此，不过欲保颍川。将军可虚设壁垒，大树旗帜，以为疑兵，然后绕道而走，直扑颍川。

卢植道，既与贼狭路相逢，岂能绕道而去；我若不破贼营，誓不离此！

遂命曹操等奋力强攻。又数日，贼势依旧，大军仍不能前。

孙坚、皇甫嵩、朱儁既克徐州，稍息数日，遂入淮、泗，扫荡而进。黄巾无不丧胆，纷纷逃散，大多退走颍川，余部遁入宛城，坚守不出。

大军遂围宛城。皇甫嵩召诸将议攻城之策。孙坚道，宛城险要，虽为孤城，亦难一举而克。可围而不攻，以势相逼，贼无补给，又无援军，不能久持，必败。

皇甫嵩依其说，令诸将围而不攻。是夜，孙坚求见皇甫嵩；皇甫嵩请孙坚入。孙坚引一人入见；皇甫嵩见来者衣冠华丽，又颇为精警，不禁讶然。

孙坚道，此我内兄，姓吴名景，钱塘人氏，因恨黄巾作乱，遂散尽家财，募集民勇数百人，来此投奔。我不敢私应，特来禀报将军！

皇甫嵩见吴景非寻常之辈，请入座；皇甫嵩道，既为文台内兄，又有数百勇士，理应归文台麾下，何需禀报。

孙坚、吴景一齐告谢；皇甫嵩又道，钱塘吴氏乃望族，我一向景仰，今日会于此，可谓幸甚！

吴景忙道，我不过蝇营狗苟之辈，不敢自大。我知宛城贼首姓陈名丰，亦曾贩卖丝织，与我颇有私交。因官府欲夺其财，诬陈丰与许昌暗通，陈丰恐惧，遂离钱塘，四处逃亡；后受妖言所惑，入太平道，沦为贼寇。将军若不疑，我愿入宛城，劝陈丰归降！

皇甫嵩大喜，笑说吴景道，若能不战而克，我必以卿为头功！

孙坚、吴景告辞。翌日，吴景欲入城。孙坚道，陈丰愤恨官府而为黄巾，其怨必深，其志必坚，卿只身而往，恐反为其害。

吴景笑道，卿勿忧，我有所备。

孙坚深知吴景建功心切，不好强阻。吴景负行囊，至宛城下，高呼道，故人吴景，特来拜见大方主，烦请通报！

陈丰闻吴景来，已知其意，遂登城楼，冷笑道，我知汝已投靠孙坚，何故来此？

吴景道，卿所见不虚，然非实情！

陈丰喝道，汝与孙坚为姻亲，必有所图，我非小儿，岂能轻信！

吴景道，卿未必不知，孙坚强夺我妹，我与之不共戴天！实不相瞒，我亦为官府所逼，不能安居钱塘。知卿欲图大业，特来投奔，不料卿被官军围于此，我不能入城，只好假投孙坚，并虚言为说客。否则，岂能与卿相见！

陈丰亦知吴景恨孙坚强娶吴氏，见其只身而来，虽有疑，然无惧，于是命部属放下悬索，以箕斗拉吴景上城墙，引入居所，以酒相待。

陈丰按剑而坐，说吴景道，故人相逢，可言旧情，勿言其他。

吴景道，我今来此，欲为卿解围；若仅为旧情，何必涉险！

陈丰断然道，卿若劝降，我必杀之！

吴景见陈丰意志如铁，不敢多言，遂解行囊，说陈丰道，卿勿误会。我亦受官府所逼，不能货物获利，遂将家私变卖，获足金千两，尽负来此，欲助卿御强敌。所谓士卒无赏，难以用命；卿若以此悬赏，何愁部属不舍生忘死！

陈丰仍疑，问吴景道，官军紧围宛城，我等已有覆灭之危，卿何必赴火？

吴景道，我本为良民，以贩丝织获利，谁料皇帝昏庸，官吏贪婪，竟屡屡搜刮，以至不能为继！卿等举义旗而应天道，亦我所望也；既生计无路，苟活艰难，若能一泄怨恨，何惜粉身碎骨！

言罢，以足金奉上。陈丰大喜，受其所赠，再无疑惑。

两人痛饮数盏，吴景指案上足金道，此虽微薄，却为我累世积蓄，既以此相赠，无异以身家性命托付于卿。

陈丰道，卿所赠，犹如雪中送炭，此情之深，过于碧海；我若不死，必终身铭记！

谈笑间，酒又过数巡，陈丰道，卿曾言，欲为我解围，不知此说何意？

吴景笑指陈丰佩剑道，卿有言在先，又按剑而坐，我不敢言。

陈丰大笑，遂解佩剑。吴景道，我自请劝降，意在以计助卿。我领子弟数百，欲投卿麾下，却遇孙坚等围卿于此，只好假意归附。我已知官军之意，欲围而不攻，使卿粮草殆尽，然后自溃。

说及此，吴景骤止。陈丰颇为急切，催促吴景道，卿且尽言，若能解宛城之围，我必请天公将军以卿为方主。

吴景大喜，拱手道，举荐之恩，我必厚报。今夜，我欲请孙坚、皇甫嵩、朱儁等饮酒，暗投毒药；再命子弟纵火，焚烧军营，官军必大乱。卿若见营中火起，可率众大出。我与子弟屯于北门，卿可自此门出，取道北去，官军徒呼奈何！

陈丰沉吟良久，笑问吴景道，若卿以此诱我，岂不有覆灭之险？

吴景道，谁能倾其家财，而行此计？既足金千两已入卿手，卿若存疑，可立斩我头，何必多言？

陈丰一时无语，仍犹豫不决。吴景遂离座，朝陈丰一揖道，我知卿重仁义，虽疑我有诈，仍不忍杀我；我当去，卿好自为之！

陈丰见其义行于色，再无疑，遂与之约。

是夜，陈丰立于城楼观望。不觉夜已三更，官军营中相继起火，顿时一片大乱；诸将惶急而出，急呼部属救火。

陈丰大喜，即领黄巾开北门，大举而出。

吴景与子弟候于北门外。陈丰愈喜，执其手道，我等能出重围，全赖卿一人之力，我必为卿请功！

吴景道，官军忙于救火，无暇旁顾，我等可疾走，不可迟疑！

陈丰依吴景所说，令部属望北疾行。

出宛城不足十里，忽听有人怒喝道，陈丰狗贼，我等已恭候多时！

陈丰大惊，急寻吴景，已不知去向，方知为吴景所诱，大骂道，吴家小儿，竟以诡计害我！

陈丰欲死战，无奈黄巾已大溃，四处乱走。陈丰大为绝望，竟拔剑自刎。官军势如狂潮，大肆杀戮；黄巾虽拼命奔走，仍难脱逃，二万余众尽丧命于此。

皇甫嵩、朱儁大喜，大设酒宴，以示庆贺。翌日，皇甫嵩上表请功，以孙坚、吴景为头等。

十七

皇甫嵩等既破宛城，亦奉命入颍川。

此时，卢植、曹操等仍受阻于途，虽极尽所能，仍不能破壁垒。卢植忽闻皇甫嵩、朱儁等已破宛城，正逼近颍川，虑其占尽功绩，大为焦躁，又召部属商议。

卢植道，我等自起兵以来，可谓势如破竹，不想遇阻于此，足见黄巾亦非等闲。今颍川在望，我等却不能近，实在令人焦急。卿等若有破敌良策，可尽言，若能奏效，我必请为首功。

部属俱无良策。卢植说曹操道，卿向来多谋，必有奇计。

曹操道，我等所以屡攻不克，非黄巾善战，亦非官军无能，实因破敌心切。黄巾设壁垒于险要，坚守不出，岂能强攻！我已知黄巾汲饮，全赖山溪，若令士卒登山，改流绝源，黄巾无水可饮，必自溃！

卢植大喜，遂命曹操率部属入山，改绝溪水。曹操等驻足山梁，见一溪沿山而下，入黄巾壁垒，此外再无水源。曹操令部属退回，敛而不举。卢植不解，严责曹操。曹操道，若白日开凿，必为黄巾所察，故而不敢轻举；今夜我必亲领部属，大举开凿。

至夜，曹操领士卒自下而上奋力开挖，却每遇山石所阻，进度颇缓。

卢植心切，欲加派官兵。曹操又劝道，将军勿急，人若多，响动必大；敌若有所觉，必大举攻击，恐其计不成。

卢植仍依曹操之说，令诸将佯攻，以疑黄巾。

皇甫嵩、朱儁、孙坚等率大军入颍川，亦被黄巾阻于三十里外。

据守颍川者，乃大方主波才，聚众三万。官军四处进剿，黄巾纷纷败北，多逃入颍川，俱归波才麾下，竟集十余万。

波才世居颍川，早慧，乡人呼为神童。波才父亲以贩牛为业，家境尚可，遂使波才读书，以图光耀门庭。

波才七岁时，邻里耕牛失窃，疑为其父盗卖，诉诸县衙。县令差人将波才父亲拘入衙门，严刑考问。其父拒不招认，大呼冤枉。县令不听，将之下狱，欲定罪。

翌日，母亲领波才闯入县衙鸣冤。县令大怒，欲将母子一并收押。波才不惧，辩称，自古捉贼捉脏，需人脏俱获方可定罪。我父既为贼，试问赃物何在？

县令反问波才道，若汝父非盗，盗为何人？若汝能指证，我即放人。

波才冷笑道，我非官，既无缉盗之职，亦无取证之责；卿身为令长，应察是非曲直。

县令讥笑道，汝若能答，我必释汝父！

波才道，汝若愿与我换位，我必能破此案。

县令颇为好奇，竟许波才登堂问案。波才据案而坐，问原告道，汝牛失窃，指我父所盗，请问证据何在？

原告道，此方圆数十里之间，唯汝父以贩牛获利；若非汝父所为，他人盗牛何用？

波才忽指县令道，依汝所说，若县令失官印，必为官吏所盗，因他人盗之无用？

原告竟不能答。波才转问县令道，卿以为此说如何？

县令大笑道，诚如其言！

波才忽起座退堂，伸手至县令眼底，官印赫然在握，笑说县令道，既如此，卿勿问我，请问属吏！

县令大惊，知其难以屈服，遂命退堂，召波才母子入私邸，示意以钱保释。波才不肯，劝母亲回。

波才疑父亲与邻居有隙，故而陷害，问母亲，母亲不言。波才知邻居必商议，于是趁夜潜伏墙外窃听，方知邻居疑父亲与其妻有私，遂杀其牛，埋于山林，报官陷害。

翌日，波才再入县衙，报与县令，县令不敢推诿，遂遣衙役随波才而往，果然将死牛起获。邻居不能抵赖，一一招供。其父当即获释，波才大扬其名。

某日，一老者跣足披发，手持饭钵来波才家门前，乞剩饭一钵。波才正与邻家少年嬉戏，少年嫌老者脏污，欲驱逐。波才将其喝住，持饭钵入屋，盛满饭菜递还。老者不接，称乞食者只求剩汤剩水，不敢奢望。

波才不言，自吃几口，再递与老者。老者不再辞，拜谢而去。

此后，每日正午，老者必持钵而来，波才每每盛以饭菜。

不觉已一月有余，老者说波才道，我今将去，当不复来。因感卿每每垂怜，故以数言相赠。

波才笑道，剩汤剩水而已，不必在意；如有教诲，我必洗耳恭听。

老者道，我观子气度超迈，隐然若有仙根，本欲引汝离尘俗，又见汝壮志内敛，尚需磨砺，故此不言。

波才颇为惊讶，拱手道，我生性愚钝，愿听前辈训导。

老者笑道，依我之见，汉室日渐衰微，不久必将大乱。我且助汝一展抱负，待汝遭遇挫折，或心生厌倦，再言其他不迟。我今授汝奇书一卷，愿汝好自为之。

波才愈觉惊讶，知其乃世外高人，不肯失之交臂，欲跪地拜师。老者将一卷旧书放入波才怀中，大笑而去。波才忙追出，竟不能及，遂问，敢问前辈仙居何处，它日必登门拜访！

老者答道，我居颍上，平生只在烟水中往还，自称颍上客；汝不必寻找，待时机来临，我必寻汝。

波才举目看时，颍上客已无踪影。踌躇良久，试读旧书，竟是一部兵法，乃隐士所著，从来不为世人所知。

波才大奇，自此苦读兵书，几乎废寝忘食；到忘形处，遂与子弟演习阵法，子弟不知奇妙，以为游戏。

波才所遇渐渐传开，太守为之惊奇，遂召波才，欲试其才华。太守自负饱学，尤喜兵法，于是问波才道，何为兵？

波才道，兵者，帝王之杀器，士庶之灾厄也。

太守不屑，以为此说闻所未闻，斥波才道，我读尽兵书，自古并无此论；汝竟妄言知兵！

波才知不可与之论，遂不再言。

太守讥讽道，我闻汝有神童之誉，如何不言？

波才道，乡间所传，往往虚无，实不可信；我不过游戏之徒，岂敢与太守论兵。

太守见其能自谦，其恨稍解，笑道，汝不必惶恐。汝若果有才华，我必竭力举荐，使汝能为国家所用。汝可畅所欲言。

波才闻此大喜，不愿错失良机，于是笑道，所谓兵者，非长枪大马，亦非虎狼之师；若善于运筹，则山川河流，风雨雷电，乃至草木土石皆可为兵！

太守呵斥道，一派胡言，荒谬至极！汝若再敢言兵，我必严治其罪！

波才欲分辩，太守又斥道，汝若不走，我必收汝下狱！

波才大失所望，愤恨而去，自叹汉室昏暗，官吏凶恶，必毁于一旦；立誓必以所学，改换天地。此后，波才拒不与人往来，每于河岸以石布阵，精研用兵之道，以期待时而起。

数年后，黄巾大骤巨鹿，波才遂离颍川投张角。张角见波才熟知兵法，为人忠厚，遂委波才为大方主，令其节制颍川各小方。

波才知卢植引军而来，遂令小方主领部属于险要处设营，将之阻于途；又闻皇甫嵩、朱儁、孙坚等领数万精兵亦赴颍川，欲亲领五万之众出城三十里布阵。

部属劝道，皇甫嵩等屡有斩获，足见颇能用兵。我等虽有十万之众，却多为庶民，既疏于征战，又难以调度。若出城迎敌，恐为其所破，不如坚城自守。

波才笑道，此言差矣。卢植引军而来，我所以设壁垒于百里外，实不愿使之围城。若两军会合，围而不攻，料不出三月，我等必粮尽，当不战自溃。卢植被阻十数日，尺寸不进，足见官军非不可胜。卿等勿疑，我必能保颍川不失。

部属又道，既卢植被阻，我等无后顾之忧，何不倾城而出？

波才道，非也，我知仅能阻卢植一时，数日内，卢植必入颍川；若倾巢而出，卢植等乘虚而入，奈何！我等若能速败皇甫嵩，然后分屯内外，静待卢植，则颍川可保也！

部属不再言。波才遂留五万之众守颍川，以防卢植骤至，亲率五万黄巾出城，于三十里外设防。

皇甫嵩、朱儁、孙坚等见黄巾严阵以待，不敢轻举，亦布阵。皇甫嵩领诸将登高观望，见黄巾虽衣色杂乱，却头缠黄巾，亦颇为齐整。阵中有巨伞，伞下有高车，车上端坐一人，手执羽扇；两人各执红旗，分列左右。

孙坚不禁叹道，此为连环阵，最能呼应，若纵马攻击，其阵可随势演变，处处围困，终不能出。足见此人精于用兵！

皇甫嵩不屑，冷笑道，我等每与黄巾相遇，无不如巨浪推沙，何惧此贼！若此贼知兵，应据城死守；既领众而出，足见自不量力！

孙坚欲言，皇甫嵩转说朱儁道，我与卿各领部属，分头夹击，此阵一举可破！

孙坚忙道，将军不可草率，不如由我先掠阵，待知其变化，再举不迟。

朱儁道，文台言之有理，不如先以精骑扰动。

皇甫嵩斥道，此为军令，何须多言！

朱儁、孙坚不敢再说，遂依皇甫嵩将令，即分兵。孙坚等受辖于朱儁，向北疾驰，欲与皇甫嵩成南北夹击之势。

波才见官军往两翼展开，尽知其意，却按兵不动。

皇甫嵩、朱儁分赴南北，各疾驰五里许，遂改尾为头，大举夹击。波才仍不动，似乎视而不见。

孙坚、黄盖、程普、吴景等一马当先，率先入阵，欲直捣高车，活捉波才。

波才遂起，令执旗者往北一指，阵脚忽转，快如车轮。孙坚等瞬间即入重围。

孙坚颇知凶险，却以为黄巾俱为庶民，不善厮杀，若奋勇，或能转危为安，遂疾呼黄盖等，可放手厮杀，贼人必怯！

黄盖、程普、吴景等虽拼尽全力，仍不能脱身，黄巾势若洪流，绵绵不绝。转瞬，朱儁、黄盖、程普、吴景等尽被分割，互不知所在。

孙坚大骇，欲回走，黄巾如影随形，不能出。孙坚大怒，举矛急刺，瞬间连杀数人。黄巾其势稍敛，再不敢轻举，唯随孙坚移动。孙坚仍不能出。

十八

皇甫嵩命部属自北面突入，瞬间亦入重围，且俱被分割。皇甫嵩大惊，所幸尚未深入，转头疾走，欲回军营。波才命执旗人往敌营一指，即有精甲紧追而来。皇甫嵩惊恐万状，绕营而走。黄巾渐渐迫近，皇甫嵩急令死士断后。黄巾与死士混战，互有伤亡，黄巾退走，尽据辕门。皇甫嵩数举不能入，只好往东逃走，黄巾亦不追。皇甫嵩疾驰五十里外方止，一时不知何往。部属道，我等曾收复长社，并置军留守，将军可暂入长社！

皇甫嵩以为然，遂领残部逃入长社，龟缩不出，唯命斥候暗往颍川，探知朱儁、孙坚等消息。

孙坚极尽所能，仍不能出围，遂往南移动。黄巾仍将之围困，紧随孙坚而走。渐至颍水岸，彼此大为受限。孙坚急中生智，纵身入水。黄巾齐聚岸边，张弓往水里乱射。

孙坚潜于水底，恐不能久持，遂转身，潜回岸边，缓缓露头，见黄巾仍列岸上，不敢起，伏于水草间。

黄巾见水中久无动静，以为孙坚溺水而死，遂退走。待黄巾远去，孙坚始敢上岸。时值初冬，朔风凄紧，孙坚不堪饥寒，起身欲走，忽觉浑身僵硬，难以举动，遂依岸边，恰见一侧有人手持长矛，卧地不起。孙坚大惊，急抽剑，以防不测。对峙良久，卧地者不动，方知已死。孙坚上前，拿过长矛，聊作支撑，沿岸上行。

夜已深，月华如水，远近一片空蒙，干戈声不再，恍若一场惊梦。孙坚颇觉讶异，忽不知是死是活。

上行数里，仍无人烟，饥饿愈甚，遂拔芦根嚼食。抬头间，忽见有小舟系于岸边老树，大喜，呼道，何人在此，望能搭救！

三呼无人应。孙坚近前，竟为空船，依稀见对岸宽阔，或有人居，遂解缆，驭舟滑向对岸。

对岸亦有小舟，系于树根，一挂石级缓缓而下，直入水里。孙坚弃舟登岸，拾级而上。石级尽于一片竹林，与黄泥小路相接。竹林茂密，颇为幽冥，月光不能透露，唯风在竹枝间低吟，犹如雨打沙丘。孙坚颇觉恐惧，紧握长矛，如临强敌。良久，竹林渐尽，月光泼洒而下，极其灿然。孙坚看时，面前有古桥，桥下有深涧，水声如诉。

走过古桥，又是一片松林，月光为松枝所滤，点点滴滴，愈显洁净。松林又尽，一座孤丘横于前，小路绕丘而过。转过小丘，忽见灯火闪烁，孙坚大喜，直望灯火而去。

灯火又近，见有数株老松矗立月下，似有松风轻起，绵绵不绝；松下有茅屋，房门大开，一白发老者闭目而坐；墙上有孤灯，灯月相映，极尽幽婉。

孙坚忽觉疑惑，以为不在人间，踌躇良久，不知进退。正此时，忽听老者道，穷途之人，何故迟疑？

孙坚大惊，忙拱手道，我不慎迷途，误入仙居，若不弃，愿借宿。

老者大笑道，若能迷途知返，或能天宽地阔！

孙坚顿时不能言，唯觉心神大动，颇不能安。老者又道，将军穷途来此，亦算有缘，可随意。

孙坚愈惊，不敢问，遂弃长矛，举步而入。

老者又笑道，茅屋寒舍，四壁空空，况老朽与世人无怨，何惧凶器！

孙坚大为尴尬，复出，携长矛再入，将之靠于墙上。老者指一侧竹凳道，请入座。

孙坚遂坐，环视四壁，竟俱为竹片扎成，壁上悬有斗笠、蓑衣，亦有字，笔笔飘动，无不自空中落下，望之令人心旌摇荡。

孙坚亦善书法，以为若胸有尘俗，不能有此等笔墨。字非秦篆，亦非汉隶，竟是五言一首：

颍上烟波里
卧听渔樵声
松窗过寒月
竹屋涵春云

孙坚暗诵数回，渐觉唇齿间清气缭绕，意韵甚浓；又见诗后有小字，知为颍上客手笔。正此时，老者已将饭菜捧出，置于竹几，笑说孙坚道，此剩饭剩菜，聊可充饥，望不嫌慢待。

孙坚忙致谢，不惜狼吞虎咽。饭毕，孙坚笑问老者道，颍上客何人？

老者淡然一笑，回孙坚道，游戏之笔，何足为道。

孙坚欲再问，见老者仍盘腿而坐，似不屑与之谈。孙坚颇为局促，正不知所措，老者笑指里屋道，每屋俱有卧榻，卿可随意。

孙坚又致谢，携长矛入屋，就榻而卧。榻亦为竹编，颇为柔软。孙坚却辗转无眠，觉月明山空，有隔世之感。良久，疲困渐生，正欲睡去，忽有人打门。孙坚大惊，以为黄巾追踪来此，急起，手握长矛以备断杀。

忽听有人道，我等夜行迷路，不慎坠入水中，望能借此安歇。

竟是程普！孙坚大喜，急出，见吴景、黄盖等亦在，人人一身精湿，知其亦泅水逃生而来。

孙坚等悲喜交集。老者复燃火，为程普等备饭菜。程普等脱去甲胄，近火而坐。

程普道，若非皇甫嵩轻敌，何致大败！

孙坚忙道，此处清绝，不可言断杀！

黄盖不解，悄问孙坚道，何故？

孙坚道，老者乃高隐之士，飘然若仙，岂能言世间俗事。

程普等颇为惊讶，环顾竹屋，顿觉超然之气无处不在，不禁为之肃然。

翌日晨，孙坚等作别老者，仍过颍水，一路询问，渐遇溃兵，遂一一收归。正不知何往，忽有斥候来，说皇甫嵩已退守长社，朱儁及残部亦往长社与皇甫嵩汇合。

孙坚恐为黄巾所察，令黄盖等昼伏，待夜半方出，绕过颍川，亦往长社。

数日后，孙坚领残部入长社，与皇甫嵩、朱儁合。

皇甫嵩知孙坚等生还，颇喜，令诸将清点部属，竟折损近半，大为不安，命坚壁深垒，以防波才来攻。

波才知皇甫嵩败走长社，欲举众攻击。小方主纷纷劝谏，以为应坚守颍川，不宜出击。

波才道，汝等只知此战之胜，不知各路官军正摧枯拉朽。今人公将军被困豫州，天公将军败走巨鹿，已不知所踪。卢植等誓破壁垒，意在颍川，若与皇甫嵩合，颍川岂能保！可趁皇甫嵩新败，人心恐惧，速克长社，然后严阵以待，迎击卢植！

部属遂不言。波才命一小方主领部属五千，设营五十里外，以阻卢植；又命与卢植相持者，弃壁垒，后退五十里，与小方主合，仍阻卢植。

波才仍留黄巾五万守颍川，亲领五万直扑长社。

皇甫嵩知波才举众而来，大惊，急召诸将议对策。孙坚道，长社狭窄，粮草不足，不宜坚守；可暂弃长社迎卢植，两军相会，必能破波才。

朱儁道，不可，若弃城而走，波才必大肆追击，恐大败！

于是议而不决。孙坚夜会朱儁，说朱儁道，卿明知长社不可保，何故极言固守？

朱儁道，卿岂知我等之难！若不战而弃长社，朝廷必责我等拱手让城池与黄巾，他日必因此问罪！

孙坚恍然大悟，遂不再言。翌日，波才已来长社，四面设围。

皇甫嵩忙领朱儁、孙坚等上城察看，见旌旗如云，气势如天，皇甫嵩大为惊恐，说诸将道，我等被困孤城，又少粮草，岂能坚守！

孙坚道，波才虽势众，不敢久持，必求速胜，或急攻。可使弓箭手俱登城，波才若举，可急射。黄巾受挫，必失锐气，我等可趁机突围。

皇甫嵩依孙坚所言，又命孙坚总领城防。

十九

波才围长社，却不令攻城，命各小方伐木割草，搭设军营。小方主大惑不解，劝波才道，大方主欲速克长社，何故围而不攻？况以草木为壁垒，又彼此相连，若官军纵火，岂不大受其害？

波才道，卿等勿忧，我不虑官军纵火，唯虑其不来。

是夜，波才暗召心腹，嘱咐道，卿速回颍川，唯留一小方守城池，余者速往长社、颍川之间设伏，必大有所获。

心腹领命而去。

皇甫嵩见波才大设军营，以为欲使官军粮尽，不战而溃，颇为焦急，又召诸将商议。

皇甫嵩道，长社无十日之粮，不能与之久持，需尽早突围，不可延误。

朱儁道，我见黄巾以草木结营，又彼此相连，实可图也。可以精甲深夜潜出，近前纵火，贼必大乱，我等可趁此突围！

孙坚忙道，波才颇知兵法，以草木结营，或另有所图，不可轻举。

皇甫嵩道，此生死之际，岂能瞻前顾后；与其坐以待毙，不如放手一搏！

遂命孙坚选精甲，深夜骤出，火烧军营；又令诸将不解甲胄，若火起，即突围。

孙坚不敢违命，待三更，即率程普、黄盖、吴景等自东门潜出。黄巾竟浑然不觉。孙坚等潜近一营，举火乱投，草木大燃。值夜黄巾忙敲响铜锣，各营呐喊骤起，一片纷乱。

孙坚等绕营疾走，不断投火。一时火光冲天，远近俱如白昼。波才惶遽而出，命黄巾救火。火势大旺，犹如山呼海啸。

孙坚不敢耽误，急令程普等退走。

皇甫嵩见敌营一片火海，知孙坚得手，即领诸将大出。黄巾为大火所迫，纷纷乱走。波才忙登车，大叫道，此处不可留，速回颍川！

各小方主忙整顿部属，随波才往颍川急遁。朱儁见此，说皇甫嵩道，波才已溃不成军，可急追，必大胜！

皇甫嵩以为然，令诸将随后追击。诸将大为振奋，纵马疾驰，欲雪前日兵败之耻。

小方主见官军急追不舍，忙说波才道，大方主宜收紧部属，命死士断后，否则必大败！

波才斥道，若如此，我何以胜官军！汝等可极尽溃乱，不必多问！

小方主愈不解，问波才道，我等素知大方主多谋，何故自取其败？

波才无奈，说小方主道，实不相瞒，我已于途中设伏，若不求一败，何以使官军深入！

小方主大惊，以为宜告知各方主，波才不准，称若如此，部属必有恃无恐，官军或有所警觉。

皇甫嵩等大肆追杀，各有斩获，大为畅快。又追数十里，见波才已在数箭之外，皇甫嵩大喜，指波才高车，呼诸将道，斩波才者，赏钱百万！

孙坚已生疑，劝皇甫嵩道，我疑此乃诱敌深入之计；常言穷寇勿追，既大有所获，何不收兵？

皇甫嵩不屑，说孙坚道，卿所虑过矣，贼已大溃，若不追剿，必后悔莫及；我当趁势入颍川，直捣巢穴，尽灭贼寇！

孙坚再劝道，将军竟不忌前日之败！波才既能使连环阵演化如神，何致不堪一击！

皇甫嵩大怒，斥孙坚道，汝若再言，我必杀之！

孙坚不敢言，仍随诸将追击。

不觉，天将拂晓，波才一路溃逃，已至中途，却不见伏兵，疾呼道，伏兵何在，官军已来此，可痛击！

虽疾呼不绝，仍无动静，不禁大惑。恰此时，忽见一骑迎面而来。波才大惊，正欲喝问，来人已近前下马，正是奉命往颍川传令者。

来人道，颍川诸小方，知官军四面逼来，大为恐惧，纷纷弃城而走；阻卢植者亦逃散，卢植已入颍川！

波才惊愕不已。此际，官军大举迫近，斩杀愈急；小方主见并无伏兵，大骂波才而去。余众亦纷纷逃走，唯剩波才与心腹数人。波才大为绝望，仰天叹道，天不助我，奈何！

心腹急道，大方主若不速走，必为降虏！

波才遂弃高车，乘骏马，望颍川疾走。

孙坚见波才单骑狂奔，不肯舍，纵马直追。两骑相距仅数百步，孙坚却久不能及。不觉，已至颍水岸。波才以为不能逃，遂勒马，立于岸上。

孙坚喝道，汝若肯降，饶汝不死！

波才正不知所措，忽有人呼波才道，波才勿慌，可登舟！

波才大惊，见有小舟泊于岸，一老者横舟而立。波才大喜，急下马，飞步登舟。老者即解缆，转瞬，舟已离岸。老者笑问波才道，卿向来可好？

波才已知为颍上客，一揖道，我师何以来此？

颍上客不答，驭舟而走。孙坚近岸边，见一舟正逆流而上，知波才已获救，正挽弓欲射，忽听老者呼道，颍上客以一饭之恩，换波才不死，如何？

孙坚大惊，遂止，任其自去。小舟渐行渐远，水上晨曦渐起，薄雾暗生，空余满川苍茫。孙坚彳亍良久，缓缓退走。

皇甫嵩举众入颍川，与卢植会师，又上书为诸将请功。

曹操与孙坚一见如故，每日往来。曹操因功，拜为济南相，需离行伍，往济南赴任，遂与孙坚别。孙坚治酒，为曹操饯行，请程普、黄盖、吴景等作陪。

曹操举酒道，我与卿相识于此，乃平生幸事；可惜宦海无常，不能常聚！今日一别，不知何日再会！

孙坚亦举酒，说曹操道，我与卿一见如故，恨不能携手共进！

两人颇觉惆怅，久不能言。

不觉，已大雪漫天。曹操看时，见城郭人物俱已朦胧，疑非人世。曹操豪气顿生，大笑道，大雪应景而来，我等何不作歌而饮！

孙坚亦笑道，诚如卿所言，可惜我不善此道；愿闻卿作歌！

曹操遂起，慷慨而歌：

朔风起兮
大雪盈盈
酾酒饮兮
一醉如倾
醉而起兮
相顾无声
人生何似
如雪覆地
顷刻之间
化为青泥
天与我时
不可枉待
如水东流
岂能复来
与君相别
愁思如缕
今日一去
相思万里
不待月圆
不待花发
唯看天下
终归谁家

曹操歌罢，一饮而尽，随即大步而出，几乎目不回顾。

孙坚、程普沉默良久，竟不能出声。吴景忿然道，曹操无礼，竟不辞而别！

孙坚笑道，曹操赠言尽在歌中，何须再辞！

程普等仍不能言；孙坚又道，曹操实为豪杰，恐天下鲜有敌手！

程普霍然而起，说孙坚道，既如此，不如截杀！

孙坚道，不可，曹操身负大功，若杀之，朝廷必严究，岂不自取其祸！

程普等颇觉索然，告辞。

二十

波才残部纷纷逃窜，分入汝南、陈国，朝廷令皇甫嵩、卢植追剿。二人遂离颍川，分兵进击。

皇甫嵩、朱儁等举众至阳翟，将士不堪劳苦，俱请休整。皇甫嵩无奈，遂令诸将暂住阳翟，并遣斥候，以察黄巾去向。不数日，斥候回报，称黄巾已分入东郡、南阳。皇甫嵩欲再举，遂召诸将，命朱儁、孙坚入南阳，自领一部往东郡。黄巾知官军大举进伐，即散入乡野，不敢集结。

于是，官军纷纷奏捷，俱称黄巾已灭。灵帝大喜，诏令嘉奖有功者。孙坚终获升迁，拜为阳翟令；刘备亦因有功，获任安喜尉。

正此时，边章、韩遂等凉州诸将举众而反，西北纷纷告急。灵帝大惊，急召群臣商议对策。

司徒崔烈道，凉州偏远，土地贫瘠，风俗险恶，人物凶蛮，既陷贼手，不如弃之不顾。若集重兵于关中，使贼不能东来，则忧患可解；若举众进剿，深入险要，或为贼所困，其势必愈盛。

群臣俱恨崔烈卑鄙，为获任司徒，竟以千万巨资买通赵忠，经赵忠极荐，方如所愿。然此风盛行已久，凡欲升迁者，俱需重贿内臣，虽功勋卓著如张温，欲升司空，亦不免贿赂赵忠、张让之流。

崔烈言未尽，议朗傅燮愤而斥道，卿贵为重臣，竟出此言！凉州虽远，亦为国之疆土，且东近关中，西接羌胡，堪称国之屏障；若凉州失，羌胡走马可至，中原必为之震荡，岂能不顾！臣请陛下立斩崔烈，以明寸土必争之志！

群臣纷纷附议。崔烈大惧，再不敢言。

灵帝说群臣道，卿等卫国之志如天，朕颇感欣慰。然边章、韩遂久镇凉州，熟知地理风俗，又与羌胡暗结，若进伐，需深谙西北风情，且不惧风寒者方能为之。

傅燮道，臣知董卓乃关中豪族，久在河、陇，精武艺，善用兵，颇知风俗，若令董卓出征，必能大败反贼！

灵帝大喜，即下旨，拜董卓为中郎将，率精兵二万入凉州，讨伐边章、韩遂。

边章、韩遂知董卓举众而来，遂出凉州，分据古浪峡及泗水，以待董卓。董卓深知古浪峡为凉州锁钥，若能夺而据之，边章、韩遂必败，遂大举攻击。

边章令诸将俱登绝壁，居高临下，以石木乱投。董卓不敢深入，命部属阻绝谷口，欲使边章不能进退；又遣心腹绕行，拜见羌胡部落，许以重贿，欲请其断边章后路。边章急令死士往泗水，邀韩遂亦赴古浪峡，合击董卓。

韩遂领精骑五千，奔袭董卓身后。双方大战两昼夜，董卓渐渐不能持，亲率精甲猛击韩遂，韩遂退走，董卓亦取道陇右。边章、韩遂大肆追击，斩获甚众。

灵帝知董卓兵败，大为惊恐，急召群臣商议。崔烈道，董卓虽世居关中，亦曾随军平羌胡之乱，却均为属将，岂能委以重任！议郎傅燮举荐不当，以致兵败，臣请陛下治傅燮之罪！

杨赐道，臣以为不可，胜败乃兵家常事，若以此治举荐之罪，恐察举自此不能行，望陛下慎思！

灵帝道，朕所忧者，谁能破边章、韩遂也！

杨赐道，臣知司空张温极善军事，若以张温为主将，必能大胜二贼！

灵帝纳其说，遂拜张温为车骑将军，率军再入凉州。张温又举董卓为副将，称其久在河、陇，根基深固，又知羌胡习性，利于征剿。灵帝遂拜董卓为破虏将军，随张温讨贼。

朱儁知张温将入凉州，特来拜访。张温设酒款待，说朱儁道，卿若与我同赴凉州，何虑二贼不败！

朱儁道，我来此，非自荐，欲为将军荐孙坚。孙坚熟知兵法，颇有谋略，若得此人相助，将军何忧！

张温大喜，即上书，请以孙坚为参军。

孙坚获旨，即召旧部，领程普、黄盖、吴景等离阳翟，绕道赴美阳，与张温合。张温见孙坚英姿勃发，精悍外露，大喜，问孙坚道，我知卿极善谋划，必有破敌之策，愿闻其详。

孙坚道，所谓兵贵神速，将军举众来此，声威远走，宜疾进，使贼难以布局；否则，贼必有备，恐取胜不易。

张温道，诚如所言。然我与董卓有约，两军会集美阳，然后合兵进击；今董卓未至，不可猝行。

孙坚道，将军何不以董卓为后继，先与二贼战，董卓来，其势将愈盛，二贼必怯，怯必败。

张温道，不可，董卓为副将，又久在西北，熟知情形，颇堪依赖；况朝令夕改，乃将兵之忌，岂能为之！

孙坚不能再言，遂与张温等滞留美阳，以候董卓。

边章、韩遂知张温屯八万大军于美阳，唯候董卓，若会师，将有十万之众，恐凉州不保，遂趁张温未出，领众突袭长安，一举而下。

张温闻此大惊，急召诸将商议。张温道，边章、韩遂恐凉州狭窄，难以辗转，竟忽袭长安，以获进退之便。今长安已失，我等当如何？

孙坚道，长安东临潼关，南近秦岭，进可入中原，退可走巴蜀，岂能由二贼盘踞！若长安不能收，我等必获罪。

张温然其说，正欲率众赴长安，董卓已入美阳，遂止。

董卓来美阳途中，忽知长安已失，大喜，遂暗上一表，称张温敛重兵于美阳，竟坐视贼人夺长安；请以所领逐边章、韩遂，收复长安。

张温即召董卓，会商复夺长安之策。董卓道，我世居关中，颇知此间情形；卿等可仍屯美阳，我必逐走二贼，收复长安！

孙坚道，我等奉命征讨二贼，既二贼在长安，何不诸军并举，以图大胜？

董卓斥孙坚道，汝不过参军，竟敢妄言大计！

孙坚欲驳斥，张温以眼色示意勿言。于是，因彼此各怀心思，久议而不决。

恰此时，灵帝下旨，责张温坐失长安，命董卓领部属夺回；令张温等仍屯美阳。

张温恐董卓建功，愈为猖狂，不能节制，欲上书，请全力出击，以夺长安。

孙坚劝道，我知董卓曾为主将，今受制于将军，岂能悦服。董卓骄狂自大，急于雪耻，此去必受挫。若董卓败，必威风扫地，或能听命。

张温以为有理，隐忍不举。董卓领众急赴长安，令诸将勿需设营垒，急攻南、北、东三门，置西门而不顾，欲使边章、韩遂惧怕，弃城自走。

待董卓出美阳，孙坚暗遣吴景尾随，获其情形，即回报。吴景见董卓网开一面，大惊，立刻回报孙坚。孙坚即拜会张温，说张温道，董卓急攻三门，欲逼二贼自走；二贼或将计将计，大败董卓。

张温大喜道，既如此，我无忧矣！

孙坚道，若将军坐视董卓大败，朝廷必严责。将军宜派援兵，予以接应。

张温以为然，遂命部将周慎与孙坚共领精骑一万赴长安，并嘱周慎、孙坚道，卿等可徐往，若董卓不败，勿援手。

二人领命而去。董卓急攻半日，边章、韩遂似不知西门未受敌，竟不由此遁走，率将士奋力还击。董卓以为边章、韩遂不知用意，遂近城呼道，我曾与二位将军有旧，不忍痛下杀手，否则，岂有古浪峡之败；二位将军竟据长安，我奉命复夺，若愿弃城而走，我必任卿等回凉州！

边章说韩遂道，董卓之意，我岂不知！不如将计就计，令大军撤出长安；待董卓入城，我等再将之围迁！

韩遂道，既如此，何需围城；我有一计，必大败董卓！

遂将所谋告知边章。边章大喜，指董卓大骂道，董卓肥贼，竟如此妄想！我等既夺长安，岂能拱手相让！

董卓大怒，命诸将狂攻。边章、韩遂命部属以弓弩急射，一时箭矢如雨，董卓死伤颇众。

部将鲍鸿忙说董卓道，长安城池坚固，又重兵云集，宜徐图，不可强攻，否则，必大受挫折。

董卓斥鲍鸿道，贼远道而来，虽据长安，亦不免损伤，此不过强弩之末，岂能使其有喘息之机！

鲍鸿不敢言，仍领部属强攻。不觉，城上箭矢渐稀，边章、韩遂已退走。董卓大喜，呼诸将道，贼将弃城，首入长安者，赏钱十万！

鲍鸿等遂近城门，命死士以巨木撞击。董卓亦近前，急于入城。正此时，忽听杀声骤起，董卓大惊，见边章一马当先，引凉州诸将奋勇而来，即命鲍鸿等勿攻城门，先阻边章。两军混战，一时势均力敌。

董卓见鲍鸿等不能胜，遂打马上前，直扑边章；忽听城门霍然大开，韩遂等大举而出，犹如洪水决堤。董卓忽遭夹击，欲拼死决战。鲍鸿疾呼道，将军何必苦战，可收紧部属，以图自保；我愿杀出重围，请张温救援！

董卓无奈，遂收紧部属，命将士竖坚盾，以应边章、韩遂急攻。鲍鸿欲突围，被韩遂力阻，虽数举不能出。

边章、韩遂见董卓虽败，其阵势颇为严整，遂召诸将道，董卓被围城下，不能炊饮，岂能久持；卿等勿需攻击，待将士饥渴，董卓必自溃！

董卓以为大势已去，欲选死士突围。鲍鸿劝道，我等已入重围，恐不能出，不如诈降，另作图谋。

董卓严责鲍鸿道，苟且之说，岂是大丈夫所为；既为将军，何惧战死！

正走投无路，忽见凉州将士大乱，似遭重击，董卓大为疑惑。鲍鸿道，此必援军，将军可奋起应之！

董卓以为然，即率诸将猛击。边章、韩遂愈乱，渐不能敌。边章疾呼诸将道，可入长安，以免大败！

凉州诸将遂弃董卓，复入长安，紧闭城门。董卓遂与孙坚、周慎合。董卓不服输，欲再围长安。孙坚道，凉州人马众多，又据城池，不能强取；将军宜回美阳，详作部署，再举不迟。

鲍鸿等亦劝董卓暂弃长安。董卓无奈，只好回美阳。

此役，董卓折损士卒近万，颇为羞惭，不愿与张温等见面。

二十一

张温借机分董卓部属，命其自领一部，随大军屯美阳；以鲍鸿为荡寇将军，率另一部屯扶风。

鲍鸿颇为得志；部属劝鲍鸿道，董卓虽败，其势仍在；张温等初来西北，多有仰仗。今将军分董卓部属，董卓必怀恨，或不利于来日。将军应回美阳拜会董卓，使之勿疑。

鲍鸿以为然，遂往扶风，拜望董卓。董卓知鲍鸿来，命治酒，请鲍鸿对饮。鲍鸿仍执部属礼，不敢与董卓对坐。董卓讥讽鲍鸿道，我率卿等取长安，不慎大败。我颇为羞惭，无颜见人；卿却获升迁，实在可喜可贺！

鲍鸿拜伏于地，忙道，此不过张温离间之计，我本不愿受命，又恐部属归他人麾下，只好答应。我非忘恩负义者，又久受将军大恩，毕生唯以将军之命是从！

董卓沉吟良久，问鲍鸿道，卿此言可真？

鲍鸿道，若有不实，必遭天谴！

董卓疑心稍解，将之扶起，说鲍鸿道，西北自古为羌胡所据，与大漠相连，地势险恶，风物大异。朝廷所以依重我，因我世居西北，又久镇河、陇，虽败绩，却不问罪。今张温屯美阳，不求速胜，其用心之险恶，我何不知！若不能速灭边章、韩遂，张温等必久屯于此，地理人物将为其渐知，我等必沦为弃将！

鲍鸿道，将军所言极是；然边章、韩遂亦久居西凉，颇知此间情形，今又据长安，不知何以使之速灭？

董卓笑道，若卿愿与我携手，何愁二贼不破！

鲍鸿道，若能速破二贼，我不惜肝脑涂地！

董卓道，我所以两度败北，俱因求胜心切。然长安之战，我已知二贼破绽，长安亦非固若金汤，若用计得当，必能克之。我所以闭门不出，无他，思破敌之策也。若卿愿与我联手，必能一举收复长安，逼走边章、韩遂，再乘胜追击，二贼必败！

鲍鸿大喜，慨然道，若如此，张温必走，河、陇、关中仍为我等所据！不知将军有何妙计，不妨告知。

董卓道，事不宜迟，卿可速回扶风，点集部属，即赴长安；但需夜行晓住，深敛其迹，勿使二贼察知，务必于明日子时至长安。我亦尽率部属，与卿同时而举。卿可如前日，仍急攻三门，二贼以为卿仍欲图长安，或故伎重演。我则伏于西门外，待贼人出，乘虚而入，长安可破矣！

鲍鸿沉思道，若二贼拒不出城，奈何？

董卓笑道，卿勿忧，我岂不知二贼！若二贼不出，卿可攻至力竭，往扶风退走。二贼必纵兵追击，我仍可趁机入城。

鲍鸿遂不疑，辞别董卓，驰还扶风，召部属夜往长安；董卓亦率部属夜离美阳。张温等竟浑然不觉。

翌日深夜，董卓、鲍鸿会于长安外。鲍鸿举众急攻三门；董卓领部属伏于西门外密林以待之。

三门同时告急，边章、韩遂大惊，登城一望，已知鲍鸿用意，令将士勿惧，闭城坚守。

董卓窥视良久，不见二贼自西门出，亦不见西门守卒赴援另三门，大为焦躁。部属说董卓道，不如亦攻西门，使贼不知虚实。

董卓不听，令部属勿举，遂遣心腹告知鲍鸿，令其弃东、南二门，唯攻北门。

鲍鸿大集北门，猛攻。董卓率领部属绕至东门外，仍潜伏不举。

边章知北门将破，大急，欲命将士赴救；韩遂以为鲍鸿行调虎离山计，请边章慎之；边章不听，称鲍鸿所举不足一万，不能分攻四门，故而唯攻一门，若不赴救，北门必破。

于是令将士俱赴北门。董卓大喜，率将士急出，猛攻东门。东门兵寡，又懈怠无备，一击即溃。董卓等撞开城门，蜂拥而入，一路大肆放火，直扑北门，欲与鲍鸿内外夹击，大败边章、韩遂。

城内大乱，士民争相奔走，呼号不绝。

边章、韩遂等正力阻鲍鸿，忽见城中火起，杀声震天，大骇；正此时，部属报称，董卓已破东门，正大举而来。

二人大为惶恐，急令收紧人马，转道西门，弃城而走。

董卓亦不追击，与鲍鸿会师，令部属严守四门，以防二贼回夺；又遣人往美阳，告知张温。

张温知董卓夜夺长安，惊愕不已，急召孙坚。张温说孙坚道，董卓已复夺长安，我当如何？

孙坚道，既如此，将军离美阳，亦往长安，以示庆贺；待入城，即另置守军，使董卓不能据长安而自雄。

张温道，若董卓拒不奉命，奈何？

孙坚道，可上书朝廷，请圣旨，董卓必不敢拒。

张温以为然。翌日，张温率大军离美阳，往长安；董卓颇知张温用意，令诸将紧闭四门，拒张温入城。

张温不能入城，暂屯长安外，周慎入城责董卓。董卓说周慎道，长安久经战乱，又受二贼蹂躏，城垣破败，凋敝不堪，又军资贫乏，粮草紧缺，不能使大军共屯。况二贼虽走，去向不明，请张将军与我分屯内外，以便呼应。

周慎道，张温乃主将，攻守进退应由张温决断，卿岂能擅自主张！

董卓冷笑道，我与部属舍生忘死时，张温何在！

周慎不敢多言，回禀张温；张温大怒，欲命诸将攻董卓；孙坚立劝，请张温上奏天子，请治董卓拒不奉命之罪。

张温无奈，仍回美阳，即上表，极言董卓之罪；董卓知张温必参奏，即遣心腹往洛阳，重贿赵忠、张让，亦上奏表，指张温屯兵美阳不举，坐看二贼夺长安；待逐走二贼，张温方来长安争功等，凡数罪。

不十日，灵帝下诏，责张温敛兵不进，使边章、韩遂得以夺长安；董卓、鲍鸿收复长安有功，赏钱百万，绢百匹；由董卓镇长安，鲍鸿仍归董卓麾下，镇扶风。

张温不服，欲上表自辩。孙坚又劝道，边章、韩遂退走榆中，可趁二贼惊魂未定，大举追剿，若能使二贼灭，董卓之诬将不辩自明；若董卓先往榆中，再败二贼，或更不利。

张温以为然，欲令周慎率三万精甲赴榆中，攻二贼；孙坚再说张温道，我有一计，可助周将军一举获胜。

张温遂召周慎，请孙坚嘱以有奇计；孙坚道，榆中贫瘠，必少粮草，二贼需自他处征集，转运榆中。卿若阻二贼粮道，二贼必难坚守，或弃榆中，退走先零羌。将军可先置伏兵于险要处，待二贼来，迎头痛击，必获大胜！

周慎不以为然，说孙坚道，边章、韩遂如惊弓之鸟，已尽失锐气，何需大费周折；勿需十日，我必大败二贼！

张温亦以为二贼新败，惊惧不安，必能一举而克，不以孙坚所说为然。孙坚知周慎自大，不愿多言，告退。

翌日，周慎举三万精甲出美阳，赴榆中。

二十二

边章、韩遂知周慎大举而来，急召诸将商议。

边章道，我等败走长安，惊魂未定，士气低落，不能再战；况榆中城池残破，又无补给，不可坚守，宜离此，转走先零羌。

韩遂道，不必如此。周慎不过匹夫，刚愎自用，逞强好胜，何足为虑！周慎此来，必经葵园峡，我等可分兵两路，卿率部留谷口，使周慎不能过；我率精骑绕走其后，截夺粮草，与卿成夹击之势，周慎必败！

边章以为然，遂率部属屯谷口，占尽险要。韩遂则西走临洮，隐于山野，以待周慎粮草。

周慎建功心切，一路疾进，不数日，渐近葵园峡，见山势陡峻，壁立千仞，仅一小道自谷中过，以为若二贼于此置伏兵，虽神兵天降不能过。

周慎欲令将士暂止，遣斥候察之；正此时，忽见前军骤乱，大疑，正欲问之，一卒飞马而来，疾呼道，贼置重兵于谷口，又占尽悬崖，步骑不下两万之众！

周慎大惊，急往谷口，见谷口有栅栏，边章率精骑数千，持长矛，挽强弓，立于栅栏后；悬崖上布满精甲，大集石木，蓄势待发。周慎大骇，急回，令后退十里，以防边章等突袭。

诸将以为峡谷幽险，利于守，不利于攻，俱请回撤美阳。

周慎不听，怒说诸将道，尚未与贼交锋，竟先怯惧！董卓能逐二贼出长安，我等何不能胜之！

诸将不敢言，面面相觑。周慎又说诸将道，我欲夜战边章，暂夺峡谷，直指榆中。所谓狭路相逢，唯勇者能胜。卿等若不惜命，边章必败；若有懈怠，我必治罪！

于是选死士三千，令其披甲执盾，大举冲击，先破栅栏，再以长剑斩马足；又选精骑五千，命紧随死士后，若栅栏破，可冲入谷口，先往榆中；再命步卒备火把，潜近悬崖，以火焚山。

时值三更，周慎等欲举，忽有一骑自后驰来，疾呼周慎道，韩遂已夺粮草，正大举而来！

周慎大惊，见来者一身血污，喝问道，汝何故如此？

来人忙道，我等押粮草过临洮，韩遂领众忽出，大肆劫杀。我等寡不敌众，虽奋起还击，仍大败。我侥幸逃走，特来禀报！

周慎大怒，欲斩来人，为诸将劝止；诸将颇为惶急，以为韩遂必与边章夹击，俱请周慎速走。

周慎亦惧，说诸将道，事已至此，亦可走临洮，绕道回美阳，待补足粮草，再举不迟！

于是命将士不举火把，悄然退走。

时当深秋，草木凋零，霜色正浓，地上一派寒气，天上一弯冷月，人影纷纷，蹄声杂乱；周慎触景生情，竟对月而歌：

残月霜天
夜气弄寒
将军急走
疾风如鞭

不觉已至路口，正欲转道临洮，忽见火光大起，无数精骑疾驰而来。周慎知韩遂已至，惊恐万状，往临洮急走。

韩遂知周慎欲绕走，领快马斜出，疾驰二十里，阻断去路。周慎知不能过，命将士退回，再绕走。方至路口，又见火光冲天，人喊马嘶，知边章已出谷口，急令弓箭手列前，以应之。

边章知韩遂阻周慎，大喜，举精甲猛攻；周慎命弓箭手急射，一时弓弩齐鸣，带箭而倒者不绝。边章大惧，骤止。

韩遂亦知边章必出狭谷，于是亲率精骑直追周慎。周慎见韩遂已在数百步外，知不可避，勇气复炽，疾呼诸将道，前狼后虎，我等已在绝路，唯不惜一死，方有生机；若怯，必遭屠戮！

于是率诸将齐出，迎击韩遂。彼此混战，损伤颇重。韩遂等亦受阻，其势渐颓，命将士暂止。

周慎得以喘息，亦命收紧人马。

彼此皆不堪疲困，于是互设屯卫，欲待来日再战。

时已半夜，周慎忽召诸将，称边章、韩遂分阻前后，恐无生路，不如趁天未明，率众登山，敛兵高险处，或能自保。

诸将以为士卒疾行数日，又夜战，不堪疲劳，恐无力登山。周慎斥诸将道，登山即可活，否则必死；死生之际，何惧疲劳！

诸将以为然，暗呼士卒起，尽弃车马，仍竖旗帜，以疑边章、韩遂。周慎知边章、韩遂必围山，命心腹自林莽间绕出，回美阳，请救兵。

边章疑周慎或趁夜登山，以图自保，命斥候潜近敌营，以察动静；知周慎果欲登山，亦唤醒将士，起而追之。

韩遂闻杀声又起，亦举，两头分进，猛击周慎后。周慎知将士惊恐，虑溃散，亲领死士断后。

边章、韩遂紧追不舍；周慎等以乱石猛击。边章、韩遂又受阻，不敢前，退回。

天色渐明。边章、韩遂见周慎已上绝顶，占尽险要，知不能急攻，遂召诸将商议。

诸将以为周慎疲困，又勇气尽失，若急攻，或能制胜；若不速克，张温知其被困，必驰援，恐再不能胜。

边章以为有理，欲举；韩遂以为不可，说诸将道，周慎已为困兽，若逼之过急，必拼死一搏。况山上石木累累，若攻，周慎必令部属以此猛投，我等必大受挫折。可令将士登上半山，紧围周慎；若张温不驰援，周慎无补给，不出三日必自溃；若张温驰援，我等可放火烧山，然后弃周慎，转走先零羌，与羌胡合，虽张温举众跟进，何惧！

诸将以为有理，俱上半山，四面散开，围周慎。

二十三

孙坚知周慎轻敌冒进，必大败；待周慎离美阳，又说张温道，边章、韩遂身经百战，颇知用兵。况榆中深险，若周慎轻敌，必不利。我愿举精甲二万为后援，以防不测。

张温不以为然，说孙坚道，周慎久历战阵，虽恃勇自傲，然非庸才，此去必能胜二贼。卿不必多虑，请与我静候佳音。

孙坚自知非张温亲信，或疑分周慎之功，不再言。

翌日，周慎心腹忽来美阳，求见张温。张温以为周慎遣人报捷，大喜，召孙坚等俱来。心腹却称，周慎已为二贼大败，或困于山野，请驰援。

张温大失颜面，竟迁怒周慎心腹，杀之。孙坚又请领兵驰援；张温欲尽举美阳之兵大败二贼。孙坚劝道，若如此，二贼或趁机转袭美阳；请将军予我二万精甲，若不能救出周慎，愿受责罚。

张温无奈，依孙坚所请，予兵二万。

孙坚不敢怠慢，昼夜疾进，翌日午后，已至周慎被困处，见边章、韩遂设围半山，亦命将士四面展开，将之反围。

黄盖见孙坚围而不攻，恐贻误时机，劝孙坚道，应疾攻，不可迟延；周慎知援军来此，必俯冲，贼上下受敌，岂能不败！

孙坚道，非也，周慎尽弃辎重，仓皇登山，又粮草被袭，宁不饥困，岂能俯冲；我自有解围之策，卿勿忧。

遂令将士伐木割草，四面堆积，欲放火烧山。

孙坚嘱诸将道，二贼见我等欲放火，必冒死突围；卿等不必阻杀，任其自去，能救周慎即可。

边章、韩遂见孙坚欲烧山，大惧，不知所措。孙坚知二贼疑惧，命吴景见边章、韩遂，称若能放周慎出围，可任其自走。

边章、韩遂不敢逞强，遂撤走，仍回榆中。周慎获救，羞惭不已，随孙坚回美阳。

董卓知周慎险为边章、韩遂全歼，大喜，遂修书一封，极尽讥讽，命心腹送入美阳，呈送张温。张温阅此信，怒不可遏，即持回洛阳，欲拜见灵帝，弹劾董卓。

董卓闻知，大喜，即召诸将。董卓道，我虑张温复入榆中，大败二贼，占尽功绩，故以书激之；张温俗子，竟不知我意，持信回洛阳，欲进谗言。我等可举众赴榆中，大败边章、韩遂，使张温无尺寸之功！

诸将以为然，即弃关中，大举往榆中。边章、韩遂知董卓骤来，大骇，以为榆中补给不足，不能应敌，遂走，逃往先零羌。

董卓亦出榆中，随后急追。

张温还洛阳，拜见灵帝，出董卓书信，痛陈董卓之罪，称其素有拥兵自重之嫌。灵帝疑心顿起，遂下旨，命董卓撤离长安，与鲍鸿屯扶风，仍归张温节制。

张温持圣旨回美阳，知董卓已逐边章、韩遂出榆中，直逼先零羌，大为惊悟，即召孙坚。张温道，陛下命董卓离长安，归我麾下；谁知董卓竟猝然而举，逐二贼往先零羌。此董卓之奸谋，我竟不察！事已至此，奈何？

孙坚道，既有圣旨，将军可入据长安，再遣人持圣旨往先零羌，命董卓全力追剿，不破二贼，不许还军。

张温道，若董卓奏捷，我等岂非寸功不获？

孙坚笑道，将军勿忧。二贼久居西凉，又与羌胡素有往来，必能周旋。董卓孤军深入，能全身而退已属万幸，岂能胜之！

董卓一路疾进，至先零羌，竟不知边章、韩遂所在，正不知举措，忽有部属报称，张温遣使来此。董卓颇知张温用意，遂召来使，笑问道，军令何在？

来使以张温手令付董卓。董卓并不开阅，付之一炬；又问来使道，圣旨何在？

来使欲宣灵帝手谕，董卓夺过，亦付之一炬。来使大惊，斥董卓道，此天子手诏，岂能如此！

董卓笑道，天子手诏何在？

来使大惧，不知所措。董卓喝道，狗贼，竟敢假冒天子之名！

来使急出，仓皇而走。董卓命心腹追而杀之，抛尸荒野；又大放斥候，察二贼去向。翌日，有斥候回报，称边章、韩遂已入垣北。董卓欲往之，鲍鸿劝道，垣北深险，我等长驱直入，后无粮草，前无补给，不可轻进。

董卓不听，举众入垣北，又不知边章、韩遂所在，大为悔恨，命诸将屯荒野，令鲍鸿征集粮草。

是夜，鲍鸿空手而回，说董卓道，垣北苦寒，民无积粮，又被二贼抢掠一空；居人知大军来，纷纷逃遁，虽极尽所能，仍一无所获。

董卓焦虑不堪，知不可滞留，欲退走。正此时，边章、韩遂忽出，阻断道路，紧围董卓。董卓令诸将高壁深沟，欲自保；又令将士减餐，以防粮尽。

此时，虽值深秋，胡地已大雪，山野俱白，一望无涯。鲍鸿等劝董卓突围，董卓道，非其时也，若举，二贼必全力阻之，岂能如愿！

边章、韩遂知董卓粮草将尽，令将士围而不攻，欲迫其自溃。

将士不堪饥饿，怨声大起。鲍鸿恐将士因恨生变，劝董卓杀马，以解饥饿。董卓不准，斥鲍鸿道，马乃将士之足也，杀马与斫足何异！

鲍鸿不敢再言，告退。其时已过正午，不见膳食，董卓不能忍，命侍从催问。片刻，侍从领伙夫入，伙夫以稀粥、面饼呈董卓。

董卓大为惊疑，问伙伕道，粮已绝？

伙伕忙道，将士已一日未食，仅余此；鲍鸿将军知近处有水，正领部属捕鱼，欲以此自救。

董卓大喜，出看，见鲍鸿正督士卒往水中竖枯草，颇疑，指枯草问鲍鸿道，此是何意？

鲍鸿道，我见此处有水，蜿蜒而流，知有鱼，遂领部属捕捞，或能自救。

董卓笑道，如此，能有所获？

鲍鸿道，此羌人之俗，以枯草捆扎，坠以石，立于水中，鱼必借此藏身，稍倾，捞起，往往大有所获。

董卓仰天大笑道，天不灭我也！

于是回营，命诸将各领部属广采枯草，大肆捕鱼；又命将扎草人数千具，衣戎装，持戈矛。

伙伕进以烤鱼，董卓借此痛饮，大醉，酣睡至日暮方起，又出，见枯草如墙，遮断两岸，不能互望，遂说鲍鸿道，我欲以此为掩护，深夜离此，二贼必不能察。

鲍鸿然之；董卓命勿泄露，以免二贼察知。

边章、韩遂见董卓大树枯草于水中，知粮罄尽；边章笑道，董卓竟知以此捕鱼，足见胜过猪狗！

韩遂道，若趁其入水起草，大肆攻杀，董卓必大败！

边章笑道，大可不必，孙子云，不战而屈人之兵，善之善者也。董卓部属逾两万，非捕捞能自救，况风寒水冷，利如刀剑，料不出数日，必寒病大起。既有寒风冷水替我等杀之，何必大动干戈！

韩遂以为然，笑道，此妙不可言，后世用兵者，必奉此战为范例！

入夜，董卓方命鲍鸿召诸将；董卓道，我已有脱身之计，卿等令部属不弃刀枪，不解甲胄，以皮革裹马足，以绳索缚马嘴，使其行走无声，不能嘶鸣，然后整装待发！

诸将领命而去；董卓又嘱鲍鸿道，卿可命部属以草人分置壁垒内外，作守卫状，令大燃火烛，以疑二贼。

三更，董卓命将士俱出，人马入水，以枯草为掩护，顺流疾走。其时天黑如漆，朔风怒号，边章、韩遂竟毫无所知。

疾走十余里，董卓知已出重围，命将士登岸，令鲍鸿领精甲五千断后，以防二贼觉而追击。

董卓退出北垣，欲回关中，因粮草罄尽，令将士一路劫掠，杀人越货，无恶不作。疾走数日，料二贼鞭长莫及，遂安；继而知张温已据长安，不愿与之合，携诸将往扶风。

二十四

刘备获任安喜尉，欲尽忠职任，以图发达，忽闻皇帝下旨，称因剿灭黄巾，虚报功绩而获令守、长吏者甚众，命州郡逐一查问，若其然，即令解职，遣还原籍。

刘备大为不安，深恐亦在遣还之列。县令知刘备疑惑，劝刘备道，州郡官吏非不能通融，若愿贿赂，必无碍。

刘备大为不屑，冷笑道，我等用命疆场而获微功，既无欺于天，亦无欺于人，何用贿赂！

正此时，忽知丹阳郡督邮已入安喜，宿于驿站。刘备以为来此勘问虚报功绩者，即往驿站拜会，欲知是否在遣返之列；关羽、张飞欲同往，刘备不准。

刘备来驿站求见督邮，为驿丞拦住，称督邮鞍马劳顿，正午睡，不宜搅扰。刘备无奈，只好于驿站外徘徊等候。

不觉，日将尽，仍不见督邮出，刘备再难忍耐，遂近门，闻饮宴之声不绝；刘备大为愤恨，打门求见。片刻，驿丞出，责刘备道，汝不过县尉，若欲迎督邮入县衙，应县令来此；汝位卑职低，何必自讨无趣？

刘备拱手道，我有事咨询，烦请通报。

驿丞笑道，既如此，可有奉献？

刘备诧异道，我不过欲问一事，何用如此？

驿丞冷笑道，汝身为县吏，竟不知礼数，可笑！汝若欲见督邮，需以五万钱奉送，否则，请自去！

刘备沉吟道，我俸禄微薄，唯能糊口，并无余财，恕无奉送；望卿念相识之情，烦能通报。

驿丞不言，返入门内，仍闭门。刘备大怒，奋力将门踹开，径直入内。督邮大为震怒，指刘备喝问，汝是何人，竟如此无礼？

刘备强忍怒火，拱手一揖道，安喜尉刘备，特来拜见督邮，有一事咨询。

督邮大骂刘备道，狗贼，既为县尉，何不识礼数！虚报功绩，欺骗上司者非汝莫属！随从何在，速将此人打出门去！

随从驿丞等纷纷上前，执刘备，奋力推搡。刘备怒不可遏，忽执剑，骂道，若敢放肆，我必尽杀汝等！

督邮等大惧，不知所措；驿丞见刘备杀气如炽，自后门逃走。刘备以剑紧逼随从，令其剥督邮衣，缚之。随从不敢，极尽哀求；刘备举剑刺之，随从不敢拒，竟剥督邮衣，缚于驿外老树上。

刘备鞭指督邮大骂道，狗官，竟公然索贿！难怪天下汹汹，民怨如沸，俱因有汝等恶贼！我代天子惩之，必令汝从此知轻重！

骂毕，举鞭痛打。督邮苦苦哀求，刘备不肯饶恕，抽打愈急。

驿丞急入县衙，说县令道，刘备仗剑闯入驿站，欲杀督邮！

县令大惊，急领僚属及衙役飞赴驿站。关羽、张飞闻此，亦紧随而来。督邮已遍体鳞伤，哭号不绝。县令喝道，刘玄德大胆，竟敢如此放肆！

刘备冷笑道，我替天子惩恶吏，为民泄怨愤，何有此言！

言罢，仍挥鞭猛打。县令急命衙役阻刘备，欲捕之；关羽、张飞已至，俱拔剑，威逼众人。关羽喝道，谁敢妄动，我必杀之！

衙役素惧二人勇壮，不敢逞强；县令跌足呼道，刘玄德大逆之举，必累及我等！

张飞道，我等顶天立地，敢作敢当；此事与汝无涉，汝勿忧！

刘备住手，冷笑道，狗贼贪婪成性，竟公然索贿！我不忍义愤，故而痛责；我当自走，以免累及汝等！

遂解印绶，掷于地，领关羽、张飞扬长而去。县令忙为督邮解缚；督邮大骂县令道，汝等与刘备沆瀣一气，竟辱郡官，以阻督察！

县令说尽好话，迎督邮入官衙，延医治伤；又遣人飞报太守，请捉拿刘备等。

刘备、关羽、张飞各骑快马，出安喜，知郡县必追索，不敢走官道。急行半日，见无人追赶，稍安。刘备说关羽、张飞道，我闻公孙瓒已为涿县令，不如回故里，请其庇护。

关羽道，我等唯兄长之命是从，无论何往，必追随。

张飞道，我以为不可，郡县必知我等将回涿县，或沿途设卡；若转道丹阳，必大出所料，待风声平息，再回不迟。

刘备、关羽以为然，于是往丹阳。不觉日暮，丹阳已遥遥在望；三人颇为疲困，行走颇缓。正此时，忽听背后有人喝道，闲人让开，忽遮道！

三人大惊，以为郡县追踪来此，欲落荒而走；又见来者仅数骑，以为可拒之，于是暗执长剑，勒马道旁。数骑将近，张飞忽横马道中，怒目而视；刘备大急，责张飞道，仓皇出逃，避之犹恐不及,岂能如此!

张飞冷笑道,来者必恶吏,我平生最恨此辈,宁不除之!

片刻,数骑已至眼前,有锦衣者怒斥张飞道,大胆狂徒,竟敢与官差争道!

张飞怒愈盛,指锦衣者骂道,恶贼,大路朝天,岂容独占!

数骑骤止,各以长剑逼张飞;张飞大叫一声,飞身而起,直扑锦衣者,瞬间,已夺长剑;关羽亦举,仅一击,数人纷纷落马。

刘备大急,忙呵斥;关羽、张飞亦有所悔,收剑上马,仍责锦衣者横行霸道。锦衣者大为羞惭,起身,朝刘备等一揖道,我等骄纵成性,竟不自知;今为壮士惩戒,始知悔愧!望能告诉姓名,我必铭记。

刘备亦还礼道,此二人易怒,望勿计较!

锦衣者知刘备有疑,笑道,我等并无忌恨,望勿嫌疑;此举令我等警醒,宁不谢之!

刘备见其并无恶意,欲以实相告;关羽虑有诈,先说锦衣者道,我等乃行商,欲往丹阳置办货物;既敢冲撞,何惧报复!

锦衣者道,我等亦欲往丹阳,既相遇,何不同行?

刘备不能拒,于是并马而走;锦衣人说刘备道,实不相瞒,我乃骑都尉毋丘毅,奉大将军何进之命,往丹阳招募兵马;卿等勇壮不凡,若愿投军,必能大展鸿图!

刘备道,卿美意如天,令人感激不尽;然我等不过蝇营狗苟之徒,素来无意功名,恕不从命。

毋丘毅大笑道,卿等英气逼人,侠肝义胆,岂是货物获利之徒!若我所料不差,今日痛打督邮者,必卿等!

刘备等大惊,勒马骤止;毋丘毅忙道,卿等不惧强权,痛打恶吏,大义之举也!我亦憎恶贪腐之徒,恨不能诛之而后快!

刘备见其爽直,疑虑稍解,亦不屑隐瞒,说锦衣者道,实不相瞒,我即刘备,因恨督邮索贿,怒而殴之;又知不能为郡县所容,遂弃印绶而走,不料与卿等相遇。

毋丘毅道,卿勿忧,亦勿需避之。我与丹阳太守有旧,知其亦恨恶吏;我必请太守恕卿无罪,并严责督邮!

刘备又疑,恐有诈,辞道,我等已为亡命之徒,不求宽恕。

毋丘毅知刘备不会轻信,再不言此,说刘备道,卿等曾立军功,既无去处,不如随我招募兵马,我当荐卿与大将军,必获重用。

刘备虽疑,又不甘错失机会,沉吟道,卿如此美意,我岂能固辞!

毋丘毅大喜,随刘备等夜入丹阳。刘备邀毋丘毅入酒肆,欲款待;毋丘毅不肯,称公务在身,需拜见太守,明日再聚不迟。

言毕,命随从为刘备等寻客舍,又代付资费;待刘备等入住,方告辞。

张飞疑毋丘毅有所图谋,说刘备、关羽道,无事殷勤,必有奸诈;我等与之萍水相逢,毋丘毅竟极尽照应,若与督邮同谋,领官差来此捉拿,奈何?

关羽笑道,翼德所虑过矣,我与卿在,区区官差何足为道!

刘备道,毋丘毅爽直磊落,断非奸诈之徒,不必疑之。

翌日晨,三人正洗漱,毋丘毅忽来,说刘备道,事已解,太守知卿等义责督邮,大为嘉赞,已命安喜县令收督邮，遣送回郡，必严治其罪！

刘备大喜，拱手致谢；毋丘毅又道，我今日即去下邳募兵，望卿等与我同往。

刘备欣然而应，遂领关羽、张飞随毋丘毅出丹阳，往下邳。

刘备等走马半日，颇觉饥渴，望见路旁有小店，专售饮食；店后有大院数重，绕以古木；门前有木桩，可拴马。

刘备等拴好马，入店。店主见来者各骑骏马，又服饰华丽，于是极尽殷勤。毋丘毅嘱店主备好酒两坛，炙肉、汤饼各十斤；店主见其出手阔绰，愈喜，忙入后厨张罗。

毋丘毅笑说刘备道，我昨日为公事所累，未能与卿等畅饮；此处虽简陋，然颇为清静，正宜饮酒，若不大醉，不离此店！

刘备道，卿美意如天，我等何惜曳长裾，飞广袖！

关羽欲小解，遂入后厨，欲问茅厕所在，忽闻店主嘱小二道，来者衣着华丽，出手大方，非富即贵，可多下药，以免失手。

关羽大惊，悄然退回，忽疑后院大有蹊跷，遂自店门出，绕至后院侧，见有古松数株，俱如虬龙，于是隐身松荫下，往院内张望，忽见店主匆匆入后院，与一壮汉遇于阶前，两人悄语几句，店主复出，壮汉入内。

关羽知院内有恶徒，仍回店入座，见店主未出，遂将见闻告知刘备等。张飞大怒，欲举；关羽道，不可急躁，酒肉俱未上席，尚无凭据，若轻举，恐反为所诬。请卿等如常，我必能使之现形。

刘备等依其所嘱，安坐如常。片刻，伙计奉酒肉及汤饼来。刘备等既不敢食，亦不敢饮，俱看关羽。关羽出短剑，分炙肉食之。刘备等知炙肉无毒，亦食之。

良久，店主出，见刘备等不饮，笑道，此酒乃陈酿，香醇美妙，客何不饮？

关羽不言，斟酒一碗，忽执店主强灌；店主大骇，虽竭尽全力，不能脱，唯紧咬嘴唇。张飞忽起，以手轻挠店主腋下；店主不能忍，竟张嘴一笑；关羽趁机灌之。店主欲吐出，张飞又捏鼻尖；店主一急，吞之。

关羽以酒碗罩住店主头顶，大笑。店主惶恐万状，疾呼道，汝等速出，我命休矣！

喊声未落，几十条恶汉各执利刃，蜂拥而出，转瞬围住刘备等。毋丘毅大骇，不敢举。关羽、张飞奋起，痛下杀手，顷刻，贼人纷纷倒地，呻吟不止；店主已猝死，浑身乌青。

毋丘毅回过神来，大赞关羽、张飞道，卿等勇冠天下，虽项籍不及！

于是尽缚贼人，押入丹阳。太守连夜考问，贼不能拒，一一招供，方知此店为山匪所开，已药杀客商无数。

太守与毋丘毅俱为刘备等请功；刘备获任下邳丞。

二十五

张温知董卓无功而返，大为宽慰，遂召诸将议进剿之策，并遣人入扶风，命董卓亦来。

诸将无不应召，独不见董卓来。张温恨其骄狂，欲开议；孙坚劝道，尚未逾时，若违之，董卓必有微词。

张温以为然，仍静候。不觉，午时已到，仍不见董卓来，张温说诸将道，现已午时，可议之；破虏将军董卓举二万大军入先零羌，伐边章、韩遂，无功而返。今贼势愈盛，又盘踞羌胡，卿等以为当如何进剿？

周慎道，董卓轻敌冒进，既不奉军令，又不奉圣旨，应先论罪，再议进剿之策，否则，恐将士不服，难以用命！

诸将然其说，俱请张温以军法论董卓之罪。

张温欲言，忽见董卓轩昂而入，遂止，笑问董卓道，董将军何故迟来？

董卓道，我若早来，汝等何以论罪？

张温大为尴尬，忙道，我等所议者，进剿之策也，并无它意。

董卓冷笑道，周慎轻敌冒进，受挫葵圆峡，几乎全军覆没，此不赦之罪也！若先问周慎，我自愿领罪！

张温语塞，周慎大惭；诸将亦颇尴尬，俱不言。

孙坚悄说张温道，董卓狂傲无礼，每违军令，又抗旨，此死罪也，可斩之，以绝后患！

张温不敢，说孙坚道，董卓虽有罪，应请陛下责问，岂能如此。

孙坚道，董卓拥众自雄，眼高四海，又暗藏不臣之心，他日必祸害社稷。若斩之，可早除大患，将军何疑！

张温道，请勿再言，免使董卓生疑。

孙坚不甘，又说张温道，董卓有三罪，抗圣旨，违军令，轻上无礼是为一；戍要塞，无作为，任边章、韩遂跋扈经年，又消极进剿，使二贼大成气候是为二；讨贼无功，应召来迟，轩昂自大是为三。三罪俱在，死有余辜，将军何惧！

张温见董卓按剑而坐，正怒目相视，大惧，说孙坚道，董卓已生疑；卿可暂避，恐董卓发难！

孙坚大失所望，告退，自后门出，寻黄盖、程普不获，欲复回，忽见董卓当道而立，于是笑道，董将军怒目而视，何故？

董卓冷笑道，我与汝素来无仇，汝竟屡进谗言；我若不杀汝，何以泄愤！

孙坚道，汝骄狂自大，深藏不臣之心，必为国家祸患；我请张温斩汝，可惜张温胆怯！

孙坚欲绕走；董卓大怒，忽抽剑，骂孙坚道，汝若不惧，勿走！

孙坚骤止，指董卓厉声道，我唯惧天理，不惧恶徒；汝若敢举，我虽徒手，亦必于转瞬间取汝狗命！

董卓知孙坚英勇，自忖非敌手，不敢妄举；孙坚再斥董卓道，肥贼，它日杀汝者，必孙坚也！

言毕，扬长而去。董卓呆滞良久，恐遭算计，遂回扶风。

张温等议而不决，又知董卓已走，请诸将暂退，又召孙坚；张温道，陛下屡屡下旨，令我等速灭二贼；诸将俱无良策，请卿为我谋之。

孙坚道，恕我直言，败二贼不难，难在使之覆灭，何者，羌胡远接大漠，二贼进退自如，若大举进剿，二贼可四处辗转，巧为周旋。官军远道而往，又不知地理风物，况羌胡广阔，居人稀少，不能补给；既官军不能久持，何以使二贼覆灭！

张温道，二贼不灭，我等必受责罚，奈何？

孙坚道，不然，若以十万大军直抵羌胡，必能迫二贼为流寇，亦可奏捷。请将军命周慎督运粮草，将军率诸将出先零羌，步步为营，大肆逼迫，二贼必隐遁，转为流寇，此大功也，何虑！

张温道，董卓亦欲行此计，然并未得逞，足见不行。

孙坚道，董卓欲独占功绩，孤军直入，又无补给，岂能不败！将军若命周慎大输粮草，必能与二贼周旋，何愁不能建功！

张温又问孙坚道，若我等俱赴羌胡，董卓于后作乱，奈何？

孙坚道，若令董卓随军进伐，何患之有！

张温道，若董卓仍不奉令，又如何？

孙坚道，将军勿忧，我即往扶风，必使董卓听命。

张温大喜。于是孙坚出长安，只身往扶风，止于辕门外，呼董卓道，我乃孙坚，请董仲颖听张将军之命！

片刻，有随从出，说孙坚道，董将军请孙参军入内宣告。

孙坚下马，轩昂而入。董卓领甲士立于帐下，无不怒目相视。

孙坚道，我奉张将军之令，请破虏将军董卓率部属出扶风，随大军入羌胡，讨伐二贼！

董卓冷笑道，汝只身而来，竟不虑我雪前日之辱？

孙坚道，我若惧，必不敢来！

董卓沉吟道，请转告张温，我等方回，将士疲困，恕不随往。

孙坚笑道，卿若奉命，张温必忧；若不奉命，张温必喜。

言毕，转身即走；董卓大惑，问孙坚道，此言何意？

孙坚不答，打马而去。

十日后，董卓亦出扶风，与张温合。张温率十万之众出长安，走先零羌，过大漠，追剿边章、韩遂。

边章、韩遂知张温等步步紧逼，不敢战；部属以为必败，纷纷溃散。边章、韩遂无奈，望北急走，又因去向大起争执，韩遂怒杀边章，领余众投入部落，部落首领北宫伯玉欲夺韩遂部属，韩遂察知，邀北宫伯玉夜饮，北宫伯玉疑之，推故不往。韩遂选死士，半夜忽举，杀北宫伯玉，夺尽族人及资财，其势渐炽。

张温大胜而归，上书表功；又重贿赵忠、张让等。赵忠、张让大加美言，于是灵帝下旨，以张温为太尉，董卓为督前将军，孙坚为议郎，诸将亦有升迁。

孙坚请回富春省亲，灵帝准之。自讨黄巾以来，吴氏、梁氏及诸子俱在富春；吴氏先后又产一男一女，男取名孙匡，女取名尚香。梁氏亦生一子，尚未满月，因病夭折。

孙坚归家，时正黄昏，内外芳华正浓，春意四溢，大为感怀。不觉，离家已十余载，父母相继逝去，长兄孙羌夫妇亦病死，所幸孙贲已成人，经州郡举荐，曾为会稽郡吏，近日任满回家。

家人团聚，无不欣喜过望。孙坚知家中事务俱由孙静操持，执其手道，卿勇壮过人，可惜耽于家务，我心何安！

孙静道，人各有命，何必叹息。

言毕，遂引孙坚祭父母、兄嫂亡灵。

邻里子弟知孙坚归来，纷纷拜望。孙坚每日与子弟饮宴，颇觉畅快。正此时，张温忽遣人送信，称长沙区星，与都尉举众而反，杀太守，诛属吏，夺郡兵，正掠取郡县；张温荐孙坚为长沙太守，受命剿除区星；诏书即下，请孙坚回洛阳。

孙坚遂别诸弟，率妻室诸子取道洛阳。孙贲请随孙坚往长沙，讨贼立功。孙坚大喜，命随行。

不半月，孙坚回洛阳，即拜见张温，以方物奉献。

于是灵帝下旨，以孙坚为长沙太守。孙坚即率程普、黄盖、吴景、孙贲及旧部一千余众，直赴长沙。

长沙已为区星所据，孙坚不能入，令部属止于城外一百里，屯于山林，不竖旗帜，不张声势。待营垒成，孙坚命吴景节制士卒，与程普、黄盖扮为行商，入长沙，察区星情形。

三人分头而走，渐知区星虚实，返回。是夜，孙坚召吴景等，称长沙有贼众八千，分置四门，俱为乌合之众，并无郡兵；郡兵随区星、都尉抄掠诸县，故而官军虽寡，仍可克之。

程普、黄盖以为然；孙坚命二人仍入长沙，伏于城北，待三更，杀守卒，开城门；孙坚自率子弟潜伏城外，若城门开，即鼓噪而入；贼不知来者多寡，必大惧；可大肆放火，逼贼弃城而走。

程普、黄盖领命而去。孙坚又嘱吴景、孙贲道，卿等可入乡间招募壮士，以备来日与区星战。

翌日夜，孙坚率士卒悄出，渐近长沙，伏于城外。三更，城门开，孙坚骤举，鼓噪而入，命子弟放火；火势大起，贼以为大军骤至，纷纷弃城而走。

长沙既破，孙坚即召程普、黄盖，说二人道，区星知长沙失，必举众复夺，我等兵寡，不能坚守。我欲往荆州借兵，卿等可大集木石，使弓弩手俱登城，若区星来，可坚壁自保。

二人应诺。孙坚即离长沙，驰往江陵，欲说荆州刺史王叡予兵破区星。

二十六

王叡闻孙坚来江陵，知其欲借兵，称病不见，命长史搪塞。孙坚亦知王叡之意，说长史道，我颇知医道，愿为王荆州诊病。

长史忙道，王荆州饱读经史，深知黄老之术，不用代劳。

孙坚沉吟道，我新任长沙，无以奉献，所幸年前入先零羌讨贼，偶获羌胡奇玩，欲奉送王荆州，聊表心意。

长史道，我可代为转交。

孙坚不言，转身退走，往街上询问王叡府第，经人指点，知其所在，于是寻一酒肆，饮至半醉，又往市井买白狗一只，牵至王叡府第外。

孙坚正欲呼门，门已开，一中年男子着官服，领随从轩昂而出。孙坚知其即王叡，躬身一礼道，长沙太守孙坚，拜见王荆州！

王叡大为尴尬，又见孙坚手牵白狗，深觉怪异，问孙坚道，何故来此？

孙坚道，我知卿有病，特来问候。

王叡指白狗问，此是何意？

孙坚道，欲以此为卿疗疾。

王叡大怒，骂孙坚道，荒唐，狗岂能疗疾！

骂毕，转身欲走；孙坚拦住王叡，笑道，我入州衙欲拜望，长史称，卿有病，不便见人；我询以何疾，长史又称，虽问遍良医，不知病在何处。我大为牵挂，以为既人不知，唯狗能知。于是特买此狗，望能为卿一解疾苦。

王叡大窘，竟无以应对。孙坚又道，卿一见此狗，面色复常，浑身轻健，莫非疾患已除？

王叡颇为羞惭，说孙坚道，卿既来，请入寒舍，愿听教诲。

孙坚大喜，遂释狗，随王叡入府。王叡命家仆备酒，款待孙坚。孙坚道，我为长史所拒，颇觉无奈，只好如此，望勿怪！

王叡道，卿有何事，请直言。

孙坚道，我已夺长沙，命部属坚城死守。然我兵寡，若区星举众复夺，长沙必得而复失。故此特来拜见，望卿借我精兵一万，待区星覆灭，即奉还。

王叡沉吟道，非我不肯，江陵兵亦寡，若分之，区星或大举侵袭。若江陵不保，荆州当尽入贼手，又将危及江淮，望卿体谅。

孙坚道，区星夺长沙，卿昼夜忧惧，命将士闭城自保，又四处求告，足见江陵、长沙唇齿相依；若长沙再失，江陵岂能独安！

王叡知不能强拒，说孙坚道，卿所言，我何不知；我予卿精骑五千，若区星灭，请如数归还。

孙坚大喜，起身一揖道，此恩如天，我必终身铭记！

酒宴毕，王叡即请荆州督，选精骑五千予孙坚。孙坚拜辞王叡，领精骑驰还长沙。区星果已围城，孙坚命精骑止于城外三十里。

孙坚知区星所属，多为庶民，唯郡兵堪称精锐，遂说部属道，我欲突袭区星，以解长沙之围，区星必以郡兵迎击；卿等勿虑其他，可大肆冲杀，我必能使郡兵反戈！

于是埋锅造饭，待饮食足，举精骑直赴长沙。区星见来者皆为精骑，大惧，欲走。都尉疾呼道，卿何虑，我以郡兵应精骑，卿仍围长沙，免使城中官军大出，夹击我等！

言毕，即举郡兵迎击孙坚。孙坚令精骑列阵，执长矛坚盾，以待郡兵。都尉见孙坚阵势严谨，不敢轻举，亦命列阵。孙坚喝道，我知郡兵俱受要挟，并无反意，若能弃贼自走，我必尽恕前罪，临阵倒戈者，必记大功，否则，必诛三族！

郡兵闻此，惶遽不安。都尉大怒，飞马而出，直取孙坚。孙坚知欲使郡兵倒戈，必先杀都尉，亦拍马举矛而出。两马相交，孙坚急刺，都尉欲避，为时已晚，被孙坚刺中胸膛，跌下马来；孙坚又刺，都尉当场毙命。

区星见都督死，大为惊恐，即率余众弃长沙，望江陵狂奔。程普、黄盖见区星败走，举部属出城，欲追击。孙坚呼道，既区星已为穷寇，何必追之！

程普、黄盖不解，以为区星既败，正当乘胜追击。孙坚又说二人道，区星知我从江陵借兵，以为江陵空虚，或举众侵逼。王叡胆小，必不敢应敌，或弃城而走，朝廷必问罪。若如此，我则不必还五千精骑，何必反助王叡！

黄盖、程普大悟，遂止，随孙坚入长沙。

区星逃离长沙，不见孙坚追击，稍缓，欲领众转袭桂阳。部属劝道，孙坚领江陵精骑救长沙，江陵必空，况王叡怯懦，不如转逼江陵。

区星以为然，遂转道江陵。王叡知区星败走长沙，大举来江陵，颇为恐惧，急召僚属，议应敌之策。荆州都督道，江陵精骑尽随孙坚往长沙，虽仍有两万余众，然多为步卒，岂能应敌！不如暂弃江陵，转道长沙，讨回精骑，再回战区星不迟！

僚属俱欲逃离，无不称都督所言有理。王叡遂命弃江陵，另道往长沙。

孙坚知王叡率僚属来长沙，即命将士往江陵，突袭区星。区星部属知孙坚来，大为恐惧，纷纷逃散。区星见大势已去，自刎而死。

王叡闻此大惊，自知必受责，即上书，请辞荆州刺史。

灵帝不能决，遂召张温。张温道，王叡迂腐怯懦，实不堪大任；荆州乃南北要地，非多谋善断者不能据之。臣知大将军掾刘表颇有策略，可替王叡。

灵帝依张温所说，拜刘表为荆州牧。

区星既灭，张温即上表，为孙坚请功。灵帝下旨，封孙坚为乌程侯，又赏赐黄盖、程普等。

吴景、孙贲入乡招募子弟，颇有所获。孙坚大喜，命程普、黄盖操练新军。

曹操为济南相已逾一载，颇觉无聊，欲请辞，遂致书曹嵩，称济南不过藩国，我不过家奴，耻于为此，不如回陈留为耕夫。

曹嵩大怒，回信斥曹操称，不能甘于寂寞，岂能有所为；既清闲无事，何不苦读经史，知先贤之说，英雄之为，以备来日之用！

曹操以为然，遂少交游，每每读书至夜深，不问诸事。同僚渐有微词，每说济南王，称曹操自视甚高，耻为济南相。济南王与曹嵩交好，亦致书曹嵩，请责之。曹嵩又书信与曹操，严责。

曹操说僚属道，济南不过小国，不知有何要务；卿等若能告知，我必倾力而为。

僚属道，国有十县，土地数百里，人口近十万，何谓小？

曹操笑道，若谓之大，然则万里疆土，九州庶民，何以喻之？

僚属惊愕不已，不敢答。

曹操又说群僚道，小小藩国，岂能言之大！

僚属沉吟道，自卿为济南相以来，因失之督察，国中官吏无不贪腐，王之食禄多入私囊，卿竟坐视不问；此渎职之罪也，卿何不悔！

曹操大惊，问僚属道，卿所言属实？

僚属道，除卿之外，几乎无人不知。

翌日，曹操不领僚属，不着官服，遍走领地，四处查问。不足一月，已尽知官吏贪腐详情，于是尽拘有罪者，竟达五十余人，一一依法论罪。

国中一时震动，风气为之大变。曹操遂上表，称疏于政务，又无治理之才，请辞济南相。

济南王深知曹操不屑于此，举曹操为东郡太守。曹操闻知，拜见济南王，以表谢意；然自有过无功，不敢妄居要职。济南王更以为曹非等闲之辈，大为嘉叹。

于是曹操去官，只身回陈留。族人以为荒谬，议论不息。曹操亦少与族人往来，于城外筑精舍，深居简出，饮酒读书。

宗族子弟夏侯惇、夏侯渊、曹仁、曹洪等，颇知曹操精警异常，以为必有深意，每来拜会。曹操亦知夏侯惇等勇壮不凡，引为左右。

某日，曹操与夏侯惇等聚饮；夏侯惇说曹操道，卿辞官归乡，亲族大为不解，我等亦不知用意，望能告知。

曹操笑道，我若贪恋仕途，岂能与卿等日日欢宴？所谓济南相，不过家奴，非壮夫所能为之！

曹仁道，济南王荐卿为东郡太守，既能为一方父母，何故辞而不就？

曹操大笑道，所谓太守、州牧，亦不过天子家奴，我亦不屑！

夏侯惇等颇觉讶异，竟不能言；良久，曹洪又说曹操道，我知卿雄才大略，久怀壮志，不屑为钻营之徒；然弃官而走，异于寻常，我亦不解。既有雄心，正当平步青云，登天子之堂，领百官之先，何故自绝仕途？

曹操道，今天下纷扰，危机四伏，群雄伺机而动；汉室气数将尽，国将不国，改换朝代已不可免。以我所察，大乱迫在眉睫，转瞬间当风起云涌。人言乱世出英雄，我虽不才，然不屑为奉命应诏之徒。所以辞归故里，意在广结子弟，与卿等待时而起，驰骋天下，建功立业，方不愧大丈夫也！

夏侯惇等大为震动，愈觉无话可说。

曹操笑问曹仁等道，我意如此，卿等以为如何？

曹洪朝曹操一揖道，卿壮志如天，我当毕生相随，虽万死而不辞！

夏侯惇、夏侯渊、曹仁亦相继而起，俱称愿誓死追随。

曹操大喜，邀诸子痛饮。酒至半酣，曹操嘱诸子道，谯郡自古多慷慨之士，我等世居于此，上天垂爱也。卿等可多引子弟来此，我必倾心接纳，以备来日之用。

夏侯渊道，既如此，不如名此屋为集贤居，彰显壮志，以使子弟来此为荣。

曹操笑道，不可，所谓事成于秘而毁于显，若以此命名，或为州郡所察；若因此究问，子弟或作鸟兽散。我等需暗藏爪牙，使之以为不过斗鸡走狗之徒，则可安处；否则，或自招祸患，得不偿失也。

夏侯渊等以为曹操思虑如渊，必有大成，于是每引子弟来此相聚。

二十七

此际，韩遂聚众又多，号称十万，又大出西凉，侵扰长安，所经郡县，无不扫荡一空。

董卓即上书，言贼势之盛，过于以往；并指张温剿而不灭，使贼终于复起，请治张温之罪。

灵帝不知所措，召群臣商议。大将军何进道，臣以为，太尉张温除恶不尽，难逃其责；既遗患大起，请仍由张温、董卓率兵讨伐，以赎前过。

张温辞道，臣因入西凉讨贼，身染寒疾，至今未愈，恐有负陛下所托；臣请以董卓为主将，举兵征讨，必能灭韩遂！

何进道，张温以剿灭边章、韩遂大获升迁，今韩遂复起，足见虚言功绩；臣请夺张温太尉，令其率诸将出征，若不奉命，可去封爵，贬为庶民，永不录用！

群臣俱附和何进之说；张温大惧，再不敢辞。灵帝免张温太尉，复车骑将军，讨伐韩遂。

张温又上书，请以孙坚为裨将军，协助进剿。

何进深知张温无谋，欲以孙坚为谋主，于是上书称，今区星虽灭，人心未安，残余伺机欲动；若孙坚离长沙，必复生祸乱；请拒张温之请。

灵帝以为然，拒之。张温无奈，举众入西北，欲转而依赖董卓。董卓知张温来，竟一反常态，备酒宴款待。席间，董卓说张温道，我曾上书陛下，请治卿剿而不灭之罪；卿来此，岂不虑我等陷害？

张温忙道，我知卿久在西北，又极能征战，愿与卿尽释前嫌，共讨韩遂。

董卓道，我生性狂放，不喜受制于人，卿当如何与我相处？

张温道，以卿为主，我为辅，如何？

董卓大喜，邀张温痛饮；酒过三巡，董卓又说张温道，我欲养巨贼于羌胡，以期久镇西北，卿以为如何？

张温沉吟道，既卿为主，我必唯卿是从。

于是董卓、张温敛兵不举，遣心腹说韩遂，请其自走，否则，必全力以赴。韩遂不敢自大，复回西凉。

与此同时，黄巾又复起于河西，攻占太原、河东诸郡；西蜀马相、赵祇起兵绵竹，遥相呼应，攻破成都，尽诛官吏，又转攻巴郡、犍为，不一月，掠尽巴蜀。马相以为汉室衰微，纷扰四起，无暇顾及，竟于成都登基称帝。

黄巾余党又纷纷于青州、徐州大出，抄掠郡县，一时扰攘复现。灵帝大为惶遽，召群臣商议。

何进道，臣以为黄巾不过死灰，虽复燃，举手可灭也；若论忧患，臣以为在内不在外。外乱如夏水，虽来势汹汹，然可自消；内乱如蚁祸，往往无所觉察，然可毁大厦于顷刻。臣请陛下早除内患，防微杜渐，以免祸起萧墙。若内患除，外乱当自息。

群臣俱知，何进所指乃十常侍，不敢附议。灵帝亦知何进之意，疑其另有企图，亦不置可否。于是议而不决。

赵忠、张让等大为惊恐，紧急会晤，以为欲自保，必使灵帝释疑，于是求见灵帝。

赵忠道，臣等以为，大将军所说有理，今日之患在内而不在外。

灵帝大惊，问赵忠道，何进所指即为卿等，卿等不自辩，何以然其说？

张让道，自古忠奸混处，实难分辩，唯上天可察，神灵可知。臣请陛下设祭坛，祷告上苍，请明神旨，谁忠谁奸，可立知，以免猜疑。

灵帝竟依其所请，令术士设坛祷告，以辨忠奸。

刘氏天子信奉黄老，宫中不乏术士。术士奉命设坛，焚香祷告。

七日后，术士说灵帝道，神灵已有明示，天下之乱并不因奸佞，实因皇家祖地久被冷落。陛下宜回沛县，拜谒先祖，祭祀亡灵，纷扰当立绝，社稷当复安。

灵帝大喜，即下旨，欲回沛县祭祖。

圣旨一出，故太傅陈蕃之子陈逸大为振奋，以为天赐良机，父冤可雪。

陈蕃，字仲举，为官清正耿介，又风雅博学，与名士徐稚交谊极深，曾于府第专设一榻，以供徐稚用，凡与之别后，皆悬榻待其复来，一时传为佳话。陈蕃为太傅，恨宦官专权，每有匡正之想，遂与大将军窦武密谋，欲除宦官，整肃纲纪，未举而谋泄。宦官大进谗言，污陈蕃、窦武欲反，遂遭灭族，仅陈逸被术士襄楷救走，隐匿深山。

陈逸怀此深仇，立誓为父雪冤，知灵帝欲往沛县祭祖，即领襄楷赴冀州，拜见刺史王芬，欲与之共谋。

王芬曾受陈蕃提携，深为感激，知陈逸隐匿山野，与之暗有往来，每有接济。王芬知陈逸、襄楷来冀州，忙命心腹将之隐于客舍，至夜，方备酒召见。

酒过数巡，襄楷说王芬道，今宦官当朝，纲纪废弛，虽天子如朗日，无奈阉贼如阴云；阉贼不除，日月何明！

王芬深知其意，默然不语。襄楷又道，我近观天相，见罡风聚于燕赵，不日将大起，必能一扫阴霾！

王芬大为惊讶，问襄楷道，不知罡风为何？

襄楷笑道，卿义行如天，气节凌云，义气聚合，即为罡风；若卿毅然而举，必使阴云俱散，天日复明！

王芬沉吟道，卿等欲何为，请明示，勿需隐晦。

襄楷道，我等知灵帝将回沛县祭祖，必过冀州，阉党亦将随往，此乃匡济汉室之机。我等冒死而来，欲助卿立此不世之功！

王芬大为不安，久不出言。陈逸见王芬犹疑，说王芬道，我自幼孤苦，卿不嫌累赘，倾力扶助，此恩之大，虽万死不能报之点滴。我所谋，不独为家族之恨，更欲为天下苍生谋福泽。若卿不敢作为，我等就此告辞，虽势孤力薄，亦不惜取义成仁！

言罢，执襄楷手，告退。王芬止道，卿勿急切，非我不敢作为，实因此举关乎江山社稷，不敢轻率，若无万全之策，不敢妄动！

陈逸、襄楷见此，复入座。王芬道，既灵帝携阉党过此，除之不难；然赵忠、张让之流，极尽谄媚，灵帝颇为依赖，视若手足。若将之诛杀，灵帝必怒而治罪，奈何？

陈逸慨然道，灵帝昏庸无能，不堪为人主！不如趁此废黜，另立新君，不仅能免杀身之祸，亦能重开纪元！此利在今日，功在千秋，卿何虑！

襄楷道，我知襄阳王德才兼备，极具仁君风范，若废灵帝，宜立襄阳王。

王芬沉吟良久，说陈逸、襄楷道，我亦知襄阳王贤明，诸王皆不可比；然兹事重大，需谋划缜密。我近得一佳士，姓许名攸，世居南阳，我闻其敏悟多才，聘为僚属；若引许攸为同谋，必能如愿。

陈逸、襄楷亦知许攸多才，颇为欣喜。王芬即召许攸，告知详情。

许攸道，此乃匡时济世之举，我万死不辞！然此事成败，关乎天下苍生及我等性命，不能有失。我荐一人，若能引为同谋，可谓如虎添翼。

王芬忙问许攸道，卿所荐何人？

许攸道，我所荐者，陈留曹操也，今已辞官归乡，广结子弟，欲待时而起；我与之颇有交情，深知其多谋善断。若得曹操相助，剪除阉党，废旧立新何难！

王芬等亦知曹操之名，大喜。翌日，王芬亲领许攸往陈留，拜见曹操。

曹操知王芬、许攸来，命置酒款待。酒未行，许攸即言明来意。

曹操一揖辞谢，说王芬、许攸道，我不过飞鹰走狗之徒，既无雄心，亦无壮志，恕不与卿等同谋！

许攸大为惊讶，问曹操道，卿何至如此？

曹操笑道，我放浪不羁，自知不堪大任，故而辞官归乡，唯愿以嬉戏射猎自乐，并无非分之想。卿等美意，我已心领；卿等之说，我必充耳不闻！

王芬颇不耐烦，拂袖而去。许攸亦欲告辞，曹操冷笑道，卿明知不可为，竟欲置我于死地！

许攸大惊，无言以对，告辞而去。

王芬、许攸驰还冀州，大为不安。王芬虑曹操泄密，欲买死士杀之；许攸劝道，我知曹操暗怀壮志，欲有惊世之举。凡此等人物，皆以取信天下为要，若告密，他人必惧而远之，岂不自绝其路？

王芬以为然，遂不举。

许攸深知王芬轻率，不可共谋，竟连夜逃走。王芬知许攸不辞而别，大骇，即弃印绶，亦走。陈逸知王芬、许攸俱走，大为绝望，于客舍自缢身亡。襄楷见大势已去，遁迹山野，从此不出。

二十八

灵帝令议郎傅燮领羽林军先行，扫除障碍，以绝隐患；命赵忠、张让等大备车驾，精选侍卫。不数日，一切具备，正欲出京，傅燮忽遣人急报，称豫州刺史王芬夜失所踪，恐有图谋，请暂止。灵帝大惊，不敢行，令傅燮查明原因再报。

翌日，傅燮又报，称故太傅陈蕃之子陈逸缢死客舍；陈逸曾携术士襄楷夜访王芬，襄楷亦无踪迹。

灵帝愈疑，决意不往，命济南王往沛县祭祖，以了心愿；又令通缉王芬、襄楷。一时流言四起，称王芬、襄楷遁入太行，召奇侠，欲入京行刺。灵帝闻此，大为不安，不敢出宫。

赵忠说灵帝道，今天下纷扰，祸乱不息；臣所虑者，陛下之安危也。

灵帝道，王芬、襄楷一日不除，朕一日不安。

赵忠道，臣所虑非此，唯因大将军何进手握重兵，雄踞京都，其人深沉不露，若有祸心，忽然而举，将不堪设想。群臣各怀心思，多为何进笼络，俱不可信。臣请陛下擢拔新人，分握兵权，以防不测。

灵帝大为恐慌，沉吟道，卿言之有理，朕必选忠诚勇壮之士，护卫京都。

何皇后知赵忠进谗言，欲夺何进大将军，暗召何进，以所闻一一告知。何进又惊又怒，立誓尽诛十常侍，整肃纲纪。

数日后，灵帝下诏，以袁绍、曹操、鲍鸿等八人为校尉，各领精兵，保安洛阳。

曹操接旨，遂召夏侯渊、夏侯惇、曹仁、曹洪等，嘱以事务，欲往洛阳赴任。

夏侯渊不解，问曹操道，卿曾言，不屑为奉命应诏之徒；今欲赴任，岂不自食其言？

曹操道，非也，内任京都，与外任州郡大异。我所待者，天下之乱也，自古以来，祸乱莫不起于朝堂；我不入京，焉知祸乱之始！若待乱及此处，我等再起，为时晚矣；他人尽占先机，我以何与之相争！卿等仍宜广结子弟，笼络同党，待乱起，我必速回！

于是曹操入洛阳，为典军校尉。

此时，何进与十常侍之争愈急。何进嘱部属广召天下豪杰，欲为己所用。毋丘毅称刘备颇堪大用，关羽、张飞勇绝天下，请召入洛阳，为大将军僚属。何进大喜，遂召刘备。

刘备已知何进与十常侍之争，颇为疑惑，说关羽、张飞道，我知风云将起，祸福不可预测；局势迷离，错综复杂，若错依其人，必招杀身之祸。今何进与内臣剑拔弩张，誓不两立，若何进败，我等必受牵连。

关羽道，大丈夫何惧生死。常言不入虎穴，焉得虎子；人生犹如棋局，若不对弈，岂知成败！

张飞道，云长所言有理，成则飞黄腾达，败则落花流水，自古英雄莫不如此，兄长何疑！

刘备沉思良久，又说关羽、张飞道，既如此，我等可辗转而往，观其变而后举。

于是，刘备等离下邳，辗转往洛阳。

何进知赵忠、张让等紧锣密鼓，大肆笼络群臣，恐遭不测，遂上书，请召董卓及并州刺史丁原还朝，固防京畿；又暗书一信与董卓，极言十常侍乱政，愿与之携手锄奸。

灵帝深虑何进部属众多，恐其有所图谋，若董卓、丁原入洛阳，可互为掣肘，遂依何进所请，命董卓、丁原引兵入京。

董卓亦知十常侍与何进之争，以为可坐收渔利，遂举三万之众往洛阳。

何进亦知董卓深怀异心，请其入京，不过欲造乱局，使赵忠、张让等大生疑惑，或投鼠忌器；成败与否，在于八大校尉为谁所用。

何进欲宴请曹操、袁绍、鲍鸿等，引为同党。正此时，家仆来报，称中军校尉袁绍来访。何进大喜，亲迎袁绍入内。

袁绍乃汝阳世家，有四世三公之誉，其弟袁术为虎贲中郎将，兄弟俱有声望。

何进设酒，款待袁绍。席间，何进说袁绍道，卿出身名门，家学深厚，必知利弊，愿闻所见。

袁绍道，大将军过誉，我胸中荒疏，见识短浅，不敢妄言利弊。

何进知其有疑，笑道，此处甚密，堂上无耳目，墙外无眼线，卿何疑？

袁绍亦知何进之意，笑道，我姑妄言之，大将军姑且听之。当今之弊，俱在宦官，此害不除，恐国将不国，君将不君！

何进沉吟片刻，叹息道，卿所言，我何不知！然阉党深受宠信，恐不能撼动！

袁绍即起座，朝何进一揖道，若大将军有心除巨奸，我不惜为前驱，虽粉身碎骨，在所不辞！

何进大喜，请袁绍入座，又说袁绍道，卿为十常侍所举，陛下所召，若与之为仇，宁不自责？

袁绍慨然道，我生亦为国，死亦为国；既阉党乱政，朝纲废弛，我怒而除之，起而振之，岂有自责！

何进大赞道，袁本初壮怀激烈，正义齐天，不愧家族风范！既卿有振起之心，我何惜舍死一搏！

言毕，举酒相邀。二人痛饮数盏。袁绍道，典军校尉曹操颇有才华，为人壮烈，我愿说曹操助大将军除恶；鲍鸿曾为董卓部属，与十常侍及群臣俱无往来，亦可笼络。

何进欣喜不已，说袁绍道，若得卿等相助，何愁大事不成！

袁绍即告辞，拜见曹操，表明来意。曹操大为心动，即随袁绍拜会何进。何进见曹操机敏过人，又举止磊落，大喜，遂说二人道，不瞒卿等，我已令西凉董卓及并州刺史丁原等领兵入京，与我等共除阉党，此事必成！

袁绍道，若如此，阉党必败，国家有望！

曹操却忽改常态，唯唯诺诺，不再言。

二人告辞，各归其所。曹操竟夜回曹嵩家，闭门不出，亦不行职务。

曹嵩颇觉讶异，问曹操道，汝何故不行职务？

曹操道，飓风将起，我虽为鸿鹄，亦应归巢，以防摧折。

曹嵩愈不解，又问曹操道，此言何意？

曹操遂将何进、袁绍所谋详告曹嵩。曹嵩沉吟道，既如此，十常侍必败，汝必飞黄腾达，何辞？

曹操冷笑道，何进、袁绍俱为匹夫，必无所成，岂能与之为伍！

曹嵩愈惊，斥曹操道，何进贵为大将军，素有振兴之志；袁绍贵为世族，人望极高，汝何出此言！

曹操笑道，所谓阉臣，古来有之；欲除祸乱，当诛首恶，此一狱吏足矣，何必召外臣入京？如此兴师动众，其谋必泄，无异自取其祸，我何必赴火！董卓乃奸雄，若入京，必祸害社稷。我退居于此，唯待其变，若董卓来，我即回乡，广集子弟，大举义旗，从此驰骋天下，与群雄一争高低！

曹嵩惊愕不已，至此方知曹操非庸俗之辈。

赵忠、张让等知何进调董卓、丁原入京，大惊，又密会，决计率先而举。赵忠假拟圣旨，召何进入宫议事。

何进虽有疑，不敢拒往，又恐十常侍忽举，遂衣软甲，怀利刃入宫。

张让命甲士藏于宫门内，只待何进。何进近宫门，见赵忠、张让等恭候于此，愈疑，不敢入。赵忠朝何进一揖道，我等虽与大将军有内外之别，然俱为天子之臣，岂能互争。陛下为此忧患不已，每每严责我等。今欲召卿与我等调停，我等于此恭候，以示诚意，卿何疑？

何进以为然，疑惑稍解，遂入。忽听张让喝道，甲士何在！

何进大惊，欲责骂，甲士已蜂拥而出，纷纷举矛乱刺，顿时将何进刺死。赵忠见何进衣软甲，藏利刃，大喜，遂奔走，疾呼道，大将军何进怀利刃入宫，欲害天子，请陛下急避！

灵帝大骇，急入寝宫；一时侍卫大集。灵帝隔门呼侍卫道，勿需生擒，就地斩首！

俄而，赵忠、张让等纷纷求见。灵帝仍不敢出，问十常侍道，何进何在？

赵忠道，陛下勿惊，何进已为侍卫所杀，臣等请陛下验看！

灵帝遂出，说十常侍道，既已诛杀，何需验看，可抛尸城外，不准收葬！

赵忠、张让等大为欣慰，将何进抛尸荒郊。

何皇后知何进被杀，悲愤不已，即拜见灵帝，哭诉道，何进为大将军，部属众多，若有图谋，可举众造反，何必只身行刺！此奸人所害也，望陛下明察！

灵帝有所惊悟，遂不言。翌日，赵忠等请收斩何进三族及爪牙，灵帝不准。

是夜，灵帝梦何进持长剑入宫，须发怒张，疾呼索命。灵帝惊厥而起，狂奔不止，宫人不能禁，竟跌入水池。侍卫救助不及，溺水而死。

二十九

灵帝猝然驾崩，内外一片惊慌。何皇后即召群臣，立嫡子刘辩为帝。翌日，刘辩登基，尊何皇后为太后，临朝听政，人心稍安。

董卓引大军往洛阳，正行于途，忽接鲍鸿来信，称何进已为十常侍诛杀，灵帝猝死，少帝新立，必有大乱，请董卓随机应变。

董卓大惊，即命部属回走，止于长安，静观其变。

曹操知何进死，灵帝驾崩，少帝新立，即说曹嵩道，董卓必趁此入京，此大乱之始也；我将回故里，招募子弟，以逞怀抱。洛阳已非栖身之地，父亲宜携家人亦回陈留，以避横祸。

曹嵩道，汝勿忧我，我必能自保。所谓乱世散财，汝若有所需，可将家私田产变卖，勿留一物。

曹操大喜，叩拜而去。

刘备、关羽、张飞绕道徐州，滞留数日，正欲行，忽闻何进被杀，灵帝驾崩，少帝已立，惊骇不已，即转道而回，仍为下邳丞。

关羽以为大乱将起，宜回涿县招募子弟，以备时乱。刘备不准，称何进虽死，局势未定，若妄为，或遭横祸。

董卓屯兵长安，见洛阳平静如常，大失所望，欲回西凉。部将李傕劝道，既有圣旨，将军可直入洛阳，或大有所获。

董卓以为然，又虑朝中混乱，恐有所失，遂率精骑三千往洛阳，嘱李傕、郭汜等仍屯长安待命。

袁绍恐受何进牵连，遂召袁术。袁绍道，我曾与何进谋，若为赵忠等获知，必祸及家族。

袁术道，既如此，应有所举，不能坐以待毙。我知何进部属俱怀怨恨，又大为不安，若与之结盟，必能剿除阉党！

袁绍密会何进胞弟何苗，称欲杀阉党，为何进洗冤。何苗大喜，遂领何进旧部听命于袁绍。

是夜，袁绍、袁术忽然而举，领精兵入宫。赵忠、张让等猝不及防，尽被诛杀。何苗等忿恨不解，竟举火焚宫。何太后骤出，指何苗大骂。何苗疾呼道，火已起，请出宫，迟则玉石俱焚！

何太后欲自尽，为何苗强止，拖出皇宫。少帝见火起，急领陈留王刘协等仓皇而出，见乱兵四起，愈惧，遂出洛阳，藏匿农家，不敢出。

群僚知宫中火起，大惧，或自走，或赴救。曹嵩见洛阳大乱，即会皇甫嵩，请其节制乱兵。皇甫嵩急召旧部，与诸将携手，四处警戒，乱兵渐止。然少帝已不知所踪，群臣疑惧愈深。

董卓正疾行于途，知洛阳剧变，大喜，进而知少帝藏身京郊，遂率部属飞驰而往。少帝正恓惶无比，忽知董卓引精骑救驾，大喜，遂携刘协出迎。

董卓拜伏于地，泣道，臣救驾来迟，望陛下恕罪！

少帝将之扶起，执董卓手，大哭不止。董卓极尽劝慰，少帝稍安，见董卓兵寡，忧虑又生，说董卓道，洛阳乱象汹汹，卿仅三千骑，何以卫朕。朕欲随卿往长安，待祸乱平，再回京不迟。

董卓道，社稷群臣俱在洛阳，陛下岂能弃之不顾？

少帝道，朕自身不保，何论社稷群臣！

董卓忽斥少帝道，陛下如此怯懦，岂有天子风范；又哭泣不止，与农家小儿何异！

少帝大惧，几乎不敢直视，犹疑良久，又问董卓道，卿以为朕当何往？

董卓冷笑道，洛阳乃天子之都，陛下不回洛阳，能往何处？

少帝已知董卓不善，竟不敢答。

董卓见其惶恐不安，温言道，陛下勿忧，臣虽不才，必能平息大乱，保陛下还京。

刘协见少帝大失方寸，恐触怒董卓，忙道，将军忠壮如天，陛下何疑？

董卓颇觉刘协幼弱乖巧，已有废立之心。

是夜，董卓令部属先行，于洛阳城外大设壁垒，广竖旗帜，以疑群臣；又遣快马回长安，令李傕、郭汜各领所部仍屯长安，以备进退，余者举大军速来洛阳。

翌日，群臣忽见城外军营密布，皆为西凉旗帜，大骇。正此时，董卓已护少帝、刘协等入城，群臣大为愕然，竟不敢迎。

董卓遂讥少帝道，陛下回京，竟不见群臣来迎，足见人心尽失！

少帝羞惭不已，不能言。董卓见宫室内外一片狼藉，令部属稍作收整，即挟少帝入后宫，逐走侍卫，置三千精甲于宫内；又命搜罗宫中物品，竟不见传国玉玺；董卓大惊，令大肆追索，仍无所获。

数日后，长安大军尽赴洛阳；袁绍等方知董卓仅有三千精骑，城外不过疑兵，大为追悔。

董卓知大军已至，再无忌惮，遂假少帝之命，令群臣入宫议事。

群臣不敢违，无不奉命而来。董卓戴甲佩剑而入；群臣不见少帝登殿，大为惶然。

董卓傲立殿上，斥群臣道，汝等深受皇恩，大食俸禄，天子为乱臣所逼，竟无人挺身而出，岂不羞惭！

群臣俱觉股颤，不敢出声。董卓声色愈厉，又道，若非我千里救驾，恐国已破，君已死，汝等已为亡国奴！

群臣纷纷称赞董卓护驾之功；董卓颇为欣喜，又说群臣道，天子惊魂未定，不能问政，以我为丞相，总领朝中诸事。汝等若有疑，不必问天子，问我即可！

群臣不敢言，一时鸦雀无声。董卓忽指皇甫嵩道，卿何不言？

皇甫嵩道，我等为天子之臣，唯天子之命是从，恕不听命他人。

董卓大怒，即命收皇甫嵩入狱。群臣大惧，俱称愿奉命。

董卓斥退群臣，自设丞相府于宫中，与少帝分室而居。

家人知皇甫嵩入狱，惶急不已；又知鲍鸿颇受董卓器重，于是重贿鲍鸿，求说情。鲍鸿拜见董卓，说董卓道，今大局方定，人心惶惶，丞相宜广施恩惠，笼络群臣；皇甫嵩颇有人望，请释之，免使群臣忧惧。

董卓纳其说，令释皇甫嵩，贬为议郎。

群臣知天子被挟，不可逆转，纷纷趋附董卓。何苗以为大局已定，亦引部属及何进旧部投归董卓。

董卓仍恐横生意外，遂召部属商议。鲍鸿道，我荐一人，若能以其为爪牙，再无忧患。

董卓大喜，问鲍鸿道，卿所荐何人？

鲍鸿道，此人姓吕名布，堪称当世第一英雄，其勇武不输项籍，尤精骑射，能百步穿杨。吕布现为并州主簿，随刺史丁原屯于洛阳北，亦受何进之邀，入京助杀十常侍。今何进死，十常侍被诛，丁原不知进退。丞相可许以重利，诱吕布弃丁原来投。

董卓道，我亦曾闻吕布之勇，然丁原对其有知遇之恩，恐难动摇。

鲍鸿道，吕布重利轻义，若丞相贿以重礼，许以高位，吕布必立弃丁原；我知参军李肃与吕布同乡，颇有交谊，若使李肃携重礼见吕布，必能如愿。

董卓即召李肃，命其持黄金千两，珠宝、玉带并董卓坐骑，夜访吕布。

李肃出洛阳，夜入丁原军营，拜见吕布，献以重礼。吕布大喜，置酒款待。

吕布道，董卓挟天子以令群臣，卿为其心腹，正春风得意，却赠我以重礼，必有托付，如不直言，我心不安。

李肃道，此为丞相所赠，丞相知卿乃当世豪杰，渴慕不已，特命我以礼相见。

吕布大喜，忙说李肃道，丞相有何吩咐，请言之，我必倾力而为！

李肃道，丞相欲引卿为左右，共荣辱，同进退。若卿愿弃丁原，转投丞相，必大有作为。卿以为如何？

吕布沉思良久，说李肃道，我知董卓独处群雄之上，有心投靠，唯恨无门；今赐我重礼，若无回报，岂不受之有愧！

李肃大喜，举酒相邀。吕布痛饮一盏，说李肃道，卿且自饮，我需略备回礼，然后与卿共赴洛阳！

言毕，着甲胄，取画戟，转身而出。

夜已深，丁原解衣欲睡，忽见吕布执戟而来，大惊，问吕布道，卿何故来此？

吕布道，董卓欲召我入京，我不能决，特来问卿。

丁原见吕布面带杀气，深觉不祥，忙道，卿可任意，我不敢阻。

吕布笑道，卿不必慌乱，我非忘恩负义之徒；今董卓挟持天子，废乱朝纲，我不能忍，欲举并州将士讨伐，望卿能借兵与我。

丁原道，将士尽集于此，卿可任意驱使。

吕布道，既如此，请借印绶一用。

丁原忙出印绶；吕布举戟急刺，丁原立死。片刻，吕布持印绶回，说李肃道，丁原已死，印绶在此。卿可称天子特使，命丁原举兵入洛阳；丁原拒不奉命，故而诛杀，由我暂代刺史，节制诸将。我即引并州将士入洛阳，此乃我回报丞相之礼！

李肃大惊，知事已至此，不敢违。吕布遂召诸将；李肃依吕布所说宣示诸将。诸将惊恐万状，不置可否。

吕布斥诸将道，拒不奉命者，我必立斩！

诸将素惧吕布，只好奉命。骑都尉张辽与吕布友善，又受丁原征召之恩，颇觉两难，欲自走。吕布劝张辽道，卿与丁原为主仆，我与卿为兄弟，孰轻孰重，卿何不知？

张辽犹豫再三，亦随吕布入洛阳，投董卓。董卓见吕布精勇，大为喜爱，即收吕布为义子。

三十

董卓知袁绍、袁术颇乎人望，欲结纳；又知鲍鸿与袁绍颇有交情，遂托鲍鸿召袁绍。

袁绍闻召，欲辞；袁术劝道，董卓挟天子以令群臣，其势日盛，趋附者日众；卿若不奉召，董卓必怀恨。况我等曾纵火焚宫，若董卓借题发挥，以此问罪，我等必遭毒手。卿宜往，不宜辞。

袁绍以为然，遂入宫，拜见董卓。董卓说袁绍道，卿出身世家，略有人望；我亦为关中旺族，豪侠仗义，可见习性相近，并无隔阂；卿若愿与我携手共进，必能使家族大振，超越先祖。

袁绍道，丞相有何吩咐，但说无妨。

董卓道，今朝政纷乱，纲纪废弛；我知罪不在臣，而在君。少帝暗弱无德，岂能为天子。我欲将之废除，另立明君。卿若愿与我同谋，我必以卿为尚书令，与我共领朝政。

袁绍自恃父辈门生故吏众多，不惧董卓，于是冷笑道，汉室江山世代绵延，已数百年，恩惠遍及天下，被及草木；况陛下始登大位，德操温厚，并无过错；妄兴废立，实乃大逆之举，恕我不能同此奸谋！

董卓大为羞忿，即拔剑，大骂袁绍道，竖子，如此不识抬举，竟不虑我杀汝！

袁绍拍案而起，亦拔剑，回骂董卓道，狗贼，他人惧汝淫威，我不惧！

董卓见袁绍凛然无惧，竟不敢举；袁绍亦恐为董卓所擒，持剑疾走。

待出宫，袁绍方知后怕，深知不能为董卓所容，遂出洛阳，逃往冀州。袁术知袁绍逃走，恐累及家族，即以重金贿赂董卓，极称愿为爪牙。董卓虑袁氏兄弟树大根深，不能逼之过甚，亦隐忍不发。

某日，董卓忽入后宫，恰遇少帝与皇后淫乱；董卓见皇后绝色，情态风流，无可比拟，大为心动。少帝见董卓忽来，忙以被褥裹身；又见董卓凝立不动，惶然道，此是后宫，丞相不宜擅入。

董卓责少帝道，昏君淫秽如此，与猪狗何异！

言毕，竟拔剑怒视；少帝大骇，冷汗直流。

董卓遂近前，掠皇后入怀，又斥少帝道，此妖女不死，天下何安！

少帝呆若木鸡，不敢出声。

董卓搂皇后出，宫人无不惊愕，纷纷躲避。董卓挟皇后入相府，大肆奸淫。日久，渐觉腻味，竟杀之，弃尸宫门外。

此后，董卓每入后宫，逐次掠走嫔妃，肆意奸玩。

董卓大肆淫乱后宫，见群臣无人敢言，自知威权已树，遂召吕布、鲍鸿等。

董卓道，卿等可知指鹿为马？

鲍鸿道，此赵高旧事，几乎无人不知。

董卓笑道，我所以放纵不羁，实欲以此察群臣之心；既群臣不敢言，大事可成矣！

吕布道，义父有何吩咐，请直言，我等必竭力相助！

董卓道，我欲废刘辩，改立刘协，而后空其权以令群臣。我明日即召群臣入宫，骤行废立。卿等待群臣尽入，即引甲士封锁宫门，大肆扬威，逼群臣就范。

吕布、鲍鸿等纷纷应命。

是夜，董卓入见何太后。董卓道，少帝暗弱，人心离散，祸乱大起，国已不国；若不废立，恐太后转眼即为农人妇！

何太后大惧，久不能言。董卓强执其手道，汝若遂我愿，我不嫌汝面黄肉枯！

何太后不敢拒，遂依董卓所说拟懿旨。

翌日，群臣无不奉命入宫，唯司徒王允称病不来。吕布、鲍鸿见群臣尽入，即引三千甲士，重锁宫门，持戈矛，四处游走。群臣俱觉胆寒，已知将生剧变。

董卓按剑立于殿上，见群臣毕至，厉声喝道，请刘辩入殿！

片刻，吕布领甲士押少帝入。少帝欲落座，吕布将之拽起，喝道，孺子，何颜坐对群臣！

少帝已近瘫软，不能站立。董卓命甲士扶住。群臣不敢抬头，唯觉寒刃在背，命在旦夕。

董卓指少帝道，刘辩不过孺子，岂能为君！若不另立，必生灵涂炭，血流成河！太后懿旨，陈留王刘协贤明宽容，可立为天子；废少帝刘辩为弘农王！

群臣竟无回应，殿内一片死寂。董卓道，我与太后顺天应人，于危难之际兴废立，其德与天齐高！群臣若不应命，必如此物！

董卓忽抽剑，斫向御座，竟削去一角。

群臣大惧，纷纷跪地。董卓见少帝哭泣不止，竟不下殿，怒斥道，弘农王何不下殿！

喊声未止，吕布忽执刘辩，将之推离。

于是请刘协登基。片刻，甲士挟刘协上殿。董卓领群臣赞拜称贺。

何太后闻此，悲愤欲绝，大骂董卓，并以血书诏司徒王允，命州郡起兵讨董卓。

董卓设酒宴，大宴群臣。席间，董卓问吕布道，俱言奉先射技如神，冠绝天下，至今无缘目睹。今当大喜，群贤毕至，奉先何不一展神技？

吕布拱手道，义父之命，我岂敢违。言毕，自怀中出一环，大若杯口，嘱李肃道，卿可以此悬于百步外，我必使箭自环里穿出。

李肃持环出，挂于百步外柳枝上。群臣俱出，欲睹吕布射技。吕布命随从备马，持弓在手，飞上马背。此马为董卓所赠，出自西凉，毛色如火，名赤兔。吕布催马而走，于宫中绕行，未及一周，吕布连加数鞭，马疾走，渐如飞。吕布挽弓忽射，那箭疾如流星，倏忽自环中过，直入宫墙，仅露箭尾。

群臣无不呆滞，许久无人出声。吕布已回，翻身下马，朝董卓一揖道，雕虫小技，义父见笑！

董卓高声赞道，我知亘古以来无此神技，若非亲眼目睹，必不肯信！

群臣回过神来，交口激赞。董卓挽吕布手，复入席。

待群臣俱回座，董卓问吕布道，卿如何有此神技？

吕布笑道，别无巧妙，唯日移一寸而已。

董卓不解，又问，何为日移一寸，愿闻其详。

吕布道，我自幼尚武，尤喜射箭，每日以木人为箭靶，每射皆一百箭，能中者十之八九，颇为得意。忽一日，有老翁过此，良久不去。我问老翁道，我射技如何？老翁笑而不答。我知其不屑，请老翁示范。老翁接弓箭，自怀中出一环，命我悬于百步外。老翁疾步而走，挽弓而射，那箭竟穿环而过。我大惊，跪求教授。老翁援我以环，说我道，卿需从头而习，悬此环于树梢，于一寸处射其心，每射一百箭，若俱能自环中过，则翌日可后移一寸；若有一箭不过，明日则不可移。我顿知其中奥妙，遂依法而行。苦练十年，不觉已如此。所谓日移一寸，即此也。

董卓等无不感慨。

数日后，董卓知何太后谩骂不休，大怒，径入后宫，见何太后与废帝正低语，似有密谋，即退回，命随从备毒酒。董卓携毒酒再入后宫，说何太后及废帝道，此上天所赐，汝等需畅饮，不能辞！

何太后骂董卓道，逆贼，如此狂悖无礼，天必诛之！

董卓冷笑道，汝不过寡妇，若略知贞节，可尽饮此酒；若欲贪欢，我不嫌汝粗老，必尽心侍候！

何太后不堪凌辱，径入内室，自缢而死。废帝见董卓杀气如炽，忙伏地哀求。

董卓斥道，汝曾为天子，竟无风骨，群臣何堪！言毕，竟举酒强灌。废帝不能禁，吞咽过半。董卓松手，废帝狂奔不止，其状极为不堪。董卓大笑，见其四处乱走，疾呼道，弘农王何不倒！

废帝一惊，竟猝然而倒，随即狂吐白沫，气绝而亡。

董卓令部属简葬何太后及废帝，令皇室及群臣不可祭奠，不可举哀。

三十一

王允召司隶校尉黄琬、仆射士孙瑞等商议，欲奉何太后遗诏除董卓。王允道，今董卓逼杀太后及少帝，挟持天子，欺辱群臣，祸害社稷，扰乱天下，其罪恶之巨，古今未有！我等身为汉臣，若屈服淫威，隐忍不举，与村妇老农何异！

言毕，出何太后血诏。士孙瑞读罢，几乎吞声，说王允、黄琬道，我虽柔弱，誓与逆贼不共戴天！

黄琬道，既有太后血诏，可命州郡起兵讨伐，我等为内应，何愁董卓不灭！

士孙瑞道，此言有理，我知荆州牧刘表曾为大将军何进僚属，素有重振汉室之志，宜遣心腹往荆州，以太后血诏示之，刘表必有所举。若刘表起兵讨贼，天下英雄必应之，何愁巨奸不除！

王允道，非也。今天下扰攘，祸乱四起，群臣各怀心思，枭雄暗藏爪牙，无不暗待时机。若轻举，恐群雄以此为由，大肆兴兵，或巨奸未除，反招大祸。我所以隐忍，实因投鼠忌器耳！

士孙瑞道，既火生林间，不能安栖，何虑危巢！卿若欲举，我等何惜粉身碎骨！

王允道，此关乎社稷安危，岂能意气用事！我知群臣虽不言，无不自危；卿等宜各尽所能，暗与群臣联络，渐使董卓孤立。若群臣一心，不助纣为虐，即使群雄并起，亦能使社稷安泰！

黄琬、士孙瑞以为然，于是暗与群臣往来。

董卓愈为骄横，不以群臣为意。李肃以为不可跋扈，于是拜见董卓，劝道，丞相废昏君，辅幼主，其功其德，虽周公不能比；然左右俱为旧臣，虽顺应于表，宁不怀恨于内。丞相应多施恩惠，笼络人心。

董卓不屑，耻笑道，满朝肖小，我何虑！

李肃道，诚如丞相所言，余者皆不足虑，唯袁氏兄弟不可小觑。袁氏故旧遍及朝野，如柴薪大集，唯欠火种。今袁绍逃入冀州，意不可测，我请丞相趁其惶然未举，施以恩德，若使袁氏兄弟归附，当再无忧患。

董卓以为然，遂假献帝刘协之旨，拜袁绍为渤海太守，封邟乡侯；迁袁术为后将军。

袁术大喜，欲拜谢董卓。恰此时，忽接沛国相陈珪来信，称董卓如刀俎，群臣如鱼肉，洛阳已汤沸火热，卿若不走，董卓必烹而食之。

袁术大惧，只身出京，连夜逃往南阳。董卓知袁术遁走，耻笑道，袁氏兄弟胆小如鼠，何足为虑！

袁绍赴渤海就任，欲起兵讨董卓，遂召东郡太守桥瑁，请桥瑁为之谋。袁绍道，董卓匹夫，竟妄兴废立，挟制群臣，是可忍孰不可忍！我欲起兵讨贼，望卿鼎力相助。

桥瑁道，此大义之举，我何辞万死！然自古兴兵，必师出有名，若妄举，恐士庶疑惑，应者聊聊。我知王允有太后血诏，若能与王允内外呼应，不但天下英雄必响应，董卓亦将内外交困，何愁不能除！

袁绍道，所谓血诏，谁知真假！王允为人阴险，心思极深，我不愿与之为谋。我知卿曾随蔡邕习书，何太后亦爱蔡邕笔墨，心慕手追，颇得要领；我请卿代何太后拟遗诏，必能以假乱真，望不辞！

桥瑁慨然道，此虽大逆不道，然为国除奸，我何辞！

袁绍大喜，遂召冀州牧韩馥、荆州牧刘表、陈留太守张邈等。刘表以为事出突然，欲观望，于是以故推辞；韩馥、张邈等俱应召渤海。

袁绍嘱桥瑁道，既群雄毕集，若无号令，必自乱；宜推盟主，以免军令不畅，各自为政。

桥瑁颇知袁绍之意，遂说韩馥、张邈等；韩馥、张邈亦重袁绍显贵，遂推袁绍为盟主。袁绍大喜，于是广发檄文，一时应者如云，俱来渤海会盟。

曹操离洛阳，一路疾行，忽闻董卓已入京，朝中剧变频发，恐为人所执，遂弃钱财，易服更装，不走官道，亦不入客舍。不觉行至中牟，时已夜，疲困不已，见路旁有孤亭，于是宿于亭下。正酣睡，忽被人缚住，大惊，见数人执火立于前，忙问，我不过行人，汝等何故缚我？

一人冷笑道，汝不住客舍，亦不投宿农家，足见非匪即盗；我乃亭长，既遇之，岂不捉拿！

曹操极力分辩，亭长不信，将之押入县衙。县令闻知，登堂审问。曹操拒不言姓名，坚称为客商，因遇匪，财货被劫，身无分文，故而寄宿孤亭。

县令不信，命功曹搜身。功曹见曹操虽蓬头垢面，却英气勃发，知其非常人，有心解救，又见身无一物，遂说县令道，此人身无分文，足见所说不虚。

县令命将曹操暂押，明日再审。是夜，功曹暗释曹操，嘱其自走。曹操大惊，说功曹道，我与卿素昧平生，何故如此？

功曹道，卿被执，毫无惧色，从容自辩，岂是庸俗之辈！今天下纷扰，正当英雄横出之际；我虽卑微，岂能使英雄困于此！

曹操大为感激，拜谢而去。

不数日，曹操回陈留，召夏侯惇、曹仁等，售尽家财，大肆招募子弟，获五千余众，欲应时而起。

此际，袁绍已于渤海举义，声势浩大。夏侯惇劝曹操道，今陈留子弟尽会于此，亦不过五千余众，若举，恐未出陈留，已沦为降虏，不如往渤海投袁绍。

曹操大笑道，此言非也。源流出巉岩，不屈不挠，破山而走，唯因志在大海，故而万流归集，汇成江河，其势滔滔，虽万仞高壁不能阻！我虽弱，誓为源泉，不为归流！况古往今来，凡以身投靠者，格局必小，虽尽其所为，亦不过封侯拜将，我不屑也！既有吞吐八荒之志，何愁兵寡！

曹操遂领子弟出陈留，挥戈北进。太守张邈闻知，大惊，欲笼络，单骑追出五十里，见曹操等行于前，呼道，曹孟德欲何往？

曹操暂止，与张邈见；张邈说曹操道，今袁本初大会英雄，以讨逆贼，卿既欲有所为，何不投靠？

曹操道，所谓道不同，不相为谋。袁本初与我同为校尉，虽彼此相识，然非知己，恕不与之同盟；既所指俱为国贼，聊可殊途同归，愿来日与袁本初会师京城。

张邈知不能阻，遂回。曹操大扬声威，归附者日多，渐有一万余众。

陈珪知袁术隐匿南阳，遂离沛县，与袁术会。恰逢袁绍于渤海会盟，袁术欲往之；陈珪劝道，卿与袁本初为同胞，袁本初能以家族名望号令群雄，卿何不能？

袁术如梦方醒，欲起兵南阳；陈珪道，南阳太守张咨有精兵一万，卿何不说张咨归附？

袁术依其言，拜会张咨。张咨大为疑惑，不知何去何从；袁术见其犹疑，命陈珪招募子弟。

李肃闻袁术欲举，即告知董卓，称与张咨有旧，愿入南阳说张咨，请其收捕袁术。董卓以两千万钱赠张咨。

张咨获巨财，大喜，忽举兵夜袭袁术。袁术猝不及防，大败，领余众逃走，屯兵鲁阳。

刘备知袁绍、曹操、袁术等相继而起，以为时不我待，即率关羽、张飞回涿县，亦招募子弟，获五百余众。刘备大失所望，说关羽、张飞道，我等势单力薄，不能独立。今公孙瓒为奋武将军，已有精甲数万，亦举兵讨贼；我欲投靠，暂居人下，以图来日，卿等以为如何？

关羽、张飞俱以为然；刘备遂领子弟驰归公孙瓒。公孙瓒大喜，以刘备为别部司马。

孙坚亦知机不可失，即举义旗伐董卓，子弟纷纷响应，亦有一万余众。正欲出长沙，忽有辽西壮士韩当来投；孙坚大喜，置酒款待。

席间，孙坚指程普、黄盖，笑问韩当道，程普武艺卓绝，又善谋划；黄盖力过千钧，又能友善部属。二人俱为上将,能拒强敌;敢问卿有何能?

韩当道,项籍力能扛鼎,我虽不才,亦能为之。

黄盖不信,指门口石狮道,此处无鼎,唯有此物,或与鼎轻重略同;卿若能举,我当自此不言勇!

韩当遂离席,近石狮,伸两臂,握石狮足,大喊一声,竟举过头顶。黄盖、程普大惊;韩当手擎石狮问黄盖道,如何?

孙坚忙道,卿之神力,恐项籍不及!

韩当使石狮复位,仍随孙坚等入座饮酒。

翌日,孙坚举众出长沙,一路推折,直逼南阳,结营城外。张咨知孙坚善战,不敢拒,即遣心腹拜会孙坚,以百万钱相赠。孙坚恨其悭吝,即书信答谢,遣吴景回拜张咨。

张咨知吴景来,即设酒款待。吴景奉以孙坚书信,说张咨道,我等举兵讨贼,途经贵郡,望能以粮草周济。

张咨道,义军过此,我理应倾其所有,然南阳贫苦,又屡经祸乱,百姓饥寒,仓无余粮,恐不能如孙文台所愿。

吴景道,文台岂不知使君心意!无粮,钱亦可。

张咨道,昨日所献,已倾其所有,虽微薄,亦足以表我心意。

吴景道,无钱,人亦可。文台知卿有精甲一万,望能借用,以讨巨奸。

张咨道,此更不可,南阳将士,身系一郡安危,恕不奉命。

吴景不再言,告辞,回报孙坚。孙坚不言,嘱吴景备美酒一担,牛肉五百斤,持送张咨。吴景领随从再访张咨;张咨见吴景持牛酒馈赠,不敢领受,坚辞。

吴景道,我等随孙府君引兵过境,多有扰动,特以薄礼聊表歉意。明日大军将北去,我受孙府君所嘱,请卿入营一晤。

张咨推辞道,我因南阳贫瘠,不能赠以军资,愧疚不已,岂能反受重礼。

吴景不言,拱手告辞。张咨恐孙坚怒攻南阳,忙说吴景道,请回复孙使君,我明日必来奉送。

孙坚知张咨将赴约,以密计嘱孙贲。

翌日,张咨持好酒三担,牛肉千斤入营回赠。孙坚率黄盖、程普、韩当、吴景等迎张咨入军营,备酒款待。

席间,孙坚笑说张咨道,卿来此劳军,我等感激不已;大军至此,多有扰动,望勿怪罪!

张咨忙还礼道,乌程侯举众远来,幸过敝郡,本应以钱粮接济,无奈南阳地贫,又多灾害,府库空虚,实无可赠,望卿海涵!

孙坚笑道,卿不必如此,若非我举兵仓促,筹措不及,岂敢索取。我等今日将离贵郡,卿能来此相送,足见仁至义尽。

言罢,举酒相邀。正此时,忽一人匆忙而入,正是孙贲。孙贲拱手道,我受命筹集军粮,虽极尽所能,仍一无所获,义军当滞留于此,寸步难行!

孙坚面色骤变,指孙贲喝道,我令汝入乡间筹粮,以钱购买,何故一无所获?

孙贲不答,以眼斜视张咨;张咨大惑,以为有碍孙坚等言事,欲告辞,忽听孙坚斥孙贲道,有话且说,何故迟疑!

张咨忙朝孙坚拱手道，卿军务紧迫，我不便叨扰，就此告辞！

孙坚止张咨道，卿勿慌，区区小事，不碍畅饮！

张咨再不敢辞，已觉不祥，如坐针毡。孙贲仍迟疑，不肯言。孙坚拍案而起，怒骂孙贲道，汝且实言，若敢隐匿，我必杀汝！

孙贲道，非不肯言，实因张太守在此，不敢奉告。

孙坚喝道，张太守乃我挚友，情同手足，汝何虑？

孙贲道，我等奉命往乡间筹粮，乡人俱不肯奉献；我询之再三，方知张太守已遣人入乡，命士庶不准应征，否则，必戮三族。我等不敢逼，只好复命。

孙坚冷笑道，此必为妄说，张使君深明大义，每以天下苍生为重，岂会如此！

张咨忙道，此说别有用心，欲使我与卿失和，兵戈相见，请卿明察！

孙贲欲再言，孙坚喝道，汝且去，限今日筹齐军粮，若有延迟，我必斩汝！

孙贲惶遽而去。张咨不能安坐，数次告辞，俱被孙坚强留。渐至正午，孙贲复入，说孙坚道，我知乡间无所获，欲入城征集，遂与张太守随从谈，由此得知，南阳不仅有粮，且库存充裕，有三年之储。张太守乃董卓腹心，董卓又以钱千万贿赂，故而推脱，欲使义军滞留于此。请立斩张咨，以惩贼党！

张咨如五雷轰顶，面色惨白，竟不能辩解。

孙坚怒指孙贲道，张太守乃我贵客，岂容信口栽诬！

孙贲道，有张太守随从作证，岂敢妄言！

言毕，有甲士执随从入。孙坚指随从道，汝勿惧，从实道来，若有妄言，绝不轻饶！

随从忙伏地叩头，回孙坚道，此为实情，我不敢有半句谎言！

孙坚大怒，命执张咨，斩之。

三十二

孙坚斩张咨，遂入南阳；南阳将士不敢阻，纷纷归降。孙坚尽收钱粮，屯于南阳。

袁术知孙坚斩张咨，夺南阳，大喜，即遣陈珪拜见孙坚，赠良马百匹，钱五百万，以示庆贺。

孙坚知袁术意在南阳，欲拒；陈珪说孙坚道，袁公路名望如天，各路豪杰纷纷趋附犹恐不及。卿若拒，必成孤军，岂能敌董卓！

孙坚犹疑不决；陈珪又道，袁公路知卿勇壮多智，钦慕不已，欲引为同盟；卿若拒，袁公路必怀恨。如此，前有董卓，后有袁术，侧有公孙瓒、袁绍，卿岂能独立！

孙坚以为然，欲迎袁术来南阳。程普劝孙坚道，南阳乃光武帝乡，东带桐柏，西扼秦巴，自古皆咽喉之地；我等既已据之，何必拱手让人？

孙坚道，董卓挟天子以压群臣，又骤兴废立，群雄俱以讨巨奸为名，大肆兴兵，其用心妇孺皆知。我等新举，资望浅薄，不能令士庶归心，若据要地，必引火烧身。袁术出身旺族，名满天下，南阳重地，非袁术不可镇。大丈夫能屈能伸，我欲暂寄篱下，待羽翼渐丰，再图不迟！

黄盖、程普知其用意，不再劝，俱随孙坚往鲁阳。袁术知孙坚来，大喜，于城外迎候。二人相见，袁术执孙坚手道，卿以众投寡，使我大为惶恐，唯愿与卿携手共进，以图大业！

孙坚笑道，卿名震天下，我所归，适得其所也。

袁术以孙坚为破虏将军，领豫州刺史，镇鲁阳；自领陈珪等人南阳，互为呼应。

董卓知孙坚杀张咨，夺南阳，并其部属，又依附袁术，大怒，遂召吕布、鲍鸿、李肃等，欲举众攻孙坚。

李肃劝道，今大军在西北，袁术、孙坚互为呼应，若讨之，袁术或趁机袭洛阳。请丞相召李傕、郭汜来此，待无后顾之忧，再举不迟。

董卓不屑，说诸将道，袁术不过匹夫，孙坚不过竖子，何需兴师动众！况西北乃我等老巢，若李傕、郭汜离长安，韩遂必趁机取之。卿等可留守京都，我仅领奉先攻鲁阳，必能一举而下！

于是与吕布等举三万精甲出洛阳，直扑鲁阳，欲使孙坚猝不及防。

时值隆冬，鲁阳连日大雪，堆积盈尺，内外鲜有行人，一片寂寥。孙坚逸兴大生，召黄盖、程普、韩当、吴景、孙贲等上城楼对雪饮酒。正觉酣畅，忽有斥候来报，称董卓、吕布等正大举而来。

孙坚大惊，正欲令程普等召将士拒之，见城外雪雾大起，如狂风吹烟，一支精甲汹涌而出，雪光映衬下，盔甲耀眼，旗帜鲜明。

黄盖骤起，指来军道，董卓竟如此迅捷，奈何？

孙坚忙说黄盖、程普、韩当道，卿等速归各部，命将士隐于街衢，大开城门，放下吊桥，以疑董卓！

黄盖等领命而去；孙坚说吴景道，卿可领弓弩手登城，藏匿城堞下，使董卓望之不能察。

待吴景去，孙坚又嘱孙贲道，请为我备马，我必以单骑退强敌！

孙贲大疑，说孙坚道，来者不下三万，岂能如此？

孙坚道，汝勿虑，董卓外强中干，又多疑，必能使之怯惧！

孙贲不敢再言，飞步而走；孙坚亦回营，着甲胄，持长矛，负弓箭。孙贲已候于外，孙坚飞身上马，驰出城门，横戈立马，以待董卓。

瞬息，大军近城下，止于护城河边。董卓领吕布出，见吊桥已下，城门大开；孙坚单骑立于门外，城上无将士，城内无人马。董卓大疑，令吕布等勿轻举。

吕布说董卓道，我等骤来，孙坚必无防备，如此故弄玄虚，足见虚弱，正可一举而入！

董卓道，孙坚狡诈，既大开城门，必有奸计，待探明虚实，再举不迟。

于是呼孙坚道，孙文台别来无恙？

孙坚冷笑道，肥贼，倒行逆施，上天竟容汝活至今日！我曾言，杀汝者，必孙坚；今汝不请自来，我必立斩汝头！

董卓道，汝何出此言！天子为我立，群臣为我用，兴亡成败，尽在我一念之间，汝何不知进退？今大军临城，鲁阳形如危卵，汝何不知轻重？汝若降，我必与汝共富贵；汝若拒，我必使汝立死！

孙坚大笑道，鲁阳不过空城，汝何故不入？

吕布大怒，纵马直出，欲渡河击孙坚；董卓忙喝道，城内必有伏兵，不可鲁莽！

吕布不敢违，止于河岸；孙坚指吕布骂道，恶奴，竟认贼作父！丁原如再生父母，汝竟恩将仇报！

吕布再不能禁，又出；孙坚亦近桥边，再斥吕布道，汝若敢举，我必一举取汝狗头！

吕布见孙坚威不可犯，略惧，又止；董卓呼吕布道，此不足百步，可射之！

吕布以为然，取弓，欲射孙坚头颅；孙坚见此，亦取弓，与吕布对射。两箭齐发，疾如流星，竟互撞，猝然折断，跌入水里。吕布大惊，不敢再射。孙坚说吕布道，匹夫，所谓射技如神，原来不过如此！

吕布退回，说董卓道，孙坚欲以此疑我等，足见鲁阳空虚；我愿率精骑一试，若孙坚有备，我即退回；若无备，义父可跟进，孙坚可擒，鲁阳可破！

董卓以为然，命吕布领精骑五千，突过护城河，以察虚实。孙坚知吕布欲举，退回城门下，仍不动。片刻，吕布领精骑越过吊桥，直取孙坚。待吕布等迫近眼前，孙坚大喝道，弓弩手何在！

喊声未落，吴景等俱现身，急射，箭矢纷飞，如风吹疾雨。瞬间，精骑俱带箭，一片惨叫；吕布大骇，急退。孙坚怒喝道，恶奴休走，我必斩之！

言罢，拍马来追。吕布不敢止，纵马过河。孙坚恐董卓不去，围困鲁阳，呼吴景道，可令将士俱出，董卓必溃！

黄盖、程普、韩当等率众齐出，直扑董卓，一时铁骑如云，气势若虹。董卓大惧，率部遁走。孙坚领黄盖等大肆追杀，斩获颇多。

董卓、吕布落荒而走，溃不成军；孙坚等杀兴如炽，追斩愈急。董卓恐部属溃散，命吕布率死士断后。吕布等以弓箭急射。孙坚不能再进，暂止。董卓望见，命将士登高，欲据险自保。孙坚亦命将士近董卓而屯，欲待董卓离此，再追。

董卓知孙坚用意，不敢走，命部属结营。是夜，吕布说董卓道，我等大受挫折，恐不能与孙坚久持。我愿领死士阻孙坚，请义父夜深潜出，以离险境。

董卓道，孙坚举众来此，鲁阳必空。我等依险而屯，必能自保；卿可驰还洛阳，命鲍鸿另道取鲁阳，鲁阳必破！

吕布以为然，单骑夜走，直奔洛阳。翌日，孙坚见董卓不去，遂召黄盖、程普等；孙坚道，董卓大败，部属折损甚多，然屯此不走，必另有所图。卿等可回鲁阳，以防不测。我领五千精甲，仍与董卓相持，使其不能回攻鲁阳。

黄盖等即率兵退走；董卓见黄盖大举回鲁阳，已知鲁阳不可图，又虑洛阳有变，命快马先回，令吕布、鲍鸿勿举。

董卓拔营而走；孙坚不再追，亦回鲁阳。

三十三

曹操兵临东郡，太守乔瑁大为恐惧，令将士坚城自守，遣快马向袁绍求救。袁绍恨曹操拒不归附，即命冀州牧韩馥举众赴东郡，欲大破曹操。

曹操知韩馥来，命曹仁、曹洪举精骑五千迎击于途；自领夏侯惇、夏侯渊等围东郡。

韩馥正疾进，忽遇曹仁、曹洪陈兵于途，据尽险要，大惧，命部属骤止。曹洪说曹仁道，韩馥疑惧，若急攻，必大胜。

曹仁以为可，大出，猛攻韩馥。韩馥受挫，退走五十里，不敢复进。

袁绍知韩馥受阻，大惊，遂修书与曹操，请加盟。曹操颇为不屑，拒不回复。袁绍又遣张邈举众出陈留，欲合攻曹操。张邈亦致信曹操称，我知卿久怀壮志，不愿屈居人下。然袁本初志在必得，卿若拒，必不能自保。大丈夫能屈能伸，既孤立无援，何不暂为盟友？

曹操阅张邈信，大笑道，袁绍志大才疏，所仗者，不过家族名望，既苦苦相逼，我何惧暂居其下！

遂回书袁绍，称愿尊袁绍为盟主，共讨国贼。

袁绍大喜，以曹操为奋威将军。

董卓知袁绍、袁术、公孙瓒等无不意在天子，洛阳或不能保，遂召诸将道，今袁绍、袁术、公孙瓒俱怀野心，欲夺天子以令群臣，故而步步紧逼；洛阳与群贼近，难以辗转。况群臣颇有异心，若与群贼呼应，洛阳或不保。我欲迁都长安，借雄关大河以拒群贼。我等久在西北，根基深厚；群臣入长安，犹如鱼困旱池，我当再无忧虑！

诸将俱以为然。董卓遂命部将徐荣率众阻袁术，鲍鸿等阻袁绍，以利迁都。

诸将领兵而去。董卓又遣快马回长安，命李傕率所部来洛阳，接应迁都。

鲍鸿一路东进，屯兵成皋。袁绍等方入河内，知鲍鸿举众阻于前，忙召诸将议应敌之策。

袁绍道，今鲍鸿屯成皋，欲阻义军；若不破鲍鸿，义军将寸步难行。不知谁能破此贼？

诸将无不怯战，又各怀异心，竟无人应命。曹操大为不屑，斥诸将道，我等举义兵以讨国贼，天下归心，士庶附从；今鲍鸿据成皋，若我等怯而不战，岂不令人失望？

诸将俱不回应；曹操说袁绍道，我虽不才，愿率部属逐鲍鸿！

袁绍大喜，命曹操出击。张邈知曹操非等闲之辈，欲结纳，遂遣部将卫兹领兵五千助曹操。卫兹亦为陈留人，为人慷慨，曹操几欲笼络，唯恨无缘。

曹操见卫兹举部属来，大喜，执其手道，我知将军多谋，今来相助，必夺成皋！

卫兹道，若论智谋，我不如颍川荀彧，若得此人来，何愁鲍鸿不败！

曹操大为讶异，问卫兹道，将军所指，莫非荀文若？

卫兹道，正是。荀文若极善谋划，其才不输张良，曾为冀州牧韩馥僚属，韩馥不识其才，不能用，荀文若大失所望，辞归故里；近又为袁绍所召，袁绍亦不识其才，仅托以文书，将军何不借用？

曹操至今犹记许子将所荐，大喜，即求见袁绍。

曹操道，我即往成皋攻鲍鸿，然兵寡，恐有所失；请盟主予精兵二万，待鲍鸿败退，即奉还。

袁绍沉吟道，卿所请，我本不可拒；然董卓或转袭河内，若分兵，我何以应敌？

曹操道，盟主所虑有理。我知颍川荀彧与鲍鸿有旧，我欲借此人同往，若能说鲍鸿弃董卓来投，岂不善哉？

荀彧与谋士郭图、辛评、沮授、许攸等俱在；荀彧闻曹操此说，颇为惊讶，欲称与鲍鸿素昧平生，忽会曹操之意，遂不语。

许攸自冀州逃走，恐遭追杀，隐匿江湖；闻袁绍起兵讨董卓，于是来投。

袁绍问荀彧道，曹孟德欲请卿说鲍鸿，卿愿往否？

荀彧道，我愿往。

曹操大喜，即引荀彧出营。荀彧正欲询问，曹操道，许子将赞卿为天下第一佳士，我仰慕不已，不想今日与卿会于此！我若不以此说邀之，岂能获卿相助！

荀彧亦知曹操大名，见曹操敏慧绝伦，气度胸怀远胜袁绍，大为折服，朝曹操一揖道，我虽不才，愿为将军效劳！

曹操愈喜，以荀彧为司马。翌日，曹操举众出河内，直指成皋，止于五十里外；曹操问荀彧道，鲍鸿举精甲三万，又据坚城，我不知何以破敌，望卿为我谋。

荀彧笑道，将军雄才大略，攻城略地易如反掌，何用他人越俎代庖！

曹操大笑不已，竟不再问，命部属采枯草，割树皮，扎为火把。卫兹不知曹操用意，问荀彧道，我知兵贵神速，今大军初来，士气正盛，正宜急攻；曹操不举，令部属扎火把，不知何意？

荀彧道，曹操欲巧夺成皋，如不出所料，今夜必见分晓。卿勿疑，请遵军令。

是夜，曹操召夏侯惇、夏侯渊道，卿等可领精甲五千往成皋，每人携火把二十，不露声息，至城外十里，遍插四周；三更，我即率将士至城下，此时，卿等可尽燃火把，大肆鼓噪，纵马冲击，成皋必不战而克！

二人奉命而往。约二更许，曹操率诸将离此，直奔成皋，逼近城下，猝然急攻。

鲍鸿大惊，见城下精甲如云，远处火把跃动，足有十数万点，以为盟军尽举，顿失勇气，急召部属道，盟军骤然大至，成皋将不能保，宜速离险境，与徐荣合，否则，必大败！

诸将以为然，举众突围。曹操命部属大造声势，佯阻鲍鸿。鲍鸿恐诸将胆怯，不能出围，于是一马当先。曹仁、曹洪等依曹操之命，虽极力呐喊，却不力阻近。鲍鸿得以出围，仓皇而走。

翌日，曹操召诸将议进退。诸将以为宜据成皋，以待袁绍，不宜轻进；唯荀彧不置可否。

曹操问荀彧道，卿以为我当如何？

荀彧道，董卓根基在西北，虽据洛阳，其心难安，何者，洛阳天子之都也，权贵如云，盘根错节，董卓居之，犹如鱼在釜中，岂能自安！况群雄之意俱在洛阳，既为众矢之的，董卓何不弃之！所以命诸将大出，阻义军于途，意在迁都长安也！如此，董卓犹如猛虎归山，义军则如骏马失途，岂能灭之！我请将军追鲍鸿，直逼洛阳，使董卓不能西迁。

曹操以为然，遂弃成皋，追击鲍鸿。

袁术知徐荣引大军直扑南阳，大惊，急遣快马入鲁阳，命孙坚移屯梁东，拱卫南阳。

孙坚不敢违，留孙贲率精甲五千守鲁阳，率程普、黄盖等赴梁东，疾行数日，梁东在望，忽与徐荣相遇，于是互举精甲攻之，大战数日，各有折损，彼此锐气皆失，不再举。

徐荣知南阳不可图，又知孙贲兵寡，于是分兵袭鲁阳。孙贲不敌，遣快马求孙坚赴援。孙坚不听，命快马回禀孙贲，令即弃鲁阳，来此夹击徐荣。

徐荣知孙贲弃鲁阳来此，大惊，命将士夜走，亦转道入鲁阳。程普、黄盖等俱劝孙坚回夺，孙坚不听，以为董卓遣徐荣、鲍鸿等四面出击，洛阳必空，不如直奔洛阳，或能擒董卓。

于是孙坚出梁东，直指洛阳。

董卓令群臣迁长安，群臣不敢违，于是车驾齐备，唯待令下。正此时，忽报孙坚径往洛阳而来，董卓大惊，急令吕布领二万精甲往阳人，与太守胡轸合兵阻孙坚。

孙坚近阳人，忽知吕布举众来此，于是急攻阳人。胡轸不能敌，率部将华雄等弃城而走。孙坚入据阳人，命部属坚城而守，以待吕布。

胡轸与吕布会于途，欲复夺阳人，逐走孙坚，遂以华雄为先锋。华雄率精骑复回，见城门紧闭，呼孙坚道，竖子孙坚；欺我等不备，夺我城池，若不回夺，枉为壮夫也！

孙坚见华雄身后征尘不绝，知吕布、胡轸亦来，遂嘱黄盖、韩当道，卿等速举精甲两万，分从东、北二门出，绕袭吕布、胡轸身后；待我斩此贼，再与卿等夹击，吕布、胡轸必大败！

二人领命而去；孙坚又嘱程普、吴景道，卿等领部属候于城内，待我斩华雄，可骤出，贼必大溃！

程普、吴景亦去；孙坚披甲胄，持长矛，跃上马背，飞奔而出。华雄见孙坚只身而来，不以为然，打马来迎，欲一举刺死孙坚。孙坚见华雄来势凶猛，忽勒马，几乎失控。华雄大喜，尽平生力气，猛刺孙坚前胸。

两马猝然相交，忽听一声惨叫，一将翻身坠地。众人大惊，以为孙坚必败，却见孙坚仍在马上，坠地者竟是华雄！

华雄部属大乱，仓皇四走。程普、吴景、孙贲等举众齐出，大肆追杀。

孙坚见华雄部属溃不成军，急命程普等勿追，夹击吕布、胡轸。吕布、胡轸忽遇袭，正奋力迎敌，忽见孙坚举众又来，已知华雄溃败，大骇，不敢逞强，往洛阳退走。

三十四

孙坚穷追猛打，吕布、胡轸大败，部属折损过半，大为惶急。吕布领精甲断后，据险死守，颓势稍解，遂命快马回洛阳，禀报董卓。

董卓闻讯大惊，急令李肃等率精兵二万阻孙坚，换吕布回洛阳，护卫京都。李肃等不敢违，领众赴敌。

吕布、胡轸敛兵自守，正危急，忽见李肃等疾驰而来，大喜，欲合兵大败孙坚。李肃道，丞相命吕奉先速回洛阳，护丞相迁都。

吕布遂领五千精骑回洛阳。

孙坚知李肃率众而来，以为不能胜，命部属不攻；李肃等惧孙坚英勇，亦不敢举，命诸将坚壁深垒，与之对峙。

鲍鸿为曹操急追，几乎溃不成军，遂遣快马往鲁阳，向徐荣求援。徐荣恐鲁阳复失，不肯赴救。

鲍鸿仓皇不已，逃往荥阳，欲入城坚守；曹操又至，鲍鸿再走，为汴水所阻，不能渡，沿岸急遁。

曹操不舍，急令精骑绕行，欲断其道路，迫鲍鸿降。

徐荣忽知孙坚正往洛阳，大惊，欲弃鲁阳追孙坚；部属劝道，洛阳有大军固守，孙坚孤军深入，必受挫；将军应先救鲍鸿，再往洛阳。

徐荣以为然，遂赴荥阳。

曹操围鲍鸿于汴水岸，欲急攻；正此时，徐荣举大军忽来。曹操恐鲍鸿复勇，与徐荣夹击，不敢举，令诸将弃鲍鸿，自侧翼撤走。

徐荣见曹操退走，命诸将大肆追杀。鲍鸿亦率部属出壁垒，与徐荣合，狂追曹操。曹操见徐荣、鲍鸿来势凶猛，命夏侯渊断后。夏侯渊等奋力阻击，徐荣知不能过，命鲍鸿率精骑斜出，再追曹操。

荀彧见鲍鸿等又至，急命卫兹护曹操。鲍鸿命部属望曹操等急射；曹操中箭，跌下马背。卫兹大骇，欲救曹操。鲍鸿见此，拍马直取卫兹。卫兹与之战，渐不能敌，退走。

曹操见卫兹等败走，大为惊恐，遁入荒草，不敢出。

夏侯渊见诸将俱已远遁，不敢恋战，亦走。荀彧不见曹操，急问卫兹道，曹孟德何在？

卫兹道，曹孟德为流矢所中，不知去向！

曹洪大怒，欲杀卫兹；荀彧斥曹洪道，死生之际，何论功罪！卿等若无惧，可速回，救曹孟德出险境！

诸将见徐荣、鲍鸿气势如虹，大举而来，犹豫不决。荀彧道，若曹孟德不能生还，汝等必做鸟兽散，虽生何益！我虽一介书生，不惜以区区性命以报知遇之恩！

言毕，荀彧拍马而往；夏侯惇、曹仁、曹洪等大为愧疚，亦往。于是诸将又与徐荣、鲍鸿遇，再战之，一时不分高下。荀彧说卫兹道，卿若侧出，绕袭其后，徐荣、鲍鸿必惧，或可胜！

卫兹遂领部属，自一侧绕出。徐荣、鲍鸿见此，恐前后受敌，急退。诸将欲追，荀彧不准。

此时，曹操自荒草中出，诸将大喜，纷纷跪拜。曹操问荀彧道，既徐荣、鲍鸿败走，我欲随后追击，趁势入洛阳，卿以为如何？

荀彧道，不可。董卓必离洛阳往长安，此时若往，或成众矢之的，得不偿失也。请将军屯兵酸枣，以察群雄之意，然后再举。

孙坚与李肃相持数日，大为焦虑，深恐袁绍、公孙瓒等捷足先登，欲破李肃，扫除障碍，遂命黄盖、韩当领部属夜出，大张声势，往鲁阳退走；自领程普、吴景、孙贲等伏于营内，以待李肃。

李肃忽知孙坚夜走，大惊，出壁垒望之，见孙坚营外人喊马嘶，旗帜涌动，正往鲁阳退走。李肃颇疑，命斥候察之。斥候回报，称壁垒已空，孙坚等俱往鲁阳。李肃仍疑，又命弓箭手近前射之，仍无回应。李肃再无疑，命诸将尽出，追击孙坚。

孙坚即率程普等骤出，自后猛击。李肃等仓皇失措，大败，逃走，入大谷。

孙坚率部属紧随而至，再与李肃等相持。孙坚恐粮草不继，遣吴景往南阳，请袁术助之。

此时，李傕奉命来洛阳，知孙坚已至大谷，遂说董卓道，孙坚一路深入，必为粮草所累，或求援于袁术。袁术心胸狭窄，又多疑无决。丞相若修书与袁术，称孙坚若克洛阳，与虎踞高山无异，不肯再受节制。袁术必生疑，或拒绝输送。如此，孙坚必败！

董卓大喜，依李傕所言书密信，遣快马飞送袁术。袁术正欲发粮草往大谷，忽接董卓此信，顿起疑心，急令停止。

孙坚知袁术拒不援助，大怒，亲往南阳，拜见袁术。袁术知孙坚来，称病不见；孙坚斥退卫士，径直而入。袁术大为尴尬，命侍从备酒。

孙坚说袁术道，义军受阻大谷，粮草将尽，进退维谷；若不输送，必前功尽弃。

袁术道，非我拒而不援，实因南阳贫瘠，库无所存；虽竭尽全力四处征集，所获不足百车，料无济于事，故而不送。

孙坚知为托词，再说袁术道，将军之意，我岂不知！既奉将军为主，岂作朝秦暮楚之徒！

袁术沉吟不语；孙坚又道，今各路义军俱向洛阳，董卓已成瓮中之鳖，举手可图也；我等既先于群雄，将军何忍错失大功？

袁术道，卿若据洛阳而自雄，必成众矢之的；我若与卿共谋，岂不受累？

孙坚冷笑道，当初，我以南阳拱手相让，何者？因自知威德浅薄，不能镇要地。洛阳为天子之都，众矢之的，我岂敢自居！若能逐董卓，我必恭迎将军入镇洛阳，将军何疑！

袁术恐孙坚失言，请与孙坚盟誓；孙坚应之。誓毕，袁术命发粮草。

孙坚亲押粮草还大谷，将士知粮草丰裕，大为振奋。

大谷已近洛阳，山势如陵，丘峦如堆，人皆以为吉祥，入葬此地者历来众多，坟茔累累，比比皆是。

孙坚说诸将道，今粮草已至，我等再无忧患，必一举克李肃，否则，董卓迁天子往长安，前功尽弃矣！

于是命程普、黄盖等分出，四面急攻。李肃、胡轸等不敌，欲弃大谷，走保洛阳，正此时，徐荣、鲍鸿等忽止。李肃、胡轸大喜，与徐荣、鲍鸿夹击孙坚。孙坚恐受挫，命诸将退还，坚壁不出。徐荣、鲍鸿等与李肃、胡轸分屯，成掎角之势。

程普说孙坚道，今徐荣、鲍鸿骤至，人马众多，又大集路口，我等不能逾越，奈何？

孙坚道，卿等勿忧，李肃等大集谷口，阻我进路，弃高岭而不顾；卿等可趁夜登山，蓄势待发；我则率精甲忽举，大肆急攻，以疑之；卿等俯冲而下，李肃等必败。

程普、黄盖等奉命夜出，俱登高岭，隐于山林。

翌日晨，孙坚领孙贲等忽出，直扑徐荣、鲍鸿。徐荣、鲍鸿大惊，骤出，迎击孙坚。正此时，程普、黄盖、韩当、吴景等鼓噪而出，沿山急下，势如洪水。徐荣、鲍鸿大骇，弃营而走。

李肃、胡轸等知徐荣、鲍鸿败走，惊恐不已，亦走。

孙坚等紧追不舍，大肆杀戮，斩首近万级，仍不肯懈怠，直指洛阳。

董卓正欲携天子、百官出洛阳，忽报李肃等败走，大谷已失，孙坚正长驱直入，大为惊慌，急令吕布率二万精甲屯于洛阳外，以拒孙坚；又命何苗等填塞井渠，焚烧宫殿及城阙。

董卓护车驾出洛阳，往西急走，命李傕率死士断后。

孙坚直奔洛阳，见吕布严阵以待，命收紧部属，以备突袭。吕布见孙坚骤至，欲趁其立足未稳，一举破之，遂命将士大出，痛击孙坚。

吕布欲斩孙坚，拍马骤出，直取孙坚；孙坚不惧，亦出。两骑相遇，各尽血气之勇，然互不能胜。

吴景见吕布、孙坚不分高下，说程普道，吕布虽勇，然素无恩义，部属必不肯用命；若趁其观望，突然而举，必能败之！

程普以为然，领黄盖、韩当等奋勇而出，直扑敌阵。吕布部属猝不及防，一击即溃，纷纷逃散。

吕布见之，大惊，不敢逞匹夫之勇，忙弃孙坚，疾走。孙坚不肯舍，纵马直追。吕布见孙坚来势迅猛，遂取弓，回身急射；孙坚避之，未中。吕布再射，中孙坚坐骑，坐骑跌倒。孙坚复起，吕布已绝尘而去，遂止。

吕布见城池已毁，董卓、李傕等已远走，于是收合残部，亦往西急走，行约五十里，与李傕合。

孙坚知洛阳已空，命程普等人城，欲遣人报知袁术。程普说孙坚道，既董卓离此不远，何不直追？

孙坚道，董卓既走，必有大军断后；我等兵寡，若追，必受挫。

三十五

洛阳城池俱毁，满目疮痍，残破不堪，昔日繁华荡然无存。孙坚等入城时，大火未灭，士民四处奔走，呼号不绝。

孙坚命程普、黄盖等四处救火，忙至翌日，大火方灭；士民无家可归，凄怆不已。孙贲见此惨状，叹息道，我曾立志为功臣良牧，登天子之堂；谁想今日入帝都，天子、百官仓皇而去，空余断壁残缺！

孙坚亦叹息不已。孙贲等请入皇宫，欲开眼界；孙坚不能拒，率诸将往之，见宫室败坏，内外弃物满地，尸首残骸，比比皆是，其惨状甚于它处，大为惊愕。

孙坚命士卒略作收整，命诸将屯于宫外。

吴景说孙坚道，城内井渠尽被填埋，几乎无水可饮。

孙坚大骂董卓道，董卓巨贼，如此伤天害理，与猪狗何异！

于是令将士负洛水入城，以供军民炊饮；又命吴景、孙贲淘掘井渠；命黄盖、韩当察内外情形。

黄盖、韩当相继回报，称不仅民房焚毁殆尽，天子陵阙亦被盗掘。

孙坚又骂董卓，令黄盖、韩当修葺皇陵，以三牲献祭。

是夜，孙坚召程普议进退。孙坚道，我知卿善于谋划，以今日之势，我当如何？

程普道，宜穷追董卓，直逼长安。

孙坚道，长安乃董卓巢穴，又近西凉，岂能孤军深入；况吕布、李傕大军在后，若追，必受阻。

程普沉吟道，既如此，可据洛阳，与群雄一争高下。

孙坚道，亦不可。洛阳，天子之都也，若据之，必成众矢之的。

程普反问孙坚道，不知卿欲何为？

孙坚道，袁绍、袁术、公孙瓒之流，虽以讨国贼而起兵，然每每屯兵不前，其用意，无非割地自雄。洛阳居四方之中，群雄无不虎视眈眈，以为据洛阳必能窥天下。此墓穴之地也，岂能居之！我欲以洛阳送袁术，袁术必喜；我则转道荆州图刘表，刘表俗子，必能克之。荆州居南北之间，进可至秦陇而望巴蜀，退可入江东而通海曲，若据之，必能与群雄争高下！

程普沉吟道，今天下汹汹，局势纷纭，我辈俱不知进退；卿若决意往荆州，我必追随。

正此时，吴景忽来，见程普在此，欲言又止。程普知有秘事，起身告退。吴景屏退左右，自怀中出一物，奉与孙坚，竟是传国玉玺。孙坚大惊，急问吴景道，此从何来？

吴景道，自井中掘出，不敢使他人知；玉玺既失，董卓曾大肆追索，竟无所获；今不搜而得，足见上天垂爱，文台何不顺应天意？

孙坚斥吴景道，此大逆之说，岂能妄言！若不慎，必引火烧身！

吴景不敢多言，告退。孙坚即召孙贲，命送玉玺往鲁阳，交吴氏收藏。

孙贲夜出洛阳疾驰，不数日，已至鲁阳，恰遇吴氏小病在榻，不敢搅扰，将之交与梁氏。梁氏知其贵重，又觉不祥，竟不告知吴氏，恐其忧惧，将之藏于粉匣内。

袁绍知孙坚往洛阳，豫州空虚，即令部将周昂夺豫州，许诺以周昂代孙坚为刺史。周昂率军一万往豫州，大张声势，豫州僚属闻风而逃。

孙坚知周昂据豫州，急遣孙贲往南阳，请袁术入镇洛阳。

袁术大喜，举众而来。孙坚领程普、黄盖等迎于郊外。袁术下马，执孙坚手道，文台信义如天，一言九鼎；我必视卿为手足。

孙坚道，我奉恩公之命，直下洛阳，逼走董卓；袁本初却趁机夺豫州。我虽忿恨，然虑其与恩公为同胞，不敢主张。袁本初明知我为恩公部属，仍见利忘义，实不可恕。恩公若不以此为意，我亦不与之计较，即领部属回鲁阳。

袁术冷笑道，袁绍不义在先，我有何虑！卿若欲复夺豫州，我必助之！

孙坚大喜，即召部属，欲攻周昂。袁术遣部将公孙越，领众一万，与孙坚同往豫州，合攻周昂。

公孙越乃公孙瓒从弟，曾随公孙瓒起兵；公孙瓒遣公孙越往南阳，与袁术结盟，袁术爱其英武，大加挽留；公孙越不忍辞，滞留不回。

孙坚、公孙越围豫州，数攻不下。公孙越说孙坚道，我当年游历会稽，曾与周昂有旧，愿说周昂以城献降。

孙坚大喜；公孙越来城下，大呼周昂。周昂知公孙越欲劝降，大怒，命弓箭手急射；公孙越带箭疾走。周昂亲领精骑骤出，欲擒公孙越。孙坚忙率部属力阻。公孙越虽脱身，然因箭伤过重，死于是夜。

孙坚即召部属，慨然道，公孙越与周昂曾为至交，周昂竟将之射杀，足见不仁不义；我等若不报此仇，何颜与公孙越相见泉下！

部属同仇敌忾，俱称必杀周昂。孙坚命将士四面急攻；周昂不敌，遂弃豫州，欲往河内。

孙坚令程普、韩当率精骑急出，阻断前路。周昂与程普、韩当激战，不敌，欲往小沛；又为黄盖、吴景所阻。周昂无奈，取道荆州，欲求助刘表。孙坚大喜，以为天赐良机，于是紧追周昂不舍。

曹操知董卓迁都长安，袁术据洛阳，孙坚转夺豫州，以为有机可乘，遂召诸将。曹操道，今袁氏兄弟失和，互为敌手；公孙瓒聚众辽西，犹如虎踞。三者彼此制约，各有顾忌，此天与我时也。我欲出酸枣，攻城略地，卿等以为如何？

荀彧道，将军所见英明，然三者虽互为防范，并无仇隙，不足为将军所用；若使三者成仇，互为攻杀，则大有可乘也。

曹操笑道，知我者，荀文若也！我必使三者大起争端，然后趁机而为！

于是，曹操求见袁绍。曹操道，袁公路既知将军已据豫州，仍命孙坚复夺之，此不义也；举兵日久，至今不与将军为盟，此无视手足也；私入洛阳，不惜为众矢之的而据之，此大逆之举也；明知公孙越乃公孙瓒胞弟，却命其随孙坚攻周昂，此借刀杀人也；公孙越死，公孙瓒必迁怒将军，此一石二鸟也。今孙坚紧追周昂不舍，周昂不能归盟主，逃往荆州；荆州乃南北要地，若孙坚紧逼，刘表或转投袁术以图自保。如此，将军或腹背受敌，再无进退之利也。我为此忧虑不已，特请将军早作计划。

袁绍然其说，沉吟良久，问曹操道，既如此，我当如何？

曹操道，请将军举众据磐河，以绝对优势压制公孙瓒，使其不敢妄动；再遣人往荆州说刘表，晓以利害，力拒孙坚；遣精甲救周昂，并以此威逼刘表，迫其与将军结盟。如此，虽公孙瓒据辽西，袁术据洛阳，不足为虑也！

袁绍不能决，遂召郭图、沮授、辛评、许攸等，问以策略。郭图道，盟主可据磐河，然不可救周昂，若救，刘表必生疑，或转投袁术。

袁绍纳郭图之说，命张邈、刘岱领军五万据磐河。

公孙瓒闻知大怒，立誓必夺磐河，遣将军田楷为先锋，命刘备领部属同往。

公孙瓒召卫尉赵云，说赵云道，我虑大耳男不善军事，欲以卿助之，如何？

赵云道，将军所命，我岂能辞！

公孙瓒大喜，命赵云率精骑五百，助刘备。

赵云乃常山真定人，自幼文武兼修，颇善谋略，后为太守所识，征为郡吏。袁绍起兵讨董卓，遣心腹入常山招募子弟，一时从者如流，唯赵云不屑，以为袁氏兄弟志大才疏，不堪依靠，遂率子弟五百入辽西，投公孙瓒。公孙瓒大为惊讶，问赵云道，我知常山士民俱愿归附袁绍，卿何故舍近求远？

赵云道，我知君子当弃暗投明；今天下汹汹，未知孰胜孰败，唯能择贤而事之，余者不及多虑。

公孙瓒大喜，引为左右。

赵云奉命助刘备；刘备见赵云仪表堂堂，又精悍英武，大为赞赏，以赵云为主骑。关羽、张飞亦与赵云一见如故，待之如手足。

田楷、刘备等来磐河，与张邈、刘岱对峙，互不敢举。

公孙瓒恐久持不利，亦出辽西来磐河，召诸将商议策略。田楷道，张邈、刘岱举五万之众大屯彼岸，不可强攻。

刘备道，不然。张邈、刘岱不过乌合之众，今又屯兵一处，我等若分兵渡河，两翼夹击，张邈、刘岱必败！

公孙瓒以为然，遂令大军夜渡，分兵进击。张邈、刘岱大为恐惧，不敢迎战，引兵退走。

袁绍知磐河失，大惊，即率诸将出河内，欲复夺磐河。曹操即遣人拜见袁绍，称愿为袁绍镇河内。袁绍恐袁术趁机转袭河内，准之。曹操既入河内，恐袁绍生疑，遂遣曹仁救周昂。

三十六

孙坚紧追周昂，一路东进，不觉将近樊城。孙坚令程普、黄盖、韩当等四面出击，欲围周昂，使之不能入据樊城。周昂大为惶急，以为无路可走，欲降孙坚。正此时，曹仁率一万精骑忽至；周昂大喜，引残部投曹仁。

曹仁、周昂据樊城，欲与孙坚决战。孙坚之意不在周昂，命诸将弃之，转道荆州。

曹操恐曹仁冒失，或追击孙坚，即遣快马入樊城，命曹仁回。曹仁不敢违，率周昂等亦离樊城，取道河内。

曹操知曹仁夺周昂部属，携回河内，即领荀彧等迎曹仁于城郊。曹仁闻知大惊，令部属俱止，拜见曹操。

曹操说曹仁道，周昂乃袁绍亲信，岂能纳之，若不还其部属，使之回归袁绍，袁绍必怒，得不偿失也！

曹仁道，周昂穷途末路，自愿来投，并非为我所逼，将军何虑？

曹操斥曹仁道，见小利而忘大义，岂是君子所为！况袁绍近在咫尺，若纳周昂，袁绍必大举而来，逐我等出河内，岂不前功尽弃！

曹仁不敢言，还周昂部属，请其往磐河，归袁绍。

刘表知孙坚弃周昂，直指荆州，大为惊愕，急召诸将商议。

南郡太守蔡瑁道，今孙坚已过樊城，直扑江陵，锐不可当；请将军以轻骑绕出，断孙坚后路，孙坚必怯，不敢深入；江陵乃荆州治所，江陵固，则荆州无虑也。

刘表道，荆州居南北之间，自古皆为要地，群雄无不觊觎；袁绍、袁术每欲与我结纳，引为同盟，其意俱在荆州也。孙坚为袁术部属，虽逐董卓出洛阳，然不敢居之，拱手让与袁术，足见孙见所为，袁术之命也。我欲遣使入洛阳，与袁术结盟，如此，孙坚虽兵临城下，奈何！

蔡瑁道，孙坚如幼虎，袁术如老狼，虎所以暂居狼下，唯因爪牙未足，不得已也；孙坚以洛阳让袁术，不过易祸他人；又以复夺豫州为名，迫周昂来荆州，其意岂在周昂！既周昂已投曹仁，孙坚立弃之，又不以樊城为意，直下江陵，其用心之险恶，将军岂能不知！今孙坚爪牙已利，羽翼已丰，岂能听命袁术！

刘表大惑，一时不能决。江夏太守黄祖道，我以为此言有理；孙坚为人奸猾，暗藏壮志，岂能听命他人。若失之防范，荆州危矣！

刘表再无疑，命黄祖率精甲二万，出江陵，迎击孙坚。孙坚知黄祖屯兵于途，亦止，命将士树壁垒，欲与黄祖对峙。

黄祖知孙坚善战，不敢强攻，欲偷袭。孙坚见黄祖不举，知其必来劫营，命将士不解甲胄，枕戈以待；令程普、黄盖等率精甲一万千，暗伏四周；命韩当、吴景、孙贲等卸甲去胄，或酣睡，或佯醉，以诱黄祖。

黄祖以为孙坚等懈怠无备，举众大出，止于孙坚壁垒外，命死士潜入辕门，杀尽卫卒，见仍无动静，于是蜂拥而入。正此时，忽听鼓声大起，程普、黄盖等奋勇而出。黄祖大为惊恐，急令将士退走；孙坚、韩当、吴景、孙贲等亦出，阻断退路。黄祖无奈，与孙坚等死战，不敌，大败而走，欲退保襄阳。

孙坚不舍，率程普、黄盖等疾追，斩获颇多。孙坚命程普、黄盖率轻骑斜出，直赴襄阳，围之，既使黄祖不能入城，又使襄阳守军不能出援。

黄祖仓皇奔走，待近襄阳，知程普、黄盖先至，襄阳已被围，大惊失色。部属知已在绝境，纷纷溃散，仅剩十余骑。

黄祖无路可走，于是逃入岘山，隐匿不出。孙坚命部属围之，欲逼黄祖出降。

围困数日，不见黄祖出。孙坚命吴景等放火烧山，再逼黄祖。黄祖见之，说部属道，卿等若不惧死，可随我骤出，以弓箭急射孙坚；若孙坚死，部属必大乱，或能逃生。部属以为然，随黄祖忽举，出丛林，齐射孙坚。孙坚猝不及防，身中十余箭。

吴景、孙贲等大惊，一齐赴向孙坚。黄祖等趁机急走，竟脱逃。

孙坚倒于地，气绝身亡。

程普、黄盖等大惊，顿时不知进退。孙贲立誓必报此仇，欲尽起部属直捣荆州。

吴景以为不可，劝孙贲道，我与文台为姻亲，文台之丧，令我痛彻心扉；然刘表雄踞数郡，将士数万，虽文台未必能克，何况我等！事已至此，应解襄阳之围，护丧回鲁阳，从长计议。

程普、黄盖等以为吴景所说有理，亦劝孙贲。孙贲依吴景之说，为孙坚置办棺椁，殓尸骨，弃襄阳，护灵柩回鲁阳。

吴景恐刘表追击，又说程普、黄盖道，三军不可无主，若刘表追击，或有覆没之险；孙贲乃孙坚族子，可以孙贲为主，使将士不乱，或能自保。

黄盖、程普等俱以为然，遂推孙贲为主。孙贲令吴景率精骑开路；命程普、黄盖、韩当等率死士断后，以备刘表追击。

黄祖射杀孙坚，驰归荆州，禀报刘表。刘表知孙贲等扶孙坚灵柩往鲁阳，以为可图，欲遣黄祖率众追击。将军文聘劝刘表道，乘人之危，君子所不齿也；若追，必失义于天下，岂能为之！

刘表纳其说，遂止。

曹操知孙坚死于乱箭，大惊，说荀彧道，孙坚久蓄壮志，以为若夺荆州，可与群雄一争高下；谁料此念一出，竟死于肖小之手！足见天命所在，不可强求！

袁术据洛阳，以为可凭此阻断南北，号令群雄。陈珪劝袁术道，洛阳为故都，群雄俱以为得洛阳者可王天下，无不觊觎；孙坚得而礼让，因不敢为众矢之的。我劝将军亦弃之，以免惹火烧身。

袁术大惊，问陈珪道，以卿之见，我当如何？

陈珪道，今公孙瓒与袁绍相持磐河，无暇顾及其他，将军可趁机夺寿春；寿春居淮水之中，上可入中原，下可通海滨，若往，则既能出樊笼，亦能据重地，两全其美也。

袁术以为可，于是弃洛阳，转夺寿春；正此时，忽闻孙坚死于暗箭，大惊，即招陈珪。袁术道，孙坚犹如一臂，今忽死，我不知何为，望卿为我谋。

陈珪道，将军可往鲁阳凭吊，大施恩惠，趁机招纳孙坚部属。

袁术依其说，即离寿春往鲁阳。

孙贲等护丧回鲁阳，大肆举哀。孙策年已十六，欲自领孙坚部属；孙贲、吴景俱不愿，每每推诿。孙策欲强夺，吴氏以为不可，劝孙策道，今乃父新丧，尸骨未埋，岂能妄举！况汝未及弱冠，不能服众，可让孙贲、吴景等暂领，待年长，再索不迟。

孙策不敢违，遂止；忽闻袁术只身来此奔丧，吴氏命孙策出迎。

袁术至孙坚灵前献祭，大哭；祭毕，问孙策道，不知卿欲葬先君何处？

孙策道，先君凶死，依家训不能入祖坟，故而欲葬丹阳。

袁术赠钱一千万，为丧事之用。翌日，孙策护孙坚灵柩往丹阳。袁术、孙贲、吴景等哭送数十里方止。

袁术以孙贲为豫州刺史，吴景为丹阳太守；程普、黄盖、韩当等亦各有升迁。

第二章

一

吴景奉袁术之命举众夺丹阳，太守周昕闻知，大惊，即召郡兵力拒吴景。吴景急攻一月，不能克，遂求援孙贲。孙贲遣精骑五千助吴景，再攻，仍不能克。吴景无奈，命部属大采柴草，欲焚城。周昕大骇，不敢再持，弃城而走。吴景遂据丹阳为太守。

孙策于丹阳为孙坚守墓，知吴景为太守，遂购巨宅，买田置业，迁母弟来丹阳，定居于此，以图庇护。

数年前，周异以多病为由辞官，携妻子回舒城，幽居不出。周瑜与孙策同岁，颇喜读书，又习骑射，善音律，俊秀飘逸，敏慧过人，人皆呼为周郎。周异知孙策持葬孙坚于丹阳，又移母弟卜居于此，遂领周瑜来丹阳拜望。

孙策见周瑜姿容华美，又多机智，大为喜爱，引为知己。周异父子盘桓十数日，欲辞别吴夫人，回舒城。正此时，陈珪忽领精骑闯入府第，呼吴夫人。吴夫人以为来者不善，命孙策等暂避，独出厅堂迎陈珪。陈珪竟命部属缚吴夫人，迫其交出传国玉玺。吴夫人不知缘由，无以奉献。

孙策知吴夫人被缚，大怒，仗剑而出，欲施救。陈珪说孙策道，汝勿妄动，我等受袁公路之命，来此索取玉玺，若予，必安然；若不予，必有灭门之祸。

孙策不惧，欲力逐陈珪等。周瑜忙劝道，既为袁术部属，可请吴景，来者必自去。孙策以为然，说陈珪道，玉玺在母舅吴景处，当取回奉献。

陈珪遂去吴夫人缚，命速往。孙策嘱孙权道，卿速入郡衙，请母舅来此救急。

孙权急往郡衙，拜会吴景，说明来意。吴景虑袁术责备，不愿来，说孙权道，今汝父既死，留此何用，不如奉命，何必自取其祸！

孙权无奈，回禀孙策。孙策大骂吴景，说陈珪道，母舅不予，汝等可往郡衙索取。

陈珪知为托词，欲再缚吴夫人。孙策仗剑而立，斥陈珪道，我虽年少，何惧强暴；汝若妄为，我不惜与汝同归于尽！

陈珪竟不敢举，一时僵持，俱不知进退。

正此时，忽听一人呼孙策道，伯符休如此，玉玺在贱妾处！

孙策回身望去，见梁氏自后院出，蹒跚而来，似不禁风吹。自孙坚死后，梁氏卧病不起，已近垂危。

梁氏止于阶前，说陈珪道，汝等请释夫人，除我之外，俱不知玉玺所在。当初，文台遣人送此物回鲁阳，夫人正午睡，由我代收。我以为此物不祥，私藏匣内，并未声张。

陈珪闻此大喜，说梁氏道，既如此，请出玉玺，我等必秋毫无犯。

梁氏道，汝等人多势众，我若出此物，汝等再翻脸，当何以自保？

陈珪道，汝不必多虑，我等只为玉玺，别无他意。

梁氏不言，复入内，久不见出。陈珪生疑，命部属入内追问。片刻，部属复出，称梁氏虑家人不保，不肯奉献。陈珪大怒，欲入内执梁氏。

周瑜忙劝陈珪道，梁氏所虑合乎情理，汝等既无杀心，何不弃利刃，使其无惧？

陈珪本不愿强夺，遂依周瑜所说，命部属尽弃利刃。周瑜道，若不锁入室内，吴氏母子仍不安。

陈珪无奈，置利刃于一屋。孙策命孙权以巨锁锁之。

梁氏复出，指院中古井道，因惧有失，已被我沉入此井。

陈珪即命部属以铁钩缚于竹竿末，于井中探取，久无所获。陈珪疑有诈，责梁氏道，汝若诓骗，必累及全家！

梁氏道，若不汲尽井水，恐不能有所获。

陈珪遂命部属大肆汲水。部属以木桶取之，虽竭尽所能，井水如旧。陈珪大怒，骂梁氏道，贱妇，竟以谎言欺人！

梁氏道，井水不枯，玉玺不出，奈何？

陈珪愈怒，命部属执梁氏。梁氏大笑，忽跃入井内。众人大惊，俱上前，井中水波翻涌，已无梁氏踪影。孙策怒不可遏，欲杀陈珪。周瑜忙劝道，彼众我寡，岂能强拼。孙策不听，忽执陈珪，大骂道，狗贼，逼死人命，岂能轻饶！

陈珪大惧，急呼部属解救。部属已失利刃，不敢逞强，竟不动。吴氏、周异、周瑜等恐孙策惹祸，俱劝孙策释陈珪。孙策斥陈珪道，汝等速去，若迟，我必尽锁院门，举火烧屋，不惜玉石俱焚！

骂毕，方释陈珪。陈珪惶遽不已，领部属欲走，孙策又道，可转告袁术，先君曾奉其为主，夺南阳，逐董卓，功勋卓著，海内俱知！袁术应感念旧情，岂能逼迫寡妻遗子！此不义之举，天人不容！

陈珪等仓皇而去。孙策遂命仆人出梁氏遗体，为其举哀。周异不能去，仍留府第。

待丧事毕，孙策问吴夫人道，果有玉玺？

吴夫人道，我何知！既为天子玺印，岂能私存，若有，必奉送，何至使人丧命！

孙策遂至郡衙，拜见吴景。孙策道，袁术遣人索玉玺，逼死梁氏；我不知真假，望能告知。

吴景道，不假。我受汝父之命掏掘井渠，偶获此物，即奉献汝父。今汝父已死，留此无益，不如予袁术，免遭逼迫。

孙策不再言，告辞。既归家，遍搜梁氏遗物，仍无所获。孙策不甘，欲坏古井，竭水而取。

周异劝孙策道，何必如此！自世间有此物，每每使人妄念不绝，杀戮大起，纷争不息，足见非福；既失之所在，岂非天意，何必使之复现！

孙策遂止。是夜，周异说吴夫人道，袁术索而不得，岂能罢休，或再来；吴景虽为胞兄，却忌惮袁术，不肯庇护。我以为丹阳已非安居之处，不如另迁。

吴氏道，袁术据寿春，远近俱为属地，不知何处可安身？

周异道，我欲请夫人移居舒城，以免祸患。舒城乃徐州所辖，州牧陶谦拥兵数万，不输袁术，袁术必不敢滋扰。

吴氏以为然，遂召孙策，命其变卖房屋田产，欲往舒城定居。孙策奉母命，大寻买主。有意者俱欲乘人之危，出价颇低。孙策忿恨不已，欲以田产馈赠佃户，并火焚巨宅。

吴景闻此，急登门，以原价买入。孙策遂请母弟暂居于此，先入舒城，购房置业。

一月后，孙策携周瑜复回丹阳，移母弟往舒城。

袁术知孙策母子迁移舒城，旧宅已归吴景，命陈珪复来，欲坏古井，再寻玉玺。吴景不敢拒，任其所为。陈珪命部属凿破井壁，泄尽井水，除尽淤泥，竟获枯骨数具，仍不见玉玺。

吴景以为凶宅，亦不敢居此。

二

公孙瓒与袁绍相据磐河，互不能克。正此时，忽闻徐州牧陶谦欲夺辽西，公孙瓒大惊，命田楷、刘备东出磐河，屯兵青州，以防陶谦。

彼此相持既久，袁绍已失方寸，欲图速胜，逐走公孙瓒，遂召群僚商议。

袁绍道，我与公孙瓒相持数月，竟无尺寸之功。今董卓挟天子入长安，袁术夺寿春，俱有所得，唯我一无所获。我欲速败公孙瓒，入中原，逼长安，卿等有何良策？

部将颜良、文丑俱负盛名，颇受袁绍器重，历来自大，以为可强攻；田丰、沮授、许攸等俱不以为然。

许攸道，公孙瓒坚壁深垒，敛兵自守，若强攻，必不能胜。若每以数百精甲近其营垒，以弓箭乱射，大肆滋扰，公孙瓒必不能忍，或纵兵出击；盟主可先伏死士于公孙瓒营外，使其不能察，待其出击，死士猝然而出，夺辕门，放大军入壁垒，公孙瓒必败！

袁绍大喜，遂命将军麴义领精甲八百，鼓噪而出；命部将张郃选死士，以备所需。

公孙瓒正于营中饮酒，忽闻营外喊声骤起，大惊，忙遣侍从察看。侍从报称，袁绍以麴义领数百精骑滋扰，各射十余箭，仓皇而去。

公孙瓒耻笑道，袁绍竖子，竟以儿戏扰我！

翌日，公孙瓒又饮酒，营外喊声又起，知麴义复来，怒骂袁绍道，狗贼，如此不堪，竟为盟主；若再来，我必尽戮！

第三日，公孙瓒着甲胄，持长矛，率精骑两千，候于辕门内，唯待麴义。片刻，喊声大起，箭矢急飞而入。公孙瓒大怒，命大开营门，领精骑骤出。

麴义见公孙瓒忽出，急命精甲伏于地，举坚盾护体。公孙瓒怒不可遏，举矛乱刺。麴义等不起，以利剑斩马足。公孙瓒猝不及防，大乱，欲回营，忽见张郃率死士已入辕门，惶急不已，急呼诸将阻张郃。诸将俱无备，竟仓促不能出。

张郃大奋神勇，顷刻间已杀尽卫卒。诸将始出，直取张郃。张郃急领死士退走，转逼公孙瓒。公孙瓒大惧，绕营乱走。

诸将见公孙瓒危急，倾巢而来，欲保公孙瓒。袁绍即命颜良、文丑等齐出，直赴公孙瓒。

一场混战，公孙瓒大败，领众疾走。袁绍亦不追，坏其壁垒，以防复来。公孙瓒急行数百里，知无追兵，遂止，转道辽西，以防陶谦。

当初，陶谦始为徐州刺史，部属不足一万，恰逢下邳阙宣聚众造反，自称天子，邀陶谦一并举事。陶谦欲拒，却虑阙宣拥三万余众，恐不能敌，于是佯奉阙宣，上书称贺。阙宣大喜，封陶谦为丞相，领大将军。陶谦又上书阙宣，称下邳乃弹丸之地，不宜为都城；徐州乃天子故里，王气十足，宜都徐州。

阙宣然其说，遂离下邳入徐州。陶谦选死士百人，藏于府第，亲出徐州迎阙宣，极尽谦卑。待入城，陶谦尽遣部属归阙宣，阙宣以为陶谦忠诚，愈无疑。翌日，陶谦请阙宣赴宴，阙宣大喜，领侍从数十人入陶谦府第。阙宣方入席，陶谦大喝道，死士安在！

死士执利刃齐出。阙宣大惧，欲走，为死士所执。阙宣斥陶谦道，狗贼，身为人臣，竟敢执天子！

陶谦大笑道，逆贼，死到临头，竟大梦不醒！汝不过乡间俗子，竟敢违天命！

遂斩阙宣，尽收部属，并传首京都，以表功绩。朝廷以陶谦平叛有功，封为溧阳侯，仍领徐州牧。

陶谦知田楷、刘备屯青州，欲纳为己用，遂各赠二人钱千万，绢三千匹。公孙瓒闻知，大为疑惑，恐田楷、刘备转投陶谦，遂以田楷为青州刺史，刘备为平原相。二人俱知公孙瓒之意，一并致书公孙瓒，称陶谦所赠，实乃我等所需，故而不忍拒；然我等俱非反复小人，既奉将军为主，必赤胆忠心，唯命是从。

公孙瓒不再疑，亦各赠钱两千万，绢五千匹。田楷恐陶谦怀恨，或大举攻青州，遂邀刘备商议。

刘备道，陶谦既赠以钱物，足见不愿与我等为仇；若我等敛而不举，必能与之安处。

田楷以为然，回赠陶谦良马千匹。

曹操知公孙瓒败走磐河，袁绍或回屯河内，遂举众入顿丘，欲借此察天下之变。既无战事，曹操命夏侯惇等招募子弟，又获一万余众。曹操令诸将大练精甲，以备战时所用。

荀彧见曹操愁眉不展，每日以诗酒自娱，遂说曹操道，将军所辖已五万余众，几能与群雄抗衡，何故不喜？

曹操道，我虽招募甚广，然多为匹夫，鲜有佳士，故而怅然。我知自古以来，凡有所作为者，无不得天下英才而用之。然我虽竭尽诚意，所得者，不过于禁之流，奈何？

荀彧道，我知东郡程昱，不仅博知今古，亦颇有士大夫风烈。当初，刘岱为兖州刺史，欲随袁绍起兵，曾遣心腹往东郡礼请程昱。程昱嫌刘岱鄙陋，不愿追随，婉言拒绝。刘岱怀恨，又遣精骑往东郡，欲迫程昱就范。程昱知刘岱必复来，遁入山野不出。刘岱既无所获，愈恨，立誓必杀程昱。程昱惧祸，至今不敢归。我曾与程昱游学江淮，互为知己，又知其隐匿处。我愿以书信邀程昱，程昱必来。

曹操大喜，说荀彧道，我曾闻许子将极赞此人，唯恨与之无缘；卿若能使程昱来归，我再无憾也！

荀彧遂致信程昱，极言曹操胸怀广阔，为天下第一英雄，实宜追随。

程昱隐于深山徐子虚家。徐子虚喜酿酒，曾为九江太守，因酿酒失火，烧毁官邸，惧朝廷问罪，遂走，隐居深山，仍不改习性，见山中多古松，遂采松子、松露酿酒，清香不已，自以为妙绝人间。

十年前，荀彧、程昱游山，与徐子虚相遇林下，竟一见如故。荀彧、程昱见徐子虚须发如雪，飘然若仙，于是呼为徐仙翁。

程昱以荀彧信示徐子虚，徐子虚阅而不言。程昱问徐子虚道，仙翁以为我当如何？

徐子虚笑道，卿心如秋鸿，虽云山万里不能阻，何必问我？

良久，程昱叹息道，若不入深涧，焉知龙潭之冷；不登绝岭，何知天日之高。

徐子虚遂置酒，为程昱饯行。两人饮至午后，徐子虚指山间小道，说程昱道，卿去后，我即掘断此路，再不与世人往来。

言罢，徐子虚起身入内室，再不肯出。程昱踌躇良久，挥泪而去。

不数日，程昱已来顿丘，拜见曹操。曹操见程昱仪表堂堂，风度娴雅，大喜，即命侍从设酒，款待程昱。

席间，曹操问程昱道，我知卿博知今古，思慕不已。我今屯兵顿丘，欲察群雄所为，然后趁机而举，卿以为如何？

程昱道，董卓挟天子以令群臣，已为众矢之的；然西北深险，群雄不敢擅入，或转而攻城掠地，然后拥兵自重。将军势弱，若指长安，必前后受制；若与群雄争锋，亦恐难以匹敌。故而仍需藏锋掖甲，不露雄心，方能安处。

曹操道，卿所言有理。然虎狼在侧，何以安处？

程昱道，将军可仍听命袁绍，先灭公孙瓒，再灭袁术，转而图袁绍。若如此，将军可背依东南，尽据中原，然后大举入长安，何虑董卓不败！

曹操大喜，举酒道，卿所言如金石，我必谨记。

此后，曹操每日召荀彧、程昱饮酒，畅言古今，颇觉痛快。

正此时，黑山于毒、白绕、眭固等聚十万余众抄掠魏郡，杀太守，掳抢百姓；于毒又举众转攻武阳，白绕、眭固等直逼东郡。东郡太守王肱大惧，忙遣人往顿丘，求助曹操。

曹操急召荀彧、程昱及诸将商议。

于禁初归曹操，欲立功绩为曹操所重，于是献计道，我闻射人射马，擒贼擒王。于毒乃群贼之首，将军可大举攻于毒，若于毒灭，群贼必自溃。

夏侯惇、夏侯渊、曹仁、曹洪等俱以为可；荀彧、程昱不置可否。曹操问程昱道，卿以为如何？

程昱道，我以为将军既不必攻于毒，亦不必援东郡，可直取西山，西山乃于毒老巢，于毒引众大出，西山必空，一举可下。西山既破，于毒惶恐不安，必大举复夺。将军可于途中设伏，猛击于毒，待于毒灭，可尽收部属，再转袭东郡，白绕、眭固等知于毒灭，必慌乱，一举可下。如此，则不仅能解数郡之危，亦可趁此渡河，独立于袁绍、公孙瓒势力之外，可谓龙归大海，自此无碍也！

曹操赞道，程仲德之计一石数鸟，我何不为！

于是，曹操弃顿丘，举众直扑西山。西山果然空虚，守贼忽见大军来此，竟仓皇出逃。曹操即遣曹洪、于禁引二万余众伏于西山至东武途中，静待于毒回援。

于毒忽闻曹操夺西山，大惧，果然领众回夺。曹洪、于禁等待于毒入重围，猝然而出，大肆杀戮。于毒不敌，弃众逃走，余者尽降。

曹操遂弃西山，渡河入东郡。白绕、眭固闻于毒大败，曹操已近东郡，不禁大骇，遂撤围，连夜逃走。

曹操屯兵东郡城外，既不入城，亦不撤走。太守王肱颇知曹操之意，不敢出迎，竟弃官而走。曹操知王肱已去，方举众入城。

袁绍知曹操据东郡，遂以曹操为东郡太守。曹操不辞，欣然履任。曹仁不解，问曹操道，将军曾拜东郡太守，却辞而不往；今部属数万，虽刺史不能比，何故屈就？

曹操笑道，此一时彼一时也，彼时，我孤身一人，上需受命于州牧，下或受制于僚属，故而不就；此时，我辖数万之众，王命不能达，州牧不敢随意，故而不辞。

三

公孙瓒为袁绍所败，恐其转逼辽西，又遣使入寿春，再与袁术联盟。袁术亦恐不敌袁绍，不再拒，并起公孙越骸骨，归葬辽西。袁绍知公孙瓒、袁术转为同盟，遂遣使入荆州，欲与刘表为盟。刘表以为袁绍最具人望，不敢拒，即应之。

公孙瓒知刘表依袁绍，恐其攻辽西，即命刘备屯高唐，以阻刘表；又亲往徐州拜会陶谦。陶谦知曹操举数万之众据东郡，大为不安，知公孙瓒来徐州，以为雪中送炭，大喜，即与公孙瓒为盟。公孙瓒请陶谦屯兵发干，牵制袁绍。

袁绍见此，遂往东郡拜会曹操，说其攻刘备及陶谦。曹操亦虑刘备、陶谦近在一侧，或为患，遂奉命。

曹操欲先攻陶谦，迫刘备自走。荀彧劝曹操道，刘备弱，陶谦强，应先攻弱者。弱者破，强者必怯。如此，二者皆可破。

曹操纳其言，于是先攻刘备。刘备闻曹操举五万之众来攻高唐，大惧，忙召诸将商议。

刘备道，我奉公孙瓒之命镇高唐，不料曹操举众来攻。敌数倍于我，我若坚守，必城破人亡；我若退却，有负公孙瓒，奈何？

关羽道，大丈夫立世，应以仁义为重。若不战而走，必失信；信既失，义何存！

张飞道，我以为不然，明知不可战而战，与以卵击石何异；宜弃高唐，转投陶谦，陶谦势众，或能自保。

刘备不能决，问赵云道，子龙有何见解？

赵云道，云长、翼德俱言之有理。不如先弃高唐，以免陷入绝境；可列阵郊野，待曹操来，与之一战，再走不迟。如此，既能自保，亦不失信于公孙瓒。

刘备以为然，即出高唐，列阵于五十里外。

曹操率众将近高塘，忽报刘备阻于前。曹操大惊，令诸将暂止，领荀彧、程昱等察刘备情形。

曹操颇知刘备之意，笑问荀彧道，卿可知刘备用心？

荀彧道，刘备兵寡，自知必败，列阵旷野，利于溃逃；此举不过欲堵公孙瓒之口。将军可命精甲四面散开，令弓弩手急射，刘备无路可走，必就擒！

曹操大笑道，所谓君子成人之美，既刘备有此意，我何妨与之假战，使其不受责于公孙瓒！

于是，命夏侯渊、曹仁并出；刘备亦知曹操用意，嘱张飞、赵云迎战。仅一击，张飞、赵云俱退。夏侯渊、曹仁亦回。刘备即率关羽等离此，亦不投陶谦，转道回任平原相。

程昱不解，问曹操道，刘备仅数千众，将军何不趁势灭之？

曹操笑道，刘备虽弱，却素怀振兴汉室之志，我岂忍灭之。

程昱不再问；曹操亦不再言，领军入高唐。

孙策居舒城，每与周瑜优游，广结子弟，再无忧患。某日，忽有数骑径入府第，求见吴夫人。吴夫人以为乃富春故旧，忙出迎；见来者俱着戎装，佩长剑，面目凶恶，顿生疑惑。

来者说吴夫人道，我等奉徐州牧陶谦之命，特来索玉玺，望能识轻重。

吴夫人忙道，此不过讹传。袁公路曾遣人逼问，若有，岂敢拒绝。

来者道，我等不敢空手而回，请夫人自重。

吴夫人道，我夫既丧，母子相依为命，藏此物何益？

来者大怒，欲执吴氏。正此时，孙策领孙权、孙翊回府。来者俱知孙策等为孙坚遗子，欲转执孙策，迫吴氏就范，于是剑逼孙策。

孙策冷笑道，狗贼，岂不闻欺老不欺少！

言未毕，忽飞身而起；仅一举，来者俱失长剑，大骇。

孙策大笑道，竖子，竟不敌小儿！

来者不敢再举，亦不退走。孙策道，若不服，可再来！

于是将剑掷还。来者愈惧，不敢拾取，惶惶而去。

吴夫人以为陶谦必复来，舒城亦不可居，遂请周异议进退。周异重病不起，托周瑜转告吴夫人，请其勿忧，称曾与陶谦有旧，当致信陶谦，请其勿扰。

吴夫人遂止。不一月，陶谦回信周异，称玉玺乃传国之宝，岂能私藏，若不奉献，必执吴氏母子问罪。

周异无奈，又嘱周瑜转告吴氏。吴氏大惧，欲再迁丹陵。

正此时，忽闻曹操大举出高塘，讨伐陶谦，陶谦不敌，弃徐州逃入谯国。吴氏大喜，仍居舒城。

董卓移天子、群臣入长安，自称太师、尚父，然每不能自安，以为韩遂据西凉，袁氏兄弟、公孙瓒等据东南，俱为大患，遂命李肃大兴土木，筑巨堡，以图自保。

李肃日夜修造，耗时经年，巨堡成，墙高七丈，其厚与高等同，虽猛火洪水不能破。董卓大喜，名为郿坞，又命李肃大积钱谷于此，以足三十年之用。

郿坞既成，董卓召诸将饮宴庆贺。董卓道，郿坞固若金汤，虽雄师精甲不能破。孤若称帝，可依郿坞之坚雄视天下；如不成，亦可与卿等居于此，安享富贵，虽天下汹汹，孤何虑！

诸将虽不屑，俱不敢言，纷纷称善。董卓命吕布率卫士数千守护郿坞，禁出入，以防不测。

自此，董卓居郿坞，每日临朝问事，事毕，即回郿坞，其戒备森严，雀鸟不敢过。群臣有事，需严加盘查，方许入内。

某日，董卓退朝，乘天子坐辇回郿坞，环顾左右，不见吕布，大怒，于是喝问，吕布何在？

侍从忙报称，奉先有事，已回郿坞。

董卓愈怒，大骂吕布道，竖子，何事竟重于孤之性命！

侍从惶遽，护董卓入郿坞。董卓命召吕布，欲严责。恰此时，司徒王允、司隶校尉黄琬、仆射士孙瑞、尚书杨瓒求见。

王允等欲诛董卓，知郿坞壁垒森严，欲察其虚实，遂以强敌环伺，宜分兵拒之为由，求见董卓。

董卓命王允等入内。王允等惶恐而入，左顾右盼，见郿坞之坚固，过于铁石，大为心惊。杨瓒道，此处森严，古今未见，我等岂能图！

士孙瑞道，不然，董卓厚壁固垒，足见虚弱，实可图！

王允恐为人所察，斥道，身在虎穴，岂能多言！

士孙瑞等不敢再说，随侍从入大殿。此殿之威严，不亚朝堂，王允等愈觉惶然，见董卓高居殿上，正欲赞拜，忽见吕布仓皇而入。董卓忽起，夺卫士手戟，猛投吕布。吕布急避，戟入立柱，铮然有声。董卓又抽卫士剑，追击吕布。吕布大为仓皇，绕殿疾走。

王允知董卓、吕布沆瀣一气，不过一时忿恨，忙劝董卓道，太师息怒，吕奉先既为义子，肝脑涂地，死而后已，望能恕小过！

董卓忿恨稍解，指吕布大骂道，奴才，孤命汝不离左右，汝竟违令！若遇歹徒，孤性命安在？

吕布不敢言，跪伏于地。董卓大骂良久，方逐吕布出大殿。

王允以为可离间董卓、吕布，不禁暗喜。

此后，王允暗命心腹，每日近郿坞，以候吕布，若吕布出，即邀其赴宴。

心腹等候数日，终见吕布出，大喜，遂呼吕布道，将军向来可好？

吕布大惑，问心腹道，汝是何人？

心腹忙道，我乃王司徒门客，受王司徒所嘱，来此恭候将军。

吕布道，此处为禁地，汝竟敢涉足！

心腹道，王司徒曾见董太师欲杀将军，深为将军所忧，特命我问将军安危。

吕布冷笑道，我与太师为父子，何用他人操心！

心腹道，王司徒仰慕将军英勇，久欲结交，并欲赠将军宝物；将军若不弃，不妨一往。

吕布心意已动，问心腹道，既欲馈赠，何不见王司徒言及？

心腹道，王司徒虑太师生疑，反于将军不利，故而不敢言。

吕布知董卓近获一美人，日夜与之寻乐，已半月不出，于是随心腹前往。

四

王允邀黄琬、士孙瑞、杨瓒等来府第，正饮酒密谋，忽见心腹引吕布来，大喜，忙离座，朝吕布一揖道，将军光临，敝处骤然生辉，幸甚、幸甚。

士孙瑞等亦起身致礼。吕布虽张扬，见在座俱为名臣，亦答之以礼。王允推吕布入首席，吕布略辞，据首席。王允亲为吕布盛酒，殷勤相劝。

酒过数巡，王允仍不言及宝物，吕布不能忍，问王允道，我闻司徒有珍宝，欲使我一开眼界，不知何物？

王允笑道，请将军稍候！

王允遂嘱侍从道，可以宝物示将军。

侍从入内，片刻，手持一盘出，覆以帛，置于案上。王允去帛，露长剑，剑刃如霜，寒光四射。吕布等顿觉心惊，颇为剑气所逼。

王允指此剑道，此即越王宝剑，世间仅有传言，无人目睹。

吕布审视良久，不置一词。王允道，此剑名湛庐，为越王五剑之首。

黄琬、士孙瑞、杨瓒等交口称赞，以为绝世之宝。

吕布仍不言，只顾饮酒。王允笑道，将军以为此剑如何？

吕布笑道，我虽不才，亦知五剑来历。据传，越王铸五剑，欲奉献吴王，以媾和；五剑以湛庐为首，因吴王无道而自走，夜入楚国。吴王遣使入楚，愿以三城换此剑，楚王不许。吴王大怒，举精兵二十万伐楚，楚破，遍寻府库，不见湛庐。此为旧事，凡好剑者无不闻此说，不知何故人司徒手？

王允呵呵大笑，说吕布道，将军不仅勇绝天下，学识亦远胜我等！将军既疑此剑真伪，何不一试？

吕布遂取剑，以指轻触剑刃，顿觉寒气翻涌，神魂俱散，大惊，脱口赞道，好剑！

王允见吕布不忍释手，笑道，所谓五剑，俱由勾践嘱欧冶子所铸，不分昼夜，历时十载，殚精竭虑，耗尽心血，千锤百炼犹恨不足，于是集古今之成，极天下之工，终成五剑。剑既成，勾践欲杀欧冶子师徒，以使五剑贯绝古今；欧冶子颇知勾践用心，命弟子夜走。弟子方去，勾践领侍从入；欧冶子跳入熔炉，化为灰烬，五剑自此为绝品。尔后，夫差大败勾践，勾践以五剑奉献，欲媾和。夫差获五剑，仍俘勾践，于是勾践卧薪尝胆，凭三千越甲复越国。至于夫差无德，湛庐自走，不过虚妄之辞。湛庐与胜邪、巨阙、鱼肠、纯钧并称于世，然湛庐为纲，四剑为目。若五剑并举，可劈山断水，斩顽石如裂朽帛，断精铁如割衰草；或四剑俱入敌手，若湛庐在，四剑顿失锋芒，与枯木无异。

王允说至此，稍停，环视吕布等，举酒相邀。吕布道，司徒所言远胜美酒，令人沉醉，请尽言。

王允又道，欧冶子平生仅授一徒，姓王，潜入故里，知勾践以五剑奉献夫差，夫差仍大破越国，极恨夫差无信，即潜入吴国，以重金贿赂库吏，将湛庐盗走。夫差知湛庐失，欲杀尽库吏，库吏为自保，遂称湛庐夜走，已入楚国。夫差以为实，遣使索要，楚王无以归还；夫差怒，于是大举伐楚。

士孙瑞击掌叹道，原来如此！我以为遍览坟籍、勉知古今，却不知此事本末，足见荒疏！

吕布凝视此剑，屈指一弹，铮然之声猝起，如拨琴弦，其响清越，经久不绝。

王允笑道，我即欧冶子弟子之后，世代以此为重宝，传承不绝。

吕布道，我以为识尽天下宝剑，竟不知湛庐来历，惭愧！

王允道，可惜王氏不尚武，使明珠暗投，实乃罪过；我欲以此赠将军，不知将军愿纳否？

吕布暗喜，说王允道，既是祖传宝物，我不敢夺爱。

王允指此剑道，常言宝剑赠英雄。将军实为天下第一人杰，除将军外，无人堪佩此种神器！今天下汹汹，大乱不绝，若不使此剑重现，以绝时乱，我何以对先祖！我以此赠将军，唯愿将军挽狂流之将起，扶大厦之将倾。望将军不辞！

言罢，朝吕布深深一揖。吕布大喜，忙还礼，说王允道，卿言已至此，我岂敢再辞！

王允又命侍从出剑鞘，亦与吕布。吕布还剑入鞘，弃原佩，系于腰间。王允举酒说吕布道，我有一言，若将军不怒，方敢出口。

吕布笑道，卿可尽言，无论何事，我必遵奉；凡有所嘱，我必肝脑涂地，虽万死不辞！

王允沉吟道，将军乃人中龙凤，我等钦慕不已；今以此物相赠，实望将军仗剑锄恶，扶危济倾。

吕布道，宝剑虽利，不过凶器；我虽英勇，仍需受制于人。他日死于剑下者，无论善恶，皆不由我，若有所失，望卿勿怪。

言毕，因恐董卓呼唤，欲告辞。王允忙道，自古善恶有别，岂能一概而论！惩恶扬善，乃君子本份；助纣为虐，必人神共愤，将军岂能不辩！

吕布沉吟道，卿欲何为，请明言，何必旁敲侧击？

王允忽泣道，今汉室衰微，巨奸当朝，天子如处水火，百官如居虎穴！我等久食汉禄，身居高位，上不能为君分忧，下不能为民泄恨，无颜苟活于世！请将军立斩我等，以谢天下！

王允言至此，跪伏于地；士孙瑞等亦离座，跪于吕布前，俱称愿以死谢罪。

吕布沉吟良久，说王允等道，卿等之意，我何不知！然我与董卓为父子，恕不能奉命。

士孙瑞冷笑道，将军视董卓如生父，每每侍卫左右，不惜出生入死；然董卓何曾视将军为义子！当初，孙坚举众逼洛阳，董卓危急不堪，败走长安；当此危亡之际，董卓留将军孤军自守，险为替死冤鬼；既入长安，董卓不念将军舍身断后，随意指使，喝骂不绝，稍有小过，即欲杀之！前日郿坞所见，我等俱为之齿冷！

王允见吕布不言，满面犹疑，遂起，执吕布手道，卿本姓吕，与董卓既非骨肉，亦非族亲；董卓纳卿为义子，不过以卿为飞鹰走狗，以供驱使而已！试问掷戟之际，父子之情安在！董卓倒行逆施，天人共恨；今群雄并起，俱指长安，朝野内外，无不同仇敌忾！董卓必身败名裂，死无葬身之地！卿英雄一世，何必受其连累！此肺腑之言，望能深省！

吕布仍不言，面如寒冰。士孙瑞道，话既至此，其理毕现，将军何必犹疑？若将军愿除巨奸，几如探囊取物，此奇功伟业，何而不为？

吕布沉吟道，卿等不必再言，我已有分寸。

言罢，转身即走。

王允等面面相觑。良久，士孙瑞道，不知吕布欲何为？

王允笑道，卿等放心，杀董卓者，必吕布也！

遂邀士孙瑞等饮酒。士孙瑞问王允道，湛庐之说，孰真孰假？

王允道，信则真，不信则假；世间事，莫不如此！

黄琬道，我看此剑，确乎不俗，想必亦非凡品。

王允道，诚然。吕布尚武，必能识好剑，若赠以寻常物，岂能使其心动！实不相瞒，此剑确系祖传之宝。

话未尽，忽见一人径直而入。王允等大惊，看时，竟是吕布。

吕布止于数尺外，说王允等道，我虽有心杀贼，然无圣旨，不敢妄举；今朝中震荡，董卓部属大集长安，若不奉旨杀董卓，必成众矢之的。

士孙瑞忙道，将军言之有理。我虽不才，必能为将军请圣旨！

黄琬霍然而起，说吕布道，我愿助将军杀巨贼，若事成，功在将军；若不成，罪责在我！

吕布大喜，说王允等道，既如此，我必以此剑斩董卓。

言毕，吕布又走。王允等喜不能禁，痛饮不止。

五

数日后，士孙瑞以圣旨予吕布。吕布大喜，夜召李肃饮酒。

吕布道，卿筑此巨堡，使董太师能安处，此功之大，远过其他，应获重赏。

李肃道，我岂敢奢求，不受责骂已属万幸。

吕布沉吟道，我闻太师不记人功，唯记人过。我追随日短，尚不能知；卿久在太师左右，必有所知，望能告诉。

李肃颇为疑惑，笑道，卿与太师为父子，最知太师性情，何用他人多言？

吕布道，所谓父子，不过欲用我之勇，何来真情！若有，何至以戟投刺，谁见父如此待子者！

李肃愈不敢言，唯饮酒。吕布道，卿为太师心腹，必不见责。

李肃道，卿有所不知，我受命营造郿坞，虽昼夜不息，太师犹嫌迟缓，每每责骂，险被斩首，幸为李傕劝止，否则，早为怨鬼！

吕布遂出圣旨，说李肃道，皇帝有旨，命我杀董卓，以除国贼；我不知当如何处之，特请卿决断。

李肃大惊，阅圣旨，不敢言。吕布道，卿以为我当如何？

李肃道，可呈送太师，何必问我？

吕布道，若如此，董卓必杀天子以自立，我等永为奴才，朝不保夕，奈何？

李肃沉吟道，若奉旨，董卓部属或复仇，岂不粉身碎骨？

吕布道，有圣旨在，何虑！

李肃已知吕布之意，慨然道，若卿愿杀国贼，我必助卿，不惜此身！

吕布遂与之谋。

翌日，董卓出郿坞，入朝问事。吕布领卫士，自郿坞至皇宫，排列如阵。董卓至宫门下车，方入掖门，忽有卫士举矛疾刺。董卓猝不及防，伤左臂，大惊，见执矛者乃李肃，大怒，骂李肃道，狗贼，竟敢如此！

李肃举矛又刺，董卓奔走，疾呼道，吕布何在！

喊声未落，黄琬忽出，亦刺董卓。董卓虽身中数矛，却不惧，欲夺卫士戈矛还击。黄琬、李肃又急刺，俱中前胸，竟不能透。二人知董卓内有软甲，大骇。董卓奋长矛，反逼黄琬、李肃；黄琬、李肃不敌，欲走。恰此时，吕布执戟而来；董卓大喜，呼吕布道，奉先救我！

吕布不言，近前。卫士恐吕布问罪，围李肃、黄琬。吕布喝道，我等奉旨杀董卓，若妄动，必戮三族！

卫士大骇，不敢举。董卓骂吕布道，猪狗，我待汝如己出，汝竟恩将仇报！

吕布冷笑道，汝为国贼，人人得而诛之；我非小人，岂能认贼作父！

言毕，忽一剑刺入董卓胸膛。董卓两眼圆瞪，直视吕布。李肃忽以矛猛击董卓头，董卓头裂，脑浆迸溅，死于非命。

丞相主簿田仪知掖门内大乱，忙引众而入，见董卓已死，大惊，欲执吕布、李肃等。黄琬忽举，杀田仪。吕布出圣旨，说众人道，天子有旨，杀国贼董卓！凡追随者，一律赦免！

王允、士孙瑞等呼号而来，齐集宫中，跪于殿前，欢呼不绝。

献帝知董卓被诛，喜极而泣，即出宫，大会群臣。长安士民知董卓死，载歌载舞，奔走相告。

李傕、郭汜等知董卓被杀，大惊，恐受累，即举众离长安，走归凉州。

翌日，献帝下旨，拜王允为太师，领丞相事务，以吕布为奋威将军，封温侯，与王允共领朝政；士孙瑞、黄琬、杨瓒、李肃等各有升迁。

士孙瑞不愿居功，上表辞谢，称天子受挟，后宫受辱，臣每有匡正之心，恨无回天之力；今国贼已除，祸患已尽，再无所求。臣非良材，无经时济世之能；亦非烈士，无惩恶扬善之力，枉食厚禄，自愧不已。愿辞官，归隐渔樵。

献帝阅此表，叹息不已。

吕布以为士孙瑞倨傲，不愿屈居人下，大怒，欲杀之；遂至府第，见内外已空，询之，知士孙瑞已出长安，欲回扶风，亦出城，纵马直追。行约数里，见一人肩负行李，着布衣，戴斗笠，斜依灞桥，正是士孙瑞。吕布近前，执剑下马，斥士孙瑞道，腐儒，竟不辞而别，莫非耻与我辈同朝？

士孙瑞笑道，温侯差矣，我久为朝臣，不能为君分忧，羞愧不已。虽董卓已诛，然我无颜见天子，故而请辞，唯愿寄情山水，了此残生！

吕布冷笑道，我来杀汝，汝当何为？

士孙瑞仍笑道，我所以滞留不去，所待者将军也；将军既来，我有一言相赠，若能尽言，死而无憾。

吕布剑指士孙瑞道，将死之人，何必多言！

士孙瑞大笑道，我知自古立奇功者，若不急流勇退，俱难自保。文种献伐吴七计，助勾践复国，其功绩重如山岳，竟被赐死；韩信灭代、赵，平燕、齐，又逼项籍于垓下，身居首功，却遭夷族之祸。此前人之鉴，将军宜以此自警。

吕布似有所动，低头不语。士孙瑞又道，将军为汉室除大患，功高如天。然显赫之下，往往祸患已生。将军为我等所说，毅然而举，我若不告知祸福，难以自安。

吕布愈显迟疑，还剑入鞘。士孙瑞拱手一揖道，我乡扶风，山水宜人，若于此渔樵，与仙居无异。他日将军功成身退，若愿来扶风，我必与将军吟风弄月，栖止林泉之下。此心如玉，光可鉴人，愿将军不负我一片美意！

吕布沉吟良久，说士孙瑞道，功名利禄如诱饵，明知暗藏祸患，试问几人能辞！卿且去，好自为之！

言罢，吕布翻身上马，疾驰而去。

士孙瑞遂离此，再无音信。

王允、吕布俱以为身居首功，又欲独揽大权，渐渐生隙，皆欲广结群臣，为己所用。

王允为太师，领丞相事务，位在吕布之上。群臣多依附王允，不以吕布为意。吕布愈恨，知左中郎将、高阳侯蔡邕极具人望，门生众多，又不与王允往来，大喜，欲结纳，以使群臣归附。

王允知吕布拜谒蔡邕，蔡邕称病谢绝，暗喜，亦遣心腹执厚礼，请蔡邕饮宴。

蔡邕为士大夫领袖，名满天下，州郡每每征招，蔡邕俱辞而不就。后逢黄巾之乱，蔡邕携家眷四处奔走。大乱平，蔡邕仍回陈留课徒；恰逢蔡文姬丧夫，亦回陈留守寡。正此时，匈奴大举入侵，汉军不敌，一败涂地，匈奴左贤王知蔡文姬美貌绝伦，纵兵直下陈留，掳文姬入匈奴。时曹操亦在陈留，几欲赴救，为曹仁等劝止，于是指天为誓，称他年若得志，必迎文姬归汉，以解渴慕之心。

屡经剧变，蔡邕以为人在乱世，布衣君子不能安处，遂受桥玄所招为幕僚，继而被征为郎中，因奉旨论时弊，出语激切，触怒天子，流徙朔方。董卓废幼帝，欲收士子之心，征蔡邕为祭酒。蔡邕欲远避，董卓差部属强逼，蔡邕无奈，遂应征。董卓残暴，独厚待蔡邕，又钦敬有加，拜为左中郎将，封高阳侯。

蔡邕见王允来请，不能强词，遂入府拜谒。王允知蔡邕应召而来，大喜，即起座，迎于户外。王允执其手道，蔡伯喈名满四海，人望如天，若不与我交，我心何安！今董贼虽死，余党未尽，人心惶惶，朝野不安，我岂能不借卿之名望！

蔡邕笑道，我不过老朽，天下大事，唯赖卿与群僚；所谓文章音律，亦不过雕虫小技，徒有虚名而已，卿若欲借之，必有百害而无一益。

王允延蔡邕入客堂，请入上座，说蔡邕道，卿此言差矣。当初，卿讽议时弊，措辞何等锐利，不惜以言获罪；足见卿胆识过人，非腐儒。卿风气流布，四海追慕，若能助我，何愁汉室不兴！

蔡邕道，当年之事，不过狷狂之举，卿何必提及。

王允举酒相邀，两人各饮一盏。王允道，自我主政以来，群臣无不奉迎，独不见卿趋附，足见卿之风骨，不输古贤。

蔡邕道，卿勿谬赞，非我不愿结纳，实因自愧荒疏，不敢攀附；况卿身负君国之重，所虑者，俱为天下大事，岂能叨扰。

王允不悦，再不言。蔡邕亦不语，唯取酒自饮。片刻，王允忽问蔡邕道，董卓于卿有知遇之恩，我等诛董卓，不知卿作何感受？

蔡邕喟然叹道，诚如所言，董卓于国有害，于我有恩；董卓死，于国当喜，于我当悲。

王允忽起，指蔡邕斥道，我常听人言，蔡伯喈乃董贼死党，我初不信；今闻此言，始信不谬！我若容汝苟活，群臣必责我除恶不尽！此关乎人心，我岂能徇私枉法！

言毕，王允呼侍从收蔡邕下狱。蔡邕亦不拒，从容而往。

群臣知蔡邕下狱，大惊，纷纷求王允释之，王允严词拒绝。群臣又转而求吕布，吕布恨蔡邕闭门不纳，不愿施救。

王允欲迫蔡邕屈服，遂入廷尉府，审蔡邕。蔡邕披枷戴锁而来。王允斥蔡邕道，汝受董卓笼络，与之狼狈为奸。今董卓虽死，国祚仍衰，群雄集于左右，奸贼隐于内外，若不杀一儆百，何以正纲纪，扬君威！汝助纣为虐，罪行昭彰，死有余辜，若能伏罪，仍可保家族平安；若不伏罪，我必夷汝九族！

蔡邕道，我无金石之坚，有负圣人之训，为苟活，屈服淫威；然亦勉知古今大义，更知善恶之分，何致背天道而事逆贼！我虽获任中郎将，然未献一策，未行一恶，何罪之有！卿亦为司徒，听命董卓，若我有罪，卿岂能无辜！卿欲杀我，以绝非党，何需托词！我虽文弱，不惧断头；士可杀，不可辱；我可死，不可污清名！

王允大怒，斥蔡邕道，汝欺世盗名，妄称博学而窃盛誉，其实荒疏，以致不辨正邪！清名之说，愈为可恶！

蔡邕大笑道，董卓凶残好杀，王允阴毒险恶，其害岂在董卓之下！悲乎，一贼虽去，一贼又来，天子仍居水火之中，社稷之祸更甚于前矣！

王允顿觉无言，令押蔡邕入狱。蔡邕挣扎不去，谩骂不止。

王允怒不可遏，令割蔡邕舌。狱吏不敢违，执利刃，捺蔡邕于地，断其舌。蔡邕血流满面，大笑不止。

是夜，蔡邕血流殆尽，死于狱中。

六

蔡邕之死，群臣无不惊心。门生弟子闻此，悲痛不已，纷纷举哀，长安内外，一时灵幡四竖，哭声彻天。王允恐由此生乱，严令禁止，仍不能绝。

当初，董卓被杀，吕布力主尽诛余党，以绝后患。王允恐株连既广，别生事端；又虑董卓置重兵于凉州，若追逼过急，或兵变，或与韩遂同盟，于是久议不决。

董卓被戮多日，既不见问罪朋党，又不见下旨赦免，诸将犹疑不安。

恰此时，王允割蔡邕舌，致其死于狱中。李傕、郭汜以为王允可图，遂召诸将。

李傕道，蔡伯喈乃国之佳士，董仲颍尚能待如上宾，王允竟不能容！我等受董仲颍所累，亡命于此，若不趁此一举，他日必无立足之地！

诸将俱以为然，于是以为蔡邕洗冤为名，自凉州大出，直逼长安。

群臣知李傕、郭汜等忽来，大惊，欲自走，不料凉州诸将已围长安，不能出。王允、吕布急召黄琬、李肃等，命坚城自守。

李傕、郭汜等四面急攻，一时风雨飘摇。吕布命弓箭手急射，并投以石木。李傕、郭汜等不能克，命诸将围而不攻。

吕布所领，多为丁原旧部，因见吕布薄情寡恩，俱有怨恨。其中有千夫长，与丁原同乡，多受丁原恩惠，最恨吕布无义，今见凉州诸将逼长安，以为吕布必败，于是大骂吕布。

恰值吕布来此巡查，闻此大怒，即仗剑而入，执千夫长，欲杀之。士卒苦劝，吕布恐逼反将士，遂强忍怒火，命杖责千夫长五十，夺去军职，充为小卒，上城值夜。

千夫长为人仗义，又年长，从不与人争执，颇受部属拥戴。部属见其受重责，伤痕累累，大为不平。至夜，部属纷纷上城，欲安慰。千夫长见部属俱来，又骂吕布道，吕布猪狗，丁刺史如再生父母，汝竟为蝇头小利，杀恩人，投新主！又欲获大权，不惜手刃义父！如此不义之徒，我等若受其驱使，必上负耿耿天日，下负丁原冤魂！今凉州诸将围城，我等何不开城相迎！若诸将入长安，吕布必死无葬身之地！丁刺史待我等如手足，常言知恩不报，枉为人也！

部属竟无异议，遂开城，迎李傕、郭汜。李傕、郭汜喜出望外，举众齐入，城中顿时大乱。

吕布闻此大惊，打马而出，见凉州将士填街塞巷，气势汹汹，犹如怒涛。

吕布知大势已去，不敢前，急回，领张辽等，另道往皇宫，欲挟献帝出长安，走洛阳。一路疾驰，渐近宫门，忽见王允行于前，正飞步入宫。吕布呼王允道，长安已不能保，我愿与卿扶天子退走洛阳！

王允止步宫门外，斥吕布道，洛阳已为废都，袁绍等环伺四周，岂能使天子入虎穴！

王允言毕，即入内，命卫士紧闭宫门。吕布大怒，欲破门而入，命亲信撞门。正此时，凉州将士蜂拥而来，吕布惧，领张辽等疾走，径直杀奔城门。凉州将士纷纷力阻，俱不敌吕布、张辽，任其自去，不敢追。

吕布得以出城，仓皇不已，望东狂奔。

凉州将士大集于皇宫外；郭汜举兵欲攻，李傕苦劝，郭汜不听。李傕道，此天子禁地，若攻，必以天下为敌；卿若无视天下，可任意；若不敢欺天下，请止。

郭汜稍惧，遂止。李傕令将士于此静候，欲入宫面见献帝。正此时，王允扶献帝出。

王允不知皇宫被围，欲扶献帝出宫避祸。李傕、郭汜见献帝出，急命部属跪拜。部属俱跪，大加赞拜。

献帝见李傕、郭汜似无歹意，其心稍安，于是问李傕道，卿等放兵掠杀，又围皇宫，何意？

李傕忙叩首道，臣等兴兵而来，唯有二事请陛下裁夺。

献帝问李傕道，二事何指，请卿详言。

李傕道，二事者，一为蔡伯喈之冤，二为董仲颍之恨。蔡邕乃国之佳士，天下士子无不倾心；董卓乃国之良臣，既有迎立之功，又有护国之绩。二人何辜，竟为王允、吕布所杀！臣等冒天下之大不韪，别无他意，欲为蔡邕、董卓讨还公道。陛下若许臣等执二贼，臣等俱愿自缚伏罪！

献帝惶遽不已，沉吟片刻，说李傕道，王太师忠心耿耿，可昭日月。董卓祸乱朝廷，淫秽后宫，挟天子以逼群臣，罪大恶极，死有余辜；蔡邕言辞刻毒，行为不轨，亦不可恕。卿等俱为国家忠良，岂能不辨是非。朕望卿等为国家计，能与王太师共处。此社稷之福，苍生之幸也。

郭汜叩首道，陛下岂知王允、吕布用心！所以杀董卓，逼蔡邕，无非欲揽大权而自用，既不为天子，亦不为苍生。陛下若姑息养奸，其祸患之巨，必空前绝后。今吕布已走，王允仍在，臣等请立斩王允，以谢天下。若如此，臣等即解兵，任由陛下裁处！

献帝无言，冷汗淋漓。王允已知必死，跪伏于地，叩拜道，臣无能，无以伏群贼；若能以区区性命，换陛下无虞，社稷平安，死有何惜！

献帝大为伤感，泣道，上天何故无情！朕无心为天子，竟忽受迎立；有心保忠臣，竟无力回天！

王允仰天叹道，臣不惜一死，唯恐强贼入京，再难去矣；可怜天子无助，必再陷巨奸之手！

王允起，指李傕、郭汜道，我可死，天子不可欺！

李傕、郭汜不言，命部属缚王允，押入大牢；又命诸将称贺，一时欢呼雀跃。

翌日，王允被斩，抛尸郊野；继而，又收黄琬、杨瓒等，斩首弃市。

自此，李傕、郭汜陈兵长安，亦执天子以令群臣。

吕布仓皇而走，本欲入辽西投公孙瓒，忽闻袁术受袁绍、刘表所逼，已弃寿春回据洛阳，遂入洛阳投袁术。

袁术知吕布领千骑来投，大喜，说陈珪道，自孙坚死后，我恨无臂膀；今吕布不请自来，足见苍天待我不薄！

于是亲出洛阳迎吕布。二人相见，吕布施礼道，我仓皇而来，望卿不嫌穷途之人。

袁术道，自古不以成败论英雄，卿何出此言？

二人大笑，携手入洛阳。袁术命大设酒宴，为吕布接风。吕布已无惊惶，举止渐为轩昂。袁术推吕布入首席，吕布亦不辞。袁术稍觉不喜。

酒过数巡，袁术问吕布道，卿来此，欲何为？

吕布笑道，我虽失意长安，然壮志不减；所以来洛阳，实望与卿并马齐驱，纵横天下，以展抱负！

袁术愈不喜，笑问吕布道，我知长安有精甲数万，又城高垒固，况卿极善厮杀，何故不敌李傕、郭汜？

吕布道，非李傕、郭汜无敌，亦非我不善战，唯恨无亲信耳！所谓长安精甲，不过乌合之众，俱非我部属，所以战不利。

袁术不再言，邀吕布饮酒。又数盏，吕布道，我知卿受袁绍、刘表夹击，不得已离寿春，回据洛阳；若我在，何惧袁绍、刘表！

袁术更不喜，不与吕布言此。吕布正豪气满怀，又道，我初出道时，以为天下之大，所遇皆人杰，而我不过匹夫之勇。后杀董卓，与王允共领朝政，方知所谓英雄，亦不过如此，能杀人夺命，即为栋梁之材。天下虽大，若论剑戟之快，谁可与我比！

言罢，不禁呵呵大笑。

袁术冷笑道，若孙坚仍在，如何？

吕布大惊，自知出言不逊，忙说袁术道，我酒后失言，望卿海涵。

袁术道，卿英勇盖世，我岂不知；卿来此，我所以纳而不拒，实望与卿休戚与共，同拒强敌。愿卿不负我一片美意。

吕布忙道，若卿不弃，我不辞为孙坚第二。

酒宴毕，陈珪说袁术道，吕布无义，岂能纳之；丁原、董卓尸骨未寒，望卿以二人为鉴。

袁术以为然，遂命吕布屯兵城外，又令诸将屯兵左右，以防吕布。吕布自知袁术不能容，遂携张辽等夜走，欲归袁绍。

七

袁绍知豫州刺史孙贲势弱，遂以张扬为河内太守，举众往豫州，攻孙贲。孙贲大败，逃入洛阳。袁术以兵败为由，贬孙贲为丹扬都尉，随吴景屯丹阳。

曹操为东郡太守，大肆招募子弟，部属已逾十万，羽翼渐丰。青州刺史田楷大为不安，恐曹操纵兵袭夺，竟自去。曹操遂据青州，召诸将商议进退。

曹操道，我今拥兵十万，不战而得青州；然青州贫瘠，非龙飞凤翔之地，卿等以为当如何？

程昱道，今袁绍、袁术、刘表、公孙瓒、陶谦等仍在四周，俱如虎狼。我以为，当此之时，仍应深藏锋芒，静待良机。以将军之英明，将士之精勇，假以时日，何愁不能居群雄之上。

曹操不以为然，笑道，所谓良机，往往隐于纷繁之间，非真英雄不能察。至于袁氏兄弟、刘表、公孙瓒者流，虽声势浩大，终不过鼠辈，不足为虑。自古于乱世逐小利者，不过匪盗；真英雄应胸怀天下，不计得失。所谓群雄，皆自大之徒，志不能逐燕雀之高，胸不能容一丘之小，何足为道！袁氏兄弟互争，公孙瓒反复其间，刘表躬身投靠，陶谦贪心如炽，俱欲割地而自据。殊不知天子仍在，天下俱为王土，虽辖地千里，不过能获王侯之封而已，我不屑也。李傕、郭汜不过竖子，竟执天子以令群臣！当此之际，若直指长安，逐奸贼，奉天子，虽四海之广，我可与天子共享，此周公不及，我何不为！

荀彧、程昱等大惊，不料曹操竟欲如此，俱不敢言。

曹操又道，周公辅成王，万古流芳，人皆言周公之贤，谁记成王之明！周公非君主，却代天子行政，其快畅岂在天子之下！

荀彧道，将军壮志如天，我等之幸也。然董卓挟天子以令群臣，却死于非命；王允、吕布杀董卓而自代，王允曝尸荒郊，吕布亡命天涯。此前车之鉴，将军当引以为戒！

曹操笑道，董卓薄情寡义，凶残好杀，宁不自取其祸；王允阴沉狭隘，优柔寡断，空手搏虎，自不量力，岂能善终；吕布匹夫，轩昂自大，忘恩负义，苍天不容。我非董卓，亦非王允、吕布，必知恭敬天子，友善群臣，怀柔苍生，怜恤万民，不生贪念，不违天意，竭忠诚之心而示之，尽天下之才而用之，卿等何虑！

荀彧等又不敢言，于是议而不决。

是夜，荀彧请程昱饮酒。荀彧道，曹孟德意在天子，若能为周公第二，天下之幸也。

程昱道，我等皆为汉臣，应为君国尽忠，不可助纣为虐。

荀彧道，卿忠壮之说，令人感佩！然曹操之志不可阻，我等唯能迫其立誓，至死只为汉臣，不僭越，不自立。

程昱道，卿之忠心，堪比日月，我必鼎力相助！

于是，二人召夏侯惇、曹仁等，告知其意。夏侯惇道，我等亦不愿为逆臣，更不愿祸及子孙。

夏侯渊、曹仁、曹洪等亦以为然。荀彧、程昱大喜。

翌日，曹操又召群僚商议。荀彧道，明公有扶危正倾之志，实乃社稷苍生之福。然我等俱为汉臣，受圣人之训，天子之恩，忧君忧国，实为本份。若待不臣尽，明公能还权天子，我等何疑！然天日耿耿，人口悠悠，若明公愿指天为誓，以绝天下之口，我等始敢追随。

曹操无奈，命设祭坛，欲当众立誓。

翌日，曹操着素服，燃烛焚香，献以三牲。一时士民大集，观者如围。曹操道，今汉室衰微，天子幼弱，奸贼作乱，纲纪废坏。我欲直指长安，解天子之危，除社稷之祸，然后奉天子以令不臣。待不臣尽，我必还权天子，归隐林泉，永不复出！

荀彧、程昱等大为感怀，恸哭不已。誓毕，曹操又召群僚。曹操道，我已指天为誓，卿等应知我心如玉。既如此，我欲举众出青州，克河内，直往长安。卿等以为如何？

荀彧道，我与河内太守张扬有旧，愿书信与张扬，请借道；若能不战而过河内，既免于伤亡，又不致与袁绍为仇，当为上策。

曹操大喜，遂依荀彧之说。张扬获荀彧信，知其用意，不愿借道，并回书严责。

曹操大怒，即率诸将出青州，直逼河内。张扬知曹操举十万之众而来，急命部属紧闭城门，以待援军。

定陶令董昭知曹操大举往河内，恐惧不堪，以为河内、定陶相距咫尺，若河内破，定陶必亡，遂夜奔河内，说张扬道，今群雄并起，纷争不息，一时不辩成败。曹操起于微弱，仅数载，其势已不输袁绍，足见雄才大略，无人可及。我以为安天下者，必曹操也。况袁绍远在豫州，驰援不及，卿若拒，必玉石俱焚。我劝卿迎曹操，以保河内。我知曹操意在长安，其羽翼已丰，无人能阻。我愿与卿共上表，荐曹操入朝辅佐天子。如此，燃眉之急必立解！

张扬颇觉无奈，遂依董昭之言，命部属敛而不举，并与董昭上书，荐曹操为尚书令。

董昭与董卓有旧，亦与李傕、郭汜素有交情，即遣人入长安，拜会李傕、郭汜。

曹操见张扬迎于途，大喜；又知张扬、董昭荐己为尚书令，愈喜，遂屯兵河内，亦遣心腹入长安，重贿李傕、郭汜，称愿随左右；又书信与黄门郎钟繇，请其周旋，以能遂愿。

钟繇曾与曹操为蔡邕门生，私交极厚；钟繇博学多思，诗文俱妙，尤精书法，颇为曹操所重。钟繇素知曹操雄才大略，非他人可比，获其信，欲成全。

李傕、郭汜疑曹操别有用心，欲杀来使，以绝曹操。

钟繇闻知，即拜见李傕，劝李傕道，今天下纷乱，群雄俱以剿除国贼为名并起，其实无不心怀觊觎。将军虽天子在手，无奈虎狼在前，熊罴在后，岂能安处！曹操割地数郡，拥众十万，不据此自雄，反而自请入朝，其忠壮之心可昭天日，将军何疑！我请将军释曹操之使，邀曹操入朝，与之共辅天子。如此，何惧长安不保，群雄不灭！

李傕以为有理，遂召郭汜。钟繇又说郭汜，晓之以理，郭汜亦以为然。于是重赏来使，请献帝下旨，命曹操入长安。

曹操既获圣旨，以为师出有名，欲大举西进。

部将陈宫劝曹操道，将军若直赴长安，群雄或知其意，必大加阻挠，恐欲速而不达，不如取渐进之势。我知兖州刺史刘岱近为黄巾余党所杀，兖州无主。我愿往兖州说官吏，迎明公为刺史，然后收刘岱残部及黄巾余众，可再得十万余众，虽袁绍等不敢与将军为敌。

曹操大喜，遂命陈宫往兖州，为说客。

济北相鲍信与陈宫友善，陈宫首往鲍信府第拜谒。鲍信设酒款待，问陈宫道，我闻曹操暗怀不臣之心，欲直往长安，为董卓第二，可有此说？

陈宫道，非也，曹孟德命世之才也，平息大乱，振兴汉室非此人莫属。今天下纷乱，王命不通，兖州一时无主，又颇受黄巾祸乱，危如累卵。我来此，欲请卿说兖州官吏，迎曹操为州牧，以安士民，如何？

鲍信沉吟道，我亦知曹操乃当世英雄，久欲归附，唯恨无缘。我与长史、别驾、治中等俱为知己，愿说其迎曹操。

陈宫大喜。鲍信即召长史、别驾、治中等。数人相继而来。鲍信大设酒宴，与之畅饮。半酣，鲍信道，刺史刘岱不听劝阻，孤军冒进，竟为黄巾所杀。今黄巾未灭，环视左右，兖州仍有旦夕之危。我等家眷资财俱在此，若兖州破，必为灰烬！我知曹操拥兵十万，俱精勇，又极具信义，堪称仁义之师；我欲迎曹操为兖州牧，卿等以为如何？

长史道，若曹操来此，何惧黄巾！

余者无不以为然。鲍信嘱陈宫道，若不出所料，黄巾将围兖州。卿可即回，请曹操速来。我等当敛兵城内，静候大军。若黄巾围城，可里应外合，黄巾必败！

陈宫拜辞而去，驰还河内，回禀曹操。曹操留于禁镇河内，亲领大军往兖州。

黄巾已围兖州，正急攻，忽知曹操举十万之众而来，大惧，遂弃兖州，转走寿张东。夏侯惇等欲追，曹操不许，说诸将道，黄巾久经战火，已今非昔比；刘岱轻敌冒进，已取祸在先，卿等何不引以为鉴！

诸将不再言，随曹操入兖州。

八

曹操自领兖州刺史，安抚士庶，欲大树恩威。鲍信见曹操不伐黄巾，恐其再围兖州，不能安处，遂说曹操道，黄巾虽走，其势未减，今大集寿张东，必举众复来。我以为宜出击，以绝后患。

曹操颇知鲍信之意，说鲍信道，卿勿忧，我岂容虎狼在侧！即日必举兵攻寿张东。

鲍信大喜，自请为先锋。曹操予精甲五千，以助鲍信。鲍信尽起州兵，竟先出兖州。曹操正召诸将，忽闻鲍信已发，大惊，即留曹仁、曹洪守兖州，亲领夏侯惇、夏侯渊、陈宫等，合五万之众，随后跟进。

鲍信欲为刘岱雪恨，一路疾进，已近寿张东。黄巾闻鲍信来，忙举众迎敌。

寿张东有黄巾二十万，大方主见鲍信所领仅二万余众，曹操大军距此尚远，遂齐出，四面散开，围鲍信，急攻。一时箭矢如雨，干戈如潮。鲍信寡不敌众，竟全军覆没。

是日傍晚，曹操至寿张东，见尸横遍野，知鲍信等俱死，大惊，急令寻鲍信遗体，欲厚葬。部属四处搜索，终无所得。

曹操命设营百里外，取桃木一段，仿鲍信形貌雕刻，数日乃成。于是设灵而祭，大哭。

兖州官吏大为感佩，立誓追随曹操，剿灭黄巾，为刘岱、鲍信复仇。

黄巾知曹操屯兵百里外，亦大出，近曹操而屯。曹操召诸将议破敌之策。

程昱道，黄巾势众，明公兵寡，可智取，不可力战。

曹操道，黄巾大集一处，欲以众欺寡。唯使其分兵，分而击之，方能取胜。

遂命夏侯惇左出，夏侯渊右出，欲诱黄巾出击；再命陈宫隐于内，待黄巾大出，则直捣壁垒，一举破之。

夏侯惇、夏侯渊各领精骑一万分左右齐出。黄巾以为可图，亦分左右大出。陈宫见此，以为时机已到，亦欲出。曹操不许，命其暂候。

夏侯惇、夏侯渊依曹操之命，一击即走。黄巾不肯舍，奋起疾追。大方主见曹操再无所举，以为已倾巢而出，于是再举数万之众出壁垒，分逐夏侯惇、夏侯渊。

曹操见此，疾呼道，黄巾壁垒已空，可举！

曹操、陈宫等忽出，直逼黄巾营垒。

大方主见此，大为惊恐，急命紧闭营门，欲自守。曹操命死士突前，抢夺营门。死士蜂拥而上，黄巾不敌，弃营垒而走。曹操命烧壁垒，纵兵急追。

夏侯惇、夏侯渊疾驰三十里，忽折回，恰遇大方主率残部急遁，于是迎头痛击，大肆杀戮。大方主大骇，弃众而走。黄巾见此，俱弃戈矛，纷纷投降。

曹操收降卒十万，仍回兖州。兖州官吏深服曹操之德，欲联名上奏，请以曹操为兖州牧。正此时，忽闻朝廷有旨，拜洛阳金尚为兖州刺史。

诸将大为不满，拜见曹操，请上表力争。曹操笑道，与人争官，小人之为，我不屑如此！

曹仁道，将军力保兖州，剿灭黄巾，此功如天，竟不能获任刺史，实可忿恨！荀彧、程昱多谋，宜请其共商，必有良策。

曹操道，荀彧、程昱俱为君子，岂能为邪门歪道？

曹仁等一时无语；夏侯惇大疑，问曹操道，将军此言何意？

曹操道，洛阳至兖州，千里之遥，其间山高水险，匪盗不绝；金尚只身而来，孰知能否到任？

夏侯惇大悟，笑道，我知金尚必死于途！

翌日，夏侯惇领心腹数人，扮为行商，往途中候金尚。荀彧知其用心，暗命亲信绕过夏侯惇等，迎金尚于夏侯惇前。

金尚果来。亲信说金尚道，兖州已为曹孟德所据，岂能拱手相让？

金尚不屑，笑道，我乃天子所拜，谁敢不奉圣旨？

亲信道，此乃荀文若之言，若不听，或往前十里，必死于乱剑！

金尚大骇，已知有人截杀，欲回走。

亲信又道，卿若回洛阳，必有快马追斩！

金尚愈觉胆寒，遂辗转投袁绍。

夏侯惇等候数日，不见金尚，于是四处查问，得知荀彧遣人报信，金尚已逃归袁绍，遂回禀曹操，并请问罪荀彧。

曹操沉思良久道，人言上天有好生之德。荀文若放走金尚，其德如天，我何忍问罪！况我手持圣旨，欲入朝辅天子，岂能杀命官！荀彧全我德，正我行，我岂能恩将仇报！

夏侯惇闻此，不再言。曹操嘱夏侯惇道，此事应秘，不可使他人知。

夏侯惇应诺而去。

某日，曹操出州衙，登城楼，见远近枯草霜林，满目秋色，又有淡烟横于山野，隐约如无，不禁心怀大开。正凝望间，忽听歌声起，音调苍凉而劲拔，似有疾风起于秋水，又卷入深林，吹起漫天落叶。

歌中唱道：

秋风起兮伤木林

脱叶飞兮狐兔奔

对酒歌兮哀万物

荒郊冷兮不见人

……

曹操不禁心惊，似觉阵阵霜风逼人；又觉作歌而吟者非凡俗之辈，于是踏歌而寻。

曹操以为歌声起于城内，遂步其声，渐至一小巷，见门户紧闭，空寂无人，歌声已成缥缈。正犹豫不已，忽听歌声又在背后，遂返身而回，渐渐又至一小巷，仍不见人，唯斜阳铺染半边，另一半却清寒幽暗。俄而，歌声已止，似为秋风吹散。

曹操怅然不已，一时不知何往。良久，曹操信步而出，仍来城上，见一派夕阳透染远山，恍若碧血；有孤烟起于荒村，飘摇而上，又散于虚无；近处，几只昏鸦绕树而飞，几经盘旋，不肯栖落。

曹操伤怀不已，顿觉人生无常，功业无望，虽转战数载，仍处群雄围困之中；而长安远在千里，遥不可及。

不觉暮色四合，天风凄紧，冷月铺地，寒烟乱飞，又鸦声零落，如哭如诉。曹操愈觉不堪凄凉，于是怆然而归，虽唏嘘良久，仍不能释怀，遂命治酒，欲借此一遣忧愁。然月色秋风仍在眼前，挥之不去，触之无形。曹操不可自禁，于是对酒作歌：

对酒当歌

人生几何

譬如朝露

去日苦多

慨当以慷

忧思难忘

何以解忧

唯有杜康

……

月明星稀

乌雀南飞

绕树三匝

无枝可依

曹操吟到至情处，不禁潸然泪下。

九

陶谦知曹操领兵渡河，再无忧患，遂离谯国，回徐州。孙策知陶谦回任徐州，颇觉危惧，深恐陶谦逼索玉玺，欲说吴氏迁回富春。正此时，周异病逝，孙策不能行，助周瑜治丧。

江夏太守周尚为周异从弟，闻周异病逝，亦来舒城奔丧。丧事毕，周尚邀周瑜移居江夏。周瑜不忍辞，称待服丧百日，即往江夏投靠。

转眼百日期满，周瑜欲往江夏，与孙策话别。

周瑜问孙策道，今陶谦复镇徐州，或再来逼迫，舒城已非安居之所，不知卿欲何往？

孙策道，我欲奉母弟回富春，或能安处。

周瑜道，富春距徐州不远，走马可至，岂能安处？

孙策沉吟良久，叹息道，我欲重续先君未竟之业，唯恨茫然无助，不知如何举措！

周瑜颇惊，说孙策道，卿壮志如天，何愁无助。我知舒城有奇人，姓张名纮，字子纲，世居广陵，因不愿受州郡所举，奉老母迁来舒城。先君曾与之游，每每激赞，称张纮博通经史，风尚高古，又安贫自守。卿可拜问，必有所获。

孙策大喜，说周瑜道，若得奇人相助，我必大展抱负，何虑陶谦之流！

于是送别周瑜，当日即拜访张纮。

张纮尤喜宁静，卜居城外江岸，远离喧嚣，亦少与人往来。孙策知其所在，独自出城，沿江岸小路而走。时值三月，杂花正好，芬芳不已。渐渐，见有茅庐隐于芳草间，前有春江，后有浅山，颇为不俗。

孙策暂止，四处观望，忽有渔翁缓步而来，戴竹笠，持钓竿，不见容貌。孙策指茅庐问渔翁道，敢问此处可是张纮所居？

渔翁抬头，笑道，此荒郊野岸，非张纮，谁愿居此。

孙策欲再言，渔翁已去，遂止。孙策渐近茅庐，见篱墙萧疏，野草浸漫，颇为荒寂；篱墙内，一树桃花怒放如燃，有落红迎风飘坠。孙策欲推篱门入，忽见房前悬有素幡白花，大惊，疑张纮老母已逝，不敢擅入。

孙策不知进退，踌躇良久，正欲去，忽听有人开门，看时，一人身着重孝而出。孙策略为迟疑，问道，可是张子纲先生？

张纮答道，正是。卿是何人？

孙策忙施礼道，我乃富春孙策，因心中有疑，欲请教先生。

张纮还礼道，请恕我重孝在身，不便会客。

孙策无奈，告辞。至城内，买纸钱香烛及祭品，复回，于篱外哭祭。

张纮知有人哭祭，甚觉惊讶，又出，见孙策伏于地，颇为哀痛。张纮遂出篱门，扶孙策起，说孙策道，我与卿素昧平生，何故如此？

孙策道，人皆有母，感同身受，先生勿怪。

张纮沉吟道，一月后，将满百日，卿若不弃，可再来。

孙策暗喜，一揖而去。此后，孙策屈指以待，深觉度日如年。待一月满，孙策绝早即往。张纮迎孙策入内，分席对坐。

张纮道，卿有何事，可尽言。

孙策道，我乃乌程侯孙坚之子，先君死于黄祖手，我与母弟卜居丹阳。袁术不念先君之功，大肆逼迫，不能安处，遂迁舒城。徐州刺史陶谦又每每勒索，舒城亦非栖身之地。我不知何去何从，特请先生赐教。

张纮沉吟道，人言天下之大，何处不能栖身；既袁术、陶谦逼迫，可远走，何必立危墙之下？

孙策道，我世居江东，祖宅家庙俱在此，岂忍离去。况虎狼虽恶，自古不乏捕猎之术；与其逃亡，不如与之一较高低！

张纮颇为惊讶，俄而，又问，卿欲如何，可否言之？

孙策道，今汉室倾危，天下扰攘，群雄俱以振兴为名纷纷起兵。我知袁绍、袁术、公孙瓒之流，俱非英雄，不过图利之辈。先君大破董卓于洛阳，欲直驱长安，亲戮国贼，不料为刘表、黄祖所害，此血海深仇，没世不忘。我虽年少，常为父仇不报而深为愧恨，几欲寻袁术，讨还先君部属；或依附母舅，招募子弟，再逼袁术还先君遗众，然后东据吴、会，一雪先君之仇；或凭大江之险，成为外藩。我虽有此心，却不知从何而起，故此隐忍，至今不敢举。既知先生博通今古，必能有所谋，特来问计，望不吝赐教！

言罢，朝张纮深施一礼。

张纮道，我重孝在身，生母尸骨未寒，音容仍在，此时若妄言天下兴亡，实为不孝，乃人子所不为。望卿另寻高明，恕我无以奉告。

言毕，遂起，手指门外，请孙策离此。

孙策忙跪于地，泣道，先生唯知母孝在身，不言天下兴亡，却无视他人痛恨。先生如此，可全人子之孝，却有失君子之义。自古孝义互存，不可独全；先生博识之士，岂能不知！我身怀父仇，如坠沸水，如处烈火，若不雪此恨，既不能苟安，更枉为人子……先生身为士大夫，应急人所急，忧人所忧。今日所询，有赖先生决策，若能指点迷津，使我能报父仇，一逞怀抱，我必视先生之恩如高山大海，虽粉身碎骨不敢忘！

张纮顿时犹疑，遂请孙策入座。孙策不肯，痛哭流涕。张纮大为不忍，扶孙策道，卿如此，我何以相告？

孙策复入座，仍泪流不止。张纮道，卿壮志如日，我何敢固辞！昔周天子大封疆土，渐致衰微，诸侯羽翼丰满，于是有春秋五霸；犬戎破镐京，幽王被戮，平王东迁洛阳，天下多入诸侯之手，于是有战国七雄。然六国所以亡于强秦，实因胸怀狭小，不敢图天下之大。诸侯虽称雄一方，却俱以外藩自安，独西秦有王天下之心，故能并六国之土，使四海归一。卿欲效诸侯以称藩王，此不过枭雄之志，举手可图也。若仅欲为此，可暂依母舅，收吴、会之兵，再图荆、扬，不仅父仇可报，亦能凭大江之险，偏安江左，必有王侯之封。然格局既小，不能免吞并之险，自古藩王，谁不如此？今天下纷争，豪杰并起，必成分裂之势；然数十年后，必有如强秦者，兼而并之。卿之功业，亦将归于尘土。

言至此，张纮笑问孙策道，未知卿愿并他人，或宁为他人所并？

孙策沉吟道，先生之言，犹如惊雷；我虽不才，岂肯为他人所并！

张纮道，既如此，可暂依袁术，广结子弟，待讨回旧兵，可趁群雄争战之机，举众渡江，攻取吴越，凭长江之险固，江左之富庶，大事农桑，广筹军资，蓄养精甲，习练水师，待羽翼丰满，再与群雄一较高低，继而西进中原，以取天下。如此，藩国何足为道！

孙策大喜，拜谢道，先生一席话，驱尽阴霾，使天日朗照，我再无疑也。

于是告辞。数日后，孙策又以母弟托付张纮，只身出舒城，拜见袁术。

此际，公孙瓒据幽州，致信袁术，欲合击袁绍，请其再入寿春。袁术遂举五万之众再据寿春。

孙策入洛阳，知袁术已往寿春，亦转道而往。疾驰数日，已入寿春，见天色已晚，遂寄宿客舍；翌日，即拜会袁术。袁术知孙策来，颇为惊讶，嘱侍从阻于门外，欲拒见。孙策强入，侍从不能阻。袁术大怒，仗剑而出。孙策见袁术持剑立于门前，拱手一揖道，故人之子，不远千里而来，将军何以拔剑而向？

袁术见其无惧，举止从容，还礼道，卿来此何事？

孙策道，我自幼随先君转走四方，不知耕作，不识贸易，别无所长；今寡母年高，诸弟年幼，俱需奉养。我不知生计，特来投靠明公，望能为走卒！

袁术见其仪表堂堂，英气勃发，入虎狼之地竟无怯惧，知非俗子，遂请孙策入内。

待孙策入座，袁术笑道，卿未及弱冠，恐不胜征伐之苦，宜居家奉母，不宜驰骋疆场。

孙策道，我闻英雄出少年。我虽年幼，然不惧强敌；若明公不弃，愿鞍前马后，不惜一命。

袁术笑道，人言刀剑无情，上阵厮杀需先于敌，若迟，必死于敌手；卿可知否？

孙策道，我自幼随先君习武艺，读兵法，虽年仅十七，然勉知军事，亦能赴敌厮杀，将军勿虑。

袁术沉吟道，我有虎骑，无敌天下，卿若能敌一骑，我必留卿；若不敌，请自去。

孙策道，我愿一试。

于是，袁术命侍从请虎骑出，携孙策出辕门。早有三骑候于辕门外，着甲胄，执长矛，虎视孙策。袁术笑说孙策道，若惧，可止。

孙策道，我有何惧！

袁术道，另有一骑、一矛并甲胄，卿可用。

孙策道，不用。

言毕，朝三骑拱手道，得罪。

一骑骤举，直扑孙策。孙策忽起，欲跃上马背。马上人举矛急刺，孙策不避，竟握矛头，奋力一拽，马上人即坠地，孙策已横矛马上。

袁术等大惊。孙策说二骑道，卿等可齐举。二骑不言，亦不敢举。袁术忙道，真可谓将门虎子，卿之勇壮，不输乃父，何用再试！

三骑羞惭而去。袁术再引孙策入内，说孙策道，卿精勇不凡，岂是走卒！

孙策不禁泣道，我来此，实为先君之仇。先君奉明公为主，夺南阳，逐董卓，却死于刘表、黄祖之手！我虽愚暗，亦知父仇如山，苟活之难。望明公念先君微绩，还先君旧部，杀仇敌，雪父恨，此再生之德，我平生不忘。

袁术沉吟良久，说孙策道，少年之志，可搏天日。然卿年方十七，若还乃父旧部，恐非其时。吴景乃卿母舅，孙贲为卿族兄，二人俱在丹阳，所领亦为乃父旧部。卿若不弃，可依附，亦可招募子弟。假以时日，卿若有所成，我再还部属，如何？

孙策知讨还不易，遂告退，仍回舒城，欲请张纮及母弟俱往丹阳。张纮以母孝未满，不可远走为由推谢，称他日孝除，必追随。孙策苦请，张纮遂荐吕范。

吕范字子衡，世居汝南，曾为县吏，因避黄巾之祸四处流落，后与张纮相遇，一见如故，近日亦移居舒城，借住城东。

孙策即造访，极尽谦恭。吕范见孙策精警不凡，以为可助，愿随孙策往。

十

孙策、吕范欲起行，族人孙河自寿春来，愿随左右。孙河乃孙坚族子，孙坚死后，随孙贲、吴景等归袁术，袁术为笼络人心，以孙河为豫州从事。孙贲失豫州，孙河亦受牵连，贬为马伕，今知袁术许孙策往丹阳，遂离寿春，来投孙策。

孙策大喜，说孙河道，我欲往丹阳招募子弟，若有成，再讨还先君旧部；卿久在部伍，熟知详情，以为如何？

孙河道，旧部多为袁术笼络，恐难归附，唯程普、黄盖、吴景、孙贲等尚念旧情，或能指望。

孙策不再言，领吕范、孙河出舒城，往丹阳，欲先安身，再迎母弟。

吴景闻孙策复来丹阳，即出迎，虽颇为殷勤，却不问来意。孙策知吴景心有疑虑，亦不言，转而拜访孙贲。孙贲延孙策入客堂，赞道，曾闻伯符有霸王气，今日一见，果如人言！

孙策道，我奉袁公路之命，来此招募子弟，望卿能念先君旧情，予以提携。

孙贲颇知孙策用意，沉吟道，我与吴景俱为族父部属，所领亦为旧部，本应奉还；然我等俱受制于袁术，不敢自主。卿若另行招募，我必鼎力相助。

孙策道，我来此，并无讨还之意，卿不必多虑。然我虽奉命招募，却无军资，又人地两生，若能获卿赞助，我必感戴终生。

孙贲大喜，即以五百万钱相赠。吴景亦赠钱五万。

于是孙策领吕范、孙河广为招募，得五百余人。吴景、孙贲又造军营于城东，供其屯驻。孙策遂领五百子弟大肆操演。

山匪祖郎知孙策新募子弟，军资颇丰，欲抢掠。祖郎聚众三万，于淮泗间纵横，官府讨而不获。近年，因袁绍、袁术屯兵其间，祖郎颇受压制，不敢轻出。

是夜，祖郎举五千之众大出，过泾县，直扑丹阳。夜半，祖郎已至丹阳城东，见军营在望，即令匪众暂止，近营察看，见内外一片安静，并无防备，遂回，分两部，自左右齐出，直扑军营。一时喊声骤起，孙策等猝不及防，大败。

孙策领吕范、孙河拼命杀出，忽遇高头大马阻于前，马上一人持长矛，横于辕门，正是祖郎。孙策知为贼首，大怒，直取祖郎。祖郎见来者迅猛，不敢怠慢，举矛乱刺。孙策一一避让，祖郎数刺不中，大为惶急。孙策忽欺身而进，欲断马足；祖郎愈惧，急走。孙策不追，携吕范、孙河阻于辕门。片刻，有匪徒抬钱柜出；孙策挥矛如电，连杀数人。俄而，匪众大集门内，欲强出。孙策再起，又杀数十人。匪众大惧，不敢动。

孙策呼吕范、孙河道，子弟已被害，卿等可纵火，贼众必尽灭于此！

吕范、孙河遂取火，欲焚军营。匪众大惊，于是齐举。孙策大奋神威，连杀数百人，竟无一人能出。

吕范手持火把，说匪众道，汝等若愿活命，可弃戈矛、官钱，否则必死！

匪众以为然，纷纷弃兵刃，见孙策仍阻于门口，不敢出。吕范说孙策道，既官钱仍在，可再募，何必以死相拼。

孙策遂离辕门；匪众惊奔而走。

孙策命吕范、孙河清点子弟，仅剩二十余人。孙策沮丧不已，待天明，即求见吴景；孙贲亦在此，孙策告以详情。

吴景沉吟道，丹阳久经兵匪之乱，子弟稀缺，恐再无可募。依我之见，不如为孙都尉部属，既为族亲，何愁无出头之日？

孙贲道，伯符若愿屈就，我必竭力提携。

孙策不言，拱手告辞，即召吕范、孙河商议。

孙策道，吴景、孙贲，领先君旧部，拒不归还，是可忍孰不可忍！我欲请二人饮酒，趁机杀之，夺先君部属。若袁术追问，可领兵另走。卿等以为如何？

吕范道，不可。吴景乃母舅，孙贲为族兄，卿若杀之，世人必以为卿唯利是图，薄情寡义，试问谁敢追随；恐杀吴景、孙贲之时，即旧部与卿绝情之时，岂能为之！

孙策大悟，朝吕范一揖道，我为怨恨所迷，杀气填胸，险铸大错，幸有子衡劝告。然我走投无路，当如何，望子衡教诲。

吕范道，吴景、孙贲既无意还旧部，又无处招募，若耽于此，唯蹉跎岁月，恐难有出头之日。依我愚见，可再往寿春见袁术，称若能讨还旧部千人，其意足矣。袁术所虑者，尽还乃父旧部，既有数万之众，谁肯轻与！母舅及族兄尚且不愿，何况袁术！若卿仅索要一千，袁术反能安心，不会拒绝。

孙策别无良策，遂纳其说，即领吕范、孙河往寿春，拜见袁术。

袁术冷笑道，卿所募如何？

孙策道，所募子弟五百，可惜尽丧祖郎之手。

袁术讥笑道，卿自言知武艺，识兵法，竟不敌山匪，足见非可用之才。我劝卿自此归家，断绝妄想；既母年迈，弟尚幼，俱需赡养，可事农耕，习商贾，以为生计之需。

吕范道，五百子弟忽遭夜袭，虽全军覆没，却力保军资无损；孙伯符凭一己之力，杀贼数百，应不输项羽之勇。丹阳官吏俱知此情，明公若疑，可询问。

袁术不再言此，转问孙策道，卿复来，何意？

孙策道，子弟已失，再难招募，我孤身一人，难为明公效力。故来此，望明公能予先君旧部一千，自此不再索要。

袁术不信，问孙策道，此言可真？

孙策道，君子之言，驷马难追。若它日再言及此，明公可将所予夺回，将我逐走，我当永不复来！

袁术大喜，击案道，既有此言，我即还兵一千，尔后再无此说！

于是，袁术以孙策为怀义校尉，嘱陈珪精选与孙坚有隙，或桀骜不驯者，凑足一千，予孙策。

孙策见所获俱非善良之辈，已知袁术用意，立誓大树威德，以收众人之心，于是大肆操练。某日晨，孙策先于士卒入校场，命吕范鸣号角。角声三遍，士卒懒散而来。孙策令列队，士卒相互笑闹，充耳不闻。孙策强忍忿恨，再令列队。士卒虽列队，却颇为参差，形如溃堤。孙策欲训诫，忽见主骑披衣趿鞋而来。

孙策大怒，斥主骑道，汝何故迟来？

主骑冷笑道，我等久经沙场，深知取胜之道，不屑儿戏！

孙策强忍，又问，我闻玉不琢不成器。士卒如璞玉，不加雕刻，何以临敌？

主骑不答，笑指一老卒道，我绝早闻鸟噪，不知何鸟，汝年高，必有知！

士卒哄然大笑。

孙策怒不可遏，亦指老卒，厉声喝道，我命汝缚此狂徒，重责三十，以正军纪！

老卒不动，余者大惊，笑声骤止。孙策忽近老卒，拽出，喝道，汝若不奉命，必与此人同罪！

老卒大惧，遂寻绳索，欲缚主骑。主骑指老卒骂道，老贼，竟敢缚我！

老卒又不敢举。孙策夺绳索，亲缚主骑，命孙河重责三十军棍。主骑不惧，大骂不息。孙河亦与主骑有旧，不肯痛打。孙策又夺军棍，猛击。主骑气焰顿失，未及三棍，已跪地求饶。孙策愈怒，大骂主骑道，狗贼，竟不禁棍棒！

士卒大为惊悚，俱不敢言。孙策毫不留情，打完三十军棍方止。主骑瘫于地，不能动。孙策命老卒扶其回营。

孙策复命士卒列队，士卒纷纷应命，以高低为序，颇为整齐。孙策严加训诫，命吕范主持操练。

孙策料主骑必逃归袁术，嘱吕范、孙河察其行迹，若有异动，即报知。

是夜，主骑潜出军营，往袁术营中疾走。孙策得知，命士卒尽出，各执火把，大张声势，四处追索。主骑大为惊惶，遁入马厩。孙策故作不察，仍搜罗不止。待夜半，孙策方领士卒入马厩，执主骑出。主骑欲求告，孙策一剑削其头颅，径往袁术营中禀报。

袁术正与陈珪饮酒，忽见孙策手执人头而来，大惊，正欲询问，孙策掷人头于地，一揖道，我受明公厚恩，得先君旧部一千，不料人人倨傲，不守军法，不听军令。我于校场点兵，主骑无故迟来，我稍加责问，主骑竟破口大骂。我为正军纪，按律责罚，主骑竟寅夜出逃，被我捕获。我欲执主骑见明公，主骑竟拔剑猛刺。我不得已，斩其头，特来请罪！

袁术见孙策佩利剑，杀气如炽，心惊不已；又恐奸计败露，不能自圆其说，于是笑道，军人叛逃，将帅共恨；此人死有余辜，卿何罪之有！

孙策道，明公深明大义，令人感佩！我必誓死追随，不负明公厚望！

言毕，告辞。待孙策退走，陈珪说袁术道，孙策行事果敢，手段迅捷，远出孙坚之上，明公应严加防范，不可轻视。

袁术笑道，孙策英勇，我之幸也；今日能驯顽徒，他日必为虎将。我若施以恩惠，何愁不为我所用？

孙策夜斩叛亡，全军大为震动。孙坚旧将黄盖、程普等纷纷拜会，以示庆贺。孙策即治酒，殷勤款待。黄盖、程普见孙策英姿勃发，精明强悍，大为敬慕，俱称待时机成，必举众归附。孙策大喜。

十一

曹嵩见李傕、郭汜执天子，威逼群臣，以为相比董卓、王允，过之而无不及，遂以年迈多病为由请辞；既获准，即携家人离长安，欲归陈留。恰逢公孙瓒、袁术与袁绍、刘表相持江淮间，不敢过，遂止于泰山，暂居华县。

当初，曹操举兵伐陶谦，陶谦不敌，仓皇离徐州，遁入谯国。陶谦大为怀恨，忽闻曹嵩暂居华县，顿起杀心，命九江太守边让，领精骑两千，星夜驰往华县，欲杀曹嵩以泄愤。

曹操知曹嵩暂住华县，即书信与泰山太守应劭，请其速往华县，送曹嵩来兖州。应劭亦领三千精骑往华县。不料边让先至，围曹嵩住处，呼曹嵩出。

曹嵩知来者不善，不敢出，命家仆紧闭房门，又命掘破后墙，欲借此出逃。家仆猛掘，露一孔，仅能容小儿过，忽听撞门声大起，家仆争相自孔中出。曹嵩大急，令小妾先出。小妾未满三十，妍丽丰肥，颇受曹嵩宠爱；墙洞窄小，小妾数举不能出。曹嵩急去其衣，小妾终出。正此时，门破，边让引数十人鱼贯而入，曹嵩被杀。

应劭来华县，见有人头悬于城门，大惊，四处探问，知为曹嵩头颅，大为惊恐，以为曹操必问罪，不敢回泰山，径往豫州投袁绍。

曹操知曹嵩为陶谦所害，悲恨不已，设灵遥祭，痛哭不绝，立誓杀陶谦、边让，为曹嵩复仇。

陶谦知曹操必报父仇，召部属商议。

陶谦道，我命边让杀曹嵩，曹操必不能忍，或再伐徐州。我虽与袁术、公孙瓒为盟，然二人俱非英雄，不可依赖。故此，我欲举徐州归袁绍，以使曹操不敢犯，卿等以为如何？

治中从事王朗道，袁绍无德，岂能归附，若与之盟，或反为所害。我以为归附他人，不如归附天子，天子虽弱，四海之内仍为王土，率土之滨仍为王臣。虽袁氏兄弟、曹操、公孙瓒者，或李傕、郭汜之流，无不以奉天子为名而大肆横行，不敢另举，足见名重于实。我请明公遣使贡奉，表明忠心，虽李傕、郭汜不敢拒，何况曹操。既所镇为天子之土，谁敢侵逼！

陶谦以为然，遂遣心腹入长安，力陈效忠朝廷；并重贿李傕、郭汜，极称愿受其驱使；又请以王朗为会稽太守。

李傕、郭汜大喜，以为可借陶谦以安东南，遂请献帝下旨，拜陶谦为安东将军，仍领徐州牧；以王朗为会稽太守。

王朗字景兴，东海名士，博通今古，尤精经史，曾为太尉杨赐门生，拜为郎中；杨赐病逝，王朗辞官，执弟子礼为其守墓。陶谦慕王朗大名，征为治中从事。

于是王朗出徐州，往会稽赴任。

曹操知陶谦遣使贡奉，拜为安东将军，若再伐徐州，必为李傕、郭汜所恨，遂止。

李傕欲废献帝自立，遣心腹入徐州，命陶谦再往舒城，逼吴氏交出玉玺。陶谦命别驾从事麋竺领精甲五千，驰往舒城，收押吴氏母子及张纮。

孙策闻知，大为惶遽，忙求见袁术，请增兵三千，赴舒城解救母弟。

袁术道，自古兵不在多，而在于精。卿远道而伐，宜以精兵疾驰，速战速决为上；若大举而往，陶谦必虑徐州安危，或再遣精甲，反而不利。

孙策不语，亦不去。袁术又道，卿若能以一千轻骑破敌五千，此千古奇功，何愁不闻名天下！

孙策深知袁术之意，笑道，明公美意，我岂能辞！

袁术道，今九江无太守，卿若胜，我必力荐。

孙策道，若不胜，我必自去，从此不入行伍！

袁术道，君子之言，重如山岳；我与卿各有所约，彼此不悔！

孙策回营，即领吕范、孙和等，昼夜疾驰，直赴舒城。

麋竺收押吴氏母子及张纮，大肆追逼，一无所获，正无所适从，忽闻孙策举轻骑而来，急命紧闭城门，以待孙策。

孙策至城下，虑兵寡，令急攻西门。麋竺命弓箭手急射。吕范劝孙策暂止，另作计划。孙策不听，身皮牛革，欲只身逾墙而入。

吕范劝道，麋竺坚城以待，石木如山，弓箭如雨，若逾墙，必粉身碎骨！

孙策厉声道，母弟、张纮俱在敌手，刻不容缓，何惧生死！

言毕，举长木，直扑城墙。吕范急令孙河等猛攻，以助孙策。

孙策以长木着墙，奋力攀登。麋竺见孙策如飞而上，急令部属以石木猛击。孙策虽受创，仍不止。麋竺又令急射，箭矢俱中牛革，不能透。转瞬，孙策已上城，直取麋竺。麋竺大惊，疾走。部属欲阻孙策，孙策奋力格杀。城上狭窄，不能合围，部属大惧，亦走。

吕范见此，率孙河等直扑城门，猛攻，片刻，门破，吕范等蜂拥而入。

麋竺愈为惊恐，忙领部属弃舒城，逃归徐州。

孙策亦不追赶，径入牢房，救母弟及张纮。孙策恐麋竺复来，不敢久留，亦离舒城，护母弟及张纮往丹阳，欲托付吴景、孙贲。

翌日，孙策等入丹阳，拜见吴景、孙贲，托以母弟。张纮不敢再回舒城，愿随孙策往寿春。

孙策大喜，即辞母弟及吴景、孙贲等，携张纮、吕范、孙河回寿春，向袁术复命。

袁术知孙策全胜而归，大为惊骇，遂命设酒，款待孙策。席间，袁术虚言庆贺，只字不提九江太守之诺。孙策每欲询问，终未出口，告辞。

又数日，孙策知袁术已委九江太守于他人，大为忿恨，欲问袁术。张纮劝道，袁术无信，世人皆知，岂能与背信弃义之徒较长短！若问，既不能逆转，又不免得罪，何必如此！

孙策道，我欲重振先君未竟之业，不惜委身投靠，望能以太守之任树威立德，袁术却自食其言，我岂能忍！

张纮道，区区太守，所辖不过数县，上有刺史，下有令长，屈从其间，上不接天，下不着地，岂能树威德！

孙策道，卿虽言之有理，然我受制于此，犹如虎落平阳，龙困浅滩，奈何？

张纮道，我有一策，既能使卿脱樊笼，亦能获数千之众。如此，卿可走马江东，凭吴越之深险，自立于群雄之外。

孙策大喜，忙道，先生有何策，请指教，我必遵奉。

张纮道，袁术恨陶谦背盟，私结李傕、郭汜，欲伐徐州，命庐江太守陆康助粮草万担。陆康以新任庐江，人心未附，不可大肆征敛为由推谢，袁术大为怀恨，欲先伐庐江，然犹豫未举。卿可自请讨陆康，以使诸郡镇服为由，请精兵三千，袁术必不疑。卿若破庐江，收陆康部属，然后渡江，大事可成。

孙策颇为疑惑，说张纮道，陆康乃当今名士，为人慷慨，颇有声望，若攻，恐得不偿失。

张纮道，此迂腐之见。自古成大业者，无不果敢勇决；凡拘于小仁小义者，终将一事无成。

孙策不再疑，即求见袁术，请增兵伐陆康。

袁术沉吟道，庐江为我所辖，陆康为我部属，岂能讨伐？

孙策道，我知陆康与陶谦暗中往来，亦欲投李傕、郭汜，然后转逼明公。若不除陆康，以儆效尤，恐诸郡俱生异心。

袁术道，既如此，庐江应攻，陆康该死；不知卿欲请兵多少？

孙策道，我知庐江有精甲一万，又有城池可依，若无一万之众，恐难取胜。我请明公增兵九千，我必夺庐江，杀陆康。

袁术笑道，卿以一千快骑救母弟，麋竺五千精甲不能敌；今伐庐江，何不能以少胜多？陆康虽有名，不过一介书生，卿何惧！我予卿精甲三千，若能败陆康，我必以卿为庐江太守。

孙策不再言，遂请兵符，获精甲三千。

十二

孙策已有四千余众，大加整训，欲尽收将士之心。黄盖、程普知孙策欲伐庐江，即来拜望。孙策大喜，命置酒款待。

酒过数巡，黄盖问孙策道，我等知伯符请兵攻庐江，不知袁术增兵几何？

孙策道，袁公路予我三千精甲，俱为先君旧部；我原有部属一千，合四千。

黄盖道，我知陆康拥众一万，又极具恩信，实不易取。袁术令陆康筹集粮草，陆康拒不应命，所仗者，精甲也。况庐江险固，城高垒深，卿以四千攻一万，岂有胜算？

孙策道，卿所说，我岂不知；然先君饮恨九泉，深仇未报，大恨未雪，我为人子，岂能苟安！今寿春如囚室，袁术如狱吏，若不铤而走险，岂能出牢笼！

程普道，伯符复仇之心如炽，不惧危难，令人感佩；然袁术用意险恶，欲一箭双雕，伯符若败，可永绝还兵之说；若胜，可借此除异己。无论如何，获利者袁术也。

孙策道，袁术用心，我何不知！然我不愿居囚笼，空耗岁月，故不惜以寡击众。虽庐江险固，若能出奇计，并非不能胜。

黄盖道，自古出奇制胜者并不鲜见，不知伯符有何良策？

孙策道，尚无一策，欲与张纮、吕范谋。

程普道，张纮儒雅清通，博识今古，然非兵家，长于大略，短于战术；吕范学问精深，熟读经史，与之言古今，或能详尽始末；若谋以取胜之道，亦恐勉为其难。

孙策不言，良久，问程普、黄盖道，依卿等之意，我当如何？

程普道，我等随令尊伐黄巾，曾与大方主波才战于颍川，若非天不与其便，我等必大受挫败。波才乃罕世之才，能以乌合之众敌虎狼之师，足见不同凡俗。若得此人相助，非但庐江可取，亦可与群雄一较高低。

孙策忙问二人道，不知何处可寻波才？

黄盖道，波才兵败，即随颍上客居颍水北岸，自此不见出没，想必仍居于彼。我等为波才所败，曾逃至颍上客隐居处，故而知其所在。

程普道，我等此来，欲趁卿未举，同往颍川访波才。虽波才一人，胜过雄兵数万，何虑不能胜陆康！

孙策大喜，起座一揖道，我虽不才，定不负拳拳之心！

黄盖、程普忙还礼。黄盖道，我等俱为令尊旧部，常恨不能报知遇之恩；所幸苍天有情，令尊有后！我等俱愿以卿为少主，誓死追随，不离不弃！

孙策大为感激，以酒致敬。翌日，三人拜会袁术；孙策道，我知明公素以孝义为重，陆康携幼子陆绩拜会明公，明公以新桔酬客，陆绩藏桔于怀，别时，桔坠于地；明公责陆绩，何以为偷窃之徒？陆绩称欲以此奉母；明公大为赞叹，使陆绩名满天下。我欲伐庐江，然先君冥诞在即，故而欲往坟前拜祭，尔后再举兵，望明公恩准！

袁术道，此人子之孝，岂能不准！

程普道，我与黄公覆俱为孙文台旧部，曾受其提携，欲随伯符致祭，亦望明公恩准。

袁术道，此主仆之义，我岂能拒！

三人获准，大喜，辞别袁术，轻骑快马，一路疾驰，不数日已入颍川，见遍地萧疏，荒芜不堪，人烟稀落，十室九空，大为哀叹。不觉已到渡口，三人将快马系于南岸空宅，渡颍水，渐至颍上客茅屋前。

此时，暮色未合，一派夕阳映带苍松绿竹，枝叶间幽光泛涌，恍若血泪；身后，颍水含烟带雾，波微浪小，犹如满川碧云；眼前，茅屋静卧夕晖，风轻露淡，清绝无尘，几如身在蓬壶。

孙策等忽觉拘束，俱止步。良久，孙策叹息道，若不身临此境，岂知世外风尚。人生若不能成大业，栖居于此，卧听松风竹雨，闲看暮云夕烟，亦不枉然！

程普道，我曾闻愚者喜俗世，争名逐利，蝇营狗苟；智者处世外，风雨不动，一念不生。未必波才已绝俗念？

孙策不再言，见房门虚掩，命黄盖近前而呼。黄盖呼之再三，俱无回应，遂推门，门开，夕照骤入，四壁皆明，不见人影。

孙策等忽不知所为，正此时，忽见一男子披蓑衣，戴斗笠，沿松间小路缓步而来，一手握渔竿，一手提鱼篓。

孙策忙施礼道，卿莫非波才？

男子已到屋前，反问孙策道，卿等何人，来此何事？

孙策忙道，我乃孙策，自寿春远道而来，欲拜会颍上客及波才。

男子不言，上屋阶，以渔竿靠墙，近水缸，将鱼篓沉于水，击水声顿起，如雨敲枯叶。男子欲取斗笠，忽迟疑，又止，说孙策道，我师年前已离此，至今不获音讯。

孙策道，可知归期？

男子道，不知，归或不归，亦不知。

程普忙问，敢问波才何在？

男子笑道，我不识此人，恕无所告。

黄盖忽上前，揭男子斗笠，大笑道，卿即波才，何故隐瞒？

男子不悦，斥黄盖道，我乃松竹子，确不识此人；虽山野愚夫，亦知待人以礼，卿竟如此唐突！

孙策忙道，非我等无礼，实因求贤心切，望勿怪罪。

男子转身入屋，欲关门；程普忙近前，以手撑住，冷笑道，我等曾与卿于颍川大战，岂能不识！

男子沉吟道，实不相瞒，世上已无波才；卿等请去，恕不挽留。

言毕，再关门；程普仍强撑，门不能关。男此无奈，又道，今世事诡谲，处处凶险，既已置身事外，绝不再寻烦恼。我已为方外之人，唯知山水渔樵，不知其他，卿等何必强逼。

黄盖欲强执波才，孙策不准，望波才一揖道，先生经天纬地之才，令人仰慕不已。我来此，欲奉先生为师，愿受教诲，唯命是从，望先生不辞！

波才不再言，转身又走，入内室，紧闭房门。孙策等呆立良久，不知进退。黄盖不甘，说孙策道，不如放火，逼波才出。

孙策沉吟道，不可，波才心已死，不愿涉足世事，岂能强逼。

于是三人怏怏而去。数日后，三人回寿春，程普、黄盖仍归本部；孙策即召张纮、吕范议取胜之计。

吕范道，我等苦思破敌之策，总无所获。以区区四千，攻一万之众，况有坚城固垒，实不可胜。

张纮道，我等俱非兵家，唯知大局，不知战术，恐有负厚望。

孙策道，今兵符在手，将士待发，若拒往，袁术必问罪，奈何？

张纮道，既箭在弦上，不得不发，又取胜无望，不如以伐庐江为名，转道江东，敛兵深险之地，招募子弟，蓄势待发。

孙策道，若以区区四千渡江，进不能掠郡县，退必受袁术所阻，何谈纵横江东！

张纮、吕范俱不言，颇为尴尬。恰此时，陈珪受袁术之命来此。孙策忙出迎，欲请陈珪同饮。陈珪辞道，我来此，唯一事相告。卿已领兵符，不可迁延不举；既祭祀已回，需于三日内攻庐江，否则必以违令问责；请好自为之。

陈珪告辞，孙策仍回座，沉吟良久，孙策说张纮、吕范道，袁术催逼，不能再推。我已在绝境，既进亦死，退亦死，不如进。我知陆康颇具信义，非袁术之流可比，不如以攻取庐江为名，脱此樊笼，转依陆康，然后共拒袁术，卿等以为如何？

张纮道，大丈夫立世，以信义为要，转投陆康，失信之举也；世人必责之，袁术必恨之，或举寿春之众大肆攻伐，庐江岂能不破。陆康必知后患所在，岂能接纳。

孙策道，既袁术已与陶谦生隙，陶谦又为安东将军，为李傕、郭汜所重，不如说陆康依陶谦，如此，何惧袁术！我知子纲与陆康有旧，可书信与陆康，表明此意，陆康必无疑。

张纮道，此举或使陆康万劫不复，恕难从命。

孙策冷笑道，我纳先生之说，请兵伐庐江，军令已出，岂能反悔；若不奉命，必有性命之忧，不知先生作何感受！

张纮大惭，不能拒，书信与陆康，尽言孙策之意；书毕，遣心腹夜入庐江，送与陆康。陆康大喜，即回信，称愿接纳。

孙策即拜会程普、黄盖，嘱以秘计。

翌日，孙策即举四千精骑出寿春，直扑庐江。

十三

孙策等疾驰数日，已近庐江，忽有陆康心腹迎于途，请孙策止于四十里外，独邀张纮入城。孙策大疑，不敢轻进。

陆康知张纮来，设酒款待。张纮大为急切，说陆康道，今孙策已近庐江，或为袁术所察，急如火焚，卿何不命其入城？

陆康道，我与孙策素昧平生，既不知为人，又不知用意，岂能轻信；若孙策别有用心，岂不引狼入室？

张纮愈急，忙道，孙策为孙坚之后，依附袁术，欲讨回孙坚旧部，以雪父仇；袁术不肯，百般推诿，几欲陷害。孙策每不能安，欲脱樊笼，恨无所去。既知卿颇有信义，为人慷慨，欲归附，遂以讨伐为名，获数千精甲，愿为卿部属，甘受驱使。此心昭昭，犹如日月，卿何疑！

陆康不言，仍不能决；张纮又道，既卿有疑，何必许诺！所谓君子一言九鼎，岂能如此！卿以信义立世，若拒孙策，必使天下人疑之！

陆康疑心大减，说张纮道，非我无信，实因人心险恶，深不可测。话已至此，我岂能再疑？

于是邀孙策入城。

袁术知孙策转投陆康，大怒，即召诸将，欲讨陆康、孙策。

程普道，孙策竖子，明公待之若子侄，竟如此不义，是可忍孰不可忍。我请明公举全军直捣庐江，夺陆康之命，戮孙策之头！

陈珪道，陆康所辖不过万余，合孙策所领，亦不足二万，何需举全军之力！况袁绍、陶谦等虎视眈眈，若大举攻庐江，袁绍等必趁势而为。我请明公遣精甲二万，必能破庐江。

袁术道以为然，问诸将道，谁愿往？

诸将颇忌孙策英勇，俱不敢应。黄盖道，我愿往！

程普忙道，我愿同往！

袁绍大喜，说黄盖、程普道，卿等若能破庐江，擒陆康，杀孙策，我必重赏！

遂命二人各举一万精甲赴庐江。陈珪以为不妥，待诸将退，说袁术道，程普、黄盖俱为孙坚旧部，若转投孙策，岂不大有所失？

袁术大疑，急召程普、黄盖，欲夺兵符。程普、黄盖复来，袁术道，卿等俱为孙坚旧部，颇有旧情；非我多疑，实因人心莫测，不敢轻信。请还兵符，我将另遣他人攻庐江。

程普道，明公所虑过矣，我等妻子俱在寿春，岂敢有二心！

袁术冷笑道，卿等自请伐庐江，我岂能不疑！

程普道，实不相瞒，孙坚已死，旧情已绝，我等欲效忠明公，鞍前马后，不惜万死；然自归附以来，始终不获信任，我等颇为茫然。今孙策背信弃义，我等欲杀之，以证忠壮之心，故此不顾嫌疑而自请。既明公有疑，当还兵符，何必自讨无趣！

言毕，即出兵符，奉还袁术。袁术顿觉犹豫，又知诸将怯战，别无所遣，于是笑道，我不过一试卿等心迹，何必如此？所谓疑人不用，用人不疑，卿等既欲以此表明忠心，必能破庐江，我何疑！

程普、黄盖遂举二万精骑往庐江。

陆康知程普、黄盖举众而来，急令紧闭城门，召孙策、张纮、吕范等商议应敌之策。

孙策道，程普、黄盖俱为先君旧部，颇知旧恩，我当动之以情，晓之以理，说二人来归；若二人不从，我必斩之！

于是陆康、孙策等俱上城楼。孙策呼程普、黄盖道，我不愿为笼中鸟，故而赚走部属，归附陆使君；先君待卿等如手足，情义如天，岂能恩将仇报！袁公路不义，愚若猪狗；陆使君英明义勇，仁德似海。卿等何不弃暗投明，共图前程！

黄盖怒指孙策，大骂道，孙策竖子，汝本失怙之子，丧家之犬，袁公路怜汝孤苦，好心收纳，汝竟以怨报德！陆康招纳叛亡，亦不可恕！我等奉袁公路之命，必破庐江，取汝等性命！

孙策大怒，说陆康道，我必斩二贼，以报使君接纳之恩！

言毕，飞身下城，即领部属大举而出。黄盖见孙策出，亦领所部直扑孙策。双方战成一团，一时不分胜负。孙策见黄盖一味逞强，急呼黄盖道，黄公覆岂不记临行所嘱？

黄盖一惊，拨转马头，绕城疾走；孙策拍马直追。黄盖部属大乱，或退回，或乱走。孙策取弓箭，一箭射中黄盖坐骑，坐骑惊狂，将黄盖颠下马背。孙策弯腰伸臂，将黄盖一掠而起。

张纮、吕范等惊愕不已。陆康脱口赞道，孙伯符真虎将也！

程普见黄盖被捉，急命部属大出，欲救黄盖。孙策令将士急退，以避锋芒。陆康见孙策等已入城，即令紧闭城门，收起吊桥，又命弓箭手急射。

程普等受箭矢所阻，不敢前，遂止。

孙策掷黄盖于地，令缚其手足，关入大牢。

陆康深恐其中有诈，欲突审黄盖，以察情形，遂命衙役带黄盖。片刻，衙役押黄盖来。陆康亲去其缚，笑道，卿与孙伯符行苦肉计，可惜我已有所察；今庐江如虎穴，岂能脱身；若以实相告，我必厚待。

黄盖冷笑道，我不惧死，唯不愿闻孙策之名！

陆康道，何故？

黄盖道，不见孙策，恕我不言！

陆康略一思忖，遂召孙策、张纮、吕范等。

黄盖见孙策来，狂怒不已，大骂道，汝明知袁术多疑，我等不能安处，竟以攻庐江为名赚走部属！我与程德谋进退两难，若不追杀，必受连累；若追杀，又有负旧情！

孙策反斥黄盖道，汝等本市井无赖，受先君恩遇，不知誓死相报，反而认贼为父，又领先君部属而拒还，实不可恕！

孙策亲缚黄盖，以鞭痛打；黄盖虽皮开肉绽，仍大骂不止。

陆康冷笑道，卿等若欲夺庐江，我当拱手相让，何必如此？

孙策遂止，说陆康道，既陆使君有疑，我等当去！

言毕，孙策掷鞭于地，请张纮、吕范同走。张纮、吕范亦嫌陆康多疑，拂袖而去。陆康见此，疑惑尽释，忙执孙策手道，非我多疑，实因大军压境，庐江危急。卿等俱为袁术麾下，若不察用意，不敢轻信；既心迹已明，我何疑！

遂命仍押黄盖入大牢，并置酒款待孙策等。

酒过数巡，陆康道，伯符之勇不在令尊之下，然庐江区区一郡，非龙腾凤飞之地，卿屈身于此，恐不能显达。

孙策道，我本无所图，唯愿报先君血仇。可恨袁术心胸狭窄，处处掣肘，事事提防，使我如陷囹圄，不能安处。张子纲曾论及天下佳士，于卿赞不绝口，我亦仰慕不已。今既来，更知使君气度，远非袁术可比；我归附使君，犹如脱兔入山，当不虑走狗飞鹰。使君厚德，我必终身感戴，至死不忘！

陆康又问孙策道，今黄盖虽就擒，然部属未损，况程普仍围庐江，奈何？

孙策道，使君勿忧，我必大败程普，尽收先君旧部！

陆康道，卿有何策，愿闻其详。

孙策道，实不相瞒，程普、黄盖所领，多为先君心腹，俱愿离袁术，归我麾下。我在寿春，已与将士有约，若我攻庐江，将士必倒戈。

陆康不再言，待席散，遂召心腹，嘱其严加防范，以备剧变。

十四

翌日，程普命部属大举攻城，一时四门告急。陆康大惊，急召孙策等，商议应敌之策。

孙策道，程普在城外，进退自如，辗转随意；我等在城内，张驰受阻，举止不便。若相持日久，城内粮草必尽，人心必乱，于我不利也。我以为，宜大举出击，速败程普。

陆康以为然，遂命诸将俱听命于孙策。孙策见程普在东门外，即令孙河等自东门杀出，直扑程普。

程普大惧，望南疾走。孙河等奋起直追。程普急遣快马，令将士弃庐江，俱南走。孙河等追杀愈急，程普亲领死士断后，以阻孙河。孙河见将士受阻，遂止；程普亦不再走。双方迅速列阵，相持南郊，互不敢举。

陆康见此，说孙策道，诸将已与程普相持，卿若领兵骤出，绕击程普后，必能大胜！

孙策冷笑道，我意在庐江，不在程普！

陆康大惊，骂孙策道，竖子，我诚心接纳，汝竟行此奸计！

孙策笑道，兵者，诡道也，陆使君知书不知兵，何必怨恨！

正此时，有人领黄盖来此。孙策忙朝黄盖一揖道，我恐陆使君不能释疑，故而假戏真唱，望勿怨恨！

黄盖道，伯符能取庐江，我等所望也，何恨之有！

陆康见事已如此，转而斥张纮道，张子纲身为士大夫，竟出此诡计！

张纮满面愧色，不能言，一揖告退。

孙策说黄盖道，卿且暂执陆使君，我即出城，收庐江将士。

黄盖遂执陆康，押入府第，命士卒看守。孙策领三千精骑出城，阻于孙河后，并命心腹说程普，请其前后夹逼，迫庐江诸将归降。

程普大举而攻，孙策自后夹击。庐江诸将大惧，不知如何应敌。孙河说诸将道，庐江既失，又前狼后虎，若不降，必死于非命！

诸将俱知大势所趋，不能逆转，遂命士卒弃戈矛，纷纷投降。孙策大喜，领程普、孙河等入城。

是夜，孙策请陆康。陆康不来，大骂不止。黄盖、程普欲强执陆康，孙策不准，说张纮道，子纲先生与陆康为知己，望能请陆康来此。

张纮不能辞，遂往。陆康知张纮来，愈怒，闭门不见。张纮不去，立于门外。陆康命家仆以冷水浇张纮。张纮虽浑身透湿，仍不去。陆康无奈，隔门说张纮道，既已取庐江，何必苦苦相逼！

张纮道，卿一日不出，我一日不去。

陆康道，我誓死不出，如何？

张纮道，我亦誓死不离此。

陆康沉吟良久，遂命家仆开门。张纮再三苦请，陆康方随张纮见孙策。孙策大喜，朝陆康一揖道，我愿自此追随使君，鞍前马后，万死不辞，望使君不嫌我愚鲁！

陆康冷笑道，我虽卑琐，亦不与竖子为伍；既为汝等所执，唯望一死！

孙策请陆康入席，陆康斥道，恕不与小人饮！

黄盖大怒，欲杀陆康。孙策力止，知陆康不能屈，仍请其回府。

吕范劝孙策道，陆康为吴郡世族，深负人望，若能使其归顺，可尽获士子之心。

孙策以为然。数日后，以为陆康心意已平，孙策携酒而往，拜见陆康，虽恭候半日，陆康仍不肯见。

翌日，孙策又来，呼陆康道，我受庐江市民之嘱，特请陆季宁还任太守！

孙策呼之再三，不见回应，大怒，欲命部属破门强入。正此时，忽见门开，一少年立于门内，说孙策道，卿且回，我父有病在身，恕不奉迎。

孙策不信，问少年道，使君何病？

少年道，卿施诡计，我父不识；庐江既失，宁不有心病？

孙策讶然，又说少年道，我虽取庐江，然无意据之；士民俱望陆使君回衙履任，岂能有负殷切之望？

少年道，我父为此惭愧不已，无颜与父老相见。

孙策沉吟片刻，又问少年道，卿为何人？

少年道，我乃陆康之子陆绩。

孙策忙问，莫非怀橘遗母者？

陆绩道，区区小事，何足为道。

孙策欲再言，陆绩已关门。孙策彳亍良久，深知陆康不肯屈服，遂回。

是夜，陆康举家离庐江，回吴郡，欲闭门读书，了此余生。然庐江之失不能释怀，竟一病不起。

孙策欲自领庐江太守，转攻江左，并与袁术绝。吕范劝孙策道，卿虽夺庐江，仍在群雄环伺之下，若自立，必不为群雄所容。况袁术近在咫尺，若与之绝，袁术必大举攻击。我劝卿仍依附袁术，静待时机。

张纮以为不然，说孙策道，袁术疑卿欲尽夺乃父部属，每每防范，若回归，与自投罗网何异。既已尽收陆康部属，又获程普、黄盖所领，何不趁此转战江东，以图自立！

孙策一时不知所措。正犹豫不决，忽接吴景来信，称袁术知孙策夺庐江，收程普、黄盖之众，大怒，欲尽起大军，四面合围，誓斩孙策、程普等。

孙策大惊，即召张纮、吕范、程普、黄盖等。孙策道，我等夺庐江已数日，袁术至今未获捷报，已大为生疑，欲四面出击，围攻我等。今大军将发，我当如何？

张纮道，可弃庐江，转走江东，袁术为大江所阻，必不敢深入。

程普道，不可，前有陶谦，后有袁术，侧有袁绍、曹操，岂能如此！

吕范道，我请伯符仍回寿春，以使袁术不疑；此虽权宜之计，却能免一时之祸，伯符何疑。

张纮斥吕范、程普道，既脱樊笼，何必再回！若回，袁术疑惑愈甚，必尽夺部属，既如此，何必费尽心机逐走陆康！既有杀虎之心，何惧为虎所伤！

孙策沉吟良久，叹息道，我虽出虎穴，无奈虎不肯舍；既不能断爪牙，唯能以弱示之。苍天不怜弱者，奈何！

孙策遂命黄盖、程普先还寿春，以释袁术之疑。袁术知黄盖、程普领众俱还，遂命诸将暂止，即召程普、黄盖。

袁术道，我闻卿等已归孙策，何故复回，未必嫌孙策莽撞，不可辅佐？

程普道，非也，孙策欲智胜陆康，故而佯言依附；孙策行前曾嘱我等请兵追击，以使陆康不疑。我等与之里应外合，故有此胜。

袁术冷笑道，既已夺庐江，何故久不报捷？

程普道，非不报捷，实因欲说陆康归附明公，为明公所用。不料陆康冥顽不化，拒不归附，故而迟报。

袁术沉吟片刻，又问，陆康何在？

程普道，已自走，不知所往。

袁术再无疑，遂召孙策。孙策不敢辞，即回寿春见袁术。孙策道，我欲智取庐江，妄称归附以疑陆康，使明公不辨真伪。此欺上瞒下之罪，请明公惩治。

袁术大笑道，卿为我智取庐江，逐走陆康，功高一时，何罪之有！

孙策道，今庐江尚无太守，人心惶惶，望明公早定人选，以免生变。

袁术深知孙策之意，竟不再言，命治酒，为孙策等庆功。

酒至半酣，袁术道，卿假意投陆康，我不知用意，遂以刘勋为庐江太守；所谓君子一言，驷马难追，奈何？

孙策早知袁术不守诺言，不愿再请，遂说袁术道，我别无所图，唯愿能报先君之仇。

翌日，袁术遣刘勋往庐江，履任太守；命孙策尽还三千精骑，仍领旧部。孙策大为忿恨，悔不听张纮之说。

数月后，忽闻陆康病死吴郡，孙策大为惋惜，遂携张纮赴吴郡吊唁。陆氏族人闻孙策携张纮来，怨恨不已，欲执而杀之。陆绩不准，说族人道，两军相争，唯以取胜为要，不论手段；况孙策、张纮来此凭吊，若杀之，世人当笑陆氏不义。

族人以为然，忍而不举。陆绩遂与族子陆逊等出迎。陆逊父母早亡，依陆康求生；陆逊长陆绩两岁，其敏慧更胜陆绩。孙策尤爱陆逊机敏过人，说张纮道，陆逊风神俊朗，聪慧绝人，他日必成大器。张纮亦以为然。

十五

陶谦为绝曹操复仇之心，依附李傕、郭汜。曹操知其用意，遂致书李傕、郭汜，称陶谦为人奸险，反复无常，实不可信；宜讨之，以绝他日之患。

李傕、郭汜不能决，遂召群僚商议。钟繇道，陶谦曾与袁术、公孙瓒为盟，因惧曹操讨伐，转依朝廷，其用意不过自保，并无真诚；为报私仇，竟截杀曹嵩，足见其人卑劣。曹孟德誓报父仇，此人子之义，若不准，必遭非议。

李傕、郭汜以为然，遂准曹操所请。

曹操留荀彧、程昱、夏侯惇守兖州，举大军十万，再伐陶谦。

陶谦大惧，即召群僚商议。麋竺道，曹操为雪父仇，所出尽为哀兵，必勇不可挡；宜请田楷、刘备救援，或远走辽东，以避锋芒。

陶谦道，我为天子牧守，何惧曹操；况徐州乃深险之地，何惧强敌！

于是命诸将于途中大设壁垒，欲力拒曹操。曹操见此，命诸将分兵击之，壁垒相继告破，徐州危急。

陶谦大惊，又召群僚。麋竺道，曹操极善征战，实不可力拒。我知汝南许子将曾为曹操作评，使其知名，曹操深怀感激；今许子将避祸借居广陵，卿可造访，请其说曹操撤兵，或能解徐州之危。

陶谦无奈，遂领麋竺、麋芳往广陵拜会许劭。

许劭知陶谦等来访，即出迎，并嘱家仆置酒款待。席间，许劭说陶谦道，我知陶恭祖气度恢宏，博闻强识，今日之会，幸甚、幸甚。

陶谦道，许子将名播四海，士子多以月旦之评而获誉天下；我不能免俗，亦有此想。

许劭又说麋竺、麋芳道，东海麋氏，世代贵胄，能与卿等相识异乡，我当再无逆旅之苦。

陶谦嫌许劭啰嗦，拱手道，我知卿能识天下之士，今日来此，愿求一评。

许劭笑道，卿等早已名扬天下，何须一评。所谓月旦之评，不过揣测妄断而已；无名之辈欲借我口，以获赏识，故而谬言流散，其实不足为信。

陶谦不悦，笑道，我知卿每评值千金，我既来，必有所备，卿何辞？

许劭道，我久不为此，恕难从命。

陶谦大怒，遂告辞，即领糜竺、糜芳入广陵，欲请太守杀许劭。糜竺劝道，我等来此，欲请许劭劝曹操，并非获评，何必怨恨？

陶谦道，许劭不过诓骗之徒，曹操岂能听之！

许劭知陶谦欲加害，遂携家眷夜离广陵，远走辽东。翌日，陶谦领数百精甲复来，却不见许劭，忿恨不解，令太守四处追索，终无所获。

陶谦无奈，遂回，命诸将退守徐州，欲以城池之险抗击曹操。

曹操亲率大军长驱而入，直指徐州。陶谦大为恐惧，遣人求援刘备，许刘备为豫州刺史。刘备仅有五千余众，闻此说，大为心动，遂离田楷，走归陶谦。陶谦以精兵五千予刘备，命其屯兵小沛，呼应徐州。

曹操一路破竹，已近郯城。九江太守边让受陶谦之命守郯城，知曹操锐不可当，难以匹敌，欲引军撤走；尚未出城，夏侯渊、乐进等已近城下，四面合围。边让不能出，命部属紧闭城门，欲自守。

曹操率曹仁、曹洪、陈宫等举大军随后而来，知被围者乃杀父仇人边让，大为愤怒，命诸将大举攻城。

陈宫劝曹操道，我曾与边让有旧，愿说边让离陶谦，以城献降。

曹操冷笑道，我与边让不共戴天，岂能纳降！

陈宫见曹操忿恨不已，不敢再劝。曹操令诸将齐举，急攻四门。边让大骇，忙遣心腹拜见曹操，称愿降。曹操不许，痛斩来使。

部属说边让道，曹操素欲笼络人心，若缚士民予以要挟，曹操或不敢攻。

边让无奈，遂命部属缚士民五千，推上城楼，欲逼曹操解围。士民大为恐惧，哀求不已。

曹操仍强攻不止。边让命部属推士民坠城，丧命者数十人；被缚者哀呼愈急。诸将不忍，遂止。曹操斥诸将道，边让恶贼，竟如此毒辣，若使其如愿，后来者必效仿；若恶行始于此，我等之罪也！

诸将猛醒，又攻。曹操亲率死士一万，猛攻东门。城中市民恨边让无德，竟开城门，放曹操入。边让大惧，退回府第，悬梁自尽。曹操既入城，欲手刃边让，径往府第，忽闻哭声大起，颇为惊讶。

迟疑片刻，曹操仗剑而入，见边让妻抚尸恸哭，斥其妻道，边让杀我父亲，又执士民阻我攻城，此人神共恨也；既死，汝等当喜不当悲！

边让妻何氏大为恐惧，即携小妾张氏跪地求饶。曹操见何氏、张氏俱有姿色，暗自心动，安慰道，边让无义，死有余辜；然汝等无罪，我绝不加害。

何氏、张氏稍安，命家仆延曹操入客堂，置酒款待。曹操辞道，我虽好酒，却从不独饮。

何氏颇知曹操之意，遂携张氏陪曹操饮。酒至半酣，曹操说二妇道，汝等堪称佳人，何故嫁为边让妇？

二妇不能答。曹操笑道，汝等如梨花，边让如粪池，浸没其间，岂不可惜？

何氏道，妾等身不由己，所谓嫁鸡随鸡，嫁狗随狗。

曹操分执二妇手道，今鸡已亡，狗已死，汝等已离粪污，我愿为汝等洗身，如何？

言罢，遂令侍女备温水，与二妇共浴。浴罢，又执二妇共寝，大肆奸玩，颇觉美畅。

曹操极爱二妇姿色，留宿数夜，仍不肯去。

陈宫知曹操奸宿边让妻妾，大为惊讶，直入边让府第，欲劝曹操。曹操正与二妇于卧榻缱绻，见陈宫忽来，斥道，鸳鸯同梦，虽天神不敢惊扰，汝竟擅入！

陈宫立于榻前，隔帘说曹操道，将军贵胄之身，竟与寡妇同榻；市井之徒尚知耻，将军竟不能！

曹操大怒，骂陈宫道，狗贼，竟敢辱我！

陈宫大为惭恨，忿然而回。恰遇张超来访，见陈宫怒形于色，问陈宫道，卿何故忿怒？

张超乃陈留太守张邈胞弟，亦为曹操属将。陈宫道，曹操无德，并边让妻妾，与猪狗何异！

张超虽归附曹操，每以为怀才不遇，久有异心，闻此言，切齿道，我等俱非曹操亲信，又各有妻妾，他日宁不受此辱！

陈宫道，卿兄张邈镇陈留，拥众二万，我等何不离曹操，归附张邈？

张超沉吟道，陈留为曹操故里，根深叶茂，非我等立足之地；况我兄与曹操友善，恐不愿接纳。

陈宫道，张邈为人慷慨，性情壮烈，又志存高远，非久居人下者。我有一计，必使张邈欣然纳之。

张超仍存疑惑，说陈宫道，卿有何计，请告知。

陈宫道，我知吕布不能为袁绍所容，遂投张扬，张扬爱吕布英勇，又忌惮吕布反复无常，虽用之而存疑；吕布每欲离去，苦无容身之地。我将说张邈与吕布为盟，如此，不仅曹操可拒，张邈亦可称雄。

张超以为然，欲与陈宫遁走。

曹操知陈宫怀怨，大为悔恨，即召陈宫饮宴。陈宫恐曹操生疑，大肆奉承。曹操欲离郯城往徐州，命陈宫、张超屯兵东郡。陈宫、张超暗喜，方入东郡，即往陈留拜会张邈。

张邈知陈宫、张超之意，大为惊惧，一时不知所从。陈宫道，曹操逼死边让，并其妻妾，实可恨也，所谓兔死狐悲。我等俱有妻妾，焉知他日不受边让之辱！曹操誓杀陶谦，以报父仇，若徐州失，陈留岂能自保！我请使君迎吕布，以拒曹操。

张邈沉吟道，我与曹操友善，岂能结怨；况吕布奸险，见利忘义，若迎之，与引狼入室何异。

陈宫冷笑道，我等来此，曹操必知用意，卿若疑而不举，必遭大祸。

张邈大惊，斥陈宫道，卿不与我商议，竟擅自推我入沸水！

陈宫道，事已至此，责我何益！

张邈无奈，应之。陈宫即致信吕布，请其来陈留。

十六

吕布接陈宫信，大喜，欲弃张扬，与张邈、陈宫等会盟。部将张辽以为不可，劝吕布道，将军自离洛阳以来，去留不定，反复无常，部属多有怨言，不可再弃张扬。

吕布斥张辽道，此迂腐之见，人言大丈夫能屈能伸，何谓反复？

张辽知吕布心意已决，不能再劝，亦随吕布领众夜走，转投张邈。

张邈惧曹操报复，欲弃陈留，归寿张，据故乡而自守。陈宫劝张邈道，何必如此，曹操正攻陶谦，兖州空虚，若图之，必唾手可得。

吕布以为陈宫所说有理，亦请张邈转夺兖州。张邈然其说，于是尽举陈留之兵，合吕布、陈宫、张超部属，共五万余众，绕道赴兖州。

荀彧、程昱、夏侯惇忽闻张邈、吕布等举众而来，大惊，商议应敌之策。

夏侯惇道，可置大军于途，迎击张邈、吕布，使其不能近兖州；曹孟德知张邈、吕布来此，必复回，两面夹击，张邈、吕布必败。

程昱道，不可。张邈、吕布所领五万余众，兖州诸将散于各郡，一时难以集结，岂能迎击。

荀彧道，程仲德所言极是。兖州守军不足二万，不能坚守。我以为可弃兖州，分赴鄄城、东阿，坚城而守。吕布、张邈既入兖州，必分部属据郡县，不能大举攻鄄城、东阿，我等必能自保。

程昱、夏侯惇以为可，遂分兵，荀彧往鄄城，程昱、夏侯惇往东阿，坚壁自守。

吕布、张邈、陈宫等领大军入兖州，势如破竹，军民纷纷献降，继而攻占濮阳，欲直取兖州。陈宫劝张邈、吕布道，荀彧、程昱等弃兖州，分屯鄄城、东阿，意在使我等分兵，若如此，岂不使荀彧、程昱遂意？

吕布、张邈以为然，遂据濮阳。张邈欲自领兖州牧，陈宫劝张邈道，兖州为曹操根基，必大举回夺，既不知胜败，何必火中取栗；不如推吕布，若曹操败，再图吕布不迟。

张邈以为有理，遂与陈宫等共推吕布为兖州牧。吕布大喜，说陈宫、张邈道，卿等美意，我岂能推谢。然荀彧据鄄城，陈昱、夏侯惇据东阿，犹如虎狼在侧，若不灭之，我等岂能安处。

于是，吕布、张辽举众攻鄄城，张邈、陈宫、张超攻东阿。

吕布知鄄城守军不足一万，令急攻，欲迫荀彧以城献降。

荀彧令紧闭城门，率将士大集城上，或以弓箭乱射，或投以石木。吕布、张辽等大为受阻，一无所获。

张邈、陈宫、张超等至东阿，张邈、张超欲急攻，陈宫劝道，程昱非等闲之辈，既退守东阿，必有所备，非急攻能克。可围城，待其松懈，而后突袭，或能破之。

张邈、张超纳其说，围而不攻。程昱见张邈等引而不发，知其欲夜袭，遂召部属，嘱其大集柴草，若遇突袭，可纷纷投火。

时至半夜，陈宫命将士整装待发，亲率精甲潜至城门，以大木猛撞，一时响声如雷。正此时，城上火把大举，顷刻，柴草带火，呼啸而下，烧伤数百人。陈宫大惧，急退。

张邈、陈宫一时无策，亦围而不攻。翌日，忽闻曹操已近濮阳，吕布、张邈等大为惊恐，遂弃鄄城、东阿，回保濮阳。两军汇于途，陈宫说吕布、张邈道，今曹操尚在途中，可伏兵半道，猝然出击，曹操必受重创。

吕布、张邈纳其说，往途中设伏。

曹操知陈宫、张超迎吕布，合张邈之众转夺兖州，大惊，遂弃徐州，回援兖州；正行于途，知吕布、张邈已夺濮阳，吕布自领兖州牧，又转攻鄄城、东阿，遂命诸将夺濮阳，以迫吕布、张邈撤军。

是夜，曹操等正急行，忽见两山夹道，颇为幽曲，急令诸将暂止，于此结营。诸将不以为然，劝曹操夜过峡谷。曹操说诸将道，此处凶险，若吕布、张邈设伏兵于此，我等必遭灭顶之灾。

于是诸将结营，止于谷口。吕布、张邈等伏于山间，欲待曹操入峡谷，以滚石痛击；见曹操不前，吕布欲趁其立足未稳，骤然而出。陈宫以为不可，劝吕布道，曹操等方结营，大为警惕，若此时出，必为曹操所察，不能全胜；曹操等昼夜急驰，人马疲困，夜深必熟睡。若待三更，我等依山潜行，近其营，猝然而举，曹操必大败。

吕布、张邈然其说，隐匿不出。待至三更，吕布、张邈各率部属，依山潜行，暗围曹操军营，猛攻。

曹操虽有所备，无奈人困马乏，难以匹敌，大败。夏侯渊、曹仁、曹洪、乐进等死保曹操，冲破重围，仓皇而走。

吕布令张辽追击曹操。张辽欲建功，领精骑穷追不舍。曹操见张辽勇猛，命夏侯渊、乐进断后。不觉，天已明，夏侯渊、乐进布精甲于荒野。张辽亦令部属列阵，纵马而出，直取夏侯渊、乐进。夏侯渊、乐进不敢怠慢，亦飞出，合战张辽。二人渐渐不敌，回马退走。

曹操等勒马高坡，见夏侯渊、乐进不敌，大为惊叹，指张辽道，此虎将也，吕布麾下竟有如此英雄！

曹洪道，此乃雁门张辽，原为丁原骑都尉，后随吕布归董卓；吕布败出长安，张辽亦追随而走。

曹操道，我必收此人！

曹洪等劝曹操速走。曹操笑道，卿等勿慌，且看我以言退敌！

张辽率精骑疾进，渐近高坡；曹操大喝道，张辽穷追不舍，竟不虑伏兵！

张辽忽有所虑，其速已慢；曹操又喝道，吕布小人，每每恩将仇报，君子应耻为爪牙！

张辽大有所动，遂止。曹操命曹洪助夏侯渊、乐进，以防张辽再追。疾行一日，曹操等已近鄄城。荀彧知曹操兵败而来，即出迎。

曹操清点部属，竟折损逾万，大为忿怒，欲举众转攻濮阳，逐吕布、张邈。

荀彧劝曹操道，大军新败，士气低落，宜敛兵自守；待将士回勇，再逐次收复失地，不必强攻濮阳。

曹操以为有理，遂遣乐进、于禁往东阿助程昱，诸将俱留守鄄城。

吕布、张邈知曹操多谋，亦不敢轻举；又虑曹操举众攻濮阳，遂命张辽等于濮阳外大设营垒，以防曹操突袭。

曹操依荀彧之计，欲转攻郡县，正此时，忽闻陈留典韦离张邈，只身来投，大喜，命侍从礼请而入。

典韦颇具勇力，形貌魁伟，为张邈所召，拜为从事，曹操早有所闻。

曹操执典韦手道，我知卿侠义豪迈，名动四方；既为张邈部属，何故来此？

典韦道，吕布无义，张邈竟与之为盟；我虽不才，耻与竖子为伍，故而转投明公，愿效犬马之力。

曹操命治酒，款待典韦。典韦啖炙肉十斤，饮列酒三缸，仍不见醉饱。曹操大为讶异，击掌赞道，真壮士也，恐樊哙不及！

于是命再上酒肉，请曹洪、曹仁、夏侯渊、夏侯惇陪饮。典韦又饮酒一缸，啖肉五斤，笑说曹操道，我初来，将军不问吕布、张辽情形，大赐酒肉，足见仁义。吕布、张邈于城外大设壁垒，俱颇坚固，唯西营松懈，可图。濮阳大姓深恨吕布、张邈大肆勒索，俱愿烧城门，以作内应。将军若举，必能大败吕布、张邈。

曹操大喜，欲率典韦突袭西营。曹仁劝道，典韦初来，不知用意，若有诈，当如何？

曹操笑道，典韦爽直，非欺诈之徒，我不疑。

于是，曹操选精甲五千，率典韦夜往濮阳西。至城西，正三更月明，曹操等伏于外，命典韦近前而呼。典韦呼守卒道，我乃从事典韦，奉命察看防务，请开门！

守卒不知典韦用意，遂开营门；曹操等鱼贯而入。将士大惧，不敢应战，纷纷投降。曹操、典韦欲走，忽知吕布引军来救，大惊。典韦请曹操先走，自领五百精甲阻吕布。曹操不忍弃典韦，欲与之共待吕布。典韦推曹操上马，喝道，将军若有失，我何以取信于人！

曹操无奈，遂走。曲韦命一卒上屋顶，待吕布深入，以声示警；余者尽执利刃，伏于地。

片刻，马蹄声近，知吕布已来。士卒惧，欲起，典韦大怒，斩数人，余者不敢动。

蹄声已在眼前，房上士卒疾呼，十步矣！

典韦仍伏地不动；士卒又呼，五步矣！

喊声未落，典韦等忽起，急斩马足，吕布部属纷纷落马。吕布大惊，急退。典韦夺士卒长戟，直取吕布。吕布不知虚实，愈惧，落荒而逃。

典韦不再追，引精甲回鄄城。

曹操料典韦必死，叹息不已；忽报典韦等全身而退，大喜，亲出迎，并大设酒宴，为典韦庆功。诸将知典韦以五百精甲败吕布，大为赞叹。

曹操以典韦为都尉，领数百精骑为护卫。

十七

翌日，曹操召典韦，询及濮阳大姓欲为内应之说。典韦道，濮阳以姓濮阳者为多，城中巨富半为此姓。因恨吕布、张邈征敛过急，俱愿应将军攻城。

曹操大喜，即遣心腹入濮阳，以书信分嘱大户，约攻城之期。是日，心腹回禀，称大姓将于兵临城下时，火烧东门，大军可自此入城。

曹操遂举众往濮阳，止于三十里外。待夜深，曹操率众齐出，大集东门外，急攻。片刻，东门火起，城中大乱，继而城门坍塌。曹操举众突入，大肆屠杀。守军不备，纷纷逃散。

曹操正痛下杀手，忽见吕布等疾驰而来，大惊，欲命诸将拒吕布；士卒却大为慌乱，齐呼吕布来也！于是四散乱走，不能禁。曹操喝骂不绝，仍无济于事。

转瞬间，吕布等已近眼前。诸将亦惶恐，俱劝曹操回走。曹操亦惧，急走，一时大乱。曹操近城门，城门为乱军堵塞，不能过，急下马，脱甲胄，混入士卒中。正此时，吕布忽来，喝问道，曹操何在？

曹操忙指一骑道，骑黄马者即曹操！

吕布以为然，遂弃曹操，直取骑黄马者。曹操稍安，趁乱出濮阳，逃回鄄城。

翌日，曹操召诸将，斥道，濮阳之战，有大姓为内应，我等轻松而入，竟不能胜；非失其计，实因军纪松弛，将士怯战所致！吕布不过匹夫，有何惧哉！

诸将不敢言，唯唯诺诺。曹操又命彻查怯阵而逃者，依律严惩。

诸将不敢怠慢，严查率先逃散者，竟达两千余人。曹操严令斩首，一时人人震动。

曹操又请荀彧画吕布像数十，与真人同，命诸将悬于营内，令士卒以矛刺之，以尿溺之。士卒望吕布像而股颤，不敢近前。曹操愈怒，又杀数十人；士卒始敢刺画像。

曹操又命典韦衣吕布甲胄，骑赤色马，执画戟，扮吕布，于城外邀战；嘱曹仁领部属迎击。士卒不知真伪，奋勇而上。曹操大喜，急令收军。

是时，兖州因连年战乱，又天灾频发，粮草极为短缺。曹操、吕布俱因军资不足，不敢轻举，唯相持不战。曹操忧虑不已。

恰此时，袁绍遣使拜见曹操，欲重修旧好，请曹操引军出兖州，屯邺城，军资之窘当立解。曹操大喜，欲往邺城，待军资丰足再回夺兖州。

程昱劝曹操道，将军切不可离此，若走，吕布、张邈必能独享兖州粮草，再无窘迫。若复来，吕布、张邈必坚壁以待，恐难取胜。况袁绍自视不凡，以为独出群雄之上，将军既已脱桎梏，何必再入樊笼？

曹操道，此不过暂栖之计，非委身投靠，待兖州谷麦熟，我等再复来，与吕布争粮草，有何不可？

荀彧道，程仲德所说有理。吕布不义，又不顾士民疾苦，士民俱怀恨，唯望将军败吕布。我等若走，士民必大失所望。我劝将军仍屯兵兖州，广结士民，问疾苦，助农耕。士民受将军厚恩，必愈恨吕布，或能迫吕布自走。

曹操纳其说，命诸将士入农家，助耕种。士民不知用意，大为疑惑，以为欲取粮草，于是深藏余粮。渐渐，见将士秋毫无犯，不纳谢物，不收馈赠，不受饮食，于是疑心尽释，与之相处甚欢，歌谣嬉笑遍及村野。

吕布、张邈大为窘困，每遣将士入乡，大肆逼粮。士民痛恨愈甚，俱愿助曹操败吕布、张邈。

于是，渐有士民负余粮，赠送诸将。转眼秋收已至，谷麦大熟，曹操恐吕布夺粮，命诸将四处设壁垒，以防吕布。

吕布、张邈渐不能支，命夺粮，均为曹仁等所败；又知曹操大屯新粮于鄄城、东阿，欲攻二城，夺军粮。曹操知吕布欲图二城，即命曹仁、曹洪、夏侯惇、夏侯渊、乐进、于禁等，或断道而阻，或依险而屯。吕布、张邈处处受阻，不能进，仍还濮阳。

陈宫劝吕布道，既兖州人心不附，不如回夺陈留，日后再图曹操。

吕布不听，仍苦撑。

曹操回援兖州，徐州之危顿解。陶谦仍不能自安，深恐曹操复来，日思夜虑，竟染病，渐渐卧榻不起。家人遍请名医，为陶谦诊治，久不见效，病愈重。

陶谦自知不可逆转，遂召麋竺，嘱以后事。麋竺见陶谦气若游丝，面如土色，已知时日不多。

陶谦执麋竺手道，当此苟延之际，我仍忧患不已。我生于丹阳世家，举茂才，为世人所知。今雄心虽在，而苍天无情，奈何！徐州乃我根基，平生功绩尽在此，不忍撒手。徐州人物朴实，风情淳厚，非有德者不能居之。我闻刘玄德颇重仁义，堪为州牧。我死之后，卿可迎刘玄德来此。切记、切记，勿使我抱憾九泉！

麋竺泣道，将军所嘱，我必谨记。然将军不过微疾，若宽怀怡养，必能康复。

陶谦不再言，紧闭双目。麋竺见其面如死灰，已知大限在即，遂告辞。

是夜，陶谦死于病榻。

麋竺遂邀北海相孔融、典农校尉陈登等为陶谦治丧，并告知陶谦遗嘱。孔融、陈登亦久闻刘备颇具仁德，遂遣麋芳往小沛，迎刘备。

刘备知陶谦已丧，大惊，遂留张飞守小沛，护卫豫州，领关羽、赵云随麋芳夜往徐州。

刘备等趁夜疾驰，翌日晨已入徐州。刘备即领关羽、赵云献祭，祭毕，又抚棺痛哭。

关羽劝刘备道，陶谦为人刻薄，缺德少义，兄长何致如此！

刘备道，陶恭祖荐我为豫州刺史，临终又托以徐州，恩德如山，既丧，宁不一哭！

陶谦故吏见此，以为刘备忠义仁厚，实非他人可比，纷纷劝慰。

麋竺、縻芳、孔融、孙乾、简雍、陈登等邀刘备入客堂。

麋竺道，陶恭祖以徐州托付，望卿即履任，不负临终之嘱。

刘备大为惶遽，说麋竺等人道，我无德无才，又势单力薄，岂能镇徐州。况袁术近在寿春，虎视已久，既知陶恭祖西去，必大举侵夺。我所辖不过万余，岂能敌袁术。我劝卿等迎袁术，必能保徐州平安。

陈登道，袁术狂妄自大，才智荒疏，岂能奉迎；手足尚不能相容，况乎他人！卿若镇徐州，即可拥众数万，上足以奉天子，下足以安百姓，何必辞而不受？

刘备欲再辞，赵云道，既所请至诚，岂能辞谢。袁术竖子，何足为道；若不敢镇徐州，遑论天下！

刘备仍犹疑不决。孔融道，卿视袁术如猛虎，我视袁术如枯骨，有何惧哉！徐州乃陶恭祖临终所托，名正言顺；若疑而不取，他日必追悔莫及！

关羽道，兄长一再推谢，竟不虑我等寒心！袁术若犯徐州，我等必迎头痛击，令其有来无回！既临终所嘱，又人心所向，何必疑而不就！

刘备不再辞，遂履任。

十八

袁术知陶谦已死，欲举众夺徐州；陈珪劝袁术道，寿春与扬州近，扬州刺史刘繇觊觎寿春已久，若大军离此，刘繇必乘机而为。不如先败刘繇，再转图徐州。

袁术以为然，即出寿春，直扑扬州。刘繇大惧，欲弃扬州投刘备；部将樊能说刘繇道，袁术大举而来，寿春必然空虚，不如绕道取寿春。

部将张英道，不可。寿春为袁术根基，必有防备，况城池坚固，必难攻取。丹阳吴景、孙贲所领不足二万，不如转袭丹阳，必能唾手可得。

刘繇遂依张英之说，出扬州，直逼丹阳。

吴景、孙贲知刘繇举数万大军而来，不敢应敌，率将士及孙策母弟弃丹阳，退保历阳。

刘繇不战而取丹阳，恐袁术复夺，命樊能、于麋屯横江津，张英屯当利口，拱卫丹阳。

袁术入徐州，知吴景、孙贲失丹阳，大怒，欲夺二人之职；陈珪劝道，吴景、孙贲俱为孙坚旧部，若逼之过急，或叛离。不如以吴景为督军中郎将，与孙贲共领所部，令其复夺丹阳，以赎前罪。

袁术纳其说，命吴景、孙贲逐刘繇，收复丹阳。吴景、孙贲不敢违，自历阳出，与张英战于当利口，连月不克；袁术颇恨二人无能。

张纮说孙策道，今袁术逐刘繇，据徐州，曹操、公孙瓒、刘表、刘备等必不自安，或互为设防，疲于应对，此天赐时机也，可趁此离袁术，转走江东。

孙策道，我所领仅一千，何以立足群雄之间？

张纮道，袁术暂夺丹阳，而吴景、孙贲久战不胜，袁术大为焦虑。卿可求见袁术，请兵助吴景、孙贲；袁术求胜心切，必能准许。

孙策纳其说，于是求见袁术；孙策道，吴景、孙贲失丹阳，又久战张英不克，明公为此忧虑不堪；我虽不才，愿为明公逐刘繇，复丹阳。

袁术恐孙策借此收孙坚旧部，犹豫不决。

从弟袁胤劝袁术道，孙策曾举众夺庐江，并陆康部属，若有异心，可趁此收程普、黄盖，合数万之众，足可自雄，然并未如此，可见并无他意，卿何疑？

袁术不再疑，遂以孙策为殄寇将军，增兵两千，合三千之众，往当利口助吴景、孙贲。

是夜，程普、黄盖来访，欲领部属随孙策往当利口。孙策不准，说程普、黄盖道，若如此，恐我等尚未出徐州，已为袁术所灭。

翌日，孙策往当利口，正疾行，程普、黄盖追来。孙策大惊，恐袁术追索，请二人回。程普道，卿勿虑，袁术恨不能以乃父旧部为嫡系，我等自去，正合袁术之意。

孙策道，既有卿等相助，必能大有作为。

黄盖叹息道，唯恨不能领部属来投！

孙策道，江东乃先君发祥地，故旧颇多，恩信尚在；我等此去，必能使子弟归附，何愁无部属！

二人以为然，随孙策往当利口。

吴景、孙贲知孙策领兵助战，大喜，迎于二十里外，见孙策所领仅三千余众，又大失所望。

孙策颇知二人之意，笑说吴景、孙贲道，我知兵不在多，而在于精，将不在勇，而在于谋；两军相争，技高一筹者胜之。张英匹夫，我等若同心协力，必能破其壁垒，收复丹阳！

吴景、孙贲不以为然，迎孙策等入营，欲设酒款待；孙策坚辞，说吴景、孙贲道，应先拜见母亲，否则人或责我不孝。

于是，孙策暂别吴景等，领孙河往历阳。

吴景、孙贲遂请张纮、吕范、程普、黄盖饮。席间，吴景问张纮道，素闻伯符英勇善战，有小霸王之誉，曾入舒城救母，又智取庐江，广为称颂，然我未能亲睹；卿曾嘱以大计，又追随左右，颇知详情，望能告之。

张纮道，伯符实非等闲之辈，假以时日，必成大器。

吴景又问道，若与孙文台比，如何？

张纮道，若论智勇，父子不分高下；若论格局，子胜父远矣。

吴景、孙贲闻此说，大为犹疑，久不能言。

张纮深知二人心迹，笑道，料不出数年，伯符必称雄一方；十数年内，必能傲视天下。

吴景、孙贲仍不言；张纮道，我有一言，虑卿等怪罪，不敢告知。

孙贲沉吟道，卿且尽言，我等必洗耳恭听。

张纮道，依伯符气度，必能大聚江东子弟，勿需借孙坚余威。今既离袁术，犹如龙归大海，无人能折其锋芒。卿等所领，俱为孙坚旧部，若能归还，伯符必视卿等为恩人；若拒还，必以卿等为仇敌。当此两可之际，望卿等能知轻重，勿再疑。

吴景大为不安，说张纮道，卿所言有理，然恐为时已晚。当初，伯符往丹阳，名为募兵，实为讨还旧部，我等嫌其年幼，未予，恐已怀恨。

张纮道，卿所虑过矣。今伯符欲与袁术绝，走马江东，自创基业，然所领仅三千余，唯望招募子弟；若此时还以旧部，无异雪中送炭，宁不感激！

孙贲道，既如此，待伯符自历阳回，我即还旧部，听其节制。

张纮等大喜。

孙策入历阳，拜会母弟，见吴氏华发斑白，老态毕现，不禁悲从中来；又见孙权风采卓然，已翩翩少年，孙翊、孙匡亦渐雄壮，又大为欣喜。

历阳子弟知孙策来此，纷纷求见，俱愿追随。孙策大喜，一一收纳。仅一日，已获一千余众。

翌日，孙策辞别母弟，领子弟回当利口。

吴景、孙贲知孙策回，即设宴，请孙策。酒过数巡，吴景说孙策道，自文台殁后，我等屈从袁术，苟延残喘，不知去留。所幸卿龙凤之姿，人杰之质，我等有主矣。既卿已成人，我等今日即归麾下，追随左右，万死不辞！

孙策大喜，遂尽收旧部；又以为张纮、吕范俱非兵家，遂致信周瑜，约其来此，共谋大业。

时周瑜随族父周尚居广陵，与孙策互为思慕，每有书信往来。

周瑜获孙策信，大喜，遂辞周尚，领数百子弟来当利口与孙策会。孙策见周瑜超迈俊逸又胜往日，欣喜过望，执周瑜手道，我有公瑾相助，何愁大业不成！

是日，孙策即领周瑜往历阳，拜见吴氏及诸弟。吴氏大为欣慰，说周瑜道，伯符与卿情如手足，若此生不弃，必能有成。

周瑜道，我知伯符如高树，我为枝叶；高树茂而枝叶繁，两相依存，互不能弃。

吴氏大喜，遂命孙权、孙翊、孙匡与周瑜见。周瑜颇爱孙权沉静善思，以为风采不输孙策。

是夜，孙策与周瑜抵足而眠。周瑜说孙策道，孙仲谋外如高山，内似瀚海，若论智虑精深，恐我等不及。

孙策笑道，仲谋善思，往往能到他人不到处。我若尽占江东，当托政事与仲谋。

二人言之不尽，不能成眠，遂起，取酒而饮。孙权亦未寝，孙策、周瑜邀其共饮。

孙策说周瑜道，刘繇于横江津、当利口分置重兵，互成犄角。吴景、孙贲与张英苦战数月，毫无所获。我欲败刘繇，请卿为我谋。

周瑜道，当利口与历阳近，欲克丹阳，必首攻当利口，于是刘繇屯重兵于此。吴景、孙贲与张英苦战，此刘繇所喜。当利口险固，战而不胜并非意外。我知攻而不克即为败，守而不失即为胜。吴景、孙贲俱为俗子，既当利口难攻，竟不知另图！

孙策道，我欲弃当利口，急攻横江津；遣吴景领精甲入丹阳、当利口、横江津之间。如此，刘繇必乱，或命张英等驰援横江津。吴景既可伏击援军，又可转攻当利口或丹阳，卿以为如何？

孙权道，不如分兵三路，一路入三地之间，以待援敌；一路围攻横江津，诱敌来援；另一路仍留原地，以窥张英，若张英赴援横江津，可一举而克当利口；若刘繇趁机袭历阳，亦可阻刘繇。

孙策、周瑜颇为惊讶。周瑜大笑道，此即取胜之策，何需再议！

十九

翌日，孙策、周瑜即回营，召程普、黄盖等，嘱以计策。于是，孙策、黄盖领兵一万飞赴横江津；吴景、周瑜夜出，绕开当利口，伏于三地之间，以待援军；程普、孙贲仍留于此，察当利口动静，并护卫历阳。

樊能、于糜分左右屯于横江津，孙策见此，命部属弃于糜不顾，围攻樊能。樊能大惧，急呼于糜。于糜不敢救，坚壁不出。

孙策说黄盖道，我必速败樊能，引刘繇驰援，否则，亦将无功而返。

黄盖道，樊能坚壁深垒，实不易破。

孙策道，将士所惧者，箭矢也，我欲改短盾为长盾，以此护体，领死士近前，凿坏壁垒，或能破之。

黄盖以为可，遂命部属以二盾为一盾，互为串联，得五百具。孙策选五百死士，持短剑，举长盾，迎箭矢而上。樊能见此，大急，知箭矢不能透，命士卒投以石木。孙策令死士急退，待樊能止，又进。如此再三，石木已尽，遂近前，以短剑猛凿护墙。樊能知壁垒将破，自后急走，遁入于糜营中。孙策遂烧樊能营垒，转围于糜。

樊能、于糜恐孙策故伎重演，急遣心腹往丹阳，求援刘繇。刘繇知横江津告急，欲命张英赴援，又恐当利口有失，于是亲率丹阳之众驰援。

早有斥候报知吴景、周瑜，二人即往刘繇必经处设伏。正午，刘繇疾驰而来，吴景、周瑜大举而出。刘繇猝不及防，大败。

孙策知刘繇离丹阳，遂弃横江津，奔袭丹阳。丹阳空虚，守将知孙策忽来，不敢应敌，弃城而走。孙策遂据丹阳。

吴景、周瑜围攻刘繇，斩首数千。刘繇率部属急退，依山而屯，颓势渐止。吴景命士卒阻绝道路，欲再围刘繇。周瑜劝道，刘繇虽遭重创，仍数倍于我，若围，刘繇必做困兽斗，恐反而不利。

吴景道，若不围歼，刘繇或反攻，奈何？

周瑜道，可夜间登山，取居高临下之势。刘繇疑我等俯冲而下，或以滚石飞击，必离此。

吴景纳其说，虚设营垒，以疑刘繇。是夜，吴景、周瑜等绕至刘繇后，登山而屯。翌日晨，周瑜命部属大加鼓噪，并以滚石乱投。刘繇大惧，急离此，逃往横江津。

周瑜又说吴景道，卿可遣快马知会孙贲、程普，约其突袭当利口；我等与之合击，张英必败！

吴景以为可，即遣快马约程普、孙贲，并赴当利口。

当利口临水，张英设壁垒于水岸，以舟师列于外，吴景、孙贲每举，俱为舟师所阻，不能得逞。

吴景、周瑜近当利口，程普、孙贲已大集于此，仍惧舟师，不敢渡。周瑜大急，说程普、孙贲道，伯符已夺丹阳，如利刃直逼张英后部，若强渡，张英必惧！

程普等遂大举渡水。张英欲命舟师力阻，忽闻孙策已夺丹阳，刘繇已退走横江津，大惧，遂弃当利口，亦往横江津。周瑜等即据当利口。

孙策知张英亦走，即遣黄盖来当利口，命周瑜等齐出，直扑横江津，再攻刘繇。

刘繇知孙策大举而来，颇为惶遽，又弃横江津，逃往秣陵，欲投薛礼、笮融。

薛礼为彭城相，笮融为下邳相，共守秣陵。二人惧兵寡，恐难自保，曾致信刘繇，愿奉刘繇为盟主。刘繇嫌薛礼、笮融势微，不应。薛礼、笮融恨刘繇自大，知其受孙策追逼，不得已而来，不肯接纳，命部属紧闭城门，以拒刘繇。

刘繇见此，欲遣人贿以重礼，求告薛礼、笮融；樊能劝道，不可，薛礼、笮融先倨后傲，小人也，若求告，必遭羞辱；我等虽败，仍有精兵二万，可强攻，迫其就范。

刘繇依其说，令将士围秣陵。薛礼、笮融大惊，见刘繇等欲急攻，恐不能保，遂开城门，迎刘繇。

刘繇既入城，恨薛礼、笮融乘人之危，遂命樊能、于糜、张英等四处布兵，以防薛礼、笮融。

薛礼、笮融大为不安，恐遇害，遂奉刘繇为盟主。刘繇恐孙策追击，令薛礼屯城内，笮融屯城东，自率樊能、于糜、张英等屯牛渚，仍成犄角。

曹操于鄄城、东阿广树恩威，大获士民拥戴；吕布、张邈恶行累累，为人唾弃，军资日窘，已难支持。

陈宫又劝吕布道，曹操纳荀彧、程昱之计，大肆笼络人心，百姓受其蒙骗，纷纷献以粮草；我等虽广为征集，所获甚微，实难与之对峙。我劝卿早离兖州，迟则恐无处可走！

吕布怒道，我自败出长安，每每寄人篱下，受尽屈辱；既兖州为安身之地，岂能弃之！

陈宫见吕布执意不去，又说张邈道，吕布不舍兖州，必困死于此；我等何苦受累，不如与之绝，再回陈留。

张邈道，曹操大军在侧，若与吕布分兵，曹操必痛击，岂能自保！以今之势，唯与吕布共存亡，别无他途。

陈宫不再言，欲自走。是夜，陈宫欲召心腹，嘱以脱身之计；正此时，吕布忽执酒肉而来，笑说陈宫道，我今往城外狩猎，获一兔，极肥美，命伙夫炙烤，自忖独饮无趣，遂来此，愿与卿共享。

陈宫忙设席，与吕布对饮。吕布道，军中酒食罄尽，濮阳士民多离此，无从征缴，仅余浊酒一壶；每思军中无知己，唯卿颇知我心迹，故愿与卿一醉。

陈宫大为感激，不禁暗生愧疚，说吕布道，我何德何能，卿竟如此厚待。

吕布道，我恃勇自傲，目空一切，唯敬卿为人慷慨；素愿与卿同生死，共富贵，望不负拳拳之心。

陈宫不禁泣下，说吕布道，我常叹怀才不遇，每每依附他人，俱不获赏识，唯卿知我志节。人言士为知己者死，我虽不才，愿追随左右，虽天崩地裂不改此心！

吕布大喜，与之痛饮，酒尽而去。

曹操见吕布虽在末路，仍不肯去，遂召荀彧、程昱等。曹操道，吕布已如病虎，唯欠敲山。我等获士民资助，粮草充裕，将士蓄精养锐，犹如虎狼之师。我欲大举逼濮阳，迫吕布自走，卿等以为如何？

荀彧道，可。以精锐之师，战穷途之兵，何愁不胜。

曹操遂令夏侯惇、曹仁各领精甲二万，直逼濮阳。

吕布、张邈闻夏侯惇、曹仁大举而来，欲坚城自守。陈宫说吕布道，我等受制于粮草，将士日进一食，疲饿不堪，又多怨恨，岂能坚守。可趁夏侯惇、曹仁未至，离濮阳，转走定陶，必能海阔天空，何必困守！

吕布虽大为不甘，亦知不能拒强敌，遂弃濮阳，转走定陶。

夏侯惇、曹仁知吕布离濮阳，往定陶，遂疾追。吕布、张邈大为恐惧，急入定陶，欲坚城自保。

夏侯惇、曹仁围定陶，数攻不下。曹操恐夏侯惇、曹仁不敌，亲领乐进、于禁等，率精兵三万增援。

吕布、张邈知曹操志在必得，遂召诸将。吕布道，曹操恐我等复夺兖州，故而穷追不舍。既定陶亦不可守，我当何去何从？

陈宫道，刘备新得徐州，又领豫州刺史，两地相距甚远，必难照应。我请将军投刘备，代其镇豫州；刘备如渴获饮，必欣然接纳。

张邈道，此说虽可行，无奈曹操大军围城，恐不能出。

陈宫道，曹操所虑者，兖州也。若我等屯定陶，曹操必忧兖州；若离此另走，曹操求之不得，必不强阻。

吕布以为然，遂令张辽、陈宫突前，自率张邈、张超等断后，待三更，举众大出。

夏侯惇等见吕布欲走，命部属力阻。曹操斥诸将道，吕布欲去，我所愿也，何必阻拦！

诸将遂止，任吕布遁走。曹操尽收兖州，复领兖州牧。

二十

西凉马腾亦为董卓部将，董卓死，李傕、郭汜回凉州，联合樊稠，诸将惧李傕、郭汜部属众多，无不奉命，唯马腾不然，每欲取代。继而，李傕、郭汜等举众入长安，杀王允，逐吕布，挟制天子。马腾仍留西凉，以为可称雄，遂与韩遂合，其势大振，亦欲图长安，于是致信李傕，请恕韩遂前罪。李傕恐马腾独霸西凉，断其退路，准之。马腾又致信李傕，称愿入京，共奉天子。

李傕恨马腾得寸进尺，回信严责。马腾大为忿恨，即举部属赴长安，欲败李傕、郭汜，为董卓第二。

李傕知马腾来，急召诸将，令坚壁自守。马腾攻长安近月，不能破，遂遣心腹回西凉，邀韩遂。韩遂恐受阻于途，以调和纷争为名，尽出西凉，与马腾会师长安，再攻。

李傕大为恐惧，即召郭汜、樊稠、李利等商议对策。

李利为李傕族子，李傕以之为心腹。

郭汜道，韩遂、马腾俱为匹夫，虽来势汹汹，然不过临时纠合，可离间，令二人生隙，长安之危当立解。

李傕纳其说，致信韩遂，许其为尚书令，命心腹夜出，送与韩遂。韩遂大为心动，欲转图马腾。马腾不知内情，邀韩遂夜饮。韩遂大疑，以为其谋败露，不敢往。马腾亦疑韩遂另有图谋，命诸将警戒。

李傕见此，命郭汜、樊稠、李利等齐出，急攻马腾。韩遂大为犹疑，竟不举。马腾大败，退走。郭汜等又转攻韩遂，韩遂方知中计，亦大败，退走潼关。

马腾知韩遂退入潼关，恐郭汜等追击，亦转道潼关，再与韩遂合。二人虽已生隙，却互不言破。马腾欲固守潼关，再图长安；韩遂以为不可，恐李傕等阻断后路，难以进退，应弃潼关回西凉。马腾纳其说，退据凉州。

李傕恐马腾、韩遂复来，欲施以恩惠，安二人之心，遂代献帝下旨，拜马腾为安狄将军，韩遂为安降将军，令其同镇西凉。

郭汜、樊稠每恨李傕独断，欲谋杀李傕，取而代之。

郭汜嘱心腹散布流言，称李傕欺天子，压群臣，独断专行，虽董卓、王允不及。

李傕大惊，疑郭汜、樊稠别有用心，嘱李利暗察。李利分执郭汜、樊稠心腹，严刑拷问，心腹不禁酷刑，一一吐露。李利杀心腹，碎尸深埋，告知李傕。

李傕大为愤恨，欲捕郭汜、樊稠，杀之。李利劝道，郭汜、樊稠俱有重兵，若捕而不成，必大肆作乱。不如示以恩惠，使二人不疑，然后再图。

李傕纳其言，竟一反常态，凡有事，俱请二人同议。

郭汜颇觉疑惑，遂召樊稠。郭汜道，李傕忽然示好，颇不寻常，恐已有所察，我等当有备。

樊稠道，李傕阴沉狠毒，既有所察，必有所举，我等当如何？

郭汜道，我有一计，可使李傕不敢轻举，并能迫其就范。

樊稠道，我唯知纵马厮杀，不知谋略；卿有何计，可吩咐，我必遵行。

郭汜道，我知李傕惧马腾、韩遂复来，又疑我等为内应，故不敢轻举。卿可自请离长安，屯潼关，拒马腾、韩遂。李傕惧我等部属众多，若自请分兵，必能使其释疑。如此，我与卿内外呼应，可再图李傕。

樊稠道，既如此，我即请入潼关。

言毕，欲告辞。郭汜笑道，成大事者，不在旦夕之间。我近获巴西清酒一担，芳烈无比；况春光正好，何不一醉？

樊稠大喜，复入座。郭汜遂命家仆治酒。二人临窗对饮。酒过数巡，樊稠道，我曾闻蜀有三宝，巴有二绝，清酒又独出其上，可惜唯知其名，不曾饮；今日饮，方知此酒之醇美，恐琼浆玉液不及。

郭汜道，既如此，卿可畅饮，不醉不归。

樊稠笑道，有美酒，而无佳人，岂不遗憾！

郭汜颇知樊稠之意，不答。樊稠见郭汜不语，又道，我知卿有美妾，天颜国色，歌舞丝竹冠绝一时。我等既为盟友，何不使其出，以歌舞助兴？

郭汜曾为西凉巨匪，于凉州获一美妓，色艺卓绝，纳为妾，宠爱不已。

郭汜欲笼络樊稠以图李傕，不能拒，令小妾出。

小妾先抚琴，再舞蹈，香艳四溢，令人骨软。樊稠内心波生水涌，渐不能自禁，遂请小妾盛酒。

小妾知郭汜忌妒，不敢应；郭汜暗怀怨恨，又恐拂樊稠之意，遂说小妾道，樊将军与我如手足，可侍酒。

小妾遂近樊稠，执木勺，为樊稠盛酒。

樊稠心花怒放，狂饮数盏，已大醉，见小妾身如柳，面如花，愈不能禁，遂伸足，自案下踩小妾裙裾。小妾大窘，不能去，又恐郭汜生妒，颇为不安。樊稠见小妾面色如醉，淫心大起，暗自立誓，必诛李傕，杀郭汜，夺此妇。

郭汜早知案下勾当，妒意如炽，强忍不发。日暮，樊稠大醉而去。郭汜怒砸酒具，大骂樊稠。

小妾恐迁怒于己，忙跪地，哭诉道，贱妾受樊稠污辱，不能苟活，愿以死报将军厚恩！

言毕，欲投柱。郭汜忙将其拦止，抚慰道，我恨樊稠无礼，并未责汝，汝何必如此！

侍妾哭诉愈哀，说郭汜道，将军一日不杀樊稠，贱妾一日不能解恨！

郭汜恨樊稠愈甚，方寸尽失，即书密信与李傕，称樊稠欲自请屯潼关，约我为内应，欲取而代之。我与卿如手足，岂能残杀。

李傕大为惊怒，杀心顿起。翌日，樊稠来，请领所属屯潼关。李傕笑道，潼关势压长安，卿若屯于此，我再不惧马腾、韩遂。

樊稠以为得计，欲告辞；李傕道，我知卿好饮，既来之，不如同醉。

樊稠笑道，我平生无所好，唯爱美酒佳人。

李傕道，我有美酒，而无佳人，奈何？

樊稠道，若能醉而入梦，佳人将自梦中来，亦可。

李傕遂命家仆设酒。三盏后，樊稠顿觉腹内如焚，面色大变。李傕笑问樊稠道，此酒比巴西清酒如何？

樊稠已知酒中有毒，欲起，已不能动，继而口吐鲜血，抽搐而死。

樊稠猝亡，西凉诸将大为惊疑。李傕欲安诸将之心，每每宴请，竟无人敢来。郭汜趁机大施恩德，赴约聚会者日多。李傕闻知，颇觉危惧，欲先发制人，忽举重兵围郭汜于府第。

郭汜早有备，先集部属于内外；两军或攻或守，大战数日，互不能克。

李傕知不能胜，遂以护卫天子为由，命部将杨奉率徐晃入宫，欲执献帝为人质。

徐晃曾随杨奉伐边章、韩遂，勇壮绝伦，因有功，拜为骑都尉。杨奉、徐晃面见献帝，称郭汜作乱，欲杀天子以自立，请献帝出宫避祸。

献帝大惧，即随杨奉、徐晃仓皇而出，刚至宫门，恰遇太尉杨彪。杨彪见二人欲挟献帝出宫，大为愤慨，呵斥二人道，逆贼，竟如此妄为！

杨彪乃杨赐之子，以忠壮豪迈闻名于世，虽李傕、郭汜亦颇忌惮。

杨奉立止，不敢走。徐晃说杨彪道，郭汜纵兵反叛，京都危急。我等受李将军之命，迎天子入将军府暂避！

杨彪斥徐晃道，自古天子居禁中，岂能移住私室！

徐晃道，李将军忠心如日，天人共知；郭汜作乱，天子危在旦夕，移居私室，不过权宜之计。卿若阻，我必杀之！

杨彪不惧，骂徐晃道，竖子，我非懦夫，何惧一死！

骂毕，欲强夺献帝。徐晃命部属执杨彪，逐回府第。杨彪忿恨愈甚，大会群臣，说群臣入李傕府第，陪侍献帝。

李傕既押天子及群臣，更无忌惮，猛攻郭汜；郭汜奋力还击，仍无胜负。

杨彪恐李傕转而杀献帝以自立，遂说司空张喜、尚书王隆、光禄勋刘渊等，欲在李傕、郭汜间斡旋，使其罢兵。张喜等以为可，于是求见李傕。李傕道，若卿等能使郭汜不战，我即休兵。

于是杨彪等求见郭汜。郭汜知李傕既质天子，又押群臣，深为忧惧，恐杨彪等助李傕；正此时，杨彪等求见，郭汜大喜，于是扣押杨彪等，仍与李傕对峙。

杨彪怒斥郭汜道，汝与李傕深受皇恩，却各怀野心，竟一人质天子，一人质群臣，岂不虑灭门之祸！

郭汜大怒，欲杀杨彪。王隆忙劝郭汜道，将军以我等为人质，欲与李傕互为要挟；如我等死，押尸身何益？

郭汜遂止，命部属重责杨彪，以震慑他人。

杨奉见李傕、郭汜或执天子，或执群臣，又互不能克，以为有机可乘，欲挟献帝出长安，还洛阳。

杨奉与车骑将军董承交好，董承亦陪献帝受制于李傕府第。杨奉秘召董承，告知意图。董承野心忽生，遂说献帝，称欲与杨奉护其离虎口，归洛阳。

献帝哽咽道，卿等若能使朕归洛阳，无异再创国基，其功之高可与天齐，朕至死不忘此恩！

二人遂广结同谋，趁李傕、郭汜相战正酣，挟献帝出长安，往洛阳急走。杨奉虑李傕追杀，命徐晃断后。

李傕忽知杨奉、董承等已挟献帝出长安，往洛阳，大惊，急命部属休战，呼郭汜道，杨奉、董承已挟天子东走，我等何必自相残杀！

郭汜亦惊，命部属止，出见李傕。李傕道，若无天子，犹如妇人无衣，岂能立足于群雄间！应速追天子，共奉不争，如何？

郭汜道，我等和为天子，争为天子，岂不可笑？

李傕道，若不能复得天子，我等将立为盗寇，天下英雄必纷纷讨之，何以自安！

两人顿释前嫌，合兵急追。东出长安五十里，与徐晃遇，数战皆败，损兵甚多，气焰日衰。

杨奉、董承广召州郡起兵勤王，一时应者如云。李傕、郭汜不敢追。

郭汜见大势已去，不能逆转，又不敢回西凉，遂劝李傕逃入山林，沦为劫匪。

二十一

孙策逐刘繇出丹阳，遂召部属议进退。

吴景道，伯符既拥众数万，不必仰人鼻息，可趁势东进，夺江左诸郡以自立，必能建不世之功。

张纮道，东进乃根本大计，然不可操之过急。今袁氏兄弟、公孙瓒仍在左右，刘繇移据秣陵，王朗东据会稽，刘备分据徐州、豫州，曹孟德虽欲西渐，仍在兖州。若此时与袁术绝，必成众矢之的。袁术虽为枯木，然枝叶未死，聊可遮风避雨，何不借其名，先灭刘繇，再东渡不迟。

吕范道，此言极是。然欲东渡，非虎狼之师不可为。今子弟新附，纪律不整，号令不齐，散漫松懈，形如匪盗。若以此破刘繇，尚可勉力为之；若对强敌，恐无胜算。我劝将军仍屯丹阳，秣马厉兵，锤炼子弟，待军纪严，号令明，再举不迟。

孙策以为然，欲请周瑜练兵；吕范道，我不才，愿为将军练精甲。

孙策笑道，卿乃士大夫，运筹帷幄，参谋军机乃卿所长，治军练兵恐为卿所短。

吕范道，不然。我自愧不知兵，有负将军厚望，遂研习兵书，夜以继日，已略有所获。

孙策大喜，遂以吕范为都督，督练将士。

周瑜说孙策道，既暂不东渡，可致信袁术，邀功请赏，并请进击刘繇，以使袁术不疑。

孙策依周瑜之说，致信袁术，极尽谦卑。袁术知孙策收吴景、孙贲，逐刘繇出丹阳，大为惊讶，以为孙策必不复回，深为悔恨。正此时，孙策书信到，见其措辞恭敬，为将士邀功，其意遂平，命长史杨弘以军粮五千担，钱两十万入丹阳劳军。

孙策闻知，即领周瑜等出丹阳五十里外迎候，殷勤款待，又以书信答谢。袁术愈不疑，准孙策伐刘繇。

吕范受命练兵，将士多不听令。吕范遂访孙河，赠以美酒。孙河颇为惊讶，问吕范道，子衡耻于俗套，憎恶迎送，何故如此？

吕范道，实不相瞒，我有一事相求。

孙河道，请尽言，能为卿所用，我之所幸也。

吕范道，卿与伯符为族亲，情如手足，将士亦多敬重。我受命督练精甲，士卒每不听命，望卿能助一臂之力。

孙河笑道，卿有何求，愿闻其详。

吕范道，明日，我欲令将士负重登山，卿可有意抗令，我以军规责罚，必能使将士震动。若卿不辞，事可成矣。

孙河慨然道，卿用心良苦，我岂能不应，明日必谨遵嘱咐。

吕范大为感激，一揖称谢。

翌日，吕范令将士大集，指营外孤山道，此山高约千仞，悬壁如削，能上下者，堪称健儿。今日将士俱登山，需半日往还；延时者，杖责二十，拒攀者，杖责三十！

众人无不惊愕，怨声猝起。孙河斥吕范道，汝一介书生，岂知军事；令将士登山，与儿戏何异！

吕范遂依所约，执孙河，杖责三十。将士俱知孙河为孙策族亲，竟受杖责，大为震动，再不敢违，纷纷应命。

此后，吕范每日令将士登山，往还愈急，不觉风纪大变。

吕范遂邀孙策观其练兵。孙策见将士登高山如走平地，其行如飞，几乎脱胎换骨，不禁大喜，问吕范道，此军能进否？

吕范道，无往而不前。

孙策又问，此军能战否？

吕范道，无往而不胜。

孙策愈喜，欲重赏吕范。吕范坚辞，说孙策道，此功不属我，请重赏孙河。

于是告以实情；孙策大为感慨，愈重孙河。

孙策见练兵大成，遂命吴景、程普领兵一万围秣陵；孙贲、孙河领兵五千牵制笮融；留周瑜、张纮、吕范等守丹阳；亲与黄盖领兵一万攻牛渚营。

孙策飞兵而来，刘繇大为惶遽，欲走。樊能道，所以失丹阳，皆因我等不识孙策诡计，疲于调度，顾此失彼。今孙策又兵出三面，欲重演故伎，我等岂能重蹈覆辙。既薛礼、笮融非嫡系，何必忧其胜败。牛渚险固，非当利口、横江津可比，我劝将军坚壁不出，孙策必自退。

刘繇以为有理，仍屯牛渚。孙策见刘繇欲固守，亦四面结营，围而不攻，欲待其粮尽，迫刘繇自溃。正此时，忽有大汉披发跣足而来，径入军营。士卒欲阻，竟不能。大汉呼孙策道，孙伯符何在？

孙策大惊，遂出，不识来者何人。忽听黄盖道，此韩当也，已自走数年，竟来此！

孙策颇知韩当之名，因不愿归袁术而自走，见其来此，大喜，朝韩当一揖道，恕我眼拙，不识英雄！

遂邀韩当入营，命置酒款待，请黄盖作陪。

黄盖道，我等与卿一别数年，杳无音信，不知自何而来？

韩当道，我闻伯符取丹阳，遂往丹阳拜会，欲归附；至丹阳，又知伯符转攻牛渚，于是又来此地。徒步数百里，不觉芒鞋已破，只好赤足。

孙策即命奉以军靴。韩当不辞，换数双，皆小，不能穿，不禁大笑道，我初来，伯符竟予我小鞋！

孙策、黄盖亦大笑。于是再换，终能适足。黄盖又问韩当道，卿别后，不知寄身何处？

韩当道，我无所适从，只好四处流落，因别无所长，难以为生，遂化名吴二投刘繇。刘繇有眼无珠，以为我不过莽夫，命我为苦力，输运粮草。我屈就半年，愈觉无望，遂盗走军资，置换钱财，欲回辽西；又知公孙瓒大肆征募子弟，恐再沦为苦力，不敢回，仍流落江湖，不觉已数载。

孙策大笑道，我以为韩义公唯能杀人，孰料亦能为盗贼！

韩当等亦大笑。孙策再问韩当道，吴二既曾输运粮草，应知刘繇屯粮之秘，望能告知。

韩当道，我不惜跣足而来，正为此也。刘繇每每屯粮于北，因北方属水，而粮草易燃，以为水能克火。

孙策大喜，说韩当道，卿所言，贵如万金，今夜必破刘繇！

韩当道，吴二与粮草官兵俱有交情，我欲复回，尽烧粮草，刘繇岂能不败！

于是孙策依韩当所请，予钱一万，炙肉五十斤，美酒一担。韩当携酒肉，近刘繇北营，呼老卒。老卒与韩当极善，见韩当来，大惊，忙说韩当道，汝盗走军资，竟敢复回！

韩当道，吴二所以如此，实因老母亡故，无钱安葬；今已筹钱一万，足能抵价，并愿受罚！

老卒道，既如此，可以钱予我，我代汝转付。

韩当道，我特携酒肉，欲与故旧一聚，望能开门。

老卒沉吟良久，以为夜深，无人知晓，竟开门，放韩当入内。士卒知韩当执酒肉来，大喜，遂闭营门，痛饮。粮草官已就寝，忽闻嬉笑声不绝，颇惊，遂起，询以何故。值夜者不敢隐瞒，尽告之。粮草官大怒，执利刃，破门而入，欲杀韩当。韩当忙跪地，求告道，我非见利忘义之徒，实因老母病故，家徒四壁，不得已而为之。我大为愧疚，四处为苦力，筹钱一万，特来此抵偿，望饶我不死！

言毕，即以钱奉与粮草官。粮草官亦为孝子，闻此言，大为不忍，说韩当道，既能赔还，又为尽人子之孝，我何忍加害。

韩当大喜，邀粮草官同饮。粮草官亦不辞，大醉而去。老卒等醉不能起，韩当遂出，四处放火，瞬间大燃。

值夜士卒见火起，忙疾呼。韩当尽杀士卒，闯出营门。片刻，营中已如火海，人喊马嘶，哀呼不绝。

孙策见此，令将士大出，急攻刘繇。刘繇见内有大火，外有强敌，知牛渚必失，遂领樊能、于糜等弃牛渚疾走。

二十二

吕布离定陶，往豫州，欲投刘备，又恐刘备拒而不纳，遂遣陈宫先行，拜见刘备，表明归附之意。

刘备闻陈宫来，已知吕布之意，遂出迎，并款待。陈宫道，吕奉先为曹操所逼，不能安居兖州，欲投将军，甘为部属，并替将军镇豫州，望将军不辞。

刘备道，吕奉先勇绝天下，又壮志凌云，我何德何能，岂敢收为部属。

陈宫深知刘备所虑，又道，末路之人，何谈壮志。吕布所以杀丁原，戮董卓，俱因二人无德，不能使吕布叹服。吕布如烈马，桀骜不驯，故而往往伤主；非马不良，实因驭者无术。将军厚德如天，虽草木铁石亦能感知，何况人乎。放眼天下，能使吕布悦服者，唯将军也；既来者适得其所，纳者可用其能，何乐而不为！

刘备遂不疑，应之。陈宫大喜，即告辞。张飞知刘备欲纳吕布，即拜会，劝刘备道，吕布反复无常，又轩昂自大，寡恩薄情，岂能接纳。既来之，可力拒，若敢逞强，我等必杀之，以绝它日之患！

刘备道，吕布所以桀骜，实因所遇非人。若施以仁德，必能使之悦服，所谓草木有知，况吕布非物。吕布正在穷途，走投无路，若纳之，宁不感恩戴德。况我分镇徐、豫二州，昼夜不安，唯恐不能自保。今吕布来投，可助我守豫州。既两全其美，何不纳。

于是不听张飞所说，往途中迎吕布。吕布见刘备迎候于途，大喜，即下马，执礼相见。吕布道，玄德不弃末路之人，足见宏德如天。我虽不才，愿效犬马之劳。

刘备道，奉先威镇四海，名满天下，来此屈就，我三生之幸也。

于是并马而行。吕布又与刘备叙齿，知其略小，遂呼刘备为弟。

正午，刘备领吕布入豫州，令侍从治酒，请关羽、张飞、赵云等陪饮。吕布欲贿赂刘备，恨无长物，遂命小妾侍酒。席间，吕布指小妾说刘备道，我失意而来，无以报接纳之恩；此妾淑静貌美，颇知迎合，弟若不嫌，愿相赠，以表谢意。

刘备忙道，既为兄所爱，我当尊为嫂，岂能夺之。

吕布大笑道，玄德真君子也，我必以七尺之躯报卿厚德！

饮至微酣，吕布渐无恭敬，说刘备道，我既来，弟如虎添翼，何惧群雄！

刘备不言，邀其饮酒。张飞恨吕布自大，冷笑道，我闻曹孟德不战而逐汝出兖州，汝自视为英雄，何故不能胜曹操？

吕布大窘，顿时无言。刘备亦嫌吕布轻狂，假责张飞道，我等为主，奉先为客，主岂能与客争？

张飞颇知刘备之意，又说吕布道，汝以为世无英雄，妄自尊大，又自恃骑射如神，我不才，愿与汝一较高下，以助酒兴，如何？

吕布大为激愤，沉吟道，我知卿自负勇壮，亦愿讨教；然我初来，恕不于今日争高下。若他日仍有此兴，我必奉陪！

张飞拍案而起，指吕布骂道，狗贼，我与云长、子龙皆尊刘玄德为兄，汝竟呼为弟！汝三姓家奴，若不知轻重，我必杀汝！

刘备见吕布满面惭恨，即斥张飞道，我尊奉先为兄，奉先即为汝兄，岂能无礼！

吕布再不能忍，欲起，却见关羽、赵云怒目而视，遂怯，不敢举。张飞欲再激吕布；关羽说张飞道，君子不欺弱者，既为丧家犬，不屑落井下石。

言毕，关羽、张飞俱离座，冷笑而去。吕布愈惭，垂泪道，我至此方知末路之难，悔不听陈宫之言，若早离兖州，何至有今日之辱！

刘备劝道，关羽、张飞虽粗豪，却颇有义气，若能善待，可为刎颈之交。奉先初来，彼此不知性情，有所牴牾，在所难免。若与之长处，必能顺服。

吕布不言，亦不饮。刘备又道，卿既来，我欲托卿镇豫州，望不辞。

吕布闻此，转悲为喜，极尽感激。

待酒宴毕，刘备召张飞道，我使吕布屯豫州，欲以卿领陈登、曹豹等屯小沛。豫州如牢笼，小沛如牢门。卿等屯于此，虽吕布为猛虎，亦不能张牙舞爪。我疑袁术、曹操或攻徐州，欲携云长、子龙共往，以防剧变。豫州乃我根基，妻室俱在此，望卿不负所托。

张飞慨然道，兄长勿忧，世人皆惧吕布，独我不惧；吕布若妄动，我必杀之。

翌日，刘备率关羽、赵云往徐州。张飞即召陈登、曹豹，令坚闭城垒，以防吕布。

曹豹以为不妥，说张飞道，既吕布与刘玄德为兄弟，岂能互防；若如此，吕布必疑，或生剧变。

曹豹、陈登俱为陶谦旧部，随徐州诸吏归刘备。张飞恨曹豹自大，亦恨陈登矜骄，遂斥曹豹道，吕布匹夫，性如豺狼，若不防，必有所失！

曹豹自恃迎刘备有功，不以张飞为意，反斥张飞道，汝不过飞来之鸟，何知轻重；我久在小沛，岂容汝自大！

张飞大忿，竟怒斩曹豹，上下大为震动。中郎将许耽与曹豹交好，见曹豹被杀，恐为张飞所害，遂遣心腹夜出小沛，拜会吕布，称愿为内应，约吕布来攻。

吕布深恨张飞，大为所动，欲举。张辽劝吕布道，刘玄德待之以义，将军应报之以德，岂能如此。

吕布道，张飞所辱，我平生之耻，岂能忍！

张辽道，张飞匹夫，何必计较；所谓小不忍必乱大谋，请将军慎思。

陈宫道，自古英雄不拘小节，何必自缚手足。豫州如危室，小沛如门户，刘备令张飞屯于此，其用心一见可知，岂有仁义。今刘备在徐州，正可图也，若疑而不举，或坐失良机。

吕布遂命张辽守豫州，领张邈、陈宫突袭小沛。许耽依约开城门，放吕布骤入。

时值半夜，张飞正熟睡，忽闻杀声骤起，知有变，披挂欲出，许耽领甲士闯入，举矛急刺。张飞忙还击，许耽等不能近。张飞连杀甲士，许耽大惧，欲走，张飞急刺，伤许耽后心，穿胸而过，立死。甲士知张飞勇不可敌，纷纷乱走。张飞出，欲召部属应敌，见吕布、张邈、陈宫等已入营，正大肆屠杀，遂夺一马，奔突而走。

吕布见张飞欲逃，不肯舍，打马疾追。出城约三里，吕布追近张飞，张飞欲斩吕布，遂与之战，互不能胜。张飞恐张邈、陈宫等亦来，又走。吕布亦知张飞神勇，不再追。

吕布回小沛，知许耽已死，命厚葬。陈登等俱降。吕布命张邈、张超守小沛，虏刘备妻糜氏等入豫州，见糜氏颇有姿色，欲强纳。

糜氏乃糜竺、糜芳胞妹，刘备领徐州，孔融作媒，糜氏嫁与刘备。

陈宫劝吕布道，刘备虽失小沛，部属未损，元气未伤，况关羽、张飞俱为万人敌，不可结深仇。夺小沛或使刘备恨，并其妻必使刘备辱，自古恨能解而辱难消。若刘备因将军夺小沛，举众而来，将军可以泄私愤为托词，若再还妻小，刘备必释怀。

吕布以为然，遂依陈宫之说，优待糜氏等。

刘备忽闻张飞失小沛，继知吕布夺妻室，大惊，欲命赵云领兵回豫州，逐吕布。正此时，又知袁术举八万之众直奔徐州，遂止，命关羽镇盱眙，赵云守淮阴，自与糜竺、糜芳等屯彭城，以应袁术。

袁术亦分兵三路，分围盱眙、淮阴、彭城。

赵云欲趁来敌正设围，折其威风，遂举五千精甲忽出。敌猝不及防，一时大乱。赵云斩首千级，倏忽而还。敌大惧，数日不敢攻。

关羽知敌众我寡，令将士或伏于城头，或隐于街衢，使之不能察多寡。关羽独坐城楼，饮酒读书，似不以强敌为意。敌不知深浅，亦不敢攻。

袁术亲围刘备于彭城，见城垒高峻，布防森严，亦不敢轻举。

从弟袁胤说袁术道，彭城坚固，不可强攻。刘备麾下多为陶谦旧部，难以用力；今关羽屯盱眙，赵云屯淮阴，张飞又为吕布所败，不知去向，彭城并无良将，若施以高压，或能迫其瓦解。

袁术以为然，命将士呼喊，称大军只为刘备，若陶谦旧部及城中士民愿出围而走，可自便。

刘备颇为忧惧，命部属死守四门，无论何人，不准出入。相持十日，忽报士民大集北门，俱称不愿困死，欲走。刘备大惊，亲往北门。士民见刘备来，无不哀求。刘备不忍，令放士民出城。市民大出，一时络绎不绝。

刘备知人心已散，彭城不能守，遂与麋竺、麋芳、孔融、孙乾、简雍等，俱衣民服，亦随百姓出城。

孔融以为刘备仁于表，奸于内，不愿追随，趁此自走。

刘备知孔融已去，叹息不已。简雍道，孔融不辞而别，是为不义，可追索。

刘备道，孔北海自负才气，不愿屈就，何必强留。

刘备恐袁术有所察，纵兵追击，于是疾走。行约五十里，忽遇张飞单骑而来。大备大喜，执张飞手道，我不虑小沛，亦不虑妻室，唯虑卿一人；卿既来，我心安矣。

张飞大为悔愧，自责不已。刘备予以安慰，又与张飞等合议；麋竺、麋芳邀刘备往东海，欲散家财，以足军用。刘备大喜，于是俱往东海，欲待军资充足，再解关羽、赵云之围。

关羽知刘备弃彭城走东海，无心坚守，令将士大集城门，欲突围。

正午，关羽引众大出，部伍威严，不可侵犯。敌不知用意，大为警惕。关羽大喝道，我等欲去，若不阻，当无犯；若阻，必决死一战！

敌竟退，任关羽离盱眙。关羽知赵云仍在淮阴，遂转道而往，欲救赵云出围。

敌知关羽举众而来，大为惊惧。关羽令部属止，呼敌将道，我欲解淮阴之围，汝等若自去，我必秋毫无犯！

敌知关羽、赵云俱为虎将，恐其内外呼应，必大败，遂撤围而走。赵云遂出，与关羽亦往东海。

刘备知关羽、赵云俱出围，亦来东海，大喜，即携张飞等出迎。

于是刘备等暂屯东海，大筹军资。麋竺巨富，卖尽家财，获钱数千万，尽予刘备。刘备军需大足，遂召关羽等议去留。

关羽道，我等虽失徐州，仍有精兵数万，可回夺豫州，于此安身。

张飞、赵云等俱以为可。刘备却犹豫不决，以为吕布既取，必死守，恐不易复夺。

赵云道，不然。豫州与袁绍近，吕布必患之；若不计前嫌，与吕布修好，吕布必不拒。

麋竺道，此言极是。我愿携麋芳先往豫州，说吕布接纳。

刘备无奈，遂遣麋竺、麋芳往豫州。吕布知麋氏兄弟来，欲拒见。陈宫劝吕布道，刘备虽败走徐州，猛将精甲仍在，若拒，刘备必强攻。况此地与袁绍近，若孤军困守，必为袁绍所夺。今刘备新败，已无锐气，可反客为主，使刘备屯小沛，以拒袁绍。此两全之策，将军何辞。

吕布依其言，遂召麋竺、麋芳。吕布笑道，麋子仲曾聘孔融为媒，嫁麋氏与刘备，又尽散家财以为军需；刘备何德，竟获此厚待；此等美事，我何不能得？

麋竺见吕布语带讥讽，笑道，刘备为人杰，故而予之。

吕布亦笑道，令妹为我所获，我欲纳为妾，未知卿以何为嫁妆？

麋竺、麋芳大窘，竟不能言。

吕布大笑道，既家财已尽，不能治嫁奁，恕我不纳贫家女。

麋竺、麋芳大惭，几欲忿然而去。吕布又道，我已知卿等之意，请回禀刘备，可屯小沛，然必听命于我，否则，必灭之。

麋竺、麋芳遂回，告知刘备。刘备无奈，遂离东海，往小沛。

吕布知刘备将入小沛，命张邈、张超回豫州，载刘备妻室，迎刘备。

吕布亦恨袁术，欲合刘备之众伐徐州。袁术闻此，大惊，遂弃徐州，仍回寿春。吕布即以刘备为豫州刺史，自领徐州牧，仍屯豫州。

二十三

刘繇败走，孙策命黄盖、韩当领精甲五千守牛渚，亲率部属赴秣陵，与吴景、程普合攻薛礼；薛礼命士卒坚城死守。孙策等急攻三日无果，欲转攻笮融，仍令吴景、程普围秣陵，使之不能呼应。

薛礼知刘繇等败走牛渚，孙策又转攻笮融，秣陵已为孤城，大惧。

孙贲、孙河围笮融，笮融坚壁不出，忽知孙策又来，大为惊惶，令部属俱入壁垒，欲死拒。

孙贲、孙河见孙策领众而来，大为振奋，欲攻。孙策不准，说孙贲、孙河道，此处险要，有利于守，不利于攻；笮融自秣陵分兵而来，军资粮草必少，若紧围，必自溃。

于是，仍围而不攻。

薛礼以为笮融必败，秣陵不可据守，遂命弓弩手行前，精骑在后，自南门大举夜出。吴景、程普率众力阻，薛礼令弓弩手急射，死伤近千人，吴景、程普急退。薛礼出秣陵，亡命而走。吴景、程普不甘，猛追，斩首两千。薛礼大为惊恐，又命弓弩手断后。吴景、程普遂止，遣人报与孙策。孙策令程普镇秣陵，命吴景亦来此，围笮融。

围困数日，笮融仍坚壁死守。吴景等渐失耐心，劝孙策大举攻击。孙策道，既能不战而使笮融败，何必死拼。

日暮，孙策领吴景绕笮融营垒走马察看，见营内炊烟已起，孙策笑道，笮融必溃于今夜！

吴景不解，问孙策道，笮融被围不足十日，粮草未尽，人心未散，何以自溃？

孙策指笮融壁垒道，昨日尚有炊烟数十处，今夕仅四五处，足见笮融粮草已尽，岂能再守！

吴景大疑，看时，果如其言。孙策回营，召吴景、孙贲等；孙策道，卿等可令士卒高呼，以疑笮融军心，必能使其溃散。

士卒大呼，再三不绝。是夜，忽有一骑近孙策军营，称为笮融部将，求见孙策；孙策命其入。部将说孙策道，笮融欲走，恐将军阻击，疑不敢举。

孙策道，我欲收笮融部属，若能如我所愿，我将后退十里，使笮融离此。

部将告辞，回禀笮融。笮融疑孙策用心，欲拒。部将道，我等粮草已尽，岂能力拒。人言东山仍在，何愁无柴。我知孙策非小人，必不食言；若不走，必玉石俱焚。

笮融无奈，命部将再出，以察孙策动静。俄而，部将回，称孙策等已后退十里。笮融不再疑，单骑而出。

吴景、孙贲知笮融已走，欲追杀。孙策道，笮融虽为鼠辈，而我等并非小人，岂能失信！

部属知笮融已走，大惑，纷纷出降。孙策大喜，召程普等，欲追刘繇。

刘繇知孙策夺秣陵，自后而来，大为惊恐，遂入梅陵，以拒孙策。孙策围梅陵，四面强攻，数日不克。程普劝孙策道，梅陵坚固，过于秣陵，况刘繇部属众多，实非强攻能克。所谓一鼓作气，再而衰，三而竭。今将士急攻数日，一无所获，不如暂止，以巧取胜。

孙策以为然，知城东有山丘，遂领十数骑，欲登山，以察城内情形。正行，忽遇十数探马，迎面而来。双方骤止，惊愕不已。孙策看时，见一壮士居前，极其英武，于是问道，来者何人？

壮士笑道，我乃东莱太史慈，汝是何人？

孙策颇惊，曾闻太史慈之名，知其勇绝一时，不想竟为刘繇探马。

孙策道，我乃富春孙策。

太史慈大笑道，人言孙策勇如项籍，既狭路相逢，必与汝一决高下！

言毕，拍马直取孙策。孙策冷笑道，太史慈勇冠四海，竟沦为探马，岂不虑天下英雄耻笑！

二人奋力厮杀，互不能胜。孙策知不能力克，佯败，打马即走。太史慈不知虚实，放马疾追。追出不足一里，孙策忽止，太史慈不能禁，二马相撞，孙策、太史慈俱坠地。孙策出手如电，执太史慈咽喉。太史慈不能动，就擒。随从大惧，纷纷奔走。孙策命缚太史慈，押回军营。

孙策骂太史慈道，人言汝为英雄，竟作探马，可见传言虚妄！欺世盗名之徒，留之何益，我必斩汝首，以正流言！

即命甲士斩太史慈。太史慈怒视孙策，回骂道，孙策竖子，与刘繇何异！刘繇不识英雄，屈我为探马；孙策不知贤愚，视我为鼠辈！我死何惜，唯恨刘繇、孙策有眼无珠！

骂毕大笑。孙策问太史慈道，汝既惧死，何不哀求？

太史慈道，自古生死不由已，何惧！

孙策笑道，临死不惧壮士也，我岂忍杀之！

遂解其缚，好言抚慰，又治酒为太史慈压惊。太史慈见孙策气度不凡，非刘繇可比，遂降。孙策大喜，说太史慈道，我欲败刘繇，夺梅陵，然梅陵坚固，非强攻能克；卿为刘繇部属，望能告知虚实。

太史慈道，刘繇仓皇来此，粮草窘迫，命我往会稽，以重金贿赂王朗，求其输送粮草；王朗嫌刘繇不仁，欲拒，又恐卿破梅陵，转攻会稽，遂以粮草各二千担助刘繇。三日后，粮草将入梅陵，欲自东山夜坠入城。将军若断东山之道，粮草不能入，刘繇必溃。

孙策大喜，命吴景、孙贲据东山，阻绝道路。刘繇知粮草不能入城，大惧，弃梅陵，再走。孙策不追，转往会稽。

袁术知孙策数败刘繇，又往会稽，恐其去而不还，大为不安。

长史杨弘道，王朗多谋，会稽深险，必难攻克。我知周瑜才智超绝，若能使之离孙策，犹如折其羽翼。周瑜久依族父周尚，情如父子；今周尚居舒城，若以周尚为人质，周瑜必应明公之命。

袁术大喜，命杨弘入舒城，执周尚来寿春；又举周瑜为从事，命其来寿春就任。

周瑜大为惶惧，即遣人告知孙策。孙策深知袁术用意，恐袁术害周尚，许周瑜应袁术所召。

周瑜素知王朗才名，恐孙策不敌，行前，请张纮商议。周瑜道，王朗乃饱学之士，非刘繇可比；伯符攻会稽，必难取胜。可恨袁术执族父，若不从命，必加害，我不敢拒。卿可往会稽，助伯符。

张纮道，我非兵家，虽往，亦恐无济于事。徐州张昭乃我挚友，才贯今古，与王朗并称于世。陶谦欲征张昭为长史，张昭嫌陶谦非君子，辞而不受。陶谦每每逼迫，张昭遂迁扬州，隐匿不出。若得张昭助伯符，或能胜王朗。

周瑜大喜，说张纮道，张子布之名，我早有所闻；卿既与张昭有旧交，何不往扬州，请其助伯符？

张纮道，张昭性情耿介，又颇自负，非伯符亲往，必不奉命。

二人遂请吕范，嘱其镇丹阳。周瑜往寿春；张纮转道入会稽，拜会孙策，力陈张昭之能。

孙策大喜，即召吴景、程普等，命虚张声势，围会稽而不攻；自携张纮往扬州。

两人入扬州，几经打听，至一小街，店铺林立，俱售米粮。有伙计见二人四处张望，以为顾客，问二人道，客欲购粮？

张纮道，敢问何处为铜钱巷？

伙计指左侧小巷道，此即铜钱巷。

张纮谢过，与孙策转入小巷；巷内门户相邻，残破败坏，孙策颇为疑惑，说张纮道，此处幽寂，似无人居，恐张昭已去。

张纮止步，呼张昭道，张子布何在，舒城张纮求见！

无人应答，再呼。俄而，有人开门，一中年男子出。张纮大喜，一揖道，张子布深居此处，莫非欲作隐士？

张昭笑道，我昨夜梦彩凤翔于屋宇，以为必遇贵人，谁想来者竟是张子纲！

张纮大笑道，卿所梦验矣，此乃孙策，乌程侯孙坚之子，实为人中龙凤。

孙策忙朝张昭施礼道，久闻张子布学识如渊，仰慕不已，今日得见，三生有幸耳！

张昭见孙策清俊脱俗，英气溢于表，忙还礼道，我知卿巧胜陆康，智败刘繇，又兵临会稽，所到之处，犹如席卷。人言自古英雄出少年，足见不虚！

言罢，请孙策、张纮入内。屋内一片幽暗，仅一席一几，几上旧书数卷，别无他物。

张昭笑道，我避难来此，未置家私，凡有客来，虑无座席，每每引入酒肆；张子纲乃我旧友，否则，不敢迎入。

张纮、孙策无处落座，颇为尴尬。张昭笑道，不如亦入酒肆，对酒而谈。

孙策、张纮亦不辞，随张昭出铜钱巷，过米市，来至酒家。

店主见张昭携孙策、张纮来，竟不悦，亦不逢迎。张昭请二人入席，呼店主道，清酒一壶，蒸鲈鱼三尾，炙肉三斤，点心三道！

店主不应，张昭颇为尴尬，又呼道，人言来者是客，何故怠慢？

片刻，店主始来，说张昭道，卿赊欠颇多，恕不敢再欠。

张昭尴尬愈甚，说店主道，此为远客，何必为难；既赊欠已多，何妨再欠？

店主道，此不过小店，仅能糊口；卿久不清债，小店已近倒闭，恕不敢再欠。

孙策忙说店主道，不知先生欠钱几何，可清算，我一并结付。

张昭颇觉无颜，说孙策道，卿若如此，必使我恶名昭彰。

孙策笑道，先生仓皇而来，囊中羞涩，赊物欠债在所难免；子纲知先生一时窘迫，邀我同来，欲替先生偿债，岂能使子纲失望？

张昭见孙策颇为慷慨，亦不再言。

二十四

片刻，酒肴俱备。张昭执酒，说二人道，虽远避于此，然每有人知我踪迹，造访者不绝，又多为故交；而我匆促离徐州，所携钱财不多，早已罄尽，不得已而欠债，除酒资外，尚欠米钱。几欲回徐州，又恐为袁术所逼，故此淹留至今，债务日积月累，已逾数千。

孙策大笑道，我虽不富，所携亦不多，勉能替先生偿债。

张昭道，卿美意如天，我何辞；待我回徐州，必奉还。

言毕，邀二人饮酒。酒过数巡，张昭问孙策、张纮道，卿等因何而来，但说无妨。

张纮道，会稽王朗颇有韬略，与卿并称于世；今伯符欲夺会稽，恐不能胜，欲请卿为其谋，望不辞。

张昭笑道，伯符欲以钱财使我就范，我虽困居于此，然不至为酒钱而负好友。

孙策欲言，张昭又道，卿等用意诚恳，然王朗乃我故交，岂能兵戎相见。若如此，世人必笑我见小利而忘大义。

孙策道，先生所言差矣。王朗为陶谦所举，陶谦死，又归刘备；刘备失徐州，吕布自领徐州牧，王朗又归吕布。陶谦、吕布俱为匹夫，王朗不耻追随，足见非德非仁，先生何虑？

张昭沉吟良久，说孙策道，伯符壮志齐天，又慷慨爽直，我岂能坚辞；若能依所请，我必追随；若不应，待酒尽，请自去。

孙策忙道，先生有何言，请吩咐，我必遵奉。

张昭道，王朗虽依吕布，毕竟为我故交，岂能与之敌；若不逼我为卿谋会稽，我必誓死追随。

孙策颇为犹豫，沉思良久，说张昭道，先生如此高义，我岂能强求；虽舍会稽而不取，又有何妨！

张昭大喜，说孙策道，卿大气磅礴，必有大成；我虽不才，何辞为犬马！

三人颇觉快畅，痛饮至夜。席散，孙策、张纮寄宿客舍，翌日绝早，再入铜钱巷邀张昭。三人离扬州，赴会稽。

王朗被围数日，竟不惧，令部属坚城固守。功曹虞翻恐会稽破，劝王朗降孙策。王朗斥虞翻道，会稽深险，非他处可比。我有五年之储，何惧围困；我为士大夫，耻作降虏！

虞翻不再劝，告退。是日，王朗邀士子十数人，俱登城楼，大设酒宴。士子见大军围困，颇为惶遽，不敢饮。王朗笑道，孙策来此助兴，卿等何不畅饮？

士子面面相觑，不敢答。

王朗道，我等俱为丈夫，虽岱岳崩于眼前而不色变；况会稽如磐石，孙策如蚍蜉，岂能撼我！

言毕，痛饮；士子见此，以为王朗必有奇计，遂不疑，与之饮。

孙策见此，大怒，命诸将急攻，一时风雨飘摇。

士子大惧，纷纷离席，欲走。王朗说士子道，我欲安人心，故而携卿等登楼；卿等若走，人心必散，会稽必失；卿等若从容如常，人心必固，孙策必退。

士子仍惧，请离此。王朗大怒，斥道，卿等若执意而去，我无奈，必杀之！

士子不敢再辞，复入座。恰此时，虞翻来此，欲言；王朗颇知其意，呵斥虞翻道，虞仲翔乃士子楷模，何不知大义！

虞翻仍欲言，王朗强止，说虞翻及士子道，我为太守，岂能以会稽拱手送人！陶谦虽死，刘玄德虽败，吕布仍在，岂容孙策猖狂！卿等勿惧，我已遣心腹入豫州，求援吕布；吕布为徐州牧，会稽乃其治下，岂能不救。料不出数日，援军必来，我等与之里应外合，孙策必败！

虞翻等闻此言，以为王朗早有计划，其心始安。

不料十日已过，并无援军，孙策攻城愈急，虞翻大为慌乱，告知王朗。

王朗沉吟道，吕布无信，不可指望。我知会稽必破，卿等若惧，可自去，我必与会稽共存亡。

虞翻见其心如铁石，亦不多言，召部属，嘱其誓死固据。

不觉，已攻守一月，城虽未破，人心已散。

此时，董承、杨奉已挟持献帝入洛阳。杨奉欲独揽大权，虑董承兵多，遂召韩暹，令其领数万精甲入京。

韩暹曾与杨奉为黄巾，因官军追剿甚急，杨奉、韩暹遁入西凉，投李傕。

董承知杨奉召韩暹，大为不安，亦召诸将，欲除杨奉。

曹操知献帝归洛阳，急召部属商议，欲以董承、杨奉挟持天子为由，直取洛阳，除董承、杨奉，取而代之。

夏侯惇道，董承、杨奉挟天子东来，州郡无不起兵奉迎，足见人心所向；今韩暹等又大集京都，洛阳已成虎穴，实不可往。

荀彧道，非也，既董承、杨奉各怀异心，必起争端，宜往。

正议而不决，忽报颍川郭嘉只身求见。曹操大喜，即召郭嘉，令部属俱退，仅留荀彧。

荀彧曾力荐郭嘉，称其颇善军事，有张子房之智。曹操亦自许子将处闻郭嘉之名，每恨无缘结纳。

郭嘉世居颍川，少年成名，曾投袁绍，不获重用，遂辞，仍回颍川，隐匿不出。荀彧曾书信邀郭嘉，称曹操为命世之才，郭嘉以为然，遂来投。

曹操见郭嘉清俊脱俗，愈喜，命治酒，款待郭佳，邀荀彧陪饮。

席间，曹操问郭嘉道，我欲往洛阳奉天子，卿以为可否？

郭嘉道，洛阳风气颓靡，城垣破败，已不堪为都；况勋族世家林立，又各怀觊觎，若置身其中，与作茧自缚无异，实不可为。然董承、杨奉互争，实为良机。明公可入许昌，大屯于此，逼洛阳，迎天子来许；董承、杨奉必不敢拒，大事可成。

曹操以为可，问荀彧道，郭奉孝所言如何？

荀彧道，甚可。晋文公迎周襄王，诸侯莫不听令，遂成霸业；汉高祖为怀王戴孝，使天下宾服，遂有汉室。自黄巾祸乱以来，天子累被挟持，先董卓，后王允、吕布，再李傕、郭汜，今又董承、杨奉，足见国已不国，君已不君。明公扶弱主，兴汉室，德比周公，社稷之幸也！

曹操即召诸将，欲入许昌。

是夜，荀彧访郭嘉。荀彧道，我等俱为汉臣，应以君国为重。今曹孟德欲迎天子，岂不虑为董卓第二？

郭嘉颇为惶遽，沉吟道，卿所虑有理，我等若助纣为虐，虽夷九族不能抵罪。今曹操握重兵，又极善谋断，非董卓可比，奈何？

荀彧道，我曾与程昱等迫曹操立誓，终生为汉臣，待不臣尽，必还政于天子；然曹操壮志如天，犹恐不能约束。卿可说曹操，重言此誓，以尽人臣本份。

郭嘉道，卿忠壮之心，可昭天日，我岂能辞！

荀彧大喜，说郭嘉道，曹操欲尽纳贤才，与群雄誓争高下，所赖者，我等也。若我等同心，曹操必大为忌惮，或不敢妄为。汉室兴亡，俱在我等，若失人臣之节，必为千古罪人。

翌日，郭嘉拜会曹操。郭嘉道，我曾投袁绍，以图复兴汉室，然袁绍久怀不臣之心，我不敢助纣为虐，遂走。荀文若称明公欲奉天子，讨尽不臣；我深感明公忠壮，故来投。

曹操深知郭嘉之意，笑道，我曾当众立誓，毕生皆为汉臣，卿何疑？

郭嘉道，明公之志，苍生之幸也！

曹操举大军入许昌，欲遣曹仁、曹洪领精兵四万入洛阳，迎献帝。

荀彧以为不可，说曹操道，明公宜先上表，以示忠心，使天子不疑；然后奉诏入洛阳，迎天子，以绝天下之口。

曹操依荀彧所言，上表，遣心腹入洛阳，秘呈献帝。献帝以为董承、杨奉如虎狼，比李傕、郭汜尤甚，即下旨，召曹操领军入京。

曹操获旨大喜，即率曹仁、曹洪等，举精甲五万直逼洛阳。

杨奉大骇，欲走；韩暹说杨奉道，曹操欲夺天子，若走，必为流寇；宜与董承修好，合兵力拒。

杨奉依其说，拜会董承。董承亦颇惶遽，与杨奉尽释前嫌，欲共保洛阳。杨奉遣徐晃、韩暹各领精甲三万屯于外，以拒曹操。

曹操近洛阳，与徐晃、韩暹遇于城郊，彼此欲战。曹操说曹仁、曹洪道，我知徐晃勇壮，堪称西凉第一虎将，我当以计疑之，使其来投。

于是命曹仁、曹洪急攻韩暹；韩暹不敌，遣人向徐晃求援。徐晃欲救之，忽闻曹操呼道，杨奉、董承俱为匹夫，挟天子而互争，岂是可依之人；徐公明智勇双全，岂能助纣为虐！

徐晃颇为惊疑，竟不举。韩暹大败，望东疾走。曹操令曹仁、曹洪勿追，转逼徐晃。

是夜，徐晃回洛阳，说杨奉道，韩暹已败，洛阳必不能保；将军何不与曹操修好，除董承，共奉天子？

杨奉大惧，遂依徐晃之言，致信曹操，邀其入洛阳。董承闻此，大为惊恐，竟先出洛阳迎曹操。

杨奉知董承欲迎曹操入京，大骇，即走，与韩暹残部合，东投袁术。

董承知杨奉夜遁，大喜，请以曹操为镇东将军，封费亭侯。

献帝召曹操，曹操执臣子礼，颇为恭敬。献帝出曹操奏表，说曹操道，卿此表慷慨忠壮，感天动地。今不臣四起，天下扰攘；朕尚幼弱，需扶助，不知卿欲作何人？

曹操叩首道，臣必效周公，虽天崩地裂，不改忠心！

献帝入奏表于怀，又说曹操道，此表与朕同在，卿若违，朕必以此示群臣；若遵循誓言，不但君臣能安处，亦能保家族兴隆，福报不绝。

曹操冷汗淋漓，谢恩而出。

翌日，曹操请献帝登辇，离洛阳，往许昌。献帝拜曹操为大将军，领司空，封东平侯；以荀彧为尚书令。

二十五

孙策围王朗已数月，仍不能克。王朗每与将士登城，誓死力拒。

张纮见久攻不克，请孙策求见张昭，欲问计策。

张昭正读书，见二人来，尽知其意。张纮说张昭道，王朗被围已数月，百姓恐惧，将士疲乏，会稽必破。今陶谦已死，刘备远遁，吕布不救，会稽已为孤城，岂能固守！

张昭不言，手不释卷；张纮又道，卿既与王朗有旧，何不陈说利害，劝王朗开城献降，以解困苦。

张昭脸色骤变，斥张纮道，我曾与卿等有约，不为攻会稽而谋，何故自食其言？

张纮道，我等请卿说王朗识时务，并非计谋，卿何责之？

张昭霍然而起，收杂物、书籍入行囊，说张纮道，非我言而无信，实因卿等不守诺言。我就此告辞，免受逼迫！

言毕欲走；孙策忙说张昭道，先生高义，我等敬重不已，岂忍逼迫！

张昭渐归平静，说孙策、张纮道，我与王朗为至交，不忍见其败，亦不忍见其降。况我不读兵法，唯知经史，若论经时济世，或能勉力而行；若论用兵攻伐，我不如老卒。

二人告辞，召诸将商议。太史慈道，我与功曹虞翻有旧，前日攻城，曾互致问候。我知虞翻等俱有降意，唯王朗欲死守。若许虞翻以厚利，会稽必破。

孙策大喜，说太史慈道，既如此，卿可说虞翻，若愿降，我必厚待。

是夜，太史慈近城下，呼虞翻，称有美酒，愿与之分享。守卒不知用心，报与虞翻。虞翻深知其意，遂登城，斥退左右，说太史慈道，我与卿各为其主，既干戈纷纷，岂能同饮？

太史慈道，若今夜能息干戈，我必与卿痛饮三日。

虞翻沉吟良久，叹息道，非我惧死，实因死而无益。卿需使孙策应诺，若我开城，须瓦石不伤，草木无犯；否则，我等虽弱，亦必拼死一搏！

太史慈大喜，说虞翻道，孙策非匹夫，必能如其言。

虞翻又道，王景兴为人忠壮，名动四海，若会稽破，去留当由其自主，不可强人所难，更不可加害。

太史慈道，王朗才华盖世，人品高洁，孙策景仰不已，岂忍加害。

虞翻不再疑，半夜，暗开东门，放孙策等入城。王朗尚在梦中，会稽已易手。

翌日，孙策召虞翻饮宴，士卒缚王朗入。孙策忙离座，亲解其缚。

王朗大骂虞翻道，虞仲翔开门揖盗，何颜见我！

虞翻颇为羞惭，不敢抬头。孙策说王朗道，所谓识时务者为俊杰，虞仲翔不愿殃及无辜，开城而迎，此大义之举，卿何必责之。

王朗斥骂愈切，虞翻几乎无地自容；孙策命张纮请张昭，来此劝王朗。张昭知王朗性情急切，恐遇害，急来。张昭尚未言，王朗指张昭大骂道，我与汝情同手足，汝竟助孙策夺会稽！不义如斯，竟有颜来此！

张昭大惭，一揖告退。

孙策又说王朗道，卿才冠一时，义薄云天，我等感佩不已。我愿奉卿为师，凡有教诲，必一一遵奉，望不辞！

言毕，深施一礼。王朗不答，义愤不已。张纮道，伯符于卿仰慕已久，既欲奉为师，卿何辞？

王朗颇知于事无补，沉吟良久，叹息道，所谓人各有志，不可强求；若卿等欲杀我，我当引颈就戮；若不杀，我当自去，永不相见！

言毕，朝孙策一揖，拂袖而去。孙贲大怒，欲执而杀之；孙策斥孙贲道，王景兴忠贞之士，岂能加害！

虞翻颇觉愧疚，亦告辞，称愿随王朗；孙策亦不强留。于是虞翻随王朗离会稽，辗转江海，欲投刘备。

曹操知王朗欲往豫州，遣荀彧迎于途，请王朗往许昌。

虞翻恐曹操恨其开城降孙策，或不能容，遂辞王朗，仍回会稽投孙策。孙策大喜，即率太史慈、虞翻等攻吴郡。吴郡太守许贡欲死守，终因寡不敌众，弃城而走，为乱兵所杀。

孙策既破吴郡，遂移母弟来会稽。孙权年已十七，碧眼紫发，敏悟不凡，孙策欲使之历练，委孙权为阳羡长。孙权自忖年幼，恐难服众，力辞，说孙策道，诸将随兄渡江，大小数十役，所以不惧死，实望拜官封爵；我年幼，寸功不立，若为令长，恐寒将士之心。

孙策笑道，我与卿为同胞手足，诸将俱为我等爪牙，何惧不服；我若尽获江左，必以政事委卿，若不早加历练，何以知治理？

孙权知孙策用心良苦，不再辞，走马上任，凡事无不用心，又能善待僚属，竟颇有政绩。

袁术知曹操迎献帝入许昌，大为震怒，欲举兵讨伐。

长史杨弘劝道，人称曹操雄才大略，非董卓、王允之流可比。曹操拥众数十万，又挟天子，迁许昌，若讨之，必不能胜。我劝明公自立，与曹操分庭抗礼。

袁术心意大动，遂召群僚。袁术道，今天子无道，人心俱失，又巨奸当朝，除而不尽。苍天欲改社稷，奈何！士民苦于离乱，俱望出水火；我自知神谕所在，不可辞谢，欲顺天应命，就此建号登基，卿等以为如何？

陈珪等大为惊愕，俱不敢言。杨弘慨然道，汉室气数已尽，国已不国，正当旧朝将覆，新朝将立之际；明公割地千里，役民百万，若非天意所在，孰能如此！若不立，必上负苍天，下负黎民，明公何辞！

主簿阎象道，周文王虽大并疆土，割地过半，仍称臣于殷纣，不敢自立；明公虽威德远播，地广民多，比之文王恐有不足；况汉室虽衰微，并无暴行，天不怒，人不恨，若此时称尊，无异引火烧身，望明公三思！

陈珪等纷纷附和。袁术无奈，搁置不议。是夜，杨弘说袁术道，阎象、陈珪不过腐儒，每以汉臣自居，故而阻碍。今孙策已夺会稽，欲驰骋江左，其威势之盛，已过公孙瓒、袁绍者流。明公何不以孙策为同谋，许以重利，孙策岂能辞谢；若得孙策佐助，何愁大业不成！

袁术以为然，遂书信与孙策，许其为大将军，录尚书事，并以小女婚配。

孙策接袁术信，颇为犹豫，既不愿与袁术同盟，树敌于天下；又疑与袁术反目，或大肆追讨。于是召群僚，议得失。

张昭道，袁术顾影自大，鼠目寸光，若僭号登基，必使人神共愤，岂能与之盟。将军宜趁此与袁术绝，并表奏朝廷，请为会稽太守，趁群雄相争，横扫吴、越，如此，霸业可图，再不必仰人鼻息。

张纮、吕范等俱以为可。孙策不再疑，遂与袁术绝，并奏表朝廷，请为会稽太守。

孙策恐袁绍愤恨，或迁怒周瑜，即书信与周瑜，请其速来会稽。周瑜时为居巢长，接孙策信，恐袁术加害族父周尚，遂回信孙策，欲设法使周尚离寿春，再往会稽不迟。

二十六

居巢久经战乱，府库空虚，粮草匮乏，士卒不堪困苦，每有离去。周瑜虽四处征集，所获甚微。县尉说周瑜道，我知东城有富家，钱粮俱丰，可借贷。

周瑜道，卿所说，莫非东城鲁肃？

县尉道，正是。鲁肃家资宏富，有良田千顷，又乐善好施，乡人颇受恩惠；若借贷，必能有所获。

周瑜大喜，即领随从，往东城拜访鲁肃。

时值隆冬，大雪飘飞，雾霭氤氲。周瑜等冒雪疾行，至东城，已近午后，经打听，知鲁肃居城南，又往城南。见有巨宅，绕以粉墙，墙外一排老柳，残而不断，犹如悬丝；有腊梅杂于柳间，开得正好，缕缕幽香随风轻逸，冷艳不绝；墙内朱檐碧瓦嵯峨而出，隐隐一派古意；有石桥横于短溪上，与巨宅相通，桥面积有微雪，了无足痕。

周瑜令随从暂止，过石桥，来至院门前，见大门紧闭，举手欲敲，忽闻琴声自院内出，铮铮然如泉出幽谷，随意而轻快。周瑜遂止，静立听琴。琴声渐急，如疾风吹树；又渐广，如水泻旷野。周瑜颇为心惊，似觉人在激流，不可禁止。正风涛满耳，琴声忽止，似乎弦柱俱断。

周瑜正不知进退，忽有人自内而来。片刻，院门訇然大开，一老者探头张望，见周瑜立于门前，笑道，不出子敬所料，果有人听琴！

周瑜忙朝老者一揖道，我乃居巢长周瑜，特来拜会鲁子敬。

老者大为讶异，问周瑜道，莫非舒城周郎？

周瑜笑道，浮名而已，不足为道。

老者迎周瑜入内，渐至后院花厅外，又见几树腊梅，遮窗映户，开得酣畅淋漓，不禁笑道，鲁子敬如此好梅，足见品格清高！

老者笑道，诚如卿所言，子敬清奇，不输梅花。

言毕，指花厅道，子敬候于此，卿可自往。

周瑜拾级而上，忽听有人笑问，来者何人，如此清俊不俗？

周瑜看时，见有青年男子立于厅外，冠冕堂皇，衣锦着秀，又颀长，面目清癯，知为鲁肃，拱手道，舒城周瑜冒昧而来，望勿怪罪。

鲁肃忙还礼，说周瑜道，我即鲁肃，正对雪抚琴，不料琴弦俱断，知有奇士来访，不想竟为周郎！

二人大为欣喜，颇觉一见如故。鲁肃执周瑜手，邀入厅内。周瑜见厅前设一几，几上置一琴，琴弦俱断，笑道，我若为知音，平生所幸也！

鲁肃亦笑道，卿之风雅，远胜钟子期；然我粗鄙，不敢自比俞伯牙！

二人相顾大笑。鲁肃请周瑜入座，命家仆置酒，邀周瑜对饮。

饮过数巡，鲁肃道，周郎踏雪而来，必有所告，望能尽言。

周瑜道，我为居巢长，然巢湖一带屡经兵祸，凋敝不堪，竟无粮以供部属所需。我知卿家道宏富，又乐善好施，特来借粮，无论多寡，万望周济。

鲁肃大笑道，我有粮两囷，每囷各三千斛，愿以一囷与卿，如何？

周瑜大喜过望，忙施礼道，子敬如此慷慨，我毕生当记此恩！

鲁肃道，卿不图另一囷，我已知足。卿既来之，我本应倾其所有，无奈另一囷乃我与乡人共有，故不能尽予。

周瑜道，我虽不敢称义，亦非贪婪之辈。不知卿所谓与乡人共有，何意？

鲁肃道，东城景况与居巢无异，兵祸连年，天灾不断，乡人每有断炊之窘。实不相瞒，我家有良田千顷，屯粮十数囷，俱已周济乡人。今唯剩两囷，留一囷，欲与乡人共度荒年。

周瑜颇为不安，起身辞谢道，既如此，我岂能夺人口中食！

言毕，欲走。鲁肃指几上琴道，我与卿一见如故，又梅花尽开，大雪盈门，如不痛饮，岂不有负此琴？

周瑜不再辞，复入座。鲁肃召家仆，嘱其邀周瑜随从入内，待以酒食，尔后押粮先回。

饮至半酣，鲁肃说周瑜道，公瑾雄姿英发，清俊脱俗，何故委身袁术？今天下英雄纷起，可助者多矣；而袁术不过竖子，卿为其僚属，岂不明珠暗投？

周瑜叹息道，所以如此，实乃情非得已。我父早丧，不能自立，每赖族父照应。今袁术以族父为人质，我若违，袁术必加害。

鲁肃道，神骏困于栏，虽志在千里，不能奋蹄。周郎今日，与此何异！

周瑜道，我与孙策情同手足，待族父脱桎梏，我必归孙策。

鲁肃道，孙策败陆康，逐刘繇，夺会稽，人称有项籍之勇；我孤陋寡闻，不知其人究竟如何？

周瑜道，孙策勇决豪迈，大气磅礴，堪称千古俊才，犹恐项籍不能比。我与之相识甚早，颇知其胸怀壮志，假以时日，必成大器，虽阖闾、夫差难以相提并论。

鲁肃道，以周郎之才，竟如此叹服，足见卓绝不凡。

周瑜道，孙策正以席卷之势走马江东，欲凭大江之险以窥天下。卿智虑如渊，学养精深，堪称旷世之才，何不投孙策，以图不世之功？

鲁肃笑道，我不过村夫，粗鄙无知，唯愿居乡里，了此一生，并无功利之想；所以读书抚琴，不过聊以自娱。况林泉之美，山水之乐，足以令人陶醉，何必涉足世事？

周瑜深知鲁肃优雅不俗，不可强说，亦不再言。时已黄昏，雪如狂沙，远近一派迷蒙，又梅香暗来，清馨如水。鲁肃逸兴大生，说周瑜道，难得如此好雪，又清芬四溢，若不付之音律，岂不辜负上天美意！

言毕，离席，换新弦，又焚香，张指抚琴，琴声铮然，仿佛水注容谷。

周瑜闭目听琴，渐觉意兴如炽，见有箫，悬于壁上，取而吹奏，一时琴箫互鸣，或轻盈婉转，或清徐畅快，犹如天作之合，风华不已。

不觉，夜渐深，周瑜起身告辞，说鲁肃道，今日雅会，终生难忘；恨我俗务未了，不能久留。

就此一别,后会有期。

鲁肃见天色幽黑,大雪盈尺,说周瑜道,夜深路滑,何不天明再行?

周瑜笑道,酒意绵绵,大雪飘飘,正宜走马归途,何需天明!

鲁肃不再留,送周瑜出府第。周瑜解马,翻身而上,大笑而去。

鲁肃见人与马渐去渐隐,忽想及周瑜虽获厚赠,竟不言谢,不禁叹道,周郎大气疏阔,我不及也!

袁术知孙策不愿同谋,大怒,欲举众攻会稽。

杨弘说袁术道,不可。孙策羽翼已丰,其势已成;况会稽深险,若攻,必难克。两虎相争,曹操、袁绍等必趁机谋利,即使能败孙策,犹恐得不偿失。明公可登基,何必虑及其他!

袁术沉吟道,我虽拥众十万,然无一人能比孙策。我若称帝,群雄必举众讨伐,谁能为我拒强敌?

杨弘道,明公勿忧,我知吕布败走兖州,转投刘备;刘备失徐州,吕布趁机夺豫州,彼此貌合神离,互为提防。刘备屯小沛而窥豫州,吕布虽据之而不能自安。若明公示好吕布,吕布必不拒。

袁术道,吕布无德,每每恩将仇报;况我曾迫其自走,吕布必为此怀恨,岂能为我所用?

杨弘又道,此一时彼一时也。所谓盟,自古无不为利。吕布见利忘义之徒,若明公登基,许以高位厚爵,吕布必不忍辞。

袁术以为然,遂遣杨弘往豫州,说吕布。吕布知袁术欲称帝,大笑道,袁术匹夫,竟有如此妄想,何不惧天下人耻笑!

杨弘道,卿所言差矣。刘邦不过乡间无赖,应陈涉举兵,而为高祖;况袁公路世代贵胄,祖德如荫,其根基之深,远在高祖之上。卿若愿奉命,袁公路当助卿灭刘备,拜卿为大将军,封万户侯,卿何辞?

吕布沉吟道,我知袁术有子未婚,我有女未嫁,若不弃,愿为姻亲。待姻亲定,再言其他。

杨弘大喜,遂辞,回禀袁术。袁术即聘媒,备厚礼,命杨弘再往豫州迎亲。

二十七

待袁术、吕布结为姻亲,杨弘又说袁术道,刘备每以汉室宗亲自居,若明公登基,刘备必举众来攻。既吕布愿为明公所用,宜举大军往小沛,攻刘备。

袁术以为可,即遣将军纪灵,率五万精甲而往。

刘备闻此大惊,即召群僚商议。麋竺道,纪灵来势凶猛,恐难力敌。我以为应合吕布,共拒纪灵。

张飞道,吕布所以与袁术联姻,其意正在借其势而逐我等,岂能指望!

麋竺道,不然。袁术欲以此疑吕布,使其看水流舟。若小沛失,必转夺豫州,吕布岂能不知。

张飞道,吕布不过三姓家奴,反复无常,何堪与之盟;纪灵不过匹夫,虽举五万之众,何足为道!常言兵不在多,而在于精,我等虽寡,不惧纪灵之多!

关羽道,袁术遣猛将十数,精兵五万,声势浩大,实难力敌;我以为麋子仲所言有理,宜说吕布,晓以利害,共拒纪灵。

刘备以为有理，欲遣麋竺为说客，又恐吕布押麋竺为人质，疑而不决。

赵云深知其意，说刘备道，我愿随麋子仲同往，说吕布共保豫州。

刘备大喜，即遣赵云、麋竺同往豫州见吕布。吕布正饮酒，忽报麋竺、赵云求见，已知刘备惧纪灵，遣二人为说客，竟拒而不见。

麋竺恳求无果，大骂吕布道，豫州危在旦夕，吕奉先竟浑然不知！刘玄德不计前嫌，欲与汝共拒强敌，汝竟拒而不见！袁术以姻亲疑汝，汝竟不知用意！小沛、豫州唇齿相依，小沛若失，豫州岂能独存！此妇孺皆知，汝竟不知！

吕布大怒，命侍从带麋竺、赵云入内。片刻，麋竺、赵云来，吕布怒指麋竺，喝问道，我闻犬吠不息，何故？

麋竺望吕布一揖，笑道，温侯拒而不见，我无奈，故此出言相激。

吕布耻笑道，刘备自以为英雄，汝等自以为良将，何惧纪灵？

麋竺道，小沛为豫州门户，若小沛失，豫州必危。既休戚相关，温侯宜与刘玄德合，共拒强敌。

吕布大笑道，非也。我与袁术为姻亲，袁术遣纪灵攻小沛，欲助我逐走榻前之虎，我求之不得，岂能与汝等为盟！

麋竺道，袁术寡恩无义，不惜与手足相残，何论姻亲！

吕布道，袁术欲称帝，故而借我之力以拒强敌；我欲独镇豫州，故而借袁术之势以逐刘备。此各有所图，宁不为盟！

赵云道，袁术用心，温侯必知，何用我等多言。小沛狭窄，非固守之地，既不能拒纪灵，我等劝刘玄德另走；刘玄德念与温侯为兄弟，不忍自去，更不忍温侯再失根基，故而命我等来此，愿与温侯合力而拒。既温侯不屑，我等何虑！就此告辞，望温侯好自为之！

言毕，与麋竺告退。吕布忙道，且慢，既来之，若不赐酒宴，刘玄德当笑我失礼。

于是命麋竺、赵云入座；麋竺、赵云亦不辞。酒过数巡，吕布说赵云道，汝着甲胄，佩长剑，俨然有武将风范，不知与我相比如何？

赵云道，温侯勇绝天下，我岂敢比。

吕布忽怒，斥赵云道，既如此，可解腰间物，不再招摇过市！

赵云见吕布咄咄逼人，若示弱，吕布必嚣张愈甚，或有碍大事，于是笑道，我虽不才，勉能斩上将首级；若千万人阻于前，亦不惧独自往还。

吕布微惊，又道，壮哉此言！我自以为骑射惊人，卿若不辞，愿一较高低，以助酒兴。

赵云道，温侯既有雅兴，我不敢辞。

吕布遂命侍从取弓箭，携麋竺、赵云出；恰有小鸟鸣于翠柳间，距此约百步。吕布遂止，指柳间小鸟道，我能于此一箭射鸟，卿能否？

赵云道，我亦能。

吕布授弓箭予赵云，说赵云道，卿若能射此鸟，我必尽应卿等所请。

赵云接弓箭，轻描淡写间，箭已脱弦，小鸟应弦而坠。吕布、麋竺大为惊讶。赵云笑道，雕虫小技，温侯勿笑。

吕布颇觉忌恨，又指柳树道，我能以三尺剑，掷穿此柳，卿能否？

赵云道，我亦能。

言毕，抽剑，并足而立，忽一展臂，剑已离手，一道精光划过，剑身如带疾风，直奔柳树；眨眼间，柳树猝然摇动，那剑已穿树而过。

吕布大惊失色，竟再不言。赵云、麋竺随吕布复入，仍饮酒。吕布不甘，再说赵云道，卿既能以剑穿树，想必剑术不凡，我不才，愿领教。

赵云颇知吕布之意，拱手道，温侯之命，岂敢不从。

于是，吕布出王允所赠宝剑，另出一剑予赵云。吕布欲借此剑之利，灭赵云威风。

两人各展绝学，驭剑如飞，两团剑花缤纷不息，渐渐已不见人影。麋竺等唯觉寒气潇潇，逼人心魄。

赵云知吕布之剑非同寻常，不敢与之锋刃相接；吕布每每欲断赵云之剑，不料眼前一片缭乱，渐而缥缈无形，似乎处处是剑，又处处无剑，唯觉剑气飞扬，竟不知所在。

正此时，赵云纵身而出，剑花忽谢，人影毕现。吕布亦止，如急雨骤歇。赵云拱手道，温侯剑术如神，我已败。

吕布深知赵云不愿尽占风头，故而佯败，于是笑道，我以为天下无敌，谁料赵子龙如此精勇！

言毕大笑，邀赵云入席，再饮。吕布竟不再言共拒纪灵之请。麋竺无奈，说吕布道，我等奉命来此，不敢延误；纪灵大军正疾行于途，急切无比，望温侯早决，迟则恐豫州不保！

吕布冷笑道，我所恨者，张飞也。昔日我失意兖州，不得已来投刘玄德，张飞竟乘人之危，每每以言污辱！若欲合拒纪灵，除非张飞自缚来请，否则，虽刘玄德亲来，我亦不应！

麋竺道，我知温侯度量如海，何必与张飞计较？张飞不过匹夫，何足为温侯所恨。我请温侯尽释前嫌，以生死存亡为重！

吕布断然道，卿等勿需多言，若张飞不自缚而来，我何惜玉石俱焚！

麋竺、赵云再三劝说，吕布不听。二人告辞，以吕布所言回禀刘备。刘备无奈，遂召关羽、张飞，尽言吕布之意。

张飞大怒，骂道，吕布恶贼，竟让我自缚！我即领兵夺豫州，杀吕布，并其部属，再转拒纪灵，何愁豫州、小沛不保！

关羽劝张飞道，翼德息怒，小沛狭窄，不能凭此拒强敌，唯与吕布合，方能胜纪灵。所谓大丈夫能屈能伸，韩信受胯下之辱，尔后为上将军，可见真英雄俱不逞一时之快。待纪灵败，我必杀吕布，以泄此恨！

张飞不愿受辱，大骂吕布不止。刘备神色悲凉，泣道，我知翼德耿介，岂能受此奇辱！既小沛不能保，我愿与卿等舍此而去，另谋出路。

言毕，竟大哭。张飞知势在必行，说刘备道，兄长如此，我何以自安；我虽非韩信，亦愿为兄长受辱。

刘备大喜，即缚张飞，命麋竺、关羽、赵云同往豫州见吕布。

吕布见张飞自缚而来，假意不识，指张飞说陈宫道，此物料非人类，恕我眼拙，不能识，卿且告知。

陈宫以为过份，不愿答。关羽闻此大怒，说吕布道，若非人类，想必所见亦非人，卿所言，岂不自辱！

吕布冷笑道，我曾闻关羽乃虎将，原来不过口舌之徒，难怪不敢拒纪灵！

糜竺恐关羽触怒吕布，忙施礼道，司马张飞，自缚请罪，望温侯不计前嫌，尽恕其罪！

吕布大笑道，原来并非畜类，不过我弟刘玄德走狗！莫非汝无嘴，或唯知狂吠，不知人言？既有罪，愿闻罪在何处？

张飞强忍屈辱，低头道，我曾辱骂将军，罪该万死，特自缚而来，愿受责罚！

吕布大为畅快，欲再辱，见关羽、赵云怒目而视，遂止，说张飞道，我与玄德为兄弟，亦视汝若手足；汝虽不义，我岂能不仁！

遂为张飞解缚，命其居末席。片刻，酒肴俱备，吕布邀关羽等饮宴。

酒过数巡，吕布道，卿等可告知我弟刘玄德，我既与袁术为姻亲，不能反目成仇。待纪灵来，我必从中斡旋，使其不战而退，如何？

糜竺道，若如此，刘玄德必感激不尽！

待席散，关羽等告辞，仍回小沛。

二十八

数日后，纪灵大举而来，围刘备于小沛。刘备等坚壁自守，以待吕布。纪灵欲速克，令诸将四面急攻。关羽、张飞、赵云等欲挫纪灵锐气，各领精骑忽出，分头痛击，略有斩获，即回。

纪灵虽受挫，仍不肯止；诸将颇惧，其势已衰。纪灵恐为刘备所乘，选死士一万，欲毕其力，破一门。正此时，忽闻吕布、张辽等领精骑一万出豫州，屯于小沛西。纪灵大惊，令诸将暂止，因不知吕布用意，遂入营，拜会吕布。

纪灵道，我奉袁公路之命攻小沛，卿屯于此，何意？

吕布笑道，豫州与小沛互为唇齿，既小沛危急，我岂能自安，故来此，以察情形。

纪灵道，袁公路欲为卿逐走刘备，使卿能独镇豫州。此心良苦，温侯岂能不知？

吕布道，实不相瞒，刘玄德乃我弟，非我敌。将军率大军来此，重重围困，我大为不安，三思之下，虽左右为难，不敢坐视，故而来此，欲助刘玄德。

纪灵道，豫州如巨室，小沛如门户，刘备屯于此，如扼咽喉；温侯虽镇豫州，仍大受掣肘。既能逐刘备，使温侯再无顾忌，何乐不为？

吕布大笑道，昔秦伐楚，楚请与齐合，共拒强秦；齐以为秦不敢犯，拒与楚合。待楚破，秦大举伐齐，齐亦破。此前车之鉴，我虽愚鲁，亦有所闻。若小沛失，卿等再转攻豫州，我必追悔莫及。

纪灵大为惶遽，不敢再言。吕布道，我虽来此，并非与卿等为敌。刘玄德为兄弟，袁公路为姻亲，我不能顾此失彼，故而欲言和，使彼此休战，如何？

纪灵沉吟良久，说吕布道，温侯用心良苦，我岂能拒。待我回禀袁公路，再决不迟。

于是纪灵告辞，即遣快马往寿春，请袁术囚吕布女，要挟吕布。袁术依纪灵所请，囚吕布女。吕布得知，即书信袁术称，我女为汝媳，乃汝家室；汝囚家室，与我何干！

袁术无奈，又恐吕布怒而助刘备，遂释吕布女。吕布即召纪灵，大骂道，汝竟说袁术囚我女，我非妇人，既袁术不怜媳，我何怜他人妇！

纪灵大惧，忙赔罪。吕布道，既汝不愿听命于我，我亦不强求。汝与刘玄德互持于小沛内外，使我左右为难。自此日始，谁先举，我即攻谁，如何？

纪灵愈惧，说吕布道，我愿依温侯所言，与刘备议和。

吕布斥纪灵道，既如此，何必枉费心机！

遂遣张辽入小沛，请刘备。

半日后，刘备随张辽而来。吕布分执刘备、纪灵手，说二人道，我今为卿等说和，免一场杀戮，卿等需记我恩德！

言毕，请二人入席对坐。吕布居上席，命侍从备酒。纪灵不甘，说刘备道，我举精甲五万，上将十数，若非温侯劝阻，小沛已破。

刘备不言，举酒自饮。吕布忽怒，又斥纪灵道，汝何出此言！我容汝攻三日，若三日内小沛破，我必携刘玄德自走；若三日内小沛不破，我即举豫州之众助刘玄德，如何？

纪灵大为惶恐，不敢再言。吕布沉吟道，我知胜败俱不由人，往往在于天意。我欲立画戟于辕门，于百步外射戟上小枝，若能使小枝折，卿等各自休战；若不能，我当回豫州，永不过问。

纪灵虽知吕布精骑射，料不能如此，不由暗喜，说吕布道，温侯所言，我必遵奉。

刘备以为荒谬，亦说吕布道，我知世人无不服于理，而非技。温侯欲止争端，我深为感激，然需各述其理，再请温侯明断，岂能付之射技。

吕布不悦，斥刘备道，我之理，从来不在口舌，俱在弓马箭矢之上。汝等若有异议，我即回豫州！

刘备不敢再言。吕布离席，命侍从立画戟于辕门外，请刘备、纪灵等俱出，观其射戟上小枝。

吕布知纪灵亦精骑射，指戟上小枝，问纪灵道，我知将军射技不凡，将军若能射断小枝，可自决进退，如何？

纪灵知画戟距此约五十丈，小枝仅依稀可见，岂能中的，忙道，我不才，不敢与温侯比射技。

吕布大笑，笑毕，命侍从备马，说刘备、纪灵道，若静立于此，以箭断小枝，不过人力；需挽弓走马，一箭能使之折，方为天意！

纪灵笑道，如此，我当远遁，永不复来。

片刻，弓马俱备。陈宫、张辽、张邈等亦来观看，俱以为吕布言过其实，必失手。

吕布翻身上马，大笑道，我今日所举，必为千古美谈！

言毕，打马而走。刘备不忍看，紧闭双目，暗自祈祷，求上苍护佑，使吕布能命中小枝。

吕布猛加一鞭，那马四蹄腾越，快如疾风。刘备觉马啼如丧钟，声声敲击，俱在头顶，令人魂飞魄散，几乎瘫软。

吕布绕营走马一周，又自另一端复回。纪灵等拭目以待，亦觉不能呼吸。吕布张弓搭箭，竟在那马四蹄腾空之际，一箭射出。

箭方离弦，吕布已下马，满面微笑。纪灵等圆睁双目，目追那箭飞向画戟，破空之声如玉碎冰裂，虽在转瞬间，却有隔世之久。

刘备仍紧闭双眼，那箭似乎并未飞向画戟，正朝己前胸而来。忽听铮然一声脆响，刘备猛一惊，顿觉魂飞魄散，几乎跌倒。

良久，忽闻辕门内外欢声骤起。刘备始睁眼，望向画戟，见小枝已折，欣喜若狂，几乎失态。

吕布见纪灵面色铁青，浑身僵直，笑问纪灵道，如何？

纪灵回过神来，忙拱手答道，温侯神技，旷古绝今。我心服口服，必依温侯之意，即刻解兵！

吕布大笑而去。

二十九

纪灵引众而走，刘备危急顿解，以为部属伤残衰弱者多，不能御强敌，遂命麋竺、麋芳、简雍等大肆征募，获子弟近万。刘备大喜，又命诸将遣老病伤残者回原籍。

陈宫知刘备招募青壮，遣还老弱，以为别有用心，遂说吕布道，刘备广积粮草，大募士卒，其用心必在豫州。若刘备壮大，豫州岂能安处。

吕布道，刘备用心，我岂不知。然纪灵抱憾而去，若我与刘备争，纪灵必趁机渔利。当今之势，仍宜与刘备合，方能保豫州不失。

陈宫道，将军所言非也，刘备素怀壮志，岂能安于小沛！若此时不取小沛，他日刘备必取豫州，恐追悔莫及。

吕布沉吟道，纪灵举五万之众急攻小沛，刘备等坚城自守，纪灵虽竭尽全力而一无所获，足见取之不易。

陈宫道，纪灵自寿春来，远道而进，刘备可从容应对，故而不能速克；豫州与小沛近在咫尺，若将军忽举，瞬息可至，刘备猝不及防，必唾手可得。况纪灵已远走，虽欲效渔人获利，奈何鞭长莫及，将军何虑！袁术忌将军之勇，聘以重金；若将军尽得豫州，其势愈甚，不仅袁术不敢轻举，虽曹操、袁绍亦必敬畏，将军何不为之？

吕布大为心动，遂召张邈、张辽等，欲突袭小沛。

张辽道，豫州与许昌近，曹操所以不攻，因将军与刘备互为掣肘；若逐刘备出小沛，曹操必虑豫州，或举众来伐。我请将军仍与刘备合，以保豫州不失。

吕布斥张辽道，汝非谋士，岂能言大计！

张辽不再言，颇为怨恨。吕布令张辽、陈登守豫州，亲领陈宫、张邈、张超等夜出豫州，直扑小沛。

刘备忽闻吕布举众而来，大为惊恐，急召诸将商议。张飞道，吕布狗贼，有何惧哉！我即出城痛击，必斩其头！

简雍道，吕布大举而来，我等措手不及，难以应敌，不如弃小沛另走。

张飞道，我等自起兵以来，四处投靠，苦无安身之地，岂能弃此！小沛为高祖故里，祥瑞犹在，王气仍浓，何忍弃之！我虽不才，誓与小沛共存亡！

关羽道，若与吕布战，纪灵必复来，小沛将不保；况子弟新附，锋芒未成，必怯战。我以为简宪和所说有理，应弃小沛，另寻安身之处。

刘备以为小沛城池狭窄，弃之不惜，遂命关羽领精骑先出，命张飞、赵云领死士断后，亲领麋竺、麋芳、孙乾、简雍及家眷居中，欲夜离小沛。

吕布等近小沛，正欲围城，忽见城门大开，关羽引精骑骤出，即遣张邈、张超迎击。张邈、张超齐出，欲阻关羽。关羽部属大惧，欲止，关羽喝道，吕布等俱为匹夫，有何可惧！

部属不敢违，仍疾行。关羽又骂张邈、张超道，竖子，竟敢阻我！

骂毕，打马直扑张邈、张超。张邈、张超见关羽气势夺人，大为恐惧，竟勒马不前。吕布见此，欲亲战关羽。

陈宫忙劝道，刘备欲自走，让小沛与将军，将军可顺水推舟，何必与之死决？

吕布以为然，遂止。刘备等亦出，与关羽合，离小沛。

刘备恐吕布追杀，又虑袁术趁机而为，于是举众渡泗水，屯兵淮水南，再召部属议去留。

麋竺道，此地与寿春近，不如投袁术，共拒吕布。

孙乾道，袁术匹夫，每每觊觎，久欲图之，若投，与飞蛾扑火何异。不如投刘表，或能安处。

简雍道，今群雄大集东南，曹操岂能坐视；荆州为南北要地，曹操欲灭群雄，必先取荆州。依刘表，与饮鸩止渴何异。不如往许昌投曹操，曹操或能助将军复夺豫州。

麋竺、麋芳、孙戟等俱以为许昌如虎穴，若往，必为曹操所害，于是与简雍激辩。

赵云道，曹操忌吕布独镇豫州，或窥伺许昌，若投曹操，请其助我等败吕布，夺豫州，曹操必喜。

关羽、张飞以为可。刘备遂遣简雍往许昌，拜会曹操，表明归附之意。

曹操知简雍来，命郭嘉入馆舍会简雍，以察来意。

简雍说郭嘉道，吕布欲独镇豫州，以窥许昌，故而忽袭小沛。刘玄德猝不及防，匆忙夜走，欲投曹孟德，共拒群雄。此心之诚，犹如日月，曹孟德必能察。

郭嘉笑道，末路来投，岂有诚意！

简雍道，若非末路，何必来投；若曹孟德待之以诚，刘玄德宁不报之以忠。

郭嘉大笑道，若吕布能与刘玄德安处，刘玄德安能来投！

简雍道，曹孟德扶天子，以伐不臣；刘玄德乃汉室宗亲，久有复兴之志。二者俱为汉臣，志同道合，休戚相关，何不能共处。若曹孟德别有用心，或欲废天子以自立，必拒刘玄德之请；若并无异心，或不违誓言，必召刘玄德入许昌。

郭嘉再不能言，即告辞，回禀曹操。曹操知刘备用意，欲命刘备入许昌，又恐群僚非议，遂召荀彧等商议。

荀彧道，刘备暗藏壮志，实非袁绍、公孙瓒之流可比，况其以宗室自居，博尽美名，大获人心，假以时日，必成大器。既刘备为虎，不可纵养，不如召而杀之，以绝后患。

郭嘉道，不可。刘备久负盛名，朝野莫不视为忠良。明公起义兵，以上奉天子，下安民心而取信天下，若杀刘备，不但使百姓失望，仁人志士亦必大生疑惑。我请明公恩赏刘备，助其败吕布，夺豫州。

曹操大笑道，卿所言正合我意。今纷争大起，人心惶惶，岂能杀仁德之士以绝众望！刘备虽弱，屡败不馁，不失英雄本色。我必使之出群雄之上，以拒东南强敌。

荀彧知曹操用意极深，不敢多言。曹操遂召刘备来许昌，大加抚慰。继而以刘备为豫州牧，又遣曹仁、曹洪、徐晃等领精甲六万，助刘备攻吕布。

程昱以为不可，若刘备复夺豫州，必据此自雄，欲请曹操收回成命，困刘备于许昌，使其无用武之地。

荀彧闻此，大惊，即拜会程昱。荀彧道，曹操用意之深，卿岂能不知！今虽群雄并起，然袁绍、袁术、刘表、吕布、公孙瓒之流皆不足为道，一讨可平耳；刘玄德虽弱，然深得人望，假以时日，必成倚天之势。曹操奉天子以令诸侯，唯不臣在，方有所奉；若不臣尽，曹操以何而奉？

程昱大惊，问荀彧道，莫非曹操欲久挟天子？

荀彧道，曹操助刘备伐吕布，意在使刘备于此自雄，如此，曹操此生有不臣可讨，有天子可奉，何乐不为！卿若阻，曹操必怒，或有杀身之祸。我不忍使卿受害，故来此，请卿三思！

程昱顿时冷汗淋漓，沉吟道，既如此，我等应舍曹操而去。

荀彧道，万万不可。我等曾逼曹操立誓，生死皆为汉臣；又请曹操上表，使天子能获凭据，以遏曹操野心，使之不能自立。若我等近在左右，曹操必不敢妄兴废立；若去，曹操再无掣肘，所作所为，殊难料也！

程昱道，如此，我等此生将与猛虎同穴，虽不能断其爪牙，亦能缚其四肢，使之不能妄为，堪称古今奇事！

荀彧道，今日所言，不可使他人知。

程昱道，卿勿忧，我虽肝肠俱腐，亦不敢吐一字；唯恐百年之后，我与卿必遭唾骂。

荀彧笑道，我不图身后之名，唯愿不负此心。

刘备率关羽、张飞、赵云，并曹仁、曹洪、徐晃等，举八万之众，直赴豫州。吕布闻此，大为惊惶，急召陈宫、张邈等商议对策。

张邈道，刘备、曹仁等，举众近十万，志在必得，实不可拒。我劝将军弃豫州，往寿春投袁术。

吕布无奈，遂纳张邈之说，引众出豫州，欲投袁术。陈珪、杨弘以为吕布不义，每每弑主，不可接纳，请袁术拒吕布。袁术以为然，即命纪灵等举五万之众阻吕布。

吕布大惧，转道徐州，屯于下邳。

刘备复得豫州，命张飞仍屯小沛。曹仁、曹洪等即还许昌。

三十

杨弘又请袁术称帝，袁术遂命杨弘往丹阳，入孙策旧居，再寻玉玺，以为若能获此物，必能使群雄臣服。

杨弘奉命而往，苦苦搜寻，仍无所获，正欲回寿春复命，忽生一计，遂遣心腹往于阗，掘白玉。心腹昼夜疾驰，竟掘回良玉数件，大若拳。杨弘大喜，又知扬州有巧匠，自号八六子，极善雕琢，遂携良玉往扬州，命八六子另刻玉玺。八六子不敢拒，费时十日，刻毕，大可乱真。杨弘恐事泄，竟杀八六子，携此物回寿春。

袁术大喜，以为天意所在，遂称帝。

孙策知袁术称帝，遂以讨逆为名，令诸将大出，分取各郡，仅数月，已尽占江东。

曹操知袁术称帝，即召群臣，欲伐寿春。

太尉杨彪道，袁术荒疏无谋，虽僭越称帝，其实不过自绝于天下，何足为虑；孙策以讨逆为名，横扫江东，气焰日盛，欲据此而自雄，不臣之心昭然若揭。明公应先伐孙策，待荡平江东，再讨袁术不迟。

曹操冷笑道，卿何出此言！孙策举义师，讨逆贼，所以扫荡江左，实欲断袁术进退之路，此忠义之举，岂能讨伐！我等俱为汉臣，若不顾袁术僭号称帝，岂不有负天子所托，士民所望！

杨彪道，袁术如此，无异自掘坟墓，况群雄俱在左右，岂容袁术猖獗！袁术不可虑，可虑者孙策也，望明公三思！

曹操大怒，斥杨彪道，汝与袁术为姻亲，每每阻我讨逆，其用心之险恶，虽童子亦能察知！

我若不杀汝,何以面对天子!

遂令甲士执杨彪。杨彪不惧,大骂曹操道,国贼,每欲养虎,以为祸患,唯欺天子不知!

曹操愈怒,决意杀杨彪。

孔融时为匠作大将,闻曹操欲杀杨彪,即拜见曹操。曹操知其来意,拒而不见;孔融竟强入。曹操斥孔融道,卿素以知礼明义享誉天下,竟强入,试问礼义何在?

孔融忙道,我闻明公欲杀杨彪,惶急不已,故而不请自入。

曹操冷笑道,杨彪阻我讨袁术,欲陷我于不忠,其用心之险恶,妇孺皆知!若不杀,以何而谢天下!此国家之意,非我能自主!

孔融道,杨彪世代忠良,慷慨正义,清廉无私,朝野共知。《周礼》言,虽父子兄弟,罪不相及;况杨彪与袁术虽为姻亲,并非同谋,明公岂能以袁术之罪归于杨彪!

曹操怒道,杨彪阻我讨袁术,罪不可赦,何来归罪之说!汝不顾大义,为杨彪说情,若非袁术同谋,岂能如此!

孔融大惧,见曹操怒形于色,不敢再言,拱手而退。

曹操亦有杀孔融之心。

数日后,杨彪被戮。曹操以孙策为讨逆将军,封吴侯,并亲率十万大军出许昌,伐袁术。孙策亦举三万之众赴寿春。

刘备知曹操、孙策讨袁术,留麋竺、麋芳守豫州,仍命张飞屯小沛,领关羽、赵云亦往寿春。

吕布恐曹操败袁术,再转攻徐州、下邳,亦领张辽、陈宫出下邳,攻袁术。袁术四面受敌,大惧,又闻桥蕤等为曹操所斩,知寿春不能保,于是领众渡淮水,欲走辽东,与公孙瓒合。公孙瓒恐惹火烧身,严拒。袁术无奈,又转走淮南。淮南大饥,军资大窘,袁术忧惧不堪,竟病死。

曹操入寿春,以御史中丞严象为扬州刺史。

荀彧劝曹操召刘备、孙策、吕布等,或杀之,或命其同往许昌,以绝来日之患。曹操斥荀彧道,刘备等举众讨逆,有功于社稷,岂能如此!

荀彧不敢再言。是日,沛县许褚领子弟五百投曹操。曹操见许褚勇壮不凡,大喜,以为樊哙不及,以许褚为骑都尉。

曹操欲还许昌,荀彧又说曹操道,荆州刘表,首鼠两端,又与袁绍为盟,不臣之心日盛。明公既大举东来,不如转夺荆州,置以重兵,以绝后患。

曹操道,荆州治所在江陵,江陵险固,又处数郡之间,颇能呼应;况刘表有水师数万,若攻,必与之决于水泽。我所领皆北方子弟,不识水性,不能取胜。我知穰城张绣与刘表暗相结纳,不如攻张绣,以此震慑刘表。

翌日,曹操命荀彧、郭嘉领大军先回许昌,以免朝中生乱,亲率长子曹昂及二万精骑攻穰城。

张绣为西凉将军张济族子,因诸将分裂,张济不能安处,引兵东走,至荆州,为刘表所阻,于是转夺穰城,竟死于乱箭。张绣收张济部属,并其妻,自知势孤,欲投刘表。刘表知张绣纳张济之妻,以为有失人伦,欲拒。部将蔡瑁劝刘表道,荆州乃南北重地,觊觎者众。既张绣来投,可命其屯穰城,拱卫江陵,何必拒而不纳。

刘表依蔡瑁之说,以张绣为建忠将军,屯穰城。

张绣知曹操领军而来,大为恐惧,欲降。谋士贾诩劝道,不战而降,必为曹操所轻,不如先死战，而后以城献降，必为曹操所重。

张绣不敢，不战而降。曹操领众入穰城，知张济之妻堪称绝色，遂嘱心腹探问下落。心腹回称，张济妻文氏已为张绣强纳。

是夜，曹操遣随从召张绣。张绣不知用意，应召而来。曹操邀张绣饮酒。张绣不敢辞，每请必饮，大醉。曹操又命心腹入张绣府第召文氏。文氏颇知曹操之意，亦不辞。

曹操知文氏已来，即令侍从送张绣回府；令典韦于帐外警卫。

曹操去甲胄，着便服，入见文氏。文氏低头不语，极尽娇羞。曹操笑道，我每闻张济妻美若天仙，今日一见，方知传言不虚。

文氏道，妾亦知将军为当世英雄，唯恨已作他人妇。

言毕，竟掩面而泣。曹操愈觉可爱，说文氏道，今宵之会，岂非宿世之缘，若不纵情，宁不憾恨终身！

遂引文氏入榻，宽衣解带，近于癫狂。文氏颇知风情，又爱曹操英雄，大肆逢迎。曹操愈觉畅美不已，再三不能尽兴。

张绣大醉而归，不知曹操召文氏。翌日晨，不见文氏，又呼而不应，顿生疑惑；问家仆，家仆称昨夜有士卒来，称将军醉不能起，请夫人前往照应。

张绣大惊，四处探问，知为曹操所占，大怒，欲攻之，又惧曹操势盛，不敢；继而，又恐曹操加害，佯称酒醉，不敢出。

曹操虑张绣怀恨，亲领随从入张绣府第，若张绣怀恨，即杀之。

张绣部属知曹操来，报与张绣。张绣闻院内足音纷乱，知曹操已入府第，忙说家人道，我不知大将军爱文氏姿色，竟不奉献，此大罪也，奈何？

曹操闻此言，令随从止，只身而入。张绣忙跪迎曹操，泣道，我私纳文氏，罪该万死！

曹操道，卿纳文氏于先，我识文氏于后，何罪之有？

遂扶张绣起，笑道，自古英雄爱美人，我非圣贤，不能免俗，望卿勿怪。

张绣不敢多言，命家仆治酒，款待曹操，极尽殷勤。曹操虑张绣怀怨，赠钱五百万，骏马五百匹。待兴尽，即告辞，与文氏缠绵不已。

是夜，张绣暗召部属，骤然而举，围曹操于营中；又命弓箭手伏于曹昂营外，若曹昂出，可射杀。

曹操与文氏风流过度，疲乏不堪，正搂文氏熟睡。张绣知曹操无备，命部属急攻。典韦见此，领卫士阻击。张绣等不能近，命部属乱射，一时箭如飞雨，卫士相继被射杀，典韦亦中箭。张绣奋力欲入，典韦举矛急刺，张绣不敌，急退，见典韦势孤，再攻。典韦知不可阻，疾呼曹操道，张绣反叛，请大将军急遁！

曹操猝然惊醒，大骇，急起，竟弃文氏，自后营遁走。

曹昂闻杀声陡起，知有剧变，持矛急出，欲救曹操，方出营，乱箭齐发，中数百箭，倒地而亡。

典韦力阻张绣，斩数十人。张绣等攻愈急，典韦被重创，渐不能举。张绣杀典韦，突入帐内，见曹操已走，唯文氏在榻。张绣虽怀恨，仍恋其美色，说文氏道，不计前嫌，唯愿能随我回府。

文氏道，妾心已属曹孟德，望勿逼迫。

张绣道，曹操弃汝而走，岂有怜爱之心！

文氏不言，忽自枕下抽短剑，欲刎颈。张绣大为惶急，欲夺剑，可惜为时已晚，文氏已割断颈脉，鲜血如注。

文氏笑道，妾与曹孟德相见恨晚，今生不能侍于左右，来世不惜为婢仆！

言未尽，气已绝。张绣虽恨文氏心仪曹操，仍不忍弃之，竟负尸归家，予以厚葬。

曹操知曹昂、典韦俱丧，大为悔恨，又惧张绣追索，遂收合残部，遁回许昌，立誓必灭张绣。

三十一

孙策既为讨逆将军，又获封吴侯，遂备厚礼，遣张纮往许昌拜谒曹操，以表谢意。

荀彧知张纮颇为孙策倚重，请曹操留张纮于许昌，以为人质。曹操纳其说，以张纮为侍御史。张纮不敢辞，滞留许昌，久不能归。

曹操知孙策勇决，非袁绍、袁术、公孙瓒之流可比，欲使其割尽江东为不臣，遂以族女嫁孙匡，又为次子曹彰娶孙贲之女。

扬州刺史严象颇知曹操用意，又举孙权为茂才，拜射声校尉。孙氏荣耀，堪称一时之最。

周瑜知族父周尚死于乱兵，遂入寿春寻尸，不获，仍回居巢，欲请鲁肃同归孙策，即来东城，再访鲁肃。鲁肃知周瑜来，大喜，迎入内，设酒款待。

周瑜道，我欲请卿同助孙策，望不辞。

鲁肃道，卿为天上鸿，志在千里之外；我为渊底鱼，意在水草之间，恕不能共卿远翔。

周瑜大为遗憾，知不留强迫，遂辞，往会稽归孙策。孙策知周瑜复归，大喜，亲迎于二十里外。二人相见，感慨不已。

是夜，周瑜说孙策道，东城鲁肃，清劲多谋，又博学善思，我请其归伯符，鲁肃每以无心世事辞谢。我知精诚所在，金石为开。伯符若能礼请，鲁肃必来。

孙策亦知鲁肃之名，遂书信与鲁肃，遣吕范往东城礼请。吕范持信入东城，拜会鲁肃。吕范道，我知人之所以学，无不在于用。孔子曰，学而优则仕；荀子曰，学以致用，俱为至理名言。卿乃饱学之士，学而不用，岂不有负上天？

鲁肃道，我所以学，并非在于用，不过聊以自遣。孙伯符美意如天，无奈我生性疏淡，唯愿居乡间，以琴书稻粱为乐，望不强逼。

吕范苦请无果，亦回。孙策知鲁肃再拒，颇为憾恨；于是以周瑜为建威中郎将，引为左右。

周瑜劝孙策攻皖城；周瑜道，皖城七山并连，易藏重兵，若能攻取，淮水南北当无忧虑；若为他人所据，必危及江东。

孙策以为然，遂率周瑜、吕范、孙河等，举一万精甲出会稽，攻皖城。皖城守军闭城死守，一时不克。周瑜请孙策退走百里外，遣斥候乔装百姓，混入皖城，半夜放火；大军乘夜复回，仍围城。

是夜，待城中火起，孙策等急攻。守军大惧，弃城而走。

孙策举众入城。城中有一老者，姓乔名高，大有人望。乔高以为孙策纵火，祸及无辜，请士民闭门不出，以绝孙策。孙策无补给，大怒，遣部属执乔高，欲问罪。

乔高不惧，大骂孙策道，竖子，竟纵火焚民宅，岂不惧苍天有眼！

孙策愈怒，欲杀乔高，震慑他人。周瑜见乔高壮烈，又颇清雅，忙劝孙策道，既宅第被焚，宁不愤恨；应施之以恩，不应待之以恶。

孙策遂止，说乔高道，两军攻守，不免殃及无辜；此古今皆然，望前辈不必在意。

乔高见孙策、周瑜俱非鲁莽之徒，其忿亦减。孙策大加安抚，遣孙河送乔高回府。

乔高有二女，颇有姿色，人称大乔、小乔；孙策围攻皖城，乔高恐为乱兵所污，命其藏于姑母家。二女知父为孙策所执，大惊，拜别姑母，欲救父，恰逢孙河送乔高回，欣喜过望。孙河见二女绝色，大为心动，欲纳娶，遂备厚礼，再入乔高府第求婚。乔高嫌孙河粗鄙，严拒。孙河大怒，领部属围府第，欲强娶。

孙策闻知，即携周瑜前往，斥孙河道，婚姻之事，岂能强求！

孙河道，我爱乔氏女，不能自已，本欲以礼相聘，无奈乔高不应，不得以而如此。我虽不才，亦有微功，若能娶乔氏，虽死无恨！

言毕，仗剑欲入。孙策大骂道，狗贼，汝若妄举，我必杀之！

孙河不以为然，破门而入。孙策大为震怒，令部属执孙河。孙河不惧，骂孙策道，竖子，我不惜叛袁术，舍命追随，汝竟如此无情！

孙策怒不可遏，斩孙河，又念及有功，命厚葬，优抚家室。翌日，孙策携周瑜拜见乔高，代孙河赔罪。乔高知孙策斩孙河，颇为不安，设酒款待。

乔高道，将军不殉私情，斩族兄，令人不安；二女不过卑介，竟使将军丧手足，我之罪也。

孙策道，前辈何有此言，我知非仁义之师不能克强敌，既曾焚民居，岂能再夺令爱！我治军不严，罪不容赦，今来此，愿受责罚。

乔高见孙策、周瑜极尽诚恳，又姿容华美，大为喜爱，遂命大乔、小乔隔帘吹弹，以助酒兴。一时琴箫互合，犹如微风吹浪。周瑜最擅琴歌，不禁依声吟唱，婉转悠扬，仿佛江流带月。

孙策亦起，执剑而舞，形影之清朗，犹如风动碧柳。

乔高不禁赞道，我曾闻孙策、周瑜貌如潘安，形如宋玉，又风流倜傥，今日见此，果然不虚！

不觉一曲已尽，孙策、周瑜复入座。乔高说二人道，我女若能嫁卿等，夫复何求！

孙策、周瑜大喜，俱望乔高一拜道，前辈美意，我等何敢辞谢！

二人大醉而归，即请吕范为媒，备厚礼，再入乔高家求婚。乔高大宴亲朋，以大乔嫁孙策，小乔嫁周瑜。

一月后，孙策留五千精甲守皖城，领周瑜、吕范回会稽。

此时，孙策已夺江东大部，以为大功必成，又知将士连年征战，颇为疲困，遂令部属休整。孙策正新婚燕尔，与大乔缱绻之余，每每郊猎。

某日，孙策命随从备鹰犬，又欲行猎。张昭闻知，以为玩物丧志，欲劝谏。

孙策欲行，忽见张昭疾步而来，已知其意，笑问张昭道，先生匆匆来此，未必亦有雅兴？

张昭不答，指犬马飞鹰问孙策道，将军欲往豫章伐刘繇？

孙策亦不答，欲走。张昭拦于前，又问孙策道，莫非欲往陵阳攻祖郎？

孙策仍不答。张昭道，刘繇、祖郎虽非良将，亦恐走狗飞鹰不能制之。

孙策道，今大军休整，并无战事，我欲行猎，以免弓马生疏，先生何必如此。

张昭冷笑道，成帝喜郊猎，扬子云以《羽猎赋》讽劝；太平天子尚需居安思危，况乎将军！今江东仅获其半，数郡仍在强敌之手，岂是享乐之时！

孙策大为惭恨，说张昭道，一张一弛，成事之道也，先生何必危言耸听！

张昭忽怒，拱手一揖道，我虽不才，恕不与鼠辈为伍！

言毕，拂袖而去。

孙策大窘，忙遣散随从，飞步上前，拦住张昭道，我已知过，先生何必恼怒！

张昭又斥孙策道，将军功业未立，已沾沾自喜；若尽得江东，岂能知天高地厚！

孙策道，有先生在，我必悔过自新；若先生弃我，我必如无足之马，无翅之鸟，欲行不能走，欲腾不能飞，非但江东不能尽有，数郡亦必得而复失！

张昭见孙策满面惭悔，其意稍平；孙策请张昭入府第，置酒款待，极尽殷勤。

酒过数巡，张昭说孙策道，江东自古多奇士，名流倍出，灿若星河。将军既有壮志，应广招贤能，尽纳佳士。曹操唯才是用，故能独出群雄之上，此当世之范例也，将军何不效仿？

孙策笑道，我有先生，何用他人？

张昭道，非也。士大夫行高于世，故而为人景仰。将军欲尽夺江东，与其攻城略地，不如先获人心，人心所向，虽虎狼之师不能屈服。我知江东有奇士，姓高名岱字孔文，隐于余姚陈山，其人喜读《春秋》，博学多思，尽知今古。若得此人，江东士子必归附如流。

孙策颇为惊讶，问张昭道，高岱与先生比，如何？

张昭道，高岱如朗月，照耀千里，光华四溢，虽深涧幽谷无不明畅，我岂能与之比。我欲请将军访高岱，如何？

孙策大为欣然，即随张昭出会稽，取道余姚。翌日，已到陈山下，两人弃马，徒步而上，山路愈转愈幽，颇觉林深泉冷，人迹渺茫。

张昭大为叹息，说孙策道，我素闻陈山幽深，隔绝人世，每有高士隐于此；今日涉足，方知此间况味，与仙境何异。

孙策道，先生可与高岱相识？

张昭道，我景仰高岱已久，恨未一睹风采，唯知其隐于此，修竹茅舍，风林秀木，或高卧白云之上，或来往白云之间，风骨清高，不与世俗相染。

孙策闻此，愈觉神往。两人行于茂林间，渐觉清寒逼人，几乎不能自禁。不觉已至山顶，遂驻足，举目四望，眼前霜木如烟，树树丹枫点缀林表，清旷无比。

两人赞叹不绝，又行。越过山顶，仍不见高岱居所，不禁疑惑。再行数百步，绕过山弯，忽见一座茅屋卧于丹树之下，右边一片竹林，左边一泓清泉，屋前半亩平地，绕以木栅，地上覆满落叶；有少年布衣芒鞋，手提木桶出茅屋，欲往溪边取水。

张昭忙问少年道，此莫非高孔文仙居？

少年驻足屋外，见孙策、张昭止于路口，虽满身汗湿，却不失风仪，知非俗子，回道，正是。敢问客从何来？

张昭、孙策即来屋前；张昭拱手道，我乃张昭，与孙伯符特来拜会高孔文先生，望足下通报。

少年沉吟道，不巧，先生离山多日，不知归期；若有缘，可改日再来。

张昭大失所望，一时不知进退。孙策想及往颍河访波才种种，大为不悦，说张昭道，所谓隐士，多为故弄玄虚之徒；既不遇，何必再来！

少年不再言，径往溪边取水。孙策以为无礼，忿然道，我等远道而来，饥饿疲乏，此子竟不请我等入内，足见不知礼。弟子如此，其师亦必如此！

张昭不言，见屋侧有石几，亦为落叶所盖，可见黑白错杂，知是一局残棋，颇为讶异，遂近前，吹尽落叶，棋局毕现。

少年取水回，以为张昭欲动棋子，忙道，不可，此乃先生与华子云所遗！

张昭暗暗一惊，笑道，卿且放心，我知此局之高，非常人能识，岂敢妄动。

少年止于石几前，恐张昭坏棋局；张昭知彼此各弈三十余手，局势之迷离，如水乳互混，不知强弱，遂问少年道，何故仅下三十余手？

少年道，此局已耗时三日，无奈先生行程在即，只好罢手，与华子云约，待归来，再完此局。

张昭愈以为奇，又问，华子云，莫非人称白云先生者？

少年道，正是。

张昭仍观棋，不忍离去。孙策颇不耐烦，说张昭道，天色已晚，不可耽误。

张昭遂说少年道，我等暂别，一月后再来拜会，望足下代我等致意。

二人沿途返回，张昭说孙策道，弈棋如用兵，此局之高妙，可谓旷古绝今，若胸无百万甲兵，岂能如此！

孙策不以为然，既知高岱喜读《春秋》，欲用心研读，若与高岱相见，当与之论春秋人物，以察虚实。

三十二

不觉，一月已过，秋色尽收，寒气渐紧。张昭请孙策再访高岱。

二人出会稽，往余姚。此时，陈山高木尽脱，遍地枯黄，霜风四起，满目凄伤。两人行至半晌，已近高岱茅舍前，见缕缕白云缭绕左右，比昔日又添许多清幽。张昭驻足路口，笑道，有白云护绕，高孔文必在。

孙策不屑，笑问张昭道，何以见得？

张昭道，所谓人心天意，互不相欺。

二人不再言，过木栅，上台级。孙策见柴门虚掩，举手欲推。张昭将其止住，朝门里一揖道，张昭、孙策再访高孔文先生，望能一见！

片刻，少年开门而出，朝二人一揖道，先生已恭候多日，卿等请进。

两人随少年入屋，见堂上有数几，几下各有竹席；主席有炉香，一缕轻烟袅袅升腾，幽香不已；香炉侧有古琴，漆色凝重，光可鉴人。

少年请二人入座。二人正环顾间，一老者撩开竹帘，缓步而出，虽须发如雪，却神气十足。张昭、孙策忙离席；张昭道，张昭、孙策久慕先生大名，特来拜会，多有叨扰，望勿怪罪！

高岱笑道，我虽孤陋寡闻，亦知卿等之名，今日相见，幸甚、幸甚！

言毕，据主席，命少年烹茶。少年踞一侧，燃茶炉，以瓦釜盛泉水，又放茶叶入石臼，反复磋磨，待水沸，茶已成末，分入数碗内，再分注沸水，一时清香忽起，满屋流走。

张昭轻啜一口，赞道，此茶之清雅，实乃平生仅见。

高岱笑道，此茶出自绝顶，雨露滋润，云雾涵养，雅而不淡，清而不寒，确非凡品。

孙策以为张昭有奉承之嫌，高岱有自大之恶，不禁笑道，所谓茶，不过山中之木，逢春而生，遇雨而长，人以为能解渴，采而烹饮，何来凡与不凡之分？

高岱笑道，伯符一语中的，直指本末，老朽不及。

张昭恐孙策再出言不逊，问高岱道，我等前日来此，知先生与华子云遗有残局，不知弈毕与否？

高岱道，见笑见笑，华子云知我回，即来此，已弈完。

张昭又问，输赢如何？

高岱大笑道，我与华子云弈棋十年，前后不下数百局，从无胜负，俱为和棋。

张昭颇为惊奇，讶然道，此亘古未闻，其中必有奥妙，望先生赐教。

高岱道，我与华子云性情相投，只求和，不图胜，故而总无输赢。棋如世事，以和为贵，并无奥妙。

张昭似有所悟，欲再问；孙策忽指古琴，说高岱道，我知琴棋书画，乃君子四友，然此琴覆有微尘，足见久未弹奏。莫非先生唯喜博弈，并不喜琴？既如此，先生置琴于几案，岂不有叶公好龙之嫌？

高岱道，琴能通灵，唯知音能识琴声之妙；知音不来，其兴索然，故而不抚。

孙策道，不知谁为先生知音？

高岱道，人生得黄金万两易，获知己一人难。

孙策追问道，华子云亦非知音？

高岱道，华子云好棋不好琴，我与之相知于棋枰，若以琴论，堪称陌路。

张昭恐孙策有失，欲切入正题，遂问高岱道，依先生之见，今天下群雄并起，干戈不息，不知如何能和？

高岱笑道，方外之人，可论琴棋，不可论时事。

孙策颇不耐烦，说高岱道，我等不惜再来，唯愿一听高见，望不吝赐教。

高岱沉吟良久，说孙策、张昭道，卿等之意，我岂不知；既所请至诚，我不敢坚辞，姑妄言之，卿等姑妄听之。所谓治乱之道，仍以和为贵。若天子能内和群臣，外和诸侯，下和士庶，试问乱从何来？

张昭道，然大乱已生，何从言和？

高岱道，所谓久乱必治，久治必乱。高祖灭秦建汉，历一百数十年，有王莽之祸；光武复兴，经一百数十载，有今日之乱。人以为天道如此，不可逆转；我以为人心即天道，人心乱，则君臣失和，父子成仇，夫妻反目，世道岂能不乱。秦灭六国，一统江山，却大施暴行，继而与天下失和，宁不倾覆。

张昭道，先生言之有理。武帝纳董仲舒之说，以孔、孟之道安人心，和天下，何故仍不能绝祸乱？

高岱道，孔、孟主仁政，以为仁爱可安人心。然政令出自天子，天子仁则仁，天子不仁，奈何？所谓和，必自天子始，天子如天，天日朗照，则万里欣荣；天日隐晦，则四海昏暗。

张昭沉吟道，今天子每为巨奸所执，虽有光芒，不能四射；虽有仁德，不能流布，岂能与天下和？

高岱冷笑道，若有光芒，虽阴霾万重不能阻隔；若有仁德，虽草木鱼虫亦能感知。仁德如水，万丈高堵莫阻其畅；仁德如山，千钧霹雳难摧其形。若天子仁德厚重，其威必显，其恩必广，鬼神不敢现形，魔怪不敢出世。如此，虽独行于苍茫旷野，谁人敢执？

孙策以为高岱之说大而无当，不愿再听，遂问高岱道，我欲尽收江左，凭大江之险以窥天下，先生以为如何？

高岱道，自古以来，凡欲得天下者，无不逐鹿中原，何者，因其居国土之中，犹如人心，人心在胸，心念动，侧五体俱动；心念止，侧五体俱止。今群雄并起，无不意在中原，若卿不图中原，而取江左，此大出群雄所料，必能畅行无阻；然江左深险，失之偏远，可拒强敌，亦有碍进取，虽可偏安，却不能窥天下。

孙策不悦，以为所论远不如张纮。

张昭道，江左桑梓之地，鱼米之乡，既据之，可广集军资，大练精甲，待根基深固，再图中原，有何不可？

高岱笑道，江左富庶，又山水低缓，宜耕作，又宜渔捞，人处其间，生计不难，往往多闲暇，于是极尽精巧，耽于享乐。遥想当年，吴、越凭江左之富而先后称霸，又因此而相继亡国。足见温柔富贵之下，风骨不能久存；既自保不易，何以窥天下。

孙策大为不悦，再不言。张昭以为高岱所言犹如警钟，敬佩不已，遂邀高岱出山，辅佐孙策。

高岱道，我不过山野村夫，不但荒芜，亦不识时务，恕不敢奉命。

张昭道，先生之才，如江河横溢，令人仰慕；先生之论，如惊雷骤起，令人警醒。今伯符初到江东，立足未稳，虽有搏日之志，然不知何以独立。先生博识今古，察尽天人之机，望不辞精诚之请。

言毕，以眼色暗示孙策。孙策虽不喜高岱，却不忍使张昭失望，于是朝高岱一揖道，我与张子布两番来此，足见诚意所在。若先生不应，我等情何以堪。我愿以仁德而和天下，此亦先生所望，何不践行？

高岱道，非我不应，实恐才学粗浅，误卿大事。

孙策冷笑道，莫非先生嫌我愚钝，不可教诲？

高岱以为孙策暗藏杀机，不敢再辞，遂说孙策道，卿若不嫌我老朽，待略作安顿，必来会稽应命。

张昭大喜，暗说孙策道，高岱人望之重，江东无人能及；得高岱，必得江东。伯符自此无忧，可喜可贺。

孙策颇不以为然，微笑不语。高岱已离座，嘱少年造饭。

饭毕，孙策、张昭告辞。

待二人去，少年问高岱道，先生不涉世事，何故应孙策之请？

高岱苦笑道，孙策暗藏杀心，若不应，恐已瓦石俱毁。老子曰，我所患者，唯我有身；及我无身，我有何患。人所苦者，身体皮囊也，既知饥渴，又知痛痒；我身未死，不敢以此试刀剑之利，奈何！

少年大为惶惑，不想清通不俗如高岱，竟亦怕死。

三十三

曹操欲再伐张绣，正秣马厉兵，忽接袁绍来信，极尽侮辱。曹操大为愤恨，欲先伐袁绍，遂召荀彧、程昱、郭嘉等。

曹操道，袁绍以信谩骂，出言不逊，措辞粗鄙，实不可恕！我欲举兵进讨，奈何无袁绍之众，又恐马腾、韩遂趁机掠取关中，故此疑而未举。卿等以为当如何？

荀彧道，袁绍势众，又颇自负，明公奉天子，袁绍不肯臣服，此在所难免也。若明公进伐，袁绍可倚众抗拒，恐一时难以取胜。我知袁绍久怀壮志，它日必举众来犯，明公虽无袁绍之众，然有大河可据，若屯兵河岸，以逸待劳，必能大胜，何必远道而伐？

郭嘉道，我知袁绍正伐公孙瓒，明公可趁此征吕布；否则，若袁绍与吕布合，再图不易。

荀彧道，此言有理，可先灭吕布，据河北，困袁绍于河内，使之进退不畅，再图不难。

曹操道，吕布匹夫，何足为虑；我所虑者，乃袁绍西取关中，联盟羌、胡，纠合马腾、韩遂，再掠巴蜀，如此，则我必处重围之中，奈何？

程昱道，袁绍若有此等胸襟，何故至今未举？明公所虑过矣。

曹操道，纵如卿所言，亦不可疏于防范。我知西凉诸雄每有异心，若伐吕布，马腾、韩遂必侵关中，窥视许昌。足见关中之重，胜于别处，非旷世之才不能据守。若关中不安，不敢图东南。

荀彧道，关中诸将各自为政，颇为复杂，非上将不能使其归心。我知司隶校尉钟繇颇有韬略，又胆识过人；若以钟繇镇关中，当再无忧患。

曹操以为然，遂拜钟繇为侍中，命其入关中，节制诸将。

钟繇奉命来长安，颇知诸将各怀心思，欲严肃军纪，以树威信。诸将以为钟繇军功不显，又初来，俱不服。钟繇致书曹操，称诸将自负傲慢，难以听命，若无生杀予夺之权，不能制服。

曹操以为然，遂以钟繇为镇西将军，持节以令诸将。钟繇大喜，即召诸将，示以诏书及节符。诸将仍阳奉阴违，不以钟繇为意。

钟繇又令诸将练兵，每日晨昏，需各领部属绕长安急行三遭。诸将以为荒谬，莫不抗命。钟繇大怒，连斩数将，一时全军震动，再不敢违。

钟繇知威信已立，即致信马腾、韩遂，令其来长安听命。马腾、韩遂知钟繇驯服诸将，威信大显，不敢违，即来长安。

钟繇设酒款待，说马腾、韩遂道，卿等远在西凉，与羌、胡近，若不以子弟为人质，我心不安。

二人大为惶恐，不敢拒绝，各以子入长安为人质。

曹操知关中已定，大为欣慰，欲举五万之众伐吕布。

吕布知曹操欲大举而来，颇为惶遽，急召部属商议。

陈登道，今袁术已灭，将军虽据下邳，形若孤军，岂能敌虎狼之师。况曹操奉天子，主朝政，人心所向，不可与之为敌。我请将军迎曹操，危急可立解。

陈宫道，曹操视将军为大患，岂能奉迎！若曹操虚以应诺，暗中布局，然后突然而举，将军必后悔莫及。我劝与袁绍合，共抗曹操，足以自保。

吕布以为袁绍非英雄，不愿与之盟，遂遣陈登往许昌，重贿曹操，以示敬服。

陈登为陈珪亲子，袁术灭，陈珪大为绝望，遂回扬州，欲终老田园，亦曾屡屡致信陈登，说其离吕布，归故乡。陈登以为壮志未酬，不肯。

陈登既往，陈宫说吕布道，陈登乃一代俊才，曹操宁不喜爱；陈登既入许昌，曹操必大肆笼络，或去而不回，奈何？

吕布大生疑惑，即遣心腹往扬州，执陈珪为人质，要挟陈登。陈登正行于途，忽有族人飞马而来，告知陈珪被执。陈登大怒，欲回下邳救父。族人劝道，若回，必父子俱亡；宜往许昌，说曹操讨吕布，或能获救。

陈登以为然，昼夜急行，不数日已到许昌。

曹操闻陈登来，知其为吕布所遣，又极爱陈登之才，即召见。曹操笑问陈登道，卿既随麋氏兄弟归刘备，何故离去？

陈登道，关羽、张飞俱不喜陶谦旧部，难以相处，不得不去。

曹操道，既如此，何不与孔融同走？

陈登道，我在小沛，不能与之同行。

曹操道，何故转投吕布？

陈登道，因张飞怒杀曹豹，许耽夜开城门，放吕布忽入；张飞败走，我不能脱身，只好归吕布。

曹操笑道，吕布待卿如何？

陈登道，吕布勇而无谋，又不知仁爱，不守信诺，轻于去就，见利忘义，了无诚信，待人如敝屣，我至今未获一恩。吕布知明公欲讨伐，大为惶恐，我劝吕布归顺，以图苟活；吕布遣我拜见明公，愿为犬马。我奉命而来，吕布竟遣心腹入扬州，执我父为人质！此不义之举，孰不可忍，我请明公伐吕布，救我父于水火！

言毕，伏地而泣。曹操将之扶起，慨然道，吕布薄情寡义，岂能使之苟活！然此时举兵，乃父必有性命之忧。宜先救人，再图吕布。

陈登大为感激。曹操遂与吕布结盟，并以吕布为左将军，以陈登为广陵太守。

陈登仍回下邳，以诏书及曹操书信奉吕布。吕布大喜，遂释陈珪。陈登即往广陵履任。

陈登始至广陵，即致信曹操称，雁门张辽，颇恨吕布，若以计离间，吕布可图。

曹操大喜，遂命陈登访张辽，以察其意。陈登夜入下邳，拜会张辽。张辽亦喜陈登年轻有为，置酒款待。

陈登说张辽道，我奉吕奉先之命，拜见曹公，曹公激赞将军之义勇，托我致以敬意。

张辽道，我不过吕布僚属，职位低贱，何足为曹公所道。

陈登道，将军有绝世之勇，竟屈身吕布之下，与明珠暗投何异；我以为，将军若弃吕布，投曹公，必获重用。

张辽颇知陈登之意，沉吟道，吕布杀丁原，我不及施救，至今愧疚不安，何颜转投他人！

陈登道，此言差矣。吕布骤然而举，岂能施救，何必自责？曹公英明卓识，胸怀如海，与吕布比，何止云泥！既曹公有招纳之心，将军何疑？

张辽道，曹公以吕布为左将军，互为同盟，我若转投，吕布必怒，曹公岂能接纳？

陈登道，将军不知，曹公此举，为使我父子脱虎口，又欲使吕布无备。实不相瞒，曹公必于近日大举而来，吕布必灭！

张辽大惊，沉吟良久，说陈登道，曹公何意，请卿尽言，我必遵奉。

陈登大喜道，曹公欲以将军为内应，一举灭吕布于下邳。如此，将军得明主，曹公得良将，可谓皆大欢喜。然此事应秘，不可与人言。

张辽道，此死生之事，我岂不知，卿勿忧。

陈登不多言，仍回广陵，又致信曹操，详言会张辽情形。曹操遂举五万精甲，出许昌，扬言再往穰城攻张绣，以疑吕布。

张绣闻曹操复来，大为恐惧，欲弃穰城，往江陵投刘表。贾诩劝道，我以为曹操此行，其意不在穰城，而在吕布。将军可静待，若曹操来穰城，再往江陵不迟。

张绣不听，举众往江陵。刘表恐曹操因此伐荆州，拒而不纳。张绣无奈，只好远走他处。

曹操知张绣弃穰城，忽转道急赴下邳，并致信刘备，命其出豫州，助攻吕布。陈登亦领五千精甲出广陵，与曹操、刘备会师下邳。曹操大喜，命诸将围城。

吕布大骇，欲举众献降。陈宫劝道，曹操素惮将军之勇，必灭之而后快，虽降，亦必杀之。曹操远来，不能久持；刘备虑及豫州，不肯用命；至于陈登，所领不过数千，何足为道。我劝将军坚壁死守，曹操等攻而不克，必自退。

吕布以为然，命张辽出下邳，屯于外；令张邈率精甲绕击曹操身后，以动其军心；诸将分守四门，不得擅出。

张邈屯于城东，获吕布令，即举精甲一万，袭曹操后军。夏侯惇闻知，请率所部迎击张邈。

曹操道，张邈匹夫，何足为道！诸将可按兵不动，张邈必自退。

诸将遵命，虽严阵以待而不举。张邈见此，大惧，引众而退。

是夜，曹操召陈登道，大战在即，吕布必有训谕；卿可再访张辽，询以情形。

翌日晨，陈登回复曹操。陈登道，吕布令将士戒酒，以应强敌；若违禁令，必杀之。部将侯成、宋宪、魏续等嗜酒如命，多有怨恨。

曹操大笑道，我即以此破吕布！

曹操遂领荀彧、郭嘉携酒肉，近城而饮，命许褚执矛立于侧。

恰逢侯成夜失坐骑，天明又复得，大为欣喜，欲以此为由，邀同僚聚饮，却惧戒酒令，不敢违；忽见曹操等于城下畅饮，再不能禁，以为吕布不知，遂邀宋宪、魏续等饮酒。

张辽颇知曹操之计，见侯成聚饮，即遣心腹报与吕布。吕布大怒，命陈宫领甲士，欲执杀侯成等。

侯成等正畅饮，忽见陈宫领甲士而来，大惧。宋宪、魏续欲走，侯成说二人道，事已至此，走有何益！吕布薄情寡恩，实非可依之人，既欲杀我等，不如执陈宫，开城迎曹操！

宋宪、魏续以为然，待陈宫至，忽举，杀甲士，缚陈宫，大开城门。

张辽见此，即举众入城，反逼吕布。曹操知大功告成，急率夏侯惇等蜂拥而入。

吕布忽知张辽、侯成等俱反，曹操、刘备等大举而入，即率死士退守白门楼，欲作困兽斗。曹操命士卒举火，扬言焚烧。吕布大惧，遂出降。

曹操命许褚缚吕布，押入大牢。

吕布以金饰贿狱卒，请见刘备。刘备不忍辞，来狱中探视。吕布大为悲伤，泣下如雨，说刘备道，我与卿曾为兄弟，恩恩怨怨，是是非非，实难明辨。当此穷途之际，望能念旧情，使我苟活，它日必作犬马，以谢大恩。

刘备道，卿之死活，唯在曹公，勿求他人。

吕布以为然，问刘备道，卿可知曹公所好？

刘备道，曹公别无所好，唯喜美色。

于是，吕布每每求见曹操。曹操命许褚带吕布，请刘备同来。片刻，许褚执吕布入；吕布说曹操道，我被缚三日，苦不堪言，望能解之。

曹操道，汝为猛虎，岂能不缚。

吕布泣道，若明公饶我不死，我愿为走卒，相随左右。

曹操道，我部属逾十万，良将如云，不缺走卒。

吕布道，我有宝剑，乃王允所赠，能断金石，穿坚甲，堪称天下之最，愿以此换一命。

曹操道，我不逞匹夫之勇，何需利剑。

吕布道，我有赤兔宝马，日行千里，虽疾风不能及，愿以此换我不死。

曹操道，我有骏马数万，一匹老骥，何足为道。

吕布愈惧，哀求道，我愿受宫刑，若能不死，愿终身为奴。

曹操道，我仆从无数，何需阉竖。

吕布大哭道，我有一妾，堪称绝色，愿以此奉献，唯求活命。

曹操冷笑道，我虽爱美人，然耻纳猪狗之妻。

吕布再无可言，哀哭不已。曹操问刘备道，此贼可留乎?

刘备道，不可，明公应以丁原、董卓为戒。

吕布闻此，大骂刘备道，大耳贼，竟如此歹毒!

刘备不言，冷笑不已。

曹操遂令斩吕布，继而又命带陈宫。陈宫既来，曹操问陈宫道，汝自负才智超绝，不能为我所用，竟转投吕布，不料有今日。

陈宫道，唯恨吕布不听我言，否则，何致有今日!

曹操冷笑道，汝志大才疏，然向来自负，我若留汝，必贻害他人。

陈宫慨然道，既欲杀，何必多言!

曹操道，汝竟不虑父母?

陈宫忽觉悲从中来，哽咽道，父母之命，在明公，不在我。

曹操又问，汝不虑妻子?

陈宫已泣下如雨，颓然道，妻子之命，亦在明公，不在我。

曹操沉吟良久，说陈宫道，我与汝为乡党，亦曾为主仆，必优待父母妻子。我知人生之难，无过于断头之时，汝若能慷慨赴死，我不耻与汝为同乡。

陈宫大笑道，人生自古谁无死，我有何惧!

曹操杀陈宫，令厚葬。

张绣知曹操破吕布，回师许昌，仍领部属回据穰城。

三十四

某日，孙策设酒宴，召张昭、周瑜、吕范、太史慈、虞翻等，议再伐刘繇。正此时，忽报高岱已来会稽，宿于馆舍，欲求见。

张昭、周瑜等大为惊喜，纷纷告辞，俱往馆舍迎高岱。孙策颇觉意外，未料张昭、周瑜等如此仰慕高岱，以为若此人在，虽尽夺江左，亦必屈居其下。

孙策忌恨不已，见仅一人未离席，仍端坐如常，颇为讶异；此人姓吴名子居，亦为江东名士，喜读书，好击剑，曾为吴郡太守许贡幕僚；孙策破吴郡，许贡死于乱兵，吴子居等俱降，孙策爱其精明，引为左右。孙策笑问吴子居道，高岱乃江东士大夫领袖，张昭等倾慕不已，纷纷奉迎，何独卿不往之?

吴子居道，恕我寡闻，唯知有将军，不知有高岱。

孙策大喜，沉吟道，我有数言，欲请卿转告高岱，如何?

吴子居道，我虽不才，唯以将军之命是从。

孙策道，卿可说高岱，称我唯知用兵，不喜读书，更不喜高谈阔论；若我论《春秋》，高岱不可言，若言，必使我忌恨。

吴子居不知孙策用意，亦不多问，遂辞孙策，亦出迎。恰值张昭、周瑜等拥高岱行于街市，吴子居望高岱一揖道，陵阳吴子居，拜见先生。

高岱问吴子居道，我知卿曾为许贡幕僚，何故来此？

吴子居道，吴郡破，我等俱降孙伯符，愿为爪牙。

高岱道，孙伯符堪称明主，甚好、甚好。

言毕欲行；吴子居忙道，我有数言，望先生能听忠告。

高岱笑道，卿有何言，但说无妨。

吴子居道，此事甚秘，不能使他人知。

高岱请张昭、周瑜等暂避；吴子居道，我知孙策颇知用兵，不爱学问，更不喜剧谈。近日却苦读《春秋》，不舍昼夜，欲与先生比高低。孙策性情张扬，又年少轻狂，最忌他人胜于己，若先生之论高于孙策，孙策必怀恨；先生若不言，或言之粗浅，孙策必喜。

高岱谢吴子居道，卿之美意，令我感激不尽，我必谨遵所嘱。

吴子居亦与张昭、周瑜等拥高岱入见孙策。

孙策忙离席起迎，命仆从设酒，请张昭、周瑜等作陪。酒过数巡，孙策问高岱道，我知先生熟读《春秋》，详知诸侯之战，我亦好此。前日往仙居拜谒，来去匆匆，未及讨教；今日会于此，望不吝赐教。

高岱道，我不过山野村夫，胸中荒芜，目光短浅，恕不敢妄论。

孙策笑道，先生不必自谦；郑庄公伐周，可或不可？

高岱道，老朽无知，不敢胡言。

孙策又问，齐王伐楚，可或不可？

高岱离座，施礼道，老朽空有浮名，其实荒疏不已；将军所问，实不能答。

张昭、周瑜等见高岱如此，无不讶异。

孙策冷笑道，莫非先生嫌我愚鲁，不屑对答？

高岱忙道，将军英明神武，阅尽典籍，老朽自忖不如，实不知从何而言。

孙策怒形于色，冷笑不已；张昭忙说高岱道，先生饱学，我等望尘莫及，既将军欲与先生论春秋，先生何不言？

高岱道，老朽唯知皮毛，不知就里，非不言，实不知从何说起。

孙策怒指高岱道，前日，我与汝会于陈山，已知汝不过欺世盗名之徒，故弄玄虚，哄骗世人；今日，我所询久有定论，虽童子亦能对答，汝竟不知！

骂毕，令甲士收高岱入大牢。吴子居见此，颇为愧恨，忿然而去；张昭、周瑜等纷纷苦劝，孙策不听。

江东士子知高岱为孙策所执，纷纷请命，一时大集城中，呼喊不绝。

孙策闻此，即携吕范登城，见来者俱为士子，其众不下千人，大为愤怒，说吕范道，高岱博取浮名，笼络人心，若不杀之，我必受制于此人，岂能为江东之主！

张昭知士子大集，为高岱请命，以为重压之下，孙策不敢杀高岱，遂请周瑜一同见孙策；张昭说孙策道，高岱极负人望，如不善待，必使人心离散。若将军以为高岱可用，请礼敬；不可用，请释之，以安人心。

孙策道，高岱欺世盗名，蛊惑人心，可恶至极。士民不知虚实，盲目崇拜；高岱恬不知耻，妄自尊大。今士子大集，呼号哭泣，仿佛孝子贤孙；高岱既获盛誉，从容不迫，俨然江东之主；若高岱在，我虽尽吞江左，亦必屈身其下。我知欲并其土，必杀其主。既高岱自以为江东旧主，我岂能不杀！

张昭欲再劝，周瑜忙道，将军所言有理。高岱获尽人心，若不杀，将军何以入主！

张昭大惊，斥周瑜道，我请卿说将军释高岱，卿竟出此言！

周瑜不言，执张昭手，拽出；张昭满面涨红，再斥周瑜道，若高岱遇难，必陷伯符于不义，此成败所在，卿竟不知！

周瑜道，伯符必杀高岱，苦劝无益，何必多言？

张昭道，我知高岱博学，又久负盛名，故请伯符访问；若高岱命丧于伯符手，必使江东士子怀恨！

周瑜道，卿勿忧，我有一计，既能使高岱不死，又能使伯符遂愿。

张昭忙道，卿有何计，可尽言。

周瑜道，昨夜，有老者求见，称愿替高岱死。我见其年貌俱与高岱近，遂留于舍下，欲偷梁换柱救高岱。

张昭大惊，沉吟良久，叹息道，竟有人愿为替死鬼，足见高岱名望之重，难怪伯符不愿与之并存！

周瑜道，诚如此言。高岱若能脱险，应深隐不出，或改换姓名，使世间再无此人。

言毕，周瑜与张昭别，再见孙策。孙策笑问周瑜道，卿去而复来，必有所告，愿闻其详。

周瑜道，我以为高岱既不可死，又不可生；然我愚钝，不知如何举措，望将军教诲。

孙策大笑道，公瑾智虑如渊，才冠今世，可使江河倒流，日月逆转，区区小事，有何难哉！

周瑜知孙策亦有此意，遂告辞。是夜，周瑜以老者入替，释高岱出狱。高岱不知有人替死，坦然而去。

周瑜送高岱夜出会稽，往陈山；周瑜问高岱道，先生未必不知此行吉凶？

高岱叹息道，非不知，实不能辞。若辞，必曝尸荒山；若应约，或能苟全性命。

周瑜道，以先生之清通，仍惧死，足见为人不易！

高岱道，世人无不受制于躯体，躯体既在，必知苦寒，亦必知困乏，更能知痛痒。躯壳不死，并无自在。

周瑜沉吟道，人皆惧死，此乃天性，先生不必感慨。孙伯符恨先生名望过重，不愿与先生并存；今先生回陈山，不知何以处身？

高岱深知周瑜之意，笑道，卿不必有虑，老朽并无奢望，唯愿苟延性命；既获重生，自当此断尽痴念，永不复出，使世人不知老朽所在。

周瑜遂令停车，朝高岱一揖道，既如此，我心已安，恕不远送，先生且去且珍重。

高岱辞别周瑜，随车远去。

翌日，老者被杀，悬首示众。士子不知内情，大为愤慨，俱着孝服，当街哭祭。程普、黄盖等以为或生大乱，请孙策逐之，或捕拿为首者。孙策不准，命周瑜赠士子酒食，予以安抚。士子无不拒绝，大骂孙策不仁。

周瑜说士子道，常言人死不能复生，何必如此。高岱盛名远播，大获人心，俨然江东之主；孙伯符欲以江东而窥天下，岂能与高岱并存！此理昭然，妇孺皆知，卿等何不能知！若孙策不仁，卿等聚众逼迫，宁不大开杀戒！

士子有所悟，亦知于事无补，相继散去。

此事既平，孙策召张昭、周瑜等再议攻豫章，欲追剿刘繇。

周瑜道，刘繇不过惊弓之鸟，何足为虑；今祖郎据陵阳，出入深险之地，堪称心腹之患。况祖郎狂傲自大，若攻豫章，祖郎必趁机攻会稽。我请将军先攻陵阳，再攻豫章。

张昭道，公瑾所言有理。祖郎自夺陵阳以来，不改匪盗之习，广掠民财，强占民妇，无恶不作，士民深受其害。若将军剿灭祖郎，士民必感恩戴德，既能除匪患，亦能据要地，可谓一举两得。

孙策以为然，欲率诸将出会稽，攻祖郎。

三十五

诸将未行，孙策即遣斥候往陵阳，以探虚实。斥候相继回报，称陵阳险固，祖郎大集匪众于此，坚不可摧。

孙策不愿冒进，欲请张昭、周瑜等再议；忽有侍从来报，称吴子居去而复回，欲献破城之策。

孙策大为惊讶，遂召吴子居；片刻，吴子居佩剑而入。侍从欲夺佩剑，孙策笑道，子非刺客，不必如此。

继而问吴子居道，卿既去，何故复来？

吴子居朝孙策一揖道，我知将军欲灭祖朗，故而复回，愿效犬马之劳！

孙策笑道，常言人去如流水，永不回头。卿非小人，岂能轻于去留？

吴子居道，实因大仇未报，故不惜自食其言。

孙策颇为疑惑，又问吴子居道，卿有何仇？

吴子居道，实不相瞒，我乃陵阳世家，以读书经商为生，虽不富贵，亦悠闲自得，后为许贡所识，举为郡吏；吴郡为将军所破，我知将军英明，实非许贡可比，遂与同僚归降。此际，祖郎据陵阳，大肆催逼钱财，不足一月，已将家资尽夺。恶贼仍不罢手，依旧苦逼，父兄不堪迫害，相继自缢。我每欲替父兄报仇，可恨无力杀贼。将军杀高岱，我深觉愧疚，故而自去，又苦无栖身之地。今知将军欲灭祖郎，故而不耻复回，愿为先驱，若能报血仇，虽粉身碎骨，在所不辞！

孙策道，卿既有破敌之策，可尽言

吴子居道，我久在陵阳，颇知情形。陵阳墙高垒深，看似坚固，然暗藏虚弱，若能为将军所用，当一举可破。祖郎不知虚弱所在，必不能防。

孙策不以为然，笑道，既如此，可详言，我若能用，必重赏。

吴子居道，陵阳为夫差所筑，因城临泾水，遂于上游以石为垒，高如人，分泾水三成为护城河；看似寻常，却暗藏玄机。

孙策道，凡城必有池，凡池必引水，不知玄机何在？

吴子居道，陵阳始为城，越王即遣大军来攻，相持数月，互不能下。吴将见越军数倍于己，城中消耗殆尽，料陵阳不保，遂掘暗洞，与护城河通，立石门，使水暂不能入。吴将留死士守石门，弃陵阳而走，隐于数十里外。待越军大举入城，吴将领部属决垒，死士依吴将所嘱开石门，泾水自暗道涌入，越军猝不及防，俱为鱼虾。

孙策大为惊喜，说吴子居道，若果如卿所言，何愁祖郎不败！

吴子居道，当年旧事，至今已逾千年，知石门所在者，唯我家人。

孙策道，以此事之妙绝，必广为流传，他人何不知？

吴子居道，我旧宅即石门所在，石门隐于地窖，地窖即暗洞，我先祖即死士。先祖有训，后世子孙，不得迁移，以秘石门旧事，勿使泄露。祖郎夺陵阳，恶行累累，父兄几欲掘石垒，开石门，淹匪众，又恐殃及士民，投鼠忌器，至今未举。我欲报父兄之仇，亦欲以水灌城，奈何孤身一人，既不能坏石垒，亦不能开石门。若将军行此计，祖郎必败！

孙策大喜，命置酒款待。翌日，孙策选壮士数人，扮为百姓，随吴子居先入陵阳；留张昭、周瑜、虞翻、吕范等守会稽，亲率太史慈、黄盖、程普、韩当等，举两万之众赴陵阳，屯于二十里外。

祖郎知孙策大举而来，大为恐惧，欲坚城自守。

是夜，孙策依吴子居所言，率精甲潜至上游，见水渠与泾水相接处，果有石垒，遂命精甲齐举，破石垒，泾水顿失阻碍，多往陵阳奔涌，一时喧腾不已，犹如野马狂奔。孙策知事必成，领精甲急回，近陵阳以待之。不半日，城内水势大起，怒涛狂卷，摧屋坏宇，一时惨呼不绝。

孙策知祖郎必走，命太史慈设伏。

水势愈高，城垣俱没，祖郎大惧，即率匪众出城，望南狂奔。

孙策命黄盖、程普再往上游，复石垒，断水流；自领韩当等入城救人。

祖郎仓皇而走，正疾行，太史慈率部齐出，一时箭矢如雨，匪众纷纷倒毙。祖郎欲逃，被太史慈一枪刺中马头，那马往前一跃，将祖郎颠落马下。太史慈生擒祖郎，亦入陵阳。

孙策率部属拯救溺水者，仍有数百人死于横祸。石垒虽复，大水渐退，士民惊魂未定；孙策令程普、黄盖等安抚民众。

翌日晨，太史慈押祖郎见孙策。孙策骂祖郎道，恶贼，竟有今日！

祖郎跪地哀告，恳求饶命。孙策大怒，斥祖郎道，汝既怕死，何必聚众为匪？善恶之报，历来不爽，汝肆意猖獗时，竟不惧苍天在上！我平生无所恨，唯恨欺软怕硬之徒！

祖郎以为必死，再无惧怕，说孙策道，世人皆有善心，并无生而为恶者，若衣能蔽体，食能果腹，谁愿铤而走险！

孙策冷笑道，若能安于本份，何愁衣食不足！

祖郎自辩道，我本农家，有薄田十亩，亦曾早出晚归，辛勤劳作，唯望能养父母妻子，足生计所需。奈何官府失道，百般勒索，租赋日重，徭役累累，使耕者无所食，织者无所衣，所以揭竿而起，无不因穷途末路。

孙策沉吟道，汝既遭受逼迫，应知民生之艰，何故杀人丈夫，夺人妻子，掠人钱财？所谓冤有头，债有主，既为官府所逼，何不除贪官，灭污吏？汝杀害无辜，欺压善良，罪行累累，恶名昭彰，我若容汝苟活，岂不有违天道人心！

祖郎道，山越乃穷苦深险之地，被逼为匪者数十万计，何独祖郎！将军欲据江东，若不尽除匪患，岂能安处！我虽不才，颇知匪盗行藏，若能恕我不死，我必竭尽全力，为将军除匪患。

孙策冷笑道，我有精甲数万，能破强敌，克坚城，区区山匪何足为道！

祖郎道，将军不知，山匪伏于深山，隐于幽洞，进可骤然而来，退可倏忽而去；又身手矫健，走绝壁如行平地，过深涧如涉浅溪，虽虎狼之师不能比。若不知匪性，岂能有所获。

孙策颇为惊愕，命暂押祖郎入狱，问太史慈道，卿曾辗转此间，必知情形，祖郎所言如何？

太史慈道，诚如所说。既祖郎愿为将军剿匪，何不用其长？

孙策沉吟良久，遂令释祖郎，命其详言匪情。

祖郎道，江东偏远，官吏贪得无厌，暴戾恣睢，恶行累累，士民不堪疾苦，被逼为匪者不下三四十万，每每隐于山林，半夜潜出，每有所获，即隐遁无形。州郡虽倾力进剿，受制于高山峻岭，难以奏捷；袁术、曹操、王朗等亦曾大肆追讨，仍不能灭。将军虽据江左，若匪患不息，岂能自安。我与匪众有旧，又被奉为盟主，颇知情形。若将军不弃，我愿诱其来降，或率众清剿，不出半年，必将荡平山越，使匪众绝迹。

孙策道，我恕汝不死，汝应尽力剿匪，以绝祸患；若有懈怠，或心怀不轨，必追问前罪！

祖郎叩头道，将军之恩如山，我虽披肝沥胆不能报，岂敢懈怠。

孙策令祖郎退下，召吴子居，欲重赏。吴子居道，我为报父兄之仇，请将军破石垒，引泾水灌陵阳；祖郎虽败，士民亦为水所伤，枉死者数以百计。我惭愧不已，不敢领赏。

孙策大为称赞，以吴子居为参军，助理军务。

张昭知孙策不杀祖郎，恐有违人心，遂请周瑜同往陵阳，晓以利害。孙策颇知张昭、周瑜用意，令设酒款待。

张昭道，将军大败祖郎，除却巨患，功德如天，士民闻此，无不奔走相告。祖郎恶贯满盈，人神共愤，若将军执而不杀，岂不有违天道人心？孟子曰，得道多助，失道寡助。我知人心即道，杀祖郎可得道，将军何不为之？

孙策道，祖郎曾灭我新军，使我一蹶不振，恨不能食其肉、寝其皮。然山越匪患如炽，杀人越货者何止祖郎！如不尽除匪患，非但士民不能安处，我亦不能尽据江左。祖郎为众匪之首，深知匪性，愿助我荡平山越。若能根除匪患，我何惜背负骂名！

张昭道，将军有精甲数万，何必借祖郎之力？

孙策道，匪众敛迹深山，聚而为众，散而无踪，剿之不易。我据江东，群雄必不肯坐视，他日若与强敌争战，匪众必趁机而出，掠取郡县，毁我根基，此腹心之患，宁不先除！

张昭、周瑜俱不能言，欲回会稽。孙策道，我欲伐豫章，再败刘繇，卿等既来，可为我谋划。二人遂留陵阳，谋攻豫章。

三十六

袁绍进兵易京，围公孙瓒。公孙瓒坚壁不出，袁绍不能克，欲走。长史关靖劝袁绍道，既不能力克，何不与之联盟，转攻曹操，若曹操败，可迎天子，以令群臣。

袁绍以为然，致书公孙瓒，请与之盟，讨伐曹操，共奉天子。

公孙瓒以为袁绍骄狂，又自恃易京坚固，不愿与袁绍盟，回书痛斥。袁绍大怒，召诸将商议。袁绍道，公孙瓒不知轻重，竟拒与我为盟，我不灭此贼，誓不收兵！

许攸说袁绍道，公孙瓒拥众数万，又据险而守，明公久围而不能克，足见取胜不易。我知张绣颇惧曹操，又为刘表所弃，不如招降张绣，共伐曹操。

袁绍以为然，命许攸往穰城，招纳张绣，又致信贾诩，请其说张绣降，并许以厚禄。

许攸来穰城，持袁绍书信访贾诩。贾诩阅毕，笑而不言；许攸道，卿怀不世之才，可惜不遇明主。张绣势弱，又少谋断，实非可依之人，望卿不负袁本初美意。

贾诩仍不置可否，领许攸见张绣。许攸说张绣道，将军孤守穰城，曹操每欲攻取，又不为刘表所容，岂能自立？

张绣道，诚如卿所言，我为此忧虑不已。卿既来，必有所告，愿闻其详。

许攸道，袁绍久为盟主，群雄无不趋附，将军何不投之？如此，何虑曹操、刘表？

张绣颇为心动，问许攸道，我若归附袁本初，袁本初将待之以何？

许攸道，袁本初嘱我转告将军，若愿归附，当以将军为冀州刺史。

张绣大喜，说许攸道，请卿回禀袁本初，若如此，我必听命，誓与曹操不共戴天！

许攸以为不虚此行，拜辞张绣、贾诩，回禀袁绍。

待许攸去，张绣问贾诩道，此进退之事，卿何不言？

贾诩道，袁绍薄情寡义，虽骨肉兄弟不能容，何况他人；将军若投袁绍，与羊入虎口何异！

张绣忽有惊觉，又问贾诩道，我孤军自守，不能独立，必有所依附。以卿之见，我当依谁？

贾诩道，我以为，非曹操不可依。

张绣沉吟道，袁绍强而曹操弱，况我与曹操有仇，若投之，岂不自入罗网？

贾诩道，正因为此，将军更应投曹操。

张绣不解，说贾诩道，卿所言何意，请详述。

贾诩道，曹操迎天子入许，尊而敬之，如此，凡拥兵自雄者俱为不臣，是故人心所向，俱在许昌，此其一也；今袁绍强而曹操弱，既弱，必有图强之想，虽杀父之仇亦必纳之，此其二也；曹操深藏壮志，每欲并吞天下，必能化敌为友，使四海归附，此其三也。三因俱全，将军何疑？

张绣以为然，遂往许昌拜见曹操。曹操知张绣来归，大喜，命置酒，款待张绣。席间，曹操说张绣道，所谓迷途知返，为时不晚，况君子不计私仇；卿既归降，我必视为手足。

遂以张绣为扬武将军，以贾诩为执金我，封都亭侯，引为谋士。

袁绍知张绣降曹操，大怒，骂许攸道，汝称张绣将归附，何故降曹操？我知汝与曹操有旧，莫非另有所图？

许攸大骇，不敢言。关靖说袁绍道，既张绣已降曹操，将军应力克公孙瓒，并其部属，然后直捣许昌。

袁绍道，易京险固，易守难攻，不如弃公孙瓒，转道许昌。

田丰道，不可。若将军撤围而走，公孙瓒必追击；若曹操举众亦出，与公孙瓒两面夹攻，必大败。

沮授道，我请将军伏精甲于途中，然后撤围而走。公孙瓒若追，可击之，必能使其大败。

袁绍以为然，命文丑、张郃领精甲二万伏于深险之地，以待公孙瓒。翌日，袁绍命将军颜良等撤围而走。

公孙瓒知袁绍撤走，命诸将齐出，大举追杀。正疾行间，文丑、张郃率精甲忽出。公孙瓒猝不及防，大败，敛兵险要，欲自保。

袁绍命将军淳于琼率精甲一万，绕袭易京，以绝公孙瓒退路；又命颜良复回，与文丑、张郃猛攻公孙瓒。公孙瓒大溃，欲回据易京，忽报易京已为淳于琼攻取，大为恐惧，率死士杀出重围,退入黑山,欲与山匪结盟,再拒袁绍。

袁绍知黑山深险,不易克,欲罢。田丰劝袁绍道,公孙瓒既在末路,宜穷追,不可使之苟活,所谓除恶务尽;否则,必死灰复燃。

袁绍道,黑山多匪,公孙瓒必与之纠合,若轻进,必受制于高山深谷,恐反为不利。

张郃道,不然,可四面围困,断绝道路,使之不能出入。如此,料不出一月,公孙瓒必自溃。

袁绍遂依张郃所说,命诸将四面围困。公孙瓒大惧,深知无路可走,竟杀妻室,灭家人,引火自焚。

袁绍尽收公孙瓒部属,欲往许昌攻曹操。谋士耿包说袁绍道,明公英明神武,部属数十万,气势磅礴,此乃人和;今袁术、公孙瓒已死,刘表暗弱,刘备势微,孙策意在江东,纵观东南,了无敌手,此乃地利;我夜观天象,帝星显于山东,必应在明公,此乃天意。既天地人俱和,明公可登基,与曹操分庭抗礼,何必远道而伐!

袁绍大喜,说耿包道,兹事重大,不可擅决,若违众意,必自绝于天下。

耿包道,群僚所以舍生忘死,无不望建功立业;若明公称尊,群僚必大受封赏,此众望所归也。明公勿忧,我必说群僚拥立。

袁绍愈喜,沉吟道,我当召群僚议进退,卿可借机言明此意,以察群僚之心。

翌日,袁绍召群僚议事;袁绍道,我欲举众往许昌攻曹操,迎天子回洛阳,卿等以为如何?

耿包道,曹操奉天子,据许昌,攻曹操即攻天子;若举,曹操必假天子之命,召天下英雄共拒之,岂能取胜。今天子暗弱,又为巨奸所挟,不过徒有其名。可见汉室气数已尽,正当废旧立新之际,明公可自立,以应天意!

群僚闻此大惊;沮授斥耿包道,此妖妄之言,岂能听信!明公世享汉禄,久被天子恩泽,岂能自立!袁术逆势而行,自绝于天下,岂不闻前车已覆,后车当鉴!明公举义兵,讨逆贼,我等纷纷归附;若僭号自立,将置我等于何地!

田丰、许攸、郭图、审配、逄纪等纷纷附和;颜良、文丑、淳于琼、张郃等亦以为不可。

沮授见袁绍沉吟不语,又道,耿包用心险恶,实不可恕;我请明公斩耿包,以绝妄言!

田丰、许攸等又附和。袁绍已知人心所在,不可违拗,遂令甲士执耿包。耿包疾呼道,我所说,不过明公之意,何故如此!

袁绍大怒,即令斩耿包。

田丰说袁绍道,明公连年征战,消耗颇巨,将士疲惫,人马困乏;我以为应休养生息,奖励农桑,广集军资,大练精甲,待大有所成,再进兵黎阳,尽收河南、河北,困曹操于许昌,如此,曹操必败!

逄纪道,明公新败公孙瓒,得胜之师,其势正旺;以明公之神武,率河朔之强兵,何惧曹操;若迁延时日,疑而不举,待曹操势盛,恐再图不易。

田丰道,曹操雄才大略,极善用兵,实非公孙瓒之流可比。若曹操屯兵河岸,以逸待劳,岂能取胜。况远道而伐,必受制粮草,不能与之久持。我以为宜稳健,不可冒进,望明公三思!

审配道,曹操明奉天子,暗藏祸心,其危害之巨,恐董卓不能及。明公拥众数十万,又深得人望,岂容曹操猖狂!曹操虽有重兵,却分屯四方,不能尽全力而拒。既如此,明公可举河朔之众,与曹操决死一战,必能大获全胜。若曹操败,明公可奉天子归洛阳,效周公,辅而佐之。此千古奇功,明公何乐不为!

袁绍大以为然，即命颜良为先锋，文丑居左，淳于琼居右，自率张郃等居中，数路齐发，直指许昌。

曹操知袁绍大举而来，即召群僚商议对策。

谋士毛玠道，今群雄并存，虎狼环视，内外忧困，不可迎战强敌。我知袁绍意在天子，不如与之言和，共主朝政，许昌之危可立解。

荀攸道，不可。袁绍远道而来，不能久持。若明公屯兵河岸，拒不出击，袁绍不能建功，或知难而退；若袁绍渡河，则可大举迎击，袁绍必败！

荀攸乃荀彧族子，博学多才，曾为州郡所举，召为黄门郎。董卓移天子入长安，荀攸欲谋杀董卓，事泄，为董卓所执；后董卓死，荀攸得以幸免，遂回颍川，隐匿不出。近为荀彧所荐，为曹操谋士。

孔融道，袁绍据山东、河北，若胜，则可替明公而奉天子；若败，亦可退守河朔，或转战齐鲁燕赵。今袁绍所举，数倍于明公，况田丰、许攸等颇能谋划，颜良、文丑等俱能征战，实难取胜。我请明公纳毛玠之说，与袁绍议和。

曹操大为不悦，冷笑道，我若纳此言，卿与毛玠必受袁绍所重，或能平步青云，位及三公；我必沦为敝屣，翻为囚徒。卿之用心，我岂不知！

孔融大惧，再不敢言。曹操即令曹仁、曹洪、夏侯渊等屯官渡，夏侯惇、于禁、乐进等分屯鄄城、东阿、白马等，布兵数十处，以疑袁绍。

袁绍本欲大举渡河，直逼许昌，知曹操命诸将分屯于数百里间，顿觉扑朔迷离，纷纭不堪，疑不敢举，若举，曹军或断尽退路，阻绝粮道；若不举，又恐曹军四面围攻。袁绍不能自决，遂召群僚，以议对策。田丰劝袁绍亦分兵，俱近曹军而屯，以遏制曹军。袁绍纳其计，亦命诸将分屯，自领田丰、许攸等屯黎阳。

三十七

刘备知袁绍举十万之众伐曹操，相持于数百里间，互不能克，以为机不可失，欲趁此夺徐州，命关羽先行，首克下邳。关羽领精甲八千昼夜疾行，以雷霆之势临下邳。下邳守将樊旷知关羽来，大惧，弃城而走，逃往徐州。

刘备率张飞、赵云等随后而至，以关羽为下邳太守，使家眷亦留下邳；命张飞、赵云各率精甲一万，大举往徐州。

张飞说刘备道，徐州坚固，若大举而往，刺史车胄必坚城自守，恐不能克；我愿领一万精甲先行，车胄以为兵寡，必出城迎敌。兄长可与赵子龙率大军后进，不露声息，待车胄出战，骤然而至，徐州可破矣。

刘备以为然，命张飞先行，亲率赵云等绕道徐州外，伏于城郊山林，以察动静。

张飞至徐州，列阵西门外，大肆辱骂。樊旷不能忍，几欲出战，车胄不准，说樊旷道，张飞孤军深入，其中或有诈，若轻举，恐有所失。

张飞见车胄不出，命弓箭手乱射，守卒带箭数百人，车胄仍不出战。时近黄昏，张飞命部属后退五里，当路而屯。

樊旷以为可图，说车胄道，今刘备在下邳，恐我等举众复夺，命张飞来此，以疑我等；张飞屯于路口，以利进退。我愿领众出城，大败张飞。

车胄以为然，命樊旷率精甲一万突袭张飞。张飞见樊旷出城，大喜，命部属迎敌。彼此混战，互不能克。

车胄见张飞英勇，恐樊旷不敌，命诸将齐出，誓斩张飞。

刘备见时机已到，命赵云领死士潜出，飞夺城门。张飞知刘备必举，力敌樊旷等。樊旷以为张飞必败，大肆围攻。正此时，忽知刘备、赵云已入徐州，大惧，遂弃张飞，欲回夺。

张飞见樊旷等俱退，知刘备已夺徐州，命部属自后猛击。刘备亦命赵云率部出城，与张飞夹击樊旷等。樊旷等不能敌，俱战死。

车胄痛悔不已，携门客，欲趁乱出逃，往许昌，请曹操复夺徐州。方出城，忽与张飞遇于城门下。车胄知不能脱身，命门客另道而走，拜见曹操。车胄仗剑直取张飞，以护门客。张飞大怒，斩车胄。

门客隐于士民家，张飞遍搜不获。门客夜深潜出，倍道疾行，入许昌，求见曹操。曹操闻此大怒，欲伐刘备。

谋士董昭劝曹操道，若明公伐刘备，袁绍或绕袭明公之后，断绝退路，使明公不能回许昌，奈何？

曹操道，刘备乃纠合之师，人心未附，若骤然而至，必能一战而克；至于袁绍，我不虑其举，唯虑其不举。若袁绍绕袭我后，诸将可尽出，四面合击；我若胜刘备，则挥师河朔，毁袁绍老巢，再与诸将合击，袁绍必败。

于是，曹操率张辽、徐晃、许褚等，领精甲三万出许昌，直奔徐州。

田丰知曹操伐刘备，以为有机可乘，说袁绍道，曹操远伐徐州，此天赐良机也。明公可自后猛袭，断绝退路，使曹操不能回，许昌可图矣！

许攸道，不可，曹操何不知此计！若袭其后，曹军或四面出击，局势将大乱，难以为明公所控。曹操布兵数百里间，迫明公亦分兵而屯，意在乱中求胜。况明公举众而来，河朔空虚，若曹操趁明公轻举，转掠后方，将不堪设想。我劝明公仍与曹军相持，随曹军动而动，待时机来临，一举渡河，可获大胜。

袁绍以为有理，按兵不动。

曹操至东南，命徐晃领精甲一万围下邳，使关羽不能援徐州，亲领张辽、许褚等攻刘备。刘备知徐晃围下邳，曹操率张辽、许褚等大举而来，颇为惊惶，即令张飞、赵云各领精甲一万分屯城外，以阻曹操。曹操见状，命张辽、许褚各领部属五千，分敌张飞、赵云，亲领精甲一万急攻刘备。

张飞、赵云知刘备危急，欲弃张辽、许褚回援。张辽、许褚与之死战，使其不能脱身。

曹操知徐州空虚，狂攻不止，欲一举而下。刘备兵寡，不敢久持，即领部属弃徐州，欲走下邳，与关羽合击徐晃。曹操深知刘备之意，命精骑疾驰，阻于刘备之前。刘备不能行，又惧曹操追杀，转道而走。

张飞、赵云知徐州已失，不敢再战，又恐曹操与张辽、许褚合，亦走。曹操亦弃徐州，欲与徐晃合，大败关羽，遂命张辽、许褚阻绝道路，使刘备等不能援下邳。

曹操与徐晃合，猛攻下邳。关羽知刘备败走徐州，大为不安，欲弃下邳归刘备，命部属齐举，欲突围；曹操令徐晃等力阻。关羽数举不能出，大受挫折，仍不惧，欲死战。曹操见关羽英勇，大为喜爱，呼关羽道，刘玄德已败走徐州，不知何往；死生之际，何必作困兽斗！

关羽不听，欲决死一战。部属大为恐惧，或降，或自散。激战半日，关羽仅剩心腹数十。

曹操命徐晃围关羽，亲入下邳，尽获刘备家眷。曹操大喜，挟刘备妻子见关羽。曹操道，既大势所趋，何不降？

关羽道，我虽不才，耻为降虏，请勿言。

曹操指刘备妻子道，若不降，我必尽杀刘玄德妻小，陷汝于不义！

关羽大骂曹操道，恶贼，竟以此相逼，我不惜粉身碎骨，何惧胁迫！

曹操反斥关羽道，我知刘玄德视汝为手足，汝竟不顾刘玄德妻小，无情无义，何至于此！

关羽顿时不能言。曹操知关羽已动心，又道，我与汝俱为汉臣，降我即降汉，何故迟疑？

关羽沉吟道，我有三请，若明公能应，我必降；否则，不惜千刀万剐！

曹操道，请言之，我必应诺。

关羽道，我唯降汉，不降曹，明公能应否？

曹操道，应。

关羽道，善待刘玄德家眷，待知其下落，即奉还，明公能应否？

曹操道，应。

关羽又道，所谓君子不事二主，他日若知刘玄德去向，我必回归，明公能应否？

曹操道，应。

关羽遂降。曹操既逐刘备，重置徐州牧令，仍回许昌。

曹操欲收服关羽，拜为偏将军，封汉寿亭侯，并以吕布赤兔马赠关羽。

刘备损伤惨众，知曹操掳关羽及妻室回许昌，遂与张飞、赵云合，欲回屯豫州；又恐曹操再来，一时不知所往。

赵云劝刘备道，今袁绍与曹操誓决胜败，分据大河两岸，若投袁绍，不仅能自保，或能复仇。

刘备以为然，遂往黎阳投袁绍。

三十八

孙策举二万精甲往豫章，欲再败刘繇。太守华歆欲力保豫章，请刘繇屯于外，相互呼应，以拒孙策。刘繇以为豫章必失，不敢力拒，竟率部属自走。

孙策遂围豫章。华歆命部属坚城自守，又遣心腹往许昌，请王朗说曹操驰援。

华歆与王朗齐名，私交颇厚。孙策欲令诸将强攻，张昭以为不可，说孙策道，以将军之神勇，克豫章如反掌。然华子鱼乃一代名士，才情风华不输王朗，且为官清廉，深得人心；又性情孤高，傲岸不屈。若强攻，华歆必誓死坚守，或城池俱毁，或殃及无辜。我劝将军与之言和，不战而得豫章，岂不善哉。

虞翻道，此言甚是。当初，我在会稽，华歆每每访王朗，我亦与之有交谊，愿为说客，使华歆不战而降。

孙策大喜，即令部属后退十里，命虞翻入豫章说华歆。

华歆见孙策后撤，正疑惑，忽闻虞翻求见，知孙策欲议和，遂令放虞翻入城。

华歆命甲士立于侧，以待虞翻。虞翻入见，见华歆佩剑而坐，甲士持矛而立，笑道，我只身而来，卿何故如此？

华歆冷笑道，刘繇已走，豫章守卒不足五千，若强攻，一举可下；况我身价名望俱不如王朗,不能使卿获重赏,何必来此?

虞翻知华歆语带讥讽,仍笑道,王朗据城死守,将士疲惫,士民惧死,又外无救援,内无强兵,终将一败,坚守何益。我所举,实乃军民所望,既不失义,亦不失节,卿何必责难?

华歆道,实不相瞒,我已遣心腹往许昌,请曹操驰援。我等坚城自守,唯需半月,曹操必举众而来,何惧孙策!

虞翻大笑道,人言华子鱼博学清通,颇识时务,未料竟如此迂腐!孙策英明神武,攻城掠地如探囊取物,谁能折其锋芒!若强攻,须臾间可使豫章为平地,岂能容卿待援!况曹操远在许昌,又与袁绍相持,自保不暇,岂能解燃眉之急!孙策所以不攻,因念卿为名士,不愿以戈矛相见。若卿执意如此,豫章必瓦石俱焚!当此之际,望卿三思!

华歆沉吟良久,说虞翻道,孙策大军紧逼城下,我所属不过五千,岂能自守!所以坚壁深垒,唯望能保全士民。若孙策不征粮草,不取钱财,秋毫无犯,我愿与之和。

虞翻大喜,说华歆道,卿身处危难,仍心系士民,不辱士大夫风尚,请受我一拜!

言毕,望华歆一揖。华歆命甲士俱退,令侍从置酒,款待虞翻。酒过数巡,华歆说虞翻道,我离家日久,乡思不已;既豫章将失,我当回归故里,以尽人子之孝,望勿强留。

虞翻道,孙策知卿博识今古,仰慕不已,必苦留;既有明主可辅,何必固辞?

华歆不再言,待酒宴毕,即送虞翻出城。虞翻回禀孙策,孙策大喜,于是举众入豫章。华歆布衣葛巾,立于城门外。孙策令诸将下马,拜见华歆。孙策道,我久闻先生大名,仰慕不已,今日得见,三生之幸耳!

华歆道,既为降虏,已无尊严;若将军不杀,我愿还乡,以奉父母。

孙策道,我知先生清廉爱民,声望如日,豫章士民视先生为父母,先生何忍使之失望!

言毕,扶华歆上马,为其牵马坠镫。华歆大为所动,随孙策复回。士民知华歆欲走,大集府第外,纷纷挽留。华歆不忍与士民别,遂留豫章,仍为太守。

黄盖、程普等搜获刘繇妻子,请押为人质,逼刘繇来降。孙策以为不可,尽释刘繇家眷,赠钱财,任其自去。

刘繇欲转投刘表,部属恨其无能,相继离散,所剩不足千人。樊能、张英等以为大势已去,亦走。刘繇正不知进退,忽见家人来归,悲喜交集,即遣散余众,携家人入深山,隐姓埋名,再不复出。

王朗知豫章为孙策所破,恐华歆遇害,求见曹操,请救华歆。曹操仰慕华歆已久,即书信与孙策,愿以张纮换华歆。

孙策不能拒,又欲使张纮回归,遂以曹操书信付华歆。华歆亦知不能辞,遂离豫章,往许昌。曹操获知大喜,命王朗迎华歆于旅途。

于是,张纮、华歆各归其所,皆大欢喜。曹操见华歆风神俊朗,大为喜爱,拜华歆为议郎,入司空府,参谋军事。

孙策以孙贲代华歆为豫章太守;以周瑜为中护军,镇巴丘。孙策说周瑜道,巴丘南控吴越,西接巴蜀,若有失,江东将不能安。愿公瑾不负所望。

周瑜道,我知巴丘之重,犹如咽喉,誓与巴丘同在!

翌日,周瑜率部属往巴丘;孙策举众入吴郡,命吴景移母弟及家眷亦来此。

孙策知陆康世居吴郡,为江东第一旺族,虽病故已久,士民仍景仰不已,欲施恩惠,以解旧仇，遂召陆康子陆绩。陆绩恨孙策逼走陆康，拒不奉召。

陆康族孙陆逊以为不可，说陆绩道，孙策欲以此泯恩仇，若不往，必添新恨；人为刀俎，我为鱼肉，实不可强拒。

陆绩无奈，遂应召。孙策知陆绩来，颇为欣喜，大设酒宴，请张昭、张纮、吕范、虞翻等作陪。陆绩自知年幼，居末席。

孙策知陆绩精警多才，欲试之，笑问陆绩道，我欲尽据江左，独立于群雄之外，卿以为当如何使人心归附？

陆绩道，我年幼，未及弱冠，不敢言大计。

吕范颇知孙策之意，笑道，将军已夺江东数郡，唯深险之地尚未归附；既村夫野老凶悍不化，可付诸武力，必能镇服。

陆绩冷笑道，卿何出此言！我知管仲相齐，曾九合诸侯，使远近宾服，然后成就霸业，可见武功不如文治。孔子云，远人不服，则修文德以来之。此警世之言，卿等何不遵行？我虽幼弱，亦知此理，卿等何不知？

吕范笑道，卿曾称，未及弱冠，不敢言大计，何故自食其言？

陆绩道，此非大计，不过寻常之理，虽孺子亦知！

言毕，竟一揖告退。

孙策、张昭等颇为惊讶，一时无语。良久，孙策感叹道，江东陆氏，英才辈出，我之幸也。陆绩未及弱冠，竟博知今古，若能为我所用，他日必为栋梁！

张昭等亦大为叹服。

刘表知孙策据吴郡，大为不安，即遣黄祖屯沙羡，以防孙策。

孙策知黄祖屯沙羡，杀父之仇愈炽，誓灭黄祖，以雪先君之恨，遂率太史慈、程普、黄盖、韩当等，举二万精甲出吴郡，直指沙羡。

黄祖大为怯惧，急遣心腹入江陵，向刘表求援。刘表恐沙羡有失，危及荆州，命三子刘虎及将军韩晞，各领五千精甲助黄祖。

孙策知刘虎、朝晞来援，命太史慈、程普围黄祖，亲率黄盖、韩当等，领精甲一万于途中设伏，以待刘虎、韩晞。

是日正午，将士正疾行，韩晞见山势渐陡，道路崎岖，又草木深茂，忽疑，说刘虎道，此处凶险，易藏甲兵，宜绕道，以防不测。

刘虎道，此处距沙羡不足百里，半日可至，若绕行，又需一日。所谓兵贵神速，若迟，沙羡必失。

韩晞无奈，仍命将士急行。孙策见刘虎、韩晞已入重围，命弓箭手急射，顿时箭如飞蝗。韩晞带箭而走，被孙策追杀。刘虎大急，命死士突前，欲夺路逃回。韩当见此，率精甲猛击；刘虎大败，被生擒。

刘虎谩骂不止，誓死不降；韩当大怒，欲杀之。孙策不准，说韩当道，我意在黄祖，非刘表；若杀刘虎，必与刘表结仇。

于是释刘虎，还其部属，又致信刘表，称唯愿能报父仇，别无所图。刘虎回荆州，极称孙策无敌，不可与之结仇，力劝刘表勿援黄祖。

孙策与太史慈、程普合，急攻黄祖。黄祖知援军为孙策所破，又遣心腹乔装出城，再向刘表求援。刘表既不驰援，亦不回复；黄祖大为绝望，深夜潜出，逃往射阳，投广陵太守陈登。

陈登年轻气盛，又自恃才高，以为王朗、华歆俱为腐儒，不足为道；孙策所以横行江东，非善战，实因未逢敌手。既黄祖来投，孙策必追索而来，陈登欣然而纳，欲凭射阳之固，与孙策一决高下。

孙策知黄祖投陈登，不肯舍，即弃沙羡，直逼射阳。

三十九

曹操与袁绍相持数月，互不交战，诸将恐部属疲乏，久持不利，反为袁绍所用，纷纷请战。

曹操遂召诸将，晓以利害。曹操道，袁绍远来，欲毕其功于一役；我所以令卿等分屯数十处，方圆数百里，意在使袁绍疲于应对，不能与我决战。袁绍如猛虎迷途，虽张牙舞爪，却无处用力。今虎未困乏，若举，或为虎伤。卿等勿急，袁绍或不能忍，必有所举。待袁绍动，再战不迟。

程昱道，袁绍意在许昌，必渡河，官渡当为首选。明公若大集官渡，袁绍以为可决战，必于此强渡。明公据岸而守，袁绍涉水而攻，胜败自分，明公何疑？

荀彧道，袁绍众而明公寡，虽据河岸，未必能胜。明公令诸将四处屯兵，意在使袁绍目不暇给，促成乱局，使之不能掌控。今袁绍来此已愈数月，难求一战，想必人心已散，可图矣。袁绍屯粮草于故市、乌巢，若以精甲突袭，烧尽粮草，袁绍必乱，或自走，或怒而一战。若战，可令诸将大出，必能取胜。

曹操笑道，我令诸将分屯，使袁绍不能用力一处，亦随我四处分兵。既彼此均衡，宜以静制动。若此时袭粮草，均势必立破，袁绍必随后而动，与故市、乌巢守军夹击；我若不胜，必令诸将驰援。所谓牵一发而动全身，既先动，必露破绽，甚而扰乱全局，大不利也。既袁绍远来，不肯无功而返，必先举。若袁绍动，则可烧粮草，使其自乱，我必于乱中求胜。

诸将既知曹操用意，再不言，俱告退。

袁绍方寸已失，欲早决胜负，遂召许攸、田丰、郭图、沮授、审配等商议。

袁绍道，我举十万精甲来此，已愈数月，曹操四面分屯，使我不能与之决战。今腊月将尽，春水将生，若不早决，必为大水所阻，不能渡河。然局势纷纭，错综复杂，若举之不慎，或大为不利。卿等以为当如何？

沮授道，曹操敛而不举，欲使明公久持生厌，或知难而退。明公率众远来，若再不战，将士必气馁，大不利也。我以为，宜主动出击，不可再延。

许攸道，曹操四处分屯，然诸将之间，均不足百里，俱能呼应。若明公四面齐举，使之处处受敌，曹军必乱。明公以强凌弱，岂能不胜。

田丰道，不可，若齐举，曹军必退守河岸，再与明公隔河相峙，岂能图许昌。我知东郡太守刘延屯于白马，白马孤悬数百里外，若突袭，必能克之。既白马失，曹操必复夺，如此，均势将立破，可乘矣！

袁绍以为然，欲命颜良奔袭白马。

沮授劝袁绍道，颜良骁勇，却每每轻敌，又性情孤傲，或有所失。张郃智勇兼俱，何不用张郃？

袁绍冷笑道，颜良乃当世名将，所向无敌，岂是张郃能比？

遂不听，命颜良举二万精甲突袭白马。颜良出黎阳，挥师疾进，直逼白马。

曹操闻知大喜，以为袁绍方寸已乱，欲遣张辽救刘延。

荀攸说曹操道，明公若大举而往，袁绍必增兵助颜良；不如往延津，以疑袁绍。延津与黎阳近，袁绍不敢怠慢，必驰援。明公可另遣精骑赴白马，待刘延获救，可弃白马，仍回屯官渡，以防袁绍渡河。

曹操以为然，依荀攸之计，亲率许褚等，领精甲二万往延津；命张辽、关羽率精骑五千赴白马。

袁绍知曹操赴延津，大惧，恐延津有失，危及黎阳，即遣文丑领精甲二万驰援。曹操知文丑轻敌，命许褚率弓箭手绕道斜出，待文丑来延津，阻于后，急射。曹操敛兵于延津外十里，以待文丑。文丑见曹操陈兵野外，以为一举可下，遂令部将掠阵，欲乱曹操阵脚。曹操令将士勿举，任其来去。文丑见曹操不乱，令部属齐出，欲掩杀。正此时，许褚忽来，箭矢齐发，瞬间死伤数千。曹操令将士骤举，势若惊雷。文丑不能敌，大败，欲夺路回走，为许褚所阻。箭矢愈急，死伤愈众。文丑亦中箭，坠马而亡。部属见文丑已死，不敢战，俱降。

张辽、关羽赴白马，见城池被围，一将端坐车上，车盖豪华，驷马肥壮，知为颜良。

关羽指马车说张辽道，此必颜良，若趁其无备斩之，其众必溃，白马之围当立解！

言毕，关羽忽举，拍马直奔颜良。颜良部属见关羽飞驰而来，大惧，竟无人敢阻。

颜良见关羽气势如虹，亦惊，欲取长矛与之战，矛未到手，关羽已至，竟一矛刺穿咽喉。颜良跌于车下，关羽亦下马，割颜良头，上马复回。

关羽去来，仅在瞬息之间；颜良部属虽众，无不呆若木鸡。张辽见颜良已死，即率精骑猛击。刘延亦举众齐出，与张辽、关羽合，大肆杀戮。颜良部属大溃，或降，或逃回黎阳。

张辽等尽获颜良辎重，往延津与曹操会师。

曹操知关羽于万马丛中斩颜良，嗟叹不已，似不喜。张辽不解，问曹操道，关羽斩颜良，凭一己之力解白马之围，明公何不喜？

曹操道，我知关羽将去，喜从何来？刘玄德投袁绍，关羽必知，所以斩颜良，不过欲报不杀之恩。

张辽道，关羽实乃虎将，又颇知兵法，既不为明公所用，何不杀之？

曹操道，我爱佳士，亦爱虎将。关羽如此勇烈，何忍杀之？

是日，曹操率张辽、关羽、许褚等回官渡。

张辽亦知关羽将去，恐曹操怒而杀之，于是以言试探，既知曹操并无此意，遂说关羽道，云长若欲走归刘备，可辞曹公，曹公必不强留。

关羽大为感激，欲携刘备家眷同走。

袁绍知颜良、文丑俱丧，大怒，欲遣精甲截击曹操。

许攸劝袁绍道，颜良、文丑各负勇气，轩昂自大，每每轻敌冒进，否则，何至于此！曹操极善用兵，既敢举，必有所备；明公若截击，或正合曹操之意。

袁绍大怒，斥许攸道，颜良、文丑犹如双臂，断臂之痛，汝岂能知！汝自视有管、鲍之才，却每每误我！汝可立去，若迟，我必杀之！

许攸惭忿不已，遂出，觉无处可去，欲渡河，投曹操。

袁绍一意孤行，誓为颜良、文丑复仇，命张郃、刘备率精骑五千截击曹操。刘备不敢违，即领张飞、赵云等俱出。张飞说刘备道，以一万击两万，与以卵击石何异！袁绍昏庸无能，必为曹操所败。不如趁此离袁绍，转走荆州投刘表。

刘备沉吟道，不可，我等若走，袁绍必追，岂能为之！

于是，刘备与张郃截击曹操。张郃亦知不可为，一击即走。曹操颇知刘备、张郃用意，命张辽虚张声势，假追。刘备、张郃退回黎阳，回禀袁绍。袁绍已有所悔，亦不责备。

曹操回官渡，知许攸来投，大喜，请许攸入见。

曹操笑问许攸道，想当年，卿与王芬入陈留，欲移祸于我；所幸我略知卿为人，未涉险。我与卿因此失和，断绝往来；卿来此，岂不虑我记恨？

许攸羞愧不已，说曹操道，我知明公胸怀宽广，志向远大，往往以德报怨，必不记昔日小过。

曹操大笑道，卿既来，必有所告，请详言。

许攸道，袁绍举十万之众，远道来伐，消耗极大，粮草已不多。近日，又令淳于琼回冀州押运粮草，想必已到乌巢。明公若袭乌巢，尽烧粮草，袁绍必自乱，何愁不胜！

曹操暗自惊讶，问许攸道，我知袁绍分屯粮草于故市、乌巢，若烧乌巢，尚有故市，袁绍何惧？

许攸笑道，明公不知，故市并无粮草，不过虚设一库，以疑明公。粮草俱在乌巢，若突袭，必能得手。

曹操笑问许攸道，卿以此相告，不知欲何图？

许攸大为羞惭，不敢答，一揖告退。

四十

孙策围射阳，欲迫陈登献黄祖。黄祖大惧，欲另走。陈登说黄祖道，卿勿忧，我非懦夫，不惧强横；亦非小人，绝不失义于卿。

陈登令部属大集石木于城上，又命弓箭手俱登城，严阵以待，大扬声威，使孙策不敢轻举。

孙策不愿与陈登为仇，命诸将勿攻，即致书陈登，称唯愿一雪先君之恨，若能献出黄祖，必秋毫无犯；否则，不惜鱼死网破。

书既成，孙策领吴子居来城下，欲将书信射入城中；见吴子居亦负弓箭，笑道，卿亦知骑射？

吴子居道，实不相瞒，我曾随先君习六艺，故而勉知射技。

孙策笑道，既出于家学，想必不凡，能否射此信入城？

吴子居道，愿一试，若不能，请将军恕罪。

言毕，接信，缚于箭头。孙策道，此城高约七仞，距此约三百步，需强弓满张，方能逾越。

吴子居不言，张弓屏气，猝然而发，箭如飞星，瞬间已过城垣。孙策大喜，击掌道，若无神力，岂能如此！我以为卿不过儒生，唯知诗书，谁料如此清劲！

吴子居道，此雕虫小技，凡儒家子弟必修六艺，不足为奇。

孙策见吴子居谦逊，愈喜，以为堪当重任。

士卒获信，即送陈登。陈登颇知孙策之意，竟不开阅，付之一炬。

孙策不见陈登回复，大怒，欲强攻，破壁垒，立誓必杀黄祖；遂召诸将，议攻城之策。吴子居道，我有一计，可立破射阳。

孙策大喜，说吴子居道，我知卿沉稳内敛，极善思谋，必有奇计，愿闻其详。

吴子居道，城北有山丘，若以棉帛裹脂油，为火箭，使弓箭手半夜登山，居高临下，射城内楼房，必能大燃。若城内火起，陈登必大乱；将军再急攻，使之无暇应顾，射阳必破。

孙策大喜，即携吴子居绕至城北，登山而望。

吴子居指城内民房道，时值岁暮，天干物燥，城内又多茅屋，遇火即燃，燃而必旺。

孙策道，此处虽高，其远不下千尺，恐拉断强弓不能至。

吴子居道，不然，此处虽远，高过城垣数十丈，又依山而下，或能至。我不才，愿试射。

孙策以为可，命吴子居射城墙内茅屋。吴子居张弓搭箭，却不射。孙策等候良久，正欲询问，吴子居忽转身，箭指孙策。孙策大惊，正呆滞，箭已脱弦，正中前额。

孙策大叫一声，倒于地，以手捂面。

吴子居说孙策道，我乃许贡门客，深受其恩，此箭因许贡之仇。

孙策强忍剧痛，斥吴子居道，两军相交，必置生死于度外；胜者生，败者死，自古皆然，汝何不知？

吴子居不言，再出一箭，射中孙策面颊；孙策呼叫愈惨。吴子居道，此箭为先君之恨。

孙策大为惶惑，问吴子居道，我与乃父素昧平生，何有此说？

吴子居道，实不相瞒，先君素敬高岱清雅博学，又交谊颇深，自愿替死；汝所杀非高岱，乃我先君。

孙策恍然大悟，又问吴子居道，既怀深仇，何故助我水淹陵阳？

吴子居道，祖郎悍匪，无恶不作，人神共愤；我欲除巨害，故不惜与仇人为谋！

孙策道，汝不忘许贡之恩，又以奇计败祖郎，堪称大义；为雪父恨，屈就隐忍，可谓大孝。汝可去，我不记恨。

吴子居本欲割孙策之头，闻此言，顿觉迟疑，伫立良久，转身而去。

程普、黄盖见孙策、吴子居久去不回，颇为疑惑，亦往城北，正登临，渐闻惨叫声，大惊，疾驰而至，见孙策卧于荒草间，碧血四溅，已不能起。黄盖不见吴子居，颇疑，急问孙策道，吴子居何在？

孙策不答，命黄盖扶己上马，自拔面上两箭，说程普、黄盖道，卿等勿露破绽，若为陈登、黄祖所知，必趁机突袭！

于是，程普、黄盖护孙策从容而还；陈登、黄祖竟一无所知。方入营，孙策再不能忍，翻身落马。程普、黄盖急扶孙策入卧榻，欲延医救治。孙策不准，说程普、黄盖道，不可，若如此，陈登必知！

诸将闻讯俱来；孙策说诸将道，射阳已不能取，卿等可夜走，护我还吴郡。

是夜，孙策命黄盖前行，令韩当、太史慈断后，撤围而走。

程普、黄盖等昼夜疾驰，两日后回到吴郡。群僚知孙策带创而回，大惊，纷纷探视。孙策不愿惊动家眷，嘱张昭等勿使吴夫人及大乔得知。

张昭见孙策面带两箭，大为疑惑，问程普道，我知卿等并未攻城，伯符何故受创？

程普道，我等俱疑吴子居，虽伯符不肯言，必此人所为。

张昭愤慨不已，令遍搜江左，追拿吴子居。孙策闻知，即召张昭，说张昭道，吴子居本许贡门客，深感知遇之恩；其父又替高岱死，身负家仇。我所以追黄祖，亦为先君之恨。既人心同然，何必追索。先生可遣人往庐陵，请孙仲谋速来吴郡；再遣人往巴丘，请公瑾亦来此。我知不能苟延，当嘱以后事。

张昭大为悲伤，即依所嘱，遣人请孙权、周瑜。张昭侍于榻前，不肯去。

孙策又召张纮，分执张昭、张纮手道，我受创甚重，不能再听卿等教诲。我未起时，子纲嘱我据江东而窥天下，此乃根本大计，虽没世而不敢忘；子布知我轻狂，每以振聋发聩之言，匡我志向，去我淫邪，如父如师。今天下大乱，我欲以吴、越之险，江淮之广，与群雄抗衡，奈何天不假命，不能遂愿。今江东草创，根基未固，巨匪犹在，远人未服；仲谋幼弱，尚缺历练，或难掌控大局。我今以基业并我弟托付卿等，愿不负殷切之望！

张昭、张纮泣不成声，久不能言。

吴夫人知孙策回师吴郡，竟不拜见，大疑，遂召程普、黄盖，询以缘由。程普、黄盖不敢再瞒，一一告知。吴夫人闻此，犹如惊雷轰顶，痛不欲生。大乔亦有所闻，每每求见，均为孙策严拒，称面容已毁，不忍再见。

孙翊、孙匡闻此，悲愤不已，亦问谁为凶手。张昭等不敢以实相告，谎称为陈登探马所伤。二人立誓，必荡平射阳，手刃陈登。

孙权获召，昼夜疾驰，虽远隔千里，几乎不下鞍马；三日后，孙权入吴郡，拜谒孙策，见孙策面色蜡黄，虚弱不堪，哭道，兄长神勇无敌，何故为人所伤？

孙策不答，执孙权手道，卿紫发碧眼，气宇清朗，此不凡之相也。我使卿早涉仕途，唯望能成大器。以卿之颖慧，既已历任郡县，必知安民治乱之道，我心安矣。

孙权泣下如雨，不能言。

孙策又道，若论率江左之众，驰骋疆场，或与群雄争战，卿不如我；若论任贤用士，经世济时，或施政布令，保全守成，我不如卿。江左多奇伟之士，若能招而用之，必可兴盛；待基业稳固，再图天下，或能大成。

孙权强止悲伤，说孙策道，我兄不过小创，必能康复，何出此言！

孙策道，天命如此，其奈何哉！今以基业托付，望能绝奢靡，断淫乐，使江东大振。若遇外敌，可问周瑜；若有内忧，可问张昭。至于大计方略，可询张纮；军纪法度，可倚吕范、虞翻。此数人，俱为佳士，必能佐卿出于群雄之上。黄盖、程普、韩当、太史慈等，无不忠壮勇烈，若与劲敌战，此数人俱可依赖。我来江东，子弟争相归附，因而特置小将营，吕蒙、蒋钦、周泰、潘璋等，豪迈勇决，假以时日，必为虎将。陆绩、陆逊出身贵胄，家学深厚，宜大力擢拔，以使后继有人。

言及此，孙策叹息道，先君与我，先后为箭所伤，俱因黄祖，足见天意所在，不能怨人。卿当以大事为重，不宜拘于私仇。

孙权伏地不起，哀哭不绝。正此时，侍从来报，称大乔昼夜侍于外，苦劝不去，拒饮食，已羸弱不堪；若不见，恐将危。

孙策大为不忍，又虑面目全非，不愿使大乔惊怖，遂命取铜镜。侍从不敢违，取镜予孙策。孙策对镜一照，见镜中人狰狞恐怖，仿佛恶鬼，大为绝望，疾呼道，狰狞如此，岂能使美人绝望！

即摔镜，命孙权等俱退，仍不许大乔入见。

是夜，孙策气绝身亡。

四十一

诸将知孙策死，大为惊惶。部属以为基业必溃，多欲自散。吴夫人深知危机四伏，即召张昭。

吴夫人说张昭道，妾夫早丧，今又痛失伯符，上苍不怜孤寡，竟至如此！妾知诸将犹疑，部属失望，当此聚散之际，望先生振奋而起，若能挽狂澜于既倒，妾与诸子必感恩戴德，没世不忘！

张昭忙道，夫人勿忧，我即召诸将，必能禁绝叛亡。

于是张昭携张纮、吕范等，命诸将约束部属，若有逃亡，必诛三族。此令既出，三军震动，逃亡立绝。

周瑜获孙策召，大为惊愕，即离巴丘，驾扁舟，顺江东下，昼夜不停。数日后，周瑜亦入吴郡，知孙策已死，悲恸万分，执弟兄礼，往灵前哭祭。

吴夫人知周瑜回，颇觉欣慰，即召见。吴夫人道，卿与伯符情深义重，虽同胞手足不能比。今人心惶惑，疑虑重重，吉凶难料。妾请公瑾与张昭合力，辅佐仲谋，共度危难。

周瑜道，我必竭尽所能，虽粉身碎骨而不辞！

周瑜遂请孙权、张昭、张纮、吕范等，议后事。张纮道，伯符既有侯爵之封，宜以诸侯之礼治丧。

张昭、周瑜等俱以为然。吕范道，宜奏明朝廷，为伯符请谥号，使群雄俱知，江东乃王土，伯符乃王臣，以绝觊觎之心。

张昭、周瑜等亦以为可。周瑜道，因事出猝然，将士大生犹疑，应即推仲谋为首，以安人心。

张昭、张纮等然其说，俱请孙权去孝服，着戎装，巡视三军。孙权不肯，泣道，我兄尸骨未寒，岂能行此；我必守孝三月，待孝除，再言其他。

张昭、周瑜等苦请，孙权不听，仍坚辞。张昭忽怒，一时须发俱张，斥孙权道，仲谋何不知轻重！既人心惶惶，危机四伏，岂能作儿女态！

言毕，强执孙权，命侍从去孙权孝服，衣甲胄。周瑜为孙权佩剑，戴印绶，推上马背，簇拥而出。

张纮、吕范奔走相告。将士闻此，大出，争相观望。孙权收尽哀容，端严肃正，英气勃然。将士惊讶不已，以为神采气格不输孙策，于是纷纷跪迎。

张昭、周瑜等陪同孙权四处巡视，将士无不叹服，历时近一月，转回吴郡。

吴夫人知孙权威仪万千，举止恰切，颇为欣慰，于是召孙权、张昭、周瑜。

吴夫人道，伯符虽丧，所幸后继有人。若卿等同心协力，必兴旺发达，大有所成。

周瑜道，我等必极力辅佐，内合群僚，外服强敌，励精图治，开疆拓土，以慰伯符在天之灵。

张昭道，夫人勿忧，仲谋气度恢宏，精悍敏慧，举世罕见，必能尽收江左，纵横天下。

吴夫人大喜，命设酒款待。席间，吴夫人说孙权道，张子布忠壮耿直，博学多思，既能领袖群僚，使内外宾服，又知圣人之道，使恩威并行，汝当视若父；周公瑾勇烈多谋，雄姿伟岸，既能攻城略地，使强敌披靡，又善治军之道，使上下同心，汝当视若兄。

孙权即起，朝张昭、周瑜分别一揖道，我年轻无知，内外之事，全赖卿等，凡有所嘱，我必遵奉。

周瑜道，仲谋为我等之主，我虽不才，唯知倾其所能，万死不辞。

张昭道，以仲谋之英武，群僚之精忠，江东之深险，吴越之富庶，必能如伯符所望。

酒宴毕，孙权又召张昭、周瑜等，孙权道，我初承父兄之业，内外忧患，危机重重。我欲大树恩信，广布仁德，然事事纠结，千头万绪，不知从何入手，望卿等教诲。

张纮道，我以为首宜安内，所谓内虚必外弱，外强必中干。仲谋新承基业，群僚不知进退，或观望，或无所适从。我请仲谋大会群僚，明志向，言未来，使上下无疑，方能同舟共济。

张昭、周瑜等俱以为然。正此时，曹操遣使入吴郡，宣天子诏书，谥孙策为长沙桓侯；拜孙权为讨虏将军，领会稽太守。孙权以虞翻为会稽长史，代行太守之职。

既如所愿，人人争相庆贺。孙权趁此尽召群僚。

是日，春风初度，腊梅未尽，艳阳普照，余香四溢。孙权大设酒宴，与群僚欢饮。

酒过数巡，孙权起座，说群僚道，想当初，黄巾蜂起，祸乱社稷，先君召募子弟，以赴国难，数败董卓，威名大显，可惜丧于肖小之手。我兄伯符，以弱冠之年讨还旧部，每每以寡胜众，扬威海内，又转战江东，力克数郡，独立于群雄之外，可惜壮志未酬，英年早逝。我承父兄之业，虽蒙昧暗弱，然壮心如日，愿与卿等同心协力，凭大江之利，吴越之众，以图兴盛。今深险之地未归，遥远之人未附，万事待起，百业待兴。我必以江东一隅而拒群雄，以凌云之志而怀天下，披肝沥胆，宵衣旰食，虽天崩地裂，不改此心！

群僚大为振奋，把酒互祝。

孙权又说群僚道，今纲纪未振，法度未立；然行兵需有令，施政需有方。我欲效高祖，于此约法，除杀人者死，伤人者刑，盗抢必罪外，凡官吏，俱需洁身自好，清廉自律，举贤才，行仁政，不与民争利；凡将士，俱需英武神勇，耻作叛亡，不惧强，不滥杀，为仁义之师。此约，犹如铭金刻石，若有违，我必严究，虽同胞手足，绝不姑息！

群僚大为肃然，俱称必一一遵奉。孙权大喜，遂以张昭为长史，领袖群僚，主持内务；仍以周瑜为中护军，节制诸将，统领军事；以孙翊为庐陵太守。张纮、吕范等俱委以重任。

是夜，张纮访张昭。张昭请张纮饮酒，张纮辞谢。张昭见其忧心忡忡，不知何意，问张纮道，仲谋颇知要领，又雷厉风行，堪称明主，我等之幸也，卿何故不乐？

张纮道，我所虑者，周郎也。周郎才气横溢，古今少有，又与伯符以兄弟相称；今伯符已丧，仲谋羽翼未满，若周郎欲图之，岂不易如反掌？

张昭道，非也，将士或为孙坚旧部，或为伯符所召，岂能为他人所用？

张纮道，不然，周郎节制诸将，必大肆笼络，广施恩惠，假以时日，诸将宁不为死党！

张昭沉吟良久，说张纮道，卿勿忧，我必使周郎永绝妄想，俯首听命。

于是张昭访周瑜。张昭问周瑜道，卿可知伯符死于谁手？

周瑜道，有所风闻，然不知详情。

张昭道，杀伯符者，非他人，乃卿与我。

周瑜大惊，问张昭道，卿何出此言？

张昭冷笑道，卿可知吴子居何人？

周瑜道，我知之甚少，唯知其曾为许贡僚属。

张昭道，当初，伯符欲杀高岱，卿以老者为替身，使高岱得以回陈山。此老者，即吴子居先父。吴子居为报父仇，不惜屈身隐忍，终使伯符丧命。以此而言，杀伯符者，岂非你我？

周瑜顿觉愧恨，久不能言。张昭道，我与卿有罪于孙氏，唯结草衔环，舍生忘死，以偿罪责。我来此，欲与卿共誓，毕生唯仲谋之命是从，虽海枯石烂，矢志不移。若违此言，必锉骨扬灰，万劫不复。

周瑜顿知张昭之意，慨然道，卿勿虑，我虽不才，亦知君子不示二主；既获孙氏厚恩，必以死相报，永无异心！

张昭大喜，说周瑜道，公瑾如此忠壮，仲谋之幸也！

言毕，一揖告退。

四十二

刘表以为孙策新丧，孙权孤弱，可图；又知孙翊代孙权为庐陵太守，欲攻取，遂令从子刘磐率精甲三万直逼庐陵。孙翊知刘磐大举而来，令部属坚城自守，命长史边鸿往吴郡，请孙权驰援。

孙权即召张昭、周瑜等，议救庐陵。周瑜道，刘表乘人之危，大不义也；将军勿忧，我当亲率诸将往庐陵，必大败刘磐！

孙权大喜，命周瑜领太史慈、韩当等，举二万之众驰援孙翊。

许攸知孙权初承父兄之业，以为一举可下，遂见曹操，说曹操道，江东深远，有人江之利，进可溯流而上，退可据险而守。我知孙策、孙权俱有异志，若任其所为，它日必成巨寇。既孙策新死，人心未附，我请明公与袁绍议和，转伐江东，以绝后患。

曹操斥许攸道，江东乃天子之土，孙权乃天子之臣，岂能无故进讨！袁绍乃国贼，每欲僭号自立，岂能与之和！此祸国之说，若再言，我必问罪！

许攸大惧，惶惶告退。尚书令荀彧颇知曹操之意，说曹操道，明公应虑袁绍，不虑孙权。袁绍久持不去，若不使之大败，难以使其畏惧。我请明公出奇兵，奔袭淮、汝，扰动河朔。如此，袁绍必虑后方有失，或妄举，可乘矣。

曹操暗自惊讶，以为荀彧察人之深，遂以华歆为尚书，分荀彧之权。

翌日，曹操命曹仁举二万精甲入淮、汝，尽据要塞，以疑袁绍。

此际，关羽辞曹操，护刘备妻室而还。刘备大喜，忽虑关羽斩颜良，袁绍大为怀恨，恐其借故加害，欲自走。

关羽说刘备道，不可，若自走，袁绍必追。今曹仁据淮、汝，为袁绍心腹之患，若请率部逐曹仁，袁绍必准之。

刘备以为然，即拜见袁绍，请赴淮、汝。袁绍大喜，说刘备道，卿若往，当解我后顾之忧；虽关羽杀我大将，我亦永不追问。

刘备恐袁绍追悔，即率关羽、张飞、赵云等出黎阳，假往淮、汝，欲转道荆州投刘表。

关羽又说刘备道，若不往淮、汝，直赴荆州，亦恐袁绍追杀。我与曹仁颇有交情，愿书信，告知曹仁，我等唯求一败，然后转往荆州；曹仁必应，与我等假战，荆州可往矣！

于是，关羽遣心腹，先入淮、汝，以书信付曹仁。曹仁即举一万之众迎击刘备；刘备佯败，转走荆州。

田丰知刘备一触即溃，以为有诈，请袁绍遣精骑追刘备；袁绍疑而不决。

曹操颇知刘备用意，问荀彧道，刘备欲弃袁绍，又恐袁绍追杀，故而假败，欲出汝南，转走荆州投刘表；事已如此，我当如何？

荀彧道，若明公欲以刘备代刘表，可任其自去；若并无此意，可遣精甲追杀，刘备必败。

曹操大笑，不再言，遣将军蔡杨举精甲一万赴汝南，截击刘备。

许攸闻知，说荀彧道，关羽、张飞皆万人敌，赵云亦为虎将，曹公令蔡杨截击，何意？

荀彧道，曹公之意如汪洋，不敢妄猜。

袁绍正犹疑间，忽知曹操遣蔡杨截击刘备，以为刘备必败，遂止。

刘备知蔡杨屯汝南，欲阻击，命赵云先行，以察虚实。蔡杨见赵云所率不足两千，命部属尽出，欲一举歼之。赵云见之大急，拍马独出，直取蔡杨；蔡杨命弓箭手急射，欲阻赵云；赵云一手持矛，一手举盾，任流矢如雨，仍不舍蔡杨。蔡杨大惧，欲逃；赵云以矛投之，竟穿透蔡阳后心，蔡阳落马而死。部属大惧，纷纷逃走。

刘备遂过汝南，径往荆州。

袁绍恐曹仁掠冀州，欲与曹操决死一战，遂命诸将齐出，四面攻击。

曹操亦召诸将，命与袁绍交锋，只求败，不求胜。

曹洪等大惑，问曹操道，既与之战，何不求胜？

曹操道，欲胜袁绍，必诱其渡河；若力拒，袁绍必知难而退，岂不枉设此局！卿等勿虑，十日内必大破袁绍！

于是，混战四起，目不暇接。袁绍仍屯黎阳，以察战局。数日后，诸将相继告捷，俱称曹军虚弱，不堪一击。袁绍大喜，出黎阳，命诸将弃曹军，俱往官渡，欲大举渡河。

田丰深觉诡异，以为有诈，劝袁绍不可轻举。袁绍不听，仍大集官渡。

曹操闻此，命曹洪、张辽、夏侯渊、夏侯惇等仍据河岸，以待袁绍渡河；亲领许褚并五千精骑，改衣袁军之服，趁夜直扑乌巢，猛攻淳于琼。

淳于琼措手不及，大败，退入壁垒，命死士往官渡，请袁绍驰援。

袁绍欲弃乌巢而不顾，趁曹操袭淳于琼，强渡；张郃劝袁绍道，乌巢如失，我等当不战自溃，请明公遣精兵救之！

郭图道，乌巢既受袭，恐已救援不及；不如猛攻官渡，或能大胜。

田丰以为不可，说袁绍道，曹军大集河岸，严阵以待，若渡河，曹军必迎头痛击，岂有胜算！我劝将军亦屯此岸，遣人再输粮草，择机而战，或能制胜。

袁绍不听，令诸将渡河。一时舟船齐发，势若乱云。曹洪等大出，据岸力敌。袁绍数举无果，命张郃率部属强行登岸。张郃以为必受重创，又不敢违，竟领部属趁乱而走，欲投曹操。

曹操、许褚力斩淳于琼，并其部属，尽焚粮草，即回官渡，见袁绍等士气正旺，令许褚等齐呼，称淳于琼已死，粮草尽毁，袁绍必败。

袁军闻之，顿时气馁，大乱。曹操率曹洪等大举反攻，袁绍溃不成军，欲退。正此时，张郃领部属来投曹操；曹操大喜，令张郃与诸将共击袁绍。袁绍大惧，率心腹弃众而逃。

曹操大获全胜，尽收袁绍余部及辎重。

袁绍与曹操相持时，以为张辽、徐晃等俱非曹操亲信，于是每每致信，许以厚利，欲使其为内应；张辽、徐晃等亦曾回书，既不应，亦不严辞。许攸离袁绍，尽携书信，欲取悦曹操，以获重用。今见袁绍大败，以为正当其时，遂携书信见曹操。

许攸道，袁绍曾致信明公部属，欲利诱，以为内应。部属虽未举，却不严拒，与之颇有往来，观望之心显而易见；若不剪除，他日或为内患。此匣所盛，俱为往来书信，请明公开视。

荀彧、程昱等惊愕不已；张辽、徐晃等大为惶遽。

曹操大笑道，袁绍举十万之众而来，敌强我弱，我亦每每疑惧，况乎他人；若开视，大不义也！

言毕，取木匣，付之一炬。荀彧、程昱等大为称颂，张辽、徐晃等深服其德。

正此时，士卒缚沮授入。曹操大惊，亲解其缚，问沮授道，袁绍远遁，卿何不随行？

沮授道，走之不及，为人所执。

曹操道，卿自负才气，何故使袁绍大败？

沮授道，虽有计谋，不为袁绍所用，奈何！

曹操大笑道，卿明珠暗投，岂能有所作为！若降我，凡忠直之言，我必纳之。

沮授道，古人云，良臣不事二主；我非良臣，袁绍亦非明主，然袁绍以我家小为人质，若降明公，必有灭门之祸。

曹操斜视许攸，问沮授道，未必许子远家小未作人质？

沮授道，凡袁绍僚属，无不以家人为质，许子远岂能幸免！

许攸大为羞惭，悄然而退。

曹操道，我即释卿回冀州，日后携家人俱来，如何？

沮授泣道，我既为明公所俘，虽复回，亦不能免祸；我别无所求，唯求一死，以保家人平安！

曹操不忍，欲引为上宾；沮授颇知曹操之意，忽起，夺侍从佩剑，自刎而死。曹操大为怜惜，命厚葬。

周瑜等与刘磐战于庐陵，刘磐大败，逃回荆州。刘表颇为惶恐，即遣使往吴郡，与孙权议和。

韩当以为孙贲、吴景等不义，不辞而别。

第三章

一

曹操大败袁绍于官渡，颇觉豪壮，又值暮春三月，草木俱佳，暖风如薰，大河两岸花色迷离，遂携荀彧、程昱、荀攸、郭嘉、王朗、华歆、贾诩等大集河岸，赏春饮酒。酒至半酣，曹操感慨万千，渐而逸兴大生，于是对酒作歌：

大河悠悠
泥沙俱流
一去千里
旷荡难收

大河澹澹
云水相连
强虏远遁
杀气依然

大河盈盈
清浊难分
伸手欲挽
危惧顿生

大河茫茫
我心飘荡
畏途漫漫
我归何方

曹操歌罢，唏嘘不已，似乎不胜悲凉。

荀彧道，明公大破袁绍，群雄震动，正当大展宏图，以酬壮志，何故感慨？

曹操指流水，黯然道，君不见大河东注，一泻千里，虽巨浪拍天，终不复回。人生与流水何异，无论英雄肖小，终将归于黄土；百年之后，谁知今日人物！

荀彧等大受感染，俱不言，伫立岸边，看流水远去。不觉，水雾渐生，氤氤氲氲，飘飘摇摇，弥散不息；继而雾锁两岸，风物渐隐，令人惘然，似不知身在何处。

荀彧等正觉人生渺茫，如在迷雾之中，忽听曹操大笑道，既为黄河水，何惜付东流！

言毕，转身而去，一如常态。

是日，曹操召群僚，议进退。曹操道，今袁绍新败，一时难以复振，卿等以为我当如何？

郭嘉道，我以为宜图荆州。荆州乃南北要地，若不为明公所据，必成大患。刘表久有异志，每每阳奉阴违，示弱于外，图强于内，他日必有所举。况刘备新附，必狼狈为奸，更宜早除。明公新败袁绍，兵锋正锐，若以得胜之师攻之，必能一举奏捷。荆州既克，南北之间再无阻碍，进可达江东，退可扼江汉。如此，料不出数年，群雄必扫荡一空。汉室既兴，太平复现，明公当再无旦夕之忧，其威重德高，可谓空前绝后，虽周公不及也！

曹操道，刘表非寇盗，奉天子诏令为牧守；又非不臣，每每听命朝廷，岂能讨伐。

郭嘉道，刘表为人奸险，首鼠两端，曾暗结李傕、郭汜，又转依袁绍，岂非不臣。荆州南控零、桂，北据汉川，辖地千里，带甲十万，实为屏障；欲定东南，必首夺荆州。

曹操笑道，此言差矣。荆州虽为重地，刘表实为俗子，何足为虑！况刘备以英雄自居，此去荆州，必有所图。与其举众攻击，不如坐看二人相争。袁绍虽受重创，然根基犹在，若不乘胜追击，他日必死灰复燃。所谓除恶务尽，我以为当穷追袁绍，以绝后患。

荀彧道，明公所言极是。若此时伐刘表，袁绍或尽收余众，断大军后路，趁机再攻许昌，以图天子；如此，则前有虎狼，后有熊罴，明公必进退两难。袁绍若挟天子，必诬明公为匪盗，召天下英雄起而攻之，岂不前功尽弃！

曹操笑道，荀文若洞悉全局，颇知轻重。我将亲率诸将，进击袁绍！

于是，曹操以荀攸为谋主，率张郃、于禁等，举三万大军，欲追袁绍。

临行之际，程昱劝曹操道，明公麾下良将如云，何必命张郃战旧主；张郃所以降，实因迫不得已，况其妻室家小俱在冀州，若袁绍以此要挟，使张郃为内应，岂不反为其害？

曹操道，张郃久随袁绍，尽知情形，况其新来，必急于建功，何不用？

程昱道，沮授宁求一死，以保家人；张郃虽有心投靠，宁不投鼠忌器。况明公所率，多为袁绍旧部，若张郃临阵倒戈，岂不凶险？

曹操道，卿勿忧，我爱张郃勇决，必以此行收张郃之心。

荀彧亦觉不妥，说曹操道，我知张郃曾随冀州牧韩馥讨黄巾，韩馥为袁绍所败，张郃又转投袁绍，今又投明公，如此轻于去就，足见非君子。明公应有所疑。

曹操道，张郃乃虎将，而韩馥、袁绍俱非明主，岂能以此疑之。所谓人非草木，孰能无情，我若待之以仁，张郃宁不报之以义。

曹操不听劝告，举众出官渡，追袁绍。

袁绍领残余大败而走，欲往仓亭与次子袁熙合。袁熙知袁绍仓皇而来，大惊，忙率将军居良等，出仓亭迎候。袁熙、居良极尽安抚，又命将士坚壁深垒，以防曹军追击。

袁绍休整数日，惊魂稍定，命袁熙、居良四处招纳溃兵，渐获残余一万，遂与仓亭守军合，共有三万余众，欲暂屯于此，以思进退。正此时，忽知曹操率张郃、于禁等，领三万精甲大举而来。

袁熙、居良俱请袁绍回冀州，袁绍不听，大骂张郃，欲凭仓亭之固，败曹操，斩张郃，以解心头之恨。

居良说袁绍道，我与张郃曾共事韩馥，颇知为人。张郃所以投曹操，实因全军覆没之际，上下猜疑之间，迫不得已。况其妻室家小俱在冀州，必大为忌惮，岂能为曹操所用。此两可之际，张郃犹如双刃利剑，既能伤明公，又能伤曹操。我愿拜会张郃，晓以利害，必能说其为内应,大败曹操。

袁绍冷笑道,张郃恃勇自傲,素恨我重颜良、文丑,以为怀才不遇,今既投曹操,岂能复回!

逢纪亦劝袁绍道,居良所言有理。张郃新降曹操,彼此俱怀猜疑;若明公趁张郃心意未决,尽恕前罪,张郃必能为明公复用。

田丰道,张郃久怀怨恨,每欲弃明公而他就。然其妻小在冀州,必有所虑。明公何不以此为诱惑,使张郃复回,待击败曹操,再斩张郃,以震慑诸将。

袁绍以为然,命居良夜访张郃。

曹操至仓亭,命张郃、于禁分屯十里外,既不攻击,亦不设防,唯与荀攸饮酒作歌。

于禁大惑不解,说曹操道,明公大举而来,袁绍猝不及防,宜急攻,使其无暇应对,何故不举?

曹操笑道,孙子云,不战而屈人之兵,善之善者也。若能于谈笑间败袁绍,岂不快哉!

于禁道,明公命我与张郃分屯,既不围困,亦不攻击,岂能使袁绍屈服;况袁绍以张郃家人为质,张郃必有疑惧,若反复,岂不有覆没之险?

曹操大笑道,今当暮春,艳阳千里,花气馥郁,若不畅饮,难遣幽怀;卿可陪我同饮,且看我于樽酒间破仓亭!

言毕,命侍从为于禁备酒。于禁欲辞,曹操挽其手,命入座。片刻,酒肴俱备,于禁却不饮。

曹操笑问于禁道,卿嫌此酒不醇?

于禁道,非也,唯嫌所饮非时;我知将军畅饮,应在凯旋之日。今强敌近在咫尺,我等锋刃未试,恕无酒兴。

曹操道,于文则乃真将军。自古善用兵者,皆以不战而胜为上;若我不以将士之勇,戈矛之利而大破袁绍,卿以为如何?

于禁素知曹操用兵如神,往往出奇制胜,顿觉不知深浅,拱手道,明公雄才大略,智虑如渊,我岂能知。

曹操大笑道,既如此,何不痛饮?

于禁道,我所虑者,张郃也。张郃虽降,其妻小仍在冀州,宁不忌惮。今张郃与我分屯,若袁绍趁机引诱,张郃必念及家人生死,或与袁绍里应外合,岂不反为大患?

曹操道,人言千军易得,一将难求。张郃堪称万人敌,我爱其英勇,不忍失之交臂!今张郃心意未决,若待之以疑,张郃必复归袁绍;若待之以恩,张郃必为我所用。卿勿忧,我必使张郃破仓亭,再败袁绍。

于禁大不以为然,起身告辞。曹操说于禁道,卿且住,我有数言相告。

于禁复回座。曹操道,我知居良曾与张郃共事韩馥,交谊颇深;居良必访张郃,说其为内应。卿不可监视,不可阻其所举,此为一。明日,我将以张郃为前部,近仓亭而屯,卿不可与之争,此为二。若有违,我必责之。

于禁不知曹操用意,应命而去。

翌日,曹操召于禁、张郃,命张郃率部属近仓亭而屯。张郃颇为讶异,未料曹操竟以降将屯于前,顿不知用意何在。

傍晚,曹操只身入张郃军营。张郃愈惊,说曹操道,我为降将,因家小为人质,彷徨不安;

明公只身而来，岂不惧我执明公献袁绍，以保家人性命？

曹操大笑道，卿若有此意，可为之；我孤身一人，宁不束手就擒？

张郃大惧，不敢言。曹操道，我命卿近袁绍而屯，卿可知我用心？

张郃道，明公用意如天，神鬼莫测，我岂能知。

曹操叹息道，卿勇壮不凡，实为熊虎之将。可惜袁绍有眼无珠，不辩贤愚，往往使卿屈就于颜良、文丑之后，难怪有官渡之败。卿为保全部属，于猜忌、覆没之际弃暗投明，此明智之举也；然卿父母妻小俱在冀州，忧心忡忡，焦虑不安，实乃人之常情。

张郃大为动情，泣道，父母妻小，血肉之亲，宁不忧心如焚！

曹操道，我欲使卿尽孝悌，全人伦，卿当喜，不当忧。

张郃大为惊愕，问曹操道，明公何意？

曹操道，此距仓亭不足一里，卿若念及父母妻小，欲复归，一举可往；于禁虽屯于后，我若不令，必不敢阻。

张郃忙伏于地，一时涕泪交流，说曹操道，明公胸怀如海，令我感激不尽。然我非小人，耻作反复之徒。昔日依袁绍，因走投无路；今日投明公，因袁绍无德。此心耿耿，天日可鉴，若有妄言，必死无葬身之地！

曹操大喜，说张郃道，卿之风烈，我岂不知！我有数言，若卿不疑，必能使亲人团聚，再无忧患。

张郃道，明公之命，我必一一遵奉。

曹操道，忠义孝悌，实为一体，若无孝悌，何来忠义！我知居良与卿颇有旧谊，必说卿临阵倒戈。若居良来，卿可应其说，举众归袁绍。

张郃颇为惶然，说曹操道，明公岂不知袁绍为人，我若归去，不过枉做新鬼，父母妻子仍不能保！

曹操道，我若不知袁绍，岂能以寡胜众！我欲使卿诈归袁绍，与我里应外合，大破袁绍于仓亭。若仓亭破，卿可擒袁熙，放袁绍回冀州，再以袁熙换卿家人，袁绍岂能不应？

张郃道，何不擒袁绍父子，以绝祸患？

曹操道，我知袁绍父子不义，彼此觊觎。若擒袁绍，袁谭、袁尚必杀卿家人，逼我杀袁绍、袁熙；如此，袁谭、袁尚可趁机并其部属，夺其基业。唯袁绍回，方能以袁熙换卿家人。

张郃恍然大悟，感激涕零，说曹操道，明公用心良苦，我虽粉身碎骨不能报此厚恩！

曹操道，若卿欲复归袁绍，我当引军自去，绝无怨恨；若愿为内应，可于明日三更以火箭为号，我即命于禁等急攻仓亭。既内外呼应，必能一战而克。

张郃道，我必尽依明公之计，破仓亭，擒袁熙！

曹操回营，召荀攸、于禁饮酒。于禁推辞不来，曹操亦不再请。三更，忽有士卒来报，称张郃尽举部属，已入仓亭归袁绍。

曹操大笑道，去者终将去，何必惊讶！

片刻，于禁亦来，说曹操道，张郃所率近两万，既归袁绍，利害骤变，若反攻，将大不利。明公应速离此，若迟，必大败！

曹操笑指于禁道，卿为虎将，何故胆怯？实不相瞒，我命张郃为内应，必大破仓亭。卿且回，若无军令，不可擅举。

于禁以为曹操一意孤行，不听劝谏，遂回营，命部属四面警戒，以防不测。

荀攸说曹操道，若张郃将计就计，诱我军深入，与袁熙、居良等合战，或大不利。

曹操道，我岂不虑张郃有诈！卿勿忧，我已遣心腹回官渡，命曹洪等领精甲三万来此，以备张郃之变。

翌日夜，曹操召于禁道，我与张郃有约，今夜必大举。卿可领部属，夜围仓亭，待火箭起，即大加鼓噪，虚张声势，以疑袁绍。若张郃无诈，必骤然而举，袁绍父子必败；若张郃有诈，卿等可敛兵自守，以待曹洪。

于禁遂围仓亭，以观动静。半夜，火箭忽起，于禁即举部属佯攻，一时喊声震天。张郃见此，即率部属攻袁绍。袁绍大惊，夺路疾走。张郃弃袁绍，直取袁熙。居良大怒，奋力阻拦，骂张郃道，张郃竖子，竟如此无义！

张郃又弃居良，疾追袁熙。袁熙大惧，打马狂奔。张郃挽弓搭箭，射中袁熙坐骑，袁熙落马，为张郃所擒。居良欲救袁熙，再战张郃。张郃夺居良长矛，欲生擒，居良竟拔佩剑，自刎而死。张郃大为自责，请曹操厚葬居良。

曹操尽收袁熙、居良部属，仍回官渡。

数日后，曹操遣贾诩往冀州，拜会袁绍，请以袁熙换张郃家人。袁绍欲执贾诩，反逼曹操；贾诩不惧，说袁绍道，袁熙为明公嫡子，我不过曹操僚属，亲疏有别，执我何益？

袁绍无奈，请贾诩回复曹操，愿互换人质。

二

黄祖知孙策已死，孙权新承父兄之业，忧患顿解，遂辞陈登，复归沙羡，四处收合残部，得一万余众。

刘表知黄祖复起，虑其怀恨，即遣长子刘琮入沙羡，赠黄祖钱千万，使之复领江夏太守。

孙权知黄祖复合残余，虑其壮大，欲灭之，遂召部属商议。

孙权道，我与黄祖不共戴天，不报血仇，此心不甘！今黄祖尽收残部，屯兵上游，若不剿除，他日必为巨患！

吕范道，将军所言极是；黄祖狡诈，又深藏异志，宜趁其气焰未炽，一举灭之，以免尾大不掉。

周瑜道，我以为不可速图；今江东草创，将军新继，百业凋敝，人心惶然，实非用武之际。况将士征战连年，疲困不堪，俱望将息。黄祖虽据上游，然其受制于刘表，虽有吞天之志，不能妄举。若伐黄祖，刘表必施援手；将军虽不惧，然战事一开，消耗颇巨，若不能速胜，恐难以为继。我请将军致力农桑，大兴耕作，开矿冶铁，煮海取盐，待钱粮充裕，再伐不迟。

孙权以为然，遂命张昭兴农桑，开百业，以图振兴。

王朗知张昭颇能经营，以为江东必获大治，遂请曹操命孙权以长子孙登入许昌为人质，以牵制孙权；荀彧、华歆等亦劝曹操行此计。曹操不能拒，命贾诩往吴郡，令孙权以孙登入质。

孙权大为惶恐，不知何举，遂召张昭、周瑜、张纮、吕范等商议。

张昭道，将军据江东，曹操不讨伐，意在以将军为不臣；荀彧等必知曹操用意，不肯任其所为。我以为曹操此举，并无恶意；若将军拒之，曹操不能绝群僚之口，或大举来犯，江东危矣。

周瑜道，此言差矣。若为人质，必受牵制，宁不投鼠忌器！曹操虽欲久挟天子，独享大权，然朝中士大夫云集，荀彧、程昱、郭嘉等，忠壮不屈，誓为汉臣，公子若入以为质，必为荀彧等所用；如此，将军必事事小心，处处听命，岂能有所为！

张昭道，若拒之，曹操必举众来攻，基业必毁于一旦！

周瑜道，曹操奉天子以令不臣，唯不臣在，方有可奉，若无不臣，以何而奉！袁绍、袁术、公孙瓒等，虽应时而举，所辖众多，终非英雄；马腾、韩遂虽有异志，不过匹夫，不足与曹操为敌。今公孙瓒、袁术已灭，袁绍穷途末路，奄奄一息，马腾、韩遂困守西凉，虽尽其所能，不能逾长安。放眼天下，堪为不臣者，将军也，曹操岂能倾力而为！

张昭道，曹操雄才大略，壮志如天，若废天子以自立，岂能与将军共存！

周瑜道，纵如此，我等凭江东之险，舟船之利，足可与曹操抗衡，有何惧哉！

孙权遂纳周瑜之说，拒以孙登为质。

贾诩回禀曹操，称孙权拒不奉命。王朗、华歆、孔融闻此，俱上表，请曹操以此为由伐孙权。曹操大会群僚，予以训斥，曹操道，卿等之意，我岂不知，我若有异心，何需借孙权之势！江东不过数郡，孙权不过竖子，何足为虑！放眼天下，唯袁绍堪称巨寇，虽大败，仍盘踞冀州，每欲待时再起。我当再举大军，进伐袁绍，袁绍灭，必使群雄胆寒，何愁天下不定！

王朗、华歆、孔融等不能再言；曹操亲率诸将出许昌，直指冀州。

袁绍败回冀州，一蹶不振。诸将俱有怨言，以为袁绍不纳田丰之说，以致大败。袁绍闻之，大为惭恨，遂召田丰。

辛评闻袁绍召田丰，以为必获重用，即拜谒，欲结纳；辛评说田丰道，袁本初不纳卿之计，以致大败，必大为悔恨；今日召见，必委重任予卿，可喜可贺。

田丰道，非也，若袁本初胜，我或能苟活；既大败，我必丧命！

辛评愕然，又道，袁本初虽非明主，亦不至荒谬如此，卿何有此说？

田丰道，袁绍心胸，我岂不知！

辛评道，既如此，何不效许攸、张郃，转投曹操？

田丰叹息道，我唯愿以一命而全家人，岂有他想！

于是，田丰拜见袁绍；袁绍说田丰道，我不听卿劝谏，以致大败；卿为此窃喜，我为此深悔。将士俱以为我无统帅之明，而卿颇能预知胜败；既明暗自分，卿必喜之愈盛，我必悔之愈深。

田丰忙道，我为明公僚属，当以明公之忧而忧；明公之败，我等之罪也。我为此自责不已，其喜何来！

袁绍冷笑道，今流言四起，将士俱以为卿颇有先见之明；然我妄举之时，卿何不力阻？

田丰道，我深知罪责所在，甘愿受罚。

袁绍道，今人心惶惶，将士俱为流言所惑；既因汝而起，若不杀汝，何以震慑部属！

于是斩田丰，以绝流言。

诸将无不震动，流言骤止。袁绍知曹操必伐冀州，大为忧惧，竟一病不起，渐绝饮食，气息奄奄。

袁谭、袁熙、袁尚知袁绍将死，暗结群僚，俱欲有所为。郭图、辛评欲举袁谭，甘为犬马；逢纪欲立袁熙，与之密谋；袁尚知袁绍极宠小妾刘氏，不惜讨好，大肆谄媚。

刘氏本冀州大户小妾，袁绍败韩馥，入冀州，大户恐为袁绍所逼，以刘氏赠袁绍。刘氏貌美，尤善抚琴，袁绍大为宠爱。袁谭、袁熙恨刘氏夺生母之宠，颇为愤恨。

刘氏深知，若立袁谭、袁熙为世子，必有杀身之祸，遂不离袁绍左右，极称袁尚贤能，远胜诸子。袁绍颇知其意，不置可否。刘氏正不知所措，忽报审配求见。刘氏亦知审配之意，命侍女请其暂回，若有所告，当秘之。

是夜，刘氏秘召审配；刘氏道，生死之此，妾自知祸福难料。袁谭、袁熙恨妾夺生母之宠，若为世子，妾必香消玉殒！

言毕，饮泣不止。审配说刘氏道，我不虑袁氏家业，唯虑夫人安危。若能使夫人安享富贵，我不惜粉身碎骨！

刘氏大喜，说审配道，卿才思敏锐，智慧过人，若能获卿相助，妾必转危为安。

于是斥退仆从，亲制六合汤赠审配。

六合汤乃百合、首乌、枸杞、大枣、薏仁、蜂蜜调成，袁绍视为养生秘法。

审配饮毕，说刘氏道，如此妙物，若能一生享用，夫复何求！

刘氏道，君之美意，妾何尝不知；然袁绍命在旦夕，诸子剑拔弩张，前途未卜，祸福难料。所谓人为刀俎，我为鱼肉，当此之际，妾唯望能求生，不敢有非份之想。

配审道，夫人之意，我岂不知。今郭图、辛评欲立袁谭；逢纪等欲立袁熙，俱紧锣密鼓，四处周旋。我知夫人素为袁谭、袁熙所恨，若承父业，必杀夫人以泄恨。袁尚待夫人如生母，夫人视之如己除，既如此，何不力荐袁尚？

刘氏道，实不相瞒，妾所以不离左右，亦为此也。然袁绍不置可否，奈何！

审配道，夫人勿忧，我必使袁绍立袁尚。

刘氏暗喜，说审配道，若能使妾渡此危难，妾愿委身于卿，以报厚恩。

审配大喜，执刘氏手，极称思慕，欲苟且。刘氏拒审配道，妾身在危难，恕无此意；待大事成，妾必沐浴净身，焚椒烧兰，以待佳期。

审配不敢强求，遂止，辞刘氏，求见袁绍。恰值辛评、郭图亦在此，说袁绍立袁谭；审配一揖告退。是日午后，袁绍见审配不再来，遂召之；袁绍说审配道，卿欲立谁，可告之。

审配泣道，我唯愿明公康复，岂有他想；况此事应由明公自决，我岂敢妄言。

袁绍大为感慨，执审配手道，他人来此，无不言立嗣；唯卿只问疾病，足见忠厚，可惜我识卿晚矣！

审配泣不成声，说袁绍道，立嗣乃明公家事，岂容他人左右！

袁绍道，实不相瞒，辛评、郭图欲立袁谭，逢纪欲立袁熙，刘氏欲立袁尚。此数人各有所图，使我左右为难，既恐基业毁于一旦，又恐手足相残，分崩离析，愈不能自决。我知卿不为私利，可代我决断。

审配忙跪伏于地，说袁绍道，我非手足，亦非骨肉，岂能为明公言家事！

袁绍道，立嗣之事，关乎存亡，并无公私之分；卿为我僚属，利害攸关，请言之。

审配道，既如此，我姑妄言之，若有失，望明公恕罪。我知明公诸子，超迈俊逸，俱能领袖群僚，世子之选，实不易决。我请明公以袁谭、袁熙外任，留袁尚侍于前。若袁谭、袁熙不贤，必有所举；若袁尚不贤，必谗袁谭、袁熙。如此，必能察诸子之心，可择其优而立之。

袁绍道，不可，我命在旦夕，恐尚未知贤愚，已撒手而去，奈何！

审配道，我知诸子箭在弦上，若不速决，必生祸乱。

袁绍道，卿所言，我何不知！我不忍使诸子相争，重蹈覆辙，所以瞻前顾后，总难决断。既危机四伏，险象环生，卿何不代我一决？

审配道，若诸子俱在冀州，必明争暗斗，大生祸乱。若使二子外镇，必使之互疑，不敢轻举；若一子举，另二子必联手，虽不免杀戮，然无碍大局。此制衡之道，明公何不用？

袁绍沉吟良久，说审配，既如此，我欲以袁谭为青州刺史，袁熙为幽州刺史，留袁尚于冀州，以察诸子之心；卿勿离我左右，我必于垂危之际立世子。

审配大为欣喜，密报刘氏。

令既出，袁谭、袁熙不敢拒，各赴所任。郭图、辛评以为袁绍必立长子，请随袁谭往青州；逄纪以为必立袁熙，亦请随袁熙往幽州。袁尚受刘氏所嘱，随审配侍奉袁绍左右，极尽殷勤。

袁绍咳血不止，自知来日不多，斥退袁尚等，唯留审配。袁绍说审配道，我将西去，若不立嗣，必致祸乱。卿且记我所嘱，不得篡改，否则，我必为厉鬼，索卿性命。

审配泣道，临终之嘱，犹如符令，我岂敢不遵！

于是取笔墨，请袁绍记遗嘱。袁绍道，我爱刘氏美貌，虽虑其安危，然弃长立幼，乃古今之忌。今以袁谭为世子；以袁熙为大都督，节制诸将；以袁尚领青、幽二州。我死后，可使刘氏殉葬，免受酷刑之苦；以卿为长史，佐助袁谭。

言毕，忽执审配手，瞠目而视。审配大为恐惧，不敢动。良久，知袁绍已死，遂召袁尚。袁尚悲痛不已，伏地大哭。审配执袁尚手，斥道，此生死两可之际，岂能如此！

袁尚忽止，问审配道，卿所言何意？

审配冷笑道，公子可知临终之嘱？

袁尚大为惶然，说审配道，先君之意，如渊底之鱼，飘忽游弋，行藏不定，我岂能知！

审配举遗嘱道，鱼在我手，公子伸手可得，何疑？

袁尚忙道，若卿助我成大事，我必厚报！

审配道，我别无所图，唯愿与刘氏共白头。若公子应诺，我必奉为主；否则，公子必为阶下囚！

袁尚大惧，忙说审配道，凡卿所言，我必遵奉！

审配遂以遗嘱付袁尚。袁尚阅毕，脸色大变，惶然道，既如此，我必为袁谭所害；刘氏既奉命殉葬，岂能与卿白头！

审配夺遗嘱，付之一炬，大笑道，我张网既久，岂能授与他人！

于是重拟遗嘱，发讣告。

袁谭知袁绍死，恐有剧变，即率郭图、辛评回冀州，欲执袁尚；未入城，忽闻袁尚已承父业，大怒，欲夺冀州，斩袁尚。

郭图、辛评以为不可，劝其回青州；郭图道，既袁尚已立，必与袁熙为同盟；若攻冀州，袁尚据城而守，袁熙自外驰援，岂能取胜。

袁谭无奈，遂回青州。辛评说袁谭道，青州与幽州近，若袁熙、袁尚合而攻之，恐不能拒。不如屯黎阳，或能自保。

袁谭以为然，自号大将军，弃青州，往黎阳。

袁熙知袁尚为世子，欲与袁尚合；逄纪以为不可，劝袁熙与袁谭为盟，共图袁尚。袁熙不听，责逄纪道，袁尚为先君所立，名正言顺，若与之为仇，诸将必生疑，岂能为之！

于是率逢纪等回冀州，听命于袁尚。审配劝袁尚杀袁熙、逢纪，以绝后患。袁尚不听，以袁熙为车骑将军。

曹操率大军行于途，忽闻袁绍已死，即令诸将俱止，欲回许昌。郭嘉劝曹操道，袁绍新丧，上下惶然，正可图，明公何故不举？

曹操道，君子不乘人之危，我非小人，不耻于此！

三

孙权夙兴夜寐，励精图治，大行仁政，广树恩信，又轻赋税，减徭役，江东风气日新，一派欣欣向荣；士民以为幸遇明主，无不感激，于是人心渐安。

孙权召周瑜、张昭等，欲广选贤才，为己所用。孙权道，古往今来，凡圣明之主，无不求贤若渴，以选材任事为要。汉室之所以衰，在于任人唯亲；曹操之所以成，在于唯才是举。江东多奇才，我若不用，必为他人所用。自今日始，凡令守长史，必举佳士，若失察，当以贪腐同罪。

张昭道，将军此举，恐尧舜文武不能及，何愁江东不兴！

周瑜道，东城鲁肃，堪称旷世之才，若为将军所用，必能大获裨益。

孙权道，既如此，我当亲往，以示诚意。

周瑜道，所谓君子待之以礼，过之，则非礼。鲁肃虽旷世奇才，亦不需将军亲往。我与鲁肃有旧，愿说鲁肃来归。

孙权疑周瑜别有用意，不再言。待张昭等告退，孙权留周瑜，问道，公瑾所言，或别有它意，可否告知？

周瑜道，岂不闻一山难容二虎；鲁肃、张昭名望相近，俱善治理，若同事一主，或互为猜忌。当初，伯符亲往扬州访张昭，以示真诚，张昭以为恩遇殊异，非他人可比。张昭性情激烈，气量狭小，若将军访鲁肃，恐鲁肃未至，已与张昭生隙，岂能安处？

孙权以为然，命周瑜往东城，请鲁肃。

鲁肃虽怀大才，以为世无明主，不愿出仕，唯望以耕读、骑射自乐。不料巨匪郑宝自巢湖遁入东城，觊觎鲁肃之富，每欲抄掠。鲁肃深以为患，聚乡勇，授击技、射术，欲自保。鲁肃习之愈勤，日射三百箭，射技大进，已臻化境。郑宝闻之，颇为忌惮，久不敢举。然东城贫苦，郑宝每无所获，终不能忍，遂领匪众忽来，围鲁肃宅第，扬言借钱一千万、米五千斛。鲁肃见来者甚众，不可硬拼，命家仆、乡勇持戈矛，带弓箭，隐于院内；取笔墨画纸人，悬于庭树，命老仆大开门户。

郑宝见门户俱开，欲入，忽见院内戈矛隐现，杀气逼人；鲁肃挽弓立于檐下，毫无惧色，于是大疑，不敢举。鲁肃笑问郑宝道，我能于五十步外射纸人左目，汝能否？

郑宝以为妄言，不答；鲁肃道，汝若能，一应家财，可任意掠取。

郑宝道，汝试射之，若如其言，我必自去。

鲁肃张弓而射，刻不容缓，连发十箭，俱中左目；郑宝大惊，遂走。

鲁肃知郑宝必复来，即遣散乡勇，散尽家财，举家迁往曲阿。

周瑜来东城，见宅第易主，问鲁肃去向，方知为郑宝所逼，已迁曲阿，于是又转道而往，终与鲁肃相会。

鲁肃道，周郎风采愈佳，堪称一时之冠，令我自惭形秽。

周瑜笑道，鲁子敬受人所逼，惶遽来此，依旧雕栏玉砌，风雅不减，实在难得。

两人相顾大笑，携手登堂。堂上几席俱新，清绝无尘；几上香烟缭绕，绵绵不断；案上仍有琴，似觉余音未了，隐约可闻；壁上仍有箫，昔日琴箫互和，似乎至今未绝。

今日所见，竟与东城无异，周瑜大为感慨。

有仆人献茶，颇为清醇，似觉山色草木俱在茶里。鲁肃笑道，与卿东城别后，我竟再未抚琴。

周瑜道，我亦如此，既知音阻隔，难有此兴！

鲁肃笑道，既重逢，宁不一舒怀抱。

周瑜不言，移琴于前，十指轻张，渐次着弦，一曲古调悠然而起，仿佛雪落远山。

鲁肃暗自惊讶，以为此曲清劲内敛，暗带锋芒，隐隐有先秦之风，能逼人肝胆，夺人心魄，如百万精甲潜行月下；又自忖识尽古曲，竟不知来历。

待曲终，鲁肃道，恕我浅陋，不知此为何曲，望公瑾赐教。

周瑜笑道，此非古曲，乃我昔日自作，见笑，见笑。

鲁肃大为惊叹，以为曲调高雅，度越古人，扫尽凡尘，于是又说周瑜道，卿且复为之，我以箫试和之。

周瑜不辞，张指又弹。鲁肃以箫和奏，竟天衣无缝。不觉曲又终，周瑜赞道，子敬敏悟卓绝，竟能如此！

鲁肃笑道，此曲如流水出山，水到渠成，虽极尽曲折，繁复跳荡，却俱在法度之间。我不过依势而和，故而勉能为之。

周瑜极赞道，人言过目不忘，乃稀世之才；卿过耳不忘，岂不旷古绝今！

说笑间，酒肴已备，二人举酒对饮。鲁肃道，孙策已殁，孙权承父兄之业，未知两人优劣如何？

周瑜道，若论挥师千里，决战沙场，孙权不如孙策；若论驾驭群僚，收天下英才而用之，孙策不如孙权。

鲁肃道，既如此，公瑾有明主可佐，可喜可贺。

周瑜道，我所以访问而来，实因奉孙权之命。孙权知卿身负大才，渴慕不已；我若能与卿并驾齐驱，平生之幸耳！

鲁肃笑道，我自知浅陋，若论经世济世，表率群僚，我不如张昭；若论运筹帷幄，决胜千里，我不如周郎，不敢奉命。

周瑜道，昔日，伏波将军马援致书光武帝称，当今之世，非但君择臣，臣亦择君。卿所虑，我岂不知。孙权天资超绝，英明豪迈，胸怀格局不输光武；又亲贤贵士，任人唯能，气象风度不输高祖，卿何疑？

鲁肃沉吟不语，似有所动。

周瑜又道，我近闻术士之说，称代汉而立者，并非曹操之流，必兴于东南者。东南虽广，豪杰虽多，卓然不凡者，唯孙权一人。当此新旧更替之际，君子当顺势应时，佐明主，绝浩劫，救苍生于水火。卿聪颖卓绝，博古通今，岂非上苍厚爱；若不尽其才智，用于斯世，岂不有负天意？

鲁肃叹息道，我知君子不事二主，若所依非人，一旦趋附，再难回头。然公瑾言已至此，我若再辞，岂不有负殷切之望！

周瑜大喜道，能与子敬同事一主，今生何憾！

于是，鲁肃遣散仆从，赠以资财，携家人，随周瑜往吴郡见孙权。

孙权知鲁肃来，欣喜不已，命大设宴席，为鲁肃接风，请张昭、周瑜、张纮、吕范等作陪。

待宴席散，孙权留鲁肃，邀入内室，欲深谈。孙权道，今汉室倾危，纷争四起，我欲凭江左之险，合诸侯，奉天子，令群雄，灭不臣，再现文、景之盛。卿以为如何？

鲁肃道，想当年，高祖欲奉义帝以令诸侯，极尽所能而不得；项羽奉义帝，使天下听命。秦既灭，项羽杀义帝，以为可自雄，未料反授高祖以柄，于是逼死乌江。若高祖执义帝而不杀，项羽破三秦而据之，试问当如何？

孙权沉吟道，殊难料也，高祖或如曹操，项羽或为不臣。

鲁肃道，高祖无义帝可奉，既不能令诸侯，亦不能服天下；若半途而废，必为盗寇，故而屡败屡战，虽虎豹满途，凶险丛生而不敢懈怠，何者，唯因不敢败，若败，必瓦石俱毁，遗臭万年。汉室所以兴，无不在此。

孙权赞道，卿卓识不凡，恐前贤不及。

鲁肃道，今日曹操，犹如项羽；今日将军，酷似刘邦。既如此，以何再现文、景之盛？

孙权道，卿所言，犹如霹雳，令人警醒。然敌众我寡，何以与之共存？

鲁肃道，汉室如油尽灯枯，不可复兴；曹操如野火初旺，不可骤灭。曹操强，而将军弱，若不缔结联盟，不能与之抗衡。江东与荆州接壤，犬牙交错，互为疆界，若能与刘表结盟，应不虑曹操之强。

孙权道，刘表暗弱，首鼠两端，岂能与之盟！

鲁肃道，我知刘备暗怀壮心，既去荆州，必有所举，若刘备取而代之，将军即可与之盟。

孙权沉吟道，荆州乃南北要地，刘表昏暗，必为他人所夺，既如此，曹操何不自取？

鲁肃道，不然，若曹操取荆州，必与将军直面，若不尽力征战，天下必疑之；若曹操举一国之力，将军必难自保。如此，世上再无不臣，曹操以何奉天子？

孙权道，既曹操不能取荆州，我何不取之？

鲁肃道，荆州非不可取，实不可速图。待曹操年迈，才志俱衰，再取不迟。若荆州有变，将军宜助刘备夺之，并与之盟。刘备处南北之间，堪为屏障，曹操不能直下江东，必成鼎足之势。既相互制衡，无覆灭之忧，将军可尽除匪患，收深险之地，待曹操衰朽，再灭刘备，建号登基以图北方。此开天辟地之举，高祖之业耳，文、景何足为论！

孙权大笑道，子敬深谋远虑，犹恐张良不及！

鲁肃颇为自得，说孙权道，我虽不才，愿助将军成就伟业，粉身碎骨而不辞。

孙权知鲁肃久居富贵，恐不能安处贫困，遂大赠鲁肃财物，使其居处用具，如在东城。

张昭以为待之过于群僚，又嫌鲁肃举止轩昂，于是求见孙权，说孙权道，我观鲁肃机智敏悟，却略嫌疏狂，又恃才傲物，无谦让风度，恐不堪大用。

孙权颇知其意，笑道，诚如所言，鲁肃年少，尚欠稳重，若委以重任，不免挫折，甚而一蹶不振；然其才学丰富，机敏不凡，堪称未来之才。卿居群僚之首，为士大夫表率，较之子敬，堪为长辈。我欲命鲁肃以卿为师，望卿悉心教诲，以备来日之用，如何？

张昭亦知孙权用意，再不能言，告退。

孙权召鲁肃，说鲁肃道，子敬才高当世，超迈清通，实应委以重任；然卿新来，锋芒未试，若进之过急，恐为人所忌。我欲以卿为门下书佐，若有建树，必重用，如何？

鲁肃道，我年轻无知，尚需历练，愿奉命。

孙权大喜，又说鲁肃道，张昭才气焕发，名播四海，然性情激烈，慷慨有余，宽厚不足。卿与张昭才识相近，我虑卿为张昭所忌，欲使卿以之为师，不但有所学，亦能去嫌隙，卿以为如何？

鲁肃道，将军美意，我岂不知。况张子布乃江东名士，风华绝代，我景仰不已；能为弟子，平生之幸也。

孙权大为欣喜，又召张昭。鲁肃即执弟子礼，极尽谦逊。张昭亦不拒，自此处之和睦，再无嫌隙。

四

当初，孙策恕祖郎不死，命其剿匪；众匪曾推祖郎为盟主，祖郎既听命孙策，于是拜会各方贼首，劝其归服，一时弃恶从善者多。

山越匪首张广，亦遣散匪众，归降孙策；孙策委张广为泾县令。泾县属丹阳郡，偏远多山，民风强悍。太守吴景颇能治理，恩威并施，又能约束官吏，于是一郡安然。

吴景病死，孙权以孙翊代吴景为扬威将军，领丹阳太守。张广以为孙翊荒于政事，耽于享乐，于是贪性复炽，每每巧立名目，横征暴敛。士民怨恨，诉之孙翊。孙翊大怒，欲执而杀之。张广闻此大惧，潜入深山，召集余众，再据深险之地为匪。

孙翊奋力追剿，均为张广所败，于是报知孙权，请增兵；孙权命祖郎率部属一万往丹阳讨张广。祖郎自恃熟知匪性，长驱直入。张广退入绝险处，命匪众以石木猛击。祖郎大败，折损五千余众。

孙权知祖郎大败，即召张昭、周瑜、鲁肃、张纮等议对策。

张昭道，祖郎虽知匪情，然不善用兵；匪众或隐于洞穴，或占尽险要，实不易讨。我以为非善于用兵，又知匪事者不能胜任。

周瑜道，此言有理。我荐小将吕蒙，必能取胜张广。吕蒙曾随姊夫邓当剿匪，斩获之众，竟在邓当之上。伯符爱其勇壮，召入小将营。我曾受命锤炼小将，颇知吕蒙勇决。今吕蒙等俱已成年，实可重用。请以吕蒙为别部司马，令其领邓当部属，讨伐张广，必能奏捷。

吕蒙世居汝南，年幼丧父，家道清寒，随母渡江，依姐夫邓当。邓当为孙策部将，奉命讨山越匪盗。吕蒙欲建功，亦随邓当入山。邓当嫌吕蒙年少，大为斥责，吕蒙不听，执意而往。行至深山，邓当欲结营密林，阻绝道路，使匪众不能出入。吕蒙以为不可，说邓当道，进而不剿，岂能奏捷。我知兵贵神速，何不趁匪众无备，骤然而举？如此，必大有所获。

邓当斥道，孺子，不可妄言！

吕蒙不甘，待夜深，只身入山，察匪情，知其分据山寨，遂回，告知邓当，请其夜出，烧匪寨，必使其大乱，再大举攻击，必获全胜。

邓当仍不听。吕蒙遂说士卒，称可立奇功，竟有数十人愿往。吕蒙大喜，再入山，分烧匪寨，一时大火连天。邓当见此，令将士齐出，急攻，竟大获全胜。

吕母闻知，责吕蒙道，汝为孤子，若有失，岂不使我老无所依！

吕蒙道，若不如此，何来富贵；所谓不入虎穴，焉得虎子。凡拜将封侯者，无不出生入死，此显赫之道，何不为之；若居贫贱，虽有天伦之乐，犹如无子。

吕母知其不凡，不再力阻。吕蒙每随邓当讨贼，俱有斩获。孙策以为奇，召吕蒙入小将营。

孙权纳周瑜之说，以吕蒙为别部司马，率部入丹阳讨张广；又恐吕蒙年轻有失，以鲁肃为监军，助其谋划。

鲁肃、吕蒙等领精甲一万来丹阳，合孙翊部属，共二万余众，屯于山下。鲁肃请吕蒙等议进剿之策。鲁肃道，今张广集于深山，隐于洞穴，且眼线众多，耳目遍布，我等大举而来，贼必尽知行藏，若冒进，或反受其害；应以祖郎之败为鉴，不可轻举。

吕蒙道，我曾随姊夫入山剿匪，颇知匪性。山匪不过乌合之众，号令不严，散漫松弛，长于抄掠，短于攻守，有何惧哉！若将士齐出，趁月黑风高，沿山疾上，火焚山寨，烟熏洞穴，匪众必溃。

鲁肃道，如此，匪众必乱；然其久在深山，熟知路途，又长于攀附，若以烟火焚熏，贼必乱走。况山高林密，重峦叠嶂，必难追斩。大军不能久据，必退还；如此，贼必重聚，死灰复燃。此可获一时之安，不能一劳永逸。

吕蒙沉吟道，不入深山，焉知匪迹？

鲁肃道，不然。既为匪，必出山劫掠，否则，何以为生。若以大军围山，断其道路，使匪众不能出入，久之必粮尽，既在绝境，或孤注一掷，或举众投降。此一劳永逸之计，何不行之？

吕蒙道，此邓当旧计，若如此，必迁延时日，焉能速胜！

鲁肃道，所谓欲速则不达。既讨而不绝，岂能言胜。尽除匪祸，根绝后患，士民所愿，孙仲谋所望也，卿等何必图一时之胜？

吕蒙有所悟，说鲁肃道，卿所言有理，我且行之。

于是令部属四面分屯，阻塞道路。张广被围深山，大惧，渐有断粮之危，不得已，率匪众大出。吕蒙等奋力厮杀，一时血肉横飞。山匪死伤惨重，竟反执张广，唯求不死。

孙权知鲁肃、吕蒙等凯旋，大喜，置酒为鲁肃等庆功。酒宴毕，孙权召鲁肃，问鲁肃道，此次获胜，谁为头功？

鲁肃道，吕蒙智勇双全，斩获最多，当为头功。

孙权又召吕蒙，问道，鲁肃言卿勇壮绝伦，斩获极多，应居头功，卿以为如何？

吕蒙道，此次大捷，全赖鲁肃谋划，否则，非但取胜不易，亦不能尽除匪患，请以鲁肃为头功。

孙权遂召诸将，请鲁肃、吕蒙等详言剿灭张广始末。二人言毕，诸将大为称叹。孙权说诸将道，此战堪称经典，此后凡进山剿匪，俱可行此计，何愁匪患不绝！

于是以鲁肃、吕蒙并列头功；又以吕蒙为广德长。

吕蒙行前拜见孙权，以谢厚恩。孙权嘱吕蒙道，兵法云，上兵伐谋，其次伐交，其次伐兵。足见取胜之道在于谋，而非勇。鲁肃未杀一贼，功绩与卿相同；卿应以之为楷模，修习学问，涉阅典籍，若谋勇兼具，当为周郎第二，岂不善哉！

吕蒙道，广德位处深山，幅员辽阔，匪患最盛。我受命为令长，唯恐禁而不绝，必殚精竭虑，废寝忘食，恐无心读书。

孙权道，广德之大，与江东相比如何？

吕蒙道，犹如泥丸比高山。然将军大才，纵横万里，冠绝古今，我岂能比。

孙权道，非也。我承父兄之业，据江东数郡，虽群雄环伺，强敌在侧，仍手不释卷。何者，因治世之道，拒敌之策，俱在书中。我方七岁，即读典籍，诸如《诗经》《尚书》《左传》《国语》等，无不能诵。所以能驾驭群僚，全赖昔日所学。凡知书者，必能决今日之事，知未来之变。张昭手无缚鸡之力，却为群僚之首，因知书也；周瑜资历不如黄盖、程普，功绩不如太史慈、韩当，却能居诸将之上，亦因知书也；鲁肃隐居乡间，游离市井，我不惜精诚所请，又待以厚礼，仍因知书也。孔子云，终日不食，终夜不寝以思，无益，不如学也。卿聪慧过人，若致力学问，必能事半功倍；可读《孙子》《六韬》《左传》《国语》或班、马，必能为周瑜第二。

吕蒙大有所悟，始知读书之重。

五

刘备离袁绍，往荆州投刘表，恐刘表拒而不纳，遂书信与刘表，遣糜竺、糜芳先入江陵，以察刘表之意。刘表阅信大喜，以为若能收刘备为部属，凭关羽、张飞、赵云之勇，当不虑荆州之危，欲率诸子及僚属迎刘备。

蔡瑁劝刘表道，刘备久有异志，若纳之，与引狼入室何异。

刘表顿生疑惑，即回书刘备，婉言拒绝。刘备无奈，又别无去处，遂命关羽、张飞节制部属，暂屯于途，只身入江陵，拜见刘表。

刘表不忍拒，请入见。刘备说刘表道，自黄巾祸乱以来，天子每为巨奸所挟，社稷蒙辱，江山蒙垢。群雄以扶危救难为名，相继而起，然多怀野心，欲行不轨。我与兄俱为汉室宗亲，血脉相同，骨肉相连。放眼四海，心系汉室，以图复兴者，唯兄与我。然我愚昧，起兵多年，转战四方，仍无立足之地。因与兄志同道合，不惜千里来投，若能接纳，我必唯命是从，虽肝脑涂地，粉身碎骨而不辞。

言毕，大哭。刘表大为动心，扶刘备起，设酒款待，命诸子作陪。

于是刘表不听蔡瑁之说，迎刘备入江陵。蔡瑁及谋士韩嵩、蒯越、蒯良等，以为刘表此举，无异开门揖盗；江陵乃荆州治所，若刘备欲图之，防不胜防，于是劝刘表命刘备屯新野。

刘表依其说，召刘备，告以群僚之意；刘备不辞，率关羽等屯新野。

刘备欲深结刘表，每往江陵拜会，凡事必依刘表之命。

蔡瑁又说刘表道，所谓无事殷勤，非奸即盗。刘备欲博取明公信任，不惜谄媚，可恶至极。我请明公逐刘备，以免养虎遗患。

刘表又生疑。恰值刘备又来，刘表拒而不见。刘备不去，再三苦请。刘表不忍强拒，邀其于城楼饮酒。酒过数巡，刘备不禁黯然泣下。

刘表问刘备道，卿何故如此？

刘备道，我奉兄长之命屯新野，欲竭尽全力，以报接纳之恩。然荆州僚属多有疑心，大进谗言，每每离间。兄长虽心如明镜，却往往身不由己。我不忍使兄长为难，欲另走，特来辞行。虽从此相亡于江湖，仍将云树依依，思慕不已。唯望兄长多加保爱，勿以穷途之人为念。

言毕，掩面大哭。刘表沉吟良久，说刘备道，卿何有此言，我虽不仁，岂不知宗亲之重！卿勿忧，尽可安居新野，虽雷霆万钧不能伤手足之情！

刘备道，兄长高义，我岂不知；然谗言不绝，忧患不止，我岂能安处。

刘表道，难得相聚于此，可饮酒赏春，不言其他。既游丝绕楼，蜂飞蝶乱，山色空明，花木灿然，宁不大快心怀！

刘备仍满面忧愁，不肯再饮。刘表又问刘备道，话已至此，卿何故悲不自禁？

刘备道，我不为己悲，所以悲者，苍生社稷也！今天子受制曹操，日月无光，天地昏暗；我耻为宗亲，虽历尽艰难，仍不能救大厦之将倾！无奈岁月匆匆，老之将至，巨贼犹在，寸功未立，所以悲不能禁，望兄勿怪！

刘表道，所谓复兴，非一朝一夕，需忍辱负重，百折不挠。我必与卿携手并肩，肝胆相照。既如此，何愁不能如愿！

刘备大喜，朝刘表一揖道，兄长壮心如日，我自叹不如；唯愿鞍前马后，舍生忘死，若能使汉室复兴，纲纪重振，其愿足矣！

待刘备回新野，刘表即招蔡瑁、韩嵩等，大加训斥；于是群僚不敢再言。

刘备得以安处，即招募子弟，复有一万之众。韩嵩闻此，说刘表道，刘玄德有关羽、张飞、赵云之勇，又获子弟一万，何不令其屯叶县，以拒曹操？

刘表以为然，遂入新野，说刘备道，新野狭小，实非要地；卿有虎将，又有精甲一万，应大有作为。我欲请卿屯叶县拒曹操，如何？

刘备不能辞，欲率部属往叶县。

赵云劝刘备道，明公招募子弟，刘表为此生疑，恐明公壮大，窥视荆州，故以此为由，欲逐明公出新野。新野与荆州近，而叶县远在千里之外，若他日荆州有变，明公必鞭长莫及。我请明公分兵而屯，以备剧变。

刘备沉吟道，所谓君子一言，驷马难追，我已应刘景升之命，岂能反复。

关羽道，子龙所言有理，既关乎来日之计，何必拘于常情。

张飞道，我以为可俱往叶县，如此，蔡瑁、韩嵩等必无备；我等半途折回，突袭荆州，必能一举而克！

刘备斥张飞道，刘景升待我如手足，岂能如此！

张飞道，兄长若无意荆州，何必远道而来？既如此，何必在乎巧取豪夺？

刘备大怒，再责张飞道，自古有志者，必成于仁德；凡背信弃义者，必自绝于人。汝岂能陷我于不义！

张飞不再言，冷笑不已。

关羽道，兄长之虑，我岂不知。然自古英雄不拘小义，否则，岂能有所成。我愿留新野，以利进退。

糜竺、糜芳、简雍、孙乾等亦劝刘备分屯。刘备遂纳其说，命关羽领三千精甲留新野，亲率张飞、赵云、糜竺等往叶县。

关羽知蔡瑁、韩嵩等必趁机夺新野，虑己兵寡，不能强拒，遂率部属屯于外，令士卒隐于壁垒，大开营门，禁出入；若闻击掌，可齐呼，以壮声威，疑来敌。

关羽端坐营门外，饮酒读《春秋》，凡到畅快处，不禁大笑。

数日后，刘表次子刘琮率韩嵩、蒯越、蒯良等，领八千精骑疾驰而来，见关羽立壁垒于城外，大为疑惑，不敢轻举，俱请刘琮暂止。韩嵩呼关羽道，我等奉刘荆州之命，接防新野，请卿领部属自去！

关羽释卷而起，笑道，我奉刘玄德之命留屯于此，若无刘玄德指令，虽天子之诏不敢奉！

韩嵩大笑道，新野乃刘荆州所属，刘玄德不过鸠占鹊巢，或予或取，尽由刘荆州；汝若不奉命，我等必强夺！

关羽大怒，骂韩嵩道，竖子，竟有此说！荆州、新野，俱乃天子之土，非刘表私有。若刘表仍为汉臣，汝等请自回；若刘表为不臣，我必力拒，以卫王土！

韩嵩顿觉语塞。蒯良问关羽道，既欲固守新野，何故离城池，屯于此？

关羽大笑道，既非强敌，何需据城固守！

蒯越以为关羽外强中干，说刘琦道，刘备引众往叶县，关羽所领不足三千，故而虚张声势，以疑我等。将军可直入，必无碍。

刘琮道，关羽乃万人敌，熟知诸侯之战，既如此，必有深意。

蒯越正欲言，忽听关羽道，此不过空营，汝等竟不敢入，岂不虑世人笑话！

蒯越又说刘琮道，将军所领，数倍于关羽，何疑？

刘琮以为然，遂举。关羽独立营门下，大笑不止，待刘琮等近营门，忽击掌三声，一时呐喊大起，势如山崩地裂。刘琮大惊，急退。关羽呼刘琮道，此不过虚张声势，汝何惧？

刘琮愈惧，退走数十丈外。韩嵩说刘琮道，既不知底细，可退后十里而屯，待察知虚实，再举不迟。

刘琮以为然，命退后十里结营。关羽见刘琮不去，亦出壁垒，近刘琮一里外而屯。刘琮大惧，又退。关羽又拔营，再进，只身求见刘琮。韩嵩、蒯越等劝刘琮执而杀之。刘琮纳其说，命甲士执利刃，隐于后，请关羽入内。关羽见营内暗藏杀气，已知用意，说刘琮道，我不才，曾于万马丛中斩颜良；今只身来此，实因有言相告。若卿欲加害，可令甲士齐出，我必引颈就戮。

刘琮大惧，疑不敢举。关羽又说刘琮道，卿领众而来，部属俱劝我一举歼之；我不愿刘玄德与刘景升手足相残，故而唯张声势，敛而不举，实望卿能知轻重，自回荆州。话已至此，利害毕现；或去或留，卿且斟酌。

言毕，竟扬长而去。刘琮疑愈，遂走。

六

许攸知曹操因袁绍新丧，竟领兵而回，以为错失良机，即拜见曹操，劝曹操道，袁绍自大猖狂，久怀不轨之心；既死于非命，内外不安，又手足相争，明公何不趁机而为？

曹操冷笑道，我与袁绍不共戴天，尚能哀其不幸；汝曾为幕僚，竟如此绝情，岂不虑世人责骂！

许攸不敢再言，默然而退。

荀彧知袁谭、袁尚兄弟失和，而袁谭自称大将军，移屯黎阳，劝曹操转袭袁谭。

曹操笑说荀彧道，既兄弟失和，必自相残杀，复演父辈之争。我可坐收渔人之利，何必远道而伐。袁氏四世三公，素以仁德闻名天下，子孙竟如此不肖，岂能不自灭！

荀彧知曹操别有意图，亦不再劝。

数日后，州郡纷纷奏报，称袁谭、袁尚互为攻守；袁熙恐祸及己身，自请移屯幽州。

曹操闻此，笑问荀彧道，我所料如何？

荀彧道，明公料事如神，我等不及。

曹操道，袁绍诸子，俱为鼠辈，何足为虑！既自相残杀，必大伤元气，仍可静待，何需远征！

正此时,忽报刘备率张飞、赵云等屯叶县。曹操大怒,即召诸将,欲逐刘备。

孔融深知曹操之意,此举,不过欲使刘备回屯新野,以图荆州,遂说曹操道,刘备狡诈,又暗藏异志;若论不臣,当首推刘备。若明公欲绝后患,可击之,然须防刘备遁回荆州,应先阻其退路,再痛击,必能一举而擒。

曹操不悦,斥孔融道,卿不过书生,焉知军事,请勿妄言!

曹操愈恨孔融,虽隐忍不发,然杀心已炽。于是曹操命夏侯惇、于禁各率精骑五千,飞赴叶县;命裨将李典亦领部属五千为接应,随后跟进。

刘备知夏侯惇、于禁举众而来,已知曹操之意,欲走。张飞以为不可,说刘备道,曹操用意之深,实难揣度,若不战而走,曹操必嫌兄长怯懦,不能拒强敌。我以为宜大败夏侯惇、于禁,再回新野,使曹操知兄长非寻常之辈,可代袁绍之流为不臣,以免日后生变。

刘备以为然,命张飞、赵云坚城自守。赵云亦说刘备道,不如待夏侯惇、于禁立足未稳,骤然而出,既可取胜,亦可趁机而走。

刘备纳其说,命张飞、赵云各领部属,以待夏侯惇、于禁。

夏侯惇、于禁来叶县,欲围城。正此时,刘备、张飞、赵云等忽出,分取夏侯惇、于禁。二人大惊,急令部属迎敌。一时戈矛齐举,互有死伤。张飞、赵云欲速胜,身先士卒,斩杀愈急。夏侯惇、于禁渐处下风,欲退走。正此时,李曲忽至,举众助战。

局势陡转,张飞恐有失,疾呼赵云道,子龙可护兄长回城,我断后!

赵云急命死士护刘备,退回城中。张飞亦回城,命紧闭城门,以防夏侯惇、于禁等强攻。

夏侯惇等亦不敢轻举,遂围城。

刘备大为忧惧,召张飞、赵云等,以议对策。刘备道,今曹军四面合围,敌众我寡,唯坚城自守,别无他法。

张飞道,我等欲遂曹操之意离叶县,谁料李曲后至,不能得逞,只好复回。若据城自守,曹操必为此震怒,或再遣援军。如此,我等必进退维谷。我有一计,不仅可突围,亦可回新野,使刘表无疑。

刘备道,卿有何计,请详言。

张飞道,曹军既合围,以为我等或坚城固守,或冒死突围,此有机可乘也。若令士卒四处放火,士民必奔走呼号;夏侯惇、于禁等以为可图,必急攻。我等可大集一门,不予反击,待城破,再忽举,必能出。若回新野,可称曹军放火焚城,我等不敌,只好回走。

刘备疑而不决。赵云道,此说有理。若能出围,可从南路退走。南路多山,狭窄陡险,又草木深茂,易藏甲兵,若曹军来追,可伏击,必能使其败退。

刘备遂命赵云突前,张飞断后。张飞说赵云道,我将于途中设伏,诱敌深入,必有斩获;卿可大举火把,护兄长等先行,以疑曹军。

时至夜半,城中四面火起,照映天地,烂若明霞。俄而,哀呼大起,惨厉不已。夏侯惇、于禁、李典已入寝,忽获此报,大惊,俱披衣出营,见火光冲天,哭喊不绝,夏侯惇以为可图,说于禁、李典道,此天助我也,可趁此急攻。

于是令将士齐举,急攻四门。刘备等集于东门内,唯待城破。于禁领部属攻东门,只片刻,门已破,正欲入城,忽见刘备等自火光里骤出,人马喧哗,犹如潮水。赵云领死士突前,猛击于禁。于禁猝不及防,大败。刘备等既出,遂弃于禁,往南疾走。

夏侯惇知刘备已走，欲与于禁合追。李典劝道，此事诡异，或另有图谋，不可追！

夏侯惇、于禁不听，引众疾追，命李典救火。

二将急追数十里，渐近峡谷，见两山壁立，宽不足数丈，又阴风吹树，呜咽如哭。于禁忽觉不祥，请暂止，说夏侯惇道，此处狭窄，又多树木，我等大举而来，竟不见宿鸟惊飞，恐有伏兵。

夏侯惇笑道，刘备等方过，宿鸟早去，焉有声息！

正此时，见无数火把自山湾转出，绵绵不绝，距此不足五里。夏侯惇大笑道，刘备近在咫尺，岂容迟疑！

二人不再犹豫，仍疾追。片刻，已入峡谷深处，张飞领精甲齐出，大肆杀戮。夏侯惇、于禁大惧，欲回走，不料退路已封，数举不得出，忙收紧部属，欲决死一战，一时难分高下。

正此时，赵云领精甲复回，与张飞合战，均势立破。夏侯惇、于禁大受挫折，眼见覆没在即，忽听一人大喊道，二位将军勿慌，李典来也！

李典猛击张飞后军，后军不敌，大溃。李典遂与夏侯惇、于禁合，共拒张飞、赵云。

夏侯惇、于禁绝处逢生，勇气复盛。张飞、赵云知不可全胜，领众退走，与刘备合，驰还新野。

夏侯惇、于禁、李典回据叶县，遣人报知曹操。曹操命夏侯惇等弃叶县，回许昌。孔融知夏侯惇等大败而回，遂见曹操，说曹操道，夏侯惇、于禁、李典等以众凌寡，竟大败，此渎职之罪，若不严惩，何以震慑诸将！

曹操不言，拂袖而去。贾诩问孔融道，曹公用意，卿竟不知？

孔融冷笑道，不过欲树刘备为不臣，此心昭然，我何不知！

贾诩道，既如此，何必自招杀身之祸？

孔融慨然道，若能使曹操之心大白天下，我何惜一死！

刘备还新野，只身往荆州，请刘表治败军之罪。刘表大加安抚，命刘备仍屯新野，另遣将士屯叶县。

七

孙权知黄祖习练水师，大造战船，颇为不安，欲举众夺江夏，灭黄祖，遂召群僚，议破敌之策。

张昭道，黄祖大成气候，已失讨伐良机，不可轻举。况其受命于刘表，刘表素以舟师之利雄踞荆州；若举，刘表岂能坐视。

周瑜道，不然，刘表胆怯，优柔寡断，或不敢助黄祖。当初，伯符伐黄祖，刘表遣刘虎、韩晞驰援，为伯符所败。此后，伯符追黄祖，黄祖再请援，刘表坚辞；足见刘表柔弱，不敢与我为敌。

张昭道，虽如此，若伐黄祖，必逆流而上，黄祖据上游，可顺流冲击，岂能取胜！我劝将军大练舟师，广造战船，待舟师精锐，再伐不迟。

周瑜道，非也。黄祖素有吞并之心，若迁延时日，恐成巨患。我以为伐黄祖势在必行，刻不容缓。

张昭斥周瑜道，当初，黄祖复据江夏，羽毛未丰，势力未盛，将军欲趁机灭之，卿以为不可，劝将军暂缓；今黄祖羽翼已满，气焰大旺，卿反而力主进伐，不知用意何在？

周瑜道，此一时彼一时也。彼时，将军初承父兄之业，人心未附，百废待兴，岂能轻举；此时，人心稳固，同仇敌忾，又军资充足，兵强马壮，正当用武之时，卿何不知用意？

孙权见张昭、周瑜各执一词，唇枪舌剑，互不相让，恐二人失合，遂说鲁肃道，卿颇善谋划，必有卓见，不妨言之。

鲁肃道，黄祖居上游，犹如沸水悬顶，不可轻视。我有一旧识，为黄祖部属，姓甘名宁，字兴霸，颇知水战。黄祖不识甘宁之才，使之久居人下，甘宁必有怨。我愿往江夏，说甘宁来归。若如愿，必能为将军所用，更能知黄祖虚实，何愁不胜。

孙权大喜，即命鲁肃往江夏，说甘宁。

鲁肃改服易装，负书囊，扮游学书生，命老卒为艄公，驾小舟，逆流而上。行数日，已至江夏，嘱老卒泊江岸，宿舟中，于此静候。

时天色已晚，鲁肃入城，宿客舍。知甘宁好饮，翌日即入酒肆，意在不期而遇。正午，见有军士来此饮酒，鲁肃为其代付酒钱，欲请其约甘宁来此。军士颇觉意外，问鲁肃道，我与汝素昧平生，何故如此？

鲁肃道，实不相瞒，我与甘宁为同乡，游学至此；甘宁家父知我将来江夏，嘱我告以家事。我不知甘宁屯何处，不能拜会，望卿代我约甘宁来此。

言毕，又以两千钱馈赠；军士大喜，应诺而去。

下午，甘宁来酒肆，见是鲁肃，又惊又喜，拱手道，我知卿已投孙权，何故来此？

鲁肃邀甘宁入席，请店主设酒，笑说甘宁道，既故人相逢，若不畅饮，岂能言事。

甘宁道，卿称有家事相告，望能言之。我离家数年，音讯渺茫，悬望不已，若不告知，心意不安。

鲁肃笑道，于天子而言，国即家；于庶民而言，家即国。未知卿欲知谁家之事？

甘宁道，我不过匹夫，兴家立业尚且艰难，岂能妄言国事？我所虑者，父母妻室也，望不吝告知。

鲁肃道，我来此，并非家事，实有厚礼馈赠。

甘宁以为戏言，笑道，我虽未发达，亦不似当初穷困。彼时，我穷途末路，有赖卿收留，又施以饮食，赠以钱财。我常有报答之心，奈何人在行伍，身不由己。卿来此，我别无所予，愿付酒钱。

言毕，解钱囊，呼店主，欲付钱。鲁肃道，我虽家道中落，散尽资财，却不差酒钱，何用如此？

鲁肃再三婉拒，甘宁亦不力争。

甘宁曾依刘表，刘表不识其才，委以小舟长。甘宁颇为失望，常独自饮酒，每饮必醉。某日，长官召甘宁，甘宁醉卧酒肆，不能起。长官大怒，领随从入酒肆，欲捉拿问罪。有乡党闻此，抄近路，先告知甘宁。甘宁欲避，不料长官已至，命缚之，押回军营，重责三十杖，不准饮食。甘宁不堪凌辱，杀长官，潜出荆州，知东城鲁肃乐善好施，遂投靠。鲁肃见甘宁颇为精悍，非寻常之辈，使其藏匿家中，予以优待。甘宁居数月，料非长远之计，每欲告辞，均为鲁肃挽留。又数月，鲁肃知黄祖复起，遂赠甘宁两万钱，说其投黄祖。

酒过数巡，鲁肃笑说甘宁道，我见卿钱囊丰满，想必已今非昔比。

甘宁道，此乃我数年积蓄，不过数千钱，卿若转回故里，望能代付父母，唯愿聊资家用。刘表、黄祖有眼无珠，俱为鼠辈，我屈身人下，能果腹蔽体已属幸运，岂有非份之想。

鲁肃暗喜，说甘宁道，我所言厚礼，并非虚妄，卿若不嫌，我即赠之。

甘宁笑道，人言饥不择食，寒不择衣；我虽穷困潦倒，亦不吃嗟来之食。

鲁肃道，我所赠者，乃锦绣前程，卿何忍拒绝？

甘宁顿知鲁肃之意，说鲁肃道，卿来此，竟为孙权说客。然黄祖虽俗子，亦乃我主，岂能背弃。当初，我寄居卿家，卿每每教诲，君子唯事一主，背之为不义。此金石之言，我平生不敢忘，今何有此说？

鲁肃大笑道，卿杀长官，背刘表，转投黄祖，试问义或不义？

甘宁顿觉语塞，再不能言。鲁肃道，所谓良禽择木以栖，君子择主而事。我知卿身如龙虎，志如鸿鹄，岂能屈身樊笼；刘表、黄祖唯利是图，昏暗无德，何足为卿之主！江东孙权，英明果决，壮心如天，胸襟如海，有识之士归附如流，卿何忍居黑暗而拒光明？实不相瞒，我曾极言卿勇壮绝伦，孙权渴慕不已，嘱我来此相邀。卿若往，必获重用。

甘宁沉吟良久，问鲁肃道，卿才识谋略胜我十倍，既依孙权，不知所居何职？

鲁肃道，我依孙权不足一年，寸功未立，一策未用，而孙权待我如张昭、周瑜，卿以为如何？

甘宁犹豫道，去此就彼乃大事，容我三思，必有回复。

鲁肃道，徘徊不定，非大丈夫风范。卿若投孙权，必托以舟师，任以要职，比之受制于小人，岂不有霄壤之别。所谓当断不断，必生后患；既飞黄腾达可期，卿何必迟疑，岂不闻机不可失，失不再来？

鲁肃言毕，见甘宁低头不语，遂付酒钱，拉甘宁出酒肆，至江边，呼老卒引舟，顺江而去。

孙权知鲁肃携甘宁来，大喜，命置酒款待，请张昭、周瑜、鲁肃等作陪。席间，孙权说甘宁道，卿久在舟师，必知水战之要，愿闻教诲。

甘宁道，所谓舟师，即结船为阵，进可攻，退可守，既能散于顷刻，亦能集于须臾。若遇敌，则据险岸，临激流，以强弓射之，或以艨冲斗舰击之，使敌胆怯，或令其樯倾楫摧。水战之要，不过如此。然战时所用，在于寻常所习。宝剑之利，在于磨砺；舟师之强，在于习练。百胜之师，无不如此。

孙权大喜，以为甘宁乃将才，于是予精甲五千，令其与徐盛等同领舟师。

甘宁请孙权再造战船，广征子弟，使舟师尽据险要。孙权以为然，命诸将督造战船，大练水军。

某日，周瑜召甘宁，询黄祖舟师详情；周瑜道，卿久在江夏，必尽知黄祖舟师，望告知。

甘宁道，黄祖舟师，尽集城外，后倚城郭，前临江流。若守，则以弓箭手居前；若攻，则以斗舰当先。其舟船相连，互为呼应，堪称虎狼之师。

周瑜道，未知军纪号令如何？

甘宁道，黄祖为人奸诈，每有不义之举，将士上行下效，贿赂成风，凡欲上进者，必曲意逢迎，所以赏罚不清，功过混淆，军纪号令松弛不堪。否则，我何至来此！

周瑜大笑道，黄祖不过尔尔，有何惧哉！

于是拜见孙权，请伐黄祖。孙权再召群僚，议用兵之策。

张昭道，今当夏日，江水大涨，逆水而战，岂能取胜？

周瑜道，我勿需舟船，更勿需逆水而上，唯需精甲三千，凭满江激流，即能取胜，卿何必多虑？

张昭冷笑道，黄祖所赖者，舟师也；既欲破舟师，不逆水而上，与痴人说梦何异？

周瑜忽怒，斥张昭道，我与卿有内外之分，伐黄祖乃外事，非内务；既非本份，何故每每越职？

张昭顿时无言，满面羞愤，拂袖而去。

孙权恐二人生隙，忙起座追张昭，说张昭道，周公瑾意气逼人，恃才自傲；我几欲使其自敛，苦无时机。今自称勿需舟船，即能破黄祖，此自大之说，宁不自食其言！周瑜此战若败，日后必不敢张扬，卿何不顺水推舟？

张昭沉吟道，我不惧周瑜气盛，唯虑将士性命；区区三千精甲，岂能敌黄祖舟师！

孙权道，若能使周瑜自此知轻重，我不惜以卵击石。

于是，请张昭复回。周瑜已有悔意，说张昭道，我出言不逊，望卿海涵。

张昭道，既不为私，我不介意。

鲁肃恐周瑜有失，于是登门拜访，说周瑜道，卿言以三千精甲破黄祖，张昭等以为荒谬，所以不与卿力争，不过欲看水流舟而已。黄祖据上游，又有舟师之利，不知卿如何取胜？

周瑜大笑道，好个看水流舟，我即以此胜黄祖！

八

是夜，周瑜召甘宁，嘱以秘计。翌日，甘宁选士卒数十为随从，乔装商贾，驾大船，逆水而去。

周瑜又召吕蒙，命选熟知水性，又身强力壮者三千，不备舟船，不携戈矛，唯携短剑，并各带绳索数段，沿江上行数百里，候于狭窄处；再横铁索于江面，离水三尺。

吕蒙不解，问周瑜道，既欲破黄祖，不备舟船，不持戈矛，唯携短剑，备绳索，或以铁索横江，不知何意？

周瑜笑道，卿等所携者，俱为破敌利器，不必多问。

吕蒙虽有疑，仍随周瑜上行数百里，止于狭窄处；又依周瑜之命横铁索，候于江岸。

甘宁逆水而上，昼夜不停，行数日，已入江夏。甘宁命泊于江湾，待夜色满江，再出，渐近舟师；忽听有人喝道，汝等何人，此舟师重地，商船渔舟，俱不可近，否则，必执之！

甘宁知为旧识，大喜，答道，我乃甘宁，欲与卿等一聚！

问者颇为惊讶，问甘宁道，汝自走多日，何故复回？

甘宁道，实不相瞒，我今已为行商，贩运过此，因念及旧情，知卿等舟中寂寞，特备酒肉，欲犒劳，望不介意！

问者闻此大喜，遂请甘宁登舟。一时士卒俱集，知甘宁满载酒肉，愈喜。

于是甘宁与舟长及十数士卒坐于舟中，痛饮。舟长见甘宁极尽阔绰，大为好奇，询以生财之道。

甘宁道，我自以为非等闲之辈，故而投身军旅，欲获功绩。可恨长官无德，任人唯亲；我留此数年，寸功未立，升迁无望。我不愿空耗时日，久欲离此，却不知何往。恰有故人经商过江夏，与我遇于酒肆，约我贩运生丝，遂与卿等不辞而别；先入钱塘，收生丝万斤，沿江贩卖，果有所获。今过此，因念及与卿等相处融洽，犹如手足，遂买酒肉，欲与卿等一叙旧情。

舟长道，俱言甘兴霸为人畅快，果然不虚！

不觉，俱已微酣，甘宁说舟长道，水师上下，俱为兄弟，所谓有难同当，有福同享。我所携颇多，人皆有份，望卿等分送各船。

舟长等极赞甘宁仗义疏财，尽取酒肉，四处分送。将士获赠，大喜过望，无不争相痛饮。甘宁仍与舟长等饮食。

时至半夜，将士大醉，江上一片死寂。甘宁知时机已到，领随从俱出，各执利刃，割船缆，断锚索，一时舟船俱走，顺流疾下，径往吴郡。

将士酣睡不醒，竟毫无知觉。

翌日晨，舟船沿江俱来，近周瑜、吕蒙守候处，尽为铁索所阻，再不能前。周瑜知计已成，大喜，指江上舟船说吕蒙道，卿等速登船，敌正酣睡，伸手可擒！

吕蒙等恍然大悟，纷纷入水，又分别登舟。水师将士仍在梦中，无不束手就擒。所获者，将士三千，战船五百。

孙权知周瑜获胜，大喜，即设宴庆功，请张昭、鲁肃等俱来。张昭知周瑜巧破舟师，大为惭愧，称病不往。

席间，孙权问周瑜道，周郎妙算，亘古未闻；此计之奇，恐管仲、张良不能用。既出乎前人之上，不知何以名之？

周瑜笑道，此乃鲁子敬所赐，我不过依计用之。

鲁肃颇疑，问周瑜道，我未曾为卿谋，何有此言？

周瑜道，卿所谓看水流舟，我用其说，故有此胜。

鲁肃大为惊奇，说周瑜道，周郎竟以此为计，鬼神不觉，天人不知，我等何及！

黄祖夜失舟师，惊愕不已，令部属四处查问。半日后，部属禀报详情，方知为周瑜所获，大为愤恨，即往荆州拜见刘表，欲请刘表增兵，伐孙权，复夺舟师。

刘表既虑孙权日渐强盛，势压荆州；又虑黄祖请援不成，反依孙权。既犹疑不决，遂请刘备商议。

刘备道，若助黄祖伐江东，则必与孙权失和。况曹操觊觎荆州已久，若举，曹操必趁机而来，荆州必危；若拒黄祖之请，黄祖必生怨，难为兄长所用。我以为，可资助黄祖，使之能重建舟师。虽非良策，然可足黄祖之愿，亦能与孙权安处。

刘表以为然，赠黄祖五百万钱，精兵五千，命其再建舟师。黄祖大喜，拜辞而去。

袁谭屯黎阳，大募子弟，欲攻冀州。审配知袁谭有取代之意，请袁尚攻黎阳。袁尚然其说，举五万精甲伐袁谭。袁谭欲迎击，辛评说袁谭道，不如降曹操，请曹操援黎阳，袁尚必自退。

袁谭以为可，即遣使入许昌，拜会曹操。曹操大喜，亲率精甲三万往黎阳，屯于黎阳北。

袁谭知曹操来援，即率众出黎阳，迎击袁尚。两军大战数日，损伤惨重。袁谭见曹操不举，又遣辛评拜见曹操，请驰援。曹操遂与曹洪等齐出，分击袁谭、袁尚。袁谭方知曹操别有意图，大惧，败走郯城。袁尚亦受重创，欲回冀州；曹操命曹洪疾追。袁尚愈惧，又转道幽州投袁熙。

曹洪请往幽州，追击袁尚。曹操不准，命诸将俱往郯城，合击袁谭。袁谭大惧，弃郯城，亦欲走幽州，与袁熙合。曹操命乐进、李典率精甲一万斜出，昼夜疾行，阻于袁谭前；命曹洪等紧追于后。袁谭知前后受阻，请降；曹操拒绝，命诸将合击。袁谭大溃，与辛评、郭图等俱被斩。曹操命诸将转赴幽州，攻袁尚、袁熙。袁尚、袁熙不能敌，弃幽州，转走辽东乌桓，投辽东太守公孙康。

公孙康与袁绍有旧交，每有自雄之心，知袁尚、袁熙仓皇而来，遂接纳，以为合二人之众，可力拒曹操。

曹操颇知公孙康用心，命诸将围乌桓，绝其粮道，欲逼降公孙康。公孙康恐粮草不继，率部属突围，每为曹洪等痛击，再不敢举。

郭嘉说曹操道，我知公孙康疑惧，明公可书信，命其斩袁尚、袁熙，可自保，公孙康必奉命。

曹操纳其说，遣人拜会公孙康。公孙康不敢违，命甲士伏于内，请袁尚、袁熙议事。待二人来，甲士忽出，斩袁尚、袁熙。公孙康付二人首级与来使，请曹操退兵。

曹操大喜，欲撤围。郭嘉劝曹操道，公孙康久有异志，实非善类；辽东偏远，讨之不易，既来，不如灭之，以绝后患。

曹操以为然，仍不撤围。公孙康悔恨不已，欲孤注一掷，再突围。曹操又命诸将力阻。公孙康知难以得逞，退回，命弓箭手乱射。郭嘉竟为流矢所中，危在旦夕。曹操大怒，欲命诸将急攻。郭嘉道，不必如此，我知公孙康必再举，若能出，必往辽西。明公可设伏，必能大败公孙康。

言毕，已气绝。曹操大为悲痛，命厚葬；又依郭嘉之计，命于禁领精甲伏于途。是夜，公孙康又举，曹洪等不再强阻，任其自走。

公孙康果然转道辽西，于禁等忽出，大肆杀戮，斩公孙康。

张昭以为会稽依山临海，丛林密茂，易伐佳木，又便于吞吐，遂请孙权命会稽长史虞翻造战船。孙权以为可，令张昭入会稽，督虞翻造船。虞翻好酒，正与士子同饮，知张昭来，不能起迎。张昭大怒，即回吴郡，说孙权道，虞翻滥觞无度，每有所失，实不堪重任；若不撤换，必成大祸。

孙权道，会稽深险，民风剽悍，非才高德厚者不能居之；卿以为谁可代虞翻？

张昭道，我知上虞长顾雍为人蕴藉，颇有才干，可代虞翻。

孙权大喜，即以顾雍为会稽长史，命其大伐木材，督造战船；改虞翻为骑都尉。

顾雍字元叹，亦为世家子弟，不善言，识其才者甚寡。当初，蔡邕来吴郡避祸，顾雍拜蔡邕为师，习书画。某日，太守来访，恰值蔡邕外出；诸子知太守来，无不引颈翘望，唯顾雍正襟危坐，目不旁视。太守以为失礼，责顾雍道，所谓来者是客，汝何不奉迎？

顾雍道，卿为上宾，我为门生，俱为蔡伯喈之客；我虽寡见少闻，亦知迎客者，主人也，岂能越俎代庖！

郡守大为惊讶，遂与之谈，愈觉顾雍蕴藉内敛，于是举为合肥长。顾雍在任数年，不慕虚名，不图声望，又转任数县，既无显绩，亦无过失。

顾雍知孙权爱佳士，遂荐诸葛瑾。诸葛瑾，字子瑜，阳都琅玡人，数年前来江东避乱，居丹阳，与顾雍相识，颇有交往。

孙权大喜，即命鲁肃往丹阳，邀诸葛瑾来吴郡。

鲁肃入丹阳，几经寻问，得其所在，见柴门破壁，颇为寒酸，遂止于门外，呼道，东城鲁肃，来此拜问诸葛子瑜，望能一见！

片刻，诸葛瑾出，虽布衣粗服，仍不失清俊儒雅。诸葛瑾邀鲁肃入内。室内虽简陋，却一尘不染。鲁肃赞道，卿居僻巷，仍不苟且，实在令人敬佩。

诸葛瑾笑道，人言鲁子敬衣必锦绣，食必精美，居必雕楼，我不敢相提并论。

于是请鲁肃入座。鲁肃见案上置一卷书，一张琴，别无他物，又说诸葛瑾道，卿隐于此，目无所视，耳无所闻，唯以琴书为伴，必感悟良多。

诸葛瑾道，我生性愚昧，虽历经祸乱，仍不谙世事，唯知生计难，死亦难。

鲁肃道，我知卿熟读典籍，颇知治乱之道，何不托以明主，施展才华，救生民于水火，留清誉于后世？

诸葛瑾笑道，今天下纷扰，群贼蜂拥，试问谁为寇盗，谁为明主？

鲁肃道，孙仲谋气度宏广，胸襟开阔，堪称明主，凡有识之士无不能用。卿既居江左，何不趋附？

诸葛瑾道，当初，郦食奇见高祖，高祖正浴足，不起迎。郦食奇以为非礼，责之，忿然欲去。高祖以为不凡，极尽礼遇，世人以为高祖圣明，传为佳话。然江山既定，高祖逼反卢绾，冤杀韩信，迫张良称病不敢出，秉性毕现。若郦食其不被齐王烹杀，亦必死于高祖之手。我虽孤陋寡闻，亦知助人成事易，伴人守业难，故不敢奢望。

鲁肃笑道，卿所言非也。卢绾与高祖为同乡，又同生日，高祖视之如手足，卢绾却暗怀不臣之心，私结匈奴，罪不容赦；韩信私留宿敌钟离昧，又杀之，此不忠不义，岂能善终。张良知功高震主，急流勇退，使君臣无猜，此两全之举，故能苟全。卿何不效张良，辅孙权于未竟时，待大业成就，再功成身退，如此，既能尽平生所学，又能留名青史，如何？

诸葛瑾沉吟良久，说鲁肃道，我所以苦读，实望能学以致用。顾元叹亦曾致信，邀我投孙权；因不知孙权贤愚，故而迟疑不往。卿极言孙权圣明，我何疑，愿往。

鲁肃大喜，说诸葛瑾道，若能助孙权成大业，我当与卿同归林下，吟风弄月，渔樵耕读，岂不快哉！

翌日，鲁肃引诸葛瑾离丹阳，入吴郡，拜见孙权。

九

孙权见诸葛瑾风度闲雅，气质清通，大为喜爱，设宴款待，请群僚陪饮，待席散，又召诸葛瑾夜谈。

孙权道，我欲再伐黄祖，以除上游之患，卿以为如何？

诸葛瑾道，上游何独黄祖，若溯流而上，俱为强敌所屯。况黄祖听命刘表，若再伐，刘表或以为将军意在江夏，岂能坐视。我知将军怀父兄之仇，与黄祖不共戴天；然将军非常人，岂能以私仇而误大局。

孙权道，非也。我据江左，与刘表咫尺相望，必有争战。况刘表、黄祖据我上游，阻我出入，若不灭之，岂能窥天下？

诸葛瑾道，我知越人多居深山，每以抢掠为生，因惮于将军之威，暂无祸乱；然其匪性深重，不树威德，不施以教化，岂能立改。若将军与刘表、黄祖争战，匪盗必复出。内忧外患，恐既不能胜刘表、黄祖，又不能平匪患，岂非得不偿失？我以为，应先平山越，再图黄祖。

孙权不悦，说诸葛瑾道，此瞻前顾后之说，恕我不纳。黄祖不死，父兄之灵不安。我怀深仇，昼不安食，夜不安寝，悲愤填膺，他人何知！

诸葛瑾知孙权一意孤行，不好再言，拱手道，我避乱江东，曾与步骘相识，知其学富五车；

若将军欲用之，我愿说其来归。

孙权转喜，问诸葛瑾道，步骘何人，我竟不知？

诸葛瑾道，步骘字子山，世居淮阴，亦因避乱来江东。我与之遇于途，其时大雨，路人无不惶遽，狼狈奔走，惟步骘安步如常。我以为奇，遂与之同行，夜宿岩下。翌日，我饥饿不堪，步骘指山下巨宅道，此宅宏伟，必为富豪所居，可乞食。我以为然，与之同往。主人嫌我等穷困，赠以残羹剩饭。我以为耻，辞而不受。步骘坦然受之，张口即食。我以为有失士大夫风范，责步骘道，所谓君子不饮盗泉之水，卿何故如此？步骘笑道，此孔子迂腐之说，所以逐乎宋、卫，困于陈、蔡，唯因不知委曲。既能处富贵，又能居贫苦，方为真君子。

孙权大笑道，步骘若来，我必待以美酒佳肴，使其饱食终日！

于是请诸葛瑾致信步骘，邀其来吴郡。

翌日，孙权召鲁肃，问鲁肃道，我欲再伐黄祖，诸葛瑾劝我先绝匪患，卿以为如何？

鲁肃道，匪患不绝，江东难安；诸葛瑾所虑有理，望将军纳其说。

孙权沉吟道，卿以为诸葛瑾可与谁比？

鲁肃道，诸葛瑾诚挚雅量，能藏污纳垢，颇有古贤之风，能与众人和，不与众人同。

孙权笑道，以卿所说，诸葛瑾应在张昭之上？

鲁肃道，诸葛瑾智虑精深，果敢有谋，堪为大将军。

孙权不以为然，又问，卿以为诸葛瑾在周郎之上？

鲁肃道，周郎天纵其才，若论运筹帷幄，决胜千里，张良犹恐不及，何论他人？

孙权不再言，遂以诸葛瑾为参军。

数日后，步骘应诸葛瑾之约来吴郡。孙权命设酒宴，请张昭、周瑜、鲁肃、诸葛瑾等陪饮。

孙权笑指席上酒肉，问步骘道，我知卿曾乞食，不拒残羹冷饭，深为不忍；今既来，我欲使卿饱食终日，如何？

步骘道，我虽不才，羞为酒饭之徒。若能为将军所用，虽残羹冷饭，亦必甘之如饴。

孙权大喜，以为步骘气度宽宏，非常人可比，遂以之为主记。

孙权纳诸葛瑾之说，以虞翻为征虏中郎将，以吕范代顾雍为会稽长史，协同虞翻，剿除会稽盗贼；以程普为荡寇中郎将，剿除乐安山匪；以太史慈为建昌都尉，追剿海昏匪众；改顾雍为吴郡丞。

诸将俱出，行鲁肃灭张广之计，封锁道路，逼山匪自出，聚而歼之。不及两月，山越顽匪俱灭。

张昭以为既无匪患，宜增税赋，以足军资，遂请孙权增税三成。孙权以为可，令郡县增租税。

孙权见匪事既平，以为再无忧患，欲率诸将伐黄祖，正此时，忽报建安士民恨税赋大增，围县衙，请减税。令长大怒，执为首者杀之，欲震慑。士民愈恨，复为匪盗，仅十数日，已集数万众，杀官吏，围攻郡城，大有燎原之势。

孙权大为震惊，召群僚议对策。

张昭道，我奉将军之命奖掖农桑，复兴商贸，于是百业兴盛。士民收益日丰，而赋税甚微，不能足军政之用，故而我请将军增税。虽如此，税额仅与桓帝延熹年间同，仍微不足道。凡为民，缴纳税赋天经地义，岂能任其猖狂。我请将军大举讨伐，以绝刁顽之风；否则，虽尽据深远之地，有何益！

诸葛瑾道，此言非也。所谓匪盗，俱为草民，岂能诉诸武力。将军曾每每讨伐，用尽方略，然匪祸不息，平而又起。足见人所服者，在于德，而非武。秦始皇穷兵黩武，孰料有大泽之变；楚霸王扬威天下，谁知有穷途之日。况增税过急，勒索过紧，士民难以承受，岂能不反。足见今日之乱，罪不在民而在官。我请将军减税赋，安民心，宜抚不宜讨。

张昭斥诸葛瑾道，卿何有此言！今日之税，远轻于秦，亦轻于汉，岂能言重！将军辖地千里，驭民百万，政务军资皆赖税赋；况四邻未平，强敌在侧，若无税赋，岂能养甲兵、行政事，卿等俸禄何来？

诸葛瑾道，税赋既为根本，又为祸患之始，卿何不知？

张昭亦知操之过急，不再与诸葛瑾争。

孙权道，我以为，张子布、诸葛子瑜之言俱有理。若不兴赋税，则政无所行，军无所养，更何谈以江左之固而窥天下；然税赋过重，士民怨恨，必生祸乱，既如此，何以言天下？或讨或抚，关乎兴衰，卿等可畅所欲言。

周瑜道，祸乱骤生，应者如云，若抚，恐杯水难灭大火；若讨，恐利刃难断激流。我请将军讨抚并用，两不偏废，诛首恶，以慑人心；赦协从，不问往罪。如此，则匪首惮其威，士民感其德，必能永绝祸患。

孙权以为然，说群僚道，周公瑾所说切中要害，应讨抚并用、恩威并施。官军所到处，首宜张榜安民，抚慰人心。自今日始，废增税之令，仍复如前；凡老残孤寡，俱不纳税；有子弟从军者，免税三年；因天灾歉收者，免当年租税；年过八十者，予粮十斛。

顾雍道，将军圣明，此令一出，人心必安。然税赋既减，用度必窘，我请将军除冗吏，绝奢靡，削减俸给；令诸将屯田，自足粮草。如此，必皆大欢喜，何愁匪患不绝。

孙权大喜道，此立本之说，我何不纳！

于是命步骘入郡县，裁撤冗吏；命程普、黄盖等屯田。孙权自减俸禄三成，凡饮食用度，一律从简，三日一鱼，七日一肉。周瑜自请减薪俸三成，鲁肃、张纮、顾雍、诸葛瑾、步骘等俱从周瑜，请减薪俸。

张昭大为自责，待群僚散去，说孙权道，增税之说出于我，本欲充实府库，以足军政之用，谁料操之过急，促成大乱。我愿罚俸三年，以此谢罪。

孙权道，卿用心良苦，欲助我成就大业，何罪之有！至于俸钱，可从周瑜等。若自此大开节俭之风，使群僚廉洁自律，比之增税添赋，有百利而无一害。况增税之策，令出于我，卿如此自责，使我情何以堪！

张昭又道，将军剿抚并用，必有成效。然剿除易，抚慰难，其中分寸，更难把握。我为将军荐贺齐，必能行此策。贺齐久居会稽，曾为王朗僚属，既精于治理，又颇能用兵，更熟知山越风情；王朗败走会稽，贺齐感王朗之恩，归家不出。伯符慕其名，曾三请，贺齐俱辞。我曾与之有旧，愿往会稽说贺齐来归。

孙权大喜，即令张昭往会稽。

张昭拜见贺齐，贺齐颇知其意，先说张昭道，卿若为孙权说客，请自去，恕我不纳。

张昭问贺齐道，卿与孙权有杀父之仇？

贺齐道，无，然孙策逐王朗，夺会稽；我为王朗僚属，岂能归附宿敌！

张昭冷笑道，我以为贺公苗宽宏雅量，孰料竟如此狭隘。孙策擒王朗，待为上宾，王朗愿走，孙策礼送出境；王朗尚无恨，卿何恨？

贺齐顿时不能言，请张昭入内饮宴。张昭拒之，再说贺齐道，事急，恕无雅兴。今建安、汉兴、南平诸县复乱，孙权欲大举进讨；我荐卿为主将，讨抚并重。卿若拒之，必血流成河。卿世居会稽，与士民血肉相连，何忍见死不救？

贺齐一揖道，既如此，我不能固辞。

于是，贺齐随张昭来吴郡。孙权以贺齐为南部都尉，主平叛，亦请鲁肃监军。

鲁肃、贺齐领精甲五千赴建安。反民闻大军将至，弃城而走，集于深山。

鲁肃、贺齐率众入城，设都尉府。鲁肃说贺齐道，既讨抚并重，宜先抚之；抚而不平，再讨不迟。

贺齐以为然，于是广贴告示。告示既出，民议纷杂，多以为轻税薄赋亘古少见，若信其说，必秋后问罪。

鲁肃、贺齐深知士民所虑，又遍访孤寡老残，赠以钱米，大布恩泽；然反民仍聚集深山，不敢出。

时值秋季，稻禾俱熟，因子弟俱在深山，不能收割，唯老弱妇孺勉力为之。鲁肃、贺齐又命将士助农，经一月，稻粮俱归仓。遂有人传言子弟，极赞官军之德。子弟知不能久持，又用度日窘，归家者日多。

匪首洪明、洪进大为震怒，捕杀数十人；子弟大惧，不敢出山。

贺齐说鲁肃道，子弟惧洪明、洪齐淫威，虽有意，不敢归，奈何？

鲁肃道，洪明等困于深山不能出，久之，必绝谷粮。今已逾一月，我以为必铤而走险，或大出，卿应有所备。

贺齐道，若来，我当大扬声威，使反民不敢助洪明、洪齐；卿可大施恩惠，以悦众人之心。然我虑兵寡，不足以施压；若抚之无效，或大乱，恐不能应剧变。

鲁肃以为然，即致信孙权，请增兵一万，暗屯城外，若洪明等大出，围建安，可将其反围，迫其就范。

数日后，张昭单骑而来。鲁肃大惊，问张昭道，援军何在？

张昭道，我即援军；既增税之策出于我，我若不来，大乱难平。

鲁肃颇知其意，说张昭道，反民怨恨如炽，先生必受辱；先生请回，我等必能奏捷。

张昭道，若我一人受辱，能安万人之心，我何辞！

十

是夜，洪明、洪进率众忽出，围建安。贺齐恐生大乱，欲坚城而守；鲁肃以为不然，请贺齐不设防，任其入城。

贺齐道，洪明人多势众，又知我兵寡，或大肆攻击，若坚城而守，或能拒之；若不设防，彼必蜂拥而入，气焰既炽，岂能克之。

鲁肃道，卿勿忧，贼虽多，不过乌合之众，若能一举斩贼首，其势必颓。张子布欲当众责己，以泄积怨，此釜底抽薪之举，必收奇效。况我等施恩德于前，人心已有所动，若与之兵戈相见，岂不前功尽弃。

贺齐不愿力争，命部属俱登屋顶，伏于四周，以待洪明、洪进。

深夜，洪明、洪进见城上松懈，以为官军不知，率众骤举，夺门而入；又见城内空虚，并不设防，大喜，直扑军营，欲突袭。待近前，仍无动静，顿生疑惑，遂止；忽见火把四起，照耀如昼。洪明等大惊，抬头四望，见官军俱在屋顶，戈矛齐举，弓弩俱张。

洪明、洪进顿时不知进退；正此时，张昭、鲁肃、贺齐等从容而出，伫立军营外。

贺齐喝道，汝等不可妄动，否则，箭矢齐下，必死无葬身之地！

众人大为恐惧，不敢动。张昭见来者所持多为农具，知为农人，愈觉惭愧，说众人道，我知汝等俱为良民，并无异心；所恨者，增税过急也。我即张昭，增税之令出于我，非他人。我奉孙仲谋之命，来此受责；汝等若有恨，可执之，亦可杀之，切勿妄举，免受别有用心者利用！

此言一出，喧嚷之声大起，或怒骂张昭，或转责洪明、洪进。

洪明、洪进顿觉胆怯，隐入人群，不敢出。

贺齐唯恐失控，指屋顶官军说众人道，屋上精甲，只为元凶，不为协从！来者俱为父老，并无图谋，所怒者，不过重税；重税伤民，民起而抗之，此天经地义也。我世居会稽，颇知民心，更知罪不在民，而在官府！

言至此，喧嚷声忽止。鲁肃又说众人道，汝等所持，俱为农具，足见并非匪盗。孙仲谋知有失，大为自责，减用度，仅三日一鱼，七日一肉；又令我等不用武，以安抚为重；并收回成命，大减薪俸，裁撤冗吏。所谓知过能改，善莫大焉；既遇明主，汝等宜欢欣鼓舞，岂能听他人蛊惑！

有人呼道，孙权能如此，我等之福也！

闻此，渐有人散去。忽听洪明疾呼道，此不过欺人之说，汝等若走，官军必随后登门，或捕或杀，岂能由己！张昭等所以示弱，俱因兵寡，否则，必大开杀戒！屋上官军不足五千，有何惧哉！既举反旗，孙权必恨之入骨，岂能轻饶！

于是，走者复回，群情渐而鼎沸。不觉，天色已明，鲁肃说贺齐道，所谓擒贼擒王，若能杀洪明、洪进，必使危机立解。

贺齐道，洪明、洪齐隐于人群，恐执杀不易。

鲁肃道，何用执杀，请借弓箭一用，我必使之毙命。

贺齐遂以弓箭付鲁肃。鲁肃退入营门，张弓搭箭，唯待洪明、洪进露头。

张昭知鲁肃用意，欲使洪明、洪进出，又说众人道，既罪在我，我愿束手就擒，虽千刀万剐，悉听尊便！

言毕，当众跪下。众人惊愕不已，竟一时无措。洪明疾呼道，张昭乃群僚之首，若执为人质，官军必退！

鲁肃知机不可失，即射之，中洪明前额。洪明一愣，望后而倒。

洪进不知洪明中箭，见其忽倒，颇为惊讶，即上前，见一箭穿前额，箭镞自后脑出，大骇，疾呼道，有人放箭！

鲁肃知为洪进，再射一箭，又中洪进脑门。洪进亦倒地，顷刻而亡。

众人见洪明、洪进俱死，大乱，纷纷欲走。张昭呼贺齐道，可阻之，勿使一人离此！

贺齐不解，问张昭道，首恶既死，众人欲散，何必阻之？

张昭道，众人愤恨未解，虽散，或复聚！

贺齐以为然，令将士俱下，阻绝街巷，使众人复回。众人不知用意，又不能强走，恐惧愈甚，一时鸦雀无声。

张昭知众人惧怕，请贺齐命将士入营，不可擅出。于是，营外仅留张昭、鲁肃及贺齐。众人稍安，渐有声息。张昭再跪地，复说众人道，我知郡县催逼税钱，多有侵犯，或滥施刑罚，或强夺资财。凡此种种，过亦在我，今在此一并谢罪！

片刻，有书生自人群中出，指张昭道，汝为名士，又为群僚之首，竟不知增税加赋，祸乱之始！又怂恿恶吏，大肆催逼，凡有微词，大加鞭笞！我父年过六旬，因不能缴纳，请求减免，竟污为刁民，执入县衙，杖责三十，至今不能起！试问，官吏罪行累累，汝以何代其谢罪？

贺齐说书生道，三县官吏已为汝等杀尽，何有此言！

书生冷笑道，官吏虽死，首恶仍在，岂能轻饶！

张昭说书生道，乃父所受杖责，罪亦在我。我受孙仲谋之命，治理江东，却不察官吏恶行，使乃父遭此屈辱。我愿替官吏受刑，以泄怨恨！

言毕，脱尽外衣，伏于地，呼鲁肃道，请鲁子敬执刑！

鲁肃大为惶遽，说张昭道，既首恶已死，人心震动，进退由我，何必如此！

张昭斥鲁肃道，以鲁子敬之严明，尚徇私情，何言他人！

鲁肃无奈，遂入军营，执杖而出，付予书生，说书生道，张子布年长，堪为父辈；卿若必泄愤恨，请自便。

书生还杖与鲁肃，冷笑道，我非官，若杖责张昭，必授人以柄。既众人在此，公道在天，卿何疑？

鲁肃不能辞，遂举杖，又放下，不肯用刑。

张昭怒斥鲁肃道，若怨恨不解，他日或复乱，此鲁子敬之罪也！

鲁肃再举，击张昭，下手极轻。张昭喝道，再如此，我必视汝为宿敌！

鲁肃挥泪道，先生逼我太甚，我何敢辞！

于是杖下如雨，瞬间已过三十。张昭虽皮开肉绽，竟不呻吟。鲁肃住手，说书生道，汝恨解乎？

书生颇为惭愧，说鲁肃道，我以为卿等不过虚言，欲阻众人之说而已；谁料竟言出必行！

言毕，一揖告退。鲁肃、贺齐欲扶张昭起，张昭拒之，说众人道，凡有冤受官刑者，俱请言之，我必尽代官吏受罚！

众人再不言，又欲退走。书生又出，说众人道，我等并非刁顽之徒，所恨者，苛捐杂税也。洪明、洪进俱非善类，我等因愤恨，怒而从之，若官府不究，理应感戴。张子布不惜以金玉之身代官吏受刑，足见赤诚。既事已明，疑惑尽解，我等当去！

众人纷纷附和，尽随书生而去。

鲁肃见张昭伤痕累累，即送张昭回吴郡，延医治疗，侍于榻前，不肯去。张昭说鲁肃道，洪明、洪进虽死，然人心惶惶，恐惧未解，卿应复回，安民善后，以防死灰复燃。

鲁肃道，先生勿忧，建安偏远，虽民风勇悍，然禀性淳朴，服德不服威。先生代官吏受酷刑，恩德大树，必能使之悦服。

张昭叹息道，我曾遍览古籍，熟读诸子百家，以为儒家之说失于宽，法家之说失于严，欲取其长而舍其短，兼而用之，未料铸此大错。我欲辞长史，荐卿代之。卿才情气度，俱在我之上，必能大有作为。

鲁肃忙道，先生博雅清通，勤政自律，实为我辈楷模，何有此言？

张昭道，卿初来，我曾进谗言，说卿不堪大用，其忌妒狭隘，思之令人汗颜！如此胸襟，岂能为群僚之首！

鲁肃苦劝，张昭不听，命家仆备笔墨，书辞呈，请鲁肃转送孙权。

孙权大惊，拜访张昭。孙权道，兄长曾托卿以内事，足见倚重；凡卿所说，我无不遵奉。今江东初创，立足方稳，卿何忍舍我而去！

张昭道，将军神武果决，敏慧绝伦，我能为将军所用，三生之幸耳。然我气量狭小，性情操切，若居要职，必大有所失。鲁子敬才情俱佳，卓绝不凡，可代我为长史。

孙权忽起，出张昭辞呈，撕为碎片，说张昭道，卿执意欲去，足见我不可辅。既如此，我必遣散将士，尽逐群僚，与卿同去！

张昭大惧，再不敢言。

十一

群僚知张昭受杖刑，纷纷登门探望。张昭恐惹非议，命长子张承闭门谢客，欲借此思过。待痊愈，即上书孙权，请整肃吏治，撤庸官，除恶吏，罢苛政，绝酷刑，用儒家之说，大行仁政。

孙权然其说，令鲁肃、诸葛瑾、步骘等巡视郡县，察官吏作为。于是因渎职受罚者近百人，下狱获罪者数十人，远近震动，风气一新。

张昭还职，又请广选俊材，以备未来之用，并荐陆绩、陆逊，请孙权起而用之。

群僚各有举荐，于是周泰、蒋钦、凌统、潘璋、丁奉等俱获起用。

孙权尤重陆绩、陆逊，命张昭登门礼请，以别于他人。陆绩欲辞，陆逊以为不可，说陆绩道，孙权威德兼俱，又壮志凌云，据江东以来，恩信日显，气象日新，足见可辅。若归附，或能使家族重振，何不应之？

于是，二人应召，随张昭拜见孙权。孙权大喜，设宴款待，见陆绩、陆逊俱已成年，风华愈佳；唯嫌陆绩一足微跛，陆逊又稍显纤弱。

孙权笑说陆绩道，陆公纪怀橘遗母，世人引为人子之范，今已成年，想必才情风华又胜当年。

陆绩道，所谓怀橘遗母，不过寻常之举，若无袁公路激赞，世人焉知此事，又何足为将军所道。

孙权道，卿风华正茂，已知谦逊，足见家学深厚，实非寻常。

言毕，见陆逊端坐不语，亦不饮食，转说陆逊道，陆伯言何故不食？

陆逊道，我闻将军仅三日一鱼、七日一肉。今案上所陈，炙肉各三斤，鱼二尾；樽中所盛，又为巴西清酒。我以为能足将军半月之需，故忐忑不安，不敢食，亦不敢饮。

孙权大笑道，卿等为世家子弟，宝马雕鞍，锦衣玉食，我不敢薄待。

陆逊道，我虽不才，亦知处富贵而思贫寒，居庙堂而知江湖。饮食衣服，不过果腹蔽体；况君子耻于口腹，乐于修习，此既圣人之说，亦乃家族之训，恕不敢忘。

孙权大喜，以为陆逊优于陆绩，即命仆从撤鱼肉清酒，上腊酒，具蔬果，与二人痛饮。

席间，孙权又说陆逊道，我观卿风致虽妙，然稍嫌纤弱，恐不禁疾风。

陆逊道，柳虽弱，可随风而动，故不为风所折。

孙权笑道，可惜春尽即老。

陆逊道，万物皆有枯荣，不独柳，人亦如此。

孙权愈为喜爱，遂以陆逊为东曹令史，不离左右；以陆绩为奏曹掾，主内外文书。又以蒋钦为中郎将，周泰为春穀长，凌统为破贼都尉，潘璋为别部司马；丁奉尚幼，未及弱冠，不领职务，入水师，属甘宁。

孙权欲再伐黄祖，请周瑜谋划。正此时，忽报丹阳太守孙翊为都督妫览、郡丞戴员谋害；孙权悲恨交加，又止。

孙权与孙翊情意最深，欲举众伐丹阳，杀妫览、戴员，以泄愤恨。

陆绩以为不可，说孙权道，丹阳为将军治下，伐丹阳犹如伐己。妫览、戴员为孙翊僚属，杀之而不言反，必有隐情。我请将军察明事因，若妫览等有罪，可执而治之，何必兴师动众！

孙权正怒火中烧、五内俱焚，不听，欲命周瑜举众赴丹阳。陆绩再劝道，若如此，妫览、戴员必反，或转投曹操、刘表，岂不适得其反！

孙权斥陆绩道，汝与孙翊非骨肉，岂知手足之痛！

言毕，请陆绩退去；陆绩冷笑道，我若去，必不复回！

孙权大惊，问陆绩道，卿欲何往？

陆绩道，将军重私仇而轻大义，我所依非人，留此何益！

孙权大为震动，沉吟良久，说陆绩道，既不可伐，我当如何？

陆绩道，太守凶死，人心必乱，若举措失策，必招大祸。我不才，愿往丹阳，详察事由；若妫览、戴员有罪，必执之。

孙权以为然，命侍从备车，送陆绩往丹阳。

孙翊性情张扬，为人苛刻，又独断专横，行事乖张，僚属每有过，轻则杖刑，重则棒杀。族人孙高及傅婴惧孙翊严酷，曲意逢迎，每每投其所好；余者不敢亲近，敬而远之。孙翊唯与孙高、傅婴往来频繁，引为左右；妫览、戴员等虽极尽攀附，仍不获青睐。

妫览主军事，每有禀报，孙翊或责骂，或痛斥。孙翊妻徐氏与妫览为远亲，妫览欲借徐氏通融关节，交好孙翊，于是往来渐多。徐氏极力斡旋，孙翊恨妫览言多，仍严拒。

妫览不甘，仍与徐氏往来，久之，渐喜徐氏美貌，往来愈频。仆人俱知二人之意，渐有流言。

某日，孙翊回府，见仆人于廊下低语，窃笑不已，大为疑惑，执入内室，问何故。仆人不言，孙翊大怒，痛殴。仆人不堪苦楚，遂告知。孙翊怒不可遏，仗剑而出，直奔妫览府第，欲杀之。

有人报知妫览，妫览大惧，自后门出，遁入戴员家，疾呼道，孙翊欲杀我，已入我家；我仓皇而走，孙翊必大加追索。我等或生或死，俱在顷刻之间！

戴员大惊，欲逐妫览以自保。妫览急道，不可，既已来，孙翊必知；我若被戮，卿亦难幸免！不如联手，共诛孙翊，以免灭门之祸！

戴员顿时无所措。妫览道，事急，岂容细思！我执戟藏于门后，卿可当堂而坐，故作饮酒，以疑孙翊；孙翊若来，我猝然而举，必能杀之！

戴员依其说，仍复坐，取酒自饮。片刻，孙翊飞奔而来，剑指戴员，喝道，逆贼妫览何在？

戴员忙道，我在此饮酒，不见妫览。

话未尽，妫览忽出，一戟刺中孙翊后背。孙翊大叫，反身急刺妫览。妫览举戟再刺，又中孙翊前胸，呼戴员道，卿何不举！

戴员遂起，出利剑，亦刺孙翊后背。孙翊渐颓，倒于地。妫览以戟猛刺，直至气绝。

戴员劝妫览举丹阳，投扬州刺史刘馥，归附曹操。妫览以为不可，欲自领丹阳太守，遂召部属，命紧闭城门，禁出入；又选甲士，隐于郡衙，再召官吏来此听命。待官吏尽至，妫览出孙翊首级，说众人道，孙翊性如豺狼，行如猪狗，待僚属如宿敌，视手足如路人，薄德寡恩，无情无义。今仗剑入我府第，欲杀尽家人。我不得已，将之诛杀。所谓鸟需有翅，蛇需有头，现印绶在此，我当暂领太守，望卿等各司其职，一如既往。若孙权问罪，由我一人承担！

众人知甲士在侧，不敢言。

戴员恨妫览独揽大权，与孙高、傅婴等密议，欲杀妫览，取而代之。妫览亦疑戴员、孙高等，欲逐一捕杀。孙高、傅婴大惧，欲杀戴员，取悦妫览，以图自保。

戴员疑孙高、傅婴或别有图谋，恐反为所害，即召亲信，紧闭门户，各备利刃，以防不测。孙高、傅婴知戴员有备，不敢举，转投徐氏，求庇护。

妫览欲趁机纳徐氏，径直入府，言明心迹。徐氏知不可拒，说妫览道，妾虽颇知孙翊无道，死有余辜，然曾为夫妻，望容妾为其治丧，待丧事毕，再与卿欢会不迟。

妫览不听，搂徐氏道，我思慕成疾，岂能再忍；今日即佳期，如不遂愿，誓不离此！

徐氏沉吟道，既君意如水，妾何忍拒之。请稍候，待妾去孝服，重涂铅华，再与卿缠绵。

妫览大喜，于此静候。徐氏入内，暗会孙高、傅婴，说二人道，妫览欲强纳，现候于厅堂。卿等若能除此巨奸，妾不辞为奴婢，誓报大恩。

孙高、傅婴亦垂涎徐氏，闻此，大为忌恨，欲执杀妫览。徐氏又说二人道，妫览强壮，又佩利剑，若举，或反为所害。卿等可隐于此，待妾更妆，召妫览入，乘其不备，骤然而举，必能杀之。

二人依徐氏所嘱，各怀利刃，隐于榻后。于是，徐氏呼奴婢，备温汤，沐浴更衣；又涂脂粉，画黛眉，点朱唇；再命奴婢烧彩烛，闭重幕。

徐氏着轻纱，坐于榻前，命奴婢呼妫览。妫览等候良久，正觉难忍，闻徐氏召，欣喜无比，径入内，见徐氏碧纱浓妆，玉体隐约，面若春花，比往日姿色更美，愈觉神魂颠倒，欲拥之入榻。

徐氏指妫览佩剑道，卿携此物，杀气外涌，妾岂能畅快。

妫览大笑道，恕我心急，不知美人惧此。

遂解剑，付与奴婢。奴婢接剑，速出。妫览再搂徐氏，翻身入榻，剥尽外衣，正欲举动，忽听徐氏疾呼道，孙高、傅婴何在！

孙高、傅婴齐出，急刺妫览。妫览猝不及防，中数剑，死于榻上。

孙高、傅婴各怀心思，欲占徐氏，遂互攻。徐氏呵斥二人道，生死关头，岂能如此！可趁戴员无备，执而杀之，否则，必反受其害！

二人如梦方醒，遂取印绶，召群僚，极言妫览、戴员之罪；又选壮士，急攻戴员。戴员知不能拒，自缢而死。

是夜，孙高、傅婴执戴员头，复见徐氏。徐氏复着孝服，以妫览、戴员之头祭孙翊。祭毕忽起，以头触墙，碧血飞溅。

孙高、傅婴大骇，欲施救，徐氏已气绝。

此事传开，官民大为震骇。正上下疑惑，陆绩已入丹阳，即召僚属，命各自归职，以防祸乱。

陆绩详审事由，以孙高、傅婴诛贼有功，请孙权奖赏。

孙权亲来丹阳，以傅婴为太守，以孙高为都尉；收妫览、戴员余党及族人下狱；又依陆绩所请，广出告示，历数孙翊之罪，于是人心渐安。

孙权以为徐氏节义，令厚葬。

十二

曹操剿灭袁绍父子，海内为之震动。贾诩以为曹操功绩如天，应封公，遂与荀攸、钟繇、夏侯惇、夏侯渊、曹洪、曹洪等联合，上书献帝，请置魏国，封曹操为魏公。

曹操召荀彧，问荀彧道，群僚俱请封我为魏公，我惶恐不已，欲辞谢，又恐有违众意，卿以为如何？

荀彧道，明公志在伐尽不臣，使天宇清朗，万里澄明，并无私欲；若受封，士民或以为明公意在厚禄，不在君国，岂不辱没志存，污损英名；我以为明公当辞。

曹操不喜，却不表露，说荀彧道，群僚皆不知我志向，唯荀文若知我心迹。

于是曹操上表辞谢。荀攸知荀彧劝曹操辞封魏公，知曹操必忌恨，即拜见荀彧，说荀彧道，封公之说，肇于贾诩，或意出曹操，岂能阻之？

荀彧道，我等俱为汉臣，非曹操家奴，岂能割天子之土以封曹操！

荀攸道，此言差矣。我等俱知曹操欲念如海，贪心如炽；所以请封魏公，不过欲以亡羊死兔，饱饿虎之腹。今曹操威加内外，势压天下，天子如画像在壁，群臣如飞鸟在网，可揭之，亦可捉之。既能阻其贪欲，何不顺水推舟？

荀彧大为震动，沉吟良久道，既如此，卿等可再请。

于是荀彧、程昱、华歆、王朗等亦请。献帝不敢拒，封曹操为魏公，以河东、河内、魏郡、中山等十郡为封地。曹操辞谢再三，乃受封。

曹操亦上表，为诸将请封。于是荀彧、程昱、钟繇、贾诩、荀攸、华歆、曹洪、曹仁、夏侯惇、夏侯渊等二十余人俱封侯。

曹操以为太师、太傅、太保三公并列，颇有掣肘，不能独断，又请废三公，置丞相。献帝亦不敢拒，遂废三公，拜曹操为丞相。

曹操置魏公府于邺城，群僚无不称贺。曹操以为老之将至，欲选立世子，却举棋不定。

曹操有数子，长子曹昂死于乱箭；次子曹铄因病早夭；三子曹丕文武兼具，气质禀赋异于常人，才名远播，然不喜谈吐，敏于内而讷于表；四子曹彰满头黄发，人称黄须儿，性情刚烈，武艺超绝，却不善谋略；五子曹植风仪绝伦，词句壮丽，名动四海，颇为士大夫推崇；小子曹冲早慧，有神童之誉，曹操尤其喜爱。

是日大雨，曹操召诸子来庭前看雨。庭下有梨树两株，正青果满枝，曹操欲试诸子之才，指梨树道，岂不一字乎？

话音始落，曹冲答道，此霖字也！

曹操大惊，问曹冲道，汝初识文字，何以知之？

曹冲道，臣兄曹子建《赠白马王彪》有“霖雨泥我涂”，臣极爱此句，每日必诵，故而能知。

曹丕、曹植等大为惊讶；曹操赞许不已。

曹操虽极爱曹冲，然其年方十岁，不能为世子；曹彰一介武夫，亦不可立；曹丕内敛沉稳，曹植机智超绝，俱可立，却又恐有失，故此疑而不决。

曹操知王朗与曹丕、曹植俱有往来，又每有唱和，于是命诸子退下，召王朗，欲问曹丕、曹植贤愚。

王朗奉命而来，与曹操对雨饮酒。曹操道，孤知卿与曹丕、曹植颇有往来，欲请卿说二子贤愚，望知无不言。

王朗道，人言知子者莫过父，况魏公察人之深，纤毫不能隐，何需臣代言？

曹操道，灯虽明，光彻屋宇，然不能自照，俗称灯下黑。请勿辞，为二子一评。

王朗不知曹操用意，沉吟道，二子俱善文辞，才思敏捷，气象宏伟，每每令人叹服。曹子恒词意陡峭，雄奇壮阔，能透彻天人之机，读之令人警醒；曹子建幽思如海，奇丽飘摇，烟生霞涌，虽屈原、宋玉不能比。此二子，必为后世文宗，虽逾时千古，亦不乏追慕者。

曹操不悦，以为答非所望。王朗以为失言，起座告辞。曹操亦不留，又命召荀彧。

荀彧冒雨而来，以为有要事。曹操亦命荀彧对饮，说荀彧道，孤老之将至，然群雄犹在，事业未竟；既为公，需有继嗣。孤有数子，堪为世子者，唯曹丕、曹植，然二子气质各异，实难选别。卿颇有察人之明，请为孤一决。

荀彧沉吟道，二子龙凤之姿，金玉之质，又才名远播，风华绝代，可谓难分伯仲。臣闻知子者莫若父，魏公尚难抉择，况乎臣？

曹操道，诚如卿所言，二子各有异质，秉赋气度俱在伯仲之间，实难取舍。

荀彧道，臣知两树俱华，以多实为善。世子身负千秋之业，犹如树之多实，须傲立风雨，稳健不动者方可立。臣以为，可不论才气，以处乱不惊，临危不惧为上。

曹操大喜，说荀彧道，孤已有所知，然仍需一试。待疾风起，卿可来此，助孤试二子。

于是嘱以密言。荀彧不敢辞，应命而去。

不觉，已寒秋，疾风大起，曹操命仆人于庭前设席，召曹丕、曹植陪饮。曹植以为秋风伤人，说曹操道，人言秋风如割，当风而饮易伤身，臣请移席内室。

曹操大笑道，孤转战四方，铁马金戈，踏冰卧雪，何惧秋风！

正此时，荀彧飞步而来，疾呼道，街衢失火，风助火势，如洪水破堤，转瞬即至，臣请魏公速避！

曹操骤起，欲走而不举，目视曹丕、曹植。曹植猝然离席，惶遽之色溢于表；曹丕不动，端坐如常。

曹操假怒，责曹丕道，火到眼前，汝竟不动，岂不愚钝！

曹丕道，臣知王府远离民房，虽冲天之火不能及此，故不离座。

曹操已有分寸，亦归座，说曹丕道，汝言之有理，勿需离此。

曹植自知有失，大为悔恨。荀彧忙道，我知子恒、子建俱为人杰，不惧萧墙之祸，请恕我唐突！

曹操请荀彧饮酒，命曹丕、曹植俱退。

曹操说荀彧道，卿必尽察二子之态，请为孤择之。

荀彧道，魏公已有决断，何需臣妄言。

于是曹操表奏献帝，以曹丕为世子，拜五官中郎将；以曹彰为北中郎将，拜鄢陵侯；封曹植为平原侯。

刘备久屯新野，不知进退，以为虚耗时光，焦虑不已，每每召关羽、张飞饮酒，以解忧愁。关羽、张飞颇知刘备忧虑所在，劝刘备突袭荆州。刘备不肯，大加斥责。

简雍、孙乾等亦知刘备所虑，每欲进言，又无良策。是夜，简雍愈觉自责，久卧不眠，遂起，访孙乾，欲吐胸中块垒。孙乾知简雍来，颇喜，请入内，以酒款待。

简雍道，我等受刘玄德恩遇，却不能为之谋，颇为惭愧。

孙乾叹息道，成非常之事，需非常之人；我等或知典籍，或知古训，却俱非谋士，不善策略。既如此，应为刘玄德举贤，不可贪恋恩宠而失义。

简雍道，实不相瞒，我亦有此意。然据我所知，曹操、孙权俱欲纳尽天下英才而用之，凡有识之士，多获征用；以我寡闻，实在无人可举。

孙乾道，非也，天下之大，英才之广，岂能为曹操、孙权尽用。我知阳翟司马徽广识人物，不如请刘玄德访问，或有所得。

简雍大喜，遂邀孙乾拜见刘备。

翌日，简雍、孙乾谒刘备。孙乾道，阳翟司马徽，号水镜先生，人言尽知天下贤才。我等特请将军访问，或能获不世之才。

刘备笑道，麋竺、麋芳及卿等，俱为佳士，何需他人？

孙乾道，我等虽昼夜苦读，熟知经史，却俱非谋士，不能佐明主。若将军问以是非，或俱能明辨；若问以复兴之计，却勉为其难。将军若欲遂壮志，应访大贤而用之。

刘备不言，颇为犹豫。

简雍道，曹操赖荀彧、程昱等之谋，故有今日；孙权用周瑜、张昭等之策，故能兴盛。将军辖关羽、张飞、赵云等熊虎之将，本应纵横天下，超绝群雄之上，却往往失之谋略而屡受挫折，至今仰人鼻息，寄人篱下。我等空有忠壮之心，却短于谋划，不能使将军振起，更无以报知遇之恩。若将军不应，我等将就此引退。

刘备沉吟道，卿等虚怀若谷，令人感佩。既如此，我即往阳翟，拜会司马徽。

于是留赵云守新野，领关羽、张飞取道阳翟。

行数日，三人已入阳翟，一路访问，知司马徽居城南乡间，再转道城南，渐而，见青山数重，流水深碧，又疏林淡烟，人户稀少，仿佛世外。刘备感叹道，司马徽幽居此地，竟能知天下人物，足见不凡。

三人行过一片茂林，林外有茅舍，有老者于檐下舂米。刘备下马，命关羽、张飞稍候，近老者，拱手问道，请问司马德操家居何处？

老者略为迟疑，指二里外竹林道，竹外茅舍，即司马徽家。

刘备谢过，与关羽、张飞牵马步行。过竹林，果有茅屋，屋前有流水，屋后有青山，又古木森森，绿意泛涌，虽暑气未退，仍清冷不已。

关羽冷笑道，司马徽故作高深，使虚名流播，引我等远道来此，可恶！

刘备斥关羽道，司马德操风尚高古，世人无不景仰，岂能胡言。

关羽不屑，亦不言。三人渐近茅屋，见院内杂草丛生，似久无人居。刘备系马于屋前古柳，命关羽、张飞候于树下，自入院内，见院门虚掩，不敢擅入，遂止，朝院内一揖道，涿郡刘备，特来拜望水镜先生！

并无回应，又呼，仍无回应。刘备稍作迟疑，推院门入内，渐有淅沥声入耳，恍若细雨远来。刘备颇疑，再呼，既无回应，亦无人出，于是拾级而上，近门口，向内张望，见屋内铺有竹席，席上满是肥蚕；桑叶将尽，叶脉毕现。

刘备遂知声息所在，大为惊疑，未料以司马徽之高名，竟采桑养蚕，足见生计不易。

刘备徘徊良久，知司马徽或外出采桑，退出，又往屋后，见树树碧桑环绕茅屋，虽秋意隐约，仍绿肥如春；有白发老者，手牵桑枝，正采桑；其下有竹筐，盛满桑叶。

刘备知为司马徽，大喜，深施一礼道，涿郡刘备，拜见水镜先生！

司马徽微惊，回首一看，见刘备恭立树下，颇疑，继而笑道，人言刘玄德双耳垂肩，两手过膝，果如其言。

刘备道，我久闻水镜先生大名，特来请教。

司马徽住手，抛桑叶入筐，笑道，我不过村夫野老，唯知桑麻，恐无所告。

言毕，再牵桑枝，又采。刘备略作沉吟，亦采桑，俄而，说司马徽道，我闻水镜先生博知古今，识尽天下英才，故不辞远道而来，望能举荐。

司马徽又止，凝视刘备，又道，卿天生异相，断非池中之物，必大有所为，何需听计于人？

刘备颇为黯然，说司马徽道，实不相瞒，我乃汉室宗亲，因不忍天子被挟，苍生蒙难，故而起义兵，欲复兴汉室。然我愚钝，虽转战十数年，一无所成。今老之将至，赘肉暗生，天子仍在巨奸之手，我亦无立足之地，其愧恨哀痛，唯我自知。故来此，欲请先生引荐大贤，助我光复汉室。若能还天下太平，先生之德大矣！

司马徽冷笑道，大地欲裂，苍天欲坠，岂能逆转。卿明知不可为而为，焉能有所成。

刘备道，所谓谋事在人，成事在天。既山欲崩，天欲坠，能不奋力振之。若不尽人事，岂能遂天意！

司马徽不言，坐于桑树下。刘备亦坐地，与之面对。

司马徽道，若论天下佳士，可谓灿若星河，我岂能尽知。就千里之间而言，当首推周郎，然周郎已为孙权所用；此外，尚有卧龙、凤雏，亦能冠绝一时。

刘备大喜，问司马徽道，不知卧龙、凤雏何许人？

司马徽道，凤雏姓庞，名统，字士元，南郡庞德公之子。我与庞德公相知甚久，往来亦多，却不知庞士元之才。某日，庞士元自南郡来，我亦于此采桑；庞士元不下车，笑我道，我知士大夫以耕读为本，岂能学蚕妇！

言至此，司马徽指桑外小径道，此即庞士元停车处。

刘备看时，见桑荫浓密，一径荒渺，似觉风尚殊异，余韵未绝。

司马徽笑道，我见其语带讽刺，于是笑道，卿莫非庞德公之子？

庞士元道，正是。

我又问，子从何来？

庞士元又答，自南郡来。

我再问，何日启程？

庞士元再答，一月前。

我正欲反唇相讥，庞士元大笑道，先生必说我一月行两千里，应自歧路来；君子之行，必取正道，不入歧途！

我大惊，孰料庞士元精警如此，于是又笑道，子曰君子固穷，小人穷斯滥也。敢问车中子，君子乎，小人乎？

庞统笑而不言，举步下车，来此处，与我桑下闲话，其见识之卓越，才思之敏锐，令人惊叹。尔后其名渐显，遂有凤雏之称。卿若得此人，必能安天下。

刘备大为景仰，问司马徽道，不知何处能见凤雏？

司马徽道，庞统游学四海，萍踪浪迹，不知何处可寻。

刘备颇为失望，嗟叹不已；俄而，又问卧龙何在。

司马徽道，卧龙复姓诸葛，名亮，字孔明，琅玡阳都人，父母早丧，依族父诸葛玄，诸葛玄亦病死。自此，诸葛亮躬耕南阳隆中，自比管仲、乐毅，好为《梁甫吟》。其兄诸葛瑾避乱江东，已为孙权所用。诸葛亮以卧龙之姿待时隆中，随时可访。

刘备大喜，又问司马徽道，不知卧龙与凤雏比，孰优孰劣？

司马徽道，二人皆旷世之才；依我所知，庞统才情横溢，旷放不羁；诸葛亮精密谨慎，一丝不苟。二人禀赋各异，实不可比。

刘备再三致谢，告辞，领关羽、张飞转道南阳。

又数日，三人已至南阳隆中，径往卧龙岗，沿山而走，不觉峰峦层叠，山色渐深，有溪水出自深山，蜿蜒而下；溪畔偶见人家，无不清幽。刘备正欲询问，见有妇人洗衣，于是暂止，问妇人道，请问诸葛孔明家居何处？

妇人大为惊惶，见三骑伫立溪边，马上人着锦衣，又各佩长剑，知非山中人，不敢答。

刘备又问，诸葛孔明何在？

妇人愈惧，弃衣物而去，走入茅屋，急关房门。

张飞喝道，可恶村妇，竟不答话！

刘备斥张飞道，山中人质朴，休出狂言！

关羽忍不住笑道，村妇疑兄长非礼，故而惶遽。

刘备不悦，说二人道，此处山清水秀，气象不凡，必多隐逸之士，岂能鲁莽。

关羽举目四望，见山谷交错，云气横流，杂树蓊郁，村舍隐隐然，不禁暗说张飞道，居此者，必村夫野老，岂有佳士？

张飞道，未必，凡佳士，俱好山水，喜林泉，不爱喧嚣，或果如司马徽所言。

三人沿山溪而走，迎面一道斜坡，种满赤豆，已豆熟苗枯，有农人戴斗笠，披蓑衣，正收割。刘备驻马，问农人道，请问诸葛孔明家居何处？

农人住手，打量三人，指白云间道，沿山溪上行数里，有松林，即卧龙岗；溪上有木桥，桥头有茅屋，即诸葛亮所居。

刘备谢过农人，又行。不觉，小路转深，不见泥污，亦不见人迹。再往前，一片赤松横亘，连山带岭，浩浩然如苍波轻卷。

三人入松间，有微风穿林，松针轻坠，俱有声，如良人轻叹。

刘备赞道，若非超凡绝俗，不能居此！

关羽、张飞不言，信马由缰。良久，见林外果有木桥，悬于溪上，与茅屋相通，于是止于桥头。

三人系马松树上;关羽说刘备道,兄长可自去,我与翼德在此等候。

刘备亦不勉强,过木桥,止于院门前,见院内梅树青葱,枝叶斜出,虽花期遥遥,仍觉冷傲逼人,呼之欲显,愈不敢轻率,于是呼道,涿郡刘备,来此拜访诸葛孔明先生!

片刻,有青年男子开门而出,虽布衣芒鞋,却风致绝妙,以为此即诸葛亮,拱手道,不速之客,望不嫌唐突!

男子还礼,问刘备道,卿即刘玄德?

刘备忙道,我即刘备,仰慕先生已久。

男子道,不巧,我兄出山访友,并不在此。

刘备顿觉气馁,又问,可知归期?

男子道,我兄行踪飘忽,恕不知归期。

刘备大失所望,忽忆及司马徽所言,诸葛亮仅一兄,已投江东孙权,并无弟,颇为疑惑,再问,敢问先生大名?

男子笑道,我乃诸葛玄之子诸葛雨江,先君病逝,我随族兄诸葛亮来此躬耕;失礼处,望海涵。

刘备无奈,说诸葛雨江道,请卿转告孔明先生,一月后,我必再来,唯愿能听先生教诲。

诸葛雨江颇为歉疚,欲送刘备过桥,刘备婉拒。

刘备复回松间,解马欲走。张飞见刘备满面失望,知诸葛亮不在,笑道,未必卧龙已飞?

刘备不答,翻身上马。张飞又问,或者卧龙非龙,不过鱼虫?

刘备大怒,斥张飞道,汝亦曾为读书人,竟不知轻重!

言毕,加鞭而去。关羽大笑不止。张飞责关羽道,卿不自说,使我代言;兄长不怒卿,唯恨我出言不逊!

关羽道,我知兄长必复来,若卧龙非龙,我必斩之!

十三

数日后,诸葛亮访友回山,诸葛雨江即告知刘备来访,并将再来。诸葛亮沉吟良久,说诸葛雨江道,我必再离此,使刘备不能见我。

诸葛雨江颇为不解,问诸葛亮道,我知兄待时已久,刘备又非寻常之辈,既有约,何不见?

诸葛亮笑道,我颇知人心,若得之易,必弃之易。我不愿轻于去就,更不愿事二主,若出,必终身追随。刘备虽贤,未必知珍惜。既为明主,又求贤若渴,必能三访;既得之不易,必弃之艰难。

诸葛雨江然其说,却自忖不能说谎,又问诸葛亮道,若刘备如约而来,我以何而对?

诸葛亮道,勿需多言,唯称仍在他乡,不知归期。

诸葛雨江无奈,只好应诺。翌日,诸葛亮又离山,走马而去。

不觉,已秋高气爽,一月之期已到。刘备仍留赵云守新野,领关羽、张飞再往南阳访诸葛亮。

此时,隆中景象殊异,秋林泛红,霜色迷离,又溪流素淡,水声不起;松间淡烟飘浮,鸟鸣如歌;茅屋左右,梅树尽脱,枝柯俱老,仿佛纤尘不染。

刘备仍请关羽、张飞候于松间,独自过桥,来至茅屋前,见院门紧闭,系以草绳,显然无人。

刘备大为忐忑,退回。

关羽笑问刘备道,卧龙又不在?

刘备道,我见以草绳系门,料未远走;不必急切,可于此静候。

三人于松间坐地。良久,不见人回,张飞指茅屋道,我有一计,可使卧龙从天而降!

关羽笑道,既有妙计,何不用之?

张飞道,若以火焚茅屋,卧龙必蛇行而出!

言毕,关羽、张飞相视大笑。

刘备大为忿恨,正欲呵斥,忽听关羽道,兄长既与诸葛雨江有约,想必已告知孔明。我等依约复来,孔明避而不见,足见此人名不副实。翼德所言有理,不如放火,逼其出,必知究竟为何物!

关羽翻身而起,欲过桥。刘备厉声斥道,汝以忠义仁勇称名于世,岂能如此!

关羽复坐地,不敢妄举。张飞笑道,云长久负忠义之名,理当自重;我素无美名,不惧为纵火之徒!

言毕,起身欲走。刘备大怒,责关羽、张飞道,我待汝等如手足,欲携手并肩,立不世之功,创千秋之业;然苦无佳士,每每不知进退,虽极尽所能,仍漂浮不定,至今尚需仰人鼻息!穷途之际,我欲访贤才而用之,既关乎存亡,汝等何故如此!

关羽、张飞大惧,不敢再言。

正此时,诸葛雨江自松间出,携竹篮,盛野菌,见刘备等已候于此,忙道,实在抱歉,我兄仍未归山,卿等又枉此一行。

关羽、张飞冷笑不已。刘备大为怅然,沉吟良久,问诸葛雨江道,不知先生何日能回?

诸葛雨江道,前日,我兄曾捎信回山,称博陵崔州平欲作菊花会,须会毕,或菊花谢尽,方能回山。

张飞道,我知菊花虽品格清高,却不免贫苦;凡爱菊者,俱为寒士。我兄欲图富贵,不可与命途不畅者交。

刘备斥张飞道,此虚言妄语,何足为信!

关羽、张飞又不言。诸葛雨江淡淡一笑,说刘备道,每至腊月,我兄必于此作梅花会,往往群贤毕至,经月不散。卿等可于腊梅初开时再来,我兄必在家。

刘备然其约,辞别诸葛雨江,携关羽、张飞仍回新野。

刘备深觉度日如年,每望梅树,苦等花期。至腊月初,新梅始出,大喜,即领关羽、张飞赴南阳。

隆中大雪纷飞,山上山下,白茫茫一片,道路不分,草木不辩,几乎不能走马。

三人历尽艰难,至桥头,已过正午,人困马乏,又饥饿不堪。关羽、张飞不愿随行,请刘备自往。刘备道,天寒地冻,风狂雪怒,岂能候于此!

二人不好强词,亦同往。三人过木桥,渐觉清香暗来,动人心魄,看时,见院门大开,树树腊梅于雪中怒放,仿佛一场欢笑,暗自飞扬,又无声无息。

刘备顿觉幽怀大开,遂止,正欲呼喊,诸葛雨江已出,立于院门内,拱手道,我兄已恭候多日,诸位有请!

刘备大喜过望,携关羽、张飞随诸葛雨江走入茅屋,屋内雪光浮动,梅香暗涌,顿觉清雅无尘。刘备立于门下，不敢举步。

诸葛雨江请三人入席，刘备却之再三，方落座。诸葛雨江走近一道竹簾，低声道，佳宾已至，我兄可出见。

片刻，一清俊男子从容而出，其身形之伟岸，气质之洒脱，大出刘备所料；关羽、张飞亦不禁为之肃然。

诸葛亮朝刘备等一揖道，卿等三番来此，其精诚之致，令我惶恐不已。惜我出山访友，使卿等两度枉来，颇为怠慢，望恕罪！

刘备忙起座还礼，见诸葛亮落落大方，以为有古贤之风，愈为敬慕。

诸葛亮亦入座，嘱诸葛雨江上酒肴，款待三人。关羽、张飞腹内空空，毫不拘束，大啖酒食。

刘备以为失礼，又不好制止，顾自与诸葛亮慢饮。

刘备道，今汉室衰颓，奸臣当道，江山蒙诟，天子受辱。我身为汉室宗亲，欲解天子于囹圄，救生民于水火，却短于才智，疏于谋略，虽竭尽全力而一无所成；穷途之际，三番来此，望先生不吝赐教！

诸葛亮笑道，我何德何能，竟获明公如此厚遇。

刘备道，我虽孤陋寡闻，亦知先生才识如渊，旷古绝今。若先生不弃，可耳提面命，凡有所嘱，我必遵奉。

诸葛亮道，既明公诚心如鉴，我岂能辞谢？

刘备大喜，又起，朝诸葛亮一揖道，凡先生之言，我必洗耳恭听。

诸葛亮亦起，请刘备还座，于是说刘备道，自黄巾祸乱以来，天下群雄并起，纷纷扰扰，经久不息，相互攻伐，大争利益；唯曹操明察秋毫，不图微利，赴洛阳，执天子，移许昌，占尽先机，今已大出群雄之上，不可与之争锋；孙权割江东，厉兵秣马，凭长江之险，依吴越之固，亦不可图。虽南有刘表，北有马腾、韩遂，然俱为竖子，不足为道；天下之势，或分或合，俱在曹操。孙权据江东，曹操视而不见，意在以孙权为不臣；荆州地处南北，控湘楚而带江淮，曹操明知刘表暗弱而不取，明公可知其意？

刘备道，恕我无知，请先生教诲。

诸葛亮道，今曹操据北方，孙权据江东，虽两强对立，不能制衡。曹操欲平生执天子，令不臣，必知需三足鼎立，方能如愿。今曹操、孙权两足已成，犹缺一足，需能据荆州，又不为他人所夺者，方能居之。曹操所以不取荆州，所待者，明公也。

刘备大为震撼，问诸葛亮道，不知先生此言何意？

诸葛亮道，荆州北控汉、沔，南接海岸，东连吴、越，西通巴、蜀，自古乃必争之地。刘表暗弱，岂能据此；明公既在此地，何不取之？取之，则可为另一足。此亦曹操、孙权所愿也，明公何疑？

刘备道，我与刘表有同宗之义，岂能如此？

诸葛亮笑道，若明公无意荆州，何必千里而往？

刘备顿觉心惊，竟一时无语。

诸葛亮冷笑道，若明公无此意，我何必多言。

关羽颇觉诸葛亮见识不凡，于是说刘备道，荆州乃天子之土，非刘表私地，何不能取？

诸葛亮道，此言极是，所谓四海之内，莫非王土，率土之滨，莫非王臣。既明公为汉室宗亲，又以复兴为己任，何不代天子取之！

刘备沉吟良久，又问，若取荆州，又当何为？

诸葛亮道，明公得荆州，三足之势虽成，然曹操据北方，占天下七分；孙权得江左，割地二分；荆州虽重，不过弹丸之地，不足一分。故而宜东合孙权，西取巴、蜀，虽仅得天下一分，然蜀地沃野千里，四面高山，处处险要，又人物雄奇，论其势，应不输江东。若明公与孙权联盟，共抗曹操，鼎足之势必固。继而，明公可北联羌胡，南和诸夷，凭益州之富，夺三秦，伐中原，光复有望矣！

刘备仍疑，又道，虽与孙权联盟，亦不过以三分抗七分，恐不能敌曹操。

诸葛亮笑道，非也。曹操所以扫荡北方，不伐东南，其意正在此也，明公何惧？

刘备道，既曹操占尽北方，我岂能伐中原？

诸葛亮道，北伐乃长远之计，不可猝然而行。人生百年谁无死，曹操虽英雄一世，必有死期。曹操一死，天下格局必大变，此时再北伐，为时未晚也。

刘备再起，又朝诸葛亮一揖道，听先生所言，犹如拨云见日；然如此伟业，若无先生相助，岂能有成；望不辞我精诚之请！

诸葛亮忙还礼，说刘备道，明公三顾茅庐，美意如天，我何忍辞谢！然我与崔州平等有梅花之约，不可失信；待梅花尽，我必来新野，为明公效劳。

刘备大喜，见天色向晚，遂领关羽、张飞作辞而去。

十四

孙翊被杀不足一月，孙匡又猝死，吴夫人连失二子，大为哀痛，一病不起。孙权侍于榻前，终日不去，见吴夫人渐绝饮食，已近衰竭，以为伤二子之死过度，于是劝吴夫人道，人死不能复生，母亲何必如此？

吴夫人叹息道，孙翊不仁，暴戾恣睢，虐待僚属，死不足惜；孙匡嗜饮如命，又好女色，消耗过度，不听劝告，我行我素，虽早夭，妾亦不悲。妾所悲者，乃父乃兄也。今妾已垂危，然仇人犹在，大恨未雪，何颜与亡灵相见泉下！

孙权大为惭愧，说吴夫人道，我虽不肖，父兄之仇一刻未忘。母亲勿忧，不日，我必亲率精甲伐黄祖，不手刃宿敌，誓死不还！

吴夫人道，所谓君子报仇，十年不晚；妾所忧者，岁月偷换，世事沧桑，人虽老，而恨未消。子既有此志，妾可瞑目矣。

孙权告退，欲召诸将伐黄祖；正此时，忽报吴夫人已逝，于是又止，为吴夫人举哀。

待丧事毕，孙权欲亲伐黄祖；张昭以为不可，说孙权道，若伐黄祖，周瑜、鲁肃等足堪此任，将军何必涉险？

孙权道，黄祖据我上游，阻我出入，又虎视眈眈，公仇也；杀我父兄，使我孤寡，私恨也。既公仇私恨交织，我若不手刃其头，其心何安！

于是不听，以周瑜为都督，节制水陆两军；命甘宁、徐盛、凌统等率舟师，逆水夜行；命虞翻、吕蒙、周泰、蒋钦等率步军，沿江岸而上。

周瑜以为不可，说孙权道，我所虑者，黄祖命舟师依岸而守，令精甲坚城而拒；若如此，或攻而不克，难以制胜。故而，我请将军命甘宁等，衣黄祖军服，竖黄祖旗帜，大举而上；黄祖痛失舟师，愤恨不已，必怒而失策，举舟师夺之；命虞翻等，率步军潜行，深藏行迹，待于江夏城外。若黄祖与甘宁等战于江上，虞翻等可骤出，急攻城池。黄祖腹背受敌，顾此失彼，必大败！

孙权以为然，命诸将行周瑜之计。

翌日，孙权、周瑜、鲁肃、陆逊等随舟师而往；虞翻、吕蒙、蒋钦、周泰等率步军一万，夜出吴郡，沿江岸潜行。

于是舟师昼进，步军夜行，数日后，渐近江夏。虞翻等离江岸绕出，越峻岭，穿林莽，屯于城北山林。甘宁等大张声势，呼号而进，唯恐黄祖不知。

黄祖获报，称孙权率舟师沿江疾进，已近江夏。黄祖大惊，既知来者俱为昔日所失，大怒，遂召部属，欲夺之。部属劝黄祖勿轻举，以为舟师不易旗帜，士卒不换装，颇为可疑。

黄祖不听，命各县自守，以防孙权分袭；令舟师大集，欲一举复夺所失。

孙权等距江夏已不足五十里，士卒疲乏，风波大起；周瑜见天色已晚，命诸将暂止，泊于江湾，以艨冲斗舰列于外，带强弓硬弩，以防黄祖突袭。

鲁肃以为不妥，说周瑜道，此处与黄祖近在咫尺，黄祖必知我等行藏，若夜袭，恐不利。

周瑜道，舟师不过诱饵，唯恐黄祖不来。我料虞翻等已近江夏，黄祖若举，虞翻等必骤出，江夏可破矣，卿何疑？

于是，周瑜召甘宁，嘱其乘轻舟，近江夏，以察黄祖动静；又命丁奉登岸入山，问虞翻行迹。半夜，甘宁回，称黄祖大集舟师，待发。俄而，丁奉亦回，称虞翻等已据山林，唯待黄祖出江夏。周瑜大喜，命随从备酒，请孙权、鲁肃、陆逊等会饮。

孙权见周瑜不以黄祖为意，颇疑，问周瑜道，舟师已近江夏，大战在即，公瑾何有如此雅兴？

周瑜道，将军勿忧，虞翻等已据城北高山，犹如利剑悬于黄祖头，黄祖若出，必失城池，江夏必破。

孙权道，若黄祖不出，奈何？

周瑜道，黄祖已大集舟师，必出。

孙权再无忧虑，与周瑜等痛饮，天明方散。翌日晨，大雾满江，远近迷蒙，舟师出江湾，方至江心，忽见一片暗影隐约而出，覆压而来。

甘宁疾呼道，黄祖舟师来也，可速回江湾，避其锋芒！

周瑜不准，命诸将结船阵，暗自转舵，待与黄祖近在咫尺，再忽举；黄祖必为水势所引，难以骤止；舟师再出江湾，据上游，虽虞翻等不察，黄祖亦必败。

诸将依周瑜之命，结阵江上，以待黄祖。

黄祖亦知孙权等泊于江湾，部属请夜出，突袭孙权。黄祖不准，说部属道，周瑜、鲁肃等颇知谋略，既泊于江湾，必有备，若击之，彼或以静制动，或倚岸还击，不利也。我料孙权明日必早出，我等可顺流急下，迎头痛击，使之不能辗转，必能一战而胜！

天未明，黄祖即率舟师出，欲借激流，冲击孙权等；行数十里，见孙权舟师已出江湾，大喜，命大张风帆，欲猛击。正此时，见孙权等忽转舵，以疾风之势退回江湾。

黄祖令舟船俱止，然江流湍急，又风波大起，虽下尽船帆，仍不能骤止，转瞬间，已狂下四五里。

孙权大喜，欲命舟师再出江湾，横锁江面，阻黄祖于下游。

陆逊以为不可，说孙权道，黄祖久为将领，又极善水战，岂不知我等用意；若所率并非全军，或分舟师随于后，我等出江湾，必遭上下夹击，当大为不利！

孙权不以为然；周瑜亦说孙权道，陆伯言所说有理，可命诸将仍以艨冲斗舰列于外，据江湾，倚险岸，以待黄祖；黄祖既出，虞翻等必知，正可趁此夺江夏。

孙权遂依周瑜、陆孙之说，命诸将结船阵于江湾。

片刻，果有舟师自上而下，借风顺流，挟万钧之势，几不可拦。

孙权颇为后怕，说周瑜道，若非陆逊机警，当不堪设想！

周瑜大赞陆逊道，陆逊才识非凡，假以时日，必成大器。

黄祖见孙权等仍据江湾不出，知计不成，遂大合舟师，强攻孙权。彼此俱列斗舰于前，互不能克。黄祖欲速决，亲登斗舰，命斗舰散开，欲侧击。孙权大骇，亦欲使斗舰分列两侧；周瑜止道，不可，若如此，黄祖必以轻舟正面猛击，将大不利。我知两军相交，胜败在于主将，可选猛士，执坚盾，驾轻舟，近黄祖斗舰，以铁锥击穿船底，黄祖必惧！

话音方落，丁奉道，我愿往！

孙权大喜，选死士十人，随丁奉而往。周瑜令弓弩齐发，急射黄祖，使之无暇顾及。

黄祖正欲大举侧击，忽见箭矢如雨，丁奉等飞舟而来，顿知其意，遂止，亦命弓箭手回射，令壮士驾轻舟入水，迎击丁奉等。两舟相近，丁奉举长矛猛刺，仅片刻，壮士俱为丁奉所杀。丁奉等驭舟如飞，直扑黄祖所乘斗舰。黄祖命弓箭手急射丁奉。丁奉飞身而起，一手持盾，一手举铁锥，撞向黄祖船底，船底应声而破。黄祖大惧，忙弃此舰；丁奉等全身而退。

黄祖不敢再举，亦命舟师倚岸而屯，另待时机。

周瑜恐黄祖天色未明即出，虞翻等不察，或未举，遂说陆逊道，卿可登岸，急会虞翻、吕蒙等，命其大举攻城；若城破，可令虞翻据之，命吕蒙等率精甲往上游，征渔舟渡江，突袭黄祖舟师，必获全胜！

陆逊应命而去，至城北，山林已空，方知虞翻、吕蒙等已夺江夏，大喜，亦入江夏，说吕蒙等往上游。

是夜，吕蒙、陆逊、周泰、蒋钦等依周瑜之命，携柴草，带脂油，率精甲飞赴上游，一路大征船舶，获渡船、渔舟近百，于是渡江，又疾下，直扑黄祖。

黄祖不知江夏已失，欲夜袭孙权。不料吕蒙、陆逊等忽至，一齐举火，飞掷黄祖舟师。

黄祖大惧，急命部属救火，一时大乱。周瑜见火起，知吕蒙、陆逊等偷袭得手，即命舟师大出，猛攻黄祖。黄祖大败，士卒纷纷逃散。

黄祖见大势已去，亦逃走。

十五

孙权克江夏，欲分舟师据之，以鲁肃为江夏太守。

鲁肃以为不可，劝孙权道，江夏属荆州，若据之，刘表必怒而复夺。今江东始安，仍宜敛锋芒，藏壮志，不可与刘表争。

周瑜亦劝孙权道，子敬所言极是。将军可致信刘表，称讨伐黄祖，不为江夏，只为父兄之仇。刘表怯懦，又瞻前顾后，或不敢举；若据江夏，荆州不安，刘表不能忍，必复夺。

孙权道，江夏虽破，然黄祖生死不明，或再起，奈何？

周瑜道，将军可尽徙江夏士民，虽黄祖不死，亦难复兴。

孙权以为然，遂依周瑜、鲁肃之说，致书刘表，唯称报仇雪恨，请刘表另置太守。于是尽移江夏士民，或往柴桑，或往吴郡；又分舟师与徐盛，令其镇柴桑。

黄祖全军覆没，孙权又尽徙江夏士民，蔡瑁、韩嵩、蒯越等大为愤恨，俱请刘表举荆州之众伐孙权。刘表疑而不决，欲召刘备商议。恰此时，孙权书信到，刘表阅之，说蔡瑁等道，孙权伐黄祖，俱因父兄之仇；既破江夏而不据之，足见所说不虚。我知曹操觊觎荆州已久，每欲使他人代之。若伐孙权，曹操必趁机而为。所谓小不忍，必乱大谋；既江夏仍在，可复置太守，另遣精兵镇之。

蔡瑁等深知刘表柔弱，亦不多劝。翌日，黄祖领残部逃入江陵，求见刘表。刘表大怒，命执黄祖，欲杀之。

次子刘琮劝刘表道，古人云，胜败乃兵家常事，若以兵败杀黄祖，恐诸将为此心寒。黄祖久历仕宦，颇能用兵，孙坚、孙策俱因黄祖而死，足见善战，实非他人可比。今孙权大置舟师于柴桑，势逼江夏，以窥江陵，江夏之重，已过昔日。黄祖虽屡败，却每能复起，试问，荆州诸将，谁能如此。我请释黄祖，复江夏太守，予其精兵；黄祖死而复生，必感恩戴德，父亲何疑！

刘表沉吟道，卿所说，或有理，容我思之。

刘琮又说刘表道，孙权尽据江东，锋芒毕露，不可轻视；若命刘备讨伐，再以舟师助战，必能胜孙权。

刘表冷笑道，曹操素欲夺荆州，若伐孙权，必授曹操以柄，岂能为之！此败亡之说，切勿复言。

刘琮道，我知刘备近得佳士，乃南阳诸葛亮，人言此人颇识大局，又极善谋划，何不召诸葛亮来江陵，问以策略，或既能使荆州不失，亦能灭孙权。

刘表斥刘琮道，周瑜、张昭、鲁肃等俱为名士，或长于用兵，或精于治理，诸葛亮何足为道！

刘琮不好再言，告退，遂出江陵，往新野，欲请刘备、诸葛亮说刘表。

刘备知刘琮来，即携养子刘封出迎。刘封本姓寇，父母早亡，因与刘表为远亲，遂投刘表，欲求收养；恰遇刘备来荆州，又无子，刘表请刘备收为养子，更名刘封。

刘备命置酒款待刘琮，刘琮辞道，荆州危在旦夕，恕无此心。我知诸葛亮足智多谋，欲闻高见，望能赐教。

刘备不能拒，请诸葛亮出。

刘琮大喜，说诸葛亮道，孙权大破黄祖，掳士民三万余口，江夏已为空城。我请家君予黄祖舟师，复为太守，以镇江夏，家君疑而不决；我亦知孙权野心勃勃，欲借江东以窥天下，它日必危及荆州，故而请家君与叔父合，举兵讨伐，家君亦不许。我无奈，特求见先生，望能晓以利害，以绝后患。

诸葛亮笑道，恕我初来，不知情形，不敢妄言。

刘备恐刘琮不悦，忙说刘琮道，我兄举轻若重，缜密精细，凡事必千思万虑而后行，必知举措，何用我等多言？

刘琮道，我所虑者，荆州也。江东、荆州一水相连，放舟可至；孙权既有野心，岂能不夺荆州。若荆州有危，叔父岂能安处！既休戚相关，祸福相依，何不为之谋？

诸葛亮正襟危坐，不再言。刘备又说刘琮道，卿所言，我兄亦必深知。以我之见，我兄或另有深意，卿不必忧虑。

刘琮沉吟片刻，又问诸葛亮道，我知先生有管仲、乐毅之才，又洞察天人之机，愿闻高见。

诸葛亮道，公子谬赞。我久居山野，少知世事，实在无从说起。

刘琮大失所望，欲去。刘备苦留，刘琮不能固辞，聊住一宿，翌日绝早，再辞刘备。刘备不再挽留，命刘封送刘琮回江陵。

待刘琮去，刘备说诸葛亮道，我等借此栖身，所谓主不安，客必忧；卿何故不言利害？

诸葛亮道，我为明公所召，应为明公所谋，岂能为他人所用？若明公不图荆州，进退无路，举止受制，我何以辅佐？既刘表等惶惑不安，正可取之，明公何疑？

刘备沉吟道，乘人之危，乃君子所不齿，卿岂能使我不义？

诸葛亮道，若明公因小义而失大义，何谈光复？

刘备顿时无言。诸葛亮笑道，我知明公视仁德为立身之本，不愿失义于人，故而欲请曹操代明公取荆州，如何？

言毕，自怀中出一信，递与刘备。刘备大为惊讶，展开阅读：

曹公阁下：

欣闻曹公获封魏公，又领任丞相，群僚为之俯伏，天下为之归心，日月增辉，江河清明，可喜可贺。

我不才，空负报国之心，起兵以来，虽竭尽所能，转战四方，仍无微绩。今寄身刘表，屯兵新野，虽人在万里，仍心系国家，唯愿以魏公之命是从。

我知孙权久有壮志，欲借江东之固以窥天下，今大置精甲于柴桑，欲以江流之便图谋荆州。然刘表暗弱，不敢与孙权为敌，每欲与之盟。

我虽愿替魏公分忧，或扼守要地，以拒强敌，无奈势单力薄，不能一尽微忠。既巨寇嚣狂，东南将倾，我请魏公早决，不可等闲视之。

此心耿耿，此言切切，愿魏公明鉴。

刘玄德顿首。

刘备阅毕，说诸葛亮道，若曹操阅此，必大举而来，我等将顿成危卵，奈何？

诸葛亮道，明公勿虑，曹操若取荆州，必不会屯兵自守，得利者，明公也。

刘备不以为然，问诸葛亮道，何以见得？

诸葛亮道，隆中所言，明公能记否？

刘备道，卿所言字字在耳，一刻不忘。

诸葛亮道，既如此，何疑？

刘备沉吟良久，又问诸葛亮道，若曹操来，我当如何？

诸葛亮道，可走而避之，不与刘表为伍。若不走，刘表必命明公共拒曹操，若奉命，曹操必怒而讨之；若不奉命，刘表必恨而攻之。既走，曹操必喜，定以荆州付明公。

刘备仍疑虑重重，暂留此信不发。

蔡瑁、韩嵩等知刘封送刘琮来江陵，俱请刘表以之为人质，牵制刘备。刘琮以为不可，称刘备已有亲子，质刘封何益；又劝刘表释黄祖，复任江夏太守。刘表纳其说，与黄祖精甲五千，战船一百，命其仍据江夏，以拒孙权。

黄祖恐孙权复来，令各县募子弟，造战船，欲复兴舟师。

孙权闻知大惊，即遣周瑜率程普、黄盖、吕蒙、蒋钦、周泰、甘宁、凌统、徐盛等，举舟师三万，再伐黄祖。黄祖不敌，大败，弃江夏而走，欲投扬州刺史刘馥。周瑜命吕蒙等疾追，斩黄祖于途。周瑜仍不据江夏，唯增兵柴桑。

刘表知黄祖又败，痛心疾首，竟大病不起。刘琦、刘琮见刘表病势渐重，康复无望，竟各生妄念，欲承父业。

刘琮与蔡瑁、韩嵩、蒯越、蒯良等过从甚密，蔡瑁等俱欲扶刘琮。于是强弱立分，刘琦大为不安。

刘表知二子相争，深为忧惧，遂遣心腹往新野，请刘备、诸葛亮来此，调和刘琦、刘琮。

刘备不能辞，即率诸葛亮来江陵，探望刘表。刘表执刘备之手道，我已命在旦夕，不能问事。然二子剑拔弩张，杀机重重；群僚人心惶惶，不知所从。我与卿情同手足，当此之际，望卿从中调和，使二子勿争。此德如天，我虽魂归泉下，亦不敢忘。

刘备劝刘表道，我兄勿忧，二子崇仁尚德，宁不知骨肉之重。我必倾力而为，不负我兄所嘱。

于是刘备携诸葛亮寄宿客舍，欲召刘琦、刘琮说和。诸葛亮以为不可，说刘备道，所谓鹬蚌相争，渔翁得利；明公不为渔翁，当为何？

刘备遂止。刘琦知刘备、诸葛亮宿客舍，遂来探望，欲求自保之计。诸葛亮知刘琦来，请刘备暂避。

刘琦说诸葛亮道，刘琮与蔡瑁等沆瀣一气，欲置我于死地。人为刀俎，我为鱼肉，望先生救我。

诸葛亮怜其柔弱，沉吟道，此处不可言事，卿且回，我必来访。

刘琦大喜，一揖告退。是夜，诸葛亮访刘琦。刘琦请诸葛亮登楼，命仆人去楼梯，闭门户。

刘琦说诸葛亮道，荆州之变已在眉睫。我如釜中游鱼，不能自安。若先生助我承袭父业，我必以刘玄德为都督，以先生为长史，共领荆州。

诸葛亮道，卿美意如天，我感激不尽。然刘琮笼络诸将，势在必得；卿以卵击石，岂能如愿。

刘琦道，我令仆人抽梯闭户，既人在高楼，上不及天，下不及地，先生何疑！先生既来，必有所告。言出先生，语入我耳；其意惶惶，其心切切，先生何辞！

诸葛亮笑道，我既来，必有所告。刘琮得群僚所助，占尽先机，若卿与之争，必败无疑。既大势所趋，卿应顺时应势，所谓退一步海阔天空。否则，恕我爱莫能助。

刘琦泣下如雨，大为绝望。良久，望诸葛亮一揖道，既如此，望先生授我自保之计。

诸葛亮道，晋献公将亡，诸子俱欲承袭父业，一时骨肉相残；申生虽不离献公左右，却并未如愿，且死于非命；重耳置身事外，不与诸子争，终得渔翁之利。此虽旧事，与今日荆州何异！

刘琦恍然大悟，深谢诸葛亮。翌日即拜见刘表，请出江陵，镇江夏。刘表大喜，即以刘琦为江夏太守。

刘琦入江夏，欲静待荆州之变。

刘备、诸葛亮亦告辞，仍回新野。诸葛亮说刘备道，明公若不速送书信与曹操，必追悔莫及。

刘备亦知荆州巨变在即，遂遣简雍往许昌，以书信呈送曹操。

曹操阅信，大笑不止，命侍从领简雍入客舍，待以上宾之礼。简雍辞道，我不过信使，何需厚待；既使命已尽，容我就此告辞。

曹操不再挽留，亦不询问荆州情形；待简雍退下，即召曹丕，予刘备书信。曹丕阅毕，说曹操道，刘备垂涎荆州已久，何不自取？

曹操笑道，刘备之意，唯孤能知。

十六

周瑜知刘表垂危，以为荆州将有巨变，于是拜见孙权。周瑜道，刘表身染重疾，命在旦夕，荆州必有剧变。刘备屯新野，窥视已久；曹操或举众而来，夺荆州，另设牧守，或顺势而下，掠取江东。将军应有备，以防不测。

孙权遂召群僚，商议对策。孙权道，今刘表将死，荆州易主在即。荆州牵南带北，实为要地，刘备虎视已久，必有所为；曹操亦必夺之，另置牧守。当此之际，卿等以为我当如何？

张昭道，曹操每欲借荆州之固，另树不臣，若取荆州，必予刘备，使其处将军与曹操之间，免于直面。刘备若据之，必两面周旋，既不与曹操盟，亦不与将军绝。此三者之愿也，将军何虑？

周瑜道，不然。曹操虽有此意，然荀彧、程昱、华歆、王朗之流，每以汉臣自居，俱望不臣早尽，使曹操还权天子。曹操虽大权在握，恐不能绝群僚之说，或顺江而下，掠取江东。况世事诡谲，往往风云骤起，若无备，岂能应剧变。

陆逊道，既如此，不如趁刘备势弱，曹操未举，夺荆州而自据，凭长江之险，与曹操划江而治。

鲁肃道，岂能如此，若取荆州，必使曹操恼怒，或举全力与将军决战。曹操众，而将军寡，岂能取胜。

周瑜道，鲁子敬所言极是，今曹操大出群雄之上，天下格局，或分或合，尽由曹操。既如此，唯应曹操之意而举，方能立于不败。我请将军令诸将各据险要，以防不测。

孙权以为然，令甘宁、凌统等率众入柴桑，助徐盛；令程普、黄盖、吕蒙、周泰、蒋钦等沿江分屯；令韩当、虞翻、贺齐等屯兵山越，以防匪盗复起。

此时，刘表已气息奄奄，急命心腹再赴新野召刘备。刘备闻此，即赴江陵，见刘表气若游丝，大哭。

刘表屏退左右，执刘备手道，卿勿悲哀，且听我言。刘琦欲自保，自请屯江夏。我若气绝，刘琮必杀刘琦。请卿亦往江夏，若刘琮攻之，卿可晓以大义，勿使手足相残。

言毕，竟气绝。刘备知不可留，急出，亦不与刘琮别，仍回新野。

刘琮知刘表死，即入内，取印绶，自领荆州牧，命群僚举哀。

韩嵩说刘琮道，刘琦虽在江夏，觊觎之心不死，我愿领兵攻之，以绝后患。

刘琮不听，责韩嵩道，先君新丧，人心动荡，若攻刘琦，必生内乱，恐为他人所乘。我所虑者，刘备也；新野距此咫尺之间，刘备若趁机而举，当有不测之祸，奈何？

韩嵩道，将军所见英明。不如令刘备移屯樊城，拒曹操东来，若不肯，即以此为由，举众讨伐，必能克之。

刘琮以为然，遂命韩嵩往新野，令刘备移樊城。

刘备不能决，召诸葛亮。刘备道，刘琮疑我趁刘表新丧夺荆州，命我离新野，移樊城。我不知所措，望能谋之。

诸葛亮笑道，刘表既死，荆州必成众矢之的。我正愁以何为借口，助明公离险境；刘琮竟令明公移樊城，此天助明公也！

刘备再无疑，举众出新野，往樊城。

鲁肃知刘表已死，刘琮自领荆州牧，以为剧变在即，于是拜见孙权。鲁肃道，刘琮初领荆州，根基浅薄，人心动荡；蔡瑁、韩嵩等，俱怀奸谋，用心不明；刘琦不敢争锋，外镇江夏，未必悦服；刘备虽欲取之，然自知兵寡，不敢妄动；曹操虽欲借荆州另树不臣，然众说纷纭，或疑而不举。荆州犹如池中之鳖，刘备大施诱饵，欲钓之；刘琮张网围之，以为已在瓮中；刘琦退而求之，以待钩断网破；曹操欲奋力夺之，或自烹，或予人，由己而不由他。然局势未定，殊难料也，我愿入江陵，察动向，以助将军决策。

孙权以为然，遣鲁肃往江陵；又以周瑜为南郡太守，屯巴丘，以防骤变。

曹操知刘表死，即举二十万精甲赴荆州。

刘琦知曹操大军在途，惊愕不已，以为荆州不保，江夏亦不能据，遂领部属弃江夏，欲投刘备，知刘备已往樊城，又转道而走。

刘琮知曹操大军将至，即召蔡瑁、韩嵩、蒯越等商议应敌之策。刘琮道，荆州有精甲数十万，又有大江之险，何惧曹操。我欲命诸将齐出，与曹操一决生死，卿等以为如何？

蒯越道，曹操所领，乃天子之兵，将军虽雄踞荆州，仍为天子之臣，若拒之，则大逆不道也。况将军新为州牧，民心不附，军心不收，若诉诸武力，岂有胜算！

刘琮道，先君与刘备为兄弟，刘备又以仁德自居，必不忘恩负义，若与刘备合，必能拒曹操。

蔡瑁道，非也，刘备久有图谋，岂能为将军所用，若与之盟，必大受其害。曹操既来，岂能空手而回！我请将军降曹操，以免大祸。

刘琮顿觉胆寒，遂命诸将不与曹操战，欲以荆州献降。诸将亦惧曹操，既获此令，俱不设防。唯大将文聘以为耻，又知人心俱散，不可逆转，遂不辞而别，回宛城，不愿再出。

刘备未至樊城，忽闻曹操大举而来，直逼荆州，遂止于途，召部属商议对策。

诸葛亮道，曹操此来，将军所望也。然荆州局势纷繁，归属难料；曹操诡诈多端，用意莫测。我以为，樊城已不可往，可转道北走，直指豫州。明公曾为豫州刺史，熟知地理风物，素有恩惠于士民，可以此为依托，以待变故。若曹操夺荆州，欲另置牧守，明公可以豫州之便而窥许昌。曹操必知明公用心，岂能以荆州另委他人！

关羽道，今刘琮大失方寸，不战自乱；何不以共拒曹操为名，入江陵，一举夺之？

诸葛亮道，岂能如此。刘琮辖数十万众，明公所领仅一万余，岂能以小吞大！即使如愿，曹操岂能容忍！荆州唯曹操可夺，明公、孙权俱不可取，否则，必为刘琮第二。我请明公速离此地，北走豫州，此万全之策，明公何疑！

刘备道，卿每言，曹操必以荆州予我，既如此，何不据樊城，静待曹操？若赴豫州，曹操或恨我用心不良，岂不适得其反？

诸葛亮道，非也，曹操深知荆州之重，欲以此树不臣，讨而不平，岂能予弱者？况曹操才高当世，敬慕英雄而鄙视俗子，若明公待于此，曹操必疑明公非英雄，岂能以荆州予之？若北走豫州，势逼许昌，曹操必知明公非等闲之辈，若以荆州予他人，明公必广召燕赵子弟，结天下英雄，以大河之险，与之决战，其胜败存亡，殊难料也。既如此，曹操岂敢为之！

张飞道，军师所言有理，然曹操知我等往豫州，必虑及许昌，或举众追击，奈何？

诸葛亮道，若如此，可转道东去，与孙权合。曹操若夺荆州，必收刘表旧部，合数十万众；江东、荆州互为疆界，犬牙交错，孙权岂不自危？曹操既举众东来，而荆州尚未成屏障，若不与孙权战，何以面对群僚？既如此，孙权必与明公盟，与曹操一战。曹操既知明公雄才伟略，必以明公镇荆州为屏障，成鼎足之势。此曹操所谋，明公及孙权所望也，何疑之有！

刘备犹疑尽释，遂北走，取道豫州。

十七

曹操领兵至新野，见刘备已走，遂转道江陵。刘琮率蔡瑁、韩嵩、蒯越等于途中迎曹操，举荆州献降。

曹操大喜，入江陵，尽收刘表部属，安抚士民；知文聘不愿为降虏，已回宛城，大为赞叹，即遣荀攸拜会。

文聘知荀攸来宛城，知不可拒，迎入府第。荀攸说文聘道，魏公爱文仲业忠勇，欲引为左右，望不辞。

文聘道，若拒往，当如何？

荀攸道，魏公雄才大略，古今罕有，有识之士，莫不趋附如流，卿何忍辞？

文聘道，我知君子不事二主，魏公卓识超绝，何不知此理？

荀攸道，魏公欲尽天下之材而用之，岂能与卿失之交臂？卿若不往，魏公必自责。

文聘深知不能固辞，即随荀攸回江陵，拜见曹操。曹操见文聘凛凛不屈，爱之愈切，问文聘道，荆州诸将无不降孤，何独卿不奉迎？

文聘道，身为大将，不能保主，亦不能拒强敌，无颜与魏公相见。

曹操大笑道，既如此，何故又来？

文聘不能答，请辞归。曹操执文聘手道，所谓良禽择木而栖，良臣择主而事；刘表父子俱为匹夫，虽有精甲数十万，而不敢与孤决战，卿虽精勇，何济于事？人言弃暗投明，明智之举也，卿何疑？

文聘不再辞，遂降。曹操迁刘琮于襄阳；又知刘琦弃江夏，转道新野投刘备，知刘备已去，又东走。曹操虑刘琦与孙权合，欲遣夏侯渊引精骑追擒。

荀彧劝曹操道，刘琦鼠辈，何足为虑！刘备知大军东来，走樊城，又北去，其意必在许昌，应追刘备。

曹操笑道，此诸葛亮之计也，虽北走，其意仍在荆州；孤若追，刘备必东折，与孙权合。

荀彧道，魏公大举东来，许昌空虚，若刘备据豫州，以图天子，奈何？

曹操道，刘备所属，区区一万，有何惧哉！

荀彧道，若刘备与西凉马腾、韩遂合，两面夹击，则许昌必危。臣请魏公急追刘备，以绝祸患。

曹操以为然，留荀彧、曹仁、曹洪等守荆州，率贾诩、荀攸、许攸、夏侯惇、夏侯渊、张辽、徐晃、张郃、许褚等追刘备。

刘备正行于途，勿报曹操举数万之众疾追而来；刘备急召诸葛亮等，询以对策。诸葛亮道，曹操如此急迫，足见许昌空虚，若有精甲数万，昼夜飞进，直取许昌，曹操必沦为寇盗。

关羽道，既如此，可疾进，破许昌，夺天子以令群雄。

诸葛亮道，我等仅一万余众，岂能深入。

刘备道，曹操大军在后，是否仍往豫州？

诸葛亮道，不可，若仍往豫州，曹操必奋力追杀；应转道东走，与孙权合。

刘备以为然，令部属东去。

马腾、韩遂知曹操大举伐荆州，以为机不可失，即率诸将疾进，直逼长安。钟繇知马腾、韩遂来，令部属尽弃屯卫，回据长安，坚壁不出，仅领其子钟毓、钟会往城外十里当途而坐，以待强敌。二子尚幼，聪慧过人，俱有神童之誉。

钟繇问钟毓、钟会道，马腾、韩遂举众犯长安，汝等惧否？

钟毓道，二贼所领几何？

钟繇不言，以五指示之。

钟毓问钟繇道，五千？

钟繇道，非也，五万。

钟会大惊，说钟繇道，既如此，父亲应领将士大出，严阵以待，何故携我等来此？

钟繇笑道，敌众我寡，若布阵，敌可一望而知，必无忌惮，长安危矣；若敛而不举，贼不知虚实，必大疑，或不敢妄动。故而我不用一兵卒，欲以汝等破敌，如何？

钟毓骇异不已，说钟繇道，我等不过童子，柔弱无力，岂能拒强敌？

钟繇大笑道，马腾、韩遂俱为竖子，何惧！我知真英雄豪气干云，虽岱岳崩于眼前而不色变，何况来者不过匹夫！汝等可塞耳闭目，或诵夫子之说，或歌童子之谣，虽人马喧嚣，干戈纷举而不动，贼必自退。

钟会大悟，欣然道，此计之奇，必为千古美谈，我等何辞！

于是，二子或歌或诵，一如寻常。

正午，马腾之子马超率精骑先至，见钟繇坐于道旁，饮酒读书；二子口诵古训，旁若无人。马超大惑，令部属暂止，下马，上前，问钟繇道，卿不知大祸临头？

钟繇笑道，岂不见秋高气爽，清芬漫野，正优游雅赏之际，卿何有此言？

马超大疑，忽不知进退。钟繇指马超部属道，卿等奉命镇西凉，既无召，何故来此？

马超不敢答，愈疑，退走十里，报知马腾、韩遂。马腾、韩遂大惊，命马超等敛而勿举，策马会见钟繇。

钟繇责马腾、韩遂道，卿等私离驻地，竟不虑魏公问罪！

马腾颇觉尴尬，笑道，我等领部属习骑射，相互奔逐，不觉已至此。

钟繇道，既如此，可速回。

韩遂不甘，问钟繇道，长安可安？

钟繇大笑道，长安安如山岳，虽天崩地裂而不为所动，卿等勿虑。

韩遂道，未必，我知长安空虚，卿所率不足三万，若遇强敌，必有所失。我等既来，愿与卿共保长安，如何？

钟繇掩卷而起，冷笑道，卿等若不信，不妨一试。

马腾见钟繇从容自若，以为必有防范，或伏兵郊野，不敢举，亦欲退回。韩遂仍不甘，见钟毓、钟会歌诵不息，目不旁视，以为故作姿态，于是逼问二子道，何不看我？

钟会道，卿面色青黑，生气尽失，此猝死之兆也，恕不敢看。

韩遂大为惊惧，斥钟会道，竖子，何故出言不逊？

钟会道，此处草木皆兵，卿若往前半步，必万箭齐发，伏兵并举，岂能不死！

马腾、韩遂大惧，以为童言无欺，一揖告退。

刘备领众疾走，渐有流民四面涌来，欲随行逃亡，一时道路拥塞，呼喊不绝。刘备恐为其所累，欲弃之，命张飞开道。张飞呵斥不绝，令流民让路。忽有人疾呼道，我等领士民特来相助，刘玄德何故弃之？

刘备大惊，看时，见两人衣绣袍，戴儒巾，气宇清朗，正疾步而来；为首者眉间杂以白毛，更为俊逸。刘备知二人颇有来历，遂勒马，问二人道，卿等何人，何故如此？

眉白者答道，我乃宜城马良，此乃我弟马谡，知将军为曹操所迫，遂说士民投将军，万望不辞！

刘备道，我素知宜城五马之名，心仪已久，既来投，我欣慰不已；然仓皇之际，岂能为流民所累？

马谡道，将军此言非也，曹操所领，尽为天子之军，岂能屠戮士民！将军若携众同行，曹操必投鼠忌器，其危自解也！

刘备大惑，不知所措。诸葛亮大笑道，此万全之计也，明公何疑！

刘备有所悟，命部属携老扶幼，间杂而行。诸葛亮亦知五马之名，请马良、马谡随其左右。行走间，诸葛亮笑说马良道，非白眉马良，不能出此奇计！

马良道，非我，此马谡之计也；马谡好兵法，善奇谋，每以张子房自居。

诸葛亮颇觉讶异，又问马谡道，若曹操不顾流民，大开杀戒，当如何？

马谡道，我知人有随众之心，士民惧祸，必弃家而走。岂不见随行者纷至沓来，料已不下十万；既拥塞道路，又杂乱不堪，曹操岂能横行！

诸葛亮愈以为奇。不觉已至当阳，诸葛亮知大江横于前，问马谡道，曹操大军将至，前有大江阻隔，奈何？

马谡道，可命精甲前行，大征民船，护老弱渡水，继而夺夏口，再转渡将士，屯军于此，与孙权盟，曹操可拒也。

诸葛亮大喜，以为马谡堪称奇才，遂以其计说刘备。刘备即命关羽领精甲三千先入当阳，征集舟船，转夺夏口。

又行半日，忽见流民愈多，奔走呼号，俱言曹操已近。诸葛亮命张飞据当阳桥，阻曹操。

张飞领精骑数百，俱带弓箭，回据桥头，见曹军已在五十里外，即命部属集枯枝衰草，举火焚桥。桥既断，部属欲回走，张飞不准，命隐于树林，张弓搭箭，以待曹军；张飞横矛立马，独倚桥头。

士民知曹军已近当阳桥，愈乱，奔走愈急，犹如洪水溃堤。刘备等为流民裹挟，不能呼应。又走数十里，刘备忽见幼子刘禅及糜夫人、甘夫人并未随行，大惧，遂止，命部属搜寻。良久，部属俱回，称无踪迹。刘备泣道，我子休矣！

赵云道，明公勿忧，曹军尚未过桥，幼主应无碍；我不才，必寻幼主回！

刘备嘱赵云道，刘禅为我骨肉，平生所望俱在此子；卿若能使其复回，我必感恩戴德，终身不忘！

赵云领随从王皋等回走，寻觅刘禅及夫人。

曹操率轻骑飞进，渐与刘备近，见刘备等与十万流民争相奔走，不禁笑说徐晃道，刘玄德以此自保，亦不失好计！

徐晃问曹操道，既如此，我等当如何？

曹操遥指前路道，片刻不歇，穷追猛打；至于流民，可逐可掳，而不可伤！

言毕，率诸将飞马疾进，渐至当阳桥，见桥已烧毁，残烟仍在，一将立马桥头，不见部属。诸将大疑，不知所措。曹操笑指张飞道，此不过疑兵之计，卿等勿虑，可泅渡。

于是将士俱集水边。徐晃指水流湍急处说曹操道，此处水浅，可渡。

张飞见曹军纷纷入水，令部属急射。曹军涉水者，俱为箭矢所伤，大惧，不敢前；张飞亦令部属止。片刻，曹操又令强渡；张飞再令急射。如此再三，张飞知箭矢已尽，遂领部属撤走。

夏侯渊率先登岸，料张飞所去不远，命疾追。

张飞见夏侯渊迫近，又令部属阻之。部属恐惧，欲逃。张飞喝道，若不挡此人，我兄岂能脱身；敢违命者，我必斩之！

部属不敢违，俱止。张飞命折树枝为箭，待夏侯洲近，以此乱射。片刻，夏侯渊一马当先，直取张飞，忽听弓弦齐鸣，大急，藏身马腹下。张飞忽举，刺夏侯渊坐骑，穿马腹而过；马骤惊，转头急驰，行数十步，扑地而倒。夏侯渊挣出，看时，张飞等已绝尘而去。

十八

赵云、王皋等回走近十里，仍不见刘禅及甘、糜二夫人，颇为焦躁。此时，曹军正蜂拥而来，犹如狂风怒卷。赵云命王皋等弃马，混入流民中，仍逆行。再行数里，望见有马车歪倒路旁，疑为二夫人及刘禅所乘，遂近前，见马车缺一轮，车伕已死，两马立于数丈外，其余俱无踪影。正此时，忽听有女人呼道，赵将军快救我母子！

赵云一惊，抬头四顾，不见有人。女人又呼道，妾等藏于此！

赵云知为甘夫人，寻声望去，见左侧有石墙，忙上前。

甘夫人怀抱刘禅，隐于石墙后，惊惶不已。赵云大喜，问甘夫人道，糜夫人何在？

甘夫人泣道，糜夫人已失散，不知所踪。

赵云急命王皋牵马，说甘夫人道，请夫人携公子上马，我与王皋断后！

随从欲扶甘夫人上马，甘夫人道，妾不知骑技，又抱幼子，不能行。

赵云接过刘禅，命随从护甘夫人先行。甘夫人呼赵云道，若将军能保幼子脱险，妾必结草衔环，以报大恩！

赵云道，夫人忽忧，我虽万死，亦必保公子复回！

随从簇拥甘夫人，混入流民，仓皇而走。

赵云缚刘禅于怀中，说王皋道，我身负公子，需先行，卿可再寻糜夫人，若能救糜夫人出，功绩如天也。

王皋应诺，请赵云上马；赵云道，卿且自骑，我能夺曹军骏马。

言毕，正有数百骑飞奔而来，赵云出，立于道旁，待来者近，飞身而起，欲夺骑士长矛。骑士大惊，欲举，长矛已失，人已落马。赵云飞上马背，疾走。

余者大为惊愕，齐追赵云。赵云为流民所阻，不能畅行；精骑骤至，欲合围。赵云知不能脱，举矛急刺，连斩数十骑；余者大惧，不敢近前，赵云又走。

正此时，曹操率诸将近，见赵云连杀骑士，大惊，问诸将道，此何人，竟连杀孤虎骑？

夏侯渊道，此常山赵云也，为刘备虎将！

曹操指赵云道，卿等可生擒赵云，孤当用之！

于是张郃、许褚、徐晃等齐出，直奔赵云。赵云知来者不善，出大道，走荒野。张郃一马当先，渐近赵云，大喝道，赵云休走，我来也！

赵云知张郃已在身后，即回马，举矛猛刺。张郃躲过一击，欲还刺赵云。赵云以矛横扫，正中马腹，那马应声而倒，张郃坠地。赵云欲斩张郃，见许褚、徐晃等已在咫尺间，不敢怠慢，又走。许褚、徐晃等紧追，又与赵云近。赵云无奈，再与诸将战，竟不落下风。许褚等倚仗人多势众，欲生擒赵云。张郃亦来，横矛立马，阻于前。赵云大急，弃许褚、徐晃等，直奔张郃。张郃欲雪落马之耻，举矛迎击。赵云见其来如闪电，竟不避，直刺张郃咽喉。张郃大惧，急避。赵云飞驰而过，再走。

张郃等深以为耻，再追。正此时，忽有人疾呼道，将军勿惧，我来也！

赵云看时，见王皋单骑斜出，飞奔而来。赵云喝问王皋道，麋夫人何在？

王皋道，麋夫人已死，将军且走，我断后！

赵云自知使命在身，不敢迟疑，打马疾行。王皋横枪立马，以阻张郃、徐晃等。顷刻，诸将齐至，围攻王皋；王皋与之激战，身被数十矛，仍不坠马。张郃等斩王皋，见赵云已绝尘而去，知不可追，回禀曹操。曹操大赞赵云、王皋之勇，命厚葬王皋。

刘备等逃至江边，见舟船横岸，不下千数，关羽部属正候于此，大喜，问道，关云长何在？

部属答道，关将军领老弱渡河，已往夏口，命我等恭候将军。

刘备等正欲渡江，忽见张飞引部属而来。

刘备遂止，问张飞道，可知赵云行迹？

张飞下马，回刘备道，我等唯以阻拦曹军为要，不见赵云。

有骑士道，我曾见赵云等北去，或已转投曹操！

刘备大疑，以为刘禅在劫难逃，命将士候于此，不准渡江。等候良久，仍不见赵云回，刘备俞疑，于是说诸葛亮道，我待赵云不薄，赵云竟如此待我！

诸葛亮道，赵云忠义勇烈，必与幼主共存亡，明公何疑？

刘备不言，坐于地。马谡直率，不知隐忍，说刘备道，常言，若得青山在，何虑无柴炊；曹军已在身后，将军岂能为数人安危而不顾万人生死。我请将军速走，否则，必有覆没之险。

刘备大怒，斥马谡道，汝何知骨肉情深，不见我子，誓不过江！

马谡窘态毕现，再不敢言。刘备自此不喜马谡，以为轩昂自大，不知轻重。

张飞说刘备道，兄长勿虑，我即复回，若赵云投曹操，我虽匹马单枪，亦必斩其首级！

言毕，翻身上马，飞驰而去。正疾行，忽见赵云随从护甘夫人惶遽而来，忙问甘夫人道，何不见赵云？

甘夫人泣道，赵将军让妾先行，与王皋护幼子随后，或为曹军所阻，望将军搭救！

张飞大惊，请甘夫人往江边，与刘备合，仍急走，寻赵云；又二、三里，见一骑迎面而来，正是赵云，却不见刘禅及王皋，大惊，呼赵云道，公子安在？

赵云不答，驰近张飞，说张飞道，卿勿虑，公子毫发未损！

张飞大喜，与赵云驰往江岸，拜见刘备。刘备等满面疑惑，直视赵云。赵云下马，解下刘禅，双手奉与刘备。刘备接刘禅，见其正酣睡，不禁喜极而泣。

赵云道，我等未能救麋夫人出，请明公治罪。

刘备道，卿等舍身救主，功高齐天，何罪之有！

赵云道，若非王皋舍命阻敌，我与公子岂能来此。我请明公优待王皋妻室，以慰在天之灵！

刘备慨然道，此恩此德，虽极尽所有不能报之万一，我必终生铭记！

于是令诸葛亮等登舟渡江，命张飞、赵云断后；部属及流民恐惧不已，纷纷争渡。刘备大怒，连斩数人，纷乱始绝。一时舟船往来，至日暮，军民俱已过江。张飞、赵云亦走，恐曹操渡江追赶，于是烧尽舟船，随刘备转道夏口。

待曹操率诸将追至渡口，已不知刘备所往。荀攸说曹操道，刘备既欲与孙权合，必转夺夏口。臣请魏公亦渡江，围夏口，刘备必就擒。

曹操笑道，天色已晚，若渡江，必不利。况将士疾追数日，人困马乏，若不休整，将成疲劳之帅，岂能与强敌战。

于是，令诸将暂屯江岸。

十九

夏口守将亦随刘琮降曹操，知关羽来夺，不愿战，遣散部属，领家眷逃走。关羽入据夏口，遣人报知刘备。

刘备大喜，即入夏口与关羽合。翌日，忽报有精甲骤来，刘备等大惊，欲舍夏口再走。正此时，侍从又称有人求见，刘备颇疑，命来者入；来者竟是刘琦。

刘琦拜于刘备前，泣道，先君音容宛在，刘琮竟不战而降。我势单力薄，不能回天，亦知江夏必失，遂往新野投叔父，谁知叔父已往樊城。我顿时无措，徘徊往复，不知何去何从。正此时，忽知关将军已夺夏口，遂来此。若叔父愿纳丧家之犬，我必誓死追随，赴汤蹈火，在所不辞！

刘备挽刘琦起，大加安抚。关羽知刘琦部属近万，又颇齐整，恐其反客为主，请刘备趁刘琦新来，分其部属，与诸将混编。

诸葛亮道，不可，刘琦惊弓之鸟，必多疑惑，如此，刘琦以为明公欲吞并，恐适得其反。

刘备以为然，命刘琦另屯。是日，又有侍从来报，称孙权遣鲁肃求见。刘备大喜，以为东走有望，整衣出迎，见鲁肃侯于辕门外，忙施礼，说鲁肃道，我知鲁子敬风流俊雅，才比张良，今日能见，三生之幸耳！

鲁肃还礼，极尽谦逊。刘备邀鲁肃入内，命治酒，款待鲁肃。

酒过数巡，鲁肃说刘备道，我受孙仲谋之托，往新野拜会明公，孰料曹军骤至，荆州忽生剧变，士民纷纷逃亡。我无奈，亦与流民奔走一途，步明公后尘，先当阳，再江夏，后夏口，终与明公相见。

刘备感慨不已，说鲁肃道，穷途之际，狼狈不堪，能暂离险境，已属万幸。不知卿涉险来此，有何指教？

鲁肃沉吟片刻，反问刘备道，荆州既失，夏口料非固守之地，不知将军欲何往？

刘备道，我曾与汝南吴巨有旧，欲往汝南投吴巨，以图再起。

鲁肃颇知刘备之意，笑道，吴巨俗子，气量狭小，又嫉贤妒能；明公辖关羽等熊虎之将，携诸葛亮等贤能之士，合刘琦部属，共二万余众，若往汝南，吴巨必疑客强主弱，岂能接纳！

刘备道，我等不过穷途之人，又无取代之心，唯愿与之共保，吴巨求之不得，必无疑。

鲁肃道，汝南与许昌近，明公若往，曹操岂能不惧。况吴巨奉曹操之命镇汝南，岂能纳曹操之敌？

刘备道，我与曹操俱为汉臣，并非仇敌，若愿臣服，曹操岂能不容？

鲁肃道，明公之意，我何不知。曹操执天子，压群臣，实为国贼，岂能与之为伍。孙权英明卓识，胸襟开阔，气度宏广；自据江东以来，广开财货，奖携农桑，人民富足，府库充裕，于是大练精甲，广造战船，誓解天子之危，雪社稷之耻，与曹操一较高低。明公既来夏口，若与孙权合，凭长江之险，倚吴越之固，足以拒曹操，何必远走汝南？

刘备不语，似颇犹豫；鲁肃又道，曹军或骤至，此危亡之际，明公应速决，不可迟疑。

刘备道，卿美意如天，令我感激不尽；然此事关乎去就，容我与诸将商议后再决不迟。

鲁肃道，既如此，我先告退。

刘备道，卿既有联盟之说，不妨共议。

于是命撤酒宴，召诸葛亮等。片刻，诸葛亮、关羽、张飞、赵云、麋竺、麋芳、简雍、孙乾、马良、马谡等相继而来。

刘备道，今鲁子敬来此，说我与孙权盟，凭大江之险共拒曹操。此乃大计，关乎存亡，我不敢自决，请卿等畅所欲言。

诸葛亮等俱不语，似不知从何而言。马谡道，此乃上策，又可为长远之计，将军何疑？

刘备不悦，斥马谡道，卿初来，未知情形，不可妄论。

马谡颇为尴尬，亦不再言。诸葛亮沉吟道，子敬受命于孙权，想必此乃孙权之意，既如此，或已草拟盟约，不妨出示，容我等斟酌。

鲁肃忙道，卿何有此言；孙仲谋知荆州必有剧变，明公或大受牵连，命我察荆州情形。谁知曹操之迅猛，大出所料；刘琮又不战而降，荆州于旦夕间易手。我知明公无所适从，故请明公与孙权合。明公若有此意，我即回吴郡，禀报孙权；明公若无此意，我亦当自去，何需多言？

诸葛亮道，卿何必急切，若为同盟，必约定事项，盟而不约，或约而不明，其盟不能固。我等知孙仲谋壮志凌云，誓除国贼，何辞与之盟。既如此，何不商定合约，再由卿回报孙仲谋？

鲁肃大喜道，孙、刘联盟，社稷之幸，苍生之福也。

于是刘备命诸葛亮携麋竺、麋芳、简雍、孙乾等与鲁肃草拟合约。合约成，刘备大设酒宴，以示庆贺。

是夜，诸葛亮邀鲁肃谈。鲁肃道，曹操此来，必与我等决战，否则难以回师许昌，卿以为如何？

诸葛亮以为然，问鲁肃道，不知江东有精兵几何？

鲁肃道，马步军七万，舟师三万，合十万之众。

诸葛亮道，曹操率三十万众，又收刘表部属，共五十万，以十万敌五十万，即使孙、刘联手，恐亦无胜算。

鲁肃道，不然，我以为曹操必败。

诸葛亮笑道，强弱既分，卿何有此言？

鲁肃道，曹操可败，不可胜；若胜，不臣已尽，曹操何以奉天子？

诸葛亮道，我以为不然，所谓人心难测，岂能预料。荆州虽经剧变，人物犹在，相比刘表父子，胸有壮志，又颇具大才者何止一二。若曹操欲另树不臣，我等危矣！

鲁肃道，卿所言有理，我所虑者亦在此。曹操尽收刘表旧部，既有车马之便，亦有水师之利。刘表虽暗弱，麾下却不乏佳士良将，韩嵩、蒯越等，俱为名士；文聘、蔡瑁等，堪称良将。若曹操用此数人，欲图一胜，当不难矣。今文聘已奉曹操之命屯江夏，若我等败，曹操或以荆州付文聘，再使他人割江东，仍能成鼎足之势。

诸葛亮道，卿洞若观火，尽知利弊。我以为，荆州之属，或天下格局，尽在来日一战，若我等败绩，非但荆州将属文聘，江东亦难固守。故此，非曹操不能胜，实我等不可败。

鲁肃道，卿所言极是。然曹操虽众，必不肯全力以赴，何者，北来之师尽为曹操子弟，若损伤过重，何以与群雄相抗。故而与我等决战者，必刘表旧部。既如此，我等虽寡，仍有胜算。

诸葛亮道，此言有理。然我与卿俱非帅才，运筹帷幄，总揽大局乃我等之长；纵兵驰骋，攻城略地乃我等之短。况孙、刘联盟，马步舟师十余万，非雄才大略者，不能节制诸将，卿以为谁堪此任？

鲁肃道，刘玄德、孙仲谋如何？

诸葛亮道，此二人俱为明主，亦非帅才。

鲁肃又道，关羽、张飞如何？

诸葛亮道，皆万人敌，亦不足为帅。

鲁肃笑道，卿可知周郎？

诸葛亮道，周郎英名远播，无人不知；我以为，非周公瑾不能敌虎狼之师。

两人谈至深夜方散。翌日，鲁肃欲辞刘备、诸葛亮回吴郡，忽有斥候来报，称曹操率大军急来，已近夏口。

刘备大惊，顿不知所措。诸葛亮道，夏口已不可守，我等须离此，以避曹操锋芒。

鲁肃道，卿等可往樊口，樊口属江东，壁垒森严，必能自保。

刘备即命诸将弃夏口，转走樊口。鲁肃请诸葛亮同往吴郡，拜见孙权，以商盟约。刘备以为可，命诸葛亮随鲁肃同行。二人乘小舟，顺江而下，正疾行，忽见有轻舟迎面而上，看时，见一将立于船头，竟是徐盛。

鲁肃大喜，呼道，徐文嚮何故来此？

徐盛道，曹军将至，孙仲谋命我布船阵，我唯恐有失，故沿江察看水情！

鲁肃又问徐盛道，孙将军何在？

徐盛道，已在柴桑。先生多日不回，将军悬望不已，可往柴桑拜见。

鲁肃遂辞徐盛，不半日，已至柴桑，于是别舟登岸，求见孙权。

张昭、张纮、顾雍、陆绩、陆逊等亦在此。孙权知诸葛亮来，即命张昭等出迎；召鲁肃问荆州情形。孙权道，卿去荆州已半月，不知所见如何？

鲁肃遂将所见一一禀告，并以草拟合约呈孙权。孙权阅毕，携鲁肃出，问诸葛亮道，我虽柔弱，亦有十万之众，不知刘玄德有精兵几何？

诸葛亮道，仅一万，合刘琦部属，约二万。

孙权又问诸葛亮道，舟师几何？

诸葛亮笑道，并无舟师。

孙权冷笑道，区区二万，又为乌合之众，且无舟师，何足与我为盟？况东南多水，江流纵横，车马步卒反为累赘；既无舟师，与壮士无足、大鹏无翅何异！

诸葛亮道，我知曹操夺荆州，所赖者精骑步卒，亦非舟师；曹操虽尽收刘表舟师，然江东一带，城池土地俱在岸上，不在水中，若不登陆，虽有舟师之利，与江中过客何异！刘玄德虽仅二万余众，然关羽、张飞、赵云等俱为虎将，一人能敌万夫，若曹操登岸，此数将必大显威力。如此算来，刘玄德亦有五万之众，岂容小觑！

孙权大笑道，卿之辞锋，未必亦能敌精兵一万？曹军所领，天子之师也；我虽据江东数郡，然地为天子之土，人为天子之臣，岂能强拒！战或不战，尚无定论，何言联盟！

于是请诸葛亮暂退，欲与群僚商议。

诸葛亮无奈，只好告退。

二十

孙权请张昭、张纮、鲁肃、顾雍、陆绩、陆逊等各抒己见。

张昭道，曹操视天下为弈局，以天子皇权为赌注，若无对手，其局自散。将军以解天子危难，救生民水火而起兵，既知曹操所忌，宜辞为对手，降迎曹操，使曹操失其所依。如此，天子必感其德，士庶必感其恩，将军何乐不为？

张纮道，曹操执天子，令群臣，大逆不道，岂能降迎！况曹操惧强凌弱，若降，必受尽屈辱，生不如死。刘玄德仅二万余众，亦不惜以卵击石；若以十万精甲不战而降，与竖子刘琮何异！

张昭斥张纮道，明知不可为而为，愚不可及；汝身为士大夫，竟不知此理！

孙权不悦，说张昭道，张子布曾劝我以江左之险而窥天下，言犹在耳；今又要我做降虏，如此自相矛盾，何故？莫非惧曹操势盛，忧虑家族安危？

张昭道，我虽不敢自诩壮烈，亦非贪生怕死之徒，何惜性命！将军承父兄之业，割江东而雄据一方；曹操以为将军得大江之险，堪为天下第一不臣，讨而不平，则可久执天子，此曹操所望也。若将军降迎曹操，辞为不臣，曹操将顿失所依，此曹操所惧也。两军相争，无非使敌所望成泡幻，使敌所惧成事实。如此，曹操虽胜犹败，虽生犹死，将军何不为之！

张纮道，依曹操之敏慧，岂不知如此用心！既曹操不能如愿，必怒而生恨，或屠尽家族，或坑尽将士，岂能为之！

陆逊道，张子纲言之有理。依今之势，可战而不可降，可胜而不可败。降则永失根基，战则自立一方；败则沦为寇盗，胜则贵为雄杰。此妇孺皆知，将军何疑！

张昭冷笑道，曹操合五十万众，虽孙、刘联盟，亦不过十余万。敌数倍于我，试问以何而战，以何而胜？曹操命文聘屯江夏，用心不言而知。今大军东来，欲为文聘荡平对手，或以其领荆州，或夺江东，而后予之，既可听命曹操，亦可为不臣。此曹操所望也，将军岂能不知！

鲁肃恐张昭与张纮、陆逊等大起争议，有害无益，遂说孙权道，周瑜负御敌之责，既大敌当前，请将军召周瑜共议。

孙权以为有理，即遣快马赴巴丘，召周瑜；命张昭等暂退。鲁肃又说孙权道，诸葛亮气识宏广，颇有见地；既众说纷纭，将军何不召诸葛亮一问？

孙权遂请诸葛亮，设酒款待，命鲁肃作陪。孙权道，事发仓促，不免心绪繁乱，若有失礼，望卿海涵。

诸葛亮笑道，将军勿需如此，我虽愚鲁，亦知将军之难。

孙权叹息道，群贤毕至，乃我所愿；然人多言广，又往往扰动心思，使人徘徊。今曹操大举疾进，迫近江东，以卿之见，我当如何？

诸葛亮道，曹操率众骤来，情势危急，不容多虑。所谓临危不乱，举措果敢，乃英雄本色。将军据江东，发愤图强；刘玄德走四方，败而不馁，皆因与曹操誓不两立。曹操举兵来东南，逐刘备，取荆州，又以五十万之众顺势疾进，其意非他，不过欲以此重选荆州牧守，使之处将军与曹操之间为屏障，促成鼎足之势。若将军愿为一足，可奋起还击；若将军愿固鼎足，可助刘玄德取荆州，使之为另一足。两足抗一足，虽曹操据天下七分，亦可成制衡之势。此亦曹操所望也，将军何疑？

孙权沉吟道，此言有理。然马腾、韩遂据西凉，我据江东，曹操据北方，鼎足之势已现，何必用意荆州？

诸葛亮道，非也。北方乃曹操根基，不容觊觎；西凉与长安近，出则三秦，退则大漠，既可压中原，亦可掠北方。故而，曹操必扫除马腾、韩遂，岂能使之成一足！而东南多山，江川纵横，又崎岖遥远，为鼎足者，必在东南。曹操既夺荆州，又命文聘屯夏口，亲率大军顺江急下，欲决死一战，若胜，则使文聘入荆州，或夺江东亦予文聘，与之划江而治，仍为不臣；若败，则托与刘玄德为屏障，鼎足相抗。于曹操而言，此战并无胜败；于将军与刘玄德而言，败则亡，胜则生。

孙权道，刘玄德屡屡穷途，虽转战多年，仍无成就，又人近暮年，何不迎降曹操以图封侯？

诸葛亮慨然道，想当初，高祖欲招降田横，田横以为丈夫不可折节，宁拔剑自戮而不失壮烈。况刘玄德乃皇室宗亲，质如金玉，节如劲竹，又英才盖世，深负众望，岂能降国贼！

孙权沉吟良久，说诸葛亮道，既刘玄德不惧强敌，我何辞与之盟！

诸葛亮大喜，望孙权一揖道，将军今日之决，必称颂后世，万古流芳！

于是主客畅饮，颇为欢欣。孙权又道，非我不敢拒曹操，实因张昭之说，或乃群僚之想，故而疑虑，难以决断。

鲁肃道，张昭等俱以汉臣自居，劝将军降迎，意欲使曹操无逆可讨，迫其还权天子。然曹操雄才大略，壮心不已，岂能因此而自敛！若无不臣，曹操顿失所依，或毁誓违约，废天子以自立。足见张昭之说，不过迂腐之见，断不可取。

周瑜获孙权召，倍道疾行，不数日已来柴桑，拜见孙权。孙权说周瑜道，目下之势，想必卿已尽知，曹操大军已过夏口，我当如何？

周瑜道，张昭之见，辱没之说，岂能听取！我负临终之托，必以性命相许，我在，将军必为江东之主；将军若为降虏，我必自戮以谢大罪！

孙权大喜道，我有周郎，何愁江东不安！今刘玄德已据樊口，誓与我共抗曹操。我欲尽出山越之兵，合十万之众，加之刘备所属，共约十二万，请卿为统帅，布阵岸上，列船江面，以拒强敌，如何？

周瑜笑道，与曹操决战，何用如此之众。况深险之地尚未尽安，若抽兵山越，恐匪盗复起，内滋外扰，反而不利。以我之见，唯以程普、黄盖、吕蒙等所属，并甘宁、徐盛等所辖舟师，合刘备、刘琦两万兵马，总五万余众，足以使曹操败北！

孙权以为轻敌，说周瑜道，曹操所领，多为荆州水师，亦有地理之便，宜谨慎，不宜轻敌。

周瑜道，江东子弟，生于斯、长于斯，入江湖若行平地，凡深浅缓急，无不尽知，履之如走厅堂，过之如行家门，此地理之便，能敌雄兵数十万；曹操虽有刘表舟师，亦能水战，却仅在荆楚出入，从未涉足江东，又疏于战事，荒于操习；曹操空有其众，或反成累赘。以我所长，击曹操所短，胜负已分，将军何虑！

孙权知周瑜志在必得，遂不疑，又召群僚商议。

张昭道，我已尽陈厉害，何必再议！将军应以天子士民为虑，不可以小利而失大义。将军若举江东献降，曹操顿失所依，必还权天子，退隐山林。此大义之举，何不为之！

周瑜斥张昭道，此腐儒之见也！曹操不臣之心遮日蔽月，岂能以将军献降而自敛！若天下英雄尚在，曹操当挟天子以讨伐；若天下英雄俱灭，曹操必废天子以自立。此孺妇皆知，何独张子布不知！

张昭脸色骤变，欲力争；周瑜忽出佩剑，愤然道，将军命我统帅盟军，与曹操决死一战；出师在即，需万众一心，否则，何以令将士服膺！谁敢动我军心，我必斩之！

张昭大为羞愤，拂袖而去。鲁肃见大事已决，唯恐再变，忙朝孙权一揖道，既大计已定，将军宜请诸葛亮回樊口，邀刘玄德来此缔结盟约。

于是诸葛亮告辞；翌日，刘备携诸葛亮、赵云来柴桑，与孙权盟誓。

孙权以周瑜为左都督，统帅盟军；以程普为右都督，鲁肃为赞军校尉，助周瑜。

刘备、诸葛亮、赵云亦回樊口，沿江布置，以待周瑜之命。

二十一

周瑜率诸将屯巴丘，尽据险要，高壁深垒，大集石木；命舟师据险滩，以铁索横江，以阻曹操。曹操水陆并进，逾夏口，直逼巴丘，命曹仁、曹洪等率荆州将士急攻。周瑜令诸将居高临下，以石木投掷，曹仁等大受挫折，遂止。

初战告捷，诸将大为振奋。周瑜却命暂弃巴丘，沿江夜走。程普等不解，以为巴丘险要，可拒强敌；况初战告捷，士气正旺，岂能胜而退却。周瑜说诸将道，我所以于此迎击曹操，不过欲借巴丘之险，折其锋芒，挫其锐气；然此地距荆州近，曹操若不利，可退，亦可横出。而敌众我寡，若不诱其深入，使之不能辗转，难以全胜。若我等退走，曹操必大举跟进，步军精骑将沦为累赘，虽欲退而来路深远，将大不利曹贼也。我已于沿江以下，大树屯卫，必能迫曹操泊于险岸，如此，曹操必败！

于是，周瑜率诸将夜走。翌日，曹操知周瑜已去，颇为疑惑。曹仁等以为周瑜自知兵寡，不敢再战，请曹操疾追。荀攸以为不可，说曹操道，周瑜得胜而走，必有诡计，不可轻进。

曹操思之再三，令诸将自后追击。于是斩铁索，破阻碍，沿江而下。行不足百里，觉江岸愈险，山崖愈深，步军精骑渐不能行，曹操即命徐晃、张郃等率北方子弟回据江夏。曹仁等仍率荆州将士疾进，又行数十里，见屯卫忽多，壁垒深固，不敢再进。曹操令诸将止于此，四面瞭望，见断崖千尺，壁立如削，已为可凭险而屯，遂召韩嵩，指一侧江岸问，此为何处？

韩嵩道，此处名赤壁，颇为险恶。

曹操命列船于此，以观动静。

周瑜知曹操大军泊于赤壁，即命刘备速出樊口，隔江而屯。

刘备遂领关羽等据岸而守，见曹军舟船如山，帆影蔽日，大为怯惧，说诸葛亮道，若曹操知我虚弱，渡江来攻，奈何？

诸葛亮道，明公勿忧，曹操初来，岂知虚实。况此处水面宽阔，彼此相隔数里，难以瞭望。我知周瑜等亦沿江而屯，若曹操举，周瑜等必齐出，应无大碍。

周瑜知刘备兵寡，必惧曹操势众，遂领鲁肃拜会刘备。

刘备知周瑜来，大喜，欲置酒款待；周瑜辞道，大战在即，恕无此兴。

刘备见周瑜意气风发，虑其轻敌，于是笑问周瑜道，不知公瑾举兵几何？

周瑜道，三万足矣。

刘备大骇，说周瑜道，曹军数十万，岂能以三万拒之？

周瑜笑道，我所领三万，合将军部属，共五万大军，足以制胜。

鲁肃道，明公勿虑，自古制胜不在兵多，而在韬略。

刘备不以为然，深恐凶多吉少。周瑜道，我即率三万精甲与明公合屯，明公何惧！况沿江一带，俱乃江东所属，不但满江激流可为我用，虽沙石草木，亦可为奇兵；曹操越界侵犯，狂妄猖獗，虽有数十万众，何足为道！

周瑜言毕，告退。刘备仍觉忧惧，说诸葛亮道，此战必大决于江上，若周瑜不敌，我等可绕道淮南，夺寿春，另立根基。

诸葛亮道，万万不可，若背盟，必失信于天下，恐难以再振；况寿春非比荆州，不能为屏障，孙权必夺之，曹操必讨之，是非之地，岂能立足！袁术于寿春称帝，曹操等一击而败之，足见不祥，明公应以此为戒。当今之势，需断绝妄想，与周瑜共败曹操，然后据荆州为一足，此外，并无它途。

刘备疑虑始尽，决计与周瑜合力，共战曹操。

周瑜命诸将不撤壁垒，大树旗帜，留伙夫于营，使炊烟不绝，以疑曹操；尽起三万之众，夜与刘备合，与曹操直面。

是夜，周瑜邀刘备、诸葛亮，并召诸将商议。

周瑜道，曹操远道而来，必求速决，或渡江来攻。诸将可据岸固守，不可轻出。若曹操举舟师一半出，则吕蒙、关羽、徐盛等，以艨艟斗舰列于前，待曹操近，可急射，曹操退，不可追；若曹操举尽舟师而来，诸将则沿江展开，待曹操近此岸，可飞速过江，抢占赤壁。曹操疑此岸开阔，又屯卫密布，恐腹背受敌，不敢据，必回夺赤壁。此时，卿等仍如前，再回此岸。曹操几番扑空，锐气大减，或不敢再举，则败局定矣。

关羽不屑，说周瑜道，此与儿戏何异，岂是取胜之道！

周瑜忽怒，斥关羽道，此为军令，决战之际，诸将必奉命，若有疑，或妄议决策，我必斩之！

诸葛亮恐彼此失和，忙道，我以为此计甚妙，诸将可遵行，勿需疑惑。

翌日，曹仁见彼岸舟船大集，又旌旗蔽日，大惊，忙报与曹操。曹操登船楼，举目瞭望，见对面舟船横列，精甲密布，几乎不知多寡；又见沿岸上下，三里一屯，五里一卫，旌旗怒卷，炊烟弥空，更不知深浅。曹操瞻望良久，无言而退，召贾诩、荀攸等议进退。

曹操道，孤来之如迅雷，而周瑜应之如闪电，足见非等闲之辈。前日，周瑜阻孤于巴丘，胜而走之，孤以为周瑜兵寡，不敢再战，于是顺流疾进。既深入，渐为险岸所阻，马步军不能畅行，不得已，孤命张郃、徐晃等回夏口。再进，见屯卫渐多，布防愈严；然孤已失兵多之利，至此方知周瑜用意。今周瑜大集彼岸，严阵以待，若攻，必难取胜；不攻，则正合周瑜之意，奈何？

荀攸道，我以为，沿江屯卫，或为疑兵，不足为虑。今当隆冬，江雾频生，若趁大雾，使舟船齐发，周瑜不能早察，必措手不及，或能一举而克。

诸将以为然，俱请待大雾满江时，猝然而举。曹操纳其说，命诸将整顿部属，以待大雾。

是夜，明月当空，霜天万里，荀攸说曹操道，今夜晴朗，若不出所料，明日必有大雾。

曹操遂召诸将，命枕戈待旦，蓄势待发。

周瑜亦知明日将有大雾，不敢怠慢，命丁奉等昼夜不眠，静观江上；令将士不解甲胄，挽弓带箭，执矛携盾，以待曹操；又与诸将约定，若鼓声起，必尽登舟船，各就其位。

翌日晨，果然迷雾大生，虽咫尺间不见彼此；丁奉即报知周瑜。周瑜命击鼓，于是诸将俱携部属登船。周瑜邀鲁肃、诸葛亮登船楼，以察情形。江上一片迷蒙，毫无所见。鲁肃颇为忧惧，说周瑜、诸葛亮道，恶雾连江，恐曹操已在眼前不能察，奈何？

诸葛亮笑道，卿勿忧，既昨夜晴明，清霜满地，今晨必有风，风吹雾散，曹操行迹毕现，何惧！

鲁肃以为不然，正欲再言，忽有清风徐起，吹人须发，掀人衣袍。周瑜大笑道，诸葛亮能呼风唤雨，曹操岂能不败！

片刻，风势渐急，猎猎有声；又片刻，江雾动荡，飘摇四散，江上情形渐显，果有舟船破浪而来。鲁肃请周瑜令诸将出，以阻曹操。周瑜道，不必，我料曹操必自退。

霎时，风愈急，江上水浪忽生，波声大起；船阵受阻江心，动荡颠簸，颇为凌乱。舟师徘徊良久，果然退走。

周瑜大笑道，我以草木沙石为雄师，诸葛亮以清风波涛为奇兵，妙不可言！

诸葛亮指对岸问周瑜道，既如此，公谨可有奇想？

周瑜笑而不答，下船楼，再召诸将，令各率所部操习水战，以曹操舟师俱来为准，沿岸展开，聚散分合，以备抢占赤壁。

鲁肃以为不可，劝周瑜道，此乃周旋之计，若操习，必为曹操所察，恐反为曹操所用。所谓计成于密，而失于显，请收回此令。

周瑜道，非也，此计需万众同举方能行，若不操演，届时必乱，岂能施行！

诸将不敢违，各领部属大事操习。正此时，周瑜忽令俱止，再召诸将。

周瑜指黄盖道，黄公覆身为老将，竟不知军令之重，散之慢，聚之迟，何故？

黄盖颇为愕然，说周瑜道，我等各尽其力，唯恐落人后，何有此说？

周瑜大怒，斥黄盖道，汝自恃军功，目无官长，轩昂自大！今强敌犯境，大战在即，汝竟懈怠抗令！若不重责，何以服众，又何以制胜！

即令执黄盖，去甲胄，重责五十杖。

程普与黄盖友善，劝周瑜道，黄公覆为江东名将，曾随孙坚起事，转战不息；又随孙策走马江东，功勋卓著；再辅孙仲谋承父兄之业，内外宾服，上下敬爱，岂能无故责之。况大战在即，正当上下用力之际，岂能使部属寒心！

周瑜喝道，卿若再言，必与黄盖同罪！

程普无奈，忿恨而退。鲁肃、诸葛亮俱知周瑜之意，并不劝解。

黄盖不堪此辱，大骂不息。周瑜愈怒，夺军棍，亲用刑。黄盖皮开肉绽，鲜血直流，渐无声息。

刑毕，周瑜命扶黄盖回营，令蒋钦替黄盖。

至夜，鲁肃拜见黄盖，屏退左右，说黄盖道，周瑜无故责罚，又夺卿军职，或因卿功高，忌而生恨；既如此，恐再无容身之处。

黄盖切齿道，周瑜欲尽夺兵权，虑老将不肯听命，故而无事生非；今日我，明日必程德谋、韩义公等，他日必鲁子敬、张子纲之流！

鲁肃笑道，若我受此奇辱，必转投曹操，或另有天地。

黄盖大为诧异，责鲁肃道，卿何此言！我虽愚鲁，不作叛逆！

鲁肃见黄盖慷慨壮烈，方依周瑜所嘱，告知用意。黄盖恍然大悟，沉吟道，周公瑾用心良苦，我必奉命。

是夜三更，黄盖悄出，驾轻舟，滑向赤壁。

黄盖渐近赤壁，呼道，我乃江东黄盖，无故受责，不堪怨恨，特来投魏公，望报知！

士卒大疑，缚黄盖，报与荀攸。荀攸遂召黄盖，问明情由，不敢怠慢，即领黄盖拜见曹操。

二十二

黄盖入见曹操，痛哭流涕，久不能言。曹操令荀攸暂退，又命为黄盖去缚。俄而，笑说黄盖道，此苦肉计，孺子能识，孤何不知！

黄盖不言，起身即走。曹操大笑道，计未行，若走，岂不枉费心机？

黄盖叹息道，人言魏公英明卓识，察人之深，古今未见，看来未必！

曹操冷笑道，未必江东无人，竟使花甲老朽行此计？

黄盖沉吟道，我曾随孙坚剿黄巾，讨西凉，伐董卓；又随孙策转战江东，扫荡数郡；孙权承父兄之业，我亦鼎力辅佐，未曾懈怠。不料江东新人如周瑜者，以为我乃旧将，不予信任，欲尽夺兵权，每每百般刁难，无事生非，今日又寻借口，大加杖责，使我皮开肉裂，几乎气绝；又取我印绶，夺我兵权。我知再无容身之地，若不走，必死于周瑜之手。穷途末路，故而来投；魏公若有疑，我当自去，或生或死，听天由命。

言毕，痛哭流涕。曹操笑道，卿且尽言，孤不杀说谎者。

黄盖又道，不独我恨周瑜，程普、韩当等亦大为不满。

曹操沉吟良久，问黄盖道，既如此，卿有何想？

黄盖道，我已老朽，并无奢望；若魏公应我一求，我必甘为爪牙，万死不辞！

曹操颇觉讶异，笑问黄盖道，欲何求，请告知，孤愿洗耳恭听。

黄盖道，若魏公不问孙权军情，其愿足矣。

曹操大笑道，自古背主另投者，无不以泄露军情为立身之本；汝年迈衰弱，又几近残废，若不告以军情，孤留汝何益？

黄盖道，我戎马半生，早已倦怠，已无功业之想，唯愿了此残生；我虽受周瑜侮辱，却不忘孙权父子之恩，岂能泄露军机以获重用。虽为叛亡，不敢失义，此君子之本也，请魏公体谅！

曹操道，既无所望，何必冒险来此，不如解甲归田，以养余生？

黄盖道，我出身郡吏，又入行伍，既无田产，又不知耕作，无处存身，故不惜为老卒。

曹操道，此言甚奇，孤且留汝，若有诈，必诛之。

遂令荀攸复回，命其带黄盖出，并延医，为黄盖疗伤。

许攸知黄盖来投，却不言军情，以为若察其用意，必能讨好曹操，于是每每探视；待黄盖伤势稍愈，又携酒肉慰问。

黄盖亦不辞，与许攸对饮。渐至黄昏，黄盖已醉；许攸笑问黄盖道，周瑜以区区五万，欲与魏公数十万之众决于赤壁，岂不荒唐？

黄盖道，我与魏公有约在先，恕不言军事。

许攸道，既为叛逆，不言军事，恐身不由己。

黄盖不悦，冷笑道，魏公尚能许诺，卿何不能？

许攸笑道，既如此，不知以何立身？

黄盖道，我已年迈，再无非分之想；若能苟延残喘，其愿足矣！

许攸欲再言，黄盖止道，若再言此，我必视卿若宿敌！

许攸无奈，告辞。翌日，许攸又携酒肉来。黄盖道，若言军情，恕不奉陪！

许攸道，非为军情，唯有一事相告。

黄盖道，请直言。

许攸道，我已获知，孙权恨卿背弃，已尽收家属子女下狱，并欲诛卿三族。

黄盖大惊，忙问许攸道，卿何以知之？

许攸道，魏公疑卿有诈，遣探马往吴郡察情形，已获回报，故而能知。

黄盖忽掩面痛哭，大骂孙权、周瑜不仁。

许攸说黄盖道，今魏公与周瑜等隔江相持，尚无胜败。孙权知卿投魏公，必观望，若魏公胜，则孙权必还卿家属；若魏公败，孙权必大开杀戒以泄恨。当此之际，卿何虑！

黄盖愤然道，既孙权不仁，我何必守义！彼岸实为疑兵，欲惑魏公，孙权已领十万精甲绕道合肥，欲夺之；又命刘备取江夏，阻魏公于此，使之不能回许昌，而后召天下英雄共讨之。

许攸大惊，即告辞，见曹操。曹操正与荀攸、贾诩议军情，见许攸不召而来，颇怒，将之斥退。待天色向晚，荀攸、贾诩仍未去，许攸恐误大事，呼道，我有军情禀告，求魏公召见！

曹操命许攸入内；许攸以黄盖所说告知曹操。曹操颇疑，问许攸道，黄盖不言与孤，何故言与卿？

许攸道，臣谎称孙权已收黄盖家属下狱，黄盖愤恨不已，遂告之。

曹操不敢怠慢，即召黄盖，问黄盖道，卿言彼岸俱为疑兵？

黄盖道，我不知，亦未曾言。

曹操笑道，孙权命刘备袭江夏，自领精甲袭合肥，可有此事？

黄盖颇为慌张，又否认。曹操命黄盖退下，问许攸道，卿所说果为黄盖所言？

许攸忙道，若非黄盖所言，臣岂敢雌黄！或黄盖已悔，故而否认。

曹操沉吟良久，问荀攸、贾诩道，卿等以为如何？

荀攸道，黄盖之来颇为可疑。臣以为，周瑜屯彼岸，刘备夺江夏，孙权袭合肥，俱能为疑兵，或真或假，实难料之。

曹操笑道，文聘足智多谋，英勇果决，必能败刘备；合肥坚固，将士猛烈，孙权岂能夺之！周瑜虽狡诈多端，然所领甚寡，孤有何惧！

于是曹操命诸将勿举，令文聘等输粮草，仍屯与此。

不觉腊月将尽，春日在即，周瑜与曹操所持已月余，黄盖虽入曹营，然未能使曹操中计。

鲁肃以为不能再持，应早决胜负，遂说周瑜道，曹操虽远来，然荆州可为后援，并无粮草之窘，不惧久持。我以为宜选死士，轻舟夜进，烧曹操舟船，或能使其败北。

周瑜道，既诸葛亮颇有见解，不如请其共议。

鲁肃以为然，遂请诸葛亮。周瑜道，孙仲谋率众攻合肥，欲使曹操分兵救之，使我等有机可乘，曹操却安然不动。既曹操不败不能去，我等不胜不能安，卿以为当如何？

诸葛亮道，曹操数倍于我，不可强攻，若欲胜之，需有巧计。既公瑾早有策略，何故疑而不举？

周瑜大笑道，知我者，诸葛孔明也！

于是周瑜致信曹操称：

魏公阁下：

魏公大举来东南，欲选荆州牧守，其用意之深，我虽愚，亦能勉知。文聘虽勇，不过匹夫，岂能立于南北之间；刘备虽弱，然非竖子，必不负魏公美意。既如此，魏公何疑！

人云世事诡谲，俯仰万变；魏公虽手持乾坤，袖纳日月，然祸乱往往起于萧墙，巨变每每生于瞬息。魏公来此既久，岂不患之？

今腊日已尽，春水将生，魏公若不速退，必为春潮所阻，逆狂流而走，岂不艰难！既黄盖不能助魏公离此，我当遣程普等再助之。

书信成，周瑜遣心腹过江，送与曹操。曹操阅毕，大笑不止。待来者告退，即召夏侯惇、夏侯渊、曹洪、曹仁道，孤虽驭众数十万，唯卿等为孤手足；危难之际，非卿等不能托大事。

夏侯惇道，臣等追随魏公起事，出生入死，从未有疑；魏公有何嘱，请直言，臣等必遵奉。

曹操道，孤来此已逾一月，波涛阻碍，难求一胜；世子年轻，历练不足，恐难以令群臣；孤每欲速回，无奈身不由己。

曹仁不解，问曹操道，魏公大权在握，虽天子亦需敬畏，何有此言？

曹操叹息道，孤举兵夺荆州，而孙权近在咫尺，若不与之决战，岂能回师！孤知周瑜今夜必来，卿等可虚以应敌，暗烧舟船，求一败，助孤回走。

夏侯惇等恍然大悟，领命欲去；曹操又道，此事甚秘，虽父母手足不能使其知。

半夜，程普领数百精甲，分驭轻舟数十，满载柴草，遍浇油脂，悄然而来。许褚见有船疾来，大惊，忙呼曹仁。曹仁说许褚道，此程普率众来降魏公，可纳之。

许褚以为然，命将士勿阻。程普等入船阵，忽举火而焚，轻舟大燃。既得手，程普等俱入水，奋力洄游。

火势瞬间殃及战船，将士俱惊，大乱；许褚等急命部属救火。夏侯惇、夏侯渊、曹仁、曹洪却趁乱四处放火，仅片刻，舟船俱燃，一片火海。

周瑜见火势大旺，即命吕蒙、甘宁等齐出，直扑赤壁。

曹操欲走，忽见黄盖立于前，似不知所措，即拔剑，斥黄盖道，苦肉计已成，汝何不走？

黄盖忙道，我诚心来投，魏公何有此言？

曹操冷笑道，此小儿伎俩，孤岂能不知！若不速走，孤必斩汝！

黄盖大惧，仓皇而去。曹操急令将士登岸，沿江退走。

二十三

孙权率陆逊、张纮等，领三万大军围合肥，以应刘备、周瑜攻曹操；知曹操败走，亦撤围，仍回吴郡。

周瑜仍屯巴丘，诸将亦回驻地，鲁肃等回吴郡。

曹操仍命文聘镇江夏，留曹仁、徐晃镇江陵，于禁镇樊城，乐进镇襄阳，自领诸将回邺城。

孙权知曹操虽留文聘、曹仁等分据各处，然仅有三万余众，以为可图荆州，即召周瑜等俱来吴郡，商议攻伐之计。

孙权道，曹操已回邺城，留曹仁、文聘、徐晃、乐进、于禁等分据荆州各郡，仅三万余众，又分散，难以呼应。我欲逐曹仁、文聘等，夺取荆州，卿等以为如何？

周瑜道，不可。荆州之重，曹操岂能不知；若欲借此成鼎足之势，则曹操不可据，将军不可取，否则，彼此互为疆界，岂能不战。曹操欲久奉天子，将军欲安处江东，唯以荆州另托他人，使之盘踞其间，两面斡旋，方能各如所愿。

孙权道，曹操以文聘辖刘表旧部，领江夏太守；又使曹仁、徐晃、乐进、于禁等分屯各郡，以固护卫，自守之势已成。所谓以荆州托刘备，实为妄想；与其由曹操据之，不如夺而自据。

周瑜道，我以为曹操此举，另有深意。若曹操欲以荆州托文聘，或取而自据，何故仅留三万余众？曹操所虑者，刘备非真英雄也；若刘备果为英雄，可分取各郡，渐逼江陵。如此，曹操当再无疑虑，必以荆州付刘备。

吕蒙道，此说有理，可再与刘备联手，分兵出击，必能迫曹操就范。

周瑜道，将军若急于求成，我愿入江陵，攻曹仁、徐晃，若克，当让与刘备；将军可再围合肥，使扬州刺史刘馥不能赴救；请刘备分取长沙、桂阳、零陵、武陵，若四郡受敌，曹仁、徐晃必驰援，荆州唾手可得也。

孙权以为然，即命鲁肃入樊口，请刘备、诸葛亮攻四郡。

刘备见曹操虽败，并未如愿领荆州，大为失望，欲往淮南，另寻栖息之地。诸葛亮苦苦相劝，刘备不听；正此时，忽报鲁肃来访。诸葛亮笑说刘备道，明公勿忧，鲁肃此来，必有佳音。

刘备请鲁肃入见；鲁肃道，孙仲谋欲遣周瑜、程普等往江陵，攻曹仁、徐晃，若能克，当拱手让与明公。请明公分取长沙、桂阳、零陵、武陵四郡，以应周瑜；孙仲谋将再赴合肥，亦欲以此应周瑜。若三面齐举，曹仁等顾此失彼，荆州必破。

刘备大喜，说鲁肃道，孙仲谋大恩如天，我当没世不忘；若能使我如愿，当永为同盟，共抗曹操，虽天地崩毁不改初心！

于是，刘备携诸葛亮、关羽、张飞、赵云、刘琦、刘封等出樊口，赴四郡。

孙权命周瑜、程普等举众二万赴江陵；命徐盛、凌统等大集舟师于柴桑，以防文聘；自领陆逊、张纮等，举三万余众再赴合肥。

周瑜率程普、黄盖、吕蒙、甘宁、蒋钦、周泰、潘璋、丁奉等沿江疾进，直逼江陵。曹仁、徐晃知周瑜大举而来，命将士坚壁深垒，欲与周瑜隔江对峙，使其不敢轻举。

周瑜屯于江岸，召诸将嘱以策略；周瑜道，我等来此，欲替刘备取荆州，促成鼎足之势；刘备将分取四郡，以应我等。若四郡告急，曹仁、徐晃必出江陵驰援，我等再趁机攻之，必能一举而克。

吕蒙道，我等屯于此，曹仁、徐晃必知用意，虽四郡告急，或不敢驰援，奈何？

周瑜道，若曹仁、徐晃拒不驰援，我等可先袭夷陵，夷陵与江陵近，若夷陵失，曹仁、徐晃不能自安，或分兵赴救，则江陵亦可图。

程普道，既如此，不如早夺夷陵，何必待四郡告急？

吕蒙、甘宁等俱以为宜早不宜迟；周瑜以为然，命程普、黄盖各领精甲五千分赴襄阳、樊城，牵制乐进、于禁；命甘宁突袭夷陵。

甘宁率丁奉等欲行，周瑜令其暂止，召甘宁道，我知夷陵兵寡，必能一举而克，曹仁、徐晃必复夺，或反围夷陵，卿当如何？

甘宁道，我当坚壁深垒，敛兵自守，不与之战，以待救援。

周瑜道，若无援，能守几日？

甘宁道，若夷陵粮草充足，可坚守一月。

周瑜笑道，何须一月，三日足矣！卿可趁夜而往，飞夺夷陵；若曹仁、徐晃分兵救夷陵，我即大举过江，攻江陵。曹仁、徐晃两面受敌，彼此不能照应，我等必胜。

甘宁遂领部属夜出，疾行两百里，翌日晨，已至夷陵，即命丁奉等急攻。夷陵守将大惊，命紧闭城门，欲死守。丁奉等猛攻半日不能克，以为将士整夜疾驰，疲乏不堪，请暂止。甘宁以为不可，若迟，曹仁、徐晃必驰援，内外夹击，必有覆没之险，仍命丁奉等急攻。

丁奉选死士一百，着坚甲，举长盾，各持枯茅，冒死而进，欲烧城门。甘宁见此，命将士俱近城，四面齐攻，以助丁奉。守将大惧，以为夷陵必失，遂降。

曹仁、徐晃知夷陵已失，大惊，遂分兵，由徐晃守江陵，曹仁举五千精甲飞赴夷陵。

徐晃疑为调虎离山之计，不敢怠慢，命部属俱入城，以防周瑜来攻。

甘宁知曹仁来夺夷陵，命部属敛于城内，欲固守。正此时，周泰忽引两千精骑而来，说甘宁道，周瑜令暂弃夷陵，伏兵于外，待曹仁入城，再反围；如此，曹仁不能回江陵，徐晃亦可图。

甘宁与周泰合，出夷陵，伏于山间，以待曹仁。曹仁至夷陵，欲围甘宁于城中，见城内已空，大疑，不敢轻入，命斥候察之。斥候报称，甘宁等知援军来，大为恐惧，已弃城而走。曹仁举众入城，令坚城固垒，以防甘宁复来。

周瑜知曹仁赴夷陵，即命吕蒙、蒋钦、潘璋等渡江，猛攻徐晃。徐晃率将士登城，见来者甚众，攻势如潮，知江陵不能保，亦欲赴夷陵，与曹仁合，遂命将士突围。

蒋钦、潘璋见徐晃大举而出，欲力阻。吕蒙说蒋钦、潘璋道，公瑾有令，若徐晃弃江陵，必往夷陵，可放不可阻；若阻，徐晃走投无路，或拼死一搏，我等必遭重创。

于是蒋钦、潘璋等避之，任徐晃率众而去。徐晃疾驰数十里，忽有所悟，命将士俱止，欲回江陵。正此时，见周瑜等忽出，阻绝前后；徐晃大惊失色，收紧部属，欲自保。

周瑜呼徐晃道，汝已穷途末路，何必作困兽斗？

徐晃命将士斜出，欲退入深山，据险自守。周瑜命吕蒙、蒋钦、潘璋等大肆追杀，一时死伤甚众。徐晃恐士卒溃散，自率死士断后，命部属尽据险要，以拒周瑜。

吕蒙、蒋钦、潘璋不甘，欲强攻徐晃；周瑜不准，说吕蒙等道，徐晃乃虎将，又居高临下，占尽险要，岂能强攻。

周瑜令蒋钦率五千精甲，断绝道路，阻徐晃于此；自率吕蒙、潘璋等赴夷陵，助甘宁、周泰。

甘宁、周泰围曹仁于夷陵，曹仁大为惶遽，唯恐周瑜趁机攻江陵，遂领部属突围。甘宁、周泰力阻，无奈曹仁誓死必出，渐不能支。

正此时，周瑜、吕蒙等又来，曹仁顿知突围无望，遂止。

吕蒙、潘璋等俱劝周瑜急攻曹仁。周瑜不准，说诸将道，我等所举，不过欲替刘备取江陵，不为其他；既江陵已夺，可静待刘备，何必与曹仁死拼！

吕蒙道，若刘备不能取四郡，当如何？

周瑜道，依诸葛亮之智，关羽、张飞、赵云之勇，必能克之。曹操明知荆州虚弱，我等又逐曹仁、徐晃，却不驰援，所待者，亦刘备也。若刘备能克四郡，曹操必以荆州托刘备，促成鼎足之势。若我等围斩曹仁，阻杀徐晃，曹操必怒，或大举而来，荆州所属或大生变故，我等或前功尽弃。

吕蒙等以为然，围而不攻。曹仁亦不举，唯命将士固守。

相持又数日，周瑜召吕蒙等饮酒。周瑜道，今大局将定，鼎足之势将成，可喜可贺！

言毕，把酒歌道：

江月兮邈邈

江流兮遥遥

江山兮巍巍

江风兮飘飘

………

二十四

孙权率众再围合肥，以应周瑜攻江陵；相持十余日，孙权渐生贪念，欲败刘馥，夺合肥而自据，遂召诸将商议。

孙权道，合肥坚固，势压江淮，我欲夺之，以固江东，卿等以为如何？

陆逊道，合肥与许昌近，相距不过千里，又为扬州治所，若夺之，曹操岂能自安。

张纮道，陆伯言所说有理，将军若取合肥，曹操必大为震怒，或举一国之力伐江东，鼎足之势将毁于未成，得不偿失耳。

孙权沉吟道，若曹操举众来此，奈何？

陆逊道，若如此，可弃合肥而走，退还吴郡；我愿断后，置伏兵于险要处，使曹操不敢追。

孙权道，我所虑者，虽与刘备三面出击，而无一胜；如此，曹操必以为我与刘备俱非英雄，或反为不利。

陆逊道，周公瑾用兵如神，必能败曹仁、徐晃；刘备无立锥之地，求胜心切，必竭尽全力，将军何愁无一胜？

孙权无奈，遂依张纮、陆逊之说，仍围而不攻。

曹操知孙权再围合肥，周瑜已夺江陵，阻徐晃于深山，围曹仁于夷陵，刘备等正分夺四郡，竟不以为意，每日召荀彧等饮酒，谈笑风生，或歌或吟，极尽风雅。

夏侯惇、夏侯渊、曹洪等大为急切，纷纷求见曹操，请曹操分兵驰援。

夏侯惇说曹操道，合肥上接许昌，下邻江东，若有失，必震动四方。臣愿领兵驰援，逐走孙权，保合肥平安。

曹操笑道，卿勿忧，孙权之意不在合肥，此不过声东击西之计，不足为孤所虑。

夏侯渊道，刘备分掠四郡，情势危急，若四郡失，荆州诸郡尽在锋芒之下。臣愿南去，败刘备，力保四郡。

曹操道，刘备起兵二十年，至今仍无立足之地，其情可叹亦可哀；若逼之过急，或孤注一掷转走西凉，与马腾、韩遂合，扰我西北，岂不反为大患？

曹洪道，曹仁与臣为同胞，今为周瑜所困，危在旦夕；既手足情深，岂能坐视。臣愿率兵往夷陵，败周瑜，救曹仁、徐晃。

曹操道，周瑜虽围曹仁，阻徐晃，却不攻击，实因投鼠忌器；若擒杀曹仁、徐晃，孤必大举伐东南，此孙权、周瑜所惧也，卿何虑？

诸将见曹操不为所动，俱退。曹操见荀彧不言，笑问荀彧道，数地告急，孤按兵不动，卿以为如何？

荀彧沉吟道，孙权、刘备、周瑜等齐出，虽用兵三地，其意俱在荆州；若魏公欲使刘备为荆州牧，诏书一下，其兵自解，何用驰援。

曹操愈忌荀彧察人之深，笑道，知孤者，荀文若也！

曹丕知江陵已失，曹操无所举措，大为疑惑，说曹操道，既孙权欲助刘备取荆州，可顺水推舟，若迟，恐合肥不保。

曹操笑问曹丕道，卿可知荆州之重？

曹丕道，荆州居大江中游，南接海域，东连吴会，西通巴蜀，北达河洛，自古皆为要地。臣虽愚，亦知荆州之重。

曹操道，诚如所言。孤欲使荆州为屏障，蔽孙权锋芒而免于与之战，则天子可奉，不臣可令；否则，孙权虽尽据江东，一举可平也。若孙权败，不臣将不攻自服，孤必还权天子，退居乡野。然孤横行数十年，东征西讨，结怨极深，群臣恨孤独断，天子恨孤专横，若一朝失势，必成众矢之的，此身或遭横祸，家族或遭屠戮。孤既知危机所在，宁不竭尽所能，以绝祸患。孤知荆州之重，关乎存亡，非真英雄不能固守。刘备若能破四郡，则荆州可予；若不能，孤当另托他人。卿可与孤拭目以待，何必急切。

曹丕闻此言，顿觉悲从中来，说曹操道，臣今日方知父亲不易。然参天大树，必夺草芥之晖；万里长江，必吞沟渠之水。此人物同理也，父亲何必忧虑。

曹操笑道，所谓行事在人，成事在天；人若不为，天岂能成之。孤虽年迈，然后继有人，孤有何虑！

周瑜围夷陵已十日，城中粮草将尽，曹仁大为惶遽，欲孤注一掷，遂召部将，令将士大集一门，使精骑突前，以弓弩急射，逼周瑜等退后，一举突围。

周瑜知曹仁欲举，即书信与曹仁：

曹子孝阁下：

魏公欲选荆州牧守，故而留卿等以区区三万分屯数处，以试谁为英雄；孙仲谋、刘玄德亦知魏公美意，于是三面齐出。我所以围夷陵而不战，阻徐晃而不攻，亦因魏公美意也。

今孙仲谋再围合肥，刘玄德分取四郡，我逐阁下与徐晃出江陵，风声鹤唳，四面楚歌，魏王却不驰援，所待者，英雄也。若刘备尽夺四郡，魏王必以之为荆州牧，诏令一到，皆大欢喜，我等将自去。既如此，阁下何必铤而走险？

我知阁下缺粮，不能再持。所谓救人危难，君子之义也；阁下之窘迫，我岂能视而不见。阁下阅此信时，我已命士卒以粮草各五百担堆积城下，阁下若不疑，可取用。

曹仁阅信大惊，即登城望之，果如周瑜所言，城下粮草已堆积如山。曹仁命部将领二百精甲缒下，缚粮草，拉拽而上。

翌日，周瑜召吕蒙道，我等数路齐出，已逾十日，仍不知刘备胜败。徐晃被困山林，亦恐难以自给，可以粮草周济，免伤曹操爱将。一旦刘备告捷，即命蒋钦撤走，使徐晃全身而退。

吕蒙奉命押粮草入山，告知周瑜所嘱。蒋钦命士卒弃粮草于山下，呼徐晃道，周公瑾不忍汝等饿死山野，特以粮草相赠，汝等可自取。

言毕，蒋钦领部属后退十里，免使徐晃疑惑。

徐晃被阻十余日，几欲绕道而走，被悬崖断壁所阻，不能行；又绝粮草，遂以野菜山果充饥。正穷困不已，忽见蒋钦以粮草积山下，大为疑惑，以为诱敌之计，不敢取。

部将说徐晃道，若无粮草，必困死于此，不如冒险一试；况蒋钦已后退十里，若有图谋，我等仍可退守。

徐晃仍疑而不举；部将又说徐晃道，我以为，蒋钦等并无求胜之心，否则，我等虽占尽险要，蒋钦不能攻，亦可放火烧山。若如此，我等必大败。

徐晃以为然，命将士下山取粮草。

饥困既解，部将大惑，问徐晃道，我随将军转战万里，身经百战，何曾见既受困于敌，而敌不攻，反赠以粮草。

徐晃道，阻而不攻，疲而不取，反以粮草周济，我亦闻所未闻。我知周瑜韬略，不在魏公之下，想必另有深意。我等仍宜坚守，以防突变。

二十五

刘备率诸葛亮、关羽等出樊口，渐近武陵，见天色已晚，于是依山结营。

是夜，刘备召诸葛亮等议破敌之策；刘备道，我等兵寡，若分取四郡，或俱不能克。我欲首克武陵，再攻长沙，次攻零陵，最后攻桂阳，卿等以为如何？

张飞道，不可，若如此，数郡可相互驰援，彼此呼应。我以为应分而击之，一举克敌。

关羽道，我等仅二万余众，若分兵，其势必弱，岂能克敌。

诸葛亮道，张翼德所言有理，若举全军攻一郡，三郡必增援，或扰我于后，或击我于侧，大不利也；不如四面齐举，使之同时受敌。以云长、翼德、子龙之勇，必能一举而克。

关羽道，我知长沙有上将，姓黄名忠字汉升，武艺盖世，又熟知兵法。若分兵，武陵、桂阳、零陵或可下，恐长沙不能克。

诸葛亮道，我亦知黄忠之勇，然卿等威震天下，有何惧哉。

关羽道，我不惧黄忠之勇，唯恐长沙坚固，夺之不易。

诸葛亮沉吟道，既云长惧长沙险固，可另选一郡；我不才，愿携刘琦、刘封攻长沙。

张飞道，我不惧黄忠英勇，愿往长沙！

关羽道，我非懦夫，何惧黄忠！我愿往长沙，不败黄忠，当解甲自去！

刘备、诸葛亮大喜，于是命关羽攻长沙，张飞攻零陵，赵云攻桂阳；刘备、诸葛亮率刘琦、刘封攻武陵。刘备又与关羽等约，首克一郡者，当以之为太守。

翌日，诸将各率部属，分赴四郡。

关羽率众至长沙，命部属止于城郊，隐于树林，匹马单枪来城下，呼黄忠道，我乃关羽，每闻黄忠无敌，今特来此，欲与汝一决高下；汝若不惧，可出城，我必一举斩汝首级！

士卒见此，忙报与太守韩玄。韩玄大惊，领黄忠等登城望之。黄忠见关羽只身来此，大疑，说韩玄道，关羽此来，甚为可疑，宜使将士警惕，不可疏忽。

韩玄不以为然，说黄忠道，我知此人自大，以为世无英雄，若斩之，必使天下震动，自此无人敢犯长沙。

黄忠道，关羽武艺超绝，又颇知谋略，实非等闲之辈；既只身来此，其后必有伏兵，若出，必蜂拥而至。

韩玄笑道，郊野空旷，一望可收，伏兵何在！卿素以勇壮自居，何惧关羽？

黄忠道，关羽堪称万人敌，魏公掳之而不忍杀，且奉为上宾，足见卓绝不凡，不可轻视。

韩玄不悦，说黄忠道，汝勿惧，我当令将士集于门内，若果有伏兵，我必率精甲齐出，大败关羽。

黄忠道，既有坚城可依，何必冒险？若我等闭门不出，虽关羽勇绝天下，其奈何哉！

韩玄大怒，斥黄盖道，汝本荆州降将，魏公念汝尚能征战，留汝于此效力；汝轩昂自大，屡不奉命！今若不斩关羽，我必问汝临阵怯敌之罪！

黄忠无奈，说韩玄道，使君之命，我不敢违；待我出城，请使君令部属紧闭城门，以防伏兵。

韩玄冷笑道，汝且去，若果有伏兵，我必亲率将士大破之！

黄忠即披甲戴胄，打马而出。韩玄见黄忠已近关羽，并无伏兵，大笑道，黄忠胆小如鼠，何来伏兵！

言毕，命士卒闭城门，若黄忠不斩关羽，不准回城。

关羽见黄忠飞马而来，遂走，欲引黄忠入树林，围而擒之。黄忠紧追不舍，渐与关羽近，忽见林木横陈，知伏兵在此，急止。

关羽渐近林外，不见黄忠来，亦止，见其勒马而立，于是复回，笑问黄忠道，卿何不追？

黄忠指树林道，卿伏兵于此，我若再前，必遭围擒。

关羽大笑道，我曾闻黄汉升武艺超绝，精警过人，果然！

黄忠道，汝欲诱我深入，我岂不知！

关羽道，韩玄嫉贤妒能，又多疑，卿出而不战，以何复命？

黄忠不言，欲走；关羽道，卿若不惧，我愿与卿一决高下，如何？

黄忠遂止，冷笑道，我虽不才，何惧厮杀！

言毕，举矛催马，直扑关羽。两人来来往往，战至日暮，竟不力竭。关羽暗自称奇，呼黄忠道，黄汉升果然无敌！今日之战，快畅无比；可惜天色已晚，不能决胜负；明日，我必斩卿之头！

言毕，打马入树林，不再出。

黄忠亦回，近城呼韩玄道，今日已晚，不能再战，我明日必斩关羽！

韩玄斥黄忠道，汝与关羽窃窃私语，甚为可疑，我岂能放汝入城！

黄忠忙道，我与关羽拼命厮杀，恨不能斩其首，何有此言？

韩玄道，若无异心，待汝斩关羽后再回！

黄忠道，城外既无居所，又无饮食，若不入城，以何再战关羽？

韩玄不答，拂袖而去。黄忠无奈，绕城而走，望见有树林，知非关羽伏兵处，遂入，欲借此栖身。不觉天已黑定，夜风渐起，宿鸟啁啾，愈显荒僻。黄忠饥渴不忍，欲采野果，正此时，忽闻马蹄声渐近，大为警惕，于是横矛以待。

片刻，一骑已近前，呼道，黄将军何在？

黄忠问道，来者何人？

来者翻身下马，说黄忠道，我乃关将军部属，奉命来此送酒肉！

黄忠大惑，又问来者道，我与关羽互为劲敌，何故如此？

来者不答，以酒肉悬于树，上马而去。

黄忠感慨不已，以为关羽之义，堪称罕见；又念及韩玄之奸险，大为愤恨。

翌日，关羽、黄忠分从树林出；黄忠说关羽道，昨夜有劳将军馈赠，此恩此德，我必没世不忘。

关羽大笑道，区区小事，何足挂齿！

两人不再言，各举长矛，大肆厮杀。不觉已近日午，仍不分胜败。关羽道，我已饥饿，饭后再战！

黄忠知不能回城，仍入树林，所幸昨夜馈赠颇多，尚能一饱。酒肉下肚，渐觉疲困，欲稍息，忽听关羽呼道，我酒足饭饱，必与黄汉升一决生死！黄汉升若惧，可出降，我必请刘玄德引为左右！

黄忠又出，与关羽大战。两人战至天黑，关羽回马便走。黄忠亦不追赶，再回树林。正坐地歇息，忽听有人步行近前，急起，见关羽携酒肉而来。

关羽笑道，我与卿大战两日，未分胜负，已尽逞血气之勇；我此来，欲与卿以酒肉见高低，如何？

黄忠大笑道，人言关羽气度恢宏，义薄云天，我今日始信！

两人席地而坐，相互邀饮，颇为畅快。

关羽道，卿之勇壮，实乃我平生仅见；韩玄实为匹夫，心胸狭小，又多忌恨，卿屈居其下，壮志难酬，怀抱难展，岂不有明珠暗投之憾？

黄忠沉吟道，卿之美意，我何不知。无奈我已降曹操，当从一而终，已不能他就。

关羽道，卿此言差矣，岂不闻良禽择木而栖，良臣择主而事！刘玄德壮志齐天，又宽德厚仁，堪称明主；卿若弃韩玄转投刘玄德，必大有所为。况曹操乃当世巨奸，挟天子，压群臣，卿身为壮夫，岂能助纣为虐？

黄忠道，卿所言，我岂不知。刘琮命我等降迎曹操，我每每为此羞惭，若再反复，世人必笑我轻于去就，与吕布何异！

关羽道，吕布无义，每杀恩人而逐小利，卿岂能与之比。况刘琮为荆州新主，虽文聘不能阻其降，卿何必自责？

黄忠道，我身在其中，宁不为之汗颜！卿不必多言，我必与卿决胜于马上，若为卿所擒，我必臣服；不战而降，乃我之耻，望卿体谅。

关羽亦不再言，起身告辞。

翌日，天方微明，黄忠已立马城下，呼关羽道，关羽何在，我今日誓与汝决生死！

关羽闻此，飞马而来。二人不言，奋勇厮杀。

不觉，又是一天，彼此仍无胜负。关羽笑问黄忠道，明日仍战否？

黄忠不答，回头间，见韩玄伫立城上，于是又叫开门。

韩玄大骂黄忠道，黄忠竖子，与关羽狼狈为奸，欲夺我长沙；汝等所为，历历在目，岂能狡辩！

黄忠忙道，关羽有万夫不当之勇，又伏兵林间，我单枪匹马，岂能制胜！

韩玄斥黄忠道，若无异心，可立斩关羽，否则，休想入城！

黄忠无奈，仍入树林。

二十六

赵云率部属一路疾进，夜半抵桂阳，于是说部将道，我等半夜忽来，彼浑然不觉，若急攻，必能一举而下。

遂命部将攻南门，自领两千精甲攻北门。桂阳太守赵范正熟睡，忽有士卒来报，称南、北二门猝然遇袭，情势危急。赵范大骇，忙起，急召群僚。群僚竟不至，唯都尉王良仓皇而来。

王良说赵范道，来者不知何人，亦不知多寡，唯见戈矛如林，攻势如潮；将士怯惧，不敢应敌。

赵范即与王良登城，见守卒正纷纷退走，大怒，命王良斩逃兵。王良不敢违，虽连杀十数人不能禁止，将士溃散愈急。

赵范大惧，顿不知所措，转眼间又不见王良，以为桂阳必失，急回，呼家人尽起，收拾细软，欲走。渐闻乱兵喧嚷，士民呼号不绝；俄而，喊杀声已近。赵范忙携家眷自后门出，欲遁入士民家暂避。正仓皇而走，夫人秦氏摔倒，脚踝已伤，不能行。赵范惶急不堪，欲弃之，拉寡嫂樊氏急走。樊氏不忍，斥赵范道，既为夫妻，应患难与共，岂能弃之不顾！

赵范欲弃樊氏自走；正此时，赵云等已至眼前。

赵云见此人着官服，携美妇，知为太守赵范，笑道，桂阳已破，纷乱不堪，若走，必有性命之忧。

赵范知不可逃，问赵云道，不知将军何人？

赵云道，我乃赵云，奉刘玄德之命取桂阳。

赵范忙施礼道，我不知将军来此，未能开城相迎，望恕罪！

赵云冷笑道，既有此意，何故逃走？

赵范道，桂阳将士惮于将军虎威，不敢应战，纷纷逃遁；我知桂阳将破，大为惶恐，又顾及家人性命，故而欲走。

赵云斥赵范道，身为太守，应与桂阳共存亡，岂能如此！

赵范不敢再言，以为在劫难逃。部属执赵范，欲杀之。赵范大为恐惧，呼赵云道，我虽鄙陋，却与将军同姓，望将军念同宗之情饶我不死！

赵云忽觉不忍，命部属释赵范。赵范感激涕零，忙说赵云道，将军不杀之恩如天，我必终身感念，永不忘怀；我虽愚鲁，亦知与人为善，无论世家草民，俱能知我微恩。将军若不弃，我必鞍前马后，死而后已。

言毕，请赵云同回府第。赵云欲借赵范安抚人心，亦不辞。赵范大喜，方入府，即命秦氏、樊氏备酒，款待赵云。

席间，赵范说赵云道，将军英名，远播四海；我能与将军同宗，三生之幸也。若将军不嫌我粗俗，愿与将军结为兄弟。

赵云道，我方入桂阳，士民恐惧，人心惶惶；应大行抚慰，广施恩德，岂能论私情，而不知轻重。

赵范泣道，诚如此言，将军夜半忽举，逐我将士，破我城池，执我于睡梦未醒之际。若将军不应，我必恐惧愈甚，岂能为将军所用。

赵云沉思良久，说赵范道，若为兄弟，应永不背弃，有难同当，有福共享。卿既久为桂阳太守，必知此间风俗，若能助我收归人心，我必视卿为手足。

赵范大喜，即与赵云叙齿；赵范年长，赵云尊赵范为兄。

于是行结拜礼。礼毕，赵范命秦氏出，与赵云相见。赵范又命秦氏侍于席前，为二人斟酒。

赵范说赵云道，家兄早逝，寡嫂樊氏顿失依靠，又无子嗣，我即迎其来桂阳，予以奉养；所谓长嫂如母，我既与卿结拜，应不辞一见。

赵云道，兄长高义如天，我岂能辞。

赵范遂命樊氏亦出。片刻，樊氏款款而来。赵云即起，与樊氏见礼。赵范命樊氏为赵云盛酒。赵云见樊氏姿态美妙，风韵迷人，不禁大为窘迫，几乎不敢正视。

樊氏居徐州，父祖以贩海盐为业，家道巨富；徐州刺史陶谦诬樊父通黄巾，满门抄斩，收尽家财。樊氏随家仆逃出，远走庐陵；家仆爱其美色，欲强占，樊氏不应，严加斥责。家仆遂囚樊氏于客舍，欲寻买主。赵范兄赵茾为庐陵都尉，知樊氏貌美，杀家仆，纳樊氏为妻。孙翊代孙权为庐陵太守，知樊氏绝色，欲纳之，遂诬赵茾谋反，执而杀之。樊氏惧孙翊寡恩薄情，不愿委身，又出逃。赵范知樊氏欲回徐州，即迎樊氏入桂阳。

赵范见樊氏侍赵云颇为殷勤，又眉目含情，以为心有所属，于是笑说赵云道，我知子龙常年征战，颇为孤独；若不嫌樊氏粗鄙，可纳之，以解寂寞。

赵云忙道，岂能如此。我虽愚鲁，亦知人伦；既为兄弟，岂能妻兄嫂，望勿再言！

赵范道，寡嫂青春犹在，应有所适；况自古娶寡嫂者多矣，并无非议，子龙何必推辞？

赵云道，我虽非圣非贤，每愿以圣贤之说正其行。兄若再言，我只好告辞！

赵范叹息道，所谓自古红颜多薄命。樊氏为陶谦所逼，随家仆逃走庐陵，家仆爱其美色，欲占为己有；我兄怜其孤苦，杀恶仆，娶樊氏为妻，又为孙翊所逼，苍天无情，何致于此！今世道纷乱，人人自危，非子龙不能使樊氏安处。

赵云道，非我不愿，实因人伦所在，不敢违之。

樊氏大为自悲，饮泣而退；赵云亦起身告辞。赵范忙说赵云道，人海茫茫，相遇不易；既兄弟初会于此，若不痛饮，难足我愿。

赵云不能强辞，仍复座，与赵范再饮。不觉酒已尽，赵云大醉不起。赵范扶赵云入内，就榻歇息。

凌晨，赵云忽醒，见烛光摇曳，残月当窗；欲起，忽见樊氏卧于侧，赤身裸体，款款相依，大惊，忙坐起，斥樊氏道，孟子云，男女授受不亲，礼也；汝为寡妇，应知守节，何故如此不堪！

樊氏泣道，非妾不知羞耻，实因赵范所逼；妾不能自主，望将军恕罪。

赵云大怒，骂赵范道，狗贼，竟不知人伦；我若不杀之，天理难容！

骂毕，披衣而起，执佩剑，欲出。樊氏道，此赵范缓兵之计耳；赵范贪婪，勒索士民，自知必不为将军所容，已携家私逃走。

赵云大惊，沉吟片刻，问樊氏道，既赵范不义，何故委身不去？

樊氏大哭道，人为刀俎，我为鱼肉；赵范以奉养为名，囚妾于此，每每奸淫。妾贪生怕死，唯愿苟安，虽恨之入骨，奈何身为女流，不能有所为。今将军忽来，妾心死灰复燃，若能获将军垂怜，虽春宵一刻，其意足矣，故而不顾羞耻。若将军嫌妾脏污，妾当自尽，不辱将军英名。

言毕，自枕下出短剑，欲自刎。赵云大惊，夺其剑，说樊氏道，人非草木，孰能无情。汝虽身陷泥淖，仍不失蕙兰之质，我岂能不敬而爱之。然我为将军，需身先士卒，与强敌搏杀，生不知何日，死不知何期。若一朝有失，岂不使汝再寡！

樊氏遂起，执赵云手道，所谓朝闻道，夕可死；妾心已尽属将军，若能获将军垂爱，不枉此生矣。

赵云不能自持，遂拥樊氏入榻，极尽欢畅。因力竭，赵云又睡，待醒转，天已大明，忽见樊氏倒于榻前，手持短剑，颈已断，血已凝。

赵云大为悲痛，亲葬樊氏于桂阳城外。

二十七

张飞令将士屯于零陵外五十里，召部属议攻城之策。张飞道，零陵险固，我等仅五千余众，若无奇计，不能克之。

部将道，可选死士伪装士民，混入城去，杀守卒，开城门，放我等入内，零陵必破。

张飞道，零陵城小，居者彼此熟识，如此，必露破绽，若反为敌所用，设伏兵于城内，待我等入，猝然而出，将大为不利。我知太守刘度谨慎有余，刚勇不足，若强攻，必舍零陵遁走，或北往武陵，或西走桂阳。若刘度往武陵，刘玄德内外受敌，而刘琦、刘封俱非良将，恐失利；若刘度往桂阳，赵云善战，必能应对。我欲置伏兵于零陵与武陵间，若刘度往，可痛击，必能大胜；若刘度往桂阳，我等可急追，与赵云夹击，亦可全歼。

于是令五更备炊，天未明，即命部将率一千精甲伏于险要处，亲领四千余众赴零陵，急攻四门。

太守刘度知张飞忽攻零陵，大惊，即召僚属，欲坚守。刘度道，张飞猝然而至，我等措手不及；然零陵坚固，若将士同心，足以自保。

僚属以为然。刘度遂携僚属登城，激励将士。长史彭兴见张飞虽四面齐举，每处仅一千余众，不以为意，说刘度道，人言张飞勇壮，疏于谋略，果如其说。今各以一千余众分攻四门，受阻于高墙深垒，岂能如愿。

张飞知不能迫刘度弃城而走，命将士俱止，设云梯，架敌楼，使弩手俱登绝顶，缚棉布于箭头，饱蘸油脂，使之着火，望城内乱射。一时火箭如雨，无不逾城而入。片刻，城内烟火大炽；张飞大喜，命部属俱集东门，再攻。

刘度大为惶急，不知所措，彭兴说刘度道，城内大火绵延，军民顾此失彼；张飞举众攻东门，转眼将破。零陵已不可守，不如使将士自西门出，往武陵与金旋合，再回夺零陵。

刘度然其说，急令将士俱往西门，鼓噪而出，逃往武陵。

张飞知刘度中计，率部属疾追。渐至中途，林木愈深，道路愈险，刘度忽觉不祥，欲退，绕走桂阳，无奈张飞在后，不敢，只好冒进。又行数里，见巉岩壁立，古木森森，又涧水激荡，白鹭惊飞，愈觉不祥。正此时，张飞部将率伏兵骤出，大肆屠杀。张飞亦自后而至，前后夹击。零陵将士纷纷溃散，刘度、彭兴等为乱兵所杀。张飞大获全胜，回据零陵。

刘备等至武陵，刘封自请为主攻；诸葛亮劝刘封道，武陵太守金旋极有谋略，又善骑射，卿若强攻，恐难破壁垒。

马谡亦劝刘封道，武陵城池险固，宜智取，不宜强攻。

刘封建功心切，不听。刘备颇知刘封之意，遂以刘封为主将，刘琦佐之，强攻武陵。

金旋欲挫刘备锐气，遂领精骑三千忽出，欲斩刘封。刘琦见金旋来势迅猛，劝刘封避其锋芒。刘封自负勇壮，不愿退，命部属迎击金旋。金旋绕开士卒，直取刘封。二人相遇，各奋勇力，竟互无胜败。金旋欲诱射刘封，遂走。刘封纵马直追；刘琦呼刘封道，金旋欲诱杀，勿追！

刘封不听，欲追斩金旋。金旋知刘封已在十丈内，暗取弓箭，回身急射。刘封避之不及，伤及左耳，大怒，追之愈急。金旋又射三箭，俱为刘封躲过，大骇，遂走城门。部属见金旋危急，齐举，力阻刘封。刘封斩数十人，见金旋已回城，亦退。

金旋命将士坚城自守，再不出战。刘封数攻，尺寸不获。简雍拜见刘备、诸葛亮；简雍道，我与金旋为同乡，曾有旧谊，愿说金旋来降。

刘备、诸葛亮大喜，命刘封、刘琦后退十里，以便简雍入城。简雍至城下，呼金旋道，涿郡简雍，来此拜见金使君，望勿拒！

士卒报与金旋；金旋颇知简雍之意，拒而不见。简雍又呼金旋道，使君知我为说客，拒而不见，足见武陵虚弱，唯能拒故人，不能拒强敌！我不忍武陵瓦石俱毁，欲献保全之策，使君何辞！

士卒又报与金旋；金旋仍拒见。简雍无奈，坐于城下，再呼金旋道，卿不以故人为意，每每拒见；我若去，有负乡党之情。所谓宁愿人负我，我不负他人！

金旋知简雍不去，渐觉不忍，遂登城，见简雍席地而坐，刘备等已远退十里，于是问简雍道，卿何故如此？

简雍道，我与卿为故友，相违既久，思慕愈深；既来之，卿何忍严拒？

金旋道，我与卿各为其主，非比昔日；既如此，岂能相见。卿且去，我当与武陵共存亡！

简雍道，卿不敢听我言，足见虚弱；既不能拒强敌，何必顽抗？

金旋大笑道，我虽不才，却不惜命；汝等可强攻，我不惧粉身碎骨！

简雍亦笑道，壮哉此言！舍生取义，大丈夫也；然取之非义，虽万死何益！况卿为太守，应知爱惜士民，怜恤将士；若负隅顽抗，必累及无辜，此大不义也！实不相瞒，桂阳、零陵、长沙已为关羽等所克，诸将必转助刘玄德。武陵已为孤城，岂能固守；城破之时，或殃及百姓，虽铁石心肠，宁不顾忌！

金旋顿时无语，沉吟良久，遂放简雍入城，引入府第，命仆人奉以清茶。简雍笑道，卿虽贵为太守，俭朴自守仍如从前，令人感佩；然故人相见，若无一醉，岂能尽兴。

金旋遂命治酒。酒过数巡，金旋问简雍道，魏公举大军来荆州，迫走刘备；卿不投魏公以顺天道，何也？

简雍道，曹操执天子以令群臣，可谓巨奸巨恶，试问天道何在？刘玄德胸怀匡扶之志，欲除国贼，复兴汉室，未必此非天道？

金旋又不能言，似有所动。

简雍又道，当此是非混淆，正邪不辨之际，我等身为士大夫，应知弃恶从善；若助纣为虐，必为后世唾骂。卿应深思，不可因小利而失大义。

金旋道，卿所言，我何不知。然曹操不嫌我为刘表旧僚，以我为武陵太守，若降刘玄德，岂不有负知遇之恩？

简雍道，卿何有此言，岂不闻蝮蛇伤手，壮士断腕？所谓亡羊补牢，犹未为迟，卿何疑？

金旋遂以武陵迎刘备。

关羽与黄忠连日大战，仍不分高下。至夜，黄忠每宿于林下，关羽每以酒肉馈赠。

是夜圆月当空，宿鸟无声，极为幽寂；关羽又来，见黄忠独坐树下，忧闷不已，笑道，今夜月华千里，好风入林，我欲与卿大醉一场，如何？

黄忠道，我与卿互为仇敌，拼命厮杀；我困于此，卿应喜，何故每每馈赠？

关羽道，我与卿大战数日，各知底细，卿以为能胜我否？

黄忠道，不能。

关羽又道，我能胜卿否？

黄忠道，我不知。

关羽冷笑道，若我欲胜卿，可在举手间取卿性命。

黄忠不以为然，笑道，既如此，何故不杀？

关羽道，我欲举卿为上将，故而不杀；否则，我所领尽在林间，若俱出，卿岂能不就擒？

黄忠沉吟良久，叹息道，卿义薄云天，乃我平生仅见；若能与卿共事明主，我之所幸也。

关羽大喜，说黄忠道，卿若能助我破长沙，我必视卿如手足。

黄忠道，卿若不疑，明日阵前可佯败，我缚卿诱韩玄，韩玄必不疑；我必斩之，收其部属，随卿转投刘玄德。

关羽遂回，召部属，告知黄忠所说。部属疑有诈，请关羽勿轻信；关羽不听。

翌日，关羽如约佯败，为黄忠所擒。黄忠驰近城门，急呼韩玄。韩玄颇疑，拒不开门。正此时，关羽部将领伏兵俱出，欲夺关羽。韩玄不再疑，即命开城门，放黄忠入内。

黄忠押关羽拜见韩玄。韩玄大骂关羽道，竖子，妄称万人敌，竟有今日！

骂未毕，黄忠忽举，斩韩玄。将士大惊，不知所措。黄忠说将士道，韩玄嫉贤妒能，贪得无厌，助纣为虐，死有余辜；卿等若听命于我，我必保卿等无忧！

将士俱恨韩玄刻薄，尽弃戈矛，投降关羽。

刘备知四郡俱克，大喜，召关羽、张飞、赵云等俱来武陵，大设酒宴，为诸将庆功。因赵云先于关羽、张飞克桂阳，遂以赵云为桂阳太守；关羽、张飞、马谡、简雍、刘封、刘琦等亦有赏赐。

二十八

周瑜知刘备尽夺四郡，即命甘宁、周泰等解曹仁、徐晃之围；又命程普、黄盖弃襄阳、樊城。孙权亦弃合肥回吴郡，又遣心腹入邺城，拜会曹操，请以刘备为荆州牧。

曹操准孙权所请，又命曹仁、徐晃离江陵，与于禁合；曹仁镇樊城，于禁守襄阳；命徐晃还邺城；以文聘为江夏太守，屯沙羡。

曹操拱手让荆州与刘备，许攸以为必有后患，于是拜会荀彧。许攸道，依魏公之卓识，应知荆州之重，刘备之奸，何故拱手相让？

荀彧笑道，卿此言何意？

许攸道，孙权、刘备、周瑜等三面出击，零陵、武陵、桂阳、长沙、江陵、合肥相继告急，其意正在荆州；所谓敌之所谋，我之所患也；魏公拒不驰援，使孙权、刘备得逞，我不知何意，特来讨教。

荀彧道，魏公之意如天，卿不知，我亦不知。

许攸道，孙权、刘备俱怀野心，每欲逐魏公而夺天子；今沆瀣一气，割江东，据荆州，可泛舟淮泗，直上许昌，如此，岂不危乎？以魏公之英明，焉能不知？

荀彧沉吟道，卿若欲知用意，可问魏公。

于是许攸求见曹操；曹操笑问许攸道，卿来此何事？

许攸道，魏公命曹仁、徐晃退走襄、樊，以荆州予刘备；臣以为必有后患，请魏公收回成命。

曹操道，孤不知后患何在，望能详言。

许攸道，臣以为荆州之重，关乎天下格局；孙权、刘备俱为枭雄，若二贼联盟，以江东之险、荆州之重与魏公争，则纷扰不能尽，天下不能安。此天子所忧，士民所惧也。魏公上知天意，下知人心，岂能不察二贼用心！臣请魏公再往东南，灭孙权、除刘备，使群贼伏罪，不臣听命，此不世之功也，虽伊尹、周公不能比，魏公何辞！

曹操不悦，斥许攸道，想当年，袁绍贵为盟主，其势超乎群雄之上；卿为谋士，又才冠天下，不助其成大业，反而唯利是图，钩心斗角，袁绍之败，卿与田丰等之咎也。孤受天子之托，万民之望，忍辱负重，宵衣旰食，谋天子之所想，行士民之所望，忠心耿耿，天日可鉴。况刘备为天子之臣，委以重任，乃国之所需；镇守重地，乃君之所命，卿何故雌黄！卿为袁绍所逐，本丧家之犬；孤念旧情，予以厚待。卿应自省，安守本份，何必妄言是非！

许攸大惭，惶惶而退，于是见孔融。许攸道，曹操执天子，黑白混淆，是非颠倒，其恶远在赵高之上。卿壮怀激烈，忠心耿耿，当此之际，应有所为。

孔融以为然，遂往许昌，拜见献帝。孔融道，陛下受曹操所迫，幽居禁中，虽天下纷乱，而不能知丝毫；山河支离，而不能察分寸，此曹操之罪也。刘玄德为汉室宗亲，素有振兴之志。臣请陛下诏刘玄德讨伐曹操，若能剪除巨奸，复兴国体，社稷之幸，苍生之福也。

献帝遂书血诏，极言幽禁、惶恐之状，付侍从，命其往荆州，交予刘备。侍从为曹操心腹，以血书呈曹操。曹操不开阅，投入炉中，烧为灰烬。

一时议论大起，称曹操自树不臣，欲久执天子。曹操闻知，于是大会群僚。

曹操道，孤知孙权久有异志，称臣于表，图谋于内；然江东深远，水流纵横，若伐，需举一国之力。马腾、韩遂拥兵自重，北连羌胡，西通巴蜀，此腹心之患也。孤若大举讨孙权，马腾、韩遂必取关中，直指许昌；如此，孤两面受敌，岂不危乎！荆州乃南北要地，刘备乃汉室宗亲；孤以荆州托刘备，上善之选也。刘备必为国家尽力，为天子尽忠，以荆州之重而拒孙权。既有荆州为屏障，孤必扫荡北方，待马腾、韩遂伏首，再伐江东不迟。

孔融道，魏公此举，虽能使东南暂安，却难免遗祸来日。孙权、刘备俱有野心，若借此蓄养势力，拓展疆域，或转夺巴蜀，掠取汉中，阻塞关隘，占尽险要，岂非得不偿失！臣以为，魏公此举，养虎为患耳，切不可行。若魏公虑不臣尽，不能奉天子，可取而代之，何必大费周折！

曹操大怒，仍隐忍不发，说孔融道，东南遥远，江河密布，丘壑重重，若生剧变，孤可陈兵荆湘，布阵江汉，或阻断上游，尽据要道，虽孙权如虎狼，孤必能擒杀；西北广袤，少有阻碍，可走马三秦，亦可放舟大河，况北人善骑射，勇猛剽悍，非南人可比。故此，孤不虑东南，唯虑西北！

孔融大笑道，魏公所虑，岂在江山社稷，不过私利耳！人言，鱼虽隐于渊，石能知其迹；狐虽藏于窟，草能识其踪。虽魏公之意如鱼如狐，然群僚之心如石如草，焉能不察！

曹操怒不可遏，斥孔融道，狂悖之徒，竟如此大言不惭！孤若不杀汝，岂能绝妖人之口！

孔融不惧，大笑不已；曹操令收孔融下狱，欲杀之。

王朗与孔融友善，彼此诗酒往来，深相惜爱，知曹操欲杀孔融，即拜见曹操。

王朗道，孔文举有让梨之誉，又颇负才华，四海之内，无不追慕；魏公唯才是举，惜才如命，若杀之，岂不寒士子之心！

曹操冷笑道，孔融自恃圣人之后，每每猖獗，以让梨之名而邀时赏，实在可恶；以祖先之说而慕虚名，令人发指。孤欲绝流言妄说，必诛首恶；孔融欲搏清誉，流芳后世；既各得其所，卿何必多言！

王朗知曹操心意已决，不可劝谏，黯然而退。

数日后，曹操令斩孔融，弃尸街市。群僚虽深怀不平，不敢言表；唯王朗不惧，披麻戴孝，收孔融遗骨，当街哭祭。

许攸恐祸及己身，即拜见曹操，说曹操道，王朗无视魏公严命，私收孔融尸骨，当街大哭，此大逆之举也，臣请治王朗之罪。

曹操颇知许攸用意，斥许攸道，王朗不惧权贵，不畏严令，此壮夫之举，何罪之有！

许攸不敢多言，惶惶告退。曹操已有悔意，即着素服，至王朗设祭处，与王朗并哭。王朗斥曹操道，臣所哭，物伤其类耳；魏公既为元凶，何必故作姿态！

言毕，拂袖而去。曹操仍不与王朗计较，令厚葬孔融；又每每召王朗，王朗拒不奉命。曹操无奈，命华歆登门劝解。王朗颇知华歆之意，闭门不见。曹操又亲往谒见，王朗仍拒之。

王朗足不出户，绝交游，谢宾朋，唯以诗酒自解；直至曹操病死，曹丕登门三请，王朗方肯与人相见，其时已须发如雪，形销骨立。

刘备获任荆州牧，三足之势已成，于是入镇江陵，以关羽为荡寇将军，领襄阳太守，屯江北；以张飞为征虏将军，领宜都太守，近南郡而屯；以赵云为牙门将军，仍领桂阳太守。

孙权欲固守江东，以程普为裨将军，领江夏太守，近沙羡而屯；亦以吕范为裨将军，领彭泽太守，与徐盛等共屯柴桑；以吕蒙为偏将军，领寻阳令；以周泰为平虏将军，屯公安；仍以周瑜为大都督，领南郡太守，屯巴丘；潘璋等亦各有所用。

周瑜将往巴丘，遂辞孙权。

周瑜说孙权道，今鼎足之势虽成，然曹操强，孙、刘弱，需固其盟，方能守三足之衡；将军与刘备唇齿相依，可与之争，而不可与之战。

孙权道，卿所言如金石，我不敢忘。

周瑜道，今江东暂无争战，应大兴农桑，广积军资，以备来日之用。我此去巴丘，当审时度势，为将军谋未来之计。刘备近在左右，虽有盟约，恐难久固；将军若不嫌刘备粗鄙，以令妹嫁之，结秦晋之好，共姻亲之谊，以永固盟约，岂不善哉？

孙权以为然，请周瑜为媒。周瑜道，鲁子敬为刘备所重，交接颇多；孙、刘结盟，鲁子敬乃始作俑者，可为媒。

孙权遂命鲁肃往荆州作媒。

刘备知鲁肃来，即迎见，又命置酒，款待鲁肃，请诸葛亮作陪。刘备道，我能为荆州牧，子敬之谋，孙仲谋之德也；我必遵行盟约，以鼎足之势而抗曹操。

鲁肃道，荆州之重，非明公不能据之；孙将军鼎力相助之，天意所在，众望所归也。唯愿俱遵盟约，共拒强敌。

酒过数巡，诸葛亮说鲁肃道，明公爱卿人品才华，思慕不已；今明公新任荆州，百废待兴，唯恨少贤良如卿者。若卿愿屈就，明公慰然，我等欣然耳！

鲁肃道，卿谬赞矣，我不治学问，不修德行，粗鄙不堪，荒疏无谋，实非可用之材；况明公有孔明，如鱼得水，何用他人？

诸葛亮道，卿名播四海，才冠古今，仍自谦不已，足见厚德，宁不使人敬慕；不知卿来此何事？

鲁肃道，我受孙仲谋所托，来此为明公作媒。

刘备、诸葛亮大为惊讶；诸葛亮问鲁肃道，不知欲嫁谁家女？

鲁肃道，非孙仲谋胞妹，不能为明公妇。

诸葛亮大喜，说刘备道，孙仲谋美意如天，明公何辞！既互为姻亲，何愁其盟不固！

言毕，朝刘备一揖道，明公获任荆州，又为乘龙快婿，双喜临门，足堪称贺！

于是议定佳期，十日后，刘备将往吴郡迎娶孙氏。

不觉，佳期已近；刘备欲带精甲五千往吴郡迎亲，以防不测。诸葛亮以为不可，说刘备道，如此，孙权必疑；若孙权有所图谋，虽五千精甲，何济于事。我知赵云乃万人敌，又颇有谋略；可以赵云为伴郎，临机应变，必能全身而退。

刘备无奈，遂以简雍代赵云为桂阳太守；命赵云随行往吴郡。

二十九

刘备携赵云，带随从，驭彩舟出江陵，大吹大擂，径往吴郡。

佳期即临，孙权命张灯结彩，大备乐舞，以待刘备；数日后，知刘备已近吴郡，即率群僚往江边迎候。

刘备、赵云别舟登岸，与孙权、张昭、张纮、鲁肃、顾雍、诸葛瑾、步骘、陆绩、陆逊等相见。孙权、刘备携手离江岸，所过处彩结漫街，如春花怒放。

孙权笑说刘备道，我亦新婚燕尔，其喜幸与卿同。

刘备问孙权道，不知所娶谁家闺秀？

孙权指步骘道，淮阴步氏也，此即新妻族兄。

步骘有族妹，贤良端庄，孙权一见倾心，托顾雍为媒，数日前将之纳娶。

刘备贺孙权道，淮阴步氏，书香门第，其子俊逸，其女淑德，可喜可贺！

谈笑间，已近孙权府第；孙权命鲁肃请刘备等入客栈，于此暂住。鲁肃送刘备、赵云入客栈，说刘备道，明公可于此静候，待佳期至，即结良缘。

言毕，告辞。刘备送走鲁肃，说赵云道，我不知孙权用意，又不能辞；今来此，祸福难料。卿需倍加谨慎，以防不测。

赵云推开后窗，指江边小舟道，明公勿忧，我已有所备，若有变，可携随从乘此舟夜走；我将独据江岸，凭血气之勇，以阻孙权，必能使明公离此。

刘备仍有疑，别无良策，颇为焦虑，自觉度日如年。翌日即佳期，刘备命赵云见孙权，欲往府第迎孙氏，然后回荆州。

赵云求见孙权，表明刘备之意。孙权道，我已购置新房，可于此完婚。

赵云不好多说，回禀刘备。刘备愈不能安，以为凶多吉少。正此时，孙权携鲁肃来客舍；刘备执妹婿礼，与孙权相见。

孙权道，今日乃大喜之期，请卿随我等入府第，以结良缘。

刘备不能辞，携赵云随往。既入府第，见彩灯高挂，红烛怒燃，群僚大集于此，内外一派喜气；刘备其意稍平。

刘备入客席，赵云立于后，正顾盼间，忽闻管弦慢起，鼓乐铿然；俄而，有舞女蹁跹而出，舒长袖，动细腰，举止多情，芳华不已。

乐舞毕，张昭起座，朗声道，今当于飞之期，鸾凤和鸣，琴瑟互奏，秦晋之好将结，鸳鸯之盟在即；又值好花初开，皓月始圆，虽千里之外，可以同喜，万里之远，可以同贺！

言毕，丝竹箫鼓再起，犹如百鸟朝凤，颇为热烈；群僚纷纷离座，争相称贺。

刘备见江东群贤俱在，独不见周瑜，又疑，沉吟良久，问孙权道，周郎何在？

孙权道，周郎屯巴丘，路途遥远；又恐曹操趁机忽举，不敢擅离，命长史庞士元代为道贺。

刘备闻此大惊，问孙权道，庞士元何在？

孙权笑指末席道，衣紫服者即庞统。

刘备见庞统据末席，举酒自饮，不与他人言，似不胜孤独；又形状瘦弱，相貌平平，不禁大为失望。

不觉，乐曲又尽，刘备正欲邀孙权饮酒，忽见太史慈骤起，望赵云道，卿莫非常山赵子龙？

赵云忙道，我即赵云，敢问将军大名？

太史慈道，我乃东莱太史慈！

赵云道，将军大名远播，久仰！

太史慈道，人言赵云乃万人敌，此说可真？

赵云道，坊间之说，实不可信。将军曾只身入重围，救孔文举于北海，如此壮举，我不能！

太史慈大笑道，今当大喜之期，我欲与卿一展武技，以博众人一笑，如何？

赵云忙道，我自知力怯，非将军敌手，恕难从命。

吕蒙道，二位闻名天下，俱为虎将，若能各展绝技，我等之幸也，何故推辞？

蒋钦亦说赵云道，胆小怯懦，岂是壮夫本色；此非临阵，并无性命之忧，赵云何惧？

周泰亦起，冷笑道，若赵云不敢，可作小儿舞，亦能使人一笑！

赵云颇知诸将之意，遂出，说太史慈道，既所请殷切，我岂能强辞，愿领教！

两人揎衣捋袖，至厅下。赵云立足未稳，太史慈忽举，欲先发制人。赵云见其出拳迅猛，挟千钧之力，忽纵身一跃，如落叶随风，飘向一侧。太史慈抡空，见赵云尚未落地，忽抬腿，踢赵云后背。赵云不再避，出手如电，迎击太史慈。太史慈大惧，忙收腿。

两人拳脚并用，身形渐隐，几乎难辩彼此。孙权等目瞪口呆，似不知身在何处。刘备恐赵云不敌，忙说孙权道，二人以命相搏，若不立止，必互伤。

孙权笑道，此不过游戏，非对强敌，卿何虑。

互斗良久，太史慈身形渐拙，破绽毕露。赵云忽止，朝太史慈一揖道，将军武功盖世，我不敌，甘拜下风！

太史慈大为羞惭，告退。诸将俱知太史慈不敌，赵云占尽上风，却谎称落败，以为有失颜面。于是吕蒙、周泰、蒋钦齐出，欲与赵云再斗。

赵云毫无惧色，说三人道，卿等可齐举，我若退后半步，必服输，自此永不言武！

吕蒙等大怒，欲合斗赵云。刘备恐赵云不敌，即起，说孙权道，若为鸿门宴，我愿引颈就戮，何必如此？

孙权道，诸将欲以此助兴，卿何有此言？

刘备道，太史慈出手狠辣，吕蒙等声色俱厉，我不知用心，望能告知。

孙权知刘备不安，恐伤和气，遂说吕蒙等道，卿等且退去，今乃我妹与刘玄德吉日，非两军相对，何必一决高低！

吕蒙等不敢违，遂退，各回席位。孙权见赵云仍不入席，笑道，我知酒壮英雄胆，子龙万人莫敌，何故怯饮？

赵云道，我非怯饮，实因群虎逼视，不敢任意。

孙权道，若此果为鸿门宴，卿当如何？

赵云道，我知此非鸿门宴，我亦非樊哙。

孙权笑道，卿颜色不变，虽樊哙不如。

赵云道，刘玄德非高祖，将军亦非项籍；既不在险境，所以颜色不改。

孙权不再言，转说刘备道，我妹生性好武，自称女将军，麾下女卒数百，日日操练，剑戟骑射，不让须眉；又任性刚烈，不遵礼法，卿是否惧之？

刘备道，如此奇女子，我唯恨相见太晚，何惧！

孙权大笑道，我妹终身有托，其愿足矣！

言毕，命张昭司仪。一时管弦又起，欢声笑语不绝于耳。礼毕，侍女拥孙氏往新房。孙权请刘备复入席，再饮。

又数巡，孙权说刘备道，我不忍离别，欲留卿与我妹于此暂住三月，聊尽情份，望卿勿辞。

刘备道，我新任荆州，事务繁多，不可淹留；新人既已出阁，虽住三月，仍需一别，何必如此？

孙权笑道，我为主，卿为客，所谓客随主便，此常理也，卿不可强辞。

刘备无奈，只好答应。不觉已至半夜，主客俱已尽兴，刘备告辞，往新房。赵云欲同往，孙权说赵云道，鸳鸯同梦，不可搅扰；卿可仍住客舍，刘玄德自有照应。

赵云道，我为伴郎，又为护卫，应不离左右，此诸葛亮之嘱，刘将军之命也，恕不敢违。

赵云言毕，一揖而去。

三十

时过三更，群僚俱散，孙权解衣欲睡，仆人忽报张昭求见。孙权复整衣冠，请张昭入书房。

孙权道，卿深夜复回，欲劝我杀刘备？

张昭讶然，问孙权道，将军何以知之？

孙权笑道，我若不能察群僚之意，何以镇江东，何以窥天下？

张昭道，将军善察，亘古未见；然刘备之心，将军是否察知？

孙权道，刘备为我妹婿，情如手足；又互结联盟，与曹操为敌。志同道合，意气相投，我何不知？

张昭道，刘备深藏异志，欲吞四海，此妇孺俱知。江东、荆州近在咫尺，刘备举手可图；今所以委曲求全，其势未盛也；若羽翼丰满，爪牙壮健，必大举侵犯。将军宜趁刘备客居吴郡，形单影只，将之斩首，以绝后患。若刘备死，荆州无主，必自乱；将军可并其部属，据其领地，与曹操划界而治，而后举众北进，有识之士必起而应之，何愁曹操不败。此天赐良机，不可错失！

孙权道，今誓言在耳，盟约在案，岂能毁之；若如此，必失信于天下，所谓人无信不立，事无信不成，此古人之训，我不敢违。况鼎足之势初成，岂能自毁。我分兵数路，围合肥，逐曹仁、徐晃，终使刘备为荆州牧，意在以此为屏障，使江东能暂安。若杀刘备、取荆州，曹操必举一国之力怒而讨之，如此，我何以保江东，何以抗强曹？

张昭道，以荆州托刘备，曹操之愿也；曹操所虑者，不臣尽，无以奉天子，此曹操之短也。所谓敌之不愿，我之必为，既如此，无论谁据荆州，曹操俱不敢举一国之力伐之。况马腾、韩遂蓄势西凉，张鲁聚众汉中，刘璋盘踞西蜀，无不厉兵秣马，枕戈待旦，俱欲逐曹操而自代，曹操岂能不虑！既曹操投鼠忌器，将军何疑！

孙权道，我承父兄之业，每每诚惶诚恐，所忧者，得之不易，守成更难。曹操占尽北方，又极善笼络，虽窃取大权，仍自称汉臣；况天子在手，群臣在侧，天下人心，俱在许昌；虽马腾、韩遂、张鲁、刘璋之流各怀觊觎，何足为道。我若与曹操直面，虽辖地千里，带甲百万，何足与之抗衡。卿所言，覆没之说也，恕我不听。

张昭冷笑道，以将军所说，可见并无天下之志；既如此，何不降迎曹操？

孙权顿觉热血翻涌，直视张昭，慨然道，我有搏云之志，虽天崩地裂不能夺；所虑者，非其时也，卿何故辱我？

张昭道，自古成大业者，无不舍生忘死，视险途如大道；苟且之徒，岂能有成！

孙权大怒，斥张昭道，卿与周瑜有内外之分，将兵迎敌、攻城掠地乃周瑜之责，卿何故每每越职？

张昭亦怒，责孙权道，周瑜轩昂自大，又固步自封，若将军不察，必沦为降虏。将军视谏言如笑谈，待诤友如路人，试问如此胸襟，岂是明主之质？

孙权怒不可遏，指张昭道，此大逆之言，竟不惧我失态？

张昭面色涨红，毫不退让，自指其头道，此头已付孙伯符，若将军愿取，举手可夺；我若怯惧，非丈夫也！

孙权强忍忿怒，拂袖而去。

张昭疾呼孙权道，孙仲谋已忘父兄之望乎？

孙权转入内室，命仆从请张昭退走。

张昭回府，愤懑不解，令锁门闭户，立誓不出宅第。

翌日，孙权已有悔意，知张昭闭门不出，遂往府第，欲安慰，见大门紧闭，命随从呼张昭。

张昭知孙权来，令家仆禁声，不准回应。孙权知张昭性情激烈，遂亲呼。张昭仍不应，召其子张承、张休饮酒。

孙权无奈，遂回。又数日，孙权再来，隔门高呼。张昭命张承回复孙权，称身染风寒，恕不出迎。孙权又止，仍回。

再数日，孙权领随从复来。张承奉张昭之命，隔门说孙权道，我父自知年老昏聩，不能辅佐将军，欲闭门静养，望将军恩准。

孙权笑道，此宅处闹市，喧嚣不息；张子布又大名远播，往来者必窥探。既欲图清静，不如筑墙封门，如此，非但人不能进，风亦难入。

于是命随从当门筑墙；随从不敢违，掘土夯筑。仅半日，墙已成，与外墙齐，不见门户。孙权留随从候于墙外，以察张昭动静。

不觉已半月，张昭府第毫无声息。孙权知其心如铁石，又来，命拆墙，以柴草封门。孙权呼张昭道，张子布欲作老狐，藏迹巢穴，誓死不出，逼我学猎人；我无奈，只好烧烟焚火，使卿自出！

张昭仍不应；孙权命仆从举火。瞬息火起，危及房舍。鲁肃闻讯而来，颇知孙权用意，亦不劝谏，静待张昭。火势已旺，门窗俱燃，院内渐有人声。

鲁肃近前，呼张昭道，张子布不惧烈火，何忍使家人、仆从共罹此难！

院内人声大起，家仆俱来门后。鲁肃斥张昭家仆道，火烧眉睫，竟不知逃生，愚不可及！

仆人急开门，鱼贯而出；鲁肃即入内。孙权令随从灭火，亦随鲁肃入。

张昭携二子端坐堂上，见孙权、鲁肃来，二子俱起，施礼，请孙权、鲁肃入座。孙权笑说张昭道，烈火封门而不动，张子布堪称古今第一奇人！

张昭道，既心如死灰，何惧烈火。

鲁肃道，事业未竟，遗愿未了，先生何有此言？

张昭道，我已老朽，又生性固执，不能为人所容，不如闭门养老。

鲁肃道，姜子牙七十二岁为太师，先生与之比，何以言老？

张昭冷笑道，姜子牙灭商纣，非己之能，乃文王之明，武王之德也；若不遇明主，必老死渭水之滨，与樵人野夫何异！

孙权知张昭怨恨未解，说张昭道，我与卿之争，不因私恨，俱为江东之固也。所以辞色俱厉，亦因所见不同。我已为此悔恨，每欲登门赔罪，卿却拒我于门外；以火烧门，亦不过无奈之举，望卿勿怒。我能有今日，多赖卿之忠壮；卿每以诤言，正我邪行，若非如此，我必沦为盗寇。此恩此德，如渊似海，我必终身不忘！

张昭见孙权真切，已有所动，说孙权道，将军勿需自责，过不在将军，而在我。我已年迈，眼界渐窄，心胸渐小，不堪重任，应让位后起之秀。我欲谢职，教授子孙，望将军恩准。

孙权道，卿德高望重，壮心不已，又博识今古，极负众望；若舍我而去，我有疑难，可问谁人？

张昭道，公瑾、子敬俱为旷世之才，吕蒙、陆逊堪称后起之秀，必能辅将军成大业。

孙权顿足道，若卿执意如此，我即遣散子弟，退走山林，学耕夫野老，吟风弄月，永不再出！

言毕，转身欲走；张昭即起，拦住孙权，称愿奉命。

新婚当夜，刘备、赵云至新房，见宅第宏伟，庭院幽深，内外俱有女卒护卫，知孙权所言不虚。二人正欲进门，忽有女卒喝道，新娘有令，新郎需打入洞房，否则，请自退！

刘备笑道，既如此，恕我无礼！

言毕，欺身疾进。女卒各举戈矛，围堵刘备。刘备忽展两袖，衣袂乱飞，身形如浪；女卒大疑，以为见所未见，俱惊。刘备大喝道，谁能挡我！喊声未绝，双臂忽展，将拦路者推倒，一步跃入门内。

女卒不服，俱跟进，欲再斗。赵云喝道，汝等已败，何不服输？

女卒不能再举，遂止。刘备说赵云道，洞房在望，卿不可入。

赵云道，新人确非寻常女子，明公不可大意！

刘备道，勿忧，所谓虎毒不食子，妻悍不杀夫。

言毕，举步入内院，方进门，门已自后关死；院内灯火通明，有数百女卒持械排列，严阵以待。刘备大惊，不敢前。

有女卒道，新郎若惧，请自退！

刘备道，我为新婿，新妻待我于洞房，岂能避而不见！

女卒道，妾等虽为女流，却非口舌之徒；新郎若不敢应战，请回荆州！

刘备大笑道，我戎马半生，转战南北，岂是贪生怕死之徒！若欲与我决高下，请新人出，否则，恕不应战！

女卒道，新人焚香于内，静候佳音；香若燃尽，新郎不能胜妾等，亦请自回。新人乃巾帼英雄，耻嫁软弱之徒！

刘备知不能免，疾呼道，我何惜一死，唯虑我妻沦为寡妇！

女卒闻此，不敢擅举。正此时，忽听孙氏怒斥道，大耳贼，竟如此胆怯！

喊声方落，孙氏持剑而出。刘备见孙氏花容月貌，又一身英气，大为喜爱，忙说孙氏道，我被女卒所阻，不能与我妻共剪花烛，请恕我胡言！

孙氏冷笑道，欲妻我者，需能斩上将之头，夺三军之帅；凡胆怯之徒，虽结缘，亦无份！

刘备道，我非匹夫，不逞血气之勇；亦非无赖，不与女子相争。虽如此，亦能率百万雄师，夺坚城，破壁垒，败强敌，斩渠帅，纵横天下。试问我妻，此种气魄，岂是懦夫能为？

孙氏暗自叹服，却不改颜色，斥刘备道，唇枪舌剑，终非英雄本色；口若悬河，应为壮夫不耻。汝且退，妾不惜寡居！

刘备大笑道，我妻何有此言，晏子短小，凭三寸之舌而全国威；蔺相如文弱，以善辩之口而完赵璧。未必此二人俱非英雄？

孙氏呼女卒道，且将饶舌之徒打出府去！

女卒齐举，以戈矛直逼刘备。刘备大笑道，我身经百战，出生入死，虽天地崩毁而不色变，何惧我妻！

孙氏欲以此再试刘备胆色，见其从容自若，以为非真英雄不能如此，于是斥退女卒，转入洞房。

刘备亦随孙氏入内。房中红烛高烧，彩幕低垂，芬芳暗涌，温软无比。孙氏自入内室，不出。刘备见有酒食列案，遂落座，自斟自饮。良久，孙氏已去戎装，洗尽铅华，袅娜而出。

刘备呆滞良久，笑道，我妻豪勇不让须眉，娇媚不输昭君，三生之幸也！

孙氏不言，与刘备对饮。

酒过三巡，刘备见孙氏柔媚尽现，情不可已，遂揽孙氏入榻，顿觉人在激流，狂泻不止。

一夜温柔，刘备已不能自拔。

三十一

自此，刘备贪恋孙氏美色，日夜缱绻，足不出户。

转眼已近一月，不见刘备还荆州，诸葛亮大为疑惑，即遣马良往吴郡，请刘备早回；刘备拒见马良，称有事问赵云。

此前，孙氏嫌赵云居于此，有碍欢娱，命赵云移居客栈。赵云不能违，遂辞刘备。

马良见赵云，称荆州万事待兴，不可耽溺，应早回。

赵云无奈，求见刘备。女卒称，新娘有令，不满三月，无论何人不得入内。

赵云数请无果，欲行贿，取佩剑，说女卒道，此剑出自春秋，世称越王剑，削铁如泥，无坚不摧；若许我入内，愿以此奉送。

女卒不接，讥笑赵云道，人说赵云英勇盖世，竟行此种勾当，足见传言不可信！

赵云大惭，告退。

转眼又半月，仍无刘备消息，赵云不能再忍，又往，知女卒不肯放行，欲强入。女卒齐出，横戈架矛，阻赵云于门外。赵云欲逞能，又恐触怒孙氏，或适得其反，疾呼刘备道，明公请出，我有急事禀报！

女卒大为惶遽，举矛乱刺。赵云无奈，抽长剑，连断数矛。女卒稍惧，退守门下。赵云道，我若不能进此门，非丈夫也！

于是挥动长剑，如怒风吹雪，翻卷不息，直扑女卒。女卒大骇，俱走。赵云得以入内，正此时，忽听孙氏喝道，狂徒赵云，竟逐我女卒！

赵云见刘备、孙氏携手而出，忙拱手道，非我鲁莽，实因迫不得已，望能海涵！

孙氏冷笑道，汝以为女子可欺？

赵云道，非也，夫人所属，俱为巾帼英雄，岂敢小觑！此龙潭虎穴，本不敢擅入；所以冒昧，实因事急，需求见将军。

刘备恐赵云与孙氏互争，忙问赵云道，卿有何事？

赵云道，将军新任荆州，万事待定，军师等悬望已久，不见将军还，于是遣马良来此，请将军早回；将军拒而不见，马良无奈，只好托我。今来此已近两月，既已完婚，应携夫人回荆州，不可淹留！

刘备道，我与孙仲谋有三月之约，期未满，岂能食言！

赵云道，将军非等闲之辈，何必拘泥小节。此处虽好，终非归宿；沉溺不去，令人失望。此逆耳之言，望将军三思！

刘备不悦，斥赵云道，我虽不才，亦知一诺千金，更不可失信于人！卿且退，待三月满，我将携夫人回荆州，不用催促！

赵云不去，又说刘备道，我所以弃公孙瓒，转投将军，因慕将军心雄万丈，志气凌云；昔日将军慷慨之说，犹在耳际。若将军壮志已衰，雄心不再，欲以温柔美色聊尽余生，我当自去，永不再见！

刘备面红耳赤，大为羞愤，一时无以应答。

赵云亦不再言，转身即走；孙氏呼赵云道，赵子龙真壮夫也！请留步，妾有数言，望能听取。

赵云遂止；孙氏道，既夫君与孙仲谋有约，期未满，若辞，必受阻，奈何？

赵云道，若将军执意欲走，谁能阻拦？

孙氏道，将军或不知，孙仲谋言必行，行必果，既有约在先，必严守，恐难如所愿。

赵云道，恕我直言，我不虑孙仲谋阻拦，唯虑夫人不愿随将军往荆州。

孙氏道，所谓夫为妻纲，妾既为将军妇，应相随左右，奉以晨昏，虽海枯石烂不可弃，卿何虑？

赵云大喜，说刘备、孙氏道，既如此，将军、夫人即可成行，何必犹豫？

刘备沉吟道，我欲致书孙仲谋，尽言忧虑，托人转交，不面辞。孙仲谋胸怀似海，必无怨恨。

孙氏道，此言有理，妾兄磊落坦荡，胸怀如海，必能知夫君所忧。

赵云道，不可，将军之来光明，所去何必委曲。

刘备道，若面辞，必受阻拦，岂能成行。

赵云道，我有一策，可使将军从容而去。

刘备忙道，卿有何策，可尽言。

赵云道，实不相瞒，我已租赁大船，明日晨，夫人可携女卒登船先行，我与将军面辞孙仲谋，然后轻舟疾进，与夫人汇于江上，同回荆州。

孙氏道，若如此，妾兄必恨将军失信，或以此为由强留，岂不弄巧成拙？

赵云道，夫人勿忧，既为姻亲，必有忌惮，若拆毁鸳盟，孙仲谋必受唾骂，宁不顾虑；况夫人已行，木已成舟，孙仲谋徒呼奈何！

刘备道，既无良策，何妨如此。

于是赵云告退，召随从，嘱以计划。翌日，天方微晓，孙氏即率女卒，分乘三艘大船，逆江而去。刘备、赵云知船行已远，遂求见孙权，欲告辞。

孙权见二人忽来，已知其意，笑问刘备道，新房如何？

刘备道，花木繁绕，幽雅宁静，如居仙窟。

孙权又问，良夜如何？

刘备道，如枯树逢春，枝柯俱华。

孙权再问，新人如何？

刘备道，如杏花带雨，芬芳不已。

孙权笑道，既如此，何故欲去？

刘备颇为惶然，忙说孙权道，荆州事务，俱待我决，群僚悬望已久，不敢再留。

孙权道，人言诸葛亮有济世之才，既有诸葛亮在，卿何需忧虑？

刘备道，虽如此，亦不能越俎代庖。我为主，诸葛亮为属，主若惰，属必怠。实不相瞒，群僚知我不还，已生怠慢，诸葛亮曾遣马良来此，请我早回。今特来辞行，望容我归去，以尽职守。

孙权沉吟道，新人何不来？

刘备忙道，夫人已率女卒先走，托我代为辞行。

孙权已尽知刘备之意，大笑道，卿欲去即去，我岂能强留!!

刘备大为尴尬，又道，因有三月之约，期未满，恐卿不容我去，故而如此。

孙权冷笑道，三月之期乃私约，毁之无碍；孙、刘之盟，事关大局，望能信守诺言，好自为之。

刘备大窘，一时无言。赵云忙道，使夫人先行，乃我之计，与刘将军无关。我以小人之心，度君子之腹，自惭不已，愿受责罚。

孙权道，卿代主受过，赤胆忠心，令人敬佩。强人所难，君子所不为也；卿等且去，后会有期。

于是孙权送刘备、赵云至江边，见客栈外有小舟，舟子候于此，笑道，卿等早有谋划，欺我不知耳！

刘备更为尴尬，亦笑道，与孙仲谋比，我不过蝇营狗苟之徒，实在令人惭愧！

孙权再不言此，指满江碧水道，愿孙、刘之好，如千里大江，绵延不绝。

刘备亦指江为誓，说孙权道，我若不守盟约，必葬身激流，尸魂俱灭！

孙权大喜，遂与刘备、赵云别。

船行半日，刘备、赵云与孙氏汇于江上。刘备命侍从驾轻舟先行，报与诸葛亮。

数日后，江陵已遥遥在望；诸葛亮率群僚候于江岸，一时鼓乐齐鸣，喜气洋洋。

是夜，刘备召刘封，询诸葛亮作为；刘备道，卿虽非嫡子，而我待卿如己出；虽诸葛亮忠勤自勉，关羽、张飞与我如手足，俱不能与卿比。我离荆州已近两月，不知诸葛亮作为如何？

刘封道，诸葛亮举轻若重，事必躬亲，颇有治理之才；群僚受其节制，不敢懈怠，无不恪尽职守，故而万事井然。

刘备道，所谓智者千虑，必有一失；诸葛亮非神非圣，宁无过乎？

刘封道，无过，亦无失；唯集权不放，任人有疑，亲疏有别，若久之，恐群僚有怨。

刘备笑道，既为人，必有好恶，此常情耳，不可求全责备。

刘封不再言，告退。

三十二

刘备任用诸葛亮，广施恩德，大开财路，气象日新，于是招募子弟，大练精甲，其势已盛。孙权亦大思进取，储蓄资财，扩舟师，固防守，肃整吏治，大有成效。于是三足之势，已趋稳固。

曹操知群僚颇有微词，命工匠以青铜铸雀，又兴土木，筑铜雀台。

曹操取四象之说，以铜雀代指东南，欲以此明志，誓灭孙权、刘备，亦望能绝悠悠之口。

历时数月，铜雀台成；恰值隆冬，朔风呼号，大雪漫飞，曹操携群僚及曹丕、曹植等冒雪登台。

铜雀台位于漳水之岸，高十丈，阔十亩，以砖石为基，巨木为柱，琉璃覆顶，呈八角，倚青山，面激流，遥对东南。

台分三层，首层铺以青石，大加磨砺，光可鉴人；有石级三折三回，通二层，二层以白玉铺地，与首层青石互为照应，寓意一清二白；又有石级，曲通三层，三层铺以红石，宝光四溢，如红霞落地，寓意碧血丹心；正中有石座，广如屋宇，铜雀嵌于座中，朝东南，振翅欲飞。铜雀后有楼宇，四面八角，取意收尽四海，威震八方。楼体涂以朱漆，檐梁椽柱，饰以金粉，极尽庄严。

曹操率群僚经首层，止于二层，指青石、白玉说群僚道，孤心如此石，人虽不知，天必能知！

荀攸道，魏公心如白玉，志如磐石，臣等俱知；虽流言不绝，何足为道。

群僚纷纷附和；曹操大笑不已，又上三层，凭栏远眺，见漳水蜿蜒而流，直达天际；两岸白雪覆盖，山势低昂，起伏有致。曹操不言，转近铜雀下，观望良久，指铜雀道，孤志如此雀，必飞越千里，荡尽不臣；若违此誓，孤愿与此雀同毁，虽锉骨扬灰，在所不辞！

贾诩道，魏公为汉室再兴，耗尽心机，挽狂澜之既倒；忍辱负重，扶大厦之将倾。其功不输伊尹，其德不亚周公，必称颂后世，流芳千古。臣请竖功德碑于此，勒石铭文，使子孙知福泽之所来；让后人知恩德之所在！

群僚颇知曹操之意，又附和。曹操道，功过是非，自有评说；荣辱忠奸，必有公论。若行端理壮，虽千古万年，不容诋毁；若外善内恶，虽极尽赞颂，不能掩饰，何用如此！

言毕，率群僚登楼。楼内已大设宴席，美酒佳肴俱备。曹操居首席，命群僚依尊卑，各入其座。

酒至半酣，曹操渐觉悲从中来，说群僚道，孤起于衰微，志在灭尽不臣，复兴汉室，虽戎马关山，身心俱损，仍不忘初衷。然年华易老，岁月易逝，孤已年过半百；今失地未收，强虏仍在，若壮志未遂，不知后继者谁！

荀彧道，魏公虽近暮年，却壮心愈炽，必能尽扫阴霾，还天下太平！

曹操笑道，孤与卿等冒雪登高，若不为赋，愧对此台也。卿等皆一时茂才，不知谁能为赋？

群僚素知曹操父子文采斐然，傲视天下，于是极推三人作赋。

曹操大笑道，既众望所在，孤岂能辞！

言毕，命侍从备笔墨，与曹丕、曹植各为赋。顷刻，三赋俱成，曹操藏所赋于怀，命荀攸分诵曹丕、曹植之赋。

荀攸先诵曹丕赋：

高台临流兮雪飞扬
寒水散漫兮泛明光
酸风浩渺兮不停歇
彤云绵延兮满穹苍
凭栏远眺兮望东南
强虏盗寇兮据一方
当挽雕弓兮射天狼
射落天狼兮坠南洋
南洋深广兮不可测
风涛万里兮接荆湘
荆湘水清兮如明镜
好濯征尘兮洗马缰
放马南山兮吹牧笛
醉卧白云兮看牛羊
当与诸君兮重登台
歌尽太平兮祝吉祥

曹操以为曹丕之赋回肠荡气，痛快淋漓，与己所赋意气相近；又命荀攸诵曹植赋。

荀攸诵道：

从明后而嬉游兮
登高台以娱情
见太府之广开兮
观圣德之所营
建高门之嵯峨兮
浮双阙乎太清
立中天之华观兮
连飞阁乎西城
……

曹操以为曹植之赋辞章华美，比兴宏富，似在曹丕之上；然曹丕意绪流畅，胸襟宽阔，又紧切筑台之意，非曹植所能比；总体而论，曹操更喜曹丕赋。

荀彧请曹操评二子之赋；曹操笑道，二子之赋各有千秋，然曹子建富丽华美，托意深远，似乎略胜一筹。孤欲请钟元常书此赋，铭于铜雀座下，卿等以为如何？

钟元常即钟繇，仍在长安，诗赋文章堪称一时之雄，与王朗、华歆并称于世，尤善书法，为蔡邕之后第一人。

群僚以为善。曹操即遣人携曹植赋往长安，请钟繇手书。钟繇不敢违，以小楷体书于帛；又致信曹操，称来西北已久，每念魏公之情，日不甘食，夜不成眠，魂牵梦萦，不可自已。

曹操知钟繇之意，遂以夏侯渊为护军将军，以张郃为偏将军，入长安替钟繇；以钟繇为前军师；钟繇得以回邺城。

曹操请钟繇夜饮；酒过数巡，曹操命钟繇抚琴，以助雅兴。钟繇连抚数曲，见曹操旁顾左右，似有不屑，于是说曹操道，臣与魏公曾师从蔡伯喈，习音律，学诗赋。臣生性愚昧，虽穷尽所能，不得要领。臣知尽得蔡伯喈技艺者，唯其女蔡琰，可惜红颜命薄，为匈奴所虏，至今已十数年，未知情形如何。

曹操大为感怀，沉吟良久，说钟繇道，蔡文姬风华绝代，曾令孤魂牵梦绕，虽时过多年，仍不能忘怀。实不相瞒，孤曾立誓，若有所成，当不惜万金，赎蔡文姬归汉，以解满怀相思，以慰蔡伯喈在天之灵。

钟繇大喜，说曹操道，魏公揽尽芳华，仍心系旧爱，足见深情；俯视天下，仍不忘微恩，堪称高义。今格局已定，魏公何不践言践行？

曹操道，若卿不辞艰险，愿为使节，蔡文姬必能复回。

钟繇道，魏公情义如山，臣岂能辞！

曹操大喜，命钟繇押丝绸、珠宝、黄金一百车，美人五十，先往长安，令张郃领三千精骑同往。

钟繇复入长安，与张郃同行，历半月，渐入大漠。

时当暮春，北方冰雪初融，道路泥泞，钟繇、张郃等晓行夜住，每日行不过数十里，近匈奴时，已是初夏，渐有南雁北飞。

张郃见雁阵不绝，欲射之；钟繇忙说张郃道，不可，我等奉魏公之命，迎文姬归汉；今遇去雁回飞，此大吉也，岂能射之！

张郃遂止，见天色将晚，又近匈奴疆界，令宿营。是夜，钟繇说张郃道，此山即匈奴界，若领精甲而往，恐使其生疑。卿可候于此，我领随从，押宝物、美人前往，若顺利，数日后可复回。

张郃然其说；翌日，钟繇领随从越界山，求见匈奴王。

匈奴王不知用意，遣数百精骑，阻钟繇于数十里外。钟繇递交国书，又以重金贿赂来者。来者大喜，立刻飞报匈奴王。匈奴王知有巨财及美人，大为心动，亲出五十里，迎钟繇。

匈奴王见钟繇洒脱轩朗，大为喜爱，请钟繇一行入王府，收纳美人，尽取宝物，又大设宴席，殷勤款待。钟繇又以曹操手书付匈奴王；匈奴王命左贤王来，令其准蔡文姬随钟繇回归。

左贤王不肯，一口回绝。匈奴王命美人尽出，说左贤王道，眼前俱绝色女子，卿可任选。若应，除美人外，可获万金之酬；若不应，宝物、美人即成泡影，卿之封爵亦将乌有。

左贤王不敢力拒，遂应之。钟繇恐生变，请见蔡文姬；匈奴王又命蔡文姬来此。

蔡文姬虽风韵犹存，然因风霜苦寒，又家山万里，乡思不绝，已无当年风采。钟繇见此，大为伤感，几乎泣下。

翌日，钟繇辞别匈奴王，至左贤王府，请蔡文姬登车。左贤王携儿女，哭送十里；蔡文姬不忍见，尽下车帘，饮泣吞声，数百里不绝。

三十三

又一月，钟繇携蔡文姬入邺城。曹操早已购置巨宅，使蔡文姬居此。

曹操欣喜若狂，每欲求见，又多顾虑，于是召钟繇。

曹操问钟繇道，佳人如何？

钟繇道，虽风寒相逼，仍容颜不改；唯身心俱伤，颇需安慰。

曹操沉吟片刻，又问钟繇道，孤是否已老？

钟繇道，魏公风格正高，身心俱健，岂能言老！

曹操大喜，说钟繇道，既如此，不妨与佳人一见。

于是沐浴更衣，又欲割尽长须；钟繇笑说曹操道，魏公美髯飘逸，风神超迈，割之可惜。既佳期在即，臣不敢搅扰，就此告退。

曹操大笑，待送走钟繇，遂出府第，求见蔡文姬。时当夏夜，虫声不绝，月华千里。曹操来至蔡文姬门外，正欲入内，忽闻乐声轻起，悲凉婉转，如幽人夜哭。曹操遂止，聆听良久，方叩门。片刻，有女仆出，见曹操立于外，大惊，欲报与蔡文姬；曹操不准，随女仆入内，过庭院，穿回廊，见前有花厅，帘幕高卷，烛火轻溢；曹操自惭形秽，又止。

女仆说曹操道，人在花厅，魏公可自往。言毕退走；曹操犹疑良久，方入内，见厅上仅一烛，当风而燃，光影摇曳；蔡文姬面烛而坐，虽瘦弱，又憔悴，却别具风采。

曹操忽不知所措，欲言，竟不能启齿。蔡文姬款款而起，望曹操一拜道，魏公高义，不惜重金，使妾复回；妾感激涕零，不知何以为报。

曹操见蔡文姬虽饱经风霜，韶华不再，却骨清质美，如暮春之花，虽凋零在即，稔熟处却分外动人，不禁大为心动，忙还礼道，孤素爱文姬清雅，思慕不已；虽历尽磨难，所幸芳华如昨。

蔡文姬凄然一笑，请曹操入席。

蔡文姬尽知曹操之意，说曹操道，魏公美意，妾岂不知；可惜命途悲苦，恨与魏公无缘。妾方新婚，夫君即丧；又遇乱世，为匈奴所掳。胡天风雪，日夜摧折，今已残花败柳。当初，妾家业破散，父母俱亡；今又骨肉分离，如隔阴阳，妾已心如死灰，或使魏公大失所望。今孑然此身，虽一息尚存，犹如枯骨；既不能报魏公之恩，唯愿以塞外胡音，聊娱魏公之心。

曹操闻此，觉肝肠寸断，几乎不能自禁。蔡文姬执胡笳，说曹操道，此名潮尔，又名胡笳；妾困居塞外，所闻者皆胡音，所见者皆异类，幸有此物，聊可自慰。妾有感于碧云黄沙，草野万里，自制一曲，名《胡笳十八拍》，愿为君一奏，万千心事，俱在其中。

言毕吹奏，笳声慢起，似觉一缕悲风起于天际，所过处草木尽凋，寒烟乱卷；哀啭不绝里，似见关山重叠，狂沙散漫，深远处一片胡天冷月。

曹操心神俱伤，潸然泪下。

不觉一曲已尽，两人相对无语。一抹淡月泻入花庭，横于两人之间，犹如耿耿天河，可互望，不可逾越。

曹操遂辞，独步月下，似觉万事转空，不知何往。

翌日，夏侯渊、张郃等遣人拜见曹操，请伐张鲁。张鲁为五斗米教祖张陵之孙，据汉中已二十余年，师承祖教，号称师君，信众十万。曹操久以张鲁为患，又恐伐汉中，马腾、韩遂或异动，于是召群僚，商议策略。

彧攸道，臣知马腾、韩遂虽狼狈为奸，却互无信义，若离间，必自乱。

曹操以为然，于是致信马腾，赞其戍守有功，请来邺城共商大计；又致信韩遂，称久闻流言，马腾欲联合羌胡，夺长安而自立，请查其情形，而后密报。

韩遂每欲除马腾，并其部属，独占西凉；获曹操之信，即书密报，称马腾不臣之心昭然若揭，私合羌胡，欲夺长安，直下许昌。韩遂遣心腹，昼夜疾驰，送密报与曹操。

马腾接曹操信，以为必获重用，大喜，即离西凉往邺城，拜见曹操。曹操以韩遂密报示马腾；马腾大惧，反指韩遂久有图谋，欲逐曹操而自代。曹操不听，命执马腾，斩首弃市。

曹操不再虑西凉，又召荀彧、荀攸、程昱、贾诩、钟繇、华歆等，议伐张鲁。

荀彧道，张鲁据汉中而自雄，与刘璋互为表里，进有关中，退有巴蜀，既可辗转西凉，又可南走夷道。然此去汉中，道路险峻，关隘重重，需智勇兼俱者，方能克之。

曹操道，此言有理。孤欲以儒将为主，猛将辅之。钟元常文武兼备，智略过人，又久在关中，熟知风物，可为主。

钟繇道，臣必竭尽全力，不负魏公之望！

曹操大喜，遂以钟繇为主将，以张郃为辅。一月后，钟繇举精兵五万，取道关中，以夏侯渊留守长安，与张郃又分道而进，直指汉中。

荀攸拜见曹操，劝曹操召周瑜而用之。荀攸道，臣知周瑜雄才伟略，极善谋划，智虑不输张良；若能为魏公所用，他日伐孙权、刘备，当如反掌。

曹操道，孤知周瑜与孙策如手足，又负临终之嘱；孙权极尽倚重，使之居诸将之上，每每言听计从。人生如此，夫复何求，周瑜岂能应召。

荀攸道，臣以为不然。江东不过数郡，与天下比，不过一隅。既为蛟龙，岂能困处浅滩；若为鸿鹄，必有千里之心。臣知九江蒋干，曾与周瑜为同窗，颇有交谊。蒋干言辞锋利，机警过人，现为襄阳幕宾，于禁等不识其才，至今未获显达。魏公若以蒋干为说客，或能使周瑜应征。

曹操以为可，命荀攸往襄阳，使蒋干说周瑜。蒋干大喜，以为此事若成，必获重用，遂离襄阳，往巴丘见周瑜。

周瑜正与庞统议事，知蒋干来访，说庞统道，我曾与蒋干同窗，知其颇有辩才，辞锋之利，能使人体无完肤。蒋干现为襄阳吏，不为于禁所识，未获重用；今来此，必受曹操所嘱，或说我转投曹操。

数年前，周瑜来巴丘，行舟江上，忽听有人呼道，舟中子莫非周郎？

周瑜大惊，见有扁舟迎面而来，一秀士立于船头，答道，我即周瑜，卿为何人？

来者笑道，我乃襄阳庞统，素知周郎大名，谁料竟会于此！

周瑜肃然，问庞统道，莫非凤雏？

庞统道，浮名而已，何足为道！

周瑜命舟子靠岸，请庞统入酒肆，沽酒对饮，俱觉相见恨晚。周瑜爱庞统才华，举为南郡长史。

庞统知来者为蒋干，说周瑜道，我亦曾与蒋干相识，此人虽口舌如剑，并无实学；我不喜与夸夸其谈者斗口舌，恕不奉陪。

于是告辞；周瑜亦不强留，出迎蒋干，方至户外，忽听蒋干道，我与周郎一别，已二十余载；周郎大名如春日，光照四海。今日相见，未知风采如何？

周瑜知蒋干已近，止于阶前。片刻，部属引蒋干来。蒋干止步，指周瑜道，此玉树临风者，可是周郎？

周瑜拱手道，不知蒋子翼光临，迎候来迟，望能恕罪！

蒋干笑道，公瑾年过而立，戎马倥偬，征战不息，运筹于帷幄，决胜于水陆，千思万虑，煞费心机，其风采竟更胜当年，上苍何故爱卿如此！

周瑜道，卿谬赞矣，所谓人生易凋如春草，我自知光阴已老，来日有限。

言毕，邀蒋干入府第，命备酒，与蒋干对饮。

周瑜道，卿于襄阳助于禁，何故来此？

蒋干道，我与卿曾为知己，虽一别多年，不能相忘；既梦魂依依，思慕不已，故专此而来，若能与卿夜话当年，足可慰我平生。

周瑜道，卿乃雄辩之士，口舌之利能倒转乾坤；我恐受卿蛊惑，心中惶遽。若卿为曹操说客，请饮过此酒即回；若只为叙旧，我必与卿开怀痛饮，不醉不休。

蒋干大笑道，公瑾话已至此，我有何可言，唯愿与卿一醉方休！

于是与周瑜畅饮，竟只字不言曹操所嘱。

酒至半酣，周瑜说蒋干道，我知卿有万丈凌云之才，虽久在宦途，至今未能显达；孙仲谋圣主也，礼待下士，求贤若渴，凡依附者，无不尽其才干。卿若愿留，我必极力举荐，必使卿一展抱负。

蒋干笑指周瑜道，我不说周郎，周郎反而说我，此千古奇事也！我虽未能显达，亦为天子之臣；虽位卑声微，亦可称名正言顺。我若果有大才，终将尽其所能。孙权虽能用人，不过一方诸侯；卿虽才气横溢，不过不臣之属，比之我，相去远矣！

周瑜大笑道，此迂腐之见也！管子之于齐桓，张良之于沛公，皆辅于未成之时，二人功绩，卿能比乎？大丈夫当助明主于衰微，若能使之振起，千古之功也！此古今至理，卿何不知？

蒋干沉吟良久，叹息道，我徒有雄辩之名，与公瑾比，小巫见大巫耳。卿勿再言，我虽非君子，亦非小人，岂能轻言去就。

周瑜笑道，也罢。我曾自制小曲，聊可入耳；既故人相逢，宁不以此尽兴。

言毕取琴，据席而抚。蒋干闭目静听，觉琴声铮然间，风雨渐起，景物渐虚；又觉冷月满江，烟波不息。

俄而，琴声渐急，如疾风吹树，落木萧萧，满目幽旷。

是夜，蒋干与周瑜抵足而眠。夜半，周瑜睡去，时有咳喘，冷汗不绝。待周瑜醒，蒋干说周瑜道，卿夜咳不止，时寒时热，恐有隐疾，应早治。

周瑜笑道，微疾耳，不足为道。

翌日，蒋干辞别周瑜，回襄阳。荀攸知蒋干无功而返，大失所望。蒋干说荀攸道，周瑜有隐疾，或不能长寿，何忧？

荀攸不言，回邺城，禀报曹操。曹操闻周瑜夜咳，又虚弱盗汗，叹息道，若周郎不寿，孤将无敌手，惜乎哉，惜也！

三十四

周瑜有庞统辅佐，万事井然有序，于是审时度势，大思进取之策，颇觉有成，遂致书孙权，详言计划：

仲谋将军如晤：

瑜来巴丘已数载，念临终所托，每每诚惶诚恐，食不甘味，夜不成眠。瑜等竭尽全力，促成鼎足之势，然敌强我弱，不敢懈怠。

江东天偏地狭，可据守，不可进取，既得利于大江，亦受制于此；刘备据荆州，聊为屏障，能遮曹操锋芒，亦能阻将军出入。此利弊纠结，转换莫测，来日之势，殊难料也。江东面大江之险，背汪洋之深，若曹操大举而来，战而失利，当无回旋之地。瑜每思及此，惶恐不已，如饮鸩毒而止焦渴，岂能自安。

瑜知秦欲伐楚，众议可以，独司马错以为应先伐西蜀；西蜀沃野千里，关塞险恶，人物奇异，资财丰厚，素有天府之誉。于是司马错、张仪等大掠巴蜀，获舟船之利，得粮谷之丰，尔后水陆并进，沿江而下，终灭强楚于一旦。

刘璋昏聩，暗弱无能，张鲁欲并之，曹操欲图之。近闻钟繇、张郃等分道而进，直取汉中，志在必得。若张鲁败，钟繇等必合汉中之众，西图巴蜀；以刘璋之愚暗，岂能阻之！

今曹操已在暮年，既碍于誓言，不能为己谋，必为子孙计。若西蜀为其所据，必效秦伐楚，顺江而来，侧江东危矣；若刘备羽翼渐丰，亦或转取西蜀，蓄兵敛财，放舟急下，江东亦危矣。

故此，请将军趁刘备立足荆州未稳，曹操掠取汉中未胜，出奇兵，避险要，直指西蜀。若得逞，可大兴农桑，广通财货，待仓廪足，可先灭刘备，夺荆州，据湘楚，凭大江之险，借西蜀之富，两路齐进，直逼许昌。曹操虽一代枭雄，必顾此失彼，投鼠忌器，岂能不败！如此，将军既可奉天子，亦可取而代之。此定鼎之计，开创之策，望能行之。

瑜近为幽疾所困，夜咳不止，虚汗淋漓，或有不测。既时不我待，唯愿将军早决，趁瑜一息尚存，取西蜀，夺荆州，举兵北进，克强敌，灭曹操，以慰父、兄之灵。

书既成，周瑜请庞统往吴郡，以此信呈孙权；又另书一信，荐庞统代程普为副都督。

庞统虑难为孙权所用，说周瑜道，此策关乎兴亡，而我初来，不为孙仲谋所识；人微言轻，或误大计。卿应亲往吴郡说孙权，否则，恐白费心血。

周瑜以为然，遂携庞统离巴丘，往吴郡。

时已清秋，江风凛冽，又秋雨不绝，周瑜不胜寒冷，咳喘愈甚。庞统大为惶遽，请登岸，延医求治。周瑜不准，仍命行舟。又一日，周瑜高烧不退，呕血不止。庞统大急，又欲登岸，入江陵求医。

周瑜仍不准，说庞统道，刘备等俱在江陵，若知我病危，或生异心；若知我所谋，或借用我计。

庞统不敢违，命大张船帆，乘风疾进。是夜，庞统等宿于舟中，忽听周瑜呼道，庞士元何在？

庞统大惊，即起，命仆从燃灯，见周瑜面色潮红，喘气如牛，已知凶多吉少。周瑜说庞统道，阎君催命急切，不容苟延。我死事小，恨孙仲谋壮志未酬，大业未竟！今强敌犹健，而我性命将绝，苍天竟待我如此之薄；既愧对临终之嘱，何颜与孙伯符相见泉下！

庞统泣道，卿碧血丹心，可昭日月，功绩卓著，辉映千秋；况风华正茂，如日中天，不过身染小疾，何故如此悲切？

周瑜惨然笑道，今大限已至，不可逆转。我能抗强敌，不能抗天命，悲乎！

今尚有数言，请卿录之，并呈孙仲谋。

庞统忙索笔墨，不获，遂说周瑜道，卿且言，我必牢记。

周瑜道，我闻马腾为曹操诱杀，其子马超必承父业；韩遂久欲并其部属，西凉必内乱。今钟繇等直指汉中，将使西凉震动，马超内忧外患，必不自安。将军可与马超为盟，使其牵制西北，则西蜀可图也。

当此天下混沌，成败两可，我撒手之际，恨如江流，绵绵不尽。幸江东群贤毕至，英才济济，张昭忠直壮烈，虽与我每有争执，却无忌恨，足见刚正坦率，况有诸葛瑾、顾雍、步骘等以之为楷模，俱可托于内；鲁肃蕴藉宽容，内涵壮烈，临事不苟，举措无失，足可托以外；吕蒙精勇，陆逊善断，堪为后继之材，若多加磨炼，必成大器。

待将军伐尽强敌，收尽八荒，若能告以捷报，我必含笑九泉。临终之言，其心切切，其意绵绵，望将军纳之。

周瑜言尽气绝。庞统大哭，再欲登岸，举目四望，两岸荒山，夜色空茫，唯寒水满江，风雨如晦。庞统无奈，仍疾行。

翌日晨，庞统命仆从租赁轻舟，先往吴郡，报与孙权；又知已过江陵，命暂止庐江，为周瑜买办棺椁。

孙权知周瑜忽丧，顿觉天塌地陷，疾呼道，周郎何故弃我！

呼声未绝，人已倒地。侍从忙扶起，见孙权面如死灰，大为恐惧。晕厥半日，孙权醒转，口呼周郎，泪下如雨。

群僚知周瑜死，惊愕不已，又知孙权悲痛欲绝，顿生忧患。鲁肃恐由此生变，求见孙权，欲劝解。孙权忽执鲁肃手，哭问，周郎何故弃我？

鲁肃说孙权道，人死不能复生，请将军节哀；周郎既逝，人心震动，请将军速选继任者，以防剧变。

孙权似不识鲁肃，逼视鲁肃道，还我周郎！

鲁肃再不能自禁，大哭。是日，庞统扶周瑜灵柩还吴郡，求见孙权，欲告知周瑜之策。孙权正五内俱焚，拒而不见。庞统无奈，寄宿客舍，欲待孙权平静，再求见。

刘备知周瑜病死，急召诸葛亮，欲往吴郡吊唁；诸葛亮说刘备道，以尊祭卑，非礼也；明公尊而周瑜卑，岂能亲往。我与周瑜俱为僚属，志趣相投，惺惺相惜，愿一往。

刘备然其说，命诸葛亮往吴郡致祭。

诸葛亮离荆州，不数日即达吴郡，换素服，执故友礼，径往周瑜灵前哭祭，情真意切，令人动容。祭毕，顾雍请诸葛亮寄宿客舍。

诸葛亮方入客舍，忽听有人呼道，来者莫非卧龙？

诸葛亮大惊，见一人立于楼栏，忙道，我即诸葛亮，卿为何人？

那人答道，我乃庞统，人称凤雏。

诸葛亮大喜，说庞统道，竟是庞士元，幸会，幸会！

庞统邀诸葛亮入室，奉以清茶。诸葛亮道，我知周公瑾视卿为知己，举为长史，双雄际会，令人称羡；可惜天妒英才，周郎风华正茂，竟早逝。可见人生无常，可悲可叹！

庞统道，我与周郎一见如故，互为敬慕；谁料苍天无情，竟死于途中。我扶送灵柩来吴郡，欲求见孙仲谋，告知临中所言；孙仲谋悲不自禁，每每拒见。我不知去留，只好暂住于此。

诸葛亮道，刘玄德慕卿大才，每欲访问，可惜不获仙踪；我与卿有龙凤之称，今日相逢，岂非夙缘，若能共事一主，两树并华，龙凤呈祥，岂不美哉！

庞统道，周郎于我有知遇之恩，唯恐不能尽我之才；今尸骨未寒，厚德犹热，岂能辜负亡灵。

诸葛亮道，此言非也；江东群贤毕集，美才荟萃，既有张昭、鲁肃，又有诸葛瑾、顾雍、步骘，后来者如吕蒙、陆逊，层出不穷，并驾争先。卿虽卓绝，若处其间，未必能独出群贤之上。况公瑾已逝，知音已绝；孙权偏爱旧僚，未必能用新人。刘玄德基业初创，进人不问来路，用人不论亲疏，卿若转而依附，必将大有作为。

庞统沉吟良久，说诸葛亮道，卿所言，如拨云见日；我亦知江东多士，难以为孙权所用。待周郎丧事毕，我以书信呈孙权，即来荆州，投刘玄德。

诸葛亮大喜，笑道，若能与卿并驾齐驱，今生何憾！

谈至深夜，诸葛亮告辞。

数日后，孙权以上卿之礼厚葬周瑜；群僚纷纷举哀，悲恸不已。小乔因哀伤过度，足不出户，更不与宾客见，睹周瑜遗物，作一歌，抚琴自唱：

江风忽起兮雨凄凉
落木飘飞兮水茫茫
不堪长夜兮对空窗
弹尽悲声兮孤影长
此恨绵绵兮穷碧苍
问我郎君兮在何方
…………

歌声之凄绝，闻者无不泪下。

孙权仍哀不自禁，深居不出，拒问政事。鲁肃等每每劝慰，孙权不听。鲁肃大为忧虑，遂召孙权仆从，询以饮食起居；仆人称每日仅一饭，不近荤腥；又绝声色，禁喧哗。

鲁肃无奈，请张昭劝孙权，孙权仍不听。张昭指孙权斥道，陷哀痛而不知自振，此妇人也！伤逝者而罔顾大事，此孺子也！若周公瑾魂下有知，岂能自安！

孙权大怒，回斥张昭道，我与周瑜情同手足，此心之哀，汝岂能知！

张昭不再言，拂袖而去。孙权渐有所悟，始问事。继而托顾雍为媒，使长子孙登娶周瑜女，又以女嫁周瑜长子周循；拜周循骑都尉，次子周胤兴业都尉；以鲁肃为奋威校尉，领都督，代周瑜屯巴丘，以程普为南郡太守。

孙权接庞统书信，始知周瑜托以大计，于是大会群僚，欲行周瑜之策，伐西蜀。

鲁肃道，若行此策，必与曹操于秦、巴之间直面。若论运筹帷幄，我勉能与周郎比；若论决胜千里，我岂有周郎之才。曹操雄才大略，用兵如神，放眼天下，独周郎可与之敌。以今之势，若凭江左之险，联盟之固，可勉拒曹操；若急于进取，必自招祸乱。我以为西蜀不可图，若图，必顾此失彼，得不偿失也。我知刘备、诸葛亮亦欲图西蜀，曹操虑将军举江东之众趁机作为，或听之任之。我请将军任刘备取之，彼此信守盟约，以天下三分共抗曹操，待曹操老死，再图进取不迟。

吕蒙、陆逊等不以为然，力陈西蜀可取，与鲁肃大为争执。孙权不能决，议而无果。

鲁肃知吕蒙、陆逊等年轻气盛，孙权又壮心如炽，恐为其蛊惑，于是求见张昭，请其说孙权勿妄举。张昭道，孙仲谋恨我直率，每欲逐之而后快，岂能听从。我知陈山高岱识尽古今之变，出言精警，又颇为孙仲谋敬慕，每欲召而用之。所谓它山之石，可以攻玉，卿何不往陈山，请高岱来此说孙仲谋。

鲁肃大喜，辞别张昭，欲往陈山访高岱。

第四章

一

钟繇、张郃分道往汉中攻张鲁，会师褒斜。张鲁遣胞弟张卫等大屯谷口，以阻之。钟繇等知地势险要，不敢强攻，欲以奇兵绕走，袭张卫后。

汉中功曹阎圃疑钟繇、张郃或以精甲斜出，请合五斗米教徒助张卫。张鲁纳其说，大肆招募，合五万之众，往褒斜，攀山附岭，据尽险要。

钟繇、张郃大惧，退走数十里，不敢再进。

彼此相持数月，俱不出战。钟繇、张郃恐粮草不继，遣人赴邺城见曹操，请驰援。

张鲁亦遣使往西蜀见刘璋，请联盟，共抗曹军。

刘璋知张鲁颇受教徒拥戴，西蜀又为祖师张陵发祥地，信众极多；若与张鲁合，蜀人或感念祖恩，反为张鲁所用，于是拒之。

军议校尉法正劝刘璋道，西蜀虽群山环绕，沃土千里，然独处一隅，如深山巨富，宁不为人觊觎。若明公与张鲁合，张鲁必据断狭谷，占尽关塞；若曹操欲西来，张鲁必阻之。明公可大出阴平与张鲁呼应，曹操必惧。今钟繇、张郃大军压境，若张鲁降，西蜀当失屏障，危矣。

刘璋不听，仅以军粮万斛，蜀锦、蜀绣各千匹赠张鲁。

法正以为张鲁必败，曹军必转掠西蜀，愈恨刘璋愚暗，嗟叹不已。

法正世居扶风，自幼喜读经史，又精研兵法，颇有谋略，然久不为世人所知。时逢关中兵祸频起，滋扰日盛，法正与同郡孟达辗转入蜀。孟达孔武有力，又善谋略，于是从军，为刘璋所用；法正卜居新都，贩卖丝织。某日，新都令黄权自门前过，见檐下有店招，上书八字：丝出腹中，经纬天地。黄权以为奇，入门访问。法正独坐店内，正读书。黄权指店招问法正道，此何人所写？

法正笑道，信手涂鸦，不足为道。

黄权见其从容，以为非等闲之辈，又问法正道，既为士大夫，何故谋利？

法正道，不能谋天下，转而谋生计，岂非丈夫本色？

黄权愈以为奇，与之常相往来，久之，更觉不凡，举法正为新都尉；又荐与刘璋，请重用。刘璋遂召法正，询以自保之策。

法正道，西蜀群山四列，人物奇谲，土地丰肥，水旱从人，有四季之熟；又广出盐铁，刺绣织锦，俱称世之珍宝，其殷实富足，甲于四海。若置雄兵于关隘，联合近邻，足可拒强敌，以待天下之变。

刘璋不以为然，冷笑道，公孙述据西蜀而自立，亦曾屯兵险要，阻绝道路，仍不免覆灭。此亡我之说，岂能从之！

法正道，公孙述凶残好杀，淫乐爱财，岂能不败；明公宽仁大度，气质恢宏，何故自比公孙述？

刘璋以为法正虚浮，虽敏锐善察，却少于历练，遂迁黄权为益州主簿，以法正为新都令。

法正为政清廉,境内数年无讼案,颇受爱戴,待任满,迁为军议校尉。

曹操知钟繇、张郃受阻峡谷,虽汉中在望,不能克之,遂令夏侯渊领精甲二万出长安,绕走狄道,策应钟繇、张郃,夹击张鲁。

韩遂、马超知钟繇、张郃出关中,往汉中攻张鲁,大为不安;又知夏侯渊走狄道,以为张鲁必败,曹军或以得胜之师转攻西凉。

西凉有精甲十万,分为十部,诸将各怀心思,互欲吞并。马超领马腾旧部,韩遂等欺马超年轻,以为可图,欲联合诸将,并其部属。

马超大为忧患,又暗自切齿,欲猝然而举,执韩遂而杀之。

部将庞德劝马超道,韩遂欺将军年少,每欲吞并,将军确应有所举;然韩遂为盟主,又颇能笼络,若执而杀之,诸将必合众攻击,大不利也。今钟繇、夏侯渊、张郃等兵逼汉中,西凉诸将惶遽不安,此天赐良机也。将军可说诸将据潼关,以备曹军转夺西凉。将军可借此大显神威,不仅可使诸将震动,亦能扬威于天下。韩遂等既知将军勇武,再不敢觊觎。

马超以为然,遂命从弟马岱说韩遂等往潼关,据此要地,以备钟繇、夏侯渊、张郃侵夺西凉;若曹操驰援,诸将可借潼关之险,与之决战;若胜,可直下许昌,天下格局将为之大变;若败,仍可退守西凉,联合羌胡,亦能拒曹操于凉州。

韩遂等亦疑钟繇等转取西凉,正不知所措,马岱来言马超之计,以为可行,于是暂敛野心,歃血立誓;诸将推韩遂、马超为盟主,举十万精甲据潼关。

曹操知西凉诸将据潼关,大为惊讶,即遣曹洪率部属赴潼关,拒韩遂、马超。

韩遂、马超知曹洪来,令诸将坚壁深垒,以待曹洪。曹洪命部属强攻,欲一举克之。马超知曹洪立功心切,即率所部夜出,绕行数百里,欲侧击曹洪。曹洪两面受敌,大惧,于是依险自守;马超等亦不能克,仍回屯潼关以西。

曹操遣快马飞告曹洪,令其自保;又遣人赴褒斜,命钟繇、夏侯渊、张郃等三路齐出,急攻张鲁;亲率诸将赴潼关,助曹洪。

此前,鲁肃往陈山访高岱,高岱不在;弟子称,高岱往蓬壶访友未归。鲁肃失望而回。

孙权知曹操亦往西北,以为机不可失,欲行周瑜之计,出吴郡,攻西蜀,于是再召群僚。

孙权道,今钟繇、夏侯渊、张郃等伐张鲁,受阻褒斜;曹操又亲领诸将赴潼关,拒韩遂、马超。我以为机不可失,欲趁此攻西蜀,卿等以为如何?

鲁肃道,曹操疑张鲁与西蜀刘璋合,互为唇齿,势压关中,侵逼许昌,故此大举而伐;韩遂、马超等虽势众,不过利益之徒。若东南平安,曹操可尽力于西北;若东南异动,曹操可转与张鲁、韩遂等和,大举东来。若将军攻西蜀,曹操可置之不理,直取江东,然后与刘璋呼应,夹击将军。既进有险境,退有阻碍,岂能行之!

吕蒙道,鲁子敬所虑过矣。若分兵两路,一路往西蜀,经夷道,克江州,直指成都;一路入淮南,克寿春,夺合肥,直取许昌,曹操岂不忌惮?

鲁肃道,若刘备趁机夺江东,如之奈何?

陆逊道,可使甘宁、徐盛、凌统等大集柴桑,亦能阻之。

孙权道,此计虽险,可获大利,若成,格局将大变;所谓不入虎穴,焉获虎子。然伐蜀乃大计，关乎存亡；若不慎，或大有所失。

于是命鲁肃制江东固守之计，并伐蜀之策，凡将士所举，粮谷所输，俱需完善；又命各郡县输送资财，再募子弟，以为后备。

鲁肃大为不安，欲再往陈山访高岱，请其陈说利害，阻孙权之举。

鲁肃以谋划策略为由，推绝事务，暗出吴郡，策马往余姚。入陈山时，正夕阳欲坠，茂林间昏鸦乱飞，又清泉与山花互映，极其幽深。鲁肃知道路险峻，不能走马，遂寄马农家，步行上山；一路感慨，颇觉人生苦短，万事虚妄，与其追名逐利，不如幽居林泉，行止于白云山色之间。

待暮色四合，鲁肃已至高岱茅舍前，见山月朦胧，清风微动，又树影婆娑，泉声如诉，恍若世外；茅屋内烛火隐约，似正晚炊，于是近门而呼。

片刻，柴门开，高岱弟子出，说鲁肃道，卿来迟矣，再不能与我师相见。

鲁肃大惊，询以何故。弟子不答，请鲁肃入内。屋内火光映壁，颇为萧然，墙角一塘火，上悬茶壶，沸水声声不绝，犹如哭诉。

鲁肃已知不祥，问高岱弟子道，不知仙师何在？

弟子凄然道，卿离此不足半月，我师即自蓬莱回，因染风寒，一病不起，逝于一月前。

鲁肃大为茫然，顿觉身处绝境，不知进退；良久，问高岱弟子道，仙师可知我欲请教？

弟子道，先生回时，我即告之；先生临终曾言，若鲁子敬再来，可嘱其往上虞访白云先生华子云；华子云洞明世事，遍察今古，若能真诚求教，必有所告。

鲁肃感慨不已，遂告辞，欲往上虞访华子云。弟子亦不强留，送鲁肃出。

此时，远近月色透染，风轻露重；林间狐兔奔走，宿鸟惊飞。鲁肃颇觉不堪风露，几欲回茅舍借宿，又知事急，不敢耽误。

鲁肃返回农家，已近半夜，不愿惊扰，解马而去。

鲁肃一路疾驰，翌日晨，已至上虞，寄坐骑于车马店，询华子云居所，店主竟不知有此人。鲁肃颇觉疑惑，依华子云大名，同居一城，竟无所闻，未必所传不实？

鲁肃入街衢，一路寻问，终获华子云所在，大喜，于是依人所指，转入一小巷，见巷口有老井，围以石栏，有老者正汲水；鲁肃问老者道，华子云是否居此？

老者正挑水欲走，一惊，脚下一滑，木桶坠落井台，水花四溅。鲁肃忙上前，将老者扶起，连声致歉，为老者再汲水。

老者这才答道，卿所说，可是华疯子？

鲁肃大惊，忙问老者道，未必华子云不止一人？

老者一脸茫然，说鲁肃道，此处仅华疯子，再无他人。

鲁肃忽忆及华子云号白云先生，再问老者道，居此巷者，可是白云先生？

老者笑道，老朽不知白云、乌云，只知华疯子即华子云，言多，疯疯癫癫，无一句正经，街坊们不知所云，俱称华疯子。此人极爱读书，不知营生，想是为书所误。说来也怪，每每有人来此寻访，多为读书人。

言毕，老者挑水离去，转入小巷。鲁肃随老者后，行不过数十步，已至尽头。老者指一侧柴门道，华疯子居此，此人格外嗜睡，自称食可不饱，睡不可不饱。若睡不足，任人呼喊，绝不回应。

鲁肃谢过老者，见柴门破旧不堪，烟火浓重，更为疑惑，若华子云名不符实，岂不枉此一行？又以为大贤自古隐于市，放浪形骸，嬉笑怒骂，不为近邻所重者亦不鲜见，孔子尚且如此，何况华子云。

鲁肃不敢冒昧，仍出小巷，顿觉饥饿不堪，见不远有处有食铺，举步而往。

二

鲁肃临窗而坐。店主见其衣冠华丽，以为非富即贵，忙近前侍候。鲁肃买炙肉两斤，巴西清酒一壶，顾自饮食；既饱，疲困大生，欲小睡；正朦胧，忽听嚷声骤起，睁眼一看，见有大汉领皂隶昂首而进，指店主道，孙仲谋欲伐西蜀，无论工商士农，均需缴纳出征税。此店为巨肆，应出钱一万！

食客见此，大为惶遽，俱走。店主急呼道，汝等未付钱，岂能走？

食客不理，纷纷出门；店主大急，欲追。大汉阻店主道，请速付出征税，若迟，当加倍！

店主求告道，此不过小本营生，我起早贪黑，仅能糊口，并无余财。况月初已付例钱，尚不足半月，恕不能奉献！

大汉大怒，执店主，喝骂道，狗贼，竟目无王法！非我要钱，孙将军出兵伐蜀，命郡县筹集军资，拒而不纳者，必受刑罚！

骂毕，命皂隶缚店主，欲勒逼。鲁肃拍案而起，指大汉道，住手！天日朗朗，竟敢如此！

大汉大为惊愕，直视鲁肃，见其衣着华美，神形疲惫，以为不过行商，冷笑道，此事与汝无关，可自去，勿招惹是非！

鲁肃强忍忿怒，起座，近大汉前，笑道，我与上虞长祖郎有旧，若祖郎来，我当倾其所有而赠之，何用汝等逐户收缴？

大汉颇疑，问鲁肃道，汝是何人，敢问高姓大名？

鲁肃道，汝可禀报祖郎，称江东鲁肃在此，请来相见。

大汉惊愕无比，转而以为有诈，冷笑道，鲁子敬为江东都督，行必高车驷马，仆从如云，汝竟敢仿冒；既酒后胡言，我不追究，可速去，迟则晚矣！

鲁肃道，若祖郎来，真假自明，何必多言？

大汉见鲁肃气度不凡，不敢妄举，遂留皂隶于此，看住鲁肃，即往县衙，禀报祖郎。

鲁肃仍回座；店主亦疑，悄说鲁肃道，店后有旁门，直通街衢，可自此离去。

鲁肃笑道，我非匪盗，不走旁门。

店主道，祖郎残暴，杀人如草芥；若来，必遭毒手。

鲁肃道，汝勿惧，亦勿多问，待祖郎来，自有分晓。

店主沉吟道，若卿果为鲁子敬，请为上虞除此恶贼！

正此时，大汉随祖郎复回，指鲁肃道，此即自称鲁肃者！

祖郎见鲁肃当窗而坐，大为恐慌，快步上前，朝鲁肃一揖道，我不知都督来此，有失恭敬，望勿怪罪！

大汉知果为鲁肃，以为难逃责罚，欲走；鲁肃呼道，勿去，我有数言请教！

大汉不敢违，遂止。鲁肃道，汝等上门勒索，若受人指使，请勿言，可自去；若无人指使，请自述罪过。

大汉顿不知所措，不敢走，亦不敢言。祖郎说鲁肃道，我虽愚鲁，亦知为官一任，造福一方，岂敢胡为！然孙将军欲伐蜀，令郡县输送钱财，我筹措艰难，借贷无门，遂命僚属征收，无论士庶，皆可自愿，不可勒索。虽僚属违命，罪亦在我，愿受责罚！

言毕，忽指大汉，斥道，我严命汝等不可强人所难，无论多寡，皆由士民自主，汝等竟不听！

大汉一愣，忙道，罪在我辈，与令长无关！

鲁肃尽知原委，立誓严惩祖郎，又虑无随从，难使祖郎伏法；若于此责问，祖郎或恼羞成怒，铤而走险，于是说祖郎道，既事出有因，又未果，不必严究。

祖郎大喜，命大汉等退走，欲请鲁肃入府第。鲁肃辞道，勿需如此，请就座，我有要事相告。

祖郎不敢拒，入座；鲁肃请店主退下，说祖郎道，我所以只身来此，实因事秘；本欲入县衙，恰遇公差来此滋扰，故而未果。

祖郎忙道，我为令长，失之管教，又不察，罪不可恕。

鲁肃笑道，此微过而已，勿需惶恐。孙将军欲伐蜀，命我制取胜之策。我欲分兵两路，一路大举而进，为疑兵；一路悄出，走崇山密林，绕道巴楚为奇兵，夺江洲，逆渝水而上，破巴西，克遂州，直逼成都。然需不惧险峻，又能披荆斩棘者为主将，否则不能率奇兵。我知卿曾聚啸山越，又曾追剿匪盗，走高山如履平地，过绝壁如行坦途，故而欲以卿为主将，率山越子弟，建此奇功；然卿需不惧艰险，方能委以重任。我只身而来，欲先征询，而后再决。

祖郎大喜，说鲁肃道，若不嫌我卑微，愿效犬马之劳！

鲁肃道，卿既不辞，我再无疑虑。卿可于三日后来吴郡，领任要职。

祖郎道，此知遇之恩也，我虽粉身碎骨而不辞！

鲁肃道，所谓事成于密，毁于显；今日之言，不可使他人知。

祖郎忙道，都督勿虑，我必守口如瓶！

鲁肃道，因事急，我当即回吴郡，详制方略。

言毕，遂起，请祖郎先回。祖郎付过酒钱，欲送鲁肃出上虞。鲁肃道，我通宵在途，困顿不堪，欲小憩，请容我自便。

祖郎遂辞，欣然而去。鲁肃欲再访华子云，亦走。店主说鲁肃道，祖郎恶行昭彰，若不惩治，恐使士民失望。

鲁肃不言，举步出门。店主冷笑道，难怪祖郎横行无忌，原来官官相卫！

鲁肃仍不言，见日近正午，料华子云已睡足，遂买一只熟鹅、一壶浊酒，再入小巷，复来门外。门已开，有青烟溢出，满巷乱走。鲁肃止步门外，呼道，江东鲁肃，特来拜会白云先生！

呼毕，内有人咳嗽，不见回应。鲁肃看时，屋内青烟弥漫，不见一物。正疑惑，有老者自烟里出，须发花白而脏污，身形肥胖而油腻，泪眼婆娑而浑浊。

鲁肃大惊，以为误入他室；忽听老者笑道，来者是客，何不入内？

鲁肃道，我乃江东鲁肃，特来拜会白云先生华子云；若有误，望勿怪罪。

老者大笑道，我即华子云，人称白云先生；卿执酒而来，若不与我痛饮，岂能离此！

鲁肃大失所望，以为华子云之粗俗，与市井之流无异，顿觉不知进退。

华子云笑道，人言鲁肃风华绝代，衣冠堂皇，行止洒脱，又挥金如土，散财如流，住必雕梁画栋，行必高车大马；今沽浊酒，买死鹅，如此小气，又徒步来此，想必亦为虚妄之说？

鲁肃自知有失，所谓人不可貌相，海水不可斗量，于是笑道，先生不拘常态，不入俗流，请恕我眼拙。

华子云叹息道，虎入平阳，必遭犬戏；君子落魄，何如小人，难怪，难怪。

言毕，请鲁肃入内。华子云笑道，此屋既无窗户，又无烟道，陋室耳；老朽孤傲，不为他人所容，幸有满屋青烟与我为伴。此虽寻常，比山中云雾，海上仙霞，既不输幽趣，又颇多亲切，卿以为如何？

鲁肃道，处陋巷而不自哀，居败屋而能自若，非真君子，焉能如此！

说笑间，烟雾渐散；鲁肃置酒食于小几。华子云道，实不相瞒，老朽已断炊，正愁无以果腹，卿即赠以美食，足见老朽并非福薄。

言毕，华子云请鲁肃同食；鲁肃辞道，我已饱，请先生自便。

华子云不再谦让，坐于席上，大肆饮啖，吃相之粗陋，不堪入目。鲁肃坐于对面，举目四顾，见仅有一张破几并两张破席，聊供主客对坐；东墙下设一榻，有破褥；左侧有小门，余烟仍自门间出，想必为灶房；此外，再无一物。所谓四壁空空，了无长物，或此情此景也。

鲁肃大为感慨，以为若非行高于世者，岂能安居赤贫。于是朝华子云一揖道，我不惜远道而来，实因心中有疑，需问先生，望不吝赐教。

华子云笑道，食不言，睡勿语，此为古训；请容我尽此物，再与卿闲话。

鲁肃不好再言，仍静候。

三

华子云啖尽肥鹅，饮尽浊酒，满面油红，笑说鲁肃道，一壶酒，一只肥鹅，足以慰我饥馋，三日内将不为饮食虑，应谢卿赠我一场好睡。

鲁肃笑道，我所予者酒食也，何言一场好睡？

华子云大笑道，既三日不忧口食，何妨大睡三日，此非卿所赠乎？

鲁肃颇为惊讶，问华子云道，先生居此，以何为生？

华子云忽有不悦，说鲁肃道，君子不言生，壮夫不愁死；卿来此，未必欲问生计？

鲁肃忙道，我非此意，先生勿怪。因知先生博识古今，能察千年成败，故来此讨教。今汉室气数已尽，曹操执天子，压群臣，号令四方，极一时之盛；孙权割江东，刘备领荆州，张鲁据汉中，韩遂、马超得西凉之偏，刘璋得西蜀之富，俱欲称雄天下。依先生所见，此数人中，谁将为代汉而立者？

华子云沉吟道，所谓人因天时地利而雄，事因天时地利而成。自古以来，良马健儿俱出北方，据北方者，往往能纵横天下；至于东南，虽水土肥美，人物风流，极尽机巧，精于谋算，可惜先天不足，阴柔有余，而刚劲略差。据东南者，可逞一时之志，聊为英豪，然性情婉转，意志脆弱，又患得患失，固步自封；据北方者，得高天厚土之质，获广袤无垠之志，有思必行，有行必果，百折不挠，万死不辞。其兴亡成败，已然自分，何用多言！张鲁、刘璋俱为俗子，何足为论；韩遂、马超犹如草莽，岂能有成。孙权据江东，刘备得荆州，互为联盟，欲以大江之险共拒曹操，若能守鼎足之固，或能获一时之安；若俱欲进取，必自毁盟约，终为曹氏所用，宁不灰飞烟灭！

鲁肃沉吟良久，问华子云道，孙权亦知东南所短，故欲取西蜀，凭江左之险，西蜀之富，克刘备，夺荆州，两路并举，夹击曹操，先生以为如何？

华子云笑道，若我所料不差，此周郎遗策也。周郎天纵其才，入为良相，出为骁将，谋能戡四海之乱，策能定九州之安。若周郎在，此策可行；周郎既逝，虽江东英才济济，谁能为曹操敌手？若行此策，必自招祸患，孙权必将为臣虏，群僚必将为囚徒。

鲁肃拱手道，先生洞察秋毫，见识卓绝，令我五体投地；依先生之见，孙仲谋当如何？

华子云笑道，以上所说，足以抵酒食之资，卿不可贪得无厌。

鲁肃忙起座，朝华子云一揖道，听先生之言如饮甘露，获先生之教如沐春风，虽尽一国之富，不能换只言片语；我无所奉献，唯有一片诚心，望先生体察！

华子云道，既如此，请恕我危言耸听。孙权、刘备虽为人杰，然既无天时，亦无地利，实非曹操敌手。曹操曾有誓，待不臣尽，必还权天子；因有所虑，曹操任孙权割江左，容刘备据荆州，自树不臣，讨而不灭，促成三足之势。若刘备据荆州而夺西蜀，曹操必任其所为；若孙权行此策，曹操必全力以赴。何者？因孙权强而刘备弱也。孙权若取西蜀，必转掠荆州，依东南之险，西蜀之富，足可大举北进，逐曹操而自代；若刘备取西蜀，必南虑荆州之失，北惧曹操之强，瞻前顾后，利此害彼，岂能有所作为。虽如此，三足之势如旧，曹操何虑！

鲁肃大为叹息，说华子云道，先生之见，能醒幽梦之人；先生之说，能破万里迷雾。然不知曹操之后，天下格局当如何？

华子云道，曹操人在暮年，时日不多，平生作为，只在奉君讨逆之间。因誓言在，曹操不能取而代之，然必为子孙谋。曹操之后，承父业者必废天子而自立，三方决战，亦将始于此时。

鲁肃道，若如此，孙权、刘备当何为？

华子云道，若能信守盟约，断绝妄想，彼此呼应，互为唇齿，仍能获鼎足之固；若各怀心思，背信弃义，或妄自尊大，我行我素，必分崩离析，毁于一旦！

鲁肃再起，深施一礼道，先生人居陋巷，却能洞悉天下，预知成败，我辈何能望先生项背！然孙权割千里之地，率百万之众，又有开天辟地之志，岂能甘居人下！若得先生相助，必使天命逆转，乾坤另设。我奉孙权之命，欲请先生出山，建不世之功，立万古之业，望勿辞！

华子云呵呵笑道，我若有此奢望，何必藏身僻巷！既世事虚幻，贫贱富贵，终不过枯骨一冢；虽大名如天，光照千秋，无不是匆匆过客！既如此，破屋坏壁，与金堂玉室何异；野菜粗谷，与山珍海味何差！

鲁肃大为感慨，沉吟道，先生看破红尘，甘居世外，我岂能强求。然孙权壮心不已，执意欲取西蜀；吕蒙、陆逊等煽风点火，推波助澜；我虽竭尽所能，不能使之断绝妄念，于是往陈山，欲请高孔文说孙权；然高孔文已逝，知我曾拜访，遂留遗言，嘱我来此问先生。望先生随我往吴郡，说孙权，晓以利害，以免自取祸乱。既诚心如鉴，望先生不辞一行！

华子云沉吟道，高孔文俗念一动，几乎丧命；今又以言嘱我，想必泉下孤独，邀我为伴耳！

鲁肃道，若不能使孙权知收敛，战事一起，必生灵涂炭；既士庶不能安居，先生何以安处！

华子云道，我与高岱为林下之交，相唱于溪泉，对弈于云下，互敬互惜，情如手足；临终之言，岂能不遵！所谓逝者不可欺，我且随卿去，陈说利害之后，无论如何，卿须保我全身而退。

鲁肃大喜，一口答应。

鲁肃遂请华子云出。两人至车马店，取回坐骑。鲁肃欲为华子云买马，华子云笑道，我平生只在胸中走马，恕不知骑术。

鲁肃大笑，买马车一乘。鲁肃驾车，载华子云往吴郡。

既入吴郡，鲁肃请华子云暂居客舍，即求见孙权。

孙权问鲁肃道，伐蜀之策如何？

鲁肃道，将军恕我才智平庸，不能为远征之计；今请来一高士，其谋略胜我百倍，将军何不询之？

孙权大为诧异，问鲁肃道，卿所请者谁？

鲁肃道，上虞华子云。

孙权猝起，又问鲁肃道，华子云何在？

鲁肃道，华子云已在客舍，静候将军垂询。

孙权即命鲁肃邀华子云入府第，以上宾之礼待之。孙权说华子云道，先生高古之士，察天人之机，识古今之变；我钦慕已久，今日能见，平生之幸也。

华子云极尽谦让，了无放纵；孙权愈为喜爱。鲁肃颇为惊愕，不想华子云亦知逢迎。

孙权又道，今曹操与北方诸雄鏖战潼关，钟繇、张郃受阻褒斜，无暇顾及其他；我欲趁机伐蜀，先生以为如何？

华子云道，西凉诸将，犹如匪盗，实非英雄；张鲁疏狂，刘璋暗弱，亦非豪杰。放眼天下，唯将军与曹操、刘备堪称一时之冠，余者何足为道。若将军伐蜀，兵锋所指，必摧枯拉朽，一举可下也。

孙权大喜道，先生卓识，与我暗合，正所谓英雄所见略同！

鲁肃大为惊讶，未料华子云竟反而迎合，正欲斥责，华子云又道，然韩遂、马超、张鲁之徒，并无壮志，拥兵割地，不过欲讨价还价，获王侯之封，曹操岂能不知。若将军伐蜀，曹操可与之休战，许以高位，赠以厚禄，然后合西凉、汉中之众，并夏侯渊、钟繇所部，与将军决战；或遣将东来，攻掠江左。况刘备在荆州，若不守盟约，趁江东空虚，或一举夺之。既两害俱在，将军岂能如此！

孙权大生疑惑，似觉寒刃在背，竟不能言。

待席散，孙权欲留华子云宿于府第，华子云坚辞，仍回客舍。

翌日，孙权嘱鲁肃再请华子云饮宴，欲引为上宾。鲁肃即往客舍，不料华子云已去，于是回复孙权；孙权大为叹息。

四

曹操率荀攸、徐晃、许褚及丞相东曹属司马懿等昼夜兼程，不数日已近潼关。曹洪知曹操来，忙率僚属迎候，命置酒，为曹操等接风洗尘。

曹操以为强敌未克，不宜放纵，稍息片刻，即率荀攸、曹洪、徐晃、司马懿等登高丘，以察情形，见韩遂、马超等连营数十里，壁垒森严，据尽险要，知不易克，遂问荀攸道，卿以为当如何制胜？

荀攸指远处大河道，魏公可分兵渡河，绕击敌侧，两面夹攻，必能取胜。

曹操以为然，命徐晃领部属夜察水情，选渡口。徐晃等来至河岸，访问土著，知蒲板津水流较缓，可摆渡，亦可泅渡；于是大征民船，获数百只。徐晃命部属屯于此，回报曹操。

曹操大喜，即率荀攸、许褚、司马懿等，举二万之众随徐晃渡河。一时舟船往来，不绝如飞；待翌日晨，曹操等俱已登岸，命立壁垒，暂屯于此。

斥候忽报马超，称曹军已渡河，合二万余众。马超大惊，即命庞德、马岱分别告知韩遂等。韩遂不知所措，即召诸将，议应对之策。诸将以为再无雄关之利，欲回西凉。

马超说诸将道，若走，曹操必大肆追击；我等虽众，不能合力，或沦为流寇，此破败之说也；

宜趁曹操立足未稳,遣精甲猛袭曹操,逼其退走,方能立于不败。

韩遂疑而不决;将军李堪道,曹操既渡河,屯于此,必有所备,若击,或反为曹操所破。我以为仍可据关自守,曹操若攻,我等坚壁不出,促成相持之势;曹操或疑东南有变,久之,必自退。

马超斥李堪道,今鼎足之势已成,曹操何虑东南!若合两部之众,突袭曹操,曹操必败!

诸将不愿出战,俱从李堪之说,欲据守潼关。马超大失所望,引马岱、庞德还,尽率所部,合一万余众,直扑曹操。

曹操见马超猝然而举,急令徐晃、许褚率部迎击。徐晃、许褚齐出,欲阻马超。马超令马岱、庞德分出,迎击徐晃、许褚,自率精甲侧走,欲绕擒曹操。

许褚见此,大为恐慌,欲弃马岱阻马超。马岱率部属猛击,许褚数举不能脱身,疾呼曹操道,马超来矣,魏公速避!

曹操、荀攸、司马懿欲出辕门观战,忽闻此言,大惊,急回,呼卫士。卫士蜂拥而来,大集辕门,横戈以待。片刻,马超骤至,怒骂曹操道,曹操狗贼,还我父命!

马超欲一举突入,挥矛急刺;卫士不敌,又不敢退。马超等连杀数十人,卫士仍死守不退。

许褚知曹操危急,率死士奋勇杀出,驰救曹操。马超等尽杀卫士,闯入营中;曹操、荀攸、司马懿知不能逃,各执长矛,立于营门,欲自保。马超见此,指曹操道,狗贼,死期至矣!

骂毕,打马直取曹操。司马懿急说曹操道,请魏公暂避,臣不惜一死,必阻此人!

曹操、荀攸退入营内,马超举矛怒刺司马懿,司马懿以矛隔挡,竟震裂虎口。马超一击不中,再举。正此时,许褚已到,自后猛袭马超。马超遂弃司马懿,迎战许褚。死士亦齐举,尽杀马超部属,又入内,保曹操、荀攸、司马懿。曹操朝司马懿一揖道,卿文弱无力,竟不惧虎将,真壮夫也;此救命之恩,孤必报之。

司马懿忙道,解魏公之危,臣之本份也;魏公此言,令臣惶恐不安。

马超见部属俱死,不敢恋战,遂弃许褚,欲与马岱、庞德合。许褚惧马超英勇,不敢追。恰此时,曹操携荀攸、司马懿出,见马超已走,即上马,指马超道,将士不可犹豫,可随孤生擒马超!

许褚不敢违,疾追马超。马超见此,疾呼马岱、庞德退回潼关;马岱、庞德遂弃徐晃,退走,欲保马超。曹操急呼徐晃阻马岱、庞德,欲使马超不能回。

徐晃命部将紧追,自率精骑斜出,欲阻马岱、庞德。马岱、庞德知其用意,大骇,奔走愈急。许褚已迫近马超,马超不能脱,与许褚再战。

曹操恐徐晃不能拦马岱、庞德,亦领死士出,直奔马岱、庞德,以弓箭急射。马岱、庞德稍迟,徐晃已与曹操合,阻于前。

马超见马岱、庞德为曹操、徐晃所阻,大急,再弃许褚,直取曹操,其来势之猛,令人望而生畏。曹操急命徐晃截住马超;徐晃携数将齐出,竟不能阻。司马懿忙说曹操道,亡命之徒,魏公当避之!

曹操不听,令将士围马超,欲生擒;马超不惧,挥矛乱刺。马岱、庞德见此,命部属齐举,攻曹操以应马超。彼此大乱,一片喧嚣。马超力斩数百人,终与马岱、庞德合;曹操命诸将紧逼。马超气势渐衰,背水而止,不能进退。曹操欲急攻,荀攸说曹操道,魏王岂不知背水一战,今马超已在绝路,若逼之过急,必效韩信井陉口之战,反而不利。

曹操纳其说，令诸将近马超而屯。马超不能树壁垒，命将士露宿河岸，又令马岱、庞德选死士，与弓箭手护卫于外，以防曹操突袭。

曹操命许褚率精甲警戒，令徐晃天黑即寝，三更复起，接替许褚；又命将士不解甲胄，以防马超夜袭。

马超亦召马岱、庞德，欲突袭曹操；马岱、庞德以为曹操必有备，若举，必失利。马超道，曹操夜渡，人未卸甲，马未解鞍，又苦战一日，岂不疲困。若今夜不举，待曹军睡足，必大举攻击。我等既无粮草，又无援兵，岂能自保！既前有虎狼，后有深渊，宁不拼死一搏！

于是命将士三更骤出，直扑曹营。其时，徐晃方起，许褚等欲睡，知马超来，欲齐出。曹操不准，唯命许褚迎敌；令徐晃等俱入营，敛而待命。

许褚率部属力阻马超，彼此混战，死伤俱多。久之，许褚等因疲乏不已，渐落下风。曹操知徐晃等俱已清醒，命骤出，猛击马超。马超等大受挫折，损伤愈众。

马超知情势危急，呼马岱、庞德道，可弃徐晃，直取曹操！

于是马超、马岱、庞德等绕过乱军，直扑曹操；许褚急率士卒奋力阻拦。马超等不能得逞，转道往潼关疾走。徐晃、许褚不肯舍，奋力追杀。马超率死士断后，与徐晃、许褚大战。马岱、庞德恐马超有失，亦复回，合战徐晃、许褚。厮杀至五更，马超部属折损将尽，仅剩百余骑，不敢再战，又走。徐晃、许褚知已近潼关，不敢再追，退回。

马超等逃回关前；庞德忧虑不已，说马超道，我等仅百余骑，恐不能于诸将中立足。

马超冷笑道，卿等且回营，不可声张，免使韩遂等察知；我必斩李堪，夺其部属，为我所用！

庞德、马岱欲劝，马超已仗剑而去，至李堪营外；卫卒忽见马超只身而来，大惊，正欲询问，马超忽举，尽杀卫卒，直入李堪大营。

李堪正熟睡，忽听有人呼道，李将军请起，我乃马超，欲与将军商议军情。

李堪大惊，即起，出见马超；李堪道，盟主突袭曹操，胜败如何？

马超道，我与曹操大战经日，虽未获胜，却颇知虚实；将军若愿助我，必能一举破之。

李堪道，非我不愿，实因曹操极有韬略，恐不能取胜。

马超道，曹操非神非鬼，何不能胜之。我欲与卿共出，夹击曹操。曹操等连夜渡河，又大战一日，若攻之，必能一举而下，卿何疑！

李堪沉吟道，兹事重大，宜请诸将同议。

马超冷笑道，我与韩文约共为盟主，俱有临机决定之权；若不从，我必杀之！

李堪不敢拒，遂依马超之命召部属。待部属齐集，马超忽执李堪，说李堪部属道，汝等竟坐看我与曹操苦战，拒不驰援，险使我等覆灭！既曾歃血为盟，当患难与共，生死与同；既违誓言，天人不容也！

言毕，斩李堪，割其头掷于地。李堪部属无不胆寒，纷纷请罪。

马超遂并李堪部属，命庞德、马岱分领。天明，马超拜见韩遂。韩遂以为马超全军覆没，忽闻求见，大惊，忙出迎。见马超面无表情，凛然而立，即说马超道，我等见将军与曹操大战，每欲驰援，又恐曹洪大肆攻关，故不敢举；将军全身而退，可喜可贺也。

马超笑道，将军不必多虑，我岂不知潼关之重。今来此，实有要事相告。

韩遂忙请马超入座，笑道，将军何事，请告知。

马超不坐，说韩遂道，李堪素不以同盟为重，意在自保，又对我觊觎已久，每欲并之。我不能忍，已杀李堪，收其部属，专此奉告。

韩遂大惊，欲斥责，又不敢。马超又道，将军与李堪情如手足，若怨我先斩后奏，我愿领罪！

韩遂忙道，既李堪心怀异念，罪有应得耳。况将军与我共为盟主，有权自决，杀李堪以振军威，亦我所愿也，将军何有此言？

马超又请韩遂击曹操；韩遂不敢辞，遂命将军成宜、侯选、程银等仍据潼关，以待曹洪；自与马超赴河岸，再攻曹操。

五

曹操闻马超斩李堪，并其部属，复有一万余众，知其必复来，令徐晃、许褚坚壁深垒，若马超来攻，拒不与之战；又遣人往关前说曹洪，命其大举攻关，使西凉诸将不能呼应。

徐晃不解，问曹操道，我等既渡河，魏公何故屯于此而不侧击？

曹操笑道，孤屯于此，若贼不安，必分兵逐之，当有利于曹洪；若贼不分兵，孤当侧击之，仍有利于曹洪。

马超、韩遂举三万余众，疾驰而来，欲速决；徐晃、许褚等坚壁不出。马超、韩遂亦树壁垒，与曹操对峙。翌日，侯选遣人来报，称曹洪等奋力攻关，诸将胆怯，恐不能拒。

韩遂大骇，欲弃此回保潼关。马超说韩遂道，此曹操之计也，若走，曹操必大出，紧追我等，与曹洪两面夹击，我等危矣！

韩遂大为疑惧，进退两难，遂说来人道，汝回告诸将，曹洪寡而诸将众，若齐心协力，必能拒之；若我等回援，曹操必随后而至，大不利也！

曹操携荀攸、司马懿登高而望；见韩遂、马超锐气不再，荀攸说曹操道，二贼求战不能，已失锐气；若大举而出，二贼必败！

曹操笑道，彼不过纠合之众，又各怀异心，相互猜疑，何必与之死拼！

荀攸道，魏王有何良策？

曹操大笑道，与匹夫战，何用良策，一离间计，足可使之互疑，胜之不难矣！

是夜，曹操书信与马超：

孟起阁下：

时当天下扰攘，群雄并起，孤上承天意，下合民心，欲尽诛不臣，还天下太平，于是东征西讨，虽肝脑涂地而不辞。

孤与卿父有旧，深知卿父忠壮，虽拥兵自重，又曾与韩遂、边章屡犯长安，然所举只为除奸佞，保天子，并无异志，赤胆忠心，天人共知！

故此，孤请卿父来邺城，欲商大计，携手并肩，共建伟业；韩遂大为妒恨，竟使心腹先于卿父而来，以卿父与韩遂书信疑孤，又称卿父素欲杀孤而自代。孤一时昏庸，竟不察奸谋，错杀卿父，孤为此追悔莫及。当此进退之际，望将军勿为私仇所累，识时务，察奸谋，迷途知返，为时未晚也。

大丈夫应登天子之堂，风翔龙飞，平步青云，或杀敌疆场，拜将封侯，名垂青史，方不负上天垂爱。孤知将军有项藉之勇，兼白起之谋，乃人中雄杰，国之栋梁。韩遂不过小人，曾与边章为盟，又杀之；流窜羌胡，形如丧家之犬，而恶性愈炽，再杀盟友而并其部属。卿父子不嫌韩遂德薄义寡，与之为盟；韩遂却深怀忌恨，每欲吞并。卿与韩遂为伍，无异以金玉之质而共污秽，宁不令人扼腕！

卿曾来此与孤决战，孤占尽先机而不杀之，因惜卿之勇壮也；今又与韩遂同来，孤所以不战，因错杀卿父，而欲以此致歉也。孤所举，俱为天子之军，精甲数万，骁勇无敌，何惧与卿一战！

孤其心良苦，其意殷切，望卿能悬崖勒马，幡然醒悟，杀韩遂，归正途，孤必与卿并驾齐驱，共奉天子；若迟疑不决，孤何惜倾力一战，不灭群贼，誓不离此！

何去何从，不可犹疑。

书毕，曹操命弓箭手将之射入马超营中。

马超获曹操此信，疑心顿起，又大为所动，遂召马岱、庞德，以曹操书信示之。

庞德劝马超道，曹操诡诈多端，恐不过离间计，若轻信，曹操或趁机而为，当不堪设想。

马超道，曹操奉天子之命，天意所在，人心所向，实不可强拒；我等拥兵自重，苦心经营，所图者，亦不过招纳之际能获重利，别无所望也。既曹操欲纳之，又许我并驾齐驱，共奉天子，此亦先君所望，若能遂愿，我岂能辞！况西凉诸将各怀心思，俱有所图，岂能胜曹操，既如此，何不早降！

庞德道，此言差矣，曹操挟天子，凌驾群臣之上，翻云覆雨，无不任意，岂能与将军并驾齐驱！不出所料，曹操或有书致韩遂，韩遂愚昧，必反疑将军；将军可持此信见韩遂，告知曹操图谋，以免互疑。

马超道，既如此，韩遂岂能听我所说！

于是回书曹操，称愿降，亦命弓箭手射入曹操营中。

翌日，曹操仍登高望之，见韩遂、马超俱出，遂呼韩遂道，孤与韩文约一别已久，可好？

昨夜，韩遂亦接曹操书信，并附马超回书，劝其杀马超，率部属归降。韩遂大为惶惧，欲举，又虑马超英勇，恐不敌，令部属暗中警戒，以防马超。

既闻曹操问候，韩遂忙答道，我久在西凉，受尽风寒；能获魏公垂问，平生之幸也！

曹操大笑道，孤曾与卿醉卧月下，听清风过耳，看河汉暗转，虽时逾多年，仍每每想及；卿能记当年之乐乎？

韩遂大为疑惑，虽曾与曹操饮宴，何曾醉卧明月？然曹操既有此说，不能斥为虚言，于是回说曹操道，当年之乐，历历在目，岂能忘怀！

马超见此，疑心愈重，以为庞德所言不假；又见韩遂部属大为警惕，亦命马岱、庞德警戒，以防韩遂。

此时，曹操又说韩遂道，孤欲与卿于阵前相会，一叙当年，如何？

韩遂辞道，两军相对，弓弩齐张，我既与魏公为敌，岂能如此！

曹操大笑道，君子磊落，壮夫坦然，孤尚无惧，卿何惧！

韩遂以为曹操有所嘱，遂应约。马超大怒，欲击杀韩遂；庞德以为不可，说马超道，事颇诡异，不可妄举，请将军静观。

马超不听，欲出，拦击韩遂；正此时，忽听曹操呼马超道，孤与韩文约欲叙旧，马孟起何故惊疑？

马超遂止，以为曹操有所暗示。韩遂与曹操会于阵前，俱不下马，各致问候。曹操指韩遂笑道，卿瘦矣，又老态毕现，与昔日比，已无虎将之威！

韩遂大惑，问曹操道，魏公召我，未必仅为此？

曹操请韩遂近前，低声道，卿且与孤并马而行，孤将询以要事。

韩遂大喜，遂与曹操并马而行；曹操不言，微笑而已。韩遂不安，又说曹操道，魏公命我杀马超，我每欲举动，又恐不敌。请魏公命诸将急攻，我为内应，必能杀马超。

曹操道，若无惧，可执而杀之；若有惧，请勿妄举，如此而已。孤非为此，另有一事，久不能决，望不吝赐教。

韩遂道，凡魏公之命，我必全力以赴，请言之。

曹操道，昨日，孤获一羊，伙夫欲去皮，为炙肉；孤嫌枯燥，终非至味；曾闻羌胡喜白水煮羊，食之清香而微甘；孤颇向往，可惜不得要领，不能为。孤知卿久在西凉，必知此法；所谓白水，何物？

韩遂沉吟良久道，白水，山泉也；所谓白水煮羊，不过以山泉煮之，既不佐以他物，亦不施盐；初食无味，又食颇觉膻腥，再食觉微甘，渐而清香满口；汤犹美，堪称人间一绝。以魏公之博闻，岂能不知？

曹操大笑道，妙妙妙，孤必为之！

言毕，朝韩遂一揖，走马而去。韩遂大为惊愕，又不便再问，呆立良久，亦回。

马超等疑心愈重，以为曹操、韩遂另有所谋。待韩遂回，马超问韩遂道，卿与曹操窃窃私语，亲密无间，所言何事？

韩遂大为尴尬，说马超道，无他，不过略叙旧情。

马超欲举，恐有失，又止。韩遂知马超生疑，恐其忽举，即遣快马往潼关，命成宜速来，欲以己之众震慑马超。

半夜，马超忽知成宜举众来此，更疑韩遂用心，急令马岱、庞德等披甲戴胄，枕戈待旦，以防骤变。

曹操仍虑不能使马超、韩遂互嫌，再致信韩遂，以浓墨大肆涂改，虽数十行，唯剩数语，仅余问候而不见其他。

翌日晨，曹操命弓箭手将此信射入韩遂营中。

马超部属望见，即报知马超。马超大怒，径见韩遂，问韩遂道，曹操书信何在，敢示人乎？

韩遂大为窘迫，忙道，我曾与曹操有旧，不过问候，卿何疑？

马超冷笑道，卿欲投曹操，可引众而去，何必觊觎我等？

韩遂道，我与曹操不共戴天，恨不能食其肉、寝其皮；卿勿轻信，既为同盟，必共进退；存忘之际，应弃前嫌，不可猜忌。

马超道，既如此，可出曹操书信，若果如卿言，我必谢罪。

韩遂虑书信被涂改，恐马超愈疑，遂说马超道，仅寥寥数语，除问候，不言它事；此私信耳，恕不示人。

马超面色大变，斥韩遂道，我等歃血为盟，联手抗曹，卿竟与曹操暗相往来，居心叵测，我岂能不知！

韩遂愈窘，欲出马超回曹操信以绝其说，又虑马超恼羞成怒，为其所杀，遂以曹操书信予马超。

马超见信被涂改，仅余数言，以为乃韩遂为之；转而暗思，曹操亦有信致己，用心实不可知；既与韩遂生嫌，不可共处，否则必受害；况韩遂调成宜来此，合有三万余众，若反目，恐无胜算。于是还信与韩遂，笑道，既如此，何必使成宜举众而来？

韩遂道，曹操势众，恐不能敌，故命成宜来此。

马超大笑道，我等所领三万余众，足以使曹操败北；卿调成宜来此，竟不虑潼关有失！况我与卿共为盟主，调集部署，应共议；卿独断独行，试问置我于何地？

韩遂反问马超道，卿杀李堪，并其部属，何曾与我共议。

马超冷笑道，卿若不愿与我等反目，应使成宜回潼关！

言毕，拂袖而去。韩遂不敢激怒马超，令成宜复回。

六

曹操见成宜已去，马超、韩遂相互设防，知时机已到，遂召徐晃、许褚等，授以计谋。

曹操道，徐公明可率轻骑五千掠阵，马超、韩遂各生猜忌，必不敢出；卿勿需实攻，可高呼韩遂，称白水煮羊，果为人间至味。马超不知情，以为系暗语，必为之惶恐，或忽攻韩遂，或引众自退；韩遂有口莫辩，或与马超互攻，亦或退走。待其自乱，许仲康可率虎骑突袭，必获大胜！

于是徐晃领五千轻骑骤出，分赴马超、韩遂两侧。马超、韩遂见此，以为必有深意，又彼此疑惑，恐内外受袭，俱不敢举。

徐晃望韩遂呼道，白水煮羊，果为美味！魏公意犹未尽，若韩将军能以肥羊奉献，魏公必谢之！

马超闻此，愈为惊疑，以为韩遂与曹操果然有约。韩遂知马超疑惑，忙说徐晃道，白水煮羊，羌胡风俗而已，魏王此举，画蛇添足耳！

马超危惧不已，即命马岱、庞德收紧部属，退走潼关。一时人马骚动，纷乱不已，马超、马岱等弃阵疾走。

曹操见马超已去，令许褚领五千虎骑疾追；又命司马懿渡河见曹洪，令大举攻关；亲率荀攸等与徐晃合，直取韩遂。韩遂大惊，急命部属亦走，欲回潼关。

马超见许褚紧追不舍，即命庞德、马岱先走，欲率精骑阻许褚，正欲举，忽见韩遂蜂拥而来，以为奉曹操之命助许褚，大惊，随马岱、庞德之后急走；又虑韩遂与诸将有谋，若回潼关，恐遭不测，遂命马岱、庞德等不可回潼关，沿河而走。

许褚仍不舍，命虎骑猛袭马超后军。虎骑精勇，俱能以一当十，马超部属不能敌，折损颇多。马超大急，自率死士断后。死士与虎骑混战，互有伤亡。许褚见虎骑受阻，拍马直取马超；马超不惧，迎击许褚。二人大肆厮杀，互不能胜。马超恐死士不敌，弃许褚而走。许褚以为可擒，仍疾追。马超跃上高坡，挽弓急射。许褚躲过一箭，一箭又至，势若惊雷，直奔面门。许褚大惊，欲藏身马腹，箭先到，射中耳根，顿时胆怯，不敢再追。

马超再与马岱、庞德合；马岱见追兵已退，请屯兵河岸。庞德以为无险可守，请往渭南。马超以为然，于是再走，欲夺渭南而固守，以拒曹操。

黄昏，马超等已近渭南。马超欲攻之，庞德说马超道，不可，渭南乃重镇，必有重兵，若攻之，曹操必救援，恐不能克，或与守军内外呼应，大不利也。

马超亦疑，不敢攻，命屯于渭南东五十里，又命斥候察潼关消息。斥候报称，潼关已破，成宜、梁兴等为曹洪斩首；韩遂为曹操、徐晃等所败，已逃走凉州。

马超方知为曹操离间，大为悔恨；然事已至此，需早决进退，遂召马岱、庞德等。马超道，今潼关已破，韩遂败走，我等困于此，奈何？

庞德道，潼关距此仅百余里，瞬息可至；曹操既夺潼关，诸将俱已败退，宁不举众来此。将军宜速走，绕道凉州，仍与韩遂合，以图东山再起。

马超道，卿所言有理，然将士连日厮杀，疲困不已，可稍事休整，明日再走不迟。

马岱道，不可迟误，应疾走。

马超不听，仍屯于此。马岱、庞德不能违，命将士不解甲胄，以利早行。翌日绝早，马超等正欲离此，忽有士卒来报，称曹操大军已到，正四面展开，欲围攻。马超悔恨不已，即出，见曹操、曹洪、徐晃、许褚等俱在马上，士卒已据四周，一片人山人海；马超知不能脱，欲降，遂召马岱、庞德等。

马超道，曹军不下五万，数倍于我，若与之战，必瓦石不全。事已至此，我欲降曹操，以全将士性命，卿等以为如何？

庞德、马岱等亦有降意；马超即拟降书，命庞德持此拜见曹操。庞德不能辞，遂往。

曹操知其意，即召庞德。曹操讥笑道，不战而降，非壮夫也；马超徒有勇力，不知节义，匹夫耳，孤不纳竖子之降！

庞德道，魏公虽数倍于马超，未必能全胜。我知困虎于绝路，可纵之，而不可杀之，若杀，必反为虎伤，所谓困兽犹斗耳；马超乃万人敌，若逼之太急，岂不两败俱伤！

曹操笑指曹仁、徐晃、许褚道，此数人皆万人敌，何惧马超！

庞德道，魏公爱壮士，恨懦夫，然马超之降非本意，实因我等苦劝；竖子者庞德也，绝非马超。魏公若恨我怯弱，可斩我头，何必绝马超之望？马超虽寡，若请降不成，必坚壁深垒，敛兵自保；魏公若强攻，马超必置死生于度外，与魏公决战。马超神勇，若为魏公所用，岂不两全其美？

曹操大笑道，孤有精甲百万，上将百人，不虑其少，唯虑其广也，马超岂有用武之地！

庞德道，人言鱼死网破，魏公岂能不知！

曹操忽收笑容，斥庞德道，马超非鱼，孤亦非网。卿可告知马超，兵败之际，即马氏父子相聚黄泉之时！

庞德知曹操心如铁石，不为所动，遂朝曹操一揖道，既如此，我等唯与马超以死而拒！

言毕，转身欲去；曹操呼道，且慢！

庞德遂止，问曹操道，魏公有何言？

曹操笑道，卿若愿降，孤必欣然而纳！

庞德冷冷一笑，拂袖而去。曹操叹息道，庞德英勇无惧，颇有君子风范，竟为马超父子所用，可惜！

司马懿说曹操道，马超虽被围，仍能顽抗，若攻，必大受损伤；既愿降，魏公何不顺水推舟？

曹操道，孤与马超有杀父之仇，若受降，与引狼入室何异！

庞德回禀马超；马超沉吟良久，说庞德道，此处实不可守，唯拼死突围，或能绝处逢生。

于是召马岱等，嘱其尽收部属于壁垒，若曹操攻，不准出击，唯以弓弩阻之；又命减将士军粮，欲与曹操对峙，待曹操士气衰退，再突围。

庞德以为不可，说马超道，将军所望，亦曹操所料也；请尽其所有，任将士饱食，今夜即突围。

马超不以为然，斥庞德道，曹军初来，士气正盛，若举之过早，岂能得逞！

庞德道，曹军破潼关，逐韩遂，又连夜来此，人马疲困；曹操所以围而不攻，亦因此也。我等以逸待劳，若举，或能出围；若迟疑，待曹军养足精神，恐为时晚矣！

马岱道，此言有理，曹军为疲乏之师，虽数倍于我，不足惧也。

马超纳二人之说，令煮尽余粮，食不尽则弃之，以示必死之心。三更，马超集结部属，忽开壁垒，大举而出。

曹操知马超忽举，大出所料，急命曹洪、徐晃、许褚等力阻；马超方出，见曹洪等欲拦截，疾呼将士道，生死在此一举，若怯，必粉身碎骨！

于是亲率精骑突前，以弓箭乱射。曹洪等为箭矢所阻，稍疑。马超等趁机出围，疾走。曹洪、徐晃、许褚等不甘，急追。马超引部属入山林，据险而守。曹洪等不敢轻进，遂止。

马超知部属损伤过半，亦不敢留，仍疾走，几经辗转，亦往凉州。

曹操知马超远遁，又知钟繇、夏侯渊、张郃等攻汉中不克，遂命司马懿见钟繇，令诸将暂弃张鲁，俱往凉州，分兵而进，欲灭西凉诸将。

七

庞统滞留吴郡近一月，不获孙权召见，遂依诸葛亮之约，往荆州拜见刘备。刘备知庞统曾助周瑜制伐蜀之策，欲借用，于是设宴款待；又嫌庞统相貌平庸，遂与之谈，欲试庞统之才。

刘备道，我曾三顾茅庐，请诸葛亮为军师；诸葛亮乃济世之才，托之以政，能使四海安定；托之以军，能使强敌宾服。我与之若鱼水，相得益彰。既万事有托，卿岂不虑无用武之地？

庞统道，良才佳士，各有所长，何虑其多！高祖重萧何，亦重张良，各有所用，各尽其能。我所以来，实不虑孔明居先！

刘备笑问庞统道，莫非卿自比张良？

庞统道，张良善谋，我亦善谋，俱能运筹帷幄，决胜千里；既张良非神，何不可比？

刘备道，既如此，请为我言未来。

庞统道，将军素怀壮志，欲与曹操、孙权争天下；然荆州不过弹丸之地，东有强敌，北有雄师，前阻后塞，左狼右虎。明公困于此，四面如堵，进退无路，岂有未来！若不另辟蹊径，破荆州之狭小，得天地之广阔，何以逞胸中之志！

刘备笑道，此言谬矣，我知天命所在，岂能强求！今曹操执天子，令出于己，纵横驰骋，无不得意，我何敢与之争！能为荆州牧，已应知足，岂能妄想！

庞统起座，朝刘备一揖道，我虽不才，然不与竖子谋。

刘备大惊，怒斥庞统道，卿何出此言？

庞统不答，转身而去；恰遇诸葛亮来此，见庞统忿恨而走，忙将之拦住，问庞统道，卿欲何往？

庞统冷笑道，刘玄德竖子也，我不屑与之为伍！

诸葛亮笑道，卿聪敏绝伦，竟无识人之明；刘玄德胸怀天下，壮志凌云，此无人不晓，卿何不知？

庞统以刘备所言告知诸葛亮；诸葛亮笑道，刘玄德欲试卿才华，故而如此，卿谬矣！

言毕，强拉庞统回。刘备见此，欣然起座，笑道，庞士元去而复回，我之所幸也！

遂执庞统手，请复入席；庞统亦不辞，入座。

刘备笑道，曾闻庞士元精警明达，又直切敢言，果然！

庞统道，我不知明公用意，请恕我粗鄙！

刘备道，喜怒行于色，好厌显于表，此君子之风也；我若因此怀恨，与竖子何异！

于是邀诸葛亮、庞统饮酒。酒过数巡，诸葛亮说庞统道，卿曾助周郎制伐蜀之策，今周郎已逝，卿不为孙权所识，既来此，愿闻其详。

庞统道，所谓伐蜀之策，不过审时度势，谋定而动而已。今曹操用兵西北，张鲁、刘璋为之震动，正当其时也。

刘备道，西蜀遥远，道路艰险，又关塞重重，人物雄奇；若举，刘璋可大屯江州，或置重兵于鱼腹，阻绝道路，扼据险关，岂能胜之！

庞统道，孙子云，不战而屈人之兵，善之善者也。曹操欲败张鲁，命诸将直逼汉中，志在必得；汉中与西蜀近，刘璋大为不安，恐曹操收张鲁之众顺势西进。若明公示好刘璋，愿与之共保西蜀，刘璋必欣然而纳。明公可大举入蜀，予取予夺，尽在明公。此伐蜀上策也，明公何疑！

刘备不以为然，说庞统道，此乘人之危，我岂能为之；况胜之不武，亦非君子所为。

庞统一揖告退，以为刘备非明主，又欲去；诸葛亮力劝，庞统方止，仍留荆州。

刘璋闻曹操暂弃汉中，转攻西凉，知其若得逞，必再向汉中攻张鲁，若张鲁败，必度越巴山，顺势西来，西蜀将不能保；于是召别驾张松，问以计谋。

刘璋道，西蜀与汉中犹如唇齿，若汉中失，西蜀当不破自寒。张鲁曾每每致意，邀我共拒曹操；我疑五斗米教徒应张鲁，故而拒之。今曹操入西凉，若西凉十部俱灭，必合诸将之众再攻张鲁。我欲遣使往汉中，应张鲁之请，卿以为如何？

张松道，张鲁觊觎西蜀，久欲图之，岂能与之盟。然西蜀虽雄关重阻，沃野千里，又有百万之众，却人心散漫，意志薄弱，居安而不思危，处固而不思破，岂能自保。若曹操败张鲁，收合余众，大举西来，士民必甘为降虏。我知荆州牧刘备忠厚仁义，既有诸葛亮之谋，又有关羽、张飞之勇；既明公与刘备同为宗亲，血脉相通，志气相投，何不请刘备举众入蜀，共拒曹操？

刘璋犹豫良久，说张松道，刘备壮志如天，欲与曹操争锋，若觊觎西蜀之富，谋而夺之，奈何？

张松道，若刘备来，可命其屯阴平，遣将军杨怀、高沛屯白水关。若刘备异动，则命二将阻之；再以诸将据剑门，屯绵竹，刘备岂敢妄举！世无万全之策，临机不断，必后患无穷。

刘璋沉吟道，既如此，谁可往荆州说刘备？

张松道，军议校尉法正机智过人，又善言辞，可往。

刘璋以为然，请张松说法正，命其往荆州。

张松遂召法正，张松道，刘季玉欲请刘备入蜀，共拒曹操，以卿为说客，望不辞。

法正冷笑道，刘玄德胸怀壮志，欲举天下之众与曹操一较高低，此与引狼入室何异！

张松大笑道，卿久随刘璋，可知刘璋贤愚？

法正道，刘璋昏庸无德，又嫉贤妒能，视美玉如顽石，待佳士如乞儿，我岂不知！

张松道，卿博识今古，颇知兵法，实乃凌云之才；可惜刘璋有眼无珠，竟不能用之，实在令人惋惜！

法正已知张松用意，遂不言，冷笑不已。

张松道，刘璋于卿既无提携、擢拔之情，又无知遇、举荐之恩，卿何必顾忌？西蜀平畴沃野，物类繁盛，水旱由人，富甲天下；刘璋父子俱为匹夫，鼠目寸光，不恤人心，不怜孤弱，又不纳忠良之言，不进贤能之士，处处掣肘，事事自断，何德何能，竟据桑麻之地而自雄！我等屈居其下，进无门，退无路，岂有出头之日！

法正道，若卿欲请刘玄德入主西蜀，望能明言；若并无此意，请回复刘璋，我不愿奉命。

张松大喜，再说法正道，西蜀偏远，又为秦巴所隔，崇岭四合，肥土万顷，温润富饶，万物清荣，堪为举业立功之地；既刘玄德雄心万丈，我等何不为内应，使刘备据此，若能创千秋之业，我等必能裂土封侯，卿何辞！

法正道，卿勿需多言，所谓良禽择木而栖，良臣择主而事；我即往荆州说刘备！

翌日，法正出成都，放舟东下，经江州，行十数日，已达江陵，遂登岸，求见刘备。刘备不闻法正之名，以为鼠辈，欲使糜竺迎见。

庞统说刘备道，法正虽无名，却为刘璋之使，西蜀之望，或在此人之身；我请明公亲迎，不可慢待。

刘备以为然，召见法正；法正端步而入，略无拘束。刘备、诸葛亮、庞统等见法正凛然一躯，又持重端稳，不禁肃然。

刘备请法正入座，问法正道，卿不辞艰险，千里而来，未知有何相告？

法正道，今曹操用兵西凉，窥视汉中，刘璋震动不安，恐曹操收张鲁之众，趁势西来，西蜀将不能自保。于是命我来荆州，请明公入蜀，既防张鲁，又拒曹操；望明公不拒殷切之请。

刘备笑道，我与刘璋各为牧守，俱受天子之命，魏公之托，岂能越界入蜀，而拒魏公？

法正道，曹操执天子，欲使天下英雄听命；依明公之忠壮，尚不耻屈服曹操，俯首听命，曲意逢迎，试问天下，谁为汉臣？

刘备冷笑道，我与魏公俱为汉臣，卿何有此说！况天子暗弱，上不能应天命，下不能服人心，魏公所效者，周公也；张鲁、刘璋，俱怀不臣之心，魏公代天子而伐之，名正言顺，大义凛然，我岂能助纣为虐！

法正大笑道，明公所以举，因天下扰攘，群贼嚣狂；今巨奸犹在，日月阴暗，天子如处囚笼，士民如居水火。昔日之誓，言犹在耳，明公何故贪小利而弃大义？

刘备顿觉语塞，竟不能言。

法正又道，我所以千里来此，因慕将军雄才，恨曹操专横，怜天子孤苦，嫌刘璋昏聩耳。西蜀沃野千里，土肥水美，北临秦巴，南接诸夷，东联荆楚，西通岷羌，地如巨盆，山似剑锋，置一人而万夫莫开，种一谷而仓廪俱足。如此宝地，当为英雄所据，岂容刘璋鸠占鹊巢！请明公入蜀，非我一人之愿，蜀中士庶，无不翘首以待，将军何忍辞谢！

刘备沉吟道，卿所言，我岂不知！然益州深远，山如巨屏，水若天河，涉足何易！况刘璋盘踞既久，结附甚众，若往，必大受挫折，岂能如愿！

法正道，明公所虑过矣。刘璋心怀忧惧，请明公入蜀，明公若应之，必能畅行无碍，过险关如履平地，涉幽谷如走坦途。以明公之声威，以诸葛亮、庞士元之善谋，以关羽、张飞之勇壮，合蜀中士民之渴慕，谁能阻之。实不相瞒，我此行，乃受别驾张松所嘱，张松恨刘璋昏暗，每欲以西蜀授明主。若明公不辞，张松等愿为内应，必奉明公为西蜀之主。

刘备道，此乃大计，容我三思。

遂命糜竺送法正入客舍，待以上宾之礼。

是夜，诸葛亮、庞统知刘备犹疑，求见刘备；诸葛亮道，法正所请，明公所望也，何故迟疑？

刘备道，此不义之举，岂无愧疚！况我新得荆州，万事未兴，百业未起，岂能有非份之想！

庞统道，荆州屡经战火，荒残不堪，人物凋敝，满目疮痍，实非发祥之地；况孙权、曹操分据前后，已无进退之便。西蜀户口百万，沃野千里，崇山环绕，关隘重叠，可谓易守难攻。秦欲伐蜀，不能越咽喉锁钥之地，以金牛诱之，又以婚姻惑之，足见巴蜀之险，胜似雄兵百万。若明公据西蜀，凭斯地之富，关山之远，必能成就大业。

刘备叹息道，放眼天下，与我势如水火者，曹操也。我素与曹操反其道而行之，故能树恩信，获人望；若趁刘璋之危夺益州，必失信于天下，我岂能于此不顾？

庞统道，今天下离乱，干戈四起，纷扰不息，人怨不绝，皆因巨奸当朝也。况朝立夕毁，风起云涌，变幻莫测，昨日英雄今日寇，前途未卜，成败不定，岂能以虚仁假义而图大业！攻暗弱之辈，吞竖子之土，自古乃英雄所为，明公何疑！益州虽远，可为养成之地，既能使羽毛丰满，又能割地为王；若明公不取，必为他人所据，如此，岂不悔之莫及！

刘备斥庞统道，卿何故逼我太甚！

诸葛亮忙说刘备道，自古拘小义者，俱难成大业；于小义不顾者，往往能全大义。小义出于私，虽能全声誉，却往往失大义；大义出于公，能惠及苍生，或往往自毁清誉，声败名裂。举众入蜀，乃弃小义而图大义，明公何不能决？

刘备霍然而起，指诸葛亮、庞统道，我非自私之徒，岂不知小义、大义！我入蜀，若失义于天下，非我之罪，罪在卿等耳！

诸葛亮、庞统大喜，请刘备再会法正。刘备遂携诸葛亮、庞统往客栈，与法正再议入蜀之策。

八

刘备、诸葛亮、庞统与法正深谈数日，已尽知西蜀情形。法正告辞，仍回成都；刘备召诸葛亮议远伐西蜀并留守荆州事宜。

刘备道，我欲亲率大军入蜀，以卿为谋主，以黄忠为主将；留关羽、张飞、赵云镇荆州，卿以为如何？

诸葛亮道，大军入蜀，必有大战，若论出奇计，胜强敌，我不如庞统。请明公以庞统为谋主，以黄忠为主将，必能摧枯拉朽。我不才，愿与关羽等留守荆州，必使明公无后顾之忧。

刘备沉吟道，庞统新来，未露头角，亦不知才华如何，恐难当重任；况其为人狷狂，性情桀骜，或失之疏忽，我不敢冒险。

诸葛亮道，庞统颇知兵法，极擅决策，举重若轻，又直言敢谏，胸怀旷古之才，实堪大任，明公何虑？

刘备不言，犹豫不决。诸葛亮又道，我天性缜密，举轻若重，知治理，尚法度，可为明公掌内政；庞统纵横有度，大气磅礴，磊落挥洒，可为明公御外敌。如此，内外有托，明公之幸也！况我与庞统有卧龙、凤雏之称，今俱在明公麾下，龙飞凤翔，大吉之兆也。庞统游学四方，怀才不遇，今既来，必有所望；明公若不用，庞统必他就，恐日后追悔莫及。

刘备遂召庞统，询以入蜀之策。

庞统道，举兵入蜀即为策，何用多议？

刘备道，入蜀之后，我当何为？

庞统道，临事而谋，临机而断，此用兵之道也；不回荆州，暂为蜀主，此明公之志也。

刘备以为然；翌日，刘备召诸葛亮、庞统等再议，正此时，忽有侍从来报，称义阳魏延来此求见；刘备不知魏延为何人，欲拒之。

庞统说刘备道，平原君欲选门客访楚，毛遂自荐同行，终为千古佳话；魏延虽无名之辈，宁知非毛遂第二？

刘备遂召魏延；魏延入见，执主客之礼，拒不跪拜。诸葛亮以为失礼，斥魏延道，主仆有别，何不拜之以礼？

魏延道，我初来，尚非明公部属，恕不跪拜。

刘备以为奇，问魏延道，卿何故求见？

魏延道，因知明公将入蜀，我欲为走卒，故此求见。

刘备道，卿有何能，请告知。

魏延道，我居义阳，以耕读为本，欲获州郡举荐，投身仕途；然天下人乱，群雄并起，纲纪废弛，巨贼横行，不能遂愿。因兵匪滋扰，劫财害命，欺男霸女，不能安处，于是聚乡间子弟，习骑射，读兵书，以图自保。我虽不才，愿尽领子弟投明公，虽肝脑涂地，在所不辞！

刘备大喜，遂以魏延为骑都尉。魏延即回义阳，尽率子弟来江陵。

刘备以庞统为军师中郎将，与诸葛亮并驾齐驱。十日后，刘备率庞统、黄忠、刘封、麋竺、简雍、孙乾、马良、马谡、魏延等，举步骑三万离江陵，往西蜀。

孙权知刘备已行，欲以刘禅为人质，牵制刘备，遂至书孙夫人，请其携刘禅来吴郡；又遣吕蒙、蒋钦往江陵，为接应。

吕蒙、蒋钦携死士数十入江陵，隐于驿馆。蒋钦夜会孙夫人，请半夜出行，以防阻挠。

孙夫人然其说，携刘禅并女兵，半夜离府，欲往江边。恰值麋芳携仆从夜饮回府，彼此猝然相遇；麋芳大为惊讶，问孙夫人何往。孙夫人不答，命女兵逐麋芳。麋芳大惧，奔走。

孙夫人至江边，告知吕蒙、蒋钦，曾与麋芳相遇。吕蒙、蒋钦疑事泄，请孙夫人登舟，顺江而去。

麋芳命仆从尾随孙夫人后，以察用意；仆从见孙夫人携刘禅登舟而走，即回报麋芳。麋芳大惊，报与诸葛亮。诸葛亮急召张飞、赵云，命疾追，必使刘禅复回。

天色已明，张飞、赵云领精骑沿江疾驰，行数十里，见有快船乘风而走，吕蒙、蒋钦傲立船头；赵云大怒，呼吕蒙、蒋饮道，请停舟靠岸，还我幼主，还我夫人！

吕蒙、蒋钦见此，命士卒尽挂船帆，奋力行舟，又令死士俱张弓弩，以防张飞、赵云涉水登舟。

赵云见船如飞箭，又在江心，难以靠近，忙说张飞道，卿且领精骑直下，寻渔舟，横江拦截；我随船而走，射落风帆，使之缓行。

张飞以为然，催精骑飞走。赵云挽强弓，与船同行，连发十余箭，射断帆绳，风帆俱落，舟行渐缓。

吕蒙、蒋钦唯恐张飞阻于前，命部属俱摇橹。赵云见船行又急，打马疾走，越过船头约一里，即下马，跃入江中，举盾牌，持长剑，游向快船。

吕蒙见此，令部属急射。赵云以盾牌遮蔽，毫发无伤。片刻，赵云游近船前，欲上；吕蒙、蒋钦举矛急刺。赵云不能得逞，手扶船底，潜入船后，忽起，翻身而上。

吕蒙、蒋钦携死士围攻赵云。因船上狭窄，不能腾挪，赵云寡不敌众，险象环生。孙夫人恐伤及赵云，无颜再见刘备，急命吕蒙等住手。

孙夫人责赵云道，妾欲回吴郡探亲，何故阻拦？

赵云道，夫人携幼主，不辞而别，我等不安！

孙夫人怒道，妾为刘玄德夫人，汝等不过僚属；主仆有别，何用辞行？

赵云道，刘玄德托我等守荆州，城池人物，无一不在职守之内，岂容夫人挟幼主而去！

孙夫人冷笑道，妾若执意如此，汝当如何？

赵云剑指船底，说孙夫人道，若夫人不听劝告，我必剑透船底，不惜葬身江中！

吕蒙、蒋钦大怒，欲再攻赵云；恰此时，忽听张飞疾呼道，子龙勿惧，我来矣！

吕蒙、蒋钦大惊，抬眼望去，见有渔舟横列江面，张飞等执戈矛，挽强弓，立于船头。孙夫人知不能脱身，命吕蒙等俱止。张飞亦登舟，请孙夫人回。孙夫人无奈，遂以刘禅付张飞、赵云，仍携女兵往吴郡。

张飞、赵云回荆州，禀报诸葛亮。

孙权知刘禅被张飞、赵云半路截回，大为憾恨；又知刘备以庞统为谋主，颇为惊讶，问孙夫人道，庞士元才华如何？

孙夫人道，世人以为庞统有旷古之才，曾为周瑜僚属，护丧来吴郡，亦曾求见将军；将军伤周瑜之逝，未曾召见，庞士元大为失望，遂往荆州投刘备。

孙权沉吟良久，又问孙夫人道，庞士元与鲁肃比，如何？

孙夫人道，庞统气格宏伟，精于兵法，恐鲁肃不及，亦不输周瑜分毫。

孙权大为叹息，再问孙夫人道，若庞统为我所用，可否代周郎取西蜀？

孙夫人道，若如此，不但西蜀可取，天下亦可图。

孙权追悔莫及，恨与庞统失之交臂。

九

益州主簿黄权知刘璋纳张松之言，遣法正往荆州请刘备，以为引狼入室，必生大患，遂求见刘璋，极力劝谏。

黄权道，刘备素有英名，胸怀异志，既有诸葛亮为之谋，又有关羽、张飞、赵云为爪牙。所谓一山不容二虎，明公请刘备来蜀，不知以何相处？

刘璋道，待之以仁，处之以义，如何？

黄权道，刘备为荆州牧，拜左将军，官位封爵与明公同；不知明公以之为部属，亦或为宾客？

刘璋欲答，忽觉无言以对。

黄权道，若待以部属，刘备必不从，或生怨恨；若待以宾客，彼此无主次，恐不奉命。

刘璋道，我助以粮草，赠以军资，分界而守，互不猜疑，使之无供需之忧；既与刘备为宗亲，同仇敌忾，休戚与共，可视为手足，执弟兄之礼，如此，俱可安处，何不可？

黄权道，人言，客若有泰山之安，主必有累卵之危。以我所见，请刘备入蜀，乃自取祸乱，无异饮鸩止渴。请收回成命，据险要，闭关塞，以拒刘备。

刘璋道，曹操势逼汉中，剑指西蜀，我自知不能拒；刘备乃汉室后裔，素有光复之志，视曹操为死敌。请刘备入蜀，以求共保，此亦权宜之计，不得已而为之，卿何需多言！

黄权道，曹操西来，或刘备入蜀，西蜀皆不能保；曹操率天子之军，刘备举不义之众，与其迎刘备，不如迎曹操。

刘璋大怒，斥黄权道，曹操挟天子以令群臣，罪恶昭彰，天怒人怨；刘备举义旗以除巨奸，大义凛然，节气如天，汝何不知！

黄权冷笑道，引狼入室，危在旦夕，明公竟不悟；待刘备挥师西进，转逼成都，恐悔之晚矣！

刘璋勃然大怒，贬黄权为广汉长，令其即出成都。黄权无奈，叹息而去。

张松知黄权因言获罪，贬为广汉长，欲引为心腹，即出成都追黄权。两人遇于北郊，张松请黄权下马，黄权拒之。张松道，道旁有酒肆，可为卿送行。

黄权冷笑道，我虽不才，亦不与小人饮。

张松道，何为小人，何为君子！孟子曰，君子不立危墙之下；不识时务，岂是君子！刘璋暗弱，据西蜀，犹如愚夫娶绝色女，岂能独享！今张鲁欲取之，曹操欲夺之，非真英雄不能拒之。卿博学之士，岂能不知！

黄权斥张松道，刘璋爱卿才能，引为左右，视若手足，施以隆恩，给以厚禄，每有疑难，必先问之；卿身为士大夫，竟摇唇鼓舌，危言耸听，心怀叵测，以德报怨，试问仁义何在，风骨何存！

张松知黄权不可说，一揖告退。

广汉从事王累仰慕黄权已久，知黄权来此，即率僚属迎于途。黄权下马，与王累等相见。

王累说黄权道，刘璋愚昧，不辨忠奸，视良言如毒药，可悲可叹。

黄权道，张松嫌刘璋暗弱，法正怨刘璋昏庸，皆欲以西蜀奉刘备，以图前程。刘璋不知奸计，执意迎刘备，已难逆转。

王累道，我知刘备已入阴平，覆巢之危迫在眼前，我等当如何？

黄权沉吟道，身为士大夫，不可因主暗而失忠义；纳言与否由刘璋，谏劝与否由我等。

王累道，卿风骨铮铮，可昭日月；我等仰慕不已，无论何举，我必誓死相随！

黄权大喜，说王累道，卿久居人下，不怨不恨，又志节如天，壮怀激烈，我能与卿同处，三生之幸也！

不觉已近城门；黄权忽止，指城门道，我欲倒悬门上，以此苦谏，卿愿与我同悬乎？

王累慨然而应。二人遂登城，以绳缚足，倒悬门上，疾呼不绝。

僚属见此，命快马入成都，报与刘璋。刘璋大怒，骂黄权欲博清名，可恶至极。

黄权、王累倒悬三日，疾呼不止，气息渐弱。第四日夜，黄权、王累俱已昏绝；同僚不忍，解黄权、王累。王累呕吐不止，竟死于是夜。黄权大为悲愤，亲卖棺椁，厚葬王累。

刘备举众入蜀，吕蒙、蒋钦、陆逊等以为荆州空虚，可夺之，于是求见孙权。

吕蒙道，刘璋愚昧，刘备必得西蜀，或倚西蜀之富而窥中原；曹操虑刘备犯关中，必置重兵于西北。所谓鹬蚌相争，渔翁得利；将军可趁机取荆州，占尽大江之险，既有进取之便，又有退守之利，大业有望矣！

孙权道，此利弊之争，已有定论，卿等不可再言。

吕蒙道，此鲁肃之见也，所以称荆州不可取，因惧曹操全力以赴。今曹操用兵西凉，急攻汉中，数月不克；张鲁、韩遂等俱为鼠辈，竟能使曹操一筹莫展，足见非不能拒。刘备既入蜀，益州必易主，此虽曹操所愿，亦为曹操所虑耳。西北自此争战纷起，数年难分胜败，此天赐良机，将军岂能坐失！

孙权暗为心动，于是召张昭、鲁肃。

孙权道，吕子明等，俱以为曹操用兵西北，刘备举众入蜀，可趁此夺荆州，卿等以为如何？

鲁肃颇为惊讶，忙说孙权道，荆州如隔墙，立由曹操，毁由曹操；若将军欲拆之，曹操岂能容忍！

孙权道，曹操虑西北有失，岂能全力以赴！况刘备入西蜀，如猛虎踞高丘，张牙舞爪，伺机而动，曹操岂无顾忌！

鲁肃道，将军据江东，刘备守荆州而夺西蜀，俱乃曹操所愿。今曹操已在暮年，来日不多，素以奉君讨逆障人眼目，广结朋党，大肆经营，根基已故，大局已定；若将军逼之过急，曹操必恼羞成怒，或不顾承诺，废天子以自立，尔后大举而来，则江东危矣。西凉诸将草莽而已，何足为曹操虑；刘备虽称一时之雄，亦不足与曹操分庭抗礼；况将军夺荆州，必与刘备反目，鼎足之势当立解。如此，将军孤军自战，何以拒曹操！

孙权以为然，遂拒吕蒙之说。

刘备举众入阴平，刘璋即遣使迎候，以粮草十万担、钱五千万赠之，请刘备屯兵于此。

阴平处涪水上游，距成都仅数百里，刘璋恐刘备异动，纳张松之说，遣杨怀、高沛屯白水关，以防刘备。

庞统说刘备道，刘璋命杨怀、高沛据白水关，与明公近在咫尺，意在牵制，足见刘璋深怀戒备。

刘备道，大军入境，刘璋有所戒备，人之常情耳，何足为怪。

庞统道，刘璋必来阴平劳军，可执而杀之，尔后直入成都，西蜀可定矣。

刘备道，我等初来，恩信未树，若操之过急，必适得其反。

不数日，刘璋果入阴平。庞统又请刘备执刘璋，刘备仍不肯，斥庞统道，杨怀、高沛屯白水关，将军刘聩、冷苞等据涪水，张任、邓贤等据葭萌，若杀之，诸将必奋力讨之，岂能如愿！

庞统道，刘聩等俱为竖子，若刘璋死，必举众迎降；唯杨怀、高沛堪称良将，若猝然而举，必能克之，明公何虑！

刘备不听。刘璋住一宿，告辞，回成都。

张松知刘备屯阴平，虽月余，不见举动，大为急切，于是出成都，来阴平求见刘备。

张松说刘备道，士民悬望明主，犹如枯树望春雨。明公来此已月余，竟无举动，我等大为不安。请明公勿疑，出阴平，直下成都；我与法正等为内应，刘璋必为瓮中之鳖，触手可及耳。

刘备恨张松背主求荣，以为小人，斥张松道，我平生不作小人，请勿再言！

张松大为愕然，忽不知刘备用心，惶然告退。

庞统说刘备道，明公既不用张松之计，应杀之；若张松转投曹操，告以计谋，明公岂能取西蜀；若回成都，因恨而进谗言，亦恐有碍大计！

刘备即遣魏延领精骑追斩张松。魏延等疾追数十里，不获张松踪迹，不敢再进，遂回。

刘备大为忧惧，以为必有失。庞统又说刘备道，明公勿忧，可致信刘璋，称张松愿为内应，说明公夺西蜀。刘璋必疑而杀之，以绝内患；明公既告知张松之谋，刘璋必感恩戴德，尽释疑虑。此一石二鸟，用之，可尽解危难。

刘备遂依庞统之说，书信与刘璋，遣简雍送往成都。

刘璋阅信大怒，即命收张松，杀之。法正知张松因劝刘备夺益州被杀，大为惊恐，亦不知刘备用心，欲出成都，转投曹操。正欲行，忽接庞统来信：

法孝直阁下：

我与卿相识荆州，会于清晨，止于幽夜，犹恨不足耳！卿卓识远见，才不世出，竟久居俗子之下；我亦自负，辗转四方，亦不为人所用。彼此际遇，何其相似，宁不意气相投，惺惺相惜，虽萍水相逢，犹如故交。

刘玄德嫌张松奸诈，不屑与之谋，唯愿与卿共进退。正所谓君子不与小人谋巨利；望卿勿以张松之事自疑，可静待，勿轻举。

法正阅此信，遂止。

曹操率诸将入凉州，见草木染霜，悲风四起，以为不祥；又觉离京日久，恐生巨变，遂留钟繇、曹洪、夏侯渊、张郃、徐晃等追韩遂、马超，命荀攸助诸将谋划。

司马懿说曹操道，荀攸为魏公左右，重若股肱，不可留此；臣不才，愿代荀攸为诸将谋划。

曹操以为可，以司马懿为监军，督钟繇、夏侯渊等追击韩遂、马超。

司马懿请诸将分兵，由钟繇、曹洪、张郃追韩遂，夏侯渊、徐晃追马超。

诸将然其说，分头进剿。马超大惧，转走蓝田，欲坚壁自守。夏侯渊、徐晃随后而至，围马超，欲强攻。

司马懿以为不可，劝夏侯渊、徐晃围而不攻，迫其自溃。

钟繇等追韩遂入先零羌，韩遂知不能免，竟自杀。钟繇等亦往蓝田，助夏侯渊、徐晃。于是诸将急攻，马超大败，仅领庞德、马岱等数百骑逃走。

曹操回邺城，召荀彧、程昱，询以军政事务；二人极赞曹丕善用人，精治理。曹操大为欣喜，以为后继有人。

许攸每欲谄媚曹操，竟多受斥责，惶惶不安；既知曹操根基深固，不可撼动，遂说贾诩、荀攸等，联名进表，称曹操功德，周公不及，请进曹操为魏王，享九锡之礼，受群臣朝拜，规制宜与天子同。于是，贾诩、荀攸等上表献帝，请以曹操为魏王。

献帝不敢辞，即下诏，进曹操为魏王。曹操匿诏书，不示群僚，唯召荀彧。

曹操道，卿有经天纬地之才，却每每为孤驱使，孤常为此自愧；若孤与卿际遇互换，当如何？

荀彧惶然不已，望曹操一揖道，臣虽略知今古，勉有小智，比之魏公，犹如犬学虎步；能为魏公所用，今生之幸也，魏公何出此言！

曹操笑道，孤知卿稳重严肃，不苟言笑，故而以此戏谑，欲与卿一笑耳。

于是命荀彧入座，又令备酒。酒过数巡，曹操以诏书示之，说荀彧道，天子欲进孤为魏王，孤自知德薄，不敢居之；然群僚之请殷切，天子之恩浩荡，卿以为孤当如何？

荀彧又起，说曹操道，臣知始作俑者，许攸也。许攸为人奸诈，心性险恶，了无君子风范，魏公因此嫌之而不用。许攸欲获青睐，极尽阿谀，大肆奉承，令人不齿。魏公若从命，必使士庶绝望，遭后世唾骂。魏公以匡扶汉室而兴义军，所以独出群雄之上，因曾指天为誓，使天下不疑也；又奉天子以令不臣，臣等所以万死不辞，甘为仆从，因魏公之忠也。今孙权割江东，刘备据荆州而入蜀，不臣犹在，气焰日盛；当此之际，若魏公毁誓言，改初衷，何以对天下？况天子尚健，威德日显，一国之内，岂容二君？臣请魏公不改初心，不渝壮志，讨孙权，伐刘备，待天下清明，可功成身退，此千秋功德，不让周公，魏公何疑？因而，臣请魏公固辞，以彰天日之心，斩许攸，以绝妖妄之说！

曹操大为怀恨，欲除荀彧而后快；然又知荀彧颇有人望，不可草率。

荀彧亦知曹操怀恨，毫不畏惧，屡请斩许攸。曹操纳其说，令收许攸，斩之。荀彧又请伐孙权，以绝人议。曹操又纳其说，改荀彧为侍中，拜光禄大夫，先入寿春，筹集军资；以荀攸、贾诩为谋主，举十万大军东征孙权。

十

孙权知曹操率十万将士东征，大为惊恐，即召张昭、鲁肃等商议对策。

鲁肃道，今刘备入蜀，西北久战未克，曹操一反常态，大举东来，应非本意，或迫于人议。荀彧、程昱等，虽为曹操谋，却每以汉臣自居，俱欲使不臣早尽，迫曹操还权天子。故此，曹操虽大举而来，仍不敢求胜。

孙权道，曹操用心，我岂不知！然世事诡谲，变幻莫测，殊难料也。我当亲率将士，迎击曹操。

于是，孙权亦率十万精甲，水陆并进，屯于濡须口。

曹操亦屯濡须口，与孙权隔岸对峙，彼此不攻。曹操说诸将道，孤与孙权隔江相持，俱不敢妄动。孙权以为孤远来，必受制于粮草军需，欲使孤自退。孤何不知孙权用心，所以命荀文若先于大军入寿春，广征粮草，大集军资，以备久持。孤若不去，孙权必先举，诸将可四面出击，何虑孙权不败！

诸将以为然。曹操遂遣贾诩往寿春，命荀彧筹粮草各五十万担，钱五千万输送濡须口。

荀彧大为惶惑，深知寿春久经战乱，士民贫苦，难以筹措，遂致书曹操，称虽倾尽寿春所有，亦难足五十万担，请曹操早与孙权决战，不可拖延，否则，恐军需不继，必无功而返。

曹操大怒，回书严斥，令荀彧十日内，务必如数输送。荀彧已知曹操用心，大为忧惧，竟一病不起。

荀攸知荀彧卧病，即求见曹操，自请往寿春，代荀彧征集军资粮草。曹操不准，再命贾诩入寿春，抚慰荀彧。行前，曹操以锦盒付贾诩，称此中为百年山参，乃稀世珍品；荀彧气短，以此滋补，必能痊愈。

于是贾诩又来寿春，以曹操所嘱说荀彧。荀彧颇疑，待贾诩告退，即启锦盒，竟空无一物。

荀彧愈知曹操之意，忽觉事曹操年久，每如足履薄冰，既虑曹操废天子自立，又恐曹操怀恨，日夜惊惧，不能自安；又觉万事成灰，不可追悔，于是服毒自尽。

部属闻噩耗，即往濡须口，报知曹操。曹操大哭，即携荀攸往寿春，为荀彧举哀，并上表献帝，请追谥荀彧为敬侯。待诏书下，又亲书祭文，以诸侯之礼葬荀彧于寿春。

待丧事毕，曹操、荀攸仍回濡须口。荀攸知曹操命贾诩转赠山参，以为盒中为毒药，遂问贾诩。贾诩称未曾开视，不知何物。荀攸愈疑，于是求见曹操，荀攸道，族父为人迂腐，每以汉臣自居，臣亦曾屡劝；魏公若嫌其不识时务，可罢之，亦可逐之，何必赐以毒药。

曹操不言，召贾诩，出锦盒，问贾诩道，卿所持，乃此盒乎？

贾诩道，正是。

曹操道，卿未开视，荀文若亦未开视；孤见此盒如旧，遂取而携回。内为何物，开之即明。

言毕，开锦盒，果为山参，状若老者，根须如发。荀攸不能再言，告退。

曹操召诸将，议攻孙权。曹操道，荀文若赤胆忠心，天日可鉴；剿灭不臣，还权天子，乃孤之壮志，亦荀文若所愿也。孤必大破孙权于濡须口，使荀文若含笑九泉！

于是，曹操率诸将登高而望，见孙权部伍齐整，舟船相接，壁垒相望，极为森严；然西侧有孤营，独处大军之外。曹操问贾诩道，孙权何故置孤军于此？

贾诩道，此处水浅，江面开阔，孙权虑魏公泅渡，故设此营。

曹操道，既如此，孤必首破此营！

于是曹操命张辽往上游，夜半渡江，突袭此营，若得手，可改换服色，以疑孙权。张辽举精甲五千奉命夜渡，至西营，已近四更，命竖云梯，令死士登梯而上，杀守卒，开壁垒，率部属蜂拥而入。西营将士猝不及防，一战俱丧。

翌日，孙权召诸将议事，唯西营不来，大疑，命蒋钦近前呼之。蒋钦呼之再三，张辽不敢应，欲射之。蒋钦知有剧变，疾走，回告孙权。孙权大为惶遽，说鲁肃道，曹操已夺西营，或隔岸呼应，大举渡江，奈何？

鲁肃道，当不惜代价，复夺之，否则，曹操若大举渡江，西营曹军必大举侧击而应之。

孙权即遣吕蒙复夺西营；鲁肃嘱吕蒙道，西营已成隐患，或彼此争夺，岂能以胜败系于此。若逐走曹军，可毁之。

吕蒙围张辽，急攻。张辽知敌众我寡，不敢应战，命部属尽入壁垒，欲坚守，以待援军。

曹操见吕蒙围攻张辽，命乐进率部属泅渡，与张辽夹击吕蒙；命诸将俱登舟，直扑彼岸。吕蒙见此，令以火箭望营中乱射。张辽置之不顾，欲与乐进合击吕蒙，遂开壁垒，奋勇而出。

孙权恐吕蒙不敌，令蒋钦助之；命陆逊、甘宁等举舟师阻曹操。

乐进方登岸，与蒋钦骤遇，互攻。张辽见乐进受阻，大骇，沿江疾走。吕蒙恐蒋钦不敌，不追张辽，合战乐进。乐进不敌，率众退回；张辽亦绕走上游，退回彼岸。

陆逊、甘宁列艨冲斗舰于前，置轻舟于两侧。待曹军近，陆逊命轻舟忽散，成合围之势；命艨冲斗舰疾进，以强弓硬弩急射。曹操大骇，命诸将退还。

孙权亦命陆逊等回，不再举，仍相持。

不觉，又将岁暮，曹操说诸将道，孤等来此已久，苦无制胜之策。江东子弟极善水战，与之决于江河，无异以短击长。孤欲与之久持，然消耗之巨，恐难以为继，士民恨征集之多，已有怨言。孤欲速胜，然孙权等严阵以待，以守为攻，孤若举，必反受其害，奈何？

贾诩颇知曹操之意，说曹操道，自古攻难于守，况敌在彼岸，以静制动，实不可胜。臣请魏公退走，养精蓄锐，待军需充足，兵甲锋利，再伐不迟。

荀攸以为不可，说曹操道，若魏公欲求一胜，仍可于上游渡江，顺江急下；命诸将举舟师急攻。孙权两面受敌，岂能不败！

曹操斥荀攸道，孙权非小儿，岂能复用故计！

荀攸道，可与诸葛亮合谋，请其勿举；命文聘出江夏，曹仁、于禁出襄、樊，直下吴郡；孙权首尾受敌，必大败。

曹操不听，又斥荀攸道，诸葛亮心比天高，若如此，或虚以应诺，趁诸将俱出，转而夺之，岂非得不偿失！

荀攸亦知曹操用心，不再言。

孙权亦召诸将商议；孙权道，我以为，今日之战与赤壁何异，若曹操不败，难以回师。卿等以为如何？

鲁肃道，将军英明。然曹操心机深沉，实难揣度，若欲求胜，可仍于上游渡江，绕击一侧，并以舟师大举强攻；或命文聘等直下吴郡，使将军内外交困。请将军命诸葛瑾、徐盛等昼夜警惕，不可懈怠；严察曹操动静，若有异动，亦可往上游，阻其渡江。

孙权以为然，命陆逊回吴郡，助诸葛瑾等备战，以防不测。

又数日，曹操仍无所举；孙权再召鲁肃等商议。

孙权道，曹操敛兵不举，欲求一败耳；然又不可用周郎故计，不知何以取胜？

鲁肃道，须出乎意料，使曹操知周郎之外，江东不乏英才；亦须使世人尽知，非曹操不敢胜，因计不如人耳。

孙权道，此不过大计，仍非取胜之道，欲败曹操，尚需奇谋。

鲁肃道，既彼此已成相持之势，不能决于舟船，可以奇兵突袭。曹操不用此计，将军何不用？

孙权遂遣吕蒙、蒋钦夜往上游，悄然渡河，沿江急下；命将士俱登舟，待对岸火起，大举而进。

荀攸知孙权必夜渡，请张辽伏于途，以待来敌。吕蒙、蒋钦渐近曹营，欲放火烧壁垒。张辽忽出，大举截杀；吕蒙、蒋钦不惧，奋起还击。

孙权知吕蒙、蒋钦受阻，即举舟师，直赴对岸；曹操亦命诸将迎击孙权。彼此遇于江心，唯以弓箭乱射，不敢近前。

孙权知不能胜，退回。曹操命诸将勿追，亦退。吕蒙、蒋钦亦弃张辽，俱还。

十一

于是两军仍据江岸，敛而不举。孙权颇觉无奈，以为曹操无心求胜，竟不能败之；若周郎在，何至如此！

鲁肃颇知孙权所忧，于是求见孙权。鲁肃道，曹操远来，是为攻；将军拒之，是为守。攻而不克，可谓败；守而不失，是为胜。况腊岁将尽，春水将生，待激流满江，曹操愈不敢举，必自退，将军何忧？

孙权沉吟道，既曹操不敢胜，宜放手一搏，迫其退走。我欲命诸葛瑾、徐盛等俱出，大逼曹操，卿以为如何？

鲁肃道，不可。若如此，荀攸、贾诩等或请曹操弃濡须口，转攻吴郡，曹操不能拒，或为之。不如请诸葛亮攻文聘，若江夏告急，曹操或分兵救之，或退走。此万全之计，望将军纳之。

孙权以为然，遂命鲁肃往荆州，说诸葛亮。诸葛亮知鲁肃来，即出迎；鲁肃说诸葛亮道，孙仲谋拒曹操于濡须口，以应刘玄德取西蜀，然两军相持，久不能克。若曹操不走，江东、荆州俱不能安。孙仲谋命我来此，请卿举众攻文聘，使曹操应顾不暇，迫其自退。

诸葛亮以为可，命关羽举精甲两万攻江夏。文聘知关羽大举而来，命将士坚壁不出，欲自保。关羽数攻不克，遂围之。

曹操知关羽攻文聘，遂召诸将；曹操道，孤以为周郎之后，江东再无英才；然孙权说诸葛亮攻文聘，此伐交也，足见不乏有识之士。孤若不走，诸葛亮必再遣精甲助关羽，江夏危矣。

荀攸道，此围魏救赵之故计耳，何足为虑！江夏险固，文聘善战，必能拒强敌。孙权既请诸葛亮伐江夏，所虑者，魏公不去也。臣请魏公命曹仁、于禁俱出，赴救江夏，关羽必知难而退。

贾诩道，孙权、刘备互为同盟，沆瀣一气，每战必呼应。臣知张飞、赵云俱在荆州，若曹仁、于禁助文聘，诸葛亮必遣二人阻之，或夺襄、樊，岂能如此。臣请魏公撤走，江夏之危当自解。

于是曹操纳贾诩之说，令诸将撤军。

曹操既走，关羽即弃江夏，仍回荆州；孙权亦离濡须口，回吴郡。鲁肃说孙权道，刘备入蜀，必能如愿，若得西蜀之富，或大生妄念。诸葛亮、关羽等蓄势荆州，若刘备得逞，或攻取郡县，以为呼应。我欲往益阳，据益水，牵制荆州，望准之。

孙权以为然，命鲁肃举精甲一万入益阳。

庞统知曹操伐孙权，钟繇、夏侯渊等俱回关中，以为机不可失，说刘备道，今曹操伐孙权，无功而返，往来数千里，将士疲困；钟繇、夏侯渊等回据长安，西北暂无忧患，此天赐良机也。明公应离此，直取成都，不可迟疑。

刘备沉吟道，刘璋父子久在西蜀，城池关塞俱置重兵。若举，须有奇谋；否则，恐自取破败。若卿有良策，请不吝赐教。

庞统道，选精甲一万，沿山疾进，藏行踪，敛声息，使刘璋不察，奔而袭之，一举可得也，此为上策；恰鲁肃入益阳，逼荆州，明公可借题发挥，称荆州有危，须回保，邀杨怀、高沛来此接防，执而杀之，再直下成都，或能望风披靡，此为中策；若明公疑恩信未树，人心未收，可退走鱼腹，与荆州呼应，从容而图，十年后再入蜀，此为下策。

刘备不言，似不知何举。

庞统又道，明公远道而来，栖他人之地，食他人之食，若徘徊不定，犹豫不决，久之，或谋泄，或反而受制于人，恐进退维谷矣！

刘备道，卿以三计嘱我，每计各有优劣；请容我细思，然后决之。

翌日，刘备说庞统道，卿所谓三计，上计太急，下计太缓；我欲取中计，请卿召杨怀、高沛。

庞统大喜，嘱诸将尽起军资，扬言欲还荆州；又遣人往白水关，拜会杨怀、高沛，称鲁肃大集益阳，欲图荆州，须回，请来此接防。

杨怀、高沛大喜，亲来阴平。刘备设酒宴，款待二人。庞统命甲士伏于内，欲执杨怀、高沛。时天气大晴，日光散漫而入，杨怀忽见人影映壁，纷纷然皆执利器，已知不妙，欲执刘备以自保。庞统见此，以酒分浇杨怀、高沛面，疾呼道，甲士安在！

甲士骤出，分擒杨怀、高沛；庞统命斩之。二人大骇，俱称愿降。刘备不忍，说庞统道，既愿降，可留之。

庞统道，杨怀、高沛为刘璋死党，若不杀，必生祸乱。

于是令甲士杀之。庞统命黄忠、魏延执二人头颅，率众往白水关，收降部属。部属知杨怀、高沛已死，大为惊恐，俱降。

刘璋知刘备杀杨怀、高沛，正向成都，大为痛悔，即命刘聩、冷苞等阻之。二将据险关，欲力拒。庞统命黄忠急攻，命刘封、魏延分出，绕击两侧。刘聩、冷苞大败，俱被斩首。

刘璋又命张任、邓贤弃葭萌，退保绵竹。庞统命刘封、魏延率精骑横出，欲阻之。刘封欲列阵旷野，截而击之。魏延以为不可，请刘封置伏兵，诱其深入，围而歼之。刘封纳其说，与魏延分兵。魏延设伏于途；刘封与张任、邓贤战，佯败，溃走。张任、邓贤疾追。待入围，魏延大出，迎头痛击。二将大败，亦为刘封、魏延所杀。

刘璋大为惊恐，又命将军吴懿举二万余众入绵竹，拒刘备。庞统知绵竹险固，易守难攻，命诸将围吴懿，欲迫其降。刘璋又遣中护军李严等往绵竹，解吴懿之围。刘备闻知，欲命黄忠阻李严于途。庞统以为不可，说刘备道，敌众我寡，若分兵，敌或倾巢而出，反而不利。

李严近绵竹，令部属止于五十里外，欲察动静。庞统知李严屯而不举，以为犹疑，遂只身而往，求见李严。李严命执庞统，欲杀之。庞统说李严道，今刘玄德大军压境，志在必得；刘璋暗弱，岂能拒之！卿若杀我，将士必同仇敌忾，破绵竹犹如探囊取物，于事何益！我知卿才华横溢，志存高远，可惜明珠暗投；既刘璋昏庸，刘备英明，何不降迎？

李严亦知刘璋必败，遂领部属随庞统拜见刘备。刘备大喜，以李严为裨将军。

吴懿知李严降，大惧，亦率众出降。刘备遂离绵竹，仍向成都。

刘璋又命其子刘循入广汉，与广汉太守张肃、广汉长黄权等共保广汉。张肃说黄权道，卿颇知兵法，可为谋主，若能拒刘备于此，千古奇功也。

黄权不辞，命将士闭城死守。庞统命围广汉，欲逼黄权等降。黄权令弓箭手尽登城，若刘备、庞统攻，可急射。

庞统恐部属为箭矢所伤，令诸将围而不攻。刘备以为不可，说庞统道，若不能速克，刘璋或遣将助之，内外呼应，必大受挫折。

庞统道，我不虑刘循、张肃之流，唯虑黄权；黄权乃巴西名士，颇有智谋，若强攻，必受阻。

刘备不听，仍命庞统急攻。庞统不能违，遂命诸将齐出，大举而攻。待将士俱近城下，黄权命弓箭手急射，顿时箭矢如雨，死伤无数。庞统亦为流矢所中，竟死于当夜。

刘备悲恸不已，又追悔莫及，令将士暂止，仍围广汉。又命举哀，厚葬庞统。

刘备以为庞统既丧，再无谋主；又知刘璋大集精甲于成都，恐不能克。欲罢兵，行庞统下策，回据鱼腹，缓图西蜀。魏延以为不可，称若走，刘璋必猛追，或大败；请刘备留关羽镇荆州，召诸葛亮、张飞、赵云俱入蜀，四面分袭，必能克之。

马谡说刘备道，荆州之重，远过成都，既与孙权近，又与曹操邻，非诸葛亮不能守。我不才，愿为明公谋划，必能破成都、败刘璋！

刘备斥马谡道，运筹谋划，岂是儿戏，请勿学赵括，妄言知兵！

马谡大为羞惭，不敢再言。刘备纳魏延之说，遣孙乾回荆州，命诸葛亮留关羽、麋芳等守荆州，率张飞、赵云等入蜀。

十二

法正知黄权射杀庞统，又被困广汉，恐城破，刘备或杀黄权复仇，遂潜出成都，往广汉会刘备。刘备知法正来，以为成都有剧变，即召见。

法正说刘备道，我本无名之辈，客居新都，几为市井之徒，黄权念我有微智，每每举荐，方有今日。此知遇之恩，实不敢忘。黄权射杀庞士元，罪不容赦；明公若破广汉，必杀之以慰庞士元之灵。我惶恐不安，特来此，请明公恕黄权不死。

刘备道，黄权竖子，杀我谋主，折我臂膀，又不识时务，负隅顽抗，实不可恕！

法正道，黄权乃巴西名士，才气横溢，人望极高，又忠直壮烈，英武不屈，实乃我辈楷模。若杀之，必使群士寒心；明公虽得西蜀，犹如看镜中之花，望水中之月，何益！

刘备沉吟良久，说法正道，卿与黄权俱为佳士，可惜不为刘璋所重，否则，虽以张良之善谋，韩信之善战，犹恐不能夺西蜀。然黄权心如铁石，誓与广汉共存亡；我若不破城池，不杀黄权，岂能入成都！

法正道，黄权虽风骨铮然，刚烈不屈，岂不知以卵击石，败所不免；所以死拒，实因刘璋之子刘循在郡，迫不得已。我欲入城见之，晓以利害，必能说黄权来降。

刘备大喜，请法正入城。

黄权、刘循、张肃等被围近一月，粮草将尽，士气渐低，正焦虑不堪，忽报法正求见。黄权颇知法正用意，拒之。刘循、张肃俱有降意，欲召见。黄权说刘循、张肃道，法正与张松狼狈为奸，欲卖主求荣，此行必为刘备说客。今部属惧怕，士民恐慌，若妖言再起，何以自保！

刘循道，既有决死之心，何怕说客？若不见，刘备即知城中虚弱，必大举强攻，广汉将立破。

黄权遂请法正入见。法正道，我知卿等杀庞统，刘备恨之入骨，誓破广汉，以卿等之头祭之。我不忍卿等罹难，故而来此。

黄权冷笑道，我虽死无憾，唯恨无识人之明，让竖子获恩宠，使西蜀遭此大祸！

法正道，今大军逼城，岂能固守，若负隅顽抗，必玉石俱焚。诸葛亮、张飞、赵云已出荆州，或分走僰道，或突袭巴郡，不日将与刘备会师成都。西蜀已成瓮中之鳖，伸手可取。既徒劳无功，卿等何必苦撑！

黄权沉吟不语；张肃道，卿所言，我等亦知；然刘季玉恩德如天，岂能背之。

刘循道，若论恩德，莫过父子；然庶民无罪，将士无辜，岂能与我等同死。请卿转告刘玄德，我等愿降，唯望不计前嫌。我奉父命守广汉，庞统之死，罪责在我，若刘玄德欲泄愤，可取我头。

法正大喜，即告辞，报与刘备。于是刘循率黄权、张肃出降。

刘备据广汉，以待诸葛亮、张飞、赵云。

诸葛亮入江州，自领一部绕走临邛，命张飞走巴郡，赵云经僰道入江阳。江阳太守知赵云来，大惧，遣散部属，逃走。赵云又出江阳，取道犍为。犍为太守何宗虑兵寡，欲降。都尉彭赋怒杀何宗，自领太守，命将士尽弃屯卫，大集城中，以拒赵云。

赵云围犍为，命强攻，连日不克，遂令将士采柴草，抛于城门下，投火焚之。彭赋令士卒担水登城，浇之。赵云又命以油脂浸柴草，再焚。彭赋浇之不能灭，大急。僚属劝彭赋降，彭赋不听。既城门将毁，将士恐慌不已，竟开城，放赵云入。彭赋趁乱出城，逃入彭祖山。赵云率精甲四处搜捕，不获，欲焚山，逼其自出。犍为功曹张华说赵云道，此山有彭祖墓，蜀人世代仰慕，视为圣地，若焚之，必触怒士民；彭赋为彭祖后裔，饱学多才，慷慨壮直，应礼待，不可屈服。

赵云遂止，命士卒弃戈矛，呼彭赋。彭赋既无路可走，又不愿降，竟于彭祖坟前自缢而死。

赵云大为嗟叹，命葬于彭祖墓侧。张华知彭赋死，亦欲自尽，为部属强止。赵云闻之，即召张华；赵云道，卿既降，何故如此？

张华道，我曾为彭赋弟子，所谓一日为师，终身为父；父既丧，子不愿苟活。

赵云道，此迂腐之说耳，世无不死之父，若皆如此，何来后人！

张华道，将军不知，犍为人物奇异，每不与他处同。公孙述据西蜀称帝，郡县纷纷归附，独犍为不降，军民同心，据郡共保，经年不下。公孙述赞为真壮士之帮；光武帝叹为士大夫之郡。我虑士民伤命，降迎将军，虽城池无损，宁不有愧。

赵云大加抚慰，称必请刘备重用张华。张华固辞，只身入彭祖山，设茅舍，为彭赋守墓，直至病死。

张飞入巴郡，巴郡太守赵筰命将军严颜拒之。严颜率精甲据险关，张飞数战不克，命部属征舟船，欲逆巴水而上。严颜又据巴水，陈兵两岸，阻之。张飞命斥候探严颜所在，斥候回报，称严颜在左岸。于是张飞尽举精甲夜袭左岸，严颜兵寡不能敌，为张飞生擒。

赵筰知严颜为张飞所擒，大惧，即率僚属迎张飞。张飞爱严颜勇壮，欲用之；严颜誓死不降。

张飞斥严颜道，赵筰为太守，知不能拒，尚能降迎；汝不过部属，既大败，何故不降？

严颜大笑道，虽有降太守，而无降将军，其奈我何！

张飞道，我欲杀降太守，而全不降将军，如何？

严颜大怒道，请砍我头，何需多言！

张飞愈敬严颜忠勇，解其缚，又备酒，力劝严颜。严颜亦敬张飞义勇，遂降。张飞大喜，引为上宾。

张飞出巴郡，过宕渠，攻巴西。巴西太守惧张飞勇壮，逃走；巴西功曹龚谌命部属据渝水，欲征賨人为死士，迎击张飞。严颜知巴人勇绝天下，劝张飞昼夜疾进，使龚谌猝不及防。张飞纳其说，水陆并进，不一日已达巴西。龚谌自乡间回，欲引賨人入城，坚壁自守，忽与张飞猝遇城外，彼此血战。张飞众而龚谌寡，賨人又散走，张飞力斩龚谌，据巴西。

诸葛亮克临邛，绕山而走，直扑德阳，德阳太守不敌，逃回成都。刘璋遣司马张裔赴德阳，拒诸葛亮。诸葛亮命部属弃城池，伏兵于野。张裔不知有诈，举部属直入；诸葛亮命将士四出，围张裔。张裔大败，退走。

诸葛亮遂往广汉，与刘备合，再往成都。张飞离巴西，破梓潼，直赴成都。赵云出犍为，与刘备、诸葛亮、张飞等会师城郊。

刘璋惶遽不已，欲弃成都，走汉中投张鲁。治中从事郑度说刘璋道，明公尚有精甲数万，仓廪充实，府库丰盈，可坚城自守；况军民同心，上下同仇，足可拒刘备。

刘璋遂令诸将坚壁深沟，以拒刘备。刘备、诸葛亮等围成都半月，不能克。

马超败走蓝田，无处可去，遂依庞德所说往汉中投张鲁。张鲁惧马超勇猛，恐反受其害，命马超屯南郑西；又知庞德为马超谋主，遂以庞德为汉中都尉，使之不能为马超所用。

马超知张鲁不能容，闻刘备围成都，即遣心腹见刘备，称愿举众归附。刘备大喜，命麋竺及建宁督邮李恢迎马超。

于是马超奉刘备之命屯成都北。刘备以为蜀中将士降者近半，可强攻。魏延以为不然，请阻塞水源，断绝粮道，迫刘璋自溃。刘备纳其计，令黄忠、刘封等填渠堰，改水道，使城内不能汲饮；令张飞据粮道，使粮谷柴草俱不能入。

成都内外人心惶惶；蜀郡太守许靖说刘璋道，今刘备等阻截四门，连营百里，岂能拒之；又城中水米断绝，士民惊惧，将士不能饮食，若再持，将自溃。不如迎降，以全性命。

郑度斥许靖道，大丈夫宁为鬼雄，不作降虏；汝身为士大夫，竟出此言！

于是请刘璋斩许靖，以绝妄想。许靖大为恐惧，竟逾城而出，降之。郑度又请刘璋举众突围，刘璋不能决。

将军吴懿自请入成都，说刘璋来降。刘备遂命简雍随吴懿同往。郑度知吴懿、简雍同来，请刘璋执而杀之，以壮声威。刘璋不听，说群僚道，刘备重兵围城，阻绝水堰，隔断粮道，军民不能炊饮，人心惶惶，危机四伏，成都实不能保。我欲开城而降，卿等以为如何？

郑度疾呼道，开城之日，必瓦石不存，我等愿与成都共存亡！

刘璋叹息道，我父子为益州牧二十余年，薄德寡恩，缺仁少义，末路之际，何忍累及士民！我愿受辱，以全父老性命！

郑度等不禁大哭。刘璋以草绳自缚，率群僚献降。刘备、诸葛亮等轩昂而入。郑度大骂刘备道，刘备竖子，刘季玉请汝共拒张鲁、曹操，待汝若上宾，视汝若手足，汝竟恩将仇报，反图西蜀！天若有情，必使汝神形俱灭，子孙俱丧！

张飞大怒，欲杀郑度。刘备不准，以为郑度忠壮，若杀之，必使士大夫寒心；又欲待之以义，使郑度归顺。郑度严词拒绝，只身而去，自此归隐西山，再不出仕。

刘备自领益州牧，以刘璋为振威将军，命简雍护送往公安。

十三

刘备赐诸葛亮、法正、关羽、张飞金各五百斤，银各千斤，钱各五千万，蜀锦、蜀绣各万匹；赵云、黄忠、刘封、魏延等亦有重赏。西蜀降将法正、李严、黄权等拒之，以为虽刘璋无德，背之而受赏，大不义也。

刘备大为嘉赞，以诸葛亮为军师将军，领左将军事；以关羽主荆州事，张飞领巴西太守，李严仍为裨将军，领犍为太守，张裔为巴郡太守，糜竺为南郡太守，屯江陵，助关羽；以马超为平西将军，镇临沮，护卫荆州；以黄忠为讨虏将军，赵云为卫将军，均屯成都；以法正为扬威将军，领蜀郡太守；以孟达为宜都太守；以刘封为副军中郎将，黄权为偏将军；又以吴懿为讨逆将军，迁魏延为牙门将军；仍以简雍、孙乾等为宾客。此外，凡西蜀群僚皆有任用，独不用许靖。

法正以为不可，说刘备道，许靖德高望重，士庶仰慕，明公何故不用？

刘备道，许靖为蜀郡太守，刘季玉引为亲信，事事依赖，其恩宠重于群僚；许靖竟无节气，逾城而降，此懦夫也，岂能用之！

法正道，我辈俱为降虏，何故厚此薄彼？我与许靖等非无节义，实因刘璋无道，欲弃暗投明而已。若明公恶许靖，他人何安！

刘备以为然，以许靖为左将军长史，助诸葛亮。

马超自恃名将之后，又享誉四海，以为若非己来投，刘备不能破成都，于是不以诸将为意，每与刘备见，竟直呼其名。

张飞颇恨马超，每欲责之，俱为刘备劝阻；今知马超将往临沮，遂求见。马超亦知张飞勇壮，请张飞入内，欲置酒款待。张飞不入，立于院中梅树下，说马超道，勿需如此，因心中有疑，请为我释之。

马超道，有何言，请赐教。

张飞道，临沮与荆州近，卿何以与关云长相处？

马超笑道，各尽其职，并驾齐驱，如何？

张飞大怒，责马超道，竖子，竟不知尊卑！刘玄德以礼相待，汝竟直呼其名；关云长虎将也，曹操尚知敬重，汝何德何能，竟敢与之相提并论！

马超亦怒，反斥张飞道，我乃名将之后，声威远播；汝不过匹夫，竟敢辱我！

张飞愈怒，指马超道，汝丧家之犬，穷途来投，刘玄德不弃，好心收纳；汝不知感激，竟轩昂自大，岂不知吕布之辱！

言毕，忽拔剑，再骂马超道，我等与刘玄德患难与共，情同手足，岂容竖子猖狂！汝若不知悔改，不分尊卑，我必杀之！

于是一剑斫向老梅，削为两段。马超颇惧，再不敢言；张飞拂袖而去。

翌日，马超拜辞刘备、诸葛亮，携马岱等往临沮。诸葛亮见马超一反常态，颇为谦恭，不解，问刘备道，马孟起何故前倨后恭？

刘备笑道，必因张飞。我与关羽、张飞起于患难，情若手足；关羽、张飞以为主不尊，下必受辱，于是每在人前，二人必立我身后，不耻为仆从，以贵我身价；凡遇不敬，二人必严斥，以全我颜面。

诸葛亮赞道，关羽、张飞俱万人敌，能如此，明公之幸也！

张飞知黄权为巴西名士，遂求见，询以风土人情。

黄权道，巴人勇猛，多为射虎猎熊之徒，故称白虎复夷，又称板楯蛮，或弜头虎子。武王伐纣，曾以之为前驱；高祖还定三秦，亦以之为先锋。巴人不惧强，唯服仁德信义；若严于法令，苛于政事，必受阻碍；若怀柔宽恕，友爱笃行，必受拥戴。

张飞大为称谢；于是亦辞刘备、诸葛亮，欲往阆中。

诸葛亮嘱张飞道，益州经历大战，官民困苦，荒芜残败，需广开财路，复兴百业。人言蜀有三宝，巴有二绝，二绝者，巴盐及清酒也。巴西形胜，物华天宝，望卿凿取井盐，大酿清酒，以足用度。我知北人犹爱锦绣及清酒，公孙述、刘璋父子曾以此与北人换马。我欲为刘玄德练精骑十万，望卿能竭力为之。

张飞应诺而去。既入巴西，严禁私酿，凡酿酒世家，俱买断酒坊，令改酿官酒。然巴人营清酒已逾千年，又颇爱饮用，不能禁绝。张飞又出严令，凡私酿清酒者，与盗寇同罪。

黄权闻之，大为忧患，于是致信张飞，力劝。张飞不听，禁之愈严，然仍不能绝。后知凡酿清酒者，需以酒母树研而为末，任其发酵，再以熟米混合，晾晒七十日为曲米，方能为之，遂令士卒入山，搜尽酒母树，或移栽城内，或伐之。巴人不能为此，私酒遂绝，大为怀恨。

曹操率荀攸、贾诩等回邺城，贾诩等再请献帝进曹操为魏王。献帝仍不敢拒，再下旨，以曹操为魏王，处诸王之上，剑履登殿，不赞拜。

曹操遂以钟繇为魏国相；以荀攸为尚书令，领军师，为谋主；以华歆为司空；又以王朗为大理寺卿，王朗拒之，仍不出户；曹操大为嗟叹。

恰值荀彧冥诞，荀攸执族子礼，入府拜祭。祭毕，荀彧子荀恽等会荀攸于厅堂。荀攸问荀恽道，族父可有遗嘱？

荀恽道，先君无一字嘱我等，然有一信寄回，托我付卿。因知卿平步青云，又为魏王谋主，故不敢交付。

荀攸索之，荀恽拒而不予；荀攸索之再三，荀恽不能辞，予之。荀攸阅毕，方知曹操所赠为空盒；荀彧以为万事成空，遂自尽。荀攸大为悔愧，哭道，族父责我助桀为虐，又嘱我绝曹操野心；我每违所愿，何颜对忘灵！

于是掩面而去，称病不出。程昱登门探望，荀攸哭说程昱道，我疾不在身，在于心；身病可除，心病岂能愈！

程昱力劝，荀攸再不言。是夜，荀攸梦荀彧口鼻流血，径来榻前；荀攸欲起迎，荀彧指荀攸道，不肖子，我必捉汝入阴曹，免使汝再造罪孽。

荀攸悔恨愈切，竟起，随荀彧走出；梦未醒，人已死。

曹操知荀攸死，大哭，命群僚为之举哀，厚葬，亦谥为敬侯；以华歆代荀攸为尚书令；以贾诩为军师，继荀攸为谋主。

程昱深知曹操忌恨，每每不能自安。魏国始建，曹操仅以程昱为卫尉；程昱以为耻，几欲辞谢，又惧为曹操所疑，犹豫不决。某日，曹丕召程昱等问护卫事，中尉刑贞不让程昱先行，程昱怒其不知尊卑，骂刑贞为走狗。

刑贞告知曹操；曹操召程昱严责。程昱大为绝望，遂请辞，称愿回东阿养老。曹操准之，赠钱五千万，帛一千匹。

程昱举家回东阿，养子课徒，欲以此聊尽余生。曹操疑程昱以课徒为由宣扬是非，命州郡察之。州郡回报，称程昱所传，俱为孔孟之学、圣人之训，无一邪说。

曹操不禁说曹丕道，荀彧、程昱虽与孤道不同，竟能事孤数十年而不弃，奇也；既不肯背汉室，又只字不言孤之过错，义也！待孤逝去，若程昱仍健在，可复用之。

贾诩求见曹操，请再伐汉中；贾诩说曹操道，汉中处秦巴之间，与西蜀仅千余里，又山高水深，俱可为屏障。刘备既夺益州，必窥视汉中，若汉中为刘备所据，必合张鲁之众，得教徒之广，则长安不安矣。

曹操道，孤深知汉中之重，亦知张鲁非英雄，刘备必夺之；然将士连年征战，疲劳困苦，俱望休养生息。况道路艰险，关隘重阻，若以困顿之师伐之，必不能克。如此，则张鲁气焰愈炽，再举不易也。

贾诩道，魏王欲养精蓄锐，而后再伐张鲁；刘备必乘此而举，岂容魏王有喘息之机。

曹操不听，说贾诩道，刘备杀杨怀、高沛，取道成都，刘璋遣诸将重重阻拦，虽胜之，亦大伤元气。况西蜀大战方息，人马疲惫，军资殆尽，刘备若伐汉中，岂能胜张鲁。卿勿疑，孤自有分寸。

贾诩不再言，告退。

十四

刘备夺西蜀，声威大显，关羽等为之振奋。议曹从事王甫请关羽遣将据益水，以防鲁肃。关羽纳之，命主簿廖化、都督赵累领精甲五千近鲁肃而屯。南郡太守糜芳以为不可，称孙、刘有如唇齿相依，岂能互防。

关羽责糜芳道，鲁肃为齿，我为唇，今齿欲咬唇，奈何！

于是不听，使廖化、赵累往之。鲁肃以为来而不往非礼也，即致书孙权，请于长沙、零陵、桂阳三郡分置长史，节制关羽，并能知其所为。孙权以为然，发文书，分遣长史入三郡。

关羽大怒，以信责孙权，称刘玄德为州牧，若置长史，应由刘玄德决选，岂容他人越俎代庖。

孙权回书辩称，荆州乃我助刘玄德夺之，我若不围合肥，不逐曹仁、徐晃，刘玄德岂有所获！今盟约未解，三郡宜为彼此共有；刘玄德置太守，我置长史，已有礼让，岂能拒绝！

关羽不再与之论，待长史到郡，即遣麋芳分入三郡逐之；麋芳又以为不可，称若逐之，必使彼此失和，岂能如此！

关羽大怒，责麋芳道，此为军令，若不往，我必杀汝！

麋芳不敢违，遂往，然彼此已生隙。孙权知关羽逐长史，大怒，即召吕蒙、周泰。

孙权道，关羽狂傲自大，竟逐我长史，我若听之任之，必令世人耻笑！

吕蒙道，关羽骄狂，以为江东无人，实不可忍；需折其锐气，挫其锋芒，方能使之收敛，否则，必得寸进尺，窥我江东！

孙权以为然，遂命吕蒙、周泰等举精甲二万，袭夺三郡。

周泰请吕蒙分兵，分赴三郡，使彼此不能救应。吕蒙道，此刘玄德故计，岂能为之。况三郡各有精甲数千，若分兵，必成相持之势，岂能克敌。

于是令周泰等先赴长沙，再转夺桂阳，而后赴零陵。

将士昼夜兼进，不数日，已至长沙。长沙太守陈谭知吕蒙、周泰等猝至，大为惶遽，即召僚属，会商对策。僚属以为敌众我寡，长沙必破，请降迎吕蒙。陈谭不听，命坚城自守。

周泰等请吕蒙急攻，吕蒙以为长沙坚固，应逼其降，遂围城，扬言若不降，必使长沙玉石俱焚。士民恐惧，缒城而走者不绝。

陈谭大怒，命执杀逃亡者。长沙功曹王芳以为不可，说陈谭道，若如此，士民必怀恨，或开城迎吕蒙。

陈谭不听，连杀数十人。王芳大怒，竟执陈谭，杀之，命将士迎吕蒙。吕蒙大喜，欲以王芳领长沙太守。王芳辞谢，说吕蒙道，我所以降，非为此也，唯不忍士民遭祸。

于是告辞，不知去向。吕蒙叹息不已，留三千精甲守长沙，与周泰等分道疾进，直赴桂阳。桂阳太守应芝闻长沙已失，吕蒙等正飞速而来，即遣心腹往江陵，报与关羽；又命部属奋力迎击。

吕蒙、周泰连破营垒，会于桂阳东。应芝恐吕蒙等围城，欲趁其立足未稳，锉其锋芒，使之不敢轻举，然后据城坚守，以待关羽，于是亲率将士齐出，猛击吕蒙等。吕蒙等始料不及，大乱。应芝一击得手，斩首近千，遂回。

吕蒙大怒，命周泰等强攻。至夜，东门破，吕蒙等蜂拥而入。应芝率将士退守衙门；吕蒙等围之，呼应芝降，应芝不肯。吕蒙即命举火，焚烧衙门。应芝等誓死不出，葬身火海。

翌日，吕蒙等又离桂阳往零陵。零陵太守郝普知长沙、桂阳俱破，即命部属弃屯卫，退守城中。

吕蒙、周泰等来零陵，见弓弩手俱在城上，不敢轻举，亦围城，召部属商破敌之策。

吕蒙道，零陵太守郝普颇有气节，必不肯降；况零陵坚固，郝普英勇，非陈谭、应芝可比。然久持不下，关羽必举众来援，奈何？

周泰道，实无良策，非强攻不能克坚城。

吕蒙无奈，举众攻之。郝普命弓弩手急射，凡近城者，多带箭伤，死者亦多。吕蒙大惧，令将士退回，四面合围。

关羽知长沙、桂阳已失，吕蒙、周泰正围零陵，几欲赴救，又恐鲁肃出益阳，夺江陵，终不敢举，遂遣人赴益州，请刘备驰援。刘备命马超出临沮，赴救零陵。马超称病，不能往。刘备无奈，率黄忠、糜竺等离益州，昼夜兼程，止于公安，命关羽出江陵，攻益阳，若克，可转赴零陵，逐吕蒙、周泰，救郝普。

孙权恐鲁肃兵寡，不能拒关羽，即举两万之众往陆口，以应鲁肃；又命吕蒙、周泰弃零陵，俱往益阳。

吕蒙说周泰道，零陵指日可下，弃之可惜；我欲先克零陵，再往益阳，卿以为如何？

周泰道，郝普据城坚守，岂能速克，若迟，关羽必围益阳，奈何？

吕蒙道，可遣心腹深夜入城，假关羽之名说郝普，称廖化、王累等已在途中，可内外呼应，以解零陵之围。卿可伏于外，我则撤围而走，郝普必以为我等惧廖化、王累，或出击；卿可趁此入零陵，我则回击郝普，使之不能进退，郝普必败。

周泰以为可，即率两千死士伏于城外。吕蒙遣心腹夜入零陵，求见郝普，称廖化、王累已出江陵，不日将至，请里应外合，逐吕蒙、周泰。

郝普大喜，命将士枕戈待旦，以候廖化、王累。翌日，吕蒙命部属撤围，仓皇而走。郝普以为吕蒙等望风而逃，即率部属追击。疾行数十里，吕蒙忽止，回击郝普。郝普与吕蒙战，渐渐不敌，欲回据零陵。方至城下，周泰呼郝普道，我已据零陵，汝若不降，必死无葬身之地！

郝普大惊，欲走；吕蒙等已回，围郝普于城下。周泰亦出，与吕蒙内外急攻。郝普大败，为周泰所杀。

吕蒙、周泰又离零陵，往益阳助鲁肃。

鲁肃知关羽等大举而来，命将士俱出，四面设营，彼此相距不足一里，坚壁深沟，以待关羽。

关羽命廖化、王累俱出，三军会于益阳外，见鲁肃壁垒相连，俱能呼应；又知吕蒙等已夺零陵，正飞赴益阳，于是不敢轻举，亦命将士分屯。

鲁肃欲面见关羽，晓以大义，使之自退。蒋钦以为不可，说鲁肃道，关羽自大，又轻慢儒士，若往，或杀之，或执为人质。

鲁肃笑道，不然，我非腐儒，不惧关羽。关羽号称万人敌，喜读春秋，好用计谋，更以仁义称名于世，岂不知联盟之重。

于是鲁肃出益阳，只身而往，求见关羽。关羽闻报，惊讶不已，即出迎。廖化、王累请关羽执鲁肃，迫孙权还三郡。关羽不准，邀鲁肃入内。

关羽问鲁肃道，鲁子敬只身而来，以为我等非英雄？

鲁肃笑道，关云长威服四海，名满天下，谁敢小觑；所以敢来，因盟约尚在，利害相关。否则卿举众来此，我必以益阳拱手相让，岂敢滞留。

关羽斥鲁肃道，卿等趁我不备，夺长沙，取桂阳，破零陵，何谈盟约！既已反目为仇，可决死一战，何必空费口舌！

鲁肃道，云长何出此言！当初，曹操举大军夺荆州，刘玄德与卿等沦为亡命之徒，仓皇奔逃，走投无路；孙仲谋卓识远见，胸怀如海，与刘玄德互结盟约，共拒强敌，方有赤壁之胜。为使刘玄德有立足之地，孙仲谋又远伐合肥，命周公瑾分拒曹仁、徐晃，使卿等得以夺三郡。尔后，孙仲谋又举众四出，迫曹操以刘玄德为荆州牧。若非如此，卿等岂有今日！荆州既为孙、刘共夺，亦应共有，此理昭然，妇孺皆知，卿何不知！刘玄德置太守，孙仲谋置长史，意在共保，卿竟恃强逐之！昔日之誓，言犹在耳；彼此之盟，墨色尚新。况曹操气焰如炽，危机仍在，卿何故违誓言，弃盟约？我百思不解，故欲询之，望赐教。

关羽道，吕蒙、周泰袭夺长沙、桂阳，又围零陵，此何意？背盟毁约者，孙权也，岂能颠倒黑白！

鲁肃冷笑道，所谓来而不往非礼也，卿逐长史在前，孙仲谋逐太守在后，投桃报李，以牙还牙，此处世之道也；卿既不仁，岂怪他人不义！

关羽大怒，指鲁肃道，口舌之徒，竟不虑我杀之！

鲁肃道，我既敢来，何惧一死。实不相瞒，益阳仅精甲一万，而卿合廖化、王累之众，数倍于我；卿既可杀我，亦可夺益阳。

关羽愈怒，命廖化执鲁肃，欲杀之。鲁肃不惧，大笑道，人言关羽颇识大义，非也！我死何惜，唯恨联盟将破，东南将倾矣！此亲者痛、仇者快，关羽竟不知！

关羽顿疑，命释鲁肃，待以酒食。关羽道，卿虽壁垒相连，我若欲克，一举可破也。

鲁肃道，不然，我虽寡，然人人知大义，所谓大义凛然，凛然之师，威不可犯也；卿虽众，然人人图小利，所谓利益之徒，苟且之众，其意必怯也。

关羽道，两军相交，胜败在于多寡，岂在虚仁假义。今马超在临沮，刘玄德在公安，三面环顾，虎视眈眈，若不奉还三郡，卿等必败。

鲁肃笑道，吕蒙、周泰已离零陵，正来益阳；孙仲谋亦出吴郡，据陆口。若刘玄德不惜鱼死网破，孙仲谋何惜！

关羽不言，亦不饮，颇为犹疑。鲁肃道，实不相瞒，张昭等力主孙仲谋与刘玄德绝，转投曹操，以图苟安；孙仲谋虽每每拒之，未必心无此念。若刘玄德因小利而不顾大局，孙仲谋必降迎曹操。此两可之际，望卿三思，切勿轻举。

鲁肃言毕，一揖告辞。

十五

关羽以为鲁肃之说在理，遂命廖化、王累仍据益水，自率部属退还江陵。翌日，关羽又往公安见刘备。刘备大为惊讶，问关羽道，卿数倍于鲁肃，吕蒙、周泰虽欲赴救，鞭长莫及；既一举可下，何故弃之？

关羽遂以鲁肃之说告知刘备；刘备不能忍，欲亲赴益阳败鲁肃，迫孙权还三郡。关羽以为不可，劝刘备入吴郡会孙权，可据理力争，不可诉诸武力。

刘备纳其说，欲拜会孙权，议三郡归属，重修旧好。正此时，诸葛亮遣简雍来公安，称曹操已大出，兵指汉中，再伐张鲁，若张鲁败，曹操或就势西来，攻夺益州，请刘备速回，以防不测。

刘备大惊，命麋芳往吴郡，拜会孙权，请其遣使来益州，再修盟约。

刘备知关羽轻慢儒士，藐天下之小，嘱其善待同僚，宽于内，严于外，以保荆州无虞。

关羽道，我等俱知荆州之重，誓与荆州共存亡。

刘备遂辞关羽，率黄忠等回蜀。

孙权知麋芳来吴郡，命步骘与之会谈。麋芳告知刘备之意，步骘又转告孙权。孙权欲拒之；步骘说孙权道，将军夺三郡，肇端于先；刘备退走，邀将军议和，既刘备不愿背盟，将军岂能拒之。

孙权以为然，欲以鲁肃为使节，遣吕蒙往益阳替鲁肃。步骘道，吕蒙好强，又不喜关羽，若替鲁肃，必争端频起。我知诸葛瑾机智缜密，又极善辞令，堪为使节。

孙权遂召诸葛瑾，命其为使节，往西蜀，与刘备修约。行前，孙权嘱诸葛瑾道，刘备倚重诸葛亮，如鱼之于水，凡事俱依诸葛亮所谋。卿与之同胞，既入成都，可多往来，以手足之情为我谋利。

诸葛瑾道，将军若因此以我为使，恕我不能奉命。

孙权颇惊，问诸葛瑾道，卿何出此言？

诸葛瑾道，所谓使节，应争之以理，晓之以义；若施以私恩，谋以私情，与贿赂何异。此君子所不为，请另委他人。

孙权笑道，卿与诸葛亮相隔千里，宁无思念；既往益州，岂不畅叙亲情。

诸葛瑾道，使命所在，岂容私情！

孙权大笑道，我所虑者，诸葛亮以私情惑卿也；卿凛凛风骨，气节如山，我无所虑也！

翌日，诸葛瑾离吴郡，取道往蜀，行数十日，已至成都，即命随从逞送拜贴，求见刘备。刘备欲使诸葛瑾久候而失分寸，遂以事务繁多为由拒之。诸葛瑾再请，刘备再拒。

刘备召诸葛亮，请其先会诸葛瑾，察其所愿。诸葛亮遂往客舍，求见诸葛瑾。

诸葛瑾提笔书十六字：

关山万里，思君如水；各为其主，恕不私会。书毕，命随从转付诸葛亮。诸葛亮阅之，即退，转示刘备。刘备叹道，诸葛子瑜风尚高古，不徇私情，堪称士大夫楷模，可惜不为我所用！

次日，刘备召诸葛瑾入见，命诸葛亮、法正、简雍、糜竺、孙乾等作陪。

刘备问诸葛瑾道，诸葛子瑜受孙权之托来和三郡之争，不知其意如何，可先言之。

诸葛瑾道，当初，曹操乘刘表新丧，刘琮暗弱，一举夺取荆州；明公知荆州必失，转走樊城，又往江东，犹如惊弓之鸟，脱网之鱼。若非孙仲谋鼎力相助，明公既无三郡，更无荆州，何来今日之盛！既荆州为彼此共夺，理应共享；孙仲谋置长史天经地义，关羽竟无视盟约，怒而逐之，于是争端骤起。足见三郡之争，罪在关羽，不在他人。若不明是非，岂能息纷争！

刘备道，卿既来此议和，应重其果，何必究其因。

诸葛瑾道，此言谬矣，世无不因之果，若不究其因，岂能善其果！

刘备顿觉语塞。诸葛亮道，所谓因果，有目共睹，是非曲直，实难明辨。况所处各异，所持必不同；若各执所见，互不相让，不知从何而议？孙仲谋有何想，请言之。

诸葛瑾道，孙仲谋深明大义，不愿以三郡之争，而伤鼎足之势，故而欲分三郡为二，东属孙仲谋，西属刘玄德。若无异议，可就此立约。

刘备道，我仍于三郡置太守，孙仲谋置长史，如何？

诸葛瑾道，既有今日，何必当初？然流水已去，岂能逆转。今三郡已为孙仲谋所据，予取予夺，岂由明公，所谓此一时彼一时也。

刘备无奈，遂依诸葛瑾之说，立平分三郡之约。

诸葛亮再访诸葛瑾，不料诸葛瑾已离客舍，放舟而去。诸葛亮大为叹息，亦书十六字：

江流不息，我心依依；孤雁独鸣，声声如泣。书毕，遣随从飞送诸葛瑾。诸葛瑾阅此，感慨万端，遂取头冠付来人，托其转交诸葛亮，称视此冠犹如我在近侧，既弟兄情深，必能再会。

不数日，诸葛瑾回吴郡，拜见孙权，详言西蜀之行。既争端平息，孙权遂命鲁肃镇陆口，节制诸将，既防关羽，又防曹仁。

曹操率贾诩、司马懿等出邺城，入关中，欲携夏侯渊、张郃等再伐汉中。

司马懿说曹操道，钟繇、夏侯渊等曾强攻褒斜，因关塞险要不能克。臣以为，若再走褒斜，必仍受阻碍，难有所获，不如转道阴平，攻阳平关。阳平关与汉中近，张鲁命胞弟张卫率部属一万据关而守，以防刘备。若转取阳平关，必大出张鲁所料，可一举克之；若阳平关破，可直下汉中，何愁张鲁不败！

曹操以为然，遂举十万精甲出关中，取道阴平，再转走阳平关。

张鲁知曹操已近阳平关，大惊，以为汉中必失，欲降，即致信张卫，令勿与曹操战，可开关降迎，以图自保。

张卫不以为然，回信张鲁称，不战而降，将军之耻也；我虽寡，曹操虽众，然我等有险关可依，何惧！

张鲁不能决，召部属商议。庞德说张鲁道，若开关迎曹操，必为曹操所耻；请将军增兵阳平关，以拒曹操。

张鲁纳其说，令增兵一万，以待曹操。

曹操等近阳平关，见高山耸峙，关塞雄伟，张卫等已尽据险要，不禁大惧，以为必受阻于此。

司马懿知曹操人到暮年，壮志不再，遂说曹操道，魏王勿忧，臣知张鲁麾下多为教徒，散漫无羁，羸顿无力；所谓蝼蚁万千，难挡老夫一足。此关虽雄，牵连颇远，左右数百里，张卫岂能尽据。可令将士夜出，另辟蹊径，登绝顶，居高临下，张卫必败。

曹操纳其计，令暂屯于此，命夏侯渊、徐晃等绕出近百里，趁夜登高，以逼张卫。

翌日，张卫见曹操依山连营，绵延数十里，不禁笑道，人言曹操用兵如神，亦不过如此；虽壁垒相连，岂能夺我雄关！

夏侯渊、徐晃等俱上绝顶，由远及近，分逼阳平关。是日黄昏，四山将士忽现，旌旗怒卷，犹如从天而降。张卫等大为惊恐，一时纷乱不已。曹操即命司马懿、许褚等大举攻关；夏侯渊、徐晃等飞身直下。

张卫见此，知阳平关必破，又士卒纷纷逃散，不可禁绝，亦弃关而走，逃回汉中。

张鲁知阳平关已破，汉中危在旦夕，欲走米仓道，遁入巴中。

行前，张卫欲尽烧府库；庞德疾呼道，府库钱粮乃国家所有，非私物，岂能焚烧！

张卫大怒，欲斩庞德；张鲁不准，命尽封府库。庞德恐乱兵哄抢，请留守。张卫斥庞德道，汝欲以府库奉曹操，我岂不知！

又欲杀庞德，庞德不惧，彼此剑拔弩张。张鲁劝张卫道，人各有志，岂能强求；况庞德乃马超旧将，非我亲信，可任其自决。

张鲁等仓皇而去，径往巴中。曹操入汉中，知张鲁走米仓道入巴中，恐与刘备合，即遣张郃追击。张郃率精骑五千昼夜疾进，与张鲁等遇于巴中北。张卫自请率精甲阻张郃，两军战于巴水岸，张卫不敌，大败。张郃斩张卫，再追张鲁。张鲁大惧，即遣散部属，率家人降迎张郃。

功曹阎圃拒作降虏，潜回阆中，以耕读自足，不再出仕。

张郃执张鲁，命快马往汉中，禀报曹操。曹操即拜张鲁为镇南将军，封阆中侯，往邺城安置。

张鲁不敢违，举家入邺城，半年后病死。

夏侯渊奉曹操之命清查府库，为庞德所阻。夏侯渊怒斥庞德道，府库钱粮为国家所有，我奉魏王之命来此清查，若敢拒，必杀之！

庞德冷笑道，府库之重，乃国之命脉；非魏王亲临，恕不交接！

夏侯渊欲强入；庞德令部属举火，欲焚之。夏侯渊不敢逞强，遂退，回禀曹操。曹操大笑道，庞德欲以府库谋前程，此人之常情，孤何忍使之绝望！

于是，曹操亲往府库见庞德。庞德朝曹操一揖道，魏王既来，我等当去。

言毕，领部属即走；曹操忙说庞德道，卿欲全府库而谋前程，既无所获，岂忍离去？

庞德道，留守府库乃张鲁所嘱，非我自愿；况钱粮财物为国家所有，我既不可取分毫，亦不屑以此换前程！

曹操大为嘉赞，又问庞德道，张鲁已去，卿何不随行？

庞德道，张鲁非英雄，故而不随。

曹操大笑道，孤知卿忠直勇壮，又足智多谋，马超、张鲁俱为俗子，不堪追随；虽孙权、刘备亦不足为卿之主。孤欲以卿为左右，奉君报国，如何？

庞德遂降，曹操拜庞德为立义将军。

十六

刘备恐曹操合张鲁之众，顺势攻益州，即命马超离临沮，移镇葭萌；又是致信孙权，请再攻合肥，迫曹操离汉中。孙权知合肥深险，不能克，欲拒之。鲁肃闻此，急回吴郡，说孙权道，将军若不应刘备所请，曹操或出汉中攻西蜀，若刘备败，将军必孤军奋战，岂能保江东不失。

孙权道，刘备夺西蜀，既乃曹操所望，曹操何必讨伐？

鲁肃道，今荀彧已死，程昱已隐，誓为汉臣者日寡；曹操顾忌渐少，私心愈炽，可谓进退无碍，废立由己，其举措殊难料也。况曹丕已成气候，志向不输其父，又极善笼络，精于谋划，若承父业，必废天子以自立。曹操任将军割江东，由刘备得荆州而夺西蜀，却不容扩张，不许独大，如此，既有不臣可讨，又能剿灭。若曹操欲废天子，必毁鼎足之势；若欲全名节，助曹丕一统河山，亦必速灭刘备，再举众伐江东。当此之际，将军宜与刘备呼应，顺刘备所动而动，逆曹操所为而为。唯其如此，方能立于不败。若鼎足固，江东必能安处；若鼎足毁，江东断难独立。此求存之道，将军岂能不知。

孙权然其说，问鲁肃道，然合肥险固，我何以制胜？

鲁肃道，合肥处江淮之间，大江、淮水际会于此，形若襟带，势若锁钥。合肥开，可转入颍水，使舟师达许昌；合肥闭，可阻绝大江，使片帆不能过。若将军据之，曹操水路断绝，难以来东南；若不能克，曹操必大举赴救，西蜀之危将立解。此两全之计，将军何疑。

孙权遂率陆逊、吕蒙、周泰等，举五万之众往合肥。

曹操知孙权攻合肥，说司马懿道，孙仲谋知孤在汉中，竟欲取合肥，孤当如何？

司马懿深知曹操之意，答道，合肥锁大江，控两淮，重若国门，若失，将危及河南；况合肥兵寡，恐不能拒强敌。臣请魏王离汉中，赴救合肥。

曹操遂留征西将军夏侯渊、偏将军张郃守汉中；又命司马懿徙汉中士民入洛阳，以免生变。

贾诩说曹操道，合肥遥远，若无数十日，大军不能至。臣请魏王遣快马入合肥，命张辽等坚城固守，以待援军。

曹操依其说，书两信与护军薛悌，嘱其依计而行。书既成，即遣信使往合肥。信使昼夜不停，倍道兼程，竟先于孙权到合肥。薛悌即召信使，信使传曹操之命，说薛悌道，此信有先后，先书者，待孙权兵临城下开阅；若首战取胜，再开阅后者。

薛悌应诺，信使告辞而去。

合肥仅七千余众，张辽、李典、乐进等知孙权举五万之众来攻，大惧，以为合肥必破；忽知曹操有书信予薛悌，遂来拜问。薛悌说诸将道，魏王确有书信，须待孙权兵临城下时，方可开阅。

张辽道，魏王既有书，必有破敌之策；所谓欲制胜，必先谋划。请开视，以便我等依计而行。

薛悌道，此魏王之令，恕不敢违；孙权尚在途中，岂能开阅。

张辽怒说薛悌道，将在外，君命有所不受。今危亡在即，岂能拘于常态！

薛悌不敢争，任其开阅。其书仅有数语：若孙权来，张、李二将军出战。乐将军守城，薛护军亦不可轻举。若张、李二将军胜，可速回，不可恋战。

李典、乐进见不过如此，俱不从曹操所言，欲坚城自守，以待援军。

张辽道，魏王远伐汉中，距此千山万水，若我等坐待援军，不与孙权战，恐援军未到，合肥已破。魏王之意，欲使孙权立足未稳，骤然出击，灭其锐气，振我军心，然后坚壁而守，使其有所忌惮。此应急之计，卿等何疑！

李典、乐进不以为然。李典道，孙权举五万之众，数倍于我，气焰嚣张，遮天蔽日，岂能夺其锐气！

张辽道，存亡与否，在此一举，卿等若惧，我不惜独往！

乐进知李典与张辽不和，遂以眼色暗示李典，欲互为同盟，掣肘张辽。

李典不屑于此，深为张辽气概所动，断然道，合肥存亡，关乎国家兴衰；我身为将军，何惧粉身碎骨，更不屑以私怨而失大义！我愿随张文远出击，不灭孙权威风，绝不生还！

张辽大喜，遂与李典选死士，得壮士八百，即大设酒宴，任其饮食。

翌日晨，孙权等举众来合肥，正大树壁垒，欲围城。张辽说李典道，既孙权乍来，可猝然而举，迟则恐不能如愿。

李典然其说，遂与张辽率八百壮士会集城门内。正欲出击，乐进、薛悌俱来。乐进道，卿等大义如山，我岂甘落后，必与薛护军誓死护卫城池，以待卿等生还！

张辽道，待我等出城，可高挂悬桥，免使孙权趁势入城。

言毕，命大开城门，与李典举八百死士飞马而出。

张辽一马当先，直取孙权。李典率死士紧随其后，其势之迅猛，犹如狂风吹沙。

诸将正领部属设壁垒，忽见张辽等骤然而举，大为惊惶，竟不知举措。张辽、李典趁其慌乱，席卷而至。

孙权正与陆逊、吕蒙等议攻城之策，忽报张辽、李典骤出，大惊，忙出看，眼前一片大乱，将士纷纷乱走，死者已不下百人。孙权手足无措，欲呼诸将，竟张口结舌。

陆逊见张辽、李典直奔孙权而来，忙嘱周泰阻拦。周泰来不及披挂，飞身上马，迎击张辽、李典。吕蒙恐周泰不敌，亦出。李典避开锋芒，领死士侧出，欲绕袭孙权。

张辽亦不与周泰、吕蒙纠缠，自另一侧出，亦直取孙权。

陆逊急说孙权道，贼势凶狂，请将军避之！

孙权不听，夺侍从长戟，欲迎敌。陆逊大急，令侍从强扶孙权上马。孙权疾呼道，我举数万精甲，何惧数百之众！

陆逊猛击马臀，那马狂奔而去。乐进、张辽瞬息而至，见陆逊当道而立，张辽喝道，挡我者死！

陆逊不动，笑指张辽、乐进道，退一步海阔天空，进半步万丈深渊！汝等信否？

张辽斥陆逊道，休得妄言，岂不知戈矛无眼！

陆逊道，我若退后半步，枉为男子！

乐进道，让开，我等不杀手无寸铁者！

陆逊仍不动，笑道，既敢当道而立，何惜一命！

张辽、乐进不愿啰嗦，绕过陆逊，再追孙权。孙权已驰上高坡，竟无路可走，于是勒马，横戟而立。

吕蒙、周泰等见此，飞驰而来，欲围擒张辽、李典。李典急呼张辽道，敌众我寡，岂能逞强！

张辽不听，打马直上，欲擒孙权。李典又呼道，张文远还不退走，迟则追悔莫及！

张辽大为迟疑，遂止。孙权欲诱张辽，大笑道，汝若不惧，可上此坡，我必与汝放手厮杀！

张辽大怒，又欲上。李典再呼道，张文远糊涂，竟不顾魏王之命！

张辽猛醒，忙退走，与李典同回合肥，命坚城自守。

孙权锐气大折，不敢举动，令诸将围而不攻。

是夜，陆逊说孙权道，合肥空虚，张辽等恐不能坚守，故而乘我等立足未稳，猝然而出，又猝然而还，欲折我锐气，使我等不敢强攻，然后坚壁自守，以待援军。既如此，将军可四面急攻，或能一举而下。

孙权道，合肥坚固，虽以强攻弱，未必能克；应徐图，不应急切。

陆逊道，若不速决，曹操必举众来援，恐再无时机。

孙权不听，令诸将不得轻举。

十七

孙权围合肥而不攻，陆逊大为焦急，再说孙权道，合肥守军不足一万，将军所领数倍于敌，若不强攻，张辽等气焰愈炽，必笑将军无胆。

孙权道，我所以来，不过欲使曹操离汉中，并无奢望；况合肥坚固，不能以强胜弱，张辽、李典等又极勇壮，岂能轻举！

陆逊道，若围而不攻，岂能迫曹操离汉中！若曹操知将军用意，任张辽、李典等与将军周旋，岂不前功尽弃？

孙权大为疑惑，不能答。

陆逊再说孙权道，若将军以众怯寡，将士必愈惧曹军之勇，他日何以争天下？况曹操大军若来，将军或不战而走，曹操必视将军为懦夫，此更不利日后之战。既关乎未来，请将军勿疑，大举攻城。

孙权以为然，遂召诸将，欲强攻。于是将士大树云梯，欲齐举。

张辽、李典、乐进等见此，急请薛悌议对策。薛悌又出曹操书信，说诸将道，魏王尚有一信，嘱我等首战后开读。

张辽忙开书信：

若张、李二将军突袭得手，必使孙权不敢强攻，或围而不战。卿等可令将士广采柴草，浇以油脂，大集四门内。孙权见此，必知卿等誓与合肥共存亡，更不敢轻举。卿等可登城，挽弓带箭，大备滚石、擂木，使孙权不敢近前引射柴草。如此，可与之相持十数日，十数日后，孤必举十万大军来合肥，孙权必败。

张辽等依曹操之计，广搜柴草、油脂，分集四门；又令夜不闭城，使百姓随意进出，似欲诱敌深入。

孙权正欲急攻，忽见四门洞开，百姓进出无碍，似不以五万大军为意；又见门内大集柴草，又浇足油脂，大惊，令诸将再止。

孙权说诸将道，张辽、李典等大集柴草于四门，誓与合肥共存亡，我等若入城，彼必引火焚烧，我等将与之葬身火海。此破釜沉舟之计，我当如何？

吕蒙道，张辽等虽极勇壮，却不善谋划，此必曹操之计。曹操欲使将军攻而不克，退而不舍，然后大举而来，使将军远伐合肥沦为笑谈。依我所见，不如早走。

孙权以为然，欲弃合肥，回吴郡。陆逊说孙权道，将军数倍于敌，若不战而走，岂不长他人之志，灭自己之威？况曹操未来，西蜀之危未解，若走，岂不枉此一行？

孙权遂依陆逊之说，暂不撤围。又数日，斥候来报，称曹操举十万大军正疾行于途，距合肥已不足三百里。孙权大惧，命诸将撤走。

张辽见孙权离合肥，以为可追，说李典、乐进、薛悌道，孙权初来，我等依魏王之计，猝然而举，使其大折锐气，不敢强攻；若使孙权遁走，岂不让魏王大军白费周折！

乐进道，孙权退而不乱，又数倍于我，岂能追击！

张辽道，孙权所仗者，大江之险也，故而伐之不能胜；今远道合肥，孤军深入，已失回旋之利，此天赐时机也。魏王援军将来此，若将之拦截，必能聚歼。此不世之功，卿等何疑！

乐进、李典、薛悌俱不能决。张辽疾呼道，我不惜一死，必阻孙权于此！

于是张辽举五千精骑出合肥，猛追孙权。

孙权等行至逍遥津，忽见背后烟尘大起，以为曹操援军已到，正急追，大惊。陆逊说孙权道，将军勿慌，曹操既在数百里外，岂能猝至；此必张辽等，可命吕子明断后，必能拦截。

孙权笑道，若追者为张辽，我只需数言，即能使之退回。

于是孙权即令诸将暂止，说蒋钦、周泰道，卿等可绕道张辽后，若张辽欲举，我与卿等两面夹击，必能大胜。

二人领命而去。孙权率吕蒙、陆逊等登山，止于山石上。片刻，张辽等飞奔而来。孙权笑说陆逊、吕蒙道，张辽好逞匹夫之勇，竟不顾用兵之忌！

张辽见孙权等立于石上，遂止，呼孙权道，竖子，既敢来，何故不战而走？

孙权大笑道，匹夫，竟不知我用心良苦！曹操据汉中，若不伐西蜀，岂能回邺城！我深知曹操苦衷，故而来合肥，使其能退回老巢；汝不知用意，竟以寡击众，曹孟德必责汝愚鲁！汝若知难而退，我或饶汝不死；若不去，我必使汝葬身此地！

张辽大疑，忽不知进退。孙权又呼张辽道，汝且回头，必知所言不虚！

张辽忙回顾，见蒋钦、周泰等已横绝退路，不禁大为惊惶，即命部属斜出，欲绕回。吕蒙说孙权道，张辽已成笼中鸟，伸手可擒，岂能任其来去！

言毕，欲率精甲追杀张辽；孙权不许，说吕蒙道，张辽乃曹操爱将，若杀之，曹操必怀恨，或举众疾追，我等岂能全身而退！

吕蒙不敢违，遂止。孙权又命蒋钦、周泰等勿阻，放张辽回合肥。

刘备知曹操离汉中，留夏侯渊、张郃等据守，知危局已解，大为宽慰，欲专司治理，大开商贸，奖掖农桑，遂召群僚。一时群贤毕集，大议治蜀之策。

刘备道，我等远道而来，连年征战，将士已渐生乡思；况蜀中士庶，虽归附如潮，却至今不获恩信。自古治天下难，治蜀尤难，若无良策，不能奏效。今曹操已离汉中，当暂无忧患，应广施仁德，大行恩威，以安人心。为此，我欲以黄金锦绣赏赐将士，以彰功绩，卿等以为如何？

什邡令蒋琬道，黄金锦绣，乃蜀中之宝，天下莫不追慕。据我所知，景帝以文翁为蜀郡太守，文翁嫌蜀人诡奇，遂开学庠，以文化人；又知蜀地多丝织，蜀人喜织锦，好刺绣，于是置锦官，以之为贡物，王公贵族始知世上有妙品，于是纷纷追捧。尔后，公孙述据蜀自立，每以锦绣输送北方，换取良马；刘璋父子亦效之，方有精骑近万乘。足见锦绣之类，实堪瑰宝，宜储之，以备贸易之需，不可散之。

刘备道，蜀锦、蜀绣虽贵极天下，终不过饰物，令人妄生奢靡，蓄之何益；自古人所共贵者，钱也，有钱在，何物不能至，何马不能为坐骑！

黄权道，将军所虑者，荆州将士背井离乡，或欲还归故里；蜀中旧僚弃旧投新，或有邀赏之想。蜀锦、蜀绣巧夺天工，俱为奇珍，世人无不宝爱，若以此分赐有功将士，必皆大欢喜。若再以黄金购田买地，令将士以锦绣置换，远来之人俱成有产者，可迎家眷入蜀安居，如此，他乡即故乡，何愁人心不安！

刘备大喜，说群僚道，此议甚佳，我必行之。

法正道，此说实不可取。蜀锦、蜀绣贵为奇珍，刘璋储数十万端，以此称富天下。蜀中无马，北人爱锦绣，以此互换，各得其所；虽公孙述、刘璋之流亦知此道，将军岂能不知！况蜀中土地多为贵胄所有，无不珍爱，岂能强买！此破败之策，断不可行！

诸葛亮道，有功不赏，军心何安！将士出生入死，所望者，不过以所获成家立业，业在西蜀，虽家在万里犹如故乡。此上善之策，行之何疑。至于购田买地，可使业主作价，将军再溢价而购，业主可获巨利，何乐不为！

法正道，若欲取悦于人，可赐黄金，任将士买物购货；将军若以黄金买田，再使将士以锦绣置换，岂不殊途同归，何必多此一举！

诸葛亮道，若赐以黄金，将士必辞作异乡人，或怀金归家，将军所望岂不付之东流！凡出新政，所惠者，宜遍及草木，不可偏废。若以高价买田，有田者必获巨财，可转营锦绣；将士置业于斯，可经营，亦可居处，其心必安，其意必足。如此，既能使锦绣盛，又能使农桑兴，两全其美，何不为之！

于是刘备纳黄权、诸葛亮之说，尽出锦绣，犒赏三军；又以黄金溢价一倍购田产。蜀中富户欲图巨利，无不望风而动。仅十数日，刘备购良田数十万亩，令将士以所获锦绣置换。

将士无不响应，唯赵云不屑于此，以所获锦绣全数交还。

刘备颇为讶异，遂召赵云，问赵云道，卿所获，仅次诸葛亮、关羽、张飞，远在马超、黄忠之上，何故不纳？

赵云道，今汉室未兴，事业未竟，天子受欺，群臣受制；曹操雄视天下，废立只在一念间；孙权割据江东，壮志犹如云吞日。将军虽据西蜀，然强敌未灭，巨贼犹在，岂是苟安之时！若图富贵，必消磨志气。我虽不才，亦知此理，故虽一分一毫不敢取！

刘备大为嘉叹，欲收回成命。赵云说刘备道，令既出，不可改，若改，将士必生疑惑，此治人之忌也。

刘备又赞赵云道，卿颇有古儒将之风，文武兼备，德才并茂，实乃同辈楷模。

张飞知赵云退还锦绣，即遣部将范彊往成都，拜见刘备，称愿效赵云，尽还所获。刘备亦大为称赞。

范彊回阆中，张飞问马超情形。范彊道，马超命马岱入新都，欲大置田产，安享富贵。

张飞冷笑道，狗贼，竟不知轻重！

是夜，张飞致信马超。

马孟起阁下：

今闻阁下欲大置田产，安享富贵，甚为惊愕。阁下本丧家之犬，曹操欲杀之，张鲁欲图之；逃来成都，时刘璋已穷途末路，指日可擒。阁下兵不血刃，而获巨赏，竟受之无愧，令人不解。我与赵云等久随刘玄德征战，披肝沥胆，出生入死；伐蜀之战，我与赵云分兵而进，夺关斩将，攻城略地，其功可与天齐。虽如此，我等尚知有愧，不敢坦然受之；阁下何德，竟安之若泰！

马超获张飞信，颇不自安，又不忍舍巨富，遂召马岱。

马岱说马超道，张飞、赵云俱为万人敌，又深得刘玄德器重，实不可与之结怨；况将军寄人篱下，唯藏掖锋芒，方能安处。

马超依其说，遂致信刘备，请尽还所赏。刘备疑马超或生异心，不准；又知为张飞所迫，遂命糜竺入巴西，责张飞。

成都织锦刺绣者日多，一时机杼声声，昼夜不绝。诸葛亮又请复置锦官，开衙门；刘备遂以糜竺子糜威为锦官，专营锦绣。

十八

贾诩等又上书献帝，请加曹操王冕十二旒，乘金根车，驾六马，设天子旌旗。曹操恐再招流言，上表严辞。

献帝恐曹操由此生恨，召曹操入许昌，欲安慰。曹操恨朝廷礼仪繁冗，又太过威严，不愿奉诏，更不愿见献帝。

贾诩以为不可，说曹操道，天子虽形同虚设，然名号尚在，若不奉命，或招非议。臣请魏王不辞，或能察宫中情形，以利举措。

曹操道，卿有所不知，孤初入洛阳，亦曾晋见天子，方入内宫，即有力士执长鞭，抽打甬道，名曰开路鞭，鞭风所及，令人股颤；再入，又有金甲武士数十，排列两旁，各执长棍，击地而呼，其声之厉，令人胆寒；至天子殿外，又有两巨人，各执长戟，忽然而举，横叉颈项，牵引而入，至此，人已魂飞魄散，形同死尸。孤再不愿受此惊骇，故而久不入宫。

贾诩道，此一时彼一时也。以魏王之神武，虽天子亦应敬重，谁敢以繁文缛节待之！臣愿与魏王同行，必使官吏跪迎，侍从避之！

曹操大喜，遂携贾诩入许昌，晋见献帝。方入宫，侍卫果欲扬威，贾诩喝道，魏王功高盖世，虽天子亦知礼敬，汝等岂敢慢待！

侍从不敢逞强，纷纷避让。曹操径入禁宫，与献帝隔帘对坐。献帝道，魏王功勋，旷古绝今，朕欲纳群僚之说，加魏王礼仪，以彰显功德，别于诸王，魏王何故坚辞？

曹操道，臣以剿灭不臣，复兴汉室为己任，虽历尽艰险，耗尽年华，而无怨无悔；然强虏未尽，不臣犹在，臣每每为此自愧。今臣已到暮年，壮心不再，意气渐消，耳目昏愦，体弱力衰；部属欺臣年高，或拒不奉命，或不听节制。臣无能为力，已生归隐之心，望陛下念臣劳苦，容臣归隐故乡，安度余年。此真切之请，望陛下恩准。

献帝暗喜，以为曹操能自去，无异蔽日阴云，无风自散，于是问曹操道，朕素知魏王驭人有方，威不可犯，群僚无不宾服，何言拒不奉命，不听节制？

曹操道，群僚每请臣设天子之旌，出入称警跸，与陛下分庭抗礼，或取而自代；臣虽愚鲁，深知身家性命俱为天子所赐，岂能僭越；又知群僚所以贵我，不过欲以此贵己。然众意汹汹，其说纷纷，臣屡禁不止；臣若不去，群僚之心不死，久之，必生大乱。臣不愿背负骂名，愿辞归田园，以绝群僚之奢望，全臣之微德。

献帝顿知曹操用意，沉吟良久，出曹操当年奏表，说曹操道，魏王曾有表，朕视若瑰宝，凡取读，嘉叹不已，每觉魏王之忠，犹如天日。既不臣犹在，狼烟未灭，魏王岂能弃朕而去；若半途而废，中道而止，岂不有违誓词？

曹操大为惶遽，不敢再言，遂辞。

贾诩见曹操惶惶而出，颇疑，问曹操如何；曹操不答，出皇宫，登车而去。

曹丕见曹操怏怏而还，问曹操道，不知天子之意如何？

曹操沉吟良久，说曹丕道，天子柔而不弱，怨而不恨，孤实不忍图。

数日后，献帝下诏，准贾诩等所请。曹操又上表，请以曹丕为魏太子，领副丞相。

曹操与天子分庭抗礼，一时人议纷纭，怨声渐起。许靖、刘巴、糜竺、孙乾、简雍及前部司马费诗等，俱请刘备举兵讨伐。

刘备不能决，遂召诸葛亮。诸葛亮说刘备道，明公素以匡扶汉室为人追慕，今曹操大逆之心显露无遗，若听之任之，必使天下人绝望。

刘备道，敌强我弱，避之犹恐不及，岂能以卵击石！

诸葛亮道，大义当前，不可以强弱论之！明公可命张飞、马超、吴兰等分道而出，讨而伐之；再致书孙权，请其出兵江淮，应诸将之举。曹操两面受敌，岂不大为忌惮！

刘备纳其说，命张飞出米仓道，马超、吴兰等出阴平道，以三万精甲会于下辩。马超欲建奇功，请分兵，或经陈仓，或出武都，绕袭长安。张飞不准，以为若深入，必受阻，又无后援，或大败。于是屯兵下辩，不再进。

曹操闻此，命曹洪举五万精甲拒之。

孙权接刘备信，欲亲率诸将攻寿春，再逼合肥。正此时，鲁肃遣心腹拜见孙权，称病重，危在旦夕。孙权大惊，更无暇旁顾，即离吴郡入陆口。

鲁肃已气息奄奄，见孙权来，泣道，我自知大限已到，恐不及与将军面辞，惶然不已；又虑为关羽、曹仁等所察，或转图陆口，故而危惧愈甚。今将军亲来，忧患尽解，我死而无恨矣。

孙权劝鲁肃道，今曹操与天子分庭抗礼，取而代之只在旦夕之间。我欲借卿之大才，合天下英雄伐曹操；大战在即，卿何忍舍我！

鲁肃道，我已命在旦夕，唯悬一线；我死不足惜，唯恨将军事业未竟，不能再受将军驱驰。

孙权命广搜良医，为鲁肃诊治。贺齐荐江东名医王深，称其素有圣手之誉。孙权大喜，命贺齐飞送王深来陆口。

王深既来，孙权嘱王深道，卿若果有回天之术，我不惜以万金为酬！

王深诊视良久，出验方三道，说孙权道，鲁子敬病入膏肓，服此药后，若三日内有起色，或可救；否则，恐难逆转。

孙权命侍从煎药。鲁肃服药三日，竟毫无好转。孙权大怒，指王深大骂道，汝误人性命，竟敢妄称圣手！

王深大惧，不敢言。孙权命执王深，欲杀之。鲁肃劝孙权道，此天命所在，岂能怪罪他人；将军若杀之，我虽魂归泉下，不能自安。

孙权遂逐王深。王深惶惶而去，又恐孙权追索，不敢回故里，欲辗转入蜀，竟为猛兽所伤，死于山野。

是夜，鲁肃呼吸愈急，脉息愈弱，命随从再请孙权。鲁肃说孙权道，我受将军错爱，待若手足，委以重任，虽寸功未立，然其心耿耿，天日可鉴；临终之际，尚有数言，望将军念我将死，勉能纳之。

孙权泣道，卿可尽言，我必谨记。

鲁肃道，今鼎足之势虽成，然曹操强，孙、刘弱，一时之安，难绝他日之患。请将军内施仁政，外固盟约，既不与曹操争锋，亦不与刘备失和。曹操若死，曹丕必废天子以自立；将军亦可称君，仍与刘备合，曹虽强，仍能拒。我所虑者，荆州也，荆州之重，关乎鼎足；吕蒙、陆逊等意气风发，又恃强好胜，我之后，吕蒙等必说将军夺荆州，若将军受其蛊惑，冒然而举，则联盟必破，江东将万劫不复矣！

孙权声泪俱下，说鲁肃道，肺腑之言，殷切之望，我必铭于心，刻于骨。

鲁肃道，吕蒙、陆逊俱为英才，堪称栋梁；然二人俱好争胜，或急功近利，有失远虑。望将军能使其绝浮躁，识大局，知稳健。如此，二人必堪大用，我亦当含笑九泉。

言至此，鲁肃精神尽失，气若游丝。孙权知永诀在即，大哭。

鲁肃逝于半夜。孙权念鲁肃久居富贵，命以重金购墓地，又置玉棺、石椁，予以厚葬。

孙权欲以吕蒙代鲁肃，又恐吕蒙刚烈有余，隐忍不足，不能决，于是请张昭，问人选。

张昭说孙权道，将军所虑极是。吕蒙、陆逊等虽颇知军事，然性情刚倔，又争强好胜，若用之，必有失。我知从事中郎严畯儒雅端稳，弱于表而强于里，必能代鲁肃。

孙权大喜，遂召严畯；孙权问严畯道，张子布荐卿代鲁肃，卿以为如何？

严畯大为惶然，辞道，我不过一介书生，手不能挽强弓，身不能驭骏马，若助理政务，或勉为其难；若将兵驱敌，实我所短，恕不敢奉命。

孙权道，鲁肃亦不过一介书生，既能为督帅，卿何不能？

严畯道，鲁子敬英气内敛，壮心外溢，胸藏精甲百万，腹纳四海八荒，叱咤风云，挥洒有度，我何敢与之比！

孙权见严畯出语精诚，又不以重权为意，于是大加赞赏；既别无选择，遂以吕蒙为左都督，代鲁肃。

张飞、马超、吴兰等屯兵下辩，知曹洪等举五万之众而来，遂分兵；张飞仍守下辩，马超、吴兰出下辩五十里，分左右而屯，以成掎角之势。

曹洪知马超善战，率将士夜攻吴兰。吴兰不敌，大败，为乱兵所杀。马超知吴兰败，大惧，退回下辩。张飞虑兵寡，遂与马超弃下辩，欲转攻汉中。夏侯渊知张飞、马超忽来，命张郃据定军山，自率精甲断褒斜道。

曹操恐汉中有失，命曹洪弃下辩追击。张飞、马超不敢轻举，绕走涪水，退回西蜀。

刘备仍命张飞据阆中，马超屯葭萌；又恨孙权拒不响应，欲命费诗往吴郡，责孙权；恰此时，忽闻鲁肃病逝，孙权哀痛不已，故而未举。刘备仍遣费诗谒见孙权，以示慰问。

十九

吕蒙将赴陆口，孙权设酒宴，为吕蒙送行，请顾雍、诸葛瑾、步骘、严畯、陆逊等作陪。酒过数巡，孙权说吕蒙道，实不相瞒，我欲以严曼才代鲁子敬为都督，严曼才称不知军事，不敢镇要地；今以卿合鲁子敬旧部镇陆口，愿不负我望。

吕蒙道，将军勿虑，我虽愚钝，亦知陆口之重。既身负重托，必知进取，当夙兴夜寐，披肝沥胆，以报知遇之恩。

孙权道，鲁子敬胸怀大局，刚中柔外，又忍辱负重，百折不挠，不知卿比鲁子敬如何？

吕蒙道，若论稳健细密，雅量宽容，我不如鲁子敬；若论将兵赴敌，出生入死，鲁子敬不如我。

孙权笑道，卿光明磊落，英勇无畏，令人感佩；然意气风发，精悍外露，又争强好胜，往往令人不安。

吕蒙道，将军之意，用心良苦，我必谨记。

孙权道，陆口与关羽、曹仁近，左狼右虎，危机四伏，若有失，将危及江东。关羽雄心万丈，志气如天，每欲吞并；曹仁虎视眈眈，张牙舞爪，亦欲图之。望卿行鲁肃旧策，与关羽善处，事事隐忍，共敌曹仁。

吕蒙一一应诺；待酒宴毕，吕蒙告辞，往陆口。

陆逊欲与吕蒙并驾齐驱，遂说孙权再剿山匪，根绝后患。

陆逊道，今鼎足虽固，然危机暗伏，剧变只在瞬息之间。曹操虽老，然曹丕如饿虎，磨牙吮血，以待来日；刘备如鬼魅，隐心藏志，以观天下。将军若无远虑，安于现状，必有他日之忧。

孙权道，卿欲何为，可尽言。

陆逊道，我有两策，既可使江东稳固，又能备来日之战。其一，可大布恩泽，使士民安于田亩，勤于耕作；大开商贸，使财货通达海内，税赋既多，可广置军资，蓄养精甲，以备战时所需。其二，可再举大军入山越，尽除残匪，使死灰不能复燃；既无后顾之忧，尽可放手一搏，誓与曹、刘争天下。

孙权道，山匪已尽，再不为害，或弃恶归田，或隐匿深山；若再兴讨伐，恐逼其又反。

陆逊道，不然。所谓一日为匪，秉性难改。山匪所以敛迹，因官军步步紧逼，不得已而委屈自保。今匪首仍盘踞深山，开荒垦地，种麦自足，以待时机；若江东有大战，群恶必蜂起，扰动后方，断绝退路，危害之大，令人恐慌。我虽不才，愿入不毛之地，浇灭余烬，永绝后患。

孙权颇知陆逊之意，于是以陆逊为右都督，周泰为属将，举精甲一万，再入山越。

陆逊大张旗鼓，广树声威，所到处，严察旧匪作为，凡恶习未改，或欺弱凌善，横行乡里者，一律捕杀。不一月，已杀数百人，远近无不震动。

陆逊转道会稽，太守淳于式不肯奉命，力阻陆逊查访旧恶，劝其以德服人，不可滥杀。陆逊不听，仍令部属逐一查访，又执数百人。陆逊亲临刑场，欲当众处斩。士民闻之丧胆，竟无人围观。

临刑之际，淳于式自缚而来，斥陆逊道，苍天尚容人悔过自新，汝竟不能！所执者俱已归田，虽有微过，可惩戒训斥，岂能滥杀！

陆逊反责淳于式道，此孙将军之命也，汝身为太守，竟屡屡阻抗；今又当众自缚，欲取悦士民，用心之险恶，实堪憎恨！

淳于式冷笑道，汝欲杀者，俱为会稽士民，若有罪过，盖因太守化人无方；罪既在我，唯愿以一命换众人不死！

陆逊大怒，命部属逐淳于式。淳于式大骂不绝，被士卒拖离刑场。

淳于式知无一幸免，不禁大哭，即上书孙权，痛陈陆逊严酷，请孙权问罪。

孙权回书淳于式称，匪盗不尽，江东不安。

淳于式徒呼奈何，又知郁林太守陆绩为陆逊族父，遂离会稽往郁林，拜见陆绩。

淳于式哭说陆绩道，吴郡陆氏乃世家，子孙无不儒雅，何独陆逊凶残好杀？

陆绩大惊，问淳于式道，陆逊精于谋断，其果敢机智不让周郎，卿何有此说？

淳于式道，陆逊欲获功绩，以邀恩赏，故此举众入山越，穷追苦逼，苛责滥杀，必使弃恶从善者再为匪盗。若不立止，必招大祸；卿为陆逊族父，应挺身而出，力阻恶行！

陆绩大为惶遽，即随淳于式出郁林，往会稽说陆逊。正疾行，忽闻丹阳旧匪费栈因惧捕杀，聚众而反，仅数日，已有万余众，遂杀太守，据丹阳；陆逊已离会稽，往丹阳讨费栈。

陆绩与淳于式别，转道丹阳，会陆逊。陆逊已围城，知陆绩来，即出迎，命治酒。陆绩辞道，倍道而来，岂为一醉！

陆逊颇知陆绩来意，笑道，正当八月，丹桂飞香，清秋万里，若不畅饮，有负大好时节。

陆绩遂入席，然拒而不饮。陆绩说陆逊道，历来君子入仕，无不以宽恕为要；凡行酷法苛政者，虽成于一时，莫不毁于千秋，商君、李斯，后世之鉴也。卿为士大夫，竟不行仁政，滥用杀戮，逼弃恶从善者再为贼寇！既非圣人之道，岂能为之！若不骤止，费栈之流必蜂起！

陆逊道，此言差矣。费栈之流，恶贯满盈，若不除之，必遗祸来日。此江东之害也，岂能听之任之！

陆绩道，天无不云之雨，人无不因之恶；民为匪盗，或失之教化，或迫于苛严。为官不仁，为民必奸，足见罪在官，不在民。

陆逊笑道，此腐儒之见耳。人为匪，或性情凶恶，或好逸恶劳；否则，同处其间，何故为匪盗者少，而甘于贫苦者多？

陆绩冷笑道，卿欲以此邀功获赏，竟不虑来日之祸！

陆逊大怒，责陆绩道，匪盗不除，江左何安！他日与曹、刘争天下，山匪必复起，内忧外患，纷乱滋扰，岂能御强敌！淳于式之流，腐儒也，我不屑与之争；待来日，必能知我用心！

陆绩知陆逊不可说，遂离席，拂袖而去。陆逊亦不挽留，召部属议破敌之策。

周泰道，费栈之众，多为村夫野老，何需计谋，可强攻，必一举克之。

陆逊道，非也。我等举众而来，虽每有杀戮，不过欲逼教而不化者自出，而后擒杀元首，根除后患。今依附费栈者，多为盲从，岂能尽杀！可分化瓦解，使其离散，如此，则费栈可擒，众人可赦，再使强者从军，弱者归田。此一举数得，何乐不为！

于是令部属大书告示，称唯诛首恶，不问协从；欲全性命者，可缠布左臂，以别费栈及死党；凡与费栈决裂者，将获新功，不咎往罪；限三日，大军将克丹阳，疑而不决者，与费栈同罪。

陆逊命弓箭手将告示射入城中，又说部属道，匪众必生嫌疑，当不战自乱，必能一举而下。

周泰道，若被费栈反用，令匪众俱缠布，岂不反受其害？

陆逊笑道，卿有所不知。凡随巨贼而反者，无不在两可间犹疑，如水中浮物，顺势而流。官军虽寡，人人精勇，足可以一当十；况江东有精甲数十万，岂容匪盗猖狂，此理昭然，谁人不知！

费栈知陆逊欲离间，大为惶恐，亦告示匪众，称敢于应陆逊者，杀无赦。

于是人心愈疑，匪众暗藏布巾，俱欲相机而行。

心腹说费栈道，何不将计就计，使死党假与陆逊暗通，夜开城门，放官军入内；我等暗伏重兵，猝然而举，陆逊必败！

费栈以为然，遂命死党见陆逊。是夜，死党左臂缠布，缒城而下。陆逊见来者精干，又左顾右盼，已知不善，命备酒食，予以款待。死党说陆逊道，随费栈而反者，多为盲从，不敢与将军为敌，俱愿里应外合，助将军擒费栈。若将军不疑，我等将夜开东门，放将军直入，何愁费栈不败！

陆逊大喜，说死党道，若能擒费栈，我当赏钱百万！

待死党去，周泰说陆逊道，此人口齿伶俐，必有诈，不可轻信。

陆逊笑道，我岂不知来者用心！届时，卿可领精甲伏于南门外，我领将士自东门入。费栈以为我已中计，必举全力猛袭；卿可急攻南门，必能破。匪众猝不及防，必大乱，或依布告所约，布缠左臂；费栈孤立，宁不束手就擒！

翌日三更，周泰领三千精甲伏于南门外；陆逊举众潜近东门。费栈命匪众暗伏东门内，以待陆逊，见陆逊如约而至，遂令死党开门。

陆逊等鱼贯而入，费栈等忽出，大肆杀戮；陆逊命弓箭手急射，又令死士持坚盾护于外，渐成胶着之势。正此时，忽听南门杀声骤起。费栈大惊，已知有诈，欲赴救南门。陆逊亲率死士强阻，局势陡转，匪众立处下风，左臂缠布者纷纷倒戈。

费栈大骇，弃众急走，恰与周泰遇。周泰欲生擒，费栈不愿为降虏，撞城自尽。

二十

陆逊率部入山，搜捕残匪，凡数月，又杀数百人，获协从数万，仍命身强者从军，于是凯歌而还。

孙权大喜，设酒宴，为陆逊等庆功，特邀淳于式等作陪。

席间，孙权说陆逊、周泰道，我所虑者，官吏也，官吏清明，民必良善；官吏贪腐，民必刁滑。

卿等清剿残匪，遍历郡县，必知官吏贤愚，望能告知。

陆逊道，将军轻税赋，重民心，又任人唯贤；官吏俱知自勉，贪腐渐绝，恩德昭显，何虑之有。

孙权道，凡为官者，应以体恤士民为要，官心慈，则民心软。我欲树楷模，使官吏仿而效之，卿等以为可树谁？

陆逊道，会稽淳于式爱民如手足，堪为楷模。

孙权道，淳于式曾痛陈卿等滥杀，又力阻追问，并无远见，岂能为楷模？

陆逊道，淳于式身为太守，宽护士民，实乃本份；我等为除后患，严加追问，滴水不漏，亦乃本份。淳于式责之，官德所在也；我等行之，职责所在也。

淳于式大为惶恐，忙道，我自知偏狭，性情倨傲，又无显绩，有负将军信任；郁林太守陆绩勤勉中正，颇知养民之道，实乃我辈楷模，望将军树之。

陆逊道，陆绩洁身自好，颇有君子风范，实可称赞；然性情淡泊，不愿进取，唯喜经史文章，非为官之道也。若以之为楷模，或使官吏重文轻政，风气惰散，得不偿失也。

孙权以为然，遂以淳于式为楷模，令官吏效仿。

陆绩知孙权、陆逊有此评，愈觉不堪仕宦，于是请辞郁林太守。孙权召见陆绩，询以何故；陆绩称体弱，又意不在此，居之恐有误，日夜不安。孙权无奈，准其所请。

陆绩闭门谢客，以读书著述自娱。某日，陆绩乘船访友，遇大风浪，惊吓过度，又染风寒，竟一病不起，死于数月后，仅三十二岁。士子闻讯，纷纷前往吊唁；孙权亲入府第献祭，刘备亦遣麋芳祭之。曹操知陆绩死，叹息道，陆公纪忠义仁孝，蕴藉淳朴，又才气横溢，若事孤，岂有今日！

曹操亦遣蒋干入吴郡祭悼。

陆逊收山越残匪，合数万精甲，部属多于诸将，进取之心愈甚，于是求见孙权，请伐合肥。孙权以为合肥坚固，往往劳而无功，不准。陆逊又上书，力陈合肥之重，若取之，可阻绝大江，使曹操不能东来；又请约刘备攻汉中，使曹操两面受敌，必能有所获。

孙权为之心动，命诸葛瑾再入蜀，约刘备。刘备不能决，召群僚议之。

黄权道，汉中处秦巴之间，四周险要，有深谷关隘可据；夏侯渊、张郃如虎拦路，若不逐之，不能入长安。高祖据汉中，还定三秦，遂有天下，足见汉中之重。若孙权攻合肥，曹操必大举驰援，此天赐时机也，将军何疑。

诸葛亮道，汉中虽重，不可速图。今西南诸夷频生事端，危及诸郡，若取汉中，诸夷必掠取郡县，内不安，何以攘外。宜先平诸夷，再图汉中。

刘备以为然，遂召诸葛瑾，请回禀孙权，暂缓举动，待诸夷平，再起而应之。

刘备命诸葛亮节制诸将，讨伐诸夷。诸葛亮举精甲三万，以马谡为先锋，出成都，经犍为，直下牂牁。诸夷大惧，纷纷退走，继而推孟获为盟主，大集哀劳，占尽险要，以待诸葛亮。

诸葛亮知诸夷猛壮，不敢轻进，欲烧山而走。马谡建功心切，以为诸夷虽众，不过散勇，自请领精甲入山，荡尽余孽。诸葛亮亦欲使马谡扬名，获刘备重用，遂准。马谡命死士着坚甲，持强盾行于前，以防弓箭。孟获等被逼入绝境，命夷人伐木为断，迎头痛击。马谡大败，退还山下。孟获等齐出，欲生擒诸葛亮。诸葛亮大惧，败走。孟获不肯舍，率诸夷猛追。

犍为太守李严知诸葛亮兵败，即遣部将救援。诸葛亮等得以脱险，退守牂牁。孟获亦不敢深入，回南中，杀南中太守。诸葛亮、马谡等回成都，请刘备问败军之罪。

刘备知诸葛亮以马谡为心腹，欲归罪马谡，杀而警之。诸葛亮极称罪不在马谡，而在己。刘备投鼠忌器，不得已，免马谡之罪；知孟获据南中，气焰愈炽，大怒，欲再伐诸夷。

诸葛亮道，孟获等世居深山，手能搏虎，勇悍凶残不类常人，虽虎狼之师亦难制胜。我知巴西板楯蛮极孔武，亦以捕杀猛兽而足衣食，武王伐商纣曾用其猛，高祖定三秦曾借其威。请明公命巴西太守张飞征巴人为前锋，必能胜诸夷。

刘备纳其说，命黄权还阆中，助张飞征猛士。黄权说刘备道，武王请巴人伐纣，曾酬以重金；高祖征巴人为先锋，曾封以良田，使有功者居渝水两岸，免纳税赋；后诸羌夺汉中，又贿以重金，请巴人逐之。巴人每以征伐获巨资，已成惯例，若无重赏，必不奉命。请将军封以好土，或谢以巨财，否则，恐难如愿。

刘备虑府库未盈，若谢以现钱，恐难足军资，嘱黄权命张飞许诺，战后兑现。黄权无奈，遂往阆中说张飞。张飞命将士入乡，广而告之，称凡从军者，凯旋之日，每人赏钱十万。应征者如云，仅数日，获壮士五千。

张飞命部将张达、范彊率众随黄权往成都。

刘备仍以诸葛亮节制诸将，举五万之众伐南中。诸葛亮欲使马谡戴罪立功，仍以马谡为先锋，辖张达、范彊及巴西勇士。

孟获知诸葛亮复来，即率诸夷入越巂，逐太守，阻绝山路，以待诸葛亮。

马谡等先于大军至越巂，见诸夷大集山林，即命张达、范彊举壮士强攻。壮士俱戴面具，狰狞可怖，犹如鬼怪。马谡不解，正欲问之，壮士出手鼓数百，击而歌之，又舞蹈而进。一时山鸣谷应，风云奔涌。孟获等大惧，呼为鬼兵，四散乱走。巴人蜂拥而上，穿林越谷，势不可挡，仅半日，已斩首愈万。

诸葛亮见此，惊叹道，曾闻巴人伐纣，前歌后舞；今日目睹，方知前人所说不谬！

孟获等大败，弃越巂，退走南中。诸葛亮等紧追不舍，欲围南中。孟获欲坚城自守，无奈诸夷胆气尽失，俱请退走哀劳。孟获又弃南中，退守深山。

诸葛亮欲命张达、范彊领壮士入山追剿；马谡心有余悸，说诸葛亮道，诸夷出入于此，熟知地理，可进退辗转；壮士虽勇绝，却非此山中人，不识道路，不知深浅，若轻进，必遭重创。前车之覆，当引以为戒。

诸葛亮遂命围山，纵火焚之，欲迫其自出。瞬时，大火四起，草木俱燃，火随风势，如海潮怒卷，渐而不见山形，唯见烟火漫天。

诸夷烧死无数，余者退入幽洞，不敢出。诸葛亮见火已尽，不见孟获等踪迹，遂率猛士上山，知余众藏匿洞穴，又命以烟火熏烧。孟获自知不能免，率众出降。

诸葛亮欲杀之，以绝后患；马谡劝诸葛亮恩抚，以夷治夷。诸葛亮纳其说，赦孟获等。孟获服膺，诸夷暂平。

诸葛亮率马谡等回成都；张达、范彊亦领壮士还阆中。张飞不能兑现赏钱，请刘备资助。刘备以大军将攻汉中，颇需资财为由推谢。张飞无奈，命张达、范彊等安抚，许诺三年内必兑现。巴人大失所望，颇为怨恨。

邑人马忠以为张飞失信于民，求见张飞，欲责之。张飞亦知马忠颇有才干，欲起而用之，于是置酒款待。

马忠道，君子为政，无不以信义为本；既有许诺，岂能自食其言。巴人重信义，每以失信为耻；若不兑现，必遗祸来日。

张飞道，非我不守诚信，实因资财短缺，一时无力兑现；我请刘玄德资助，刘玄德亦不能助我。卿勿忧，我必于三年内足其赏。

马忠道，既如此，何不效高祖，除徭役，免赋税，折抵赏钱？

张飞道，徭役赋税，乃官府命脉，若免除，守此郡何益？

马忠沉吟道，卿严令不准私酿清酒，又尽伐酒母树，巴人已有怨恨；今又百般推诿，拒付赏钱，其恨必愈甚。所谓人心不可欺，欺之，必自食其果。此古人之训，卿何不知！若废禁酒令，或能聊慰人心；此安民之策，望纳之。

张飞道，将军治郡，重威严，轻恩德，此亦古例。我非懦夫，虽众口悠悠，我何惧！

马忠知张飞固执，不可说，遂告辞；张飞说马忠道，我知卿贤良方正，才思敏捷，若愿助我，我必引为上宾。

马忠冷笑道，所谓道不同不相为谋；我虽贫寒，不敢共虎豹觅食。

言毕，拂袖而去。

二十一

刘备正欲伐汉中，忽知张郃出米仓道，夺巴中，据宕渠，离阆中已不足二百里；刘备大惊，令张飞复夺宕渠，逐张郃；又命马超出葭萌助张飞。

张飞仅率五千精甲救宕渠，命张达、范彊另引五千精甲迎见马超，请其伏兵途中。张飞至宕渠，佯攻；张郃欺张飞寡，举众齐出。张飞与之战，佯败，遁走。张郃不追，率众回城。张飞又复回，再攻。张郃大怒，又出；张飞再佯败，惶惶而走。长水校尉王平疑有诈，劝张郃勿追。张郃不听，奋起直追。方圆百里，见山峦层叠，又极险峻，大疑，欲退回；马超等四面大出，猛击。张郃大败，急登山，欲夺取险要。

张飞、马超、张达、范彊等三面急进，欲尽灭余部。张郃欲死战，王平劝其退走，回保宕渠。张飞、马超等大肆追杀，斩首近万。张郃知宕渠不能保，率余众自米仓道逃归汉中。

法正知张飞、马超大胜张郃，即求见刘备，请伐汉中。

法正道，曹操一举克汉中，合张鲁之众，竟不以得胜之师图巴、蜀，留夏侯渊、张郃据守，因内忧所在也。今张郃大败，锐气骤失，正宜讨伐。

刘备不能决，夜召诸葛亮。刘备道，今张郃新败，伐汉中正当其时；我欲命赵云还荆州替关羽，以关羽为主将伐汉中，卿以为如何？

诸葛亮道，荆州处孙权、曹操之间，非关羽不能据。赵云曾为公孙瓒部属，转投明公，足见轻于去就，若曹操诱之，孙权惑之，或再背明公，岂能委以重任；法正颇知军事，又善谋划，可为军师；黄忠勇决，魏延精悍，俱可为主将。

刘备道，法正亦曾为刘璋旧僚，并非心腹，岂能当此重任。

诸葛亮道，西蜀旧僚俱可用其能，不可信其人；然法正急于立功，正可用之。

刘备纳其说，以法正为军师，以赵云领左路军，黄忠及牙门将军魏延领右路军，自领中军，三路齐出，往阳平关；又遣使入吴郡，请孙权出兵攻合肥。

夏侯渊知刘备直扑阳平关，留张郃守汉中，自举精甲二万往阳平关拒刘备。

刘备等倍道疾进，数日后至阳平关，知夏侯渊增兵二万，尽据险要，以为难以逾越，欲转走米仓道，再逼汉中。法正以为不可，称若离此，夏侯渊或追击，张郃或率精甲阻于山岭间，前后受敌，或大败。

刘备疑不能决。法正请刘备命黄忠、魏延夜入沔水，绕走定军山；留赵云屯于关前，大树壁垒，以疑夏侯渊。若定军山破，夏侯渊必大惧，或驰援；赵云可趁此夺关，再追夏侯渊，三军会战，必能大胜。

刘备依法正之计，亲率黄忠、魏延等夜走沔水，绕袭定军山。法正又请刘备四面攀登，使守将不能应对。刘备又依其计，令诸将不事休息，四面齐出。守将大惧，弃定军山，逃回汉中。

夏侯渊见关前虽壁垒相连，旌旗蔽日，刘备却敛而不举，以为必知难而退。翌日，忽有斥候来报，称刘备绕走沔水，已夺定军山。夏侯渊大骇，急率精甲离此，欲复夺。

赵云趁机而举，率部属猛攻，激战半日，斩关将，尽杀守卒，遂依刘备之嘱，猛追夏侯渊。

夏侯渊至定军山下，见刘备已据绝顶，不敢进击，令部属四面结营，欲阻绝路途，使之不能逼汉中。

法正见此，说刘备道，夏侯渊欲困我等于山上，若不速胜，彼或焚山，大不利也。若无意外，赵云正急驰来此，可齐出，与赵云夹击，夏侯渊必败。

刘备遂令黄忠、魏延等俱出，直赴夏侯渊。夏侯渊见此，急令部属迎敌。彼此遇于半山，夏侯渊以下击上，顿处下风。正此时，赵云率精甲又至。夏侯渊穷途末路，欲退走汉中；黄忠侧出，横绝归路；赵云、魏延等绕走左右，围之。夏侯渊欲拼死一搏，直扑黄忠；黄忠不惧，纵马迎击，一举斩夏侯渊。

余众大乱，四处逃散；赵云、黄忠等大肆追杀，斩首万级，俘虏亦近万。

刘备直逼汉中，欲攻城；法正以为不可，说刘备道，将军可屯汉水西岸，张郃等大为不安，必渡水进击。将军据岸而守，张郃渡水而攻，胜负已分，汉中必破。

刘备沉吟道，若张郃不举，以待曹操来援，当如何？

法正道，我所待者，非张郃，实乃曹操。若曹操不来，明公胜之，曹操必遣将复夺，虽据之而不能安；若曹操来，明公胜之，曹操必有忌惮，或再不复来，明公既可据之，亦能安处。此两全其美，何疑！

刘备纳法正之说，命诸将屯兵西岸；又致信诸葛亮，命输送粮草，以备久持。

张郃知夏侯渊战死，阳平关、定军山俱破，大惊，顿不知举措。

驸马都尉杜袭知汉中危急，即召司马郭淮，欲推张郃为主将。郭淮以为张郃为张飞、马超所败，胆气未复，恐不能拒强敌。

杜袭说郭淮道，世无不败将军，卿何有此言！刘备大军压城，若无主将，岂能拒之！张郃乃名将，素为刘备忌惮，唯以之代夏侯渊，方能保汉中。

郭淮亦不再争，与杜袭等推张郃为军主。张郃恐刘备渡汉水攻城，命诸将大屯北岸；又遣快马赴邺城，请曹操驰援。

曹操闻此大惊，即率五万精甲经长安，赴汉中。

法正知曹操来，请刘备弃壁垒，敛兵高山；如此，曹操必渡汉水，举众进击。既居高临下，必能大败曹操。

刘备遂命诸将弃西岸，屯兵山上。曹操望见刘备撤走，知其欲诱敌深入，仍欲渡汉水，进击刘备。张郃以为不可，请曹操勿轻举。曹操说诸将道，刘备一日不去，汉中一日不安。应趁其壁垒未树，守势未成，大举攻之。若错过此时，恐胜之不易。

于是率诸将渡水，沿山急进。刘备欲迎击，法正以为不可，说刘备道，曹操欲速决，又兵锋正锐，可避之；所谓一鼓作气，再而衰，三而竭。待曹操求战不成，士气低落，再击不迟。

刘备遂令诸将背绝壁，居高临下，使曹操不敢近攻。

法正又说刘备道，此山既广，曹操不能于山下合围，必设围半山；曹操轻装渡水，必自汉中运粮草。可命赵云、黄忠设营前沿，若粮车入山，可骤出，尽夺之；曹操无补给，必回汉中；我等可自后急追，尾随渡水。张郃等虽据彼岸，必投鼠忌器，汉中可破矣！

刘备又依法正之说，命赵云、黄忠屯于半山。壁垒未成，曹操率诸将已近前。黄忠命弓箭手射之，赵云以为不可，既树木茂密，难以中的；可令将士举石木，予以恐吓，曹操不进，则勿投掷。

曹操见赵云黄忠阻断进路，又大备石木以待之，不敢轻进，令诸将止，设围半山，令王平回汉中运粮草。

黄忠领精甲夜出，以绳索缒下山崖，伏于险要处，欲截击粮草。

翌日正午，王平率千人押粮草复渡汉水，至山前，道路陡窄，不能行车马，令士卒背负攀登。待近前，黄忠率众骤出。王平大惊，知不能自卫，急令部属弃粮草遁走。黄忠不舍，纵兵直追。王平欲抢占高处，以飞石击黄忠。黄忠亦抄近路，捷足先登，大肆杀戮。王平不敌，部属死伤众多，夺路逃走。

曹操知粮草被劫，大怒，亲率部属追黄忠，欲夺回粮草，并趁势入深山，突袭刘备。

赵云见黄忠久不回营，恐有失，率精骑接应，行数里，忽闻喊声如潮，以为黄忠遇劲敌，令疾行，转过山弯，见黄忠等各负粮草，正惶急而走，追兵已近身后，呼黄忠道，可弃之，何必负重！

黄忠如梦方醒，令部属弃粮草，掷入山溪。

赵云知黄忠力竭，请其入壁垒，自率精骑断后。

瞬息，曹军大至，见赵云等立马山道，大为疑惑，于是暂止。赵云见部属惊惧，恐露破绽，笑说部属道，此诱敌之计耳，刘玄德伏于近侧，何惧！

部属以为然，惧色尽退。曹操见前军忽止，不知何故，即率贾充、司马懿等上前，见赵云横枪立马，威风凛凛，全无惧色，大疑，笑问赵云道，汝非痴人，何不惧死？

赵云道，不惧死者可近前，我必手刃！

言毕，令部属徐走。曹操愈疑，不知进退。司马懿道，赵云色厉内荏，足见虚弱，可追！

曹操命远远尾随，不可轻举。赵云近壁垒，不见黄忠，问部属，知黄忠已上山顶，请刘备驰援。赵云命部属伏营中，不准出。部属俱隐，赵云单枪匹马立于壁垒外。

片刻，曹操、贾充、司马懿等率众而来，见壁垒大开，空无一人，唯赵云立于营门；曹操又疑，以为必有伏兵，不敢进。

司马懿道，此营窄小，虽有伏兵，不过万人，魏王何疑！

曹操指四面丛林道，此地深险，悬崖重叠，山林茂密，何处不可伏兵！

贾充、司马懿闻此，亦觉危机四伏，杀气腾腾。

曹操说贾充、司马懿道，粮草尽失，已无补给；况此处凶险，不可滞留。

遂命将士退走，欲回半山，再遣人回汉中运粮。

赵云恐曹操悔悟，令将士擂鼓呐喊，又率弓箭手猛追，自后乱射。曹操以为大军齐出，大骇，一路狂奔。恰此时，刘备、法正、黄忠、魏延等俱来。

法正疾呼刘备道，此天赐良机也，请明公应自后掩杀，使曹操不能立足，迫其渡汉水，我等紧随其后，可直捣汉中！

刘备举众狂追，势若激流飞泻。曹操等每欲立足，促成均势，俱不能，于是沿山败退，一片大乱。

曹操退至水岸，欲登舟；赵云、黄忠、魏延等猝至，大肆掩杀。曹操不能得逞，沿岸疾走，至水浅处，仓皇泅渡。刘备、法正等亦至，尾随泅渡。一时敌我不分，纷乱不堪。赵云、黄忠、魏延等俱登船，飞舟抢渡。

张郃见曹操败退，大惊，欲接应，又见两军混杂，无处下手，大急；正此时，赵云等已登岸，飞奔而来。张郃不敢犹豫，忙迎击赵云等。

曹操、刘备亦登岸，乱愈甚。贾充、司马懿等护住曹操，逃往城中，留王平断后。张郃不敌赵云等，亦退走。

王平据城门，欲阻刘备。曹操欲据城自守，司马懿道，刘备已入汉中，局势混乱，难分敌我；魏王龙凤之躯，何必涉险。臣请魏王离此，以免意外。

贾充、张郃等纷纷劝曹操弃汉中，转走雍州，合雍州之兵，再图汉中。

曹操亦知大势已去，遂走。唯王平不能脱身，被黄忠困于城西。黄忠知王平兵寡，令急攻。王平不敌，命部属出降，欲自尽。黄忠骤入，夺王平剑，缚之，押送刘备。

刘备见王平气宇轩昂，大为喜爱，说王平道，我自西蜀来，而卿家在宕渠，若愿降，可随我还乡。

王平无奈，遂降。

法正恐曹操转走雍州，劝刘备追击。刘备遣赵云、魏延率二万精甲急追。曹操命张郃断后，且战且走。

雍州刺史张既知曹操大败而来，大惊，即举兵接应。曹操遂入雍州，欲合张既之众，先拒赵云、魏延，再图汉中。

赵云见曹操与张既合，以为雍州坚固，不可图，欲弃之。魏延以为不可，说赵云道，若走，曹操必复夺汉中；应围城，迫曹操回邺城。赵云以为然，遂围雍州。

曹操见赵云、魏延不去，颇知其意，遂遣贾充见赵云、魏延，请退兵，当回邺城。

赵云不肯，以为缓兵之计；魏延以为可，请赵云后撤五十里，放曹操离此。赵云又纳其说。

曹操既走，赵云、魏延亦弃雍州，回汉中。曹操命张郃率部屯陈仓，以图汉中。

刘备知曹操已走，大宴诸将，以示庆贺。酒宴毕，法正请刘备称王，刘备一口回绝。

法正说刘备道，汉室之兴，肇于汉中；高祖称汉工，还定三秦，火强楚，君临天下。将军怀光复之志，又据高祖发祥之地，足见此乃天意，将军何疑？

刘备道，王者，天子之封，上苍之命也，岂能自称；此不忠之说，望勿再言！

法正道，今国已不国，君已不君；曹操如牢笼，天子如囚徒，恩信不张，威德不显，虽生犹死耳。既欲复兴，若无王命，何以令天下英雄共诛巨奸！

刘备不能言，召赵云、黄忠、魏延等共议；诸将俱请刘备称王。刘备不再辞，设坛祭祀，自称汉中王，又大封群僚，以诸葛亮为丞相，许靖为太傅，法正为尚书令，关羽为前将军，张飞为左将军，马超为右将军，黄忠为后将军，赵云为翊军将军，魏延为镇远将军；李严、黄权等俱有封赏。

张飞以为汉中之重，非己不能守，于是致信刘备，自请为汉中太守。刘备召张飞来汉中，称汉中如剑芒，虽锐利，却易折；曹操必复夺，纷争不息。既情同手足，岂能置兄弟于险境。

张飞大喜，拜辞而去。刘备以魏延领汉中太守。诸葛亮以为汉中之重不亚荆州，于是请复梁州，以马超为刺史，亦镇汉中。马超视魏延为属官，多有责备。魏延颇为忿恨，上书刘备，请辞汉中太守。刘备知二人不和，遂召马超、魏延，先问马超道，张郃代夏侯渊为征西将军，屯陈仓；汉中距陈仓仅数百里，若张郃来攻，卿何以保汉中？

马超道，可据谷口，烧断栈道，使张郃不能至。

刘备又问魏延道，卿何以保汉中？

魏延道，若曹操举天下之众而来，臣当坚壁深沟，为大王拒之；若张郃举十万之众而来，臣当迎头痛击，为大王吞之。

刘备大喜，以为魏延远胜马超，命马超离汉中，仍屯葭萌。

二十二

曹操回邺城，知孙权再攻合肥，即率诸将驰援。

孙权举众围合肥，欲强攻。

陆逊说孙权道，我劝将军攻合肥，应刘备攻汉中，其意并不在此，而在荆州。

孙权大惊，良久，问陆逊道，既不在合肥，何必来此？

陆逊道，不围合肥，岂能夺荆州。刘备取西蜀，张飞、赵云俱有大功；今又取汉中，诸将再添荣宠，唯关羽无功，又曾失三郡，宁不愧恨。以关羽之好强，若曹操援合肥，关羽必出江陵夺樊城、襄阳。故而，待曹操来援，或关羽出荆州，将军可离此，转袭江陵，一举可破也。

孙权道，不可，荆州之重，关乎鼎足；若取之，盟约必解，鼎足必毁！

陆逊道，此一时彼一时也，今刘备据汉中，如沸汤悬顶，曹操岂能用全力于东南。关羽野心如炽，若夺襄、樊，可尽吞荆楚，直达巴蜀，与猛虎何异；比之曹操，犹恐过之而无不及。既两害俱在，不可避免，不如先除关羽！

孙权亦虑关羽，以为甚于曹操，遂依陆逊之说，围合肥而不攻，以观其变。

关羽素欲作为，独出诸将之上，既知刘备伐汉中，孙权攻合肥，以为可趁此攻曹仁；又虑吕蒙据陆口，恐其夺荆州，不敢轻举。

陆逊颇知关羽所虑，请孙权命吕蒙弃陆口，退守柴桑，使关羽无后顾之忧。孙权纳其说，命丁奉驰见吕蒙。吕蒙不知用意，欲拒之。丁奉称孙将军有令，若不奉命，将以陆逊为左都督。吕蒙不敢违，遂弃陆口，退走柴桑。

关羽知吕蒙弃陆口，大喜，命麋芳守江陵，部将傅士仁守公安，自率养子关平、将军廖化、赵累等，举三万精甲出江陵，水陆并进，往樊城攻曹仁。

曹仁知关羽忽来，大惧，即遣飞骑见曹操，请驰援。曹操已近合肥，闻此大惊，即止。

时于禁、庞德等奉命镇襄阳；曹操令来者见于禁，命举襄阳之众助曹仁。于禁即率庞德等出襄阳，至樊城，屯汉水北岸，分七营，以待关羽。

庞德以为不妥，说于禁道，今当秋日，雨季将至，屯于此，若汉水大涨，必有害。可入樊城，与曹仁合，坚城自守，关羽必无功而返。

于禁以为关羽必渡汉水，若弃水岸，关羽将长驱直入，围困樊城，于是不听。

关羽亦至樊城，命诸将尽举舟师，渡汉水攻于禁。廖化以为不可，称于禁等严阵以待，又以静制动，若举，必大受挫折。关羽不听，又命将士只准败，不准胜。

关羽亲率舟师攻于禁。于禁命七军俱出，奋力阻击。关羽佯败，退守彼岸。于禁以为关羽怯弱，笑说庞德道，人言关羽勇绝一时，原来不过尔尔！

庞德亦不知关羽用意，不能言。翌日，关羽又率诸将攻于禁，厮杀正酣，关羽命退走。廖化、赵累不解，求见关羽，询以用意。

关羽道，于禁据岸而守，虽举全力不能登岸；所以佯攻佯败，因恐其弃此入城。我所待者，大水也；我每日一攻，于禁不敢离岸。若大水生，七军必为鱼鳖。彼时，我并船而进，必获大胜！

廖化等方知用意，于是每日一攻，每攻俱败。

孙权知曹操止于途，关羽正攻樊城，欲转道江陵。陆逊又劝道，不可，曹操所以不举，因合肥、樊城俱受敌，若走，曹操必大举赴樊城；关羽必弃之，回保江陵，岂能有所获。

孙权以为然，仍围合肥。

不觉，已十余日，天雨，忽转急。关羽召诸将，命两舟相并，待水大涨，再攻之，必能胜。

雨势愈猛，汉水渐涨。庞德劝于禁弃水岸，退入樊城。于禁见关羽已并船，正欲举，不敢走，恐其趁机渡水。

廖化等以为时机已到，请关羽下令；关羽不听，命再候。午后，雨渐弱，关羽命舟船齐发。廖化又以为不可；关羽怒，斥廖化道，雨虽渐弱，而大水方生，正当其时也！

于是大举而进；水势竟大涨，七营顿时为水所淹，飘摇浮动，几欲倾覆。庞德再请于禁退走；于禁斥庞德道，关羽正疾速而进，岂能退却！既雨势已弱，水必退，何惧！

片刻，大水愈猛，将士呼号不绝，葬身洪水者不计其数。于禁追悔莫及，欲引众登高，追随者仅数百人。

关羽等已近前，疾追而至。于禁大为恐惧，一时手足无措。庞德疾呼道，既在绝境，唯不惧一死，岂能犹豫！

庞德引弓急射，箭无虚发，连中数十人。将士大惧，欲止；关羽呼庞德道，既走投无路，何必作困兽斗！

庞德箭矢已尽，见于禁仍呆若木鸡，不能动弹，斥于禁道，临危不举，耻为男子！

于禁不言，几近瘫软。庞德持长矛，欲独战关羽。关羽等弃舟而上，围庞德，欲逼其降；又见于禁面无人色，遂执之，骂道，汝一身无骨，何以为将！

于禁羞惭不已；关羽令士卒缚于禁，押入船上，再转逼庞德。

关羽劝庞德道，马超为汝旧主，现为刘玄德部将，汝若愿降，必受重用！

庞德大骂关羽道，竖子，我非贪生怕死者！魏王带甲百万，雄镇天下，乃古今英雄；刘备奸险小人，庸碌无为，何以为我主！

关羽大怒，遂斩庞德，令厚葬。

曹仁知于禁大败，即尽烧粮草，弃樊城，走保襄阳。关羽入樊城，命麋芳、傅士仁输送粮草，待军资足，再夺襄阳。

曹操知樊城失，大惊，欲自率诸将救曹仁。贾诩以为刘备在汉中，若大举伐关羽，刘备必出汉中，攻长安以应之，或更不利。

曹操沉吟道，今曹仁败走，关羽已据樊城，樊城距许昌不足千里，兵锋所指，岂能安处；既关羽不可伐，孤欲速回，迁都长安，以避关羽锋芒。

司马懿道，何用如此。关羽据樊城，孙权必患之；魏王可致书孙权，请孙权夺荆州，容其尽割东南，孙权必全力以赴，何愁关羽不败！

曹操以为然，命贾诩往合肥见孙权；又命徐晃举精甲二万赴襄阳，助曹仁。

孙权闻此大喜，既命吕蒙出柴桑，夺江陵；率陆逊等弃合肥，亦赴荆州。

诸葛瑾、顾雍、步骘等知孙权欲夺荆州，大惊，相约迎孙权于途中，欲劝阻。孙权颇知来意，即召诸葛瑾等。

诸葛瑾道，关羽虽势压江东，却颇为曹军忌惮。若夺荆州，孙、刘之盟当立解，亦将与曹操直面。刘备失荆州，或反与曹操为盟，此弊多利少，望将军三思。

顾雍道，荆州乃三足所系，关羽据之，曹操、刘备俱不为虑；若将军夺之，曹操、刘备俱不能安，必复夺。依今之势，仍应与刘备合，不可因小利而失大局。

陆逊道，此迂腐之见耳。关羽羽毛已丰，雄心齐天，与曹操何异！若将军虑其弊而不敢为，他日必反受其害，追悔莫及也！

孙权道，我非孺子，何惧前狼后虎！自古成大业者，无不孤注一掷；瞻前顾后，岂是英雄！

于是不听诸葛瑾、顾雍、步骘所说，命大军疾进。

二十三

糜芳、傅士仁拒输粮草，关羽不能攻襄阳，大急，命关平赴江陵、公安，勒令二人奉命。糜芳素恨关羽苛严，仍借故推诿；关平无奈，再往公安，傅士仁亦称征粮过度，士民怨恨，不敢再征。关平无果而回，关羽大怒，骂糜芳、傅士仁可恶，它日必严责。

糜芳、傅士仁闻之，颇为疑惧。

刘备知关羽取樊城，恐曹操命东南诸将复夺，又虑孙权趁机图荆州，遂令宜都太守孟达出秭归，攻房陵，再转攻上庸，据沔水，以应关羽。孟达破房陵，杀太守蒯祺，又奔袭上庸。上庸太守申耽据城死守，孟达不能克。刘备虑久则生变，命中郎将刘封亦往上庸。

行前，刘封拜见刘备，刘备道，孟达乃刘璋旧部，非孤亲信；卿若破上庸，孤必使孟达听命于卿。

刘封道，父王勿虑，臣必竭尽全力，不辱使命。

刘备道，卿等若据上庸，既可应关羽，亦可阻断沔、汉，使曹操不可乘舟南下；若荆州有变，卿可沿沔水急下，倾力赴救。

刘封道，父王所嘱，臣不敢忘；臣所虑者，成都也，诸葛亮每以马谡、孟达等为心腹，又事事独断，久之，恐压主。

刘备不言，良久，责刘封道，此妄说也，切勿与他人言。诸葛亮披肝沥胆，忠心如日，孤岂不知；至于专权独断，此人之所共也，何必求全责备。

刘封不敢再言，辞刘备，领三千精甲出汉中，沿沔水东下，助孟达攻上庸。刘备亦离汉中，回成都。

申耽知刘封亦来，以为上庸必失，遂降。刘备命申耽移成都，拜为征北将军，遥领上庸太守；以刘封为副军将军，行太守事，辖孟达等。孟达不服刘封，以为刘封兵寡，而己数倍于彼，不愿听命，请与刘封分屯。刘封无奈，准孟达屯于上庸西五十里外。

吕蒙等昼夜兼程，水陆并举，直逼江陵，围麋芳；孙权、陆逊等径往公安，围傅士仁。孙权知吕蒙好勇，必强攻，或一时难克，使关羽能回援，遂以公安托陆逊，亲往江陵。吕蒙知孙权来，忙出迎。孙权问吕蒙何以制胜；吕蒙称，江陵坚固，唯不惜一死，方能克之。

孙权以为下策，称麋芳素与关羽不和，可诱降。吕蒙不敢违，书信与麋芳。麋芳竟执关羽家小，开城迎孙权。

江陵既克，傅士仁大惧，亦开城迎陆逊。

关羽知荆州已失，大为惊怒，欲急夺襄阳，逐走曹仁，再回救荆州。正此时，徐晃举二万精甲已来襄阳，屯于城外，与曹仁互为呼应。关羽大惧，不敢往襄阳，即弃樊城回江陵。

曹操闻之，遣飞骑入襄阳，命徐晃追击关羽。徐晃遂离襄阳，尾关羽急进。吕蒙料关羽必回，欲伏精甲于途，围而歼之。

恰值陆逊等自公安来，闻此，即求见孙权，请劝止吕蒙。陆逊道，今徐晃已出襄阳，尾追关羽，宁不大肆杀戮。若关羽败于徐晃，刘备必恨曹操，将军虽夺荆州，尚可与刘备斡旋；若伏杀关羽，则联盟必破，破则难复矣。

孙权以为然，命吕蒙勿举，可大树屯卫，以待关羽。

徐晃正挥戈疾进，曹操又遣飞骑，以书信戒徐晃，称关羽可追，不可杀；关羽如猛虎，孙权不能养，必杀之以绝祸患。如此，孙权、刘备必反目，此孤之所愿也。孤年高，恐无力讨灭不臣；既能使不臣互攻，孤何乐不为！

于是徐晃追而不杀。

关羽近江陵，知麋芳、傅士仁俱降，大怒，欲强攻。关平、廖化等以为不可，称孙权在前，徐晃在后，若攻，必腹背受敌，绝无胜算。

关羽以为然，遂走。吕蒙见之，即率潘璋等出击；徐晃亦举众截杀。关羽大败，赵累战死。关羽命关平、廖化率死士开路，自领精甲断后，欲走保临沮。

徐晃见关羽大败，遂回襄阳；吕蒙等奋起直追。关羽率余众入临沮，即命心腹往上庸，请刘封、孟达驰援。刘封遂召孟达，欲出兵；孟达以上庸新附，士民未服为由拒之。刘封大怒，严责孟达。

孟达反斥刘封道，上庸与房陵、西城近，今二郡仍在曹贼之手，若离此，上庸必得而复失；此显而易见，汝何不知！

言毕，拂袖而去。

刘封几欲驰援关羽，又虑兵寡，于事无补，亦不往。

关羽部属知刘封、孟达拒不驰援，大为绝望，竟溃散而走。恰此时，吕蒙等已围临沮，推关羽家眷于前，欲逼降。关羽大怒，欲出战，为关平、廖化等劝止。吕蒙知关羽兵寡，命急攻，城破，潘璋部将斩关羽、关平，擒廖化。于是吕蒙等回江陵见孙权。

孙权知关羽已死，大惊，以为刘备必复仇，当危及鼎足，即召陆逊等商议。

陆逊道，夺荆州、败关羽，曹孟德之命也；既如此，何不送关羽头予曹操？

吕蒙道，杀关羽者我等也，并非曹操，虽如此，何益！

陆逊道，不然。曹操与将军共图关羽，我等虽知，而刘备不知；若以关羽头送曹操，刘备必知此乃将军与曹操共谋也，或忍气吞声，不敢妄举。

孙权遂纳陆逊之说，以锦盒盛关羽头，命张纮驰送曹操。

曹操已回邺城，知张纮送关羽人头，大惊，即召见。张纮以锦盒呈曹操；曹操迟疑良久，开视，见关羽面色犹红，双眼不闭，顿觉英气逼人，颇惧，遂设祭。

司马懿说曹操道，孙权杀关羽，远送人头，意在嫁祸魏王，其用心险恶无比；臣请魏王勿纳。

曹操道，孙权用心，孤岂不知！然刘备丧手足，又失荆州，岂能听任！若不出孤所料，刘备必大举攻孙权。所谓鹬蚌相争，渔翁得利，孤虽纳关羽之头，何妨坐收渔利！

曹操令以诸侯之礼，厚葬关羽头。

刘备知荆州已失，关羽被杀，怒不可遏，欲命诸将大出，水陆并举，伐孙权，夺荆州。诸葛亮、法正、黄权、许靖、李严、赵云等纷纷力劝。刘备不能强为，暂止。

孙权欲以廖化为禆将军，廖化辞而不受，欲归田园。孙权不准，命居吴郡。廖化家在襄阳，老母孤寡，念不能尽人子之孝，又苦请；孙权仍不准。廖化归心愈炽，知不能脱身，遂装死。

偏将军丁奉知有诈，请孙权囚廖化。孙权不忍，说丁奉道，人皆有父母，养子当如廖化；为尽孝，不惜假死，当义之。

于是廖化夜遁，回襄阳，每欲携老母归蜀，无奈老母疾病缠身，未果。

二十四

孙权既夺荆州，势力大增，陆逊等请孙权亦称王。孙权亦有此意，遂召群僚。

一时文武俱集，唯吕蒙忽染重病，不能来。

孙权道，我承父兄之业，据江东，与曹操、刘备鼎足相抗，虽二十年，而无尺寸之进；今关羽已死，我已占尽东南，今非昔比也。曹操挟天子以令群臣，失尽人心，罪恶昭彰，日月不显，天恩不扬，皇命不达，国已不国耳；我欲称王，召天下英雄共讨曹操，复汉室，兴社稷，卿等以为如何？

张昭道，不可。曹操之势，犹如燎原之火，将军若称王，宁不引火烧身；此袁术之流所以败者，将军宁不引以为鉴！

孙权不悦，冷笑道，我欲救苍生社稷于水火，若不称王，何以使天下听命！

张昭道，自古王者，莫不承天运，奉君命；将军欲王，试问天运何在，君命何在？

陆逊道，曹操挟持天子，人人诛之而后快，故而，英雄当起，壮士当举，此即天运也；天下纷扰，大乱频仍，社稷倾覆，国已不国，又士民思安，众望切切，既人心所向，何言君命！今刘备称王于汉中，曹操祸乱于朝堂，内忧外患，国中有国，足见汉室已违天命。当此新旧废立之际，若拘于常态，固步自封，岂是英雄所为！将军割地千里，带甲百万，此王者之相也，张子布何有此言！

蒋钦、周泰、潘璋等纷纷附和陆逊；顾雍、诸葛瑾、步骘等沉吟不语。

孙权问顾雍道，卿颇知古今，能察天人之理，必有所见，望言之。

顾雍道，若将军仍欲为汉臣，则此时汹汹，祸乱不息，不可称王；若将军欲图天下，又辖地千里，拥众百万，恰值新旧更替之际，可称王。

步骘道，虽王旗不竖，英雄无所归附，然天子被囚，社稷蒙难，若称王，恐有失道义。将军应深思谨行，不可轻举。

孙权见群僚各执一词，不能决断，令退去。

又数日，忽报吕蒙病危；孙权大惊，遂往陆口探视。

吕蒙已近垂危，见孙权亲来，大为感激，欲跪迎；孙权止之。

吕蒙道，将军命我代鲁肃镇陆口，我唯恐有失，不敢懈怠。陆逊忠壮勇毅，又多谋善断，胸中之才，胜我十倍；若以陆逊代我镇陆口，则刘备不能夺，曹操不能取。

孙权道，卿正值壮年，风华不已，何出此言！

吕蒙道，我死而无憾，唯恨不能见将军称王……

吕蒙言未毕，大哭。孙权道，卿勿伤悲，我必使卿能遂此愿！

于是孙权离陆口，回吴郡，再召群僚，即称王。

是日，吕蒙死于病榻。孙权欲移吕蒙丧入吴郡，陆逊等以为孙权始为王，吉庆之际，不可于一处举丧，劝孙权就地厚葬。

孙权纳之，命张纮、虞翻往陆口，为吕蒙治丧。孙权大祭天地，广封群僚，立长子孙登为王太子；追封吕蒙为孱陵侯，赐钱五千万，黄金五百斤；封张昭万户侯，欲拜为丞相。张昭力辞，称年老昏愦，居之，必有误；于是荐顾雍。

孙权遂以顾雍为丞相；以陆逊为左都督，合吕蒙之众，镇陆口。张昭又请辞归故里，孙权不准；张昭凡三请，孙权不能再拒，准之，以张昭子张承为奋威将军，领濡须都督；以张昭幼子张休，同诸葛谨之子诸葛恪、顾雍之子顾谭等为太子宾客，伴孙登。

孙权念周瑜、鲁肃等功高，命重修陵园，亦追谥。

曹操知孙权称王，即以夏侯惇为前将军，统诸军，大屯寿春，以压孙权。

顾雍闻之，求见孙权，请遣使入邺城，拜会曹操，称臣奉命。孙权本不屑于此，然张辽等在合肥，曹仁等据襄、樊，夏侯惇又屯寿春，大为不安，于是纳顾雍之说，再遣张纮往邺城，拜见曹操，以此示好。

张纮奉命押奇珍异宝数十车，欲重贿曹操。曹操说张纮道，孤为王，孙权亦为王，赠以重礼，孤岂敢收纳！

张纮道，魏王远出诸王之上，虽天子不敢扬威；孙权乃自立，何敢望魏王项背。所谓王者，必获天子之封，方能立也；魏王代天子行政，若无魏王之命，孙权虽自立，不过有名无实也。今孙权仍以魏王之臣自居，故以此奉献，聊表寸心，望纳之。

曹操大笑道，既如此，孤何忍使孙权失望！

于是命设酒宴，款待张纮。

司马懿知孙权遣张纮贡献宝物，以为不过权宜之计，遂求见曹操。司马懿道，孙权所以示弱，因惧东南诸将也。既魏王欲托大事于后人，可拒之，命诸将齐举，克孙权，尽收东南，以绝后患。

曹操斥司马懿道，卿非腹内蛔虫，岂知孤心迹！

司马懿大惧，不敢再言，惶惶告退。曹操以贺信付张纮，又赠孙权古剑一柄、盔甲一副。

谏议大夫贾逵及夏侯渊之子夏侯尚等，知曹操纳孙权重贿，容其称王，以为有失道义，相继上表，请曹操拒纳珍宝，并讨伐孙权，以绝人议。

曹操即召贾逵、夏侯尚，责之。曹操道，贾梁道，孤之腹心也；夏侯伯仁，孤之族亲也。孤待之，或如手足，或如己出，岂能以孤之所忌，为他人代言！今刘备据西蜀、夺汉中，孙权据江东、取荆州，与孤成鼎足之势，孤若伐孙权，刘备必出汉中以应之；孤若伐刘备，孙权必入江淮以答之。二贼称王，孤之耻也，恨不能一举灭之。然孤已年近古稀，难以事戎马，若举，必力不从心。讨贼之功，不在一时，孤虽不能灭不臣，然后继有人，卿等何不拭目以待！

贾逵、夏侯尚已知曹操用意，亦不敢再言。

麋竺知麋芳举江陵降迎孙权，大为愧恨，每欲求见刘备，以明心迹。刘备怨恨正炽，每每拒之。麋竺恐惧日盛，自缢而死。刘备闻知，颇为不安，命厚葬。恰此时，马超托心腹入成都，称病重，康复无望，请善待从弟马岱。刘备即命马超回新都养病，以马岱代马超镇葭萌。马超未至新都，死于途。刘备大为叹息；

不久，法正、黄忠又相继病死，刘备连失英才，哀痛欲绝。

二十五

时值新春，忽报洛阳奇花竞放，满城芬芳。群僚以为天降祥瑞，请曹操往洛阳看花。

曹操逸兴大发，以曹丕留守邺城，率钟繇、华歆、贾诩等往洛阳赏春。

曹操至洛阳，见花重街衢，树树锦绣，几乎不空一枝，大喜。洛阳令陈瑜知曹操来，大为惊讶，忙率僚属出迎。

陈瑜请曹操等入宅第，欲以美酒佳肴奉献；曹操笑道，既好花倾城，宁不登高一望！

于是，曹操率群僚登城楼，以观奇景。陈瑜命侍从携酒肉来此，侍曹操饮宴，极尽殷勤。

席间，华歆指满眼芬芳道，对此满城春色，万树奇花，应有好句；臣请魏王赋诗，以应祥瑞。

曹操大笑不已，继而赋诗一首：

妙哉此花
若乎明霞
霞气奔涌
如行天马

天马不拘
壮士不屈
一鞭未已
健行千里

千里之行
芳华盈盈
春风既老
芳魂何存

曹操吟至此，忽觉人生已老，天年将尽，不禁悲从中来，几欲泣下。

钟繇、华歆、贾诩、陈瑜等见此，大为不安，忙言笑，欲取悦曹操。

华歆道，既洛阳早华，应置护花使者。

钟繇指陈瑜道，此君日夜守护，何须另置？

贾诩见曹操笑不由衷，又道，若聚饮花下，邀芳香入酒，岂不快哉！

曹操道，此言甚好，请移座花下。

陈瑜即命仆从另置酒席于芳树下。曹操携钟繇、华歆、贾诩等来花间，举酒畅饮。时有落花飞下，又杂有鸟鸣，曹操等愈觉风雅，一时杯盏交错，言笑不已。

不觉日暮，曹操渐觉寒意侵人，命撤去酒席。陈瑜请曹操等入馆舍歇息。曹操愈觉疲乏，请钟繇等退走，独卧榻上，辗转良久，不能眠。

半夜，曹操渐觉浑身大热，如火烤，又头痛欲裂，坐卧不宁，于是呼随从。钟繇、华歆等闻讯亦至，请陈瑜延医求治，竟无效。

翌日，钟繇、华歆等仍守于榻前不去，曹操命钟繇等俱退，唯留贾诩，令贾诩速回邺城，召曹丕来洛阳。

贾诩大惊，说曹操道，魏王不过偶染风寒，若请太子，或使群僚疑惧；臣等必奉魏王回邺城。

曹操斥道，卿若不奉命，必误大事！

贾诩知曹操命在旦夕，欲走。曹操又道，卿可与钟繇同回，命太子以事务托钟繇，以防剧变。

贾诩遂与钟繇驰还邺城，请曹丕。曹丕知曹操病重，大惊，遂依曹操之命，令钟繇节制群僚，携贾诩飞赴洛阳。

曹丕拜见曹操，见曹操面色苍白，气息凝滞，大哭。

曹操又命华歆、贾诩等退下，斥曹丕道，卿身负国家之重，岂能做儿女之态！

曹丕泣道，父王病重，臣岂能不悲。

曹操执曹丕手道，未想洛阳早华，竟为孤而开。孤起于衰弱之际，逝于漫天花色之中，可见上苍待孤不薄。卿应为之喜，不应为之悲。

曹丕五内俱焚，伏地不起。

曹操道，想当年，孤起兵讨黄巾，名望不显，势单力薄，兵不过数千，骑不过数百，与群雄比，如弹丸比岱岳。孤以威德而使群贤归附，使壮士拥戴，终于独出群雄之上，纵横天下，驰骋万里，奉天子，讨不臣，令士庶悦服，四海归心，与天子分庭抗礼，世人皆以孤为周公第二。孤有今日，无他，无非知人善任，唯才是举耳。此成事之本，创业之要，卿须谨记。

曹丕道，父王教诲，臣至死不忘！

曹操道，当初，孤将入洛迎天子，立誓奉君讨逆，不兴废立。所以如此，其因有二，孤所用者，多为旧臣，俱有匡扶之志，又不愿事二主，孤若违之，必众叛亲离，此其一也；国运衰颓，祸乱不息，又群雄并起，虎视眈眈，若兴废立，必引火烧身，此其二也。二因在，孤虽雄心万丈，亦必抑壮志，藏锋芒，容孙权据江左而尽占东南，任刘备夺取西蜀而再割汉中。二贼非不能讨，实不可灭也；若二贼灭，孤必还权天子，退出庙堂，如此，孤当无以自立，或为千夫所指，或遭灭族之祸。孤知后患所在，故以奉君讨逆为平生所托，不能有所图。

曹丕又泣下，再叩头道，父王艰辛，臣何尝不知！

曹操道，孤百年之后，格局将为之大变。卿无誓言之累，勿需恪守，况老臣渐逝，新人辈出，卿若兴废立，当再无阻碍。孤虽许孙权、刘备割地称雄，却不容扩张，欲划地为牢。他日，卿若讨伐，当不难制胜。孤所谋者，子孙也，其苦心孤诣，卿必能知。

曹丕唯唯诺诺，泣不成声。

曹操道，今孙权夺荆州，杀关羽，二贼已失和；刘备所以不举，因惧孤也。孤一旦归天，刘备必大举东征；待二贼两败俱伤，卿可率诸将齐出，必能一举而克。

曹丕道，父王之命，臣不敢违，必竭尽全力，荡平贼寇。

曹操沉吟片刻，又道，孤所忧者，曹子建也。子建才气横溢，风流俊秀，极受士大夫拥戴；然心高气傲，率意疏阔，若有触怒，望能念手足之情，予以宽宥。卿若登九锡，可使子建王于外，任其寄情山水，放浪诗酒；手足共存，孤心安矣。

曹丕道，臣非薄情寡义者，父王何虑！

曹操欣然一笑，又道，孤百年之后，卿可持孤遗命入许昌，请天子宣诏，继任魏王，领丞相，不必再回邺城；天子孤弱，左右无人，犹如无根之树，推之必倒。待事成，不可都许昌，亦不可都邺城；洛阳山川拱拥，关隘重重，又居天下之中，堪称第一形胜，若都于此，既可绝内患，亦可御外敌。钟繇文武兼备，虽年迈，仍堪大用；贾诩多谋善断，华歆才高意广，俱可倚重。王朗怨望虽深，仍不失君子风范，可起而用之；司马懿心机深沉，隐含不露，可用其能，而需防其谋。夏侯惇、曹仁、曹洪等，俱为虎将，虽年迈，仍不失忠壮之心。卿既有谋主，又不乏爪牙，何愁大事不成！……

曹操言至此，忽止。曹丕迟疑良久，呼之，无回应，知已死，遂出，召贾诩、华歆等。曹丕道，魏王病势已减，仍疲乏，需静养；卿等可侍于外，切勿打扰。

华歆等见曹丕神情自若，竟不疑。

是日，曹丕回邺城，召夏侯惇离寿春，曹真离长安，星夜驰还。夏侯惇不敢延误，倍道兼程，拜见曹丕。曹丕屏退左右，秘说夏侯惇道，事急，父王已薨，我虑有变，秘而不宣。我欲以卿为大将军，率精甲十万屯许昌外，以慑别有用心者，望不负我。

夏侯惇道，臣虽肝脑涂地，不辱此命！

此时，曹真亦回，求见曹丕。曹真年幼失怙，又丧母，曹操怜其孤苦，收为义子；曹操虽待如己出，曹真仍难自安，不敢与诸子比。

曹丕说曹真道，父王逝于洛阳，或有剧变。我与卿为手足，当此之际，望能助我。

曹真闻此，大为哀痛，号哭不绝。曹丕屡劝不止，斥曹真道，既恩义所在，请奉遗命，何必如此！

曹真遂止。曹丕以三万精甲付曹真，令其与钟繇等镇邺城。

曹丕又遣飞骑赴樊城，以曹仁为车骑将军，代夏侯惇节制东南诸将，以防孙权。

至此，曹丕方离邺城，入许昌，拜见献帝，奏报丧事。献帝大惊，问曹丕何故迟奏。曹丕道，魏王节制诸军，领袖群臣，中流砥柱也；臣恐生剧变，不敢宣扬，特命诸将屯京郊，以防不测，故而迟奏。

献帝顿知曹丕用心，遂下诏，命群臣举哀，大祭曹操；又以曹丕继王位，领丞相。

贾诩、华歆等方知曹操已逝，大为惊愕。曹丕备棺椁，率群臣往洛阳迎曹操遗骨，令天下禁酒宴，绝歌舞，凡三月。

曹丕以贾诩为太尉，以华歆为相国。又亲临府第，请王朗出仕；王朗三拒，曹丕以诗赠王朗，王朗感慨万千，不忍再拒；遂以王朗为御史大夫，改钟繇为大理寺卿。

二十六

刘备知曹操已逝，曹丕新继，以为时机已来，于是召群臣，议伐孙权。

赵云道，汉王之敌乃曹操父子，非孙权。今曹操虽死，曹丕已继王位，仍居群臣之上，秉政专权，在所难免。曹操用意不在己，而在子孙；假以时日，曹丕必废天子以自立。若汉王欲收四海之心，当挥师北伐，以讨逆贼，如此，天下义士必策马裹粮以迎王师；若不顾国仇，欲雪私恨，恐绝八方之望，寒志士之心。况东南深远，险阻重重，孙权据而守之，汉王往而攻之，岂能速胜。若战而不决，曹丕必趁机而动，或转掠汉中而窥西蜀，或举众东下，扰袭其后，皆不利也，臣请汉王三思！

刘备道，孤每欲以荆州、西蜀齐举，两路并发，东西夹击，以败强曹，复兴汉室。然曹操、孙权惧关羽，竟狼狈为奸，夺孤要地，杀孤虎臣。既事关兴亡，足见荆州之失，关羽之死俱为国仇，何言私恨！

诸葛亮等知刘备不听劝告，俱不言。

刘备命飞骑往巴西，令张飞再征巴人，沿渝水东下，与诸将会于江洲，讨孙权。

张飞即命范彊、张达等广征壮士。范彊等不敢违，四处招募，虽十日，未获一卒。范彊、张达惧张飞责问，不敢回，求助名士阎芝。阎芝知巴人曾随军南征诸夷，至今悬而未赏，以为若再征，或生祸乱，于是只身求见张飞，欲责之。张飞大怒，囚阎芝，以儆效尤。

阎芝极负人望，子弟多为门生；张飞囚阎芝，子弟怨怒，一时群情激愤。

阆中旺族，多以造营清酒获财，张飞禁私酿，垄断专卖，旺族纷纷衰落，怨忿尤深，于是纠集人众，大聚衙门外。

张飞恐生大乱，遂释阎芝，转而迁怒范彊等，命甲士搜捕，欲杀之。范彊、张达愈惧，又求助旺族。旺族再召人众，复围郡衙，声称必执张飞，押送成都，请刘备问罪。

部属劝张飞杀为首者，以慑服人众；张飞不听，披甲戴胄而出，问众人道，我在此，谁人敢执？

众人不敢，亦不退。张飞喝道，既不敢执，何不退走！

其声犹如惊雷，震动屋宇。众人大惧，渐退。范彊、张达恐性命不保，倾其所有，暗募勇士，得十余人，执利刃，夜围张飞府第。张达知张飞喜夜饮，往往醉卧达旦，欲率勇士强入；范彊止之，请潜往屋后放火。火起，张飞子张绍等大惊，即率家仆救火；范彊、张达等趁乱入内，杀张飞。

张达欲逃入深山避祸；范彊以为不可，与其亡命，不如投孙权。张达以为然，于是割张飞头，轻舟夜走，经江洲，逃归孙权。

刘备知张飞被杀，怒不可遏，即召诸将，欲举众入阆中，尽戮巴人。

黄权劝刘备道，巴人，百万之众也，世居深山，善渔猎，多猛壮之徒，可折木击熊，徒手缚虎，越溪谷如大鸟，走悬壁如猱猿，故而武王借之，高祖重之。若举兵讨伐，恐大不利。臣请抚之，或能为汉王所用。

诸葛亮等亦劝刘备恩抚，兑现悬赏，以绝怨恨；容巴人私酿清酒，与官府同营。

刘备无奈，纳黄权等之说，欲以简雍为巴西太守，行恩抚。

当初，刘备入成都，天大旱，禁士民酿酒。简雍以为不可，曾力劝，刘备不听。某日，刘备携简雍等郊游，遇一男子匆匆而过。简雍指男子说刘备道，此人欲行淫秽事，将军何不执之？

刘备颇疑，问雍道，卿何以知之？

简雍笑道，此人有淫具，而民有酿酒器，二者何异？

刘备大为羞惭，于是废禁酒令。

刘备正欲召简雍，黄权忽来，以巴西阎芝书信付刘备，称此信乃阎芝致劝学从事谯周，谯周又托黄权转呈刘备。刘备见信中极言张飞苛严，士民怨恨；百姓知张飞死，无不载歌载舞。

刘备颇疑，良久不言。黄权又荐谯周，称谯周博古通今，门生众多，可大用。刘备即召谯周，与之论巴西之治。

谯周道，巴人自汉以来，颇尊儒学，又不废黄老，英才辈出，代代不绝。谯氏博览群书，饮誉天下，汉室贵之；落下闳知天地玄机，武帝召而用之，制太初历，于是岁时调，阴阳和，百魔隐遁；旷古之材，不胜枚举。况巴人刚勇，质若斯山斯水，或如秋峰，冷峻险峭；或如夏水，放纵奔流。后人应以张飞为戒，可怀柔抚慰，不可屈服。

刘备以为谯周身怀大才，必为良牧，欲以之为巴西太守。谯周辞谢，荐阎芝，称阎芝为人忠壮，又极负人望，若为太守，必能服众。

刘备纳其说，以阎芝为巴西太守。

曹丕知刘备将攻孙权，遂以曹真为镇西将军，与征西将军张郃等伐上庸，攻刘封、孟达，欲据断沔水，尾击刘备。

曹真、张郃等忽来上庸，攻孟达。孟达知不能拒，又疑刘备恨其不救关羽，遂降。曹真、张郃欲围上庸，孟达以为不必，书信与刘封，劝其亦降。刘封知孟达已降，上庸必失，即率部属夜走，回成都，见刘备。刘备知孟达不战而降，大怒。刘封请刘备问失上庸之罪，刘备以为罪在孟达，不问。

诸葛亮素知刘封性情强硬，若刘备薨，刘封继位，必难左右；又知刘备已有嫡子刘禅及庶子刘永、刘理，必不愿刘封为嗣，于是上表刘备，称关羽之败，孟达、刘封之罪；上庸之失，亦二人之罪也。孟达降，不能追问；刘封在，若不问，何以诫诸将。

刘备颇为疑惑，若不以刘封为嗣，恐惹非议；若以之为嗣，又不甘，于是召群僚，议刘封之罪。

黄权以为不可，与诸葛亮大起争议；诸葛亮由此颇恨黄权。刘备纳诸葛亮之说，赐刘封死。

曹丕知曹真、张郃已据上庸，大喜，于是求见献帝。献帝见曹丕轩昂不羁，意气逼人，颇惧。

曹丕环顾宫室，说献帝道，宫殿陈旧，尘埃暗生，梁柱俱腐，根基松弛，已不堪为宫。臣欲移驾洛阳，重造宫阙，陛下以为如何？

献帝颇知话外之音，方寸大乱，不敢言。

曹丕道，可与不可，望早决，勿彷徨；若大厦倾，伤及陛下，臣之罪也。

言毕，一揖谢退。曹丕静候多日，不见诏书，遂命华歆入宫见献帝，请往铜雀台看水。献帝不敢辞，应之。

曹丕领钟繇、华歆、王朗等先往邺城，止于铜雀台，命夏侯尚扮舟子，备扁舟，候于水岸。

是日，献帝亦来，与曹丕等会于铜雀台上，时残照当空，碧水红霞几无分辩；曹丕指漳水说献帝道，夏水丰茂，盈盈千里，正可观也。臣所虑者，人心也，人心如江河，冬则枯索，夏则暴涨；枯则柔婉，可掬之，亦可用之；涨则狂乱，摧堤岸，坏屋宇，不可禁也。今当盛夏，臣昼夜不安，请陛下登此台，以察水势。

献帝知曹丕之意不在水，仍不敢言。恰此时，忽见台下有舟子，撑船弃岸，举桨击水，欲往彼岸；曹丕等凭栏观之。舟遇浪阻，不得进；舟子不止，击水愈急。华歆呼舟子道，明知狂流当前，何不退让！

舟子如梦初醒，遂回；曹丕等大为讥笑。片刻，夏侯尚参见献帝及曹丕。夏侯尚道，臣知陛下及魏王登台看水，欲学舟子，博君王一笑；不料激流横亘，不可渡也。

献帝不言，默然而退。

数日后，献帝发诏禅位；曹丕上表辞让。献帝再下诏，曹丕再辞；三让后曹丕登基称帝，改国号魏，封献帝为山阳公；又追封曹操为武帝，庙号太祖；子弟俱有封赏。

曹丕依曹操遗命，欲迁都洛阳，命营造宫殿。

刘备知曹丕废献帝而自立，惊怒不已；不一月，又闻献帝饮鸩而死，大哭，设灵致祭，遥尊献帝为孝愍皇帝。诸葛亮、黄权、谯周等纷纷上书，请刘备即皇帝位。刘备不肯，责之。

恰此时，成都士民传言，城中有古井，每夜现祥光，高入星汉，与皓月争辉。诸葛亮请刘备观之，刘备拒而不往。

群僚以为祥瑞之兆，再上表，劝刘备称帝。

刘备遂召群僚，责群僚道，今曹丕篡位弑君，大逆不道，人神共愤。孤为汉皇后裔，不能坐视，更不能僭越称尊。孤欲召天下英雄，不辞万里羁旅，不惜粉身碎骨，讨逆贼，诛不臣，复我汉室。望卿等倾力相助，勿言其他！

尚书刘巴道，汉王忠心，天日可鉴。今汉皇已崩，汉室已亡，又贼子篡位，皇权另立，已非讨贼复兴之际，正当登基建号之时。若汉王拒不称帝，试问人心何以向往，英雄何以趋附！

诸葛亮、黄权等亦苦劝。刘备不再辞，即登基称帝，置百官，立宗庙，以刘禅为皇太子，封刘永为鲁王，刘理为梁王；以诸葛亮为丞相，刘巴为尚书令，李严为辅汉将军，领越巂太守。

赵云等亦有封赏；追谥关羽、张飞、马超、黄忠等；以谯周为太子庶子，辅刘禅。

二十七

刘备欲大举东征，复夺荆州，为关羽雪恨，于是遣侍中马良入武陵，招武溪蛮应之；拜黄权为镇北将军，命率二万精甲屯江北，既防曹军，又防孙权绕袭。

黄权劝刘备道，孙权据断大江，极善水战，陛下若顺流东进，必遇阻碍，若不利，恐难退还。臣不才，愿率舟师先行，替陛下涉险，破屯卫，扫壁垒；陛下随后而举，进退无忧也。

刘备不听，以将军吴班、冯习为先锋，举舟师沿江急进；亲率将军张南等，举十万精甲出蜀，沿山截岭，步步为营，欲使诸将能呼应。

廖化知刘备东征，大喜，况老母已逝，再无牵挂，于是出襄阳，迎刘备。刘备将近秭归，忽报廖化复回，大喜，即召见。廖化大哭，伏地不起。刘备知廖化不惜假死，大为嘉叹，拜为偏将军，领宜都太守，亦随军东征。

孙权知刘备水陆并进，大举而来，恐争而失和，坏鼎足之势，即命南郡太守诸葛瑾拜见刘备，劝其弃私仇，共抗曹魏。

刘备颇知诸葛瑾用意，拒而不见；诸葛瑾三请，刘备三拒。诸葛瑾无奈，遂代孙权拟书信，致刘备。刘备拒不开阅，付之一炬。

刘备说张南道，诸葛瑾乃当今名士，曾为使节入蜀，朕托诸葛亮说其来投，诸葛瑾拒而不见，故未果，朕以为憾事。

张南道，诸葛瑾既代孙权致信，臣以为可回书，以言离间，使孙权疑之，既能逼诸葛瑾弃吴来投，亦能图南郡，一石二鸟也。

刘备以为然，命张南回书。张南代刘备书信两封，其一如下：

子瑜台鉴：

来函获悉，所言勿争荆州，可谓荒谬。荆州乃朕之根基，关羽乃朕之手足，失其一，足以令朕痛彻肺腑，何况二者俱失；孙权不守盟约，不奉仁义，夺荆州，杀关羽，朕与之不共戴天。今大举而来，若不遂愿，誓不还蜀。

其二如下：

子瑜台鉴：

子瑜欲与同胞共事，其望悠悠，其心切切，朕期许不已。如卿所言，孙权不过枭雄，割地不过千里，岂能有所为；朕乃汉皇后裔，兴兵有名，举事有义，所以四海共望，天下同心。子瑜若归附，家族之幸也。孔明贵为丞相，若子瑜来，亦必居三公之上，兄弟并驾齐驱，龙飞凤翔，一时之盛也。

子瑜欲举南郡应大军，朕颇为欣然；然此事应秘，若泄，必遭大祸。

书毕，张南以两信呈刘备。刘备稍作润色，亲笔抄写，押玺印，遣心腹入南郡，依计而行。

心腹来南郡，入酒肆饮食。酒饭足，拒不付钱，欲强走；店主大急，呼小二拦之。心腹称为太守诸葛瑾故交，来南郡置办货物，为人所骗；若索酒钱，可寻诸葛瑾，必有所得。

店主不依，称虽为太守故交，亦需付钱。

心腹与店主等当街大闹，围观者渐众。

心腹大怒，竟摔砸器物。店主亦怒，率小二等执心腹，欲送官府。恰有巡街皂隶过此，闻之，不敢妄举，报与诸葛瑾。诸葛瑾大惊，以为故人众多，不知谁人，请长史往酒肆问之，若果如其言，可替付酒钱，赠以盘费，令其自去。

长史久历仕宦，以为怀才不遇，又恨诸葛瑾独断，每欲谗之，又恐反受其害。

长史率衙役入酒肆，喝退众人，问心腹道，汝是何人，竟自称太守故旧？

心腹道，实不相瞒，我乃汉皇帝刘玄德使节，特来求见太守诸葛瑾。

长史大惊，斥道，奸猾之徒，满嘴胡言，乱棒打死！

衙役齐上，举棒痛殴。心腹疾呼道，有汉皇书信在此，岂能冒仿！

长史愈惊，命衙役住手，拉心腹至僻静处，说心腹道，我乃诸葛太守心腹，可将书信予我，我为卿转交。

心腹道，此信甚密，需面呈，恕不奉命。

长史大怒，命衙役再打，顿时棍棒齐下。心腹倒地，不能起，呼长史道，我身负使命，非诸葛瑾来此，恕不交付！

长史讥笑道，胡言乱语，打死何妨！

命衙役又打。心腹遍体鳞伤，遂告饶，出书信两封，说长史道，两信皆汉皇帝亲笔，押有玺印，断非伪造；此一真一假，望转呈诸葛太守，太守必能自辩。事关重大，望勿拖延。

长史道，我乃南郡长史，与诸葛太守情如手足；卿且去，我即转付。

于是赠以盘费。心腹即走，回禀刘备。

长史回复诸葛瑾，称不过市井无赖，欲诓骗酒食，已痛责，令自去。诸葛瑾不以为意。长史回府第，阅之，大惊，即乘快马，昼夜兼程，驰往吴郡，以两信呈孙权。

孙权阅毕，不言；长史大惑，说孙权道，臣素疑诸葛瑾与西蜀暗相往来，每欲奏报，又苦无证据；今偶获此信，臣惊恐不已，昼夜飞驰，请吴王鉴之。

孙权道，卿忠心可嘉，孤必厚赏；请速回南郡，不可声张，孤自有分寸。

孙权不言真伪，长史愈疑，遂拜辞，仍回南郡。

孙权即召顾雍，以两信付之；待其阅毕，命顾雍辨真伪。

顾雍沉吟道，诸葛瑾忠贞不渝，风尚气节，犹恐诸葛亮不能比。南郡为重地，诸葛瑾镇此，如虎踞龙盘。刘备欲图之，以此离间，吴王何疑？

孙权道，诸葛瑾随孤多年，非道不行，非义不言，颇有古贤之风，孤深知其人；然毕竟与诸葛亮为同胞，万里关山，思慕不已，人之常情也。今刘备大举东来，或以利诱之，不可不防。

顾雍道，诸葛瑾曾入蜀，若欲投刘备，可一去不回，何必延至今日？

孙权道，虽如此，亦应防患于未然；孤欲命陆逊持此信往南郡，察其动机，若为刘备内应，必露形迹，或出南郡迎刘备。可使陆逊以部属伏于途，诸葛瑾若走，擒而杀之，卿以为如何？

顾雍道，若此事虚枉，南郡长史恐难为诸葛瑾所容；若为实，诸葛瑾必杀长史投刘备。

孙权道，南郡长史，奸险之徒耳，不过以此谋晋升之道，实在可恶，孤从来不惜小人之命！

于是召陆逊，嘱以策略。

陆逊即遣周泰往南郡外设伏，以待诸葛瑾；自率随从入南郡。

诸葛瑾知陆逊来，忙出迎，邀入府第，命家仆备酒；两人即席对饮。

酒过数巡，陆逊出两信，说诸葛瑾道，此为南郡长史所获，星夜驰送吴王，称截自刘备心腹。吴王不信，命我转送与卿。

诸葛瑾阅毕，笑道，此离间之计也，岂能欺人。实不相瞒，我亦有所闻，所以不虑，因知吴王英明，必能察奸谋，明是非。

陆逊亦知乃离间计，又见诸葛瑾泰然如常，忽拍案而起，说诸葛瑾道，南郡长史，小人也；卿可呼其来，我必立斩此人！

诸葛瑾道，何必如此。我等俱在仕途，加官晋级，人所共望也；有恶必举，有奸必报，为官之责也。若杀之，虽有察，谁敢声张？

陆逊愈知诸葛瑾无异心，笑道，卿襟怀坦白，光明磊落，堪为我等楷模；卿不怒，我何必怒之！

诸葛瑾已知陆逊来意，亦笑道，君子为人所疑，应避嫌；况刘备大举而来，南郡当为首战之地，若我与吴王互疑，必为刘备所乘。我愿随卿回吴郡，听候发落。

陆逊道，吴王命我以两信付卿，足见并无嫌疑；卿若如此，或反使吴王疑之。

诸葛瑾不再言，邀陆逊再饮。夜渐深，陆逊不去；诸葛瑾颇知其意，请陆逊同榻共眠。陆逊假寐，暗察诸葛瑾举动。诸葛瑾就榻即睡，鼾声如雷；陆逊疑惑尽释，亦睡。

翌日，陆逊辞别诸葛瑾，遣随从命周泰撤走；自往吴郡，回禀孙权。

孙权再无疑虑，以陆逊为大都督，率潘璋、周泰、徐盛、朱然、丁奉等，举五万精甲迎击刘备。

顾雍说孙权道，刘备意在荆州，若与之战，必毁联盟；此亲者痛、仇者快，臣请吴王三思！

孙权道，非孤与刘备争，实因刘备不愿与孤共存；若不拒之，必为降虏，此孤之所耻也！

顾雍道，荆州为制衡之地，唯刘备据之，方能成鼎足之势。吴王若以荆州还刘备，刘备必自退。既鼎足仍在，可彼此呼应，何惧曹丕。此存亡之道也，臣请吴王慎之！

孙权道，刘备不顾鼎足，孤虽委曲求全，于事何益！

顾雍知孙权不可劝，遂见步骘，请步骘劝孙权。

步骘不肯，说顾雍道，吴王岂不知联盟之重；然刘备大举而来，若不痛击，岂能退走。联盟如墙壁，可毁之，亦可再筑，卿何必忧心如焚！

顾雍告辞，想及鲁肃曾往上虞请华子云劝孙权勿取荆州，孙权竟纳其说，于是亦往上虞，欲请华子云再说孙权。

二十八

陆逊知刘备志在必得，令诸将弃壁垒，退守巫山，以惑之；又命将军李异屯秭归，以诱之。刘备命将军吴班、冯习等攻李异。李异不敌，沿江败走。冯习欲追，吴班止之，以为江面狭窄，若有伏，必大败。

冯习以为有理，与吴班据秭归。陆逊知吴班、冯习不追李异，命徐盛等屯夷陵，据断江岸，阻刘备舟师。陆逊率诸将出巫山，据夷道，以待刘备。

刘备举十万精甲与陆逊大战，凡十余日；刘备遇挫，绕走秭归，与吴班、冯习合。陆逊亦退走，仍据巫山。

刘备以为陆逊兵寡，仍可进击，命诸将俱出，入巫山，再击陆逊。陆逊佯败，弃巫山东走。刘备命追击，又令吴班、冯习、陈式等率舟师出秭归，沿江急进。

陆逊命徐盛等拦击吴班、冯习等，令李异、刘阿等夜出，尾随而进。吴班、冯习、陈式等前后遇敌，大败，弃舟登岸，逃归刘备。

陆逊与诸将分走，各据险要。刘备亦分屯，连营七百余里。

黄权知刘备连营，大惊，即遣部将见刘备，请刘备收紧部属，不可逾百里之外。刘备不听，意在占尽江岸，使陆逊不能绕袭身后。

司马懿知刘备伐孙权，以为可尾击，即求见曹丕。

司马懿道，今刘备大举东征，后方空虚，可命张郃等沿沔水东下，尾击刘备，必能一举而下。

曹丕笑道，刘备连营七百里，足见并不知兵，自取其败也；陆逊等必分而击之，刘备必大败。可静观，何必劳师远征。

司马懿以为然，告退。

陆逊知刘备连营数百里，命周泰等大出，猛击刘备。刘备等顾此失彼，连失数十营，大骇，又转入夷道，据守猇亭。

陆逊知黄权屯江北，恐增援，即命朱然、丁奉等率精甲二万断夷道，阻黄权。黄权知刘备败北，据守猇亭，大急，欲弃江北助刘备，正疾行，遇朱然、丁奉所阻，不能过。刘备闻此，遣廖化责黄权，命仍屯江北，无令不得擅举。黄权不敢违，仍退守江北。

陆逊令诸将分兵进击，直取猇亭，欲决战。刘备命张南、吴班、冯习、刘式等亦分兵，据险而屯。陆逊命潘璋攻张南，令周泰斜出，绕袭一侧。

潘璋攻张南，张南命部属以石木猛击。潘璋不能进，伏身避之。张南以为可图，率部属齐出，直扑潘璋。正此时，周泰忽至，与潘璋合击张南。张南不敌，又不能退回壁垒，欲转与冯习合。潘璋、周泰围而攻之，斩张南。

陆逊又令周泰、潘璋攻冯习，欲重演故计，于是潘璋猛攻，周泰仍斜出。冯习见潘璋勇猛，命弓箭手急射。潘璋诈伤倒地，冯习亦出，欲擒之。周泰趁机夺冯习壁垒，冯习大骇，欲复夺。潘璋忽起，杀冯习，余者俱降。

刘备知张南、冯习战死，又连失两营，大惊，命陈式、廖化等各率精甲一万，败周泰、潘璋，夺回壁垒。陈式、廖化先袭潘璋，潘璋寡不敌众，弃壁垒，回走山下；周泰知潘璋败退，亦走。

刘备恐陆逊进击，命诸将阻断道路，占尽险要。徐盛等以为可大举攻击，毕其功于一役。陆逊不准，亦命诸将分屯山下，若刘备不举，诸将亦不得妄动。

徐盛以为陆逊怯敌，暗召诸将，上书孙权，指陆逊错失战机。

孙权大惊，即书信与陆逊，责之；赠陆逊金甲，欲使其不畏强敌，举而攻之；又遣老将程普为监军，督陆逊等强攻猇亭。

程普持书信及金甲前来，请陆逊奉命。陆逊亦上书孙权称：

臣奉命拒强敌，虽千难万险，不敢懈怠；今获赠金甲，倍感殊荣。

刘备水陆并举，率众东来，臣等虽有所获，然刘备元气未伤，壮心未折，非决战之时。况猇亭险要，绝壁四立，沟壑交错，若强攻，刘备既可据守，亦可退走。

刘备誓夺荆州，为关羽雪恨，若不大破，虽败退，他日必复来。臣所以不谋小胜，唯因小胜不能使其恐惧。今夏日将尽，秋日将临，臣所待者，天时也。大王勿疑，臣必使刘备有来无回。

臣闻用人不疑，疑人不用。若大王疑臣不能制胜，可夺臣兵权，去臣职务；今大王以程普为监军，臣顿不知主次，望明示。

孙权知陆逊有疑，即回书，称程普知兵善战，极有人望；孤以程普为监军，意在使诸将奋勇，卿何疑？

程普欲建功，以为刘备已在穷途，请陆逊召诸将攻之。陆逊不肯，斥程普道，将在外，君命有所不受；攻与不攻，权在我，不在他人。

程普知徐盛等不服陆逊，于是暗会诸将，欲夺陆逊兵权。陆逊闻之大怒，仗剑而入，再斥程普道，我为大都督，节制诸将，非大王之命不听；汝若擅举，我必杀之！

程普惧，终不敢举。诸将知二人相争，不知主次，疑惑重重。徐盛再上书孙权，请罢陆逊兵权。孙权遂召顾雍，问顾雍道，今陆逊阻刘备于猇亭，敛而不攻；诸将俱请出击，陆逊不听。孤以程普为监军，陆逊又与程普争。徐盛等请夺陆逊兵权，以程普节制诸将，孤不能决，卿以为孤当如何？

顾雍道，程普，将才也；陆逊，帅才也，大王何疑？

孙权大悟，令程普回。

廖化等见陆逊大屯山下，俱劝刘备弃猇亭，回据秭归。刘备不听，命诸将出击，欲破陆逊壁垒，直指荆州。

陆逊见之，令诸将奋力阻击。又战十余日，刘备等尺寸不进，仍欲退守猇亭，又恐陆逊跟进，命吴班、陈式屯于半山。

陆逊望之，命周泰攻吴班，潘璋攻陈式。

徐盛以为周泰、潘璋必败，请止。陆逊道，我欲以二将为诱饵，使刘备大出；卿等可令部属披甲戴胄，以待刘备。

徐盛等以为然，令部属执戈矛，挽弓带箭，以备出击。

周泰、潘璋奉命分出，沿山疾进。

吴班、陈式见此，以为不过疑兵，陆逊或绕出，袭猇亭，于是命吹号角示警。

周泰、潘璋正急进，忽闻号角声大起，急令停止。正此时，吴班率众齐出，俯冲而下。周泰、潘璋大惊，疾退。

刘备以为可图，欲命诸将齐出，大败周泰、潘璋，顺势而下，破陆逊。廖化劝道，此诱敌之计也，若出，必大败。刘备忽疑，不敢举。

陆逊见刘备敛而不举，仍命诸将坚壁自守，以待时机。陆逊再不问军事，每日饮酒作歌。徐盛等大疑，请见陆逊，问以何故。陆逊不答，邀诸将同饮。徐盛等拒之，拂袖而去。

二十九

顾雍请上虞华子云说孙权，还刘备荆州，绝纷争，固联盟；孙权颇知华子云之意，推故不见。华子云候于顾雍府第，逾数十日，不获召见，欲辞顾雍回上虞。顾雍又请华子云说陆逊，勿使刘备大败。华子云三辞，终不能拒，知陆逊阻刘备于猇亭，遂前往。

陆逊不问战事，饮酒作歌，似不以刘备为意。徐盛、潘璋、周泰等以为陆逊故作姿态，其实束手无策，于是再上一表，指陆逊荒疏无谋，不堪重任。

孙权大笑，竟命步骘押巴西清酒三担赠诸将。陆逊大喜，邀诸将聚饮，徐盛等拒之。陆逊笑说诸将道，此大王之美意，岂能拒之！

徐盛等不敢强辞，稍饮即告退。正此时，忽报华子云来访，陆逊颇惊，起而迎之。

华子云布衣葛巾，形貌朴拙，似不知世间滋味。陆逊赞道，先生朴于表，华于内，令人肃然起敬。

华子云笑道，大都督风采飞扬，意气逼人，使人不敢随便。

陆逊大笑，请华子云饮酒。华子云不辞，与之对饮。陆逊道，我尽日独酌，虽美酒佳肴任我取用，奈何无人对饮，了无意趣；邀诸将，诸将以为大敌在前，不敢尽兴。先生餐风饮露而来，若能与我一醉，平生之幸耳！

华子云笑道，大都督临阵畅饮，不以强敌为意，豪迈之气，古今少有；恐周郎再世，不能如此。

陆逊笑道，先生谬赞，我不敢当。刘备据猇亭，居高临下，虽穷尽方略，难求一胜。因无破敌之策，故而以酒消愁，强作姿态而已。

华子云道，此处秋色渐浓，满目萧条，杀气聚合，草木皆兵；卿非无良策，唯待秋风耳。

陆逊大惊，仍笑道，先生所言，令人大惑不解，望能明示。

华子云淡然一笑道，此酒清淡如水，芳烈暗藏，令人于放纵间颓然不起；此地山势高峻，倚天临江，看似易守难攻，却危机四伏。今菊气渐生，霜色渐浓，又草木摇落，悲风暗起。大都督欲借天风杀劲敌，正当其时矣。可叹刘备处险境而不察。

陆逊不言，大笑。华子云道，我受人所托，不辞远道而来，有数言相告，望勿怪罪。

陆逊已知华子云来意，笑道，先生勿需客气，无论何言，请赐教。

华子云道，实不相瞒，我受顾元叹之请，欲面见吴王，劝吴王还刘备荆州，泯恩仇，息争端，固盟约，抗强曹。吴王不愿听野老之说，拒之。顾元叹又请我求见大都督，我三辞，顾元叹三请。我无可奈何，故又转道来此。自古英雄皆好胜，况大都督年华正好，豪气干云；然故人所托，不可力拒，我姑且言之，大都督姑妄听之。

陆逊道，先生可畅所欲言，我必洗耳恭听。

华子云道，自古善战者，不仅能屈人之兵，更能度天下之势，可战则战，不可战则罢；战或不战，不为一时胜负，更应知战后之果。若得一城，而失一地，胜之何益！卿才高古今，心如明镜，必知此理。

陆逊笑而不语。华子云顿生疑惑，亦不再言。陆逊道，请先生尽其欲言，若言之有理，我必纳之。

华子云又道，今曹丕废帝自立，雄踞北方，势压四海；刘备依西蜀之富，吴王凭江左之险，若互为联盟，仍可成三足之势。若化友为敌，则鼎足必毁，格局必变。曹丕必乘孙、刘互攻，破西蜀，荡平江左，使四海宾服，天下一统。请大都督容刘备全身而退，刘备必幡然悔悟，与吴王重修盟约，尽释前嫌，仍以三分抗七分，大都督以为如何？

陆逊道，世无不散之宴，亦无不解之盟。今刘备大举东来，欲复夺荆州；吴王颇知盟约之重，命诸葛子瑜求见刘备，欲和解，刘备斥而拒之。我亦知联盟之重，命诸将弃壁垒，不与刘备战；刘备竟夺秭归，入夷陵，又转据猇亭，步步紧逼，欲置我死地而后快。虽如此，我仍敛而不举，欲使之自省，或知难而退。然刘备野心如炽，不达目的，誓不罢休。刘备举众攻之，我率诸将守之，足见罪在刘备；先生不责刘备，何故责我？

华子云沉吟道，恕我直言，若吴王不图荆州，岂有今日？

陆逊大笑道，此言谬也！当初，刘备走投无路，吴王纳之，又与之结盟，再助其夺荆州。刘备置太守，吴王置长史，已极尽兼让；关羽竟不顾盟好，尽逐之。尔后，关羽夺樊城，势压南北，欲吞江东；曹操为此忌惮，几欲迁都。既关羽如猛虎，吴王居而不安，宁不除之！荆州之失，罪在关羽，岂在吴干！

华子云知陆逊不听劝告，欲辞，于是说陆逊道，我欲求见刘备，晓以大义，使刘备自去；若如此，大都督能否容我全身而退？

陆逊笑道，先生来则来，去则去，何出此言？

于是华子云一揖告退。陆逊恐华子云泄密，即召潘璋，命追而杀之。

潘璋行不足三里，见华子云在前，呼道，先生请止，我有一言相告！

华子云遂止，见潘璋执利刃，笑道，卿来何迟？

潘璋大惊，沉吟道，我奉大都督之命，追杀先生。

华子云笑道，我死不足惜，唯恨鼎足之势将立解。

潘璋不忍下手，说华子云道，若不往猇亭会刘备，我必使先生还上虞。

华子云大笑道，我不忍见生灵涂炭，血流成河，故而不惜一死。

潘璋无奈，执华子云回，请陆逊囚而不杀。陆逊大怒，拽潘璋入内，斥道，华子云出言不逊，贬抑吴王，盛赞刘备；今决战在即，若不杀之，必有后患！

潘璋大疑，遂出，杀华子云。

顾雍知陆逊杀华子云，大为悔愧，遂出吴郡，求见陆逊，请收葬华子云。陆逊亦为之举哀，厚葬华子云于江岸。

刘备据猇亭，进退艰难，遂召诸将，议策略。

吴班道，陛下与陆逊对峙，已逾数月，今天气渐寒，风露渐紧，又后方遥远，粮道险要，若不速决，恐不利。

刘备道，陆逊大集山下，扼守江岸，阻朕前行；又藏锋掖甲，敛而不举，欲待朕粮草罄尽，风霜大起时自退，而后尾击，使朕大败。朕几欲大出，又恐陆逊以静制动，迎头痛击，故而不决。

吴班道，臣愿移屯山下，诱陆逊来攻；若陆逊有所举，诸将可奔涌而下，必能大胜！

刘备以为然，命吴班趁夜下移三十里，近陆逊而屯。

翌日，潘璋、徐盛、周泰等，见吴班屯于数里外，以为可图，俱请战。陆逊斥诸将道，此诱敌之计耳，若出击，刘备必举众齐下，势如洪水，岂能阻！

徐盛道，瞻前顾后，岂是将军所为；大都督若惧，可敛而不出，我等必能破壁垒，斩吴班！

陆逊大怒，斥徐盛道，我受大王之命，节制诸将，卿等为我部属，岂能代我决策！若再言，我必斩之！

徐盛等颇恨，忿忿而退。

不觉，又数日，陆逊仍不举；刘备知此计不成，再召诸将。

刘备道，今天气愈寒，粮草将尽，不可再拖。朕欲亲率精甲，沿山急下，突袭陆逊；陆逊必举众迎击。卿等可倚马半山，待陆逊出，骤然而举，必能取胜。

廖化等以为不可，力劝；刘备不听，率精骑一万飞下。

徐盛、周泰见刘备忽来，大为振奋，竟不顾陆逊严令，即率部属大出，截击刘备。

刘备见徐盛、周泰等出壁垒，大喜，命部属避之，绕走一侧。徐盛、周泰欲追，忽听陆逊喝道，廖化等大集半山，若不速回，必败！

徐盛、周泰不听，命部属急追刘备。陆逊命潘璋射二人坐骑；潘璋不肯，亦欲出击。正此时，忽见廖化等大出，势如溃水。陆逊急命弓箭手分射徐盛、周泰坐骑，两骑俱中箭，倒于尘埃。徐盛、周泰欲再举，见廖化等已在数里外，大骇，急命部属俱回，退入壁垒。

陆逊命诸将坚壁自守，以拒刘备。刘备功亏一篑，不忍去，命诸将急攻。陆逊等拒而不战；刘备仍不能进，遂携廖化、吴班等回据猇亭。

陆逊令甲士执徐盛、周泰，囚之。潘璋等求见陆逊，请释徐盛、周泰。陆逊不听，严责诸将，令以徐盛、周泰为诫。

又数日，天清气爽，碧空如洗，秋风浩渺，满山枯黄。陆逊以为时机已到，命侍从押徐盛、周泰。

陆逊问徐盛、周泰道，汝等可知罪？

徐盛冷笑不言；周泰虽有悔恨，亦不答。

陆逊道，汝等屡违军令，本应重责；我念汝等每有功绩，不予严惩。今大战在即，我欲使汝等能戴罪立功，如何？

周泰道，若与刘备决战，万死不辞！

徐盛仍不以为然，不答。

陆逊道，孙子云，上兵伐谋，其次伐交，其次伐兵；凡为将者，无不奉为金科玉律，何独汝等不知！我欲效古儒将，不损一兵一卒而大败刘备，于是隐忍不举。今当决战之际，我欲复汝等军职，以功折罪；若仍不奉命，待破贼之后，我必依法严惩！

徐盛方道，我等久盼杀贼，不惜一死；若大都督能败刘备，我必鞍前马后，唯命是从！

陆逊遂释徐盛、潘璋，召诸将，命将士各备火把一枝、枯草一捆。

三十

翌日，陆逊又召诸将；陆逊道，今秋色漫山，草木俱枯，卿等可各率部属，放火烧山。此乃秋风杀人之计，刘备岂能不败！

诸将方知陆逊之计，无不称奇。

午后，刘备望见徐盛等率众尽出，将士各举火把，带枯草，沿山下疾驰，不禁大惊，亦召诸将商议。正议而无果，忽报四周火起，借风势，呼卷而上。刘备等大骇，俱出壁垒，不知所措。

陆逊见火势大起，如滔天巨浪，大笑道，壮哉，天风杀人也！

此时，徐盛、潘璋、周泰等领众俱回，齐聚辕门外，以待军令。陆逊说诸将道，火势未旺，勿急，且待之！

将士不再疑，俱集壁垒外，笑看满山大火。渐渐，火势愈烈，赤焰燎天，已不见山形，唯觉热风大起，四处奔流，令人难以自禁。陆逊大笑道，此所谓草木皆兵也，若对此畅饮，岂不快哉！

言毕，命随从出巴西清酒，与徐盛等狂饮。正此时，忽有马群自火中出，狂奔而下。

陆逊指马群道，刘备知江东养马不易，以此相赠，诸将何不笑纳！

于是，命徐盛率部属收服马群。徐盛等俱出，于山下拦截，竟无遗失，获好马数千匹。

待火上绝顶，陆逊衣金甲，执长剑，嘱诸将道，时机已到，卿等可随我上山，收葬刘备！

于是率众登山，所过处尸横遍野，惨不忍睹。日将暮，陆逊等已至刘备大营，见壁垒尽毁，刘备等不知所踪。陆逊令诸将暂止，命斥候察刘备去向。片刻，斥候回报，称后山有小道，人迹纷乱，刘备已走。

陆逊命诸将追击。搜行十余里，见前有高山，人迹尽失。陆逊知刘备隐于此山，令诸将俱止。

此时，秋月当空，恍若白昼，陆逊见不远处断崖千尺，孤峰壁立，知刘备必敛兵于此，遂指孤峰道，刘备必在此，欲凭险自保。我等可设围，使刘备插翅难飞！

于是令诸将各率部属，四面设围。

刘备等仓皇而退，欲走保秭归，无奈将士疲困，又大受惊吓，行走迟缓，至孤峰下，已天黑。吴班等俱请敛兵孤峰，翌日再行。

正埋锅造饭，忽见孤峰下人影幢幢，已知被围，将士无不恐惧。刘备欲趁合围未固，率众突出。吴班劝道，臣以为此峰险峻，易守难攻，陆逊必不敢轻举；将士无不饥饿，若此时突围，不能奋勇。不如使之饱食，夜半而举，必能脱险。

刘备纳其说，嘱吴班道，卿可为先锋，骤然而举，使陆逊措手不及；朕率精甲断后，务必使将士生还。

吴班、廖化等俱请刘备居中；廖化愿为先锋，吴班自愿断后。

陆逊设围既成，遂召诸将，嘱以策略。陆逊道，刘备困居孤峰，虽地势险要，然狭窄陡峻，不能展开；既陷重围，必惶恐不安，今夜必突围。我等举五万之众，亦难于悬崖峭壁间放手一搏，更难将之聚歼。刘备必经夷道，走秭归；或转道江北，与黄权合，伺机再举。

诸将以为然。陆逊命徐盛、周泰各于西、北设伏，断其退路，徐盛、周泰奉命而往。

时已三更，刘备命廖化率五千精甲忽出，以疑陆逊；陆逊见此，命潘璋迎击廖化。刘备以为可举，命将士不举火把，敛绝声息，往西疾走。

潘璋与廖化战，廖化忽转道向北。潘璋以为刘备将北走，令部属放廖化出围，尾随而进，欲夹击。正此时，忽听西面杀声骤起，已知刘备自西而走，命部属弃廖化，转道向西。

廖化见潘璋欲截击刘备，亦往西，自后猛攻潘璋；吴班见此，回击潘璋。潘璋腹背受敌，大骇，败走。廖化遂与刘备合。刘备仍以廖化为先锋，转道北去。

行不足十里，忽闻鼓声四起，刘备大惊，急止，见周泰拦于途，士卒遍布山野。刘备进退维谷，以为必死。

廖化说刘备道，陛下勿惧，臣必保陛下无恙！

廖化直取周泰，疾呼道，挡我者死！

周泰亦率部属迎击廖化。吴班见周泰被阻，即保刘备斜出，绕过周泰。周泰见此，即弃廖化，欲再阻刘备。吴班力敌周泰，廖化亦至，再与吴班夹击。周泰不敌，遂退。

刘备趁机急走，虽快马如飞，犹嫌迟缓，令将士尽弃辎重。吴班知陆逊等必来，请廖化保刘备，自率死士断后。

徐盛闻北路杀声大起，知刘备转道向北，遂撤伏，往北疾进，与潘璋合，追击刘备；片刻，又与周泰遇，知刘备已走，大为不甘，随后紧追。

不觉，天已明，周泰等见吴班率死士阻于前，急攻。吴班寡不敌众，败走。周泰、徐盛、潘璋等大肆追杀。

刘备人困马乏，命部属歇息。正此时，吴班等大败而来，见刘备敛足不前，疾呼道，追兵在后，请陛下疾走！

刘备大骇，又走。吴班见前有狭谷，峭壁直立，仅容人行，不能走马，大笑道，天不灭汉皇也！

吴班命死士俱止，解甲卸鞍，置于谷口。片刻，徐盛、周泰等骤至。吴班命部属点火，引燃甲胄、马鞍；又俱张弓箭，以阻周泰等。周泰等为烈火所阻，不能前，亦止。

待火尽，已近半日。吴班知刘备已远走，大笑。正此时，陆逊亦至。

陆逊见吴班英勇，欲生擒，劝吴班道，今刘备大败，几乎全军覆没，难以再起；汝若愿降，我必请吴王重用！

吴班斥陆逊道，竖子，我非贪生怕死之徒，岂能为降虏！

陆逊大怒，命诸将轮番攻击；吴班等力怯，尽被斩首。

刘备得以暂离险境，于是倍道疾驰，终至秭归。

陆逊知刘备逃入秭归，仍率诸将追击。

黄权知刘备大败，而陆逊等紧追不舍，大惊，即率部属离江北，据夷道，欲阻陆逊。陆逊见此，命诸将强攻；黄权力拒，互不能胜。

刘备知黄权阻陆逊，又弃秭归，退走鱼复。陆逊命李异、刘阿绕出，仍追刘备；又命徐盛、周泰、潘璋、朱然、丁奉等围黄权，断绝道路，欲逼黄权降。

黄权命将士大竖壁垒，以拒陆逊。

徐盛以为黄权可擒，不必耗费时日，仍请强攻。陆逊指黄权营垒道，黄权来此，未足半日，已大树壁垒，足见非吴班、廖化之流，岂能强攻！所幸刘备用人不善，若以黄权为主将，我等岂能胜之！

徐盛等以为然，围而不攻，欲待黄权粮尽自溃。

三十一

李异、刘阿急追刘备，颇有斩获。刘备部属或死伤，或溃散，近鱼复时已不足五千。廖化等俱劝刘备退走江州，刘备不肯，以为若再走，士卒将散尽，于是入鱼复，命坚城固守。

李异、刘阿尾追来此，急攻而不克，于是阻断路途，欲使刘备不能退还。

巴西太守阎芝知刘备困守鱼复，大惊，四处招募子弟，获五千余众，以马忠暂领司马，率众往鱼复救刘备。

马忠等沿渝水东下，至江州登岸，昼夜疾进，直奔鱼复。

刘阿知援军即到，遂率部属绕过鱼复，截击马忠。两军骤遇，刘阿见马忠兵寡，又不衣甲胄，形若流民，以为一举可下，令将士大出。马忠命子弟俱止，敛于途，列三队，俱戴面具，狰狞可怖，如鬼魅。刘阿等稍迟；忽见前队人人击鼓，声如惊雷，后队狂舞，中队怒吼，声威震天。刘阿等大骇，欲退走。马忠率子弟奋起追杀，斩首数千。刘阿逃入密林，以避锋芒。马忠等不舍，又斩首近千。渐渐，刘阿等被逼上绝壁，不能进退，相继跳崖自尽。

马忠率子弟入鱼复，拜见刘备。

刘备大喜，见巴西子弟豪勇绝伦，叹为天神，继而问马忠道，朕因伤张飞之死，曾令诸将征巴西板楯蛮，幸为黄权等劝止；朕穷途末路，卿等当喜，何故远道赴救？

马忠道，巴西太守阎芝知陛下受困鱼复，大为忧患，于是募集勇士，命臣等昼夜兼程，来此救驾。臣等不望立功，唯愿陛下知巴人义勇，尽释前嫌，怀柔异族。若陛下恩泽被及草木，不分异己，不论亲疏，士庶必知感戴，远近莫不服膺，一旦有危，老幼必尽绵薄之力，壮士不惜赴汤蹈火，虽曹丕、孙权，不足虑也！

刘备愈喜，命设酒宴，款待马忠；马忠辞谢道，吴将李异仍在咫尺之外，若不逐之，臣寝食不安。

于是马忠、廖化等俱出，猛攻李异。李异不敌，大败，欲退走夷道，与诸将合。廖化以为穷寇勿追，劝马忠弃之；马忠不肯，率子弟追出二百余里，斩李异，俘获近千。

刘备知黄权被困，恐难脱身，命廖化驰还成都，请诸葛亮遣赵云等赴救。

诸葛亮以诸将分镇四方，而刘备受困鱼复，宜先救刘备为由拒之，于是遣赵云率精甲三万往鱼复，命尚书令刘巴同行。

黄权受困夷道，欲走归西蜀，无奈陆逊等据断路途，数举无果。

时已初冬，朔风渐紧，将士无棉衣，不堪寒冷，又粮草殆尽，人马饥困；部属每欲出降，均为黄权喝止。

陆逊知黄权粮尽，命周泰近壁垒，呼黄权降。黄权怒斥周泰，称宁可困死，不为降虏。部属闻之，大疑，欲哗变，杀黄权投陆逊。黄权察知，画刘备像，竖于前，即召部属。

黄权道，我等已在末路，粮草罄尽，归途断绝，补给不至，救兵不来，若再坚守，必全军覆没。陛下像在前，卿等可随我三拜，以尽君臣之义；三拜后，卿等可自去，我当以死谢陛下之恩。

拜毕，黄权大哭，欲自刎，部属止之。黄权又说部属道，若投吴，陛下必恨之，我等亦必愧之；既脱身无计，回蜀无望，不如投魏。

部属以为然，于是夜烧壁垒，俱随黄权北去。

徐盛等知黄权夜走，欲追；陆逊说诸将道，黄权既投魏，曹军必出上庸应之；若追，曹丕必怒，恐得不偿失耳。

于是，陆逊亦率诸将退走。

刘备知黄权投曹丕，大怒，欲命快马回成都，令诸葛亮收黄权家眷，斩之。

马忠劝道，黄权风骨铮铮，非贪生怕死者。陆逊等紧追陛下，黄权舍死力阻，使陛下得以出秭归，退守鱼复。陆逊欲逼降黄权，断绝归途，四面围困；黄权孤军自守，外无救兵，内无粮草，穷途之际，转投曹丕，情不得已耳。臣知关羽亦曾降曹，陛下不责，何故独怒黄权？

刘备大悟，叹息道，卿所言，令朕猛醒；非黄权负朕，实乃朕有负黄权。

又数日，匆闻诸葛亮已收黄权家眷，欲杀之。刘备大惊，即遣快马回成都，命诸葛亮尽释之，予以优抚。

此时，赵云、刘巴又至鱼复，刘备大喜，遂改鱼复为永安郡，以赵云为太守。刘巴、赵云请刘备回成都，刘备拒之，称马良已入武陵，必能招武溪蛮数万，或正在途中；如此，将合精兵十万，可再伐吴。

马良奉命入武陵，拜会武溪蛮首领，赠以厚礼，封以官爵。首领大喜，准马良招募壮丁，不一月，获五万之众。马良请出征，首领不准，称子弟虽勇壮，颇能狩猎，或能以故乡故土勉拒来犯者，却从未出征他乡，需操演。马良无奈，遂率子弟操习。

又数月，马良再请出征，首领应之，于是出武陵，往夷陵；知刘备退守猇亭，又转道猇亭；蛮夷已有怨恨，每欲回走。马良苦劝，又许首领为尚书；首领遂往之。尚在途中，又闻刘备大败，已遁入秭归。马良又请往秭归；蛮夷怒不能忍，杀马良，散回武陵。

陆逊大败刘备，还吴郡，拜见孙权。孙权喜不自禁，命大宴七日，以示庆贺。于是群僚毕至，笑逐颜开。

孙权以为曹丕或趁联盟破毁，举众东来，待七日过，请群僚议应对之策。

陆逊道，臣以为，曹丕始登皇位，根基未固；刘备虽受挫，实力仍在。曹丕虽欲作为，亦不敢大举。何者？曹丕虽有百万精甲，然分镇州郡，岂能弃土地人民全力以赴；若东征，不过举数十万众。大王占尽东南，带甲百万，又有大江之险，何惧！然曹丕既僭号，岂容国有二主，此后，必征伐不绝。臣以为，苟安之说，俱为妄想；与曹、刘争天下，已不可免。臣请大王养精蓄锐，大募子弟，习练舟师，广备军资，以利来日之战。

顾雍道，刘备新败，吴、蜀失和，已今非昔比。虽东南深远，兵甲精锐；西蜀富足，雄关重叠，又曹丕新立，心有忌惮，然唯能暂安耳。所谓人无远虑，必有近忧；大王虽有天险，仍难独支。臣请大王委曲求全，与刘备重修盟约，摒弃前嫌，复鼎足之固。此求存之道也，望纳之。

陆逊不以为然，斥顾雍道，苟安之说，由来已久；委曲求全，苟且偷安，岂是英雄所为！刘备举十万之众，气焰熏天；我等以寡击多，使之完败。既子弟骁勇，将士壮烈，何惧强敌！

顾雍反斥陆逊道，何为苟安，何为壮烈！曹丕雄踞北方，威及四海；大王据守江东，偏安一隅；刘备割土西蜀，妄自称尊，此大局已定，岂能反转。若不断痴念，绝妄想，必遗祸来日。臣请大王上书曹丕，以表臣服之心；遣使入蜀，以修昨日之好。若鼎足不毁，仍能安处，当此兴衰之际，请大王三思！

诸葛谨、步骘等纷纷附和。孙权道，孤每纳苟安之说，行固守之策，数十年少有进取，愧恨不已也；今尽据东南，地广人多，岂能再为苟且之徒！

钟繇、华歆、贾诩等知孙权大败刘备，俱上书，请曹丕趁机讨伐。

曹丕遂召群臣议之；曹丕问群臣道，今二贼互争，彼此失和，太尉贾诩等请兴兵讨伐，卿等以为如何？

司空王朗道，陛下所率，天子之军也，若举，应攻无不克，战无不胜；今二贼虽失和，仍知唇亡齿寒，若陛下征讨，二贼或再结联盟，成鼎足之势。陛下若不举，二贼必再战，待元气尽失，再伐不迟。

太傅钟繇道，不可。今二贼大战，各有折损，若不讨伐，二贼必以为陛下软弱，或气焰愈炽。既刘备大败，困居鱼复，臣请陛下伐蜀，必能灭之。

尚书司马懿道，蜀有秦巴之隔，路途险远，刘备、诸葛亮又短于用兵，不足为虑；孙权据东南，获群贤之助，占大江之利，又壮志凌云，若不骤灭，或大成气候，臣请陛下先伐吴。

华歆道，臣以为可并伐，虽不能一举讨灭，亦能使之胆寒，弃绝妄想。臣请陛下举五万精甲伐汉中，遣十万之众讨东南。

司马懿道，若蜀、吴并伐，二贼必重修盟约，再成鼎足之势。此利于二贼，断不可行。

曹丕决意伐吴；时大将军夏侯惇已死，遂以曹仁代之，率十万之众赴濡须口；迁领军将军曹真为镇南将军，和东南诸将，亦举十万之众入南郡，以应曹仁；又以曹真为镇西将军，督右将军徐晃等据断沔汉；合上庸、房陵、西城为新都郡，以孟达为太守。

三十二

孙权知曹仁、曹休两路齐举，大惊，即召群僚议对策。

陆逊道，曹仁等两路齐出，虽举二十万众，有何惧哉。臣以为，亦可分兵拒之，高壁深沟，守而不战。曹仁等远来，不愿久持，必图速决。既求战不得，必自乱，何愁不胜！

顾雍道，曹丕疑大王将与之争天下，故此举众而来。臣仍请大王上表曹丕，虚言臣服，使之不疑，当不战可解东南之危，此所谓伐交也，大王何不为之。

孙权不能决，请步骘言利害。

步骘道，臣以为，二者皆有理，然利弊交错，条缕不分，殊难辨也。不如既上表曹丕以示弱，又命诸将坚壁自守，兼收并用，必收奇效。

孙权以为然，命陆逊遣诸将，分兵迎敌；又上表曹丕，极尽殷勤。

曹休直下南郡，围诸葛瑾，欲逼降。诸葛瑾固城自守，以待援军。曹休欲速胜，命诸将四面强攻，一时风雨飘摇；士民以为南郡必破，逾城而走者日多。部属恨之，执数十人，欲杀之以禁逃亡。诸葛瑾不准，命释之；又来城门，见携家带口者数千之众，俱欲离南郡，以图自保。诸葛瑾请士卒开城门，称凡欲弃家而走者，不得阻碍；若南郡不失，亦可回，来去自由。

士民大疑，竟无一人出城。诸葛瑾又说士民，称将士俱有必死之心，誓与南郡共存亡；所谓众志成城，虽敌军十万，有何可惧。

士民大受鼓舞，俱愿共保。恰值军中粮草将尽，士民无不倾其所有，以足军需。诸葛谨亲上城楼，挽弓射敌；军民无不振奋，人人争先。

曹休强攻数日不能克，令诸将围而不攻。

陆逊知南郡危急，令吕范、周泰、甘宁、韩当等往濡须口拒曹仁；亲率潘璋、蒋钦、徐盛、朱然等驰援南郡。

陆逊止于南郡五十里外，命徐盛举舟师夜出，走支流，逆行上游，再顺江急下，威慑曹休；率潘璋、蒋钦、朱然等绕至西山，伏精甲于山林，命燃烟千堆，绵延百里，以疑曹休。

翌日正午，陆逊率数骑，近曹休壁垒，呼曹休道，我乃江东陆逊，愿与曹文烈一晤！

曹休闻报，大为惊讶，遂出壁垒，见陆逊仅领数骑，驻足高坡；又见身后炊烟千树，逸出林表，逶迤不绝，以为有伏兵十万。正惶惑不已，又报上游舟师大集，风帆如云，蓄势待发。曹休大惧，竟不敢言。

陆逊大笑道，卿若不惧，可与我一决生死！

曹休仍不敢言，欲回走。

陆逊又呼曹休道，曹操赤壁之败，卿尚记否？

曹休更为疑惧，欲言又止。

陆逊道，南郡如罗网，卿等如落雀，我若欲胜之，弹指之间也。然吴王不辞为魏臣，已遣使入洛阳，表明心迹。卿若欲自保，可解围而去；若迟疑，我即命诸将尽出，必使卿片甲无存！凡隐凡现，皆我奇兵，一草一木，俱带杀气！我已尽陈利害，或进或退，必在今日；请速决，勿迟延！

陆逊言毕，大笑而去。曹休虽猜疑不已，不敢置若罔闻，命诸将撤围而走，屯于百里之外，以观动静。

曹丕接孙权奏表，知为缓兵之计，遂回书，命以王太子孙登入洛阳为人质，否则，诸将必全力以赴。

孙权获曹丕回书，不知所措，遂召顾雍、步骘等商议。

顾雍道，以子为质，古来为王者先例也。大王应不疑，若能使东南安好，善之善者也。

步骘道，以太子入质，与自戴枷锁何异！如此，大王必投鼠忌器，岂能为之！臣请大王婉言而拒，再以奇珍异宝奉献，或能使曹丕罢兵。

孙权纳步骘之说，以太子年幼，体弱多病为由婉拒，并以珍宝十车，押送曹丕；又亲临濡须口，督诸将迎战曹仁。

吕范等迎孙权入壁垒，欲置酒宴；孙权拒之，携吕范等察诸将防务，见舟师俱屯水岸，战船横列，云帆高挂；将士俱在船上，整装待发。

孙权问吕范道，卿等欲进击？

吕范道，非也。臣等欲使曹仁恐惧，故而大扬声威。

孙权道，若欲胜曹仁，可示弱，诱其来攻；卿等藏精甲于险岸，待曹仁来，奋勇而出；或移舟师往下游，再登岸，绕击身后，曹仁岂能不败！

吕范遂命甘宁等下移舟师一百里，绕走曹仁身后；命韩当、周泰等率精甲三万伏于岸；自领二万舟师仍屯于此。

孙权以为曹仁必败，又转道南郡。

是夜，甘宁等举舟师退走百里，绕走山林，至曹仁身后，唯待曹仁渡水攻吕范，尔后齐举，夺其壁垒，断其退路，与吕范等隔岸呼应。

曹仁知彼岸舟师锐减，大疑，以为或上行，然后顺流急下，遂命斥候察舟师去向。斥候回报，称舟师已退走，唯吕范等仍在彼岸。

曹仁愈疑，召诸将，以商对策。

扬烈将军王昶道，此必有诈，不可轻举。

前将军满宠道，非也，我等数倍于敌，何惧！大将军可举众渡水，必能大败吴军！

诸将各执一词，争论不休。曹仁不能决，亦不敢举。

孙权入南郡，知曹休退走百里外，遂告知陆逊，已婉拒以太子入质，若不败曹休，东南不安。

曹丕亦令曹仁、曹休破濡须口及南郡，迫孙权就范。

陆逊知曹休欲再攻南郡，请诸葛瑾尽撤士民，填埋沟井，裹尽粮草，诱曹休入城，再反围。

诸将遂弃南郡，退走山林。曹休知南郡空虚，陆逊等已退走，大疑，令屯于城外，以察动静。陆逊又命诸将俱往濡须口，再诱曹休。曹休以为陆逊将攻曹仁，不再疑，遂入据南郡。

陆逊等深夜忽回，围曹休，命征尽粮草，断绝运输。曹休大惧，又城内无粮，沟渠尽埋，悔恨不已。

孙权回吴郡，又命贺齐、凌统等俱往南郡，誓败曹休。

三十三

曹仁知曹休被围，大惊，欲举众攻吕范。

王昶说曹仁道，若吕范等使舟师假走，诱我深入，或于下游登岸，绕走身后，待我等出击，再夺壁垒，断退路，岂不危乎？

曹仁遂不敢举。正此时，忽知曹丕率司马懿等已入合肥督战，即手书一表，遣王昶往合肥请旨。王昶昼夜兼程，入合肥，拜见曹丕。

曹丕已尽知情形，命王昶回告曹仁，若无圣旨，不可擅举。

司马懿说曹丕道，若曹仁不举，吕范等难有作为；曹休被围南郡，粮草将尽，人心必乱，需解救。

曹丕道，朕不虑曹休失利，所谓胜败乃兵家常事；朕所虑者，孙权若胜，气焰愈炽，野心愈烈，或效刘备僭号称帝。

司马懿道，臣有一计，可解危局；臣请举合肥之兵，驰援南郡，与曹休内外呼应，必能取胜；再与曹休合，奔袭濡须口，与曹仁夹击，陆逊、吕范等必败。

曹丕道，南郡不过诱饵，可惜曹休不察；卿若往，陆逊等必弃之，或转道濡须口助吕范，胜负难料也。

司马懿道，既如此，臣请陛下回复孙权，与之和。既彼此皆无胜算，孙权亦不敢妄举。况江东户口稀少，兵源匮乏，若孙权败，必大折精锐，一时难以复振。若孙权不愿和，可与之一决生死，若失利，可回撤；陛下尽据北方，地广人多，可再募精甲，复与之战，何虑孙权不灭！

曹丕以为可，于是命司马懿、张辽率精甲一万驰援南郡；又以中领军陈群为使节，往吴郡会孙权；再遣快马回洛阳，命贾诩、贾逵等率精甲五万，亦来东南。

孙权知陈群来，即召见，斥陈群道，孤每以魏臣自居，不惜谄媚；曹丕不报以恩德，反以大军逼孤！孤虽孱弱，何惜粉身碎骨！大战在即，卿竟敢来此，岂不惧孤怒而杀之，以振人心！

陈群道，所谓两军相战，不杀来使。若大王乃寇盗，我何惜一死；若大王非寇盗，必使我生还，我有何惧！

孙权沉吟良久，说陈群道，卿有何言，请告之。

陈群道，陛下命我以数言问大王，既大王请和在先，又以珍宝奉献，何故前躬后傲？

孙权道，曹丕命曹仁、曹休两路并举，直逼东南，孤岂能坐以待毙！

陈群道，陛下乃一国之君，需使四海宾服；大王割土东南，雄心齐天，陛下岂能容忍，举众而伐，天经地义也！

孙权道，孤有大江之险，何惧强敌！卿且回，孤必与曹丕决胜败！

陈群冷笑道，所谓杀敌一千，自损八百。大王据东南，地不过千里，人不过百万；陛下得北方，幅员辽阔，人口千万。大王若败，虽十载难以复振；陛下若败，仅数月又可再举。此利害所在，妇孺皆知；何去何从，请大王速决！

陈群言毕，告辞而去。

孙权知贾诩、贾逵等已在途中，不敢逞强，即命陆逊解南郡之围；又遣张纮往合肥，拜见曹丕，议和。

曹丕亦命曹仁等退走。

刘备知马良被害，武溪蛮已散回武陵，大为绝望。恰此时，尚书令刘巴身染重疾，不能饮食；刘备令马忠送刘巴回成都。

刘巴病愈重，不能言。诸葛亮敬刘巴清廉，入府第探视，方知刘巴家徒四壁，大为感怀。诸葛亮问家人，刘巴老妻称，非官禄不厚，刘巴每以奉钱与族人共用，所剩仅能糊口。

诸葛亮赞叹不已。是夜，刘巴病死。诸葛亮上书刘备，请以刘巴为楷模，使群僚效仿，以绝贪婪；又请留马忠于成都，为丞相府门下督。

刘备知刘巴死，大为哀痛，亦染疾，不能起。赵云欲护刘备回成都，刘备拒之，命其驰见诸葛亮，请其速来新安；又遣快马往越巂，命李严亦来。

诸葛亮、李严相继而来，拜见刘备。

刘备说诸葛亮、李严道，朕起兵以来，戎马倥偬，转战四方，剿黄巾、讨董卓，又与曹操、孙权划界而治，不枉此生也。朕初无佳士，屡战屡败，几至穷途。幸与孔明遇于隆中，言天下大局，始知立足之道；又赖群贤之策，谋荆州，取西蜀，夺汉中，终有所成。今汉室已倾，曹丕僭号，朕欲凭西蜀之富，召天下英雄讨灭国贼，光复汉室，起死回生；然朕因小义而失大义，举兵东征，为陆逊所败，几乎全军覆没。朕退守新安，欲待马良，然马良被害，蛮夷散走，东征之望，已成泡幻。朕别无所恨，唯恨天不与时，沉疴不去，康复无望矣！

诸葛亮道，微疾而已，不日可愈，陛下何出此言！

刘备道，天命所在，岂能逆转。孔明助朕起于衰弱，扶持之功，天高地厚也；朕与卿意气相投，情若鱼水。李正方节气高尚，清正无私；巴蜀多奇士，朕所敬者，唯卿耳。法正多谋，颇知用兵；许靖清高，蕴藉沉稳；黄权精警，智勇兼俱。此数人，皆为俊材，然与朕缘薄，或薨或走，不为朕久用。

诸葛亮、李严泣下如雨。

刘备说诸葛亮道，朕知卿才华盖世，胜曹丕何止十倍，必能剿除国贼，复兴汉室。今以孺子刘禅托付，若刘禅贤，卿可辅之，一如朕在；若不贤，卿可取而代之，勿以朕为意。

诸葛亮大为惶恐，忙道，臣必竭力辅佐，鞠躬尽瘁，死而后已！

刘备又道，卿与马谡友善，然此人轻佻，每每言过其实，不堪大用；魏延精勇，镇汉中，数与张郃战，皆能固守，望能重用；蒋琬、费祎、邓芝、杨仪等俱为英才，望起而用之。

诸葛亮一一应诺。

刘备又说李严道，卿久在西蜀，颇负人望。今黄权、孟达已走，法正等相继亡故，蜀人所望，俱在卿一人；卿若勤勉自律，当为人楷模；若懈怠散漫，必人心背离。朕以卿为副，望能与孔明共辅幼主，以慰孤在天之灵。

李严泣道，臣不过刘璋故吏，既无功绩，又无德才，而陛下待臣如手足；臣无以报答隆恩，唯不惜性命，报效幼主！

刘备又出一匣，嘱诸葛亮、李严道，此乃遗命，卿等可持此还成都，拥太子继位。

待诸葛亮、李严退走，刘备又秘召赵云，授以锦囊，嘱赵云道，此为密诏，请密藏，勿使他人知。朕将去矣，临终之托，望勿负朕。

赵云大哭，说刘备道，臣虽不才，不惜万死以报陛下！

刘备又道，关羽、张飞，朕之手足；卿虽与朕遇于二人后，然情义之深，犹恐二人不能及。朕已托幼子刘禅于孔明，若孔明无二心，尽力辅佐，卿可烧此囊，勿开视；若孔明欲废幼子而自代，卿可替朕斩之，以此诏示群臣，而后与李严共辅。

言毕，刘备气绝。赵云急呼诸葛亮、李严等。李严以为应先秘之，可往成都，扶太子继位。诸葛亮、赵云等俱以为然。

于是诸葛亮持诏书先回成都；三日后，赵云、李严护刘备灵柩离新安。

诸葛亮星夜驰还，密会马谡、杨仪等。诸葛亮道，陛下薨于新安，或风起云涌，大生纷乱；我倍道兼程，星夜而回，欲与卿等携手，共度时艰。请勿忘先主恩德，扶幼主登基，绝他人妄想。

马谡等大惊；杨仪道，有丞相在，何虑内患！

诸葛亮道，我所虑者，太子幼弱，群僚各怀心思，又刘璋旧僚俱在，或大起党争；若如此，先主基业必毁也。

马谡道，既刘禅幼弱，不能使群臣服膺，丞相何不取而代之？

诸葛亮斥道，大逆之说，岂能言之！实不相瞒，先主托我与李严共辅幼主，若李严结党营私，排斥异己，则贻害无穷矣！

马谡、杨仪等颇知诸葛亮用意，俱称唯诸葛亮之命是从。

诸葛亮大喜，嘱马谡等暂勿告人；再入太子府，拜见刘禅，告知噩耗。刘禅大为伤悲，嚎啕不止。

诸葛亮道，先主崩逝，天塌地陷，臣虽五内俱焚，亦必强忍。今亲疏间处，错综复杂；刘璋旧部，虽归顺，未必心服，若知凶讯，或纷乱骤起。臣不敢宣告，星夜驰还，亦为此也；请殿下谨遵遗命，登基继位，以绝图谋。当此之际，望能节哀，以国家为重！

刘禅不听，呼号不绝。

诸葛亮斥刘禅道，可惜先主一世英雄，竟后继无人！

刘禅为之一震，即止哭声，慨然道，先主有嗣，何谓无人！人间至情，莫过父子，皇考既丧，宁不一哭！

诸葛亮大为惊讶，即拜于地，奏道，殿下仁孝，臣感佩不已；然非常之时，望能自禁。

言毕，以刘备遗诏授刘禅。

刘禅即换冠冕，肃然登殿。诸葛亮召百官，命尚书邓芝宣诏。

百官执君臣礼，贺刘禅登基。

诸葛亮又发讣文，令士庶戴孝三月，绝酒宴，禁欢会；凡灵柩过处，需三里一哭、五里一祭。

三日后，刘备灵柩近成都，刘禅率诸葛亮等迎于三十里外，一时万人空巷，争相目睹。

待丧事毕，诸葛亮召赵云，问刘备临终所言。赵云称唯言情义，无他。诸葛亮颇疑，又不能多问。翌日，诸葛亮请刘禅召群僚，议国事。

马谡道，幼主问政，国之大忌也。既先皇托孤丞相，臣请以丞相主内外大事。

杨仪等纷纷附和。诸葛亮疑赵云持有密诏，于是问赵云道，赵将军资望深高，远过群臣，以为当如何？

赵云道，昔周武王崩，而成王年少，以周公辅之，使人人无猜，天下归心，此千古美谈也；丞相精忠，必能为周公第二，我等何疑。

于是群僚请刘禅下旨，以诸葛亮主军政事务，凡事可自决，勿需奏报。

诸葛亮上表刘禅，称李严为西蜀故吏，若共辅，必自分阵营，党争大起，于国不利；请以李严为中都护，镇永安。

刘禅又下诏，以李严领永安太守。

邓芝以为不可，求见诸葛亮，欲奉劝。诸葛亮知邓芝忠壮，又敢直言，于是设宴款待。

邓芝说诸葛亮道，春秋五霸，所以居诸侯之上，因不拘亲疏而用俊材也。伍子胥、商君，或苏秦、张仪之流俱为客卿，唯因尽其才干，故能领一时风骚。曹操本弱，而能出群雄之上，亦因唯才是举也。先主入蜀，所以能克之，非无英雄，唯因刘璋暗弱，而群僚俱望明主也。西蜀佳士辈出，英才荟萃；然法正死，黄权走，人望俱在李严。若丞相不能容，李严必恨，蜀人必怨也。请丞相遵先主遗嘱，使李严回，共辅幼主，以绝非议。

诸葛亮道，我所虑者，李严等事刘璋日久，散漫不羁，享乐成习，又钩心斗角，疏懒成性。

今幼主新立，偏安一隅，需勤勉奋发，勇于取进；若风气惰散，志节衰颓，恐基业破败，光复无望矣。我不用李严，如清流不混泥污，鸿鹄不与雀飞耳。

邓芝道，风俗可移，风气可改；清浊与否，不在人，而在法度。刘璋昏庸，美玉良材，枯树朽木，不能辩也。我不过小吏，先主不嫌卑微，委之以郫，又迁为尚书；凡巴蜀群士，先主无不尽其用。既先主不疑，丞相何疑！

诸葛亮大悟，即命邓芝往永安，请李严回，代刘巴为尚书令。

三十四

孙权知刘备崩逝，欲遣使往成都吊唁。

陆逊劝道，刘备大败而去，羞恨成疾，不治而亡，群僚必深怀怨忿；若遣使入蜀，或有讥讽之嫌，不但有去无回，亦恐于事无补。

孙权纳其说，命侍从备三牲，临江遥祭；又知刘禅登基继位，欲修书祝贺。

顾雍以为不足以示好，劝孙权道，刘备既丧，三足飘摇，或随之崩毁。刘禅幼弱，难以独立，或在两可之间徘徊。若刘禅投魏，曹丕劲敌仅大王，宁不全力以赴；若刘禅与大王盟，则三足可复，曹魏可抗耳。臣请大王遣使入蜀，贺刘禅，重修旧好，再订盟约。

孙权道，卿所言，孤岂不知。然彼此仇怨深结，若遣使节，或受凌辱，或遭囚禁，谁愿奉命？

顾雍道，人怀怨恨，如水注室内，若不使之出，必破墙壁，摧屋宇；若能泄之，则破镜可圆，覆水可收也。

孙权以为然，沉吟良久，问顾雍道，孤欲以诸葛瑾为使节，如何？

顾雍道，臣以为不可。诸葛亮受刘备遗命，辅佐幼主，决策万事；若以诸葛瑾为使，群僚碍于情面，惮于威权，既不敢辱，亦不敢责；若积怨不解，幽恨不消，恐言和无望。

孙权道，孤所以不决，亦为此也。

顾雍道，臣无功绩，屡获大恩，大王授以高位，委以重任，臣每恨无以报大王。愿为使节，受群僚责骂，解除积恨，泯绝恩仇，若能重修盟约，臣万死而无憾矣。

孙权道，卿贵为丞相，岂能受辱！

顾雍道，臣所以贵，非此身，而在大王之恩；若无此，臣何以言贵。若臣以丞相之贵入蜀，任其责难，由其谩骂，群僚必知大王气度恢宏磅礴，定能捐弃前嫌，冰释旧恨，则议和有望，修盟可期也。

孙权道，卿雍容大雅，持重端严，孤何忍使卿受辱！

顾雍道，为大王所急，臣之本分也；若能重固鼎足，臣死不足惜，何惧辱骂！

孙权遂依顾雍之说，以步骘代丞相，命顾雍入蜀。

顾雍领随从，翻山涉水，不一月已至成都，寄宿客舍。

时值九月，成都秋色漫街，残桂遗香，霜叶流丹，颇为宜人。顾雍出客舍，信步街衢，所到处商号林立，货色繁广，又机杼声声，不绝如歌，以为眼前盛况，过于吴郡，赞叹不已。

顾雍夜饮酒肆，与蜀人闲谈，又知此间百业兴盛，富足殷实超绝既往。同为丞相，顾雍自愧不如，说随从道，我素闻诸葛亮乃济世之才，初不以为然；今亲睹盛况，始知不谬！

顾雍大醉而归。翌日，顾雍命随从谒见诸葛亮，欲请其来客舍一晤。

诸葛亮大惊，颇知顾雍之意，说来人道，顾元叹贵为丞相，千里来蜀，应为国事；我岂能与之私会。请回告，我当执国礼恭候。

顾雍亦知诸葛亮之意，仍于客舍静候。

三日后，忽报门下督马忠求见；顾雍忙出迎。马忠道，我受诸葛丞相之命，特奉酒食，略表心意。

顾雍再三致谢，请马忠同饮。马忠辞道，主不争客食，此待人之礼也。此酒为丞相家酿，虽混浊，颇能醉人；此食为丞相所制，虽不可口，勉能饱腹。若卿不屑，可弃之。

马忠言毕，一揖告退。

顾雍颇为疑惑，开食盒，尽为面团，且未熟，掰开，内馅竟为铁石；又开酒，尝之，觉苦不堪言。

顾雍尽知诸葛亮用意，嘱随从道，请店主换内馅为好肉，蒸熟；再空酒壶，取蜂蜜炙热，与好酒混，装满。

一切就绪，顾雍命以此回赠诸葛亮。

诸葛亮纳之，笑而不言。随从不知其意，回问顾雍。

顾雍道，诸葛亮以此示我，群僚心如铁石，我此来，如饮苦酒，若不堪滋味，可自去；我以肉馅换之，使表里俱熟；又倾尽苦酒，回赠佳酿。诸葛亮必知我意，此行不虚也！

午后，诸葛亮遣邓芝、马忠入客舍，请顾雍晋见刘禅。顾雍着官服，随邓芝、马忠往，见刘禅高居殿上，诸葛亮坐于侧，群僚分列两旁，面色严厉，如临大敌。

顾雍拜毕，说刘禅道，丞相顾雍，受吴王所托，晋见陛下，贺陛下承父业，继大位！

顾雍言未尽，忽有人怒斥道，顾元叹欺西蜀无人，竟来此嘲讽！

顾雍看时，见此人面如寒铁，一揖道，恕我眼拙，不知卿为何人，望告知。

此人道，我乃东曹掾蒋琬。孙权夺荆州，杀关羽，又使先主蒙难！此血海深仇，正无以报之；汝竟自来，宁不杀之，以慰在天之灵！

顾雍道，我所以来，意在谢罪耳。夺荆州，杀关羽，败先主，诸罪俱在我等，与吴王无涉。今联盟破残，誓言虚废，亲者痛，仇者快；吴王追悔莫及，特命我来此受过！

顾雍言毕，伏地不起。

群僚怒气如炽，欲杀顾雍祭刘备。诸葛亮命收押顾雍，他日再决。

群僚知顾雍下狱，纷纷前往谩骂；又嘱狱卒，极尽所能，大肆虐待。仅三日，顾雍已污秽满面，瘦若枯骨，几无人形。然每有人来，顾雍俱俯首跪地，任其打骂。

诸葛亮恐顾雍不堪折磨，遂召李严、蒋琬、邓芝等，议何以决处。

邓芝道，顾雍贵为丞相，明知必大受侮辱，仍毅然而来，胆识胸襟，令人钦佩；顾雍所望，联盟之固也，既利于彼此，何忍绝之。

李严道，丞相所虑者，群僚广受先主旧恩，怨恨不消，盟约难结。今顾雍受尽屈辱，群僚泄尽愤怒，请释之，以议和。

邓芝道，不可，此宜缓，不宜急。先主之恩广如天宇，深如湖海；群僚之恨炽如烈火，猛如狂水；请使顾雍大祭先主，尔后逐之，如此，群僚必称快。他日，丞相再遣使入吴，与孙权重修盟约，当无碍也。

诸葛亮以为然，又问李严等道，兹事体大，非机敏善辩者，不能为使；卿等以为谁堪此任？

邓芝道，黄门侍郎费祎博雅清通，极善言辞，又世居新野，与江东诸士有旧，若使之往，必不负使命。

蒋琬道，费祎良材美质，博古通今，然入仕不久，位卑职低，若为使，恐为孙权所嫌，所谓人微言轻耳。若以邓伯苗为使，必能复鼎足之固。

诸葛亮道，邓伯苗思如流水，言如珠玉，正堪此任，望勿辞！

邓芝道，我虽不才，愿往！

于是令押顾雍出狱，使之着孝服，执臣子礼，往刘备墓前哭祭。

群僚闻知，纷纷围观。顾雍浑身缟素，敬献三牲，燃香祭拜，伏地恸哭，几欲昏绝。群僚无不唏嘘，俱觉幽恨稍解。

祭必，诸葛亮令逐顾雍出成都；顾雍等仓皇而走。诸葛亮又恐群僚追杀，命马忠护送出境。

随从无不怀恨；顾雍说随从道，今群僚幽恨已解，重修旧好有望，我等当喜不当怒！

言毕，大笑而去。

顾雍回吴郡，拜见孙权。孙权大为叹息，欲命步骘入蜀，议修盟约。

顾雍道，诸葛亮深知联盟之重，必遣使来吴郡，大王可静候。臣等所以全身而退，俱因诸葛亮四处斡旋；大王投之以桃，诸葛亮必报之以李。

孙权大喜，厚赏顾雍及随从。

三十五

是岁冬，邓芝入吴郡，求见孙权。孙权大喜，欲召见邓芝。

顾雍劝孙权道，臣以为不可操之过急，若急，邓芝必知大王心切，或趁此讨还荆州。请大王以曹丕书信与臣，臣先往客舍见邓芝，以此信示之；邓芝恐大王称臣于曹丕，必不敢讨要荆州。

孙权依其说，以曹丕书信付顾雍，顾雍即往客舍。邓芝闻顾雍来，大喜，命随从备酒，亲出客舍迎候。

二人相见，顾雍道，西蜀之行，若非阁下与诸葛丞相鼎力斡旋，我岂能生还。此恩如同在造，永不敢忘，请受我一拜！

邓芝扶住顾雍，忙道，丞相顾全大局，忍辱负重，令人钦敬。孙、刘之盟，关乎存亡；重修旧好，时也势也！

言毕，请顾雍入席。酒过数巡，邓芝见顾雍不言会盟，又郁郁寡欢，似有隐情，于是问顾雍道，丞相面带忧色，言辞闪烁，何故？

顾雍道，实不相瞒，吴王所以命我入蜀，因知当今之势，若不重修旧盟，不能与曹魏抗衡。然江东多士，各有所见，陆逊等血气方刚，耻作苟安之徒；步骘、诸葛瑾等，以为小国幼主，不堪为盟，劝吴王作魏臣，听命曹丕，以图自保。群僚各执一词，其说纷纷，吴王彷徨，难以自决。曹丕又每以书信示好，赠以厚礼，许以重利，吴王愈难抉择。我为丞相，既不能力排众议，又不能替吴王分忧，宁不自愧！

邓芝沉吟良久，不能言。顾雍又道，我今来此，非吴王所命，既不为国家安危，亦不为天下格局，唯因大恩所在，若不报偿，难以自安！

言毕，出刺绣一端，有意使曹丕书信坠地，又拾起，藏回怀中，唯以刺绣献邓芝。顾雍道，伯苗世居新野，今远在蜀中，故土风物，想必魂牵梦绕。幸吴人善刺绣，凡山水景色，无不惟妙惟肖；我别无所赠，于是手绘东南风物，托绣工昼夜绣出，聊表心意，望笑纳。

邓芝接过，谢顾雍道，此礼重于岱岳，我必珍爱；至于和谈，关乎彼此存亡，望丞相力排众议，使我不虚此行。

顾雍道，卿且静候，我必竭尽所能，但愿如我等所望。

邓芝指顾雍怀中道，怀中所藏，莫非曹丕书信？

顾雍道，正是。因我屡请重修旧好，吴王厌之，以曹丕书信付我，命我详阅，欲使我知利害所在。

邓芝道，能否借我一阅？

顾雍沉吟道，非不可，唯恐吴王知之。

邓芝道，此处无他人，何疑？

顾雍道，也罢，卿阅之，当知非我不尽力而为，唯因力不能及。

于是，出曹丕信，予邓芝。邓芝阅罢，笑道，此何足为道！实不相瞒，曹丕亦有书寄汉皇，所言与此略同。汉皇虽幼，亦知鼎足之重；吴王看尽风云，何故不知！吴王所虑者，我以联盟为由，讨还荆州；既有此忧，可明言，何必大费周折？古今会盟，无不因势所逼；弱弱联手，以抗强敌，此大利也，何必争一城一池！荆州虽重，然孤悬一方，关羽在，尚可守；关羽既死，守之必难，虽吴王愿还，汉皇未必愿领，吴王何疑？

邓芝直言不讳，顾雍为之愧疚，于是朝邓芝一揖道，卿有此言，盟约可期也！我且告退，必请吴王召见。

顾雍告辞，拜见孙权。孙权闻之，叹息道，邓伯苗，东南佳士也，竟远走西蜀，孤失察矣！

于是召邓芝。孙权道，孤几欲与汉皇修好，然汉皇崩逝，今主幼国小，若曹丕讨伐，必难拒之。孤犹疑彷徨，在所难免也。

邓芝道，天下共九州，吴、蜀分据数州，何以言小！吴王当世英雄，气度恢宏，英明神武，不输曹操；所谓有志不在年高，汉皇虽幼，能知天地之理，察远近之势，深明大义，胸怀似海，何以言弱！西蜀英才荟萃，诸葛亮等智虑精深，知人善任，赵云等勇绝天下，远近服膺；江东群贤毕集，陆逊等谋勇兼具，冠绝古今，顾雍等满腹经纶，风华绝代，何惧曹丕！况蜀有重山之阻，吴有大江之险，若互为唇齿，进可并天下，退可为鼎足。此妇孺皆知，大王何不知！

孙权沉吟道，孤与汉皇因荆州之争而失和，一日成仇，终身怀恨；所谓破镜难圆，覆水难收，孤岂不为之虑！

邓芝道，吴王夺荆州，杀关羽，又大败先主；既失者不为之恨，何故得者反以之仇？

孙权大笑道，卿能言善辩，精警过人，足见蜀中不乏英才；既如此，孤何虑之有！卿可回禀汉皇并诸葛丞相，若曹丕伐蜀，孤必出江汉以应之；若曹丕伐东南，亦请汉皇出汉中以和之。若彼此呼应，虽曹丕如饿虎，徒呼奈何！

于是重修盟约，再成鼎足之势。

曹丕大思汉室得失，以为流弊种种，尤以用人失察为最。高祖兴察举，欲尽天下英才而用之，然察举之实，渐为权贵所用，凡获举者，多为亲贵；寒门士子，道路渐绝。于是，庸官俗吏充斥内外；怀才不遇者憾恨终身。曹操一扫凡例，唯才是举，故能超绝群雄，卓然独出。然豪门世族，颇有怨言，每欲福遗子孙，世袭勋爵。

曹丕恨之，又颇忌惮，于是请群僚议之。曹丕道，国家兴亡，在于用人。汉兴察举，后为勋族所用，寒门士子，进身无路，故而天怒人怨，祸乱纷起。先君唯才是举，一时英雄俱至，佳士云集，故能超绝群雄，终有今日。然豪门贵族颇有怨恨，欲复世卿世禄，再绝寒士之路。朕知用人之重，过于一切；然左右为难，不能决断，望卿等知无不言。

华歆道，天下之财，世族据之大半，若拒与陛下同心，国之大患也。世族欲荫蔽后人，荣华不绝，富贵不衰；陛下欲恩泽草木，不分贵贱，不论亲疏。此水火之势，实难容也。

陈群道，阴阳之说，用之久矣；若阴盛，则以阳平之，反之亦然。阴阳调和，则诸事顺，万物生。臣以阴喻世族，以阳喻寒士，二者兼用，方能国泰民安；若各有偏废，或厚此薄彼，祸乱之始也。用人选材，关乎兴亡，应一视同仁，不论贵贱。臣请以家世、德才并论，既足贵族之望，亦遂寒士之愿，此两全之策，望陛下行之。

王朗道，汉室以察举选材，不可谓非，然由官吏代行，又不受节制，不受督察，久而积弊，在所难免。臣请于州、郡设专使，察人物，分品类，代议家世、才德，以备国家之用。

曹丕道，卿等之说，国之良策也。朕即下旨，于州、郡设中正官，察英才，论品级，抄录备案，再使尚书复察之。所谓中，不左不右，公平也；所谓正，不偏不倚，恰切也。

于是，始行九品中正制。

曹丕知吴、蜀再结盟约，大为忧虑，欲再伐吴。

陈群劝曹丕道，今大局始定，人心方安，不可大兴讨伐。况祸乱历久，损耗颇巨，将士倦怠，人心思安。臣请陛下兴农开埠，惜财养民，待府库足、人丁旺，再举不迟。

曹丕不听，举三十万众出洛阳，直指东南。

孙权知曹丕大举而来，声势过于从前，急召群僚商议。

徐盛道，曹军屡犯江东，虽每每败北，然已熟知水战，若无奇计，不能胜曹丕之众。臣请广置疑兵，立木江岸，伪为兵卒，每五里设壁垒，逶迤相连，以疑曹丕，使之不敢深入。

陆逊道，此计妙绝。曹丕必屯濡须口，可先于濡须口以下广置疑兵，使之不敢妄动。诸将可各率部属，去甲胄，衣民服，分别渡水，散于百里之内；曹丕不知动向，无以防范，再乘其不备，趁夜大集，骤然而举，曹丕必败！

孙权大喜，命陆逊督帅全军，依计而行；欲遣使入蜀，请诸葛亮出兵汉中，以应之。

陆逊以为勿需，劝孙权道，臣等以天罗地网待曹丕，何惧鱼肥鸟大，何需呼应！

孙权纳之。陆逊命韩当、虞翻等削木为人，广置江岸。于是数百里间，真伪相混，不辨虚实。又命周泰、潘璋、蒋钦等率精甲十万，着民服，怀利刃，散入乡野。

陆逊亲率甘宁、徐盛等，举十万舟师往濡须口拒曹丕。

三日后，曹丕率诸将亦至濡须口，见彼岸将士云集，绵延不绝，步步为营，滴水不漏，大惊，说诸将道，朕与卿等昼夜疾进，可谓神速；孙权竟能严阵以待，足见确非等闲之辈！

于是命屯于此，以观其变。

三十六

曹丕屯濡须口，不敢轻举。

陆逊知十万精甲已散入山野，唯待令下，以为可大败曹丕，遂令甘宁、徐盛等深夜渡水，与周泰、潘璋等呼应，骤然而举，猛击曹丕。

顾雍知陆逊等欲建奇攻，若曹丕大败，必盛怒，或以举国之众再伐之，当有覆没之险；于是求见孙权，晓以利害，请致书曹丕，使之引兵自去。

孙权不听，斥顾雍道，陆逊等殚精竭虑方出此计，况胜算在握，岂能如此！

顾雍道，战而求胜，陆逊之责也；审时度势，大王之责也。况不战而屈人之兵，先圣之说也，大王何疑！

孙权有所悔，遂纳顾雍之说，修书一封，遣心腹往濡须口，密会曹丕。

曹丕不知彼岸真伪，不能决策，召贾诩、司马懿等商议。贾诩等请曹丕弃濡须口，移寿安，如此，孙权必有所举，若举，必能知虚实，或回濡须口再战，或转道淮南，绕袭吴郡，必有所获。

曹丕不听，以为不战而走，乃王师之耻。正此时，忽报孙权遣使求见。曹丕大疑，命贾诩、司马懿等暂退，召见来人。来人以书信呈曹丕，即告退。曹丕阅毕，大惧，急召诸将，令弃濡须口，屯于百里之外。

诸将亦惧，纷纷退走，方离濡须口，背后大火四起，喊声如潮。曹丕知孙权所言不虚，恐陆逊等追杀，命诸将绕走江夏。

江夏太守文聘知曹丕来此，忙率僚属出迎。

翌日，曹丕欲回洛阳，说文聘道，朕举三十万众往濡须口，孙权大屯彼岸，壁垒相接，将士如云，朕不知虚实，不敢妄举；又知陆逊以十万精甲散入乡野，欲猝然击朕，朕不敢怠慢，于是绕走来此。卿可代朕察之，以明真伪。

文聘即遣斥候，四处查问。

曹丕不战而还洛阳，愧恨不已；不一月，文聘奏表又到，知孙权等以木人为疑兵，大为羞忿。

恰此时，钟繇、华歆、王朗等纷纷上表，请立太子，以安诸王。曹丕亦知，诸子明争暗斗，俱欲为皇嗣；既虎视眈眈，若不慎，或生祸乱，于是久不能决。

王朗说曹丕道，陛下今日，与太祖当年何异。因左龙右凤，太祖不能决，于是屡试之，方以陛下为嗣。臣请陛下效之，必能决选。

曹丕不听，以为今非昔比，不能依样画瓢。

时值深秋，草木俱凋，华歆等请曹丕出猎，以遣幽怀。曹丕纳之，率皇长子曹叡猎于京郊。

曹叡为甄夫人所育，曹操最爱，每出入，俱令曹叡伴于左右。尔后，郭夫人夺甄夫人宠，甄夫人由此怀恨，多有怨言。曹丕虽有所闻，念及旧情，不责问。曹丕称帝，迁都洛阳，留甄夫人于邺城。甄夫人知曹丕立郭夫人为皇后，大为绝望，以酒消愁，作怨词，令侍女弹唱；又散发裸足，或踏歌而舞，或嬉笑怒骂，纵情恣意，不能自已，于是非议四起。

曹丕大怒，责之；甄夫人仍不收敛，放浪愈甚。曹丕恨之，命宦官持诏书，赐甄夫人死。甄夫人获旨，以锦盒盛诗笺，托宦官转呈曹丕。曹丕阅之，知甄夫人沉溺旧情，无所寄托，每每付诸笔墨，字字句句，皆如血泪。曹丕大为悔愧，藏诗笺于枕下，每夜取读，每读必哭；于是以曹叡过继郭皇后，命其善待。郭皇后不敢违，待曹叡无微不至，胜于己出。

曹叡聪慧绝顶，既知生母获罪，虽贵为皇长子，不敢张扬，更不敢与诸弟争，颇知委曲求全。

曹丕携曹叡等至郊野，见霜林含烟，衰草带露，幽旷空寂，于是散开鹰犬，大肆追逐。片刻，林间兔走狐奔，鸟雀惊散。曹丕、曹叡引弓而射，各有所获。曹丕忘尽忧愁，打马追射，渐入深林；侍从追之不及，唯曹叡紧随身后。正疾驰，忽见有母子鹿惊惶而来。

曹丕忽勒马，说曹叡道，朕射母，卿射子，勿使之走！

言毕，曹丕张弓急射，母鹿应弦而倒；曹叡引而不发，颇为犹疑。曹丕大惑，呼曹叡道，再不射，恐不能及！

曹叡仍不射，子鹿瞬间遁走。曹丕颇怒，斥曹叡道，不敢射鹿，何以杀强贼！

曹叡惊恐不已，下马，伏地泣道，陛下已杀母，臣不忍再杀子！

曹丕大为震动，知曹叡以二鹿喻母子，亦下马，抚慰曹叡道，卿母子委屈，朕岂不知。卿怜走兽飞禽，必知怜天下苍生，此仁君风范，朕后继有人矣！

曹叡大惧，忙叩首道，诸弟俱如龙凤，臣忝列其间，诚惶诚恐；唯愿苟且，不敢奢望。此心昭昭，望陛下察之！

曹丕不言，翻身上马，加鞭而走。

是夜，曹丕浑身大热，如在火坑，遂呼太医。太医诊之，以为风寒入内，无大碍，以汤药治之。虽数日，未见起色，体热愈甚，大汗不绝。

又十数日，曹丕病愈深，饮食渐少，以为不祥，遂召华歆。

曹丕道，朕疾患愈深，恐不测。请拟旨，以曹叡为太子，代朕监国。

于是，华歆奉命以诏书宣示群臣。曹丕疑诸王不服，恐生祸乱，又召曹叡、钟繇、华歆、王朗、贾诩、陈群等。曹丕道，诸子各有所想，或大生是非；请传朕口谕，命诸王出京，俱往封地，无召见，不可回。

曹叡道，诸王在京，如虎在笼中，虽欲吐纳天地，不能作为；若离京，当如猛虎归山，可聚啸腾跃，恐难节制。臣负监国之重，然无伏虎之能，不能令诸王于千里之外，望陛下勿行此令！

钟繇、华歆、王朗、贾诩、陈群等亦称不可，遂止。

又十数日，曹丕疾病愈重，饮食已绝，再召华歆。

曹丕道，朕天命将尽，欲使太子继位，使卿辅国。望能竭尽全力，不负重托，朕虽委身黄土，亦能感知。

华歆惶恐无比，劝曹丕道，陛下年富力强，气宇凛然，神鬼不敢犯，何有此言！

曹丕道，人命在天，不可违也。朕受苍天垂爱，本无憾恨；然巨贼未灭，危机四伏，岂无牵挂。卿极负人望，博古通今，思行俱正，堪称楷模，必能使社稷安宁，国家兴盛；更能使太子识轻重，明缓急，知君王所为所不为。

华歆泣道，臣虽不辞肝脑涂地，无奈年老昏聩，恐有负重托；征东大将军曹真，尚书司马懿等皆为栋梁，又值壮年，俱堪重托。臣请召曹真等，命共辅，必能使群臣服膺。

曹丕纳其说，遂召曹叡、曹真、钟繇、司马懿、王朗、贾诩、陈群等，贾诩病重，奄奄一息，不能来。

曹丕道，朕大限已至，不容苟延；现传位太子，望卿等倾力辅佐，一如既往。

曹叡等恸哭不已；片刻，曹丕气绝。司马懿等请曹叡召群臣，行登基大典。曹叡不听，欲先治丧。司马懿劝曹叡道，国不可一日无君，请先登基；若迟，群臣必疑，诸王必大生妄想，于国不利也！

华歆等亦苦劝。曹叡遂更衣登殿，召群臣，宣曹丕遗诏，登基称帝，大封百官；仍以钟繇为太傅，王朗为司空；以曹休为大司马，陈群为镇军大将军；改曹真为大将军，司马懿为骠骑大将军；因贾诩已薨，以华歆代贾诩为太尉。又追谥甄夫人为文昭皇后，尊郭皇后为皇太后。再遵曹丕遗诏，盛以薄棺，殓以时服，简葬首阳山。

诸王曾慢待曹叡，俱不安，以为必遭报复，于是暗相往来，欲废曹叡而另立。曹叡得知，召钟繇、司马懿、华歆、王朗、陈群等，议应对之策。

曹叡道，诸王曾与朕互疑，今蠢蠢欲动，不惜铤而走险；朕不忍手足相残，欲安而抚之，卿等以为如何？

司马懿道，此仁君风范，社稷之幸也！

钟繇、华歆、王朗等亦大为称赞。曹叡遂召诸王会于宫中，大设酒宴，与诸王饮。诸王以为有诈，大为不安。

曹叡说诸王道，朕受先皇之命，登基称帝，颇知社稷之安，不在群臣，而在手足。手足和，则天下兴；手足不和，则内外不宁。太祖起于微弱，虽雄踞天下，然毕生屈为汉臣。先皇受禅让，俱赖太祖隐忍，足见来之不易。太祖度越群雄，先皇奠基霸业，俱因将士用命，贤良用力，更在手足同心，荣辱与共。朕与诸王血肉相连，休戚相关，足见天下非朕独有，乃诸王共有也。朕知诸王有疑，故而尽去侍卫，又令群臣勿入，唯与诸王会于此；朕一片诚心，尽在酒中，若诸王愿弃前嫌，请与朕同饮！

诸王疑虑稍解，俱与曹叡同饮。

阳平王曹蕤请往封地；曹叡笑道，朕良将如云，足堪守土，何劳诸王；朕始继大位，需与诸王共勉。朕不忍与手足分离，诸王何忍？

曹蕤不敢再请。陈留王曹植道，诸王若滞留京华，必生猜疑，或反目成仇。陛下若不疑，应许诸王外任。

曹叡沉吟道，此言有理。待内外安定，朕必许诸王赴封地。

一年后，曹叡下旨，许诸王出京；改曹植为东阿王。东阿穷僻，远离京都，曹植大为怅惘，唯以诗酒自娱。

三十七

孙权知曹丕驾崩，即召群僚；孙权道，曹丕新丧，曹叡方承父业，朝政未稳，人心未附。孤欲趁机取江夏，以渐进之势北伐，卿等以为如何？

步骘道，江夏太守文聘极善用兵，恐难克之。况陆逊染病，不能率诸将出战；臣请大王暂忍，待陆逊康复，再举不迟。

孙权笑道，江东佳士如云，不独陆逊知兵善战。孤欲亲率将士逐文聘，夺江夏，卿何疑！

步骘等不敢再劝。于是孙权率三万舟师，沿江急上，直扑江夏。

文聘知孙权亲大举而来，虑兵寡，恐不敌，即遣人赴洛阳，奏报曹叡。曹叡急召文武议对策。

曹真道，文聘势弱，难敌三万舟师；臣愿领军往东南，合诸将，驰援江夏，迎击孙权。

曹叡道，不然，孙权所仗者，舟师也；若文聘弃江夏，离城池，敛兵山野，与之周旋，再伺机而战，孙权舟师既失所长，必无所用，何愁不败！

司马懿道，陛下英明，若文聘能以弱胜强，孙权必大折锐气，再不敢轻举！

于是曹叡遣人飞赴江夏，令文聘弃城池，走山野。

文聘不敢违，命将士广采柴草，散于城内，率军民裹进粮草，结营悬崖峭壁，使孙权虽望之，而不敢轻进。

孙权至江夏，见文聘尽弃屯卫，空不设防，大疑，遂命诸将暂止，令斥候察之。

斥候报称，文聘已弃江夏，不知所踪；城内空无一人，唯柴草遍地，杂乱不堪。

孙权大悟，笑说诸将道，文聘欲待孤入城，引火焚之；既如此，必隐于近侧。

于是令斥候再探。半日后，斥候再报，称城后有断崖，隐约有伏兵。

孙权道，此为弓箭手，料不过数百，欲以火箭射柴草；文聘等必在山崖，可再探。

斥候又去，日将暮，斥候又报，称文聘等高据悬崖，虎视城内。

孙权令将士登岸，屯于城外，又召诸将道，文聘空城而走，大布柴草于城内，敛兵悬崖以待之。孤若入城，文聘必焚之；又居高临下，孤若登山，文聘必痛击。卿等以为当如何？

诸将以为进退两难，俱不言。孙权道，既文聘欲以火胜孤，孤若不以火回击，岂不有负所望！

于是，孙权命诸将引火焚城，又烧山。

是夜，潘璋、周泰等率将士大出，四处举火；瞬时，山与城俱燃。孙权率诸将大笑而去。

文聘见四面火起，大为惊惶，命部属除草木，掘堑壕，以阻火路；又率军民藏身洞穴，避之。

火势漫天，经夜不灭；燃至翌日，终为山涧、堑壕所阻，渐弱。文聘等方出，见壁垒已撤，孙权不知去向，欲下山，又疑有伏兵，不敢轻出，命斥候察之。斥候回报，称孙权已退走。文聘遂率军民下山；见城池尽毁，一片焦土，士民大为绝望。

文聘令部属大筑壁垒，使军民混居；又上书曹叡，请调拨资财，重建江夏。曹叡召司马懿、曹真、华歆、王朗、陈群等，议文聘所请。

司马懿道，江夏通东南各郡，可舟船往来。若复建，文聘据之，孙权必攻之。洛阳去此遥远，若江夏有危，驰援不易；襄、樊虽近，若援之，孙权或转而取之。臣请陛下拒文聘所请，命坚壁深垒，或横舟江上，若孙权来，可进退自如，何必为城池所累。

陈群道，非也。太守所守，土地城池也，若不复建，屯于野外，与盗贼何异！臣请陛下调拨资财，使文聘复城池以镇之。

曹叡纳陈群之说，大拨资财，命文聘复建江夏；又增兵一万，以备孙权复来。

孙权知文聘复建城池，以为机不可失，于是又召群臣，欲再伐江夏。

孙权说诸将道，文聘大败，将士恐惧，又城池未复，无以固守；孤以为可再伐，必能攻取。

周泰、蒋钦、潘璋等大为振奋，俱请孙权先攻江夏，尔后以得胜之师夺襄、樊，再转攻合肥，北取豫州，剑指洛阳。

顾雍知诸将心切，恐孙权大受蛊惑，忙说孙权道，曹丕虽死，群臣仍健，格局如旧，岂能妄举。况江夏之重，曹叡必知；若再攻，曹叡必令诸将大举而来。臣请大王依险据守，不可冒进。

步骘、诸葛瑾等亦劝孙权不可轻举。

潘璋斥顾雍等道，此腐儒之见也，若不进取，何以成霸业！

顾雍道，以今之势，大王仍宜保守东南，不可进取。大王攻江夏，曹叡既不驰援，亦不妄动，唯命文聘弃城登山，虽城池破毁，然兵无折损；大王不可言胜，文聘不可言败耳。足见曹叡善察，不输祖、父，岂能图之！况北方多猛士，善骑射，又土地辽阔，利于驰骋；江东子弟知水性，挥楫驾舟乃我所长，策马奔驰乃我所短。若据险而守，可使强敌望而生畏；若举众北进，必使子弟受困旷野。此苍天各与其便，岂能强为。若以己之短，攻彼之长，与使羊搏虎何异！

于是彼此大争，久无定论。孙权不能决策，暂止。

恰陆逊病愈，求见孙权。孙权大喜，召陆逊入，笑道，卿一日不愈，孤一日无助。群僚之说，卿必尽知，不知以为如何？

陆逊道，当初，臣亦以为可大举，夺江夏，克襄、樊，取合肥，攻豫州，蚕食中原。然细思，觉顾雍、步骘等所言有理。臣等屡败曹军，无不借大江之利，若弃舟登陆，决战山川旷野，实难匹敌。以臣愚见，大王仍宜兴农桑，开商贸，集资财，固江防，广造战船，大练精甲，以大江之险以拒曹魏，雄霸东南，亦不失英雄本色。

孙权闻之默然，似不悦。

陆逊又道，今风气渐颓，贪腐渐起，苛政暗生，冗员复现，又官恨财少，民恨税重，士庶多有怨恨，若不尽除积弊，必使人心背离。此腹心之患，过于曹魏，内不大治，何以拒外敌！臣请大王严惩腐败，肃整吏治，施德缓刑，宽赋养民。尔后，凡官吏，上至丞相，下至僚属，每岁一考，不尽职守者，或责之，或罪之；不以功利论政绩，否则，搜刮之风不能绝。若藏富于民，何愁国不昌隆；若怜苍生之苦，何愁人不同心！此兴亡之道，不可视为等闲。若他日迎战强敌，何虑将士不用命，庶民不尽力！

孙权赞其说，遂召群僚，大议整肃风气，禁绝腐败；又命顾雍、步骘等拟写禁令，详言可为不可为，凡数十条，广而告知；又命陆逊等入郡县，察官吏作为，逐一评议。

于是数十人获罪，或流放，或斩首。官吏无不震动，颓丧之风遂绝；士民无不欢欣，怨恨之心即解。

第五章

一

曹叡恩威并重，德刑兼施，群臣无不肃然。曹真、司马懿、陈群、王朗、华歆等虽负辅国之任，却不受倚重。

诸葛亮以为曹叡暗弱，可图，遂上表刘禅，请北伐。刘禅不能决，召中散大夫谯周，以诸葛亮奏表示之。

谯周阅毕，说刘禅道，丞相此表请出师，却言群臣是非，颇有离间之嫌；既丞相秉权专政，朝有奸佞，何故言之而不除之！臣以为，丞相用意颇多，请拒之。

刘禅怯惧，不敢。

诸葛亮获准北伐，即致信孟达，极言旧谊，请举新都应之。孟达虽投曹魏，久不获重用，职位不如黄权，每有怨恨；今获诸葛亮信，竟许诺。

曹叡知孟达举郡应诸葛亮，大怒，即召群臣。曹叡道，朕知诸葛亮之意不在新都，而在西北；朕若举众伐孟达，诸葛亮必出汉中，夺陈仓，直指关中。

司马懿、曹真等以为然。于是曹叡命司马懿、张郃往新都讨孟达，命曹真往关中，督诸将备战诸葛亮。

司马懿、张郃举众疾进，围孟达于新都。孟达不敢出战，敛众自守。张郃等劝司马懿强攻，司马懿以为不然，称曾与孟达部将李辅有旧，可晓以利害，诱其夜开城门，不战而擒孟达。

于是司马懿修书一封，许李辅为新都太守，命心腹化装入城，密会李辅。

李辅阅司马懿信，大为心动，召将军邓贤，与之共谋。

李辅道，今司马懿、张郃举众围困，新都必不能保；况西蜀遥远，不能接应。我等妻室俱在新都，若城破，必家败人亡。我欲开城迎魏军，使将士能全性命，卿以为如何？

邓贤道，孟达无德，首鼠两端，不可倚也；我愿与卿共谋，开城而降，以保家眷及将士性命！

于是李辅、邓贤各率部属悄出，暗开城门。司马懿、张郃率众入城，擒孟达，斩之，凯旋而归。

曹叡大喜，率群臣迎于京郊，命司马懿并辔入城。司马懿不敢，再三辞谢；曹叡不许，司马懿只好奉命。

曹叡令大开筵席，为司马懿等庆功；又下诏，撤新都，复上庸、房陵、西城三郡；命张郃镇上庸，主三郡军事，以防诸葛亮；以大司马曹休领扬州牧，以防东南异动。

曹叡每念及生母之苦，悲恨不已，欲以皇后规制，重修甄夫人陵园，以慰在天之灵，命王朗操持。

王朗以为不可，劝曹叡道，臣知大禹治水，简陋宫室，命妻子节衣缩食；越王欲强国，亦大兴节俭，自上而下，不分内外，俱布衣蔬食；文、景欲恢宏祖业，不饰金玉，不衣锦绣；霍去病因匈奴未灭，不治宅第。诸如此类，皆为后世楷模。文昭皇后在天之灵，亦望陛下绝奢侈，兴节俭，引领风尚，大树威德。臣请陛下收回成命，以使天下悦服。

曹叡大悟，说王朗道，卿所言极是。朕今日始知为君不易，不能纵情，不能随意。朕当自此绝修造，勤政养廉，励精图治！

王朗大为感慨，以为曹叡堪称明君。

诸葛亮知孟达被杀，曹真督关中诸将严阵以待，欲暂止北伐。越巂太守马谡闻知，致信诸葛亮，称曹丕既丧，曹叡新立，若不趁机北伐，待其人心稳固，防备严谨，恐再无时机。

诸葛亮以为然，于是命李严、费祎等辅国；命蒋琬主丞相府事务；以马谡为参军，随军北伐。

恰此时，南中诸夷反，杀牂牁太守。诸葛亮又疑，不敢举，以马忠为牂牁太守，率巴西子弟入南中，讨诸夷。诸夷知马忠举巴西勇士来此，大为惊恐，退走。马忠追入哀劳，擒孟获，命押入成都。孟获愿称臣，刘禅以孟获为尚书；诸夷宾服，叛乱遂绝。

诸葛亮知马忠奏捷，即率赵云、邓芝、杨仪、马谡、马岱等出成都，往汉中，

镇北将军、汉中太守魏延知诸葛亮率众而来，即领裨将军王平等出迎。诸葛亮命赵云等下马，说魏延、王平道，卿等驻守汉中，拒曹真、张郃，使之不能西进，此大功也；西蜀之安，全赖卿等。

魏延道，我等深知汉中之重，不惜万死，不敢懈怠。此汉皇之威德也，非我等之功绩。

诸葛亮不再言，举众入城，是夜召魏延。

诸葛亮道，先主曾言魏义阳精勇豪壮，足堪大任。卿久在汉中，曾屡战曹军，必知如何伐关中。

魏延道，张郃在上庸，曹真在上洛，唯夏侯琳在关中。我愿举精甲一万为奇兵，行张良故计，出褒中，入秦岭，沿山疾进，不十日必近长安；丞相可举众出斜谷，大张声势，张郃等以为丞相欲夺陈仓，必以大军阻截。我则骤然而举，夏侯琳必惶恐，一举可下也。长安既破，我即回兵陈仓，与丞相夹击张郃、曹真，必能大胜。

诸葛亮沉吟道，此计甚奇，可召诸将同议。

于是召赵云、马谡、邓芝、马岱、杨仪等，议魏延之计。

诸葛亮道，魏延以为可兵分两路，用张良之计，一路出褒中，入秦岭，沿山东进，直指长安；一路出斜谷，为疑兵，大张旗鼓，大造声势，诱张郃等举众来阻。卿等以为如何？

邓芝道，此计可谓奇绝，张郃等必难揣度，关中必能一举而下。

杨仪道，万万不可。此张良还定三秦之计，我等能知，张郃、曹真、夏侯琳等岂能不知！若重演故技，必大受挫折。

赵云道，非也，张郃等既知故计不可行，必不疑，正可用也。

马谡道，曹真、张郃、夏侯琳等俱为良将，岂不知前车之鉴。况此一时、彼一时，若行旧计，与削足适履何异。我以为可分兵进击，然不可东施效颦。请丞相两路并举，一路仍由斜谷出，过眉县，据箕谷，以此为疑兵，张郃等必大屯于此，以阻我再进；另一路入陇右，扫荡而行，张郃等必分兵迎击，待其来，我则转道祁山，虎视关中。张郃等两端不能应顾，何愁关中不破！

诸葛亮以为然，欲行马谡之计。

王平道，我生于宕渠，颇知巴人之勇。高祖还定三秦，范目率族人为先驱，所向无敌；今两平南中，亦赖巴西子弟，足见精勇异常。请丞相命马忠来此，夺取关中，指日可待。

诸葛亮道，诸夷凶悍，非马忠不能镇之；否则，诸夷必再反，若祸乱大起，灭之不易，岂能顾此失彼。

言毕，诸葛亮令赵云等退下，留马谡、杨仪再议。诸葛亮道，今善战者，首推赵云、魏延。我欲以赵云、邓芝入陇右，据祁山；命魏延、王平出斜谷，卿等以为如何？

马谡道，赵云虽智勇双全，无奈年迈，恐不复当年之勇，丞相可使之出斜谷，为疑兵；魏延年富力强，颇知用兵，然轩昂自大，若使之建奇功，恐难节制。

杨仪道，此说极是。魏延恃才傲物，目中无人，每言丞相不善用兵，其骄慢如此，岂能重用！

诸葛亮疑心大起，决意不用魏延。

马谡道，我愿与王平率精甲攻陇右，转道祁山。

诸葛亮沉吟道，卿虽颇知兵法，然疏于征战，若为将，宜谨慎，不可率性。

马谡道，我必谨记丞相教诲，不辱使命。

翌日，诸葛亮再召诸将，命赵云、邓芝率精甲二万自斜谷东出；以马谡、王平为先锋，率十万大军进击陇右；留魏延守汉中。

魏延与王平友善，知诸葛亮视马谡为知己，又为心腹，于是设酒为王平壮行，嘱王平道，我知诸葛亮谨慎多疑，今命卿助马谡入陇右，望事事小心，若胜，必马谡之功；若失利，必卿之罪也。

王平道，卿所言，我必谨记。

数日后，大军两路分出，赵云、邓芝走斜谷，以疑曹军。马谡、王平一路扫荡，直指天水。天水太守闻风丧胆，欲弃郡而走。

中郎将姜维劝道，天水城池险固，若据城而守，马谡等必受阻，大军必驰援，何惧！

太守道，诸葛亮大军在后，岂能以孤城自守！

姜维道，我愿率部属阻敌于外，卿敛兵城内，以待援军。

太守然其说。姜维领军五千出天水，欲设壁垒于险途，阻马谡、王平。正此时，忽报太守已弃天水往上邽；姜维大惊，知天水不可保，即领部属离此，亦往上邽。太守恐姜维逼其拒强敌，命紧闭城门，勿使姜维入。姜维顿失所依，欲回保天水。不料马谡、王平已夺天水，诸葛亮大军亦至。姜维走投无路，举众而降。诸葛亮见姜维精勇，大为喜爱。

二

曹叡知赵云、邓芝出斜谷，直指眉县，又据箕谷，大为惊讶，即命曹真率众迎击；又知诸葛亮扫荡陇右，势如破竹，已近祁山，大骇，遂召群僚议对策。

曹叡道，朕初闻赵云、邓芝据箕谷，尚不以为意；又闻诸葛亮扫荡陇右，直逼祁山，方知赵云、邓芝不过疑兵。朕欲命关中诸将大举迎击诸葛亮，卿等以为如何？

司马懿道，臣以为不可，若如此，赵云、邓芝或化虚为实，破壁垒，出箕谷，仍可兵临关中。臣请陛下命张郃率众入祁山，命曹真拒赵云、邓芝，使诸葛亮、赵云等俱受阻，方能保关中无忧。

曹叡以为然，命张郃举五万精甲入祁山。

曹叡仍恐有失，率司马懿等往长安，督诸将迎敌。

诸葛亮知张郃大举而来，即命马谡、王平进兵街亭；自领杨仪、马岱、姜维等屯于马谡、王平后，欲与之呼应。

曹叡知诸葛亮再分兵，即命司马懿举二万精兵出长安，绕击诸葛亮；命张郃拒马谡、王平于街亭。

马谡知张郃来，欲移屯山上，居高临下。王平劝道，不可，我知山上少水，若屯之，张郃必围困，阻绝粮道，占据水源，将士不能炊饮，或自溃；请据街亭，坚壁而守。

马谡不听，责王平道，凭险而守，用兵之道也，岂能弃高险而据低谷！

于是率众登山。张郃来街亭，知马谡屯兵高山，遂命部属设围，据断水源，阻绝道路。

司马懿领军横出，欲阻于诸葛亮与马谡之间，使之不能呼应。诸葛亮知其意，召诸将议应对之策。

杨仪道，马谡颇有奇谋，必能拒张郃，丞相何虑。

马岱道，不然。张郃极善征战，恐马谡、王平俱非敌手；丞相应趁司马懿立足未稳，举众疾攻，再与马谡、王平合。

姜维道，不可。若如此，司马懿必自后紧逼，与张郃成夹击之势，大不利也。

诸葛亮大疑，不知举措，唯命诸将坚壁自守。司马懿亦不战，命部属与之对峙。

王平见张郃四面设围，忙说马谡道，张郃立足未稳，若俯冲而下，或能出围，否则，必受困于此！

马谡不以为然，笑道，将士始登山，疲乏未解，岂能妄动。

继而，王平见张郃阻绝道路，又说马谡道，合围已成，我等已成瓮中之鳖，不可再留，宜绕山而走，力图与丞相合；若迟，必大败！

马谡不言，已生疑虑，遂出营，四处观望，见山下壁垒森严，如天罗地网，大为恐惧，遂问王平道，若此时俯冲而下，如何？

王平道，为时已晚，若举，无异灯蛾扑火。

马谡无奈，仍命部属凭险而守，以防张郃来攻。部属俱称无水源，不能炊饮。马谡仰天叹道，素闻山高水高，何独此处不然！

于是，命将士生食谷麦。将士不能忍，逃亡者渐众。马谡虑部属散尽，遂召王平，命其率精甲断后，欲沿山退走，与诸葛亮合。

张郃知马谡、王平弃高山而走，急率诸将上山，自后猛追。马谡疑王平不敌，打马疾走；部属大惧，几乎逃散殆尽。

张郃正举众疾追，忽闻鼓声骤起，大惊，命部属暂止，见王平横枪立马，毫无惧色，且鼓声愈急，以为有伏兵。

王平见张郃疑惑，笑道，我所领不足一千，卿何故不敢前？

张郃愈疑，问王平道，卿向来可好？

王平道，我每日三食，每食必有酒肉；日则起，夜则卧，外无忧患，内无愧疚，有何不好！

张郃又问王平道，魏王待卿不薄，卿竟投刘备，何言无忧患，无愧疚？

王平道，魏王退走汉中，置我于险境而不顾；我不以为恨，仍率部属奋勇阻击，使魏王及诸将能脱险，我有何愧！我不惧死，亦不惧降，况汉皇施以仁义，能不报以忠勇！我生不惜财，死不惜命，坦然自若，我有何患！

张郃忽指王平身后道，卿若有伏兵，可尽出，我必知难而退！

王平暗惊，笑道，卿若不惧，可大进，何必犹豫？

张郃见王平从容如常，以为确有伏兵，于是引众退走。王平不敢松懈，令部属收合散兵，得二万余众，沿山疾走，于三十里外与马谡合。马谡知张郃退还，其心略安，命王平率众先行。

王平等渐近祁山，忽见司马懿屯于前，大惊，令部属暂止。继而马谡来，闻之大骇，欲敛兵自保。

王平以为不可，劝马谡道，若敛而不举，张郃或自后来追；若其与司马懿夹击，仍有覆没之险。若大举攻击，丞相必举众呼应，司马懿必走。

马谡以为有理，令急攻司马懿。司马懿以为张郃失利，马谡、王平来此接应诸葛亮，即命诸将迎击。

诸葛亮不知马谡、王平已失街亭，见其忽攻司马懿，亦以为张郃败走，命杨仪、马岱、姜维等出击。

司马懿腹背受敌，恐大败，引众退走。

马谡、王平与诸葛亮合。诸葛亮知街亭已失，前路被阻，北伐无望，亦回汉中；令收马谡、王平入狱，欲问罪。

马谡大为悔愧，每每求见诸葛亮，欲请其赦免王平；诸葛亮拒而不见。马谡无奈，咬破手指，以血书致诸葛亮，称街亭之失，罪在我，不在王平。王平劝我不可屯于山顶，我一意孤行，使将士不能炊饮，渐而溃散。王平于溃败之际舍身断后，收合残兵二万，又逐走司马懿，使两军会师，此大功也，何罪之有！

诸葛亮阅毕，大为唏嘘，遂召马谡。马谡伏于地，大哭。

诸葛亮道，汝身负大罪，而不推诿，亦不辱士大夫名节；街亭之失，不仅使北伐受阻，恐殃及赵云、邓芝。此罪之大，岂能赦免。

马谡道，我有负丞相重托，又不听王平忠告，以致大败，罪有应得；我已知用兵不易，可惜为时已晚！

诸葛亮泣道，襄阳五马，佳士也；马良为五溪蛮所害，卿又将临刑，我岂不为之哀伤！

马谡道，我虽死不惜，若丞相以我为戒，勿使腐儒为将，死而无憾矣！

诸葛亮斩马谡，设灵而祭；又令释王平，复原职。

赵云、邓芝与曹真相持箕谷，已月余，忽闻诸葛亮败回汉中，大惧，即令部属枕戈待旦，以防曹真强攻；又闻张郃另道而来，愈惧，欲撤离，免遭夹击。

于是举众出箕谷，沿路回走；曹真知之，举众疾攻。赵云请邓芝先行，自领精甲断后。正此时，忽见张郃率精骑沿山疾驰，欲断退路。赵云忙说邓芝道，卿须急行，夺取退路，使张郃不能得逞。

邓芝颇知危急，率精骑与张郃上下并行。所幸山下平坦，急驰近百里，已远超张郃，遂收紧部属，欲反阻张郃。张郃见邓芝部伍威严，不敢轻进，欲弃邓芝阻赵云。

赵云护军资粮草，且战且走。曹真率众疾追，命部将狂攻。赵云不敢久战，每每避其锋芒。行数十里，忽见张郃阻断退路，赵云大骇，令部属弃辎重，登山自保。

曹真见赵云被阻，大喜，命诸将猛攻；又见赵云欲上山，亦命步卒捷足先登，使赵云不能上。赵云知不能得逞，嘱部属道，我等已在末路，唯不惜一死，方能脱险！

于是一马当先，直取张郃。张郃命部将齐出，欲生擒赵云。

邓芝见赵云前后受阻，即复回，自后猛击张郃。赵云见此，疾呼部属道，可不顾曹真，唯与邓芝合击张郃！

部属俱忘死，张郃竟不能挡，退走上山。于是赵云与邓芝合，仍沿山下疾走。

曹真、张郃不甘，一路狂追。

赵云、邓芝见身后烟尘大起，知曹真、张郃复来，又分兵，由邓芝率众上山，居高临下，使曹真、张郃不敢轻举。

曹真、张郃迫近赵云，见邓芝行于山上，成虎视之势，既不敢轻举，亦不愿舍弃，尾随二百余里，地势渐宽，知不可图，遂止。

赵云、邓芝回汉中，拜见诸葛亮。诸葛亮以赵云、邓芝兵败箕谷为由，上表刘禅，请夺赵云镇东将军，贬为镇军将军；然只字不言邓芝之过。

诸将以为兵败，乃诸葛亮用人不当，罪不在马谡，更不在赵云；诸葛亮斩马谡，贬赵云，俱有掩饰己过之嫌，一时非议不绝。

诸葛亮闻知，恐诸将怀怨，亦上书刘禅，自请贬三级，以绝流言。刘禅下旨，贬诸葛亮为右将军，仍领丞相，主军政事务；流言遂绝。

邓芝以为有失公平，求见诸葛亮。

邓芝道，我与赵云同为败将，丞相何故独责赵云？

诸葛亮道，赵云为主将，卿为副，故责不在卿。

邓芝道，非也。若不同赏罚，岂能共生死！若非赵云舍身断后，我等岂能全身而退！若我不受责，何以面对赵云？

诸葛亮道，赵云曾背弃公孙瓒投先主，此不义也；不义之人，责之何妨！卿风华正茂，前途无量，何必以此为意！

邓芝告退，求见赵云。赵云颇知邓芝来意，笑道，卿勿言，我已耳顺之年，不计功罪。

邓芝道，我与将军共进退，却不同赏罚；如此，我何颜与将军共处？

赵云道，区区小事，何足为道。

邓芝道，赏罚不明乃大忌，将军何言其小？

赵云道，我为主将，卿为副，若论功，我必居首；若论罪，我亦必居首。若箕谷之战大胜，卿是否与我争功？

邓芝不能言，告退。

三

孙权知诸葛亮北伐关中，曹叡令诸将拒之，以为可呼应，遂召群僚商议。

孙权道，今诸葛亮举众入陇右，据箕谷，西北狼烟四起，曹叡应顾不暇，此天赐良机也。孤欲再攻合肥，卿等以为如何？

陆逊道，合肥城池坚固，又能与数郡呼应，故而每不能克。曹叡以贾逵镇合肥，贾逵颇能征战，若攻，恐仍难有所获。今扬州、合肥分置，曹叡拜曹休为扬州牧，曹休不善战，又刚愎自用，若攻曹休，必能获胜。

诸将俱以为然。孙权遂以朱桓、全琮为左右都督，助陆逊攻曹休。

朱桓曾与吕蒙、周泰、蒋钦等为小将，因剿匪有功，领濡须督；全琮出身钱塘世家，其父曾为孙坚所识，后孙权领江东，全琮依父命往吴郡投靠，孙权爱其英勇，又气宇轩朗，招为女婿。近年，老将相继亡故，朱桓、全琮等渐受倚重。

曹休知陆逊举五万之众来扬州，即命诸将收合部属，大集城内，欲以城坚守。建武将军王淩劝曹休道，若大集城内，陆逊必设围；可命诸将各回屯卫，坚壁深沟，陆逊必分兵应之，不敢围城。如此，则进退无碍，扬州无虑矣！

曹休不听，仍命诸将大集扬州，亦有五万余众。

陆逊兵分三路，与朱桓、全琮各领一路，欲三面夹击。

朱桓上书孙权，称曹休为曹魏宗室，因此而获重权，非善战者；若击之，必大败；若曹休弃扬州，必自夹石、挂车过。臣请大王于两地设伏，曹休来，必能生擒。

孙权不能决，遣人驰见陆逊，告知朱桓之计，请陆逊斟酌。陆逊即上书孙权，称朱桓之计不可行，尚未交战，胜负不可知，虽曹休败走，未必自夹石、挂车过；若另走，此两军形同虚设。况若分兵，臣等将以少敌众，恐扬州不能克。

孙权以为然，令朱桓、全琮唯陆逊之命是从，不得妄奏。

陆逊等至扬州，见曹休欲坚守，召朱桓、全琮等议对策。

陆逊颇知朱桓、全琮欲建功，获孙权重用，若不使之悦服，难以节制，于是笑问二人道，扬州深固，曹休坚壁不出，卿等以为当如何？

朱桓道，所谓攻城不易，唯将士用命，不气馁，不退让，使曹休胆寒，方能如愿，舍此无他。

全琮道，我以为可围而不攻，断其粮道，使之不能补给，不出一月，曹休必自溃。

陆逊道，曹刿论战云，一鼓作气，再而衰，三而竭。今曹休敛兵城内，以险固待我，岂能一举而下！攻而不克，必失锐气，曹休若大出，我等必败；若围而不攻，曹叡必遣将驰援，与曹休里应外合，我等亦必败。

朱桓、全琮无以应对，俱不再言。

陆逊道，知兵者，虽草木、土石亦能为我所用。我所以来此，因时值深秋，流水渐枯，若竭其源，断其流，使城中汲饮不便，曹休必难固守，或出城来战，何愁扬州不破！

朱桓、全琮深为叹服，再无二心。陆逊令朱桓断护城河水；命全琮于扬州以上三十里，截江断流，另开水路，使江水远走。

曹叡知陆逊围扬州，即令贾逵出合肥，增援曹休；仍虑贾逵、曹休不敌，命司马懿自关中回，举二万精甲亦往。

曹休知护城河一夜断流，又江水渐枯，颇为惊讶，不知何故。继而，诸将纷纷报称，城中井水低落，军民汲水艰难。曹休慌乱不已，即召诸将。

王淩道，陆逊截江断流，使水位大落，城中井水将尽。扬州已不可守，宜猝然而举，突出重围，往合肥与贾逵合，共击陆逊，方能自保。

曹休纳王淩之说，命诸将夜走。

朱桓、全琮见曹休等骤出，欲拦击。陆逊以为不可，命避曹休锋芒，夹道追击，迫其奔命，待其疲惫，再一举败之。

朱桓、全琮依陆逊之命，令部属避之。曹休大喜，往合肥急走。未出十里，朱桓、全琮等并驰两侧，陆逊亦举众疾追；曹休大骇，不敢迎击。追至五十里外，陆逊命击之。曹休不敌，大败。

贾逵止于扬州二百里，欲待司马懿，会师扬州，与曹休里应外合，大败陆逊。

司马懿知曹休败走，陆逊举众追击，于是另道急驰，抢占扬州。

曹休节节败退，渐与贾逵近。贾逵知曹休大败，命部属进据夹石，令前将军满宠赴救曹休。满宠举众往之，恰遇曹休率残部仓皇而来，急命部属阻击陆逊。曹休得以喘息，与满宠合，退入夹石。贾逵令坚壁深垒，仍待司马懿来。

陆逊命朱桓、全琮等围夹石，欲再败贾逵、曹休，再趁势入合肥；正此时，忽有斥候来报，称司马懿已复夺扬州，并率众跟进，欲与贾逵、曹休合击陆逊。

陆逊大惊，叹息道，司马懿何故如迅雷！

陆逊遂弃夹石，引军退走。

曹休几乎全军覆没，忧惧不堪，于是上表请罪。

曹叡即召华歆，欲宽恕曹休。曹叡道，曹休贵为宗室，朕不欲问罪，卿以为如何？

华歆道，臣以为不可。曹休贵为皇族，若不问罪，何以服众！臣请削其职务，夺其封爵，以使群僚无怨。

曹叡道，卿何不解朕意。今宗室尚怀疑惧，若问罪曹休，宗室将愈不能安。朕知曹休虽无大才，却轻利重名，视声誉如生命。若朕不问罪，曹休必自愧，再不能轩昂自大。

华歆以为托词，不再劝。曹叡遣使入合肥，持绢百匹，赐曹休。曹休不敢受，上表辞谢，称败走扬州，本应获罪；陛下不赏有功者，独厚赠臣，臣何以自安！

曹叡回信称，卿贵为宗室，不能与诸将等同；朕不赏诸将，然不能不赏卿。

曹休始觉惭愧。不久，又闻曹叡下旨，夺王淩建武将军，改为豫州功曹，以责扬州兵败。曹休愈觉羞惭，竟一病不起，绝饮食，死于合肥。

曹叡知曹休死，即复王淩建武将军，领豫州刺史；以满宠为扬州牧，都督军事；命司马懿还洛阳。

诸葛亮知陆逊攻扬州，司马懿受命东征，以为机不可失，欲再出汉中，北伐长安。邓芝等以为不可，极力劝阻；诸葛亮不听。正此时，忽报赵云病重，诸葛亮大惊，拜问赵云，见赵云病入膏肓，于是斥退左右，问赵云道，先主临崩，曾密召卿，未知言何？

赵云道，丞相赤胆忠心，何疑？

诸葛亮知赵云不肯言，告退。赵云恐泄密诏，夜烧锦囊。翌日，诸葛亮命杨仪送赵云回成都，并谒见刘禅，请命李严广筹军资，输送汉中。

赵云逝于至成都十日后，刘禅命葬赵云于南郊外锦屏山，以赵云长子赵统为中郎将，次子赵广为牙门将军。

诸葛亮令诸将整顿部属，欲北进。

邓芝拜见诸葛亮，再劝道，我以为宜坚守汉中，巩固西蜀，不可轻进。关中一马平川，我等或自荆州来，或长于西蜀，借高山险水拒强敌，乃我等所长；于平川旷野破壁垒，乃我等所短。请丞相谨慎，勿轻举。

诸葛亮道，卿所言，我岂不知。然先帝临终所托，未敢一时相忘。我已年过半百，先帝遗愿尚如泡幻，每每不能自安！我深知北伐不易，如赴汤火，如履薄冰，然先帝之嘱，言犹在耳，宁不舍生忘死！为报三顾之恩，托孤之重，我不惜身败名裂，虽天崩地裂不敢辞！我心耿耿，卿必能知！

邓芝深知诸葛亮不可说，沉吟道，丞相何不纳魏延之计，出奇兵，水陆并进；或用魏延为前驱，必能斩将夺关，何愁关中不克？

诸葛亮道，魏延之计，吉凶难测，若败，将有去无回，故不敢用；魏延其人，倨傲粗鄙，岂能委以重任！

邓芝不再劝，告退。

诸葛亮又上一表，极言北伐之重，称汉中屡经战火，军资粮草不足，请刘禅令李严督办，以足北伐之需；又请调费祎、杨仪赴汉中，随军北伐；仍留魏延守汉中。

刘禅欲准其所请。谯周又劝刘禅道，臣知西蜀士民俱望安宁，颇厌争战，若再北伐，恐使士民失望，百业凋敝。臣请陛下拒诸葛亮之请，令其屯住汉中，闭关自守。

刘禅不听。

于是，诸葛亮率精甲十万离汉中，出散关，逼陈仓。

四

陈仓守将郝昭知诸葛亮大举而来，欲借城池之险，依高山，据峻岭，坚壁自守，以待援军。

诸葛亮见郝昭不出，令强攻。邓芝、王平、姜维、马岱等四面齐举，竟十数日不能克。

曹真知陈仓被围，大惊，举众驰援。

曹叡知陈仓告急，曹真救之，张郃竟按兵不动，遂亲入方城，责张郃道，卿既知陈仓危急，何不驰援？

张郃道，臣知陈仓险固，易守难攻；大将军曹真已率众驰援，陈仓必安然无恙。况汉中久历战乱，不能足其用；诸葛亮远道而来，粮草军资俱赖西蜀输送，路途遥远，艰险崎岖，非数月不能到。以臣所料，不出一月，诸葛亮粮草必尽，当引军自还。

曹叡不以为然，令张郃出方城，增援陈仓。

孙权知诸葛亮围陈仓，欲再夺扬州，遂召群僚。

孙权道，扬州已入孤手，恨为司马懿复夺。今曹叡用兵西北，无暇顾及东南，正可夺也！

诸将俱以为然。于是，仍命陆逊督帅三军，浩浩荡荡赴扬州。

满宠知陆逊复来，以为扬州不可守，于是弃城而走，入合肥。

陆逊不战而胜，欲罢兵，回吴郡复命。潘璋、周泰、朱桓、全琮等以为可追，劝陆逊趁势围合肥。

陆逊道，此前车之鉴，卿等竟如此健忘！合肥深险，若往，必大受阻碍；若曹叡趁机复夺扬州，岂不复昔日之失！

诸将不再言。陆逊留朱桓、全琮守扬州，领众回吴郡，拜见孙权。

陆逊道，臣以为得扬州易，守扬州难。此兵家必争之地，曹叡必复夺，臣请以多谋善战者镇扬州。

孙权道，卿言之有理，孤欲以吕范为扬州刺史，都督军事，卿以为如何？

陆逊道，吕范虽年事已高，然精明严谨，又颇能决断，颇堪此任。

于是，孙权拜吕范为扬州刺史，命朱桓、全琮回。吕范深知扬州之重，上奏孙权称，臣虽勉能谋划，却短于厮杀，若贾逵、满宠复来，恐难以拒敌。臣请以精兵良将为辅，方能保扬州不失。

孙权遂以潘璋为平北将军，助吕范守扬州。

扬州都督吕岱请潘璋布兵城外；潘璋不以为然，说吕岱道，既有坚城，何须布防于外。若贾逵、满宠复来，可命将士登城，以强弓硬弩待之，其奈我何。

吕岱以为潘璋轻敌，求见吕范，详言潘璋之说。

吕范遂召潘璋；吕范道，满宠不战而弃扬州，岂能甘心，必举众复夺，若用陆逊截江断流之计，或引水灌城，必困我等于城中。故此，非上策不能保扬州。

潘璋道，若贾逵、满宠举众而来，可上书大王，请遣将攻合肥，使其首尾不能相顾。如此，不但扬州可保，合肥亦可夺。

吕范道，卿所想与我略同，我已上奏大王，请以上将据宛城，牵制合肥。然贾逵必知合肥之重，或不与满宠同来。请卿屯兵城外，若贾逵等围扬州，卿可绕击身后，与我内外呼应，曹军必败。

潘璋以为然，举一万之众出扬州，屯于百里之外。

孙权以吕范所请，命周泰举二万精甲据宛城，窥视合肥。

满宠败出扬州，惧曹叡问罪，请贾逵助其复夺扬州。

贾逵说满宠道，今周泰领二万精甲屯宛城，若往扬州，周泰必趁势攻合肥，合肥亦恐不保。

满宠道，我愿替卿守合肥，请卿替我夺扬州，如何？

贾逵道，卿为扬州牧，可自夺，何必互换？

满宠道，据城坚守，我勉能为之；举兵攻城，我远不如卿。

贾逵不能固辞，欲举三万之众攻扬州，嘱满宠道，周泰敛兵宛城，虎视合肥；我若往扬州，周泰必攻合肥；卿不可迎战，合肥坚固，足以自守。

满宠道，卿勿疑，我必与合肥共存亡！

周泰知贾逵往扬州，即举众围合肥。满宠遵贾逵之嘱，坚闭城门，命将士挽弓登城，以拒周泰。

周泰知不能破合肥，唯大张声势，鼓噪不息，行牵制之策。

潘璋知贾逵来，命部属隐形敛迹，使贾逵不知。贾逵兵临扬州，见城上旌旗密布，以为吕范欲敛兵固守，遂设围，选死士两千，命夜攀城墙突袭。

潘璋暗随贾逵后，伏于十里外，见贾逵正设围，忽然而举。贾逵大惊，正欲迎敌，吕岱等骤然而出，顿成夹击之势。贾逵惶恐不已，率众杀出，沿来路疾走。

潘璋、吕岱紧追不舍，大肆杀戮，斩首数千。

贾逵见部属损伤渐多，恐溃散，遂领死士断后。潘璋、吕岱稍受阻，略有收敛。贾逵颓势渐止，退入夹石，欲以夹石之险反击潘璋、吕岱。

潘璋、吕岱大结营垒，欲再战贾逵。是夜，贾逵出营垒，察敌情，见潘璋、吕岱营垒森严，忽生一计，于是急召部属。

贾逵道，周泰必围合肥，我等可悄然离此，星夜驰还，必大出周泰所料，周泰必败。

部属皆以为然。于是半夜悄走，弃夹石，直奔合肥。

周泰猝然遇袭，大溃，弃合肥，遁入宛城，坚城自保。贾逵亦不追击。

诸葛亮围攻陈仓，十数日不能破。军中粮草将尽，尚不知李严消息，大为恼恨，遂书信责李严，称李严之迟，必误军机，此罪致大，不可恕也。

费祎劝诸葛亮道，丞相屯汉中以来，朝中慵散之风渐起，人浮于事者众。李严极力整肃，难有起色。况陛下暗弱，难分贤愚，辅佐不易，应多体谅。蜀中士庶俱厌战，征调艰难；又多雨，道路难行，不可责备。

诸葛亮道，李严身为尚书令，又负辅国之重，官吏慵懒，风气浮华，其责俱在李严，所谓上不正，下必斜！

费祎不好再言，告退。诸葛亮焦虑不堪，遂遣快马回蜀，再以书信责李严；又召诸将，议进退之计。

诸葛亮道，十万大军围攻陈仓十数日，竟不能克，我等之耻也！今粮草将尽，士卒渐疲，郝昭阻于前，李严滞于后，若不图变，又将无功而返。卿等俱为才俊，凡有所见，俱可尽言。

姜维道，既陈仓不能下，不如绕行，直赴长安，沿途广征粮草，不仅无断炊之虑，或能建奇功。

杨仪道，此计不可行，陈仓不拔，冒然而进，犹如剑芒在背，即使郝昭不追，犹恐无路可退。

姜维道，我闻突袭关中乃魏延奇计，若用，必能出曹真、张郃意外。此取胜之道，丞相何疑。

杨仪道，魏延粗率放纵，妄自尊大，冒险之说，何足为道！

一时争论不休。诸葛亮不能决，忧虑愈甚。

翌日，忽报曹真举众而来，张郃亦大出，驰援陈仓。诸葛亮大惧，遂解围，仍回汉中。

李严押粮草入绵州，遇阴雨绵延，经月不停，道路泥泞，行进艰难。正此时，忽接诸葛亮书信，大加责备，称因粮草不继，或再使大军无功而返。李严不敢延宕，催部属冒雨疾进。部属俱请暂停，称粮草若受雨，或腐烂，恐得不偿失。

正进退两难，又接诸葛亮来信，称因受制粮草，大军被迫回汉中，必问延迟之罪。

李严已知与诸葛亮生隙，大为不安。无奈雨势更甚，道路崩毁，不能行，遂止于梓橦。李严恐粮草腐败，命部属生火烘烤。部属相继报称，粮草多已生霉，烘烤无益。李严顿觉绝望，自知难为诸葛亮所容，于是夜走深山，杳无音信。

五

潘璋仍屯扬州城外，与吕范、吕岱互为呼应。满宠知扬州防范严谨，不敢再举，遂上书曹叡，请再移扬州治所于合肥；曹叡准之。

孙权以为吕范颇堪重任，欲拜为大司马，分陆逊兵权。

顾雍劝孙权道，臣以为不可，若如此，必使陆逊生疑。陆逊忠心耿耿，才比周郎，中流砥柱也；曹军所惮者，陆逊也，臣请大王三思。

孙权不听，召吕范还吴郡听命；吕范颇知孙权用意，以老病为由推谢；又称陆逊忠壮勤勉，才气横溢，亦请孙权勿疑。

孙权不好强为，遂止，仍以吕范领扬州刺史。不一月，吕范又上书，称疾病缠身，请辞扬州刺史；孙权以为吕范不愿与陆逊互疑，不准。又数日，忽报吕范病死扬州，孙权大为痛惜，令移吕范灵柩回吴郡厚葬；以虞翻代吕范，仍以潘璋、吕岱助虞翻镇扬州。

临行之际，孙权嘱虞翻道，卿足智多谋，英勇盖世，堪为俊材；然好酒如命，常常剧饮不能自制。孤每欲委以重任，又虑酒后有失；今以卿镇扬州，若不戒酒，孤必自责所托非人。

虞翻道，臣当自今日与酒绝，不负大王重托！

孙权大喜，再说虞翻道，卿若能自律，绝放纵，必出群僚之上，孤自此不以扬州为虑！

虞翻拜辞孙权，往扬州；自书警句，贴于室内，以自勉。虞翻勤于治理，严明号令，扬州气象愈新，大获赞誉。

时当暮春，东南草长莺飞，柳暗花明，又山峦如黛，江水似蓝；顾雍、诸葛谨、步骘等以为祥光万里，瑞气绵延，大吉之兆也，于是上书孙权称，今大王统辖数州，割地千里，带甲百万；又群贤毕集，文武荟萃，人心所向，四海同望；曹叡幼弱，寡德薄恩；大王雄武，旷古绝今。臣等请大王称帝，应苍天之意，遂士庶之心。

孙权不许；顾雍等再请，孙权仍不许；顾雍等三请，孙权不再辞，于是行登基大典，祭天地，立社稷。

是日，百官咸集，张昭等告老还乡者亦来祝贺，盛况空前。

孙权大宴群臣，说群臣道，此丰功伟业，非朕一己之力，若非群贤忘身，诸将忘死，岂有今日！然曹魏雄踞北方，刘禅称尊西蜀，三分天下，朕未能足其一；若固步自封，不思进取，何以君临天下！朕虽登大位，立宗庙，然巨寇犹在，江山残缺，岂能自安！望卿等以今日为始，奋发图强，勠力同心，戒骄躁，绝享乐，与朕共勉，扫荡乾坤，一统海内。饮此酒如立誓言，大业不成，永不懈怠！

群僚纷纷离席，与孙权同饮。渐而酒酣，群僚莫不道贺。张昭亦离席，拜孙权道，陛下有今日，臣等死而无憾矣！

孙权笑道，若依卿当日之说，朕必沦为臣虏，岂有今日！

张昭大惭，顿不知进退。孙权又笑道，此酒后戏言耳，勿需惶恐。当初，卿受遗命主于内，大兴农桑，广积财货，使朕府库丰盈，能与曹魏抗衡。此功之大，不亚周瑜、鲁肃，朕毕生不敢忘。

张昭唯唯诺诺，还座。孙权下旨，赠张昭辅吴将军，封娄侯，食邑万户。张昭拜谢归乡，更深居简出，以著述为娱。

孙权又下旨，追谥孙坚为武烈皇帝，孙策为长沙桓王。

孙权召群臣，议未来；孙权道，今旧臣渐老，难以久任；宜擢拔新人，悉心扶持，以备未来之用。卿等可倾力举荐，无论亲疏，不问出处，朕必尽其才干。

群僚纷纷推举，获荐者数十人。孙权大喜，遂立孙登为皇太子，以诸葛瑾之子诸葛恪，张昭之子张休为太子左右辅；顾雍之子顾谭为太子辅政都尉；以已故偏将军陈武之子陈表为太子中庶子。时人称诸葛恪等为太子四友，又以为东宫多佳士，旷古未见。

诸子中，孙权尤喜诸葛恪。

孙权颇爱戏谑，常与近臣于筵席间玩笑。一日，孙权召诸葛瑾、顾雍、步骘等饮酒，嘱其携子而往。诸葛瑾面貌狭长，孙权命侍从牵一驴入，笑指驴面道，此酷似一人，卿等以为谁？

顾雍等俱知孙权所指，笑而不答。孙权索笔墨，于驴面书诸葛子瑜四字。顾雍等大笑。诸葛恪年方十岁，见父被嘲，说孙权道，大王所书，未能尽其妙，臣愿补笔，以助酒兴。

孙权以为奇，准其所请。诸葛恪续写二字，成诸葛子瑜之驴。顾雍等无不赞其机敏。孙权笑道，孤戏谑不成，反失一驴；孤四字仅值一笑，卿二字却得一驴，孤不如卿也。

诸葛恪不言，牵驴而去。

数日后，孙权往诸葛瑾府第，见诸葛恪正于庭树下戏笼中鸟，笑道，孤闻君子不玩物。

诸葛恪应声答道，小人不知物之所乐，故不敢玩。

孙权愈以为奇，近前，又问诸葛恪道，客临门，何不以礼相迎？

诸葛恪道，臣年幼，小人耳，小人不敢迎君子；大王猝来，臣避让不及，望恕罪！

孙权大喜，以为精警过人，必有大用，再问诸葛恪道，卿父与诸葛亮为同胞，未知孰优孰劣？

诸葛恪道，臣父优于臣叔。

孙权笑道，世人俱称诸葛亮旷古之才，卿何出此言？

诸葛恪道，臣父知士大夫当事圣主，叔父不知，故而臣父更优。

孙权愈喜，此后，凡与人言及诸葛恪，无不极尽称赞。

蜀中群僚知孙权称帝，纷纷上书，请刘禅与孙权绝。刘禅不能决，求教谯周。谯周说刘禅道，邦国之交，大事也，宜召群臣共议，断利害，明损益，方可举措。

刘禅遂召群臣，群臣俱请刘禅与孙权绝往来。

独永昌从事费诗不以为然，斥群臣道，今曹魏据天下七分，若与孙权绝，岂能孤立于二雄之间！况先帝登基于前，孙权称帝于后；先主可，孙权何不可！

费诗曾力阻刘备称帝，由此大失宠信，又屡遭贬谪。群臣闻费诗此说，斥费诗大逆不道。

蒋琬知费诗言之有理，又知不能阻郡臣之说，于是说刘禅道，臣以为，此国家大计，不可轻率；今丞相在汉中，应使人告知，请丞相决断。

刘禅遂召诸葛亮还成都。

诸葛亮命邓芝、姜维节制诸将，携费祎回成都，召群僚。诸葛亮责群僚道，孙权素有僭越之心，先主早有洞察；所以仍与孙权同盟，不过欲以鼎足之势而拒曹魏。今曹操、曹丕虽亡，曹叡之奸不在祖、父之下。若与孙权绝交，必前后受敌，顿成危急之势。况东吴佳士如云，又得大江之险，舟师之利，岂能与之敌！汉文帝示弱匈奴，先主结盟孙权，俱为变通之策，其深思远虑，卿等何不能知！我欲致力北伐，仍须孙权呼应；今孙权称帝，曹叡必不能容，或举众东征，此有利于我，岂能与之绝！此存亡之道，岂能意气用事！

群僚无不肃然，不敢再议。

众议平息，诸葛亮遂遣费祎往东吴，贺孙权称帝，约其共进退，若能灭曹魏，可与之平分天下。

六

费祎携随从出西蜀，沿江东下，不足一月已入吴郡，故土风物历历在目，大为感慨。

费祎随族父入蜀已逾十载，今族父已逝，江东故里又物是人非，愈觉世事易变，岁时如流。

费祎入客舍，小憩一日，即率随从拜见顾雍。顾雍大喜，置酒款待。费祎表明来意，呈送贺表。酒宴毕，费祎仍回客舍。顾雍即以贺表献孙权。孙权见贺辞诚恳，用语华美，大喜，即入太子宫，说诸葛恪道，朕素知费祎忠正贤能，才气横溢，可惜不为朕所用。卿善应对，可往客舍见费祎，请其留此，朕必重用。

诸葛恪道，臣虽久闻其名，然素未与之谋面；既非故交，恐有负使命。

顾谭道，费祎居江东时，臣曾与之游，愿往客舍说费祎。

孙权大喜，命顾谭会费祎。

费祎知旧交顾谭来访，欣然出迎，命随从置酒款待；二人对酒而谈。

顾谭道，卿辞别故里，客居西蜀已十载，今东归，应不乏感慨。

费祎道，我身在西蜀，魂在江东，每望日月而思故旧，虽云山万里，难阻梦魂。今日暂归，能与卿会于此，足以慰满怀幽思。

顾谭笑道，大丈夫虽羁旅万里，仍不忘故乡。然今日之会，必更增思慕，再添新愁。

费祎道，卿所言极是。人生如飘萍，行踪不定，栖止无常，或来去匆匆，或聚散依依，总难如愿；今日相逢，孰知后会有期！

顾谭道，江东山河壮丽，人物风流，又物华天宝，鱼米鲜香；卿离此日久，能不魂牵梦绕。我虽不曾感同身受，亦知其中滋味。

费祎不言，似大为伤怀。

顾谭见费祎满面忧思，以为可说，于是又道，不知江东与西蜀比，如何？

费祎笑道，西蜀群峰环列，水险山高，又平畴沃野，田陌交错。居平地者，水旱由人，不识饥馑，可谓富甲天下；居高山者，捕兽猎禽，生计艰辛，几乎一贫如洗。然人物奇俊，性情豪迈，又风俗朴质，重义轻财，实与江东不同。我浸淫其间，亦受感染，亦今非昔比耳。

顾谭沉吟道，纵如此，无奈家山万里，故里风物远在云外，举目无亲之苦，可想而知。

费祎仍笑道，卿所言非也。岂不闻大丈夫志在千里！西蜀虽远，然我已托生死于斯地；既平生所望在此，何惧遥远，何惧乡愁！

顾谭邀其饮酒，数巡之后又道，卿乃江东名士，生长于斯，宜为乡人谋福泽；今孙仲谋已称尊，其雄才大略远胜蜀主，实堪辅佐。既明主在故里，卿何必远赴他乡，岂不畏背负父老之责？

费祎大笑道，卿见识卓绝，何出此言！昔伍子胥相吴，商君相秦，皆不为故国谋，并无背负之责，卿何独责我？

顾谭不甘，又道，我闻刘禅暗弱蒙昧，非圣明之主；以卿之清朗，事刘禅之昏庸，虽肝脑涂地，未必有所成；江东诸士，无不为之惋惜。

费祎道，此以讹传讹耳。汉皇幼而不弱，其胸襟之宽阔，虽瀚海不能比。若非明主，岂能聚文武而驭之，约英才而用之！其任事于贤良之辈，放权于忠壮之士，心无猜疑，胸无款曲，若非明主，岂能如此！

顾谭知费祎坚定不移，一时无语，又邀费祎饮酒。

良久，顾谭又道，实不相瞒，我受陛下所托，欲请卿留江东。陛下极爱才俊，无不举而用之，卿若不辞，必能大有作为。卿仅为黄门郎，久未显达；若留江东，必获要职。所谓良禽择木而栖，此天赐良机，卿何忍辞？

费祎道，卿用心良苦，我岂不知。我随族父入蜀，未及弱冠，族父亡，我不堪孤苦。先主刘备、丞相诸葛亮每每垂问，抚恤周济，使我得以安处。待我成人，又赐予职任，给予官禄，虽未显达，亦能足愿。此恩浩荡，岂能相忘！吴皇帝美意如天，然我已为汉臣，唯恨彼此无缘。况背主求荣，历来为君子不耻；吴皇帝英明盖世，必不夺他人之志！

顾谭更知费祎坚如磐石，不再言，一揖告退。

孙权知费祎不为重利所诱，嘉叹不已。

翌日，孙权邀费祎入宫，与之会谈。

孙权笑道，朕知卿乃江东佳士，何故远赴西蜀，称臣于刘备父子，未必嫌朕非明主？

费祎道，陛下卓识英明，天人共知；我才志荒疏，不能为圣主所识，实为平生之憾。我随族父入蜀，不过为生存计所需；今能为汉皇所用，实属幸运，非才能所致，更不敢奢望。

孙权颇觉遗憾，自忖欲尽天下贤才而用之，却不免有遗珠之恨。于是嘱顾雍道，朕自以为惜才如命，欲用尽贤良，孰料如费文伟者，虽近在左右，却不能为朕所用。足见察举之弊，令朕失望。卿可传朕口谕，命州牧、太守察访佳士，有遇贤不举者，皆免黜官职；亦可由士子自荐，凡德才兼备者，无论出处，朕必尽其才能。

顾雍应诺。孙权又说费祎道，卿奉汉皇之命，远道而来，必有所告，可尽言。

费祎道，先主与陛下联盟抗曹，成鼎足之势，使曹魏不能占尽天下，收尽四海；结盟抗曹，先主与陛下共识耳。虽斗转星移，然格局如旧，若不固盟，不能抗曹魏之强。汉皇命我来此，欲再议合约，同荣辱，共进退；若能灭曹，可与陛下平分九州而治之。

孙权笑道，此说颇奇，愿闻其详。

费祎道，若曹魏灭，豫州、青州、徐州、幽州为陛下所有；兖州、冀州、并州、凉州为汉皇所有。至于司州，可以函谷关为界，东属陛下，西归汉皇。汉皇以诚相见，望陛下不负此约。

孙权大笑道，数州尚在曹魏之手，此不过画饼充饥，岂能为约！

费祎道，若陛下仅欲固守，可不与汉皇约；若陛下欲与曹魏争高下，破藩篱，去束缚，请与汉皇约。一者，有约在先，可免来日互争；二者，既立约，陛下将与汉皇分而取之，曹叡两面受敌，应接不暇，汉皇与陛下必能如愿。若不约，则所指不明，界定不清，虽四面出击，未必有所获。陛下英明卓识，必能察之，何需多言。

孙权沉吟道，既汉皇用心良苦，朕若拒不与之约，不足见真诚。

于是依费祎所说，议定条约。

费祎将辞归西蜀，顾谭、诸葛恪、张休等为之践行。

张纮上书孙权称，陛下既登基，又与蜀主议分天下，宜大思进取。吴郡近海，不利进退，更无帝都气象。臣请陛下迁都秣陵，秣陵山环水绕，进可入湖湘，退可依吴越；沿水而上，可涉陇右；逆江而行，可达巴蜀。此吉祥之地，最宜为都也。

孙权本欲迁武昌，张纮之请，使之疑不能决，于是召群臣。群臣俱以为不可迁武昌，请迁秣陵。孙权遂纳张纮之说，命顾雍往秣陵，营造都城。

顾雍历时经年，造石头城，跨山越水，极尽奇险。修造既毕，请孙权来秣陵查验。孙权以为城在水上，暗喻动荡，不祥，仍欲迁武昌。顾雍、步骘等苦劝，遂止，于是改秣陵为建业，拜陆逊为上大将军，领荆州牧，镇武昌；以诸葛瑾为大将军，遥领豫州牧；命太子孙登率尚书六卿，亦居武昌。

数月后，孙权迁都建业。

诸葛亮仍回汉中，欲再率诸将北伐。

邓芝道，北伐乃长久之计，非一举之劳。况数战之后，将士疲乏，士民困苦，若急于求成，或再遭挫败。请丞相坚守汉中，秣马厉兵，积蓄元气，使将士得以将息，庶民得以休养，待兵足粮丰，再举不迟。然汉中孤立，虽有山水之险，却少壁垒之固；请于汉中外筑城，以强将精甲镇之；他日北伐，当不虑曹军绕袭。此攻守之策，望丞相纳之。

魏延道，汉中高山四列，丰水环绕，可谓天然屏障，易守难攻，何需另地筑城！

邓芝道，张鲁之败，先主之胜，俱如昨日，足见汉中非不可破。况未雨绸缪，防患未然，历来为兵家所重；若心存侥幸，必有所失。

魏延道，我受先主所托镇汉中，张郃等曾屡屡来犯，我等每每胜之；足见汉中之固，非它处可比。既军需不足，征集不易，举众北伐，捉襟见肘，何必空耗资财！

姜维道，邓伯苗、魏文长所言俱有理，然用兵之道，应先于防，后于攻。筑城之说，既为守卫之策，应先于其他，请丞相行之。

因彼此争议，魏延与邓芝、姜维亦生嫌隙。

诸葛亮纳邓芝之说，命马岱筑城沔阳，姜维筑城南山。

翌年春，二城筑就；诸葛亮以马岱所筑名汉城，以姜维所筑名乐城。

七

曹真上表曹叡，称诸葛亮数出祁山，虽每每遇挫，然贪心不死。臣闻诸葛亮于南山、沔阳分筑二城，以图保全，使臣等不能绕袭；既无后顾之忧，或再举众北侵。汉中后接巴蜀，前临三秦，进可借水陆之便，退可倚山岭之险，诸葛亮盘踞于此，犹如沸水悬顶，若不除之，非但长安不安，犹恐危及帝都。臣以为，与其坐守，不如出击。臣请举三路大军，一路由斜谷直入，一路溯汉水而上，另一路经陇右，出子午道，三军会战，必能一举而克。

曹叡以为可，遂遣曹真往斜谷，司马懿逆汉水而上，张郃、徐晃自陇右斜出，其声势之浩大，过于以往。

诸葛亮知曹军三路并进，急召诸将商议。

诸葛亮道，曹军三路齐发，直指汉中，其来势之猛，大过此前，卿等以为当如何应敌？

姜维道，曹真等来势汹汹，欲会战于此。我等若据城自守，曹军必大肆抄掠，尽征粮草，掳尽民伕，即使不能破城垒，亦恐毁尽田舍，割尽稼禾。若如此，汉中当沦为不毛之地，再难固守。请丞相亦兵分三路，一路沿汉水东下，断岸绝流，使司马懿不能进；一路据斜谷，堵塞关口，使曹真不敢深入；另一路出陇右，据关隘，毁道路，使张郃、徐晃半途而废。

魏延道，非也。既曹军大出，关中必虚，请丞相以精甲守卫汉中及乐城、汉城，我愿率奇兵直入关中，毁其老巢，断其退路，使之进无所获，退无所依，再前后夹击，曹军必败。如此，不仅汉中可保，关中亦可得。

邓芝道，此冒险之举，岂能为之！时正秋日，雨季已至，汉水渐涨，道路泥滑，曹军行进艰难，必成疲惫之师。我以为宜分据乐城、汉城，以逸待劳；或趁其立足未稳，迎头痛击，何愁曹军不败！

诸葛亮遂依邓芝所说，以姜维、王平等率部守汉城，以邓芝、马岱等率三万精甲守乐城，仍留魏延守汉中；又命杨仪回成都，请刘禅增兵。

杨仪昼夜疾驰，不数日已回成都，随即拜见刘禅，请增兵。刘禅不能决，遂召蒋琬、谯周。

谯周道，臣以为北伐实不可行；请陛下拒丞相所请，命其退守巴山，阻塞隘口；巴蜀关山重重，虽百万雄师难以度越，西蜀当无患也。

蒋琬道，不可。汉中、西蜀山水相连，昼夜可至，若曹魏得汉中，必置重兵，西蜀当无以自安。臣请陛下依丞相所请，派兵增援。

刘禅遂以廖化为丞相参军，领兵二万往汉中。

司马懿逆汉水西进，遇雨，雨势渐大，水势愈急，舟船不能进，只好暂止。

曹真距斜谷尚远，亦为大雨阻于途，将士苦不堪言。曹真建功心切，一路催逼，仍冒雨而行，无奈道路泥泞，士卒渐染风寒，俱生退意。曹真见部属渐疲，大生怯意，亦止。

张郃、徐晃入陇右，亦遇雨，不能前，以为虽至汉中，必成强弩之末，且军资粮草耗于途，将不战自败。正一筹莫展，司马懿忽遣人问候，约张郃、徐晃上奏曹叡，请撤军。

曹叡接诸将奏报，知不可强为，令撤军。

孙权知曹军三路分袭汉中，即命陆逊举众出武昌，攻合肥。

陆逊上表奏称，太子及尚书六卿俱在武昌，臣若往合肥，曹叡必遣东南诸将攻武昌。臣欲举武昌之众尽出，以太子及尚书六卿为诱饵，使曹军深入，臣等再举众骤回，必能大败来敌。

孙权依其计。陆逊遂命诸将俱往合肥；朱桓、全琮以为不可，请留镇武昌，以保太子及尚书六卿。陆逊不许，命其随大军出征。

陆逊等行至武昌百里外，命结营于途，夜召朱桓、全琮等；陆逊道，我等大举而出，曹叡必遣诸将攻武昌。卿等可急回，隐众于城内；若曹军来，可闭城坚守；我亦当急回，与卿等内外呼应，必获大胜。

朱桓、全琮方知陆逊用意，连夜驰还武昌，命部属隐藏形迹。

陆逊大造声势，号称十万大军，仍往合肥。

贾逵、满宠知陆逊举十万之众而来，惊恐不已，即召诸将，商议对策。

贾逵道，合肥山环水绕，城池巍峨，坚不可摧。我等不必忧陆逊之众，闭城坚守，足以自保。

满宠道，陆逊非等闲之辈，不可轻视，况敌众我寡，恐难以匹敌。我以为，应往兖州、豫州借兵，以保合肥不失。

贾逵亦以为然，于是遣人分往两地求援。

数日后，陆逊率众来宛城。周泰闻知，出城迎接。

陆逊道，卿屯兵宛城日久，应知合肥情形，可有取胜之策？

周泰道，合肥险固，可守而不可攻；上大将军此来，恐难有所获。

陆逊笑道，我岂不知合肥之固！然君命难违，故此明知不可为而为之。

周泰道，既如此，我愿随上大将军攻合肥。

陆逊道，勿需，卿可仍据宛城，若我等退走，满宠、贾逵必惧卿虎视一侧，不敢追击。

翌日，陆逊率众离宛城，往合肥，命诸将设围。合围既成，陆逊却令诸将勿攻。

诸将大惑，纷纷求见陆逊。吕岱道，上大将军举众而来，又围而不攻，何意？

陆逊笑而不答。

吕岱又问,莫非上大将军知其难而不敢为?

陆逊道,既知其难,何必勉强而为?

吕岱道,既如此,何故兴师动众?

陆逊大笑道,若不兴师动众,曹军岂能往武昌!若其不往武昌,我何以使其大败!

吕岱等若有所悟,仍不知陆逊用意,欲再问;陆逊道,卿等不必有疑,我意不在合肥,而在武昌。

吕岱愕然道,太子并尚书六卿俱在武昌,我等却远赴合肥;若曹叡知武昌空虚,必遣诸将突袭,太子必深陷险境!

陆逊道,若曹军往武昌,我等当不虚此行!

吕岱仍惶然不已,说陆逊道,此计甚险,若太子有失,我等何颜见陛下?

陆逊道,此亦陛下所谋,卿等不必疑虑。

吕岱等不好再言,相继告退。

数日后,陆逊忽召诸将道,曹叡知合肥坚固,毫不以之为虑;又以为武昌空虚,太子与尚书六卿俱在,有机可乘,遂遣张辽之子张虎等,举精甲十万奔袭武昌。我等可趁夜驰还,与朱桓、全琮里应外合,必使张虎大败。

诸将闻此,无不振奋。陆逊命诸将不拔壁垒,大竖旗帜;又留吕岱于此,令其分部属入各营,虚张声势,以疑惑贾逵、满宠;两日后,可撤入宛城,与周泰合,贾逵、满宠必不敢轻举。

是夜,陆逊率众离合肥,急回武昌;又遣人往建业,命徐盛、丁奉等举舟师沿江急上,欲全歼张虎。

张虎等率众至襄阳,知陆逊仍在合肥,武昌空虚,孤立无援,欲一举攻克,擒孙登及尚书六卿;于是水陆并进,直逼武昌。

朱桓、全琮知张虎来,命部属登城,固守待援。张虎见守军不足两万,于是大举急攻。朱桓、全琮誓死拒之。

张虎见强攻无果,焦虑不已,正此时,忽报陆逊率众骤至,大惊,欲分兵迎击,仍留一半围武昌,以防朱桓、全琮举众而出,与陆逊呼应。

陆逊见张虎大举而来,令诸将尽出,欲将之压回城下。两军于城外相遇,正厮杀间,徐盛、丁奉率舟师忽至,弃舟登岸,大加援手。张虎不敌,退回,命诸将收紧部属,欲顽抗。

陆逊说徐盛、丁奉道,我等与朱桓、全琮内外夹击,张虎必大败,或逃往襄阳。卿等可夺其战船,放之江上,使其随波逐流,然后断其后路,待张虎溃退,可奋力截杀。

徐盛、丁奉领命而去。陆逊即率诸将追张虎至武昌城外。

朱桓、全琮见陆逊来,遂开城门,领众齐出。

诸将无不奋勇;混战半日,张虎等渐不能支,领部属夺路而走;朱桓、全琮等紧追不舍。

张虎见陆逊等占尽道路,欲自水路退往襄阳,于是逃来江岸,又见徐盛、丁奉等列阵于此,且舟船俱失,大为绝望,沿江岸疾走。

徐盛、丁奉、朱桓、全琮等不肯舍弃,大肆追杀。张虎恐士卒溃散,命弓箭手急射,并亲领精骑断后。徐盛等不敢放纵,四面散开,欲合围。

张虎知其用意,又率众急走。陆逊自后来,见张虎略得缓解,命诸将奋勇追击,不可懈怠。

诸将不敢违，再追。

张虎见追兵愈甚，大惧，再不顾士卒，率死士狂奔而去。部属纷纷溃散，四处乱走。

徐盛、丁奉、朱桓、全琮等大肆杀戮，斩首五万余，生俘士卒近两万，获战马万余，舟船近千。

张虎仓皇入襄阳，惊恐不安，欲自尽谢罪，被诸将劝止。

张虎滞留襄阳，不敢回京。曹叡知张虎大败，几乎全军覆没，遂下旨，命其即刻回洛阳。张虎不敢违，回京领罪。

曹叡责张虎道，汝曾随张辽久在东南，熟知地理敌情；朕委以重任，以为汝必能执孙登来洛阳。汝竟有负使命，使十万大军毁于一旦，父辈之威，竟为汝一举丧尽！

张虎伏地不起，不敢言。曹叡令收张虎下狱，欲杀之。曹真、张郃、司马懿等纷纷上书，称张辽功高盖世，极负威望，若杀张虎，恐使功臣之后俱怀忧惧。

曹叡亦有所虑，遂贬张虎为偏将军，虚其职，从此再不起用。

八

转眼又一年新春，关中因持续大旱，草木枯死，稼禾不生，虽时近三月，仍一派荒寂。曹真大为不安，既虑饥荒生乱，又恐诸葛亮趁机攻伐。因忧思不已，曹真一病不起，渐渐不能行职务。

曹叡深知长安之重，遂以司马懿替曹真为大将军，率诸将镇长安，命曹真回洛阳养病。曹真举家离长安，竟病死途中。

曹叡命厚葬，以曹休长子曹爽为武卫将军。

诸葛亮以为司马懿初镇长安，人心未附，可趁机而为，遂令诸将整顿部属，欲北伐。

邓芝拜见诸葛亮，请重用魏延；邓芝道，魏延为人倨傲，粗鄙无礼，我亦不喜；然颇知军事，又极善谋略，请丞相用其所长。

诸葛亮道，若使魏延逞能，恐他日愈难驾驭。

邓芝道，丞相总领群僚，又负辅国之重，何惧魏延？

诸葛亮以为有理，遂以魏延为先锋，以王平领汉中太守，留姜维、马岱助王平守汉中。

数日后，诸葛亮欲经阴平入陇右，绕走陈仓。魏延以为不可，劝诸葛亮道，徐晃屯祁山，若绕走，司马懿必举大军阻于前；徐晃亦或出祈山，绕击身后，此大不利也。请丞相仍走祁山，围徐晃；如此，司马懿必举众来援，我等以静制动，必能胜之。

诸葛亮纳其说，遂走祁山，围徐晃。

司马懿知徐晃被围，即率张郃、费曜、戴陵、郭淮、魏平等赴援。疾驰数日，已至下邽，司马懿令诸将暂止，遣斥候察之。斥候相继回报，称蜀军布置严谨，军容整齐，已然今非昔比。

司马懿大为惊讶，于是改服易装，领十数骑，近祁山，登高而望，见山下壁垒森严，旌旗密布，似乎威不可犯。

司马懿知斥候所言不虚，遂回，召张郃议破敌之策。司马懿道，我欲留费曜、戴陵镇下邽，守护退路；我与卿等赴祈山，以解重围，卿以为如何？

张郃道，请大将军分屯雍、郿，与下邽成三面夹击之势，诸葛亮必怯惧，祈山之围可自解。

司马懿道，不可，若兵分三路，或成对峙之势，祁山之围不能解。

于是举大军出下邽，欲反围诸葛亮。

诸葛亮知司马懿大出下邽，急召诸将商议。

魏延道，若我等为司马懿反围，徐晃或俯冲而下，与司马懿呼应，利害将大变。请丞相分兵，一部仍围祁山，另一部奔袭下邽；下邽乃曹军退路，若取之，司马懿首尾不能相顾，必大败。

诸葛亮依魏延之说，留邓芝、廖化等围祁山，亲率魏延、杨仪等奔袭下邽。

费曜、戴陵知诸葛亮直奔下邽，令将士坚壁自守。

诸葛亮知下邽坚固，欲设围，迫其就范。魏延劝诸葛亮道，宜急攻，不可与之周旋；若迟，司马懿必回援，我等将前功尽弃！

诸葛亮以为然，令魏延攻城。费曜、戴陵命弓箭手急射，又以石木抛砸。将士大惧，纷纷退回。

魏延选死士，带柴草，举坚盾，赴城门。虽死近百人，柴草亦大集门下。魏延亲挽强弓，以火箭射柴草，柴草着火，引燃城门。费曜、戴陵见之，大骇。魏延率死士再举，突近门下，门已坍；将士望见，齐举，杀入城内。费曜退入军营；戴陵胆怯，弃众逃走。魏延围费曜，欲纵火焚烧。费曜大惧，率众出降。

司马懿渐近祁山，忽见戴陵落荒而来，大惊；戴陵近前，滚鞍下马，疾呼道，诸葛亮已夺下邽，退路已失，大将军不可深入！

司马懿令诸将暂止，欲复夺下邽。张郃道，既诸葛亮分兵，围祁山者必寡，可大举而攻；徐晃必自内策应，重围可解。

司马懿道，非也，若如此，诸葛亮必弃下邽，大举尾追，我等更不利。

郭淮等以为司马懿所言有理，俱请复夺下邽。

下邽既破，诸葛亮欲留守。魏延道，司马懿知下邽失，必复夺；我等可弃城，让司马懿能复入，再围之。如此，徐晃、司马懿俱入重围，何愁不败！丞相可遣快马回汉中，命王平、姜维等举部属大出，直指长安，大功可成矣！

诸葛亮依魏延之计，弃下邽，欲诱司马懿入城；然不令王平、姜维出汉中，奇袭长安。

司马懿领众复回，见下邽空无一人，大疑，令诸将止于城外。

郭淮道，诸葛亮知大将军必复回，已遁走；可入城，稍作休整，留守退路，再往祁山解围。

张郃等亦请司马懿入城。司马懿大笑道，若入城，诸葛亮必复来，围我等于下邽，断绝粮道，阻击援兵，不出一月，我等当自溃！

于是令诸将后退五十里，依山结营，以待其变。

诸葛亮知司马懿拒入下邽，问魏延道，司马懿退走五十里，依山结营，奈何？

魏延道，既如此，我等亦可弃下邽，近司马懿而屯。司马懿大受牵制，不能解祁山之围；徐晃亦不能出，我等占尽先机，何愁不胜！

诸葛亮又依魏延之说，命诸将弃下邽，与司马懿对峙。

司马懿颇知诸葛亮用意，又恐徐晃不能久持，大为焦虑。

杨仪说诸葛亮道，司马懿依山而守，怯弱毕露，若急攻，必能胜。

魏延道，非也，司马懿据险而守，若攻，必受挫；若相持日久，司马懿将虑及徐晃不能支，必有所举，我等可趁机而为。此取胜之计，望勿疑。

诸葛亮道，我等远道而来，岂能久持，若不速胜，又将无功而返。明日可与之决战，不必再议！

魏延再说诸葛亮道，请丞相率众入下邽，我领精甲一万屯于外；司马懿若攻下邽，我与丞相内外夹击，司马懿必受挫。

诸葛亮以为然，遂弃壁垒，率杨仪等入下邽；魏延率精甲一万屯东山。

张郃知诸葛亮退走下邽，说司马懿道，诸葛亮入下邽，魏延入深山，仍欲与我等对峙。大将军可出奇兵，绕至祁山后，突然而举，或能使徐晃出围，然后三军会战，诸葛亮必大败。

司马懿道，魏延居高山，若绕走，必为其所察，岂能有所获！

司马懿令诸将不动，仍守于此。

诸葛亮知司马懿按兵不动，以为此计不可行，遂遣人入山召魏延。魏延夜入下邽，拜见诸葛亮。诸葛亮道，司马懿不举，如之奈何？

魏延道，此有利于我，有害于敌。请丞相坚守下邽，料不出十日，司马懿必有所举。

杨仪素恨魏延倨傲自大，斥魏延道，此不过自保之计，非破敌之策。若再拖延，大军粮草罄尽，又将自走。请丞相攻司马懿，速战速决。

诸葛亮说魏延道，我以为既不可相持，亦不可攻击；我欲弃下邽，转攻徐晃，卿以为如何？

魏延道，若攻徐晃，司马懿必自后猛击，岂能得逞。

诸葛亮道，我欲使卿攻司马懿，以疑之；我率诸将出下邽，与邓芝、廖化合，急攻徐晃，必有所获。

魏延知不能阻诸葛亮之意，不再言，仍回东山，整顿部属，欲突袭。

翌日晨，魏延率精甲自东山急下，猛攻司马懿。司马懿说张郃道，此疑兵耳，诸葛亮欲出下邽，转攻徐晃；卿可先败魏延，再追诸葛亮。

张郃率诸将俱出，与魏延战于山野。

诸葛亮趁此离下邽，望祁山疾走。张郃见此，命郭淮等战魏延，自领精骑追击诸葛亮。魏延恐诸葛亮有失，亦弃郭淮，领众侧出，欲截击张郃。

司马懿恐张郃不敌，命郭淮等助战张郃，嘱郭淮道，若魏延败，诸葛亮必大惧，将退还回汉中；卿等可远随，使之不能察，待其结营途中，再趁夜突袭，必能大胜！

郭淮领命而去，与张郃会于三十里外，以司马懿之计嘱张郃；于是二人合追魏延。魏延欲再阻张郃、郭淮，使诸葛亮等能败徐晃；无奈兵寡，不敌张郃、郭淮，败走。

魏延退走数十里，与诸葛亮合，即说诸葛亮道，张郃、郭淮大军在后，若攻徐晃，恐内外受制；请丞相命邓芝、廖化弃徐晃，同回汉中，若迟，恐大为不利！

诸葛亮亦无心再战，嘱杨仪往祁山，命邓芝、廖化退走。

邓芝、廖化闻之，即解围，与诸葛亮等会于途；时已深夜，将士疲困不堪，诸葛亮令诸将结营。魏延道，张郃或遣精骑尾随，待夜深或偷袭。我愿领精甲伏于险要处，若其来，我等猝然而举，使之不敢再追。

杨仪斥魏延道，大军行至此，不见曹军声息，追兵何在？

诸葛亮道，魏文长所言有理；卿可领弓箭手于十里外设伏，若张郃、郭淮来，可急射。

于是，魏延率五千弓弩手伏于道旁。天将四更，忽闻马蹄声渐近，知追兵已至；魏延命部属俱张弓弩以待之。片刻，张郃等疾驰而来。魏延令急射，一时弓弩齐鸣，箭矢如雨；张郃等纷纷中箭落马。魏延当先而出，大肆杀戮，斩首数千。部属救张郃起，大败而走。魏延亦不追击，率众回营。张郃身中十余箭，死于败退途中。

九

诸葛亮退回汉中，忽接刘禅圣旨，称孟获病死，南中诸夷复反，命回蜀平叛。诸葛亮不敢迟疑，星夜驰还。稍息数日，即率诸将出成都，走夷道，与牂牁太守马忠合。

马忠请诸葛亮暂止牂牁，称诸夷素惧巴西子弟；然子弟或战死，或退役还乡，诸夷渐无惧；请回阆中，再募勇士，必能平诸夷。

诸葛亮纳其说，命诸将屯牂牁，以待马忠。不一月，马忠率巴西子弟一万复回。诸葛亮命马忠为先锋，大举而入。诸夷闻之，大惧，纷纷遁走。于是南中数郡不战而平。诸葛亮回成都复命，仍往汉中。

司马懿知张郃死，大惊，令部属举哀，厚葬之；又知曹叡爱张郃勇壮，恐迁怒于己，于是上表自责，请辞大将军，去封爵。

曹叡颇知司马懿之虑，遂往嵩阳，召司马懿。司马懿惶恐而往，拜伏于地，自责道，臣每每失策，不仅未能取胜，且使陛下痛失虎将。此不赦之罪，请陛下重责！

曹叡将之扶起，说司马懿道，既为将军，必有杀身之险，此自古皆然，卿何必自责？

司马懿道，张郃乃国家栋梁，非他人可比。臣若不命张郃追击，何至如此！臣知陛下惜才如命，张郃之死，陛下痛彻心扉，又不能溢于言表。此俱为臣之大罪，若不严责，臣心不安！

曹叡沉吟道，朕虽痛惜不已，然更知生死由命，绝非偶然。今曹真、张郃相继亡故，西北之重，俱在卿一人之身。诸葛亮垂涎日久，虽每每无功而返，却从不放弃，必再兴兵而犯。朕召卿来此，无意责备，实望卿知朕拳拳之心，力保长安不失。若西北安定，朕必欣慰；张郃亦不枉死，当含笑九泉。

司马懿感激不已，再拜道，臣不惜万死，誓保西北平安；若诸葛亮再来，臣必奋力以拒，挫其锋芒，灭其锐气，使之不敢觊觎！

曹叡笑道，卿有此言，朕当从此不以西北为虑！

司马懿拜辞曹叡，离嵩阳，仍回长安。

曹叡回洛阳，嘱曹爽往东南，察访诸将兵备。正此时，忽接曹植奏表，称离京已近十载，昔日故交，如钟繇、华歆、王朗、贾诩等，相继而逝，竟不能于灵前一哭，宁不悲哀！每望雁去雁来，无不思绪袅袅，奈何云山万重，虽魂牵梦绕，不能与亲故一晤。今人在暮年，仍难止胸中思慕，特请陛下恩准回京，以慰幽怀。

曹植此表，语意恳切，一改华美清丽，令人动容。

曹叡欲准曹植入京，又犹疑不决，于是召钟会，以曹植奏表示之。曹叡道，卿极善文辞，又颇能洞察人心，必知东阿王用意。

钟会阅毕此表，奏道，臣素知东阿王壮志如天，其才名又远出群贤之上，朝中士大夫无不景仰。其外任为王，与诸士渐少往来，影响亦渐微弱。若陛下准其入京，士大夫或再生仰慕，奉承之下，或暗生妄想。如此，于陛下不利，臣请陛下拒之。

曹叡以为然，依钟会之说，回书拒绝。

曹植以为必能如愿，命家仆备贡品，唯待旨意。又数月，获曹叡书，语带斥责，曹植大失所望。

曹植虽屡遭迁徙，仍怀热望，曾数次上表言得失，皆无回应，渐渐心灰意冷，不再问国事，唯以歌舞诗酒自娱。今回京无望，更万念俱灰，于是闭门不出，一改潇洒风流，蓬首垢面，形如乞丐。

不觉，又岁暮，曹植幽居不出已半年，忽见腊梅满枝，幽香不已，顿觉人生虚妄，犹如寒梦，于是问随从，今日何日？

随从道，今为腊日，一岁将暮。

曹植大惊，方知已闭门半载；于是持酒登山，临风自饮。日将暮，曹植忽指一侧，说仆从道，此为吉地，宜造墓穴，我必归葬于此。

翌日，曹植命仆从造墓；墓未成，曹植竟死于岁末。

消息传至京华，士大夫无不叹息。曹叡下旨厚葬，命宗室后辈为之举哀。

曹爽回洛阳，详奏东南情形，称诸将俱欲夺回扬州。

曹叡每恨扬州之失，欲召群臣，议复夺扬州。

侍中刘晔道，扬州之失，非孙权、陆逊善战，实因曹休惧敌，弃城而走；满宠得而复失，又久不作为，坐视扬州沦陷而不举，实不可赦。臣请夺满宠之职，以示惩戒。

曹叡道，胜败乃兵家常事，朕不以此论英雄。况满宠日思夜虑，誓夺扬州，朕岂能绝其所望！

刘晔不敢再言满宠之过，又道，臣以为，虞翻、潘璋俱为虎将，非知兵善战者不能胜之。

曹叡道，卿所言极是，朕亦知虞翻、潘璋狡诈，故而至今未举。卿可传旨，命群臣入宫，议策略。

刘晔道，群臣必各执一词，若其说纷纭，恐不利决策。臣荐一人，堪负重任。河东从事王浚，虽不知名，却身怀大才，陛下若不嫌其卑微，可起而用之，当不负使命。

曹叡颇为惊奇，沉吟道，唯才是举，乃立国之本，凡堪重任者，无论王公庶民，朕必起用。

于是召王浚。王浚闻召，即离河东，入洛阳，拜见曹叡。曹叡见其姿容华美，举止端庄，大为喜爱，问王浚道，朕欲夺扬州，卿可有良策？

王浚道，扬州坚固，若强攻，恐不能克。臣闻凡战之能胜者，无不以己之长，攻彼之短；据城而守，乃虞翻、潘璋之长；举兵而攻，乃东南诸将之短，以短击长，岂有胜算。

曹叡道，陆逊改水断流，使扬州不能汲饮，逼走曹休；满宠又得而复失，足见非不可破。朕欲以其人之道，还其人之身，用陆逊故计，断其流，绝其源，迫虞翻、潘璋自走，卿以为如何？

王浚道，不可。此计出自陆逊，宁不防他人复用。臣以为，扬州之长在于城，扬州之短在于人。若陛下不疑，臣勿需举众而往，唯需美酒一担，即能取扬州。

曹叡大惊，笑说王浚道，朕与卿论大事，岂能戏言！

王浚道，臣非戏言。臣若无奇计，不敢应重任。请陛下赐臣美酒，若不能夺扬州，愿自领罪责。

曹叡见王浚信誓旦旦，竟不疑，即赐美酒，又问王浚道，朕知卿必有奇谋，愿闻其详。

王浚道，臣闻计成于秘，败于显。今尚未成行，请陛下恕臣不奏。

曹叡遂不再问；王浚道，请陛下予臣调度合肥诸将之权，以便夺取扬州。

曹叡遂拜王浚为裨将军，赐以手谕，命贾逵、满宠听其调度。

王浚乘牛车，载美酒，夜出洛阳，半月后来至合肥。贾逵、满宠素不知王浚之名，拒而不见。王浚直入官衙，出示曹叡手谕。贾逵、满宠不敢怠慢，俱称愿听命。王浚嘱以计划，不肯滞留，驱车往扬州。

王浚曾游历江东，与虞翻相识，每每与之痛饮，欲获其引荐；虞翻不识王浚之才，引为酒中知己。王浚渐渐绝望，仍回故里，后被征为河东从事。

王浚至扬州城下，呼道，虞仲翔别来无恙乎？

城上士卒不予回应。

王浚又呼道，故人王浚持酒来访，愿与虞仲翔再图一醉，以慰胸中渴慕！

士卒知为故人，报与虞翻。虞翻大为疑惑，即上城，见王浚坐于牛车上，大惑，问王浚道，我闻卿为河东从事，何故来此？

王浚道，世人皆以为我不过酒徒，虽入仕途十余年，终不过小吏，既不能一展抱负，亦不能开怀痛饮，岂不郁闷！每念及游历江东时，屡屡与卿豪饮，或自旦至暮，或自夜至晨，其畅快之状，令人怀想不已。与其为俗吏，不如为酒徒！知卿贵为扬州牧，又恰获美酒一担，故不辞远道而来，若能与卿如昔日一醉，夫复何求！

虞翻大笑道，我已戒酒，恕不做轻狂之徒！

王浚道，虞仲翔旷逸洒脱，何出此言！我知人生百年，虽功业如天，亦不免小心慎行，不敢放纵；唯酒能使人超乎寻常，忘乎形态。足见吟风弄月，不如一醉。如此妙物，实乃天赐，卿何忍辞！

虞翻不言，似觉心意已动，脏腑暗醒，如呐喊，如疾呼。

王浚取酒一壶，举过头顶，又呼道，卿可先尝此酒，若佳，请容我入城侍饮；若不佳，我将引车自去，永不相扰，如何？

虞翻酒兴大起，不能遏止，回王浚道，我曾立誓，不作好酒之徒，卿岂能夺人之志？

王浚大笑道，岂料时隔十余载，当年英雄已怯懦如此！既惧酒，必惧强敌，我虽不才，亦不与鼠辈饮！

王浚言毕，驾车欲走；忽听虞翻呼道，我平生无惧，何惧饮酒！卿勿去，我必与卿尽饮此酒！

于是命开城门，引王浚入府第，相对而坐；虞翻指酒缸道，此果为佳酿？

王浚不言，开酒封，顿时清香满屋。

虞翻愈不能自禁，又问，如此美酒，得自何处？

王浚道，所谓英雄不问出处，酒亦然。

虞翻遂取酒具，豪饮数盏，顿觉幽怀大开，笑道，我戒酒以来，如困牢狱；今日开戒，犹如枷锁俱失！

王浚道，人生如梦，醒如此，醉亦如此，何必自戴枷锁！

虞翻笑道，卿千里而来，必有使命，可言之，我不责怪。

王浚道，实不相瞒，当年我来江东，望能获卿引荐；然卿以为我不过酒徒，每每搪塞，我无奈，失望而去；后被举为河东从事，为幕僚十载，仍不为人所识，故此远道而来，欲效力鞍前马后，以遂平生之愿，望卿不拒！

虞翻道，卿有何能，愿闻其详。

王浚道，我自幼苦读，熟知经史，又研习兵法，颇知经时济世之道，虽不如伊尹，亦不输管、鲍。若卿不嫌，我必肝脑涂地。

虞翻颇为惊讶，笑说王浚道，我知管子重于法，孔子重于仁，老子重于道，此数家之说，俱为后世所宗，卿以为孰优孰劣？

王浚道，数家之说，俱有所长，亦有所短；若各取所长而用之，当无偏颇，何愁不治！

虞翻愈为惊讶，沉吟道，我曾与卿每每聚饮，竟不知卿为当世英才！扬州长史平庸无能，我几欲撤换，又苦无上选。卿若不耻为此，我即向陛下请旨。

王浚起座拜谢道，卿之恩德，胜于再造，我必以死相报！

虞翻再无疑虑，与之开怀剧饮，其放浪不羁，与当年无异。

翌日，虞翻即上书孙权，请以王浚为长史。

诏书既下，虞翻遂召同僚，与王浚相见。王浚大设酒宴，与群僚聚饮，至夜不散。正痛饮之际，忽有士卒来报，称满宠举众夜袭潘璋，潘璋被围，有覆灭之险。

虞翻大惊，嘱王浚等守扬州，急率部属出城救援。

王浚知计已成，命群僚各回其任，以防满宠夜袭扬州。王浚又召守将道，城中将士不足一万，若分门守卫，必难抵御。将军可趁满宠未来，分兵出城，伏于外，我坚守于内，若满宠来，可骤然而举，内外呼应，必能保扬州不失。

守将然之，即率部出城。仅片刻，贾逵已举众至城下，奋力攻击。城中将士无不恐惧，竟纷纷投降。

虞翻领众出城，近潘璋军营时，见其肃整如旧，更不见曹军踪影，已知中计，急呼潘璋回保扬州。

其时，天色已明，两人引众回扬州，见旗帜已换，贾逵、王浚笑立城上。

虞翻惭忿不已，指王浚怒骂不绝。

王浚笑道，汝不过酒徒，我虽得之，而无畅快；若不服，可复夺，我必与汝一较高下！

虞翻大怒，欲攻城；潘璋劝道，贾逵领众来此，合肥必然空虚，不如弃扬州转攻合肥。

虞翻以为然，引军赴合肥。

十

虞翻、潘璋至合肥，见满宠早有防范，内外一派森严，弓箭手俱在城上，滚石擂木堆积如山；满宠又携诸将屹立城楼，深知难以克之，顿时不知进退。虞翻说潘璋道，我等失算矣，满宠坚城以待，奈何？

潘璋道，扬州既失，已无路可走，唯拼死夺合肥，或能赎罪，否则何以面见陛下！

虞翻跌足道，我贪酒失扬州，连累将军，愿独领罪责，使卿不受惩罚！

潘璋道，事已至此，悔恨无用，唯奋不顾身，方能不负陛下重托！

虞翻欲围城；潘璋道，不可，若不能一鼓而下，贾逵必回援，我等当一无所获。

虞翻以为然，于是举众急攻。

满宠见此，令弓箭手急射，一时万箭齐发，应弦而倒者不绝。虞翻不愿收敛，打马而出，近护城河，跃离马背，欲飞身直上，斩断桥索；满宠见之，命射之。虞翻中数箭，跌入护城河。

潘璋大惊，急率将士出，欲救虞翻；城上箭矢愈急，潘璋亦中数箭，仍不敢止，跃入河中，救虞翻起。

满宠见虞翻、潘璋俱带箭伤，即率将士大出。虞翻、潘璋大惧，令部属退走，欲入保宛城。

满宠不舍，大肆追杀。虞翻伤重，不能举，欲自尽，为潘璋喝止。潘璋见满宠来势凶猛，部属死伤无数，不顾箭伤，复上马，欲重振军威，再与满宠战；无奈部属俱丧胆，纷纷溃退。

潘璋又命部将率死士断后。满宠等遇阻，其势稍减，仍追杀不息。又追数十里，满宠见不能大胜，命部将领精骑五千侧出，欲截断退路。潘璋惊恐不已，正危急，忽见满宠精骑俱退，似遭重创。

潘璋大疑，忽听一人疾呼道，潘文珪勿慌，我来也！

来者乃周泰，潘璋等大喜过望。

周泰知扬州已失，虞翻、潘璋欲夺合肥，且兵临城下，大惊，即领部属出宛城，欲助之；恰遇二人兵败，又见满宠欲断绝退路，遂命将士猛击。

两军相会，颓势顿止。满宠知周泰骤来，不敢再举；又恐周泰等转攻合肥，遂走。潘璋、周泰不敢有所图，退入宛城。

虞翻箭伤颇重，不能行动。周泰延医为其治疗，渐有起色。虞翻、潘璋大为不安，欲待伤愈，再攻合肥。周泰劝二人先回建业，面见孙权；二人不肯，称若不夺合肥，无颜回建业。

数日后，孙权忽遣人来宛城，命周泰执虞翻、潘璋回建业领罪。周泰不敢违，又不好下手，遂召潘璋饮酒。

酒过数盏，周泰沉吟道，卿与虞翻失扬州，又私攻合肥，陛下必以此治罪，不知卿有想？

潘璋道，有功受赏，有罪受罚，此法令所在，岂能由己！

周泰道，卿屡建奇功，诸将无不折服；既扬州之失罪在虞翻，可自辩，不可意气用事，更勿需替人受过。

潘璋道，扬州之失，确系虞翻之罪；然私攻合肥，乃我之失，岂能推卸！

周泰遂出孙权手谕，说潘璋道，陛下命我执卿与虞翻，往建业问罪；我左右为难，不知所从。

潘璋笑道，既为皇命，卿有何疑；请缚之，我当无怨！

周泰道，卿如此慨然，我虑之过矣！待饮过此酒，我即与卿同行。

正此时，忽见虞翻自缚而来；周泰大为惊讶，问虞翻道，卿何故如此？

虞翻道，我知君命已到，不愿使将军为难，故而自缚。

周泰欲解缚，邀虞翻同饮。虞翻辞道，我平生为酒所误，追悔莫及；若再贪恋此物，与猪狗何异！

周泰壮其言，摔碎酒具，说二人道，我等当以虞仲翔为戒，必于军中绝此物，以免为他人所乘！

翌日，周泰依例缚虞翻、潘璋，载入囚车，押送建业。

孙权命收虞翻、潘璋入狱，令周泰仍回宛城，虞翻、潘璋部属亦归周泰节制。

数日后，孙权命带潘璋。潘璋大惭，伏地不起。

孙权斥潘璋道，汝久为将军，竟不上奏，举众私攻合肥，此不赦之罪耳！

潘璋不敢言，叩头三拜。

孙权稍停，问潘璋道，汝与虞翻失扬州，又私攻合肥，以致损兵折将，二罪俱在，汝有何言？

潘璋道，臣罪有应得，虽死无怨，唯恨有负陛下重托！

孙权沉吟良久，又道，汝屯兵城外，不知情形，虽有罪，犹可恕；虞翻曾立誓，当绝酒，永不再饮，竟自食其言，为奸谋所惑，其罪之大，岂能饶恕！朕必斩之，以儆效尤！

潘璋忙叩头道，扬州之失，虞翻之过也；然私攻合肥，计出于臣，臣之罪，亦不可恕。

孙权道，私攻合肥，因扬州之失；万事俱有因果，汝勿再言。

潘璋再叩头道，臣与虞翻共守扬州，如同舟共度，其祸其福，本为一体；今扬州已失，若陛下赦臣之罪，而不恕虞翻，臣当无颜与诸将见！

孙权斥道，汝自身难保，竟为他人求情！

潘璋道，虞翻好酒，人人皆知，陛下仍委以重任；臣以为，扬州之失，臣与虞翻罪不可赦；然陛下用人不当，亦应自责。

孙权大怒，令押潘璋回狱，严加看守，不准探视。

数日后，孙权怒气渐息，以为潘璋所言有理，欲下诏罪己，为步骘等劝止。

群僚不见虞翻、潘璋受罚，纷纷上书，请严加治罪，所指多在虞翻一人。孙权知虞翻每因酒后失言，使同僚怀恨，遂召群臣，议虞翻、潘璋之罪。

孙权道，扬州之失，罪不在虞翻、潘璋，而在朕。朕明知虞翻好酒，又每有所失，仍委以重任。若问罪虞翻，必先问朕失察之罪，否则，何以使虞翻心服！

群臣已知孙权之意，俱不敢言。

孙权道，自今日始，朕每日自减一餐，为期三年，以示惩戒。

群臣大惊，俱劝孙权收回成命。孙权不听，群臣长跪不起。孙权无奈，改三年为三月。

步骘等仍不起，孙权拂袖而去。

于是，虞翻、潘璋获释。孙权下诏，贬虞翻为交州司马，潘璋为偏将军。

虞翻知孙权减餐三月以自责，羞惭不安，临行前，求见孙权；孙权断然拒之。

孙权自此郁郁寡欢，竟病不能起。正此时，幼子孙虑又失足落水淹死；孙权悲痛不已，病愈重。

孙登知孙权病重，即携诸葛恪、顾谭离武昌，入建业探望。孙权责孙登道，武昌与曹魏近，实乃重地，卿岂能擅离职守！

孙登道，武昌屯有重兵，风雨不动，安如磐石；况上大将军陆逊忠勤自勉，极善治理，臣毫无忧虑。陛下欠安，臣心如火焚，若不来，当昼夜不宁。

孙权亦不多言，留孙登于建业，监理国事。

孙登嘱诸葛恪道，陛下爱卿机智善言，卿可侍于左右，使陛下能得宽慰。

诸葛恪遵孙登之命，侍奉孙权，寸步不离，每每以言取悦。

孙权颇觉欣然，竟渐有起色。一日，见诸葛恪正尝汤药，笑问诸葛恪道，卿可知，世间何物比汤药更苦？

诸葛恪道，人言众生皆苦，其苦应胜汤药；汤药之苦在其表，过口即逝；人生之苦在其内，刻骨铭心。

孙权颇为惊讶，又问，卿有何苦？

诸葛恪道，臣苦无良策，能使陛下绝忧患，获长生。

孙权大为欣慰，再问，人病可治，国病可治否？

诸葛恪道，治人病，有良医即可；治国病，则需明君、忠臣共勉。自古治人易，治国难。

孙权叹息道，朕每虑国小，小即病，此病可治否？

诸葛恪道，陛下外和蜀汉，以抗强曹；内施仁政，以养士民，此圣主之道也；陆逊、顾雍、步骘及臣父等，极尽才能，恪守不渝，俱为忠臣。既明君、忠臣际会，何虑国小，何虑不能并疆土、吞天下！

孙权大喜，竟翻身下榻，似觉神气清朗，沉疴旧疾一扫而尽，遂执诸葛恪手道，卿为忠臣乎？

诸葛恪道，臣每以先贤为楷模，事事效仿，不敢擅为；披肝沥胆，报效明君，毕生所愿也；此心昭昭，犹如日月，陛下必能察知！

孙权赞叹不已，欲以诸葛恪为参军；诸葛恪辞道，此非臣所长，恕不奉命；臣知丹阳深险，虽已获王化，然人心险恶，风俗未移。臣请任职丹阳，驯服异类，教化庶人，不仅可增税，亦可得精甲数万。

孙权准其所请，以诸葛恪为抚越将军，领丹阳太守。

十一

诸葛恪往丹阳，不领随从，不着官服，不见僚属，径入深山，欲察民俗，知风情。某日，正行于途，忽听山间呼声骤起，诸葛恪大惊，忙隐于道旁。稍后，有白虎啸叫而出，跃上山石，引颈咆哮，一时山鸣谷应，草木震动。诸葛恪忙拔剑，以防猛虎。正此时，忽见猎人执矛挽弓而来，当先者引弓而射，正中虎颈。白虎狂啸一声，自石上跃起，直扑猎人。猎人竟不退缩，举矛急刺。仅片刻，白虎身中数矛，委地而死。

诸葛恪大为惊愕，还剑于鞘，自隐身处稳步而出。猎人大为警惕，问诸葛恪何人。诸葛恪道，我乃吴郡客商，知山中皮货甚多，欲购买，故来此。

猎人稍有松懈。诸葛恪又道，我行至此，忽遇猛虎，若非壮士相救，恐已入虎口，请受我一拜。

有年长者道，我等为猎人，此不过猎物，勿需致谢。

诸葛恪又出酒肉，请猎人同饮食。猎人正觉饥饿，亦不辞。

时至傍晚，诸葛恪随猎人入山村，恰夕照遍地，村舍如染，颇为幽静；出猎者相继而归，俱有所获，多为凶禽猛兽。

村人知诸葛恪欲购兽皮，纷纷来售。诸葛恪仅购虎皮数张，称不知积货之多，他日必再来。

是夜，诸葛恪寄宿某老者家，老者孑然一身。诸葛恪询之，老者称，老妻已故，本有一子，曾为匪，死于官军征剿中。

诸葛恪见老者四壁徒然，又疾病缠身，大为不忍，于是解囊相赠。老者坚辞，诸葛恪亦不勉强，又问老者道，敢问居此间者，何以为生？

老者道，村人每于山间种麦，然不能自足，故以狩猎补之。

诸葛恪道，每闻山人凶悍，世代为匪，可有此说？

老者道，狩猎仍不能足其食，只好为匪。

诸葛恪沉吟良久，再问老者道，山下多空地，平阔富饶，何必困居深山？

老者叹息道，所谓子不嫌母丑，狗不嫌家贫；此间虽山高水险，然为山人故里，世代居此，何忍背弃！

诸葛恪不再言。翌日即回丹阳，召僚属，告诸所见。

诸葛恪道，山民所以为匪，实因居处险恶，生计艰难。欲绝匪患，必移民出山，若有良田美宅，谁愿铤而走险！

于是亲书告示，称凡居深山幽谷者，俱可迁入平地，官府由之垦田置业，再扶弱济困，免租税十年。

诸葛恪令广为张贴；虽历时数月，无人响应。诸葛恪遂召部属，分为十部，每部二千余众，分屯路口，又伐尽高木，割尽深草，高结藩篱，使山民既不能藏匿，亦不能出入，欲逼其就范。

山民大为受阻，不能货物，生计日艰。

秋日渐至，麦将熟；诸葛恪令将士入山，大肆割刈，若不能尽割，则放火焚烧。

山民颗粒无收，饥馑大起。又数月，山民存粮殆尽，不能坚持，渐有人出山，称愿奉命迁徙。

诸葛恪大喜，令僚属再张告示，予以优抚；又命年青力壮者从军，孺妇老弱安置于富饶处，曾为匪盗者，不问旧罪。

山民疑惑尽除，出山者与日俱增。

臼阳长胡伉亦获山民数千，其中有周遗，曾聚众为匪，掠抢臼阳士民，胡伉屡屡讨伐无获，又曾被周遗射伤，几乎丧命。周遗亦因不堪饥饿随众出山，胡伉不能忍，收周遗，押送丹阳，请诸葛恪治周遗死罪。出山者因此大疑，顿止。

诸葛恪召胡伉责之；诸葛恪道，我令不问旧罪，汝未必不知？

胡伉道，非不知，实因此贼罪大恶极，不可赦免。

诸葛恪怒道，汝执周遗，已失信于民，出山者戛然而止；若杀周遗，不但幽居者不敢出，恐已出山者惶遽生变，招纳之策，岂不毁于一旦！

胡伉道，将军阻其道路，割其稼禾，山民被迫而出，并非情愿，若假以时日，必生祸乱；既已诱其出山，宜斩尽杀绝，以防来日之变。

诸葛恪冷笑道，我受陛下所托，招山民为甲士，岂能屠杀！江东战事不绝，士卒每每折损，汝为县令长，竟不知国家所需！

胡伉道，以匪徒为士卒，必自取其祸，此正人君子所不耻也！

诸葛恪大怒，遂斩胡伉，又传首各县，令以胡伉为戒；释周遗，命其从军。

周遗感恩戴德，请往深山，说山民来归；诸葛恪准之。观望者见周遗竟为官府所用，再无疑虑，于是尽出。

诸葛恪招纳成功，获精甲近万。

孙权大喜，沉疴痊愈，拜诸葛恪为威北将军，令其镇守庐江；命太子孙登仍回武昌。

恰值满宠遣将攻破舒城，诸葛恪欲奇袭，复夺之，又虑兵寡，恐难制胜，于是上表孙权，请增兵。孙权以为可，命陆逊领兵出武昌，往庐江助诸葛恪。

陆逊仅领数十骑而来；诸葛恪大惑，问陆逊道，舒城有曹军两万，上大将军仅以数十骑来援，岂能与之敌？

陆逊笑道，兵不在多，而在于精；我不屑以众胜寡，更愿以奇计决胜。

诸葛恪道，舒城坚固，又敌众我寡，恐虽旷古之计不能破。

陆逊道，我若举众而来，贾逵、满宠必知用意，或举合肥之众来援，舒城更不能克。

诸葛恪有所悟，沉吟道，舒城守敌数倍于我，以弱而攻坚城，必无胜算。

陆逊道，卿弱，敌当无所备；卿若强，敌必严阵以待。

诸葛恪大悟，朝陆逊一揖道，上大将军之言，令人猛醒；上大将军之来，如百万雄兵。我已有破敌之策，必夺失地，不辱使命！

陆逊道，我知卿敏悟不凡，必能夺坚城，克强敌。我当回武昌，静候佳音。

孙权知陆逊仅领数十骑往庐江，又不战而还，大为不悦，下旨责问。陆逊即上书，尽言其中原因；孙权虽不再责，仍不喜。

诸葛恪每日遣部属十人，或扮为商贾，或伪装行人，潜入舒城，散于城内，约其一月后，半夜忽举，杀守卒，放吴军入城。

一月已至，诸葛恪领五千精骑出庐江，衔枚疾进，至舒城，伏于城外，以待城中骤变。

三更许，城门忽开，诸葛恪急令将士入城。曹军正熟睡，忽闻杀声骤起，兵营俱已着火，大惧，欲逃，无奈营门被阻，无路可走，纷纷葬身火海。

翌日，诸葛恪命部属尽毁城池，强令士民往庐江；又选壮丁五千，令从军。

曹叡知舒城被毁，大怒，即令满宠袭庐江，誓雪舒城之恨。满宠不敢违，率众赴庐江；诸葛恪知满宠来，率将士坚城以拒。满宠见庐江坚固，不敢攻，后退五十里，设壁垒，又上书曹叡，称庐江坚如磐石，不可攻取，请退兵，修葺舒城，重置守卫，以防再失。

曹叡准其所奏，却嫌满宠无能，欲夺其职，以王浚为扬州牧。刘晔劝道，王浚虽有功，然资历尚浅，不可领重任，若晋升太急，恐有害无益。

曹叡依其说，以贾逵为豫州刺史，令满宠镇扬州，移建武将军王凌往扬州助满宠；仍以王浚为裨将军，归满宠麾下。

诸葛恪功利之心愈甚，欲领兵攻合肥，遂致信陆逊称，陛下曾与上大将军数攻合肥无果，非计划不精，用兵不奇，唯因合肥险固，异于他处。我以为寿春与合肥近，若先夺寿春，使其进退受阻，救援不易，合肥将孤立，或能攻取。我虽不才，愿与上大将军同建此功。

陆逊知诸葛恪贪功，已有骄狂之嫌，不予回复。

诸葛恪以为陆逊忌妒，遂上书孙权，极言合肥可取，请增兵，先夺寿春，再夺合肥。

孙权犹豫不决，于是召陆逊来建业。

孙权道，诸葛恪请先夺寿春，再夺合肥；以为寿春为唇，合肥为齿，唇既亡，齿必寒，卿以为如何？

陆逊道，诸葛恪曾约臣与之同举，臣未予回复。臣以为，寿春距洛阳仅千里之隔，曹叡颇知其重，已置重兵于淮南，可相互驰援，呼应有度。若攻寿春，曹军必大出，东南或自此无宁日。此引火烧身之说，臣请陛下拒之。

孙权以为有理，遂下旨，驳诸葛恪之请。

诸葛恪大为遗憾，以为陆逊从中阻碍，叹息道，我欲出头，需待陆伯言老死，否则无望！

十二

扬州得而复失，孙权大为憾恨，欲再夺，召群臣计议。

中郎将孙布道，臣曾与王浚游历江东，颇有旧情，愿诈降，诱王浚出城，陛下另遣大军忽攻扬州，必能一举而克。

孙权大喜，依孙布所请，以疏于防范，疑为曹军内应为由，伪贬孙布为阜陵长。

孙布入阜陵，即致书王浚，称孙权无故为难，疑我与卿暗通，竟夺去军职，贬我为阜陵长。我追随孙权兄弟多年，每每出生入死，竟久不获升迁；今又无端被疑，其恨愈炽，不能自禁。我欲径入扬州投卿，又虑形迹败露，为其所害，于是暂居阜陵。卿若不弃，我必尽言东南虚实，助卿大破吴军，建立不世之功。

王浚虽有疑，然难拒诱惑，回书孙布称，卿一片热望，我何忍辞之；既欲来扬州，可趁夜而走，我必煮酒以待。

孙布又书信与王浚，称阜陵与扬州近，若能取，可互成犄角。我欲献阜陵以获微功，望能足我所愿。

王浚再回信称，我仅为裨将，无权调动将士，恕不能足卿所望。

孙布不甘，再书信称，阜陵守军不过三千，然有粮草数万石，此唾手可得，卿何忍弃之而不取！若卿欲夺之，我当为内应。

王浚再不能禁，于是拜见满宠，请兵五千，以应孙布之降。满宠道，此必有诈，岂能轻信！

王浚道，我与孙布有旧，知其不过匹夫，不知谋略；孙布久随孙权，至今未获显达，又无故被贬，宁不怀恨，将军何疑。

满宠道，卿与虞翻亦为故人，卿能以故人之情诱虞翻，孙布何不能？

王浚道，我知虞翻好酒如命，故能乘之；我于孙布无所短，不可类比。况扬州有大军数万，我所请仅五千，虽不成，亦无碍守卫，将军何不与我？

满宠仍严辞拒绝；王浚无奈，上奏曹叡，称满宠胆小无谋，嫉贤妒能，又体弱多病，不可为主将，宜以善于决策者代之。

曹叡大为疑惑，即召满宠还京，询问情形。

满宠行前嘱王淩道，若王浚请兵往阜陵应孙布，当力拒。

待满宠离扬州，王浚即请王淩予精甲五千；王淩以满宠所嘱拒之。王浚道，若孙布举阜陵归降，当与扬州互为犄角；若孙布别有图谋，我所领不过五千，即使覆没，亦不碍大局，卿何必绝之？

王淩以为然，予兵五千。王浚行前说王淩道，若孙布之降有诈，孙权必遣人攻扬州，或伏于外，趁我出入时忽然而举，尾随而进；将军应有所防。

王淩纳其说，命部将率精甲二万屯于外，使之不能近城而攻。

王浚出扬州，往阜陵迎孙布，行至半道，忽见孙布单骑而来，大惊，令士卒暂止，问孙布道，卿约我里应外合，取城池，夺军粮，何故只身而来？

孙布跌足道，卿疑而不信，久拖不决，孙权已知我等所谋，忽遣二万精兵入阜陵，将军若往，必大受挫折。我仓皇出逃，幸与将军遇于此！

王浚已知孙布有诈，欲杀之，又恐伏兵在侧，遂领部属疾回。

朱桓、全琮率三万精甲疾赴扬州，欲待孙布、王浚入城时，骤然而发，一举克之；正急行，忽有斥候来报，称曹军已大屯城外，壁垒森严。朱桓、全琮大惊，止于此，不敢再进，命斥候再察扬州消息。

孙布随王浚近扬州，见曹军大屯城外，亦知有所备，寻机逃走，仍回阜陵。

王浚入城见王淩；王浚道，孙布果有诈，所幸我等有备。

王淩道，吴军止于五十里外，不敢进；我欲与卿分兵夹击，或能大有所获。

于是，王凌、王浚各率精甲一万，分道出击。朱桓、全琮正不知进退，忽获斥候急报，称王凌、王浚大举而来；二人大惊，急率部属退走。

孙权知全琮、孙布无功而返，又险遭奇袭，大怒，竟假戏真做，夺孙布军职，贬为阜陵长。

诸葛亮每每北伐无果，亦知连年征战，消耗甚巨，于是回成都，广筹军资，大募精兵，获壮士二万，粮草三十万担；于是上书刘禅，再请北伐。

谯周以为不可，说刘禅道，臣以为，丞相屡屡北伐，劳民伤财，已使蜀中疲敝，若再举，恐失尽人心；臣请陛下拒之！

费诗亦上书，劝刘禅绝妄想，安民心，固境自保。

刘禅疑而不决。诸葛亮知为谯周之流所阻，于是大召群臣，予以训诫。

诸葛亮道，北伐关中，光复汉室，乃先帝遗愿；我等受先帝厚恩，岂能以一时安危，而负临终之嘱！我受命以来，所以餐风露宿，历尽艰辛，百折不挠，屡败弥坚，唯因遗命所在，不敢忘也！今曹魏占尽北方，孙权割东南，陛下据西蜀，虽鼎足之势仍在，然强弱之别，不言自明。我等俱为人臣，何忍使陛下困居一隅！我虽不才，亦知不辱志气，不改初衷，虽粉身碎骨，瓦石不全，在所不惜也！

谯周、费诗等为威权所慑，不敢再言。

牙门将军向宠道，丞相鞠躬尽瘁，壮怀激烈，此天人共知。我虽不才，愿随丞相北伐，虽赴汤蹈火，万死不辞！

诸葛亮大为赞赏，请刘禅以向宠为护军将军，守成都。刘禅亦为诸葛亮壮志所感，准其所请。

诸葛亮再离成都，携新兵、粮草至汉中，又转运斜谷，筑关隘，固防卫；再致信孙权，约其同时而举。

一月后，诸葛亮依魏延之说，出汉中，绕行数百里，避开陈仓，直指关中。

司马懿知诸葛亮绕过祁山，大惊，即率诸将渡渭水，屯下邽，又广置屯卫，坚壁以待。

诸葛亮一路挺进，竟不遇阻碍，大为惊奇。渐至渭水以南，知司马懿屯兵下邽，不敢轻进，令大军止于下邽五十里外。

司马懿知诸葛亮暂止，令诸将进三十里设壁垒，与之对峙。诸葛亮见魏军严谨，知不可攻，大为焦虑。

杨仪劝诸葛亮道，此乃关中腹地，曹军必知其重，防卫必严，若相持，又将无功而返。既司马懿举众而来，陈仓必虚。丞相可夜走，往陈仓，必能破城池，入关中。

诸葛亮以为然，欲举众绕走陈仓。

魏延道，下邽宽阔，利于进退；陈仓狭窄，易守难攻，置千夫，可阻雄兵十万；丞相曾攻陈仓，应知险固；请丞相仍屯于此。

诸葛亮不听，举众夜走，欲趁司马懿不察，攻破陈仓，直入关中。

一夜疾驰，魏延、邓芝先至陈仓，依诸葛亮之命，大举攻城，果然不克。诸葛亮等相继而来，见陈仓不能下，悔之不及。

邓芝劝道，司马懿必随后而来，若陈仓不能克，我等危矣；请丞相转往五丈原，先固防，伺机再举。

诸葛亮依其说，移屯五丈原。

司马懿知诸葛亮绕走陈仓，遂举大军来追；又知其攻城无果，屯兵五丈原，令诸将亦往，仍与诸葛亮对峙。

魏延见司马懿等于十里外大树壁垒，说诸葛亮道，司马懿立足未稳，若急攻，必能大胜。

杨仪道，我等亦仓促来此，并非以逸待劳，岂能急攻！

魏延怒道，若失此良机，待司马懿壁垒俱成，我等必困于此！既无尺寸之功，不如回汉中，闭城自守，永不言北伐！

诸葛亮斥魏延道，此扰乱军心之说，不可再言！

于是两军对峙，互不攻击。如此一月有余，郭淮恐将士厌倦，说司马懿道，诸葛亮屯粮于斜谷，输送方便，当不虑久持，若不速决，恐将士疲乏，于我等不利。请大举攻击，破其壁垒，使诸葛亮不敢复来！

司马懿道，两军互结营垒，守者安，攻者必受挫，此用兵之道，卿何不知？

于是命郭淮等西入秦岭，依山而屯，阻断粮道，使诸葛亮后继无路。

诸葛亮闻此，大为不安，召魏延、邓芝、姜维、杨仪等。诸葛亮道，司马懿屯而不攻，又命郭淮断绝粮道，欲迫我等知难而退。我欲举兵攻击，早决胜负，卿等以为如何？

魏延道，司马懿壁垒相连，势如坚城，若攻，必不利。既粮道已绝，不如垦田自种；五丈原土地肥美，又濒渭水，汲灌方便，必能丰收。若能自足，不仅可免征调之难，更不惧阻隔。如此，司马懿必失耐心，或出击，均势既破，何愁不能胜！

诸葛亮以为然，命将士固营垒，掘堑壕，垦荒地，或与民同耕，共享其成；又令将士与民友善，不入民宅，不争分毫；凡军民同耕，所获七成归民，三成归军。

士民无不喜悦，彼此相处如父兄。

司马懿望之，叹息道，诸葛亮短于用兵，长于治理；若能用魏延之流主军事，诸葛亮主内政，鹿死谁手，殊难料也！

曹叡知诸葛亮大肆屯垦，欲久持，颇为不安，命西北诸将大举出击，必夺五丈原，逐走诸葛亮。司马懿上书，极言不可，称诸葛亮不虑其攻，唯虑不攻；所谓屯垦，不过权宜之计，久必生厌，仍将自退。

曹叡准之。

十三

诸葛亮与司马懿相持不下，孙权又以为可乘，命陆逊、诸葛瑾举三万余众入江夏，逼走文聘，直指襄阳；又遣将军孙韶、张承领兵入淮口，剑指广陵、淮阴；亲领十万大军入巢湖口，直向合肥。

孙韶本姓俞，自负勇气，因江东大乱，以为正当英雄奋起之时，聚乡间子弟数百人，欲作为；孙策取江东，孙韶恐为其所灭，领子弟投靠。孙策爱其勇壮，赐姓孙，改名孙韶。

张承乃张昭长子，为奋威将军。张承与胞弟张休年少知名，亦与诸葛恪、顾谭等友善，多有往来。时人以为诸葛恪之才远在诸子之上，唯张承不以为然，每每告诫张休，称诸葛恪自负任性，好大喜功，此家族之祸也，当以之为鉴。张休以为忌妒之说，并不在意。

孙权三路齐举，满宠等大为惊恐，飞奏曹叡，称孙权三面大出，其势之汹嚣，远过以往；请增兵东南以拒之。

曹叡即召陈群、曹爽等议之。陈群以为不必增兵，东南诸将足可拒孙权。曹叡纳其说，命满宠举二万精甲往合肥，拒孙权；留王淩、王浚等镇扬州。命文聘等弃江夏，保襄阳。

文聘以为江夏坚固，可拒陆逊、诸葛瑾，请留江夏；曹叡准之。陆逊、诸葛瑾水陆并举，猛攻江夏，江夏风雨飘摇。曹叡再命文聘弃江夏，走保襄阳。文聘不敢违，退走襄阳，然不堪羞忿，竟一病不起。曹叡虑襄阳有失，命曹爽举二万精甲往襄阳，拒陆逊、诸葛瑾。

满宠虑合肥兵寡，不能拒孙权，再上书，请弃合肥，走寿春以自保。

曹叡恨满宠惧敌，即下旨，严令不可离合肥。满宠又请分寿春之兵入保合肥，曹叡再下旨严责。

曹叡恐合肥有失，欲亲征，又虑诸葛亮或大举攻司马懿，遂令将军秦朗率二万精甲往五丈原，助之。曹叡率诸将出洛阳，水陆并进，往寿春策应满宠。

孙权围合肥，孙韶、张承逼广陵、淮阴，俱为疑兵，欲使曹军应接不暇，以利陆逊、诸葛瑾取襄阳；见满宠敛兵自保，又知曹叡举众亲征，以为计已成，欲退走。

步骘劝孙权道，若陛下弃满宠，曹军诸将必转道襄阳，陆逊、诸葛瑾难有所获。臣请陛下仍围合肥，待陆逊、诸葛瑾攻取襄阳，再走不迟。

孙权以为然，仍围满宠。不数日，忽报曹叡大军已近寿春，又分兵绕行，欲阻孙权退路，合击之。孙权大惧，解围而走。

孙韶、张承知孙权已弃合肥走建业，亦弃淮阴。

孙权恐陆逊、诸葛瑾为曹军所困，即致书陆逊，称两军俱退，唯卿等孤军深入，襄阳可取则取，不可取则退。

诸葛瑾率舟师逆水而上；陆逊率步骑沿岸疾进，忽接孙权书信，知孙权已弃合肥，孙韶、张承等亦离淮阴，大惊，令诸将暂止。陆逊审时度势，回书孙权称，臣等已近襄阳，勿需十日，必能奏捷。

陆逊命心腹持信往建业，心腹恐为曹军所获，欲夜行；陆逊不准，斥心腹道，事急，岂能拖延！

心腹不敢违，易服更装，欲近道急走。陆逊又命都尉王恬率精骑护之。王恬以为不可，若如此，必为曹军所察，危矣。陆逊大怒，斥王恬道，此军令也，岂能违！

言毕，又以锦囊授王恬，称此为保命之计，若遇曹军，可降，三日后请开此囊。

王恬亦不敢违，率精骑五十，护心腹入山道，打马疾行。

曹爽亦走山道往襄阳，忽与王恬遇，欲杀之；王恬命部属俱降。曹爽获陆逊书信，阅毕大笑，说诸将道，陆逊竟不知孙权、孙韶等俱已撤走，仍冒险轻进，我必召东南诸将大败之！

于是曹爽分遣快马，约诸将俱来襄阳，会战陆逊、诸葛瑾。

陆逊、诸葛瑾仍疾进，襄阳已遥遥在望。诸葛瑾遣斥候，察曹军情形；斥候回报，称孙权、孙韶等俱已撤走，东南诸将正大举来襄阳，欲合围。诸葛瑾大惊，命舟师急止，拜见陆逊。诸葛瑾道，今方知陛下已弃合肥，孙韶、张承亦弃淮阴；曹军诸将正大集襄阳，襄阳已成虎穴，请退回。

陆逊道，勿急，若此时退走，曹爽必追，东南诸将必四面截击，岂能全身而退！我知曹爽必走近道赴襄阳，佯作书信，命王恬等亦走近道持送建业；曹爽获此信，必召诸将赴襄阳，严阵以待，迎击我等。若我等大造声势，仍向襄阳，诸将必不疑；待其大集，我等再顺流急走，必能脱险。

诸葛瑾大悟，依陆逊之计，命舟师大竖旗帜，擂鼓疾进。

陆逊仍走陆路，与诸葛瑾互为呼应。翌日，两军将近襄阳，陆逊命将士佯筑壁垒；诸葛瑾亦横舟水上，似欲攻之。

东南诸将已大集襄阳，合十万之众；曹爽欲翌日大出，合击陆逊、诸葛瑾。

是夜，陆逊说诸葛瑾道，我欲以步骑夜攻襄阳，曹爽等必大举迎击；卿可率舟师潜行，熄灯火，绝声息，使曹军不察，突袭襄阳舟师，尽夺战船，使步骑亦能乘舟而走。如此，曹爽等不能顺水追击，我等无虑矣。

于是，陆逊命将士每人携火把两支，潜近城下，俱燃之，再急攻，以疑曹爽。曹爽大惊，令诸将俱出，迎击陆逊。

诸葛瑾率舟师暗进，一举逐走襄阳水师，尽获舟船，即遣部属告知陆逊。陆逊大喜，率部属急退，俱登舟，顺流而走。

曹爽获知大怒，率诸将疾追，无奈流水深阔，望之而不能及，遂止，仍回据襄阳。

孙权知陆逊、诸葛瑾不但全身而退，又尽获襄阳舟船，且逐走文聘，夺江夏，大为欣喜，遂置江夏郡，以刁嘉为太守，潘璋为司马。

曹叡还洛阳，知襄阳尽失舟船，命诸将各归职守；又令曹爽回洛阳。继而知文聘病死，即令简葬。

侍中刘晔说曹叡道，文聘威镇东南，守江夏数十年，孙权虽每每垂涎，然不能破之；此文聘之功也，若不给予哀荣，恐寒将士之心。臣请陛下厚葬文聘，并追谥。

曹爽等亦上书，请追谥文聘，彰其功绩。曹叡纳之，追谥文聘为壮侯，并封诸子。

诸葛亮与司马懿相持经年，虽屯田有获，能足军需，无奈士气低落，怨声渐起，俱称长此以往，或沦为耕夫野老，既为稼禾，不如回西蜀营私田。

诸葛亮颇为不安，召诸将商议。

邓芝道，将士所以远征，无不望立军功，使家族获誉；今久持不战，渐失所望，亦属常情。请丞相出战，以振士气。

诸将俱以为然；诸葛亮遂令邓芝挑战司马懿。司马懿颇知其意，令诸将坚壁不出。诸葛亮不甘，令扬仪等轮番近前，大肆辱骂。

诸将不能忍，俱请出战。司马懿道，卿等若不堪辱骂，可塞耳闭听；诸葛亮欲求一战重振士气，若出，无异助其气焰，此利于敌，害于己，卿等岂能不知！

诸将不再言，命部属塞耳不听。

诸葛亮遂入农家，求妇人衣服，获之，遣人赠予司马懿。司马懿得之，大笑道，此诸葛亮美意，我当大为感激；可惜尺寸小，不合身。然君子不拒美意，我若不穿，有负盛情！

于是着妇人装，复出，命置酒款待来者；又故作妇人态，滑稽之状，令人忍俊不禁。

司马懿与来者谈，不问军情，仅问诸葛亮饮食起居，或事务繁简。

来者称，丞相勤于军政，夙兴夜寐，不知疲惫。将士若违令，凡杖责二十以上，或有功，赏帛两匹以上，必自决，以免赏罚不明；凡设壁垒，必一一察之，以利攻守；资财出纳，必审之；练兵整训，必问条目，事事明断，了无遗漏。将士不敢懈怠，无不因率先垂范。唯饮食不如常人，虽每日三餐，不及常人一饭。

司马懿赞道，诸葛亮事必躬亲，我不及也！

酒宴毕，司马懿说来者道，所谓来而不往非礼也，他日，我必回赠。

来使一揖告退。司马懿召亲信，嘱其扮作行商，往汉中掘桑树苗十株；亲信不解，询以何意。司马懿笑道，勿疑，我自有妙用。

来者回见诸葛亮，言及司马懿着妇人衣，种种情态；杨仪等以为滑稽可笑。诸葛亮暗自惊讶，以为司马懿自辱，非常人所能。

正疑惑不已，忽闻司马懿着妇人装，独坐敌楼，饮酒自乐。诸葛亮大惊，遂出，望之，见司马懿举止轻佻，异于寻常。

司马懿笑呼诸葛亮道，卿厚赠此衣，我若不穿，卿必不悦；我虽不辞为妇人，以足卿之所愿，然有一憾。

诸葛亮不解，笑问司马懿道，卿有何憾？

司马懿道，唯恨不能生育！

诸葛亮以为不堪，欲回；司马懿又道，我若来世为妇人，非卿不嫁！

诸葛亮顿觉恶心，转身疾回。司马懿大笑道，卿雄姿伟岸，我一见倾倒，故与卿相约来世，卿何不应？

诸葛亮觉脏腑翻动，几乎呕吐。

司马懿又道，来而不往非礼也，不出十日，我必回赠；若卿能坦然如我，我当引兵自去，放卿直入关中！

诸葛亮仍不言，想及司马懿种种丑态，仿佛误食蝇蛆，竟不能饮食，渐而病倒。

数日后，亲信自汉中回，得桑苗十株。司马懿大喜，令持赠诸葛亮。亲信遂往，拜见诸葛亮，依司马懿所嘱，说诸葛亮道，大将军知丞相屯垦种粮，以足军用；然此地无桑树，不能养蚕织丝；大将军嘱我往汉中掘之，持赠丞相，望以此为种，广植之，然后养蚕缫丝，以之为被服。

诸葛亮气血翻涌，呕血不止。亲信不敢留，告退。杨仪不知诸葛亮何故愤恨，劝道，此不过桑树，蜀中遍地可见；丞相曾令庶民广植，何必恨之？

诸葛亮叹息道，桑，与丧同音；送桑，送丧也。司马懿愿我早死，宁不恨之！

十四

诸葛亮已不能起，呕血不止，诸将大为慌乱，纷纷劝慰。诸葛亮自知康复无望，于是上书刘禅，详言病情及屯田诸事；嘱费祎持信回蜀，助蒋琬，以防剧变。

刘禅知诸葛亮病危，竟忧喜莫名；暗思，自登基以来，凡事俱由诸葛亮决断，而己形如傀儡，若诸葛亮健在，或永不能问政；若病故，国有疑难，又恐无所倚赖。

刘禅颇为犹疑，遂召谯周，告知情形。谯周道，丞相若死，将失栋梁；若不死，仍阴云蔽日，君主之光，不能普照。臣以为，死亦堪忧，不死亦堪忧。

刘禅沉吟良久，又问谯周道，当此之际，朕当何为？

谯周道，生也由天，死亦由天，陛下何必纠结！既丞相有奏，可遣人问候，以示关爱。

刘禅纳其说，召尚书仆射李福，嘱其往五丈原，问候诸葛亮。

李福欲走，刘禅又道，若丞相康复无望，可问后继者谁。

李福离成都，经陇右，昼夜疾驰，径往五丈原。

诸葛亮已病入膏肓，不能问事，托杨仪暂领军事。杨仪恐司马懿察知，或趁机而举，命诸将警戒，以备突变。

魏延以为不可，说杨仪道，若我等异于常，司马懿必知有变，反而不利。

扬仪不以为然，斥魏延道，非常之时，宜行非常之计，若无备，事发突然，必措手不及！

魏延道，当此之际，宜摒弃嫌隙，共度时艰，何必以亲疏之分而拒良言？

邓芝见二人争执不下，报与诸葛亮。诸葛亮即召扬仪、魏延，说二人道，魏文长所言有理，若一反常态，司马懿必知有变，若大举攻击，则危矣。

杨仪虽不再与魏延争，然忌恨愈甚。正此时，李福已至五丈原，拜见诸葛亮，仅问疾病，不言其他。

诸葛亮道，卿奉命而来，必有所嘱，愿知陛下之意。

李福道，陛下嘱我告知丞相，若丞相病重，可撤回汉中，待疾患尽除，再举不迟。

诸葛亮道，陛下厚恩，没世不忘。我等来此已逾一年，将士无不疲乏，归意大生。我几欲求战，以振士气，然司马懿坚壁不出。既久持不下，我亦欲退走，又恐司马懿大肆追击，故至今未决。卿且回，代我谢陛下隆恩，请勿以我等为念，我虽殒命于此，亦必使将士全身而退。

李福见诸葛亮面如蜡染，气若游丝，已知康复无望，几欲问后继者谁，终不能启齿。

翌日，李福辞别诸葛亮，启程回蜀，行至十里外，虑及刘禅所嘱，终不敢违，又回，再见诸葛亮。

诸葛亮颇觉惊讶，说李福道，卿去而复回，必有所告，请直言。

李福道，确有未尽事宜，请丞相恕我唐突；陛下嘱我询问，若丞相病不能愈，谁可继任？

诸葛亮顿觉身心俱寒，忿恨不已，厉声道，我尚在，何有此问！

李福道，丞相息怒，君命所在，恕不敢违。

诸葛亮沉吟良久，冷笑道，蒋琬精于政事，清通不俗，可继之。

李福又问，不知蒋琬之后，谁堪重任？

诸葛亮道，费文伟宽仁雅量，堪称栋梁之材。

李福见诸葛亮强忍怨恨，不敢再问，一揖告退，径回蜀中。

诸葛亮心如死灰，愈觉不支，于是急召扬仪、邓芝，哀叹道，我自知大限将至，现以兵权付与卿等；杨威公为主，邓伯苗为副。卿等可令诸将从容而退，以防司马懿追击。我别无所虑，唯虑魏延不受节制，或突生变故。然魏延精勇善战，可命其与姜维断后；请嘱姜维严加防范，若有异常，可斩之，以绝后患。

二人欲去，诸葛亮留邓芝道，卿耿直忠壮，又精警自律，与我相知甚深，每有所言，我必采纳。我尚有一事，望不负临终之言。

邓芝涕泣道，无论何事，我必遵奉。

诸葛亮道，我深知，荆州将士与刘璋旧部貌合心离，我虽竭尽所能，调和周旋，仍不能使彼此无疑。法正、李严、黄权等为蜀中诸士领袖，此数人在，俱能以身作则，使彼此安处。谯周、费诗虽颇负名望，却失之尖刻，且每有怨言，不堪为楷模。今法正已死，黄权另投，李严隐没不出，蜀中之士再无示范，不知自律，不知勤勉。李严之走，我之失也，我每每为之自愧；若非待之苛刻，何有此忧！卿回蜀，请往梓潼访李严，若能使其回，垂范于蜀中诸士，阻谯周、费诗妄说，则群臣必能同心，我亦当瞑目，更不忘卿之厚恩！

诸葛亮言毕，溘然而逝。邓芝大为不安，嘱侍从密之，急出，寻杨仪，邓芝道，丞相已逝，我令侍从秘而不宣。卿需紧急布局，以防剧变。

杨仪道，我不虑司马懿，唯虑魏延；丞相在，勉能使其安份，丞相既逝，魏延必不听命。卿与魏延相处尚好，可试探，以利应对。

邓芝劝杨仪道，魏延虽秉性傲慢，并无异心；此非常之时，魏延必知轻重，卿何疑。

杨仪道，非也，我不过防范万一，别无他意。

邓芝不再劝，欲见魏延。杨仪略为思忖，追上邓芝又道，卿所言有理，可请魏延，共议退兵之策。

邓芝不疑，径往之。杨仪遂召姜维，执其手道，丞相已奄奄一息，恐难过今夜。

姜维大惊，欲探视；杨仪止姜维道，丞相知魏延必反，嘱卿夺其部属，以防不测，请卿速往。

姜维大为犹豫，沉吟道，魏延乃征北大将军，位在我等之上，岂能夺其部属？

杨仪道，丞相授我节制诸将，我所言即军令！

姜维道，既如此，我愿奉命；然魏延精勇，又部属众多，若拒而不从，当如何？

杨仪道，卿勿忧，我已遣邓芝请魏延议事，魏延将离军营；卿可携丞相令剑而往，部属必不敢违；我将命马岱围之，以防万一。

于是以令剑付姜维；姜维道，卿勿虑，我必并其部属！

杨仪又召马岱，命率精甲围魏延军营。马岱恨魏延曾屡屡掣肘马超，亦不辞。

邓芝见魏延，称丞相病危，召诸将议大事。魏延即随邓芝出，求见诸葛亮。诸将俱在帐外候命，不见姜维、马岱。魏延稍疑，正欲询问，杨仪自帐内出，环顾诸将道，丞相已逝，授我与邓伯苗节制诸将，护丞相灵柩，率大军回汉中。

诸将无不惊讶，欲入内探视；杨仪阻止道，此非常之时，诸将需依丞相遗嘱，听命于我；丞相既逝，不能复生，卿等需节哀，以离险境为要。司马懿大军近在咫尺，若举措失策，必遭重创！

魏延大怒，斥杨仪道，我乃征北大将军，岂能听命于鼠辈；丞相既逝，我自当为统帅，岂容汝越俎代庖！

邓芝忙劝魏延道，此丞相遗命，请卿勿违。

魏延不听，夺路而走。邓芝拦住魏延，再劝道，小不忍则乱大谋，当此之际，应绝私愤，顾大局；若彼此失和，必为司马懿所乘。

魏延以为有理，遂止。杨仪道，丞相命我统帅三军，我等若不同舟共济，恐不能离险境。现命马岱、廖化为前锋，姜维、魏延断后；我与邓芝等领中军，今夜即行，不可拖延！

魏延又不能忍，斥杨仪道，我非走狗，岂能为竖子断后！

言毕，忿然而去。魏延回军营，见营内已空，无一兵一卒，大惊，已知中计，急出，欲复回；忽听杨仪喝道，姜维已并汝部属，汝须听命姜维！

魏延见灯影炫目，依稀数将，立马横戈阻于前，正是杨仪、姜维、邓芝、马岱、廖化等；四周士卒如云，似临大敌。魏延大惧，疾呼道，邓芝误我！我若枉死，必作厉鬼，索汝性命！

邓芝大惭，欲劝杨仪；杨仪斥魏延道，我命汝与姜维断后，若愿奉命，可为副；若不奉命，可自走！

邓芝忙说魏延道，此确为丞相遗命，望能遵奉！

魏延疾呼道，诸葛亮逼我太甚，竟至死不能容！我即往成都，拜见陛下；汝等可欺人，不可欺天！

魏延猝然而举，直扑杨仪。杨仪大惊，欲走，魏延猛击马臀，马受惊，四蹄乱飞，颠杨仪于马下。魏延夺杨仪坐骑，飞奔而去。

杨仪见诸将不举，斥道，魏延违军令，伤主将，此大逆之举，可追而斩之！

诸将仍不举。杨仪大怒，再斥道，魏延深恨我等，若夺汉中之兵，与司马懿呼应，我等将死无葬身之地；若还成都，进谗言，我等亦有灭族之祸！两害俱在，岂能不追！

马岱道，我愿追斩魏延，以绝后患！

杨仪大喜，命马岱率精骑疾追。马岱急追三十里，见魏延疾驰于前，呼道，魏文长休走，姜维愿归还部属，请速回！

魏延不信，仍飞驰不停。马岱又呼道，诸将恨杨仪奸险，俱愿奉卿为主将！

魏延渐止，马岱渐近。魏延正欲询问，马岱举矛猛刺；魏延猝不及防，伤前胸，坠马；马岱再刺，魏延又中数矛，气绝而死。

马岱弃魏延尸于荒野，回见杨仪。杨仪大喜，又召诸将，令各整部属，乘夜撤走。

十五

翌日晨，司马懿忽闻蜀军已走，以为诸葛亮病重，即率三万精甲急追。

姜维奉命断后，行不足百里，忽见身后烟尘大起，知追兵猝至，令部将报知杨仪。杨仪大为惊恐，欲以车载诸葛亮之尸，服衣巾，持羽扇，以疑司马懿。

邓芝忙道，不可，虽如此，岂能阻追兵！可收紧部伍，列阵以待，司马懿或不敢轻举！

杨仪不听，命疾走，然将士唯恐落后，道路拥塞，不能畅行。

司马懿见杨仪等行走迟缓，命秦朗大击姜维；亲率诸将侧出，欲抄断前路。不半日，司马懿已超越杨仪等，于是占尽高险，欲急攻。正此时，见杨仪等护灵柩，似有哀容，大惊，命快马探之。片刻，快马回，称诸葛亮已死。

诸将大喜，以为必能大败杨仪等。司马懿以为不可，斥诸将道，诸葛亮既死，蜀军哀痛；乘人之危，大不义也，我不屑为之！

于是命诸将俱退，放杨仪等离此。

杨仪等昼夜兼程，不数日回汉中，葬诸葛亮于定军山；又上书刘禅，言诸葛亮之死及魏延之罪。

刘禅召群臣，发讣文，令官民举哀，追谥诸葛亮为忠武侯，以其子诸葛瞻为射声校尉；又欲以杨仪代魏延为镇北大将军，领汉中太守。

谯周劝刘禅道，杨仪奸险，精于权谋，不可委以重任；魏延之死，颇为可疑，臣请召杨仪、邓芝回，问以详情。

刘禅纳其说，召杨仪、邓芝还；以王平为前将军，率诸将镇汉中。

刘禅问谯周道，诸葛亮举蒋琬，朕亦知蒋琬颇堪大任，又疑其作诸葛亮第二，事事自断，专权欺主；朕欲以蒋琬为大将军，以卿录尚书事，各司内外，互为牵制，卿以为如何？

谯周道，不可。荆州将士与蜀中旧部互疑已久，明争暗斗从未停息；因黄权另投，法正亡故，李严自隐，蜀中诸士自疑不已；若陛下用臣，荆州将士必怨恨，或生乱。蒋琬虽自荆州入蜀，然用之较迟，又置身争斗之外，况为诸葛亮所举，用之，当无内讧。若陛下虑蒋琬专权，可以之为大将军，领丞相，往汉中节制诸将，无召不得还成都。如此，群僚无怨，善之善者矣。

刘禅然其说，欲下旨；谯周又劝道，可暂缓，臣知杨仪自负才高，欲取大权，今尚在途中，若闻之，必绝望，或返回汉中，拥兵自重。请待杨仪入成都，再下旨不迟。

刘禅又依其说。

杨仪以为必获重任，与邓芝星夜驰还，求见刘禅。刘禅以旅途劳顿，请稍息为由拒之；夜召邓芝，询魏延之死。

邓芝不敢隐瞒，又怀愧疚，说刘禅道，魏延实无异心，因与杨仪失和，杨仪设奸计，夺其部属，又将之追斩。

刘禅沉吟良久，哀叹道，魏延精勇善战，堪称国之栋梁，竟死于奸计；若曹军犯境，谁为朕御强敌！

邓芝顿首道，臣罪不容赦，请陛下严责！

刘禅说邓芝道，卿能尽言实情，足见忠诚，又非同谋，岂能责问。

邓芝大惭，告退。翌日，杨仪再请见刘禅，刘禅再拒。杨仪大疑，转问邓芝；邓芝称上意如天，不敢妄猜。

杨仪颇不自安，又求见费祎；费祎以身染风寒，不能纳客为由谢之。杨仪愈疑，欲上书刘禅，请回汉中。正此时，刘禅诏书已下，拜蒋琬为丞相，领大将军，节制诸将镇汉中；以费祎为尚书令，主内务；以马忠为镇南大将军，仍领牂牁太守；以费诗为谏议大夫。其余各有升迁，唯杨仪不在其内。

杨仪大失所望，深怀怨恨，骂蒋琬、费祎等俱为竖子；于是终日饮酒，出言不逊。群僚知刘禅恨杨仪杀魏延，俱不与之往来。

费祎知杨仪每每谩骂，放肆猖獗，恐招祸，于是登门劝告。杨仪见费祎来，破口骂道，蒋琬匹夫，我为尚书时，蒋琬不过郎官；刘禅不知蒋琬鄙陋，竟以其为丞相，岂能使群僚悦服！

费祎大骇，责杨仪道，汝直呼陛下姓名，此不赦之罪，竟不虑大祸！

杨仪大笑道，刘禅何德，蒋琬何能，我七尺之躯，耻为竖子之下！

费祎愈惧，不敢滞留，惶惶而退；杨仪大笑不已。

费祎不敢隐匿，求见刘禅，以所见奏报。

刘禅大怒，召杨仪，斥道，汝以奸计谋杀大将，朕虽忿恨，犹念汝有微功，又颇受诸葛丞相器重，不忍杀之，欲使汝自省；汝不念厚恩，以为朕柔弱可欺，竟谩骂不息，是可忍孰不可忍！朕若容汝苟活，何以镇服群臣！

杨仪大骇，叩头求饶；刘禅不忍，欲赦之。

费祎、谯周、费诗等俱请斩杨仪，以慑群僚。刘禅纳其说，并收杨仪及子弟，斩之。

邓芝不敢忘诸葛亮临终所嘱，求见刘禅，请往梓潼访李严，刘禅准之。

时值深秋，寒露依稀，一路黄花犹带残香，又脱木未尽，山色淡远，最宜出行。

邓芝来梓潼，至山下，举目四望，见碧云悠悠，青天如鉴，群峰嵯峨，霜林溢彩；又淡烟轻雾汗漫于深谷，惊鸿飞鸟往还于林表，猱猿野狐相戏于溪泉，仿佛人在世外，不知何来何去；忽觉世事虚幻，人心险恶，唯山水有情，聊可寄放。

邓芝感慨良久，遂入山，逐一访问。

不觉已半月，邓芝问尽耕夫，访遍野老，并无李严消息，大为绝望，遂出山，欲回成都复命；见天色已晚，忆及有故交亦自江东来，卜居德阳，曾有书信，约邓芝来此相会，于是转道入德阳，欲叙旧谊。

时近傍晚，邓芝至德阳，觉腹中饥饿，遂入酒肆。正饮食，忽见一人入店沽酒，虽布衣芒鞋，长发覆面，仍神采风流，不失俊雅。邓芝一眼认出，此人即李严！

邓芝大喜，忙离座，拱手道，我遍寻不见，谁料竟相遇于此！

李严大为惊讶；邓芝邀李严同饮，李严不辞，相对而坐。

邓芝道，我受诸葛丞相之托，入山寻访，欲请卿还成都，辅佐陛下，虽遍问野老耕夫无所获，只好怅然而出；幸与卿遇于此，不然，何以告慰泉下幽魂！

李严不言，举酒相邀。

邓芝又道，俱言卿隐于深山，何故来此？

李严笑道，我结庐绝顶，欲与山水为伴，或听鸣泉响于幽谷，啼鸟唱于深林；或看云起云散，日出日落；或对月饮，与花语，忘尽世事，泯绝恩仇。无奈猛兽出没左右，凶禽呼啸深夜，不堪危惧，不能自安。于是自问，我所以隐退，实虑宦海无常，波谲云诡，恐稍有不慎，或家败人亡；然山野深险，虎狼出没，若居于此，岂不方离虎口，又入狼穴？我一介书生，不能搏熊罴，猎鹰鹞，于是知难而退，苟且于此。

邓芝大笑道，我知卿非惧禽兽，实因重托在身，壮志未酬；既如此，我有望矣！

李严又不言，亦不再饮。

邓芝道，丞相临终之际，痛悔待卿苛严，自责不已，其情真意切，令人唏嘘。

李严沉吟道，谨严精细，乃诸葛亮之秉赋；意气疏阔，乃我之性情，二者不可调和，其水火不容，在所难免。

邓芝见李严不饮，举酒道，久别重逢，当不辞一醉，卿何不饮？

李严道，不敢多饮，多则伤身。

邓芝见其不乐，似有幽恨，又说李严道，诸葛丞相已仙逝，卿可以释怀耳；所谓万千恩仇，一死了之。

李严道，何言不能释怀。诸葛亮鞠躬尽瘁，披肝沥胆，清廉自律，举轻若重；扶弱主，拒强敌，如履薄冰；转乾坤，撑危局，如补天缺；又百折不挠，奋进不止，坚韧不拔，异乎常人。若无诸葛亮，先帝难创基业，天下难成鼎足，此丰功伟绩，远非我辈能及，我何恨之有！

邓芝闻此，大为欣慰，又道，若诸葛丞相能知此论，应含笑九泉。然卿不辞而走，岂不因责之甚严？

李严道，我所以去，与此无关。蜀汉孱弱，虽勉为一足，然不足与曹魏、东吴抗衡，若阻断秦巴，塞绝僰道，雄踞关隘，屯兵险要，或能安处一隅；若不顾强弱，不应天命，逆势而行，必毁于一旦。然先帝遗愿不可违，诸葛亮雄心不可止，既非同道，不能共谋，不如寄情山水，以免徒增烦恼。

邓芝沉吟良久，叹息道，诚如卿所言。诸葛亮屡屡北伐，实因遗嘱所在，故而明知不可为而为之，卿应知其中无奈。

李严冷笑道，既知不可为，何必强为！所谓遗嘱，不过小义，诸葛亮竟至死不悟，足见虽圣贤而不能无过；他日蜀汉倾覆，诸葛亮难辞其咎！

邓芝大为震动，又道，既诸葛亮已去，卿又颇知利弊，何不随我还朝，禀明陛下，重拟方略，以绝危机？

李严苦笑道，数次北伐，历时多年，消耗之巨，不可估量；诸葛亮兴农桑，开商贸，虽所获颇丰，仍不能抵其所耗。今蜀中疲敝，士民怨恨，犹如大厦失柱，江河吞岸，败亡之势，岂能逆转！

邓芝不甘，再劝李严道，卿洞若观火，其言精警，令人猛醒；我知士大夫当以天下为己任，以扶危济弱为所荣，今颓敝如流，正当力挽狂澜，大显英雄本色，卿何忍辞之！

李严断然道，所谓君子远祸乱；卿勿再言，我已心如死灰，不能复燃。

言毕，一揖告退。

十六

孙权人已暮年，疑惑日多，尤虑顾雍、陆逊、诸葛瑾等权重压主，于是每以要事托付近臣，中书郎吕壹最受器重。

吕壹知孙权喜戏谑，每每极尽机智与之问答，又极能谄媚。孙权愈为喜爱，凡诏书、文诰、条例、口宣，俱出吕壹手，渐与群臣疏远。

丞相顾雍颇知吕壹奸诈，劝孙权道，中书郎吕壹，阿谀奉承，翻云覆雨，阻绝圣听，进谗言，谋私利；臣请陛下亲贤良，远小人，免使群臣不安。

孙权以为顾雍恨吕壹分权，不听。

吕壹知孙权年老昏聩，喜溢美之词，于是言听计从，不忤其意，不谏其行；孙权愈觉吕壹忠诚，无人能比，凡事皆与之谋。吕壹屡谗顾雍、陆逊、诸葛瑾等专权任事，已有盖主之嫌。孙权愈疑，竟再不召顾雍、陆逊等。

吕壹获宠日盛，大肆笼络群僚，遍插党羽，一时耳目遍及内外，无论何事，俱能尽知，几乎纤介必闻；凡不趋奉，必大加谗害，仅数年间，被诬陷至死者数十人；群僚大生恐惧，与之结附者日多，时称吕党。

吕壹深知，若不除陆逊、顾雍，取而代之，终不能安。

太常潘濬与吕壹为故交，颇有才名，吕壹欲栽培，于是请孙权以潘濬往武昌助陆逊，欲使之察陆逊情形，以利进谗言，再行离间；若陆逊失势，再举潘濬代顾雍为丞相，潘濬必听命于己，如此，大权尽在己党，可翻云覆雨，岂不快哉。

孙权不知吕壹用心，又素疑陆逊，准之。

潘濬虽与吕壹友善，然颇敬陆逊，又以为吕壹奸谋终将败露，于是将吕壹用意告知陆逊。陆逊不屑权谋，更不屑与之争，竟无所举。

江夏司马潘璋知吕壹专权，奸谗害人，不能忍，每每破口大骂。吕壹闻知，大怒，欲剪除，遂说孙权道，臣知江夏司马潘璋，因失扬州被贬，深怀怨恨，每每出言忤逆；臣又获知，潘璋暗与满宠往来，欲举江夏迎满宠。臣请收潘璋问罪，以防骤变。

孙权竟不查问，即下旨，遣人入江夏，收潘璋。

太子孙登知潘璋下狱，大惊，遂离武昌，回建业，拜见孙权。

孙登道，臣闻陛下收潘璋，欲治罪，颇为不安，深恐陛下受权臣蒙蔽，不辨忠奸，故斗胆进言，望陛下恕臣冒昧。

孙权道，潘璋欲举江夏降满宠，此罪如天，实不可恕！

孙登道，潘璋性情耿介，出言忠直，虽率性，而不妄为，其忠勇壮烈，妇孺皆知。臣请陛下察其委曲，还其清白；吕壹恃宠而骄，网织罪名，残害忠良，文武百官无不胆寒，亦望陛下明察！

孙权怒斥孙登道，汝休多言，潘璋骄横恣肆，目无君主，因扬州之失而受责，久怀怨怒，已无人臣之份；朕若坐视不问，何以震慑群臣！

孙登道，吕壹之说实不可信，群臣无不为之自疑；陛下恩威，已为吕壹尽窃；臣不敢置若罔闻，故而冒死劝谏，望陛下释潘璋，以安人心；绝吕壹之恩，以慰群臣！

孙权冷笑道，吕壹尽忠尽职，无人可比；朕闻汝阴结朋党，笼络六卿，又外通州郡，欲逼朕退位。今汝极言吕壹之过，离间君臣，是何居心？

孙登大骇，欲分辩；孙权不听，拂袖而去。孙登惶惶而退，回武昌，忧惧日盛，竟一病不起。

孙权虽不纳孙登之说，亦疑吕壹，于是召吕壹，问道，卿言潘璋欲举江夏投满宠，可有实证？

吕壹忙道，朝中文武，俱知潘璋祸心；臣请陛下召群臣询问，必能尽知。

孙权遂召群臣；孙权道，朕闻卿等俱知潘璋奸谋，可据实而奏，朕必辩曲直，明是非。

群臣见吕壹在侧，俱不敢言。吕壹恐顾雍、步骘等言是非，于是先发制人，奏道，臣知江夏太守刁嘉与潘璋同谋，请收刁嘉问之，必知实情。

孙权以为可，命收刁嘉。吕壹恐刁嘉供词于己不利，亲问之。吕壹说刁嘉道，我知卿不愿与潘璋同谋，不过受其蛊惑；卿若能指证潘璋之罪，必获释。

刁嘉斥吕壹道，潘璋忠壮激烈，志节如天，岂是奸恶，何故逼之太甚！所谓善恶必有报，卿不可以一时之利而绝后人之福。

吕壹大怒，施以酷刑，欲使刁嘉屈招；刁嘉不惧，大骂吕壹。

步骘与刁嘉有旧，知其受尽酷刑，大为义愤，于是寅夜入宫，求见孙权。

孙权问步骘道，卿有何事，深夜求见？

步骘道，臣闻刁嘉不肯屈服，吕壹滥施酷刑，当有性命之忧。所谓人命关天，臣岂敢视而不见。刁嘉贵为太守，无罪无辜，竟横遭大刑，请陛下察之；吕壹吹毛求疵，诬陷良善，若陛下不悟，任奸佞横行，臣不敢侍于侧！

孙权不言，似有所悟。步骘泣道，刁嘉今日，即臣明日，所谓物伤其类；陛下若不释刁嘉，臣即请还乡，以苟全性命！

孙权请步骘回，召刁嘉。孙权道，朕知举郡投靠乃潘璋之谋，与卿无涉；潘璋助卿镇江夏，卿必知内情，何故隐瞒？

刁嘉泣道，臣命在旦夕，恐遭灭族之祸；若知情，岂能不招！

孙权以为合乎情理，令释刁嘉、潘璋，各回原职。

潘璋拒往江夏，求见孙权。孙权虑其喊冤，拒而不见。潘璋伏于宫门，疾呼孙权道，陛下若不还臣清白，清除巨奸，臣不敢就任！

吕壹得知，惊怒不已，至宫门，斥潘璋道，陛下饶汝不死，汝应感激涕零；竟反作市井无赖，逼宫示威！

潘璋大怒，骂吕壹道，奸贼，我不惜身败名裂，亦必使汝伏法！

吕壹痛恨无比，请再收潘璋。孙权不准，责吕壹不可睚眦必报；知潘璋誓死不去，遂召见。孙权道，既已出狱，冤屈自解，何必如此？

潘璋道，臣虽得以幸免，然巨奸在朝，因虑其偷天换日，窃尽圣恩，故而臣不敢去！

孙权沉吟良久，说潘璋道，卿勿虑，请回江夏，朕已知谁忠谁奸。

潘璋道，陛下恕臣不死，臣感恩戴德；然臣不愿外任，不惜为卫卒，作马伕，侍于陛下一侧，其愿足矣！

潘璋言毕，失声痛哭。

孙权大为所动，说潘璋道，卿性情耿介，出言直切，难免与人失和；今日之事，卿当自省。然卿拒不奉命，又深怀怨恨，宁不为他人所乘！

潘璋知不可留，亦不再言，拜辞孙权回江夏。

不觉，腊日将近，孙权将依例大会群臣。顾雍欲借此除吕壹，召诸葛瑾、步骘等密商。顾雍道，吕壹猖獗，其势愈炽，若不除，国无宁日；请卿等借腊会之机，尽言吕壹之罪，使之伏法。

诸葛瑾道，陛下宠信吕壹，若不施压，恐反遭其害。可邀陆逊，请其率武昌诸将入建业兵谏，否则，恐难如愿。

顾雍、步骘以为然，遣人往武昌，拜会陆逊。陆逊笑道，吕壹不过竖子，何需如此！我当只身而往，执而杀之！

吕壹知顾雍等欲借腊会弹劾，大惧，求见孙权，奏道，顾雍不满陛下分权，欲借腊会，串通群臣逼宫；此大逆之罪，请陛下严惩！

孙权大怒，即令收顾雍入狱。吕壹日夜拷问，欲逼顾雍招谋反之罪，诬陷陆逊、诸葛瑾、步骘等；顾雍严辞拒绝。

陆逊知顾雍下狱，大为愤慨，即召潘濬。陆逊道，吕壹乱国，阻塞圣听，祸及群臣，若不剪除，国将大乱。卿为士大夫，又颇受陛下恩德，宁不拍案而起！

潘濬道，上大将军所言极是；我愿同往建业，面见陛下，尽言吕壹之罪！

陆逊道，不必如此，卿可尽书吕壹所嘱，我携此而往，必使陛下警醒。

潘濬遂将吕壹之谋具状，交付陆逊。陆逊又面见孙登，言其所想。孙登病重，不能起，扶陆逊手道，上大将军为国除巨奸，社稷之幸也！

陆逊辞别孙登及诸将，只身入建业，夜会步骘，以潘濬所书示之。步骘阅毕，问陆逊道，卿欲何为？

陆逊道，卿可请吕壹饮宴，我必使其招认罪行，于此斩之，再报奏陛下。

步骘沉吟道，吕壹耳目众多，知我等欲除之而后快，或拒而不来，奈何？

陆逊道，今顾雍被执，吕壹欲使之屈招，诬陷我等；卿可致书吕壹，称愿与之结纳，唯愿自保，吕壹必无疑。

步骘依陆逊所说，即修书，命仆从持送吕壹。

吕壹知步骘为步夫人族兄，步夫人又极受宠爱，非他人可比，若能与之结纳，当直通后宫，于是受邀而往。

吕壹见陆逊在座，大惊，忙问陆逊道，上大将军何故在此？

陆逊道，我未经禀报，擅离武昌，望卿恕罪！

吕壹见陆逊语带讥刺，愈觉不安，说陆逊道，上大将军乃国家栋梁，何出此言？

陆逊笑而不言。吕壹欲入席，陆逊忽起，止吕壹道，此君子之会，小人当避之。

吕壹惶恐不已，不敢入席，立于一侧。

陆逊又问吕壹道，顾元叹何罪？

吕壹道，此陛下旨意，恕无奉告。

陆逊沉吟道，若顾雍废，谁可接任？

吕壹忙道，非上大将军莫属！

陆逊大笑道，卿果然机敏，难怪陛下视若掌中玩物，竟此一言，即使我与卿同谋！

吕壹道，上大将军何其显贵，我辈犹恐不及趋奉；若上大将军不弃，我不惜鞍前马后！

陆逊忽起，指吕壹道，潘太常非宵小之徒，岂能与汝沆瀣一气！

吕壹大惧，不敢言。

陆逊又道，潘太常恨汝奸恶，切齿不已；汝若使之代顾雍，必首戮汝头！

吕壹惶遽不堪，冷汗直流。

陆逊逼问吕壹道，刁嘉、潘璋及冤死者，无不忠君爱国，汝何故网织罪名，大肆构陷？

吕壹忙伏地，自辩道，我所作所为，俱为陛下授意；陛下为防患未然，为国家除害，每每命我为之。我虽亦知有冤屈，然不敢拒之，望上大将军明察！

陆逊大怒，骂吕壹道，狗贼，竟敢嫁祸陛下！今汝在我手，是祸是福，俱在转念之间。汝若能尽言其中勾当，我当放汝远走；若巧言辩解，我必斩汝于此！

吕壹忙叩头道，上大将军若饶我不死，我必尽言！

陆逊道，我言出必行，汝若无藏掖，我必送汝出建业，使汝能苟全性命！

陆逊请步骘录口供；吕壹不敢违，将所作所为一一供述。

既口供在案，陆逊命吕壹画押。吕壹有所悟，说陆逊道，上大将军若食言，我死不瞑目！

陆逊道，我非小人，从不食言。

吕壹遂画押。陆逊忽拔剑，欲斩之。吕壹疾呼道，上大将军既非小人，何故食言？

陆逊冷笑道，若守信于奸贼，必失信于国家！

于是斩吕壹于席前。

十七

陆逊执吕壹头，持口供，入禁宫，求见孙权。

时已深夜，孙权已入寝。侍从见陆逊手执人头，袍染鲜血，大为惊恐，忙入寝宫，报与孙权。孙权闻此大惊，急起，召陆逊。

陆逊跪奏道，臣未请圣旨，手刃奸贼吕壹，此灭族之罪也，请陛下严惩！

孙权大怒，指陆逊呵斥道，大胆，汝不召入京，又滥用私刑，杀朕近臣！朕若不夷汝九族，何以镇服百官！

孙权言未毕，已执剑在手，欲立斩陆逊。正此时，步骘亦至，忙止孙权道，臣请陛下查明缘由，再问罪陆逊不迟！

孙权愤怒稍解，剑指陆逊道，汝且言之，朕必不使汝枉死！

陆逊从容奏道，吕壹受陛下隆恩，本应精诚效命，竭力报国，却每以妄言离间君臣，网织罪名陷害忠良，使纲纪毁驰，人人自危。又构陷顾雍，欲使之屈招，杀尽重臣。臣身为上大将军，若不挺身而出，还朝中清明，使陛下与百官无疑，岂不枉受重恩！今巨奸已死，阴霾尽扫，山河清明，昊日朗照，臣虽死而无憾矣！

言毕，以吕壹口供及潘濬所书呈上。

孙权拒而不纳，再斥陆逊道，即使吕壹罪不可赦，亦应绳之以法，明正典刑，岂能私杀！

于是令收陆逊入狱；步骘因与陆逊同谋，亦革职受审。

翌日，群臣知吕壹被诛，而陆逊、步骘被捕，纷纷入宫，请杀尽奸党，释放陆逊、顾雍、步骘。孙权大惊，不肯与群臣见，命侍臣劝回。群臣不去，跪地不起；孙权无奈，遂登殿。

诸葛瑾奏道，臣等闻上大将军手刃巨贼，喜不自禁，俱来道贺！

群臣无不喜极而泣。偏将军丁奉道，建业士民知吕壹被除，无不奔走相告，载歌载舞。臣等请释陆逊、顾雍、步骘，复职就任，以足众望！

孙权已知众望所在，不能违，令释陆逊等。三人求见孙权，孙权一并召见。

孙权道，卿等不惜一死，清除巨奸，使朕能明是非，可嘉可叹；朕不辩贤愚，亲信小人，有负群臣之望，理当自责！

顾雍忙道，罪在吕壹，陛下无过；陛下若自责，臣等何安！

步骘道，臣请陛下阅吕壹罪状及潘濬所书，是非曲直，尽在其中。

于是再以此呈献；孙权不再拒，接读，见满纸滔天大罪，悔恨不已，令尽执耳目，尽收同党，获罪者近百人。

顾雍受尽酷刑，身心俱衰，大病不起。孙权闻知，大愧，往顾雍府第探视，见其浑身溃烂，孱弱不堪，愈自责，命太医诊治

继而，又知太子孙登亦卧病，又惊悚不已，夜不能眠。孙权不堪追恨，亦命太医往武昌，为孙登诊病。

时值岁末，洛阳腊梅怒放，清香四溢，足月不凋。士民言之纷纷，称为祥瑞之兆，主明君治世，天下太平。

曹爽以为大吉，求见曹叡，奏道，洛阳腊梅经月不谢，士民以为吉兆，无不欣然；喜讯不胫而走，天下俱知，入京观梅者日多，无不感戴陛下盛德。臣请陛下出宫赏梅，一览盛世芳华！

曹叡大喜，改服民衣，扮为富商，率近臣、侍卫出宫，入酒家，命煮腊酒，与曹爽等对饮花间。酒至微酣，曹叡举目四望，见芳华成堆，树树欲燃，一派冷香随风四散，沾衣惹袖，令人忘乎形态。

曹叡不禁叹道，若使东阿王仍在，必有清词丽句，以应眼前景物；可惜朕不善辞章，无以遣怀！

秘书郎刘放忙道，臣知文章诗赋，不过雕虫小技。陛下雄才大略，指点处，天下为纸，激扬处，江河为墨；凡群山峻岭皆文字，任陛下遣造，每有点化，必春光万里，烟霞满目。试问此等文章，陛下之外，古往今来谁能写！

曹叡笑而不语。不觉日过正午，渐觉阴凉。曹爽请登楼入室，临窗而饮。于是移座暖阁，仍有梅花近户，幽香不绝。

正谈笑间，曹叡似见曹操于花间隐现，猝然惊起，忽忆及曹操为赏桃花病逝洛阳，不禁色变，指窗外梅花道，此妖花也，大为不祥！

曹爽等莫不惊惶，正欲劝慰，曹叡已拂袖而去。

自此，曹叡夜夜惊梦，一病不起。司隶校尉崔林上奏称，曹爽用心不良，以市井流言而惑圣听，使陛下染疾，应治罪。

曹叡以为不然，召崔林道，此天意，与曹爽无关；若以此治罪，群臣必责朕小题大作。

崔林亦知曹爽颇受恩宠，不敢再言，叩谢而去。

曹爽惊恐不安，亦上书，自请侍于一侧。曹叡亦知曹爽恐惧，准其所请。

曹叡病渐深沉，自知康复无望，于是请曹爽暂退，召刘放。曹叡道，朕自知病不能愈，然诸子尚幼，未立皇储，若不托之忠臣，或生祸乱。卿敏悟异常，必有知人之明，请言何人堪此重任？

刘放泣不成声，不敢答。曹叡又道，卿不必畏惧，此关乎国家之重，可畅言。

刘放疑曹爽窃听，奏道，臣知大将军司马懿、武卫将军曹爽俱为忠臣，可使其共辅幼主。

曹叡亦有此意，遂请曹爽复入。曹叡道，朕欲命卿扶幼子登基，与司马懿辅国，望卿不负所望。

曹爽忙跪奏道，臣必以死奉少主！

曹叡执其手道，齐王曹芳虽幼，然敏慧过人，卿等若竭诚辅佐，他日必为明君。

曹爽再叩首，称必遵所嘱。刘放又奏道，燕王曹宇知陛下病重，正秘密策动，欲窃大位；因惧司马懿入京阻其阴谋，欲假传圣旨，令司马懿自辽东回关中，不得入洛阳。臣请陛下书手诏，令司马懿回京听命。

曹叡道，朕已病入骨髓，不能手书。

刘放急命侍从取纸笔，叩头道，陛下恕臣不敬，臣欲执陛下手作诏书，望能恩准。

曹叡道，卿为国家安宁，岂有不敬之说。

刘放遂执曹叡手，拟数诏。

刘放传曹叡之命，召群臣上殿。刘放持诏书，呼曹宇道，燕王曹宇听旨！

曹宇大惊，跪伏领旨。刘放宣称，燕王曹宇，心怀叵测，假传圣谕，欲图不轨；现免除职任，逐出京都，归其领地，不得滞留，否则，以谋反论！

曹宇不敢违命，告退，率家人出洛阳，往封地。

司马懿远征辽东，凯旋，正行于途，忽于一日之内分接两道圣旨，一令返长安，一令入洛阳。司马懿大疑，知有剧变，遂率大军往洛阳，屯于二百里外，不敢擅入。

刘放知司马懿已近洛阳，拒不入城，于是轻骑而往，拜见司马懿，说司马懿道，陛下命在旦夕，特召卿受遗命，辅幼主；卿需急往，不可延迟。

司马懿大惊，即随刘放入京，拜见曹叡。曹叡执其手道，朕垂死不去，唯待卿来。今以幼子托付，望不负朕。

司马懿涕泣不已，不能言。曹叡道，朕以卿与曹爽共辅，愿同舟共济，不负使命。

司马懿顿首道，臣虽万死，不负陛下所托！

曹叡令齐王、秦王俱来，指齐王曹芳道，朕猝染重病，未立储君；今以齐王曹芳为太子，请卿宣诏。

司马懿即召群臣，立曹芳为太子。曹叡又命刘放宣旨，改司马懿为太尉；以曹爽为大将军，都督诸军，录尚书事，与司马懿共负辅国之任。又虑曹爽不能与司马懿抗衡，或使司马懿专权，于是拜尚书孙礼为大将军长史，以助曹爽。

刘放欲离间二人，说司马懿道，曹爽乃曹操族孙，必自持根基深厚，或专权，宜有所防。

司马懿颇知其意，笑道，既曹爽贵为宗室，我何敢与之争！

刘放顿觉司马懿心机深沉，不能测知，不敢再言。

不数日，曹叡驾崩；司马懿、曹爽即扶曹芳登基。

曹芳时年八岁。

十八

曹爽知司马懿大军集结洛阳城郊，恐其生变，遂与司马懿商议，请各领三千精甲侍于宫内，互为牵制，以免专权。司马懿颇知其意，令邺城、许昌、洛阳诸军互换，使曹爽无所依仗。曹爽愈为忧惧，每事必先询司马懿，不敢擅自主张。

尚书、大将军长史孙礼说曹爽道，司马懿调换诸军，其部属仍在城外，用心之险恶，妇孺皆知。大将军宜有所举，否则，司马懿必专权。

曹爽道，司马懿用心，我何不知；然其久为督帅，功勋卓著，部属众多，根基深厚，又大集京郊，奈何？

孙礼道，可以国家所需为由，大选后起之秀，起而用之，必能掣肘司马懿；我知何进之孙何晏颇有才气，大将军若不用，司马懿必用之。

曹爽纳其说，召何晏。何晏虽入仕已久，却不获曹叡赏识，以为华而不实，仅委以黄门郎。

曹爽说何晏道，我知卿才华横溢，年少知名，然不遇伯乐，久不显达，我深为怜惜；今欲委卿以重任，为天子分忧，为国家立功，卿以为如何？

何晏喜不自禁，叩谢道，我必为大将军效劳，虽粉身碎骨而不惜！

曹爽遂以举贤纳才为名，大进新人，以何晏为侍中，李胜为洛阳令，丁谧为散骑侍郎；所进凡数十人，无不引为心腹。

司马懿知曹爽用心，即入后宫，欲请郭太后懿旨斥曹爽，恰见曹芳正随匠作雕玉器，大惊，问曹芳道，陛下身为天子，岂能习雕虫小技？

曹芳笑道，朕欲重塑河山，不从小器入手，岂能控岱岳之高，江湖之远？

司马懿惊愕不已，顿知曹芳天资敏慧，空前绝后，一旦亲政，必杀权臣。于是一揖告退，任曹爽极尽所为，不再应对；又命部属离洛阳，俱回长安。

何晏、丁谧、李胜等见司马懿渐处下风，俱劝曹爽趁势而为，夺其权，使之不能抗衡。曹爽以为然，率何晏及左光禄大夫刘放等入后宫，拜见郭太后。何晏说皇太后道，太尉司马懿屯兵京郊，威慑群臣；又调换诸军，京城内外，无不为其爪牙，其用心之险恶，人神俱知；请太后除司马懿太尉，以绝祸患。

刘放本欲投司马懿，以图重用，然为司马懿拒绝，仅获任左光禄大夫，大为怀恨，请太后改司马懿为太傅，夺其兵权；丁谧、李胜等纷纷附和。

郭太后称，文皇帝有遗旨，后宫女流不得干政，请曹爽自决。曹爽大喜，代天子传旨，改司马懿为太傅，分其部属；以征东将军满宠为太尉，以王淩替满宠；以尚书、大将军长史孙礼领扬州刺史；又以何晏为吏部尚书，丁谧为尚书，领散骑常侍，李胜为征西长史，入长安。

司马懿仍无举动，任其所为；长子司马师大惑，劝司马懿道，父亲雄才大略，与曹爽俱受先帝之托辅幼主，岂能坐视曹爽专权？

司马懿道，我所以集重兵于京郊，又调换诸军，意在掣肘曹爽，使其不能任意；然我渐知，先帝虽逝，根基仍固；幼帝聪慧，器识宏广，实不可欺，若他日亲政，必杀尽权臣。当此之际，岂能作为，宜大隐于朝，坐看曹爽祸及九族。

司马师大为讶然，不敢再言。

蒋琬知曹叡死，幼子曹芳继位，以为天赐良机，于是整顿部伍，欲北伐。

孙权亦以为可图，昼夜筹划，欲大举。

诸葛恪上书称，曹丕、曹叡俱短命不寿，实为上天不容。今幼子继位，朝中纷争不息，宜大举攻伐。臣请陛下亲征，扫荡荆、扬；臣与父诸葛瑾并指襄、樊；陆逊、朱桓入淮南，逼寿春。请陛下西联蜀汉，约其出陇右；若数路并举，必使曹军应接不暇。此定鼎天下之策，望纳之。

孙权不以为然，令全琮攻淮南，诸葛恪攻六安，朱然攻樊城，诸葛瑾攻襄阳。

孙登知孙权欲节制诸将，四面出击，遂请入建业，拜见孙权；孙权准之。孙登带病入宫，奏道，臣以为，知兵善战者，首推上大将军陆逊；今诸将四面出击，局势纷纭，臣请仍以陆逊为主将。

孙权笑道，朕亲赴戎机，未必不能胜？

孙登道，陆逊为诸将之首，率兵作战，乃其本份；况陆逊曾屡败曹军，何不借其声威，使曹军不战先惧？

孙权不悦，冷笑道，未必朕不如陆逊？

孙登忙道，陛下英才盖世，天神莫及，何况陆逊；然举众临敌，乃上大将军之责，陛下何必代劳？

孙权怒道，朕曾闻，汝与陆逊私交深厚，每欲图谋，或许并非流言；汝且回武昌，安守本份，断绝妄想；若不遵朕所嘱，必无善果！

孙登大骇，惊恐而退，亦不敢滞留，即回武昌，病愈深沉。

孙权命全琮先于诸将入淮南；王淩闻知，遣快马入扬州，约孙礼绕道而出，欲夹击。

全琮正疾进，忽报王淩举众阻于前，遂令部属暂止，领随从察情形，见王淩壁垒森严，声势外露，以为不可攻，遂转道芍陂。王淩亦走捷径往芍陂，仍阻于前。全琮大怒，欲急攻；正此时，孙礼亦来，阻断后路，围全琮。

诸将知全琮被围，俱请驰援。孙权不准，令全琮坚守，以牵制王淩、孙礼；令诸将俱出，欲趁曹军大集芍陂，夺六安及襄、樊。

于是诸葛恪至六安，朱然围樊城，诸葛瑾兵临襄阳。

王淩、孙礼欲大败全琮，命部属昼夜猛攻。全琮渐不能敌，损伤惨重。正此时，忽报六安、樊城、襄阳俱受敌；王淩大惊，知全琮不过诱饵，命烧尽全琮粮草，令王浚驰援樊城，孙礼援襄阳，自率精甲往六安。

全琮粮草俱毁，不敢轻进，请回建业。孙权不准，命虎威将军丁奉运粮草，助全琮，分道追击王淩、孙礼。

王淩知全琮、丁奉疾追而来，恐前后受敌，再与孙礼、王浚合，俱往樊城，欲先败朱然，再攻诸葛瑾，然后往六安。

孙权知王淩等俱往樊城，即命诸葛瑾弃襄阳，阻王淩等于途中；又命全琮、丁奉疾进，合击曹军。王淩大惧，遣人往洛阳求助。

曹爽急召何晏等商议；何晏道，我知王淩因司马懿失权，大为愤恨，不如坐视其败，趁机撤换。

曹爽依其说，拒不驰援。刘放亦不获曹爽信任，颇为怀恨，求见郭太后。刘放道，今东南危急，六安、襄、樊同时受敌，王淩、孙礼被阻于途，俱有覆没之险，大将军竟拒而不救；臣请太后下旨，命曹爽驰援。

郭太后大为惶遽，不能言。曹芳道，既大将军不援，卿可传朕旨意，命太傅司马懿领兵往东南助之。

刘放大惊，方知曹芳年少精敏，忙奏道，司马懿已失兵权，恐无力胜任。

曹芳笑道，兵乃国之利器，俱在朕手中，曹爽可夺，朕亦可予，卿有何虑？

于是命刘放召司马懿；司马懿闻召急来。

曹芳道，今东南危急，诸将处处受制。朕请太傅领兵赴东南，解诸将之危，请勿辞谢。

司马懿道，臣无一兵一卒，何以成行？

曹芳令刘放拟诏，命暂还司马懿旧部。曹爽获知大惊，即拜见曹芳，请以何晏赴东南救援。曹芳不准，称圣命如天，岂能更改。曹爽不敢违，遂还司马懿部属。

司马懿欲行，曹芳又召其入宫，赠以玉马。曹芳道，此为朕所雕，今以此赐卿，望能珍爱。

司马懿颇知其意，玉马暗指司马，其低头之状，暗喻俯首帖耳；忙道，陛下钦赐，臣当视若性命！

曹芳笑道，此物易碎，若不慎，当不能全之。

司马懿愈惊，跪奏道，臣愿作老骥，任陛下驱驰！

司马懿拜辞曹芳，率五万大军昼夜兼程，急赴东南。不数日，司马懿至寿春，兵分两路，各赴敌阵；司马懿自领一路救王淩、孙礼。诸葛瑾、朱然知司马懿来，亦分兵，由诸葛瑾迎战司马懿，朱然、全琮、丁奉仍围王淩、孙礼。樊城守军知司马懿大举而来，大为振奋，齐出，合击诸葛瑾。诸葛瑾不敌，为流矢所伤，引军而走。

朱然等知诸葛瑾败走，不敢再持，亦撤回建业。诸葛恪知两军俱退，亦不敢再战，遂弃六安。

于是东南之危立解，司马懿班师回朝，求见曹芳，请还兵权，曹芳不准。

曹爽以王淩失策为由，奏请以扬烈将军王昶为征东将军。曹芳不能决，遂召司马懿。

曹芳道，大将军请以王昶替王淩，卿以为如何？

司马懿道，朝中百官，俱为陛下之臣，其进其退，俱因陛下之命。臣知王昶极负才干，又忠勇壮烈，颇堪重用。臣请陛下召王昶，使其知陛下恩德，非他人私恩。

曹芳大喜，遂召王昶，极尽恩抚。王昶颇为感激，誓言必竭全尽力，终身不负此恩。

曹芳遂以王昶为征东将军，节制东南诸将；以王淩为司空，刘放为骠骑将军。

十九

顾雍日渐衰弱，命在旦夕。孙权得知，登门抚慰。顾雍道，臣恐不能再奉圣谕，惶惶不可终日；今有一言，望陛下纳之。

孙权道，卿有何嘱，朕必尽纳。

顾雍道，陆逊极具韬略，又坦率无私；臣之后，请以陆逊为丞相，必能使国家兴盛，群臣服膺。

孙权应之，又极尽安抚。

顾雍以为再无牵挂，遂召诸子，立家训遗嘱，欣然而逝。

孙权深为痛惜，令厚葬，并以次子顾裕袭封爵。

数月后，又闻孙登病愈重，夜夜惊惶，不能成眠，饮食日少，消瘦不堪。孙权命移孙登来建业，令太医诊治；又使步骘往武昌察孙登言行。

步骘回报，称太子忠孝，亲画陛下像，晨昏必拜；虽病入膏肓，仍忧国家安危，陛下身心。

孙权颇为感慨，始悔责之过严，遂探视。孙登受宠若惊，欲跪迎；孙权不准，问孙登道，朕闻卿绝饮食，是否有恨？

孙登欲言又止，泣不成声；孙权又问孙登道，卿夜不成眠，是否有怨？

孙登恐慌不已，哽咽道，臣不知怨恨，唯有忧虑；日所虑者，国家也；夜所忧者，陛下也。

孙权大为惭悔，沉吟道，卿忠诚孝悌，朕已尽知。既疾患深沉，宜绝忧思，宽怀静养，虽万事纷纭而勿虑。

孙登愈觉恩德如天，难以言表；待孙权去，命侍从备笔墨，书千言，称国不可无相；陆逊忠勤，又才气干云，实为群臣之首，请以陆逊为丞相，为陛下分忧，为国家尽忠。又请重用步骘、诸葛恪、张承、张休、顾谭等。

是夜，孙登病故。

孙权痛不欲生，令群臣举哀；于是厚葬孙登，谥为宣太子。

孙权又命步骘察陆逊功过；步骘不敢怠慢，又往武昌，历时数月，问尽群僚；群僚俱言陆逊功勋卓著，无人能及。步骘回见孙权，一一奏报。

孙权疑惑尽除，于是以陆逊为丞相，领上大将军，仍率诸将镇武昌；以步骘为骠骑将军，遥领冀州牧。

威北将军诸葛恪欲往武昌邀陆逊，一同上书孙权，请再伐襄、樊；正欲行，忽报诸葛瑾病重，大惊，即往南郡探视。

诸葛瑾屏退左右，说诸葛恪道，我别无所虑，唯虑汝恃才自傲，建功心切；若不知退让，他日或生祸患，危及家族。

诸葛恪涕泣道，父亲教诲，我不敢忘。

诸葛瑾叹息道，我本无功业之望，唯愿躬耕南亩，或吟风唱月，诗酒流连，了此一生。谁料遭遇乱世，不能安处，于是客寄江东。孙伯符知我微名，真诚相邀，于是入军旅，涉仕途，方有今日之贵。然封妻荫子非我所想，父子俱荣非我所愿。汝自幼聪慧，获誉甚早，又深得陛下宠信，年少得志，平步青云，不免骄慢浮躁，此乃汝之短，若不自省，必遭重挫。况陛下年高，难称圣明；太子早死，不知储君为谁，若所立不贤，它日继位，恐无容人之量。所谓木秀于林，风必摧之；堆出于岸，流必湍之；行高于世，众必非之。此数言，望谨记。

诸葛瑾言毕而逝；诸葛恪悲不自禁，留南郡，为父治丧，并奏报孙权。孙权有感诸葛瑾功绩，令以诸侯之礼葬建业；诸葛恪上表辞谢，称先君曾居毗陵，犹爱此间风物，遗命敛以时服，薄棺简礼，归葬毗陵，望能足愿。

孙权大为叹赏，准其所请。

蒋琬知曹芳幼弱，司马懿、曹爽不和，以为正当其时，欲遂诸葛亮遗愿，大举北伐，遂召诸将，请言诸葛亮得失，或取而用之，或引以为戒。

诸将各执所见，或言实力不济，难求一胜；或言用兵失策，屡屡败北；或言孤军深入，粮草不继，如此等等，不一而足。

蒋琬欲沿汉水东下，先取魏兴、上庸，再入长安；令邓芝督造战船，又上奏刘禅。

刘禅接蒋琬奏表，召费祎、谯周等，议蒋琬之请。谯周道，诸葛亮屡屡北伐，无不失利，已使蜀中空虚，百姓失望。臣请斥蒋琬，令其据汉中而自保。

费祎道，不可，若不北伐，有违先帝遗愿，诸葛丞相亦难安息；然汉水流急，若大军不利，难以全身而退，可命其重拟策略。

刘禅纳费祎所说，命其往汉中，助蒋琬另行策划，再奏。

费祎即往汉中，告知蒋琬。蒋琬又召诸将，示以刘禅旨意。诸将不知所措，俱不言。

蒋琬道，我欲命姜维直捣凉州，凉州北通羌胡，势压关中，若能据之，必能使西北震动；再举精甲沿汉水急下，曹军必大集上庸以拒之；姜维可大出凉州，直指长安，必能一举而下。

费祎以为然，遂回成都，上奏刘禅。刘禅仍以为不可，又下旨，称涪介于秦、陇，又通巴、蜀，堪称重地；凉州近羌胡，异族混居，风俗迥然，形若泥潭，若深入，恐既不能应大军，亦不能自安。可使姜维屯涪，若大军不利，可沿水而进，予以接应。

蒋琬不敢违，依刘禅之令，命姜维率二万之众入涪。

时已初冬，汉水低落，蒋琬以为不利行舟，欲待春水大生时再举，于是令诸将练兵。

蒋琬却因风寒染病，久治不愈，深恐再失良机，遂上表请辞。

刘禅大惊，令蒋琬还成都，迁王平为镇北大将军，代蒋琬统领汉中诸将。蒋琬行于途，觉不堪劳顿，请入涪；刘禅准之。

不数月，蒋琬死于涪。刘禅欲下旨，命移葬成都。费诗奏道，不可，诸葛亮等亦死于外，无不客葬它乡，若移葬蒋琬，必移葬诸葛亮等，如此，必大耗资财，有害无益。

刘禅以为然，以费祎为丞相，领大将军，仍守汉中；又以邓芝为车骑将军，移镇江州。

孙登死，孙权竟再不立嗣。步骘以为孙权年迈，若有不测，必生祸患；于是上书孙权，请立太子。

孙权召步骘道，朕几欲立储，然不知诸子贤愚，故而迟疑不决；望卿代朕择之。

步骘道，皇太子卒于盛年，皇子孙虑亦早逝；现孙和长于诸子，可立之。

孙权道，全琮父子俱以为孙霸贤良，屡劝朕立孙霸，卿以为如何？

步骘道，弃长立幼，国之大忌；臣知孙和精进好学，又礼贤下士，极负人望，请立孙和。

孙权仍不能决，于是致书陆逊，询之。陆逊亦以为当立孙和；孙权遂不疑，立孙和为太子。

孙和恐因此与诸王失和，与诸王往来频繁，大过以往。陆逊知之，上书孙权，称太子举止失当，应责之。孙权以为然，责孙和，令其与诸王绝，以免生惹是非。孙和知为陆逊所请，恨之。

孙权立孙和，孙霸大失所望，召全琮之子全寄及谋士杨竺、吴安等，欲取而代之。

孙霸道，孙和初为皇储，即与诸弟绝交，足见薄情寡义；他日若继位，宁不杀尽手足！为宗室、江山计，我必取而代之！

全寄等大为惶遽，不敢言。

孙霸说全寄道，我知卿身怀不世之才，若助我事成，当不负大恩。

全寄道，若鲁王不知忍耐，恕不敢同谋。

孙霸颇为惊讶，问全寄道，卿曾竭力相助，欲扶我为太子；今言犹热，话未冷，何故如此？

全寄道，孙和已立，大局已定，若不慎，必遭横祸。

孙霸大怒，斥全寄道，既有今日，何必当初！卿每以为才高，胆识卓绝，孰料竟如鼠辈！

全寄忙道，我知鲁王身怀壮志，天资气格优于诸王，故而不惜以命相托；然事已至此，若无天人不察之计，不能使鲁王如愿。所谓事成于秘，败于显；若鲁王不藏大志，不忍忿怒，非但事不能成，或将自取其祸。

杨竺、吴安等，俱请孙霸隐忍，不可外露锋芒。

二十

孙霸纳全寄、杨竺、吴安之说，一改常态，暗结群臣。群臣俱知孙霸之意，又惧其喜怒无常，张扬跋扈，不敢与之结纳。孙霸颇为怨恨，又置酒，再召全寄等密谋。

孙霸道，群臣无不趋奉孙和，不敢与我交，奈何？

杨竺道，趋炎附势，人之秉性，何必计较。我以为，欲取代孙和，需双面齐举，否则，恐难如愿。

孙霸见杨竺欲言又止，问杨竺道，卿有何策，但说无妨。

杨竺道，应使陛下知孙和不贤，唯鲁王可期；若鲁王绝宴乐，修学问，自请裁撤侍从，减少用度，又不与群臣及诸王往来，其贤必显。如此，取代孙和指日可待。

全寄道，此说可行。今陆逊权倾一时，颇获陛下宠信；若得陆逊相助，此事必成。

孙霸道，陆逊曾力主立孙和，孤又与之无往来，恐不肯听命。

全寄道，陆逊因私杀吕壹，险被陛下斩首，必知君恩无常，若失宠，虽位极人臣，不能自保；孙和笼络诸王，陆逊以为不可，请陛下责之；孙和为之大怀怨恨；若孙和继位，陆逊必遭大祸。此我等能知，陆逊何不知！我父与陆逊颇有私交，我欲请其说陆逊，晓以利害；陆逊必趋附，废立之事有望矣。

孙霸大喜，即命全琮行此计；全琮道，请鲁王严于律纪，戒骄躁，绝享乐，大树恩德，使陛下及群臣俱知鲁王贤明，此计方能行。

孙霸举酒道，我与卿等饮此即戒，待事成，再豪饮不迟！

全寄等一饮而尽，又摔盏立誓，若不成功，终身不饮。

全寄遂请全琮说陆逊；全琮以书信托陆逊，极言孙和不贤，称孙霸仁厚睿智，优于诸王，请说陛下废孙和立孙霸。

陆逊颇知用心，即回书全琮劝称，自古轻言废立者，无不滋生祸乱。陛下深知诸王贤愚，所立无误，足下不可妄举。鲁王与太子不睦，蠢蠢欲动；贵公子事鲁王，不免与之谋，此古今大忌也。足下父子贵为皇亲，应知珍重，切勿自取其祸。

全琮不以为然，颇恨陆逊。陆逊虑孙和所养无佳士，恐不敌孙霸奸谋，遂上书，请以顾承、张休助孙和。孙权准奏，拜顾承为太子洗马，张休为太傅。

全寄知陆逊拒为同谋，说孙霸道，我欲使陆逊言孙和不贤，陆逊不愿趋附；陛下欲立孙和生母王夫人为皇后，我母全公主与王夫人不和，我欲说全公主入宫，力陈孙和之过，阻以王夫人为后，必能使孙和母子失宠。

孙霸大喜，说全寄道，既如此，卿可速为之。

全寄即回府，拜见全公主。全公主曾嫁周瑜长子周循，周循病死，又嫁全琮。

全公主正当窗抚琴；全寄忽回，疾呼道，大祸将至，我母竟有如此闲情！

全公主大惊，问全寄道，何有此言？

全寄道，陛下欲立王夫人为皇后；若孙和继位，我母岂能自安！

全公主冷笑道，我贵为公主，极受陛下宠爱，从来不惧谗言。

全寄忙道，此言差矣。我父子力助孙霸，孙和必怨恨。若陛下健在，可安然若素；若陛下归天，必为孙和母子所害！

全公主顿觉危惧，遂离座，问全寄道，既如此，当何为？

全寄道，宜防患于未然，力阻以王夫人为后；说陛下废孙和，改立鲁王。

全公主沉吟道，阻其为后，或不难；然废孙和立孙霸，断非易事。

全寄道，事在人为耳，请倾尽全力，不可坐以待毙。

全公主以为然，即入宫，求见孙权。时逢孙权染疾，卧病不起，见全公主入见，惊喜道，长公主入见，朕顿觉神清气爽，疾患尽除。

孙权遂起，与全公主欢言不尽。全公主请留宫中，侍奉汤药饮食；孙权愈喜，见其殷勤不已，大为感慨，执其手道，可惜汝非男子，否则，朕必立汝为皇储。

全公主面色忽改，似不胜惶遽；孙权惊讶，问全公主道，公主何故忽生忧戚？

全公主不言，渐而泣下如雨。

孙权愈疑，又问全公主道，莫非全琮不贤？

全公主一口否认；孙权再问全公主道，未必全寄等不孝？

全公主哽咽道，妾夫贤子孝，不忧家事；所忧者，陛下也。

孙权笑道，朕虽年近古稀，然步履坚实，能登高，亦能骑射；所染不过小疾，汝一来，顿时痊愈，汝有何忧？

全公主道，妾闻皇后母仪天下，非德如厚土者不能居之。妾以为，君王如参天之树，皇后如茂叶繁花，若花不繁，叶不茂，必秧及枝干。妾知王夫人少德，若以之为后，或使陛下受累，故而忧虑。

孙权顿知全公主来意，笑道，王夫人何以少德，可详言。

全公主道，妾为长公主，王夫人不能与妾和睦，恨不能除之而后快；若非少德，岂能如此？

孙权顿生疑惑，久不能言。全公主又道，今孙和已为太子，妾虑其必报母恨，噤若寒蝉；若王夫人为后，母子分主内外，妾必死无葬身之地！

言罢，大哭不止。

孙权忽觉头晕眼花，不能站立。全公主大惊，忙扶其上卧榻，急呼侍从。

自此，孙权卧病不起。全公主侍于侧，昼夜不离。太医称孙权气血虚耗，需补亏。全公主心思一动，说太医道，妾闻子女之血，最能补父母之虚，何不用之？

太医忙道，公主所言，臣亦有所闻；然无圣命，臣不敢为。

全公主遂请孙权下旨，令诸子献血。孙权亦欲借此察诸子之心，于是令诸子刺血一盏。全公主又请诸子书姓名于盏底，以知所献多寡；孙权亦准之。

诸子不敢违，俱刺血奉献。全公主暗以孙和所献去一半，混以清水。孙权知孙和以水代血，大怒，欲令其入宫，责之。

全公主忙劝道，陛下不必为小事动怒，诸王俱能尽孝，足以使陛下康复，何必与之计较。

孙权冷笑道，子不孝，母亦不贤；朕既可立，亦可废！

全公主又道，妾闻太子不遵圣谕，暗与群臣往来，广结朋党，尤与丞相陆逊交往最频。若里应外合，或能使阴谋得逞，陛下应防之。

孙权大惊，忽想及陆逊曾请以顾承、张休等助孙和，顿生嫌疑，遂下旨，令徙顾承、张休往交州，以吾粲代张休为太傅。

顾承、张休受命离建业，虽颇觉委屈，无处声张。全寄知张休颇为孙权器重，恐其东山再起，遂与全寄、杨竺、吴安等商议，欲置张休于死地。

吴安道，我与张休交好，深知其才，若使之苟活，他日必报今日之仇。我等可联名上书，指张休赖张昭名望，骄狂自大，目无君王；事亡太子孙登，每以师尊自居，不知人臣之礼；今为太傅，不教太子孝敬陛下，友爱诸弟，反使太子广结朋党，残害手足。此皆为死罪，若俱奏，张休必休！

全琮道，所言虽俱为重罪，然无实证，恐反使陛下生疑，祸及我等。

吴安道，张休往交州时，曾有诗赠我，语含怨恨，又多讥讽，若以此奏报，张休必死！

全寄、杨竺大喜，遂书奏章，附张休赠别之诗。孙权阅毕大怒，即下旨，赐张休死。

太常卿顾谭知张休被赐死，求见孙权。顾谭道，臣知鲁王孙霸野心如炽，全寄、杨竺、吴安等俱为党羽，陛下竟听信妖言，使张休蒙冤！

孙权冷笑道，卿既知奸谋，何不早奏；若无顾承涉案，恐无此言！

顾谭道，臣请陛下严查，若臣所言不实，任由惩处，臣死而无怨！

孙权大怒，指顾谭道，汝竟逼宫！朕若不严惩，君威何在！

遂下旨，亦贬顾谭往交州。

太傅吾粲与顾氏兄弟交好，忽闻顾谭因言获罪，被贬交州，大惊，欲送行；方入府第，恰值侍卫押顾谭出户。

顾谭见吾粲来，疾呼道，太子身处险境，危在旦夕；卿为太傅，请不惜身家性命，保太子无虞！

吾粲顿觉血气翻涌，不能忍，遂入宫，求见孙权。吾粲道，臣知鲁王取代之心如炽，深为不安；今又大肆诬陷，网织罪名，欲使太子孤立；若使之得逞，必祸及江山社稷。臣请陛下斥鲁王，使之安守本份；遣散党羽，问罪全寄、杨竺、吴安等！

孙权大怒，斥吾粲道，朕以为汝博雅清通，熟知今古，必能使太子言行端正，知仁君所应为；汝竟妄涉争端，不知自重，何以为太傅！

遂令收吾粲下狱。吾粲愈虑太子，忧心如焚。恰值家人探视，遂咬指，致血书与陆逊，称陛下已有废立之心，请陆逊助太子。

孙权闻知，怒愈盛，赐吾粲死。

全寄等见所谋奏效，再上一表，称太子与陆逊里应外合，欲逼陛下禅位。

孙权已有警觉，既不责陆逊，亦不回复全寄等。

二十一

陆逊获吾粲血书，大为愤慨，即上表，极称太子之贤，鲁王之恶；又称张休、吾粲，俱为国家栋梁，竟诬陷致死；请收全寄、杨竺、吴安等问罪，以安人心；又称太子不安，群僚必疑，岂能轻言废立。

恰此时，杨竺又上书，言陆逊轩昂自大，欺君压主，凡二十罪，无不重大。孙权大怒，下旨责陆逊：

朕知陆氏，冠绝江东，又世代荣显，门风贵德，无不为士子所宗。卿一代佳士，又贵为丞相，竟不知君臣之礼；出言疏狂，用语倨傲，宁不使朕失望！

素闻卿与太子暗相往来，经营谋私，朕以为不过流言；然表中所述，朋党之实已昭然，朕宁不愤慨！

朕托以军国，视若腹心，然卿每以重权而自大，又不为时忧，不知尊卑，试问居心何在！

陆逊惶恐不已，上表自辩。孙权再下旨责问，言辞愈严。

陆逊颇觉委屈，不敢再辩，自此郁郁寡欢，一病不起。长子陆抗时为建武校尉，知陆逊病重，请入武昌侍奉，孙权准之。

陆逊见陆抗来，叹息道，我欲正陛下之行，绝陛下之非，每每力劝；无奈陛下年迈，不复当年英明。今鲁王欲图太子，暗结党羽，大施诡计，必生祸乱。我身为丞相，领上大将军，若不为君国忧，何以与列祖相见泉下！

陆抗道，父亲宜静养，暂勿以国事为虑。

陆逊斥道，我位极人臣，忧国忧君乃本份，卿何出此言！

陆抗知陆逊固执，不敢再劝。陆逊又道，卿可代我拟奏表，我不惜身败名裂，必使陛下明辨是非！

陆抗遂代陆逊手书，极言孙和不可废；称全寄、杨竺、吴安等居心叵测，若不早除，必祸国殃民。

孙权获奏，愈怒，命全琮入武昌，面责陆逊。全琮既来，竟不顾陆逊病重，立于榻前，讥笑道，卿自以为才华盖世，能识他人之谋；然不知时务，可见徒有虚名！

陆逊大为愤慨，反斥全琮道，卿助纣为虐，翻云覆雨，祸乱朝纲，左右圣听，必遭灭族之祸！

全琮大笑道，我受陛下所嘱，来此面责；卿竟不知悔悟，足见愚昧！

陆逊怒不可遏，张嘴不能言，唯呕血不止。

全琮道，卿苟延残喘，命在旦夕，可惜陛下毫不以之为意，即使丹心如日，试问谁人能知！今猜疑已深，君恩尽失；我既来，卿不以求告博取同情，仍自负尊荣，言辞犀利，竟不虑自取其辱，实在令人不解！

全琮言毕，拂袖而去。陆逊忧愤愈深，竟逝于当日。

孙权知陆逊死，拒不安抚家属，即命诸葛恪入武昌，领其部属。陆抗上书，请以诸侯之礼葬陆逊于武昌；孙权不准，命薄棺素服，归葬故里。陆抗不敢违，持葬吴郡。

丧事毕，陆抗率其子陆晏、陆景、陆玄、陆机、陆云往建业谢恩。孙权念陆氏为江东旺族，不忍与之绝，遂召陆抗。

孙权见陆抗忧戚不堪，似有怨恨，问陆抗道，朕令简葬陆伯言，卿是否怀怨？

陆抗道，薄棺简葬乃圣命，亦乃先君遗愿，臣岂能有怨。

孙权沉吟片刻，又问，朕闻陆伯言喜奢侈，衣食住行无不华丽，此言可真？

陆抗泣道，臣父虽出身贵胄，然最知节俭，生不聚财，死不求封，唯以君国之忧而忧；虽垂危，仍口称陛下不绝。此武昌僚属俱知，望陛下明察！

孙权略有悔悟，命诸葛恪尽察陆逊情形。

不一月，诸葛恪上书孙权称，故丞相陆逊，忧国忧君，虽殚精竭虑，仍恐有所失；出身世族，然布衣蔬食，家无余财；屡建奇功，然从不倨傲，清廉自律；夙兴夜寐，仍自责不已，唯恐有负使命。

孙权大为醒悟，又追悔莫及，遂下旨，拜陆抗为奋威将军，分陆逊旧部五千与陆抗。

孙权已知孙霸及全寄、杨竺、吴安等欲图谋太子，下旨斥责，再不言废立；继而，以步骘代陆逊为丞相，以朱然、全琮为左、右大司马；以镇南将军吕岱为上大将军，屯武昌西；以诸葛恪为大将军，镇武昌。

征西长史李胜自恃为曹爽心腹，刚愎自用，渐与征西将军夏侯玄失和；曹爽闻知，颇为忧惧，遂召何晏，欲以李胜代夏侯玄。

何晏劝道，夏侯玄颇有才华，又为名将之后，不可撤换；大将军可招夏侯玄，予以恩抚，使其能为大将军所用。

曹爽遂召夏侯玄，抚其手道，我与卿俱为宗族，彼此当如手足；今我与司马懿辅国，若无卿鼎力相助，难以与之抗衡。实不相瞒，李胜为我心腹，望能善待，若不能共处，必为外人所乘。

夏侯玄不敢违，满口答应，仍回长安。西北诸将纷纷求见夏侯玄，极称李胜奸诈，不愿与之为伍。夏侯玄无奈，致书曹爽，请免李胜征西长史，另行任用。曹爽不敢违众意，召李胜回，以之为荆州刺史。

何晏欲使曹爽大树威名，请伐汉中。曹芳不能决，遂召司马懿。

司马懿称病推谢；曹芳颇知司马懿之意，登门探望。司马懿大惊，率诸子跪迎。曹芳将之扶起，笑道，大将军请攻汉中，朕不能决，欲请太傅商议；太傅称病，不能入宫，朕只好来此。

司马懿道，臣何德何能，竟获陛下如此垂爱！

曹芳道，大将军所请如何，望能详言。

司马懿道，大将军欲除不臣，用心良苦，实可嘉赏；然汉中偏远，关塞重叠，若大将军不亲伐，恐难奏捷。

曹芳以为然，遂召曹爽。曹芳道，朕知汉中艰险，易守难攻；司马懿久在西北，每每守而不攻，或阻断关隘，屯兵自保。卿欲有所为，请亲率诸将，身先士卒，否则，恐不能有所获。

曹爽道，臣知蜀军柔弱，又折损不绝，士卒多为老幼，所仗者，不过雄关要塞。欲夺汉中，夏侯玄足以胜任，何用臣亲往。

曹芳颇知曹爽用心，笑道，若大将军不往，朕当命司马太傅往之。

曹爽顿觉不安，深恐司马懿复获重兵，忙道，出征赴敌，乃大将军本份，臣愿往。

曹芳大喜，命曹爽举众往长安。曹爽疑司马懿趁机而为，忧患重重；恰值李胜欲往东南就职，遂命李胜入司马懿府第告辞，以察情形。

李胜拜见司马懿，司马懿仍称病不出，令其子司马师、司马昭出见。

司马师道，父亲疾患深沉，行动不便，望能见谅。

李胜大为疑惑，说司马师道，我勉知医道，或能除太傅疾苦，请容我一见。

司马昭、司马师不好力阻，请其入内。李胜见司马懿面色蜡黄，双目赤红，正饮参汤，笑道，太傅急火攻心，宜泻不宜补。

司马懿道，既非火，亦非寒，泻无益，补亦无益；我已病入膏肓，无药可治矣！

言毕，咳喘不止。李胜以为司马懿危在旦夕，遂告退，回复曹爽。曹爽闻知大喜，再无后顾之忧，遂召司空王淩，嘱其代理事务。翌日，即举众往长安。

司马师、司马昭以为天赐良机，请司马懿夺曹爽权。司马懿斥道，孺子之见，若举，陛下必知用心，虽有所获，难免他日之失！

司马师道，我知汉中兵寡，又主将频换，恐难敌曹爽十万之众；若曹爽夺汉中，必威风愈甚，父亲岂不虑之？

司马懿道，我知姜维屯于涪，马岱、廖化等扼守骆谷，彼此可呼应，更可驰援；曹爽必沿汉川而往，汉川狭长，有利于守，有害于攻；若蜀军敛兵谷口，虽我往之，亦难取胜，何况曹爽！

司马昭道，父亲与曹爽受命辅国，曹爽离京，群臣无不望父亲振奋而起，夺其权，除其党羽。此众望所归，父亲何不顺应人心？

司马懿再斥道，汝竟不知墙外有耳！曹爽虽离京，何晏、丁谧等仍在朝，若有所举，此数人必星夜驰告；若曹爽领众骤回，兵逼洛阳，岂不有灭族之祸！

司马师、司马昭大骇，又不甘心，欲说群臣弹劾曹爽。

司马懿闻知，急召司马师、司马昭，屏退左右，说二人道，卿等宜谨言慎行，不可妄动；若欲有所举，需待曹爽兵败，否则将惹火烧身！

司马师、司马昭方知司马懿用意之深，遂止。

费祎知曹爽举众出关中，沿汉川而来，即遣人往西蜀报与刘禅；又召诸将商议。

诸将以为宜收紧部属，据乐城、汉城，屯兵自保。

王平道，若如此，曹爽必知我等虚弱，或肆无忌惮；况乐城、汉城近在咫尺，若有失，则汉中危矣。我以为应大集骆谷，据守险要，使曹爽不能获尺寸之进。曹爽建功心切，或举众强攻，我等可迎头痛击，必能使其大败！

费祎以为可，命王平领部属先行；亲往涪，令姜维大出，会战曹爽。

二十二

曹爽、夏侯玄举十万大军出长安，浩浩荡荡沿汉川疾进，不数日已近骆谷。

王平率部属先至骆谷，见曹爽、夏侯玄所领甚众，急命部属结营高处，阻断谷口。平北将军马岱劝道，曹军数倍于我，恐不能与之相持，不如退还乐城、汉城，或能自保。

王平道，丞相已往涪，命姜维出兵，不日将至；若此时弃骆谷，姜维必扑空，两军不能会师，恐俱有覆没之险。

诸将不敢多言，大树营垒。曹爽、夏侯玄见王平等阻于骆谷，欲一举而下，令诸将强攻。王平等居高临下，以滚石痛击；曹军不能进，损伤甚众。曹爽大怒，欲再举。

夏侯玄劝道，姜维屯于涪，知骆谷危急，必驰援；若两军会战，我等难以制胜；请大将军暂止，以待其变，再举不迟。

曹爽沉吟道，卿言有理。涪距此不过数百里，若姜维驰援，三日可至。我等可三日不举，若姜维来，可沿汉川退走，应无所失；若三日后姜维不来，则必有所虑，我等再急攻王平，破骆谷，直往汉中。

于是命诸将结营，与之对峙。

刘禅知王平以寡敌众，费祎却往涪，大为不安，急命中护军刘敏入涪，催费祎、姜维紧急驰援。刘敏倍道疾驰，仅一日即入涪。

费祎见刘敏来，竟邀其对弈。刘敏大为惊讶，说费祎道，今骆谷危急，羽檄一日数至；王平所率不足三万，若不驰援，必为曹爽所破。陛下为此忧心如焚，丞相竟有此雅兴！

费祎笑道，临阵杀敌，与围棋于方寸间并无区别；若求胜心切，轻举妄动，必方寸大乱，岂有胜算！

刘敏道，姜维屯兵于此，意在顾全汉中及成都；今曹爽大举而来，汉中危在旦夕，丞相何不令姜维大出？

费祎道，我知曹爽惧姜维驰援，若急往，曹爽必退走；若延宕，曹爽以为姜维有所顾虑，或全力以赴攻王平；若此时援军大至，两军会战，曹爽必大败。故此宜缓不宜急。

刘敏仍疑，又问费祎道，若王平不敌，曹爽可直逼汉中，奈何？

费祎笑道，卿勿虑，骆谷深险，易守难攻；王平果敢勇决，必能坚守。

费祎再请刘敏对弈，刘敏不能辞，与之围棋。刘敏落子如飞，费祎从容不迫，竟终日未完一局。刘敏颇不耐烦，屡屡催促；费祎愈显谨慎，每每举棋不定。

两人弈至深夜，费祎忽推棋枰，大笑道，时机已到，我将往；卿可回禀陛下，勿以汉中为虑。

费祎遂召诸将，星夜疾驰，欲阻断曹爽退路，与王平前后夹击；命快马先往骆谷，授王平计谋。

三日已过，不见姜维驰援，曹爽再无所惧，命诸将强攻。王平虽负隅顽抗，渐渐不敌，欲尽收部属于谷口，与之死战。正此时，快马已至，命王平弃骆谷，且战且退。王平依费祎所嘱，领部属撤走。曹爽大喜，举众急追。

费祎、姜维等仅一昼夜已至骆谷，见曹爽正追王平，即抄断后路，猛击曹爽后军。曹爽大骇，急令部属与费祎、姜维战。

夏侯玄忙劝道，宜出狭谷，占据高处，否则将大败！

曹爽如梦初醒，令将士登高。王平亦率将士登山，占尽险要，还击曹爽。曹军大败，四散乱走。姜维、王平等大肆赶杀，斩首数万，俘获甚众。

曹爽、夏侯玄等仅领一万余众逃回关中，深恐费祎乘胜而进，急命快马往洛阳，求曹芳增兵。

曹芳闻报大惊，欲命雍州刺史郭淮、右将军夏侯霸回保长安。司马懿知曹爽大败，求见曹芳，劝曹芳道，郭淮据雍州，夏侯霸据陇西，俱为要地，若走，蜀军必趁机而夺；此两地若失，长安将无屏障，恐不能保。臣请以司马昭、司马师领兵往关中，以防蜀军。

曹芳大喜，遂命司马昭、司马师举精甲三万入关中。司马懿又劝曹芳道，曹爽刚愎自用，冒险轻进，几乎全军覆没；又广结朋党，要挟天子，罪不可赦。臣请陛下召曹爽回，治其罪。

曹芳遂下旨，命司马师、司马昭收曹爽，槛车押回洛阳。

数日后，司马师、司马昭押曹爽回，收入大狱。司马懿知曹爽必有所举，于是尽召狱吏，嘱咐道，若曹爽有所托付，可应诺，然后据实告知。

曹爽自恃爪牙众多，遂书密信，许狱吏以重金，请转交何晏。狱吏以密信呈送司马懿。司马懿知曹爽命何晏、丁谧等忽然而举，杀司马懿父子；又令李胜约东南诸将，逼曹芳退位，大喜，即持信求见曹芳。曹芳大怒，命收何晏、丁谧、李胜等入狱。

群臣知曹爽及党羽被收，纷纷入宫，请诛曹爽、何晏等三族，斩草除根。曹芳遂下旨，斩曹爽及同党，涉案数十人，俱被灭族。

曹芳欲拜司马懿为丞相，领大将军；司马懿坚辞不受。曹芳三请，司马懿俱以年高体弱为故推谢，并请辞太傅。

司马师、司马昭不解，劝司马懿道，父亲不揽大权，何必以计除曹爽？

司马懿道，除曹爽乃为君、国，不为私利；若借此专权，必为群臣忌恨。

司马师仍不甘，又问，陛下倚重父亲，父亲宜趁此而为家族谋，不应使大权旁落。

司马懿道，非也。今陛下虽年幼，然旧臣犹在，若操之过急，必适得其反。我为汝等谋将来，不为眼前谋小利。

二人大悟，不再言。

曹芳下旨，免夏侯玄征西将军，改任太常卿；以郭淮为征西将军；以王昶为征南大将军；以司空王凌为太尉，都督军事；以胡遵为征东将军，毋丘俭为镇东将军，文钦为扬州刺史。

骠骑将军刘放知王凌获兵权，即上书曹芳，称王凌与曹爽交好，又深藏异志，若掌军事，必生祸乱；中护军司马师忠壮勇决，其父司马懿又部属众多，宜以司马师与王凌共掌军事，不仅能制衡，更能使司马懿旧部悦服，以免生乱。

曹芳依刘放所请，以司马师为抚军大将军。王凌大怒，夜访夏侯玄。夏侯玄知其必有所谋，于是屏退左右。王凌道，今曹芳为司马父子所惑，我等难以容身，若不有所举，必步曹爽后尘。

夏侯玄道，卿有何意，请言之，我必遵奉。

王凌道，我欲请旨往东南征孙权，然后拥众废曹芳，改立楚王曹彪；卿可与右将军夏侯霸约，使其夺郭淮兵权，与东南呼应，迫曹芳退位。若事成，我必力荐卿为大将军，与我同辅幼主。

夏侯玄道，我知中书令李丰，光禄大夫张缉亦恨巨奸当朝，欲扫除积弊，另立新君，可与之同谋。

王凌大喜，遂召李丰、张缉。

密谋既定，夏侯玄即致信夏侯霸，请其骤入长安，杀郭淮，夺其兵权。王凌亦上书，请往东南，集结旧部伐孙权。

曹芳不知王凌阴谋，准其所请。王凌来寿春，召集旧部，历数曹芳不贤，若不废曹芳，国将不国；旧部俱称，愿与之共进退。

王凌知豫州刺史毋丘俭亦嫌曹芳幼弱，遂命典农功曹邓艾往豫州，约毋丘俭同举。

邓艾颇能谋划，自幼喜好军事，每指军营言攻守，乡人大为讥笑；邓艾知王凌屯汝南，只身求见。王凌喜邓艾内秀，然又嫌其口吃，虽不用，仍荐与州郡。

邓艾以为王凌必败，劝勿举；王凌不听，责之。邓艾出寿春，径往洛阳，持王凌与毋丘俭书信，求见司马懿；司马懿大惊，急告曹芳。

曹芳大怒，欲命王昶、胡遵等平王凌之判。司马懿道，臣以为不可，若诸将齐举，或为孙权所趁；臣愿举众赴东南，剿除王凌。

曹芳准其请,命司马懿举三万精甲赴寿春。司马懿命司马师率精骑先行,令东南诸将勿应王淩。司马师往之,晓喻诸将;诸将大惧,尽与王淩绝。司马懿又入豫州,以王淩书信示毌丘俭;毌丘俭大骇,请率部共讨王淩,以证清白。司马懿遂携毌丘俭围寿春。

夏侯霸接夏侯玄密信,欲夜领精骑入长安,应王淩,忽知司马懿、毌丘俭围寿春,自忖不可举,又惧事泄,于是只身夜走,逃往成都投刘禅。

刘禅知夏侯霸来,大喜,即召见。刘禅问夏侯霸道,今曹爽被诛,王淩危在旦夕,大权必入司马父子之手,未知其是否有伐蜀之心?

夏侯霸道,司马懿深藏祸心,欲为子孙谋,无暇顾及西北。

刘禅以为然,以夏侯霸为车骑将军,随姜维镇涪。

王淩旧部知东南诸将俱与之绝,大为恐惧,纷纷夜走,俱降司马懿。王淩知大势所趋,服毒自尽。

司马懿凯旋,曹芳大喜,又欲以司马懿为丞相;司马懿仍坚辞。曹芳遂以司马师为大将军,录尚书事;以邓艾为尚书,领典农校尉,主屯垦。

郭淮知夏侯霸逃走成都,大惊,即领精骑入陇西,察问缘由。夏侯霸部属俱不知情,无所获。

夏侯玄疑惧不安,亦欲逃走成都投刘禅。中书令李丰劝道,今王淩已死,夏侯霸远走西蜀,我等所谋天人不察,不如隐忍,以图来日。

夏侯玄以为然,安然如常。

二十三

孙权不废孙和,全公主又每言孙和不贤;孙权疑心再起,召步骘再议废立;步骘称病不往。孙权以为步骘欲自保,大怒,命侍中孙峻责步骘。孙峻斥步骘道,身为丞相,竟不奉天子之命,试问居心何在?

步骘大为恐慌,力辩;孙峻责之愈严。步骘惊恐愈盛,竟服药自尽。

孙权知步骘死,有所悔悟,令厚葬;又迁步骘长子步协为抚军将军,次子步阐为西陵督。

老臣俱丧,孙权疑无人可用,诸葛恪急功近利,性情执拗;张休、顾谭等中途夭折;吕岱、丁奉等虽能用兵,然不知治理。孙权不能决,召孙峻及中书令孙弘商议。

孙弘道,骠骑将军朱据文武兼备,虽屡建奇功而不骄慢,身居显要而不恣意,足见德行厚重,臣请以朱据为丞相。

孙权纳其说,以朱据领丞相事务;然又不与朱据谋,凡事无不自断;每念及老臣尽丧,举目间俱为新人,不禁悲从中来,唏嘘不已。

孙峻劝孙权道,人之生死,本属寻常,所谓天命不可违,陛下不必哀叹;今新人辈出,暮气尽扫,后继有人,朝气蓬勃,陛下何忧。

孙权道,朕所忧者,虽趋附者众,而无心腹。

孙峻忙道,臣虽不才,甘为陛下鹰犬;臣唯知陛下之命,不知其他!

孙权大喜,说孙峻道,卿与朕为同宗,既忠心耿耿,朕无忧矣。

孙峻泣道,臣虽万死,不能报陛下隆恩!

孙权屏退左右,再说孙峻道,今太子与鲁王暗争,朕不知抉择,卿可为朕谋。

孙峻道,手足相争,实为大忌。臣以为,太子、鲁王誓不两立,足见俱不贤,若为储君,它日之祸,必胜于今日。臣请陛下另立。

孙权沉吟良久,觉孙峻言之有理,遂召孙和、孙霸,斥二人道,汝等亲为骨肉,互不能容,剑拔弩张,自相残害;朕每每告诫,竟无动于衷!

孙和冷汗淋漓,伏于地,不敢言;孙霸满面忿恨,回孙权道,君父不公,故而臣子不贤;此陛下之过也,何故责我!

孙权大怒,指孙霸骂道,狗贼,如此不忠不孝!

于是赐孙霸死,收全寄、杨竺、吴安等,一并斩首;又废孙和为庶人,令居长沙,不得与诸王交,更不与群臣通。

朝野无不为之震动。全寄被诛,全公主痛不欲生,往宫中求见孙权。孙权不忍与之见,命宫人劝离。全公主不去,称若不见父皇,宁愿跪死宫门。

孙权无奈,遂召见。孙权道,全寄大逆不道,死有余辜,公主不必悲哀。

全公主大哭道,丧子之痛,岂能释然!

孙权黯然无比,哽咽道,诸子不贤,大起争斗,辱没宗族,贻害国家;朕不得已而施刑法;公主何必于流血处再加以利刃!

全公主大惭,告退。

征南大将军王昶知孙权诛孙霸,废孙和,群僚震动,以为可图,于是上书曹芳称,臣知孙权老迈昏庸,贤愚不分,又骨肉相残,上下猜疑,内外交困;臣请陛下举兵讨伐,必能灭之。

曹芳以为然,召司马师,告知王昶所请;司马师亦以为可。曹芳命司马师往扬州督战。

扬州刺史文钦知司马师来,率僚属出城迎候。司马师不喜俗套,知文钦迎于途,竟率随从绕走,另道入城;又命随从请王昶、胡遵、毋丘俭等俱来扬州议事。

文钦知司马师已另道入扬州,大惧,即回城拜见,又命设酒宴款待。司马师辞谢道,我奉命来此督战,今大军未举,寸功未立,岂能饮宴,蔬食素饭即可。

文钦不敢违,又献以素食。不数日,王昶、胡遵、毋丘俭等奉命而来。司马师说诸将道,我知兵贵神速,若先于敌,必能占尽先机,此致胜之道耳。

于是命王昶攻秭归,胡遵攻夷陵,毋丘俭攻江陵。三军齐举,吴军猝不及防,纷纷告急。

孙权知三地同时受敌,慌乱不已,顿觉无人可用,竟不知应对,仰天长叹道,若陆逊在,何至如此!

孙峻忙道,陛下何不用诸葛恪?

孙权道,若曹军转攻武昌,奈何?

孙峻道,上大将军吕岱、虎威将军丁奉俱在武昌,陛下何虑?

孙权遂命诸葛恪举众出武昌,驰援三地。

诸葛恪以为曹军势盛,不能以寡敌众,即上书孙权,请以朱桓、全琮援夷陵,丁奉援江陵,自率精甲出武昌,援秭归。

孙权准其请,命朱桓、全琮、丁奉等俱出,赴援各地。

司马师知诸葛恪等举众出援,大喜,遣快马回洛阳,请曹芳命卫将军司马昭率众来东南,欲大破诸葛恪等,直捣建业。

司马懿知司马师请兵,大惊,即以书信付司马昭,嘱其转交司马师。司马昭受曹芳之命,举五万大军入扬州，拜见司马师，以司马懿书信予之。司马师即开阅：

大将军之贵，在于国有强敌；若无强敌，大将军与小吏何异！卿之今日，与曹操昔日何异！曹操不敢灭不臣，卿何敢灭强敌！此立身之道耳，卿何不知！

司马师大悟，即命司马昭助文钦守扬州。

王昶、胡遵、毋丘俭等无不受制，纷纷求援。司马师无不拒之，命诸将撤走，各回任所。

王昶大惑不解，致书司马师，称吴军猝然遇袭，节节败退，溃不成军；陛下既增兵，何不乘胜而进，直捣建业，以立不世之功？

司马师遂召王昶等俱来扬州，责诸将道，我来此，意在荡平东南，扫除巨寇；孰料孙权应对迅捷，诸葛恪等朝夕俱至，岂能如愿。若不能一举克敌，西蜀刘禅必趁机而为；若东、西战事并起，岂能应顾。伐吴、灭蜀乃长久之计，若操之过急，必有害国家。卿等俱为英才，岂不知事有缓急！

王昶等不敢再言；司马师、司马昭即回洛阳。

司马懿知司马师撤走，仍觉心绪不宁，神魂摇荡，命仆从煮酒侍饮。酒过数盏，又觉兴味索然，渐而头昏脑涨，于是屏退左右，卧于榻。

时至半夜，忽闻足音不绝于耳，又觉有人逾墙而入。司马懿大惊，欲举动，不能起；欲呼，不能言，唯冷汗如雨。室内烛影摇曳，微风无声，颇为阴沉，举目间，见数人手持利刃，迫近榻前，顿觉锋芒逼人。正惶遽不堪，忽听有人冷笑道，我乃王凌，奉武帝之命，来此拘拿国贼！

司马懿大骇，仍不能举；王凌斥司马懿道，武帝知汝深藏不臣之心，嘱文帝防汝篡权；今文帝、明帝相继驾崩，汝欺幼帝弱小，处处为子孙谋，此欺天之罪，宁不问之！

司马懿欲辩，然口如蜡封。忽听又有人喝道，我乃曹爽，与汝不共戴天！

司马懿挣扎欲起，仍不能。曹爽喝道，张将军何故迟疑！

话音未落，有人自背后转出，竟是张郃。张郃手挽司马懿长发，举剑怒刺。

司马懿大叫一声，幡然醒来，见月华满屋，烛光微弱，榻前空无一人，然帷帐飘动不息，曹爽等似乎仍隐于左右。

司马懿呆滞良久，方知人在梦中，似觉胸前巨痛；以手触之，淋漓如血，大惊，细看时，尽为冷汗。

司马懿稍安，然浑身酸痛，似有钢针穿骨，于是呼侍从，侍从应声而来。司马懿命四处燃烛，又令执利器，环榻而立。

二十四

司马懿一病不起，曹芳命太医诊治，然无效，病日深。曹芳欲借机笼络司马懿父子，于是登门探视。

司马懿知曹芳来，颇知用意，急命司马师、司马昭携家眷于户外跪迎。曹芳见此大喜，扶司马师等起，继而入内。司马懿欲起迎，曹芳止之。

司马懿道，臣老病垂危，不能迎驾，惭愧不已！

曹芳见司马懿形销骨立，知无康复之望，安慰司马懿道，卿不过微疾，康复有望，宜静养，勿以国事为虑。

司马懿道，臣受先帝之托辅佐陛下，无奈年高体弱，心有余而力不足。幸陛下智慧如天，光芒四照，又英明神武，恩泽四海；既国有明君，臣死而无憾矣！

曹芳道，卿父子俱为国家栋梁，朕有今日，无不赖卿等之力；此天日之功，朕感戴不已。

司马懿泣道，臣别无所恨，唯恨不能再奉陛下之命！

曹芳大为感怀，亦不禁泣下。

是夜，司马懿召司马师、司马昭。二人知有所嘱，屏退左右，命关门闭户，谢绝来访。

司马懿道，我事曹魏数十年，深藏锋芒，处处隐忍，虽唾于面而不怒，伤于心而不恨，何者？为子孙所谋也。曹操挟天子，笼络群臣，凡事无不自决，然不取而代之，何者？天命不许也。汉室根基俱失，气数殆尽，曹丕废而自立，水到渠成也。我苦心经营，大肆笼络，群臣无不趋附，犹如蛛网密织；曹芳虽敏慧劲锐，亦如落网之雀，振翅而不能飞。此曹氏之恶，天道之报也。然夏侯玄、李丰、张缉等拒与我同谋，暗怀异心，蠢蠢欲动；卿等需严防，进而除之。若异己尽去，可废曹芳而另立，必能如我所望。

司马师道，立曹彪如何？

司马懿道，不可，曹彪聪慧，不在曹芳之下，若立，岂能挟制；我知东海定王之子曹髦质朴愚钝，可立。

嘱咐既尽，司马懿颇觉释然，请司马师、司马昭退出，逝于半夜。

陆抗受命屯柴桑，忽闻孙权欲立孙亮为太子，以为不可，即上书，称废太子孙和宽厚仁恕，智虑精深，才德俱在诸王之上，请复立孙和。

孙权顿时犹豫，命朱据入长沙，察孙和言行。朱据亦以为孙和贤明，遂详言孙和冤屈，褒赞不已。

孙权方知孙和无罪，欲复立，召孙峻及中书令孙弘，议之。二人俱与孙和有隙，深恐受害，指朱据暗与孙和往来，所奏不实；请另委他人，再察孙和言行。孙权又疑，令孙弘往长沙复查。

孙峻求见全公主，称陛下欲复立孙和；全公主大惊，即入宫，指孙和串通重臣，欲行不轨。

恰值孙权忽染疾病，不愿多说，劝全公主回，称已命中书令孙弘复查孙和言行，不日即有分晓。

孙弘致书诸葛恪，邀其力劝孙权立孙亮，称孙亮年幼，若继位，当竭尽全力使诸葛恪辅国。诸葛恪大为不屑，回书斥责，劝孙弘安守本份。

孙弘怒之，颇恨诸葛恪；转而密会朱据，请其说孙权立孙亮。朱据亦不肯，说孙弘道，废太子宽仁雅量，才高德厚，远在诸王之上，又值壮年，实可复立；陛下年高，而孙亮年幼，若立孙亮，内外必疑。此关乎国家兴亡，岂能如此！

孙弘道，实不相瞒，我等与孙和有隙，若复立，他日必有大祸。我曾力荐卿领丞相，卿宁不知恩图报！

朱据大怒，斥孙弘道，我虽不才，唯知报国忠君，不知私情！

孙弘羞愤不已，拂袖而去，即回建业，拜见孙权，称朱据目无君王，大逆不道，竟盼陛下早崩。

孙权盛怒不已，即下旨，夺朱据丞相及骠骑将军，贬为交州郡丞。

孙弘疑朱据东山再起，劝孙权道，朱据曾为上将，部属众多，今受贬黜，必大怀怨恨，若不除之，他日必作乱；臣请赐朱据死，以绝后患。

孙权不肯，称若杀功臣，必使他人寒心。

孙弘不甘，与孙峻密谋；孙峻道，今陛下病重，不能问事，何不代拟圣旨，赐朱据死？

孙弘大喜，假拟圣旨，请孙峻追朱据。朱据领家眷行于途，忽见孙峻等疾驰而来，已知在劫难逃，嘱妻、子道，若幸免于难，可归山野，苟全性命，自此绝功名，安于耕读。

于是妻子俱走，唯朱据候于途。片刻孙峻骤至，宣旨，赐以毒酒。朱据疾呼道，臣死不足惜，唯虑陛下基业毁于权奸之手！

言毕，尽饮毒酒，呕血而亡。

孙峻回建业，叩见孙权，称朱据恨陛下夺职，以死相拒，自尽途中。臣请灭朱据三族，以免来日之祸。

孙权不忍，更不愿斩尽杀绝，拒之；翌日下旨，立孙亮为太子。

又数月，孙权病愈重，知大限将至，遂召孙峻、孙弘。

孙权道，朕已近垂危，天命将尽；然太子年幼，不能自立，若无辅国之臣，必生祸乱。卿等以为谁能堪此重托？

孙峻道，臣等不才，必竭尽全力保幼主，虽万死而不辞！

孙权不言，面露惊疑；孙峻大惧，又道，臣知大将军诸葛恪才高于世，又颇负人望，实可托付。

孙弘忙道，诸葛恪刚愎自用，恃才傲物，又贪功图名，不知稳重，若辅国，必欺新君；臣以为，上大将军吕岱老成持重，堪当重任。

孙峻道，卿所虑，无非与诸葛恪不和；然社稷之重，岂能置于私恨之下！吕岱瞻前顾后，决事迟缓，稳重有余而精警不足；国事纷纭，日以万计，若不知缓急，不分巨细，必有所误！

孙权道，诸葛恪精警敏悟，无人能及；然为人率性，急功近利，若辅国，卿等宜倾力助之，使之能藏垢纳污，与群臣和谐共处。

孙弘知孙权心意已定，不敢再言；孙权命孙峻召诸葛恪。

孙峻即书信，遣心腹驰送诸葛恪，详言与孙弘之争，欲笼络。恰上大将军吕岱受诸葛恪之邀，来此饮宴；诸葛恪说吕岱道，孙峻欲与我结纳，竟先于圣旨告知辅国大事。

吕岱道，所谓君子群而不党，此小人行径，卿应有所防。

诸葛恪笑道，足下之意，我岂不知！

吕岱见诸葛恪欣喜之色溢于言表，颇为不安，遂告辞。方回府上，竟获孙弘书信，称曾力荐吕岱辅国，然因孙峻与诸葛恪暗通，为孙权所拒；今格局未定，仍可回旋，若愿同盟，必能遂愿。

吕岱大为不屑，烧毁来信，拒不回复。

翌日，孙峻传孙权之命，召诸葛恪往武昌。吕岱深知诸葛恪性情急切，恐有所失，于是造访。

诸葛恪又置酒款待。吕岱劝诸葛恪道，陛下以太子嘱咐，所托之重，虽太岳不能比。我知孙弘、孙峻俱为权臣，又各怀心思，互起争端，故而局势诡谲，风波不息；卿每事须十思而后行，不可操切，不可随意。此肺腑之言，望卿谨记。

诸葛恪笑道，季文子以为三思而后行，孔子以为三思不足，再思可矣，未闻十思之说。

吕岱颇为愕然，顿觉无语，告辞。

诸葛恪遂往建业，拜见孙权。北海太守滕胤及孙峻、孙弘亦在侧。滕胤贵为驸马，然久未显达，知孙权病重，遂入建业，留侍孙权榻前；孙权见其殷勤，颇知孝义，亦以太子托付。

孙权说诸葛恪、滕胤、孙峻、孙弘道，朕以卿等辅佐幼主，望披肝沥胆，不负所托。

诸葛恪等拜伏于地，纷纷立誓。孙权遂下旨，以诸葛恪为太傅，孙弘为少傅，滕胤为太常卿，领卫将军，孙峻领武卫将军，并为辅国大臣；诸葛恪仍领大将军，凡军国事务，以诸葛恪为主，滕胤等为副。

诸葛恪等叩谢而退。

孙弘半道而回，以尽忠尽孝为由，侍奉孙权左右。孙峻疑其用意，亦回，却为孙权斥退。孙峻无奈，买通侍从，嘱其监视孙弘，告知情形。

翌日晨，侍从忽来见孙峻，称陛下已归天，孙弘秘不发丧，欲假传圣旨，令诸葛恪入宫，擒而杀之。

孙峻大惊，急会诸葛恪，告知孙弘之谋。诸葛恪即往太子宫，拜见孙亮，说孙亮道，陛下已崩，孙弘图谋不轨，秘而不宣，欲假传圣旨，另立新主！

孙亮大骇，不知所措；诸葛恪道，当此存亡之际，若无霹雳手段，不能力挽狂流。臣请诛孙弘，以保社稷！

孙亮不敢举，亦不能言。诸葛恪挽孙亮手，直入卫将军府，说滕胤道，今陛下已崩，孙弘秘不发丧，欲假传圣旨，尽杀辅国大臣，废太子另立。卿若不愿引颈就戮，可领精甲围擒孙弘，除此国贼！

滕胤大惊，即率三千精甲围皇宫。诸葛恪仍手挽孙亮，仗剑而入。孙弘见诸葛恪、孙亮骤来，大惊，知事已泄，命侍卫擒诸葛恪；侍卫蜂拥而上。诸葛恪连斩数人，余者大惧，不敢动。诸葛恪斥侍卫道，孙弘欲行不轨，卫将军已围宫，汝等若妄举，必有灭族之祸！

侍卫愈惧，纷纷弃孙弘而走。诸葛恪杀孙弘，请滕胤入宫。滕胤见孙弘已死，孙权陈尸榻上，欲戴孝，令群臣举哀。

诸葛恪道，国不可一日无君，宜先使太子登基。

滕胤依诸葛恪所说，召群臣入宫。

二十五

诸葛恪、滕胤执孙弘头，立于殿上。群臣闻召，纷纷而来，见太子孙亮、诸葛恪、滕胤、孙峻俱在，且面带哀容，已知孙权驾崩。

诸葛恪掷孙弘之头于地，历数罪状；群臣无不骇然。诸葛恪又道，既陛下驾崩，宜奉太子登基，此国家之急，不容迟缓！

群臣仍不敢言；凡与孙弘有旧者，无不胆寒。诸葛恪颇知群臣惶惑，再说群臣道，孙弘既已伏罪，不必深究；凡拥立新君者，不问旧恶。

群臣稍觉释然；诸葛恪请孙峻宣孙权遗诏。于是群臣拜贺，奉孙亮登基，尊全公主为皇太后。

典礼既毕，诸葛恪请孙亮发讣文，诏告州、郡，令士民绝饮宴，戴孝三月，为孙权举哀。

治丧毕，诸葛恪又请孙亮下旨，赦死罪以下囚徒，迁徙流放者一律还籍，并普减租税。

士民俱知令出诸葛恪，莫不感其恩德；于是诸葛恪声威大振。诸葛恪又请复查顾谭、顾承、张休等冤案，并为之昭雪，江东世族无不感念。

诸葛恪获誉日重，颇为自得。吕岱虑其有失，劝诸葛恪宜彰显君恩，不取私誉；诸葛恪不以为然。

将军诸葛诞知孙权已死，幼主新立，以为应趁机攻伐，于是上书曹芳，请三路并举，直指建业。

曹芳以为不可，趁其举丧，兴兵而发是为不义，不义之师不能取胜。

司马师劝道，此妇女之仁，非君王之道。自古凡成大业者，皆不守陈规，不拘常礼，陛下应准其所请。

曹芳遂改毌丘俭为镇东大将军，以诸葛诞领镇东将军；令王昶攻南郡，毌丘俭攻武昌，诸葛诞、胡遵攻东兴。

曹芳欲亲入寿春，督东南诸将。司马师虑诸将大胜，使曹芳大树恩威，于是劝曹芳道，举兵攻伐，乃将军之职，陛下岂能亲为；况国事繁多，无不赖陛下决断，岂能以用兵一方而弃全局！

曹芳深知司马师之意，笑道，朕所虑者，东南诸将不能尽力，虽大举而出，或空手而归。若如此，必使孙亮气焰嚣张，岂不失大于得？

司马师道，臣请以卫将军司马昭为安东将军，领监军之职，节制诸将，必不负陛下使命。

曹芳无奈，依司马师所请。

司马昭欲往东南；司马师说司马昭道，先君临终之言，卿是否谨记？

司马昭道，言犹在耳，未世不敢忘。

司马师道，此去东南，若胜，我等恐难立足；若败，或遭他人指责，奈何？

司马昭道，若能败所必败，何惧谗言？

司马师大喜，不再言。司马昭离洛阳，直入寿春，令诸将赴敌。

孙亮知王昶、毌丘俭等三路齐出，大骇，急召诸葛恪、滕胤、孙峻等。

诸葛恪道，王昶等虽来势汹汹，却败象毕露。陛下勿忧，臣必大败曹军。

孙亮遂命诸葛恪节制诸将，抗击曹军。

诸葛恪请大司马吕岱议应敌之计；吕岱道，我知司马兄弟暗怀异心，欲效曹操挟天子以令群臣，虽三路齐举，不过虚张声势，其实不足为虑；今幼主新立，人心未稳，孙峻等又奸诈凶残，我以为内忧甚于外患。卿离建业，孙峻等若趁机而为，或危及社稷，卿须谨慎。

诸葛恪大为不屑，笑道，孙峻贵为皇族，世享厚禄，宁不知君国之重？

吕岱不再劝。诸葛恪请吕岱入武昌，拒毌丘俭；令将军唐咨镇南郡，亲率丁奉等赴东兴，拒诸葛诞、胡遵。

诸葛恪、丁奉率众疾驰，不数日已达东兴。诸葛诞、胡遵正领部属攻城，忽见诸葛恪率众来此，不敢再举，命部属俱止。诸葛恪亦不再进，令大军止于十里外，大树壁垒。

诸葛诞大为疑惧，请胡遵商议。诸葛诞道，今吴军大至，若内外夹击，我等必受重创。

胡遵道，不然。武昌、南郡同时受敌，诸葛恪身为大将军，岂能不顾？我以为可坚壁暂守，待其有变，再举不迟。

诸葛诞以为然，命诸将坚壁不出。是夜，诸葛恪忽遣心腹持书信求见诸葛诞，称与丁奉所领不下十万，若大举攻击，东兴守将必响应，诸葛诞、胡遵必大败；所以敛兵不举，因不忍手足相残，若知难而退，免于杀伤，宗族之幸也。

诸葛诞大为疑惑，又请胡遵，以诸葛恪书信示之。

胡遵阅后沉吟道，既如此，卿欲何为？

诸葛诞道，我欲趁诸葛恪大军在此，转道武昌助毋丘俭，必大有所获，卿以为如何？

胡遵笑道，所谓宗族之说，不过缓兵之计，卿竟不能识；若走，诸葛恪必追，恐悔之不及！

诸葛诞道，若不走，诸葛恪必与守军里外呼应，我等必大败！

二人争执不下，不能决策；诸将更不知进退，颇为惶遽。

诸葛恪知时机已到，命诸将齐举，骤然而出。胡遵、诸葛诞大惊，忙举众迎敌。东兴守将见胡遵、诸葛诞受袭，即开城门，举众而出。曹军大败，溃不成军。胡遵、诸葛诞拼命杀出，所领已不足五千，再不能应敌，逃往寿春，向司马昭请罪。

司马昭毫不责备，竟置酒，为二人压惊。

诸葛恪水陆并进，挥师武昌，其声势之浩大，足以令人胆寒。司马昭知诸葛恪举众往武昌，知毋丘俭必败，疑虑尽释。毋丘俭知诸葛恪来，大为惶急，既遣人往寿春拜见司马昭，请退走。司马昭不言进退，唯命自决。毋丘俭不敢再持，引军退走。

王昶知东兴兵败，诸葛恪挥兵武昌，顿觉危急，亦引军退回扬州。

诸葛恪大获全胜，朝野上下，赞誉愈隆，以为诸葛恪之才不让周瑜、鲁肃、陆逊等。

曹芳知诸将不战而退，大怒，欲召东南诸将问罪。司马师劝道，临阵败绩，乃将军常事，若问罪，此后谁敢赴敌？

曹芳虽耿耿于怀，不敢主张，遂止。

是夜，司马师召秘书郎钟会，说钟会道，卿可否上奏陛下，请问诸将之罪？

钟会深知司马师之意，当即应诺。

翌日朝会，钟会奏道，臣以为东南兵败，实乃诸将之过；臣请陛下严惩，以儆效尤。

曹芳大喜，说群臣道，朕知有功必赏，有罪必罚，乃治军之道，否则，虽百万雄师难以制胜。

司马师道，陛下授臣总领军政，东南之败罪在臣，与诸将无涉。安东将军司马昭身负监军之职，却不察敌情，不尽职务，以致大军惨败。臣请削司马昭封爵，以示惩戒。至于诸将，任职既久，难免倦怠，臣请以诸葛诞与王昶互换，必能使之自勉。

曹芳以为然，下旨，改诸葛诞为镇南大将军，镇豫州；改王昶为镇东将军，镇扬州。

群臣以为司马师不论亲疏，又极能左右朝议。东南诸将知司马师代领罪责，大为感念，纷纷上书，请复司马昭爵位。司马师不准，一一拒绝。

司马师恐钟会与他人言，于是设宴款待。

钟会颇知其意，欣然而来。司马师道，卿兄弟年少知名，才华横溢，实为国家栋梁，我必重用。

钟会拜谢道，我兄弟颇受司马太傅恩惠，久思报答，苦无途径；大将军若不弃，我必肝脑涂地，死而后已！

司马师道，我受命领袖群臣，虽夙兴夜寐，而不能使君王无忧，四海承平；每欲为国家求未来之才，然察遍海内，无人能出卿兄弟左右！

钟会再拜道，我兄弟能获大将军垂青，三生之幸也！

司马师再无疑，邀钟会饮酒。酒至半酣，钟会道，我有一言，恐大将军责备，不敢出口。

司马师笑道，我视卿为腹心，无论何言，望能告知。

钟会道，曹氏苟延残喘，气数已尽；大将军龙凤之姿，天子之质，岂能屈尊小儿之下！

司马师大惊，忙斥钟会道，此灭族之说，岂能信口而出！我父子俱为天子之臣，虽披肝沥胆犹恐有失，卿岂能陷我不忠！

钟会道，曹氏逼汉天子禅位，殚精竭虑，用尽手段，天人共知；由此而来，必由此而去，上天之道也。请大将军立废幼子，重立社稷，救苍生于水火！

司马师再斥钟会道，取祸之说，不可再言！

钟会道，我唯以大将军之命是从，不知有曹氏！

司马师颇知钟会用意，只好引为心腹。

费祎屯汉中，闭关守险，久不出征。诸将知司马懿死，曹魏人事大换，以为应有所举，请再出祁山。费祎不准，以为连年征战，消耗甚巨，宜坚守，不可出击。

继而，又知孙权崩逝，诸将又请图江东，费祎仍不准。

越巂太守张嶷上书刘禅，称东吴老将俱丧，幼主新立，曹魏或大举东进；此天赐良机，应屯重兵于汉寿，待时而举，必有所得。

刘禅以为然，遂召费祎回成都，命其举众屯汉寿。谯周以为不可，上书劝阻，刘禅不听。

汉寿介乎东吴、曹魏之间，颇有进退之便。

费祎来汉寿，大树恩威，颇受拥戴。胡遵部属知费祎宽仁，恨胡遵苛严，日有归附。胡遵大怒，又禁而不绝，遂召诸将商议。

都尉郭修道，费祎招降纳叛，尤为可恨；与其禁绝，不如趁机图之。我愿诈降费祎，伺机暗杀，若费祎死，不但叛逃可绝，亦能除东南之患。

胡遵大喜，准之。郭修夜出襄阳，驰入汉寿投费祎。费祎知郭修来，大喜，置酒款待，又尽招降将，欢宴达旦。席间，郭修几欲行刺，碍于侍从环列，不敢举。

张嶷知费祎每每大宴降将，深为不安，于是致信费祎称，卿身负军国之重，不宜与降人共饮。归附者鱼龙混杂，真假不辨，若别有用心者混处其间，当不堪设想。

费祎不以为然，回复张嶷称，我每欲承先帝遗志，放马中原，荡平东南，扫除叛逆，复兴汉室；然敌强我弱，路途险远，力不从心也。今降者如潮，远近争至，此汉皇之德，苍生之幸也，岂能以一己安危，慢待之！

张嶷接费祎回书，忧惧不已，知车骑将军邓芝与费祎友善，即至书邓芝，请劝费祎。信未发，又接费祎手令，命往汉寿，共商进取。

诸将大集汉寿；费祎设酒宴，郭修等亦受邀。

酒过数巡，郭修说费祎道，我初来，寸功未立，颇受大将军厚待，每念无以回报；于是夜绘胡遵等屯兵详图，若能为大将军所用，我等之幸也。

言毕，以图献费祎。费祎大喜，起身接图。张嶷大疑，疾呼费祎道，请避之，岂不闻图穷匕见！

费祎亦疑，欲止；郭修忽出短剑，猛刺费祎。诸将俱起，欲阻郭修，然为时已晚；费祎前胸被刺，鲜血喷涌，倒地不起；郭修以剑自刎，倒于费祎身旁。

二十六

刘禅知费祎遇刺身亡，大惊，欲命姜维离涪，往汉寿替费祎。谯周劝刘禅道，臣以为不可，若屯兵汉寿，必使曹魏、东吴俱疑；依今之势，仍宜与孙亮联盟，共抗强曹。臣请陛下命诸将撤离汉寿，仍以汉中为要；以姜维替费祎，节制汉中诸将。

刘禅纳其说，命姜维屯汉中。

孙峻知费祎大屯汉寿，请孙亮遣使说费祎，合攻王昶、毌丘俭等。诸葛恪以为不可，称费祎屯此，欲收渔人之利，岂愿与之共谋。

于是孙峻与诸葛恪大争，互不相让；孙亮不能决，议而无果。

孙峻由此与诸葛恪反目，欲联手滕胤，掣肘诸葛恪；滕胤不肯，称同为辅国重臣，应以君国为重，不可以私怨误国。

孙峻不甘，求见全太后，称曹魏屡换东南诸将，军心不稳；诸葛诞、毌丘俭等方受挫，怯惧未消，可伐之。

全太后请孙亮召群臣，议孙峻之说。诸葛恪不知孙峻用意，请出淮南，攻合肥。

中散大夫蒋延劝孙亮道，臣以为不可。陛下新立，应以笼络人心、敛兵固守为要，不可轻出。

诸葛恪道，此言差矣。王昶、诸葛诞、毌丘俭等方受重创，士气低落，正当乘势而进；若迟疑，必坐失良机！

蒋延道，轻敌好胜，非国家之幸；望大将军明得失，知轻重！

诸葛恪大怒，转说孙亮道，蒋延非将非帅，妄言兵事，此国家之忌也；臣请逐蒋延，以绝妄说！

孙亮不置可否；诸葛恪令侍卫强执蒋延，推搡出宫；蒋延疾呼道，诸葛恪不听良言，必祸害国家；臣请夺其职，以绝后患！

孙峻斥蒋延道，匹夫，竟不知尊卑！

又转说孙亮道，臣请陛下逐之！

孙亮不敢拒，命逐蒋延出。诸葛恪说群臣道，我受先皇遗命，辅佐幼主，振兴国家，虽宵衣旰食不敢苟安，何者？唯因先皇志气如天，欲吞并四海，君临天下；周瑜、鲁肃、陆逊等，含辛茹苦，前赴后继，又不惜粉身碎骨，屡涉深险，每拒强敌，何者？因大江之险既可为我所用，亦可为他人所用也。昔高祖据汉中，倚巴、蜀，继而还定三秦，地域之广，远超东南；财货之富，远胜强楚。然高祖不愿苟安，仍大出，与项羽决战，虽穷途末路，屡败不馁，何者？唯因天下虽大，不容二主！而今之势，与高祖当年何异，若苟且偷安，必为曹魏所吞。我身负辅国之重，何惜粉身碎骨！今曹芳暗弱，其令无不出于司马师，已使士民绝望，人心背离。我若举东南之力，借陛下之威，何往而不克！

滕胤等见诸葛恪辞色严厉，其意决绝，俱不言。

于是，诸葛恪请滕胤守建业，领朝中事务，亲率二十万大军入淮南。

姜维知诸葛恪大出，以为可趁势而举，亦举五万之众出石营，阻塞狄道，欲招降羌胡，进伐关中。

吴、蜀并举，曹芳大为慌乱，遂以司马孚为太尉，领军二十万赴东南助诸葛诞、毋丘俭等；命司马昭领军二万往关中，助郭淮、陈泰。

司马师以为不可，劝曹芳道，西北雄兵如云，郭淮等久在关中，必能拒姜维；诸葛恪虽气势凶嚣，然远道深入，可命东南诸将坚壁深垒，使之难求一战，久持无果，必自退，何用远征。

曹芳犹豫不决，命东南诸将各献拒敌之策。汝南太守邓艾上书称，孙权曾数攻合肥不下，足见合肥险固，陛下不必以诸葛恪为意；孙亮暗弱，诸葛恪又好大喜功，独断独行，群僚无不怀恨；今诸葛恪领众大出，孙峻、滕胤等必借机图之；若诸将拒与之战，诸葛恪四顾茫然，孙峻等必能得逞。臣请陛下静观其变，勿需远征。

曹芳纳邓艾之说，令东南诸将坚壁自守。

郭淮知姜维出石营，欲招降羌胡部落，大举北伐，即上书曹芳，请增兵。曹芳遂召司马师，以郭淮奏表示之。

司马师道，姜维所领，乌合之众耳；西北诸将英勇善战，何惧。请命郭淮、陈泰等据险要，绝道路，姜维必知难而退。

曹芳沉吟道，姜维久在西羌，熟知风俗；况胡人勇壮，不比寻常，既姜维与部落盟，恐诸将胜之不易。

司马师道，诸葛亮数出祁山，无不因粮尽而退；姜维不过重蹈覆辙，何足为虑！可令郭淮、陈泰入洛门，据关口，姜维必尺寸莫进，待粮尽，必自走。

曹芳不敢力拒司马师，遂命郭淮、陈泰等入洛门，坚壁深垒阻姜维。

诸葛恪入淮南，不遇曹军，于是长驱直入，围合肥。诸将依曹芳之命，既不出战，亦不驰援。诸葛恪亦不攻，欲诱曹军出，围而歼之，于是弃合肥，转走巢湖，令诸将屯于湖岸，又大部伏兵，以待毋丘俭等。

毋丘俭知诸葛恪退走巢湖，以为可攻，上书曹芳，请尽起扬州、合肥诸军，围攻诸葛恪。

司马师以为不可，请曹芳拒之。曹芳不解，问司马师道，诸葛恪屯湖岸，若诸将合击，诸葛恪当无纵深，进退受阻，何不可？

司马师道，诸葛恪乃东南第一猾虏，岂不知此理！既屯兵湖岸，必有所谋；若诸葛恪伏兵深险，诱敌深入，诸将必遭重创！

曹芳不以为然，又召群臣议毋丘俭之请；群臣俱称司马师所言有理。曹芳已知人心所向，大为绝望，于是拒毋丘俭之请。

诸葛恪屯巢湖数月，不见曹军来攻，已知落空，颇为焦躁。诸将劝其回建业，诸葛恪不肯，欲再围合肥；于是致信滕胤，请广输粮草。

滕胤遂召孙峻，以诸葛恪之信示之。孙峻说滕胤道，若输粮草，诸葛恪必能久围合肥；曹军若无补给，或出战。诸葛恪若攻破合肥，将愈为骄狂，我等何以与之共处？

滕胤沉吟道，卿所言有理，然诸葛恪为国出征，我等若不鼎力相助，岂不有负君国？

孙峻道，卿与诸葛恪为姻亲，不肯与之争；然诸葛恪独揽大权，毫不以此为意，卿何必自作多情？

滕胤道，我唯知有君国，不知有私情，卿何有此言。诸葛恪虽急功近利，独断专行，然无私心。今陛下年幼，诸葛恪之才远在我等之上，实不可与之争。

孙峻知滕胤不愿同谋，又道，诸葛恪领兵在外，凡事俱由卿决断，岂能以征粮小事而误大计；我虽不才，愿征粮草，输送合肥。

滕胤然其说，请孙峻征粮草；孙峻命部属以诸葛恪之名大肆布告，四处催逼。一时民怨大起，俱恨诸葛恪穷兵黩武，横征暴敛。

征收虽多，孙峻拒不输送。诸葛恪大怒，上书全太后，请其说孙亮，命孙峻督运。全太后遂召孙亮，称大军在外，若无粮草，或溃散，岂能拒之。

孙亮即召孙峻，责孙峻道，大将军粮草将尽，何故屯积不发？

孙峻反问孙亮道，臣斗胆请问，诸葛恪其人如何？

孙亮沉吟道，大将军乃国之栋梁。

孙峻又问，诸葛恪事陛下如何？

孙亮亦反问孙峻道，卿以为如何？

孙峻道，诸葛恪轩昂自大，刚愎自用，独断专行，倨傲无礼，视陛下如幼童，待群僚如仆役；若输送粮草，诸葛恪或能攻破合肥，其气焰将愈炽，陛下何以节制？

孙亮大疑，不言。孙峻伏地奏道，臣请陛下除此巨贼，扫清雾霾，使君恩能显，天日重现！

孙亮沉吟良久，说孙峻道，卿所言，朕何不知！然诸葛恪大权在握，部属众多，恐除之不易。

孙峻道，陛下为一国之君，生杀予夺，无不任意；若有心除奸，易如反掌耳，何疑！

孙亮道，诸葛恪受先皇之命总领军政，朕已沦为傀儡，不足与之抗礼。

孙峻道，臣有一计，可助陛下除诸葛恪。

孙亮忙道，卿有何计，但说无妨。

孙峻道，陛下可下旨，称群臣以为合肥坚固，不易攻取，俱请转攻襄、樊，召诸葛恪回建业，商定计策。诸葛恪无粮草，不能再持，岂能抗命。陛下可伏甲士于宫中，待诸葛恪入，擒而杀之，当永绝此患！

孙亮大喜，依其计，召诸葛恪回建业。

诸葛恪苦无粮草，不能再持，于是再弃合肥。滕胤知诸葛恪回，疑孙峻欲图之，即拜见诸葛恪，请其提防孙峻。诸葛恪不以为然，称孙峻拒不输送粮草，贻误战机，将反问其罪。

滕胤说诸葛恪道，孙峻为人奸险，又多诡计，不可不防。

诸葛恪笑道，我光明磊落，无私无畏，一心报国，从不懈怠，坚如铁石，稳若太岳，何惧！

诸葛恪不听劝告，滕胤亦不再言，告退。翌日，孙亮召诸葛恪入宫；诸葛恪毫不在意，只身而往。至掖门，见内外侍卫密布，颇为森然，稍疑，不敢入。

片刻，有宫人出；诸葛恪问宫人道，陛下何在？

宫人答道，陛下已备酒宴，唯待大将军入宫。

诸葛恪不再疑，入宫见孙亮；其时酒肴俱备，孙亮居殿上。诸葛恪更无疑，拜谢入席。方落座，孙峻忽出，指诸葛恪喝道，甲士何在，请戮此巨贼！

诸葛恪大惊，起身欲走；甲士纷至，围诸葛恪。诸葛恪须发大张，问孙亮道，臣有何罪？

孙亮不答，忙离座，遁入后殿。甲士执诸葛恪，捺于地。诸葛恪疾呼道，陛下勿走，请为臣证清白！

孙峻夺甲士戟，怒刺诸葛恪；甲士亦齐举。诸葛恪身被数戟，气绝身亡。孙峻割诸葛恪头，请孙亮登殿，召群臣。群臣俱至，见孙亮、孙峻神色严厉，大为惊惶。孙峻历数诸葛恪之罪，又请孙亮下旨，收诸葛恪子嗣及亲族，俱斩之。

二十七

诸葛恪既死，孙亮欲以孙峻为太尉，领大将军，以滕胤为丞相；滕胤以才华远逊诸葛恪为由辞谢，自请为司徒，以吕岱为丞相。

孙峻遂恨滕胤，上书孙亮称，吕岱与诸葛恪友善，必怀怨恨，况其心思缜密，城府深厚，若为丞相，必为诸葛恪第二；诸葛恪虽伏罪，然党羽众多，大怀异心，风声鹤唳，危机四伏；臣请陛下委重任于族亲，不可轻信外人。

孙亮以为然，遂以孙峻为丞相，领大将军。

孙峻再上书孙亮，请尽收诸葛恪余党，以绝后患。孙亮纳其说，凡与诸葛恪有交谊者，无人幸免。一时人心惶惶，无不闻孙峻之名而色变。

滕胤知孙峻凶残好杀，恐祸及己身，于是上书孙亮，请辞官，去封爵，归隐田园。

孙亮不能决，问孙峻道，滕胤请辞官归田，卿以为如何？

孙峻疑滕胤若走，或大起非议，于是说孙亮道，滕胤贵为皇亲，应以国家为重；臣愿说滕胤留任。

丁是孙峻拜会滕胤，劝滕胤道，诸葛恪之罪已盖棺定论，其党羽已尽除，与卿无涉，卿何故不安？

滕胤道，我所虑者，非此也；因自知鄙陋才疏，不堪重任，不敢误国。

孙峻以为滕胤暗含讥讽，冷笑道，卿若有怨，可直言，勿需含沙射影！

滕胤道，我能自保，已属万幸，岂敢有怨！

孙峻道，陛下若有杀心，虽天涯海角不能避，况乎田园！

滕胤不敢再言，上书自责，继而称病，闭门不出。

司马师尽握大权，群臣无不趋附，唯太常卿夏侯玄、中书令李丰等不愿屈服，欲联合群僚，夺司马师之职。司马师闻知，即召夏侯玄，责问道，我知卿曾约夏侯霸应王淩之反，既侥幸免罪，应苟且偷安，何必暗生是非？

夏侯玄大惊，矢口否认，极力辩解。司马师道，卿若妄举，必祸及家族，请好自为之！

夏侯玄惶惶告退，恐惧不安，于是夜访李丰。夏侯玄道，司马师已有警觉，若不速举，恐反遭祸害。我欲以重金买死士，深夜潜入，刺司马师兄弟，卿以为如何？

李丰道，不可，司马氏宅第幽深，家丁众多，守卫森严，岂能得手。光禄大夫张缉为张皇后生父，亦恨司马师专权，可与之谋，请其说张皇后除司马师。

夏侯玄以为然，遂请张缉。张缉道，陛下每被司马师欺侮，我深为忿恨，久欲除之，然苦无良策；若卿等愿图之，我必鼎力相助。

夏侯玄请张缉说张皇后；张缉不辞，入宫见张皇后，请夜召夏侯玄、李丰。张皇后即告知曹芳；曹芳疑宫中有耳，不敢应。

张皇后说曹芳道，若不除司马兄弟，陛下永无出头之日；与其束手待毙，不如放手一搏！

曹芳然之，翌日夜，命开掖门，使心腹引夏侯玄、李丰、张缉入。三人拜伏于地；夏侯玄泣道，臣等知司马师欺君罔上，独断专行，怒不可遏；每欲除此巨奸，解天子之危，救国家之难，然苦无时机。今知陛下欲奋起，杀不臣，诛巨恶，臣等欣喜若狂，不惜以身家性命，报效陛下！

曹芳请夏侯玄等起，许诺称，若事成，朕必以卿等为心腹，委以重任；卿等有何良策，可尽言，若可行，朕必应之。

夏侯玄道，司马师朋党众多，司马昭又领卫将军，内外皆其党羽，若不慎，恐反受其祸。司马师恨皇后拒不与之结附，每欲另立；臣请陛下召司马兄弟入宫，议废张皇后；司马兄弟必无疑，或欣然而来。陛下可暗伏甲士，猝然而举，必能除害！

曹芳犹豫道，司马兄弟窃尽大权，部属众多，若杀之，或生大乱；朕宁不投鼠忌器！

夏侯玄道，群臣无不为淫威所迫，虽纷纷趋附，并无真心；若司马兄弟被戮，群臣必改弦更张，所谓树倒猢狲散，陛下何虑！

曹芳沉吟良久，慨然道，既芳兰当户，何妨除之！

夏侯玄等大喜，告退。

翌日晨，李丰正早饭，忽有司马师随从入见，称大将军有事，请速往。李丰大惊，疑谋泄，然不敢拒，遂往。

司马师立于庭树下，见李丰来，笑道，昨夜君臣密会，必有大事，愿闻其详。

李丰大惧，不敢言；司马师忽抽剑，指李丰道，若能告知详情，我必饶汝不死！

李丰愈惧，不敢拒，尽告所谋。司马师怒斩李丰，命司马昭收捕夏侯玄、张缉。

司马师剑履而入，直奔后宫。

曹芳以为大事可期，喜不自禁，正与张皇后缱绻，忽见司马师闯入，大为惊愕，不能动。司马师冷笑道，梦乡温柔，恕臣搅扰！

曹芳忙道，无妨；卿有何事？

司马师道，若无臣等勤奋自勉，陛下岂能醉生梦死！

曹芳深觉不祥，勉强笑道，卿忠勤爱国，朕岂不知。

司马师道，夏侯玄与族父夏侯霸暗相往来，欲为内应，以应蜀军；中书令李丰，光禄大夫张缉甘为走狗，每以妖言惑圣听，欲废陛下立秦王；臣已诛李丰，收夏侯玄、张缉等，请陛下问罪！

曹芳冷汗淋漓，危惧不堪，良久道，既如此，大将军可自决。

司马师告退，转入廷尉府，会廷尉钟毓。司马师道，夏侯玄、李丰、张缉欲杀大臣，废陛下，立秦王；此大逆之罪，卿需严加考问。

钟毓与夏侯玄私交颇深，又敬其气节才华，不肯用刑，于是召夏侯玄。钟毓道，卿与李丰等欲行废立，此大逆之罪；既已泄露，请勿隐匿，免遭酷刑。

夏侯玄冷笑道，我等欲除巨奸，还权天子，何罪之有！

钟毓亦知内情，欲再问，忽觉无言以对；命带夏侯玄回狱，求见司马师，称夏侯玄、张缉等俱称无罪，又查无实证，请释之。

司马师笑道，卿与夏侯玄为知己，不忍施刑；然国法如天，岂容徇私！

钟毓不敢再言，告退。司马师召钟会，嘱钟会道，钟毓优柔寡断，心慈手软，我虑其碍于私交，不能使夏侯玄等伏罪；若如此，必祸及家族。卿与钟毓骨肉相连，又深明大义，望能助之。

钟会忙道，大将军勿虑，我必使夏侯玄、张缉伏罪。

钟会携酒肉，入大狱，会张缉，命狱吏解枷锁，与之对饮。钟会道，卿凛然不屈，置生死于度外，令人钦敬；可惜虽能全气节，然不能全家族！

张缉黯然道，我非铁石，岂无悲心；然大祸已起，不能苟全。

钟会笑道，未必。大将军知李丰、夏侯玄为首恶，卿不过受其蒙蔽；大将军托我告知，卿若招供，必获宽恕。

张缉沉吟道，出卖同谋乃不义，我岂能为之。

钟会大笑道，灭族之祸迫在眼前，卿竟如此迂腐！我知蝼蚁尚知偷生，况乎人！卿招与不招，夏侯玄等仍难逃一死；既固执无益，何必执迷不悟？

张缉不言，犹疑不已。钟会道，卿若拒之，必累及张皇后。

张缉忙道，此与皇后无涉。

钟会道，卿为皇后生父，若治罪，宁不祸及皇后？

张缉无奈，供认不讳。

钟会持供词见钟毓，说钟毓道，大将军知卿心软，不忍用刑，命我助之；今张缉已供认，卿可速结此案，不可拖延。

钟毓即召夏侯玄，沉吟道，张缉已招供，若再固执，必受酷刑。

夏侯玄不以为然；钟毓以张缉供词示之。夏侯玄惊怒无比，骂张缉道，狗贼，我虽化作尘埃，亦必索汝狗命！

钟毓道，我与卿互为知己，何忍见卿遭此大难；然张缉之词乃铁证，恕我爱莫能助。

夏侯玄冷笑道，卿兄弟旷世之才，可惜不知正邪，不辨是非；我虽遇难，必流芳千古；卿虽荣耀，必遗臭万年！

钟毓欲再言，夏侯玄厉声道，恨我无眼，竟不知汝兄弟俱为帮凶！

钟毓大惭，命押夏侯玄回狱。

数日后，夏侯玄、张缉被斩首；除张皇后外，两家俱被夷三族。

钟毓愧疚不已，收夏侯玄尸骨厚葬；又上书，请辞廷尉。司马师嫌钟毓心软，改钟毓为尚书。

曹芳愈觉危机四伏，终日惶惶不安。张皇后劝曹芳道，司马师猖獗至极，若不早除，陛下必遭毒手。

曹芳叹息道，朕有心杀贼，奈何无力回天！

张皇后道，妾知黄门郎徐鸿颇有才智，又恨司马兄弟专横跋扈；陛下可与之谋，或能除奸。

曹芳遂召徐鸿。徐鸿乃徐晃之孙，博闻强识，颇负才气，年少知名，极受曹叡赏识，选为黄门郎。因不屑钻营，至今未曾显达，每以扬雄自比，苦修玄学，精研剑术，与钟毓、夏侯玄等多有往来。某日，曹芳春游洛水，令徐鸿作赋，徐鸿亦学扬雄，语带谏讽。曹芳恨之，不再召见。

曹芳赐徐鸿酒，徐鸿辞道，今天子蒙辱，巨奸当朝，臣已绝饮三年，请恕臣不敢奉命。

曹芳大为感慨，说徐鸿道，朕知卿才华横溢，忠贞壮烈；朕耻作傀儡，欲振奋而起，请卿为朕谋。

徐鸿沉吟道，今司马昭镇许昌，与司马师内外呼应，故而群臣大疑，虽有心除奸，而不敢举。臣知姜维仍在狄道，西北诸将久不能胜；请陛下令司马昭率众往西北助郭淮、陈泰，陛下以劳军为由，出洛阳迎送司马昭，命侍卫骤举，杀司马昭，夺其部属，转逼司马师，必能如愿。

曹芳疑惑不已，良久，说徐鸿道，司马兄弟爪牙众多，又极谨慎，宫中侍卫多为亲信，岂能为朕所用！

徐鸿道，陛下勿忧，臣苦习剑术二十年，广结侠士，所待者，今日也；臣即召剑客，扮为侍从，随陛下左右，猝然而举，必能手刃司马昭！

曹芳别无计策，遂依徐鸿之说，令司马昭出许昌往西北，助诸将拒姜维。司马昭欲趁此尽收西北诸将，举精甲三万而往。大军行一日，渐近洛阳，忽见车辇当道，颇疑，令部属暂止。

曹芳命侍从见司马昭，宣口谕。司马昭知曹芳来此劳军，不再疑，欲谢恩；渐近车辇，见侍卫怒目而视，杀气腾腾，大惊，急回。徐鸿见此，命剑客齐举。正此时，忽有人疾呼道，臣知陛下出京，恐有失，特来护驾！

曹芳、徐鸿大惊，见司马师率精甲一万骤至，知不可举，命剑客急止。

司马师驰近车辇，呼曹芳道，陛下贵为天子，岂能轻车简出；臣请陛下还宫，以防不测！

曹芳道，今安东将军往西北，助郭淮、陈泰拒姜维；朕来此劳军，卿何必惊惶。

司马师道，臣为大将军，遣将拒迎敌乃臣本份；陛下若欲夺臣之权，可下旨，何必如此！

曹芳大惧，不敢答。司马师笑道，陛下之意不在西北，而在洛阳；陛下若虑京都不安，可命安东将军屯于京郊，必使洛阳固若金汤；如此，陛下无忧，臣亦无忧矣！

曹芳不敢拒，命司马昭屯洛阳城外。

二十八

司马昭夜会司马师，请废曹芳另立。司马师道，曹芳欲杀卿，夺卿部属，转逼洛阳；此计必出于张皇后或黄门郎徐鸿。应先断其爪牙，毁其同谋，再举不迟。

于是以私养剑士，图谋不轨为由收徐鸿。翌日，司马师入宫，求见太后，请废张皇后而另立。太后素恨张皇后妖媚，又知司马兄弟窃尽大权，准之；唯请司马师使母子平安。

司马师应诺，即召群臣，极言张皇后不贤，每每扰乱后宫，又轻佻妖媚，毫无母仪；太后懿旨，废张氏，改立王氏。

曹芳极爱张皇后美色，既被废，大为惆怅，于是沉溺酒色，颓废不已。太后每每苦劝，曹芳不听，每召六宫美妇，并宿一榻，日夜淫乐。

司马昭得知，说司马师道，曹芳自暴自弃，荒淫无耻，群臣无不绝望，正当废立，不可犹豫。

司马师再入宫见太后，请发懿旨，废曹芳，立曹髦。太后泣道，废张皇后时，卿曾许诺母子平安，今未逾半载，岂能食言！

司马师道，曹芳召嫔妃、宫女大肆淫乐，失尽道德，不遵人伦，岂有君王风范！若不废黜，试问社稷何安，群臣何安！

太后自知无力回天，遂下旨废曹芳。司马师又召群臣，宣太后懿旨；司马师说群臣道，曹芳荒淫无度，不亲政事，每召嫔妃、宫女大肆淫乱，此人神共愤耳！一国之君，当以德行仁爱垂范天下，使四海宾服，士民称颂；曹芳逆天而行，罪恶昭彰，何堪为君！

群臣惶遽不已，俱不敢言。司马师又道，今强虏犹在，国土残缺，祸乱频仍，我等更须携手并肩，共辅新君。

于是令司徒高柔、尚书钟毓夺曹芳印绶，逐出皇宫。

中散大夫嵇康大为义愤，夜会步兵校尉阮籍；嵇康道，今司马兄弟挟持天子，威压群臣，又擅兴废立，曹魏已名存实亡。我空有除害之心，而无杀贼之力，奈何！

阮籍颇知嵇康之意，叹息道，我虽为校尉，然麾下无壮士，与老卒无异，岂能有所为！

阮籍曾为曹爽参军，曹爽被诛，司马懿怜其才高，欲笼络，为己所用，以阮籍为从事中郎。阮籍致信司马懿辞谢，称平生唯爱诗酒，不恋仕途，能有薄禄，聊可沽酒，其愿足矣。司马懿回复称，今步兵校尉去职，尚未补缺；营中有老卒，极善酿酒，卿若不嫌，可就此职。阮籍大喜，欣然领命，每日纵酒行吟，与嵇康、山涛等多有唱和。

嵇康不再言，起身欲走。阮籍执其手道，世有嵇琴阮箫之誉，卿既来，何不吹弹？

嵇康道，国难当头，恕无此兴！

阮籍道，国之破立，自有天意，非我等所能左右，卿何必如此？今方出新酒，芬芳甘烈，不如一醉。

嵇康不忍坚辞，复入座；阮籍命仆从煮酒。时正深秋，夜气初寒，清桂留香，颇为宜人；阮籍逸兴大生，说嵇康道，每闻卿善弹《广陵散》，清绝高妙；卿若不辞，请抚之，我试以箫声合之。

于是命仆人取琴、箫。嵇康举手数次，终不能弹，推琴而去。

是夜，嵇康不辞而别，辗转入山阳，隐居不出。

钟会请司马师杀徐鸿，以绝后患。钟毓闻之大惊，拜见司马师，劝道，徐鸿为河东名士，又为功臣之后，其才识高绝，我辈难以企及。请大将军赦徐鸿罪，收为己用。

司马师依其说，命狱吏押徐鸿来，置酒款待。徐鸿拒之；司马师笑道，卿无视生死，何惧酒食？

徐鸿道，戴罪之身，不敢与权贵饮。

司马师道，卿之才华，不输钟毓、钟会；我爱惜不已，欲恕卿无罪，擢为太常，与我共事新君，如何？

徐鸿道，大将军美意，令人感激；然我唯知皇恩，不领私情。

司马师笑道，卿所言有理，我必上书天子，请恕卿之罪，予卿之职，如何？

徐鸿道，我心已决，不惧断头，唯恨不能为国除奸！

司马师斥徐鸿道，谁为奸，谁为忠，后世自有公论。卿不过黄门郎，位卑职低，岂能有所为；所用又不过剑客，若杀人越货，或勉能为之；若欲扭转乾坤，与蚍蜉撼树何异！

徐鸿冷笑道，我若不死，必以剑客杀尽奸佞，诛尽国贼！

司马师大笑道，壮哉此言！我即释卿，引颈以待；卿若不来，枉为男子！

司马师竟释徐鸿，任其自去。钟会闻知大惊，拜见司马师，劝道，徐鸿暗怀异志，岂能释之；请大将军追杀徐鸿，以绝后患！

司马师道，徐鸿欲以身赴死，使天下人恨我杀名士，与我离心离德，岂能使之如愿！

钟会道，大将军爱惜英才，令人感佩；然徐鸿为名将之后，结识甚广，若聚众作乱，岂非得不偿失？

司马师渐悔，命钟会画影图形，布告天下，追索徐鸿。

徐鸿离洛阳，忆及扬州刺史文钦曾为祖父麾下，又为人忠壮，于是直赴扬州，欲说文钦起兵讨司马师。

文钦知徐鸿来，大惊，急命心腹请徐鸿匿于客舍。是夜，文钦召徐鸿，置酒款待。徐鸿泣而不饮；文钦说徐鸿道，卿能脱虎口，全赖祖、父阴德，可喜可贺也，何故如此？

徐鸿道，自司马兄弟专权以来，我已绝饮；今天子被废，身陷水火，我不辞千里，逃匿而来，既不为饮食，亦不为苟活。

文钦深知徐鸿之意，沉吟良久道，我所恨者，与卿何异；然司马兄弟拥兵数十万，爪牙走狗遍及朝野，已不能除，奈何！

徐鸿道，非也，自古胜败不在多寡，而在正邪；司马师欺君擅权是为邪，我等慷慨救国是为正，正邪既明，胜败已分；若义旗一举，必应者如云；今人心大疑，怨恨暗涌，如积薪浇脂，唯欠火种；卿若举，必成燎原之势，虽倾四海之水，不能灭之，卿何疑！

文钦闻此，渐觉豪气翻涌，不能自禁，于是说徐鸿道，卿所言，犹如惊雷，令人猛醒；国难当头，大丈夫宁不振起！

徐鸿大喜，说文钦道，卿若力挽狂澜于既倒，社稷之幸，苍生之福也；我虽不才，愿鞍前马后，共赴国难！

文钦道，扬州仅三万余众，若举，司马师必讨之，奈何？

徐鸿道，我知镇东将军毋丘俭与夏侯玄、李丰友善，今二人俱遇害，毋丘俭必难自安；我愿往寿春，说毋丘俭共举大义！

文钦大喜，令其子文鸳随徐鸿同往寿泰。文鸳英勇绝伦，颇受毋丘俭喜爱。

毋丘俭知徐鸿、文鸳来，已知其意，遂引二人入密室，笑问徐鸿道，司马师大肆追索，欲拿卿归案；既亡命在外，应知藏形匿迹，何故抛头露面，未必不惧死？

徐鸿道，国难当头，不敢惜命！

毋丘俭道，卿等用意，我岂不知；若文刺史振臂一呼，我必应声而起！

徐鸿大喜，朝文钦一揖道，卿义节如天，令我感佩不已；然诸葛诞屯兵豫州，近在一侧，若能说其同举，既无忧患，又能势压洛阳，岂不善哉！

毋丘俭道，我知诸葛诞亦为夏侯玄等抱不平；我等若举义，诸葛诞必起而应之。

徐鸿、文鸳告辞毋丘俭，仍回扬州。

二十九

文钦请徐鸿守扬州，举数万精甲往寿春，与毋丘俭合；于是竖义旗，发檄文，邀东南诸将共讨司马师。诸将大疑，俱无回应。毋丘俭遂遣心腹往豫州，邀诸葛诞。诸葛诞以为必败，斩毋丘俭心腹。

毋丘俭大怒，即与文钦率精甲五万出寿春，欲攻诸葛诞。大军正疾行，忽见徐鸿飞马而来，拜见文钦、毋丘俭。

文钦大疑，问徐鸿道，卿何故来此？

徐鸿道，我知卿等欲攻豫州，特来阻之。

毋丘俭道，诸葛诞拒不同盟，杀我心腹，是可忍孰不可忍！我等欲破豫州，直逼洛阳！

徐鸿道，岂能如此！今檄书四传，东南诸将了无回应，足见俱非义士，或欲邀功请赏，自后追击，与诸葛诞呼应，义军危矣！

毋丘俭、文钦大惧，令将士暂止。文钦道，今箭在弦上，不得不发，既不可攻豫州，我等当如何？

徐鸿道，义旗虽举，应者聊聊，诸将或欲观望，以察情形；若攻而有所克，或渐有响应；若攻而不获，诸将必反攻义军。我知项城薄弱，必能克之；若据项城，可与寿春、扬州呼应，势压东南，威镇洛阳；如此，义军必声威大振，诸将或趋附，即使不然，亦能立不败之地。

毋丘俭、文钦以为可，请徐鸿随军参谋，命文鸳回镇扬州。于是大军转道项城，急攻。守将恐惧，举城而降。文钦又与毌丘俭分兵，毌丘俭屯于内，文钦屯于外，彼此能呼应。

文钦与兖州刺史邓艾有旧，欲遣心腹往兖州，说邓艾起兵响应；徐鸿忙劝道，邓艾颇受司马父子器重，常思报答，岂能同谋！

文钦不听，遣心腹持书信往兖州。邓艾阅文钦信，笑道，文钦、毌丘俭不察天意，不知人心向背，以卵击石，徒手撼山，我岂能同谋！

于是回信责文钦。文钦大怒，欲举众攻兖州。徐鸿劝道，小不忍则乱大谋，兖州在山东，距此数百里；若孤军深入，项城必失，既无退路，危矣！

文钦闻此，不敢举。

司马师知毌丘俭、文钦破项城，即召群臣商议。

太尉高柔道，项城距洛阳不足千里，若文钦、毌丘俭不能猝灭，必危及京都；应迁都长安，以防不测。

司马昭道，文钦、毌丘俭不过鼠辈，若迁都，无异示弱，东南诸将或趋附二贼，岂能如此！可令诸葛诞出豫州，令王昶出徐州，前后夹攻；令邓艾出兖州侧击，必能克之。

钟会道，诸葛诞与夏侯玄、李丰等友善，恐有异心，若以攻毌丘俭、文钦为名，转与二贼合，人不利也；王昶等观望不举，亦可疑。请大将军亲事讨伐，使东南诸将断绝妄想，使二贼孤立，旬日可灭也！

司马师以为可，又苦于眼疾，恐不堪劳苦，欲以司马昭代己往东南。

尚书傅暇道，今局势纷纭，诸将各怀心思；大将军若不亲征，恐难使诸葛诞、王昶等应命。

司马师纳其说，以司马昭为中领军，镇守洛阳；自往豫州，督诸葛诞等伐文钦、毌丘俭；又疑王昶不应命，遣钟毓持节往徐州，说王昶起兵平叛。

司马师正欲离洛阳，忽报征西将军郭淮病逝，于是暂止，以陈泰代郭淮为征西将军，以偏将军王经为雍州刺史。

钟毓奉命来徐州，会王昶；钟毓问王昶道，毌丘俭、文钦举众而反，卿何不伐之？

王昶道，我几欲平叛，又恐孙亮趁势攻徐州，故不敢举。

钟毓不以为然，再说王昶道，孙亮幼弱，群僚昏暗，又纷争不息，何足为虑！

王昶道，丞相孙峻急于建功，震慑群臣；我若出徐州，孙峻必趁机大出，徐州岂能不失！

钟毓斥王昶道，卿如此执迷不悟！若不举，大将军必疑卿有异心，虽能保徐州，难以保性命；孰轻孰重，好自为之！

王昶大惊，于是大出徐州，围文鸳。文鸳自恃骁勇，命诸将俱出壁垒，与王昶决战。王昶佯败，退走徐州，诱文鸳追击；文鸳不知有诈，直追数百里。王昶请钟毓率将士敌文鸳，自领精甲绕走，奇袭扬州。

文鸳知扬州失，大惧，恐王昶等夹击，即弃钟毓等，走奔项城。王昶再与钟毓合，欲追文鸳；钟毓劝王昶道，项城小，文钦等必难久持；寿春乃其老巢，不如转夺寿春，使贼无退守之地。

王昶纳其说，转夺寿春。

邓艾出兖州，昼夜兼程，进据乐嘉，以待司马师之命。

文钦知扬州失，大惊，请毌丘俭弃项城，转攻邓艾；毌丘俭以为项城不可弃，欲分兵击邓艾。

徐鸿劝文钦道，若分兵，其势必弱，不能胜邓艾；应坚守项城，或回保寿春。

文钦不听，携文鸳等大出，往乐嘉攻邓艾。

司马师知王昶夺扬州，又转攻寿春，大喜，命诸葛诞亦往寿春助王昶；又知文钦举兵攻邓艾，即率钟会等，举一万精甲先入乐嘉，合邓艾之众，迎击文钦。

司马师问邓艾道，文钦举众而来，卿以为当如何应敌？

邓艾道，今扬州已复，寿春告急，文钦必怯；若迎头痛击，必能大胜。

司马师以为然，笑道，既如此，我何虑战事，可安养眼疾。

邓艾布兵城郊，以待文钦。文钦近乐嘉，见邓艾列阵于野，大笑道，邓艾竖子，竟不知据城坚守，自取其败也！

于是率文鸳等强攻；方举，忽遇伏兵四出，大败。文鸳知情势危急，请文钦退走，自领精甲断后。

邓艾以为文钦父子可擒，令部属猛击文鸳；文鸳不惧，以寡击众，邓艾等竟不能胜。

司马师、钟会立于城楼，见文鸳无敌，司马师赞道，谁言天下已无虎将，此子即虎将也！

文钦恐文鸳不敌，命屯兵高山，据险自保。钟会说司马师道，请命邓艾弃文钦，转往项城，攻毌丘俭；大将军可亲率将士围文钦。

司马师然其说，亦出，欲围文钦；文鸳亦入山，与文钦合。徐鸿见司马师欲设围，说文钦道，应趁司马师设围未成，骤然而出，否则，必受困于此！

文钦以为然，命文鸳突前，奋勇而出。司马师命部属俱出，欲活捉文鸳；文鸳冲破敌阵，直取司马师。钟会等大急，命死士力阻；文鸳不能再进，挽弓急射，射中司马师病眼。文鸳大为振奋，再奔司马师。钟会大骇，护司马师疾走。文钦等趁机出围，欲回项城。文鸳亦弃司马师，再与文钦合。

毌丘俭忽闻邓艾欲奔袭项城，又知文钦兵败，大为恐惧，即弃项城，欲回保寿春；正行于途，忽有斥候来报，称王昶、诸葛诞已夺寿春。毌丘俭顿不知进退，命诸将倚险结营，暂屯于此。

文钦、徐鸿、文鸳等退至项城，见旗帜已换，大惊；忽听邓艾喝道，大将军爱文鸳英勇，欲招用；今扬州、寿春俱为王昶、诸葛诞所夺，汝等已在末路，若顽抗，必死无葬身之地；若愿降，大将军必尽恕前罪！

文钦闻此，大为犹疑。徐鸿忙说文钦道，此诱惑之说，岂能听之！

文鸳亦劝道，此言有理，既举义旗，岂有回头之路！

文钦以为然，令文鸳等攻项城。邓艾知司马师必驰援，令部属闭城自守。徐鸿知项城不能克，又说文钦道，邓艾坚壁不出，难以克之；司马师必立至，两军夹击，于我不利。不如转攻橐皋，橐皋介乎东兴、寿春之间，若能克，可据城自保。

文钦以为橐皋亦不过小城，难以久持；徐鸿称，橐皋与东兴近，东吴置重兵于东兴，若据橐皋，王昶、诸葛诞等不敢轻举，吴军亦不敢妄动，恰如关羽据荆州，何愁不能自保！

文钦纳其说，转走橐皋。

孙峻知毌丘俭、文钦反，司马师令东南诸将倾力围剿，以为此机可乘，遂举十万精甲走淮南，欲攻合肥；方近宛城，忽知文钦、毌丘俭大败，文钦父子正往橐皋，恐东兴有失，于是转道东兴，以防不测。

文钦等至橐皋，正欲强攻，忽闻孙峻率十万大军已入东兴，大疑，不敢举，说徐鸿道，我受卿蛊惑，仓促起兵，已进退维谷；今孙峻大屯东兴，唯降之方能自保。请卿往东兴见孙峻，以解危急。

徐鸿力劝文钦不可降，文钦不听。徐鸿假意应命，只身逃走。

文钦知徐鸿已走，大怒，欲追杀；文鸳劝道，危亡之际，何计私仇；我愿往东兴请降。

于是文鸳持降书，拜会孙峻。孙峻笑问文鸳道，若非穷途末路，卿父子是否肯降？

文鸳道，不肯。

孙峻道，既如此，何必反叛？

文鸳道，举旗而反，唯因巨奸当朝；举众而降，只因进退维谷。

孙峻又问文鸳道，人言卿乃万人敌，比之吕布、关羽如何？

文鸳道，我虽不才，亦能于十万军中斩上将军首级。

孙峻大喜，纳文钦之降，以文钦为都护、镇北将军、遥领幽州牧。

司马师、邓艾围毋丘俭于项城外，数攻不克。诸葛诞出寿春，来此助战。毋丘俭大惧，欲趁夜遁走，为部属所杀，余者尽降。

诸葛诞知文钦投孙峻，请司马师攻东兴。司马师不准，令诸将俱退。

三十

徐鸿恐文钦追索，沿江疾走；不觉天色已暮，举目四望，不见人烟。正焦虑不已，忽有渔舟顺流而来，一老者须发如雪，持篙立于船头。徐鸿大喜，呼老者道，末路之人，望能搭救！

老者不言，徐徐靠岸。徐鸿欲登船，老者以竹篙拦之，笑道，恕不载无名无姓者。

徐鸿忙道，晚辈姓仁名余字江鸥，来此经商，遭人拦劫，身无分文，不能归故里，望能救助！

老者呵呵笑道，卿所货者，国也，恐无人能买！

徐鸿大惊，不敢接话，转身欲走；老者笑道，前为悬崖，后为深谷，卿欲何往？

徐鸿愈惊，遂止，朝老者一揖道，既如此，望前辈指点迷津！

老者道，若随我泛舟江上，危急可解也。

徐鸿忽生疑惧，不敢登船；老者又道，既有名有姓，老朽岂能拒载？

徐鸿仍疑；老者又道，江上孤舟，每渡有缘人；卿若拒之，当无路可走矣。

徐鸿无奈，遂登船。老者再不言，举篙一撑，渔舟离岸，渐入江心。时已向晚，满江暮色，渐有渔火隐现，继而风生水涌，涛声不绝，徐鸿颇觉危惧，不禁问老者道，风浪骤起，奈何？

老者笑道，但随波逐流，无碍。

徐鸿见老者语带机锋，暗自惊讶，又问，若水急浪高，奈何？

老者道，心无所惧，何妨畅行千里！

徐鸿愈觉老者不凡，然不堪风浪，欲求老者靠岸。老者知其所想，笑道，若举目远望，看月出东山，清光万里，又碧云在天，山色带水，其意必自平。

徐鸿依老者所说，举头望之，见一轮春月高悬天际，白云轻绕，群星俱隐，又山影摇曳，烟波浩渺，果然心旷神怡，再无疑惧。

不觉，时已夜半，风浪渐平，老者停舟江岸，指月下一茅舍道，此即我家，若不嫌贫寒，聊可栖身。

徐鸿随老者手指望去，见有石级出江水，蜿蜒而上，曲曲折折，隐约与茅舍相通；茅舍左右尽为江树，或疏或密，颇为幽深；又有山溪绕屋而下，流入江里。

老者掀开船板，月色照映下，竟是半仓活鱼。徐鸿颇为疑惑，问老者道，既居江岸，何必远道求鱼？

老者笑道，卿有所不知，仓内俱为河豚，此物栖于海，每逢春气初暖，无不沿江而上，至江水温浅处交配产卵。我平生独爱此味，故不惜远道而求。

徐鸿大悟，帮老者尽起河豚，携入茅舍。茅舍虽简朴，却分外整洁，几乎不染尘埃。徐鸿赞道，此与仙居何异！

老者笑道，此处远离人世，得江风之清新，碧树之蓊郁，如此而已。

徐鸿忽觉饥饿不堪，几乎不能动。老者笑道，卿且暂忍，老朽即烹河豚。

徐鸿道，我知河豚有毒，若不慎，或危及性命；前辈如此清通脱俗，何必以口舌之欲而涉险？

老者道，烹河豚如治国，治国需知弊病所在，除之，则国泰民安；烹河豚需知毒性所在，剔之，则能获人间至味。我不能治国，然每能捕河豚而烹，其中之乐，与治国何异！

徐鸿愈以为老者不凡，笑道，前辈所言，令人茅塞顿开；然以前辈所见，当今国病何在？

老者忽收笑容，望徐鸿道，卿既不知国病所在，何必说文钦、毋丘俭铤而走险？

徐鸿惊愕万分，忙道，前辈何出此言！我不过行商，蝇营狗苟之徒，除利益外，不知其他！

老者大笑道，好个蝇营狗苟！卿自言姓仁名余字江鸥，老朽已知卿即徐鸿，此拆字之法，卿能拆用，老朽亦能复构。然卿末路之际，仍不忘祖先，足见孝义，可嘉可叹。

徐鸿顿觉无话可说；老者又温颜笑道，卿勿虑，此处深远，绝人耳目，聊可安处。

说话间，河豚已熟，奇香漫溢，令人绝倒。老者邀徐鸿入席。徐鸿尝之，顿觉鲜美无比，大啖不止。待渐饱，老者方邀徐鸿饮酒。酒亦甘美，不同凡响。

徐鸿问老者道，此酒美不可言，是否琼浆玉液？

老者道，世上何来琼浆玉液！此为老朽自酿，以露为水，以花卉果实为料，合以酒母，盛入木桶，覆以芳草，置之江岸，任风吹日晒，久而成酒。

徐鸿又为之绝倒，剧饮不止，竟无醉意。老者劝道，此物柔美，然颇有暗劲，今日饮，明日醉，若醉，往往数日不能醒。

徐鸿遂止，问老者道，前辈超脱尘俗，飘然若仙，料想来历不凡。

老者笑道，老朽不过渔夫，出没江上，每从风中去，雨中来，岂有不凡。

徐鸿不好再问，想及文钦、毋丘俭兵败，司马兄弟猖獗愈甚，曹魏江山必有旦夕之危，不禁悲从中来。

老者见其忧愁满面，笑道，老朽有一物，颇有意趣，或能解忧。

言毕起座，自壁上取下一物，状若木箱，置于几。徐鸿细看，竟是一段古木，中空，表面结有数弦，弦为棕丝纠缠，极为朴拙，大为惊讶，遂问老者道，此为何物？

老者道，此为老枫，根须俱断，悬于山崖，久之蛀空；每遇风起则鸣，其声浑厚而悠远，覆盖方圆数里，虽急雨怒涛不能淹没。老朽以为异，将之携回，以棕丝为弦，竟能弹奏。

徐鸿愈以为奇，正欲言，老者已张指着弦，轻轻一拨，一声混响猝然而起，如石坠泥潭，物落水中。徐鸿颇为不屑，讥刺道，莫非此即大音？

老者不答，微微一笑，继而落指渐快，其声绵绵不绝，如风过深谷。徐鸿渐觉心神俱动，不再言，闭目，似觉风自狭谷出，吹遍旷野，一时草木摇曳，兔狐奔走；继而阴云四起，山雨欲来。

徐鸿觉须发俱张，不堪危惧，欲睁眼，竟不能。其声又渐渐转清，风已止，云已散，皓月渐出，光华千里，清江碧透，山色空明。

徐鸿心境随之宽舒，忧患渐除，似不知来处，仿佛人在江上，扁舟轻摇，水波不兴。俄而，闻渔歌远起，其声清扬——

春江千里兮山色寒

流水飞花兮逐其间

渔舟行过兮生暮烟

一壶浊酒兮醉苍颜

到此，渔歌与琴声俱止。徐鸿已觉身心轻快，仿佛脱胎换骨，于是睁眼；老者满面微笑，问徐鸿道，如何？

徐鸿拱手道，此音只应天上有，人间绝无。

老者呵呵笑道，能听懂此音者，必能知世事喧嚣，反复无常。

徐鸿似有所悟，沉吟道，晚辈虽浅陋无知，亦曾闻江东高隐之士，首推陈山高岱，前辈必知此人。

老者道，我不过野老，孤陋寡闻，不知有此人；唯知人生在世，不可图浮名，浮名如高树之华，风可摇落，雨可摧折，岂能安之！

徐鸿大悟，朝老者一揖道，晚辈愿隐匿姓名，断绝妄想，随前辈捕捞江上，披风沐雨，随波逐流，望前辈不弃。

老者大笑道，世间自此少一枭雄，多一隐士；枭雄每出，往往累及生民；若知急流勇退，社稷之幸，苍生之福也，老朽岂能推谢！

自此，徐鸿随老者隐于江岸。

三十一

司马师离东南，欲回洛阳，至许昌，箭伤愈重，又染病，不堪疾苦，遂留许昌养病，命钟会伴于左右。钟会见司马师病重，忽生妄想，即致信尚书傅嘏，称司马师命在旦夕，若死，或有剧变；请傅嘏上书太后，称东南新定，可使司马昭屯许昌，以应内外之变；若司马昭离京，即可图之；又称太尉高柔素恨司马师专权，久欲除之，可与之共谋，必能扭转乾坤。

傅嘏以为然，即拜见高柔，说高柔道，今陛下幼弱，令出司马师，群臣怒不敢言，俱望太傅力挽狂澜。

高柔道，我已沦为虚职，又年高体弱，不愿争斗；况大将军精诚为国，力辅幼主，无异周公再世，我自知不如，不敢生事。

傅嘏沉吟道，今司马师病危，将不久人世，或有巨变；此千载良机也，若疑而不举，或永无天日。

高柔不言，大为犹疑。傅嘏又道，卿曾受太祖之恩，又奉君朝夕，德高望重，非卿不能除国贼！

高柔早有剪除司马兄弟之心，问傅嘏道，卿欲何为？

傅嘏以钟会书信示之;高柔阅毕,慨然道,既如此,我愿与卿同谋!

傅嘏大喜,遂请高柔入宫,面见曹髦。

高柔问曹髦道,臣斗胆请问,大将军功过如何?

曹髦不知用意,沉吟道,若无大将军,朕岂能登大位。

高柔又问,大将军事事独断,陛下有名无实,既不能决一事,又不敢召群臣,未必此非大将军之过乎?

曹髦遂知二人用意,说高柔、傅嘏道,卿等欲何为,朕愿闻其详。

傅嘏道,今司马师病危,滞留许昌,天赐良机也。臣等请陛下命司马昭屯许昌,以应内外;待司马师死,可断其爪牙,除尽党羽,必能使天日重现,君威再显。

曹髦犹疑道,若司马昭举许昌之众反逼洛阳,奈何?

高柔道,陛下勿忧,若如此,可命东南、洛阳诸将起兵讨伐,前后夹击,司马昭必败!

曹髦沉吟良久,慨然道,朕虽弱,耻作傀儡;既天意所在,何辞放手一搏!

于是曹髦下旨,命司马昭屯许昌。司马昭疑洛阳有变,嘱部属以护卫为名,围皇宫,使曹髦不能与群臣会。

高柔、傅嘏见此,知司马昭有备,即致信钟会,称司马昭或有觉察,已命部属围皇宫,群臣俱不得入,实不可举。

钟会大惊,恐败露,即遣心腹入洛阳,请傅嘏烧往来书信。

司马师见司马昭来许昌,大惊,斥司马昭道,存亡之际,卿岂能离洛阳;请速回,迟则必生剧变!

司马昭道,卿勿虑,我已有所备。

于是告知情由;司马师道,群臣怯于威势,未必悦服,许昌实不可留!

司马昭遂还洛阳;翌日,司马师病逝。司马昭获知此情,即入宫,拜见曹髦。

司马昭道,臣父子俱负辅国之重,不敢懈怠;作为既多,又权重位高,或使群臣怀怨。今大将军已薨,臣自忖不堪重任,愿辞归故里,永绝是非。

曹髦大喜,欲准之;太后忙说司马昭道,卿何出此言!大将军虽薨,卿健在,何愁国无所托,君无所依。卿父子俱为忠臣,此天人共知,谁敢非议!

待司马昭告退,曹髦问太后道,司马昭请辞,朕当自此出头,太后何不顺水推舟?

太后道,司马昭之心路人皆知,若准辞,必猝兴废立,甚或取而代之!

曹髦大惊,深知司马氏根基深固,更不敢有所举。

群臣纷纷上书,请以司马昭为大将军,录尚书事。曹髦不敢拒,准之;又依司马昭之请,以诸葛诞为镇东大将军,乐琳为扬州刺史,王基为镇东将军,陈骞为安东将军;征王昶为司空。

于是,东南格局大变。

姜维率诸将据狄道,收服部落,欲转攻长安。恰此时,征西大将军王平病死军旅,姜维请以尚书张翼为征西大将军,替王平;刘禅准之,又迁姜维为大将军,都督内外军事。

陈泰疑姜维或大出,命雍州刺史王经屯定西。姜维命张翼赴定西拒王经,自领一路入枹罕,欲另道而进。

陈泰闻知,亦出长安,往枹罕迎击姜维。姜维与陈泰大战十数日,损伤颇重,遂遣快马往定西，命张翼急攻王经，欲诱陈泰分兵驰援。

张翼不敢违，大举而攻。王经自持定西坚固，命部属勿出，欲自守。张翼久攻无果，命部属挖暗道，欲潜入；王经察知，命将士掘深沟，以阻之。张翼无奈，命围而不攻。

姜维知计不成，遂弃枹罕，率众夜奔定西，与张翼合击王经。王经大惧，弃定西逃走，屯洮河。姜维令诸将进击；张翼劝道，所谓穷寇勿追，若追，王经或决死顽抗，陈泰必举众驰援，或反为不利。

姜维不听，令诸将往洮河，欲再败王经。陈泰知王经败走，姜维、张翼大举追击，亦率部属出枹罕，偃旗息鼓，不张声势，沿山急进。

姜维欲一举破王经，大肆急攻；王经等知进退无路，再无所惧，奋起还击，姜维竟不能克。张翼劝姜维弃王经，回据狄道。姜维仍不听，攻势愈急。

王经渐渐不敌，部属劝其弃洮河，退保长安。王经斥部属道，若弃洮河，姜维必长驱直入，长安或不保！我等需以决死之心阻敌于此，陈泰必驰援，姜维必败！

姜维见王经势颓，以为可破；正此时，陈泰率众出深山，席卷而下。

姜维大惊，转迎陈泰，不敌，令诸将退走。王经知援军已来，率众齐出，自后猛击；姜维大败，疾走。陈泰、王经大肆追杀，渐近钟提。张翼见情势危急，领精甲断后，力阻陈泰、王经。

陈泰、王经见张翼据尽险要，不敢再进，亦退；于是姜维屯钟提。

司马昭虑陈泰不敌姜维，遂以邓艾为安西将军，往西北助陈泰，再攻姜维；相战余月，姜维大败，退守汉中。

文钦每虑无功绩，恐难立足，于是拜见孙峻，请伐扬州。孙峻亦急于建功，使群臣服膺，准之。

偏将军孙綝劝道，丞相新领朝政，宜谨慎，不宜急切。况文钦穷途来降，未必可信，若战不利，必遭非议。

孙綝为孙峻从弟，颇有心机，曾为骠骑将军吕据部属，吕据不喜孙綝为人，凡事不与之谋，故而久未显达；孙峻为丞相、领大将军，遂以孙綝为偏将军。

孙峻不听劝告，以文钦为征北大将军，与骠骑将军吕据、车骑将军刘纂、镇南将军朱异、前将军唐咨等兵分数路，直指扬州。

虽诸将俱出，孙峻虑不能胜，心神大乱，不能自安。孙綝劝孙峻道，既大军已出，胜败在天，忧之何益。

孙峻不言，忽有宫人来，称皇太后召孙峻；孙峻不敢辞，遂入宫，拜见全太后。全太后虽年近五旬，仍丰采不减，姿色颇佳。

孙峻见全太后衣轻纱，姿态曼妙，风情毕露，大为心动，几乎不能自持。全太后笑问孙峻道，卿何故不安？

孙峻忙道，皇太后风采照人，臣不敢仰视。

全太后芳心暗动，命赐酒。孙峻狂饮数樽，佯装大醉，委地不起。全太后屏退左右，说孙峻道，此后宫也，汝竟敢张狂。

孙峻道，若能沐太后芳恩，臣死不足惜！

全太后不再言，扶孙峻起；孙峻趁势揽全太后，倒入榻上。自此，两人频繁幽会，不能自制。

孙峻自知有违人伦，大为不安，竟忧郁成疾，卧榻不起。某夜，忽梦诸葛恪仗剑直入，喝道，狗贼，竟奸淫太后，我必取汝狗命！

骂毕，一剑刺穿咽喉。孙峻大叫一声，幡然醒来，顿觉咽喉巨痛，不能呼吸，急召孙綝，命其入宫请全太后。全太后大惊，急来探视。孙峻斥退左右，说全太后道，臣恨命短，再不能侍奉太后。今陛下幼弱，群臣各怀异心，若不慎，或生剧变。臣知孙綝忠厚，又为族亲，请以孙綝代我，必能使群臣悦服，社稷无忧。

全太后知孙峻将死，略为安抚，遂告辞，请孙亮下旨，以孙綝为侍中，拜武卫将军，领丞相事务；当日夜，孙峻病死。

吕岱知孙綝代孙峻为丞相，大怒，召文钦、刘纂、朱异、唐咨等商议，欲联名上书，请全太后废孙綝，以滕胤为丞相。文钦、刘纂、朱异、唐咨等以为局势纷纭，恐反招祸患，不敢举。吕据大失所望，遂领部属入江都，欲与滕胤呼应。

孙綝闻知，召文钦等俱还建业。文钦、刘纂、朱异等恐有变，欲抗命；唐咨以为不可，请屯兵建业外，以观动静。文钦等以为然，俱屯城外。孙綝闻知，恐文钦等逼建业，大惧，即召从兄孙宪；孙宪以为文钦等不知所从，若施以恩惠，必能用之。孙綝纳其说，只身入军营，会文钦等，大加安慰。文钦等再无疑，俱称愿奉命。

孙綝大喜，又知吕据走江都，与滕胤合，再召孙宪商议。孙宪道，大司马吕岱病危，可以滕胤入武昌替吕岱。武昌俱为诸葛恪、吕岱旧部，滕胤必不肯往，可以抗旨为由除之，以绝后患；若滕胤死，可命文钦、刘纂、唐咨等攻吕据，大局定矣。

孙綝纳其说，请以滕胤为大司马，代吕岱镇武昌。

滕胤果不肯奉命，上表坚辞；将军孙咨闻知，力劝滕胤往武昌，与吕据呼应，或能扭转大局。滕胤仍不肯，称大丈夫不屑阴谋。

孙綝求见全太后，称滕胤拒不奉命，欲与吕据等谋反。全太后大惊，命孙綝收捕滕胤。

孙綝命将军刘丞举精甲五千夜入江都，围滕胤；滕胤大惊，率家仆拒之。刘丞等破门而入，杀滕胤。

孙綝又命灭滕胤三族，杀尽亲信；又恐吕据反，即命文钦、刘纂、唐咨、朱异等往江都，攻吕据。

三十二

吕据知文钦、刘纂、朱异、唐咨等大举而来，急召部属，欲拒之。部属见情势危急，劝吕据弃江都，转投诸葛诞。吕据不听，斥部属道，我非小人，不作叛逆！

于是令部属坚壁深沟以待之。文钦等围江都，朱异劝文钦勿攻，愿说吕据降。

文钦纳其说，请朱异入江都见吕据。朱异为朱桓长子，吕据为吕范次子，彼此相交甚厚。

朱异说吕据道，卿父子功勋卓著，深受天恩，岂能谋反？

吕据道，孙綝不过鼠辈，窃取大权，凌驾群臣之上，此社稷之耻也；我所欲者，为国除害也，卿何有此言！

朱异道，陛下幼弱，黑白颠倒，日月不明，是非不清，在所难免也；若欲匡正，可从长计议，何必操切？

吕据冷笑道，我虽不才，耻居竖子之下；孙綝类如猪狗，竟能翻云覆雨；既火入枯茅，岂能不急！

朱异道，今大军围城，若顽抗，必玉石俱焚；所谓识时务者为俊杰，卿家学深厚，博古通今，岂不知此理！

吕据道，请勿再言，我不惜一死，誓与孙綝不两立！

朱异知吕据心如铁石，告辞。于是文钦等四面强攻，江都内外风声鹤唳。

吕据部属知敌众我寡，必败，竟夜开城门迎文钦，文钦等大举而入。吕据携心腹，退守城楼；文钦等围之，欲逼降。吕据大骂文钦不忠，文钦大怒，引弓射之。吕据身中数箭，死于城楼。

朱异等深感吕岱壮烈，厚葬之；文钦尽收吕据部伍，还建业。孙綝大喜，张设酒宴，犒赏诸将。

是夜，孙綝召孙宪密议；孙綝道，今滕胤、吕据皆灭，群臣无不慑服，我欲说全太后，以卿为右将军，助我军事，卿以为如何？

孙宪忙道，我唯以丞相之命是从，当披肝沥胆，誓死不二！

孙綝道，然我仅以武卫将军领丞相事务，名不正则言不顺；况局势动荡，或再生变故，奈何！

孙宪深知其意，入宫拜见全太后。孙宪道，臣知用人不疑，疑人不用；今事端频起，人心纷乱，应宠信亲族，除尽异己，否则，恐不能定大局。武卫将军孙綝忠心耿耿，既欲依靠，应正其名，免使他人觊觎。

全太后以为然，请孙亮下旨，拜孙綝为大将军、录尚书事，统领群臣；拜孙宪为右将军，协助军事；以王惇为卫将军。

孙綝知孙宪奸猾，暗怀异志，渐与之疏远，不再合谋。孙宪大失所望，怨恨不已，欲除孙綝而自代。

孙宪知王惇与诸葛恪友善，既恨孙峻杀诸葛恪，又恨孙綝专权，于是与之暗结，欲谋杀孙綝。

王惇说孙宪道，孙綝之势日盛，若不广结同盟，不能除之。孙霸之子宛陵侯孙壹与吕据为姻亲，颇恨孙綝杀吕据；我与孙壹为故交，愿说其与我等同谋。

孙宪大喜，请王惇笼络孙壹。王惇命家奴持书信往夏口，拜会孙壹。家奴出建业，恰遇文钦练兵，令士卒断道，绝行人；家奴不屑，欲强走；部将大怒，执之，家奴大肆谩骂；部将知为王惇家奴，不敢主张，扭送文钦。文钦大疑，软硬兼施；家奴恐性命不保，以王惇密信付文钦。文钦不敢怠慢，执家奴拜会孙綝。孙綝惊怒不已，命文钦收王惇。

王惇闻知，召部属大集府第，欲拒之；文钦命部属举火，欲焚毁宅第；王惇部属大惧，执王惇出。

孙宪知谋泄，大为恐惧，饮药自尽。

孙綝杀王惇，夷三族，又命朱异入夏口，捕孙壹。孙壹获知，急率亲随逃走，辗转入建业，藏匿馆舍，遣心腹入宫，拜见全太后，欲试探。全太后恐孙綝专权，欲以孙壹牵制孙綝，于是暗召孙壹。

孙壹大喜，夜半入宫，哭说全太后道，大将军欲置臣于死地，臣惊恐不安，仓皇出逃，请太后救命！

全太后道，信出王惇，卿并非同谋，何罪！

孙壹忙道，太后再造之恩，臣虽粉身碎骨不能报万一！

全太后又道，卿与孙綝俱为宗族，岂能互害；妾必请陛下委卿重任，为国效命；愿不负殷切之望。

孙壹喜出望外，叩头谢恩。于是全太后请孙亮下旨，拜孙壹为镇军将军，守夏口。

孙綝不能除孙壹，恨之入骨；然不敢与全太后争，只好暂忍。此后，凡有大事，全太后俱召孙壹来建业，与孙綝共商；孙綝渐知全太后之意，恐不能自保，于是上表，称曹魏诸将大屯东南，虎视狼顾，危机四伏；臣为此食不甘味、睡不成眠。今老将俱丧，后继乏人，请征诸将子弟严加训导，以备国家之需。

全太后不知用意，准之，命诸将子弟应孙綝。孙綝尽召子弟，获数百人，大集府第，每日教习；又深锁门户，令子弟不得外出。全太后方知，孙綝已执子弟为人质，诸将或投鼠忌器，不敢与孙綝争，于是悔恨不已。

扬州刺史乐琳乃乐进长子，自恃功臣之后，为人骄慢；诸葛诞恨乐琳张狂，鲜有往来。乐琳亦恨诸葛诞凡事自决，拒不磋商，于是致信司马昭，称诸葛诞每言夏侯玄、李丰冤死，欲为之雪恨。

司马昭亦疑诸葛诞有异心，欲除之，又苦无罪证；今得乐琳书信，以为可用，遂召丞相长史贾充，以乐琳书信示之。

贾充颇知司马昭之意，说司马昭道，若以慰劳将士为名往扬州，遍问诸葛诞部属，必能察其谋。

司马昭以为可，命贾充往扬州。诸葛诞亦知难为司马昭所容，欲收买人心，大获赞誉，使司马昭投鼠忌器，于是大减赋税，赦免死囚，又养为死士，以备不时之用。

贾充入扬州，先见乐琳，请乐琳屏退左右。贾充说乐琳道，丞相素疑诸葛诞有异心，欲除之，然苦无实证；卿与之共镇扬州，必有所知。

乐琳道，诸葛诞与夏侯玄、李丰有染，二贼被诛，诸葛诞昼夜不安；卿若拒不拜访，诸葛诞必自疑，或铤而走险，何用实证！

贾充笑道，卿所言极是；然我若不造访，诸葛诞或不容我去，奈何？

乐琳道，卿可速离扬州，入寿春，再转道回洛阳；诸葛诞知卿来去匆匆，将愈疑，必反。

贾充以为然，夜离扬州，入寿春。诸葛诞不知贾充已走，以为必拜访；不料三日已过，不见贾充来，疑心顿起，遂入乐琳府第，问之。

诸葛诞问乐琳贾充何在，乐琳称已回洛阳；诸葛诞大惊，又问贾充来此何事，乐琳称，受丞相之命，问东南诸事。

诸葛诞疑虑大生，再问乐琳道，我为镇东大将军，节制诸将；既问东南诸事，何不见我？

乐琳冷笑道，此与我无涉，请问贾充。

诸葛诞告辞，惶遽不安，召门客，欲举众而反；门客劝诸葛诞道，若反，必重蹈文钦、毌丘俭覆辙，不如投孙亮。

诸葛诞纳其说，命长史吴纲往建业，拜见孙綝；又举精甲围乐琳，欲灭门。乐琳知诸葛诞必举，恐受害，欲携家人逃走，尚未出，诸葛诞已围府第。乐琳自知不能免，以火焚宅，合家数十口俱被烧死。

吴纲持诸葛诞信来建业，拜会孙綝。孙綝不敢自决，入宫面陈全太后；全太后疑为奸计，不许。孙綝又转见孙亮，说孙亮道，陛下既已成人，宜亲政，臣必竭力奉命。

孙亮大喜；孙綝出诸葛诞书信，请纳降。孙亮准之，即下旨，以诸葛诞为左都护、大司徒、骠骑将军，遥领青州牧，封寿春侯，仍守扬州。

司马昭知诸葛诞反，亲率大军入东南，讨伐诸葛诞。诸葛诞虑兵寡，向孙綝救援。孙綝令文钦、唐咨等率五万余众驰援扬州。

诸葛诞以为不可，请命文钦、唐咨转攻寿春，迫司马昭分兵，扬州之危当自解。孙綝纳其说，命文钦等转道寿春。司马昭见此，急命镇东将军王基、安东将军陈骞入保寿春。

文钦知王基、陈骞驰援寿春，命文鸳领一万精甲，昼夜疾进，欲先夺寿春。王基、陈骞先到，据城自守；文鸳大怒，命部属急攻东门。东门将破，王基大骇，率部属自西门出，欲绕走文鸳后，与陈骞夹击。文鸳置王基不顾，破东门，率众入城。陈骞知文鸳无敌，不敢应战，亦自西门出。

王基、陈骞会师城外，反围文鸳。文钦知文鸳被围，大急，即率唐咨等疾进，猛击王基、陈骞。司马昭恐王基、陈骞不敌，命弃寿春退走，欲待文钦入城，再合围。

文钦以为王基、陈骞惧战，竟不疑，率众入城。王基、陈骞等复回，再围寿春。

孙綝知文钦、唐咨被围，即遣朱异举三万精甲屯安丰，欲与文钦、唐咨内外呼应，大败王基、陈骞。

司马昭又恐不利，再令王基、陈骞撤围，移屯高山，势逼寿春。王基以为寿春可夺，回复司马昭称，今将士同仇敌忾，俱有决死之心，应固其围，待文钦等粮尽，寿春当自破；若走，必前功尽弃。

司马昭准其所请，令高垒深沟，与之对峙；又令奋威将军石苞赴安丰，突袭朱异。石苞奉命夜出，急攻朱异；朱异猝不及防，大败，遂弃安丰退走。石苞请屯安丰，策应王基、陈骞；司马昭不准，令急追朱异。石苞不敢违，大肆追杀。朱异欲树壁垒以自保，无奈将士勇气尽失，溃不成军。

孙綝知安丰已失，大惊，遂领精甲出建业，欲复夺安丰，再解寿春之围。

朱异一路溃退，损伤惨重；正惶急不已，忽遇孙綝领军而来，大喜，即以残部归孙綝。石苞见孙綝势众，不敢再进，回安丰，据城固守，以备孙綝来攻。

孙綝令朱异攻石苞，复夺安丰。朱异不敢违，举精甲二万攻石苞。石苞命将士夜出，劫朱异军营；朱异再败，回见孙綝。孙綝知精甲俱丧，大怒，斩朱异。

司马昭知文钦沦为困兽，令诸将俱往扬州，围诸葛诞。

孙綝知安丰、寿春俱不能克，恐司马昭转攻建业，又虑朝中有变，遂走，竟置文钦、诸葛诞于不顾。

三十三

孙壹知孙綝率兵出击，以为可图，遂离夏口，往建业拜见全太后。孙壹说全太后道，孙綝妄自尊大，沐猴而冠；今领兵在外，正可除之。

全太后沉吟道，今陛下亲政，万事自决；请卿叩见陛下，晓以利害。

孙壹又转见孙亮，力陈孙綝骄狂自大，目无君王；请联合群臣，待孙綝回建业，执而杀之。

孙亮沉吟道，孙綝以诸将子弟为人质，群臣无不投鼠忌器；若举，恐反招祸患。卿宜速回夏口，免使孙綝疑惑。

孙壹大失所望，叹息而去。

孙綝回建业，心腹告知孙壹曾入见孙亮，大为疑惑，决计除之，遂命心腹入夏口，暗访孙壹言行，网织罪名，欲置孙壹于死地。

孙壹自知不能为孙綝所容，亦曾遍插耳目，以察孙綝所为；孙綝心腹方离建业，已为耳目所知，于是先入夏口，报与孙壹。孙壹擒孙綝心腹，引入密室，问孙綝所欲为。

心腹不敢隐瞒，无不告之。孙壹知在劫难逃，杀孙綝心腹，夜离夏口，往扬州投司马昭。司马昭大喜，以孙壹为车骑将军，封吴侯。

司马昭知孙綝不肯驰援，命诸将急攻诸葛诞。

诸葛诞令部属坚守，部属知扬州不能保，劝诸葛诞开城献降。诸葛诞不肯，说部属道，司马昭远来，久持必受制于粮草；若以死拒之，或有生机；若降，必瓦石不全！

司马昭久攻不下，欲智取，遂召诸将。钟会道，诸葛诞被困，又每每受挫，部属必大生疑惑；若大将军不问协从，唯诛首恶，部属必弃诸葛诞来投，扬州可不战而克。

司马昭以为然，于是大书布告，称元凶为司马诞，其余皆协从，若迷途知返，一概不问。

命以强弩射布告入城中。城中将士阅之，多欲献降，一时人心离散，不可遏阻。诸葛诞获知，命诸将整肃部属，以防剧变。

每夜，皆有人縋城而走；诸葛诞大怒，以约束不严为由，连斩数将，逃匿遂止。然城中粮草将尽，将士愈惧。诸葛诞又令节食，每人减粮一半。部属不堪饥饿，竟杀城中父老烹食。诸葛诞知扬州必失，意志渐颓，亦不约束。

钟会知诸葛诞粮尽，劝司马昭命伙夫蒸馍，弃之壁垒外，使诸葛诞部属望而难忍。司马昭依其说，命蒸馍十万，近城池投放，又命士卒齐呼以诱之；于是出城争食者如狂流。

诸葛诞知大势已去，竟自杀。司马昭入据扬州，尽收诸葛诞部属。

王基、陈骞围寿春，文钦、唐咨等每每突围，不能出。文鸳恨孙綝不救，劝文钦降，或转攻宛城，再出淮南，克吴郡，逼建业。文钦不肯，称既归东吴，若再反复，必遭天下人唾弃。

文鸳欲征士民存粮，以供军需。文钦仍不准，称市民无辜，岂能强征。

于是，令部属不得入民宅，违者必斩。此令一出，军纪愈严。士民感其恩德，以粮草奉献。

司马昭知文钦不可屈服，亦举精甲来寿春，助王基、陈骞。

文钦不惧，虽军需日窘，然士气不衰。文钦知寿春不保，命文鸳逾城出，以免父子俱丧。文鸳不肯，立誓与文钦共存亡。

文钦苦劝无果，忽拔剑，斥文鸳道，若不走，我必先死！

文鸳大哭，仍不去；文钦执其手道，我知司马昭爱汝英勇，必不加害；若能使家族不灭，我死而无憾！

言毕，令侍从缚文鸳，以长绳縋于城下。

司马昭大惊，命收文鸳，押至军营。文鸳轩昂而立，拒不跪拜。王基大怒，欲杀之；司马昭不准，亲释其缚，说文鸳降。

文鸳说司马昭道，若不恕父亲之罪，绝不应命。

司马昭诺之，文鸳遂降。司马昭请文鸳复入寿春，劝文钦降。文鸳遂近城，疾呼文钦，文钦拒之。

诸将俱有降意，请唐咨劝文钦苟全部属。唐咨言未毕，文钦斥唐咨道，卿等受陛下厚恩，高位厚禄；我不过降将，尚能知恩图报，卿等何不能！

唐咨不能再言，羞惭而退。诸将苟且之心愈甚，愿奉唐咨为首，执文钦献降。唐咨不忍，命开城门，率领诸将降归司马昭。

文钦知诸将俱走，竟匹马单枪跃出城门，直奔司马昭。王基、陈骞等齐出，欲生擒文钦。文钦不惧，举枪乱刺，诸将竟不能敌。钟会见文钦势不可挡，命弓箭手急射；司马昭不许，命部属围之，欲迫文钦就范。文鸳呼文钦道，大将军已尽恕前罪，父亲何不降！

文钦不应，抽短剑自刎而死。司马昭感慨不已，令厚葬；又上表，请以文鸳为虎威将军，以唐咨为安远将军；拜王基为征东将军，都督扬州军事，封东武侯。

刘禅知姜维等败回汉中，遂召姜维、张翼、廖化等俱还成都，欲止北伐。姜维等不敢违，星夜驰还，求见刘禅；刘禅拒之，命群臣俱至，大议进退。

刘禅道，自诸葛丞相以来，屡屡北伐，损兵折将，其消耗之巨，何止千万，已使天怒人怨；诸将虽竭尽所能，而尺寸不进，毫无所获，朕以为可休矣！

姜维道，北伐乃先帝遗愿，臣等至死不敢忘；诸葛丞相屡败不馁，亦因此也。至于每每无功，实因曹魏兵强马壮，又有司马懿、张郃等巧妙谋划。今曹髦暗弱，司马昭心怀不轨，又虎将俱丧，谋臣尽死，已今非昔比耳；况陈泰、王经、邓艾等互不相容，此天与我时也！臣愿率诸将再出，必能破关隘，克长安，直入洛阳。此复兴之计，望陛下不疑！

征西大将军张翼道，此言差矣。汉中、长安千里之遥，又关隘重重；陈泰、王经、邓艾等据险而守，我等迎面而攻，岂有胜算！王经以溃退之势屯洮河，我等数倍于敌，强攻数日不能克，足见不易；若再举，仍将无功而返。

姜维斥张翼道，一败而惧之，愧为将军；知耻而后勇，可胜强敌。此将军之本也，卿何不知！

张翼见姜维辞色严厉，不敢再言。

光禄大夫谯周道，大将军欲建奇功，成前人所不能，用心良苦，实堪称赞；然率众赴敌，需应天时，合地利，得人心，方能取胜。曹魏趁汉室之衰，取而代之，此天时也；又占尽北方，据守险要，此地利也。既如此，试问何以克之？

姜维冷笑道，曹魏逆天而行，不过得一时之势，何有天时；洛阳虽远，放舟可至，打马可入，虽关隘重重，亦可夺之，何有地利；今汉恩未绝，人心犹在，四海之望，俱在陛下，而曹魏僭号，人神共恨，何有人心！所谓人心齐，太岳移，何虑曹魏小火！

刘禅知争议不下，命群臣俱退，独留姜维。姜维再说刘禅道，陛下若疑而不举，恐先帝在天之灵不安；臣与曹魏无私仇，唯因陛下之恩，国家之恨，故不惜以身涉险。臣不惧死，陛下何疑！

刘禅壮其言行，于是准其所请。张翼知姜维获准北伐，即求见刘禅，欲劝阻。刘禅知其意，说张翼道，朕意已决，请勿再言。

张翼道，臣恐有负陛下所望，请辞征西大将军。

刘禅亦准之，以胡济替张翼为征西大将军，以张翼为左车骑将军，廖化为右车骑将军，留镇成都。

于是，胡济随姜维入汉中。姜维即分兵两路，由胡济等出褒斜，自领一路出汉川，相约会师上邽。

司马昭知姜维两路齐出，遂离寿春，回洛阳，命陈泰、邓艾分兵拒之。陈泰知邓艾多谋，又颇获司马昭信任，虑为邓艾取代，仅分兵一万与邓艾，令其往下邽拒姜维。邓艾知兵寡，不敢行，即致书司马昭，称与陈泰失和，恐不利于战，请辞安西将军。

司马昭大怒，夺陈泰之职，改为尚书左仆射，以凉州刺史司马望为征西将军。司马望分兵三万与邓艾，仍令邓艾往下邽应姜维。

邓艾欲先据下邽，不料姜维已至，遂令诸将围姜维。姜维以为胡济将随后而至，令将士坚壁固守，以待胡济，欲里外呼应，大破邓艾。邓艾亦知胡济在途，遣快马求见司马望，请截击胡济。

司马望以为可，率众阻击胡济。姜维被围数十日，不见胡济来，已知胡济受阻，不敢久持，于是突围。邓艾等大肆截杀，姜维损伤惨重，屯兵山野以自保。

司马望与胡济战，胡济不敌，退走汉中。

三十四

司马望知胡济败走，不追，与邓艾合，欲大败姜维。姜维恐再败，退入沈岭。司马望、邓艾不舍，尾随而至。姜维令部属占尽险要，再与司马望、邓艾相持。

司马望建功心切，欲强攻；邓艾以为不可，劝司马望道，姜维等设壁垒于险地，若攻，必受挫；宜与之对峙，待其粮尽，必自退。

司马望道，可断其后路，使之不能进退，或能全歼。

邓艾道，亦不可，如此，姜维等必成亡命之徒，或效项羽背水决战，我等亦必受挫。

司马望纳其说，令诸将不战；又疑王经与邓艾为故交，恐其反助邓艾，于是致信司马昭，称王经不善战，又曾为姜维所败，心怀恐惧，或有碍士气，请以邓艾代王经。司马昭准之，改王经为尚书，令还洛阳。

刘禅知姜维败走沈岭，不能进退，忧虑不堪，遂召谯周。刘禅道，朕知胡济败退汉中，使姜维沦为孤军，受困沈岭，此大罪也；朕欲召胡济回成都，予以严惩，卿以为如何？

谯周道，胡济知难而退，回保汉中，此明智之举，何罪之有！

刘禅顿疑，不能决。谯周又道，近日，臣每入市井与士民谈，知百姓深受北伐所累，无不怀恨。姜维建功心切，不以前车为鉴，明知不可为而为之；今又受阻沈岭，使财力虚耗，士卒枉死，实可恶也。臣知一粒一饭俱为血汗，一兵一卒皆为骨肉；臣请陛下知怜恤，绝妄想，命姜维退兵，据汉中而自守，勿以蚍蜉之力而撼高山。此恩德之举，陛下何疑！

刘禅沉吟道，朕亦知争战连年，将士疲苦，百姓怨愤；为遂先帝遗愿，诸葛亮等耗尽心机，死而后已；姜维等历尽艰辛，百折不挠，朕何忍止之！

谯周道，今西蜀十户九贫，人无隔夜之粮，马无磨牙之草；又寡妻无夫，孤子无父，老无所养，少无所倚，其凄凉悲苦，不忍目睹。民所以卫国，唯望安居；所以奉君，唯望乐业；若无安乐，必生怨恨，怨恨久积，必成祸乱。陈涉揭竿而起，因走投无路；张角号令十方，因积恨如海。

今内忧过于外患，民愤大于国仇，若不息征战，减赋税，使士民得以宽养，将士得以喘息，必内外交困，追悔莫及也。臣知载舟覆舟乃古训，望陛下深思！

刘禅大怒，斥谯周道，朕视卿为国士，待以上大夫之礼；卿应替朕分忧，为国筹划，何出此言！

谯周不敢再言，欲告退；刘禅止之，又说谯周道，朕知卿每受排挤，常恨怀才不遇；今老臣俱丧，再无掣肘，正当一展抱负。卿可为朕制策略，论邦国之要，若言之有理，朕必采纳。

谯周告退，其意愈不能平，于是作《仇国论》，暗讽北伐之失。

黄门郎犍为李密，仰慕谯周才华，于门下求学，见此文精警，邀散骑黄门侍郎陈寿共赏。陈寿世居巴西，亦为谯周弟子，阅此文，以为奇绝今古，于是手抄传阅，仅十数日，朝野俱知，一时争议大起，主北伐者，以为辱国之说；主闭关自守者，以为警世之言。

刘禅阅此文，惊怒不已，召谯周。

刘禅责谯周道，朕寄厚望于卿，卿不以良策以解君忧，反以危言扰动人心，试问居心何在！

谯周道，臣不忍见火焚大厦，水溃长堤，故以此讽喻；臣用意良苦，心如冰雪，望陛下察知！

刘禅道，国家用兵，百姓受苦，此常理也，卿何不知！

谯周道，孟子曰，民为重，社稷次之，君为轻。可见国之根本，不在疆域，亦不在君王，而在于人。为君者，若不以民为重，其败亡必在旦夕。所谓水可载舟，亦可覆舟，舟若失水，不能成行；水若怒而为涛，必樯橹俱摧。此兴亡所在，陛下岂能不知！

刘禅一时语塞，无以对答。

谯周又道，臣寒舍有两石，一大一小，此必能证臣所言；请陛下往而视之。

刘禅颇为惊讶，问谯周道，此说何意?

谯周道，陛下若愿往，必有所知。

刘禅不辞，随谯周而往。谯周虽贵为大夫，然家道贫寒，居所甚为简陋，但又不失清雅；刘禅大为感慨。李密、陈寿及谯周家人知刘禅来，纷纷退避。谯周请刘禅至后院，指梅下两石道，此大者如斗，小者如碗，其质略同。曹魏据天下七分，故以大石喻之；陛下据西蜀，仅一分，故以小石喻之。

刘禅然其说；谯周又道，臣欲以小击大，若大者破，臣愿领失言之罪；若小者破，臣请陛下断绝妄想。

言毕，谯周执小石，奋力投之，两石相撞，小者应声而破，大者安然如故。

刘禅不言，若有所悟；谯周道，此天理也，岂能逆转。

刘禅道，卿用心良苦，然或进或退，关乎存亡，容朕细思。

翌日，谯周再入宫，请刘禅察民情；刘禅改衣民服，扮为商人，领侍从数人，随谯周入市井。

刘禅、谯周信步而行，见行人稀落，市面清冷，仿佛繁花谢尽，空余枝干；刘禅不禁感叹道，朕居深宫，以为西蜀乃膏腴之地，物阜民丰，必取之不尽，用之不绝，谁知竟如此凋敝！

刘禅、谯周等止于某绸店外；店内有老者，以为刘禅等为绸商，请入内。刘禅令侍从候于外，仅领谯周入。老者颇为殷勤，欲备茶；刘禅辞谢，指架上白绸道，此污迹斑驳，岂能出售?

老者叹息道，此物奢侈，非寻常百姓所能用；今破财易，获利难，此物受尽冷遇，旬日难售一尺，屯积日久，不免色衰。

刘禅见老者谈吐不俗，又问，人言益州富足，甲于天下；蜀丝精美，又巧夺天工，世人求之而不能得，何故出售不易？

老者笑道，卿非邑人，不知缘由。西蜀有天府之称，平畴沃野，桑梓丰茂，水旱由人，不知饥馑；丝织锦绣名播四海，素有覆衣天下之说。然自刘玄德入蜀，连年征战，赋税剧增；又广征子弟，前赴后继，无论士庶，无不大受连累。能苟延残喘，已属幸运，岂敢奢求其他！

刘禅大惊，沉默良久，又问，我知诸葛丞相奖携农桑，广开商贸，百姓衣食丰足，感恩戴德，无不有光复之想，前辈何出此言？

老者道，想必卿首次来蜀，不知内情。所谓光复，不过刘备父子一厢情愿，与百姓何干？百姓以丰衣足食为平生所求，何论天下谁为主；汉家天子不恤民情，不施德政，于是人心背离，群雄并起，可谓咎由自取；今曹魏已立，大势已定，刘氏虽据西蜀，孙氏虽据东吴，岂能逆转天意；光复之想，与痴人说梦何异！

谯周恐触怒刘禅，忙斥老者道，此大不敬也，竟不惧杀身之祸！

老者冷笑道，所谓娼者不惧辱，贫者不惧祸；况我年逾古稀，有何惧哉！刘备父子不恤民情，穷兵黩武，横征暴敛，已至天怒人怨。蜀中群山环绕，风寒不侵，丰衣足食，肥沃温润，百姓无不惜财爱命，从来以蛮勇强横而不耻。故历来主蜀者，无不以偏安为要。远者不论，以刘璋之愚钝，尚知保境安民，以全富贵；刘备围城之际，刘璋以数万精甲不战而降，亦因此也。可惜刘备不知民心，不察风俗，屡兴战事，绝人富贵，使人贫寒，谁不怨恨！

刘禅心思大乱，默然不言。

老者笑问刘禅道，卿一身贵胄，料非俗流，所询亦非寻常事，敢问何来？

刘禅不答，反问老者道，前辈举止清雅，言谈精警，何不出仕，以图功名？

老者呵呵笑道，老朽不过市井之辈，何来清雅；然蜀中自古多奇士，或藏于街衢，或隐于草野，出仕者聊聊而已。

刘禅愈觉惊讶，又问老者道，曾闻刘氏父子，每欲擢拔贤才，所笼络者如法正、李严、黄权、费诗、马忠、谯周等，未闻有遗珠之憾，前辈何有此言？

老者笑道，此数人不可谓不贤；世称两汉文章出西蜀，司马相如、扬子云之流，堪称一时之冠，然并非翘楚；隐逸不仕如严君平者，能知古今之变，能察天人之机，然无意功名利禄，或耕读田园，或渔樵溪岭，风流超迈，潇洒俊逸，可遇于山水之间，而不愿趋奉于庙堂之上。此类人物，虽尧舜文武，难为所用，何况刘备父子！

刘禅大为惭愧，一揖告退。

谯周请刘禅再行；刘禅道，朕以为蜀中大贤在朝，岂知多在草野；朕尚不如刘璋，何颜再见父老。

刘禅回宫，即下旨，命姜维罢远征，退守汉中。

姜维虽退兵，仍屯兵沓中，欲寻机再举。胡济奉旨入沓中，劝姜维退回汉中。姜维不肯，说胡济道，我等每每进伐，然寸功未立，朝野多有议论；若自此不举，我等身为将军，何以立足！

胡济道，退守汉中乃陛下之旨，岂能抗而不遵！

姜维道，所谓将在外君令有所不受，卿何惧！

胡济不好再言，仍回汉中。

姜维上奏刘禅，请于沓中屯垦，以备战时之需。刘禅无奈，准其所奏。

三十五

曹髦登基以来，万事不能自主，恨为司马昭挟持，又忌惮其势力日盛，不敢有所举；为泄积怨，曹髦每令宫女着大将军甲胄，挽弓追射；宫女多带箭伤，虽恨而不敢言。

某日，尚书王经入宫拜见太后，恰遇曹髦射中宫女，欢呼不已。王经见宫女着大将军铠甲，顿知其意，跪伏于地，说曹髦道，陛下贵为天子，生杀予夺，无不随意；若恨大将军不敬，可夺其职，何必影射？

曹髦大怒，斥王经道，此游戏而已，汝何出此言！

王经恨司马昭夺其军职，见并无他人，叩首道，若陛下欲有所图，臣愿以死相助！

曹髦大惊，问王经道，卿此言何意？

王经道，臣请陛下绝此类游戏，忍冲天怒火，拜司马昭为相国，加九锡，极尽礼遇；封国公，食邑十万户，使其享尽荣华。

曹髦道，如此，岂不使之气焰愈炽？

王经道，非也，人言物极必反，若使司马昭极尽荣华，享尽威权，其志必骄，所谓自满者必自损；如此，司马昭必得意忘形，破绽毕露，图之不难。

曹髦以为然，请太后下旨，拜司马昭为相国，封晋公，食邑八郡，赐车马、衣服、乐县、朱户等九锡；以其子司马炎为中护军。

司马昭并无懈怠，其警惕自律，过于往常。曹髦再不能忍，召王经及侍中王沈、散骑常侍王业等，欲骤然而举，杀司马昭，以绝祸患。

王经等应召而来，见曹髦着戎装，佩长剑，大惊，忙问曹髦道，陛下佩剑衣甲，何意？

曹髦慨然道，司马昭之心路人皆知，朕再不能忍，欲与卿等率侍卫杀入府第，尽诛司马家族；若大功告成，朕必以卿等辅国！

王经忙劝道，司马昭大权尽握，党羽遍布，亲信众多，岂能一举而除；臣请陛下再忍，静待时机！

曹髦断然道，朕忍无可忍，宁为刀下鬼，不为池中物！此乃太后懿旨，卿等何疑！

于是出太后懿诏，掷于三人前。

王业道，此关乎社稷，恕臣等不敢奉命！

曹髦大怒，指王业道，若不奉命，必诛九族！

王经等不敢再言，俱随曹髦出宫，径奔司马昭府第。王沈、王业以为必败，暗自逃走；唯王经不去，随曹髦同往。正疾行，忽与司马炎、贾充遇。贾充见曹髦等仗剑疾走，惊骇不已，欲避之；司马炎忽有所悟，止贾充道，曹髦欲刺杀大将军，应力阻！

贾充遂与司马炎立于道中，以阻之；曹髦喝道，汝等竟敢阻圣驾，若不避让，朕必杀之！

司马炎忙道，陛下仗剑而行，欲何往？

曹髦冷笑道，朕乃天子，举止自由，谁敢阻挡！

司马炎忽怒，斥曹髦道，无论天子庶民，俱应遵奉天道；若有违，天必诛之！

曹髦大怒，令侍卫击杀司马炎、贾充；司马炎、贾充奋起还击，连斩数人。侍卫惊恐，再不敢前。王经忙劝曹髦道，既受阻于此，司马昭必有所闻，臣请陛下回宫，以免横祸！

曹髦斥王经道，事已至此，既能退让！

于是举剑直扑司马炎、贾充。贾充再劝司马炎避之，免使群臣生疑。司马炎不肯，说贾充道，曹髦荒淫无道，薄德寡恩，不如趁此诛之！

贾充不再言，与司马炎合击曹髦。曹髦不敌，身被数剑。王经急令侍卫救驾，侍卫不敢，一哄而散。王经挺身而上，被司马炎刺中前胸，倒地不起。

曹髦见王经受创，侍卫俱走，知在劫难逃，又恐被擒，遂自刎。

司马炎、贾充大为恐慌，即回，拜见司马昭。司马昭闻之大惊，斥二人道，此弑君之罪，岂能饶恕！

遂命收司马炎下狱，嘱贾充出洛阳暂避；贾充劝司马昭道，事已果然，大将军应挺身而出，以防剧变；若瞻前顾后，恐狂飙骤起，后果难料矣！

司马昭沉吟道，事发仓促，何以善后？

贾充道，可召群臣，言曹髦之罪，议立新君，风波必止。

司马昭依其说，召群臣入宫。

群臣知司马炎、贾充逼曹髦自刎，大为恐慌；继而闻召，不敢违，俱往；唯尚书左仆射陈泰拒而不来。

司马昭知陈泰怀恨，欲笼络，命司马炎袒肩露背，登门求见陈泰。司马炎入陈泰府第，见内外大悬缟素，家人仆从无不戴孝；正堂立曹髦神位，陈泰匍匐于地，大哭不止。司马炎欲言，不能启齿，跪于陈泰身后。

良久，陈泰问司马炎道，若来此问罪，可尽执老小，何故迟疑？

司马炎忙道，事出仓促，迫不得已；今曹髦既丧，人人自危；卿应暂忍悲愤，助大将军平息风波，待大局安定，问罪不迟！

陈泰大怒，斥司马炎道，弑君逆贼，岂能轻饶！

言毕，欲执剑杀司马炎，忽口吐鲜血，倒地不起。其子陈恂等俱出，欲扶陈泰入内，陈泰须发怒张，已气绝。司马炎知陈泰已死，回报司马昭。

群臣闻知，大为唏嘘。司马昭遣散群臣，令厚葬陈泰；命司马炎、贾充等，调集部属，满城戒严；又令司隶校尉钟会举许昌、邺城之众入洛阳，以防骤变。

司马昭入宫，请太后追赠陈泰为司空，谥为穆侯，增邑三千户，由其子陈恂袭爵位；又称曹髦性情乖戾，行为怪诞，每使宫女着大将军服，引弓而射，日伤数人不能止，虽禽兽不过如此，岂有天子风范！应废为庶人，以民礼简葬。

太后素知曹髦行为荒谬，屡禁不止，于是尽准司马昭所请。

司马昭又令收王经下狱；王经知在劫难逃，说王母道，今死而无憾，唯恨不能诛灭巨奸，亦不能尽人子之孝！

言毕，大哭。王母抚王经手道，既为人，谁能不死；为国赴刑，应从容而往，不可作儿女之态！

王经叩谢王母，大笑而往。司马昭见王经慷慨，肃然起敬，说王经道，卿为士大夫，应识时务；曹髦无德，若不死，必祸国殃民。人言父无德，必累及子嗣；君无道，必祸及天下。曹髦之死，社稷之幸也，卿岂能不知！

王经斥司马昭道，此大逆之说，虽妇孺不能欺！我唯求一死，何需多言！

司马昭大怒，令斩王经。王经既受刑，门生故吏俱着孝服，当街痛哭。贾充、王沈、王业等，劝司马昭收王经党羽，以绝后患。司马昭道，王经慷慨之士，又忠君爱国，虽临刑而不失丈夫气节，实可敬也；门生故吏不惧嫌疑，举哀痛哭，仁义之举也，岂能治罪！

于是令厚葬王经，优抚家属，并尽起王经门生而用之，人心遂安。

司马昭又拜见太后，请以燕王之子曹璜为明帝曹叡嗣子，欲立为帝；太后仍不敢拒，准之。司马昭命司马炎、王业往邺城迎曹璜。

曹璜入洛阳，奉太后之命，改名曹奂。司马昭召群臣，扶曹奂登基。曹奂时年十五，不能亲政，仍由司马昭辅国。

第六章

一

司马昭知曹魏根基尽失，每欲逼曹奂退位，又虑为士大夫诟病，甚而引火烧身，疑不敢举。司马炎劝道，曹氏孤独，人心离散，气数殆尽，苟延残喘，举手可图也，何虑之有？

司马昭道，若欲图之，需精心谋划，不可仓促。

司马炎拜见钟会，请其说司马昭；司马炎道，今曹奂愚昧无智，群臣失望，士庶寒心；若不改天换地，恐国将不国。不知卿以为如何？

钟会颇知其意，笑道，我等身为士大夫，应以天下为己任。当此存亡之际，若不有所为，上天不容也！

司马炎大喜，一揖告退。翌日，钟会拜见司马昭。

钟会道，曹氏祖宗无德，子孙不肖，一代不如一代；曹奂轻浮，幼稚可笑，群臣无不以之为耻。我劝大将军上应天意，下应人心，取而代之。

司马昭斥钟会道，卿何出此言！我为辅国之臣，岂能大逆不道！

钟会道，曹氏挟天子以令不臣，蚌食其间，然后取而代之；然人可蒙蔽，天不可欺，曹氏后裔或短命，或弱智，已然后续无人，此天道之报也！所谓取之所取，失之所失，大将军何疑？

司马昭沉吟道，我亦知曹氏没落，苟延残喘，唯剩一息。然自古兴亡更替，不在武力，亦不在权谋，而在人心。人心向背，又往往取决于士大夫，一人之言，万人景行，或趋附如流，或去之如潮。曹操所以唯才是举，亦因此也。荀彧、程昱、郭嘉之流，领一时风尚，既为曹操所用，故而效仿者多；钟繇、华歆、王朗之辈，称绝代风华，既受曹操厚恩，故而追慕者众。今能左右人心者，嵇康、阮籍、山涛之辈也，世人慕其风流，称为七贤；若能使七贤归附，必能杜绝流言，安定人心，然后方可图大事。

钟会道，阮籍不过酒徒，每每大醉，数日不起，歌哭无状，不必为意；嵇康退居山阳，行吟林泉，不过避世偷生之徒，不足为虑；山涛四十入仕，久为州郡僚属，今不过吏部郎，未能显达，足见名不符实；至于其他，更不足为论，刘伶癫狂，向秀粗鄙；王戎年轻，唯好清谈；阮咸虚浮，沉溺音律。所谓七贤，不过诗酒歌咏之徒，岂能与荀彧等类比。

司马昭道，此言非也。七贤极善诗文，每有所作，必传阅天下。岂不闻武能屈人，文能诛心！卿与七贤俱有交往，若能使其归服，为我所用，我必厚报。

钟会告辞，拜见阮籍。阮籍仍为步兵校尉，部属不足两千，又多老弱，既不能战，亦不可驱驰；于是不问军事，唯与老卒酿酒。每有新酒出，即携入山阳，与嵇康、山涛、向秀等期会于此，痛饮达旦，或清吟冷啸，或狂歌乱舞，极尽放浪。

时值新秋，暑气未尽，阮籍袒胸露背，披发跣足，独坐庭树下，举酒自饮。仆人忽报钟会来访，阮籍笑道，可让其自便。

钟会不见阮籍出迎，颇为忿然，径入内，见阮籍当庭而坐，啜饮不息，怒道，我闻有客临门，君子当迎于户外；阮步兵身为士大夫，岂不知古训？

阮籍笑指树下酒瓮道，此为新酒，甘美醇和；卿若有兴，可自取。

钟会斥阮籍道，卿受朝廷厚禄，然不为国家分忧，宁不自愧！

阮籍笑道，我不过腐儒，唯知以诗酒游戏，并无辅佐之能；故而宁作酒徒，不误君国。

钟会强忍不屑，又说阮籍道，大将军辅国，欲除东、西之患，平四海之乱；今欲委卿以重任，卿应知自重。

阮籍道，我不知酒肉之外另有天地，何堪重任！

钟会沉吟道，卿曾随军西征，应知西北军事；大将军欲败姜维，灭蜀汉，卿有何策？

阮籍道，西北诸将能征善战，司马望、邓艾等极有韬略；恕不敢以酒后之言使卿耻笑。

钟会不再问，拂袖而去，回复司马昭，称阮籍确为酒徒，又不知轻重，虚有其名而已。

司马昭不以为然，说钟会道，人言阮籍猖狂其表，锦绣其内，卿与之相识既久，岂能不知？

钟会道，阮籍文辞壮丽，性情慷慨，然恣意放纵，浪荡不羁，实非可用之材。

司马昭不再言，以山涛为大将军从事。

山涛终获升迁，大为惊喜，正欲上书谢恩，忽获司马昭召见。司马昭说山涛道，卿才情横溢，文采飞扬，又名满天下，四海景仰，却久不获重用，君国之耻也。

山涛自谦道，我空负虚名，才疏学浅，能获大将军赏识，感激不尽。

司马昭道，吏部郎虽不显赫，然身负举选人才之重，非才智如卿者不能胜任；今已空缺，望能举荐。

山涛道，谯郡嵇康，才如江海，人物清通，可继任。

司马昭大喜，遂下旨，以嵇康为吏部郎。山涛即致信嵇康，称愿能与之共进退。

嵇康拒不奉命，上表辞谢；又以为山涛不识其志，回信与之绝交，其书措辞激烈，字句精美，竟广为流散，传为佳话。

阮咸拜会阮籍，见阮籍神色忧郁，独坐吹箫，箫声幽咽而苍凉，颇觉讶异，于是问阮籍道，我知族父不悲己，不伤物，何事感怀？

阮籍不答，仍吹箫，箫声如风过寒林，飘摇四散，所经处霜叶漫飞，归鸟惊心。

阮咸渐觉心神俱动，不能自禁，于是取酒自饮；忽听箫声之外，似有人悲泣，大为惊讶；阮籍亦有所闻，遂止，悲泣声清晰可闻；阮籍问仆人道，谁人饮泣？

仆人答道，此邻家新妇，每闻吹箫，必吞声。

阮籍击掌道，此知音也，我何忍绝！

于是再吹，箫声与悲泣互起，幽怨愈深，哀转不绝。一曲罢，阮籍道，若不识新妇面，枉此一生也！

遂持箫携酒出，就阶而坐。阮咸以为此举轻浮，遂告辞；阮籍道，新妇尚不辞为知音，卿何不能？

阮咸不能固辞，亦坐一侧，和箫声击节而歌。新妇倚门而望，其姿容美色，令人心动。阮咸又说阮籍道，此有挑逗之嫌，岂不惧他人生疑？

阮籍笑道，若胸怀坦荡，何惧嫌疑！

阮咸仍觉不妥，劝其回府。阮籍亦兴尽，遂回，又见桂华初绽，清芬四溢，顿觉游兴大起，说阮咸道，今天气清凉，桂魄初生，何不畅游城郊，以舒幽怀？

二人遂驾牛车出城。城外高木渐脱，一片萧瑟，举目处村舍零落，淡烟轻绕，颇为幽寂。牛车渐近山林，四顾皆陌路，阮咸问阮籍道，将往何处？

阮籍笑道，可任意而行，无论去处。

于是任牛车自走。两人随车颠簸，只顾饮酒，渐觉怀抱大开，或歌或笑，无不快畅。

不觉日暮，牛车渐止。阮籍看时，竟已到尽头，前面林木幽深，悬壁横立，心中为之一凛，顿觉不祥，指绝路道，此穷途耳，我已不能出！

阮咸以为酒醉，笑道，既不能前，何不抽身而回？

阮籍道，人生恰如东流水，岂能回头，此天绝我路也；我今方知穷途之窘，宁不悲乎！

言毕，竟大哭。阮咸亦觉悲从中来，无以劝解，驾车回城。

司马昭知嵇康辞不应征，又与山涛绝交，仍不甘心，再召钟会，欲命钟会往山阳，劝嵇康应命。

司马昭说钟会道，七贤之名，俱赖诗文或老、庄、扬雄之说，唯嵇康最有韬略，身怀匡时济世之才，若不能为我所用，必以言惑众；若另投东吴或蜀汉，必为劲敌。卿曾与之友善，请说其来归。

钟会因与嵇康等殊途异志，绝交已久，自知不能使嵇康应召，然不敢辞，于是只身往山阳，拜会嵇康。

二

嵇康隐居山阳以来，交游渐少，偶与阮籍、山涛等聚会于此，或畅饮清谈，或诗文互答，然聚少离多，每每抚琴自娱。

镇东将军毌丘俭仰慕嵇康风华，不惜远道而来，与之言古今，论时政。嵇康嫌其为司马氏爪牙，不愿与之深交，每每虚以应付。毌丘俭知其意，又颇受冷落，往来渐少。

忽一日，毌丘俭遣使送信与嵇康，称欲与文钦起兵讨伐司马师，望嵇康说乡间子弟响应。嵇康大喜，即致信阮籍、向秀等，请其应毌丘俭、文钦之举。向秀即入山阳，与嵇康会，欲结子弟，与毌丘俭、文钦会盟。

向秀精于锻造，善制戈矛；嵇康遂与之结炉锻铁，打造兵器，并游说子弟。

阮籍闻之，大为忧患，即见山涛，说山涛道，毌丘俭、文钦不过匹夫，岂能与之谋，若响应，必遭大祸。卿阅世甚广，又年长于我等，非卿不能阻嵇康轻举。

山涛道，我与嵇康虽交谊甚深，然往往因言不和，争执不下，恐难阻之。

阮籍道，嵇康意气用事，率性而为，出言直切，然毫不计较；卿性情蕴藉，洞明人世，我等无不视为兄，必能使嵇康醒悟。

山涛遂赴山阳。途中，忽闻毌丘俭、文钦已会师寿春，传檄东南；山涛大惊，唯恐嵇康已有所举，不敢停滞，连夜入山，拜会嵇康。

嵇康、向秀已造就戈矛近千，储于屋后山洞；又招募子弟数百，正欲往寿春与毌丘俭、文钦合。

山涛劝嵇康道，我受阮步兵所托，欲阻卿所为。

嵇康笑道，我欲以七尺之躯取义成仁，卿既来，应共赴国难，何出此言？

山涛道，毋丘俭、文钦匹夫耳，岂能同谋！

嵇康冷笑道，未必苟且自保，贪生怕死者，反为英雄？

山涛道，所谓良禽择木而栖，君子择主而事；此妇孺能知，卿何不知？

嵇康慨然道，我宁为野鬼，不为懦夫！卿且回，免受嫌疑！

言毕，忿然入内，任山涛三呼不肯出。山涛转责向秀道，嵇叔夜为曹氏姻亲，欲以死相报，尚可理喻；卿并无亲故所累，明知有去无回，何必涉险？

向秀道，此大义之举，何惧生死；况知己之约，岂能辞谢！

忽闻嵇康隔门呼向秀道，向子期若惧死，可随山巨源离此，我绝不强留！

向秀应声道，我非小人，耻作失信之徒！

嵇康开门复出，说向秀道，既如此，我等可率子弟即行！

子弟俱隐匿山洞，只待出征。嵇康、向秀往山洞，欲趁夜离此。山涛惶遽不堪，正手足无措，嵇康妻忽出，说山涛道，山洞有铁门数重，俱能锁闭；请卿锁之，以阻其行。

山涛大喜，取巨锁数具，暗往山洞，待嵇康、向秀入内，即锁闭铁门。

嵇康、向秀率子弟欲出，见重门锁死，山涛持钥匙立于外，妻子儿女跪于洞口，哀泣求告。

嵇康大怒，斥山涛道，山巨源苟且之徒，既不知世间有荣辱，何必阻我！

山涛拱手道，我不忍失友，妻不忍失夫，子不忍失父，此人间常情耳。

言毕，转身而去。

于是嵇康、向秀等不能出，志气渐颓；后闻毋丘俭、文钦兵败，山涛方开铁门，一揖告退。

钟会入山阳，至嵇康山居处，嵇康手持酒壶，坐于炉前冶铁。炉中白焰升腾，火舌舒卷，仿佛惊蛇乱舞。

钟会颇为讶异，拱手道，嵇中散别来无恙？

嵇康见钟会立于后，笑道，卿来此何事？

钟会道，我闻嵇中散居深山，与风云对饮，与花月同眠，极尽优雅，虽商山四皓不能比，故只身而来，愿一领风骚。

嵇康道，此贫寒之居，恕不能以礼奉迎。

钟会见嵇康矜持如旧，略觉尴尬，又问嵇康道，卿不惜为工匠，莫非有衣食之累？

嵇康指炉中道，铁汁将出，请勿言。

言毕，命家仆开炉。瞬时，铁汁愤怒而出，呼啸间，尽入炉前溜槽，光芒四射，灼人眼目。钟会顿觉心神摇动，不由后退。铁汁仍于烟雾中沸腾，似欲飞跃而起。

嵇康又命仆人趁炽热，截为若干段。

待铁汁颜色转暗，渐渐凝结，钟会问嵇康道，卿冶铁何用？

嵇康答非所问道，我闻人如铁石，不入熔炉，不去杂质，不能成器；故结炉煅烧，以证其理。

钟会腹中正饥，不愿多说，又拱手道，我受大将军之嘱，请卿复入仕途，若愿应征，必受重用。

嵇康笑道，我不过山野之徒，粗鄙庸碌，唯知饥饱，哪堪重用！

钟会欲再劝，嵇康止道，卿徒步登山，劳苦饥饿，若不嫌简陋，愿奉蔬食。

钟会遂不再言；嵇康命家人备餐，请钟会闲坐，自与仆人清理用具。不一时，饭食已备，仅山芋、蔬果，而无酒。嵇康自称不适，拒与钟会同席，唯命其子嵇绍奉陪，径入内，不再出。

嵇康妻以为有失慢待，责嵇康道，慢待远客，有失君子风范；况钟会为故交，岂能如此？

嵇康道，我有子，能替父。

其妻道，子尚幼，岂能替。

嵇康道，钟会乃小人，我以小儿奉陪，恰如其分也！

钟会深知嵇康之意，几欲拂袖而去，无奈饥不能禁，遂强忍羞辱，勉强用餐，待腹饱，即离席，朝内室一揖道，嵇叔夜厚待，我终身不忘，必报之涌泉！

言毕，忿恨而去。

山阳太守知钟会来此访嵇康，大惊，遂率僚属入山，欲奉迎。正行于途，忽见钟会怨恨而来，知其遭受冷遇，忙拜见，极尽奉承，只字不言嵇康。

钟会随太守入城，太守即命家仆设宴款待。席间，钟会问太守道，嵇康久居山阳，卿应知其作为，愿闻其详。

太守道，我知嵇康与吕安、吕巽兄弟为邻居，又极友善；吕安有妻，貌美如花，吕巽将其迷奸，为吕安觉察。吕安忿恨，欲告官。嵇康劝其忍耐，勿以家丑而毁清誉。吕巽恐受害，先发制人，遂指吕安不孝。我即收吕安归案勘问，嵇康为吕安激辩。我敬其大名，释吕安。此案非议极广，至今不息。

钟会道，此不过风化小案，不足为道。嵇康为人倨傲，狂妄无礼，大将军欲除之，然苦无罪证。

太守沉吟道，曾闻嵇康曾昼夜冶铁，大造戈矛，笼络乡间子弟，以应毌丘俭、文钦之反；然亦无实证，不敢妄言。

钟会大喜，斥太守道，卿为郡守，既有所闻，何不彻查？

太守惶恐道，我或有不察之罪，所幸嵇康未举。

钟会拍案而起，指太守道，卿竟出此言！嵇康虽未与二贼会盟，孰知它日不自树反旗！

太守冷汗淋漓，朝钟会一揖道，此事关乎身家性命，望卿包涵，勿泄露。

钟会沉吟道，卿养虎园中，它日必受其害；嵇康不除，非但国家不安，卿亦将受累。

太守道，卿所言极是，我愿亡羊补牢，将功赎罪。

于是钟会命太守遣衙役连夜入山，暗拘子弟数人，收押入狱，严刑拷问。子弟不堪酷刑，一一招供。

翌日，钟会又命太守捕嵇康。太守入山，大肆搜查，获戈矛千数，捕同案数百人。钟会一一审问，于是嵇康谋反之罪坐实。

钟会遂押嵇康回洛阳。

三

钟会以嵇康付廷尉，即拜见司马昭，告知谋反之罪。司马昭不信，说钟会道，嵇康乃卓识之士，必能知祸福，此说未必可信，不能草率结论；我命卿以礼相请，然卿执嵇康而来，岂不虑士大夫责难？

钟会道，山阳太守自嵇康居所查获戈矛千数，又捕获协从数百，铁证如山，大将军何疑？

司马昭道，既兵器子弟俱全，嵇康何不与二贼同反？

钟会道，不独乡间子弟涉案，河内向秀亦为同谋，所造戈矛，多出于向秀之手。若非山涛力阻，其谋早已大白于天下。大将军可召山涛、向秀询问，必能尽知案情。

司马昭惊异不已，本欲尽起七贤为己所用，不料竟有三人涉案；沉默良久，说钟会道，嵇康等俱为士大夫领袖，誉满天下，人人追慕，若处置不慎，必使士子寒心。卿勿与他人言，容我斟酌。

钟会告退；司马昭思忖良久，遂召嵇康。嵇康虽披枷戴锁，仍从容如故。司马昭斥退左右，问嵇康道，卿博雅清通，阅遍典籍，应知毋丘俭、文钦不过匹夫，何故欲起而响应？

嵇康道，我为曹氏姻亲，受尽恩惠；毋丘俭、文钦尚知以死相报，我岂能无动于衷？

司马昭道，为保曹氏基业，我与父兄前赴后继，殚精竭虑，卿岂能无视？

嵇康道，卿父子所为，天人俱知，何需自辩！

司马昭顿觉无语，沉吟良久道，我知山阳多匪，官民俱难安处；卿煅造兵器，聚会子弟，欲以此自保，此常情也。

嵇康颇觉惊讶，似不能会意。

司马昭笑道，卿若执此言，危急立解；我必命廷尉不予深究，非但性命无忧，家族可保，亦将大获重用。

嵇康顿知其意，冷笑道，苟且偷生，不如一死！

司马昭道，卿才高八斗，驰誉海内，名播天下，若不为国家所用，岂不有负上天厚爱？

嵇康道，今天子受制，群臣畏惧，天道废弛，人伦尽丧，王命不能宣布，君威不能张扬，日月无光，草木含悲，是非颠倒，人人自危；我身处其间，举无所向，止无所归，故而不惧死，唯惧生！钟会所指，无一不实，我不愿自辩，卿何必网开？

司马昭叹息道，我知卿一心赴死，然生杀予夺尽由我，卿岂能自主。今天子年幼，不能亲政；巨寇未灭，人心惶惶，正当革故鼎新之际，卿若与我同心，社稷之幸，士民之福也。

嵇康大笑道，我虽不才，恕不为助纣为虐之徒！

司马昭见话已如此，不好再说，命押嵇康押回狱，继而召山涛。司马昭道，嵇康含冤，然拒不自辩；我不忍杀士大夫，欲开解，嵇康却一心求死。卿与之为诤友，可晓之以理，动之以情，若能使其悔悟，我必终身感激。

山涛不敢辞，持酒肉往廷尉府，再与嵇康会于狱中。

山涛道，我知蝼蚁尚知惜命，卿何不知？

嵇康道，人若苟且，虽生犹死；人若取义，虽死犹生。此古训耳，我未敢一时相忘。

山涛道，取义成仁，固为君子所尚；然人之生命，受之父母，得之天赋，岂能不知珍惜！

嵇康笑道，我既与卿绝交，应视为陌路，何必自作多情；卿在官，可求荣获誉；我在野，愿以身赴死。志不同，道不合，两相无涉，何必多言！

山涛斥嵇康道，虽村夫野老，尚知青山若在，何患无柴；卿熟读经史，博知古今，能察天人之机，竟不知人之常情！

嵇康沉吟道，我非铁石，岂不知自惜！然司马昭用心不良，欲使我为爪牙，以欺天下人心。我不愿司马昭得逞，故不自辩；若能使其野心毕露，虽死何憾！我心意已决，卿不必再言。

山涛知嵇康不可动摇，又说嵇康道，卿若有所嘱，我必遵奉。

嵇康叹息道，我所虑者，妻室儿女也。卿若不计前嫌，可代为抚养；我虽魂飞天外，亦必感恩戴德。

山涛忽觉悲从中来，泣道，卿不嫌苟且之徒，托以身后事，我平生之幸也！

言毕，取酒，与嵇康对饮。嵇康见山涛泪流不止，笑道，我曾闻，卿与刘伶赤身裸体共卧一榻，世人疑有断袖之好，久欲寻问，终难启齿；既为将死之人，望能以实相告。

山涛脸色大变，满面义愤，斥嵇康道，无稽之谈，从何说起！

嵇康大笑，起身回狱。山涛拽嵇康衣袖道，此说关乎声誉，若不言明，绝不放手！

嵇康笑道，我不忍作儿女状，又不能为卿拭泪，故以言戏谑；既已忿而不悲，我当去也。

山涛大为惊愕，良久方出，禀报司马昭。司马昭叹息不已，又召阮籍，命其劝嵇康。阮籍亦携酒肉会嵇康，然不言其他，唯与嵇康对饮。嵇康笑道，我相识甚广，唯阮嗣宗堪称知己。

两人饮酒不绝，渐而大醉。阮籍执嵇康手道，既有嵇琴阮箫之说，卿取义之日，我必以箫声壮行。

嵇康道，若能琴箫互奏，岂不壮哉！

阮籍大笑而去，径回府第，拒不向司马昭复命。

司马昭知嵇康心如铁石，遂命召嵇康家属入狱探视，欲以此折其志气。于是，嵇康兄嵇喜携嵇康子嵇绍应召而来。

嵇绍拜哭于地，悲不自禁。嵇康将之扶起，安慰道，汝不必悲哀，有山巨源在，汝不孤矣。

嵇喜、嵇绍痛哭不已。嵇康劝慰无果，忽顿足道，卿等不劝将死者，反由我劝卿等，世间岂有此理！

嵇喜、嵇绍顿觉惶惑，遂止悲声。俄而，嵇喜出古琴，说嵇康道，我知卿视此物如命，故而携来，虽不能弹，亦能把玩。

嵇康笑道，谁言不能弹？

言毕，置琴于两膝之间，张指而弹，似不知身在囹圄。嵇喜不忍旁观，携嵇绍退走。

时当秋决，嵇康被押赴刑场。钟毓受命监斩，颇为不忍，问嵇康道，卿若有遗言，可尽述。

嵇康道，若能抚琴一曲，当不枉断头！

钟毓遂命取琴。嵇康坐地而抚，琴声悠扬而起。阮籍早候于侧，于是合以箫声，琴箫互答，令人心驰神荡。

钟毓渐觉风雨逼人，霄壤间似空无一物，唯琴箫声漫散不息。钟毓不禁问嵇喜道，此莫非广陵散？

嵇喜黯然道，正是，可惜人与曲俱亡于今日！

叹息间，琴箫俱绝，嵇康忽摔琴于地，大笑道，世间自此无广陵散耳！

阮籍亦折箫，呼道，嵇琴既毁，阮箫何存！

众人唏嘘不已。

嵇康慷慨就戮；司马昭令厚葬，优抚妻室儿女。一时议论如潮；为平息非议，司马昭遂召向秀，只字不言嵇康之谋，以向秀为散骑常侍。

四

孙亮恨孙綝专权，遂与全太后密谋，欲除之。全太后即召太常全尚、将军刘丞。

全太后道，今孙綝秉政，皇帝无权，犹如虎落平阳，龙困浅滩。卿等忠贞壮烈，岂能坐视。

全尚、刘丞尽知其意;全尚道,臣为国戚,素恨不能为国除奸。太后若欲力挽狂澜,扭转乾坤,臣等何惜肝脑涂地!

刘丞道,孙綝猖狂,久怀不臣之心,若不速除,必生大祸。臣请太后召孙綝入宫议事,臣愿领甲士一举杀之。

全太后道,卿等有心除奸,何愁孙綝不灭;然其耳目众多,宫中亦有眼线,侍从宫人多为其收买,不可行此计。

全尚道,臣知太后华诞将至,孙綝必入宫祝寿;臣等可领兵伏于外,忽然而举,捕孙綝而杀之,必万无一失。

全太后大喜,说全尚、刘丞道,此计应秘,不可泄露。

全尚、刘丞指天立誓;全太后遂赐宴,二人饮至黄昏,拜辞而去。

孙綝之妻为全尚女,回家拜望父母,恰遇全尚大醉而归;全尚忽执其手道,不日将有剧变,可居此勿回,与孙綝绝。

其妻大惑,再三询问,全尚不肯言;其妻愈疑,是夜回府,告知孙綝。孙綝大为警觉,急召威远将军孙据、武卫将军孙恩、偏将军孙幹及长水校尉孙闿等,告知所疑。数人俱为族亲,久与孙綝祸福相倚。

孙据道,既不知其谋,何以应对?

孙恩道,何须知其谋,不如猝然而举,领兵入宫,逼孙亮退位,取而代之。

孙綝道,不可鲁莽,今全太后尚在,群臣无不仰慕威仪;若轻举,或反招大祸。

孙闿道,我疑全太后忌丞相权重,欲另授他人;此老妪在,丞相岂能安处!

孙綝沉吟道,我欲举众入巢湖,屯镬里,声称欲攻合肥,既能脱险境,亦能回旋;若全太后确有异心,必有所举。我等既能察其意,再举不迟。

孙据等以为然。于是,孙綝举五万之众入巢湖,屯于镬里。全太后即命全尚、刘丞各率精甲三万,近孙綝而屯,以防异动。孙綝深知其意,夜召孙据等,命诸将分兵,由孙据、孙恩攻全尚,孙幹、孙闿攻刘丞。

两军忽举,全尚、刘丞猝不及防,大败,急奔建业;孙綝令诸将疾追。

全尚、刘丞大溃,相继被斩。孙綝收其部属,合十万余众,直逼建业。

群臣知全尚、刘丞被杀,孙綝反逼建业,无不惊恐,一时人心惶惶。孙綝嘱孙据等大屯城外,径入建业,拜见全太后。

全太后说孙綝道,卿既围京都,君臣尽在瓮中,举手可得,何故来此?

孙綝跪拜道,臣赤胆忠心,绝无妄想,太后何出此言!臣屯镬里,欲图合肥,全尚、刘丞竟举众攻之,臣不得已而反击。全尚、刘丞俱为太后心腹,臣知罪责难逃,故只身入宫,愿受责罚!

全太后深知孙綝用意,若有所举,孙据等必大举入城,将有灭顶之灾,于是强忍忿恨,问孙綝道,卿欲何为,请明言,勿需隐晦。

孙綝道,孙亮心智愚笨,荒于嬉戏,又不知爱惜臣民,凶残歹毒,岂堪为君。臣请废孙亮,立会稽王孙休为帝。

全太后知大势所趋,不可逆转,准之;待孙綝去,全太后颇觉危惧,又苦于疾病,自缢而死。

孙綝知全太后死,严令秘不发丧,即召群臣,历数孙亮之罪。群臣大惧,纷纷附和。孙綝宣全太后旨，废孙亮为会稽王；遣宗正孙楷、中书郎董朝往会稽迎孙休。

孙綝恐有变，召孙恩，说孙恩道，国不可一日无君，会稽深远，往来需月余；卿可于永昌亭设便殿，待孙休至此，即称帝。

孙恩奉命而去；孙綝方发讣告，宣告全太后已薨，命群臣举哀。

孙楷、董朝入会稽，拜见孙休，宣全太后遗旨。孙休颇为疑惧，不敢行，欲上书推谢。

会稽太守濮阳兴劝孙休道，此上天之意，太后之旨，群臣之望也，岂能辞谢！

孙楷亦劝道，若顺天意，必受拥戴；若违，或有旦夕之祸，请三思。

孙休不敢再辞，随孙楷、董朝出会稽；至永昌亭，便殿已成，孙恩率群僚候于此。孙休身不由己，于是草草登基。

翌日，孙恩等护孙休离永昌亭，不及一月已近建业。孙綝闻知，率群僚及精甲数千候于途，见辇车来，纷纷跪拜。

于是再行大典。典礼毕，孙休下旨，仍以孙綝为丞相、大将军、领荆州牧；以孙恩为御史大夫，中军督；以濮阳兴为太常卫将军，平军国事；以孙据为右将军，张布为辅义将军；孙楷、董朝因迎立有功，亦有封赏。

张布曾为会稽督，因濮阳兴引荐，为孙休所识，引为心腹。

孙綝见孙休虽年幼，然颇能自主，暗自悔恨；又知濮阳兴、张布为孙休爪牙，欲利诱，遂请孙恩作媒，招张布为女婿；又宴请濮阳兴，欲笼络；濮阳兴颇知孙綝用意，称病谢绝。

张布知孙綝之女姿色绝美，不忍辞，又虑为孙休所疑，于是奏报孙休。孙休笑道，既能获美妻，可喜可贺，何必犹疑？

张布道，臣知孙綝用心险恶，不敢应，故而请陛下定夺。

孙休道，卿可应之，与孙綝周旋，借此察其用意。

张布遂应婚约；孙綝待之如亲子，为张布购豪宅。张布每以孙休情形告知孙綝；孙綝竟不察，每有所举，必召张布谋划。

某日，孙綝又召张布，设宴款待。酒过数巡，张布问孙綝道，我知丞相废孙亮，僚属多劝丞相自立，丞相不图之？

孙綝已视张布为心腹，无所顾忌，于是应道，我亦为孙氏后裔，若继承祖业，并无厚非；然人言可畏，或毁或誉，俱在口舌之间，故而不为。

张布道，丞相所虑过矣。趋炎附势，随波逐流，乃人之本性；曹丕废献帝而自立，群僚无不转而奉承，虽悠悠之口，未见责骂。何况丞相为宗族，树同根，华同枝，取之不失义，居之不失仁，何必疑惑？

孙綝沉吟道，卿为陛下左右，又追随已久，必知贤愚。

张布道，陛下多疑，优柔寡断，若为臣，能掌书记钱粮；其为君，难知进退缓急。

孙綝冷笑道，既非明君，我能立之，亦能废之。卿若愿为内应，大事可图。

张布道，我非俊材，亦知择主而事；丞相此举，福及社稷，泽被万民，我虽肝脑涂地而不辞！

孙綝大喜，嘱张布勿与他人言；张布满口答应，告辞。是夜，张布入宫，说孙休道，孙綝确有不臣之心，欲废陛下而另立。

孙休忿恨不已，欲除孙綝，却疑根基浅薄，难以得逞，问张布道，朕势单力薄，实难有所举，奈何？

张布道，臣知左将军丁奉久经沙场，颇具韬略，又深得人望，亦恨孙綝专横，每每切齿。陛下可召丁奉，与之谋，必能如愿。

孙休大喜，即召丁奉。孙休道，孙綝专横独断，军国大事无不自决，朕不过傀儡，孰不可忍，故欲除之；卿忠义如天，疾恶如仇，朕欲求计于卿，望能振奋而起，扫除阴云，以解君国之危。

丁奉道，陛下欲除巨奸，国家之幸也，臣何惜粉身碎骨！然孙綝纠结甚广，党羽众多，若强取，恐难以制服。今腊日将至，群臣将大会于朝，此天赐良机也。臣愿与张布将军领甲士伏于宫门，待其来，执而杀之，大患立绝也！

孙休以为然，命丁奉、张布笼络死士，以待腊会。

转眼，腊会已至，刺史、太守俱赴建业。孙綝亦暗召心腹，恩威并施，欲趁群臣大集，逼孙休退位，取而代之。

孙綝又召张布，嘱其领甲士侍于宫外，若有不测，即入宫，威逼孙休及群臣；张布领命而去。

翌日，孙綝入宫。群臣无不候于宫门外，见孙綝来，纷纷奉迎，犹如众星捧月。群臣俱自掖门进，唯孙綝自正门轩昂而入。忽听一人喝道，狗贼，竟不走掖门，人臣之份何在！

孙綝大惊，见丁奉执长矛，怒目而视，已知不妙，转身疾走。丁奉领死士急出，举矛乱刺。孙綝狂奔，呼道，张将军何在？

张布已领部属阻于前，横戈以待；孙綝顿起疑心，责张布道，汝欲何为？

张布不言，命士卒擒之。孙綝骂张布道，我为汝岳父，岂能如此！

张布冷笑道，全尚亦为汝岳父，汝能杀，我何不能杀！

言毕，举矛猛刺；孙綝中数矛，倒于地，渐而气绝。

群臣见孙綝被戮，无不惊惶失色。张布执孙綝头上殿，说群臣道，孙綝逆贼，辱慢君主，威压群臣，死有余辜！既伏诛，何不称贺？

群臣俱觉胆寒，纷纷跪拜称贺。

腊会毕，孙休命清除孙綝余党。于是孙据、孙恺、孙恩、孙幹等俱被斩首。

孙休遂以濮阳兴为丞相，以张布为左将军，领卫将军，分掌军政；以丁奉为大将军，加左都护。

为笼络人心，孙休又下旨，命改葬诸葛恪、滕胤、朱据等；凡为孙綝远徙者，召还建业。

濮阳兴与张布互为表里，沆瀣一气，群臣每有事奏，必先见濮阳兴，再由张布搜身。群臣俱以为耻，不再奏事。

五

姜维屯兵沓中，令将士垦田耕种，所获不菲，以为军资充足，人强马壮，于是上书刘禅，再请北伐。

刘禅遂召辅国大将军董厥及张翼、廖化、谯周等，议姜维之请。董厥道，自北伐以来，历时数十载，损兵数十万，至今一无所获，足见失策。陛下应斥姜维所请，令其屯兵沓中，以阻曹魏西来。

张翼、廖化、谯周等亦力阻。于是刘禅下旨责姜维，命其仍屯沓中。

沓中位处陇蜀之间，既有可耕之田，亦有可据之险，进可入关中，退可还西蜀。司马昭知姜维屯重兵于此，不敢轻视，遂命邓艾领军入陇右，以防姜维大出。

邓艾屯兵甘松，遣斥候，察蜀军情形。斥候回报，称姜维欲出沓中，再攻关中。

邓艾颇疑，率亲随近沓中，欲再察。时值深秋，稼禾尽收，蜀军将士正播秋粮，防卫松懈。邓艾以为可图，遂还，上书司马昭，请攻姜维。

司马昭遂召群僚，议邓艾之请。中护军贾充道，蜀有秦岭巴山之隔，又有精兵强将据关而守，不可强攻；不如募死士为刺客，或潜入沓中，或暗至成都，刺刘禅、姜维，若得手，蜀军当自溃。

钟毓道，此乃诡计，不可为王师所用；大将军贵为相国，举天子之师讨伐叛逆，名正言顺，堂而皇之，何必以江湖游侠之为而自辱！

司马昭道，钟稚叔所言极是。我所率者，天子之师也，应以正义之举，雷霆之势使强虏摧折；以王者风范使四海归心。自平定毌丘俭、文钦及司马诞以来，我数载不事讨伐，意在养精蓄锐，待军资充裕，士气高昂，再伐孙、刘。然东吴深远，连江带湖，实难一举而下。我欲效司马错、张仪之计，先伐蜀，然后顺流而下，水陆并进，东吴亦可图也。我知蜀军疲惫，将士厌战，若大举而伐，必能建功。

太尉高柔劝道，蜀山高峻，蜀道深险，大军不能畅行；又雄关如铁，置一人而万夫难开；山重水复，行其间或不知所往。大将军宜谨慎，不可轻举。

群僚纷纷附和，劝司马昭三思。钟会道，此自轻之说耳。司马错、张仪逾秦岭，过巴山，如行坦途；夺关隘，取巴、蜀，如采浆果，何言伐蜀艰难！今刘禅暗弱，虎将俱丧；姜维不过竖子，所领不过懦夫，有何惧哉！

司马昭大赞钟会道，有壮夫如钟士季者，君国之幸也！

遂拒群僚之说，以钟会为镇西将军，节制关中诸将，举兵十万夺汉中；命雍州刺史诸葛绪攻取武都，进至高楼，以绝姜维退路；命邓艾出甘松，攻姜维。

钟会兵分两路，分从斜谷、骆谷疾进。诸将嫌钟会鲜有军功，多不奉命。钟会颇知诸将心迹，欲立威，遂命牙门将军许仪筑路开道。许仪抗命不遵，斥钟会道，我乃虎将之后，耻为徭役！

许仪乃许褚之子，极其自负，诸将莫不敬而远之。

钟会出令剑，呵道，若不从命，我必斩之！

许仪虽勉强奉命，怨恨愈深。恰遇桥断，将士不能过。许仪遂领部属搭桥，暗命心腹断桥木，覆以土，请钟会过桥。钟会不知有诈，策马上桥，至桥中，桥木断，马足深陷不能出。钟会大怒，遂斩许仪，一时三军震动，再无人敢违命。

蜀镇北大将军胡济闻钟会兵分两路而来，急命监军王含守乐城，护军蒋斌守汉城，拱卫汉中。

钟会闻此，令大军暂止，致信王含、蒋斌，称姜维前后受阻，已败走沓中，汉中孤立无援，必为大军所破；大将军唯命取汉中，无意西蜀，卿等若退走，必不追击。或战或走，望能回复。

王含、蒋斌疑而不决；又闻钟会率诸将上定军山拜祭诸葛亮墓。王含、蒋斌愈不知其意，遂遣快马回汉中，报与胡济。

钟会暗命护军荀恺及前将军李辅各领一万精骑，分围乐城、汉城，又令后将军胡烈领部属绕道而走，急赴汉中围胡济；于是三地沦为孤城。王含、蒋斌大为恐惧，欲回保汉中；钟会令追击，王含、蒋斌俱被追斩。钟会率众直逼胡济；胡济率诸将据城死守，以待援军。

邓艾出甘松，急攻姜维；姜维不敌，欲退走入涪。诸葛绪即率部属出高楼，断姜维后路。姜维不能进退，欲入深山，据险自保，忽有快马来报，称汉城、乐城已破，钟会等已围汉中。姜维大惊，于是斜出，欲回援汉中。兵至阴平，又报汉中已破，大骇，遂入白水，遣快马回成都，表奏刘禅，请以左车骑将军张翼举兵守阳安关，右车骑将军廖化守阴平，以防邓艾等长驱直入。

邓艾亦入白水，欲围姜维。姜维不敢与之战，取道阴平，欲与廖化合。邓艾知其用意，与诸葛绪分兵，命其再阻姜维，自领精骑三万赴阴平。廖化知邓艾来，以为不可战，弃阴平，欲退守剑阁。

姜维知廖化退走，又改道，亦往剑阁，又传令张翼，命其弃阳安关，会师剑阁，欲借天险阻强敌。

邓艾知姜维、张翼、廖化等俱往剑阁，举众欲追，忽接钟会书信，请其与诸葛绪自阴平道入蜀，以为奇兵。

邓艾知阴平以西了无人烟，其间数百里无路可走，又高山连绵，深谷交错，恐老弱伤残不能行，遂命诸葛绪领其归钟会，选健儿两万，开山修路，或作栈道，或攀附绝壁，日行不足十里。

诸将不满，说邓艾道，钟会欲独据伐蜀之功，使将军走悬崖峭壁，若不改行大路，必寸功不立。

邓艾道，未必如此。姜维等雄踞剑门，必难攻克；钟会必受制于此，非数月不能过险关。我等虽为山谷所阻，然无雄兵当道，若上下齐心，披荆斩棘，破山而走，勿需三月，即可入蜀。此钟会赠我奇功，何不笑纳！

诸将遂不疑，开路而进，昼夜不息。

钟会举众出汉中，越巴山，赴剑阁，与诸葛绪遇于途。钟会斥诸葛绪道，我受大将军之命，节制西北诸将，令汝与邓艾自阴平入蜀，何故来此？

诸葛绪道，阴平至蜀荒无人烟，无路可走，需开山拓路，非身强力壮者不能行。我受邓艾所嘱，领部属及老弱与卿相会，助攻剑阁，卿何故责我？

钟会大怒，命收诸葛绪，槛车押送洛阳；又致信司马昭，历数诸葛绪拒不奉命及畏惧不前之罪。于是并诸葛绪部属，往剑阁攻姜维。

司马昭获钟会书信，大怒，欲斩诸葛绪。钟毓闻此大惊，即拜见司马昭，请其宽恕。

钟毓道，诸葛绪奉邓艾之命，赴剑阁助钟会；钟会反诬诸葛绪畏惧不前。此构陷之说，望大将军明察。

司马昭问钟毓道，卿与钟士季为同胞手足，何故言其非？

钟毓道，钟士季恃才傲物，刚愎自用，又野心如炽，城府极深，我不忍使其取祸来日，故请大将军夺其权，命还京，或能保家族平安；诸葛绪纯朴敦厚，若无罪受罚，必使群臣寒心。请大将军释诸葛绪，复其职。

司马昭遂释诸葛绪，仍为雍州刺史。

六

刘禅知钟会举十万之众入剑阁，大惊，即召群臣，商议对策。辅国大将军董厥道，可遣使入吴，请其用兵东南，以解西蜀之危。

刘禅纳其说，遣使入东吴；又命董厥等出成都，助姜维。

孙休知西蜀告急，以为蜀汉若破，司马昭必令诸将转攻东南；于是召濮阳兴、张布、丁奉等商议。

濮阳兴道，司马昭令诸将大屯东南，实不可图，唯据险而守，方能自保；若出击，不但西蜀之危不能解，或引火烧身。既刘禅危在旦夕，请与之绝，免使司马昭生恨。

张布道，丞相所言极是；司马昭既大举伐蜀，东南诸将必有所备，若轻举，或自取其祸；不如静观，或能收渔人之利。

大将军丁奉斥二人道，此祸乱之说！昔秦军伐楚，楚告急于齐，请结盟抗秦；齐拒而不盟，以为齐国之大，不输于秦，秦不敢觊觎；楚既灭，秦以得胜之师转道伐齐，齐亦灭。今日之势，与齐、楚何异！吴与蜀互为唇齿，唇若亡，齿必寒，此妇孺皆知。吴、蜀结盟，因彼此俱难独立；此受敌，彼必举兵呼应，故有鼎足之固。救蜀如救己，关乎存亡，陛下若疑而不举，必追悔莫及！

将军留平、丁封、孙异等，俱附和丁奉之说。濮阳兴、张布见诸将慷慨，不敢力阻。孙休遂命丁奉举众五万精甲围寿春，留平率二万水师入南郡，丁封、孙异亦举舟师赴沔中，欲绕袭钟会后军。

司马昭即命诸葛绪出雍州，截击丁封、孙异。丁封、孙异望而胆怯，放舟而还。司马昭又命东南诸将坚城自守，使丁奉等攻无所获。于是吴军处处受制，进退两难。

濮阳兴拜见孙休，请令丁奉等撤军，并致书司马昭求和。孙休大怯，纳濮阳兴之说，命丁封等退走；又遣使入洛阳，求见司马昭，献以珍宝，以求和。

钟会与姜维相持于剑阁，互不能下；钟会遂寄厚望于邓艾，遣斥候察邓艾进程。斥候回报，称邓艾已过尽险要，将至江油。钟会大喜，命诸将急攻，以应邓艾。

姜维、董厥、张翼、廖化等率将士奋起还击，大战数十日，蜀军伤亡甚众，士气渐衰。董厥欲命诸葛瞻出绵竹，增援剑阁，姜维不准。

邓艾绕走入涪，命将士伐木作筏，顺水而下，至江油登岸；又命大军暂隐山林，选死士八百，改换蜀军甲胄，扮为散兵，至江油城下呼救。太守马邈闻有残军来，上城询问。死士称姜维已败走剑阁，钟会正经梓橦入成都。马邈大惊，命开城，施以饮食，留宿城内。

是夜，邓艾兵临城下，死士开城门，放邓艾等大入。马邈手足无措，遂降。

翌日，邓艾领军出江油，大举西进。沿途士民见魏军骤至，不胜惊恐，纷纷逃避。

刘禅忽闻邓艾过江油，急命卫将军诸葛瞻领军出绵竹，截击邓艾。两军狭路相逢，邓艾命死士突前，先以强弩急射，再举精骑冲刺；蜀军不能挡，一触即溃，将士四处逃散。

诸葛瞻力禁不止，大怒，欲身先士卒，重振锐气；尚书郎黄崇及其子诸葛尚以为不可，劝撤走，退保绵竹。

黄崇乃黄权之子，曾与诸葛尚同窗，求学于谯周，与李密、陈寿并称蜀中四子。

诸葛瞻依二人之说，退入绵竹，令坚壁深垒，以阻邓艾。邓艾长驱直入，与诸葛瞻相持不下。诸将请邓艾强攻，邓艾不准，说诸将道，攻城不如攻心；诸葛瞻为诸葛亮之子，家风浩然，何惧强敌；若晓以利害，动以真情，或能使其归降。

于是亲书一信：

诸葛思远阁下，今大军西来，势如破竹，虽险山恶水不能阻，何者，天道使然也；曹魏天子，已位传数代，恩泽万民，福及四海，至仁至德也。卿为诸葛丞相之后，必能识时务，知天意，当此生死之际，望能三思；若执迷不悟，破城之时，必瓦石不全；若能归顺，我必保卿为王侯，福禄绵延，荣华永继。

邓艾遣人入绵竹，持信拜会诸葛瞻。诸葛瞻拒不开阅，请来使回；来使说诸葛瞻道，将军祖籍琅琊，若能开城而降，邓士载将奏请陛下，以将军为琅琊王；能衣锦还乡，显荣故里，人之所望也，将军何疑！

诸葛瞻大怒，斩来使，悬头颅于城门，以彰必死之志。

诸将又请邓艾强攻；邓艾道，绵竹坚固，若强攻，诸葛瞻必固守，非十数日不能决胜负。若受阻于此，蜀中诸将或纷纷回保成都，必前功尽弃。若弃绵竹，直捣成都，诸葛瞻必自后急追；可伏兵于途，诸葛瞻必败。

于是撤绵竹之围，直赴成都。诸葛瞻知邓艾舍绵竹往成都，大惊，遂尽起部属，随后急追。行不足十里，伏兵骤出，一时箭矢如雨。黄崇、诸葛尚相继中箭而死；诸葛瞻虑军溃，一马当先，与魏军厮杀。邓艾领军复回，围诸葛瞻于旷野，欲逼其降。诸葛瞻不惧，愈战愈勇。邓艾命弓箭手急射，诸葛瞻亦中箭而亡，部属俱降。

邓艾仍举众疾进，连破壁垒，以狂流之势直逼成都。

钟会知邓艾已近成都，恐其占尽功绩，遂命将士齐呼，称邓艾已入成都，蜀汉将亡，何不开关而降！

姜维等闻此大惊，急命斥候察情形。斥候回报，称邓艾已破广汉，欲攻新都。

姜维大惧，欲弃剑阁，回保成都。

张翼劝道，若弃剑阁，钟会必举十万之众扫荡而进，再难阻截；邓艾虽近成都，然所率仅二万，成都诸将必能自保。

董厥、廖化亦然其说，劝姜维死守剑阁拒钟会。姜维遂领部属退入剑门，欲据关死守。

钟会随后跟进，命诸将攻关。虽互有杀伤，仍无胜负。

刘禅知邓艾已近成都，大为惊恐，遂召群臣商议。

北地王刘谌道，邓艾虽来势凶猛，然所领不多，成都尚有精甲数万，足以拒之；臣请陛下令姜维弃剑阁，回援成都，内外呼应，邓艾必败。

谯周道，钟会举十万之众逼剑门，若姜维弃关，钟会必顺势而进，成都更不能保。

刘谌道，城中士民，俱愿与国家共存亡。臣请陛下招募勇士，必能集十万之众；臣愿出城整合散兵流民，亦可得士卒十万。若军民誓死共保，何愁强敌不败！

谯周道，连年北伐，士民不堪疾苦，无不怀恨；既恩寡德薄，人心尽失，岂能奢望！

刘谌泣道，危亡之际，竟无人挺身而出，试问义勇何在，人臣之份何在！

言罢，愤恨而去；群僚无不默然。刘禅道，今大军压境，人心震荡，何去何从，卿等请尽言。

尚书令樊建道，钟会、邓艾两路并进，成都风雨飘摇，实不能保。臣请陛下退入南中，纠合诸夷，以图东山再起。

谯周道，南中纷扰不息，岂能安处；况马忠已逝，诸夷再无畏惧，若往，或有杀身之祸。

侍中张绍道，既不能自保，不如东走降孙休，与之联盟抗曹。

谯周道，东吴小国，岂能拒曹魏之大！吴不能吞魏，魏必能吞吴，若降孙休，东吴灭时，必再受辱；不如降曹魏，以绝再辱之耻。

刘禅沉吟道，朕非贪心怕死者，每欲奋勇抗敌；然数十年来，屡兴北伐，使国家伤其实，百姓伤其命，犹如身在水火，无颜再祸及士民。朕每每为此自愧，昼夜不安。今强敌骤至，破亡在即，百姓纷纷逃亡，足见人心离散，不可逆转。成都自古繁华，膏腴之地非朕所造，富饶之实非朕之始，朕何忍使之俱毁！公孙述不察天意，拥兵自重，以至玉石俱焚，使蜀中破败，数十年不复元气，当以此为戒也；刘璋竖子，尚知保全城池，怜惜人命，朕岂能不如刘璋！若以朕一人之辱，全士民之命、成都之富，死而无憾矣！朕虽愚昧，愿以微德而谢父老，其心昭昭，天地咸知也！

群臣无不伤感，一片唏嘘。

七

钟会恐邓艾攻破成都，独占功绩，命诸将急攻剑门。蜀军知邓艾已过绵竹，惶恐不已，士气大折。钟会等攻势愈急，几欲突破关口。姜维大急，亲率弓箭手散入丛林急射，箭如雨下，魏军死伤颇多，气势稍颓。钟会大怒，命放火烧山，火势大起，姜维等急退。

钟会命将士随火势登山，很快迫近关口；姜维等大惧，弃剑门，欲转走入涪。钟会令诸将紧追，欲大败姜维。

张翼劝姜维走巴西，召板楯蛮，再回攻钟会。姜维纳之，率诸将改道北走。

钟会恐姜维屯大军之后，与成都诸将内外呼应，命将军胡烈举二万精甲亦北走，仍追姜维。钟会欲率卫瓘等与邓艾合，围攻成都。卫瓘说钟会道，邓艾虽寡，而刘禅怯懦，未必能拒；将军若往，姜维等必复回，收合散兵，反围成都，其势危矣。将军若屯于涪，则北可备姜维，西可应邓艾，两不相误也。

钟会纳其说，停兵于涪。

刘禅知邓艾攻破新都，急召群臣议献降事宜。

侍中张绍道，蜀与吴久为同盟，与曹魏誓不两立，若投吴，或能保天子威仪。

谯周道，自古以来，无寄身他国仍能为天子者；奔吴，仍不过降臣。况孙权之后，肖小辈出，乱象丛生，行政不依法度，治兵不遵典律，必为曹魏所破，何必再受辱于来日！

张绍道，今邓艾兵锋正锐，其势犹如狂流，若不肯受降，奈何？

谯周道，此虑过矣。今孙休尚据东南，舟师横江，精甲如云；若邓艾不肯纳降，它日东征，孙休等当不惜玉碎与之力抗。其中得失，虽邓艾不知，司马昭岂能不知！

刘禅心意已决，即下旨，令姜维率部属降钟会；又命张绍并驸马都尉邓良持降书、玉玺，入新都向邓艾请降。

邓艾大喜，即召张绍、邓良。二人以玉玺、印绶及降书呈邓艾；邓艾道，大军势如破竹，不可挡也，克成都指日可待耳；降与不降，俱无妨碍。既刘禅欲苟全，需裸身自缚，出城跪迎；若不如此，我必大开杀戒，使蝼蚁不存！

邓良大怒，指邓艾道，竖子，竟如此欺人！士可杀，不可辱，何况天子！

张绍亦起，夺回玉玺，亦斥邓艾道，陛下及我等，俱非贪生怕死之徒；所以请降，实不忍生灵涂炭，士民受累；汝岂能如此猖獗！

言毕，欲掷碎玉玺；邓艾大惊，忙止之，笑道，此不过戏言，何必忿怒？

于是受降。待张绍、邓良回，邓艾说诸将道，若蜀中群僚俱如二人，我等岂能长驰直入！

刘谌知刘禅请降，羞忿不堪，遂领家人大祭刘备；祭毕，刘谌指壶中酒道，此为毒酒，若不愿为亡国奴，可饮此；若不耻苟活，可自走。

言毕，捧壶痛饮。妻室家小俱愿殉国，俱饮毒酒，死于府第。

翌日，邓艾出新都，陈兵北门，令诸将俱不下马，横戈举矛，以防不测。刘禅知邓艾候于北门外，令群臣尽去官服，开门奉迎。

邓艾见城门大开，刘禅引群臣立于城门内，遂领将士走马入城。方入城门，忽见一人挺身而出，展双臂拦于邓艾马前，喝道，自古上国不辱降臣，岂能策马而行！

邓艾勒马看时，见此人着布衣，面色瘦黄，身形文弱，忿怒溢于表，颇为惊讶，鞭指此人问道，汝是何人，竟出此言？

此人昂然答道，我乃光禄大夫谯周，随陛下开城献降；若将军不下马，我等何妨以死相拒！

邓艾冷笑道，既举国献降，何来陛下，何来大夫！

谯周再斥邓艾道，将军若轩昂自大，城池虽破，未必能据；将士虽降，未必能屈！我等虽不肖，拒受匹夫之辱！

邓艾大怒，欲杀谯周，以儆效尤；忽见群僚无不怒目相视，略惧，不敢举，令将士下马，抚慰刘禅等。

姜维入梓橦，知胡烈在后，命诸将屯此，欲痛击胡烈。忽有宫吏自成都来，宣刘禅旨意，命停战，向钟会、胡烈等献降。

姜维知成都将破，不敢违，命诸将收紧部属，求见胡烈。胡烈知姜维奉旨献降，大喜，召见姜维，命设宴款待；姜维拒之，称败军之将无颜饮宴。

胡烈遂收姜维部属，入涪，拜见钟会。

钟会大喜，亲迎姜维、董厥、张翼等。钟会见姜维虽为降将，仍从容自如，以为非真英雄不能如此，待之最厚；姜维知钟会、邓艾或互疑，欲趁此离间，起死回生，于是极尽奉承。钟会愈喜，视姜维如知己，每每与之畅谈。

胡烈见钟会待姜维如手足，暗生忌恨，劝钟会道，姜维不过降虏，其心未附，将军宜大加提防，不可轻信。

钟会笑道，姜维为大将军，极负人望，又颇知蜀中风情；我知取蜀难，治蜀更难；所以善待，欲为治蜀所用也，卿何必多疑！

胡烈不好再劝，然忌恨愈深。

翌日，钟会再召姜维；姜维说钟会道，今邓艾已破成都，刘禅及群僚俱降；将军何故仍屯于此？

钟会笑道，我不愿与邓艾争功，故而不入成都。

姜维道，将军大才，文不输司马、班、扬，武不让韩信、曹参，韬略宏广，智虑精深；又克定西蜀，功勋卓著。然功高者必震主，多才者必招恨；况司马大将军辅国，陛下幼弱，将军岂不虑萧墙之祸？

钟会笑道，既光明磊落，何虑？

姜维道，范蠡、文种助勾践复国，丰功伟绩，旷古绝今，又赤胆忠心，坦荡磊落；然复国之日，范蠡泛舟绝迹，不居奇功，不贪厚禄，于是优游岁月；文种贪图高位，沉溺功名，终招杀身之祸。若将军愿效范蠡，隐退林泉，我当毕生追随，燃炉烹茶，吟啸山水之间，岂不快哉！

钟会大笑道，我不辞艰险，举十万之众远道而伐，岂能作隐士！况西蜀深远，敕令难到，王命难宣，实乃发祥之地；刘备父子可居，我何不能居！

姜维知钟会暗怀异志，大喜，以为图之不难，起身一揖道，将军有此等胸怀，我何惜肝脑涂地！

钟会大喜，欲大用姜维。是夜，钟会密召卫瓘，嘱其觅邓艾手迹。卫瓘道，将军与邓艾分道而进，并无书信往来，恐难有所获。

钟会道，我爱邓将军手迹，不耻临摹；可惜人在军旅，不能如愿。

卫瓘道，既如此，何不书信与邓艾；邓艾必回复，何愁不能得？

钟会大喜，遂书信，遣卫瓘送入成都。

邓艾见钟会仅致问候，不言其他，颇疑，即回书试探，请钟会入成都。钟会颇知其意，再书一信，称成都始定，内外纷扰，散兵游勇潜入山野，或有复起之危。涪为重地，进退有据，故仍愿屯兵于涪，与之呼应，以防骤变。

书既成，又遣卫瓘送与邓艾。邓艾大喜，再回信，赠锦绣及军资若干。

钟会仿邓艾手迹及文风，上书司马昭称，我等奉命克蜀，一路征伐，历尽艰辛，将士劳苦，俱望嘉赏；蜀人震动，亟待抚慰。请速置牧守，安定人心，复兴百业。

司马昭不悦，以为邓艾欲求益州牧，回信责备。

钟会知司马昭必有复，命心腹候于驿站。不数日，信使过此，心腹拦之，称西蜀始定，商旅不通，往来俱绝，又匪盗四起，道路崩毁，若往前，必被劫。信使大惧，随心腹见钟会；钟会请信使候于此，命卫瓘代送成都。

卫瓘半道回涪，密见钟会；钟会又假邓艾之名，回书司马昭，语含不敬，又其拥兵自重之嫌溢于字词间。

数日后，卫瓘假自成都回，以此信付使节，使节即还洛阳。

司马昭阅此大怒，令快马入涪，命钟会举众入成都，收邓艾，槛车押送洛阳。

钟毓时为后将军，遥领荆州牧，闻此大惊，即致信钟会称：

我知西蜀偏远，云山万重，深谷断道，悬崖绝途；今大将军命卿入成都收邓艾，望能知轻重，识大体，绝贪欲，断妄念。若能以公孙述、刘璋、刘备父子为戒，家族之幸也。

书毕，钟毓遣家仆，昼夜疾行，送与钟会。

司马昭亦有疑，令贾充引众出斜谷，据乐城，威逼西蜀；命山涛留镇邺城，拱卫洛阳；自领大军入长安，以防不测。

八

钟会接司马昭手令，即召卫瓘。钟会道，大将军令槛车押邓艾回洛阳，兹事重大，非卿不能胜任。

卫瓘慨然道，既有大将军手令，我必使邓艾伏罪！

于是，钟会命卫瓘率精骑一万，驰往成都。恰此时，钟毓家仆持信拜见钟会；钟会颇知其意，竟不开读，将之焚毁。家仆求回信，钟会道，不日即有佳音，届时再复不迟。

卫瓘领兵欲行，姜维忽来，说卫瓘道，将军所领仅一万，邓艾已收合蜀军，总计不下十万，岂能收捕！

卫瓘道，大将军手令在此，邓艾岂敢不从！

姜维道，非也，邓艾拥十万之众，岂能束手就擒！若拒捕，必反遭毒手！

卫瓘大疑，说姜维道，卿所言有理，可随我见钟士季，请增兵。

姜维冷笑道，将军岂不知钟士季用意！

卫瓘愈疑，问姜维道，卿何意？

姜维道，钟士季欲置邓艾于死地，故冒名上书，激怒大将军，然惧邓艾自辩，遂命将军入成都收邓艾，欲使邓艾怒而杀之；如此，邓艾罪行昭彰，无可申辩；将军枉作冤鬼，至死不知！

卫瓘恍然大悟，怒道，既如此，我当拒之！

姜维道，不可，此乃大将军之命，岂能违抗！

卫瓘沉吟道，我请与钟会同入成都，如何？

姜维道，亦不可；如此，钟会必怀恨，或以违抗军令杀之。

卫瓘惶然道，我即驰还洛阳，以钟会之谋告知大将军，如何？

姜维道，更不可；卿一面之词，又无旁证，岂能如愿！况将军若走，钟会必以叛逃之罪追斩，此不别之冤，何以申诉！我有一计，既能捕邓艾，又能使将军全身而退。

卫瓘忙道，卿有何计，请言之，我必遵奉。

姜维道，我知护军田续，与邓艾不和；邓艾嫌其非亲信，每每排斥，田续深怀怨恨。将军可夜至成都，暗访田续，示以大将军手令，田续必倾力相助，邓艾可捕矣。

卫瓘大喜，深为感激，于是率众往成都。卫瓘令部属隐于城外，知田续屯兵南郊，只身而往。田续见司马昭手令，大喜，说卫瓘道，邓艾猖狂自大，久怀野心，必有今日！

田续即率死士，携卫瓘入城，求见邓艾，称有军情禀报。邓艾以为实，召田续。片刻，田续、卫瓘疾步而入；邓艾大惊，问卫瓘道，卿何故来此？

卫瓘出司马昭手令，斥邓艾道，我奉大将军之命，槛车押汝父子回洛阳领罪！

邓艾大怒，拍案而起，指卫瓘喝问道，我有何罪？

卫瓘道，汝可问大将军，问我何用！

卫瓘、田续俱拔剑，逼邓艾就范。死士亦举，执邓艾子出。田续遂召诸将，宣司马昭手令；诸将大疑，俱不敢言。于是锁邓艾父子入槛车，连夜押送洛阳。

田续又说卫瓘道，若邓艾不死，后事难料；不如半道截杀，以绝后患。

卫瓘然其说，遂与田续出成都，追槛车，尽杀邓艾父子及押送士卒，弃尸荒郊。

钟会知卫瓘杀邓艾父子，忧虑尽释，遂率大军入成都，尽收邓艾部属。

钟会召姜维；钟会道，今已据成都，又收合邓艾部属及蜀军残余，共有二十万众，理应有所作为。

姜维道，西蜀沃野千里，群山环抱，若能占尽险要，必能自雄一方。

钟会道，我意在天下，不屑偏安；今欲请卿率精甲五万入汉中，再出斜谷为前驱；我举大军出陇右，夹击长安，若能得逞，再与卿水陆并进，会师洛阳，天下可定矣！

姜维道，将军壮志如天，我必舍生忘死，以报知遇之恩！

钟会大喜，笑道，若天下平定，我必以卿为丞相，封万户侯。

姜维告辞，书密信，命心腹持见刘禅，请刘禅暂忍屈辱，必使社稷倾而复立，日月落而复起。

刘禅奉命暂居刘谌府第，以候圣旨。姜维心腹来此，以信呈刘禅，称不日将有剧变，复国有望。

刘禅大惊，说来人道，国已破，魏军集结如山，岂能轻举！

来人遂回，告知姜维。姜维道，陛下怀柔百姓，不忍再历祸乱；然我为大将军，岂能坐看国破而不举！

钟会忽知贾充出斜谷，据乐城，汉城；司马昭亲率大军入长安，大惊，急召姜维。钟会道，司马昭已有警觉，事不宜迟，应速举，若成，可得天下；若不成，可退守西蜀，效刘备而自立。

姜维道，此举重大，需万众一心；我虽不才，必能使蜀中将士奉命；然将军所领，俱为司马昭亲信，若不从命，奈何？

钟会道，此言有理，卿以为当如何？

姜维道，我知魏太后郭氏方殁，将军可召诸将入蜀汉故宫，重锁宫门，称奉太后遗旨，起兵讨国贼司马昭；诸将必不敢违，必大集于此，将军可趁机尽杀北来诸将，血祭义旗。如此，不但心腹之患尽除，亦将师出有名，可传檄海内，号令天下；天下欲除国贼者何止千万，必起而应之，何愁司马昭不灭！

钟会然其说，令甲士暗伏，即召诸将。诸将知钟会设祭吊唁郭太后，无不奉召。

姜维暗嘱张翼纠合旧部，以应骤变。张翼以为复国有望，欲与董厥、廖化等联手；然董厥、廖华亦应召入宫。张翼无奈，只身奔走，招募旧部两千，潜伏宫外，以待其变。

待诸将毕集，心腹依钟会之命，锁闭宫门，使诸将不能出。钟会披麻戴孝，率诸将跪于太后神位前，焚香祭拜。姜维趁机说卫瓘道，钟会欲尽杀北来诸将，传檄天下，讨伐司马昭。

卫瓘大惊，问姜维道，诸将受命祭太后，卿何故危言耸听？

姜维道，殿内甲士大伏，杀气逼人，卿何不知！

卫瓘举目四望，见帷幕后人影依稀，大惧，忙问姜维道，既如此，奈何？

姜维道，卿可称病告退，召部属来此解救。

卫瓘面色惨白，冷汗淋漓，疑不敢举；姜维说卫瓘道，若不举，悔之晚矣！

卫瓘遂告退；钟会见卫瓘面色如土，汗下如雨，竟不疑，令侍从领卫瓘出。既出宫，卫瓘请侍从回；侍从不听，一路紧随。卫瓘佯装跌倒，呻吟不起；侍从欲扶，卫瓘夺侍从佩剑，忽举，杀尽侍从。卫瓘疾走，欲率部属出成都，勒兵自保，忽遇胡烈之子胡渊；胡渊见卫瓘神色慌张，大疑，问卫瓘道，将军不祭太后，何故来此？

卫瓘道，钟会欲尽杀北来诸将，我称病逃走，诸将恐已作刀下之鬼！

胡渊大惊，欲再问，卫瓘仓皇而去；胡渊急回，召部属，赴蜀宫，欲救胡烈。消息不胫而走，纷乱骤起。诸将之子各率部属大出，直奔蜀宫。

钟会祭拜毕，出帛书，说诸将道，此太后遗诏，命我率诸将讨伐司马昭，为国除患。司马父子久怀不臣之心，凌辱天子，欺压群臣，罪恶昭彰，人神共愤！我等身为魏臣，食其禄，居其位，受其恩，被其德，宁不以死相报！

诸将大为愕然；钟会又出檄文，请诸将签名。诸将不知所从，无人回应。钟会大怒，厉声呵道，甲士何在！

甲士蜂拥而出，围攻诸将；正此时，胡渊等击败侍卫，破门而入，疾呼道，钟会欲尽杀诸将，殿后掘有巨坑，欲埋尸灭迹！

钟会指胡渊大骂道，狗贼，竟胆大妄为！

命甲士斩胡渊；胡渊等奋起还击，一时大乱。诸将手无寸铁，又遇剧变，不知所为。正相持不下，诸子率众而来。钟会大惧，欲夺路逃走，为胡渊一戟刺死。姜维欲趁乱逃走，为胡烈所阻。姜维欲夺矛自卫，亦被胡渊刺死。

甲士见钟会被杀，俱弃戈矛，跪地求饶。诸将愤恨而出，竟纵兵劫掠，奸淫盗抢，无恶不作。张翼不忍，率部属止之，竟被乱兵杀死。

刘禅闻此，痛心疾首，大骂姜维自不量力。谯周道，臣知卫瓘屯于城外，以此自保，臣愿请卫瓘平息兵祸。

刘禅道，大祸因我而生，我若不往，其心何安！

谯周道，城中乱兵如潮，陛下岂能冒险。

刘禅道，百姓俱在水火，我虽生犹死！

于是，刘禅领谯周出城，请卫瓘入城平定乱局。

九

刘禅、谯周求见卫瓘，告知情形，请入城戡乱。卫瓘虑城中有乱兵二十万，难以节制，犹疑不决。

刘禅道，乱兵虽众，然已沦为匪盗，如同散沙；况蜀军与之杂处，或能与将军呼应。我愿随将军同往，必使蜀军听命！

卫瓘仍拒之；谯周道，今钟会已死，邓艾获罪，将军若能平息大乱，必获大功，朝廷必以将军为牧守，将军何乐不为！

卫瓘为之心动，举领部属入城。刘禅命董厥、廖化等召旧部，听命于卫瓘。于是两军分化，卫瓘势力大振，置中军于蜀宫，令诸将来此听命。诸将不敢拒，相继而来；卫瓘令收合乱兵，又杀首恶数百人，大乱遂平。

卫瓘即上表，力陈钟会之罪，并戡乱详情。司马昭知钟会死于乱军，大患已除，遂回洛阳，即下令，称卫瓘平乱有功，拜为镇西将军，节制诸将，暂领西蜀事务；刘禅颇识大体，封为安乐公；谯周、董厥、廖化、张绍、邓良等五十余人俱封侯，受命随刘禅迁洛阳。

谯周弟子李密、陈寿等俱愿随谯周往洛阳，谯周不准，命各回故里，以尽人子之孝；李密、陈寿等遂与谯周别。

卫瓘以精甲一万送刘禅等出成都，取道洛阳。刘禅不忍见蜀中风物，下尽车帘，饮食俱在车上。车马渐行渐远，随行者无不悲从中来。

廖化染病，拒绝诊治，死于途中。

司马昭令收邓艾、钟会家属及族人斩首，唯钟毓获免。钟毓即上书，请辞后将军及荆州牧，闭门谢客，绝交游，拒饮食。司马昭闻知，登门探视，欲安抚。

钟毓说司马昭道，钟士季虽罪不容赦，死有余辜；然我与之为手足，既死，恕难独存。

司马昭苦劝无果，叹息而去。数日后，钟毓衰竭而死。司马昭大为痛惜，追赠车骑将军，谥为惠侯。

孙休知蜀汉亡，即召濮阳兴、张布议举止。濮阳兴道，兹事重大，可召群臣同议。

孙休以为然，即召群臣。

大将军丁奉道，今蜀汉初亡，大乱方定，遍地残烟，人心惶惶，若趁机突袭，必能克之，既可免唇亡齿寒之窘，亦可以秦巴之险而拒曹魏。此两全之策，望陛下纳之。

孙休道，如此，司马昭必大举东进，奈何？

丁奉道，东南江湖连结，互为吞吐，纵不能走马，横不能行车，从来不惧曹魏。可大集舟师于武昌，横江锁断；布精兵于险要，虽司马昭倾巢而来，有何惧哉！

孙休沉吟道，既如此，大将军可督诸将行此计。

丁奉遂命镇军将军陆抗、抚军将军步协、征西将军留平等，数路齐出，直逼巴东。巴东守将罗宪大惊，即遣快马入蜀，请卫瓘驰援。卫瓘即命胡烈领兵二万赴巴东。

罗宪见陆抗、步协等来势汹汹，深知巴东不能守，遂命部属散入深山，各据险要，游击吴军。陆抗等虽据城池，却每受袭扰，不能安处，亦不能西进。正此时，胡烈率援军逼近巴东。

罗宪知胡烈大至，命部属夜出，扰袭陆抗等；陆抗等深知不能胜胡烈，遂弃巴东退走。

孙休知陆抗等无功而返，大为忧虑，渐而染疾，又求治无效，以为不祥，遂召濮阳兴。

濮阳兴见孙休面如死灰，气息微弱，大疑。孙休命幼子孙单出，欲托以后事，又不能言。濮阳兴深知其意，泣道，臣请陛下勿忧，臣必倾力辅佐幼主，以保国家平安！

孙休以孙单嘱濮阳兴，薨于当日。皇后朱氏捶胸顿足，恸哭不已；濮阳兴劝道，皇帝驾崩，幼主未立，此水火之际，请节哀，谨小慎微，以防剧变。

皇后泣道，陛下视卿为心腹，待之如手足；今孤儿寡母，惶然无措，万事无不赖卿，望不负临终之托！

濮阳兴道，臣请秘而不宣，一如既往；待大事定，再举哀不迟。

皇后命绝消息，仍行歌舞，事事如常。濮阳兴拜会张布，说张布道，陛下猝崩，尚未讣告，群臣不知；迎此立彼，俱由我等，卿以为当如何？

张布大惊，问濮阳兴道，陛下可有遗诏？

濮阳兴道，陛下欲立幼子，我不能决，故与卿共谋。

张布道，立幼子最好，我等可挟持，以令群臣。

濮阳兴道，然陛下虽有此意，却无遗诏，若丁奉等质疑，何以应对？

张布道，可请皇后出玺印，代拟遗诏，再召群臣入宫；我领甲士伏于内，若丁奉等责难，执而杀之，再宣幼子登基，万无一失。

濮阳兴道，此计甚妙，我即告知皇后。

濮阳兴再入宫，说皇后道，臣等已有万全之策，可保幼主登基；请借玺印，代拟遗诏，以免非议。

皇后大喜，正欲取玺印，忽报丁奉及左将军万彧入宫请安。

濮阳兴慌乱不已，忙嘱宫吏道，请阻其入宫，称皇帝需静养，不能召见！

宫吏领命而出，说丁奉、万彧道，皇帝已入寝，恕不敢惊扰。

丁奉、万彧欲告退，宫吏忽跌足道，大厦将倾矣！

言毕，拭泪而去。丁奉、万彧大惊，疑虑顿生，匆匆出宫。万彧道，我疑圣驾已崩，濮阳兴、张布或有所图。

丁奉道，此言有理。宫中或有剧变，我等当如何？

万彧道，卿应立即出京，布兵于外，以应变故；我率部属于城中警戒，若二贼欲立幼主以令群臣，我等内外呼应，必能使阴谋破败。

丁奉遂离建业，屯兵城外。濮阳兴疑丁奉、万彧有所觉察，不敢轻举，急召张布商议。

张布道，群臣俱知幼主不能亲政，必怀疑惧。我等若逆势而为，必生大乱；况丁奉、万彧部属众多，又与诸将友善，若力阻，我等难以为敌。不如发讣告，令群臣举哀；再遵皇后为太后，并摄政。既如此，太后必不肯迎立他人，大事可图矣。

濮阳兴以为然，遂发讣告。群臣纷纷入宫吊唁。丁奉、万彧陈兵内、外，占尽优势，亦入宫拜祭。

祭奠既毕，濮阳兴说群臣道，今皇帝驾崩，新主未立，国事繁多，无不需立断立决。应尊皇后为太后，主丧事，并迎立新君。

群臣以为所言得体，俱无异议，纷纷告退。

万彧说丁奉道，此乃濮阳兴、张布奸计，既尊朱氏为太后，宁不迎立嫡子？

丁奉道，事已至此，恐不可逆转。

万彧道，非也，我等既陈兵内外，岂容濮阳兴、张布得逞！我知乌程侯孙皓才识明断，颇有君主风范；我欲面呈太后，请立孙皓，卿以为如何？

丁奉慨然道，卿且往，我与丁封等举众威逼，虽太后亦不敢力争！

孙皓乃废太子孙和之子，孙权之孙，时年二十三；万彧曾为乌程令，与之颇有交情。

万彧遂入宫，拜见太后。濮阳兴、张布亦在侧；万彧毫不避讳，说太后道，国不可一日无君，臣请太后早做决断。

太后不言，旁顾濮阳兴、张布；濮阳兴知其意，说万彧道，先帝有遗诏，立嫡子为帝，此无可争议，即日可行大典，卿不必疑虑。

万彧道，嫡子尚幼，岂能为帝；乌程侯孙皓贤明通达，何不迎立？

濮阳兴道，既有嫡子，何立旁亲？

万彧笑道，乌程侯乃废太子长沙桓王亲子、大皇帝嫡孙，何言旁亲？

张布斥万彧道，太后在此，汝竟敢强逼！

万彧冷笑道，实不相瞒，群臣无不为此疑惧，若立幼主，必不奉命；臣知诸将俱有所备，若违众望，必生大祸。此安危之际，若举措失当，必有覆灭之险，请太后三思！

濮阳兴、张布大惧，再不敢言。太后道，妾不过寡妇，岂知轻重；若使国家无害，宗庙能全，立嫡立庶俱可。

言毕，大哭。濮阳兴、张布不敢争；万彧又说太后道，若立幼子，必使权臣当朝，于江山社稷不利。乌程侯才识俱佳，颇知法度，又厚德重义，若立，必能奉太后之命；若太后有疑，可以孙单为太子，当无后顾之忧。

太后遂下旨，迎立孙皓。

十

万彧备车驾，往乌程迎孙皓。孙皓以为濮阳兴、张布掌权，祸福难测，辞而不往。万彧劝道，此祸福两可，若辞，或为鱼肉；若就，必为刀俎。为刀俎，生杀由己；为鱼肉，生杀由人。

孙皓不敢再辞，遂离乌程往建业。濮阳兴、张布领群臣迎于三十里外。孙皓欲下车，与群臣相见；万彧止道，贵为天子，应轩昂而入，使群臣自此知尊卑，否则，濮阳兴等必猖獗如旧。

孙皓以为然，不下车，仅挥手致意。

即日，群臣应太后之召，奉孙皓登基。孙皓连发数诏，大减租税，开仓放粮，又遣宫女数十出，以配无妻者；再大赦有罪者。

诏令一出，朝野为之欣然，以为孙皓乃一代明君。不数月，孙皓以为人心已附，竟逐日骄慢，万事不与濮阳兴、张布、丁奉、万彧等商议。濮阳兴等渐失所望，暗自怀恨。

某夜，张布求见濮阳兴；濮阳兴知其意，屏退左右，说张布道，此处甚密，卿有何事可尽言。

张布道，孙皓独断专横，事事自决，我等虽获高位，形同虚设。太后欲立孙单为太子，孙皓置若罔闻，此可乘之机也。我请丞相说太后，促孙皓立孙单；孙皓必拒之，可借机废除，再立孙单，我等必能东山再起。

濮阳兴沉吟良久道，不如先上书孙皓，请其履约，若不应，再上奏太后。事若成，我等能遂愿；若不成，亦不致使孙皓忌恨。

于是濮阳兴、张布联名上书，请立孙单为太子。

孙皓大怒，即召濮阳兴、张布，斥道，自古以来，谁见皇帝未立，先选太子！此事至大，岂容越俎代庖！

二人不敢言，求见太后，请其令孙皓践行承诺。太后道，我不过失意寡妇，唯愿能安度余年，何必自取其祸！

濮阳兴、张布不甘，于是求见丁奉。万彧亦在丁奉府上，亦因孙皓拒不立孙单，欲上书劝谏。

濮阳兴道，孙皓拒不履行诺言，必失信天下，或自此开祸乱之端，我等应挺身而出。

丁奉道，万将军与陛下私交甚厚，又有迎立之功，必能劝陛下回心转意。

濮阳兴、张布极力附和；万彧不能辞，遂入宫。孙皓正于后庭观乐舞，其曲调之柔婉，舞姿之淫荡，令人脸热心跳。万彧迟疑良久，不敢前。

孙皓见万彧徘徊不去，问万彧道，卿何故如此？

万彧忙道，臣有要事奏请，又不敢搅扰陛下雅兴，故而犹疑。

孙皓笑道，卿且就座，不必忐忑。

万彧遂入座；孙皓道，对此声色佳人，朕方知天子贵于王侯。

万彧低头不言，颇为局促。孙皓笑问万彧道，轻歌曼舞，绝色佳人，俱能动人心怀，更能一助酒兴；卿坐而不视，何意？

万彧道，当初，臣曾屡屡陪陛下清谈，陛下精警自律，求学不倦，臣为之感佩不已，虽时过境迁，至今记忆犹新；臣非圣贤，心志易移，故不敢闻靡靡之音，观纤弱之舞，望陛下体谅！

孙皓大笑道，卿何出此言！岂不闻此一时彼一时也；彼时父王为废太子，朕随其俯就外藩，若不收敛性情，谨小慎微，岂有今日！今日朕为人主，虽偏安一隅，却不受他人主宰，若仍噤若寒蝉，不敢恣意纵情，岂不有负当年隐忍！

万彧顿觉无话可说，又不敢辞，遂陪孙皓饮酒。酒过数巡，万彧称不适，告退。

万彧仍回丁奉府上，以所见告知丁奉、濮阳兴、张布等。

濮阳兴道，当初，我与张将军力主立幼子，大将军与万将军极力阻拦，以至如此；今孙皓不贤，奈何？

丁奉叹息道，事已至此，悔之晚矣！

张布道，大将军何有此言！我等俱为重臣，理应为国分忧；孙皓既可立，亦可废。我等可面见太后，请立孙单。

濮阳兴道，张将军所言极是；若我等同心，必能力挽狂澜，扭转乾坤。

丁奉、万彧俱知二人之意，力辞。万彧道，丞相与张将军久居要职，深受太后器重；我与大将军因阻太后立幼子，深受忌恨，我等若同往，或使太后生疑，恐反为不利。

濮阳兴、张布亦知二人心迹，不勉强；于是告辞入宫，拜见太后。

濮阳兴道，群臣俱恨孙皓寡恩薄德，若不另立，必使社稷蒙辱；为使江山永继，臣等请太后废孙皓，立嫡子。

太后斥道，皇权威严，岂能视若儿戏！立此废彼，焉能反复无常！

张布道，孙皓纵情声色，荒淫无度，若任其肆意妄为，必危及江山社稷；当此之际，臣等请太后振奋而起，力挽狂澜！

太后冷笑道，妾不过女流，岂知江山之重，卿等何苦屡屡相逼！

濮阳兴道，臣恐江山一失，瓦石不存；太后若不作为，它日必悔之莫及！

太后忽离座，径入内室，不再出；濮阳兴、张布知不可说，告退。

万彧深恐濮阳兴、张布得逞，或反受其害；若转而依附孙皓，或可取代濮阳兴、张布，遂入宫拜会孙皓。

万彧道，臣知濮阳兴、张布欲说太后废陛下，改立幼子。臣不敢隐瞒，故而冒死奏报。

孙皓大惊，问万彧道，卿所言属实？

万彧道，此关乎江山社稷，岂敢妄言。濮阳兴、张布欲说臣与丁奉同盟，请太后忽兴废立。臣与丁奉严辞拒绝，二人遂入宫说太后。臣恐其图谋得逞，即来禀报，请陛下严加防备，免受暗算！

孙皓大怒，欲召侍卫夜捕濮阳兴、张布。万彧忙劝道，臣请陛下暂忍忿怒；濮阳兴、张布既有图谋，必有防范，若收捕不成，恐反生祸乱。

孙皓道，二贼既已入宫，或能蒙骗太后，若太后忽下旨，奈何？

万彧道，臣以为太后必有顾忌，不敢猝然而举。臣愿领部属取代侍卫，守护后宫，使太后不能与二贼见。如此，二贼必狗急跳墙，或铤而走险，正好一举除之。

孙皓纳其说，以万彧为常侍，领卫将军，尽撤宫中侍卫，由万彧部属取代。

濮阳兴、张布见此，已知万彧泄谋，大为不安；张布欲兴兵作乱，先杀丁奉，再举众逼宫。濮阳兴劝道，丁奉部属众多，声威齐天，若杀之，必大乱；况其弟丁封屯兵城郊，我等若有举，丁封必围建业，与丁奉、万彧内外呼应，我等必遭大祸。

张布道，然孙皓已知我等所谋，若不有所举，亦将坐以待毙！

濮阳兴道，不然。我知孙皓多疑，我等若敛而不举，孙皓必疑万彧所说，或能反客为主。

于是二人举止如常；孙皓果然生疑，遂召万彧，斥责道，朕与卿曾为知己，宁不同享富贵；卿欲取代濮阳兴，可奏请，何必危言耸听！

万彧忙道，臣忠心耿耿，从无妄想！濮阳兴、张布欲挟幼主以令群臣，野心昭然，天人俱知。陛下若疑，可召丁奉问之。

孙皓不言，似不知举措；万彧又道，濮阳兴、张布如蛇蝎，若不除之，必为祸害！

孙皓沉吟道，濮阳兴、张布党羽甚众，恐除之不易。

万彧道，若陛下有心除奸，二贼必如瓮中之鳖，举手可得，有何难哉！

孙皓杀心顿起，欲召群臣饮宴，借机杀濮阳兴、张布。

时值隆冬，大雪连天，建业内外积雪盈尺，十数日不化。孙皓下旨，邀群臣饮宴赏雪。

是日，群臣毕至；孙皓藏铁锤于座下，频频邀群臣饮酒。酒过数巡，孙皓笑对群臣道，今日对此好雪，若无清词酬和，岂不有负天公美意！

群臣俱知孙皓善辞赋，又颇为自得，以为不输曹子建诸贤，于是纷纷请孙皓即席作赋。

孙皓笑说濮阳兴道，朕知丞相才气横溢，风雅过人，能否与朕同赋？

濮阳兴忙道，陛下才华横溢，落笔处风雷齐动，天人俱惊；臣俗陋不堪，不敢与陛下同赋！

孙皓面露不悦，冷笑道，莫非卿不屑与朕同赋？

濮阳兴再不敢辞，只好奉命。孙皓命侍从备笔墨录之，召濮阳兴上前。濮阳兴跪于地，不敢起。孙皓笑道，朕出首句，卿可续之。

于是朗声道，天子有意。

濮阳兴惶遽不已，不能续；孙皓笑道，未必嫌此句庸俗？

濮阳兴忙道，陛下语携天地，句带风云，臣身在尘垢，心蒙污秽，实不能续。

孙皓道，此句寻常，有何难哉？

濮阳兴冷汗淋漓，不敢再辞，忙续道，微臣无心。

孙皓忽指濮阳兴，厉声道，天子之意，意在江山万民，其意切切，则社稷安好；其意绵绵，则人民康乐。汝竟言微臣无心！臣无心，则政纲不举，万事荒废，枉负天子之意也！此大逆之言，朕岂能容之！

濮阳兴惊恐不已，正欲分辩，孙皓忽取铁锤，猛击其头。濮阳兴应声而倒，脑浆迸裂，死于非命。

群臣惊恐万状，哑然无声。孙皓命侍从弃濮阳兴尸首于街市，不准收葬。张布恐遭孙皓击杀，忙跪拜于地，泣道，濮阳兴久藏祸心，大逆不道，死有余辜；臣慑于淫威，不敢举报，罪该万死！

孙皓冷笑不已，问张布道，濮阳兴有何阴谋？

张布不敢答，叩头不止；孙皓断喝道，既有偷天换日之心，又无杀鸡屠狗之胆，与妇人稚子何异！

丁奉忙道，濮阳兴、张布沆瀣一气，图谋不轨，罪不容赦；臣请收张布下狱，严究其恶，彻查余党！

孙皓道，朕知濮阳兴、张布欲与卿联手，卿不肯同谋，断然拒绝；既知情，为何不报？

丁奉道，濮阳兴、张布欲蛊惑太后，欲骤兴废立；臣知太后深明大义，自能明辨是非，又不愿陛下与太后互生嫌隙，故而不奏。

孙皓虽仍疑丁奉，然不深究，命收张布下狱。待群臣俱退，万彧说孙皓道，张布实不可活，宜杀之，以绝后患。

孙皓命廷尉严查张布罪行；张布大为悔恨，不肯招认。孙皓无张布口供，令徙张布于广州。万彧劝孙皓追杀张布；孙皓以为然，遣心腹杀张布及家人于途中。

濮阳兴、张布既除，孙皓以陆逊族子陆凯为左丞相，万彧为右丞相；又拜陆抗为镇军大将军，以弱丁奉之权；数日后，又贬朱太后为景皇后，追谥孙和为文皇帝，尊生母何氏为太后，立妃滕氏为皇后。

十一

蜀汉既灭，司马昭威权愈重，群臣无不趋附。贾充等纷纷上奏，请加封司马昭为晋王。曹奂不敢拒，以司马昭为晋王，以司马炎为王太子，领副相国。

群臣纷纷称贺，独司空王祥拒不奉迎。司徒何曾与王祥友善，劝王祥不可固执。

何曾说王祥道，今司马父子权倾朝野，群臣无不拜贺，唯卿矜持不往，岂不虑司马昭怀恨？

王祥道，我等贵为重臣，所奉者天子也，非他人。若以重臣之贵而拜藩王，天子之威何在，晋王之德何在？此不臣之举，恕不敢为！

何曾道，司马昭父子与曹操父子何异！善恶之报，自古不爽；曹氏得之奸谋，必失之奸谋。既山岳崩倾，势不可挡，卿何必执拗？

王祥道，所谓正邪殊途，清浊有别，恕不能苟同。

何曾苦劝无果，告辞。司马炎知王祥傲岸不屈，欲网织罪名，置王祥于死地。司马昭得知，急召司马炎，斥道，王祥曾为后母卧冰求鲤，世人无不称道；又熟知今古，才思如泉，天下无不慕其大名。若不能为己所用，应任其去留。嵇康之死，已颇受非议，岂能再添骂名！

司马炎道，王祥桀骜不驯，轩昂自大，若姑息迁就，必有他人效仿。宜杀一儆百，以慑群臣之心！

司马昭道，卿竟出此言！王祥曾受后母虐待，然能以德报怨，足见胸襟之宽阔。若不为我所用，实非王祥之过。王祥之流，不服其威，必服其德；孤曾闻威以慑小人，德以服君子。此治世之说，卿须谨记。

司马炎大有所悟，朝司马昭一揖道，父王教诲，必不敢忘；既王祥之流不足虑，大事可图矣。

司马昭道，非也，今刘禅居洛阳，犹如病虎在侧，若病愈，宁不伤人！

司马炎不解，问司马昭道，刘禅已为降虏，如笼中鸟，父王何虑？

司马昭道，刘禅虽为降虏，然谯周、张绍、董厥、邓良等五十余人仍相随左右，虽俱有侯爵之封，然拒往领地，足见刘禅恩德之重，孤岂能不虑！

司马炎笑道，谯周等亦不过笼中鸟，何足为虑。

司马昭冷笑道，岂不闻勾践复国之说？

司马炎顿时惊醒，忙道，父王所虑有理，既如此，何不杀之？

司马昭道，东吴尚在，岂能杀降！

司马炎不语；司马昭命其退下，即领贾充往刘禅府第察其情形。

刘禅自来洛阳，每日以歌舞诗酒为乐，继而竟模仿蜀伎，鼓吹舞蹈，其轻浮浪荡，颇为不堪。群臣以为刘禅乐作阶下囚，渐渐失望。

是日，刘禅以彩墨涂面，学蜀伎舞蹈。谯周、张绍、董厥、邓良等环坐四周，不忍抬头。司马昭、贾充忽来，见刘禅轻浮无状，大惊。

刘禅见司马昭、贾充来此，忙拜伏于地。司马昭将之扶起，笑问刘禅道，洛阳比成都如何？

刘禅道，洛阳乃天子之都，成都偏远，实不可比。

司马昭大笑不已；刘禅命仆从设席。待二人入座，刘禅再拜道，晋王来此，臣无以侍奉，愿作蜀伎博晋王一笑。

司马昭笑道，卿且自便。

刘禅遂离座，且歌且舞。谯周、张绍、董厥、邓良等深觉羞辱，面如火烧。

贾充说司马昭道，刘禅如此堕落，与猪狗何异；人之无志，竟至于此，即使诸葛亮仍在，亦不能使之兴旺，况乎姜维！

司马昭不言，若有所思；刘禅歌舞毕，仍近前侍奉。司马昭笑问刘禅道，卿身在洛阳，是否思蜀？

刘禅拱手道，此间乐，不思蜀也。

司马昭、贾充大笑。邓良不能忍，摔杯而去；张绍等亦不堪羞辱，但恨无处逃避。司马昭命刘禅近前，附其耳道，谯周等一日不去，孤一日不安。

刘禅呆若木鸡，正欲言，司马昭已携贾充大笑而去。刘禅呆滞良久，忽歌舞，其状几近癫狂。张绍等再不能忍，忿然离席。

是日，张绍、邓良、董厥等俱请往封地，独谯周仍在左右。

刘禅夜召谯周，说谯周道，国家破亡，我与卿再无君臣之份。卿若不离洛阳，司马昭必难释疑，恐遭横祸。

谯周泣道，陛下不惜自辱，而全群臣之命；臣虽不贤，亦知一日为臣，终身不弃；陛下既在洛阳，臣必生死追随，岂能离去！

刘禅道，我已知江山之轻，人命之重；既为亡国奴，又何忍累及卿等！卿且去，此后永不相见！

言毕，即入内，再不出见。谯周无奈，叩拜而去。

谯周亦出洛阳往封地，欲了却残年。司马昭深爱谯周学识人品，每欲起用；谯周拒不奉命，又恐司马昭恼怒，自请去封爵，辗转回蜀，寄情故乡山水，著书课徒，聊以自遣。

司马昭忽染重疾，久治不愈，遂召司马炎，嘱以后事。司马昭道，曹氏形如枯木，勿需刀斧，当遇风自折。

司马炎道，臣不知风从何来，望能教诲。

司马昭道，群僚同心，上下同德，犹如狂风万里，虽群山大岭不能阻，何况枯木！

司马炎拜谢道，此金玉之言，臣必谨记。

司马昭颇觉欣慰，令其退下。是夜，司马昭死于病榻。司马炎恐生变，秘不发丧，命群臣入晋王府听司马昭训示。群臣不知内情，相继而来，忽见司马炎着孝服出，大惊。

司马炎说群僚道，晋王已西去，未能与群僚面辞。卿等若记晋王恩德，请就此举哀。

群臣不敢违，纷纷致哀。司马炎命骠骑将军司马望领部属围府第，使群臣不能出；又代司马昭拟遗嘱，入宫拜见曹奂。曹奂见司马炎戴孝而来，大惊。司马炎道，晋王已逝，临终前，命臣持遗书拜见陛下。臣不敢违，故而来此。

于是曹奂下旨，以司马炎继任晋王，领丞相、大将军；又依司马炎所请，以何曾为晋王府丞相；以司马望为司徒。

群僚极尽奉承，唯王祥矜持如前。

司马望秘说司马炎道，王祥心系魏室，尤为可恨，宜除之。

司马炎道，王祥风骨，不输古贤，孤敬爱犹恐不及，岂能加害！

司马望不能再言，遂告退。待为司马昭治丧毕，司马炎亲往王祥府第拜谒。王祥称病不出，司马炎亦不强求。王祥知司马炎已去，问仆从道，司马炎居父丧，容颜如何？

仆从道，曾闻晋王绝声色，拒宴饮，每日仅菜羹一钵，初以为讹；今见其面色惨淡，容颜枯黄，方知此言不假。

王祥叹息道，既知孝，必知仁义，我不该拒之不见。

翌日，司马炎复来。王祥忙振衣出迎，愧疚道，昨日臣闭门不见，罪该万死；晋王不计前嫌，又复来，臣惭愧不已！

司马炎扶其手道，卿贵为重臣，仍布衣蔬食，深居简出，孤不如也；又博学多思，气格高古，实乃士大夫楷模，孤岂能不知敬重。

王祥道，臣出身贫贱，又受尽搓磨，虽有今日之贵，不敢忘乎所以；此不过为人之本，何足为道。

言毕，王祥引司马炎入客堂。仆从即上果蔬；王祥问司马炎道，家有浊酒，能饮否？

司马炎脸色剧变，斥道，孤热孝未除，岂能饮酒！

王祥忙起，朝司马炎一揖道，晋王之孝，过臣远矣！

司马炎自谦不已；王祥手奉清茶，与之座谈。司马炎道，可惜魏帝不知节俭，每每耽于酒色；孤虽有重振衰弱之想，又恐力不从心。若卿愿扶大厦之将倾，挽狂澜于既倒，孤必让贤。

王祥大骇，忙道，魏室之弱，已病入膏肓，虽伊尹再世，亦难使之复兴；臣岂敢有非份之想！

司马炎不再言，告辞。数日后，司马炎以王祥为太保，封睢陵公。

十二

时至腊日，彤云低沉，大雪漫天，寒气横走，井河封冻，天地俱白，万物不显，其酷寒百年不遇。

州郡纷纷奏报灾情，因大雪冻死者日多，尤以西凉为最，草木尽死，牛羊绝种，生民绝望。

司马炎下令赈灾，并调官钱，救济寒贫。然大雪不停，寒气如刀，似乎永无晴日。

司马炎召群臣，再议赈灾。何曾道，此天神之怒也，实非人力可以赈济，若不改换江山，顺应天意，恐万劫不复矣！

司马望道，君王失德，天神必怒，故而大雪经月，人在水火，物在冰炭；当此之际，晋王若不挺身而出，苍生无望也！

贾充等亦纷纷进言，劝司马炎取而代之，唯王祥及太傅司马孚不言。

司马孚为司马懿胞弟，颇受司马父子器重；然司马孚拒为党羽，言行谨慎，举止有度，凡废立之际，皆避之不言。

司马炎问司马孚道，卿何不语？

司马孚道，身为人臣，不敢谗言天子！

司马炎顿觉尴尬，群臣亦不好再议。

何曾夜访贾充，说贾充道，晋王已有取代之心，唯不知群臣之意。我等何不说群臣上表劝进，迫曹奂禅位？

贾充以为然，与何曾等分别拜会群臣，请上表废曹奂，取而代之。群臣俱知趋势所在，不可逆转，于是纷纷附和，唯阮籍、王祥、司马孚数人拒之。司马炎阅群臣之表，久不出言。

贾充道，既人心所向，晋王何疑？

司马炎道，阮籍、王祥、司马孚极负众望，此数人足能引领天下之心，孤岂能不虑！

贾充、何曾等告退，再聚议。何曾道，既群臣俱有此愿，何虑阮籍、王祥等；何不入宫见曹奂，晓以利害，迫其禅位？

贾充道，此说甚好；我知石苞、郑冲、王沈等，废旧立新之意如炽，可请其一并入宫，大事必成。

何曾即召石苞、郑冲、王沈等密谋，彼此一拍即合，于是当即入宫。是夜大雪已停，冷月当空，悲风暗起，人影纷乱，犹如水光投壁。何曾不禁慨然道，我等为江山社稷谋，踏雪而行，逆风而往，何其悲壮！

王沈道，后人当记雪夜五君子壮举，人生如此，岂不快哉！

五人边走边叹，不觉已至宫门。侍卫见贾充等深夜来此，欲阻拦；贾充斥道，我等奉晋王之命，入宫面见陛下，为灾民请命，谁敢阻拦！

侍卫不敢力阻，任其入内。曹奂正与宫人宴乐，忽见贾充等骤入，大为慌乱；乐舞俱停，乐伎、舞伎犹疑不退。何曾斥乐舞伎道，阉竖荡妇，每以淫乐艳舞迷惑陛下，难怪天怒人怨，灾祸不绝！

乐舞伎大惧，退走。曹奂问贾充等人道，卿等寅夜入宫，何事？

贾充道，自入冬以来，连降大雪，经月不停，冻饿而死者与日俱增，千里荒凉，万里哀鸿；陛下不恤苍生，不问死活，仍沉溺声色，试问君恩何在！

曹奂道，朕在深宫，至今不闻奏报，岂知灾情！

石苞道，晋王为赈济灾民，日思夜虑，用尽心机，陛下竟出此言！

曹奂已有不祥之感，沉吟不语；王沈道，君王失德，天必谴之，民必恨之；既上天不佑，民心不附，试问陛下，何以居之？

曹奂惶遽不已，更不能答。

司马望道，江山万里，囊括四海，自古唯有德者居之；尧知德薄，禅让于舜，此千古佳话，陛下何不效之？

曹奂已知其意，几欲言，又无话可说。

郑冲道，陛下身在激流，或沉或浮，俱在转念之间。臣等愿作舟楫，救陛下出苦海；若犹疑不决，必追悔莫及！

曹奂冷汗淋漓，愈不能言；贾充道，进则死，退则生，何必迟疑？

曹奂泣道，卿等所言，朕必深思。

郑冲厉声道，怒涛狂卷，吞岸裂天，存亡之际，岂容深思！

曹奂哽咽道，卿等不必苦苦相逼，朕当效尧帝，让贤于有德者。

贾充等大喜，告退。翌日，曹奂下诏禅位。司马炎三让，然后登基，封曹奂为陈留王，移邺城。

曹奂出宫日，几乎无人送别，唯司马孚、王祥闻讯而来。王祥不忍见其凄惨，三拜之后掩面而去。曹奂悲伤不已，涕泣自责道，群臣竟不送行，足见我寡恩无德！

司马孚道，既有今日，何必当初；臣若不死，誓为魏臣！

曹奂执司马孚之手，久不忍弃。司马孚将之送出洛阳，行数十里，仍不肯回。

司马炎大赦天下，改国号为晋，赏赐群臣，追谥父祖；封司马孚为安平王；拜石苞为大司马，郑冲为太傅，何曾为太尉，贾充为车骑将军，王沈为骠骑将军；又拜司马孚为太宰，司马孚辞而不受。

司马炎亲往府第，说司马孚道，朕初登大位，实望天下归心；卿贵为族祖，若不受职，必引人议。

司马孚道，我虽不肖，亦知君子不作二臣，请勿强人所难。

司马炎道，曹魏有今日，乃自取，非他；族祖何必如此。

司马孚不言，满面悲愤；司马炎泣道，皇祖、皇父先后西去，唯族祖健在，此国家之幸、家族之幸也。若族祖辞不就任，一旦国有危难，朕将问谁？

司马孚忽觉不忍，亦泣道，我无所恨，唯恨人生艰难如此！

司马炎道，既为宗室，岂能任意。

司马孚不言，始受职。

司马炎欲大封宗室子弟；散骑常侍傅玄劝道，子弟若外任，或割据一方，于国家不利。

司马炎道，魏室之衰，盖因宗室离心，危亡之际失之孤立；此前车之覆，朕岂能不引以为戒！

群臣以为司马炎英明，俱请大封宗室；傅玄再劝道，若子弟唯因与陛下同宗而获殊遇，必不知奋进；无寸功而受厚禄，更不知珍重。况汉室之伤，哀声未绝，请陛下三思。

司马炎不听，仍大封宗室。傅玄即上书，请辞散骑常侍，欲回乡。司马炎大惊，即召傅玄。司马炎道，卿固执所见，真乃君子风度；朕初登基，百废待兴，正当用人之际；卿乃饱学之士，见识超绝，又颇有肝胆，何忍舍朕而去？

傅玄道，臣所说，每与陛下相违，自忖迂腐，往往不邀时赏，望陛下体谅。

司马炎执其手道，卿直言敢谏，实乃国家之幸。朕欲置谏官，以卿为首，此后凡金石之言，朕必从善如流，如何？

傅玄知不能自主，谢司马炎道，若陛下能广开言路，何愁人不归心，国不兴旺；臣虽愚昧，必知无不言。

司马炎大喜，遂下旨，以傅玄为谏议大夫。

车骑将军贾充上书，请举大军征孙皓。司马炎以为可，欲令大司马石苞领军二十万，携东南诸将讨伐东吴。

傅玄劝道，今国号初建，人心未安，士庶俱持观望，又百业待兴，事务如麻，不可大事讨伐；宜暂与孙皓和，使其不致妄动，待国家安定，人心安稳，再举不迟。

司马炎纳其说，暂敛吞并之心，令石苞镇淮南。

丁奉、万彧知司马炎称帝，俱请孙皓遣使入洛阳，贺司马炎。孙皓遂遣大鸿胪张俨、五官中郎将丁忠持重礼拜贺。司马炎大喜，即召见，待为上宾。

张俨道，吴帝知陛下登基，甚为欣然，即命臣等来此拜贺；吴帝所恨者，曹魏也，愿奉晋为上国，各守疆界，互不侵扰。

司马炎命傅玄、左仆射山涛与张俨、丁忠议和，拟定文书。

合约既成，张俨、丁忠拜辞而去，回建业，以文书呈孙皓。孙皓见文书所涉凡数十项，俱于己不利，一时不能定夺，遂召群臣商议。

散骑常侍王蕃道，晋承魏体，广据北方，今又得西蜀之富，实力强盛，远过曹魏，若与之交恶，必于陛下不利；虽盟书所涉，每有辱没，亦不必斤斤计较。

孙皓不喜王蕃为人轩昂，斥道，卿身为国家重臣，竟不为国争利，敢问居心何在？

王蕃道，臣虽卑微，亦知为国尽忠；此心耿耿，日月可鉴，陛下何有此言！

孙皓大怒，再斥王蕃道，汝且出，朕不与狂徒言事！

左丞相陆凯忙劝道，王蕃虽出言不逊，然不失忠壮，臣请陛下息怒。

丁奉、万彧等亦纷纷相劝；孙皓强忍忿恨，问王蕃道，卿可有悔意？

王蕃道，臣无过，不知悔从何来。

孙皓狂怒不已，忽起，夺侍从佩剑，猛刺王蕃。王蕃不动，放声大笑；孙皓连刺数剑，王蕃倒地而亡。

群臣恐惧不堪，俱不敢言。孙皓令割王蕃头，掷于野外，使猪犬争啮。孙皓见群臣面无人色，笑问张俨、丁忠道，卿等自洛阳回，应知司马炎虚实，必有所告，愿闻其详。

丁忠道，臣知晋国始建，人心未附，不敢觊觎江东；可举兵取弋阳，然后渡江，尽收江右。司马炎忧患所在，必不敢举。

陆凯忙劝道，此万万不可，晋虽初立，然国势不衰，若妄动，司马炎必不肯坐视，或倾力以赴；所谓议和，亦无诚意，不过缓兵之计。依臣所见，陛下应遣人与之再议，锱铢必较，寸步不让，久议而不决；既时日迁延，又能避与之争，可强军固本，以备来日之战！

孙皓纳其说，遣张俨、丁忠再入洛阳，与之斡旋；司马炎心照不宣，仍命傅玄、山涛与之谈。来来往往，竟数年无果。

十三

万彧野心渐炽，每欲擅权，遂上书孙皓称，武昌实为国门，非上将军不能守；左丞相陆凯曾随族父久居武昌，颇知要害，臣请以陆凯守卫国门。

陆凯出言直切，行事果敢，孙皓以为陆凯傲然不群，颇有忌恨，遂纳万彧之说，加陆凯镇西大将军，令其镇守武昌。

陆凯既去，孙皓再无忌惮，每每纵情酒色，逐日虚耗，渐渐萎靡不振。万彧劝孙皓出宫游玩，休养精神。孙皓道，建业咫尺之地，山水风物俱已熟识，有何可赏？

万彧道，臣知武昌形胜，山水奇绝，人物殊异，甚可赏玩。

孙皓大喜，遂率侍从及歌舞伎，总约三千人，乘巨舟百艘，浩浩荡荡往武昌行乐。

陆凯知孙皓举众而来，大惊，令僚属以衙门、官邸为行宫，精心布置，以供居住。翌日，陆觊知孙皓已近武昌，忙领僚属于三十里外迎候。正午，见百舸浮江，风帆林立，气势之宏大，仿佛舟师出征，群僚大为惊讶。

陆凯等迎孙皓入行宫；孙皓见陆凯面色凝重，颇疑，问陆凯道，朕来武昌，卿似不悦，何故？

陆凯忙道，陛下大驾光临，臣等惶恐之至，岂有不悦。

孙皓大笑不已；陆凯又道，武昌狭窄，恐陛下难以安处；臣等聊以衙门、官邸为行宫，望陛下不嫌简陋。

孙皓笑道，既出宫，万事俱可从简，能遮风避雨足矣。

待孙皓安顿已毕，陆凯再求见孙皓，问饮食用度当如何；孙皓道，既起居从俭，若再减饮食，岂不有辱帝王风尚；可与建业同。

陆凯不敢违，命沿江郡县逆水输送。郡县获令，转而搜括士民，凡奇珍异品，俱令民夫载送武昌。一时民怨大起，太守、令长恐惹祸乱，俱来武昌，求告陆凯。陆凯说太守、令长道，陛下来此暂住，不日将回建业，请暂忍。

不觉，已过月余，孙皓或游玩山水，或领宫人作渔夫舟子，每每倾巢而出，鼓琴吹箫，撒网捕捞，载酒歌舞，极尽欢娱，毫无去意。

郡县深受其苦，渐觉难以为继，于是再求陆凯。陆凯亦不能忍，遂上书，劝孙皓：

今国无战事，颇宜养民蓄财，开源节流，杜绝奢靡，以备战时所需。臣知司马炎觊觎东南已久，吞并之心愈盛，他日必大举而来。人为国家之本，财为国家之实，不可虚耗。人心所向，则不惧强敌；财货充实，则不惧争战。若人心不附，虽百万之师犹如草芥；若资财空虚，虽万里疆域犹如寸土。此兴亡之要，望陛下深思。

陛下巡幸武昌已过一月，所用皆沿江郡县逆流输送，实不易也。臣知陛下乐作怜民爱国之君，耻为穷奢极欲之主。今所耗者，无非民脂民膏，官府征募，士民奉献，沿江上行，苦不堪言，又每为风涛所阻，舟船倾覆，人与物付之流水者日多，臣每每为之惶恐。虽官不敢言，民不敢怒，若长此以往，未必不然。臣请陛下警醒。

昔汉室衰微，三国起而鼎立；曹、刘失道，俱为晋室所并，此足以为陛下所戒。况武昌贫瘠，山恶水险，实非吉祥之地。臣闻童谣云：宁饮建业水，不食武昌鱼；宁还建业死，不留武昌居。臣请陛下早回。

孙皓意犹未尽，见陆凯出言真切，不便再住，遂令回建业。

孙皓颇恋武昌风物，视建业如弃妇，愈觉愁闷。万彧又奏道，臣知陛下极爱武昌气象，何故早回？

孙皓以陆凯奏表示万彧；万彧阅毕，冷笑道，陆凯张狂，竟视陛下为顽童！

孙皓不言，满面怨恨；万彧又道，陆凯待人傲慢，处事决绝；今日敢以言犯上，他日定不奉君命。

孙皓以为然，遂下旨，夺陆凯镇西大将军，由滕太后之父滕牧为卫将军、录尚书事，代陆凯镇武昌。

滕牧乃滕胤族弟，滕胤惨遭孙綝灭门，滕牧恐受牵连，携家眷逃往长沙，依附孙和，并招孙和为女婿；孙皓得志，滕牧大获恩宠；然滕牧颇有风骨，耻作曲意逢迎之徒。

孙皓欲再往武昌，遂下旨，令滕牧迎驾。滕牧即上表劝称，陛下贵为国君，应以勤政爱民为要，不宜耽于游玩。今司马炎雄踞北方，势压东南，危机重重，隐忧不绝，陛下岂能偷安。

孙皓大怒，遂夺滕牧官爵，贬往苍梧；命镇军大将军陆抗镇武昌。

滕牧任职武昌不足一月，忽遭贬黜，顿觉身心俱损，竟死于往苍梧途中；朝野无不为之叹息。

陆凯深知孙皓荒淫无度，不可辅佐，又请辞左丞相；孙皓准其所请，令陆凯迁居闽南建安，不可还乡。

孙皓行为日见猖獗，凡事独断，不纳群臣之说。万彧亦渐失宠信，颇为怅恨，欲废孙皓，立孙休幼子，于是拜会丁奉，请丁奉致信陆凯，求陆凯说陆抗为同盟。

丁奉道，想当初，卿力主迎孙皓，今又欲改立幼子，不知为国为己？

万彧毫不避讳，笑道，实不相瞒，我所欲，既为国，亦为己。

丁奉道，陆凯坦荡，陆抗忠烈，岂愿与卿同谋！

万彧道，未必，陆凯既遭流放，岂不怀恨；陆抗虽领镇军大将军，然所属不足两万，又非亲信，宁不有怨！

丁奉道，卿若不信，何妨一试。

万彧即致书陆凯，极言孙皓不贤，暗示欲另立；陆凯拒不回复。万彧颇不自安，又恐事泄，遂与左将军留平密议，请其联手废孙皓。留平亦恨孙皓肆意专横，然顾忌重重，不敢举。

王祥虽贵为三公，又颇受司马炎敬重，然耻作二臣，终不能自安，遂以体弱多病为由，请辞太保。司马炎请司马孚劝王祥；司马孚不肯，说司马炎道，臣知匹夫不可夺志也，况乎王祥。

司马炎嗟叹不已，遂准王祥所请，命其举荐子孙入仕。王祥不肯荐嫡亲，举族孙王戎。司马炎知王戎居七贤之列，大名远播，颇为欣喜。

王戎入仕虽早，然以为天下纷乱，不知谁为明主，往往纵情诗酒，与阮籍、嵇康等为忘年交，好清谈，喜玄学，故而政绩不显，久为豫州僚属。

王戎奉召入京，拜见司马炎。司马炎见王戎身形矮小，举止迟疑，并无名士风采，大失所望；沉吟良久，问王戎道，豫州近东南，久为孙皓觊觎；若豫州失，必危及中原。卿久居于斯，颇知情形，愿闻何以保豫州不失。

王戎道，孙皓若有如此雄心，必在陛下登基之初大举侵夺，既未举，足见不过欲自保；今人心已固，大局已定，虽不置一兵一卒，孙皓亦不敢犯，陛下何忧！

司马炎大惊，又问王戎道，豫州实为门户，自古用兵者，无不视为要害，卿何有此说？

王戎道，东吴号称带甲百万，割地千里，其实与蜀汉无异；蜀汉所仗者，山也，东吴所倚者，水也，既险山可越，恶水何不能涉？今孙皓暴戾，行为乖张，既失信于士庶，亦失德于群僚，孤寡无助，内外交困，举止无措，进退失策，何足为虑！况周瑜、鲁肃、陆逊等俱死，丁奉、万彧、陆抗之流俱非良材，空有大江之险，自保不暇，岂有妄想！豫州虽重，孙皓岂敢觊觎，若其来，必为葬身之地，陛下何虑！

司马炎已知王戎身怀大才，笑道，以卿之见，他日何以灭吴？

王戎道，大练精甲，广蓄军资，然后以百万之众水陆并进，一举可下也！

司马炎大喜，以为见识非凡，拜王戎为建威将军；又以何曾代王祥为太保。

王戎深谢王祥举荐之恩，登门求见。王祥知王戎来，振衣出迎，引入客堂。王戎见王祥府第陈旧，用度窘迫，仅待以清茶蔬果，大为不忍，于是解囊相赠。

王祥辞道，我平生不喜富贵，甘于清贫，卿何必如此。

王戎遂止，拜谢引荐之恩。王祥道，不可言谢，应恨我亲疏有别。

王戎颇为诧异，问王祥道，此言何意？

王祥道，我身为魏臣，然转事晋帝，此平生之耻也。司马孚为皇族，尚能三谢不就，以全气节，我竟不能，岂不羞愧。陛下令我荐子孙，我不荐嫡亲，而举旁支，陷卿于不义。卿当辱我，不应谢我。

王戎颇觉尴尬，良久无语。王祥亦不多说，请王戎用茶；渐而王祥咳嗽不止，剧喘不定。

王戎劝王祥道，既有疾在身，应问医求治。

王祥道，亡国之奴，唯愿早死，不愿久活。

王戎无语，告退。

司马炎知王戎拜见王祥，召其入宫，问王祥近况；王戎道，臣见族祖病入膏肓，又不肯求治，恐不久于人世。

司马炎大惊，恐惹流言，于是登门探视。

王祥已卧病不起；司马炎见王祥面色枯黄，气息微弱，欲令太医诊治；王祥谢绝道，臣病不在身，非人可治。

司马炎沉吟良久，劝王祥道，兴亡更替寻常事；曹氏覆灭，实乃咎由自取；既非卿之过，何苦如此？

王祥泣道，君失德，臣失节，俱为大过。曹奂让贤，已尽赎其罪；臣仍苟延残喘，何颜存于世！

司马炎不悦，告辞而去。翌日，王祥上书，请往邺城侍奉曹奂。司马炎准其请，命侍卫护送。

出洛阳不足十里，王祥死于车中。朝野闻之，无不叹息，俱以为王祥之忠贞，司马炎之宽容，皆可称颂。

十四

孙皓命万彧往长沙，移孙和遗骸来建业，改葬帝陵；又令沿途士民三里一哭，十里一祭。万彧不敢怠慢，即往长沙，拜祭祷告，然后掘墓起骨，敛以玉棺石椁，持送建业。

是日，孙皓令百官着孝服，跪迎城外。一时鼓乐齐鸣，哀声如潮。继而以帝王之礼安葬，又立神位于宗庙。

孙皓领群臣入宗庙致祭，并亲诵祷词及祭文。祭文为孙皓亲拟，其言大略如下：

长沙桓王，贤明通达，宽宏大度，却屡遭离间，被废太子，远逐长沙；虽历尽磨难，恩信永绝，仍以君国为念；然人心险恶，是非颠倒，谁知其中冤屈！既遭诬陷，又不可申诉，故而谨小慎微，绝交游，弃饮宴，闭门户，思往过；不事音律，不近声色，处贫寒不乱其心；不言是非，不怀怨恨，居困苦不失其志。每嘱子弟勿张扬，勿跋扈，勿任性，勿放纵……谁料天心难欺，宿命不改，即使魂归幽泉，何妨昭雪；既阴德高厚，遗风绵延，宁不惠及子孙！朕既有今日，必尽释幽恨，舒张怀抱。呜呼哀哉！

群臣闻此，无不惊讶，始知孙皓喜怒无常、凶残好杀，俱因当年抑郁过度。

万彧愈悔立孙皓，于是再与留平密议。留平道，此事需与丁奉同谋，丁奉手握重兵，若反助孙皓，大为不利。

万彧以为然，遂携留平拜会丁奉。万彧道，君若不贤，国必失体。孙皓喜怒无常，性情暴戾，若不另立，其祸必在旦夕。大将军应振奋而起，扭转乾坤。

丁奉道，事已定局，木已成舟，岂能更改，卿等请勿再言！

万彧、留平大为失望，告辞，仍不敢举。

孙皓颇嫌宫殿窄小，欲重建，遂下旨，命中书丞华覈勘选吉地，另建宫室。华覈以为不可，上书劝谏。孙皓大怒，以华覈年迈，迁为东观令，命其为儒生讲学。华覈上书辞让，孙皓不许，再召华覈斥责道，东观乃儒林之府，汝既以文章欺世盗名，何不教童子雕虫篆刻？

华覈不敢再辞，遂入东观。镇军大将军陆抗亦上书讽劝，称宫室乃大皇帝营建，其规制亦为大皇帝亲定。彼时，群臣俱以为小，请广其规模；大皇帝不肯，称三分天下未归一统，若宫室宽广，朕处其间，必不知东南之小，九州之大。今曹魏、蜀汉俱灭，东南不过暂安一时，既忧患所在，陛下何必大费财力，重构宫室！臣知先王治国，若无三年之储，不能为国也。因纷争不息，烽火不绝，已致国库空虚，钱粮俱亏，若大动土木，国将不国也。臣请陛下绝奢侈，兴节俭，以固国家之本。

孙皓不悦，亦召陆抗斥责道，此旧殿数重，与长沙何异！汝身为重臣，竟欲陷朕于破败狭窄处，是何居心！

陆抗见孙皓辞色严厉，不敢再言。孙皓再下旨，命丁奉广征民夫，筑显明宫。丁奉不敢违，令州郡征调，然所得不足五千，不能足其用。丁奉拜见孙皓，称战事连年，户口稀少，男丁俱已从军，若大肆征调，或不利稼穑。

孙皓道，既如此，可令士卒修造。

丁奉道，如此，若司马炎趁势而举，何以抗之？

孙皓大怒，又下诏，令年奉五十担以下者，皆入山伐木。

官吏无不怀恨，又不敢违，于是征将士五万修造宫殿。

兵营不免空虚，陆抗恐晋军趁机侵夺，遂于武昌大置疑兵；丁奉、留平等亦纷纷效法，凡江河沿岸，壁垒忽多，然多为空营。

大司马石苞知吴军大树壁垒，以为陆抗等或大举出击，亦令诸将高筑壁垒，以防吴军突袭。

淮北监军王琛曾屡入寿春督察诸军，诸将每以珍玩金钱贿赂，以防谗言。石苞恨王琛贪婪，每有斥责。王琛颇为怀恨，今见石苞高筑壁垒，又阻断淮水，于是密奏司马炎，称石苞素有举淮南降东吴之意，今所举，意在降迎吴军。

司马炎大惊，欲夺石苞兵权。傅玄劝道，若凭一人之言，即撤换上将，恐有失草率。臣请陛下予以复察，若王琛所奏属实，再换石苞不迟。

司马炎道，若如此，恐大错已成，追悔不及也！

傅玄道，臣知石苞颇受诸将拥戴，若操之过急，恐引发内乱，望陛下深思。

司马炎不听，欲下旨；傅玄又劝道，陛下以臣为谏官，却不纳忠言，臣何颜枉食俸禄？

司马炎斥傅玄道，朕只纳金石之言，不听误国之说！

傅玄再不能言，告退。司马炎即令司马望举三万之众入寿春，替石苞；命石苞回洛阳待罪。

石苞闻知，大惊，深知为王琛所谗，于是上表自辩，又书信与汝阴王司马骏，请其劝司马炎明查是非；命参军孙铄持表及书信赴洛阳。孙铄不敢耽误，先往许昌拜谒司马骏。

司马骏阅石苞信，问孙铄道，卿还将何往？

孙铄道，大司马尚有一表，令我呈送陛下。

司马骏道，石苞糊涂，既圣命已下，岂能更改！

孙铄道，大司马为谗言所害，陛下应明辨是非。

司马骏道，卿若往洛阳，石苞必死于寿春。

孙铄大惊，问司马骏道，此言何意？

司马骏道，陛下令司马望举大军往寿春，不日将行；又令东南诸将率兵逼迫。若迟，必遭大祸。

孙铄顿不知所措；司马骏道，卿可回寿春，劝大司马自释兵权，回京谢罪，或能保其不死。

孙铄不敢耽误，昼夜兼程，驰还寿春，禀报石苞。石苞已知回天无望，遂依其说，委兵权与部属，只身离寿春，往洛阳谢罪。

其时，大军已发，正疾行于途。石苞不敢与司马望相遇，一一避之，不足半月，已回洛阳，拜见司马炎。司马炎见石苞自弃兵权，只身而来，已知并无异心，遂不问罪，亦不复职，赐爵乐陵公，令其还乡。

司马炎以司马望为大司马，镇寿春，节制东南诸将。

继而，司马炎念及石苞曾与贾充、王沈等逼曹奂禅位，恐其怨恨，又召石苞还京，大加安抚，拜为司徒。

因晋军自乱，无暇顾及其他，孙皓虽动用士卒大事修造，竟不遇袭。万彧等苦苦催逼，将士昼夜劳作，耗时半载，显明宫成，其富丽华美，旷古绝今，虽秦皇汉武而不及。孙皓大喜，令官民同庆，大宴七日；于是群僚毕至，纷纷拜贺。

孙皓忽指陆抗、丁奉道，卿等俱言，征调将士修造宫殿，晋军必趁机而为；今新宫已成，晋人何在？

陆抗、丁奉俱不敢答；孙皓斥二人道，危言耸听，实在可恶；若非吉庆，朕必问汝等欺君妄言之罪！

陆抗、丁奉唯唯诺诺，不敢仰视。孙皓又命召华覈，华覈不敢辞，蹒跚而来。孙皓说华覈道，朕知卿好诗文，擅辞令，今显明宫成，请为之赋。

华覈辞道，臣老迈迂腐，胸中荒疏，笔下无非陈词滥调，恕不敢赋。

孙皓斥华覈道，汝自恃才高，目空天下，何言不能赋；此圣命也，岂能辞谢！

华覈不敢再辞，遂作赋，语带劝谏，暗含讥讽。孙皓大怒，当众逐华覈出，大骂不息。华覈不堪屈辱，竟一病不起，死于十日后。

万彧见丁奉、陆抗无故受责，知其必恨孙皓，又登门拜会，请丁奉同谋，废孙皓而另立。丁奉沉吟道，孙皓残暴专横，必祸及国家，实不可坐视，应有所举。

万彧大喜，转告留平。三人虽每相往来，然久议而不决。孙皓闻知，暗嘱中郎将何定监视。何定回报，称万彧与丁奉、留平暗通，或有图谋。

孙皓大怒，欲收丁奉等入狱；何定劝道，丁奉等各居要职，部属众多，若无实证，不可治罪，否则，或生剧变。

孙皓以为然；何定又道，臣请陛下命丁奉举二万之众伐扬州，丁奉或趁机反逼建业。臣请佯为丁奉内应，以密告陛下情形为由，拜会丁奉，趁其不备，执而杀之，大患可除；臣知扬州有精甲五万，若丁奉攻之，必为牵弘所败，虽臣不能得手，陛下可问丁奉败军之罪，大患亦可除。

孙皓纳其说，令丁奉领兵二万伐扬州。丁奉明知不可为，然不敢拒，遂引军入涡口，不再轻进。

扬州刺史牵弘知丁奉来，即召部属；牵弘道，扬州城池坚固，有雄兵五万，丁奉以区区两万来攻，与笑谈何异！我即亲领精甲往涡口，必大败丁奉！

翌日，牵弘举三万精甲往涡口。丁奉知牵弘举三万之众而来，令部属坚壁深垒，不可轻出。

牵弘亦令结壁垒，召部属议破敌之策。牵弘道，丁奉孤军而来，自知寡不敌众，故而敛兵于此，欲与我久持。我等可分兵两部，一部留于此，以疑丁奉；另一部可夜出，绕至丁奉后，两面齐举，丁奉必败。

部属俱以为然。丁奉亦虑牵弘分兵夹击，令将士不解甲胄，以应突袭，又遣斥候，近牵弘军营察其动静。

半夜，斥候回报，称牵弘毫无动静。丁奉颇疑，自忖孤军深入，又无后援，难以拒强敌，即命将士弃辎重，放舟退走。

行不过十里，忽见背后火把齐举，喊声大起，不禁惶然，令部属急走，不与之战。

丁奉败回建业，孙皓为之暗喜，于是下旨问罪，夺其职，去其爵，举家流放临川。丁奉恐孙皓追杀，携家人远遁，竟自此不知去向。丁封恐受连累，服毒自杀。

孙皓以从弟孙秀为前将军，分丁奉部属与孙秀，令其镇夏口。

孙皓欲再除万彧、留平。万彧知丁奉领兵二万伐扬州，已知孙皓生疑；又见丁奉被流放，更知孙皓欲逐一清除，深恐步丁奉后尘，又别无良策，于是称病不出。何定请孙皓登门抚慰，以使万彧不疑；孙皓纳之。

十五

司马炎知孙皓遣丁奉伐扬州，虽为牵弘所败，仍大怒不已，灭吴之心如炽。

王戎说司马炎道，陛下欲灭吴，首需更换东南诸将；诸将留镇日久，志气消磨，倦怠暗生，进或迟缓，攻或乏力，不利于战。

司马炎深然其说，问王戎道，以卿所见，何日可大举而伐？

王戎道，待诸将撤换，再备战三年，即可举；大战九年，则吴必亡。

司马炎又问，何需备战三年，何需大战九年？

王戎道，臣知东南有耕地三十万顷，每顷租谷，可供一卒三年之需；灭吴需举大军三十万，若三熟，可供军需九年；吴有三州，每三年克一州，故需备战三年，大战九年。

司马炎道，诸将所领，俱为虎狼之师，何需三年克一州，三月足矣！

王戎道，臣知一年之战，需三年之备，备不足，则战不利。此攻伐之道，陛下必能深知。

司马炎以为王戎深思熟虑，赞王戎道，朕有卿等佐助，何愁东吴不灭！

于是下诏，以尚书左仆射羊祜为征南大将军，都督荆州诸军事，领镇襄阳；改镇西大将军卫瓘为征东大将军，都督青州诸军事，领镇临菑，由汝阴王司马骏代卫瓘为镇西大将军；以王伷为镇东大将军，都督徐州诸军事，镇下邳；仍以司马望镇寿春。

诸将各自到任，并依司马炎之策，大举屯垦，以筹军资。

羊祜入襄阳，广结有识之士，严令将士不扰民，不铺张，节省用度，减轻税赋，士民无不称道。

羊祜颇爱王浚之才，知其隐居樊城，于是登门拜访。当初，王浚因与王凌等失和，又深受嫉妒，遂辞官，客居樊城，以诗酒文章自娱。羊祜见王浚虽居陋室，然满屋书香，极尽清雅，不禁赞道，我今日方知，君子虽处贫寒，仍可不失风度；卿不愧世代贵胄！

王浚笑道，困居于此，何来风度；读书作文，不过消遣。

羊祜道，我知卿身怀不世之才，然每每为人嫉妒，故而久不显达；我非王凌、毋丘俭之流，若能与卿共勉，三生之幸也。

王濬大为所动，遂应征；羊祜以王濬为参军，凡事皆与之谋。

羊祜大竖恩信，威德日盛，东南士民相继来投。

孙皓为此大为愤恨，召群臣议伐襄阳。孙皓道，羊祜假施仁义，诱我庶民，招降纳叛，此于国不利也，岂能坐视！朕欲兴兵伐襄阳，使羊祜能知收敛，卿等以为如何？

群臣俱不敢言；孙皓忽指万彧道，丞相乃百官之首，岂能不言！

万彧不敢辞，忙道，羊祜入襄阳以来，每以虚仁假义笼络人心，士民不识伪善，日有叛亡，禁而不绝，实可恨也；应举众讨伐，灭其锐气，挫其威风！

孙皓大喜，笑道，卿所言极是；朕即以卿为大司马，携左将军留平，领军五万讨羊祜！

万彧、留平不敢违，大出。万彧率舟师，举战船千艘，逆水而上；留平领精甲二万，沿岸疾进，与万彧相互呼应，直赴襄阳。

羊祜知万彧等大举而来，召诸将商议御敌之策。诸将以为可分兵迎击，使之不能呼应，方能胜之。

王濬不以为然，说羊祜道，万彧、留平虽水陆并进，然其可虑者，唯舟师也；留平虽有二万之众，不足为道也。若以五千精甲屯于途中，广树旌旗，大扬尘土，以为疑兵，留平必不敢轻进；诸将士可入山伐木，每人伐高树一株，截为数段，当获十数万段，集于两岸悬崖，待万彧舟师近，急抛入水，必满江漂泻，虽雷霆万钧不能比，万彧必船毁人亡。尔后，再命诸将转攻留平，何愁不能大胜！

羊祜大喜，以为此计奇绝，命诸将依王濬之说为之。

万彧举舟师急进，渐近襄阳，不遇防卫，大为疑惑，欲令诸将暂止；正此时，斥候匆报，称留平遇敌途中，不能再进。

万彧遂令舟师泊岸，亲往留平受阻处察看。

留平指山林说万彧道，此山高峻，树木丰茂，上下旌旗密布，壁垒相连，时有征尘浮出林表，足见羊祜已置大军于此，故止于此，不敢冒进。

万彧道，卿所虑极是；羊祜所属，多来自北方，长于骑射，短于水战。用兵之道，在于以己之长，攻彼之短。我等所长，舟师也；羊祜所长，步骑也。卿可与之周旋，我仍率水师往襄阳，大举攻城；晋军或弃此回援，卿可追至城下，与我里外呼应，襄阳可克也。

留平道，羊祜岂不知舟师之利，必有所防，恐无胜算，不如知难而退。

万彧道，丁奉不战而走获大罪，此前车之鉴，宁不记取；孙皓疑我等已久，恨不能除之，若不战而退，必大受责罚。既如此，不如放手与羊祜一搏，若能取胜，孙皓断不会问罪功臣，我等再无后顾之忧，大事可期也。

留平依万彧之说，令将士屯于此。

万彧率水师疾进，距襄阳已不足五十里，水流渐急，壁垒在望。时正三更，明月悬照，夜天虚渺，水声激越，风涛如吼；万彧立于船头，渐觉心神俱动，似有不祥之感。正此时，忽有群鸟从两岸山崖惊飞，掠空而过，经久不绝。万彧大惊，急令舟师暂止；飞鸟未绝，忽有巨响骤起，犹如大石投江，一时山鸣谷应，风云俱动。

万彧毛骨悚然，举目望时，忽见浮物满江，漂泻而来，随波逐流，顺水急下，势若山崩；转瞬，浮物携动狂浪，卷没舟师，撞击声大起，惊天动地，将士惨呼不绝。

万彧忽有所悟，疾呼道，江上尽为浮木，舟师毁矣！

浮木铺天盖地，源源不断，飞注而下。前船尽被撞破，多已沉没；未没者为浮木所推，又与后船相撞。将士仓皇之下纷纷落水，多被浮木撞死。

舟船带动江流，更为湍急，无异推波助澜；浮木得其势，有如乱云惊走，舟师破损将尽。

万彧大骇，投入江中，恐为浮木所撞，不敢露头，潜往岸边。

万彧仓皇登岸，见逃生者不足千人，大哭。江上已浮木过尽，舟船俱失，晃若一场噩梦。

万彧指江上呼道，毁我舟师者，竟为浮木！出此计者，必遭天谴！

翌日晨，万彧沿江收合残余，渐有数千人回归。万彧不知何往，又军资尽失，不能炊饮；部将劝万彧道，舟师尽毁，若回建业，必遭大祸；不如投羊祜，或可保全性命。

万彧斥部将道，我虽非君子，亦不为叛逆！

部将又道，今将士大折，军需尽失，进无路，退亦无路，奈何？

万彧笑道，留平尚有二万余众，仍可图之，岂能言败！

于是领残部，沿岸而走，欲与留平合。行不足十里，忽见留平仓皇而来，尾随者不过数千；万彧大惊，急问留平道，将军何故如此？

留平道，我奉丞相之命，与敌相持途中，至夜深，忽闻林中人吼马嘶，颇为疑惑，以为晋军将突袭，忙令将士应战。须臾，忽见晋军另道掩至，势如潮水。我等虽有备，仍失之匆忙，一战即败。至此方知，林中不过疑兵，意在阻我不敢深入，可惜知之晚矣！我等领残部逃走，晋军穷追不舍，几至覆没！

万彧惊愕不已，知留平所属仅数千，跌足叹道，我征战二十余载，何曾遭此惨败！

留平见两军所余不过数千，知大势已去，罪责难逃，亦劝万彧往襄阳投羊祜；万彧又斥留平道，胜败乃兵家常事，卿何出此言！

留平道，孙皓不贤，丞相几欲废之；既如此，何必自投罗网？

万彧道，我废也为国，立也为国，生死亦为国，有何惧哉！

留平不再言，随万彧还建业。留平不敢入城，说万彧道，城外舟师多与我友善，我等可屯兵城外，以察孙皓用心；若有歹意，可驾舟逃走。

万彧道，卿所言有理，我虽不惧死，亦不愿为冤鬼。

于是，万彧、留平屯兵建业外，又拜会诸将，欲求自保；再上书孙皓，告知兵败，请于城外休整，择日面君请罪。

孙皓知二人大败，怒不可遏，命廷尉收万彧、留平，斩之。何定劝孙皓道，万彧、留平屯兵城外，用意颇深；此表亦不过投石问路，以察陛下之意。若廷尉往，二人必杀之，驾舟逃走。请陛下准其所请，遣人安慰，每日赐以酒肉；二人或疑酒中有毒，必命部属试饮。所谓事不过三，三日后，可投毒酒中，二人必不再疑，大患可除矣。

孙皓大喜，遂依此计，命何定携酒肉见万彧、留平，以示抚慰。

万彧、留平疑有毒，召士卒饮食，不见异常。

何定每日持酒肉来此，或言孙皓命二人详奏败因，或请再作计划，以利他日之战，凡此种种。至第四日，万彧、留平疑心尽释，大啖所赐，三杯未尽，顿觉腹内绞痛，犹如刀割。万彧倒于地，惨呼不绝；留平生性谨慎，备有解药，急吞服。万彧呕血不止，眼望留平，意在求救。留平稍有缓解，恐被人所执，起身即走。万彧大为绝望，骂留平道，见死不救，与猪狗何异！

骂毕，狂吐不息，直至气绝。

留平大惧，解轻舟，顺流疾走，此自杳无音信。

十六

万彧既死，留平不知去向，群僚为之大惊，一时议论纷纷，人人惶恐不能自安。

孙皓大为宽解，以为二人既除，再无忧患，遂下旨，加陆抗为大司马、领荆州牧，都督信陵、西陵、夷道、乐乡、公安诸军事；以陆抗子陆晏、陆景、陆玄、陆机、陆云等镇武昌。

昭武将军步阐为西陵督，与陆抗友善，知陆抗移镇江陵，遂出西陵拜谒。

步阐乃步陟次子，任西陵督日久，不获升迁，以为怀才不遇。

陆抗知步阐来，大喜，迎入府第，设酒款待。酒过数巡，陆抗道，我与卿俱为功臣之后，应知以身报国，虽万死而不辞。西陵乃要地，晋军东来，卿必首遇强敌，若无决死之心，不能尽职。

步阐道，我不虑晋军之强，唯虑朝中之争。陛下残暴，既无恩德，又无信义；为除异己，竟无视将士生死，又不以国家典律问罪，投毒酒中，夺人性命，与市井无赖何异！荒唐之举，世之罕见，宁不令人心寒！

陆抗沉吟道，我知朝野无不为此震惊，陛下之举，确乎荒谬。

步阐道，我来江陵，亦为此事。

陆抗以为步阐欲进谏，问步阐道，卿欲与我联名进言？

步阐道，非也，我知孙皓独断，又颇愚昧，唯愿听谄媚之言，不能纳有益之说。我所虑者，恐步丁奉、万彧后尘，故而来此，欲与卿共进退；与其坐等横祸，不如另寻出路！

陆抗大惊，忙问步阐道，卿此言何意？

步阐道，我知司马炎欲招天下英才而用之，虽王祥固执，司马孚不屈，俱能容纳，足见胸怀广博，胜孙皓何止百倍！我愿随卿投晋，以免来日之祸！

陆抗大怒，斥步阐道，我与卿俱为功臣之后，又分镇重地，各居要职，理应尽忠报国，何有此想！

步阐道，君不贤，臣何必愚忠！

陆抗道，君虽不贤，臣不可不忠，此为臣之道，卿岂不知！

步阐顿时不能言，举杯自饮。

陆抗又问步阐道，既陛下不贤，卿何曾劝谏？

步阐道，我知卿曾每每进言，孙皓何曾采纳；既如此，何必多言？

陆抗再说步阐道，卿若执迷不悟，我当与卿割袍断义，永绝往来！

步阐不语，亦不再饮；陆抗以为出言过重，或适得其反，又劝步阐道，卿虽不以君国为意，亦应爱惜家族清誉。所谓致君不易，既非明君，辅佐尤难；然既为人臣，当以忠信为本。请卿断绝妄想，安于本份，不图显赫一时，唯愿无愧于心。此肺腑之言，愿与卿共勉。

步阐道，卿所言，我必谨记。

言毕，起身告辞。

羊祜大败万彧、留平，即上书为将士请功，极言王浚之能。

司马炎亦知王浚才高，欲以王浚为车骑从事中郎；羊祜以为不能足其才干，又上书称，臣以为王浚之才不输周瑜、荀彧，宜大用，不应以此屈之；臣请以王浚为益州刺史，经营西蜀，开荒屯田，广集军资，多造战船，大练舟师，以备大战。他日伐吴，可令王浚举舟师出西蜀，沿江而下，必成扫荡之势。

司马炎不能决，遂召王戎、傅玄。

司马炎道，征南大将军羊祜荐王浚为益州刺史，朕虑王浚资历尚浅，又曾与王凌、毌丘俭等失和，若履要职，恐难节制僚属，故此犹豫不决，卿等以为如何？

傅玄道，臣以为陛下所虑有理。王浚仅为参军，位卑职低，尚需磨砺，若进之过急，无异拔苗助长。况益州偏远，人物诡谲，非济世之才不能治理，望陛下慎之。

司马炎似有不悦，又问王戎道，卿以为如何？

王戎道，臣虽不识王浚，然颇知羊祜其人。当年，羊祜才名播于四海，曹爽曾数次征召，甚而不惜登门，均为羊祜婉拒。同辈不解，问羊祜道，卿每称，士大夫应效力国家，耻居草野；今曹爽为大将军，位极人臣，既许卿以高位，何不应征？羊祜道，曹爽暗怀野心，欲笼络士子，为己所用，此小人之为，他日必取大祸。我虽每愿出仕，然不屑为私人用。况君子不立危墙之下，曹爽即危墙，避之犹恐不及，何必趋附！此虽旧事，足见羊祜识人之深。臣请陛下准羊祜所请，使王浚能一展才华。

司马炎不言，以为王戎、傅玄俱有理，遂下旨，以王浚为广汉太守，欲察其作为，再委以重任。

傅玄以为王戎善于趋附，素不与之交往；王戎知傅玄直言不讳，恐其言己是非，或不利，遂备酒席，宴请傅玄。傅玄欲辞，家人以为不可，劝其应邀；傅玄遂往。

王戎大喜，极尽殷勤。酒过数巡，傅玄讽王戎道，我知王浚虽久为僚属，然无显绩，羊祜所请，未必合适；卿为士大夫，竟助羊祜妄说，岂不有趋附之嫌？

王戎反讥傅玄道，我为主，卿为客，无故斥责，岂不有欺主之过？

傅玄道，卿为陛下所重，应以金石之言正陛下之行，不该随意雌黄！

王戎冷笑道，卿为谏臣之首，然每知陛下之过而不言，久失其职，不能自察，竟无故责我！

傅玄大惊，自以为知无不言，言无不尽，于是昂然道，我凡知陛下之过，无不力谏，何有此说？

王戎道，陛下大封宗室，裂四方之土以付子弟；子弟肆意妄为，横行无忌，官吏惧怕，不敢奏报。其尾大不掉已现端倪，他日祸乱国家者，必宗室也。如此大患，卿何不谏？

傅玄道，册封宗室，乃天子私事；我虽为谏臣，唯以朝政得失而言之，不屑参议私事！

王戎大笑道，卿竟有此说！帝王所为，岂有私事！今宗室子弟割尽国土，占尽资财，虽州牧、太守亦须受其节制，此古今未闻也！日久，天子必受制于藩王，投鼠忌器，进退两难，悔之不及也；此今日之弊，他日之祸也，岂是私事！

傅玄顿觉汗颜，再无话说，告退。

傅玄颇不能安，于是拜见司马炎。傅玄道，陛下裂土分封，委四方于宗室，久之，诸王必自大，或暗生妄想，或互为吞并，必有来日之祸。臣请陛下撤藩镇，削封土，令诸王还京，防患于未然！

司马炎不解，问傅玄道，既时过境迁，卿何必旧话重提？

傅玄道，今藩王之患已渐显，若不早除，恐悔之不及！

司马炎道，曹魏覆灭，俱因宗室乏力，孤立无助；朕不愿重蹈覆辙，故而大封宗室。所谓前车之覆，后车之鉴耳，卿何不知？

傅玄道，臣知州牧、太守俱有怨恨，不过敢怒而不敢言。藩王恣意骄慢，私养甲兵，视官吏如家奴，视圣恩如私恩，据尽国土，掠尽资财，若不以霹雳手段整而肃之，必遗于来日；此腹心之祸也，陛下岂能视而不见！

司马炎斥傅玄道，危言耸听，用心何在！

傅玄叩头道，臣忠心耿耿，天日可鉴！陛下曾与臣有约，凡金石之言，必从善如流！臣所说，何止金石，字字皆出肺腑，望陛下纳之！

司马炎大怒，令侍从逐傅玄出；傅玄疾呼道，陛下既不听忠言，何必虚置谏官！

侍从拖傅玄出宫，傅玄不肯去，跪地叩头，呼喊不绝。司马炎不忍听，又令侍从强送傅玄回府。

侍从强执傅玄回；待侍从去，傅玄又裸身自缚，复来宫门跪呼。

司马炎颇觉无奈，召傅玄入宫，问傅玄道，卿何苦如此？

傅玄道，臣为谏官，若知而不言，有愧于陛下所托！

司马炎沉吟良久，说傅玄道，既如此，朕即免卿谏官，卿再无进谏之累，望能从此知自重！

傅玄顿觉无言，谢恩而去。司马炎遂下旨，改傅玄为司隶校尉；傅玄拒不受职，从此闭门不出。

王戎为之愧疚，登门谢罪。

王戎道，我不该以言激励，使卿触怒陛下；我愧疚不已，特来致歉。

傅玄道，卿所言如当头棒喝，令我猛醒，虽触怒陛下，然能恪尽职守；我已问心无愧，卿何必如此。

王戎深感傅玄壮烈，与之开怀痛饮；傅玄亦知王戎非宵小之徒，自此引为知己。

司马炎虽不纳傅玄之说，亦颇有警觉，遂以司马望年高为由，夺其军职，令回封地养老。又复卫瓘征北大将军，代汝阴王司马骏，都督凉州、雍州诸军事，以防西蜀异动。宗室见司马望、司马骏俱失宠信，颇为震动，稍有收敛。

司马炎再下旨，令五品以上者各举贤能。太傅李熹举犍为李密，称其为谯周弟子，博学清通，曾入仕蜀汉，蜀汉灭，回犍为隐居不出。

司马炎遂下诏，拜李密为太子洗马，令其赴洛阳履任。

李密不愿受召，遂作《陈情表》辞谢，称自幼孤苦，赖祖母刘氏抚养，方能成人；今刘氏年高，卧病不起，若应召，将失之孤苦。

司马炎见其出言真切，至情处令人饮泣，遂令州郡不得逼迫，由其自处，一时传为佳话。

司马炎颇爱此表，每读必击节称叹，以为汉、魏以来无此好文；又令善书者大为誊抄，广赐群臣。

王戎以为此表情真意切，不忍卒读，若读，必闻哀声暗起，如夜风穿墙，经久不绝。

于是李密声名鹊起。蜀中士子知李密拒不奉召，唯谢之以表，深怀敬慕，来此拜问者不绝。

谯周闻知，恐其出言有失，或为奸人所乘，遂致信李密，劝其谨言慎行，勿滥交。李密大为惊觉，于是闭门谢客，侍奉祖母，读书自娱。

十七

王浚任广汉太守以来，勤俭自律，政绩斐然，又能友善同僚，颇知谦让，上下无不称道。司马炎闻知，以为济世之才，遂拜王浚为益州刺史。王浚欲招纳蜀中才俊，为己所用，遂往犍为访李密。

李密知王浚来，以祖母病重，不便纳客为由推谢。王浚亦不勉强，仍回成都，为其延名医，遣僚属送入犍为，为李密祖母诊治。

十数日后，王浚再来犍为，登门拜访。李密欲再辞，祖母责李密道，托故谢客，有失礼义；况王浚代为延医，恩德在先，岂能拒而不纳？

李密遂出，迎王浚入客堂。王浚见李密人物风流，举止洒脱，愈觉喜爱，于是笑道，我今日方知，士大夫门庭之深，虽王侯不可比！

李密亦笑道，此不过寒门，草屋柴扉，无论君子匪盗，俱可任意出入，何以言深？

王浚大笑道，所幸我非歹徒，勿需设防。

李密请王浚入座，又笑道，君子在其志，不在其表；歹徒在其心，不在其外。若其志正大，虽其表粗陋，亦不失君子风范；若其心凶恶，虽其外华美，仍难藏祸心。

王浚见李密语带机锋，知其仍有亡国之恨，遂将话题一转，问李密道，卿祖母疾患如何？

李密忙朝王浚一揖道，延医之德，犹如救命之恩，平生不敢忘；然祖母年事已高，风中之烛，雨中之火，虽神仙妙手难以回春。

王浚叹息道，世无良药，亦无不老之人，此天道也，卿不必如此。

李密神色黯然，沉吟道，我自幼孤苦，与祖母相依为命，今祖母久病不愈，宁不伤怀！

言毕，见水已沸，遂离座，为王浚沏茶。

王浚啜之，赞道，此茶清冽柔甜，回味幽深，一如卿之风骨。

李密道，此不过寻常物，得之山野，烹之水火即可饮用，耕夫野老俱知此道，毫无特异；至于我，身为亡国奴，仍偷生于此，何言风骨！

王浚道，自古兴亡寻常事，何必耿耿于怀；今刘禅安于洛阳，乐不思蜀，既如此，何必幽怀不解？

李密道，我不哀其君，唯哀其国；国既破，士民岂能安处！

王浚道，卿爱国之心如流，绵绵不绝，令人感佩。我两番来此，亦因蜀人失国，至今仍怀疑惧，若不尽去惊恐，难使西蜀复兴。西蜀沃野千里，山水清绝，人物奇伟；然自黄巾祸乱以来，纷争不息，损毁不已，哀鸿遍野，萧条不堪。我为益州刺史，虽有大治之心，奈何不知风俗，不察人心，深恐有所失。卿乃当世俊材，若能佐助，何愁不能还西蜀之富！

李密道，我不过庸才，聊知寻章摘句，岂知治世之道！若果如卿所言，何至国破，何致使君王沦为降虏！若非祖母孤苦，当不惜以身殉国，何至苟延残喘！

王浚再劝李密道，卿不过尚书郎，虽有济世之才，而无用武之地；蜀汉亡，罪在权贵，不在卿，何必自责。

李密慨然道，岂不闻国家有难，匹夫有责！我不敢自称壮烈，亦知不示二主，志虽微弱，亦不可夺！

王浚欲再劝，李密起身一揖道，祖母苦于疾病，如在水火，恕不久陪。

王浚知不可再留，起座说李密道，我治蜀心切，他日当再来，望不吝赐教。

王浚再来犍为时，已逾数月，恰值阳春，处处繁花，又鸟语如歌，颇觉怡然。渐近李密茅舍，见树树桃李掩映左右，风过处落花如雨；李密正步上台阶，欲入柴扉，于是呼李密道，李令伯身处花间，芳香满怀，莺歌盈耳，想必幽怀大开，我当不虚此行耳！

李密见王浚又来，不能拒，迎于阶前。王浚登台阶，环顾四周，笑道，春色如此撩人，若不与卿大醉，岂不有负美景！

李密道，我家徒四壁，唯有腊酒半壶；卿若不嫌，聊可饮之。

王浚大笑道，我以为卿食霞饮露，断非酒肉之徒，孰料尚有腊酒；腊酒浑然古朴，最能解愁去恨，能与君同醉，三生之幸也！

李密邀王浚入内，燃火煮酒，与之对饮。酒过数巡，王浚道，我自与卿别后，食不甘味，卧不成眠，因苦思治蜀之策耳；所幸略有所得，于是特来请教，望能为我斟酌。

李密笑道，卿若励精图治，蜀人之幸也。

王浚道，西蜀乃膏腴之地，桑梓丰茂，水旱由人，农耕之便甲于天下；我欲以稼穑丝织为要，大开商贸，便利出入，卿以为如何？

李密道，此诸葛丞相治蜀旧策，不足为奇。

王浚道，诚如所言。我欲薄赋税，轻徭役，大举屯垦，使民有十年之足，库有十年之储，卿以为如何？

李密欣然道，此卿之德，民之福也，可喜可贺！

王浚颇为得意，又道，我欲入乡井，涉山野，遍访奇士，起而用之，使野无遗贤，卿以为如何？

李密笑道，蜀中奇士多隐而不出，恐难为卿所用。

王浚道，所谓精诚所至，金石为开。若其为枯木，我当为春雨；若其为寒冰，我当为春日，宁不感而化之。

李密道，若如此，虽诸葛孔明不可比也。

王浚颇觉快畅，痛饮一盏道，待稼禾三熟，我欲遣将士入山伐木，广造战船，大练舟师，然后请陛下东征，我亦大举出蜀，顺流疾进，与东南诸将共讨强贼，卿以为如何？

李密大惊道，若如此，东吴必亡！

王浚笑问李密道，卿何有惊惶之色？

李密道，蜀与吴曾为唇齿，蜀虽灭，吴尚存；我为蜀汉旧臣，既知亡吴之策，宁不惊惶！

王浚嗟叹不已，又道，卿之忠壮，可惜刘禅不知；陛下知之而不能用之，岂不令人遗憾！

李密不再言；至此，酒已尽，日亦将暮，王浚起身告辞。

是夜，李密久不能眠，遂起，书信与陆抗，言王浚之策，请其于狭窄处，以巨石投江，阻绝水路，使舟师不能畅行。

不久，司马炎再下诏，以李密为温县令；李密不愿就征，仍欲拒之。祖母以为不可，说李密道，汝自幼苦读，满腹经纶；若不能为天子所用，岂不有负上苍垂爱！

李密泣道，祖母孤苦，我不忍弃；唯愿相随左右，奉以晨昏。

祖母道，汝若应征，我不惜以老病之身随汝往之；若不应，我何颜苟延残喘，不如立死！

李密不敢再言，上书谢恩。正欲启程赴任，祖母病愈重，不堪车马之苦，仍滞留犍为。王浚见李密迟迟不往，遣人催促。李密再陈苦情，请王浚转奏司马炎。

数月后，祖母病逝；王浚闻讯，来犍为吊唁。待丧事毕，王浚说李密道，既祖母已逝，再无牵挂，请早日起行。

李密不能再辞，称年后赴任。

陆抗接李密书信，大为惊讶，即回建业，拜见孙皓。

陆抗道，臣接蜀中李密书信，不敢延误，特来拜见陛下；李密称，益州刺史王浚正广造战船，大练舟师，将沿江疾下，与诸将会师东南。李密请以巨石投江，隔断水路，阻王浚于巴丘，使其不能行。臣以为可行，如此，我既不失大江之利，又不为晋军所用，固守之策也，望陛下纳之！

孙皓颇为不屑，笑问陆抗道，李密何许人也？

陆抗道，李密乃蜀中佳士，曾入谯周门下为弟子，为蜀汉尚书郎；司马炎征其为太子洗马，李密上＜陈情表＞辞谢，其语真切动人，一时名播海内。

孙皓道，李密既有良谋，何不救蜀汉于未亡？

陆抗道，当时李密人微言轻，不能为刘禅所重。

孙皓嗤笑道，李密之意妇孺皆知，不过欲为朕所用，故而危言耸听；朕别无所恨，唯恨取利谋私之徒！

陆抗道，臣以为，既蜀汉已灭，司马炎必行秦伐楚故计，借蜀江之利顺流东进；此前车之鉴，望陛下慎之！

孙皓大为不悦，责陆抗道，卿身为大司马，应尽忠职守，不惧强敌，岂能听妖邪之说，惑乱军心！

陆抗道，未雨绸缪，乃用兵之道，所谓患在未来，防在今日；李密之说有百利而无一害，臣请陛下行之！

孙皓大怒，严斥陆抗道，若再妄言，朕必严究！

陆抗无奈，告退。

羊祜屯田三载，库有十年之储，欲夺荆州，知西陵都督步阐好诗文，且素恨孙皓寡恩无德，于是作诗一首，遣人送入西陵。

步阐接羊祜诗，反复吟诵，颇觉辞句清丽，渐而意兴大起，亦赋诗，与之唱和，命人送入襄阳。羊祜大喜，命部属誊写，大肆传阅，一时唱和者不绝。

孙皓获二人诗，大怒，令步阐回建业，欲责之；步阐大为恐惧，不敢应召，遣心腹入襄阳，求教于羊祜。羊祜即回信，称愿以精兵数万应步阐反；又故意使书信落入陆抗手。陆抗大惊，上奏孙皓；孙皓大怒，命陆抗讨步阐。

步阐知大势已趋，举西陵而反。羊祜遣将军杨肇领精兵一万助步阐，固守西陵；又上奏司马炎，请以步阐为卫将军，领交州牧，都督西陵军事。司马炎准其所请，并封步阐为宜都公。

陆抗率将军左弈、吾彦等围西陵。司马炎恐步阐不敌，令羊祜率军五万绕袭江陵，巴东监军徐胤帅舟师攻建平，以救步阐。

陆抗知晋军两路分进，欲行围魏救赵之计解步阐之危，即命左弈、吾彦等仍围西陵，欲半道迎击羊祜、徐胤。诸将以为不可，劝其疾攻步阐，若西陵城破，羊祜、徐胤必引军自退。

陆抗说诸将道，西陵城池险固，粮谷充足，岂能一举而下；若击退羊祜、徐胤，必使步阐孤立，西陵可克也。

正此时，孙皓来此督战，知诸将之说，以为有理，命陆抗急攻西陵。

陆抗不敢违，猛攻西陵。步阐、杨肇不惧，据城坚守，陆抗等久攻不下。孙皓狂怒不已，欲集重兵攻西陵，誓擒步阐。恰此时，忽报羊祜已到江陵，徐胤亦至建平，两城告急。孙皓顿失无措，急召陆抗等商议。

陆抗道，陛下勿忧，可令诸将往建平击徐胤，臣还江陵击羊祜，仍留左弈、吾彦围西陵；臣等与建平、江陵守将内外呼应，羊祜、徐胤必败；待臣等取胜，再合攻西陵，步阐必服诛！

孙皓依陆抗之说，命诸将分道赴敌。陆抗率精甲三万回走江陵，猛击羊祜；羊祜恐内外受敌，大惧，退走五十里，令诸将设壁垒，欲反攻陆抗。陆抗知羊祜用心，命将士大出，又击。羊祜不敌，又退五十里，仍欲树壁垒。陆抗命诸将再出，誓败羊祜；诸将以士卒力乏为由拒之。陆抗无奈，选死士五千，半夜奔袭；羊祜大败，不敢留，退走。

十八

陆抗再分兵，令舟师往建平击徐胤，若胜，可转逼襄阳，使羊祜首尾不能应顾。舟师即赴建平，陆抗自领一部仍赴西陵。

步阐见左弈、吾彦围而不攻，知其欲待陆抗回，遂与杨肇商议；步阐道，左弈、吾彦兵寡，不敢攻，应趁此突围；若陆抗复回，我等必难久持。

杨肇道，我受命助卿固守西陵，岂能弃城而走！

步阐道，羊将军袭江陵，徐将军攻建平，此围魏救赵之计；今陆抗等分兵赴往之，正可突围，若迟，恐再无时机！

杨肇不听，决意坚守西陵；步阐无奈，不能举。翌日，忽报左弈、吾彦猝然遇袭，羊祜大军已来西陵；步阐大喜，说杨肇道，羊将军或为陆抗所败，已弃江陵，来此解我等之围，宜起而应之；若迟，陆抗必紧追而来！

杨肇斥步阐道，羊将军岂能为陆抗所败！既已回援，左弈、吾彦必大败！

步阐不愿与之争，令部属备战，欲应羊祜攻左弈、吾彦。

羊祜反围左弈、吾彦，欲与步阐、杨肇内外合击，一举败之；恰此时，陆抗自后而来，羊祜大急，分部属为二，背向而屯，一面仍向西陵逼左弈、吾彦，欲与步阐、杨肇合击；另一面向陆抗，欲阻其于城郊。陆抗知羊祜用意，令急攻。羊祜亲率诸将与之大战，历半日，互不能克。

陆抗知难以取胜，命士卒呼羊祜，称徐胤败走，舟师已随之入襄阳，若不去，将无栖身之地。

羊祜大惊，欲遣快马回襄阳探知情形；正此时，忽有斥候来报，称吴军直追徐胤入襄阳；徐胤大败，襄阳被围，若不回援，将失守。

羊祜大惧，即弃西陵，回援襄阳。陆抗不追，欲与左弈、吾彦会师。

杨肇见羊祜弃西陵而走，大为惊恐，急领部属骤出；左弈、吾彦等迎头痛击。羊祜见此，急率精甲复回，猛击左弈、吾彦；陆抗恐步阐亦出，急命左弈、吾彦等勿阻，放杨肇随羊祜退走襄阳。

步阐知羊祜、杨肇俱走，大为惶遽。陆抗知西陵险固，步阐必以死顽抗，仍令诸将围城，欲逼降步阐；又书信劝步阐，其信如下____

仲思阁下：

我与卿如手足，竟戈矛相向，世事之哀，无过于此也。卿博识今古，耿直壮烈，宁不知忠奸！卿虽有微辞，然无异心，不过为羊祜所惑；今大军围困，西陵已成危卵，若顽抗，必瓦石不全。卿不惧祸，然不应使家族受累。迷途知返，善莫大焉；若愿献降，我当竭尽全力，请陛下恕罪。

汤沸火旺之际，勿需赘言，望三思。

步阐接陆抗信，即召部属，以信示之。骑都尉赵虔劝步阐道，西陵孤立无援，实不能守，不如依陆抗所言，或能保全性命。

步阐冷笑道，孙皓残暴，岂有容人之量！事已至此，降亦死，不降亦死；与其引颈就戮，不如拼死一搏！

赵虔等不再言，皆有惧色。步阐知将士俱有降心，意气渐颓，遂拔剑，说部属道，叛逆之罪，在我一身，卿等不过受我胁迫；我将自戮谢罪，卿等可执我头邀功，陆抗必解围；若能以一人死，换众人生，我有何惜！

言毕，一剑割下头颅，仍屹立不倒。部属呆滞良久，惶然上前，取其头，步阐仍不倒。部属惊骇不已，纷纷哭祭，步阐方委地。

赵虔等执步阐头，开城献降。

陆抗嗟叹不已，往建业复命。孙皓命悬步阐头于城门，不准收葬；又命收步阐三族斩首；以将军张政代布阐为西陵督。

羊祜未能解西陵之围，颇为惶遽，上表请罪。司马炎下旨，贬羊祜为平南将军，仍领荆州诸军事；又虑羊祜怀怨，或有所失，于是以王戎为荆州刺史，仍领建威将军，以助羊祜；杨肇屡失良机，贬为庶人，永不录用。

王戎来襄阳，颇为得意，渐无顾忌，名士风流尽显，每邀士子诗酒唱和，其放浪形骸之状，渐使同僚不满。羊祜虑其误事，遂设酒，请王戎赴宴；羊祜劝王戎道，我等受命屯东南，拒孙皓，应严于治军，竭力备战，岂能效竹林之乐！

王戎笑道，孙皓荒淫，人心离散，只待王命一下，必能一战而克，何需如此？

羊祜责王戎道，我知卿曾劝陛下备战三年，大战九年，以为谨慎；今言犹在耳，何故健忘？

王戎不能答，拱手称谢。

虽如此，王戎并无收敛，仍邀士子聚饮。羊祜获知，再召王戎；王戎知其必有责，以故推辞。羊祜无奈，登门求见。

时值盛夏，蜜桃大熟，王戎正与士子饮于庭院，以蜜桃佐酒，忽闻羊祜来，颇为惊讶。诸子欲走散，王戒止道，羊子叔非猛兽，卿等何惧？

诸子遂止，坐不安席。王戒欲出迎，见羊祜已入庭院，大笑道，羊子叔亦为名士，宁不知诗酒之乐？

羊祜不言，如寒霜涂面；王戎又笑道，我曾闻仕途多风雨，初不肯信；今见羊子叔满面僵直，始信其说。

羊祜以为王戎出言无状，斥道，卿受陛下隆恩，以盛名而处高位，竟如此狂放；他日坏伐吴大计者，必王夷甫也！

言毕，拂袖而去。王戎大为尴尬，进而有所悟，于是登门谢罪，立誓绝饮宴，专于事务。

司马炎知此事，大为感慨，遂下旨，复羊祜征南大将军。

大司农楼玄见陆抗等平步阐有功，然不获赏赐，于是拜见孙皓。楼玄道，步阐以西陵投羊祜，大司马陆抗等讨而平之；臣以为应予赏赐，否则，恐将士不满，再不愿舍身赴敌。

孙皓不屑，冷笑道，平叛逆，收失地，乃将士本份，何用赏赐！

楼玄道，臣知有罪不罚，无以扬威，有功不赏，无以立德。将士所以不惧死，无非欲建功立业，封妻荫子；若有功不赏，必使将士寒心，虽带甲百万，而无一人愿搏命，与乌合之众何异！

孙皓怒道，西陵本为朕所属，非陆抗等取自敌手；步阐叛将而已，亦非来犯之敌；况陆抗为大司马，步阐受其节制，若以此论赏，岂不虑陆抗为邀功，刻意逼反部属？

楼玄顿时不能言，正欲告退，孙皓又责楼玄道，汝为大司农，不尽本职，竟妄言赏罚，岂不荒谬！

楼玄忙道，陛下责之有理，臣确有失职之罪。今士民颇恨征募繁重，不能安于农桑，以致田亩荒芜，仓廪空虚。臣每入州郡劝农耕作，往往无功而返；臣请陛下减赋税，轻徭役，以使耕者有食，织者有衣。

孙皓冷笑道，不务耕作，何以为民；妇人之仁，何以使刁顽之徒慑服！

楼玄道，陛下所言非也。民所累者，非风雨劳作，实因冗员日增，空食其禄，而不谋其政者日多。州郡又巧立名目，横征暴敛，士民所获，多为官府征募，所余难以足其用。故而农人不愿耕，商贾不愿货，弃国而走者屡禁不绝。今国无一年之储，民无经月之需，实堪忧虑！臣请陛下大施仁政，裁撤冗员，轻徭薄赋，使民能安居乐业，国有库藏之实！

孙皓大怒，骂楼玄道，汝不思渎职之过，竟推罪州郡！若不置官吏，何以安民，何以保境！

楼玄道，臣所指仅为冗员，并非官吏。今刺史、太守权势之重，已难节制，又各养心腹，不任事于僚属，招用亲故，使冗员多如牛毛；若不裁撤，任此风蔓延，虽万乘之国不堪其累也！

孙皓怒不可遏，大骂楼玄道，汝目无天子，竟敢肆意胡说！

楼玄欲再言，孙皓命侍从逐楼玄出；楼玄疾呼道，陛下不听忠言，他日当后悔莫及！

孙皓愈怒，即下旨，夺楼玄大司农，去封爵，贬为庶人，迁往广州。楼玄获旨，大笑不已，即携家人起行。

侍中张尚乃张纮嫡孙，与楼玄友善，闻楼玄被逐出建业，大为惊讶，欲宴请楼玄，为其送行；仆从回报，称楼玄获旨即起行，已离建业。张尚纵马追之，于三里外追上楼玄。

张尚见楼玄虽因言获罪，却无怨恨，颇觉不解，问楼玄道，卿无罪受罚，何故喜形于色？

楼玄道，孙皓如笼中虎，我等如猎物，投于一侧；孙皓不食，使我能出，我得以离险境，故而喜不自禁。

张尚大为惊讶，又问楼玄道，莫非卿有意触怒，以获流放？

楼玄道，非也，直言进谏，职责所在；脱险而喜，人之常情。

张尚颇为震动，送楼玄行数十里，仍不止步；楼玄说张尚道，卿且回，相送百里，不免一别；

常言人生何处不相逢，我愿待卿于乡野，望卿亦能全身而退。

张尚愈觉别绪盈怀，不禁泪下。待回府第，想及孙皓种种恶行，恐惧不已，欲上表，请辞归故里；正此时，忽闻孙皓遣心腹，追杀楼玄老小，无一幸免。张尚大骇，不敢请辞，恐步其后尘。

十九

羊祜大施仁政，声名日隆。东南士民闻羊祜之仁，无不追慕，举家来投者不绝。羊祜下令，凡归附者，每人予地三亩，任其耕种，三年不纳租税。此令一出，弃吴来投者愈多。

陆抗大为忧虑，令部属四处设卡，阻拦逃逸者，一时所获甚众。部属欲斩叛亡，予以威慑；陆抗不准，召部属训诫。

陆抗道，士民犹如飞雁，天寒则去，天暖则来。羊祜深知此理，大施仁义，广树恩德，士民趋附，实乃情理之中。若杀之，民必更为惊恐，逃逸者必愈众。若非生计艰难，谁愿背井离乡；足见罪不在民，而在我等。

于是亦令减赋税，助农耕；凡挡获者，令其还乡，不予追问。

士民由此渐安，逾境而逃者渐绝。羊祜知陆抗亦行怀柔之策，遂致信陆抗，予以讥讽，责其拾人牙慧，步人后尘，尤为可笑。

陆抗不以为耻，回信辩称，我知行政者，必以仁德为要，若失之苛严，必为士民所弃。施仁政，弃暴行乃先贤之训，非卿所创，何言拾牙慧、步后尘？况知过必改，君子风范；虽卿为开先河者，我当不耻亦步亦趋！

羊祜接陆抗信，大为叹服，以为有陆抗在，东南夺之不易。

时近岁末，东南诸将纷纷搜罗奇珍异宝奉送朝中权臣，独羊祜不屑为此。王戎劝羊祜道，大将军廉洁自律，令人敬慕；然权贵贪婪，若无奉献，必受掣肘。所谓不与小人交，亦不可与小人仇，望大将军三思。

羊祜冷笑道，我光明磊落，何惧小人！

王戎知羊祜固执，不再言，又深感羊祜教诲之恩，遂以羊祜之名，欲以宝玉一方赠尚书令贾充，嘱仆人送入洛阳。羊祜得知，大怒，即命家仆追回，严责王戎。

贾充闻知，大为忿恨，即上表弹劾羊祜，称其大树私德，招降纳叛，又与陆抗交好，其用心之险恶，已昭然若揭。

司马炎大惊，遂召王戎回京，询以详情。司马炎道，朕欲知东南详情，卿可无所不言。

王戎忙道，凡陛下所询，臣必尽言。

司马炎道，朕闻羊祜大树私恩，蓄养心腹，笼络吴人，又暗与陆抗交好，或有拥众自立之嫌，卿可知此说真伪？

王戎道，非也，羊祜所施乃皇恩，所立为君威，意在收吴人之心，夺吴人之志，以利他日之战。

司马炎又问，既光明磊落，何不奏报？

王戎道，羊祜所为，无不在职任之内，臣以为勿需奏报。臣知羊祜为人正直，不屑攀附；东南诸将每岁俱以奇珍异宝奉献权臣，独羊祜不入俗流，受人诽谤，在所难免。臣请陛下明察，免使羊祜受屈！

司马炎沉吟道，卿亦为名士，风骨卓绝，比之羊祜如何？

王戎不敢隐瞒，叩头道，臣未能免俗，亦曾以物贿赂；与羊祜比，犹如乌鸦比鸿鹄，自惭不已！

司马炎道，朕知卿曾屡受羊祜责备，何不言其非？

王戎道，羊祜之心如良玉，洁白无瑕；羊祜之为如高山，泰然稳重，臣实无所言。

司马炎疑心已解，遂嘱王戎道，今日之说，勿与人言，是非曲直，朕自能分辨。

王戎谢恩告退，仍回襄阳。司马炎召贾充道，卿高官厚禄，蓄财万贯，尽天下之奇，四海之珍，何必恨羊祜不予贿赂？

贾充大骇，忙叩头道，臣罪该万死，愿受责罚！

司马炎冷笑道，恃宠而骄者必自毙；此古今皆然，卿岂能不知！

贾充冷汗淋漓，忙道，陛下教诲，臣必谨记！

陆抗大行仁义，声誉鹊起，士民感其恩德，竟为陆抗立生祠。陆抗闻知，大惊，力劝士民毁之。

孙皓知陆抗获誉日盛，大为震怒，以为陆抗与己争威，遂下旨，令陆抗尽收叛亡者斩首。

陆抗即上表劝孙皓，其表略曰：

臣知民为国之本，杀戮士民，犹如自毁其本。民，水中鱼也，所以去，因不敢居沸水。臣所为，不过抽薪釜底，使民不惧，得以安处。若再问旧罪，民必惊恐，去国而走者必复起。臣请陛下收回成命，宽宥叛亡。

孙皓更为忿怒，严责陆抗，称士民愚昧，只服其威，不服其德。古今以来，施人以德者，无过尧舜；若德能固人心，今日天下亦将为尧舜所有，何致国破，何来新旧更替！

陆抗不敢再劝，忧惧不已，既不忍杀士民，又恐孙皓问罪，自此不安饮食，一病不起。

孙皓连下数旨，逼陆抗杀叛亡；陆抗愈觉绝望，病愈深。

羊祜颇知医道，闻陆抗病重，大为同情，遂入山采药，遣人馈赠。陆抗大为感激，回赠美酒。

部属疑为毒药，劝陆抗勿饮。陆抗道，羊祜用意之深，卿等何知！若疑而不饮，世人将笑我狭隘，羊祜之德将愈显，我之猜疑将立判，民心仍将向襄阳，岂不前功尽弃！

于是令仆从煎熬，每日三饮。

羊祜部属亦疑酒中有毒，劝其不饮。羊祜笑道，若有毒，吴人之奸将晓示天下，必人神共弃，我岂能不饮！

于是开怀畅饮。继而，部属又劝羊祜趁机攻陆抗；羊祜斥道，乘人之危，大不义也；不义之师，焉能取胜！

孙皓见陆抗拒不奉命，遂遣何定入江陵，收斩叛亡。何定大肆追捕，被斩首者数千之众。一时州郡震动，惶恐不安。

陆抗大为愤慨，捶榻疾呼不绝。何定闻之，竟入户，大骂陆抗。陆抗不堪其辱，以头触墙，颅破而死。

孙皓闻陆抗死，略有悔愧，令以诸侯之礼厚葬，又分部属与陆晏、陆景、陆玄、陆机、陆云等。

陆抗五子资质卓绝，俱非凡俗之辈，尤以陆机、陆云为佳，文章诗赋冠绝一时，时称二陆。

陆机善书，书体古朴淡雅，时人以为蔡邕、钟繇不及。

羊祜知陆抗死，嗟叹不已，欲往江陵吊唁。王戎劝道，大将军与陆抗互为倾慕，所谓惺惺相惜；然孙皓多疑，若往，或累及陆抗诸子。

羊祜以为有理，于是携酒临江，望江陵哭祭。

数月后，羊祜上奏司马炎，称陆抗既死，东吴再无良将，请尽出襄阳之众，夺取荆州。

司马炎即召群臣，议羊祜之请。

何曾道，臣以为陆抗既死，荆州由五子分领，已无昔日之固；况五子俱幼，虽负勇气而少历练，可取也。

贾充道，臣以为不可。荆州乃彼此门户，若取，孙皓必倾力复夺。东南久无大战，孙皓以为能借大江之险得以安处，于是固步自封，疏于防范。然羊祜、王浚等备而未全，若此时取荆州，犹如助孙皓练兵，恐再伐不易也。

司马炎以为有理，于是驳羊祜所请，称时机未到，不可轻举。

羊祜又上表，称东南诸将年事渐高，与吴久峙不战，恐生厌，宜用新人；请司马炎遴选俊材，以备他日之需。

司马炎纳其言，召山涛还朝，专事选举。此前，山涛因老母病重，请辞归乡，欲终老山野；今获司马炎诏令，不敢违，即还洛阳。

司马炎说山涛道，卿曾久为吏部尚书，选人甚广，无不堪称俊材，足见颇有识人之明，山公启事广为流传，人人以为佳话。今孙皓仍据东南，江山半壁，国土不全，朕每每为此不安，故欲尽起英才而用之。望卿能一如既往，恪尽职守。

山涛忙道，臣已年过古稀，老眼昏花，虽近在咫尺而不能辨牛马，恐有负陛下之望。

司马炎道，卿之慧眼，能察天人之机；选人之重，非卿不能胜任。

山涛道，臣何有此能。想当年，臣主吏部，欲尽天下英才为国家所用，于是荐嵇康，嵇康不就，与臣绝交；又每欲使阮籍出头，阮籍甘居人下，放纵诗酒。此二人为臣挚友，竟每每拒绝，足见臣并无识人之明，再不敢鸠占鹊巢，望陛下体谅。

司马炎不悦，说山涛道，时过境迁，卿何必旧话重提；若卿嫌朕非明君，可尽言，不必借故推脱。

山涛大惧，再不敢辞。司马炎遂下旨，以山涛为尚书左仆射，专事选举。

二十

某夜，羊祜梦陆抗径来榻前求药，称头已裂，鲜血覆面，不能见先祖。羊祜大惊，说陆抗道，我不过初通医道，不能除此大患，不如问诊华佗。陆抗道，华佗早已失头，四处奔走疾呼，岂能为我疗伤！羊祜忽想及陆抗已死，大为惊惶，于是劝道，卿为孙皓所逼，若幽恨不解，应向孙皓索命。陆抗忽呲目怒发，斥羊祜道，我若不与汝往来，何有今日！

羊祜猛然惊醒，见一灯如豆，冷月当窗，阴风盈室，帷幔轻动，顿时虚汗淋漓，渐觉头痛如裂，似遭重击。

翌日，羊祜嘱侍从买药煎服，头痛未减，进而蔓延四肢，苦不堪言。王戎等闻羊祜病重，俱来探视。羊祜自知难以痊愈，以军事暂托王戎。

恰此时，斥候来报，称吴军自荆州大出，沿江而上，或奔袭襄阳。诸将大惊，俱请备战。

王戎笑道，此吴军操练水师，何必惊慌！

部属劝道，吴军水师大出，沿江急上，岂能不防？

王戎道，正值盛夏，怒涛满江，若逆流而袭，必为大水所阻；孙皓虽愚，岂不知此理！

部属道，当年，关羽逆狂流而上，于禁等兵败樊城，此前车之鉴，将军岂能不知？

王戎道，陆氏五子非关羽，我亦非于禁；若其果有妄想，满江大水即为雄师，必能为我阻强敌，何须兴师动众！

部属不再言，令斥候再探。半日后，斥候回报，称吴军已回荆州，果为演练。诸将无不叹服。

羊祜闻知，亦叹王戎料敌如神，又虑其太过自信，于是召王戎。羊祜道，卿自幼有识李之明，然吴军非道旁苦李，岂能疏忽；况人非静物，举止无常，瞬息变换，若不谨慎，必有所失。

王戎道，大将军责之有理；然吴军已无良将，与道旁苦李何异，勿需察其动静，已能识其用意，请大将军勿虑。

羊祜本欲上表，请以王戎代己为征南大将军，见其仍不改疏狂，遂止。

司马炎知羊祜病重，不能问事，命其回洛阳。羊祜不敢辞，辞别王戎等，取道还洛阳。

司马炎命太医为羊祜诊治，仍无好转；又虑吴军趁机异动，欲另行委任，于是亲入府第，问羊祜道，卿不能履任，请问谁可替代？

羊祜道，臣知轻车将军杜预宽仁雅量，又精警多谋，颇堪大用；若以杜预代臣，陛下当不忧东南。

司马炎道，杜预好读春秋，颇知诸侯战术，世有杜武库之称；然朕素不喜纸上谈兵者，况其久在西北，不知东南情形，恐难胜任。

羊祜道，杜预曾随钟会伐蜀，颇有建树，足见非空谈者；臣在河南，曾与之深交，知其非赵括之流，堪比白起、王翦，应不负重任。

司马炎欲用王戎，见羊祜不荐，于是笑问羊祜道，卿何不荐王戎？

羊祜道，王戎多谋，机敏善断，却失于疏阔，又治军不严，臣故此不荐。

司马炎道，卿曾荐王浚镇益州，王浚果不负所望，足见卿颇有识人之明。今朝中多权臣，少直言敢谏者，朕欲以王浚为司徒，兼任廷尉，匡正风气，节制权贵，卿以为如何？

羊祜道，臣以为不可，王浚治蜀日久，深受拥戴，若撤换，恐蜀人生疑，不利于他日东征。

司马炎以为然。数日后，羊祜病逝，司马炎哀痛不已，亲为羊祜治丧。

襄阳士民深感羊祜之德，罢市三日遥祭，又立碑铭文，以彰功德。

王戎闻羊祜荐杜预，大为怅惘。部属劝王戎参羊祜沽名钓誉，并以襄阳士民立功德碑为证。王戎不屑，斥道，士民立碑，足见羊祜之德。况斯人已逝，我若以此弹劾，岂不失德于亡灵，此君子所不为！

司马炎本欲罢王戎荆州刺史、建威将军，令其还洛阳；闻此，大赞王戎深明大义，遂止。

不日，司马炎下旨，以杜预为镇南大将军，代羊祜都督荆州诸军事。

杜预来襄阳，召诸将商议备战之策。王戎道，羊祜经营襄阳日久，将士、庶民无不深感其德；其仁义之风不宜改，否则必有所失。

杜预然其说，令诸将一如既往。数日后，王戎拜见杜预，杜预大喜，置酒款待。王戎道，陛下曾令东南诸将备战三年，然后大举伐吴；然今已近十年，诸军俱有十年之储，却不讨伐。若久备不战，将士不免疲困，大将军应请战。

杜预道，我亦曾上表，劝陛下早日伐吴，陛下不纳其说；我今初来，若请战，陛下或疑我失之仓促，必不准奏。不如先夺一城，使陛下知东吴可伐。

王戎以为然，说杜预道，我知西陵督张政为东吴名将，又为孙皓亲信，因久无战事，必疏于防范；大将军若奇袭，必能大胜，然后奏捷请战，陛下必准。

杜预纳其说，命王戎领精甲一万突袭西陵。王戎夜出襄阳，倍道疾驰，天将明，令部属隐于树林，入夜再行。

翌日夜，王戎已近西陵，隐于城外，欲乘其不备，猝然而举。

张政等浑然不觉；待夜深，王戎令部属近城，仍隐于暗处，以察动静；见城内防备松懈，命弓箭手各张空弦，张满即放，以疑张政。一时空弦纷纷，犹如琴声大起。

西陵将士以为强敌骤至，大为紧张，纷纷登城。空弦声愈急，然不见箭矢；将士以为有人弄琴，其意渐驰，纷纷退下。守卒亦困乏，倚城堞而眠。

王戎大喜，选死士五百，以空弦声为掩护，潜近城下，忽然而举，攻破城门，王戎等蜂拥而入。

张政方入寝，忽闻杀声四起，大骇，不及穿戴甲胄，奔入军营，急令将士应敌。

彼此混战，张政不敌，领部属退入军营欲死守。王戎不愿死拼，令将士掠尽粮草马匹，仍回襄阳。

张政知粮草马匹尽失，士卒死伤逾半，不敢奏报，自忖与陆晏交好，向陆晏告借。

陆晏颇为疑惑，召陆景、陆玄等商议。陆晏道，西陵督张政求借粮草马匹，甚为怪异。我知西陵粮草丰足，远胜它处，何至如此？

陆机道，我闻王戎夜袭西陵，尽掠粮草马匹而去，以为诈传；今张政告借，足见不假。我等当引以为鉴，加强军备，以防突袭。

陆晏等大惊，令部属严加戒备，又以粮草马匹援张政。

王戎大获而归；杜预向司马炎奏捷，并请大举伐吴。司马炎下旨嘉奖王戎等，并另书一信与杜预：

朕本欲纳王戎之计，令东南诸将屯田三年，使有九年之储，然后大举伐吴。然贾充等每每进谏，称孙皓暴戾，滥杀无辜，施政荒谬，治军松懈，宜待吴人意志尽驰，再伐不迟；朕以为此议甚妥。朕知上兵伐谋，而非穷兵黩武，若待吴人上下离心，必能摧枯拉朽。常言杀敌一千，自毁八百；朕爱惜将士，不忍使卿等以命相搏。若既能灭吴，又能使将士全身，朕何乐而不为！卿等不宜急躁，可静候时机。

杜预遂召王戎，请阅此信。王戎以为不然，称贾充之说暗怀私心，因惧诸将建功，而后分其权，故此巧言阻挠。大将军可再上表，详言早伐之利，陛下必能纳之。

杜预不肯，欲分所获粮草马匹充实军用；王戎劝道，我等马匹充裕，粮草富足，不屑以此自用。我知张政恐惧，不敢以西陵之失奏报；大将军若以此还张政，孙皓必生疑，张政必遭戮。此借刀杀人，将军何不用？

杜预击节赞道，此计妙绝！

遂命部属尽押所获往西陵，置于城下。

张政知杜预尽还粮草马匹，不禁跌足叫苦；部属不解，问张政道，粮草马匹失而复得，此意外之喜，将军何故如此？

张政道，杜预用心险恶，卿等竟不能察！今大张旗鼓而来，陛下岂能不知，必以为我与杜预暗中勾结，有口莫辩矣！

部属大惊，说张政道，既如此，不如弃之不受。

张政道，事已至此，受亦死，不受亦死，不如受之！

于是令将士收粮草马匹入城。孙皓闻知大怒，即令何定入西陵捕张政。张政不愿自辩，唯求勿使亲属受累。孙皓不准，尽收张政三族，斩之。

二十一

楼玄一家被孙皓追杀于途，张尚为此恐惧不已，立誓不言是非，不行劝谏，以免步楼玄后尘。孙皓见张尚唯唯诺诺，事事顺应，颇觉称心，迁为中书令。张尚愈觉不安，既恐触怒孙皓，又恐群僚忌恨，行事愈为谨慎。

某日，孙皓忽召张尚，笑道，朕喜读诗经，每日必三诵，几乎废寝忘食；朕知卿亦善此道，愿与卿论之。

张尚颇觉惶遽，又不敢辞，奏道，诗经为圣人所选，臣才疏学浅，不敢与陛下论。然陛下如此错爱，臣何惜浅陋。

孙皓见其言辞卑怯，大喜，问张尚道，朕知诗经有云，泛彼柏舟，是否凡舟船皆用柏木所造？

张尚惶然道，臣知诗亦云，桧楫松舟，可见亦有以松木造舟船者。

孙皓不悦，欲胜张尚，于是不再论诗，又问张尚道，朕闻鸟之最大者唯鹤，最小者唯雀，此说如何？

张尚方寸尽失，惑然道，臣知秃鹫大过鹤，鹪鹩小过雀。

孙皓怒容渐显，张尚亦知有失；两人一时无语。孙皓强忍忿恨，再问张尚道，朕知卿颇能饮酒，与朕相比如何？

张尚忙道，陛下有百觚之量，臣一觚即醉，三觚必烂醉如泥，实不可比。

孙皓怒道，汝竟诬朕为酒徒！

张尚冷汗淋漓，忙叩头道，陛下胸藏四海，气吞山河，百觚之酒何足为道！臣气量狭隘，仅能容酒三觚，岂敢与陛下比！

孙皓愤恨稍解，讥讽张尚道，朕以卿为尚书令，卿履任日久，竟无一策，足见空负虚名！

张尚再拜道，臣蒙陛下错爱，履任以来诚惶诚恐；然陛下雄才大略，臣平庸愚钝，唯能以陛下之命是从，故而无策可献。

孙皓愤恨尽解，大笑道，人言卿有大才，亦不过如此！

张尚再不敢多言，亦不敢起。

孙皓指张尚道，既自知平庸，不能有所为，不如陪朕宴乐。

张尚忙道，臣愿奉旨，若能博陛下一笑，臣三生之幸也。

孙皓道，朕饮酒，卿鼓琴助兴，如何？

张尚又拜道，臣不识音律，恕不能为陛下鼓琴。

孙皓又问，能舞蹈否？

张尚道，臣亦不能舞蹈，除略知诗书文章外，别无所长。

孙皓道，既如此，可随乐伎学鼓琴，他日再以此为朕助兴。

张尚不敢辞，竟随乐伎学琴。陆机与张尚友善，互为仰慕，知张尚竟随乐伎学琴，大为愤慨，遂致信张尚，予以讥刺：

卿身为士大夫，贵为中书令，不以直言正君王之行，竟自甘堕落，沦为奴才，试问品格何在，家风何在！

张尚阅此信，大为羞惭，自责不已。

翌日，孙皓又召张尚；孙皓道，卿学琴已过旬日，想必已能助兴，请为朕抚之。

张尚道，臣资质愚钝，虽十日尚不识五音，恕不能奉命。

孙皓笑道，朕知世间不乏乱弹琴者，卿若能乱弹，朕亦愿一闻。

遂命侍从备琴；张尚对琴不抚，面上似有义愤。孙皓颇觉疑惑，问张尚道，卿何不抚？

张尚道，臣闻晋平公令师旷吹角，师旷拒而不吹；晋平公问师旷如何不吹，师旷答道，我君德薄义寡，不足以听。

孙皓大怒，骂张尚道，狗贼，竟敢辱朕！

张尚道，臣出身名门，耻为奴才！

孙皓大为不解，不知张尚何故判若两人，于是强忍怒火，讥笑道，汝何故前躬后倨？

张尚道，臣不愿作楼玄第二，故而三缄其口，卑躬屈膝，欲以此自保；然陛下苦苦相逼，臣进退维谷，再不愿自辱。

孙皓勃然大怒，即令收张尚入狱。

陆机知张尚罹祸，深为愧疚，遂邀陆晏、陆景等上表，请赦免张尚。孙皓见陆氏五子俱为张尚求情，略有忌惮，遂下旨，夺张尚尚书令及封爵，往建安充为杂役，随工匠造船。

陆机又往建安探望，邀张尚入酒肆。张尚饮而不言，神形萎靡。陆机愈觉不忍，劝张尚道，我知卿不愿蹈楼玄覆辙，故而委曲求全；我不该以言相激，使卿沦落如此。

张尚叹息道，此乃天意，不可怨人。我欲保全家族，故而强忍屈辱，不料仍作楼玄第二；今我已成楼玄，愿卿勿作张尚。

陆机大为叹息，说张尚道，卿之所嘱，我必谨记。

张尚再不言，饮不过三盏，遂起座，向陆机一揖道，我已沦为杂役，颇受管束，恕不久陪。

言毕，转身离去。又数月，孙皓下旨，流放张尚于交州，即日起行。张尚无奈，举家离建安。陆机闻知，疑孙皓或施故技，截杀张尚，欲遣部属护送；陆晏等大惊，极力劝阻，陆机遂止。

不久，忽闻张尚一家俱被害，抛尸荒野；陆机悲恨欲绝，以为张尚之祸，因己而起，于是不顾劝说，收葬张尚一家。

张尚之死，非议纷起，人心震动不安。王戎以为时机已到，拜会杜预。王戎道，孙皓连杀无辜，吴人无不痛恨；我以为时机已到，不宜再等；大将军应上表请战。

杜预亦以为不宜再拖，于是上奏司马炎，力陈种种利害；王戎致信益州刺史王浚，请其上表，以助杜预之请。

司马炎正疑惑不决，王浚奏表又到，其言愈为直切：

臣知孙皓荒淫凶残，无情无德，自僭号以来，每每杀戮大臣，江东旺族几乎尽被灭门，忠壮者如居水火，奸邪者如沐春风，倒行逆施，天怒人怨。臣恐孙皓遭天谴而暴亡，或群僚不能忍，废孙皓而另立，则伐之不易也。

臣经营西蜀已近十载，大造战船，广集军资，今舟船日朽，谷米日腐；所募水师，少年已成壮年，壮年已渐老，臣不得已，唯令还乡；壮志未酬者，为此抱憾，臣每每不忍与之面辞。岁月蹉跎，臣已皓首如雪，生死不能自度，若不能放舟江东，亦将为之遗恨。臣请陛下立决，勿失伐吴良机！

司马炎大为所动，命诸将整兵待发。诏令一下，司马炎又不知谁可为主帅，杜预等各领所部，无论谁为主，他人必难悦服，恐于战局不利。

何曾说司马炎道，东南诸将均不可为帅；臣请以司空、尚书令贾充为大都督，节制东南诸将；令各军重组，统归大都督麾下，以免各自为政。

司马炎准其所请，拜贾充为大都督，令其持节往东南，督诸将伐吴。贾充大喜过望，又虑东南诸将不愿从命，于是请举洛阳之兵为主攻。司马炎不准，称屯兵近十载，正为今日之用，何需另举。贾充不敢争，奉命入襄阳。

司马炎命镇东大将军王伷兵指涂中，安东将军王浑向江右，建威将军王戎向武昌，平南将军胡奋向夏口，镇南大将军杜预向江陵，龙骧将军王浚举舟师五万出巴蜀，沿江疾进。六路大军，总计三十余万，分头并进，直逼建业。

于是，晋军以覆压之势分头进逼。吴军闻此无不惶恐。

陆晏急召陆景、陆玄等商议；诸子俱以为晋军势如狂飙，不可阻挡，唯陆云以为不然。陆云道，江东水泽密布，应不以马步军为虑，唯虑王浚舟师。王浚顺江而来，其要害在于巴丘，若巴丘破，则大江之险尽失，国将危矣。可大集舟师于巴丘，行李密之计，使王浚不能畅行，其胜败尚难料也。

陆晏以为然，上奏孙皓。孙皓正不知所措，遂依陆晏之说，令巴丘守将作铁锥，抛置水中；又命以铁索横江，欲阻王浚东进。

王浚蓄势已久，将士无不振奋，昼夜不停，顺流疾进，渐至巴丘，忽见铁索横江，吴军正以铁锥抛置水中，颇为不屑，大笑道，吴军知我一路风涛，不堪辛劳，欲使我等于此小憩，美意如天，岂能负之！

于是命舟师暂止，令将士上岸伐木，作木筏数百，载以巨石，又悬麻绳于木筏两端，系以木棍，使之溺入水中，顺流推下，铁锥俱为木棍拉拽，相继而倒；又命以小舟载柴草，满浇脂油，待其至铁索下抛锚放火。

火势猛烈，反复再三，铁索竟融断。巴丘将士远远望见，惊恐不已，纷纷逃走。王浚不准追击，仍沿江疾进。

二十二

孙皓知王浚破巴丘，来势愈猛，吴军望风而走，大惊失色，即拜陆景为水军左都督，命其往西陵阻王浚；又拜孙歆为水军右都督，往乐乡设防；再命陆晏往荆门备战。

陆景飞赴西陵，令诸将列船阵于江上，欲与王浚决死一战。诸将勇气俱失，请陆景据城而守，不可列船而战。陆景大怒，连斩数人，方止其说，于是横舟江上。不料将士纷纷逃亡，仅剩随从百余人。

陆景毫不畏惧，嘱随从道，我欲殉国于此，卿等若惧，可弃我而走，我绝无怨恨。

随从不去，俱称愿与西陵共存亡。

翌日，王浚水师飞注而下，见江上船阵横列，不禁讶异道，吴军无不望风而逃，西陵竟有不惧死者！

遂命诸将列阵攻击。诸将驭船如飞，既近吴船，竟不见反击。王浚大惑，令诸将暂止。诸将渐知吴军俱为空船，仅一将领百人集于一舟，报与王浚。王浚愈疑，亦近前，见一将昂然挺立，呼道，汝为何人，竟敢阻我？

陆景厉声道，我乃左都督陆景，奉命于此抗敌；沿江以下，草木皆兵，汝若恐惧，可引众回蜀，我当放汝生还！

王浚知其空虚，笑道，既为名将之后，应识时务；汝区区百人，何以阻虎狼之师！若肯降，我必优待！

陆景慨然道，我虽兵寡，何惧强虏！

王浚大笑道，以卵击石，尤为可笑！若不降，必碎尸万段！

陆景不言，命随从奋力驭舟，直扑王浚。王浚大怒，令弓箭手急射，箭如狂沙弥空，铺天盖地，陆景等无不丧命乱箭之下。王浚感其壮烈，令厚葬。

陆晏入荆门，召诸将布船阵待敌，诸将亦以船少兵寡为由拒之，或劝陆晏入山林以自保。陆晏说诸将道，陆景已往西陵，王浚必受阻；我等若有备，荆门或可守。

诸将不以为然，又请入夷道，以利进退。陆晏大怒，斥诸将道，汝等若再言，必诉诸军法！

诸将不敢再争，于是横舟江上。陆晏嘱诸将道，卿等勿惧，若王浚来，荆门、乐乡诸将必赴援，可大败王浚于此。

船阵始成，忽见上游舟船如云，乘风而来，仿佛群山怒走。陆晏大惊，已知西陵失守，令诸将严阵以待。瞬间，舟船已近眼前，一将立于船头，呼道，雄师到处，阻我者死！

陆晏命部属急射；部属俱已丧胆，竟无力张弓。陆晏大怒，拔剑疾呼道，未战先怯，岂是丈夫！

部属愈惧，四散乱走。王浚见状大笑道，人言东吴水师如虎狼，谁料竟如此不堪，有负我十年之备！

于是令诸将穷追猛打；吴军魂飞魄散，或顺流狂奔，或弃舟而逃。王浚令舟师展开，围陆晏于江上，欲逼降。

陆晏见一将盔甲齐整，屹立船楼，知为王浚，张弓欲射；侍从忙以坚盾护王浚。陆晏连射数箭，俱被遮挡。王浚见陆晏箭矢尽，令死士靠前，欲生擒。死士纷纷登舟，陆晏抽剑猛斩，连杀数十人。死士气馁，不敢前。王浚喝道，擒此人者赏钱百万！

死士大受蛊惑，勇气复振，蜂拥而上。陆晏挥剑如雨，又斩数十人。死士再怯，又退后。王浚知陆晏不可擒，令弓箭手射之；箭如飞蝗，陆晏身中数十箭，形如刺猬，虽气绝，仍屹立不倒。

王浚不禁赞道，真壮士也！

死士瞠目结舌，不敢登船；王浚厉声道，此人已死，何惧！

死士遂登舟，以矛触陆晏，陆晏倒于船上。

王浚亦令厚葬陆晏，仍不停留，飞舟直下。

杜预知王浚一路横扫，恐其独占头功，遂令部属夜渡，突袭乐乡。方近乐乡，又令诸将暂止，遣精甲绕过屯卫，往后山放火，以疑守军。

右都督孙歆知西陵、荆门俱失，王浚正大举而来，惊惶不已；正此时，忽报晋军已近乐乡，忙登城楼，见四周一片火把，蜂拥而来，乐乡转眼将入重围；又见后山火起，火势漫天，旗帜如云，顿时肝胆俱寒，急令将士趁晋军尚未合围，出城逃走。

孙歆等沿江急遁，行不足数里，忽遇晋军阻于前，欲另寻出路，仍为晋军所阻。孙歆大骇，欲再入乐乡，坚城自守，未及下令，忽听有人喝道，汝已四面楚歌，若不降，必死无葬身之地！

孙歆再不敢举，束手就擒。杜预举众入乐乡，部属押孙歆求见。孙歆跪于地，哀求饶命。

诸将恨其不战，俱请杜预斩之；杜预说诸将道，我等乃仁义之师，若斩降虏，必使吴人恐惧，或逼作亡命之徒。应留其苟活，予以优待，使吴人知我仁厚，或能不战而降。

诸将以为有理；杜预为孙歆解缚，好言安抚，又与兵三千，命其仍守乐乡；孙歆感激不尽。

吴军知孙歆被俘，颇受优待，又恨孙皓暴戾无德，不愿舍生取义，自送印绶而降者日多，各路晋军每能不战而克。

胡奋受江安之降，直入夏口；王戎一路破竹，与胡奋会师；王浑直入江右，吴军或望风而逃，或以城献降；王伷也一路摧折，已近涂中。

正此时，诸将忽接贾充军令，命暂止，称春水已生，东南处处水满，有利于敌，不利于我；宜就地屯守，待江水枯落再进。

自开战以来，处处告捷，贾诩虽为大都督，然无令可下，又虑诸将占尽功绩，于是以此说阻之。

王戎恨贾充奸诈，求见杜预，请杜预说贾充收回成命。杜预已近江陵，结营五十里处，知王戎来，深知其意，命备酒款待。

王戎道，贾充之意诸将俱知，若依其令，必错失良机。今各路大军摧枯拉朽，吴人无不望风丧胆，正宜乘胜疾进，直捣建业，若止，有利于敌，有害于我！

杜预道，贾充受陛下之命节制诸将，岂能违其令！

王戎道，非也，所谓将在外君命有所不受，况乎贾充；请大将军召诸将联名抗命，以免贻误战机。

杜预道，贾充若不依诸将之说，奈何？

王戎道，可上奏陛下，陈说利害。陛下英明神武，必能依诸将之请。

杜预以为然，书信与诸将，请会商。诸将纷纷而来，俱愿联名抗贾充之命。杜预说诸将道，贾充有拥立之功，又为陛下心腹，若联名抗命，贾充必进谗言，或于我等不利。况陛下素疑外臣拥兵自重，我等若抗之，必使陛下警惕，或反为贾充所乘。贾充所以不能行令，一因战略为陛下所拟，二因诸将俱非部属。若请贾充来江陵，使之能问战况，贾充必准我等所请。

诸将以为然，托杜预往襄阳请贾充。

杜预拜见贾充；杜预道，我以为虽江水大涨，而非不可伐，实因诸将各自为政，不能总揽全局，或有所失。诸将俱知此理，嘱我拜见阁下，请阁下往江陵，亲问战事，诸将必能奉命；如此，何惧春水满江！

贾充大喜，随杜预来江陵与诸将会。贾充命王戎、胡奋攻夏口，王浑取涂中，王伷走江右，杜预、王浚合攻江陵。

王戎、胡奋围攻夏口，守将自知势弱，不敢战，弃城退走武昌。王戎、胡奋大肆追击，逼近武昌。

杜预、王浚水陆并进，直逼江陵。其时，荆州吴军尽集于此，不下五万，然各怀心思，不能整合。陆机说陆玄、陆云道，陆晏、陆景相继战死；王浚等势如破竹，威风所及，概莫能挡。江陵虽有重兵，却各自为政，俱无决死之心，若耽于此，不过枉作怨鬼；不如引兵出城，绕回建业，劝陛下走保山越，以图再起。

陆云以为然；陆玄不肯，称江陵乃荆州首府，江陵若失，荆州将不复存；我等受命守卫，岂能不战而走！

陆机道，江陵守军无不怯惧，若不走，必枉送性命；不如集重兵于建业，或可扭转败局。

陆玄斥道，临阵脱逃，恕我不从！

陆机、陆云无奈，弃陆玄，趁夜出城，直奔建业。

江陵诸将知二陆夜走，俱欲以城献降；陆玄大骂诸将道，汝等食国家俸禄，竟不为国而战，与猪狗何异！

诸将不与之争，退走，大开城门迎晋军。陆玄大失所望，拔剑自刎。

江陵既克，贾充即命杜预扫荡零陵、桂阳，再挥师衡阳；令王浚举舟师，与王戎、胡奋攻武昌。

二十三

王浚与王戎、胡奋合，于是艨艟斗舰列前，大张强弩，威逼吴军。武昌诸将知荆州已失，晋军之势不可挡，亦举武昌献降。

王浑已荡平涂中，转道攻取淮南，又与王伷会师江右。

贾充知武昌破，令王戎直下吴郡，王伷转攻会稽；命王浑渡江，助王浚攻建业。

建业诸将大集舟师于江上，虽已成惊弓之鸟，气势未衰。王浑欲渡江，争夺头功，又少舟船，遂隔岸结营，命将士伐木，赶造木筏。

翌日，王浚舟师飞速而下，与建业诸将激战。

正此时，陆机、陆云至建业；陆云欲助战水师，陆机道，王浑大集彼岸，王浚势不可挡，建业必不能保；宜面呈陛下，请其退走山越深险处，以图东山再起！

陆云以为然，遂与陆机入宫求见孙皓。孙皓竟于后宫大设乐舞，与姬妾饮酒玩笑，似不知兵临城下。陆机、陆云数请，孙皓拒不召见。二人无奈，径入后宫，见孙皓揽佳丽，执金樽，大为惊愕。

陆云道，晋军已入建业，形如饿虎，意如恶鬼，城池将破，瓦石将毁，陛下竟不惶恐！

孙皓道，若惶恐能保全国家，朕不惜大哭；既不能，何妨宴乐！

陆机欲言，孙皓忽问，汝等不守江陵，何故来此？

陆机道，江陵已失，臣等绕道而回，欲请陛下趁建业未破，领军退入山越，凭绝壁深谷与敌周旋，或能东山再起！

孙皓斥道，汝何出此言，朕宁作降虏，不为山匪！

陆云道，山越深险，若敛兵绝顶，虽晋军凶悍，不能奈何。臣知走马驱驰乃晋人所长，攀沿陡险是为所短。若能渡此难关，可大行仁义，广布恩泽，军民必同仇敌忾，复兴之日必可待！臣等冒死而回，欲保陛下转战深山。危急之际，愿陛下立决，勿使臣等绝望！

孙皓嗤笑道，朕贵为天子，岂能藏匿深山；汝等竟欲挟朕落草为寇，用心何其险恶！

陆机道，陛下身为天子，即使不虑个人安危，亦应以国家存亡为重，岂能坐等覆灭！

孙皓大笑道，此是何言！汝等食国家厚禄，拥重兵而享高位，足见国非朕一人所有，破国之祸岂能由朕独当！

陆云大怒，斥孙皓道，陛下若愿作亡国奴，臣等无话可说；可惜大皇帝所创基业，竟毁于今日！

孙皓大怒，拍案而起，大骂二人道，汝等竟敢辱朕！朕宁为刘禅第二，不受汝等挟持！

骂毕，以酒樽猛掷二人。二人大失所望，忿恨而出。陆云仍欲助战水师，陆机道，孙皓如此荒谬，何必如此！

陆云遂止，与陆机脱去戎装，遣散部属，扮作商旅潜回吴郡。

王浚与东吴水师大战半日不分胜负，又见王浑欲强渡，恐王浑争功，大为焦急。别驾何攀道，可令将士阻敌江上，将军自领一军登岸攻城，直入吴宫，生擒孙皓；若能擒孙皓，吴军必自溃。

何攀乃蜀郡郫邑人，汉大司徒何武之后，蜀中名士；王浚为益州刺史，每闻其名，于是举何攀为别驾。

王浚然其说，领精甲登岸，急攻建业。守军见舟师渐处下风，王浑又领军渡江，不敢战，弃建业而走。

王浚、何攀突入建业，直奔吴宫。侍卫见晋军骤至，慌乱不已，纷纷弃戈矛，跪地请降。王浚将近后宫，忽闻琴声悠扬，歌声婉转，颇为惊讶，问何攀道，此是何意？

何攀询孙皓侍从，方知孙皓仍于后宫行乐，于是告知王浚；王浚大骂道，可惜孙权一世英雄，子孙竟如此不肖！

王浚、何攀仗剑而入，婢仆侍女大惊失色，纷纷走散。乐舞遂止，孙皓竟怀抱二姬，毫无所动。

二姬皆绝色，乃族人孙歆近日所献；孙皓为其所迷，称有二姬在，不惜为亡国奴。

何攀喝道，国破家亡，汝竟于此淫乱！

孙皓无惧，起身一揖道，朕于此恭候多日，卿等何故来迟？

何攀大为不解，竟不能答；王浚斥道，既如此，何必拒战？

孙皓笑道，若不战，卿等岂知胜之不易，又何知投诚之贵？

王浚、何攀惊愕万分，俱不能言。

孙皓又笑道，此宫简陋，除美酒佳肴外，别无所有；二位将军若愿一醉，朕不惜奉陪。

二人仍不能言，唯仗剑而立。

孙皓再说二人道，朕从来不惧死，卿等若欲弑朕，朕必引颈就戮；若能保二姬性命，其愿足矣！

王浚、何攀其心稍定，见二姬形态风流，美若天仙，顿觉心驰神荡，不能自禁。孙皓见王浚、何攀如此，笑道，此处美人如云，卿等若有意，除二姬外，均可自取。

王浚心神已定，斥孙皓道，如此不堪，何以为君！

孙皓大笑道，朕何有此意，实乃群臣迎立，朕不得已而为之；足见罪不在朕，而在群臣！

王浚、何攀不愿多说，押孙皓及后宫万余人出宫，集于城门外。

吴军见孙皓被擒，大为绝望，纷纷请降。

王浑领部属渡江，见王浚已擒孙皓，大怒，恨王浚独占头功，遂令诸将屯于城外，拒与王浚会。部属亦恨王浚贪功，劝其举兵攻王浚，夺孙皓。王浑不敢妄举，欲上书司马炎，指王浚欲挟孙皓以令东吴诸将，作孙权第二。

王浚遣何攀请王浑入建业，王浑严辞谢绝。何攀知王浑怀恨，劝王浚道，王浑恨将军俘孙皓，或异动。不如以孙皓付王浑，以免内讧，否则，必为人耻笑，或另起事端。

王浚叹息道，我一意灭吴，并无他想；既如此，可以孙皓及宫人押送王浑。

何攀奉命押孙皓归王浑；王浑大喜，命暂收孙皓，以待圣旨；又随何攀入城，向王浚致谢。王浚命侍从设酒，款待王浑。王浑请王浚联名上表奏捷；王浚欲辞，何攀劝道，将军若辞，亦必为王浑所忌。

王浚恨王浑分功，拒不与之联名。于是二人各上一表奏捷，其说大相径庭。司马炎颇知过中微妙，亦不责备。

王浑知孙皓二姬绝色，欲占为己有，遂召孙皓及二姬，见其风韵卓绝，颜色艳丽，顿时为之倾倒，遂说孙皓道，若愿以二姬赠我，我必极言献降之功，请陛下优待，卿之恩宠，必远过刘禅。

孙皓大怒，斥王浑道，汝不可妄想，朕虽不愿为国家献身，然不惜为美人亡命！

王浑色欲如炽，不可遏止，欲强夺二姬；孙皓忽起，力夺王浑剑，护住二姬，再斥王浑道，汝若放肆，朕必立死于此！

王浑不敢过分，忿恨而退。

数日后，司马炎下旨，令王浚、王浑优待孙皓及宫人，送入洛阳。

王浚命何攀领甲士五千，护孙皓等启程。

一月后，孙皓一行抵达洛阳；司马炎大喜，即召孙皓。孙皓着布衣，自缚而往，拜伏于地，望司马炎呼道，罪臣孙皓，拜见皇帝陛下！

司马炎令解其缚，赐以锦衣。孙皓易服更装，复入，再拜。司马炎赐孙皓座；孙皓不肯，称身负大罪，不敢坐。司马炎亦不勉强，问孙皓道，卿何故每每诛杀忠臣？

孙皓道，罪臣以为，先祖不遵天意，僭号称帝实乃大逆；所谓忠臣，不过助桀为虐之徒，其实罪该万死。

司马炎大惊，又问孙皓道，从古至今，拥众自立者并不鲜见，何独卿有此想？

孙皓道，当初，臣祖父恨曹操挟汉帝以令不臣，割地称尊，尚可原谅；然陛下顺天意，合民心，既天道已顺，民心已归，臣无德，岂能与陛下分庭抗礼。亦因如此，建业将破时，陆机、陆云劝臣转战山越，敛兵深险，以图东山再起；臣不肯纳其说，唯愿归顺。

司马炎更为惊讶，暗思，若依此计，东吴何能猝灭！于是又问，陆机、陆云，莫非陆逊嫡孙？

孙皓道，正是，二人俱为英才，世有二陆之称。

司马炎忙问，二陆何在？

孙皓道，因臣不纳其说，二陆忿然离去，不知何往。

司马炎不再言，命孙皓退下；于是下旨，封孙皓归命侯，以吴宫佳丽配嫁有功者，唯许二姬侍奉孙皓。

二十四

司马炎深怜陆机、陆云之才，疑其已回吴郡，命王戎寻访，若相遇，予以优待，并上奏。

王戎既克吴郡，命诸将节制部属，不得抄掠，不得入民宅；于是三军肃然，秋毫无犯。士民以为仁义之师，人心遂安。

王戎奉司马炎之命，径来陆府，见碧瓦如黛，粉墙似雪，内外一派清雅，不禁叹道，若能居于此，当忘尽浮名！

于是绕屋而走，见房舍朴素，门户临江，又修竹繁茂，犹如屏障巧设，杨柳依依，恍若清思外露；屋前清江平阔，吞吐自若；屋后浅山数重，起伏有致，含而不露，又不失峥嵘。

王戎叹息良久，方叩门。片刻，大门自内而开，有老叟立于内，见来者身材短小，举止畏怯，然打扮斯文，以为慕名而来者，不待王戎开口，老叟道，二位公子外出未归，请择日再来。

王戎已知来访者多，二陆不胜其烦；朝老叟一揖道，我乃琅玡王戎，与二陆神交已久，烦请通报。

老叟欲再辞，王戎又道，我知二陆好读书，喜清静，不爱交游；适才已闻书声，知二陆俱在，愿不使远道之人失望。

老叟不能辞，请王戎入，稍候于庭院。不一时，老叟复回，朝王戎一揖道，恕老叟眼拙，竟不识将军。二公子已于堂上恭候，请将军随我来。

王戎谢过，随老叟登堂入室，见府第内外虽雅致不俗，然并不宽阔，不禁讶异，暗思以陆氏之显贵，竟非高屋大院，足见志在物外，敬慕之心油然而生。不觉已至堂前；陆机、陆云俱起，朝王戎施礼；陆机道，不知将军来此，有失远迎，望能恕罪。

王戎忙还礼，说二人道，不速之客，望勿责怪！

二陆邀王戎入座，命家仆备酒。王戎赞道，久闻江东陆氏大名，以为必高门大户，重楼深院，不想竟如此朴素；此古今达人所不及，实在令人钦敬！

陆机道，此并非我等祖业；我祖陆逊父母早丧，年少孤苦，随从祖陆康寄居于此。我祖、我父虽显要一时，然不屑置业，家人俱居官邸，少有私财。我等解甲而走，别无所依，故来此栖身。

王戎又叹道，可见历来世族，若足其财，俱难长久；唯足其德，方能香火绵延！

陆云不愿与之闲话，说王戎道，我等俱为吴臣，既国已破，卿若欲执而领赏，请备枷锁，何须多言！

王戎笑道，卿何出此言！实不相瞒，陛下爱二陆之才，命我寻访，予以优待；圣命如天，望卿勿责。

陆云欲再言，陆机道，我等何德何能，竟劳陛下垂爱！请将军转奏陛下，若不嫌我等愚昧，愿效犬马之劳！

王戎大喜，说二陆道，陛下每欲纳尽天下英才，其恩其德广为人知；卿等清通不俗，若愿为陛下所用，当不负家族美誉；请二位静候，不日必有恩诏。

陆机忙称谢。此时，酒已热，家仆正张席设宴，王戎却起身告辞；陆机道，薄酒已备，何不赏光？

王戎道，与卿等一席话，我已大醉，何需美酒！

言毕，大笑而去。待王戎出门，陆云责陆机道，虽国破家亡，我等仍为吴臣，应守节不出，何故应司马炎之召?

陆机道,卿所言,我何不知!若不虚以应诺,必难为其所容。王戎既知我等所在,难免逼迫;我等可速离吴郡,隐匿他乡。

陆云以为然,收拾行装,夜离吴郡。

其时,江东各郡俱已陷落,烽火既息,而江山不改。二陆趁月夜出吴郡,驾扁舟一叶,逆江而走,欲往钱塘,隐姓埋名,偷度余生。

此际,江上一片明月,山影朦胧,江流无声,恍若隔世;纷争喧嚣俱成过往,恰如一场清梦。

陆机不禁叹道,我至此方知,功名必归尘土,浮华必归寂寞;唯江山不改,天地永恒,此即天道也!

陆云不言,似为江月所迷。陆机亦不再言,往江上看去,见水月交融,空蒙而浩渺,几乎不知身在何处。

桨声幽婉,断续不绝,如叹息,亦如挽歌。

翌年清明,陆机、陆云回吴郡祭祖,竟为郡吏所识,遂强留;郡吏报与太守,太守即上奏司马炎。

自二陆失踪,司马炎思慕不已,至今不能忘怀,既得此报,大喜过望,即下旨,命太守送二陆入京。二陆不能辞,遂入洛阳,尔后其名愈显,播于海内。